Otto Julius Bierbaum · Prinz Kuckuck

Otto Julius Bierbaum

Prinz Kuckuck

Leben, Taten, Meinungen
und
Höllenfahrt eines Wollüstlings

Langen Müller

Schutzumschlaggestaltung: Wolf Bachmann, München,
unter Verwendung eines Motivs von Günther Stiller
Druck: Jos. C. Huber KG, Dießen
Binden: R. Oldenbourg, München
Printed in Germany 1980
ISBN 3-7844-1806-6

INHALTSVERZEICHNIS

PRINZ KUCKUCKS VORGESCHICHTE

Von der Mutter
Die spanische Sara 11
Die dunkle Schwester 15

Von den Vätern
Der Tatar 18
Sturmius 27
Dreieck 33

IN FREMDEN NESTERN

Der verwunschene Prinz
Das Prinzchen 43
Die Erscheinung 49

Der junge Lord
Der Mann mit der Taschenlaterne 53
Der geborene Herr 65
Die Lehrmethode 70
Resultate 73
Der geborene Dienstbote 78
Rhythmische Zerknirschung 84
Das Kunstwerk des Dilettanten 89
Adlige Künste 93
Zuckungen 97
Vom Reisen 100
Die kurze Wichs 102
Der junge Sozialist 105
Wund gelaufen 111
Spaltung 114
Frau Klaras Ruhe 117
Der geborene Herr und der geborene Dienstbote .. 128

Der gefrorene Christ
Herr und Frau Kraker 139
Karl und Berta 143
Mit Gott nach München 149
Schlechte Eindrücke 151
Die Begrüßung 155

Die Kerbe 158
Diese Betten 160
Das Verhör 161
Gespenstische Wanderung 166
Marionetten 170
Kopfkissengedanken 174
Frühstücksgespräche 176
Ouvertüre quasi furiosa 178
Von den Prüfungen eines christlichen Kaufmanns . 180
Von der Schlange 186
Adam und Eva 189
Mit Henry nach Hamburg 192
Gottes Mühle im Hause Jeremias 197
In der Nachfolge Jeremiä 204
In der Nachfolge Hesekiels 208
Ahala und Ahaliba 213
Die starke Hand 216
Der überraschende Knabe Karl 225
Die Bäume der Erkenntnis 229

Der goldene Widder
Das Böcklein 242
Der geistreiche Gönner 244
Der lyrische Kükensalat 247
Das dicke Ende 250
Bestimmte und unbestimmte Gefühle 253
Die beiden Sphären 262
Ein Brief 268
Die Stifterin 272
Das Schicksal 278

HOHE SCHULEN

Pomerania
Das in der Luft schwebende Maultier 293
Der Sohn des Kaisers von Mexiko 299
Der orangene Stürmer 304
Die Gretchenfrage 309
Korps und Kloster 314
Die Renonce 321
Das lange Messer 334

Misthaufen und Morgenstern
Der unkorrekte Herr 350

Das große Aas 353
Der Naturalist 358
Frau Christine 366
Die Stimme aus dem Grabe 369
Der Mann mit der goldenen Maske 374
Quitt 376
Die goldene Pfeife 379

Der Hofmeister
Der zweite Stern 389
Vorbereitungen 393
Querweltein 397
Der Gymnasiast der Liebe 397
Liane 404
Karl in Betätigung 421
Cousin Rudolf 438
Die alleinseligmachende Berta 447
Bestätigungen 456
Der gespannte Bogen 467
Der Schuß 481
Die Braut 503
Das Monument 505

ZU PFERDE UND ZU HAUSE

Der geborene Reiter
Felix 515
Die erste Etappe 526
Das Tee-Thema 532
Selma mit dem Brustpanzer 538

Im Sattel
Der Stern der rechten Bahn 546
Hamburger Reflexbewegungen 550
Der gräfliche Kommentar 559
Die Farbe des Lebens 561
Süße Rache, o süße Rache! 569
Der Große Vogel 574
Der knochige Zeigefinger des alten Herrn 548
Jonathan 580
David 587
Das Schicksal dementiert sich 593
Der Sieger 599

Am häuslichen Herde
Beklemmender Auftakt .. 611
Sinfonia erotica .. 617
Intermezzo alla danza macabra .. 622
Tenor-Soli .. 633
Duetto dramatico .. 639
Quartetto con finale furioso .. 642
Duetto misterioso .. 650
Tremoloso .. 653
Ballo in maschera .. 660
Der Priester des Schmerzes .. 660
Der praktische Arzt .. 669
Der Erwartete .. 677
Allegro con attenzione .. 680
Pantomime .. 684
Finale .. 691

NACHBERICHT

Der Büßer
Der unheilige Sebastian .. 711
Regina spinosa .. 717

Gottes Wollust
Pater Cassians Sattelpferd .. 721
Die Heimat mit der Habsburgischen Enklave .. 725

Zum Ziele
Rutschbahn .. 733
Rasebahn .. 750

PRINZ KUCKUCKS VORGESCHICHTE

VON DER MUTTER

Die spanische Sara

Es war um die Zeit der unumschränkten Herrschaft der Kaiserin Eugenie über die Modemagazine der alten und der neuen Welt, als Madame Sara Asher, die junge Witwe des alten Mister Leon Asher (Felle und Pelzwarenkonfektion, New York) zum ersten Male seit ihrer Kindheit ihre kleinen Füße wieder auf europäischen Boden setzte.
Europa war damals kleine auf hohen Stöckeln balancierende Füße gewöhnt, und auch die hohen bis zur Mitte der Waden reichenden Juchtenstiefelchen mit goldenen Schnürenquasten, die Madame Sara trug und geschickt in ihrer ganzen Pracht zu zeigen keineswegs ermangelte, waren keine Sensation für den alten Erdteil, der damals auf üppige Eleganz gestimmt war und noch nicht den kategorischen Imperativ der bismarckschen Kürassierstiefel erfahren hatte. Selbst Madame Ashers lilafarbenes Krinolinkleid, diese prachtvolle Glocke mit dem prachtvolleren Schwengelpaar der beiden in weißseidenen Strümpfen steckenden Beine war nicht imstande, besonderen Eindruck auf einen Kontinent zu machen, der mit jedem neuerscheinenden Pariser Modejournal neue Glockenwunder erlebte und neben einer Kaiserin der Mode ein paar hundert Modeköniginnen besaß, deren jede den raffinierten Sinn dieser Verheimlichung der weiblichen Beine wohl begriffen hatte. Trotzdem drehte sich schon auf dem Jungfernstieg zu Hamburg mancher elegante Kommerz interessiert nach der schönen Jüdin um, und wer sich des damals noch seltenen Vorzugs rühmen durfte, mit einem Monokel begabt zu sein (dessen rand- und bandlose Vollkommenheit freilich noch nicht erreicht war), ließ hinter dessen Fensterglase Blicke blitzen, die rückhaltlose Anerkennung sowohl, wie den Wunsch verrieten, dieser nach jeder Richtung hin wohlgebauten Dame einmal an einem Orte zu begegnen, wo sich Beziehungen leicht und mühelos anknüpfen lassen.
Noch größer aber war ihr Erfolg in Leipzig, wohin sie sich auf mehrere Wochen begeben mußte, weil mit der Ver-

wandtschaft des seligen Leon noch einige Erbschaftsangelegenheiten zu ordnen waren. Der Brühl, wo diese Verwandtschaft in einer zwar nicht wohlriechenden, dafür aber um so lukrativeren Sphäre von »Rauchwaren« hauste, geriet in beträchtliche Aufregung, und es gab wahrhaftig mehr als einen unbeweibten Rauchwarenhändler, der stürmisch bereit war, der schönen und reichen Sara nicht bloß seine kostbarsten Eisbärenfelle, sondern auch sein liebefühlendes Herz nebst allen Geschäftsbüchern zu Füßen zu legen.
Indessen, Madame Sara hatte offenbar wenig Sinn für die hingebungsvollen Gefühle verwandter und befreundeter Firmen. Sie war keineswegs in der Absicht nach Leipzig gereist, weiterhin auf ehelicher Grundlage in Pelz und Pelzkonfektion zu machen. Sie hatte an ihrem einen Rauch- und Pelzwarenhändler schon völlig genug gehabt und war im Grunde froh, daß ihre Ehefirma durch den Tod gelöscht worden war. Denn der alte dürre Leon, diese zweibeinige Rechenmaschine, der man sie in sehr jungen Jahren beigegeben hatte, war ganz und gar nicht ihr Geschmack gewesen. Für seine löblichen Qualitäten als Kaufmann und Familienvater hatte sie kein Organ besessen, aber ein um so schärferes Auge für das, was ihm als Menschen im allgemeinen und als Mann im besonderen an den Eigenschaften fehlte, für die es ihr an Organ keineswegs gebrach.
Mochte er ein Charakter gewesen sein: sie war vor allen ein Temperament. Er war einer der aus dem Osten Europas gekommenen Juden gewesen, von denen sie zu sagen pflegte, selbst ihr Schatten färbte noch ab und der Geist des Ghettos stöhne in ihren schönsten Reden (und das und nichts anderes sei das Mauscheln), während sie die Tochter eines sehr westlichen, nämlich spanischen Juden war, eines jüdischen Granden, wie sie sagte, und einer Kreolin. Freilich war auch der Vater dieser Kreolin bestimmt ein Jude gewesen, und das indianische Blut in ihrer Herkunft mütterlicherseits begegnete in der Verwandtschaft auf dem Brühl unverhohlenem Zweifel, aber es lag ihr auch ganz fern, ihre Zugehörigkeit zum jüdischen Stamme zu leugnen. Sie war vielmehr stolz darauf und sprach es bei jeder Gelegenheit recht hochmütig aus, daß sie sich als Aristokratin fühle, eben weil sie Jüdin sei, und noch dazu spanische

Jüdin. Es war das, wie ihre Schönheit, ihr Geist und ihr Temperament, ein Erbteil ihres Vaters, der zwei Haupteigenschaften besessen hatte: Stolz und Phantasie. Aus einem reichen Hause stammend, hatte er sich, von der Lust nach Unabhängigkeit und Abenteuern getrieben, von seiner orthodoxen und streng in sich abgeschlossenen Familie gelöst und war in die Welt hinausgezogen. Lange hatte er in Italien gelebt, mit der inbrünstigen Andacht eines Psalmoden die früheste, halb byzantinische Kunst verehrend und immer den stolzen Plan hegend, der Verkündiger dieser Kunst zu sein. Dann hatte ihn die deutsche Kunstgelehrsamkeit, wenn nicht abgekühlt, so ernüchtert, und er war in das Getriebe der revolutionären Bewegung, gleichzeitig aber in den Aufruhr der Liebe zu seiner »Kreolin« geraten, die er als Tänzerin in Dresden kennen gelernt hatte. So kam es, daß die »spanische Sara« (wie man sie nicht ohne Respekt auf dem Brühl nannte) zu ihrem Leidwesen in Deutschland geboren worden war. Indessen konnte sie keine Erinnerung daran haben, da ihr Vater schon vor dem tollen Jahre Deutschland verlassen und mit Frankreich vertauscht hatte. Aber auch dieses Land genügte seinem revolutionären Sinne nicht, er wanderte mit Weib und Kind nach Amerika aus, wo es ihm indessen erst recht nicht gelang, zur Harmonie zu kommen. Immer die größten Pläne, bald wissenschaftlicher, bald poetischer, bald politischer Natur wälzend und sich aus einem Lager der Meinungen immer wieder in ein anderes begebend, immer wieder abgestoßen durch das, was er Philistertum nannte, und überall abstoßend durch seinen Stolz und sein Weiterhinausbegehren, endete er als vollkommener Einsiedler der Gedanken, als geborener Précurseur, wie er sich selbst nannte. Seine Frau war ihm weggestorben, als Sara noch nicht zehn Jahre alt war. Diese war nun sein einziger Umgang, und in ihrer Erziehung ging er völlig auf. Er brachte ihr, einem höchst aufgeweckten Kinde, früher, als ihr gut sein konnte, nicht nur seine reichen Kenntnisse in Sprachen, Kunst und Literaturgeschichte, sondern auch seine ganze Weltauffassung bei, die schließlich immer mehr Nihilismus geworden war. Eine rasche Krankheit raffte ihn weg, kurz bevor sie das fünfzehnte Jahr erreicht hatte. Da er ihr fast nichts hinterließ, mußte sie es als ein großes Glück betrachten, daß

der alte reiche Leon Asher sich ihrer annahm. Das Wohlleben in seinem Hause gefiel ihr, und so sagte sie nicht nein, als der Fünfzigjährige die Sechzehnjährige zur Frau begehrte. Sie gebar ihm in drei Ehejahren zwei Söhne. Als er starb, hatte sie das Gefühl: jetzt beginne ich zu leben. Kaum, daß das Trauerjahr vorüber war, übergab sie ihre zwei Kinder, zu denen sie auch nicht die geringste mütterliche Zuneigung empfand, einer Schwester des Verstorbenen und unternahm die Reise nach Europa, zwar unter dem Vorwande, nur Erbschaftsangelegenheiten betreiben zu wollen, aber mit der bestimmten Absicht, in Europa zu bleiben und dort ihr Leben in aller Freiheit einer reichen jungen Witwe zu genießen. Die aufs Geistige gewandten revolutionären Lehren ihres Vaters hatten bei ihr eine sehr deutliche Wendung aufs Sinnliche genommen, doch besaß sie einen gewissen sehr günstigen Dämpfer in ihrer wohlfundierten ästhetischen Bildung.
Aber der Brühl zu Leipzig konnte freilich keine Landschaft nach ihrem Sinne sein. Sie nahm nur schnell ein kleines Verhältnis mit einem hübschen, aber allzuwenig interessanten Korpsstudenten mit; dann reiste sie nach Dresden. Der Galerie wegen, meinte sie, doch dachte sie wohl auch an anderes.
Ihr Vater, kein Freund des deutschen Wesens, hatte ihr von Dresden berichtet als der einzigen deutschen Stadt mit galanter Kultur. Er hatte dies freilich nicht ganz in dem Sinne gemeint, in dem es sich bei ihr festgesetzt hatte. Aber es war in diesem Falle gewesen, wie auch sonst: sie hatte, indem sie eine allgemein gefaßte Meinung ihres Vaters in ihre Auffassungssphäre übernahm, sie zwar allzuwörtlich aus dem Allgemeinen einer männlichen Erfahrung in das Besondere ihrer weiblichen Gefühls- und Anschauungswelt übersetzt, aber im Wesentlichen deckten sich Original und Übersetzung doch.
Der Vater Saras hatte Dresden mit den Augen des Kunstgelehrten und Kunsthistorikers angesehen. Er war italienischen und französischen Einflüssen in der Kunst und Kultur der sächsischen Residenzstadt nachgegangen und dabei auch italienischem und französischem Blute begegnet. Dies mußte ihn, den unter Romanen geborenen, wie etwas Heimatliches berühren. Und seine Phantasie half nach. In

jedem schwarzen oder braunen Auge einer Dresdnerin erblickte er ein lebendiges Denkmal längst verwehter Schäferstunden französischer Soldaten und italienischer Künstler, wenn es auch vielleicht in Wahrheit slawisches Braun und Schwarz war. Und dann kam hinzu, daß er seine eigene Liebe in dieser Stadt erlebt hatte. Hier hatte das Wochenbett seiner Frau, hier die Wiege Saras gestanden; und beide Betten, das große und das kleine, hatte er mit alten Meißner Figürchen umgeben, kleinen Kunstwerken, auf die das Wort einer galanten Kultur wirklich zutraf. Alles dies lebte in Sara nach, unbewußt, halb bewußt, ganz bewußt.

Als sie der hübsche, aber leider von Korpsinteressen völlig absorbierte Kurt von Kantern, die stahlblaue Lausitzer-Mütze tief, wie es damals Mode war, in die Stirn gezogen, einmal gefragt hatte: »Aber warum denn gerade nach Dresden, Madame? Auf Ehre, – Dresden ist ein langstieliges Kaffeedorf!« hatte sie geantwortet: »Für Korpsstudenten, – mag sein. Korpsstudenten interessieren sich nicht für Meißner Porzellan. Korpsstudenten sind tapfere Ritter, aber keine Kavaliere im Sinne der galanten Zeit. Sie müssen zu viel Bier trinken und zu oft pauken. Das ist gewiß reizend, – für Korpsstudenten. Ich aber habe schon genug von steilen Terzen und Hakenquarten. Ich möchte nicht gerne Anlaß zur Eifersucht haben, und am wenigsten Anlaß zur Eifersucht auf die Kneipe. Ich möchte mich in Jünglinge verlieben, die auf der ganzen Welt nichts kennen und wollen, als mich, oder in Männer, die sich in meiner Gesellschaft von großen Dingen ausruhen.«

Davon begriff der hübsche Lausitzer-Senior nicht gar viel; die schöne Sara aber hatte damit immerhin etwas von der Oberfläche ihrer Instinkte verraten.

Die dunkle Schwester

In Dresden logierte sie sich nahe dem Zwinger in einem höchst soliden und von der besten Gesellschaft frequentierten Hotel ein, wo sie schon bei der Ankunft nicht geringen Eindruck machte: einmal durch die große Anzahl der von ihr mitgeführten sehr umfangreichen und schweren

Lederkoffer und dann durch ihre Jungfer, eine äußerst häßliche und, wie es schien, taube Negerin, die von ihr Lala genannt wurde und ihrer Herrin sklavisch anhänglich war.
Dieses Verhältnis führte sich in erster Linie darauf zurück, daß Lala mit ihrer Herrin zusammen aufgewachsen war, am Äußern der Erziehung mit Anteil nehmend, so daß sie gleich dieser Deutsch, Englisch, Französisch und Italienisch verstand, aber vom Vater Saras doch immer auf dem Stand einer durchaus willenlosen und sklavisch abhängigen Dienerin niedergehalten. Sie hatte nie einen Pfennig Lohn erhalten und nie daran gedacht, dergleichen als etwas ihr Zukommendes zu betrachten. »Du bist Saras dunkle Schwester«, hatte ihr der Alte gesagt, »und gehörst zu ihr, wie ihr Schatten. Und wie ihr Schatten sollst du sein: stumm, taub, – für die andern. Aber Sara wird keine Geheimnisse vor ihrer dunklen Schwester haben, und Saras Schatten wird Saras Schicksal teilen. Sara wird für ihn denken und Sara wird für ihn sorgen. So ist es die Bestimmung und so das Glück der dunklen Schwester«. Der Alte hatte wohl gewußt, warum er in Bildern zu der kleinen, verprügelt und halb verhungert in sein Haus gekommenen Negerin gesprochen hatte. Ihre wie aus einer Schicht braunen Öles stumpf leuchtenden schwarzen Augen hatten ihm die unklar träumende Seele dieses Wesens offenbart, das treu wie ein Hund und zu allem Guten und Bösen abzurichten war. Der Alte sorgte dafür, daß nichts in ihr helle wurde, als das Gefühl für die Erhabenheit Saras über ihr. Und dieses Gefühl wurde immer mehr zu einer demütigen Anbetung, je reifer die Schönheit Saras wurde. Wie Sara selbst, ohne Religion aufgewachsen, hatte sie, aus einem mystischen Bedürfnisse ihres dunklen Wesens heraus, Sara zu einem Idol nach der Art derer gemacht, die ihre schwarzen Vorfahren angebetet haben mochten. Das war keine gute Göttin, kein lieber Gott, das war nur eben das höhere Wesen, die Macht, die Lenkung. Und es war die Schönheit, die Helle.
Lala wurde zur Dichterin, wenn sie ihre Gefühle für Sara aussprach.
Wie Sara zum Führen eines Tagebuches angehalten worden war, so auch sie, aber sie schrieb nur Dinge hinein, die Sara betrafen, und jede Seite begann mit der Überschrift:

»Heute sprach die helle Schwester dies.« Dann folgte etwa: »Hole das grüne Kleid, Lala. Tat es die dunkle Schwester. Sprach später die helle Schwester: Ich liebe noch immer den jungen Mann. Bring ihm den Brief. Tat es die dunkle Schwester. Und der junge Mann lächelte, denn die helle Schwester liebt ihn. Und kam zur Nacht nicht heim. Sanft sei ihr Glück, wie der Mond, und heiß, wie die Sonne. Die dunkle Schwester kennt die Liebe nicht, aber sie hat alles mit von der hellen Schwester. Und es ist gut für sie. Alles ist gut so, dunkel und gut.«

In diesem seltsamen Tagebuche bediente sich Lala derselben Geheimschrift, die sie mit Sara von Saras Vater erlernt hatte. Doch hatte sie sich noch eigene Sigel dazu erfunden. So für die Worte: »Heute sprach die helle Schwester« einen Kreis, durch den ein Pfeil wagrecht ging ←O< und für die Worte: »Tat es die dunkle Schwester« einen Halbmond, durch den ein Pfeil senkrecht ging.

Ihre Taubheit war Verstellung zu dem Zwecke, die Äußerungen fremder Leute über ihre Herrin vernehmen zu können, ohne daß diese sich dessen versahen. So hatte sie schon während der Ehe Saras der hellen Schwester wertvolle Spionendienste unter der Verwandtschaft des ahnungslosen Mister Leon Asher geleistet. Sara selbst pflegte ihre Dienerin auch ihren nächsten Bekannten und Vertrauten gegenüber als harmlose Idiotin hinzustellen, was um so weniger auf Mißtrauen stieß, als die primitiven Umgangsformen zwischen Herrin und Dienerin, wie das gegenseitig angewandte Du, ohnehin den Eindruck machten, als seien sie auf kindische Zurückgebliebenheit des Verstandes der seltsamen braunen »Jungfer« zurückzuführen.

Der Tatar

Nachdem Madame Sara in den besten Geschäften der Pragerstraße nach den besten Pariser Modellen ihre zwar ohnehin reiche, aber doch noch nicht ganz auf der Höhe des europäischen Geschmackes befindliche Garderobe ergänzt hatte und es nun an türkischen Schals, spanischen Mantillen, kleinen koketten Federhütchen, knisternden Reifröcken und durchbrochenen Halbhandschuhen mit den elegantesten Dresdner Madams mehr als aufnehmen konnte, fand sie es für angezeigt, ihre Antrittsvisitte bei der berühmtesten, ob auch ganz altmodisch gekleideten Dresdnerin zu machen, deren erlauchte italienische Herkunft zweifellos ist: bei der Sixtinischen Madonna.

Gleich den meisten anderen Fremden durchschritt auch sie (doch war es mehr ein Durchwogen) alle übrigen Säle der Galerie, ohne den an ihren Wänden prangenden Kostbarkeiten mehr als einen vorüberstreifenden Blick zu gönnen, mit dem Ausdruck der von Sehnsucht beflügelten Wisserin der höchsten Gnade, bis sie zu dem gebenedeiten Raume gelangte, wo die himmlischen Augen der Mutter und des Kindes leuchten, vor denen Papst und Heilige knien.

Die schöne Jüdin, froh, dort niemand zu treffen, ließ sich mit einem knisternden Aufbauschen ihres dunkelgrün seidenen Reifrockes in einem Fauteuil dem Bilde gegenüber nieder, erhob ihren schönen, mit vollgerundeten, schwermütig schwankenden Schmachtlocken frisierten Kopf zu dem Gemälde und führte das goldene Lorgnon an die dunklen und durch unterlegtes Beinschwarz noch mehr gehobenen Augen.

Ein wunderlicher Gegensatz, wie von Gavarni mit verruchter Raffiniertheit erfunden, diese beiden Frauenbilder einander vis-à-vis: Das lebendige, als ob es ein zwar amüsantes, aber freches Gespenst des Lebens wäre, und das aus der Kunst geborene, das fast als mehr wie Leben strahlte: als Lebensleuchten selber aus tiefster innigster Einfalt.

Madame Sara empfand selbst so etwas und zog ein Spiegelchen aus ihrem perlengestickten Ridikül, sich darin zu betrachten.

Warum schminken wir uns eigentlich so absurd, dachte sie für sich. Warum diese Masse Rot auf so viel Creme-Weiß? – Nun ja, wir sind keine Göttinnen ... Und doch ... es wird einem wunderlich zumute.
Und sie sah wieder die Madonna an.
Und dachte weiter: – Wer hat mehr Ursache, stolz zu sein, als wir Jüdinnen? – Die schönste Römerin war dem größten Künstler Italiens gerade gut genug, eine Jüdin darzustellen ... Tat er das wirklich aus – Religion?
Sie lächelte.
Wer hier die Liebe nicht sieht, hat keine Augen. – Freilich: der Papst, die Heiligen, die Engel ... Enfin! Künstler können sich was herausnehmen ... Künstler! Ah! ... Zweierlei gibts: Künstler und Helden – oder, ohne Romantik gesprochen, Soldaten, – d. h. Offiziere.
In diesem Augenblicke wurden ihre Gedanken durch das bestimmte Gefühl unterbrochen, daß hinter ihr ein Mann stehen müsse. Eine kleine Wendung ihres Kopfes, ein Blick nach hinten, colla coda dell' occhio, genügte, ihr zu zeigen, daß ihr Gefühl sich nicht getäuscht hatte.
Eine Weile später würde sie ihn auch mit der Nase haben wahrnehmen können, denn der Herr, der jetzt schräg hinter Madame stand und keinen Blick von ihr wandte, wie wenn er nicht der Sixtinerin wegen gekommen wäre, sondern wegen der Amerikanerin, dieser Herr, ein straff aufrechter Vierziger mit blonden Koteletten in der Mode der Zeit, einem rosigen Teint, sehr hellbraunen Augen und einem Anzuge, dessen sich der Empereur in Paris nicht hätte zu schämen brauchen, liebte offenbar die starken Gerüche. Damals war unter den vornehmen Mitgliedern der Herrenwelt ein Parfüm bevorzugt, das heute zu den Lehrlingen im Kellnergewerbe herabgesunken ist: Jockei-Klub. Doch war dieses Odeur damals noch nicht so degeneriert wie heute, wo es aus den zusammengegossenen Reigen anderer Extrakte hergestellt zu werden scheint. Es war vielmehr in der Blüte seiner Kraft und duftete restlos die große Seele dessen aus, der seine Erfindung inspiriert hatte: des Prinzen von Wales, dem bei seiner Inspiration nichts Geringeres vorgeschwebt hatte, als eine Erhebung des Stallgeruchs zum Odeur, – Rennpferd-Stallgeruchs, versteht sich. Frisches Heu und Juchtenleder als Dominante. Ein wirkliches

Odeur de chevalier, vielsagend und vielversprechend für geistreiche Nasen von Damen mit Temperamentsphantasie.
Der schönen Sara, die allzulange Ledergerüche hatte erdulden müssen, die nicht raffiniert und nicht nobilisiert waren, fehlte es an dieser Phantasie keineswegs, und so kam es, daß ihre Geruchsnerven in der bestimmten Ahnung vibrierten, der Herr hinter ihr könne eine Bedeutung für sie haben. Und so ließ sie mit scheinbarer Nachlässigkeit ihr winziges Spitzentaschentuch fallen, dessen Parfüm etwa als Komplementär-Geruch zu jenem Odeur de chevalier hätte bezeichnet werden dürfen. Sofort machte der Herr mit den Koteletten ein paar schnelle federnde Schritte nach vorn, bückte sich zu dem winzigen weißen Häufchen aus Seide, Spitzen und Duft nieder, ergriff das zarte Gewebe und überreichte es Madame mit einer Verbeugung, die, zugleich ritterlich und galant, die beste Welt verriet.
Ah, machte Sara mit vollendet gespielter Überraschung, das heißt mit einem Tone der Überraschung, dem man es anhören konnte, daß die Überraschung gespielt war. Der Herr mit den hellbraunen Augen verstand sich auf Tonnuancen aus Frauenmunde und wußte auch die richtigen Folgerungen daraus zu ziehen und sich den Folgerungen entsprechend mit Delikatesse zu benehmen. Aber hier hätte es der Erfahrung und Sicherheit eines Meisters in der Kunst der Anknüpfung mit Damen nicht einmal bedurft, denn angesichts ganz großer Gegenstände der Kunst oder Natur ist es selbst für Anfänger leicht, den Faden zu einem Gespräch anzuspinnen und fest zu drehen. Was so hoch über der gemeinen Konvenienz steht, wie die Sixtinische Madonna, verleiht mit der Macht von Souveränen auch das Recht, sich in seiner Gegenwart zeitweilig über konventionelle Schranken wegzusetzen.
So waren Weltdame und Weltmann bald in einem angenehm bewegten Gespräch, das bei Raffael begonnen hatte, über die Kunst im allgemeinen anmutig weggeschaukelt war und sich schließlich behaglich über Fragen des gesellschaftlichen Lebens in Dresden ausbreitete.
Der Umstand, daß auch der Herr als Fremder in Dresden weilte, ergab eine willkommene Erleichterung der gegenseitigen Aussprache. Eine Reisebekanntschaft, sogleich als

Reisebekanntschaft determiniert, wird von Leuten von Welt, die sonst zumeist gezwungen sind, sich in festen Zirkeln zu bewegen, immer als eine angenehme Bescherung des Zufalls gerne begrüßt. Man lernt sich schnell kennen, kommt einander, wenn Sympathie im Spiele ist, sehr schnell nahe, bleibt aber doch immer Passagier, und es genügt, eines Tages zu sagen: Morgen mit dem Frühzuge reise ich weg. Nicht einmal das Stammbuchblatt früherer Zeiten ist auszufüllen:

> Fällt dein Blick auf diese Seite,
> Wenn du jene umgewandt,
> Denk an mich mit Gunst und sage:
> Diesen hab ich auch gekannt.

Fürst Wladimir Golkow, russischer Kavallerie-General außer Dienst, Kommandör des Sankt-Georgsordens für besondere Bravour im Krimkriege, besaß viel Neigung zu derlei Bekanntschaften, zumal wenn es sich um schöne Partnerinnen handelte, und er lebte recht eigentlich solcher Reisebekanntschaften wegen immer auf Reisen. Doch war Dresden, das zu jener Zeit von Russen überhaupt bevorzugt wurde, der Ort, zu dem er von Zeit zu Zeit immer wieder zurückkehrte. Daher er hier eine feste Wohnung unterhielt, eine kleine Villa in einem großen Garten der Neustadt.

Heute knattert auch durch dieses damals noch ganz ländlich stille Viertel der elektrische Trambahnwagen; die großen Gärten sind parzelliert, und in jedem der neuen kleinen Gärtchen steht, die dumm-moderne Front zur Straße gewendet, ein kleiner Steinkäfig mit Stuckornamenten, in dem ein Dresdner Partikulier wohnt, dem es gerade recht ist, daß er seinem Nachbar in die Fenster gucken und riechen kann, was der Herr Kalkulator nebenan heute zu Mittag hat. Damals aber war das eine vornehme Gegend. Wenige, aber große, mit alten Bäumen bestandene Gärten, und tief im Grün des Gartens, von der Straße kaum sichtbar, ein altes Herrenhaus mit französischem Doppeldach, ohne viel Schmuck, und ganz gewiß ohne angeklebten Schmuck, aber von guten architektonischen Verhältnissen, behaglich geschmackvoll.

Ein solches Haus in solchem Garten hatte sich »der Russe«, wie er in der Gegend kurz genannt wurde, erworben und ganz nach seinem Sinne mit Möbeln aus der Zeit des ersten Kaiserreichs ausgestattet, die damals bloß als altmodisch, aber noch nicht für »antik« galten. Sie sagten ihm in ihrer strengen und etwas steifen Pracht viel mehr zu, als die mit Rokoko-Verzierungen recht oberflächlich spielenden Möbel des zweiten Kaiserreichs, die ihm den Eindruck von Unsolidität und Weichlichkeit machten. Er aber liebte die grade Linie, sparsamen, zurückhaltenden Schmuck aus echtem Material und eine gewisse Massigkeit. Das grazilere »Damen-Empire«, die feinbeinigen Tischchen und wie aus Gitterwerk zierlich konstruierten Sofachen fand man bei ihm nicht, wohl aber gewaltige, wenn auch durch die Kunst der Verhältnisse nicht plump erscheinende Tische und wahrhaft überlebensgroße Prachtkanapees. Die östliche Herkunft und den früheren Beruf des Besitzers verrieten kostbare persische Teppiche, turkestanische Vorhangstoffe und wertvolle Waffen der verschiedensten Art: Säbel, Degen, Pistolen, Gewehre, die, weit zahlreicher als Bilder, an den Wänden hingen. Doch fehlte es auch an Bildern nicht völlig, und diese ließen gleichfalls gewisse Schlüsse auf die Neigungen ihres Besitzers zu. Da waren bunte, edelsteinbeladene russische Heiligenbilder, byzantinische Madonnen neben tibetanischen Malereien auf Seide, die schauderhafte Götzen, überladen mit Attributen der Grausamkeit und Wollust, darstellten, aber es gebrach auch nicht an allerhand nackten Damen antikmythologischer und ganz und gar moderner Herkunft. Diese letzteren aber waren nicht so sehr durch klassische Schönheit wie durch Fülle ausgezeichnet. Auch plastische Kunstwerke waren vorhanden, doch gewahrte man weniger echte Bronzen, als Erzeugnisse des berühmten russischen Phosphor-Eisenwerkes bei Jekaterinburg, die nichts so gerne darstellen wie reitende Kosaken.

Auch von diesen Dingen war bereits in Gegenwart der Sixtinischen Madonna die Rede, und es war nicht bloß höfliche Vorheuchelung, wenn Madame Sara erklärte, daß alles Russische sie besonders interessiere.

– »Rußland, verzeihen Sie, Fürst, hat für uns Amerikaner den Reiz kostbarer Barbarei. Gilt uns Europa als die alte, schon etwas lahmgewordene Kultur, so Rußland als der große Rachen, der diese Kultur einmal verschlingen und, wenn er imstande ist, sie zu verdauen, aus ihr ein neues Gebilde von halb asiatischem Charakter erstehen lassen wird.«

– »Ich verstehe, Madame. Wir Russen sind für Sie die Europäer à la tartare. Ein bißchen Politur über dicker Roheit. Nun ja, gottlob, es ist etwas Wahres daran. Unsere Kraft liegt in Asien, im Urgebiet des Menschen, das schon mehr Kulturen sterben sah, als je in Europa entstanden sind. Dort ist viel verfault und daher, dank der Düngung durch Jahrtausende, der beste Humus für eine neue, für unsere Kultur. – Was Sie in Amerika verflucht schnell und, entschuldigen Sie, etwas oberflächlich gemacht haben, machen wir verflucht langsam, daher aber um so gründlicher. Sie haben auf ein neues Land den äußerst schnell alt gewordenen europäischen Liberalismus gepfropft, aber dieses Wunderkind wird wie alle Wunderkinder früher sterben, als es Nachkommen hervorbringen konnte. Wir aber gehen auf das echte Urwesen des Menschen zurück, das sich, wenn Sie wollen, barbarisch geworden, im Osten erhalten hat und zu alt ist, als daß es die Kinderei des Liberalismus hätte mitmachen können. Panslawismus heißt Asiatismus, heißt Mystizismus. Revanche für Marathon und Salamis ist das letzte Ziel der russischen Politik.«

– »Oh! Oh! Sie springen weit und überspringen viel, Fürst!«

– »Das kommt, weil wir Russen an große Ausdehnungen gewöhnt sind.«

– »Wie wir Amerikaner.«

– »Aber Sie springen an der Longe Europas in der Manege des Liberalismus. Zirkuskünste! Bei uns aber ist Freiheit und Größe! Nur bei uns!«

– »Freiheit? Existiert das Wort im Russischen?«

– »Nicht im Sinne der kümmerlichen Liberté, aus der die ruchlos idiotische Égalité hervorgegangen ist, aber im großen Ursinne der Brüderlichkeit eines ganzen Volkes, das sich als Familie fühlt und mit tiefem Instinkte den fürchterlichen Unsinn des Individualismus erkannt hat, den wir den griechischen Windbeuteln und den einzigen entarteten Orientalen verdanken: den Juden.«

Bei diesem Worte fühlte die kluge Sara, der dieses Gespräch ein seltsam aus Ärger und Respekt gemischtes Vergnügen

bereitet hatte, daß jetzt der Moment gekommen war, wo es sich entscheiden mußte, ob sich mehr und Besseres aus ihm entwickeln sollte, als Gespräche.
Und sie sagte mit einem Lächeln, das schlechterdings bezaubernd war in seiner Mischung aus ein bißchen Demut mit viel Stolz: »Sehen Sie mir es nicht an, daß ich Jüdin bin, Fürst?«
Auch der Kommandör des Sankt-Georgsordens empfand blitzschnell die Bedeutung dieses Momentes. Er, der in der Tat längst und keineswegs mit Mißfallen die jüdische Herkunft seiner schönen Partnerin bemerkt hatte, ergriff ihre linke Hand und zog sie an die Lippen, indem er sprach: »Ich verstehe mich auf Frauenschönheit, Madame, und ich müßte nicht tatarisches Blut in mir haben, wenn ich sie nicht zu schätzen und – abzuschätzen wüßte. Meine Liebe für den Orient ist nicht bloß platonisch-politischer Natur. Mag ich auch die Juden für entartete Orientalen mit dem denkbar schlechtesten Einfluß auf die menschliche Kultur halten – die Jüdinnen sind mir immer besonders verehrungswürdig erschienen, und ich möchte mich ihrem Einflusse keineswegs entziehen – zumal, wenn er über ein Lächeln verfügt, wie Sie.«
Madame Sara hörte den Unterton von paschahafter Überlegenheit aus diesen Worten wohl heraus, aber er mißfiel ihr durchaus nicht. Im Gegenteil: Sie ahnte aus ihm etwas, das sie innerlich höchst angenehm aufschauern ließ.
Und sie wiederholte ihr Lächeln, indem sie die Demut darin zur Balance mit dem Stolze steigerte. Und sagte: »Auch die Ironie in Ihren Worten entzückt mich, Fürst, – nicht bloß die Schmeichelei. Sie haben eine mir sehr zusagende Manier der galanten Huldigung, und ich würde es vielleicht auf einen Versuch ankommen lassen wollen, zu erfahren, ob Sie jetzt bloß – höflich gewesen sind.«

Der Versuch wurde gemacht, wurde wiederholt, und es war bald kein Zweifel mehr daran erlaubt, daß Fürst Golkow eine mehr als platonische Neigung für schöne Jüdinnen hatte.
Schon nach wenigen Wochen war Madame Sara im buen retiro des Fürsten wie zu Hause, und sie lernte den Zusammenhang begreifen, der zwischen den byzantinischen Ma-

donnen, den tibetanischen Verzückungsgreueln und den Kosaken aus russischem Weicheisen bestand. – –
Wie ihr das neu war nach ihren Erfahrungen mit dem seligen Asher und dem Intermezzo mit dem hübschen Leipziger Korpsburschen!
Sie lernte mit großem Interesse das erotische Gruseln kennen und entbrannte in heftigster Leidenschaft zu ihrem Tataren, wie sie nun den Fürsten gerne nannte. Indessen: Den Kopf verlor sie dabei doch nicht. Wie gerne sie auch ihrem erotischen Mystagogen auf den dämmerigen Wegen in das mystische Paradies folgte, und wie gelehrig sie sich auch aus angebornem Talente benahm, – sie verfiel ihm nicht so ganz, wie es den Anschein hatte, und wie er es nach dem Anschein gerne glaubte. Sie exaltierte sich nicht aus Berechnung; das hatte ihr Temperament nicht nötig. Sie spielte auch nicht aus Berechnung die Liebessklavin; diese Rolle war ihr im gegebenen Moment Natur. Aber beides, die Exaltation und die demütige Unterwerfung unter den Herrn der Liebe, nahm sie nicht dauernd ein; – sie blieb über der Sache, die für sie nicht Liebe, sondern Sensation war, aber sie wußte sich klüglich den Anschein zu geben, als sei sie nicht bloß in seinen Armen sein.
Auch beim Fürsten war es nicht Liebe im wahren mystischen Sinne des Wortes, nicht die ganze innere Verknüpfung seines Wesens mit dem ihren. Er entzückte sich an ihr zu Schwelgereien seiner wunderlich verstiegenen und Abgründe aufsuchenden Erotik. Er genoß in ihr – Asien und meinte in ihr – das Judentum zu unterwerfen. Aber es ging ihm wie manchen großen Herrn, die, gerade wenn sie am unumschränktesten zu herrschen glauben, um ihr eigentliches Herrschertum betrogen werden. Die schöne Jüdin wurde ihm zum Bedürfnis, und sie zwang ihm leise eine Monogamie auf, die ganz und gar nicht in seinem Wesen lag.
Ein solcher Zustand aus wirklicher Liebe ist Glück. Beim Fürsten war er eine Folge von Rauschzuständen, denen es am Intermezzo des Katzenjammers nicht fehlte. Trotzdem dachten beide nicht daran, die so intim gewordene Reisebekanntschaft durch eine Abreise zu lösen.

Madame Sara fühlte sich in Dresden durchaus und in jeder Richtung wohl. Sie war durch den Fürsten, soweit er selbst gesellschaftliche Beziehungen pflegte, in die Gesellschaft gekommen, – nicht so sehr in die der ansässigen Kreise, als in die der Fremden von Distinktion. Und, wo sie erschien, machte sie Aufsehen, gefiel sie. Das tat ihr wohl und machte ihr Vergnügen, zumal, da sie an Schönheit, Geist und Eleganz keine Rivalin fand.

Es dauerte nicht lange, und sie war umworben. Ein Attaché der französischen Gesandtschaft gefiel ihr, aber seine Gespräche waren zu pariserisch glatt. Sie war tiefere Paradoxe gewöhnt, als die, die Monsieur le Comte de Brottignolles aus dem Figaro schöpfte, den sie selber las. Auch ein junger sehr reicher Engländer, der immer vorgab, sich zum Studium der deutschen Sprache in Dresden aufzuhalten, aber nie ein deutsches Wort über seine wunderbar rasierten britischen Lippen brachte, machte in seiner blonden Gesundheit einen gewissen Eindruck auf sie. Er war nicht parfümiert und roch doch gut. Alles war gut ausgearbeitet und doch strotzend an ihm. Kurz: Ein Triumph der Hygiene. Aber er war gar zu englisch, zu insular, und man konnte mit ihm schlechterdings nur über Dinge reden, die augenscheinlich vernünftig waren. Und, um Leitartikel miteinander auszutauschen, dazu, meinte Madame Sara, unterhält sich eine junge Frau nicht mit einem jungen Manne. Überdies hatte sie die Empfindung, daß er grausam tugendhaft sei und sich darauf noch etwas einbilde.

Der Fürst, dem es nicht entgehen konnte, daß seine Sulamitin auch anderen gefiel, beobachtete mit großem Vergnügen das Vergebliche aller Versuche der anderen, ihr nahe zu kommen, und legte das wohlgefällig als Beweis seiner festen Alleinherrschaft aus. Irgendwie erstaunlich fand er es nicht, denn es gehörte zu seiner Überzeugung von den Vorzügen der östlichen Menschen, daß dort die Männer zwar polygam, die Weiber aber monogam veranlagt seien. »Sogar die Jüdinnen,« hatte er einmal zu Sara gesagt, »die überhaupt noch echte Orientalinnen sind, weshalb sie sich in ihren schönen Exemplaren auch überall gleichen, während der amerikanische Jude ganz wie ein Amerikaner aussieht, der französische Jude ganz wie ein Franzose.« Auch gegenüber solchen Reden hatte Sara das unterwürfige Lächeln der Favoritin, aber in ihrem Innern sah es dabei gar nicht unterwürfig aus, und im Tagebuche Lalas gab es eine Stelle, die lautete so: »Sprach die helle Schwester: Je gescheiter ein Mann ist, um so leichter kann ihn eine Frau betrügen.«

Sturmius

Eines Morgens wurde Madame Sara, die erst sehr spät von einem Besuche bei ihrem Tataren nach Hause gekommen war und unerquicklich geträumt hatte, durch rasendes Klavierspielen und eine fürchterliche Art von Gesang geweckt. Beides wurde offenbar direkt über ihr verübt. Sie schellte Lala herbei und rief ihr entgegen: »Was ist denn das? Wer wohnt denn über uns?«

»Oh!« antwortete Lala mit großem Ernste, »du wirst ihn lieben. Er ist so häßlich, wie ich, aber du wirst ihn lieben. Er ist anders. Er ist gut und verrückt. Er hat zu mir gesagt: Ei du Scheusälchen!«

Madame Sara, eben noch recht ärgerlich, mußte lachen, und sie sagte: »Mir scheint, Lala: du liebst ihn. Dann muß ich zurücktreten.«

Aber Lala verstand solche Scherze nicht. Sie sagte: »Oh, es ist wahr. Er ist ganz für dich. Er ist ganz anders und ganz für dich, und er wird dich lieben.«

– »Dann soll er vor allem mit diesem schrecklichen Klavierpauken aufhören und mit dem noch schrecklicheren Gesingse!«

– »Lala geht zu ihm.«

Und Lala ging hinauf, und augenblicklich wurde es ruhig.

Nach einer Weile kam die dunkle Schwester mit einem Billett zurück, auf dem folgende Worte standen:

»Wenn Orpheus sang, schwieg selbst das Federvieh,
Doch Orpheus selber, lehrt Mythologie,
Orpheus schwieg nie.

Aber Orpheus hat auch nicht das Glück gehabt, Madame Sara Asher aus Newyork (siehe Fremdenbuch) zu sehen, wie der ganz ergebenst endesunterfertigte Musikante und Poet, der zwar nicht leben kann, wenn er nicht den Flügel bearbeitet und seine unsterblichen Melodien den Morgenwinden mitteilen darf, aber lieber aufs Leben zu verzichten gewillt ist, als daß er der schönsten aller Damen ärgerlich sein möchte. – Es liegt also bei Madame, zu entscheiden, ob ich leben oder sterben soll. – Ich werde mir erlauben, selbst um die Entscheidung anzufragen, wenn Madame die Gnade haben will, mir dafür eine Stunde zu bestimmen.

Der ich bin
der schönsten Dame
alleruntertänigster
Diener und Knecht
Sturmius de Musis.«

»Du scheinst recht zu haben, Lala, er ist entschieden verrückt,« sagte Sara, wie sie unter Lächeln das Billett gelesen hatte. »Aber er ist ein amüsanter Narr. Du kannst ihm also sagen, daß ich um ein Uhr für ihn zu sprechen bin.«

Punkt ein Uhr überbrachte Lala ihrer Herrin eine Visitenkarte, die den wirklichen Namen des Maestro Sturmius de Musis aufwies, einen alten deutschen Adelsnamen, der eben an allen Plakattafeln der Stadt über einer Konzertanzeige zu lesen war. »Ich lasse bitten!« sagte sehr freundlich Madame Sara, musterte schnell noch einmal ihre raffiniert halb auf Empfang, halb auf Negligé gestimmte Toilette und ließ sich, gelb auf rosa, in einen üppig gepolsterten Armstuhl sinken.

Kaum, daß sie noch einen Wurf alter Brabanter Spitzen über türkischen Pantöffelchen zur Geltung hatte kommen lassen können, stand der Flügelgewaltige auch schon in der Türe.

Er sah, oberflächlich angesehen, recht unscheinbar aus. Klein und mager, wie er war, verschwand er fast in dem überlangen, schwarzen, noch etwas biedermeierisch geschnittenen Bratenrocke, den er zu breitkarierten hellen Nankinghosen trug. Ein nicht recht eleganter Umlegkragen gestattete einem hellroten seidenen Schlips, weiter hervorzuzipfeln, als es die Mode erlaubte, und ließ einen keineswegs schönen, allzu langen und sehr sehnigen Hals frei, der zu allem Überfluß noch von einem überlebensgroßen Adamsapfel belebt wurde. Dieser fleißig auf- und niedersteigende Knollen hätte bei jedem anderen die Aufmerksamkeit des Betrachters konkurrenzlos in Anspruch genommen. Bei Madame Saras Besucher vergaß man ihn bald, wenn man einmal den Kopf angesehen hatte. Vor allem: Er war zu groß. Er paßte nicht zum Körper. Er wirkte als Kopf an sich. Und dann: er war grausam häßlich, weil er auch in sich keine anständigen Verhältnisse hatte. Ein Hohn auf das Gesetz vom goldenen Schnitt. Die Stirn, über zwei dicken blonden Raupen, den Augenbrauen, ansetzend, hörte scheinbar überhaupt nicht auf. Dafür war die Nase viel zu kurz geraten, und sie erschien außerdem noch kürzer, als sie schon war, weil sie sich in optischer Verkürzung präsentierte, nämlich mehr nach aufwärts als nach abwärts tendierend. Dafür war wieder der Raum zwischen Nase und Mund viel zu ausgedehnt. Zwar war er mit einem hellblonden, in Spitzen gedrehten starken Schnurrbart bestanden, aber es wäre für zwei solcher Schnurrbärte Platz gewesen. Der Mund, obwohl zu breit und zu schmallippig, war geistreich. Nur entblößte er leider wahre Nagetierzähne, breite gelbliche Schaber. Und dann war kein Kinn da, sondern nur ein Zwickelbart, ein gesteifter pharaonischer Zwickelbart, der im Verein mit dem breiten Mund und der gewaltigen Malmfläche sofort die Idee wachrief: Nußknacker. Die stark hervortretenden oberen Backenknochen unterstützten die Idee wirksam, während die ungeheuren Ohren die Gedanken mehr ins Gebiet der Zoologie riefen. Zornig trompetende Elefanten, wenn sie die Ohren abstehen lassen, erfreuen sich ähnlicher Seitenornamente. Sein Haupthaar litt unter dem Größenwahn seiner Stirn. Man konnte eigentlich nur von Hinterhaupthaar reden. Doch ersetzte es an Länge, was ihm an Terrain versagt war. Es fiel beträchtlich über den Rand des Rockkragens herab, war aber säuberlich gerade geschnitten.

Ein solcher Kopf hätte wohl Entsetzen erregen müssen, wenn in ihm nicht zwei Augen gewesen wären, so voll Geist, Güte, Glut und Leben, daß man in ihrem Anblicke alles übrige vergaß und sofort die Empfindung gewann: Dieser Mann hat es nicht nötig, äußerlich schön zu sein; er hat alle Schönheit innerlich, das heißt: er ist ein wunderbar guter und wunderbar geistvoller Mensch, ein geniales Herz und ein genialer Kopf. Seine Häßlichkeit, statt zu verstimmen oder gar Mitleid hervorzurufen, machte heiter, steckte mit Heiterkeit an, von den Augen her, um die herum ein lebhaftes und doch nicht zuckendes Muskelspiel fröhlicher Laune war, witzig und dionysisch zugleich, kindlich und faunisch, gemütlich und enthusiastisch.

Wenn er aber gar den Mund auftat und in seiner, Konsonanten und Vokale wunderlich zusammenquetschenden Sprache zu reden begann, war es, als ob alle guten Geister des Lebens mobil gemacht worden wären gegen Langeweile, Dumpfheit und Verdrossenheit. Er brauchte gar nichts Besonderes zu sagen: alles klang originell, denn ein jeder fühlte unbedingt: Dieser Mensch spricht sich unverstellt aus, jedes Wort ist getragen von einem Impuls, keines schielt nach verborgenen Absichten, und wäre es auch nur die Absicht, originell zu wirken. Andererseits mochte manches anfangs närrisch klingen, aber bald merkte man, daß es nur närrisch geklungen hatte, weil es gar tief natürlich gewesen war, kindliche Weisheit, die sich nicht gut in konventionellen Schablonen ausdrücken kann, und die sich ganz naiv-primitiver Mittel bedient. Dabei war Meister Sturmius alles andere eher, als ein rohes Naturprodukt. Er war nicht nur sehr gebildet, äußerst belesen, ja im Umkreise seiner künstlerischen Interessen beinahe gelehrt; er hatte auch als Erbgabe seines alten Geschlechtes einen sehr sicheren Fond überkommener Kultur. Wenn er sich zuweilen recht ungeniert betrug, die Mode nach seinem Geschmacke modelte, die Konvention nach seinem Sinne bog, so war es kein wüstes Durchbrechen von Schranken, sondern immer ein elegantes Drüberwegsetzen mit dem leisesten Takte für das Wo, Wie, Wann und Wieweit. Nur in seiner Kunst war er ein rücksichtsloser Draufgänger, und er pflegte das so zu entschuldigen: Alles, was in meiner Familie früher Ritterliches, Räuberisches, Mörderisches passiert ist mit Schild und Schwert und Spieß, üb ich aufs neue aus im Kampfe für die Kunst gegen die Philister. Alle meine raubritterlichen Vorfahren haben nicht soviel Eisen zerhauen, wie ich Flügel, und ich will doch sehen, ob ich nicht mehr Kunstphilister zur Strecke bringe, als sie Krämer. Sturmius, mein erlauchter Ahne, hat seinen Bruder Arbogast mit einem alten Streitkolben erschlagen, weil er nicht Martin Luthern anhangen wollte; – so würde auch ich meinen Bruder umbringen, wenn er nicht an Richard Wagner und die Musik der Zukunft glaubte. Es ist ein großes Glück für meinen Bruder, daß ich keinen habe.

Madame Sara, die keinen schlechten Blick für Menschen

hatte, erkannte schon an der Art des Eintretens, daß ihr Gast trotz seines allzu subjektiven Bratenrockes ein Mann von Welt war, denn er kam ohne jede Spur von Befangenheit auf sie zu und küßte ihr die Hand wie einer, der gewöhnt ist, mit Schönheiten des Salons umzugehen. Dabei überstrahlte sie sein Blick ebenso verehrungsvoll wie munter, und sie fand, daß dieser Musikus, ästhetisch genommen, zwar ein Scheusal sei, aber ein höchst interessantes, ja – reizendes Scheusal. Naiv treulos, wie sie war, dachte sie sofort vergleichend an ihren Tataren, und diesmal schien es ihr, als sei der »Andere«, das heißt der neuauftauchende, vielleicht ... nun: weiter dachte sie nicht. Und sie sprach: »Sie haben wirklich meine Entscheidung über Leben und Tod, Herr von ...«

Aber Meister Sturmius fiel ihr ins Wort, ehe sie seinen Namen hatte aussprechen können: »Haben Sie die Gnade, mich nicht bei meinem in die Register des Staates eingetragenen Namen zu nennen, Madame! Auf die Gefahr hin, daß Sie mich sogleich ersuchen werden, Ihr Zimmer zu verlassen, bitte ich Sie, mich mit dem Vornamen anzureden, den in den Zeiten, da meine Familie noch katholisch war, die Erstgeborenen unseres Hauses trugen, und den ich mir selbst für den Verkehr mit Göttinnen beigelegt habe: Sturmius!«

Madame Sara lachte belustigt auf: »Sturmius? Steht der Name wirklich im Kalender? Ist er nicht von Ernst Theodor Amadeus Hoffmann erfunden worden?«

– »Es hat so viele Sturmiusse meines Namens gegeben, daß wir sie numeriert haben, Madame. Der letzte war der vierzehnte und trug den Namen Judenschreck, nicht, weil er das Volk Gottes haßte, sondern weil er sehr kreditbedürftig war.«

– »Das Volk Gottes? Wie meinen Sie das?«

– »Wie es in der Bibel steht. Denn die Juden sind wirklich die Auserwählten ihres Gottes, den sie bei uns importiert haben. Es war ihr erster großer Import-Artikel und ist ihr bestes Geschäft geblieben bis auf den heutigen Tag. Wir haben ihn teuer bezahlt.«

– »Sie sprechen nicht sehr respektvoll vom lieben Gott.«

– »Der Gott der Juden heißt Jehova.«

Madame Sara war ärgerlich. Was sollte das alles? Wußte er

nicht, daß ihr Name jüdisch war? Sah er nicht, daß er eine Jüdin vor sich hatte?

Sie sprach: »Es ist nicht gescheit, daß Sie Ihre Richterin über Tod und Leben beleidigen, Herr von . . .«

– »Bitte: Sturmius!«

– »Wenn ich nun eine fromme Jüdin wäre . . .?«

– »Sie sind überhaupt keine Jüdin.«

– »Doch, und ich bin stolz darauf.«

– »Sie sind ebenso wenig eine Jüdin, wie Christus ein Jude war.«

– »Was war Christus denn?«

– »Christus.«

– »Das verstehe ich nicht.«

– »Christus war die Liebe, war nichts als Liebe, war ganz und gar Liebe. Daher war er weder Jude, noch sonst etwas, und darum gehört er allen, nicht bloß uns Christen, sondern auch den Juden und Heiden. Und so ist es mit jedem Menschen, der etwas Seltenes ganz ist. So ist mein Freund Richard Wagner ganz Genie, und darum ist er kein Deutscher, sondern Richard Wagner, darum gehört er nicht bloß uns, die wir seine Jünger sind, sondern auch den Juden und Heiden der Musik.«

– »Und ich?«

– »Madame! Dinge, die ich nur auf fünfzeiligem Papier oder auf dem Flügel ausdrücken kann, erdreiste ich mich nicht, in Worte zu fassen. – Haben Sie die Gnade und erlauben Sie mir, weiter zu leben, weiter zu musizieren, – und ich will Ihnen Gelegenheit geben, zu hören, was Sie sind.«

– »Sie sind ein wunderlicher Heiliger.«

– »Weder heilig noch wunderlich. Nur Musikant und ein Stück Poet. Doch bin ich leider nicht groß genug, um nicht nebenbei ein deutscher Querkopf und als solcher zum Beispiel ein hitziger Judenfresser zu sein.«

– »Das ist amüsant.«

– »Für mich sehr.«

– »Also ist es Ihnen nicht ernst damit?«

– »Ich brauche meinen Ernst für meine Kunst. Juden fresse ich zur Erholung.«

– »Haben Sie Mendelssohn schon gefressen?«

– »Der ist mir zu musikalisch.«

– »Und Meyerbeer?«
– »Den habe ich gefressen.«
Und Meister Sturmius lachte über den Doppelsinn seiner Antwort selber so herzlich auf, daß sein Gelächter ansteckend wirkte und auch Madame Sara schallend lachen mußte.
»Aber Sie stehen ja noch immer, Sturmius,« nahm, durch das gemeinsame Gelächter in eine übermütige Laune geraten, Madame Sara das Wort, »setzen Sie sich, Meister!«
»Nicht ‚Meister', « erwiderte der, indem er sich setzte. »Es gibt nur einen Meister, und der sitzt jetzt in der Schweiz über Partituren zu Werken, die die Pforten der Ewigkeit aufreißen werden. Ich bin nur Sturmius der Jünger: Ihr Sturmius, Madame, wie seiner, denn die Schönheit ist der Nachfolge so würdig, wie das Genie. – Gestatten Sie mir, daß ich Ihnen die Schleppe trage als Ihr musikalischer Page.«
»Das würde wohl unschicklich sein bei der Krinolinenmode,« meinte Madame Sara, und Sturmius schüttelte sich aufs neue vor Lachen. Und wiederum mußte Madame Sara einfallen und es dauerte eine ganze Weile, bis sie sich beruhigt hatte, um sagen zu können: »Mein Gott, was für Kinder wir sind! Wir schreien miteinander vor Lachen, als kennten wir uns von Jugend auf. Das ganze Hotel werden wir skandalisieren.«
»Wenn es auf mich ankäme,« antwortete Sturmius, »ich hätte nichts dagegen, wenn es die ganze Stadt wäre.«
Da dachte Madame Sara zum zweitenmal an ihren Tataren und sagte: »Das wollen wir bleiben lassen, Sturmius. Ich bin mehr für Ausschluß der Öffentlichkeit bei Privatvergnügen.«
Und sie lachte wieder, – aber schon etwas leiser.

Dreieck

Der von Sara beliebte Modus wurde beibehalten. Selbst im Hotel wurde, dank des virtuosen Aufpassens von Lala, die entente intime zwischen erstem und zweiten Stock nicht bemerkt, die sich aus der entente cordiale sehr bald entwickelte und den asiatischen Beziehungen Madame Saras an Intensität nichts nachgab.

Die schöne Jüdin war sehr glücklich mit ihren beiden verliebten Antisemiten, deren Rassenhaß sie auf so angenehme Weise ad absurdum führte, und die ihr dafür so viel Glut und Verehrung entgegenbrachten, daß in der Tat für die ganze übrige Judenheit nur recht wenig Liebe mehr übrigbleiben konnte. Der kleine Gott hatte wirklich gut für ihr großes Herz gesorgt. Es waren nicht bloß zwei Männer, die sie umfingen, – es waren zwei Rassen, zwei Weltanschauungen, die ihr huldigten. Und das ergab auch in puncto puncti zwei angenehm verschiedene Gebarungen. Alles Mystische, Auto- und Theokratische lag dem Jünger der Zukunftsmusik aus altem germanischen Adelsstamme gänzlich fern. Er zündete keine Lampen in Rubingläsern an vor byzantinischen Madonnen, um Dämmerstimmungen auf dem Grenzgebiete zwischen Religion und Erotik zu Explosionen heftigster Liebesherrschsucht und wollüstigster Liebesuntertänigkeit zu steigern. Der Tribut, den er der schönen Frau mit allen Sinnen leidenschaftlich darbrachte, war völlig frei von asiatischen Ingredienzien. Seine Leidenschaft war klarer, frischer, heiterer. Er liebte nicht zum ersten Male, aber er liebte wie beim ersten Male: jungenhaft mit der bald drolligen, bald rührenden Überschwenglichkeit eines jungen Studenten, – nur kam, wenn es ans Sprechen ging, ein reicher, erfahrener Geist hinzu und, wenn er seine Entzückung musikalisch äußerte, eine meisterhafte Kunst.
Für eine Virtuosin der Liebe, als welche sich Madame Sara bald fühlen durfte, war diese Nuance ein wunderbarer Genuß, der durch die äußere Häßlichkeit nur noch erhöht wurde.
»Welches Glück,« sagte sie einmal zu ihm, als er in seinem gelbseidenen, blau und grün geblümten Schlafrock vor ihr herumsprang und aus allen Winkeln der Welt- und Naturgeschichte Epitheta zum Preise ihrer Schönheit zusammensuchte – »welches Glück, mein Sturmius, daß du kein schöner Tenor bist, sondern ein häßlicher, der häßlichste aller Musikanten. Wie schrecklich, wenn du eine Adlernase hättest.«
»Schweig! Es ist nicht zum Ausdenken!« rief Sturmius und schüttelte die Fäuste.
– »Stell dir das groteske Elend vor, wenn du Locken hättest, Sturmius!«

– »Absurditäten stelle ich mir nicht vor, Madonna! Es wäre aber mehr als absurd, es wäre in der Tat verhängnisvoll. Denn, hätte ich Locken und eine Adlernase, was wäre die Folge? Ich würde Lala lieben und nicht dich, denn Künstler lieben immer den Gegensatz. Was deine Schönheit liebt, o Perle von Juda, ist meine Scheusäligkeit. – Ich bin ein verhuzelter, verkrumpelter Germane, ein stark Shakespearescher Witz des einäugigen Wotan, der übrigens auch kein Apollo ist. Darum lieb ich dich, die strahlende, gliederherrliche Jüdin, Jehovas seliges Meisterstück.«

»Denke dir: Wenn ich ein Kind von dir bekäme,« sagte nach einer nachdenklichen Pause Madame Sara.

»Dann lern ich«, antwortete Sturmius, »auf meine alten Tage beten, daß es ein Sohn sei und keine Tochter. Denn er wird trotz deiner Schönheit ein häßliches Kind sein.«

Madame Sara dachte wieder eine Weile nach, dann sprach sie: »Auch ich will, daß es ein Sohn sei. Es ist nicht gut, wenn zwei so verliebte Gegensätze ein Mädchen in die Welt setzen.«

– »Du redest so mütterlich, meine Halskette; – hast du einen Grund, so mütterlich zu reden?«

– »Ich fürchte: Ja.«

– Du – fürchtest?«

– »Ja; ich fürchte. Ich will kein Kind. Schon der Gedanke irritiert mich. Ich käme mir degradiert vor, Eine Liebe, die – ‚Folgen hat' . . . das ist doch – gemein.«

– »Ja, gnädige Frau, es ist gemein.«

– »Laß mich mit Schillerschen Doppelsinnigkeiten zufrieden, Sturmius. Du weißt, für Schiller habe ich kein Organ.«

– »Ich weiß. Er ist für dich der Dichter der deutschen Turnvereine und Liedertafeln, und meine braune Venus von Jerusalem ahnt mit gutem Instinkte, daß vor dem Erze seiner Jamben einmal das Reich der Krinoline in den Staub sinken wird.«

– »Wenn du von Bismarck reden willst, Sturmius, geh ich.«

– »So will ich von Bismarck spielen.«

Und Sturmius setzte sich an den Flügel und phantasierte über Beethovens Eroica.

Die Gleichgültigkeit, mit der Sturmius die Andeutung Saras aufgenommen hatte, beleidigte diese gar nicht. Sie fühlte dabei nur, daß der Maestro sie ebensowenig »liebte« wie sie ihn, das heißt, daß ihr Verhältnis beiderseitig frei von aller Sentimentalität war – dies Wort ohne jede Abschätzigkeit gebraucht. Und das war ihr im höchsten Grade sympathisch.

Sie empfand es ganz deutlich: Der häßliche Musiker huldigte ihrer Schönheit mit höchster Leidenschaft, ohne auch nur im geringsten im Gemüte beteiligt zu sein. Und nicht anders stand es um ihre Neigung zu ihm, nur daß sie seiner genialen Männlichkeit huldigte. Sein künstlerisches Temperament und sein scharfer Geist flößten ihr tiefsten Respekt ein, und sie empfand es als wollüstige Auszeichnung, daß er sie einer in glühende Erotik verdichteten Verehrung für würdig erachtete. Daß dieser Zustand nicht andauern würde, wußte sie wohl, und auch das war ihr recht. Sie hatte durch den gleichzeitigen Umgang mit den beiden Männern die feste Überzeugung gewonnen, daß sie sich nur in der Abwechslung ganz wohl fühlen konnte.

Wie sehr sie sich dadurch von der ungeheuren Mehrzahl der Frauen unterschied, war ihr keineswegs unklar, und sie hatte auch Verstand genug, einzusehen, wie weit sie damit von der herrschenden Moral abrückte. Mit Sturmius konnte sie darüber von der Leber weg reden, und das erschien ihr als großer Vorzug des deutschen Künstlers vor dem russischen General, dessen Qualitäten auf einem ganz entgegengesetzten Gebiete lagen. Sie waren ihr nicht weniger gemäß, ja sie lagen ihrem eigentlichen Wesen als Frau näher. Aber sie war doch nicht so ganz Orientalin, wie der Verehrer Asiens glaubte, sie war viel differenzierter, westlicher, als er ahnte, dem gegenüber sie sich von vornherein viel weniger enthüllt hatte, als dem Deutschen. Er kannte in ihr nur die Sulamitin, wie er sie sich ins alte Testament hinein konstruiert hatte, aber sie war, ihm unbewußt, gleichzeitig gar sehr modern, im Sinne der Emanzipation des Fleisches durch das Gehirn, wie sie Heinrich Heine gepredigt hatte, den Fürst Golkow nicht anders zu nennen pflegte, als das »Genie der jüdischen Entartung«.

– »Dieser Auswurf des Orients, dieser Teufel in Judengestalt, ist von der Vorsehung dazu bestimmt gewesen, das ganze Talent seiner Rasse zu keinem anderen Zwecke zu verkörpern, als zu dem: Die Deutschen zu demoralisieren und dadurch reif zum Untergange durch das Slawentum zu machen. Goethe, auch ein gefallener Engel, ist ihm darin vorangegangen, aber längst nicht mit so diabolischem Erfolg, denn Goethe war ein ästhetischer Hellene. Heine indessen war Juden-Grieche. Goethe konnte, bei allem Hellenentum, noch ein Gretchen fabulieren. Heine hat dieses Gretchen vergiftet, indem er es emanzipierte. – Und dieses Volk, diese Deutschen, erst durch Rom verdorben, dann durch Luther um jedes Gefühl der Religion gebracht, dann durch Kant bis zur Gasflüssigkeit in reine Vernunft aufgelöst, dann durch Goethe in griechische Formen vereist, durch Schiller aber wieder durch heiße Phrasen aufgetaut, daß sie wie Brei auseinanderflossen, und schließlich von Heine mit allen Gärungsstoffen aus dem Sumpfe jüdischer Entartung durchsetzt: – dieses Volk von lauter »Individuen« will – einig, will ein Ganzes werden! Es hat niemals ein lächerlicheres politisches Phänomen gegeben, und auch Herr von Bismarck wird beim besten Willen nicht imstande sein, aus dieser Fata Morgana ein Gebilde von Realität zu machen.«

Auf solchen Umwegen pflegte der Verehrer Asiens auf die heilige Allianz zu kommen, die für ihn der letzte Gipfel europäischer, – nämlich asiatischer Politik war.

Zuweilen machte sich Madame Sara das Vergnügen, diese Gedankengänge, die sie nur mäßig interessierten, vor Sturmius auszubreiten, der sich darüber schieflachen wollte.

»O du güldne Posaune von Jericho,« rief er dann wohl aus, »o du lustig schmetternde! Nie bist du reizender, als wenn dein schöner Mund so greulichen Unsinn tönt!«

Dagegen nahm er ihre eigenen Ergüsse über ihre Ansichten von Liebe ohne Sentimentalität ernst.

»– Solche Ansichten stehen Dir zu Gesicht, und bei schönen Frauen kommt alles darauf an, wie es ihnen steht. Es wäre schlimm, wenn unsere deutschen Hausmütter so dächten; es wäre entsetzlich. Aber diese Gefahr ist nicht vorhanden. Fest steht und treu die Wacht am Ehebett! Du aber darfst und sollst verruchte Maximen haben. Eine Schönheit wie die deine würde gegen den Stil sündigen, wollte sie moralisch sein. Auch die große Dame von Babylon hat ihre Existenzberechtigung, und wir Künstler verdanken ihr unsere besten Informationen. Ach, es sind in eurem herrlichen alten Buche wundervolle Stellen darüber. Heute darf man so etwas nur in Musik sagen, – und das wird jetzt in Triebschen von dem größten aller Propheten besorgt.«

*

Und nun sollte Madame Sara wirklich ein Kind bekommen, von dem sie nicht wußte: Ist es von dem, dessen Seele in Asien wohnt, oder von dem, der das Heil der Zukunft von Bismarck und Richard Wagner erwartet.
Im Brennpunkte der Leidenschaft zweier Gegenpole stehend und sich jedem, dem einen wie dem andern, mit gleicher Leidenschaft zuwendend, hatte sie zuweilen das Gefühl eines Verhängnisses über sich, das ihr manchmal grell, manchmal düster, kaum je einmal in einem ruhigen Lichte erschien.
Doch kam das nicht häufig über sie.
Klar war ihr das eine: Das Kind durfte ihr nicht unbequem werden, und von ihrer Mutterschaft durfte niemand erfahren, schon wegen der Gesetze ihres Staates nicht, das für eine Witwe, die außerehelich gebiert, sehr fatale vermögensrechtliche Folgen festsetzte.

In Lalas Tagebuch stand, als der Dresdner Aufenthalt zu sieben Monaten gediehen war, dieses: »Sprach die helle Schwester: Laß uns das Kind in einen Binsenkorb tuen, wie Mose, und den Wellen eines Flusses übergeben. Und Geld dazu und von den Vätern Geschenke. Hat es Glück, so wird die Tochter Pharaos es finden und zu Ehren aufziehen. Wir aber wollen es nur von weitem verfolgen und ihm beistehen, wenn es nottut.«
So alttestamentarisch ging es indessen nicht zu.
Als die Zeit herangekommen war, daß es für Sara nötig schien, sich zurückzuziehen, nahm sie freundlich und gelassen von ihren beiden Dresdner Freunden Abschied.
Rührendes ereignete sich dabei nicht.
»Da du nicht wünschst, daß ich für unser Kind sorge, so darf ich dich nur bitten, ihm ein kleines Andenken zu stiften,« sagte Fürst Golkow, – »diese Bronze eines mit

vorgelegter Lanze dahinstürmenden Kosaken. Es möge ein Symbol für sein Leben sein – zumal wenn es ein Junge ist.« Maestro Sturmius aber bat sie, dem Kinde zum Andenken an seinen »ausgezeichneten aber leider mehr musikalischen, als moralischen Papa« seinen schönsten seidenen Schlafrock mit auf den Lebensweg zu geben. »Denn«, so fügte er hinzu, »es gibt in jedem Menschenleben Augenblicke, wo ein seidener Schlafrock einem härenen Gewande vorzuziehen ist.

Denn Seide kühlt und Seide wärmt,
Und, hat sich jemand abgehärmt,
Dieweil das Leben Härten hat:
Das seidne Lotterkleid ist glatt.«

Wertvoller aber, als diese Verse und ihr Gegenstand, war für Madame Sara in diesem Augenblicke die Adresse eines Wirtsehepaares in einer kleinen Ortschaft Oberbayerns, das, dem Musikus von früher her bekannt und verbunden, sich bereit erklärt hatte, gegen eine gewisse Summe sich das zu erwartende Kind unterschieben zu lassen.

IN FREMDEN NESTERN

DER VERWUNSCHENE PRINZ

Das Prinzchen

Am Starnberger See, dort, wo auch heute noch das Dampfschiff nicht anlegt und »Stadtfräck« nur wenige hinkommen, liegt ein kleines dürftiges Dorf, dem man es nicht ansieht, daß es die Gebeine eines Heiligen beherbergt, der, ehe er Heiliger wurde, ein großer Kriegsmann und Graf gewesen war, sich schließlich aber auf sich und Gott besonnen hatte, und zwar so heftig und tief, daß er Rüstung und Herrenkleid von sich legte, die Kutte des Einsiedlers antat und den Rest seiner Tage in einer Klause eben hier verbrachte, wo damals nichts als wilder Wald war. Nun liegt er, heilig gesprochen, unter einer schön gemeißelten Steinplatte in einem kleinen Kirchlein, das, wie der Ort selbst, seinen Namen trägt, und verhilft denen, die als andächtige Pilger an seinem Grabe beten zu allerhand Gnadengütern.

Damals, als die schöne Sara ihr Devotionale in seiner Nähe niederlegte, das er als Heiliger nur schief ansehen konnte, während er als Graf vielleicht nicht ganz so streng darüber gedacht hätte, erfreute er sich, die paar Bauersleute der Umgebung abgerechnet, nur ab und an des Besuches von einigen Münchner Malern, die freilich weniger seiner Heiligkeit wegen hierherkamen, als wegen der schönen Sonnenuntergänge, die man hier in angenehmer Ungestörtheit bei höchst billiger Verpflegung malen konnte. Denn die Sonne geht an wenig Orten so prachtvoll zugleich und so stimmungsvoll unter, wie hier, wo man außerdem kein Modellgeld für Staffage auszugeben brauchte, weil ja die Fischer nicht wegen der Herren Maler, sondern die Herren Maler wegen der Fischer da waren.

Der Ort besaß aber für junge Maler noch etwas Anziehendes: Die blonde Marie mit dem Hakennäschen, das »Wirtstöchterlein«, wie sie es romantisch-volksliedhaft nannten. Und mit Recht, denn sie war nicht bloß wirklich eine Tochter des Wirtsehepaares Schirmer, sondern auch rechtschaffen verliebt, ganz wie das holde Kind im Volksliede. Im Winter hielt sie es mit den Bauernburschen, im Frühling, Sommer und Herbst aber gab sie den jungen Malern den Vorzug. Das ging nun eine gute Weile ganz munter hin, bis ein Kind kam, für das sich weder ein Maler noch ein Bauernbursch als Vater melden wollte. Und, als das Kind ein Jahr alt war, hielten es die alten Schirmers für geraten, das Dirndl nach München zu schicken, »zum Kochenlerna«, wie sie sagten. Die Bauernburschen aber meinten, »daß 's no mehra Auswahl hat«.

Auf dieses verliebte Dirndl nun, das auch Meister Sturmius von einer heftig produktiven Sommerfrische her in gutem Andenken hatte, gründete sich sein Plan, für »seinen Sohn Felix« eine Mutter und einen Namen zu finden.

Madame Sara würde, so ging der Plan, in München bei einer besseren Hebamme entbinden, die das Dirndl vorher unter dem Anscheine gleicher Aussicht zu sich nehmen sollte. Dann war nur einfach die blonde Marie als Mutter anzugeben und Kind und »Mutter« an den Starnberger See zu schicken. Alles dies gegen ein gutes Trinkgeld für die Hebamme und die Erlegung von zwanzigtausend Mark für die Schirmerschen. Und so geschahs, ohne daß irgendwer im Orte auch nur von fern auf den Gedanken gekommen wäre, der Bub sei nicht von der blonden Marie.

»Aber an recht an noblichen hat sie drwischt,« meinten die Bauernburschen, als sie den seidenen Schlafrock und den reitenden Kosaken erblickten und die schöne »Kindswasch«.

Dann ging das Wirtstöchterlein wieder »af Mingka zum Kochnlerna«.

Der kleine Felix Schirmer aber, im Taufbecken neben dem Grabmale des heiligen Grafen ordentlich christkatholisch getauft, gedieh prächtig zu einem hübschen, lebhaften, dunkeläugigen Burschen mit prononciertem Näschen, in dem alle Bauernweiber die Hakennase Maries mit unbedingter Sicherheit erkennen wollten.

Trotzdem blieb ihm von seinem vierten Jahre an der Name Prinz Kuckuck, den ihm ein Maler angehängt hatte, der sich von Metiers wegen auf Physiognomien verstand, denn er malte nicht Sonnenuntergänge, sondern Porträts. Und es ließ sich auch wirklich von Jahr zu Jahr schwerer glauben, daß der kleine Felix Schirmersches Blut haben sollte. Alles bei ihm war anders als bei seinen vermeintlichen Großeltern, und auch an die blonde Marie und ihren anderen Buben erinnerte kein Zug seines Gesichtes, keine Linie, keine Bewegung seines Körpers. Es fiel dies Anderssein schließlich nicht bloß den Malern, sondern auch den Bauersleuten auf, und, wie Felix sechs Jahre alt war, hieß er ganz allgemein Prinz Kuckuck, nur daß ihn die einen abgekürzt Prinz, die anderen Kuckuck hießen. Er selbst aber nannte sich, falls man ihn nach seinem Namen fragte, stets beim vollen Titel.

Das Wirtstöchterlein hatte sich, als er etwa zwei Jahre alt war, verheiratet und war mit ihrem Manne, einem Norddeutschen, weit weggezogen. So kam es, daß Prinz Kukkuck keine Erinnerung von ihr behielt und das Schirmersche Ehepaar als seine Eltern betrachtete. Von denen wurde er schlecht und recht als Bauernjunge aufgezogen, was ihm sehr gut bekam. Wenn er nicht im Freien war, war er im Stalle, und schon mit fünf Jahren saß er lieber einem Gaul auf dem Rücken, als auf einem Stuhl. Die Alten hatten ihn gern, und er sie auch. Besonders gefiel es ihm, daß er viel zarter behandelt wurde als Toni, der ältere, der auch bei den Großeltern geblieben war. Das geschah zum großen Teil wohl wegen der zwanzigtausend Mark, aber es kam doch wohl auch das hinzu, daß die Alten eine Art von Respekt vor ihm hatten, weil er was Besonderes und nicht bloß ein Schirmer war, und weil von Zeit zu Zeit Briefe des adligen Musikers ankamen, die sich nach Felix erkundigten.

Die gute Behandlung schloß freilich nicht völlig aus, daß auch der Prinz ab und an Bekanntschaft mit dem Haselstecken machte, und verzärtelt wurde er überhaupt nicht. Aber wenn Toni ein drecketer Lausbub genannt wurde, so der Prinz bloß ein Lausbub, und wenn der Prinz zwei Schmalznudeln kriegte, so kriegte Toni bloß eine. Auch die Garderobefrage erledigte sich gegen das Prinzip der Anciennität so, daß Toni die abgelegten Kleider des Prinzen erhielt, während das Naturrecht doch gebieterisch das Umgekehrte erforderte. Indessen konnten die Schirmerschen diesen Modus damit rechtfertigen, daß Felix bald der Längere von den beiden war.

Als der Gescheitere hatte er sich von vornherein herausgestellt und auch als der Gewandtere. Damit war die Rangfrage end-

gültig zu Prinz Kuckucks Gunsten entschieden, und der schwerfällige gutmütige Toni ließ es sich, obwohl er der Stärkere war, wie etwas Selbstverständliches gefallen, daß der Jüngere kommandieren durfte, er aber parieren mußte.
Der Hauptgrund des Übergewichtes des Jüngeren über den Älteren lag aber nicht in Prinz Kuckucks größerer Intelligenz und Agilität, lag auch nicht in der Bevorzugung durch die Großeltern, sondern er lag in dem geheimnisvollen Besitze der beiden mysteriösen Gegenstände, die im Schirmerschen Hause fast wie Reliquien mit einer Art andächtigen Respektes aufbewahrt und immer nur mit einer gewissen Scheu betrachtet, Fremden aber mit großer heimlichtuender Wichtigkeit und deutlichem Stolz gezeigt wurden: des geblümten seidenen Schlafrockes und des reitenden Kosaken.
Ein Junge, der so etwas besaß, mußte nicht bloß seinem zwar älteren aber dümmeren Bruder als etwas anderes, Höheres erscheinen – er war überhaupt allen ein Gegenstand besonderer Beachtung und Einschätzung.
Dies konnte um so weniger ohne Einfluß auf Prinz Kuckucks Selbsteinschätzung bleiben, als man sich oft genug in seiner Gegenwart in Vermutungen über den Stand seines Vaters erging.
Bis zu seinem fünften Jahre hatte sich Felix keine Gedanken darüber gemacht, aber schon vom fünften Jahre ab begann er nicht bloß aufmerksam hinzuhorchen, sondern auch in kindlicher Art heimlich mit zu phantasieren.
Die beiden Alten also waren seine Eltern nicht, waren aber auch nicht so seine Großeltern, wie sie die Tonis waren, – das fühlte er deutlich, und, wenn Tonis Mutter auch die seine war, – warum bekam dann immer nur Toni etwas von ihr geschickt, aber nicht er? Sicher: weil er diese beiden wunderbaren Dinge in dem blauangestrichenen, mit bunten Blumen bemalten Kasten besaß, diese Dinge, die offenbar das Schönste auf der Welt waren, denn nichts, was er kannte, ließ sich mit ihnen vergleichen, und nichts genoß eine so ehrerbietige Bewunderung, wie diese Gegenstände, die ihm gehörten.
So ward sich Felix seiner besonderen Stellung aufs deutlichste bewußt und nahm auch seinen Spitznamen ganz ernsthaft als Auszeichnung.

Wehe, wenn sein Bruder sich erdreistete, ihn Lix zu nennen! Er mußte Prinz sagen. Streiften sie am See herum, oder den Berg hinauf durch die Wälder, so war es unstreitig Prinz Kuckuck, der die Führung hatte, und der gute dicke Toni war eigentlich der Diener, der seinen Herrn begleiten durfte. Die anderen Bauernjungen wurden selten der Ehre des prinzlichen Umgangs gewürdigt, obwohl auch sie sich im ganzen bedingungslos unterwarfen. Aber es kamen doch Fälle von Unbotmäßigkeit vor, und dagegen war Prinz Kuckuck sehr empfindlich. Für gewöhnlich mußte dann Toni den Frevler prügeln, auch wenn er dabei die meisten Prügel erhielt, und dafür putzte ihn der Prinz noch gehörig herunter. Er selbst aber hütete sich davor, mit den Bauernjungen anzubinden – nicht eigentlich aus Feigheit, sondern weil er fühlte, daß sein Prestige nicht durch eine augenscheinliche Niederlage leiden durfte.
Da es die Zeit des deutsch-französischen Krieges war, wurden die Kämpfe in Frankreich natürlich auch am Starnberger See im kleinen wiederholt, aber, wie überall, so wollte auch hier niemand »der Franzos« sein. Da war es nun wieder Prinz Kuckucks erleuchteter Verstand, der einen Ausweg wußte. Es wurden Strohpuppen, Vogelscheuchen, alte Bretter aufgesteckt und unter Führung des Prinzen mit wildem Hurra angegriffen, umgerannt, zerspießt und zersäbelt. Der Prinz aber ritt dabei auf dem dicken Toni.
So wuchs sein Selbstbewußtsein recht üppig heran. Kein junger Prinz von Geblüt kann bei aller Absicht mehr zum Herrn erzogen werden, als es bei Prinz Kuckuck unabsichtlich geschah. Und das Geheimnisvolle seiner Abstammung trug erst recht dazu bei, ihn mit großen Vorstellungen von seiner Herrlichkeit zu erfüllen.
Schon damals hatte besonders das oberbayerische Bauernvolk »sein Kini«, den König Ludwig den Zweiten, in sein Herz geschlossen, von dessen jugendlicher Schönheit es wie geblendet war, und dessen betont majestätisches Auftreten ihm sehr imponierte, und mehr als imponierte: gefiel. Es war der richtige König für ein sehr urwüchsiges, unverbildetes, aber künstlerisch begabtes Volk, das zwar wenig Talent zu Untertänigkeitsmanieren, aber für königliche Haltung sehr viel Sinn, ja geradezu das Bedürfnis hat,

einen König zu besitzen, der auch wie ein König aussieht. Wie ein König, d. h. schön, groß, stark, mit leuchtenden Augen, die herrisch blitzen, doch auch leutselig lächeln können. So aber war König Ludwig. Und er war mehr; er war geheimnisvoll, märchenhaft, umgab sich mit Pracht und Pomp auf einsamen Schlössern, von deren Herrlichkeit man sich phantastische Dinge erzählte. Erschien er aber, was immer plötzlich, unerwartet geschah, so war es wie ein vorüberjagender Lichtschwall. Zumal seine nächtlichen Fahrten um den winterlichen See herum erregten die Phantasie dieser bei aller Derbheit für alles Romantische sehr empfänglichen Bauern. Sie wurden zu sagenhaft wunderbaren Ereignissen. Der Schlitten, hieß es, war eine goldene Muschel, ausgelegt mit schneeweißen Schwanenfedern. Zwanzig Rappen zogen ihn, silbern geschirrt und mit goldenen Glöckchen behangen. Lautlos trabten vorn und hinten, rechts und links Fackelreiter in himmelblauen Röcken mit weißen Perücken.
Da wachte denn Prinz Kuckuck halbe Winternächte durch, hoffend, einen Blick dieser Herrlichkeit zu erhaschen, zu der er sich selbst in eine geheimnisvolle Verbindung brachte.
Ob der König wohl einen seidenen Schlafrock besäße, so bunt und weich wie der seine?
Ob seine Fackelreiter so kühne Gesellen wären wie sein Lanzenreiter?
Ob sein Haar von leuchtenderer Schwärze als seines wäre?
Als einmal ein paar kleine Prinzen, einer Nebenlinie des königlichen Hauses angehörend, mit ihrem Erzieher in einer Hofkutsche herangefahren kamen und im Schirmerschen Wirtshaus ein Glas Milch genossen, konnten sie dem Prinzen Kuckuck keineswegs imponieren. Er kam sich selber viel prinzlicher vor, obgleich seine Lederhosen gerade damals reich mit Lehm verbrämt waren.
Zumal, daß sie nicht ritten, erschien ihm höchst erbärmlich. In seiner Anschauung war alles Besondere, Herrliche mit Reiten verbunden, aber freilich mit einem anderen Reiten, als es die Bauernburschen auf ihren breiten Gäulen verübten. Es mußte ein Reiten sein wie das seines Reiters: mit eingelegter Lanze, im Galopp.
Wie schade, daß er so nicht reiten durfte. Gekonnt hätte er

es schon, das wußte er ganz genau, aber der Scheck wollte ja nicht laufen, wie sehr er ihn auch mit seiner Weidengerte bearbeitete.
Die Schule mißfiel ihm sehr, denn er hatte alles schon von Toni vorher gelernt, der ein Jahr vor ihm schulpflichtig geworden war. Nur die Mädchen, mit denen er jetzt zum ersten Male in nähere Berührung kam, weil in der untersten Klasse Buben und Mädeln zusammensaßen, gefielen ihm daran. Bei aller kindlichen Unschuld und Ahnungslosigkeit saß er doch wie ein kleiner Pascha in seinem Harem unter ihnen und übte bald fleißig Bevorzugung und Vernachlässigung, immer darauf bedacht, auch hier der Prinz zu bleiben und als solcher respektiert zu werden.
Indessen empfing er den ersten starken und daher unvergeßlichen Eindruck von Weiblichkeit von einem Wesen ganz anderer Art, als es seine Schulkameradinnen waren.

Die Erscheinung

Es war in den großen Sommerferien und ein schwül heißer Tag. So angenehm ermüdet, wie es nur ein gesundes kräftiges Kind sein kann, hatte er sich, soeben aus dem Wasser gestiegen, im warmen Sande einer kleinen von Schilf umsäumten Landzunge niedergelegt und war, die Arme unter dem Kopf verschränkt, eingeschlafen. Ein von fern heranziehendes Gewitter donnerte wie leiser, unendlich weiter Paukenwirbel in sein Geträume von wirrem Allerhand: Wilde Pferde, er auf dem wildesten, verfolgt vom Herrn Lehrer, dann der König, wie er ihn abgebildet gesehen hatte, im blausamtenen Gewande des Ordensmeisters vom heiligen Georg; aber gleich daneben das braune Zensei, seine Favoritin; und nun wieder der Stall mit seinem warmen Dunst, und hinter dem Stallfenster der hohe Nußbaum; und jetzt im Nußbaum er, aber angetan mit dem seidenen Schlafrock; und dann Apfelkücheln, seine Leibspeise, die er an sämtliche Mädeln seiner Klasse verteilte; und nun, in Paukenwirbeln heranbrausend, auf einem herrlichen Schimmel mit goldenem Zaumzeug wieder der König; und – ach, welch ein Duft, und, horch, welch ein Rauschen! – beugt sich nicht der König über ihn in dieser

Wolke süßen Geruches unter dem leisen Geknister dieses Rauschens? . . .? . . .
Ganz selig von Traumeswonne öffnete Felix die Augen, und die weit offenen blieben im Traume stehen, blieben hangen an einem wundervollen Antlitz, das wie aus weißem rötlich überzogenem Samt und eingerahmt war von schwankenden Ringellocken und bekrönt von einem goldenen (ja: goldenen!) Hute, mit lauter hellen Rosen besteckt. Dicht über seinem Gesicht war dieses ihm unsäglich hold erscheinende Antlitz, auf seiner nackten Brust aber bewegte sich warm eine weichere, von dunkelgrüner Seide nur wie von einem Flor bedeckte, und zwei wunderbar weiße und wundersam linde Hände hatten die seinen umfangen. Aber das ganze wonnige Wunder war wolkenhaft in einen süßen und schweren Duft gehüllt, der alle seine Sinne so umnebelte, daß er die Augen wieder schließen mußte, bis eine volle Frauenstimme zärtlich an sein Ohr klang: Will mir Prinz Kuckuck keinen Kuß geben?
Und Felix richtete sich, wie hingenommen von Seligkeit, immer noch nicht wissend, ob er träume oder wache, ein weniges auf, umschlang mit seinen nackten Armen den Nacken der schönen Frau und küßte sie auf den vollen warmen Mund. Der Geruch und die Weichheit ihrer Haut, das streichelnde Bestreifen der seinen durch ihre Locken, das Anschwellen ihrer Brust an seine, und die dunklen Augen, die ihn mit einer Innigkeit und einem Feuer betrachteten, wie es ihm nie vordem geschehen war, taten ihm bis ins Tiefste wohl, und wie in einem Strom aus seinem Innersten kam ihm das Gefühl wachsten Lebens. Er sprang auf, sprang zurück, machte wieder einen Schritt vor und blieb dann stehen, Blick in Blick gebunden mit der noch knienden Frau.
»Was für ein hübscher Junge er ist!« sagte die mit einem Tone von Stolz und Staunen. Und jetzt erst merkte Felix, daß noch jemand da war: der Porträtmaler, der ihm vor Jahren den Übernamen gegeben hatte.
Damit war Traum und Wonne vorbei. Er rannte zu seinen Kleidern, raffte sie zusammen und lief ins Gebüsch. Die Dame aber, sich erhebend, sprach, indem sie ihm nachblickte, zu ihrem Begleiter: »Was für schöne Bewegungen er hat! Und was für Beine! Und ganz braun ist er!«

»A Prachtstück von a Buam,« entgegnete der Maler, dessen Sprache stark oberbayrisch klang. »Den derfst fei net ganz verbauern lassen! Und gscheit is er! So gscheit, daß er schon verliebt is, glaub i.«
Madam Sara lächelte, und ihr Lächeln war, zumal bei diesem Anlasse, nicht um den Schatten eines Schattens weniger schön als früher, wie denn überhaupt der Reiz ihrer Erscheinung fast noch zugenommen hatte, obgleich sie ein gut Stück voller geworden war.
»Aber was soll ich denn tun?« erwiderte sie. »Ich hab es dir schon damals gesagt, wie du mir von dem Jungen erzählt hast, daß mir der Gedanke schrecklich ist, ihn um mich zu haben und damit mich an ihn zu ketten. Ohne dich, und wenn du nicht immer wieder davon angefangen hättest, wäre ich ganz gewiß nicht hierher gefahren, um ihn zu sehen, und es wäre auch besser so gewesen. Denn der Junge ist zu reizend. Ich werde mich jetzt schwer von ihm trennen und öfter an ihn denken, als gut ist.«
Der Maler, ein Mann von etwa dreißig, aber etwas älter aussehend in seinem ungepflegten langen Bart und den vielen Krähenfüßen um die fast stechend blickenden, sehr großen Augen, riß die noch weiter auf und sagte: »Dös is doch net zum glauben! Wie kann man nur so a weibliches Frauenzimmer sein und so a Monstrum von einer Mutter! Paß auf, ich mal dich noch als was ganz Schauderhaftes mit Schlangen in die Haar, oder sowas.«
– »Jeder Pinselstrich von dir wird mir eine Ehre sein, Tonl, aber das verstehst du nicht. Du verstehst überhaupt nichts, als malen.«
– »Und gern ham.«
– »Das gehört zum Malen. Aber sonst bist und bleibst du der Maurergesell, der du gewesen bist.«
– »Das möcht ich mir auch ausbitten, Madam. Weißt: ich und der Leibl, mir zwaa sind die rechtn! Maln und sonst nix! Am Kopf gfalln samma trotzdem net.«
– »Du bist und bleibst, was ich immer gesagt habe: der geniale Pinsel. Und du wärst nicht halb so zum Fressen, wenns anders wäre. Aber du bist auch ein sentimentaler deutscher Pinsel.«
– »Kruzitürken, hör auf! Ich bin so sentimental wie die Michel, die jetzt deine guten Freunderln, die Franzosen, so

sakrisch klopft ham. Aber Mutterlieb is nix Sentimentals, sondern bloß was Natürlichs.«

– »Natürlich! Aber jede hat sie auf ihre Fasson. Aus den Augen verlier ich den Felix nicht; darauf kannst du dich verlassen! Aber mich mit ihm behängen? Nein! – Daß du ihm nicht etwa sagst, wer ich bin!«

– »Gwiß net! – Aber er kann doch net allweil da bleim unter die Bauern und Maler. Schließlich gewöhnt er sich noch 's Malen an.«

– »Dazu hat er ganz gewiß kein Talent.«

– »Also gut: dann werd ich ihn zu mir nehmen.«

– »Untersteh dich! Dann reis ich ab!«

– »Nachher net! Aber fort muß er hier!«

– »Und ich auch. Denn wenn ich den prächtigen Jungen nochmal seh, mach ich selber eine Dummheit.«

Eine halbe Stunde später fuhr Madam Sara mit ihrem Maler davon, ohne Felix nochmals gesehen zu haben. Der hatte sich in einen Winkel des Stalles versteckt und weinte zum ersten Male in seinem Leben bitterlich und doch beglückt.

Keine Himmelserscheinung, ja auch die Erscheinung des Königs nicht, hätte ihn so beseligen und so erschüttern können, wie die der schönen Frau, deren Beziehungen zu ihm er keineswegs ahnte, mit der aber zum ersten Male leibhaft vor ihn hingetreten war, was er längst in sich als das ihm Gebührende herbeisehnte: Schönheit, Liebreiz, Reichtum, Zärtlichkeit, – Weib.

Seit diesem Tage fühlte er sich fremd und unglücklich unter den Schirmerschen, wurde blaß, mager, launisch, heftig und entsetzte seine Umgebung durch Ausbrüche einer Wildheit, die durch nichts zu bändigen war. Gewiß wäre er auf und davon gelaufen, wenn er nicht eines Tages geholt worden wäre.

DER JUNGE LORD

Der Mann mit der Taschenlaterne

Der »geniale Pinsel«, der es Madam Sara angetan hatte, weil er als durchaus neue Nummer auf sie wirkte nach einer ganzen Anzahl anderer, die inzwischen in Lalas Tagebuche aufgezeichnet worden waren, wirkte nicht bloß auf amouröse Damen vom geistreich kapriziösen Schlage der schönen Jüdin anziehend; fast noch in höherem Grade erfreute er sich männlicher Schätzung.

Eben im kräftigsten Mannesalter stehend, strotzend von Eigenart und Energie, sein künstlerisches Wollen und Können leidenschaftlich, rücksichtslos und mit unermüdbarem Eifer betätigend, dabei geflissentlich eine altbayerische Ungeschliffenheit herauskehrend, die um so kurioser auffiel, als dem scheinbaren Holzknecht ein sehr reicher und im Grunde sehr freier Geist zu Gebote stand, war er nicht bloß von Kennern seiner Kunst wegen aufgesucht, die von der damals im Schwange stehenden Süßmalerei scharf abstach durch eine fast brüske Kraft ungeschmeichelter oder zum mindesten sehr geistreich geschmeichelter Charakteristik, sondern er besaß auch rein als Mensch keine geringe Anziehungskraft.

Ein Freund von ihm behauptete: Der Tonl ist die wandernde Mausefalle, und der Speck sind seine Augen. Für die Weibsen sitzt der berühmte und mit Recht so beliebte gleißende Wurm darin, und den Mannsen, wenn sie Geist haben, verraten sie so viele gescheite Verruchtheiten, daß es männiglich sehr wünschenswert erscheinen muß, von seinen Rasiermesserlippen ein paar Grobheiten hingesäbelt zu bekommen.

In Wirklichkeit stand es so, daß Tonl ein unverkrümmtes Stück Natur war, dem der Geist (eigner und fremder) nichts hatte anhaben können. Aber doch dabei Natur mit Geist. Ein Bauer, aber im Bauern ein Künstler vom Geschmacke eines Renaissancefürsten, und ein Künstler, dem Künstlertum Königtum galt, auch äußerlich. Nichts Gedrücktes, Hungeriges, Untertäniges: ein »Kerl« im Heldensinne. Hochhinaus wollend, nach Macht, Pracht, Reichtum verlangend. Unter Umständen bereit, zu diesem Zwecke auch Hofmannsallüren anzunehmen, aber mit dem Air eines Mannes, der derlei bloß mitmacht, weil es der Stil erheischt, und er sich auch auf diesem Gebiete nicht lumpen lassen will. Deutsch durch und durch, aber ohne alles Polizisten- und Lakaientum und ohne alle Phrase.

Das Schicksal hatte ihn, den ehemaligen Maurergesellen, dazu bestimmt, schöne Frauen und große Männer zu malen, und es hatte damit einen vortrefflichen Griff getan. Er war seinem Schicksal gewachsen. Das gab seinem ganzen Wesen das in diesen Zeiten selten werdende Gepräge männlicher, in sich ruhender und doch stetig nach außen bewegter Harmonie. Alles Lyrische, Beschauliche, Empfindsame war ihm fremd, aber auch alles Hastige, Revoltierende, Hin- und Herfahrende. Er stand vor seiner Leinwand breitbeinig gestemmt und mit visierendem Blicke wie ehemals als Maurergesell vor der Mauer. Und so stand er auch vor dem Leben.

Daher mußte die Begegnung mit ihm allen denen Freude gewähren, die im wimmelnden Schwarme der Menschheit nach besonderen Exemplaren suchen und eine Bereicherung ihres eigenen Lebens darin erblicken, resolut auf eigene Faust gelebte Leben kennen zu lernen.

Diogenes, heißt es, ist ein solcher Sucher gewesen. Da er arm war, mußte er sich dazu einer Laterne bedienen, die er, um seine Mitmenschen zu ärgern, am hellen Tage anzündete.

Wer Geld besitzt, hat diese Laternen im Portemonaie, die beste Taschenlaterne, die jemals konstruiert worden ist. Nur daß sie, leider, recht selten solchen eignet, die was Suchenswertes damit zu suchen angelegt sind.

Zu diesen nicht gar häufigen Leuten gehörte der Mann, der damals Saras »genialen Pinsel« am meisten beschäftigte – aus Menschensucherschaft nicht weniger als aus Kunstkennerschaft.

Seine Laterne repräsentierte den Wert von mehr als drei Millionen Talern, die er als Armeelieferant in südamerikanischen Kriegen so skrupellos erworben hatte, wie es die Umstände und die geographische Lage seiner Tätigkeit mit sich brachten. Geboren war er Mitte der zwanziger Jahre in Hamburg aus halbenglischem Blute. Der ursprüngliche

Name der Familie mochte Howart geschrieben worden sein; er schrieb sich Hauart und meinte: eigentlich müßte es Hauhart heißen. Englisch geblieben war der Vorname Henry. Es war ein langer, sich sehr straff haltender Herr, mit merkwürdig schmalem, dabei aber kurznasigem Kopfe von zartester Gesichtsfarbe. Stets glatt rasiert, stets im langen Rocke auftretend, stets sehr reserviert in seinem ganzen Gehaben. Die schmalen Lippen seines Mundes pflegten so fest aufeinander zu liegen, daß, wenn er sie öffnete, eine Art Schmatzen den Worten vorausging, als sei eine starke Kraftanstrengung nötig gewesen, den Verschluß zu heben. Die Worte selbst folgten einander langsam, abgehackt, fast mechanisch in einem etwas gequetschten Tone. Aber die Augen waren die eines Grüblers, nicht die eines Geschäftsmannes, ja sie hatten etwas fast Schwärmerisches an sich, – kalt Schwärmerisches freilich, wie die Augen protestantischer Sektierer. Das Haar, noch sehr dicht, war kurz gehalten und grau.

Er lebte in München, weil er die Berge und die alte Kunst liebte und weil es unter den großen Städten Deutschlands die ist, die von Hamburg am weitesten abliegt. Denn in Hamburg, das er sonst sehr schätzte als einen Konzentrationspunkt nationaler Energie, saßen noch Verwandte von ihm, und die waren ihm sehr zuwider. Er, der äußerlich nicht weniger kalt erschien, als sie, und nichts so sehr vermied, wie Temperamentsäußerungen, haßte doch im Grunde diese »Amphibien«, denn sein Gemüt war nicht kalt, geschweige denn schleimig. Er liebte die Schönheit und alles stark Eigene, und er liebte die Natur. Daß er sich Geld zusammengerafft hatte, war nicht aus Liebe zu dieser Art Beschäftigung geschehen, sondern aus dem Willen, damit die Machtmittel zu erwerben, die ihm volle Ellenbogenfreiheit im Leben geben sollten. In seiner Sippe war mehr das Zusammenscharren von Geld beliebt. Diese Leute gingen darin auf, und das Geld, um sie herum anwachsend, machte sie nicht frei, sondern schloß sie ein. – Auch hatte es nicht an einem Anlasse gefehlt, der in unerquicklichster Weise den Gegensatz zwischen seiner Lebensrichtung und der seiner Verwandten offenbart hatte.

Henry Hauart, damals noch in Hamburg lebend, war im Alter von vierzig Jahren, als die werte Sippe schon in die

Zuversicht hineingewachsen war, er werde einmal als Junggeselle und somit ohne Leibeserben sterben, noch eine Ehe eingegangen und gar, statt wenigstens mit einer Hamburger Kommerzenstochter, die in die Lokalfarbe der Hauartschen Verwandtschaft gestimmt hätte, mit einer Sängerin, und noch dazu mit einer »Sängerin in Kostüm«, die auf der Bühne auftrat und die somit jeder »junge Mann« gegen Eintrittsgeld sehen konnte, sogar in Hosenrollen. Vergeblich hatte man versucht, ihn von dieser moralischen Verirrung abzubringen, vergeblich allen Unrat von unkontrollierbaren Gerüchten zusammengetragen, der sich an jede Bühnenkünstlerin anhängt, vergeblich erklärt, daß es ganz unmöglich sei, eine »solche Person« als Verwandte zu betrachten. Henry Hauart preßte zu alledem die Lippen nur noch fester zusammen, als es ohnehin seine Art war, zuckte, ohne auch nur verächtlich zu lächeln, mit den Achseln und verließ sogleich nach der Hochzeit die Stadt.

Er hatte seine Wahl in keiner Hinsicht zu bereuen. Seine Frau besaß nicht nur Schönheit, sondern auch stille Güte, klaren, ruhigen Verstand und eine unbeirrbare Vornehmheit des Empfindens, gepaart mit der schönsten weiblichen Gabe, dort, wo sie liebte, selbst solche Schwächen zu verzeihen, die ihr wehtun konnten. Komödiantinnenhaftes hatte sie also gar nichts an sich. Auch entsagte sie, bei aller Hingebung an die Kunst, der Bühne aus freien Stücken, weil sie fühlte, daß dies, wenn auch nicht sein Wille, so doch sein Wunsch war, und weil sich ihre Art von Weiblichkeit in der Tat im Getriebe des Bühnenlebens nicht am rechten Platze fand. Sie war keine Moralistin von der übel selbstgerechten Art, die aus pharisäischem Sichbesserdünken jedes leichte Blut verurteilt, aber ihr eigenes Blut war nicht so mächtig, wie ihr Gefühl für das, was sie, ganz im Sinne der bürgerlichen Moral, aber aus eigenstem Wesen, als weibliche Ehre empfand. Trotzdem war sie keine kalte Natur. Wie hätte sie sonst Mozart so singen können, wie sie tat!

Mozart war der musikalische Hausheilige dieser schönen ruhigen Ehe, die weder von dem Gespenste der Sorge, noch von dem Alp der Langeweile heimgesucht wurde. Das einzige, das ihr fehlte, war ein Kind.

Für die Frau war dieser Mangel hier leichter zu tragen, da

sie ja ihre Kunst hatte, aber Henry Hauart fing, je älter er wurde, je mehr an, darunter zu leiden.
Nur wenige Männer sind für ein rein rezeptives Leben geschaffen. So gibt es Sammlernaturen, die ihr Genüge darin finden, wenn sie ihre Mappen, Kästen, Regale oder Galerien füllen, und es gibt Lesernaturen, die in ausgedehnter Lektüre wirklich aufgehen. – Henry Hauart gehörte scheinbar zu den Sammlern. Er brachte Bild auf Bild, Stich auf Stich, Gemme auf Gemme an sich, und auf antike Münzen jagte er geradezu. Aber dies alles machte ihm nur Spaß. In seinem Innern war ein unbefriedigter Trieb nach Produktion. Er hatte Ideen, die nach Gestaltung drängten, aber jede Gestaltungskraft war ihm versagt. Wäre er nun eine gesprächige Natur gewesen, so hätte er sich plaudernd, disputierend ausgeben können, aber dazu fehlte ihm jede Neigung, ja, es war ihm sogar zuwider, von dem zu reden, was ihn erfüllte – wenn das Reden nicht auf direkte Wirkung zielte. Denn er hatte das sonst unter ideenreichen Menschen nicht gar häufige Gefühl für die Tatsache, daß Gedanken wirklich wirksam nur durch Gestaltung werden können. Sie aber mit den Mitteln eines unzulänglichen künstlerischen Dilettantismus zu gestalten, verbot ihm schon sein Stolz, ganz abgesehen von der Einsicht, daß mangelhafte Gestaltung von Ideen diese nicht propagiert, sondern kompromittiert.
Henry Hauart fühlte, daß ihm nur eine Möglichkeit offen stand zur Hineinprojizierung seiner Gedanken und Überzeugungen ins Leben: die Erziehung eines Menschen in seinem Sinne. Daß es ihm nicht vergönnt war, sich diesen Menschen mit der Frau zu zeugen, die er als wirklich seine Frau erkannt hatte, war ihm sehr schmerzlich. Und eine Aussicht darauf bestand nach der Erklärung aller von ihm und seiner Frau konsultierten Frauenärzte nicht.
Als, schon im dritten Jahre ihrer Ehe, diese Gewißheit festgestellt worden war, hatte die junge Frau einen Vorschlag gemacht, der besser als alles andere bewies, wie tief ihr Verständnis und ihre Liebe zu ihrem Manne war. Sie hatte sich bereit erklärt, einen Sohn Henry Hauarts ins Haus zu nehmen, den ihm fünf Jahre vor seiner Verehelichung eine kleine Münchner Putzmamsell geboren hatte. Aber Henry Hauart hatte diesen Gedanken von sich gewiesen. Seine

Frau fühlte sich durch diese Abweisung verletzt, denn sie glaubte, es spräche mangelndes Vertrauen zu ihrer Fähigkeit daraus, dem Kinde wirkliche ganze Liebe zu widmen. »Du fürchtest, ich werde dem kleinen Hermann eine böse Stiefmutter werden, oder, wenn auch das nicht, ich würde unter seiner Anwesenheit eifersüchtig leiden. Das eine wie das andere ist ein Verdacht, der mir weh tut. Denn er beweist, daß du in einem gewissen Sinne gering von mir denkst.« So ging ihre Rede.

Er aber erwiderte: »Du irrst dich. Ich bitte dich, von deiner Absicht meinetwegen abzustehen. Nur meinetwegen. Ich würde unter der Anwesenheit des Kindes leiden, und um so mehr, je liebevoller du zu ihm sein würdest.«

Auf die Entgegnung, daß sie nicht imstande sei, das zu begreifen, versprach er ihr, seine Gründe bei Gelegenheit schriftlich niederzulegen, und als er bald darauf zu einer Münzauktion nach London gereist war, erhielt sie in einem Briefe die folgende Aufklärung:

»Wegen Hermann. – Du erinnerst Dich: Als ich Dir, vor unserer Heirat, seine Existenz bekanntgab, bat ich Dich, wohl zu erlauben, daß der Junge, wenn er groß genug dazu wäre, uns in München allwöchentlich einmal besuchen dürfe, im übrigen aber nie von ihm zu sprechen. Schon damals meintest Du, ich wollte das so haben aus Rücksicht auf Dich, und ich erklärte Dir auch dazumal, ich bäte Dich meinetwegen darum.

In aller Kürze: seitdem ich Dich kenne, ist mir die Erinnerung an die Beziehungen, deren Frucht Hermann ist, unangenehm. Überlege ich mir: warum? so ergibt sich als Antwort: Ich schäme mich, einmal so instinktverlassen gehandelt zu haben.

Reue ist ein Begriff für gedankenlose Schwächlinge und Dienstbotenseelen. Wer vornehm und stark empfindet und denkt, kann diesen Begriff (der im übrigen nützlich ist) nicht hegen. Dafür weiß er, was Scham ist: nämlich das brennende Gefühl, sich einmal an unrechter Stelle entblößt, sich an etwas ihm Ungemäßes hingegeben zu haben.

Wäre die Mutter Hermanns im Wesen Dir ähnlich, so würde ich diese Scham nicht empfinden und mit herzlichem Dank Dein schönes Anerbieten annehmen, denn dann dürfte ich mich der Existenz Hermanns freuen, indem ich in ihm einen Menschen erblicken dürfte, der Dein Sohn sein könnte. Ich würde mir sagen können: Auch damals bin ich auf meinem rechten Wege gewesen.

Indessen weiß ich nun, daß dies eine Verirrung war, die mir beweist, wie schwach es um mein eigentliches Lebensgefühl bestellt gewesen ist, als ich mich mit Hermanns Mutter einließ.

Ich bin damals auch in der Tat unglücklicher gewesen, als es ein Mensch je sein darf, der Fond besitzt. Ich habe mich selbst aus den Händen gegeben. Ich ließ mich ziellos laufen, geleitet von einer Sehnsucht ohne inneren Halt. Eine runde Hüfte, ein voller blonder Haarkranz, ein paar muntere Augen und eine weiche Stimme von schmeichlerischer Biegsamkeit genügten dazu, in mir die Vorstellung zu erwecken, daß ich ein Wesen gefunden hätte, in dem sich meine Sehnsucht nach harmonischer Ergänzung erfüllte.

Fanny war reizend genug. Hätte ich mich als junger Mensch in ein junges, lebhaftes, leichtherziges Mädchen von ihrer Art verliebt, so wäre auch hinterher nichts dagegen einzuwenden. Ich aber war achtunddreißig Jahre alt und nahm es ganz ernst. Ich ließ sie nicht mehr in ihr Geschäft gehen, sondern mietete ihr eine kleine Wohnung und bemühte mich, sie durch gemeinschaftlichen Besuch von Theatern, Galerien, Sammlungen, Konzerten zu bilden. Und sie war nicht unbegabt. Ihr angeborener Geschmack war eine gute Grundlage, und es war reizend für mich, ein ganz unverbildetes Geschöpf auf mich wirken zu lassen. Aber nach kurzer Zeit schon stellte sich heraus, daß Bildung und Verbildung für sie eins war. Sie verlor (für mich) ihr Bestes und gewann (auch für sich) eigentlich nichts.

Indessen fühlte ich das Unhaltbare des Verhältnisses erst dann ganz, als sie sich Mutter werden fühlte.

Damals ging etwas höchst Peinigendes in mir vor. Was zwei Menschen erst recht miteinander verbinden sollte, trennte mich von ihr; ich empfand eine Art Ekel gegen sie und litt natürlich unter diesem Ekelgefühle um so mehr, als sie instinktiv immer anschmiegender gegen mich wurde. Anfangs zwang ich mich zur Verstellung. Wie furchtbar das war! Mitleid mag eine bewundernswerte Einimpfung von etwas Unnatürlichem, aber meinetwegen höchst Göttlichem in die menschliche Seele sein; ich fühle mich nicht groß genug, seine Erhabenheit zu bestreiten, obgleich ich die Empfindung habe, daß wir damit nicht glücklicher, ja auch nicht edler gemacht worden sind; es ist ein Gegengift gegen alles Urtriebhafte in uns, und wir haben es schließlich so ins Blut aufgenommen, daß wir es nicht mehr los werden; aber es bleibt ein Gift, das zumal unter den Germanen so gewütet hat, daß diese kräftige Rasse dekadent geworden ist, ehe sie reif wurde. Aber immerhin: es ist da, und wir müssen damit leben, so gut es geht. Nur im Verhältnis zwischen den Geschlechtern darf es nicht sein. Wenn aus der Liebe Mitleid wird, ist Pest in der Seele. Die ärgste Brutalität ist anständiger, ist edler, als Verstellung aus Mitleid, wie ich sie geübt habe.

Als mir dies zum Bewußtsein kam, habe ich getan, was sehr häßlich aussieht und doch das einzig rechte war: ich habe Fanny vor ihrer schweren Stunde verlassen. Sie geriet in Verzweiflung. Ich bekam herzzerreißende Briefe von ihr, aus denen ich fühlte, daß sie mich wirklich geliebt hatte, und daß sie sich außerdem durch mein Weggehen zurückgestoßen fühlte in die Niederungen des Lebens. Beides überraschte mich. Ich hatte geglaubt, daß auf ihrer Seite nur das leichtentzündbare Blut des süddeutschen Mädels gesprochen hatte, und dann hatte ich gemeint, daß es ihr nicht ernst gewesen war mit dem, was ich ihr als das »höhere Leben« vorgestellt hatte. Dadurch wurde nun meine Lage ganz qualvoll. Aber ich blieb fest. Ich überschrieb ihr eine für ihre Verhältnisse große Summe zur Etablierung eines Geschäftes und sicherte noch eigens die Zukunft des Kindes, kehrte aber nicht zurück. Sie machte einen ernsten Selbstmordversuch, als sie im letzten Monat ihrer Schwangerschaft war. Doch erfuhr ich davon erst nach ihrer daraufhin zu früh erfolgten Entbindung.

Das sehr schwächlich zur Welt gekommene Kind starb nicht, wie ich gehofft hatte. Es hat sich sogar verhältnismäßig gut entwickelt, wie Du weißt. Aber ich kann Hermann nicht ohne ein gewisses Grauen ansehen, wenn ich mir denke, was im Gemüte seiner Mutter vorgegangen ist, während sie ihn unterm Herzen trug. Seine Seele muß vergiftet sein.

Sieh sein Auge an! Es ist sanft und schön, aber etwas Verschwommenes ist darin. Und wie gebückt ist die Haltung des Jungen. Wie müd sind seine Bewegungen. Er ist durch und durch sentimental. – Erinnerst Du Dich, wie er einen Weinkrampf bekam, als er, bei uns zum Fenster hinausschauend, einen Fuhrmann sein Pferd heftig peitschen sah? Aus einem solchen Jungen ist kein Mann nach meinem Sinne zu erziehen, und eher will ich mir die einzige Aufgabe versagen, der ich mich gewachsen fühle, als daß ich ihre Lösung an einem so untauglichen Wesen versuche. – Er ist mir nicht nur fremd, sondern fast zuwider. Und mehr als einmal schon hätte ich seinen Besuchen ein Ende gemacht, wenn ich nicht fühlte, wie gerne Du den Jungen hast, und wie sehr er an Dir hängt. So scheu er mir gegenüber ist, ja fast mehr als scheu, feindselig (obwohl er doch seinen »Wohltäter« in mir sieht und nicht seinen Vater), so zutraulich schließt er sich Dir an. Das ist es –: Dich möchte ich ihm nicht nehmen, zumal, da er leider sonst nichts als Trübes und Häßliches um sich herum sieht. Aber weder die Rücksicht auf Dich noch auf ihn kann mich dazu bringen, ihn zu adoptieren. Mit ihm würde jene qualvolle Stimmung wieder Einkehr in mich halten, von der ich oben Andeutung machte. Verzeih es mir, und versuche, auch dies von mir zu verstehen.

Übrigens würde auch die Mutter in eine Adoption nicht willigen. Hat sie ja doch seine Besuche bei uns nur widerwillig und unter der Bedingung zugegeben, daß der Junge nicht erfährt, in welchem Verhältnisse ich zu ihm stehe.

Die arme Frau ist übermäßig schwer dafür bestraft worden, daß auch sie mir gegenüber eine Sünde gegen ihr Wesen begangen hat. Sie hat ja nicht, wie ich, das Glück gehabt, schließlich doch den rechten Weg zu einem Wesen zu finden, das wirklich zu ihr gehörte. Daß ihr Mann ihr Vermögen in albernen utopistischen Unternehmungen durchgebracht hat, war nicht das Schlimmste. Das Schlimmere ist, daß er zu den Theoretikern des sozialen Hasses gehört, die ohne Leidenschaft und Glut, die nur aus »Prinzip« für »ihre Sache« kämpfen. Er gehört zu den Schulmeistern des Sozialismus, in deren Munde selbst die schmetterndsten Phrasen von allgemeinem Glücke zu Formeln werden. Die arme Fanny fühlte sich zu ihm hingezogen, weil sie glaubte, er werde ihr wenigstens die Hand reichen zum Wiederhinaufkommen in das »höhere Leben«. Statt dessen hat er

sie in eine Gedankenwelt der Unzufriedenheit und leeren Spekulation eingeführt, in die ihre im Grunde heitersinnliche Natur gar nicht paßt. Nur der Haß, der sie leider vergiftet hat, verbindet sie mit ihm.
Du weißt, wie heftig sie weitere Unterstützung abgelehnt hat, als ihr Geld in der Genossenschaftsgründung ihres Mannes fast völlig verloren gegangen war. Es scheint: sie will, daß ihr Sohn in Dürftigkeit aufwächst. Vermutlich soll er auch einmal ein solcher »Kämpfer« werden wie ihr Mann, ein literarischer Hungerleider voll Haß gegen alle, die nicht bloß satt zu essen, sondern auch Schönheit im Leben haben. Dazu läßt sie ihn (von seinem Gelde) das Gymnasium besuchen, und ich fürchte, sie hat ihn (beeinflußt von ihrem Manne, dem eine solche Schändlichkeit ähnlich sieht) den Einblick in unser Haus auch nur zu dem Zweck gestattet, daß der Neid in ihm rege wird, und dadurch der Haß gegen die Reichen.
So ist der Junge unrettbar verloren. Entstanden aus dem Verhältnis zweier Menschen, die nicht zusammengehörten, schon im Keime vergiftet durch das gepeinigte, bis zum Todeswunsche verirrte Gemüt der Mutter, wird ihm noch immer weiter Giftstoff zugetragen durch seine Umgebung. Hier ist keine Rettung mehr.
Mag er das werden, was sich seine Mutter und der Mann von ihm versprechen, den er für seinen Vater hält. So ist es seine Bestimmung.
Schön ist sie nicht, und er wird daran zugrunde gehen – zugrunde gehen oder sich sänftlich bescheiden, wie es dem Schwachen geziemt. Ich aber möchte einen starken Menschen bilden, der den Anforderungen dieser starken Zeit gewachsen ist.
Deutschland geht einer gewaltigen Zukunft entgegen. Auf den französischen Schlachtfeldern wird jetzt mehr vernichtet, als die französische Windbeutelei und ihr Kaisertum aus Kulissenpappe. Auch die deutsche Sentimentalität, die deutsche Romantik und die deutsche Metaphysik wird dort in Stücke geschlagen. Das neue deutsche Reich, das nun kommen muß, baut sich auf Kanonenerz auf. Sein Baumeister Bismarck, eine so ungeheure Erscheinung, daß man ihr Maß erst erkennt, wenn man, wie ich jetzt, genügend Distanz genommen hat, wird ihm seinen Geist auf-

prägen, den Geist zugreifender realer Kraft, einen auf reelle Machtwerke gerichteten Geist, der nicht Amboß, sondern Hammer sein will. Wehe allen Sentimentalen, allen Ideologen! Sie werden heimatlos sein im neuen Reiche. Wer aber die neue Zeit als Junger begreift, wird in ihr Möglichkeiten eines machtvoll tätigen großen Lebens finden, eines reichen gebietenden Herrenlebens, das allein starker Seelen würdig und geeignet ist, auch das ganze Leben des Volkes zu erhöhen.

Einen schönen, kräftigen, wohlgeborenen, mit klarem Kopfe und starkem Herzen begabten Jungen so zu bilden, daß er den Geist der kommenden, seiner Zeit begreift und den Willen und die Kraft in sich entwickelt, diesem Geiste nach zu handeln, sich zur lebendigen Lust und damit auch zur Stärkung dieses Geistes im ganzen – das wäre mir eine herrliche Aufgabe, und es würde mich wenig bekümmern, daß er nicht von meinem Blute ist . . ., da er ja nicht von meinem Blute aus Dir sein kann.

Aber von Hermann sprich mir nicht mehr! . . .«

Frau Hauart vermochte es nicht, diese Gedankengänge sich zu eigen zu machen, sie empfand etwas Konstruiertes in ihnen und fühlte wohl, daß die Konstruktion wesentlich auf einer Enttäuschung beruhte. Aber doch auch im Wesen ihres Mannes selbst. Und da sie dieses Wesen liebte und wohl wußte, daß Widerspruch dagegen zu nichts führen konnte, als zu Disharmonie zwischen ihnen beiden, unterließ sie es als gute und verständige Frau, ihre Meinung der seinen entgegenzusetzen. Doch wandte sich ihr gütiges Herz nun mit verdoppelter Liebe zum Sohn ihres Mannes. Sie empfand jetzt, ohne sich über das Problem des Mitleids kritische Gedanken zu machen, herzliches Mitleid mit dem zwar nicht sehr hübschen, aber grundsympathischen Jungen, und sein schüchternes, weichmütiges, oft wie unter verhehlten Schmerzen bebendes Wesen, das, was ihr Mann als Sentimentalität bezeichnete, brachte ihn ihrem Herzen nur noch näher. Wenn er sie mit seinen blauen Augen, wie es seine Art war, bewundernd innig, beinahe schwärmerisch ansah, fühlte sie tief, daß in dem armen Burschen eine liebevolle und reiche, aber auch eine überleicht empfindliche Seele lebte. Aber sie hatte auch Gelegenheit, zu bemerken, daß diese Seele starker, ja kühner Wallungen fähig war.

Wollte sie ihm etwas besonders Gutes antun, so lud sie ihn ein, sich in einen der großen Lederfauteuils ihres Musikzimmers zu setzen, wenn sie Stücke ihres ehemaligen Repertoires sang. Da nahm er dann erst schüchtern nur ganz auf dem Rande des umfangreichen Gestühles Platz. Hatte sie aber begonnen, so verschwand alle Befangenheit bei ihm, und bald lag er fast wollüstig hingelehnt im Fauteuil, ganz unbekümmert, ob sich das für ihn schickte oder nicht, und folgte den Tönen mit einem Ausdruck so tiefer Hingenommenheit, daß selbst die Farbe seiner Augen sich zu verändern schien. Ihr sonst blasses und scheinbar leeres Blau wurde tief, und die gesternten Pupillen füllten und weiteten sich. Einmal, als sie das Lied des Pagen gesungen hatte:

Sagt doch, ihr Frauen, die ihr sie kennt,
Ist das die Liebe, was hier so brennt?

sprang er plötzlich auf und rief mit blitzenden Augen, nicht bittend, sondern gebieterisch: »Noch mal! noch mal!« dann aber lief er, indes die Tränen aus seinen Augen stürzten, weg.

Frau Klara gehörte nicht zu den Frauen, die auch bei ganz jungen Leuten an erotisches Triebleben denken, sobald sich einmal ungewohnte Wallungen bei ihnen zeigen. Der Gedanke hätte bei dem damals dreizehnjährigen Jungen immerhin nahegelegen. Denn dieses Lied ist, will man es grob, also unmozartisch, kennzeichnen, das Liebeslied der Pubertät. Aber Frau Klara empfand mit tieferem Instinkte, wenn sie fühlte, daß es hier noch mehr aufgewühlt hatte, als erotisches Unterbewußtsein. Hermann Honrader hatte bei seinem Anhören ungefähr dasselbe erlebt, was etwa gleichzeitig der junge Felix erlebt hatte, wie er den Duft seiner Mutter über sich wahrnahm. Gleich jenem hat auch er dieses Erlebnis nie vergessen. Wohl aber das Gedicht, das er mit tränenüberströmten Backen damals in seiner Kammer niedergeschrieben hat, sein erstes Gedicht, ein Weinen und Trotzen in Versen.

Der geborene Herr

Als Henry Hauart aus London zurückgekehrt war, galt einer seiner ersten Gänge seinem Maler, für den er eine Anzahl alter farbiger Gravüren mitgebracht hatte. Wie er sich der Ateliertüre näherte, hörte er folgendes Gespräch:

Der Maler: Halt di grad, Lausbub, oder i schick di wieder zu deine Gscheerten! (Bauern).

Eine Knabenstimme: Da geh i nimmer hi.

Der Maler: So, was tust denn nachher?

Die Knabenstimme: Da bleib i.

Der Maler: So? Und wenn i di net behalt?

Die Knabenstimme: Is mir aa wurscht. Nachher lauf i auf d Gassn.

Der Maler: Na, und auf der Gassn, was tust denn da?

Die Knabenstimme: Ich geh in d Residenz.

Der Maler: Sakrament! Was tust denn dortn?

Die Knabenstimme: Zun Kini geh i.

Der Maler: »Zun Kini!« Der wird di anderscht ausifeiern.

Die Knabenstimme: I laß mi net ausifeiern. Ich bin grad so gut a Prinz.

Der Maler: Hui je! Der Prinz Kuckuck. Da legst di nieder! Der Prinz Kuckuck.

In diesem Augenblick erfolgte ein fürchterliches Gebrüll und irgend etwas schlug krachend an die Ateliertüre.

»Teufelsbua!« schrie der Maler, »hat mir der Fratz den Apolloschädel abergrissen. Wart, dir hilf i!«

Neuerlicher Tumult, Poltern, Kreischen. Dann Stille.

Henry Hauart öffnete die Türe und erblickte den Maler, wie er sich über einen Jungen in oberbayrischer Tracht niederbeugte, der, wie leblos, Schaum vor dem Munde, rücklings auf der Erde lag. Es war Felix.

Der Maler, vergeblich bemüht, ihn zum Bewußtsein zu bringen (er lag wie ein Epileptischer nach dem Anfall), erzählte nun, daß er den Jungen seit einer Woche bei sich habe, um ihn zu malen, daß er aber »net zum ham« sei: bald übermütig und lustig aufs höchste, willig und unermüdlich im Stehen, dann wieder launenhaft, verdrossen, widerhaarig, und dann, vor allem: »er will mir gar nimmer wieder zu seine Leit!« Auf die Frage, wer diese seien, erzählte der Maler die Herkunft des Jungen und wie die Mutter »sonst

a rechta sauber Weib, – no, da hängt sie!« und er wies auf Saras lebensgroßes Porträt – sich zu ihm stellte.
Henry Hauart sah sich den Jungen, der allmählich wieder Farbe bekam und ruhig zu atmen begann, lange an, betrachtete aufmerksam das Bild Saras und wurde nachdenklich.
– »Erzählen Sie mir alles genau, Meister! Wissen Sie, wer der Vater ist?«
Und nun erfuhr er denn alles, Punkt für Punkt, – nur eben den Vater nicht: »Dees ist halt das düstere Geheimnis. Er hat sie zum Aussuchen.«
– »Hm!«
Herr Hauart machte öfters hm, so oft, daß der Maler scherzend sagte: »Man möcht fast meinen, Sie wären auch dabei gewesen.«
Herr Hauart ging auf den Scherz nicht ein, sondern inquirierte weiter.
Dann meinte er: »Auf alle Fälle keine üble Mischung. Von der Mutter her stärkstes Rasseblut, obwohl möglicherweise schon nuanciert. Hm. Die kreolische Tänzerin ... Der spanische Jude mit romanischer Beeinflussung ... Das Blut allein machts ja nicht ... Erziehung, Klima, Umgebung ... Hm ... Dann germanisches oder slawisches Herrenblut ... Der Musiker ist mir dem Renommee nach wohlbekannt. Etwas toll, aber eine resolute Kraft. Rücksichtslos, streitbar, geistreich, dabei feudal, auch in seiner Treue gegenüber seinem Meister. Genie und Aristokrat. Man könnte ihm wohl einen tüchtigen Jungen zutrauen. Gerade aus einer solchen unsentimental amourösen Frau ... Hm ... Aber auch der andere, der Slawe oder Tatar, der Reitergeneral, eröffnet keine schlechten Perspektiven für den Burschen.«
Er sah sich Felix wiederum sehr genau an, dann fuhr er fort: »Was für ausgeprägte Züge der Junge schon hat. Nase, Stirne, Kinn: alles Energie. Auch der Körper scheint ganz tadellos. Und wie fein gegliedert die Hände sind. Ein Prachtstück von einem Knaben.«
»Aber a Vieh!« meinte der Maler und fügte hinzu, daß ihm noch nie eine solche Wildheit und Verschlagenheit bei einem Kinde vorgekommen sei. Der Junge könne bestrickend liebenswürdig sein, wenn es ihm in den Kram

passe, aber auch niederträchtig und bös »wie r a Aff. Gemüt hat er, mein i, net für an Kreuzer«.
»Um so besser für ihn«, meinte Herr Hauart. »Das Gemüt ist von uns Deutschen durch lange Zeit so abstrapaziert worden, daß man es wie einen durch Raubbau ausgesogenen Acker jetzt eine Weile ruhen lassen muß. Wir brauchen jetzt gerade das, was Sie Verschlagenheit und Bosheit nennen. Jede Zeit hat ihre besonderen Tugenden nötig. Gemüt ist heute gut für Leute und Völker, die Ursache haben, die Konkurrenz zu scheuen. Sie können sich damit trösten. Schön. Der Starke aber braucht so wenig Trost, wie der Gesunde Medizin braucht . . . Glauben Sie vielleicht, daß es das deutsche Gemüt ist, was jetzt Schlachten gewinnt und das politische Fazit daraus zieht? Glauben Sie, daß die Zeit sehr gemütlich sein wird, die jetzt kommt? Gott bewahre unsere Nachkommen vor einem zu baldigen Rückfall in die deutsche Gemütskrankheit, sonst ist dieser wundervolle Krieg, den wir jetzt erleben, nur ein Intermezzo. Auf die Wacht am Rhein darf nicht wieder die Lorelei folgen – überhaupt keine Lyrik mehr, sondern Drama, keine Gefühle, sondern Handlung. Energie brauchen wir, scharfes Rechnen und kühnes Einsetzen der Kraft, nicht Romantik und Philosophie. Das Volk der Dichter und Denker muß zum Volke der Techniker und Handelsherren werden. Haben wir bis jetzt die Welt übersponnen mit Phantasien und Theorien, so müssen wir jetzt die Erde mit Werken der Ingenieurkunst überziehen und Schiffahrtslinien gründen, die Deutschland reich machen – reich, Meister, nicht beliebt. Oderint dum metuant! Die Römer sind auch nicht gerade beliebt gewesen.«
Dem Maler war nicht ganz geheuer bei diesem ungewohnt temperamentvollen Ergusse seines Gönners. Denn damals war man sich der logischen Schlüsse aus den gewaltigen Ereignissen, die man mit erregtem Staunen erlebte, im allgemeinen nicht so bewußt, wie Herr Hauart, der Deutsche von englischer Abstammung. Auch war der Maler, wie die meisten seiner Kunstgenossen, überhaupt kein Freund von allgemeinen Erörterungen. Und so bog er das Gespräch schnell zu dem Jungen hinüber, der eben die Augen aufmachte und den ihm fremden Mann mit ungeheurem Erstaunen, aber keineswegs scheu fixierte.

»Von dir ist die Red, Lix«, sagte der Maler. »Du sollst a Ingenieur werdn oder a reicher Handelsherr. Was ist dir das liebere!?«
»Nix mag i werdn!« sagte Felix und richtete sich auf. »Reich schon, aber sonst nix.«
»Halt a Prinz, net wahr?« lachte der Maler.
»Spottn S net allewei!« rief der Junge und blitzte ihn an, indem er die Fäuste in die Taschen seiner Lederhose bohrte und breitbeinig dastand, wie ein Bauernbursch, der mit den Worten zum Raufen herausgefordert hat: Host ebbar an Zweifi?
Aber zu Herrn Hauart wurde Felix im weiteren Verlauf überaus liebenswürdig und anschmiegsam, jedoch ohne jeden liebedienerischen Zug ... Sein Instinkt sagte ihm auf der Stelle, daß der vornehme Herr Gefallen an ihm fand, und er selbst fühlte sich unbewußt zu ihm hingezogen.
Herr Hauart verabschiedete sich aufs freundlichste von ihm, indem er ihn einlud, ihn am folgenden Tage zu besuchen.

Es dauerte nicht lange, und Felix war täglich zu Besuche im Hauartschen Hause. Sein frisches, kindlich munteres Wesen, das er aber wohl abzudämpfen wußte, so daß er durch keinen Lärm die vornehme Ruhe dieser gobelinverhangenen Räume störte, gewann ihm schnell auch Frau Klaras Zuneigung, die ihm überdies schon deshalb sicher war, weil er ihres Mannes Neigung deutlich besaß. Es war aber auch wirklich, als wenn erst jetzt Leben in der stillen Villa herrschte, seitdem der dunkeläugige Bursche in ihr wie zu Hause war. Sein bäurisches Oberbayrisch klang neben dem scharfen Norddeutsch der beiden Ehegatten wie die Stimme der Natur selbst neben bloßer sprachlicher Konvention. Und was er sagte, offenbarte gleichfalls eine Ursprünglichkeit des Denkens und Fühlens, die für das Ehepaar überaus reizvoll war. Ein Kind im Hause und noch dazu ein Naturkind ohne alle Verbildung: das war viel für Leute, die zwar alles besaßen, was dem Leben ruhigen Halt und harmonische Bewegung gewähren konnte, aber doch des Zusammenhangs mit allem eigentlich und ungebrochen Natürlichen entbehrten. Auf ihren Wanderungen im Gebirge, die der Sehnsucht danach ihre Häufigkeit verdankten, und auch auf ihrem Landsitze in Mittenwald hatten sie das nur wie ein Schauspiel genossen. Norddeutsch durch und durch, war es ihnen nicht gegeben, aus ihrer Reserve herauszutreten, wenn sie mit Gebirglern in Berührung kamen. Es war ihnen das Wesen dieses kräftigen deutschen Schlages immer wie eine Art Kuriosität erschienen. Jetzt hatten sie diese Natur im Hause und in der denkbar günstigsten Gestalt. Denn Felix hatte alles Frische, Muntere, und auch alles drollig Ungebildete und Derbe des richtigen oberbayrischen Bauernjungen, aber gleichzeitig war etwas in ihm, das seine bäuerliche Art hier nicht als etwas durchaus Fremdes, als Kuriosität erscheinen ließ. Es war, als sei er das Kind des Hauses, das man eben nur im Gebirge unter Bauern hatte aufwachsen lassen. Kaum, daß sich auch nur im Anfang etwas Befangenheit bemerklich gemacht hatte. Von der plumpen Störrischkeit des Bauernjungen, den man in ungewohnt prächtige Räume zu Leuten mit städtischen Manieren und Redewendungen geführt hat, war nichts vorhanden. Überhaupt keine Plumpheit und kein Widerstreben. Er ging in seinen genagelten Schuhen auf den Teppichen und auf dem Parkett der Villa Hauart, als hätte er Wiesengrund oder Stallstreu unter sich. So auch in Rede und Gegenrede. Verstand er etwas nicht gleich so, sagte er kecklich: »Dös mußt no amal sagn« und, hatte ers erfaßt, erfolgte prompt ein zufriedenes: »Aaso«. Übrigens legte er merkwürdig schnell das Rohe seiner Sprache ab und machte sich hochdeutsche Redewendungen zu eigen, ohne daß sie geziert erschienen.

Darüber, daß er aufgeweckten Geistes war, waren sich die Gatten bald einig. Sein Verstand und seine Auffassungsgabe waren sogar frühreif. Etwas wie Heimweh nach dem Lande und seinen Eltern machte sich nicht bemerklich. Fragte man ihn, ob er nicht wieder einmal nach Hause wollte, dann antwortete er: »Ja, mei Sach hol i«. Unter seiner Sach verstand er lediglich den reitenden Kosaken (den »Wildn«) und den seidenen Schlafrock (»mei schens Gwand«).

Wegen seines Charakters bestand bei Herrn Hauart die günstige Voreingenommenheit von vornherein, und diese teilte sich auch Frau Klara mit. Da man ihm nie anders als freundlich entgegenkam und alles Dargebotene für ihn reizvoll, neu und angenehm war, hatte er weder Ursache

noch Gelegenheit, irgendein Mehr durch Trotz und Wildheit erzwingen oder durch List und Verstellung ergattern zu wollen. Er nahm alles fröhlich entgegen, wie wenn es ihm nur nach Gebühr geboten würde. Besonders günstig aber legte der Herr des Hauses den Umstand aus, daß Felix, der jüngere und ungebildete, Hermann gegenüber fast mit Überlegenheit auftrat: »Setz di do gscheit in Sessel eini«, rief er den Schüchternen an, wenn der nach seiner Art nur den Rand seines Stuhles in Anspruch nahm. Oder: »Was schaugst denn allweil in Boden«, wenn Hermann in Hauarts Gegenwart scheu die Augen niederschlug.
»Da hast du den geborenen Herrn und den geborenen Dienstboten«, pflegte nach derartigen Bemerkungen der alte Hauart zu seiner Frau zu sagen, die dann Hermann zwar in Schutz nahm, aber doch zugeben mußte, daß auch ihr das Benehmen des Jüngeren hier gesünder, natürlicher und dadurch erfreulicher erschien.
So stimmte sie denn gerne und überzeugt bei, als ihr Mann ihr seine Absicht eröffnete, Felix zu adoptieren.
Auf Schwierigkeiten bei der Mutter stieß er nicht, auch als er die Bedingung stellte, daß sie sich ihrem Sohne niemals als seine Mutter nähern dürfe. Denn es war seine Absicht, daß Felix ihn als seinen rechten Vater und Frau Klara als seine rechte Mutter ansehen sollte. Die Schirmers wurden ihm als Pflegeeltern hingestellt. Sie waren sehr vergnügt, an dem Jungen nochmals eine hübsche Summe zu verdienen, und nahmen es ihm nicht weiter übel, wie er, bereits in städtischer Tracht, nicht sehr gefühlvoll, vielmehr eher gönnerhaft von ihnen Abschied nahm, als er mit seinen »rechten Eltern« zu ihnen gekommen war, seine »Sach« abzuholen.

Die Lehrmethode

Der ehemalige Felix Schirmer erhielt durch die Adoption den Namen Henry Felix Hauart und wurde unter Zusammenziehung seiner beiden Vornamen fortan Henfel genannt. Da es zu den besonderen Überzeugungen seines neuen Vaters gehörte, katholisch mache weich, mystisch, färbe jedenfalls irgendwie seelisch ab, während der Protestantismus aus einem kräftigen Geiste einmal von selbst abbröckle und schließlich nur eine Art Etikette bleibe, die für das Leben in einer formell christlichen Zeit bequem, ja nötig sei, wurde Henfel zum Protestanten umgetauft. Er kam sich dabei recht wichtig und als was Besonderes vor, konnte es sich aber doch noch eine gute Weile nicht abgewöhnen, seinen Hut vor offenen Kirchtüren und vor Christusbildern zu ziehen, und zumal das Schlagen des Kreuzes wollte er nicht leicht aufgeben, denn alles Formelhafte gefiel ihm gut. Auch machte sein neuer Vater keine Einwendungen dagegen.

– »Du wirst noch allerhand weitere Götter in deinem Leben kennen lernen, Henfel, und an allen ist etwas Gutes und Brauchbares. Nimm nur getrost von jedem, was dir gefällt, und mache daraus deinen lieben Gott!«

Verstand Henfel solche Worte? Gewiß nicht. Aber – er nahm sich auch aus ihnen, was ihm gefiel, und irgend etwas daraus haftete immer bei ihm.

Er erhielt einen Privatlehrer, der den Unterricht stets in Gegenwart des alten Hauart und nach dessen Plan zu erteilen hatte. Die Lücken in der elementaren Bildung waren bald ausgefüllt, und schon nach einem Jahre täglichen Unterrichts von nur zwei Stunden, zu denen freilich ein fast ununterbrochener Unterricht im ständigen Verkehr mit Herrn und Frau Hauart hinzukam, war Henfel so weit, daß ein Unterricht nach Art der Mittelschulen beginnen konnte.

Einem regelrechten Gymnasiallehrer hätten sich, falls er deren besaß, die Haare gesträubt, wäre er gezwungen gewesen, einer Lektion Henfels beizuwohnen.

Das Latein begann mit Cäsars De bello gallico und leitete gleichzeitig den Geschichtsunterricht im Anschluß an den deutsch-französischen Krieg ein. Der unglückliche Lehramtskandidat, der dieses Kunststück zu leisten hatte, mußte vorher immer eine Privatstunde bei Herrn Hauart nehmen und konnte sicher sein, nach jeder Lektion auch noch nachsitzen zu müssen, denn der alte Hauart schien sich vorgenommen zu haben, ihn um alle Resultate seines Fleißes sowohl auf dem Gymnasium wie auf der Universität zu bringen.

»Sie müssen Ihrem Zögling nicht »Lehrstoff beibringen« wollen, Herr Doktor. Dagegen lehnt sich ein gesunder

Junge auf. Sie müssen ihm Rätsel aufgeben. Sie müssen seinen Erkenntnistrieb wachrufen. Sie müssen ihn vor allem unzufrieden machen mit seinem Zustand der Unbildung, das heißt Hilflosigkeit. – Da ist ein Buch mit fremden Worten. Die lassen Sie ihn lesen. Und Sie fragen: klingt das nicht wunderbar? – Gallia est divisa in partes tres . . . Was mag alles an Geheimnissen hinter diesen stolzen Lauten stecken!? Weißt du, wovon es handelt? Von einem Kriege mit den Franzosen. »Den kenne ich schon«, wird er antworten. Darauf Sie: »Nun gut, erzähle mir, was du davon weißt!« Und nun erklären Sie ihm den Unterschied. Sprechen Sie von den Römern, in deren Sprache das Buch geschrieben ist, von ihrer Macht und Herrlichkeit, und dann von Cäsar, der der mächtigste unter ihnen war. Stellen Sie ihm vor, was es bedeutet, Worte dieses Mannes zu verstehen, hineinzusehen in den Geist dieses Mannes, zu lernen, wie dieser Mann Krieg geführt hat. Das wird seine Phantasie erregen, seinen Willen anfachen, seinen Ehrgeiz aufstacheln. Und nun übersetzen Sie ihm den ersten Satz und lassen Sie ihn fragen. So wird er auf die Grammatik kommen als auf ein Gebiet wundervoller Geheimnisse, und sie wird ihm von Anbeginn etwas seltsam Lebendiges sein, ein fremdes Land voller Rätsel. Legen Sie ihm dann Regeln vor, so muß es sein, als wenn Sie ihm ein kostbares Mittel verraten wollten, hinter diese Geheimnisse zu kommen. Abenteuerlich muß ihn die Grammatik dünken, Herr Doktor, abenteuerlich. Mit aufeinandergebissenen Zähnen muß er Ihnen von Schwierigkeit zu Schwierigkeit folgen, gleichsam wie von Dickicht zu Dickicht in einem Urwalde voller Überraschungen. So wird er, ehe Sie sichs versehen, nicht bloß die Regeln der lateinischen Sprache, sondern römischen Geist in sich aufgenommen haben. – Sein Mystagoge sollen Sie sein, sein Geheimnisdeuter und Führer in unbekannte Länder, nicht sein philologischer Nudelmeister.«

Der junge Doktor wagte einige Einwendungen: von solider Grundlage, Geisteszucht, Gymnastik des Gedächtnisses und so fort.

»Sie meinen«, antwortete ihm darauf Herr Hauart, »daß ich es ihm zu leicht machen wolle. Aber Sie irren sich. Ich will ihn vielmehr vor geistiger Faulheit bewahren. Er soll alles seiner eigenen Initiative verdanken, nichts vorgeschnitten, nichts vorgekaut bekommen. Die solideste Grundlage jeder Bildung ist der betätigte Wille dazu. Jedes Lernen soll mit Handeln verbunden sein, kein bloßes, ob auch mühseliges Aufnehmen, sondern Aneignen durch Forschung. Er soll arbeiten lernen; ja, es soll der Trieb zur Arbeit ihm so eingesenkt werden, daß er sich schließlich wie ein Elementartrieb äußert. Aber eben darum muß dieser Trieb nichts Mühseliges an sich haben. Kraftanspannung – ja! Aber aus Lust an ihr, aus Freude am Sichbewähren, Sichsteigern. – Geisteszucht, sagen Sie, aber, was Sie meinen, ist Drill, ist Geisteszüchtigung. Vor dieser Art Disziplinierung soll mein Sohn bewahrt bleiben, denn er soll einmal nicht dienen, sondern herrschen. Natürlich auch über sich, das heißt über etwaige gemeine Instinkte in sich. Aber sein Herrengefühl soll mein Sohn nicht überwinden, er soll es sich nur um so souveräner gestalten, indem er alle Sklavenneigungen in sich überwindet. Seine Geisteszucht soll freie Willenszucht sein.«

Resultate

Der Erfolg dieser Lehrmethode, die den beklagenswerten Schulamtskandidaten dauernd für jedes Schulamt unbrauchbar machte, war anscheinend ganz erfreulich.
Henfel lernte spielend leicht, und es war eine Lust, zu sehen, wie lebhaft sein Interesse sich allen Gegenständen des Lehrplanes zuwandte. Nur in der Mathematik wollte es nicht recht vor sich gehen, weil diese in ihren höchsten Höhen zwar sehr poetische, in den Anfangsstadien aber sehr nüchterne Wissenschaft in das System der Anregung des Willens durch die Phantasie nicht recht paßte. Offenbar wenigstens nicht gegenüber einem Schüler wie Henfel, dessen Gesichtsausdruck einen Zug tödlicher Langeweile und vollkommener Leere annahm, wenn sein Auge auf Zahlenkolumnen und mathematische Formeln fiel.
Sonst aber – brillant. Der zwölfjährige Henfel las bereits die lateinischen, griechischen und deutschen Klassiker, zwar vielleicht nicht mit tiefem, aber doch mit glattem Verständnis. Wenigstens sah es so aus, und wenn er darüber sprach, so klang es nicht viel anders, als wenn der Sprecher Herr Hauart selber wäre, nur etwas hurtiger. Der Junge hatte

sich instinktiv so auf den Mann eingestellt, der ihm als Vater galt, daß er eigentlich alles über diesen Mann weg, durch das Medium des »Papas« empfand. Mit niemand verkehrend als mit ihm und Frau Klara, mit jenem aber viel intensiver als mit dieser, wurde er, dessen Persönlichkeitsentfaltung das Hauptziel aller Bestrebungen war, eigentlich ein völlig unpersönlicher Abklatsch des Mannes, der in seinem pädagogischen Dilettantismus völlig aufging und in viel höherem Grade das Geschäft des geistigen Nudelns betrieb, als je irgendeiner der von ihm so heftig perhorreszierten Gymnasialprofessoren.
Frau Klara merkte sehr bald, und mit großem Bedauern, das ganz Äußerliche und im bösesten Sinne Oberflächliche dieser Art Bildung, und sie ließ es an Versuchen nicht fehlen, ihrem Manne die Augen darüber zu öffnen. Der aber war wie mit Blindheit geschlagen und sah durchaus das Unerquickliche der Karikatur seiner selbst nicht, das er aus dem Jungen machte.
Es war ein Unglück, daß der Maler, dessen gerade Art einen gewissen Einfluß auf Herrn Hauart hatte, Studien halber nach Italien gereist war, eben als das Hauartsche Lehrsystem begann, deutliche Unkrautwucherungen zu zeitigen.
»Aber Ihr Mann macht ja an Protzaffen aus dem Buam, anstatt an Menschen« hatte er gesagt, als er zum ersten Male Zeuge eines Gespräches zwischen Vater und Sohn gewesen war. »Der Lausbua hat ja koa Spur mehr von sich selber, oder er versteckts vor lauter Hanswurschterei. Er redt daher wie a rechter Gescheiter und is doch so hirndumm um und um, wie er draußt bei seine Gscheerten gar nie net gwesen is. Dees is alles hohl und aufblasn und grundausgschämt. – Ja mein Gott, was soll denn aus dem amal werden, wenn der Alt ihm nix mehr einblasn kann!? Dem nützt gwiß sei Lebtag sei Geld nix. Ich wollt, ich wär net dran schuld, daß er daher kommen is.«
Frau Klara fühlte, wie recht der Maler hatte, aber wenn sie sah, wie zufrieden ihr Mann in seiner Betätigung als Erzieher war, und wie glücklich es ihn machte, endlich einmal, wie er sagte, als eine Art Künstler ein Abbild seiner selbst zu schaffen, so brachte sie es nicht übers Herz, ihn darin andauernd zu stören. Auch hatte sie das Gefühl, daß

schließlich doch die Natur des Jungen einmal Herr über all das Angeflogene werden müsse, gerade, weil es ja nicht tief gegangen war, oder daß er es mit zunehmender wirklicher Reife selber in sich vertiefen werde. Vor allem aber bemühte sie sich nun, auch ihrerseits mehr Einfluß auf ihn zu gewinnen, indem sie sein Gefühlsleben stärkte.

Leicht war das nicht, denn die von ihrem Manne betriebene »Abhärtung des Gefühls« hatte schon weite Fortschritte gemacht. Und leider war es Frau Klara nicht gegeben, mit Kindern kindlich zu sein. Sie war fürsorglich, innig, wußte mit Worten zu streicheln, aber sie konnte nicht spielen und spaßen. Der reizende mütterliche Unsinn fehlte ihr, diese köstliche Gabe mancher jungen Mütter, der beste Spielkamerad ihrer Kinder zu sein. Und gerade das hätte Henfel gebraucht, dem prinzipiell Spielkameraden ferngehalten wurden, weil Herr Hauart der Ansicht war, daß, wer in einer nichtspielerischen Zeit einmal an führender Stelle sich betätigen wolle, schon als Kind ohne Spiel auskommen und überdies einsam erzogen werden müsse.

»Du bringst ihn um seine Kindheit, Henry«, wagte Frau Klara einmal zu bemerken, »und ich glaube, ein rechter Mann kann nur der werden, der einmal auch ein rechtes Kind gewesen ist. Auch fehlt es ihm ja ganz an Erholung.«

Aber auch das hatte Herr Hauart natürlich längst bedacht, so daß seine Antwort mit großer Sicherheit zutage kam: »Kindheit! Was heißt das? Es heißt etwas anderes für das Kind des Proletariers und etwas anderes für das Kind des Fürsten. So heißt es auch etwas anderes für unseren Sohn. Er ist weder ein zukünftiger Lohnsklave, noch ein zukünftiger Kronenträger. Weder wird er es einmal nötig haben, um seine Existenz zu kämpfen, noch wird der ganze Apparat einer Dynastie ihm seine Existenz zwar sichern, zugleich aber einschränken. Er wird das Glück haben, wirklich frei zu sein, gleichzeitig aber das andere Glück, immer selbst über seine Freiheit wachen zu müssen. Danach bestimmt sich die Art seiner Kindheit. Es ist nötig, seine Freuden von früh an anders zu gestalten, als die von Kindern, denen ein Durchschnittschicksal bevorsteht, vom Zwangsarbeiter im Kittel bis zum Zwangsarbeiter im Hermelin. Der freie Herr ist heutzutage die größte Seltenheit, selbst in Kreisen, wo er gedeihen könnte. Warum? Eben weil die Kindheitseinflüsse seiner Entfaltung entgegenstehen. Auch hier ist es vornehmlich die Sentimentalität, die schwach macht, die Gewöhnung an Kameradschaften, die Einprägung des Gleichheitswahnes, die mangelnde Erziehung zur Einsamkeit. – Du verfolgst seine Entwicklung nicht so wie ich, und darum kannst du nicht gleich mir ergriffen sein von diesem Schauspiele völlig ungebrochener Triebentfaltung. Ich für meinen Teil bin fest überzeugt, daß wir in Henfel einen der ganz seltenen Menschen großziehen, die zu einem Leben höchsten einheitlichen Stiles bestimmt sind. – Du mußt mich nicht falsch verstehen! Ich halte ihn nicht etwa für ein Genie. Das Genie ist immer disharmonisch, weil es aus Hypertrophie irgendeiner Begabung resultiert. Henfels Wesen aber ist von der reinsten Harmonie aller Triebe und Kräfte. Es ist, als sei er von jedem Niederschlag all der Irrtümer in der Entwicklung der Menschheit verschont geblieben, die wir der ungesunden Vermischung allgemeiner Herdentriebe mit genialen Verstiegenheiten verdanken.« –

Was sollte Frau Klara gegenüber einer solchen fast ekstatischen Überzeugung ihres sonst so nüchternen Mannes tun? Sie war gewöhnt, von seinem Verstande sehr hoch zu denken, und wußte, daß er sich nicht von bloßen Gefühlen der Sympathie hinreißen ließ. Also war sie geneigt, seiner Auffassung beizupflichten. Anderseits aber sträubte sich ihr Innerstes gegen das Ganze dieser Pläne und Meinungen. – Sie konnte sich des Glücks, das ihren Gatten offenbar erfüllte, nicht recht freuen, ja es überkam sie eine Art Schwermut dabei: zum erstenmal in ihrer Ehe war etwas Unausgeglichenes zwischen ihrem Manne und ihr. Schon, daß sie sich seiner Freude nicht ganz mitfreuen konnte, tat ihr weh. Mehr und mehr machte sich aber auch ein Gefühl geltend, das schlimmer war.

Je weiter die Erziehung Henfels vorschritt, um so deutlicher fühlte sie, daß ihr Mann sich in einem verhängnisvollen Irrtum befand, und daß er sich immer mehr in ihn verrannte.

Der Junge wurde hochfahrend, unangenehm herrisch gegen jedermann, der außer seinen Eltern mit ihm in Berührung kam. Hermann, der jetzt das Gymnasium hinter sich hatte,

mied das Haus deswegen nach einer frechen Szene, die ihm der nun vierzehnjährige Junge gemacht hatte. Frau Klara hatte sie durch die offene Tür vernommen, und es war, als täte sich ein Abgrund vor ihr auf, wie sie aus Henfels Redewendungen erkannte, wie fratzenhaft sich in ihm die Weltanschauung ihres Mannes widerspiegelte. Hermann hatte gesagt, er wolle erst zwei Semester Philosophie absolvieren.
»Philosophie?« höhnte Henfel, »was soll denn das Gedenke? Ich habe jetzt ein bißchen Schopenhauer gelesen. Jedes Kochbuch ist wertvoller!«
»Na«, antwortete ganz gelassen Hermann, »darüber steht dir wohl ein Urteil noch nicht zu.«
Henfel, schon ganz wild, in einem häßlichen Tone voll Bosheit: »Du meinst, weil du ein paar Jahre älter bist als ich, mußt du auch klüger sein, was? Weil du jetzt Student wirst? Ich bin schon seit sieben Jahren Student und weiß zehnmal mehr, als du je lernen wirst. Du könntest mir leid tun, wenn mir überhaupt etwas leid täte, du trauriger Philosoph!«
Hermann: »Ich will ja gar nicht, daß ich dir leid tue, aber wenn du so redest, tust du mir leid.«
Henfel, gell auflachend: »Ich? Dir? Bist du verrückt? Das ist eine Unverschämtheit! Und eine Lüge! Du beneidest mich, weil ich nicht zu büffeln brauche, weil ich der Sohn reicher Eltern bin und weil ich einmal selber reich sein werde, ohne nur einen Finger zu rühren!«
Hermann: »Ich beneide dich gar nicht und am wenigsten deshalb.«
Henfel: »Doch! Und du sollst mich auch beneiden! Du sollst noch blässer werden vor Neid, als du schon vor Studieren bist. Das gehört zum Reichtum, daß man beneidet wird; das ist ein Hauptvergnügen dabei.«
Hermann: »Das Vergnügen kann ich dir nicht bereiten. Ich beneide den Reichtum nicht. Ich verachte ihn, wenn er solche Gedanken zur Folge hat, wie deine.«
Henfel: »So! Aber einladen läßt du dich von meinen Eltern, was? Füttern läßt du dich vom reichen Herrn Hauart, nicht?«
Hermann, bebend: »Du bist gemein, Henfel, jämmerlich gemein bist du.«
Henfel, knirschend: »Nimmst du das Wort zurück, du

Hungerleider? Ich verlange, daß du mich um Verzeihung bittest oder ...«
Hermann: »Was: oder!?«
Henfel, schäumend: »Oder ich schlage dir das Buch hier in deine Proletarierfratze.«

Der geborene Dienstbote

Frau Klara hatte der Szene ein Ende gemacht, indem sie eintrat und sich mit den Worten an Hermann wandte:
»Komm hinunter, Hermann! Wenn Henfel sich beruhigt haben wird, wird er nachkommen und dich um Verzeihung bitten.«
Noch in ihrem Zimmer unten hörte sie, wie Henfel tobte und schrie.
Hermann, totenbleich, stand vor ihr und murmelte: »Er soll es mir büßen! Es kommt der Tag, wo ich es ihm zeigen werde!« ... Dann: »Ich danke Ihnen für alles, Frau Hauart, aber ich werde nie mehr dieses Haus betreten.«
»Er ist noch ein halbes Kind«, begütigte Frau Klara, »verzeihe ihm seine Beleidigungen, auch wenn er dich nicht darum bittet!«
»Nein!« stieß Hermann hervor, »das nicht! Nicht das! Ich weiß, daß ich vieles werde ausstehen müssen im Leben, aber eines werde ich nie ertragen und will ich nie ertragen: daß jemand, der mir nicht überlegen ist an innerer Bedeutung, an eingeborenem Edelsinn und an Geisteskräften, sich frech über mich erhebt, weil ihn der Zufall mit anderen Gütern ausgezeichnet hat.«
Frau Klara nötigte ihn in einen Stuhl und streichelte seine eiskalt gewordenen Hände. Dann sagte sie: »Du hast ganz recht, Hermann, und ich freue mich, daß du so stolz empfinden kannst, daß du nicht bloß weich und schüchtern bist. Ich wollte, mein Mann hörte dich so sprechen. Auch er würde dir recht geben, so sehr er Henfel liebt.«
»Nein«, rief Hermann aus, indem er aufsprang, »nie würde er mir recht geben! Für mich hat er weder Liebe noch Verständnis. Für mich hat er nur Wohltaten. Gott weiß, wie sehr ich darunter gelitten habe von Anfang an. Wenn Sie nicht gewesen wären, Frau Hauart, mit Ihrer wirklichen

Freundlichkeit, nichts hätte mich dazu gebracht, mich jede Woche einmal in diesem Hause füttern zu lassen. Zehnmal lieber hätte ich an diesen Tagen Hunger gelitten, als am Tische dieses Wohltäters zu sitzen, der am Unglücke meiner Mutter schuld ist.«

»Hermann!« schrie Frau Klara auf, »wer hat dir das gesagt?!«

»Niemand,« antwortete der junge Mann und warf sich in den Stuhl, »aber ich weiß es! Ich weiß, daß ich den Namen meiner Mutter führe und nicht den meines Vaters, und ich weiß, was es bedeutet, daß ich ein kleines Vermögen besitze, das nicht von meiner Mutter herrührt. Aber ich weiß auch, daß ich dem Manne, von dem es herrührt, keinen Dank schulde, sondern ...«

Frau Klara schnitt ihm das Wort ab: »Hermann, versündige dich nicht! Es ist an dir gefehlt worden, aber das kann noch gut gemacht werden, und es wird gut gemacht werden, denn es ist aus einem Irrtum geschehen. Sprich einmal mit ... mit Herrn Hauart, wie du jetzt mit mir gesprochen hast! Zeige, daß du nicht bloß stumm dulden, sondern fordern kannst. Es ist dein Recht, und es kommt nur auf dich an, es zu erhalten.«

Hermann warf den Kopf zurück und sagte sehr ruhig und bestimmt: »Nein, Frau Hauart. Ich habe hier kein Recht und ich werde hier kein Recht haben. Meine Mutter, die nur noch der Schatten eines Menschen ist, seitdem ich lebe, würde es mir nie verzeihen, wollt ich hier ein Recht verlangen, das ihr versagt worden ist. Ich gehöre zu ihr und zu allen den anderen, die entrechtet sind. Für alle diese will ich ein Rechtsanwalt werden. Dazu will ich mit dem Gelde studieren, das mir als ein Geschenk, als eine Wohltat hingeworfen worden ist. Sonst aber keinen Pfennig! Das Erbteil des Legitimen soll ungeschmälert bleiben – von Rechts wegen!«

Er lächelte höhnisch, und das stand ihm schlecht. Plötzlich aber warf er sich schluchzend vor Frau Klara nieder und verbarg seinen Kopf in ihrem Schoß. »Seien Sie mir nicht böse! Henfel ist ja Ihr Kind, und es ist sehr schlecht von mir, daß ich so geredet habe zu Ihnen. Denn Sie sind so gut und haben mir so viel Liebes getan, daß es mich immer getröstet und wieder in die Höhe gerichtet hat, und bloß von Ihnen ist etwas Schönes in mein Leben gekommen.

Meine Mutter ist so verdüstert, mein Pflegevater so verärgert, und ich selbst bin so schwach und halb. Ich trage etwas Schweres und Dunkles in mir herum. Ich keuche, seitdem ich denke. Wenn nicht Ihre Worte gewesen wären und Ihre Musik, so hätte ich nicht einmal die Sehnsucht nach dem Lichte und nach der Freiheit und ich wäre dem Neide verfallen. Ja, dem Neide, der der Schatten des Elends ist. Ich habe ihn oft kommen spüren wie ein Gespenst. Aber Sie haben ihn verscheucht, Sie und Mozart!«

Frau Klara, tief ergriffen und bewegt, strich über sein blondes weiches Haar, während ihr die Tränen flossen, und sie sprach: »Hättest du doch früher zu mir gesprochen, Hermann! Hättest du dich doch gleich an mich gewandt, als du zu fühlen begannst, wie die Dinge liegen! Warum hast du denn das nicht getan?«

»Ich hätte es auch heute, und ich hätte es nie getan«, entgegnete Hermann, »wenn Henfel mein Blut nicht in Wallung gebracht hätte. Denn es liegt nicht in meinem Wesen, mich auszusprechen. Ich bin scheu gegen jedermann, auch gegen meine Mutter, und ich schrecke vor allem Aussprechen dessen zurück, was in mir ist. Ich . . . aber Sie müssen mich nicht auslachen, . . . ich kann das bloß zu mir selbst sagen in . . . in Versen. Ach, ich weiß ja, sie taugen nichts, und sie können auch keinen Menschen interessieren, denn sie handeln ja bloß von mir und sind bloß an mich gerichtet. Und dennoch sind sie mein einziges Glück, und wenn ich sie mache, nein, nicht mache, denn sie steigen auf in mir und sind mit einem Male da, und ich schreibe sie dann nur nieder, und im Niederschreiben kommen andere hinzu, und manchmal gerate ich ins Feuer und schreibe halbe Nächte lang und zerreiße das Geschriebene wieder und lasse es nochmals kommen und gieße es um und bastle daran und suche eine neue Form des Ganzen und steigere mein eigenes Gefühl durch die Form und vergesse mit einem Male, daß ich es bin, worum es sich handelt, und dann steht ein Gedicht da, wie eine fremde Gestalt, und ich bin hingerissen davon und komme mir wie etwas Großes vor, wie ein Starker, der alles Häßliche überwinden kann und etwas Schönes daraus machen und . . . ja . . . dann bin ich wirklich unaussprechlich glücklich und kann nie in bloßen Worten zu jemand von diesen Dingen sprechen.«

– »Willst du sie mir nicht einmal zeigen, deine Verse?«
– »Nein . . . ich bitte! Nein!«
– »Warum denn nicht?«
– »Ich schäme mich.«
In diesem Augenblicke erschien Henfel in der offengebliebenen Tür. Er hatte ein feierliches Gesicht aufgesteckt und bewegte sich gemessen auf Hermann zu, der sofort aufsprang und ihn mit gerunzelter Stirne ansah.
Henfel streckte ihm seine schöne schmale Hand hin, an der ein großer Rubin glänzte, den er vorhin nicht am Finger gehabt hatte, und sprach, indem er seiner Stimme einen sehr milden Ton verlieh, mit gedämpfter Würde: »Ich habe dich beleidigt, Hermann, dich und mich. Denn mehr noch als dich habe ich mich selbst vor mir herabgesetzt. Du müßtest gering von mir denken, wenn ich nicht aus freien Stücken zu dir käme und dich um Verzeihung bäte.«
Hermann hatte während dieser allzu wohl gesetzten und allzu gut vorgetragenen Ansprache den Blick gesenkt gehabt, denn sehr gegen seinen Willen war plötzlich seine Scheuheit über ihn gekommen, und bei den ersten Worten Henfels hatte ihn sogar weichmütiges Bedauern ergriffen. Wie aber der Spruch vorüber war, sah er den Jungen erst groß an und ließ seinen Blick auf der schönen Hand mit dem funkelnden Steine ruhen. Es war, als vergäße er über diesem Anblick die Sache völlig, um die es sich handelte. Sein Auge, das Auge eines Dichters, sah, ihm selber unbewußt, nicht bloß die Schönheit dieser Erscheinung, sondern in ihr ein Symbol, ein Bild alles dessen, was zwischen ihm und dem Menschen mit dieser schönen, kostbar geschmückten und sorgsam gepflegten Hand stand. Er schwieg und nahm seinen Hut, der auf einer Fauteuillehne lag.
»Du nimmst meine Hand nicht?!« sagte Henfel, indem sich seine starken schwarzen Augenbrauen näherten.
»Nein, ich nehme deine schöne Hand nicht«, antwortete Hermann. »Die meine ist eine Proletarierhand, obwohl sie noch nicht hart gearbeitet hat. Denn sie gehört zu mir, wie mein Gesicht, das du vorhin eine Proletarierfratze genannt hast.«
»Deswegen bin ich gekommen, dich um Verzeihung zu bitten«, entgegnete Henfel kühl.
»O nein, deshalb ist der reiche Jüngling nicht gekommen«,

rief Hermann fast laut, denn er fühlte die Absicht einer Zurechtweisung und damit die Absicht einer neuen Beleidigung. »Du bist gekommen, um dich wieder über mich zu erheben. Du wolltest den Überlegenen spielen, nachdem du eingesehen hattest, daß dein Benehmen dich unter mich gestellt hat. Du spielst schlecht, Henfel. Man merkt, daß du spielst. Und ich spiele nicht mit.«
Henfel, die Lippen aufeinanderpressend, ballte die schöne Hand und ließ sie sinken. »Du siehst, Mama,« wandte er sich an Frau Klara, »ich habe vergeblich versucht, mein Unrecht gutzumachen, und dafür will er mich nochmals reizen. Aber es soll ihm nicht gelingen. Ich weiß, was ich mir schuldig bin.«
Und er ging sporenklirrend hinaus, denn er hatte sich zum Reiten umgezogen.
Frau Klara sah ihm tief unzufrieden nach. Dann richtete sie das Wort an Hermann, der seinen weichen Hut zusammenpreßte: »Hättest du nicht doch seine Hand nehmen sollen? Es war doch eine Überwindung bei ihm – vielleicht seine erste.«
– »Gerade darum nicht! Das vorhin oben war wenigstens nicht vorsätzlich, war im Zorn geschehen. Ich hätte es verzeihen können, obwohl es mich heftiger getroffen hat. Aber das jetzt, – nein! Das war Berechnung, war tückisch. – Lassen Sie mich gehen, Frau Hauart, und zürnen Sie mir nicht, wenn ich nun nicht mehr komme. Wenn Sie es mir erlauben, will ich Ihnen schreiben, sobald von mir etwas zu berichten ist.«
– »Willst du nicht auch von ... von Herrn Hauart Abschied nehmen?«
– »Nein. Ich bitte Sie, ihm nur zu sagen, daß sein Erbe vor meinem Neide sicher ist.«
Er gab Frau Klara die Hand. Die mütterliche Freundin legte ihre Linke darauf und küßte ihn auf die Stirne.
»Du hast mir«, sprach sie, »heute zum ersten Male weh getan, aber nicht so, daß ich dir deshalb böse sein könnte. Denn du hast recht gehabt, so recht, als wir Menschen nur eben recht haben können. Später wirst du von selbst lernen, wie unrecht man immer auch im Rechte hat. Ich glaube, Hermann, daß du dahin kommen wirst. Es ist ja sonst nicht die Art der Männer, weil sie zum Kämpfen geboren sind

und siegen wollen, das heißt: ihr Recht durchsetzen. Auch du hast ja so ein Recht im Auge, für das du der Anwalt sein willst. Aber du wirst, glaube ich, einen anderen Beruf finden, in dem es sich um alle diese Rechte nicht handelt, überhaupt um kein Recht, sondern um Liebe, die über allen Rechten ist. Du wirst einmal erst fühlen, was ich dir jetzt auch bloß gefühlt sage, aber einmal wirst du es vielleicht auch erkennen. Es ist vielleicht erkennbar nur für ganz wenige und auch für diese bloß im höchsten, seltensten Zustande der Ergriffenheit, aus dem die Werke der großen Kunst hervorgehen. Du weißt, an wen ich jetzt denke: Mozart. – Fühlst du, was ich meine?«

– »Ja. Es ist dasselbe, was ich fühle, wenn Sie Mozart singen, und wenn ich ... Aber nein ... Später! Später! Vielleicht! ... Ich ... Ja, Frau Hauart, ich fühle, was Sie meinen, und ich habe schon manchmal so gefühlt, und ich habe mir manchmal auch eingebildet, ich könnte so einer, ich könnte ein Dichter werden. Aber es wird doch nicht sein. Und wenn ichs auch könnte, – ich dürfte nicht. Denn ich kenne die Armut, das Elend, die Schmach des Volkes, zu dem ich gehöre, ich, der Sohn des reichen Mannes, der ich, meinem Schicksal sei Dank, ein Proletarier geworden bin. Brauchen wir Dichter? Dürfen wir Dichter sein? Nein! Erst unser Recht, zu leben wie Menschen und nicht wie Maschinen, dann, später, Gott weiß wann, auch das Schöne. Sie wissen ja nicht, wie es in den Hinterhäusern, in den Keller- und Dachwohnungen aussieht, Frau Hauart. Aber ich weiß es, und ich weiß auch, was einzig helfen kann, dieser Not und Schande ein Ende zu machen. Es ist ein neues Evangelium verkündet worden, aber nicht aus den Gefühlen der Liebe, und nicht für das Jenseits, sondern aus dem Willen zur Tat und für das Jetzt und Hier. Diesem Evangelium hänge ich an und will sein Jünger sein. Nicht zufrieden will ich die Armen machen durch Vertröstung mit Träumen, sondern unzufrieden durch die grellste und grausamste Darstellung ihres trostlosen Zustandes. Faule Tröster und Verschleierer haben wir genug, und weil sie sich Dichter nennen, sind uns die Dichter verächtlich geworden. Die Welt des Elends braucht Empörer. Wenn irgendeiner dazu geboren ist, so bin ich es. Ich habe meine Mutter an meinem Vater zu rächen, die mißbrauchte Armut am frevelhaften

Reichtum. Und wenn das Beste in mir dabei zugrunde geht, so will ich es gerne hinnehmen.«

Frau Klara nickte mit dem Kopfe: »Es ist dein Weg. Gehe ihn! Ich glaube doch, daß du dorthin kommst, wohin dich dein Innerstes drängen wird. – Ich habe dich erst heute kennen gelernt, Hermann. Vielleicht ist das auch gut, denn ich hätte dich sonst doch wohl irre gemacht. Du bist stärker, als ich geglaubt habe. Du bist viel stärker, als Henfel es jemals sein wird. Daher bitte ich dich: Vergiß dennoch alles. Nein, ich brauche dich nicht zu bitten. Du wirst es selbst vergessen und wirst Böses mit Gutem vergelten. Nimm dich seiner an, wenn er allein sein wird. Ich fürchte, er wird sich keine Freunde im Leben gewinnen.«

Sie hatte in ihrer milden innigen Art leise und eindringlich gesprochen, und Hermann war ergriffen davon, wie nur je von ihrem Gesange.

Er schied mit dem Gefühl, etwas Schönes erlebt zu haben, und dachte nur an dieses, nicht an seine Szene mit dem Jungen.

Rhythmische Zerknirschung

Als Henfel vom Reiten nach Hause kam, überraschte er Frau Klara durch etwas, was sie durchaus nicht erwartet hatte: durch leidenschaftliche Reue, die offenbar ernst war.

Er warf sich ihr an den Hals und schluchzte mehr, als daß er sprach: »Ich habe mich erbärmlich betragen. Ich bin gemein gewesen. Ich bin nicht wert, daß du mich ansiehst. Hermann hat ein Recht, mich zu verachten. Ich bewundere ihn und weiß jetzt, wie tief ich unter ihm stehe. Ich bin ein Nichts neben ihm. O, wie froh bin ich, daß ich das fühle! Wie froh bin ich, daß ich zu mir gekommen bin! Ich möchte zu ihm rennen und ihm sagen, daß er mein Meister ist, mein Besieger, und daß er mich ins Gesicht schlagen soll.«

Frau Klara schwieg erstaunt. Sie sah ihm in die Augen, ob etwas Falsches darin wäre. Nein: es war nichts in ihrem Ausdruck, als leidenschaftliche Ergriffenheit. Scham, Schmerz.

»Wie ist dir das gekommen, Henfel?« fragte sie ihn.

Er antwortete: »Ich weiß nicht. Ich sprang aufs Pferd, wütend beleidigt, auf Rache sinnend. Ich war so niederträchtig gemein, mir auszudenken, wie ich die Sache Papa beibringen und ihn bitten wollte, seine Hand von Hermann abzuziehen. Hungern soll er, verrecken! – verzeih Mama, – verzeih –, aber ich muß dir alles sagen: verrecken, wie ein räudiger Hund, knirschte ich vor mir hin, während ich durch den Englischen Garten galoppierte. Ich stellte ihn mir vor, wie er bettelnd ankäme und nach meiner Hand haschte, um Verzeihung winselnd. Und ich malte mir aus, wie ich vor ihm ausspucken würde. Und ich suchte die scheußlichsten, höhnischsten Beleidigungen zusammen, mit denen ich ihn fortjagen würde. Eine Geldbörse wollte ich hinter ihm herwerfen und dazu rufen, wie man einen Hund zum Apportieren bringt: Allez! Such! – Da, mit einem Male, scheute der Braune und blieb wie in die Erde gerammt stehen, so daß ich beinahe über seinen Kopf weg einen Salto geschlagen hätte. Aber na, du weißt ja, reiten kann ich: ich saß gleich wieder fest. Was wars? Ein weißes Truthahnkücken – wir waren schon im wilden Teil des Gartens – lag blutend und zappelnd mitten auf der Straße, offenbar von einem Fuchs angegriffen, der nun die Flucht ergriffen hatte. Du kennst mich. Ein solcher Anblick erregt mich sonst nicht weiter. Aber, ich weiß nicht, wie es kam, kurz: Ich empfand fast schreckhaft ein furchtbares Mitleid mit dem zerrissenen Tiere. Ich sprang vom Pferd und gab ihm den Gnadenstoß. Nicht einmal die Augen offenbehalten konnte ich, wie ich zustieß. Aber ich stieß gut zu. Das kleine Tier regte sich nicht mehr. Jetzt lauert der Fuchs irgendwo im Gebüsch, dachte ich mir, und, wenn ich weg bin, schleicht er her und holt sich seinen Fraß. Soll ich ihn hindern? Nein, denn gewiß, ihn hungert. Und nun hatt ich mit ihm Mitleid. Ich stieg ganz sachte aufs Pferd und ritt im Trabe weiter. Hermann hatte ich völlig vergessen. Ich fragte mich nur immerzu: Wie kam es, daß der Anblick des leidenden Tieres mir wehe getan hat? Ich weiß doch, daß Mitleid Schwäche und Unvernunft ist, und daß der Starke seinen Blick über fremdes Leid wegrichten muß. Was wird Papa dazu sagen, dacht ich mir, wenn ich ihm davon berichte? Wird er mich nicht verachten? Denn, schließlich, wenn ich nicht einmal einen jungen Truthahn leiden sehen kann, wie soll ich mich dann über größeres Leid von Wesen, die mir näher stehen, hinwegsetzen? Bin ich nicht am Ende ebenso sentimental, wie Hermann? Hermann! Es gab mir einen Ruck, und ich war

wieder bei der Sache. Aber aller Groll, alle Wut war weg. – Ich glaube nicht, daß das im direkten Zusammenhange mit dem kleinen Erlebnis stand. Jedenfalls ist mir kein Zusammenhang bewußt. Denn ich empfand nicht etwa Mitleid mit Hermann, sondern mit mir. Ganz unvermittelt fühlte ich mich schauderhaft klein und elend. Erst gab ich mich diesem Gefühle wütend hin. Ich war wie geschüttelt. Dann regte sich in mir der Gedanke: das ist die Strafe für die Weichheit! Papa hat recht: Mitleid ist eine Schwäche, die noch schwächer macht, ist Abzehrung des Gefühls für alles Starke. – Aber dieser Gedanke verfing nicht. Das Gefühl meiner Kleinheit und Jämmerlichkeit begann mir wohlzutun. Ich stellte mir alles, was geschehen war, vor und erkannte nur immer deutlicher, wie gemein ich gewesen war, und wie hoch Hermann über mir steht. Und, je klarer ich das erkannte, mit dem Gefühl, weißt du, und deshalb so unbestreitbar sicher, um so wohler wurde mir. – Ich ging wieder in Galopp über und schrie, querfeldein über die Stoppeln da draußen jagend, vor mich hin: Du Elender du, du Nichtswürdiger du, freue dich, du hast deinen Meister gefunden. Der soll dein Freund und Führer werden, wenn du seiner einmal würdig sein wirst. So sei es! So sei es! Hurra! Hurra! So sei es!«
»Ja, Henfel, so soll es sein!« rief Frau Klara aus und küßte ihn auf den Mund. »Wie bin ich froh, daß du so zurückgekommen bist! Wie würde sich Hermann freuen, wenn er dich so sprechen hörte!«
– »Soll ich jetzt gleich zu ihm rennen?«
– »Es wäre vielleicht gut, Henfel, aber nein, – es geht nicht. Du weißt, Papa wünscht es nicht, daß du ... Aber schreib ihm! Schreib ihm gleich! Ganz, wie dirs ums Herz ist, schreib ihm! Vielleicht kommt er dann auch wieder zu uns.«
– »O, Mama, ganz gewiß kommt er! Du sollst sehen, wie ich ihm schreibe!«
Henfel rannte, ganz Kind, mit mutwilligen Sätzen in sein Studierzimmer hinauf, warf Reitpeitsche, Hut und Handschuhe in eine Ecke und setzte sich an den Schreibtisch. Aus dem Stoße seiner schönsten, größten und dicksten Briefbogen zog er einen hervor und schrieb mit großen Zügen darauf:
An meinen Meister Hermann!

Nein! rief er aus, wie er das geschrieben hatte, und zerriß den Bogen.

Und er schrieb:

Meinem herzlich geliebten Freunde und Meister Hermann!

Aber auch das war noch nicht genug. Auch dieser Bogen flog in den Papierkorb. Eine Pause. Dann schrieb er, gewaltig dick und dreimal unterstrichen:

Meinem Freunde, Meister und Herzog!

Er stand auf und ging an den Spiegel, lachte und grimassierte hinein, steckte sich die Zunge heraus und rief: Aff!

Setzte sich wieder in den Schreibstuhl und las laut und zufrieden vor, sehr betont und feierlich: Meinem Freunde, Meister und Herzog! – Und setzte die Feder zu einem schwungvoll ausgemalten H an und schrieb weiter (den Namen aus lauter Initialen):

HERMANN, den ich beleidigt, mein Freund und Meister und Herzog!
Tief erfüllt es mein Herz: ich habe schmachvoll gefehlet,
Denn mit geiferndem Zahne verwundete das edelste Herz ich.

Pause. Henfel klopfte mit dem Finger den letzten Hexameter ab und überzeugte sich, daß er einen Fuß zuviel hatte.

Weg mit dem Bogen! Nochmals abgeschrieben und aus dem »verwundete« ein »zerriß« gemacht. »Zerriß ist auch bedeutend besser«, dachte er bei sich, »denn ich habe sein Herz nicht bloß verwundet, sondern zerrissen.«

Und fuhr fort zu schreiben:

Deins! – Doch dein edles Herz verzeiht die Bosheit des Jungen.

»Jungen?« ... Henfel runzelte die Stirne. »Nicht lieber: Knappen? Ja, Knappen ist edler!«

Den Bogen zerrissen, weggeworfen und abgeschrieben.

Also:

Deins! – Doch dein edeles Herz vergißt die Bosheit des Knappen,
Der von nun an stets in deinem Gefolge will reiten,
Stolz auf dich, seinen Freund (wenn du willst) und Meister und Herzog!«

Wieder an den Spiegel und das ganze rezitiert (er wußte es schon auswendig).

»Eigentlich wärs genug«, meinte er bei sich selber. »Es hat antike Kürze. Aber nein! Nicht genug! Ich muß um Verzeihung bitten!«

Und schrieb weiter:

Nimm mich gnädiglich an! Ich beuge die Kniee und flehe:
Nimm mich gnädiglich an zum Zeichen deiner Verzeihung,
Die ich gebeugten Haupts aufrichtigen Herzens erbitte.

Das zweimal gnädiglich gefiel ihm so sehr, daß er die drei Verse sich immer wieder vorlesen mußte. Aber, je öfter er sie sich vorlas, um so weniger schienen sie ihm geeignet, den Schluß zu bilden. Und er fügte in einem Zuge hinzu:

Denn ich könnte fortan nicht leben ohne die Liebe
Meines Meisters und Freunds und erhabenen Herzogs Hermann!!!

»Ja: drei Ausrufezeichen! Und ›Meisters‹ und ›Freunds‹ und ›Herzogs‹ doppelt unterstrichen!«

Henfel setzte noch seinen oft geübten, genial unleserlich wie hingebürsteten Namenszug »Henry Felix Hauart« darunter und sprang mit seinem Werke die Treppe hinab zu Frau Klara.

Diese wunderte sich zwar nicht wenig über die rhythmische Form und die überschwängliche Ausdrucksweise des »Briefes«, und es erschien ihr das Ganze im ersten Augenblicke in seiner Vermummung des Gefühls etwas bedenklich, so daß sie den Blick prüfend von dem Bogen zu Henfels Gesicht erhob. Aber ihre Augen überzeugten sich, daß der junge Versifex hier eine durchaus unbewußte Gefühlsmaskerade getrieben hatte, und sie sagte sich, so kindisch sie sich ausnahm, daß doch auch gerade in ihr etwas Liebenswürdiges lag: das Bestreben, den Gefühlsausdruck durch eine Art von Leistung zu steigern. Die Gedichte Hermanns, dachte sie bei sich, würden wohl von anderer Art sein, keine Verkleidungen des Gefühls, sondern Gestaltungen, aber immerhin: auch in dem Henfelschen Opus war wohl ein gewisser, wenn nicht dichterischer, so doch künstlerischer Trieb am Werke gewesen. Und sie freute sich dessen. Vielleicht, dachte sie weiter, muß ich hier ansetzen, um Henfel mehr zu sich selbst zu leiten. Und sie strich ihm die Backen und sagte: »Sieh mal an! Ein kleiner Poet! Das freut mich, Henfel! Hast du sonst schon Verse geschrieben?«

Henfel wurde rot. »Ach ja, Mama, aber das da sind entschieden meine besten ... Findest du sie gut genug, daß ich sie Hermann schicken kann?«

– »Ich glaube, daß sie gut und ehrlich gemeint sind, Henfel ... Das ist in diesem Falle die Hauptsache.«

»Wird er nicht womöglich darüber lachen?« meinte Henfel und nahm schon wieder einen bedenklichen Ausdruck an. – »Ach Unsinn! Wie kannst du so was denken? Höchstens wird er in seiner Bescheidenheit finden, daß du des Guten zu viel getan hast bei seinem Preise.«

»Er soll nicht so bescheiden sein! Deshalb habe ich ja gerade die Ausdrücke so gewählt!« sagte Henfel und log sich etwas vor. Aber seine Empfindung dabei war ganz echt. Sein Herzog sollte in der Tat stolz sein und nicht bescheiden. Übrigens war er mit dem Maße der Anerkennung nicht ganz zufrieden und zeigte bald die Merkmale einer deutlichen Abkühlung.

Das Kunstwerk des Dilettanten

Frau Klara verstand ihn doch wohl noch nicht recht. Wer Henfel leiten wollte, mußte ihn bei seiner Eitelkeit nehmen. Diese war sein Hauptcharakterzug. Wer seiner Eitelkeit genugtat, wer ihm den Hof machte, der konnte ihn nach Gefallen führen und modeln.

Daher der unbedingte Einfluß des alten Hauart auf ihn. Henfel ließ sich die Prinzenerziehung, die ihn doch viel genug zu entbehren zwang, wonach sich am Ende jeder Junge sehnt, gerne gefallen, denn er empfand deutlich, wie wichtig sie ihn nahm, wie sehr sie ihn als Ausnahmsmenschen behandelte. Er bekam nicht eine einzige Schmeichelei von seinem väterlichen Erzieher zu hören, aber seine Eigenliebe, seine ins Phantastische gehende Einbildung fühlte sich unablässig geschmeichelt. Hätte sich ihm öfter Gelegenheit geboten, wie in dem Streitfalle mit Hermann, seinen Wert an dem anderer junger Leute abzumessen, so wäre zweifellos auch öfter das heilsame innere Ausbalancieren zustande gekommen, das schließlich ein reelles Selbstgefühl herbeigeführt hätte. So aber entwickelte sich nur ein ungeheurer Dünkel.

Herr Hauart glaubte, an Henfel die Künstlerschaft auszuüben, die ihm im Bereiche der Kunst versagt war. In Wahrheit vergriff er sich dilettantisch am wertvollsten Materiale: an einem Kinde. Es leiteten ihn die besten Absichten, und er dachte über sein Werk so bohrend und peinlich nach, wie nur ein Dilettant über seine Kunstausübung nachdenken

kann. Aber auch diesem Dilettantismus fehlte das Eigentliche: das instinktive Grundverhältnis zur betriebenen Sache, der intuitive Blick für die Möglichkeiten seines Stoffes und die künstlerische Selbstbeschränkung, die nur das aus ihm herausholen will, was in seinem Wesen liegt.
Herr Hauart wollte seine Sehnsucht gestalten, das heißt, aus Henfel den idealen Menschen bilden, der er selbst nicht geworden war. Sehr viele Väter hegen diesen Wunsch. Indessen erfährt glücklicherweise ihr Wollen zumeist eine heilsame Korrektur durch die Umstände, die es dem Kinde erlauben, auch die Bestandteile seines Wesens zur Entwicklung zu bringen, die es nicht vom Vater her hat, weil sie oft Vererbungen von Vorfahren sind, von denen die Eltern selbst nicht die mindeste Ahnung haben. Denn unsere Kinder sind ja nicht nur unsere Kinder. Das Schlimme im Falle Henfel war, daß in seinem Wesen Eigenschaften lagen, die den erzieherischen Absichten Hauarts sehr entgegenkamen. So schien es, als ob Henfel wirklich der schlechthin ideale Stoff für seines Bildners exklusive Absichten wäre. Aber es schien nur. In Wahrheit wurden nur einzelne seiner Eigenschaften übertrieben herausgebildet auf Kosten anderer, und das sah nun zwar recht scharf und stark aus, war aber doch Verzerrung. Im Grunde kam es darauf hinaus, daß Henfels Eitelkeit sich immer kolossaler entwickelte. Seine Schlauheit wußte diese seine Eitelkeit seinem Erzieher gegenüber gut zu maskieren. Er nahm im Verkehr mit dem Papa ein ernstes, besonnenes Wesen an, wie ein Mensch von steter innerer Konzentration. Sprach er, so tat er es in einem entschiedenen Tone ohne Vordringlichkeit. Sein Betragen in Gegenwart seiner Eltern verband die beste äußere Lebensart mit gedämpfter Herzlichkeit. In alledem aber war nicht seine Natur das Maßgebende, sondern nur das Bestreben, Beifall zu gewinnen. Er spielte den Konzentrierten, Entschiedenen, Wohlerzogenen, weil es seiner Eitelkeit schmeichelte, offenbar den besten Eindruck damit zu machen. Im Verkehr mit der Dienerschaft war er ein ganz anderer, launisch liebenswürdig bis zur Kordialität und launisch boshaft bis zur Tücke und Wildheit. Eben noch hochnäsig albern, schlug er in Vertraulichkeit um, aber das leiseste Eingehen darauf brachte ihn dann sofort in eine Wut, die auch vor Handgreiflichkeiten nicht haltmachte. Indessen waren der-

artige Szenen für die Bediensteten im Hause Hauart einträglich. Henfel konnte es nicht ertragen, wenn irgendwer einen schlechten Eindruck von ihm erhalten hatte. Er wollte auch von der Dienerschaft verhätschelt sein, der »junge Herr«, dem man nicht böse sein kann. So leerte er denn seine Börse fleißig aus, wenn er seine Ungnade hatte fühlen lassen. Zumal junge hübsche Dienstmädchen zogen, wenn sie nicht gerade empfindlicher Natur waren, mehr Vorteile als Unannehmlichkeiten von der Launenhaftigkeit des jungen Lords, der übrigens auch schon recht zärtlich werden konnte. Über alles Geschlechtliche hatte ihn Herr Hauart frühzeitig aufgeklärt, auch hierin von dem Grundsatze ausgehend, nur ja keine Sentimentalität aufkommen zu lassen. Doch wäre auf diesem Gebiete ein Vorbauen bei Henfel am allerwenigsten notwendig gewesen. Eher war es gut, ihn darauf aufmerksam zu machen, daß der Rosenbusch, hinter dem sich Eros verbirgt, Dornen hat, die zuweilen giftig sind. Frau Klara war mit dieser Art Aufklärung nicht einverstanden. Sie sagte: »Mir sind Kinder unheimlich, vor denen es nicht einmal dieses Geheimnis gibt, das sich doch eigentlich von selbst enthüllen soll, wenn die Zeit dazu gekommen ist. Zumal ein Junge, der auf diesem Gebiete schon alles weiß, flößt mir fast Schrecken ein, wenn ich bedenke, wie sehr die Männer hier überhaupt zur Roheit neigen. Mädchen bedürfen der Aufklärung eher nach meinem Gefühle, weil wir früher entwickelt sind, dabei aber doch viele unter uns im Übergangsalter zu einer Überempfindsamkeit neigen, die wirklich oft böse Folgen hat. Es entwickelt sich bei mancher eine Furcht vor dem Manne, wie vor etwas Schrecklichem, Brutalem, oder eine allzu schwärmerisch-ideale Gefühlsrichtung, auf die oft genug später das gerade Gegenteil folgt, das auch nicht erquicklich ist. Meine Meinung ist: ein Mädchen soll durch die Mutter je nach den Umständen ziemlich früh auf ihre zukünftige Bestimmung hingewiesen werden, und ich glaube nicht, daß es einer rechten Frau besonders schwer fallen kann, das rechte Maß und die rechten Worte zu finden. Dagegen hat die Aufklärung eines Sohnes durch den Vater viel größere Schwierigkeiten, und sie ist bei genügender Beaufsichtigung des Jungen und bei ordentlicher körperlicher Erziehung auch eigentlich nicht nötig, während sie schwere Gefahren im Gefolge haben kann.«

Herr Hauart lächelte: »Du sprichst immer im allgemeinen. Hier handelt es sich aber um Henfel«, und es folgte eine neuerliche Belehrung über die Ausnahmsmaßregeln bei Erziehung eines Ausnahmsmenschen.
Hätte es sich Herr Hauart vorgenommen, künstlich einen Don Juan zu züchten, er hätte nicht anders zu Werke gehen können. Er, der es mit einer einzigen Ausnahme dem weiblichen Geschlechte gegenüber an Initiative hatte fehlen lassen und selbst in seinen südamerikanischen Zeiten jeden Quäker im Punkte der Erotik hätte beschämen können, fand es für gut und vernünftig, einem unreifen Knaben den Begriff der Liebe alles Seelischen zu entkleiden und ihm zu predigen, daß die freie Selbstherrlichkeit eines Mannes nur dann völlig unangetastet bleibe, wenn er sich auch auf diesem Gebiete jedes Hineinreden des Gefühls planmäßig versage. »Es handelt sich hier um ein körperliches Geschäft mit dem Hauptzwecke gesunder und schöner Nachkommenschaft. Von diesem Zwecke soll sich der Mann ausschließlich leiten lassen, und deshalb ist es ihm, im Gegensatz zur Frau, erlaubt, zu suchen, zu wählen, zu probieren, gewissermaßen sich zu üben, bis er die eine, rechte gefunden hat. Die Orientalen sind hierin unsere Meister. Auch unter ihnen üben ja nur die Reichen die Vielehe aus, und der Koran enthält sogar Bestimmungen über das Maß der geschlechtlichen Betätigung bei den verschiedenen Berufsklassen. Es ist ja auch ganz klar, daß dies sich vernünftigerweise danach bestimmen sollte, wie sehr ein Mann von seinem Berufe absorbiert wird, denn es handelt sich hier um die wichtigste rein männliche Funktion, bei der es nicht gleichgültig (für die Nachkommenschaft) sein kann, mit welchem Krafteinsatze sie ausgeübt wird.«
Es fehlte nur, daß er sie ihm vormachte.
Übrigens hatte diese hier bis ins vollkommen Komische ausgeartete Theorienverranntheit des immer wilder dilettierenden Pädagogen doch einen gewissen heilsamen Einfluß auf Henfel. Sie dämpfte dessen erotische Phantasie herab. Das Geschlechtsleben erschien ihm wie eine Art Pensum in seinem Stundenplane und demnach nicht eigentlich verlockend. Wenigstens nicht für den Moment. Aber Geisteskörner dieser Art in einen unreifen Verstand gesät, behalten ihre Keimkraft lange genug, um sofort aufzuquillen, wenn die Stunde

kommt, und aus der einen Ähre fallen dann viele Körner der gleichen Art, und es kann schließlich Felder geben, die ein ganzes Leben überwuchern.

Adlige Künste

Bei der Frühreife Henfels auch in körperlicher Hinsicht würde er doch wohl jetzt schon nicht faul gewesen sein, die väterlichen Theorien in die Praxis umzusetzen, wenn die Hauartsche Erziehungsmethode nicht wenigstens das eine Gute gehabt hätte, daß sie ihn körperlich scharf hernahm. Henfel mußte jede Art Leibesübung treiben, für die in München ein guter Lehrer aufzutreiben war.
An erster Stelle stand das Reiten. Darin wurde er ausgebildet, als gälte es, einen künftigen Schul- und Kunstreiter aus ihm zu machen. Seine Begabung hätte dazu vollkommen ausgereicht. Im Sattel und auf ungesatteltem Pferde saß er mit der Sicherheit eines geborenen Reiters. Je wilder ein Pferd war, um so lieber war es ihm. Ein ungesatteltes Pferd ohne Zügel, lediglich durch Schenkeldruck zum Nehmen von Hindernissen aller Art im Galopp zu zwingen, während er eine Art eiserner Balancierstange in den Händen hielt, war ihm nicht Mühe, sondern Lust. Er sah schön dabei aus, und das wußte er auch.
Nach dem Reiten kam das Fahren. Der schwarzhaarige Junge mit dem gebräunten scharfzügigen Gesichte und den dunklen Augen, der nichts eigentlich Knabenhaftes mehr an sich hatte, war bald eine bekannte Erscheinung in den Münchener Straßen durch die elegante Art, mit der er zu kutschieren verstand. Wenn er bei einer besonderen Gelegenheit vierelang fahren durfte, galt es ihm ein Festtag. Blieben nicht rechts und links die Leute seinetwegen stehen? Nahm nicht der und jener gar den Hut ab, wie wenn ein Prinz vorbeiführe? Bei solchen Ausfahrten fühlte er das reinste Glück, das seiner Kindheit beschieden war. Sein Ausdruck war dabei ernst, stolz, fast verächtlich, aber im Innern hatte er die Empfindung eines stürmischen Jauchzens. Wie gleichgültig er im Grunde allen diesen Gaffern war, wenn er nicht bei den armseligsten unter ihnen schnell vorübergehenden Neid erweckte, und was die Boshaften im

Spaliere für Bemerkungen hinter ihm her machten, dessen war er sich nicht bewußt. Er sah sich bewundert im Mittelpunkte des Interesses einer Menge; das genügte ihm vollkommen. Und auch, wenn er sich einmal vorstellte, daß dieser Bewunderung Neid beigemischt war, so beeinträchtigte dies sein Vergnügen keineswegs, würzte es vielmehr auf eine angenehm kitzelnde Manier. Das Klappern von sechzehn Hufen, deren Rhythmus von einem Druck seiner Hände bestimmt wurde, war ihm die köstlichste Musik, und sie regte mehr Phantasien in ihm an, als es die schönsten Mozartlieder aus Frau Klaras Munde vermochten. Auf dem Bocke fühlte er sich noch intensiver Herr, Prinz, Gebieter, als auf dem Pferde, denn der Apparat war reicher, größer, aufsehenerregender. Am liebsten hätte er von dem Diener auf dem Hintersitze Geld unter die Menge werfen lassen, und, wenn es nach dem Wunsche seiner Phantasie gegangen wäre, so hätten Paukenschläger und Trompeter voranreiten müssen.

Auch das Fechten wurde nicht vernachlässigt. Den Stoßdegen handhabte er mit Geschick und Eleganz, doch tadelte sein Fechtmeister, daß er mehr auf schöne Stellungen bedacht sei, als auf energischen Angriff, und daß er sich andrerseits zuweilen von einer plötzlichen Wut hinreißen lasse, die im Ernstfalle gefährlich sein würde. Diese Wut stellte sich mit Sicherheit dann ein, wenn Henfel aus einer eleganten Pose durch einen festen Stoß gerissen wurde, den ihm der alte Dinglmeier, kein Freund vom Tanzen beim Fechten, rücksichtslos auf die Magengegend applizierte. Dann drang Henfel wütend und schnaubend auf den Alten ein, der ihm aber regelmäßig zum Schluß den Degen aus der Hand drehte, indem er dazu bemerkte: »Schaugns, da liegt er. Ich sags dem jungen Herrn ja alleweil: net so hupfn, dös bringt gar nix ein.« Der Säbel war Henfels Sache weniger – und Dinglmeier predigte vergeblich. »Mehr Schneid, junger Herr, net lauern! Dös ist bei die Herren Studenten sogar verboten!« – »Ach was!« pflegte darauf Henfel zu erwidern, »lassen Sie mich mit Ihren Studenten zufrieden. Ich fechte Dessin!« – »Na«, dachte sich denn der alte Mensureneinpauker, – »du solltest mal zu die Schwabn kommen oder zu die Pfälzer, die würden dir dei Dehsengk fei austreim.« Und ließ es sich trotz aller wütenden Verbote Henfels nicht abgewöhnen, diese heimlichen Bemerkungen in gute feste Fechtmeisterhiebe zu übersetzen, die seinem lauernden Gegner recht fühlbar über die Drahtmaske wegrasselten. Es waren leider die einzigen Hiebe, die dem Knabenalter Henfels beschieden waren.

Turnunterricht erhielt Henfel nicht, denn Herr Hauart hatte, vielleicht von seinem englischen Blute her, eine Abneigung gegen die »Gymnastik der Demokratie«. Dafür mußte sich Henfel im römisch-griechischen Ringkampf unterweisen lassen. Er tat es gerne, weil sein Lehrer, mit schnellem Blick für die sicherste Voraussetzung zur Erlangung von Trinkgeldern begabt, die Klugheit besaß, sich leicht von ihm werfen zu lassen und seiner Bewunderung von Henfels Akt häufig und deutlich Ausdruck zu geben. Er brauchte dabei nicht einmal zu lügen, denn der vierzehnjährige Junge besaß wirklich einen Körper von ungewöhnlich schönem und kräftigem Ebenmaße.

Lanzen- und Diskuswerfen wurde gleichfalls, der antiken Herkunft wegen, betrieben, obwohl es auch zum Programm der »Graujacken« gehörte, wie Herr Hauart die deutschen »Turnbolde« nannte. Vom Fußball nahm er Abstand, weil dazu Kameraden nötig gewesen wären. Um so eifriger wurde das Schwimmen betrieben, nicht ohne Hinweis auf Lord Byron, wie denn Herr Hauart immer bestrebt war, seinen Zögling auf große Vorbilder hinzuweisen.

Natürlich fehlte auch das Schießen und im Anschluß daran die Jagd nicht. Das Tanzen aber schloß Herr Hauart aus. Denn, so belehrte er Henfel, »es ist als aristokratische Kunst untergegangen und zu einer Art Drehkrankheit geworden. Nur das Volk versteht noch zu tanzen, aber, natürlich, seiner Art entsprechend mehr grotesk als schön. – Soweit es als konventionelle Notwendigkeit im Gesellschaftsleben nicht zu umgehen ist, wirst du es dir später leicht aneignen.« Demnach beschränkte sich die Tätigkeit des engagierten königlichen Ballettmeisters auf Unterweisungen in den Komplimenten und ähnlichem. Er fand in Henfel einen sehr gelehrigen und begabten Schüler, der nur eine Neigung hatte, des Guten etwas zu viel zu tun. Selbst Herr Josef Trittl, der sich als Künstler mit dem Wohllauter Giuseppe Trattolini behaftet hatte, konnte nicht umhin, ihm im Innern den Namen »Storch im Salat« zu verleihen.

Wenn Henfel, was sich nur selten ereignete, dazu kam, sein Komplimentenwesen nicht vor Stühlen oder Staffeleien, sondern vor Menschen zu produzieren, etwa im Foyer des Hoftheaters vor einer der wenigen Damen der Gesellschaft, mit denen Herr und Frau Hauart im Verkehr standen, so machte das auf die umherwandelnden Münchner einen erstaunlicheren Eindruck, als irgendeine Szene, die sie soeben auf der Bühne hatten vor sich gehen sehen. Einmal geschah es, daß eine mit dicken Goldketten umwundene Hofcharkutiersehegattin in einen sie völlig aus der Balance bringenden Hofknix zurücksank, als Henfel an ihr vorüberstelzte und mit plötzlichem Vorfallen des Oberkörpers zu fast wagerechter Lage einer Dame die Hand küßte. Die gute Hofwurstlieferantin war felsenfest davon überzeugt, daß sie einem spanischen Prinzen ihre Devotion bekundet hatte. Andere freilich konnten bei ähnlichen Gelegenheiten nur schwer ein Lächeln verbergen, und die also begrüßten Damen fühlten sich durch die Huldigungen der Henfelschen Komplimentierkunst mehr geniert, als erhoben. Eine russische Staatsrätin, die aus Hamburg stammte und daher mit Hauarts bekannt war, eine der nicht gerade zahlreichen Damen, die sich inmitten des Gesellschaftslebens natürliches Empfinden zu bewahren vermocht haben und aus diesem Empfinden heraus geradezu urteilen und unumwunden ihr Urteil äußern, zog sich des Jungen grimmige Ungnade zu, indem sie ihm, während er ihre Rechte auf so zeremonielle Weise küßte, höchst unzeremoniell mit der Linken einen Patsch auf die Backe gab und dabei sprach: »Junge, Junge, was machst du für Faxen!« Derlei vertrug Henfel gar nicht. Als sein Kopf wieder auftauchte, war er puterrot vor kaum verbergbarer Wut, und seine Augen rollten, wie die eines schlechten Theaterbösewichts. Die Dame aber hieß von jetzt ab das Pöbelweib bei ihm, und als er sie wieder einmal begrüßen mußte, tat er es mit dem Air eines Prinzen, der Ungnade markiert. »Diesmal bist du ungezogen, mein Junge«, bemerkte lächelnd die Staatsrätin, »aber das gefällt mir immerhin besser, als wenn du überartig tust.« Er hätte sie erdolchen mögen und verfolgte den Rest der Meistersingervorstellung mit düsterem Antlitz. Denn wo er Überlegenheit spürte, schäumte es in ihm auf. Wenn sein Erzieher imstande gewesen wäre, bei solchen Zuständen einen Blick in sein Inneres zu tun, er hätte einen tödlichen Schreck erfahren angesichts dieser bestialischen Ungezügeltheit einer Seele, auf die alle erzieherischen Beeinflussungsanstrengungen keinerlei reelle Wirkung gehabt hatten.

Zuckungen

Henfel war innerlich roh geblieben, so blank poliert er in allen seinen Äußerungen zu erscheinen wußte. All sein Gebaren war im Grunde Verstellung, und dieser fortwährende Zwang, sich gegen seine Natur zu benehmen, etwas anderes vorzustellen, als was er war, verbitterte schließlich sein ganzes Wesen. Selbst seine Freuden, die aber immer nur auf Genugtuung seiner Eitelkeit beruhten, wurden mehr und mehr durch das Untergrundsgefühl vergällt: Es ist ja alles nicht wahr; alles das bin ja gar nicht ich.

Es begann sich eine Art Haß gegen den Papa in ihm zu regen, ein Drang zur Auflehnung, ein wilder Trieb, sich plötzlich zu enthüllen. Dann kamen wieder Weichheiten, Selbstanklagen, Weinkrämpfe. Er stürzte vor Frau Klara nieder und beschuldigte sich der häßlichsten Dinge, der schmutzigsten Gedanken.

»Werft mich doch vor die Türe«, rief er schluchzend aus, »ich gehöre nicht zu euch. Ich belüge und bestehle euch immerzu. Ich habe böse Gedanken gegen euch. Ich bin eure Liebe gar nicht wert, und ich mag sie auch gar nicht, eure Liebe. Ich möchte fort, weit fort. Und wenn ihr mich nicht wegschickt, so laufe ich davon.«

Er ging ernstlich mit dem Gedanken um, einmal nachts zum Fenster hinaus und über die Parkmauer zu klettern, und weg, nur weg, gleichviel wohin. Natürlich würde er sich die Taschen voll Geld stecken, damit er sich ein Billett erster Klasse lösen könne, um nach ... nun, egal: vielleicht nach Hamburg zu fahren und dann zu Schiff weiter, nach ... ja: nach Amerika, nach Südamerika, wovon ihm der Alte erzählt hatte ... Aber was denn dort? Ah: Pferdehirt in den Pampas. Reiten, jagen, in den Krieg. Irgend so etwas. Wild, wild!«

Das waren die Gedanken in der Nacht. Tags aber schien er, wenn auch verdüstert, im Grunde der gleiche, zumal Herrn Hauart gegenüber.

Frau Klara fand es nun aber doch für nötig, ihrem Manne von Henfels Ausbrüchen Kunde zu geben.
Seine Diagnose war schnell da: »Pubertät! Wir müssen ihn ablenken. Eine Reise etwa. Doch die muß vorbereitet sein. Gehen wir mit ihm fürs erste auf ein paar Wochen ins Gebirge. Jetzt können wir ihn ja dorthin führen, denn alle Erinnerung an seine frühesten Jahre wird nun geschwunden sein, und wir brauchen nicht mehr zu befürchten, daß der Aufenthalt zwischen Bauern Gefühle in ihm wach werden läßt, die ihn verwirren könnten.«
Denn das war immer eine Angst des alten Herrn gewesen: Henfel könnte sich einmal auf seine früheste Jugend besinnen und von dem überfallen werden, was er das »Heimweh nach dem Stalle« nannte ... Aus diesem Grunde hatte er sich selbst seit dem Eintritt Henfels in sein Haus die Befriedigung seiner Bergsteigerleidenschaft versagt.
Das war ein wirkliches Opfer gewesen, aber kein vergebliches nach seinem Gefühle, weil Henfel in der Tat jede Erinnerung an sein Leben bei den Schirmers verloren zu haben schien. Anfangs hatte er wohl manchmal den Wunsch geäußert, die beiden Gegenstände wiederzusehen, die für ihn mit jenem Leben verbunden waren, als dessen Lichtblicke gewissermaßen: den reitenden Kosaken und den seidenen Schlafrock. Die aber waren in einen Schrank geschlossen und so seinen Blicken entzogen worden. Bald hatte er auch aufgehört, nach ihnen zu fragen, und als er das erstemal wieder von ihnen gesprochen hatte, war daraus hervorgegangen, daß er selbst an sie keine bewußte Erinnerung mehr hatte. Er hatte von einem kleinen Reiter geträumt, ganz braun und glänzend, mit einer Lanze, groß wie ein Federhalter, aber aus Gold, und dann war ein Priester gekommen in langem Mantel aus gelber Seide mit bunten Sternen darauf, nein, es war eine Frau gewesen, eine Frau mit großen schwarzen Augen, und, wie die den Mantel über ihn, Henfel, gelegt hatte, der im Sande schlief neben einem großen Wasser, ganz nackt im warmen Sande schlief, wo es nach Fischen roch und Muscheln herumlagen, da war aus dem Mantel eine Wolke von wunderbaren Gerüchen gekommen, und auch diese Wolke oder dieser Wind war warm gewesen, warm wie die Luft im Pferdestalle unten, aber doch wieder anders. Es war ein wunderschöner Traum gewesen. Ja,

richtig, und dann war auch der König vorbeigefahren. Mitten in der Nacht mit Fackeln. Doch das mit der Frau und mit dem Mantel war die Hauptsache gewesen.
Nach dieser Traumerinnerung war nie mehr eine Andeutung aus seinem Munde gekommen, die auf eine, wenn auch noch so schwache Verknüpfung mit den Kindheitsjahren schließen ließ. Nur eines, das offenbar damit zusammenhing, war noch längere Zeit bemerkbar geblieben: ein gewisses respektvolles Interesse für Gegenstände des katholischen Kultus. So hatte er noch vor kurzem von einem Spaziergange eine ganz schlechte, kunstlose Madonnenfigur aus glasiertem Ton mit heimgebracht, die er bei einem Trödler gekauft hatte. Es war eine von denen, wie man sie in den Glaskästen oberbayrischer Bauernhäuser findet. Sie nahm sich nun recht wunderlich zwischen den schönen Renaissancebronzen aus, mit denen Herr Hauart das prächtig ausgestattete Studierzimmer des jungen Herrn geschmückt hatte, aber Henfel bat ausdrücklich darum, sie dort stehen lassen zu dürfen.
»Natürlich ist sie nichts wert«, hatte er gesagt, »aber ich weiß nicht, sie hat so etwas Nettes, nein, so etwas Ruhiges. Ich sehe sie gern an.«
Wenn Herrn Hauarts Psychologie weniger auf theoretischen Voreingenommenheiten begründet gewesen wäre, als auf ruhigem Abwägen wirklicher Empfindungsvorgänge, so hätte er daraus wohl Schlüsse von pädagogischem Werte ziehen können. Er würde eingesehen haben, daß er jene kostbaren Werke der Kleinkunst zu leeren Puppen degradiert hatte, indem er einen Jungen damit umgab, den er dadurch frühzeitig ästhetisch blasierte, weil er ihm das Schöne gemein machte und nicht Zeit ließ, sich rechtschaffen danach zu sehnen, sein Gefühl danach auszusenden wie nach etwas Fernem, Seltenem. Die Wirkung der kunstlosen Tonfigur hätte ihn darüber belehren können, wie heillos er sich in der Erziehung eines Kindes auf dem Holzwege befand mit seinem System der Vorwegnahme aller höheren Genüsse, die ein reifes Alter zur Voraussetzung haben.

Henfel freute sich beinahe kindlich über den Ausflug ins Gebirge, zumal Herr Hauart seinem Wunsche stattgab und einwilligte, daß man bis Mittenwald, von wo aus die Kletterpartien unternommen werden sollten, die alte vierspännige Hauartsche Reisekutsche benutzte. Das war ein ziemliches Ungetüm. Vorn ein Bock mit Verschlag, dann, viersitzig, das Coupé für die Herrschaften, dann zwei Dienersitze und schließlich noch ein weitauslaufendes Stahlgestänge zum Aufschnallen der Koffer.

Auch dieses ehrwürdige Gefährte gab Herrn Hauart Anlaß zu prinzipiellen Erörterungen. »Ich hoffe«, sprach er, »daß du diese alte Kutsche, die ich einmal auf einer Versteigerung in London erworben habe, und die jetzt vielleicht die einzige ihrer Art auf dem Kontinente ist, noch oft benutzen wirst, indem du es vorziehst, in ihr, statt mit der Eisenbahn, zu reisen. Hüte dich überhaupt, ständig von den Verkehrsmitteln Gebrauch zu machen, die der Allgemeinheit dienen und daher im Grunde auf den Pöbel zugeschnitten sind, weshalb sie, neben der Volksschule und der allgemeinen Dienstpflicht, die Hauptmittel zur Demokratisierung der Gegenwart bilden. Sich gegen diese Tendenz direkt aufzulehnen hat keinen Zweck, denn sie ist augenblicklich so im Anschwellen begriffen, daß der einzelne, der sich ihr entgegenstemmen wollte, nur den zweifelhaften Ruhm eines Don Quixote erringen würde. Selbst Bismarck hat diese Tendenz nicht ignorieren können, war vielmehr gezwungen, sich ihrer zur Erreichung seiner nächstliegenden Ziele zu bedienen. Ob er freilich wirklich glaubt, daß das allgemeine Stimmrecht dauernd dazu berufen ist, an der Lösung der ungeheuren Aufgaben mitzuhelfen, die dem deutschen Reiche bevorstehen, wird sich erst noch zeigen. Ich hoffe, du hast nicht vergessen, was ich dir voriges Jahr in jener Geschichtsstunde gesagt habe, als uns das Extrablatt das zweite Attentat auf den Kaiser meldete, und was ich dir dann später im Zusammenhange mit der römischen Kaisergeschichte weiter ausführte, als das Sozialistengesetz durchgegangen war. Ich durfte mich damals über dein Verständnis für die zwar unumstößliche, aber heutigentags wie von Nebeln verschleierte Logik der Tatsachen freuen, und habe dich immer wieder darauf hingewiesen. Ist sie dir noch gegenwärtig?«

Henfel, ganz im Anblick des großen Wagens und in der Vorstellung versunken, wie er vom Bock aus die vier Rappen bergauf, bergab zügeln werde, hatte nur mit halbem Ohre hingehört, war aber mit einem starken Gedankensatze mitten in der gewünschten Antwort, die er schon oft genug prompt zutage gefördert hatte, und er sprach mit ernster Miene gleich, als ob er sich dabei etwas dächte: »In der Politik führt nur rücksichtslose Ausübung der Gewalt zum Ziele. Wer nicht die Herrschaft der Masse will, muß die Masse unterdrücken. Dies ist nicht als Ungerechtigkeit anzusehen, denn die Gerechtigkeit will es, daß nur die Besten, die Starken herrschen. Die Masse der Schwachen soll aber in einem Zustande materieller Zufriedenheit erhalten werden, und es muß die Möglichkeit bestehen, daß die starken Elemente in ihr zu den Herrschenden emporsteigen. Doch darf diese Möglichkeit nicht zu leicht gemacht werden, damit nur eine Auslese der ganz Starken die Schwierigkeit überwinde.«

Herr Hauart hörte seinen Sohn mit Befriedigung an, nickte mit dem Haupte und sprach: »Ob du einmal als Staatsmann für die Durchsetzung dieser dir jetzt schon als Wahrheiten ins Bewußtsein gedrungenen Prinzipien tätig sein willst, steht bei dir. Du weißt, ich rate ab, es sei denn, du fühlst einen unüberwindlichen Drang dazu. Hoffen will ich es nicht. Das Anschwellen der demokratischen Flut könnte heute doch nur in dem günstigsten Falle unterbrochen werden, den Bismarck durch das Sozialistengesetz herbeiführen zu wollen scheint, daß nämlich die revolutionären Elemente, durch ihre Unterdrückung gereizt, sich zu einem Aufstande verleiten lassen. Gleichzeitig mit diesem wäre dann das verhängnisvolle allgemeine Stimmrecht leicht zu unterdrücken.«

Henfel machte sich am Wagen zu schaffen und warf ein: »Verzeihung, Papa, ich glaube, du mußt die Federn nachsehen lassen. Auch die Polster sind ganz eingedrückt und die Scharniere verrostet.«

»Das alles sei dir übergeben, Henfel, denn es handelt sich ja um deine Reise«, entgegnete Herr Hauart, »aber du bringst mich da auf das zurück, wovon ich ausgegangen bin. Ich meine: selbst in solchen Dingen des äußeren Lebensgenusses, wie etwa einer Reise, sollst du bestrebt sein, dich von öffentlichen Bequemlichkeitsmitteln möglichst unabhängig zu machen, auch wenn es den Anschein hat, als ob du damit Vorteile aufgäbest. Sie sind nur scheinbar und jedenfalls unwesentlicher Natur. Du hast es nicht nötig, wie ein Commis voyageur schnell von Ort zu Ort zu gelangen und dich deswegen mit jedem Beliebigen in ein Coupé einsperren zu lassen. Wenn du reisest, so sei es auf die einzig vornehme Art: mit Pferd und Wagen. Welche Genüsse eine solche Reise en grand seigneur bietet, wirst du schon bei deinem kleinen ersten Ausflug spüren. Der Reiz einer wirklichen Reise liegt im Außerordentlichen einer besonders freien und nicht ins einzelne berechenbaren Tätigkeit und in der größeren Möglichkeit von Zufällen. Wenn irgend etwas beweist, daß unsere Zeit bis in die höchsten Schichten hinauf durch den demokratischen Wirbelgeist um alle vornehmen Instinkte gekommen ist, so ist es die Frequenz der Eisenbahnen auch durch Leute, die über genügende Mittel an Geld und Zeit verfügen, um anständig, das heißt wirklich zu reisen, während sie sich nun gedanken- und würdelos gleich Gepäckstücken transportieren lassen.«

Wenn Henfel darauf antwortete: »Dazu liebe ich Wagen und Pferde viel zu sehr, Papa«, so war das einmal recht und nicht bloß als Echo geantwortet. Eben gerade darum aber war Herr Hauart mit dieser Antwort nicht ganz zufrieden.

»Ich hoffe: auch deine Freiheit und Selbstbestimmung, Henfel. Nicht?« sagte er.

– »Aber natürlich, Papa. Ich habe dich sehr wohl verstanden. Es ist auch eine Art Demonstration gegen das Gemeine.«

So schloß auch diese Schulstunde in der Wagenremise zur vollkommenen Genugtuung des unermüdlichen Einbläsers, der sich für einen Pädagogen hielt.

Die kurze Wichs

Welches Glück für Henfel, daß er während der Fahrt nicht neben seinem väterlichen Lehrmeister, sondern auf dem Bock neben Christoph saß, der nicht das Recht hatte, immerzu den Mund aufzutun, und sich nur ab und zu erlaubte, eine elegante Wendung oder ähnliche Beweise von Henfels Kutschierkunst mit einem Tone von Bewunderung klug beflissen anzuerkennen.

Es war eine köstliche, frische, lustige Fahrt, und Henfel hatte das Gefühl, als bliese sie alles aus ihm hinaus, was ihn in der letzten Zeit beengt hatte. Es ging an der dicken Bavaria vorbei, und dann auf dem Höhenweg über und entlang der Isar durch Wälder, Wälder, Wälder: immer den Bergen zu, die im Lichte eines wolkenlosen Maitages klargezackt als Ziel winkten, eine herrliche Linie voll Kraft und Schwung und Ausdruck. Henfel, dem nie das Glück beschieden gewesen war, an Märchen zu glauben, schuf sich an diesem himmlischen Tage selber welche. Aber ach, es war ihm das kindliche Sichselbstvergessen versagt, das sich an uralte Gestalten aus der sagenzeugenden Kindheit des Volkes hingeben kann: immer war er in diesen erfabelten Darstellungen die Hauptperson. Es waren Übersetzungen seiner Selbstbespiegelung ins Phantastische, und schließlich liefen sie darauf hinaus, daß er als Waldkönig durch die Wälder ritt, mit einem Wink seines Armes die dicksten Baumstämme fällte, mit einem Blitz seines Auges Gletscher zum Schmelzen brachte, mit einem Hauch seines Mundes Wolken zerriß.

Der Abend dämmerte schon, als sie in Kochel einfuhren. So müde seine Arme und Hände waren, ließ es sich Henfel nicht nehmen, die Zügel selbst zu führen, denn, wenn es auch bloß Bauern waren, denen er damit imponieren konnte, es war doch Publikum. Kurz vor dem Bären, wo die Zimmer bestellt waren, traf man auch auf einen Trupp zwar einfach, jedoch städtisch gekleideter junger Leute, die Arm in Arm, Efeu an den Schlapphüten, singend einherzogen. Henfel klatschte herrisch mit der Peitsche, daß sie Platz machten. Der Trupp teilte sich, blieb aber nicht bewundernd an den Seiten stehen, sondern zog singend weiter, ohne dem Viergespann mehr als einen kurzen Blick zu schenken. Nur einer blickte erstaunt musternd auf und zog seinen Hut. Es war Hermann.

Henfel hatte wohl seine pathetischen Distichen längst vergessen, denn er bedachte seinen Freund und Meister und Herzog nur mit einem leichten Nicken des Kopfes. Frau Klara aber winkte ihm mit beiden Händen herzlich zu und freute sich innig, wie munter und kräftig der junge Student ausschritt, den Rucksack auf dem Rücken und einen derben Stock in der Hand. Auch Herr Hauart hob den Hut, aber mit fast abgewandtem Gesicht. Es war, als wollte diese Begegnung seine Laune verderben. Seit dem Berichte, den ihm damals Frau Klara von Hermanns Abschied hatte geben müssen, war auf seinen Wunsch der Name seines Sohnes nicht mehr genannt worden. Die Mitteilungen seiner Frau hatten ihn fatal berührt. Es wäre ihm erwünschter gewesen, wenn Hermann seine Herkunft nicht geahnt hätte. Henfels wegen hätte er das gewünscht, der nach seiner Absicht gerade Hermanns Beziehungen zu ihm nicht erfahren sollte. Denn er befürchtete, es möchte sich dadurch ein Verhältnis zwischen den beiden bilden, wodurch Henfels beziehungsloses Selbstherrlichkeitsgefühl beeinträchtigt werden könnte.

Daher wirkte diese Begegnung wie ein Stoß auf den alten Herrn, wie eine unerfreuliche plötzliche Mahnung an eine unangenehme Notwendigkeit. Er nahm sich vor, am folgenden Tage Henfel selbst aufzuklären, damit die Aufklärung nicht etwa eines Tages von Hermann käme und, nach Herrn Hauarts Meinung, dann um so verhängnisvoller wirkte.

Für diesen folgenden Tag war eine Besteigung des Herzogstandes durch Vater und Sohn angesetzt, während Frau Klara am Kochelsee Spaziergänge unternehmen wollte.

Mit großem Wohlgefühl tat Henfel die »Kurze Wichs« an, die gemsledernen schwarzen Kniehosen über den Wadenstrümpfen aus derber Wolle, unter denen aber doch, vorsichtshalber, Trikotstrümpfe ihren Platz gefunden hatten, die die Knie schützten. Diese Stilwidrigkeit beeinträchtigte die Kostümwirkung erheblich, doch war Henfel weit davon entfernt, sich dessen bewußt zu werden. Er empfand es vielmehr als auszeichnende Nuance und erblickte auch in der allzu deutlichen glänzenden Neuheit seines Anzuges keinen Grund, ihn darum weniger schneidig zu finden. In Wahrheit sah der Junge ziemlich theaterhaft aus, und die echten Gebirgler, die es da oben so gut verstehen, mit dem Zusammenkneifen eines Auges eine stumme aber vernichtende Kritik an kostümierten »Stadtfrackn« zu üben, konnten nicht umhin, bei seinem Anblick sogar noch eine Schul-

ter zu heben, womit Henfels Erscheinung vollkommen gerichtet erschien, ohne daß zur Begründung des Urteils auch nur eine Silbe nötig gewesen wäre.
Der alte Hauart, der selbst freilich genug Geschmack besessen hatte, sich nicht zu kostümieren, fand sein Idol auch in der Maskerade schön, und Frau Klara unterdrückte nach ihrer gütigen Art jede Kritik, weil sie dem Jungen sein offenbares Vergnügen an seinem ungewohnten Exterieur nicht beeinträchtigen wollte. Im Innern aber bestätigte sich ihr wiederum das Gefühl: Wie vieles wird dem Jungen genommen, weil ihm immer zu viel gegeben wird!

Der junge Sozialist

Gleich nachdem Herr Hauart und Henfel abgezogen waren, dieser mit einer wahren Lanze von Bergstock ausgerüstet und von vornherein das Bergsteigetempo langschrittig markierend, erkundigte sie sich, wo der Trupp junger Studenten Herberge genommen habe, und sie schickte eine Karte für Hermann dorthin. Die jungen Leute waren aber schon frühzeitig über den See gerudert. Gegen Mittag jedoch kam ein Strauß Frühjahrsblumen und ein Brief von Hermann, der sein Erscheinen für Nachmittag ankündigte. Es lag auch ein Gedicht dabei, das lautete so:

Aus junger Erde frisch und rein
Sind wir geschossen zu seligem Sein,
Denn wir sind Seelen ohne Bedenken,
Wollen uns geben, wollen uns schenken;
Geben euch mehr als Schönheit bloß:
Deuten des Lebens Sinn und Los,
Die ihrs vergaßet,
Raubt und raset:
Arme Menschen voll Gier und Pein.

Frau Klara lächelte nicht über das Kindliche dieser Verse, die allzu lyrisch-leicht mit dem Sinn des Lebens fertig werden wollten. Vielmehr freute sie sich dieser Kindlichkeit und ihres auf keine Originalität bedachten Ausdruckes, und sie freute sich nun doppelt auf Hermanns Kommen.
Hübscher war er nicht geworden. In der Nähe gesehen hatten seine Züge unter dem Rot der Anstrengung des Wanderns in der frischen Luft etwas Abgespanntes. Ein flaumi-

ger blonder Backenbart gab ihm den Anschein eines jungen Mannes Mitte der Zwanziger und zugleich etwas von einem jugendlichen Handwerksmeister. Seine Augen hatten aber noch an Ausdruck gewonnen. Viel Versonnenheit war darin, aber sie konnten im Affekt auch recht energisch aufblitzen.

Er begrüßte Frau Klara mit offener Herzlichkeit, nicht burschikos selbstbewußt, aber auch nicht scheu. Was er sagte, hatte einen ruhigen, bestimmten Ton und war schlicht und klar. Er erzählte von seinem Studium: daß er an der Philosophie hängen geblieben sei, sich aber auch stark mit Naturwissenschaft, Soziologie und Literaturgeschichte beschäftigte. Den Plan, Jurist zu werden, um sich der Laufbahn eines Advokaten zu widmen, habe er aufgegeben, zurückgestoßen vom Geiste der Jurisprudenz, die nichts sei, als eine Dienerin der Macht. Ein Brotstudium betreibe er nicht, denn er denke nicht daran, in der gegenwärtigen Gesellschaft ein öffentliches Amt zu bekleiden. Sein Ziel sei, Schriftsteller zu werden, Publizist, Agitator mit der Feder. Alle die jungen Leute, mit denen er eben auf einem Ausfluge begriffen sei, verfolgten das gleiche Ziel. Sie wüßten wohl, was ihnen bevorstünde, sobald sie einmal begonnen hätten, mit ihren Ideen vor die Öffentlichkeit zu treten: Verfolgung und Schikane durch den Staat, der ja jetzt die Knebelung des Gedankens gesetzlich fixiert habe. Das sei ihnen aber nur recht, denn es gebe ihnen die erwünschte Gelegenheit, zu beweisen, daß es ihnen Ernst sei mit ihren Idealen. Geächtete Gedanken seien die mächtigsten. Unterdrückung politischer Bestrebungen durch rohe Gewalt verdichte sie, presse sie zusammen, mache sie kompakt. Das Sozialistengesetz habe den besten Einfluß auf die gebrandmarkte Partei, der er mit Enthusiasmus angehöre. Es habe sie gereinigt von allen unsicheren Elementen, und den echten Anhängern habe es das Pflichtgefühl verschärft und die Energie gesteigert: »Wir sind wie die Urchristen in den Katakomben. Aus der Partei ist eine Familie geworden. Wir wachsen zu einem Organismus zusammen, der unzerstörbar sein und eines Tages wie ein Ungeheuer vor der schlotternden Welt des egoistischen Frevels dastehen wird. Ausschweifende Wüstlinge des revolutionären Gedankens, wie es die Hödel und Nobiling waren, gibt es unter uns nicht. Wir denken nicht an den törichten Kleinkram von Attentaten auf einzelne, sondern richten unsern Sinn auf eine planmäßige Durchdringung des Proletariats mit revolutionärem Geiste. Tausende unter uns hätten den Mut zu Gewalttaten, und es fehlt nicht an gefährlichen Temperamenten, die gezügelt werden müssen, aber es ist fast wunderbar zu sehen, welche Gewalt selbst über die Wildesten unsere Lehre hat. Sie entwickelt sich zur Wissenschaft. Das ist es, was uns von den Christen der ersten Zeit unterscheidet, die die Wahrheit nur inbrünstig fühlten. Wir umfassen sie mit einem System von Beweisen, wir richten sie zu einem unumstößlichen Lehrsystem auf mit den Naturwissenschaften als Grundlage und der Entwicklungsgeschichte der Menschheit als Klammern. – An diesem Werke mitschaffen zu dürfen, ist Wollust, ist höchstes Lebensglück. Ich glaube, es hat nie eine höhere Begeisterung gegeben, als die unter uns, obwohl wir im Grunde nur mit nüchternen, logischen und exakten Werten hantieren. Denn das Ziel ist von einer unbeschreiblichen Herrlichkeit. Wer es einmal erkannt hat, mit dem Kopfe und dem Herzen, der fühlt sein Leben verklärt.«

Frau Klara dachte daran, wie sie vorhin mit ihrer Kritik Henfel gegenüber zurückgehalten hatte, um ihm nicht die Freude an einem Extraanzug zu verderben, und sie erschrak bei der Empfindung, daß sie jetzt Hermann gegenüber im Grunde dieselbe Rücksicht nahm. Sie erschrak vor ihrer Nüchternheit. Welcher Abgrund zwischen den Menschen! dachte sie bei sich. Nicht bloß zwischen Menschen wie Henfel und Hermann, sondern auch zwischen ihr und diesem. Es graute ihr vor ihrer abweisenden Klarheit.

»Habe ich Sie beleidigt?« fragte Hermann, als sie vor sich hin schwieg.

»Nein, Hermann«, antwortete sie; »wenn ich schwieg, so war es, weil ich dich nicht verletzen wollte, denn, siehst du, ich bin eine Ungläubige, und du bist jetzt ein Apostel. Gott weiß, wie gerne ich glauben möchte. Wer aber hilft meinem Unglauben? Du weißt ja, wie schwer Reiche in das Himmelreich eingehen. Ihr habt eins, Hermann; wir haben keins, und ich müßte keine Frau sein, wenn ich nicht wünschte, mit daran teilhaben zu dürfen. Aber es bleibt mir verschlossen, und ich fürchte sogar, daß auch du ihm eines Tages den Rücken wenden wirst.«

»Nie!« rief Hermann aus, »und ich glaube sogar, ich könnte es Ihnen auftun, denn Sie sind ja gut und gerecht!«

– »Du irrst dich, Hermann, ich bin nur schwach, fühle mich aber ganz zu denen gehörig, die für dich frevelhafte Egoisten sind.«

– »Nein, Frau Klara, Herzen wie die Ihren gehören zu uns. Sie sind nur nicht frei. Sie sind eine Gefangene von Verhältnissen und Anschauungen, die Ihrem Wesen widersprechen.«

– »Ich bin nicht mehr und nicht weniger unfrei, als jeder Mensch des Durchschnitts. Wir alle, die wir keine Auserwählten des großen Schicksals sind, werden wie Schachfiguren von den Mächten geschoben, unter deren Einfluß wir leben, da wir selber nicht die Bedeutung von Mächten haben, ob wir nun als Bauern oder Könige aus der Schnitzbank hervorgegangen sind. Solche Menschen, lieber Hermann, solche Figuren müssen sich bescheiden, ihre Stelle auszufüllen und sich nach den Gesetzen zu bewegen, die sie schrittweise regeln. Ich glaube nicht, daß das Glück der Menge immer zu dem Glück der wenigen Starken paßt, und mir scheint, daß nur die Glücksgefühle der großen schöpferischen Künstler der Menge wirklich etwas gegeben haben: nämlich Schönheit. Die großen Gedankenempörer dagegen haben immer nur Umwälzungen hervorgerufen, in denen bloß sie selbst ihre Art von Glück fanden. Die Menge taumelt eine Weile mit, fortgerissen von den Gedankenstürmen weniger, und es kommen wohl auch einzelne, die unten waren, in die Höhe, aber schließlich ergibt sich, wenn wieder Ruhe eingetreten ist, im ganzen dasselbe Bild, ohne daß die Menschheit an Glück reicher geworden wäre. Alles das muß wohl so sein, obwohl es eigentlich jammervoll ist, aber es ist weder das darin, was du Güte, noch was du Gerechtigkeit nennst. Nicht einmal Christus . . .«

Sie schwieg erschrocken. Ihre Gedanken, innerlich immer verkettet mit Beobachtungen ihres täglichen Lebens, die sie nicht andeuten wollte, trieben sie weiter, als ihr lieb war. So ruhig sie sprach, war sie doch innerlich heftig erregt. Plötzlich, unvermittelt, als Hermann etwas erwidern wollte, stand sie auf und ergriff die Hand des jungen Mannes: »Nein! höre nicht auf mich, glaube mir nicht! Du hast recht, tausendmal recht! Und wenn all eure Gedanken Irrtümer wären, und alles, was ihr glaubt, nicht wahr, ihr müßt, ihr sollt dafür kämpfen! Zeigt der Welt eure Seele und eure Liebe, euren Zorn, euren Haß, eure Kraft! Reißt mit, was Leben und Glauben und Hoffnung hat! Auch das ist Kunst und Schönheit! Nur aus solchen Stürmen des Lebens kann wieder eine lebendige Kunst und Schönheit kommen. Denn alle Kunst und Schönheit wird Fratze ohne einen starken, treibenden Glauben an neue Ideale.«

Hermann war erschüttert und betroffen. Er fühlte, daß hier ein Schmerz sprach, aber er begriff ihn nicht. Der junge Revolutionär stand angesichts der Revolution der Gefühle, die sich hier vor ihm vollzogen hatte, vor einem Rätsel, dem seine Logik nicht gewachsen war. Er schwieg.

Die Zofe brachte den Tee. Frau Klara schenkte ihn aus der silbernen Kanne in die papierblattdünnen chinesischen Porzellanschalen. Wie flüssiges Gold rann das aromatische Getränk aus dem matten Silber in das glänzende Porzellan. Hermann verfolgte mit ästhetischem Genusse die gemessen graziösen Bewegungen von Frau Klaras Arm und wurde beim Anblick ihrer schönen blassen Hände von der Erinnerung zurückgeführt in die Tage seiner früheren Jugend, als er sie auf den Tasten bewundert hatte. Und es wurde ihm heimlich zumute. Wie sehr ihn auch die Gedankenwelt des Gesellschaftsumsturzes durchdrungen hatte: wenn er etwas Schönes sah, und war es auch Schönheit aus dem Reichtum, so war er ganz Auge, ganz Genießer, so völlig, daß sein Ausdruck innerstes Entzücken verriet.

»Du solltest doch wieder manchmal zu uns kommen«, nahm Frau Klara das Gespräch auf. »Tus meinetwegen, Hermann! Deine Gegenwart tut mir wohl. Ich habe jetzt gar niemand mehr, für den ich singen kann, denn mein Mann ist so mit der Erziehung Henfels beschäftigt, daß er selbst während meines Gesanges mehr zu grübeln als zuzuhören scheint, und Henfel selbst versteht das Lauschen auch noch nicht recht. Mozart ist ihm kein Fest, wie dir, sondern etwas Alltägliches; die Musik regt in ihm nichts auf, sondern zerstreut ihn höchstens. Und, du weißt es ja, für mich bedeutet die Musik mehr.«

»Ich möcht es so gerne«, antwortete Hermann, »aber ich darf es nicht. Ich weiß noch sehr wohl, was Sie mir bei meinem Abschied gesagt haben: Kunst, und von den Künsten am meisten Musik, ist Traum. Und ich habe die Neigung, mich dem Träumen hinzugeben. Aber meine Aufgabe verbietet es mir. Wir müssen ganz wach bleiben und alles Liebliche vermeiden, bis die Stunde der Freiheit für alle gekommen ist.«

– »Und deine Verse?«

– »Ich mache keine mehr.«

– »Sind das keine?« Sie wies auf den Brief.

– »Die ersten, seit ich die von Henfel erhalten habe.«

– »Haben sie dir so mißfallen?«

– »Nicht die Verse; nein. Sie waren ja gut gemeint. Aber ich fühlte: auch das ist ein Spiel für die Müßigen geworden. Mir fiel damals zum ersten Male auf, daß Muße und Muse gleichklingt. – Nein, es ist jetzt keine Zeit für Verse. Die Stunde der Schönheit ist noch nicht wieder da. Wer heute Dichter ist, muß es für die sein, die jetzt noch nicht nach Schönheit, sondern nach Wahrheit begehren. Im Norden: bei den Skandinaviern, im Osten: bei den Russen, und auch im Westen: bei den neuen Franzosen, ist diese neue Aufgabe der Dichtung erkannt und auch schon in gewaltige Werke umgesetzt worden. Nur bei uns herrscht der alte Klimperklang noch. Wir Jungen verabscheuen ihn und wollen lieber die Häßlichkeit, die wahr ist, als eine verlogene Schönheit. Aber wir dürfen auf die Dauer die Pflege der Dichtung als eines Mittels zur Empörung der Massen nicht vernachlässigen, und es gibt Talente unter uns, die den fremden nicht nachstehen. Aber unsere Romane und Novellen liegen in den Schubläden. Wer sollte sie drucken? wer würde sie lesen? Wieder nur die, die sie schreiben. So betrachten wir sie denn als Übungsstücke. Um so sicherer werden sich dann die Werke der Reife durchsetzen.«

Jetzt hatte er die schönen Hände seiner mütterlichen Freundin, die silberne Kanne und die mattblickenden Schalen wieder vergessen und sprach fast dozierend kühl.

Frau Klara sah ihn kopfschüttelnd an. Beraubte sich dieser da nicht schließlich auch seiner Jugend, wie der andere durch fremden Einfluß um sie gebracht wurde? Wurde nicht hier wie dort alles Natürliche durch Konstruktionen verschüttet? War denn für die Kunst kein Platz mehr?

Die Schwermut, die sie schon manchmal in den letzten Jahren überfallen hatte, kam wieder über sie. Sie entließ Hermann mit

kaum verhehlter Trauer, und, wie sie ihn die Dorfgasse hinuntergehen sah, etwas gebückt, wie ihr schien, und gar nicht mehr so jugendlich ausschreitend wie gestern, da hatte sie die bestimmte Empfindung, daß sie ihn nie wiedersehen werde. Und sie erschauerte unter einem Gefühle von eisiger Kälte.
Bin ich denn so alt? dachte sie sich. Was macht mich denn so müde? Warum kann ich Hermann nicht helfen? Warum weise ich ihn im Grunde ab und bringe es höchstens zu einer schnellen Aufwallung, die ihm unbegreiflich bleiben muß? – Und nun gar Henfel. Ich sehe doch, wie er ins Falsche, Unheilvolle getrieben wird. Weshalb stemme ich mich nicht dagegen? – Henry! Die Rücksicht auf ihn! Ja... Aber, gehe ich nicht selbst dabei mit zugrunde? ... War mein ganzes Leben nicht überhaupt ein willenloses Zugrundegehen? Nein, nein ... Nicht das ... Ich war ja glücklich, oder wenigstens – nicht unglücklich. Aber nun werde ichs! Ja, nun werde ichs bestimmt, denn ich fühle ja: alles um mich muß es werden ... Nein, nein, nein! Ich muß mich aufraffen! Ich muß helfen! Es ist meine Pflicht, und sie wird mich wieder wach machen, lebendig machen ... Denn ich bin ja ein Schatten im Hause ...
Sie ließ sich Tisch und Lehnstuhl auf den Balkon bringen und wartete dort auf die Zurückkunft der beiden, sich immer mehr in dem Vorsatz kräftigend, von nun an tätig in Henfels Erziehung einzugreifen. Hermanns Strauß und seinen Brief hatte sie vor sich liegen.

Wund gelaufen

Es war schon gegen Abend, als die Bergbesteiger zurückkehrten. Der alte Hauart war offenbar erfrischt, Henfel dagegen sichtlich ermüdet und etwas verdrossen. Immerhin konnte er bei der Begrüßung der Mama die Hacken hörbar zusammenschlagen und die Frage, wie es denn gewesen wäre, mit einem entschieden vorgebrachten »Großartig« beantworten. Dann aber erbat er sich sofort Urlaub zum Wechsel der Garderobe und verschwand. Vom Gange her hörte sie ihn zornig rufen: »Was? kein Bad?! Ich muß aber ein Bad haben! Ich klebe ja! Ist wenigstens genug Eau de Cologne da?«

»Henfel scheint nicht sehr munter«, meinte Frau Klara.
– »Nun ja, der erste Berg. Außerdem hat er sich aufgelaufen. Im ganzen hat er sich wacker gehalten. Wir müssen ihn langsam trainieren.«
– »Aber, Henry, er ist doch kein Pferd!«
– »Das verstehst du nicht. Ich habe einen genauen Plan gemacht. Er soll nicht systemlos in den Bergen herumrennen, sondern sie Schritt für Schritt unter meiner Führung bewußt erobern.«
»Willst du ihm nicht lieber ein bißchen Freiheit gönnen, Henry? Ich fürchte, du ziehst ihn von der Natur ab, statt daß du ihm Gelegenheit gibst, sie liebzugewinnen.«
Herr Hauart sah seine Frau mit erstaunten Augen groß an: »Ich verstehe dich nicht, Klara. Du solltest doch wissen, daß ich mir mein System bis ins einzelne genau durchdacht habe. Die großen Eindrücke der Natur sollen nicht an Bedeutung dadurch einbüßen, daß ich ihn dazu anleite, sie in ihrer Verknüpfung mit den Zielen eines groß angelegten Lebens zu begreifen. Wenn du mir einen Vorwurf machen kannst, so ist es der, daß ich mich habe hinreißen lassen, bei unserer ersten Bergbesteigung mehr an mich und meine lange unterdrückte Sehnsucht nach einem hohen weiten Blick zu denken, als an ihn und den Umstand, daß er weder körperlich noch seelisch gehörig vorbereitet war.«
– »Ich mach dir keinen Vorwurf, Henry. Aber du mußt mir doch nicht die Möglichkeit nehmen, auch meinerseits Vorschläge zu machen, wenn es sich nicht um direkten Unterricht handelt.«
Herr Henry erstaunte aufs neue: »Unterricht? Henfel wird nie unterrichtet. Er wird nur fortgesetzt angeleitet, sich selbst zu unterrichten, dies aber in jedem Augenblicke meiner Gegenwart. Also auch, wenn ich ihm die Berge erschließe.«
Frau Klara schwieg verletzt.
Herr Hauart streichelte ihr die Hand: »Verzeihe, Klara, verzeihe, ich wollte dich nicht zurückweisen. Du meinst es ja herzlich gut, aber, sieh, ich habe Henfel nun einmal in meine Hand genommen. Ich gehe ganz darin auf. Deshalb muß ich dich wirklich bitten, mir völlig freie Hand zu lassen.«
Frau Klara neigte den Kopf. Was sollte sie sagen? – Nein,

so ging es nicht. Sie mußte über ihren Mann weg, heimlich, gegen ihn arbeiten. Es war kein anderer Weg.
Herr Hauart ging, sich umzuziehen. Indessen erschien Henfel wieder, frisch gewaschen und stark nach Kölnischem Wasser duftend. Auf seine gewöhnliche Art, wie ein junger englischer Gentleman gekleidet, sah er tadellos vornehm aus. Doch hinkte er ein bißchen.
– »Hast du wehe Füße, Henfel?«
– »Nicht der Rede wert, Mama. Das Lederzeug hat mich ein bißchen aufgescheuert, und die Schuhe waren zu schwer und viel zu groß. Überhaupt wars ein bißchen zu viel fürs erstemal. Papa hat sich selbst Vorwürfe gemacht, obwohl ich mir natürlich nichts habe merken lassen.«
– »Er hats doch gemerkt.«
– »So? Na, ich glaube, ein anderer wäre überhaupt nicht hinaufgekommen.«
»Ach? Hermann hat mir vorhin erzählt, daß er in deinem Alter schon dreimal oben gewesen ist.«
Henfel bekam einen roten Kopf: »Hermann?« Er biß die Zähne zusammen, dann lächelte er höhnisch. »Nun ja, er ist ja gewissermaßen mein Bruder.«
Frau Klara war betroffen vom Sinn dieser Bemerkung, aber mehr noch empört über ihren Ton und Henfels häßlichen Ausdruck dabei.
– »Das sagst du mit so einem Gesicht?«
Sie sprach fast drohend.
– »Wie soll ichs denn sagen? – Aber ja, pardon, ich hätte vielleicht überhaupt nicht davon reden sollen. Aber schließlich, was ist denn dabei? Diese Verwandtschaft hat ja doch keine Bedeutung.«
Es war wohl Übermüdung, die ihn unfähig machte, sich zu verstellen. Er fuhr unvermittelt fort: »Er soll nur ja nicht versuchen, sich deshalb an mich ranzumachen. Papa hat es mir ausdrücklich verboten, je wieder mit ihm zu verkehren. Und ich täte es auch von selbst nicht. Nun erst recht nicht! Er soll bleiben, wo er ist!«
Frau Klara bebte vor innerem Zorn. »Schweig! Wenn jemand Ursache hat, ihn aufzusuchen, so bist du es. Und wenn jemand zu dem Stolze berechtigt ist, dich zu meiden, so ist er es!«
Henfel duckte sich zusammen. So hatte Frau Klara noch nie

zu ihm gesprochen. Er begriff nicht, wie das sein konnte. Da sah er Hermanns Schrift; er fiel mit den Augen darüber her und brach in ein Gelächter aus: »Gott, wie schön! Hahaha!«

Frau Klara erhob sich, sah ihn funkelnd an und wies ihm die Türe: »Geh auf dein Zimmer! Du wirst allein speisen und mir vor morgen nicht unter die Augen treten. Auch Papa wirst du nicht sprechen!«

Henfel würgte seine Wut hinunter, drehte sich auf den Hakken um und lief davon, die Tür schmetternd hinter sich ins Schloß werfend. Das ganze Haus hallte von dem Toben wider, das er in seinem Zimmer vollführte.

Spaltung

Zwischen Frau Klara und ihrem Manne gab es in dieser Nacht die erste ernste Auseinandersetzung in ihrer Ehe. Nur mit Mühe vermochte sie Herrn Hauart dazu zu bewegen, nicht nach München zurückzureisen. Im übrigen blieb sie bei aller Ruhe fest auf dem Wunsche bestehen, sich künftighin an der Erziehung Henfels zu beteiligen, und gewann überdies ihrem Manne das Versprechen ab, für Hermann so ausgiebig zu sorgen, als es das Erbrecht nur irgend zuließe.

Es war eine böse Nacht für Herrn Hauart. Auch als die Auseinandersetzung vorüber war. Er schloß wohl die Augen, aber er schlief nicht. Wie ein Ungetüm stand der Zweifel vor ihm: Wenn alles das ein Irrtum gewesen wäre, alles Verschwendung an einen Unwürdigen, alles Raub an einem Wertvollen!

Henry Hauart hatte als Kaufmann vor Krisen gestanden, die sein ganzes Vermögen in Frage stellten; – da hatte er wohl auch Nächte peinigender Ungewißheit durchwacht, in Erwägungen, Berechnungen und Angst. Aber nie hatte ihn eine böse Möglichkeit so erschüttert und überschattet, wie diese, die das einzige mit Leidenschaft betriebene Werk seines kühlen Lebens bedrohte. Er, der nie in seinem Leben an etwas geglaubt, nie ein Ideal verfolgt hatte, war schließlich dazu gelangt, aus sich heraus ein Ideal zu bilden: Den kommenden Menschen großen gebietenden Stils. Damit war er aus einem Ungläubigen ein Gläubiger geworden, ja ein

Fanatiker seines Glaubens und hatte sich als solcher in Henfel ein Idol geschaffen. Im Grunde hatte er, ohne sich dessen bewußt zu sein, Götzendienst mit sich selbst getrieben. Dieses Idol in Frage gestellt zu sehen, mußte für ihn eine Erschütterung seines ganzen Wesens bedeuten, gerade weil er sich des inneren Herganges der Sache nicht bewußt war. Denn eben das war ja seine Manier, daß er alles aufs Denken gründete, aber immer ungründlich, immer spekulativ auf vorgefaßte Ziele losdachte. Daher auch seine Ratlosigkeit jetzt. Es war eigentlich nur eine Rettung für ihn: wenn er seinen Glauben trotzig fanatisch neu aufsteifte. Dies war auch seine unbewußte Tendenz im inneren Ringen dieser Nacht. Aber er fühlte wohl: das Verhältnis zu seiner Frau stand auf dem Spiele dabei.

Schon als der Morgen dämmerte, erhob er sich.

Es war noch nicht sieben Uhr, als der Frühstückstisch die drei vereinigte. Henfel trug Reue und Niedergeschlagenheit zur Schau und bat Frau Klara mit dem Ausdrucke aufrichtiger Innigkeit um Verzeihung. Weder am Tone noch am Inhalte des Vorgebrachten schien etwas auszusetzen zu sein, und doch konnte sich Frau Klara des Eindrucks nicht erwehren, daß der Junge nur halb ehrlich dabei war. – Sie antwortete ihm daher, entgegen ihrer sonstigen Art, zurückhaltend und kühl. Ebenso verhielt sich Herr Hauart.

Dies hatte Henfel nicht erwartet. Er fühlte: es ist etwas vorgegangen, es steht etwas auf dem Spiele. Und nun entfaltete er im Laufe des Tages, während sie ihre Fahrt fortsetzten, mehr und mehr eine so natürliche und reizende Liebenswürdigkeit rein knabenhafter Art, daß sich Frau Klara ihm bald wieder mit Herzlichkeit zuwandte. Denn das fühlte sie mit Sicherheit: dieses Gutmachenwollen ohne direktes Schmeicheln und Schöntun, nur durch heitere Aufmerksamkeit und zutunliches kindliches Anschmiegen, war keine Komödie, war ein gutes Stück seiner wirklichen Natur. Und sie sagte sich, besser beobachtend als ihr Mann: zuerst versucht er es mit der Pose, mit niedergeschlagenen Augen, reuevollen Mundwinkeln, innig vorgebrachten, aber offenbar einstudierten Worten. Geht man schnell darauf ein, so ist im Hui alles vergessen, und er fühlt sich wohl gar als verfluchter Kerl, dem es ein Leichtes ist, mit geschickter Mimik und Redekunst alles ins reine zu bringen. Gibt man sich aber damit nicht zufrieden, läßt man es ihn merken, daß er so leichten Kaufs nicht davonkommt, so zwingt man ihn zur Verinnerlichung, weil er sich nun sagt: Ich muß etwas Verlorenes wiedergewinnen, und das geht nur mit dem Aufgebote meiner echten Art. Mag das immerhin also nicht von unmittelbarem Herzensbedürfnis, sondern von einer Absicht eingegeben sein: in der schließlichen Art, wie es sich äußert, ist es Natur. Und es ist liebenswürdig angenehme, begabte Natur. Man muß ihn also möglichst oft darauf hinlenken, sich so zu geben, indem man sich nie mit dem Surrogate zufrieden gibt.

Herr Hauart nickte zu alledem nur mit dem Kopfe. Ihm gefiel es ja auch, wie sich Henfel jetzt betrug. Aber schließlich: was war Besonderes daran? Konnte man derlei nicht ungefähr an allen Jungen finden? Ein liebenswürdiger Bursche, wie tausend andere, – das war wahrhaftig nicht sein Ziel. – Er begann aufs neue, sich in seine Spekulation zu verbohren, und kam dabei zu dem Resultate, daß ihm an Henfel die Verstellung sympathischer war, als die Natur. – Hatte er sie ihm nicht immer gepredigt? Hatte er ihn nicht immer darauf hingewiesen, daß alle Herrschernaturen eine große Dosis Verschlagenheit besessen hatten? Nein, die Verstellungsgabe Henfels, so unerfreulich es erscheinen mochte, daß er sie auch seinen Nächsten gegenüber anwandte, durfte ihm wahrhaftig nicht unlieb sein. War Henfel vielleicht dazu da, ihn oder Frau Klara durch knabenhafte Unbefangenheit zu entzücken? Hätte er derlei gewünscht, so hätte er ja auch Hermann ins Haus nehmen können. – Er kam mehr und mehr in eine böse Stimmung gegen seine Frau und schämte sich seiner Schwäche ihr gegenüber. Was wußte denn sie von den hohen Dingen, die ihm vorschwebten? Wie kam sie dazu, plötzlich seine Kreise zu stören? Sie mit ihrer kleinen weiblichen Anschauung von »Natur«. Als ob nicht die Natur selbst die Meisterin aller Verstellung wäre! – Aber natürlich, die Frauen! In ihnen hängt sich jeder Widersinn fest, da sie ganz durchsponnen sind von flachen »Gefühlen«. – Nein, man darf nicht auf sie hören –, außer wenn sie singen. Kunst, ja, das ist ihr Feld. Mag man sich bei ihnen ausruhen, aber wer Großes vorhat, darf sich von ihnen nicht in sein Inneres sehen lassen. Schon aus Schonung. Denn sie vertragen den Anblick der Wahrheit nicht.

Herr Hauart hatte also glücklich sein Gleichgewicht wiedergewonnen und schoß auf den notdürftig verklammerten Stämmen seines Gedankenfloßes über alle Strudel und Gefälle der Spekulation weg, die er für das wahre Wesen der Menschennatur hielt. Die Frau, die bei ihm saß, seine Frau, die seinem Leben, dem wirklichen, nicht bloß vorgestellten, Harmonie und milden Glanz beschert hatte, bis, wie er gerne zu sagen pflegte, mit Henfels Eintritt in ihren Kreis die Sonne über seinem Hause aufgegangen war – diese Frau befand sich nicht mit auf dem Floße.

Frau Klaras Ruhe

Herr Hauart besaß in Mittenwald einen Sommersitz und nahebei, die Berge hinauf, ein ausgedehntes Jagdrevier. Beides, Haus und Revier, waren nun jahrelang unbenutzt der Obsorge von Hausmeistern und Jagdpflegern überlassen geblieben.

Ein eigentlicher Weidmann war Herr Hauart ja nie gewesen, aber es hatte ihm immer eine stille Freude bereitet, auf eigenem Grund und Boden Wald und Wild zu hegen. Wie er jetzt das Haus betrat, das ihm fast fremd geworden war, wunderte er sich selbst, daß er dies alles um Henfels willen so gut wie vergessen hatte, und es kam ihm zum ersten Male zum klaren Bewußtsein, in welchem Maße sein ganzes Leben seit der Adoptierung des Jungen auf diesen eingestellt gewesen war.

Erinnerung auf Erinnerung drängte sich ihm an. Welch friedlich heitere Sommer hatten sie hier erlebt, Klara und er. Hier war es immer gewesen, wo er am innigsten empfunden hatte, was er an dieser stillen feinen Frau besaß, was er ihr verdankte. Was anderes hatte seinem Leben den sicheren Halt gegeben, wenn nicht die sichere Gewißheit, in seiner Frau ein Wesen sich zur Seite zu haben, das im vollkommensten Einklang mit ihm lebte, in ihm aufging?

Sollte ihm nun wirklich diese Gewißheit genommen werden? Und: würde nicht sein ganzes Leben dadurch an Sicherheit und Haltung einbüßen?

Er hatte ja wohl auch schon früher manchmal bemerkt, daß dies und jenes seiner Art zu der ihren nicht völlig stimmte, aber nur um so rührender und wohltuender war es dann für ihn gewesen, wie sie aus unbeirrbarem Gefühlstrieb sich trotzdem immer seelisch zu ihm hinüberschmiegte mit der holdesten Gabe der Frau: der duldenden Güte, die auch im Erleiden nichts schmerzlich Resigniertes hat und, wo sie rein aus herzlicher Natur kommt, zugleich Demut und Anmut ist.

Diesmal aber war er auf entschlossenen Widerstand gestoßen. Auf Widerstand bei seiner Frau! Hier, in diesem Hause, erschien ihm das als etwas sinnlos Scheußliches. Er konnte es gar nicht ausdenken, wie er im Gegensatz zu Klara auch nur die kleinste Entscheidung treffen sollte, und nun sollte er das, was er für seine Lebensaufgabe hielt, nicht mit ihr, sondern gegen sie durchsetzen!

Aber er war so verstrickt in seine Konstruktionen, daß er auch aus diesem Konflikt seines Innern vor allem die Überzeugung gewann, wie recht er gehabt hatte, den Jungen zu lehren, daß er sich vor jedem Gefühlsverhältnis zu einer Frau zu hüten habe. Henfel sollte es einmal nicht nötig haben, in irgendwelchen Entschließungen auf irgendwen Rücksicht zu nehmen. Das Glück der Gemeinsamkeit glaubte er mit einem Male als das schlimmste Hindernis zur Persönlichkeitsentfaltung großen Stils zu erkennen.

Herr Hauart war auf dem öden Gipfel seiner Spekulationen angelangt und im Grunde entschlossen, ihnen auch das Opfer seiner ehelichen Harmonie zu bringen. Der eigentliche Furor teutonicus war über ihn gekommen, die Gedankenwut, die bereit ist, für ein »Prinzip« alles zu opfern.

Frau Klara fühlte wohl, daß nichts Gutes in ihm vorging. Sie hatte gehofft, das kleine behagliche Haus mit seinen Erinnerungen an die schönsten Tage ihrer Ehe werde ihn aufheitern. Statt dessen wurde er nur noch düsterer. Auch Henfel gegenüber, der seine Liebenswürdigkeit vergebens spielen ließ.

Daher war es dem Jungen recht angenehm, zu hören, daß er den folgenden Tag in der Gesellschaft des Jagdaufsehers verbringen sollte, der bestellt wurde, mit ihm einen Teil des Reviers abzugehen. Herr Hauart wollte indessen mit Frau Klara einer hochgelegenen Jagdhütte einen Besuch abstatten, in der sie, falls der Aufstieg sie zu sehr ermüdet haben sollte, auch übernachten konnten, wie sie es früher oft

genug getan hatten. Henfel erklärte, sie in diesem Falle am folgenden Tage mit dem Jagdhüter von dort abholen zu wollen, aber Herr Hauart bestimmte, daß dies unterbleiben sollte. Vielmehr möge er an diesem Tage das andere Revier begehen.
Herr Hauart wollte offenbar mit Frau Klara längere Zeit allein sein, um ihr das Ganze seiner Absichten mit Henfel einmal gründlich vorzulegen und sie damit von ihrem Widerstande dagegen abzubringen.

In der Nacht hatte es im Tale geregnet, auf den Höhen geschneit. Die Luft war sehr kühl, aber frühlingswürzig. Man brach beiderseits in aller Frühe auf, Henfel höchst munter und unternehmungslustig, Herr Hauart aber noch immer mit verbissener Miene und Frau Klara mit einem Ausdrucke von Bedrücktheit.
»Sieh dich gut um, Henfel«, sagte Herr Hauart zum Abschied: »diese Wälder wachsen für dich. Lebendige Bäume als Eigentum zu haben, ist etwas Großes, das tief empfunden sein will. Ich habe es erst spät lernen dürfen. Ich ließ in Mexiko ganze Urwälder niederschlagen, um Geld daraus zu gewinnen. Dafür habe ich dann diese Wälder gehegt; nicht aus Sentimentalität von wegen: ›wer hat dich, du schöner Wald‹, sondern weil der Wald das kräftigste Stück Natur in unsern Kulturländern ist, das zu erhalten eine Pflicht bedeutet für den Vornehmen, der sich hier am stärksten fühlen kann. Der Wald ist eine Welt für sich, ein Stück Urwelt. Toni wird dir sagen, wie er das Bestreben hat, das Land um sich zu erobern und innerhalb seines Bereiches an Stelle der Kultur wieder Wildnis zu errichten. Laß diese Macht immer gewähren! Es ist unpraktisch, aber schön, und ein Beispiel für den Menschen, den ich dich gelehrt habe.«
Henfel hörte das an, wie ein anderer Junge etwa die Ermahnung: »Erhitze dich beim Steigen nicht zu sehr, damit du dich nachher nicht erkältest«, erklärte aber nicht ohne eine gewisse Feierlichkeit, nach Papas Worten handeln zu wollen. Für Frau Klara aber hatte er ein munteres: »Adieu, Mama! Wenn du nachher jemand juchzen hörst: das bin ich!«
Frau Klara küßte ihn lächelnd auf den Mund. Sie freute sich dieser einfachen Worte um so mehr, als ihr sonst seltsam bange zumute war.

Das würde kein Gang werden, wie in früheren Zeiten, wußte sie. Vielmehr der schlimmste Gang ihres Lebens, denn sie durfte und wollte diesmal nicht nachgeben. Und schon dieser Vorsatz kam sie schwer genug an.
Eine Weile gingen die Gatten schweigend nebeneinander her. Henfels Juchzer, nicht eben sehr echt, aber darum um so drolliger, ließen sie ein paarmal stille stehen. Frau Klara lauschte ihnen lächelnd. Herr Hauart lächelte nicht.
Wie sie außer Hörweite der Henfelschen Munterkeit waren, begann Herr Hauart, auf seine Frau einzureden. Sie unterbrach ihn anfangs gar nicht und auch im Verlauf seiner späteren Ausführungen nur selten und kurz. Aber er merkte es wohl: seine Worte fielen nicht in ihr Herz. Wie ruhig und milde sie auch widersprach, es war fester Widerspruch.
Eine abscheuliche Bitterkeit stieg in ihm auf, ein heftiges, böses Zorngefühl. Der erbärmliche Geist des Zankes wollte über ihn kommen, die Wut, mit Worten wehe zu tun, die er doch so sehr verachtete als ein Zeichen gemeiner Sinnesart. Diese Anwandlungen erschreckten ihn. Derlei war seinem Wesen durchaus fremd. Er gehörte nicht zu den Temperamenten, die sich entladen müssen. Seine Waffe gegen Widerspruch war sonst Schweigen oder höchstens Ironie, und seiner Frau gegenüber hatte er, wenn Meinungsverschiedenheiten zutage traten, bisher immer das Gefühl gehabt, nur ein wenig warten zu müssen.
Und nun dieses ungeduldige, böse Aufbegehren, dieses heiße, jähe Überwallen geradezu feindseliger Gefühle, die durchaus in gehässigen Worten zutage kommen wollten, tückisch wie herrische Dämonen eines dunklen Untergrundes seines Wesens. – Was enthüllte sich da?
Er beherrschte sich mühsam, und es war gut, daß eben jetzt der Weg steil anzusteigen begann.
Waren sie bisher etwa eine Stunde lang ziemlich schnell gegangen, weil der Weg in Serpentinen sanft hinaufführte, so schritten sie jetzt langsam hintereinander her auf einem schmalen Pfade, der nach einer weiteren Wegstunde bereits ins Felsige gelangte und nun direkt beschwerlich wurde. Da verbot schon die starke Inanspruchnahme von Herz und Lunge anhaltendes Reden, aber innerlich fuhr Herr Hauart fort, die Gedanken weiter zu spinnen.
So waren zwei Stunden in wortlosem, andauernden Steigen

vergangen, und Frau Klara empfand das übermächtige Bedürfnis, sich auszuruhen. Hätte sie es irgendwie vermocht, sie wäre ohne Pause weitergegangen, denn sie fürchtete die Wiederaufnahme des Gespräches, die sicher eintreten würde, wenn sie rasteten. Aber sie konnte jetzt nicht weiter, und hier, wo sich der Weg unter einer Art Felsendach verbreiterte, war auf eine längere und besonders beschwerliche Strecke hinaus die einzige Gelegenheit, sich im Trockenen niederzulassen. Denn, wenn der Schnee auch bereits weggetaut war, so war das Erdreich doch überall feucht, wo es nicht durch überhängendes Gestein von Schnee freigehalten worden war. Übrigens befand sich hier eine von Herrn Hauart aufgestellte Aussichtsbank.

Als sie bei dieser angekommen waren, bot sich ihnen eine kleine Überraschung. Toni, der alte Waldaufseher, hatte sich, als ihm die Ankunft der Herrschaften angezeigt worden war, mit einem Topf voll blauer Ölfarbe heraufgemacht und hatte, weniger dekorativ als gut gemeint, über der Bank an der Felswand die Aufschrift erglänzen lassen: Frau Klaras Ruhe.

»Sieh mal«, sagte Frau Klara und lächelte dabei belustigt und erfreut, »der alte Toni hat den Galanten gespielt.«

»Narrenhände«, brummte Herr Hauart. »Selbst die Bauern haben kein Stilgefühl mehr und verschimpfieren die Natur.«

Frau Klara sah ihren Mann betroffen an. Ihr Lächeln war wie weggewischt. »Aber Henry! Der alte Mann hats gut gemeint und sich Mühe kosten lassen. Das Steigen ist ihm leicht geworden, aber nicht das Malen. Er hat gewiß eine gute Stunde dazu gebraucht, diese rührend unbeholfenen Buchstaben da hinzutünchen. Ich freue mich herzlich darüber und hoffe, du wirst ihn nicht etwa dafür schelten, sondern ihm mit mir dafür danken.«

– »Er soll sein Trinkgeld haben!«

– »Henry!«

Frau Klara war empört und stand auf.

»Bleibe bitte sitzen!« sagte Herr Hauart kurz. »Es scheint, jedes Wort von mir ist jetzt deinen Ohren eine Beleidigung. Du wirst mir hoffentlich noch gestatten, mir meine Gedanken über derartige unerbetene Bemühungen zu machen.«

Der häßliche Drang, zu zanken, mühsam zurückgedrängt im Zusammenhange ihrer wichtigeren Auseinandersetzung, warf sich begierig auf diese Nebensache. Frau Klara fühlte ihn fast wie etwas Körperliches, einen plumpen Keil, der sich zwischen sie und ihren Mann schob. Sie schüttelte tieftraurig langsam den Kopf und sagte: »Henry! Ich bitte dich! Was soll das alles! Was ist geschehen, daß du dich so verändert hast und mich nicht mehr kennst?«

– »Du hast dich verändert!«

»Ich? – Henry! – Ich bin die gleiche geblieben. Nur du ... Aber nein; auch das ist falsch. Gewiß bist auch du noch derselbe. Aber, Henry, du bist krank.«

– »Entschuldige, Klara, du befindest dich auf einem falschen Wege. Was jetzt zwischen uns steht, läßt sich nicht durch schonende Begütigung beseitigen. Es muß erledigt werden. Du hast es nicht mit einem Kranken zu tun, sondern mit einem Manne, der sich stark und gesund genug fühlt, die wichtigsten Absichten seines Lebens durchzusetzen – selbst gegen dich.«

– »Ich habe mich dir nie widersetzt, Henry, und ich tue es auch in dieser Sache nicht ohne weiteres, aber du kannst es unmöglich verlangen, daß ich meine Überzeugung verhehle und dich belüge. Was wäre es aber anderes als Lüge, wenn ich dir sagte, ich bin einverstanden mit dir, während ich, leider, die bestimmte Überzeugung habe, daß du dich in einem verhängnisvollen Irrtum befindest?«

– »Glaube an mich und opfere diesem Glauben deine ›Überzeugung‹. Die meine ist hier mehr wert, als die deine, denn sie ist das Resultat der tiefsten Überlegungen, ja eigentlich das Resultat meines ganzen Lebens, während das, was du deine Überzeugung nennst, nichts ist, als bloßes Sichgehenlassen nach gewissen mehr überkommenen als natürlich erwachsenen Gefühlen.«

– »Ich habe dir mehr als einmal meine Überzeugung geopfert, Henry, und ich rechne mir das gar nicht zum Lobe an. Es liegt in meiner Natur, daß es mir gar nicht darauf ankommt, recht zu behalten einem Manne gegenüber, den ich nicht bloß liebe, sondern auch als den geistig Stärkeren, und wie gerne, verehre. Ich denke mir überhaupt, es kommt der richtigen Frau nicht so sehr aufs Recht an, als auf die Liebe. – Als ich dich heiratete, gab ich mehr Selbständigkeit auf, als sonst Frauen aufzugeben haben. Ich tats gerne, denn ich wußte, daß ich sie nicht nutzlos wegwarf. Ich durfte glauben, daß ich dir, und darum auch mir, ein Glück, eine Harmonie, bereitete, die mehr wert ist, als die fragwürdige Selbständigkeit einer wenig bedeutenden Künstlerin. Sie hätte mir, vielleicht, eine Steigerung meiner Kunst gebracht, aber ich wußte es wohl, auch nicht zu einer wirklichen Höhe, während ich im Zusammenleben mit dir etwas Großes, Seltenes, erreichen konnte: ein harmonisches Doppelleben. Ich gab meine Selbständigkeit auf, weil sie doch im höheren Sinne nichts Ganzes war, und, du mußt mir das nicht übelnehmen, weil mir schien, daß auch du einer Ergänzung bedurftest. Erst Mann und Frau zusammen ergeben doch wohl den ganzen Menschen, und das scheint mir der Sinn der Ehe zu sein.«

– »Entschuldige«, warf Herr Hauart ein, »das ist ein Irrtum. Der ganze Mensch ist der Mann, und es bedeutet eine Entartung der Ehe, wenn er darin um das Gefühl seiner Ganzheit gebracht wird. Der Sinn der Ehe ist nicht gegenseitige Ergänzung, sondern Herrschaft des Mannes.«

– »Aber Henry«, rief Frau Klara aus, lächelnd und doch empört, »du redest ja gegen dein Gewissen. Niemals hast du daran gedacht, mich zu beherrschen. Du bist immer aufrichrig bestrebt gewesen, in mir das Gefühl wachzuhalten, daß ich, wie oft ich auch meine Meinung dir gegenüber zurücktreten ließ, deine ebenbürtige Genossin sei.«

– »Genossin! Das Wort stammt wohl aus deiner Unterredung mit dem Weltverbesserer Hermann.«

– »Henry! Tu mir die Liebe und sprich nicht in diesem Tone von deinem Kinde.«

– »Hermann ist nicht mein Kind, und ich muß dich auf das bestimmteste ersuchen, ihn mir weder in dieser Eigenschaft, noch sonst irgendwie vorzuhalten. Mein Kind ist Henfel. Ich will mein Recht, ihn zu erziehen nach meinem Sinne. Liegt dir daran, den Rest meiner Tage mit mir in Harmonie zu verbringen, so versuche es nicht, meinen Plan zu durchkreuzen.«

Das war wirklich herrisch gesprochen und klang drohend. Frau Klara sah ihren Mann groß an, beleidigt und entsetzt. Ihre Stimme bebte, als sie sprach: »Du bist von Sinnen. Nicht zufrieden damit, dein eigen Fleisch und Blut verstoßen zu haben wegen eines Fremden, den niemand so schlecht kennt, wie du, und der nicht wert ist, der Diener deines Sohnes zu sein ...«

– »Schweig!«
– »Nein! Nicht zufrieden mit dieser Sünde, die aber für den armen Hermann vielleicht zum Guten ausschlägt, willst du nun auch noch mich diesem Wahne opfern, mich und dich, Henry! Besinne dich doch! Überlege, wohin das führen muß!«
– »Das kannst du wirklich mir überlassen, Klara, ohne mich dazu aufzufordern. Was ich tue, ist das Resultat von Überlegungen, die du nur leider offenbar nicht zu fassen vermagst. Ich wiederhole: Glaube wenigstens an mich, wenn du mich nicht begreifst!«
– »Nein! Ich glaube jetzt nicht mehr an dich, denn ich habe Augen, zu sehen, und ein Gefühl, das mehr wert ist, als deine verirrten Gedanken. Ich leide seit Jahren darunter, Henry, sehen zu müssen, daß du, an den ich immer geglaubt habe, so fürchterlich irren kannst. Seitdem ist mein Glück vorüber, ja, schrecklich genug, ich frage mich seitdem, ob mein Glück je echt gewesen ist, und seit deinen Worten vorhin muß ich fast glauben, daß du mich belogen hast und mein ganzes Glück der Glaube an eine Lüge war.«
Ihre Gedanken verwirrten sich. Trotzdem fühlte Herr Hauart den Sinn ihrer Worte.
»Was das für Reden sind!« rief er aus, »belogen! Ich dich belogen! Du warst glücklich, solange du an mich glaubtest, aber dein Glaube versagt leider gerade beim Wichtigsten, beim einzig Wertvollen, das ich je unternommen habe. Kann ich dafür, daß du kleingläubig bist, daß dein Glaube die große Prüfung nicht besteht? Daß sich triviale Gefühle bei dir melden, sobald mich das Außerordentliche beschäftigt!?«
– »Meine trivialen Gefühle gelten in erster Linie dir, und auch Henfel. Ich will dich vor einer schrecklichen Enttäuschung bewahren und den Jungen vor einem Leben, das aus nichts als Enttäuschungen bestehen muß, wenn du fortfährst, ihn zu dem außerordentlichen Menschen auszurecken, der er ganz und gar nicht ist.«
– »Warte das lieber ab!«
– »Nein! Alles in mir bäumt sich dagegen auf, weiterhin ruhig zuzusehen, wie du Unrecht auf Unrecht, Schuld auf Schuld häufst. Ich kann nicht! Ich kann nicht! Mein triviales Rechtsgefühl erträgt es nicht, und ich habe als deine

Frau die Pflicht, dich von frevelhaften Irrtümern zurückzuhalten, die niemand nützen und uns allen schaden.«
Herr Henry sprang auf. Er war nicht mehr Herr seiner selbst. Er schrie beinahe: »Deine Pflicht ist, zu schweigen! Kannst du mir nicht folgen, so bleib zurück! Kümmre dich um Hermann! Bring deine trivialen Gefühle an, wo sie am Platze sind. Ich habe mich um Besseres zu kümmern und kein Ohr mehr für dich!«
Er wandte sich um und schlug den Weg zum Abstiege ein.
Frau Klara saß wie versteinert und blickte ihm verstört nach.
»Henry!« schrie sie wie flehend auf. Und noch einmal: »Henry!«
Er setzte seinen Weg fort, als habe er ihren Ruf nicht gehört.
Sie griff sich mit beiden Händen an den Kopf. Ihre Schläfenadern schlugen so heftig, daß es um sie dröhnte. Es wurde ihr dunkel vor den Augen. Die Landschaft unter ihr schwamm wie aus Nebeln. Sie mußte sich aufrichten und an die Wand lehnen, beide Arme wagerecht an den Felsen gepreßt. Gerade über ihrem Kopfe leuchtete, parallel zu den Armen, dunkelblau: Frau Klaras Ruhe. Es war wie das Schild über dem Kreuze.
Ihr Herz war so voll Bitterkeit, daß alles Glück ihres Lebens, dieses wirkliche Glück einer gütigen liebevollen Frau, ihr wie eine schändliche, höhnische Täuschung erschien. Sie ließ plötzlich die Hände sinken und tastete nach dem Bergstock.
Sollte sie ihm folgen? Nein! Er brauchte sie ja nicht mehr.
Hatte er sie überhaupt jemals gebraucht?
In ihrem gequälten Gemüte standen wie eingeprägt die Worte von der Herrschaft des Mannes, die ihn der Zorn hatte ausstoßen lassen. Sie hatten keine andere Wahrheit gehabt, als die Momentwahrheit des Zornes. Ihr aber erschienen sie jetzt, peinvoll und fürchterlich, als die erste Wahrheit nach tausend Lügen. Und es kam der gleiche Zorn über sie, ein heißes, aufjagendes Gefühl beleidigten Stolzes und ein Ekelgefühl grausamer Enttäuschung.
Nein! Nicht ihm nach! Fort von ihm! Weg! Nur weg! Hinauf! Ins Einsame! Alleinsein! Allein!
Sie packte den Stock und lief hastig den schmalen Steg hinan, der um den Felsvorsprung herum ins Steinige führte.

Indessen schritt Herr Hauart, den Stock vorstemmend, behutsam systematisch den Weg hinab, äußerlich viel ruhiger, aber im Innern zerwühlt von Groll und Grimm. Nur mit Mühe hatte er sich gezwungen, auf Frau Klaras Ruf den Kopf nicht zu wenden. Aber seine Verbissenheit hatte gesiegt, und nun wiederholte er sich immer die Selbstentschuldigungen: Ich durfte mich nicht schwach zeigen. Je fester ich jetzt bleibe, um so gewisser wird sich bei ihr die Überzeugung einstellen, daß sie nachgeben muß. Muß! Und: ... Wenn nicht? Wenn sie wirklich im Widerspruch verharrt? ...

Der Gedanke hielt ihn an; es war, als umklammere er ihn. Im Grunde hatte doch immer die Zuversicht in ihm festgestanden, daß seine Frau schließlich nachgeben werde. Aber in diesem Augenblicke fiel wie eine körperliche Schwere die Gewißheit über ihn: es ist aus; sie wird nicht kommen.

Herr Hauart sah sich scheu um. Der Gedanke war ihm gräßlich: da oben sitzt sie nun, gramvoll allein, und wendet ihr Herz gegen dich. Die Zuflucht, die dir immer sicher war, ist dir verschlossen. Deinem Leben wird die holde Wärme ihres Lebens fehlen. Ihr Händedruck voll umfassender Treue und Güte wird dich nicht mehr beglücken.

Aber stärker, als all dies starke Empfinden, war dennoch in ihm der verbissene Entschluß, seinen »höheren« Willen durchzusetzen. Es fiel ihm das Wort Goethes an Zelter ein: »Über Gräber vorwärts!« und er setzte seinen Weg ingrimmig fort. Da drang ein furchtbarer Laut an sein Ohr: ein Schrei, gedämpft zwar durch die Entfernung, aber in der Phantasie zu einem Tone des fürchterlichsten Entsetzens qualvoll gesteigert.

Herr Hauart drehte sich in voller Wendung um und krampfte, während der Bergstock ihm entfiel, beide Hände um die Riemen seines Rucksacks. Sein Atem keuchte, seine Augen quollen vor. Noch einen Augenblick lauschte er, dann sprang er in großen Sätzen, so schnell es die Steigung nur zuließ, den Weg hinan zu der leeren Bank. Seine Knie schlotterten; er mußte sich mit beiden Händen an der Felswand weitertasten, während er, laut stöhnend und von Schwindel erfaßt, wankend den Weg um sie herum verfolgte. Er, der oft genug viel gefährlichere Steige sicher und ruhig gegangen war, glitschte bei jedem dritten Schritte aus, denn er sah nicht auf den Weg, sah nur immer den Abhang hinab, der, je mehr sich der Pfad um den Felsen rieb, um so steiler wurde. Da ... es preßte ihn an die Wand ... da, schräg unter sich, etwa fünfzig Meter in der Tiefe, sah er den Körper Frau Klaras, in kauernder Stellung angelehnt an eine schieferige Felsplatte, die hier, wo erst der eigentliche Abhang begann, wie eine Art Schutzwand aufragte.

Das Antlitz des Mannes verzerrte sich bei diesem Anblicke. Seine Lippen bewegten sich, ohne daß ein Wort von ihnen kam. In seinem verstörten Innern jagten sich die Gedanken: sie ist hinuntergesprungen ... sie ist tot ... sie ist abgestürzt ... ist bewußtlos ... ich habe sie hinunter ... getötet ... nein ... sie lebt noch, muß noch leben ...

– »Klara!! Klara!!!!«

Nichts. Keine Bewegung.

Er sah genauer hin. Das Kinn mußte wie in der Brust eingebohrt sein. Er konnte nur einen Schimmer der linken Schläfe sehen. Der linke Arm, von der Wucht des Falles hinübergeworfen, bedeckte den untern Teil des Gesichtes.

Herr Hauart blickte mechanisch hinauf zu der Stelle, von wo der Absturz erfolgt sein mußte. Er nickte mit dem Kopfe, als sei ihm nun alles klar. O gewiß, von da stürzte sichs leicht hinab. Man brauchte nicht einmal ganz zu wollen; dort brauchte man dem Tode nicht in die Arme zu springen, man konnte sich fallen lassen, brauchte sich nur etwas hinüberzuneigen vom Gestein weg ... »Von mir weg!« stöhnte der unglückselige Mann und schlug beide Hände vors Gesicht.

Er wußte: sie war tot. Er wußte es, obwohl es durchaus nicht so sein mußte. Er wußte den ganzen Hergang. Er sah ihn vor sich, sah seine Frau vor ihm wegfliehen ins Einsame. Sah ihren verdunkelten Blick, wie er dort vom Gesteinfelde weg, das sich öde nach oben dehnte, hinüberirrte ins Leere, Tiefe, fühlte am eigenen Herzen diesen jähen Druck, sah sie plötzlich stehen, wanken, fallen – es war ein Augenblick der Finsternis, kein Wollen, nur ein Schwinden, – Hingabe, wie alles bei dieser wunderbaren Frau.

Und er stand und stand; und sah die Tote und ihren Tod; und sah ihr gemeinsames Leben und ihr Glück; und sah all ihre Liebe und Güte und Klarheit; und sah, daß sie recht ge-

habt mit ihrem großen und echten Gefühl einer eingeborenen Mütterlichkeit. Hellseherisch geworden unter dem Schatten eines Geschickes, das sich nun auch an ihm vollziehen würde – er fühlte es als eine gewaltige, strenge und gute Notwendigkeit –, erblickte er vor sich wie im Gewebe eines blaßfarbigen blumendurchwirkten Teppichs die schöne Folgerichtigkeit ihres Gefühlslebens und daneben wie auf einem grauen Gesträhne groben Fadengewirrs mit grellen Lappen überflickt das verworrene Gehaspel seiner verstiegenen Konstruktionen. Er sah, daß er alles verloren hatte, aber dieses Verlorene war nun nicht seine Überzeugung, sondern seine Frau. Von seiner Aufgabe war er befreit. Die Last eines unsinnigen Wollens war von ihm genommen worden, eine Lichtung geschlagen in das Gestrüpp seiner alles Natürliche überwuchernden Gedankenwelt, und da hinein schwoll ein wunderbares Gefühl schmerzlich wonnevoller Gehobenheit. Es war ihm, als hörte er, wie in einen ungeheuren Choral heilig heiterer Inbrunst zusammengefaßt, alles auf einmal, was ihm je der Mund seiner Frau aus den Offenbarungen Mozarts verkündet hatte. Die göttliche Tiefe, Güte, Liebe, Ruhe, Heiterkeit einer innigen und großen Frauennatur und dieselben Gnaden aus dem genialen Herzen eines weltverklärenden Künstlers ergossen sich in einem brausenden Überschwall zusammen in sein Herz, das nun doch einmal die Wonnen mystischer Ergriffenheit empfinden durfte in einem ungeheueren Augenblick schöpferischer Ahnung. Er erkannte die Notwendigkeit seines Todes für sich und den jungen Menschen, der durch ihn zu einer Fratze geworden war.
Er sprang in die Tiefe, in die sich Frau Klara hatte fallen lassen.

Der geborene Herr und der geborene Dienstbote

Als Henfel gegen Abend von seinem Reviergange zurückkehrte und die Eltern nicht zu Hause fand, war ihm das zwar einen Augenblick fatal, weil er ihnen gerne seine Eindrücke geschildert und damit, wie er glaubte, Beifall gefunden hätte, denn er war voller Munterkeit und wirklich ganz erfüllt von dem, was er alles gesehen hatte, aber schließlich war es ihm auch ganz angenehm, daß er allein bleiben durfte. Die Stimmung der Eltern in den letzten Tagen hatte ihn doch bedrückt, und er sagte sich: Je länger sie wegbleiben, um so mehr ist zu hoffen, daß sie mit besserer Laune zurückkehren. Wie er dann so allein tafelte, herrlich erfrischt von dem langen Gange im Walde und auch wundervoll hungrig davon geworden, überkam ihn sogar der Gedanke: wie schön wäre es doch, wenn ich öfter einmal so für mich sein könnte, der alleinige Gebieter im Hause, ganz ungezwungen, nicht genötigt, immerzu aufzupassen, zu antworten, zu erwägen. Famos wäre das!

Er scherzte ausgelassen mit der Dienerschaft und verblüffte alle mit seiner Gewandtheit, oberbayerisch zu reden. Wunderte sich auch selbst darüber, wie schnell ihm das angeflogen war. Fidel zumute wurde ihm bei diesen Leuten, und in diesen niedrigen Zimmern war ihm heimisch wohl. All das hier gefiel ihm von Grund aus. Er ließ sich eine Flasche Wein bringen, für die Dienstboten reichlich Bier holen und begab sich, halb mit einem Air von Herablassung noch, halb aber schon wirklich gemütlich, in die Kutscherstube, wo der alte Toni gleichzeitig eine Ziehharmonika und den »Fotzhobel« (Mundharmonika) mit großer Virtuosität handhabte, während Kaspar, der Jägerbursch, auf der Zither fingerierte und Nandl, das eingeborene Küchenmädl, den rechtschaffen verliebten Text dazu sang. Es dauerte nicht lange, und es drehten sich mit gnädiger Erlaubnis des jungen Herrn die Paare in dem niedrigen holzgetäfelten Raume, und des Juchzens war kein Ende. Henfel kam sich wie ein König im Kreise seiner Untertanen vor und ließ Huldbeweis auf Huldbeweis so unablässig folgen, daß schließlich Männlein und Weiblein ihren kleinen Rausch weg hatten, Henfel aber einen großen. Die Gaudi erreichte ihren Höhepunkt, als der junge Herr sich herbeiließ, Unterricht im Schuhplattln zu nehmen und sein lederbehostes Hinterteil mit ebenso vehementer wie komischer Ausdauer klopfte.

Die Folge dieser Leibesübung und des überreichlich genossenen Weines war, daß er am nächsten Tage nicht, wie bestimmt gewesen, um acht, sondern erst um elf Uhr aufstand. Er war recht froh, daß die Eltern noch nicht zurück waren, und begab sich nach eingenommenem Frühstück schleunig auf den anbefohlenen Reviergang. Bewegung in freier Luft war ihm recht nötig, denn er fühlte sich (und durfte das im eigentlichsten Sinne) ganz zerschlagen und lernte zum ersten Male Reue und Leid in Gestalt des Katzenjammers kennen. Der wollte leider auch im Walde nicht vergehen, und so kürzte Henfel den Reviergang ab. Es war noch nicht vier Uhr, als er wieder zu Hause eintraf, eine wohlgesetzte Rede fertig ausgearbeitet im jämmerlich flauen Kopfe, mit der er den Eltern seine kleine Ausschweifung und ihre Folgen in angenehmer Färbung beichten wollte. Daß sie immer noch nicht da waren, paßte ihm wiederum, denn das enthob ihn dieser jetzt wenig verlockenden Übung. Er machte sich keinerlei Gedanken über ihr weiteres Ausbleiben, aß schnell und legte sich auf das einladende alte breite Kanapee schlafen.

Als er erwachte, war es schon dunkel, und er bemerkte eine gewisse Unruhe im Hause. Es mußte wer vor der Tür auf dem Gange sein. Richtig: der alte Toni und Kaspar, die, entsprechend seiner gemessenen Weisung, nicht gewagt hatten, ihn zu wecken.

– »Was ist denn los?«

– »Ja, junger Herr, die Herrschaft is alleweil no net zruck; mir moana halt, ob net am End ...?«

– »Was denn? – Sie werden eben noch eine Nacht oben bleiben!«

– »Naa, des glaab i net, junger Herr. Sie ham net so viel Furasch bei eahna.«

– »Hm. Ja. Was soll man denn da tun?«

– »Aufsteign muaß ma halt.«

– »Jetzt, bei der Finsternis?!«

– »Mit Laterna halt. Am End sans am Weg, und da kunnt ma si scho verlaffa bei der Nacht, oder gar derschtürzen.«

– »Was?« – Henfel erschrak, aber nicht eigentlich sehr. – »Ist der Weg denn gefährlich?«

– »Net grad gfährli, beilei net, aber halt bei der Nacht, und wos jetzt regnt, da san d Weg natürli rutschi, und drobn bei der Bank is net fein gehn bei rer solchenen Glättn.«

– »Aber natürlich muß dann jemand hinauf! Macht schnell! Ihr zwei kennt ja den Weg.«

– »Mir zwoa san net gnua, da müassn no zwoa her.«

– »Also dann nehmt noch zwei mit!«

– »Mir moana halt, ob net der jung Herr selber ...?«

Henfel runzelte die Stirne; er hörte einen Vorwurf heraus. – »Ich bin euch dabei nur hinderlich, und dann, ihr wißt es doch, ich bin nicht wohl, kann kaum die Glieder rühren, habe furchtbar Kopfweh und, außerdem, das ganze ist wahrhaftig nicht nötig. Papa und Mama kennen den Weg und wissen so gut wie ihr Bescheid, daß man nicht abends absteigt. Aber ihr müßt natürlich trotzdem gehen. Es gehört sich, wenn es auch Unsinn ist.«
Die beiden schüttelten die Köpfe. So sehr ihnen Henfel gestern gefallen hatte, so wenig gefiel er ihnen heute.
»Kopfweh hat er?« sagte draußen Kaspar mit ironischer Betonung. »Koa Schneid hat er.«
»Und koa Gmüat aa net«, meinte Toni. Dann überlegten sie, wen sie noch mitnehmen sollten. Vom Kutscher und dem Diener hielten sie als »halbetn Stadtfrack« nicht viel. Sie beschlossen also, ins Wirtshaus zu gehen und sich dort ein paar ordentliche Leute zu holen.

In der Post gings recht lebhaft zu, als sie, natürlich nicht ins Herrenzimmer, sondern in die Kutscherstube, eintraten. Da saßen mit ein paar Knechten und einer Schar Schüler von der Geigenbauschule zusammen Hermann und seine Kommilitonen und übten sich im Agitieren.
Als Toni und Kaspar mit den Laternen eintraten, hatte Hermann gerade eine längere Auseinandersetzung über die ungerechte Verteilung der Glücksgüter beendet, und es kämpften etwa zwanzig Stimmen in lebhaftem Für und Wider gegeneinander an. Schließlich gewann die eines alten Knechtes die Oberhand.
»Kruzitürken«, rief der und haute auf den Tisch, daß die Krüge tanzten, »jatzt seids amal stad, daß i aa was sagn ko.«
»Jessas, das Summerl!« schrien ein paar; und ein paar andere: »Maul halten! Stad sei!« Und das Summerl sprach: »War scho recht, wenns anderschter war; war scho recht. Mir kunnts freili recht sei, mir scho! Af mi is bei dera Verteilung kam so viel kemma, wiar a dreckets Scheit feichtenes Holz.«
Allgemeines Gelächter.
Aber Summerl fuhr unbeirrt fort: »I hob mir aa scho denkt: Kruzitürken, hob i mir denkt, dees is a Bschiß, daß i net der

Kini in Mingka bi, oder der Grundhuberbauer drent, oder dem Pfarrer sei Köchin.«
Stürmische Heiterkeit.
Aber Summerl fuhr ernsthaft fort: »Überhaupts: was i mir scho alles denkt hab. Akrat so saudumme Gscheitheitn wia der jung Herr da, der Gschtudierte. No! Mei dreckets Scheit feichtenes Holz is kaa Kerschbaam wordn von meine gscheitn Gedanken. Aber in d Haxn einighaut hob i mi amal, wiar i so saudumm daher denkt hab beim Holzklaum, und seit derer Zeit bin i a hinketer Teifl und daß die gar Gscheitn für mi denken. Weils do koa Holz net klaum kinnas eahna a net in d Haxn einihaun.«
Hermann hatte eine bündig überzeugende Antwort auf diese lebhaft akklamierte Stimme aus dem Volke sofort in Bereitschaft und hob alsogleich an: »Das ist ja gerade der furchtbare Fehler ...« Aber Summerl winkte ab und rief: »Na, na, nix Fehler und nix furchtbar. Gar net furchtbar is, daß i mei dreckets Hölzl hab und der Grundhuberbauer an Stall voll Ochsen und an schwarn Sack voll Markln. Es is halt a so, weils halt a so is. Und warum is a so? No, dees kinna mir m Himmivater sei Sach sei lassn, moan i. Drobn bei eahm werd sis ja zoagn, wer das bessere Teil erwählet hat« (das sprach Summerl hochdeutsch), »i, oder der Grundhuberbauer. I möcht net in dem seim Pechhafn sitzn, i net! Oans is amal gwieß: aus Dreck sam ma allsamt, und die recht Gaudi geht erscht o, wenns gar is mit dem drecketn Gfrett auf der Erdn. Darum seids fein staad, ihr Gscheiterln nehmts enkena dreckete Hölzln auf enk, wia der Herr Jesus sei bitter schwars Kreuz, und denkt an ein fröhliches Sterben! Kruzitürken, wanns mi amal einscharrn, will i an Hupfeter doahn mit meine hinketen Boaner und an Juchzer, daß sis der Himmivater scho gspürn soll: dem altn Summerl bin is Himmireich schuldi!«
Bis hierher hatte der alte Toni, selber interessiert, zugehört, ohne seine Angelegenheit vorzubringen. Nun aber, wie Hermann nochmals den Versuch wagen wollte, dem alten Evangelium Summerls sein neues entgegenzusetzen, trat er vor und tat Sachlage und Wunsch kund. Kaum, daß er geendet hatte, sprang Hermann auf und rief aus: »Ich gehe mit und alle meine Kameraden mit mir! Ihr kommt doch mit, nicht?«

»Aber natürlich!« riefen alle aus. »Los! Laternen her!«
Ein schwarzhaariger Student mit großen, wilden, dunklen Augen, eine richtige Carbonaro-Erscheinung, rief mit seltsam schnarrendem Baß: »Auf, lasset uns gehen, den reichen Mann suchen, da er in der Klemme sitzt!«
Aber Hermann verbat sich den Ton der Travestie. »Laß solche Späße, Ludwig! Ich fürchte, der Anlaß ist sehr ernst ... Frau Klara jetzt, in diesem Wetter, dieser Dunkelheit draußen, womöglich verirrt oder gar abgestürzt! ...Schnell! schnell! wir müssen auch Tragbahren mitnehmen, Lebensmittel, Verbandzeug, Wein! ... Gottlob, daß wir zwei Mediziner unter uns haben! Macht! macht! wir dürfen keine Minute verlieren!«
Seine Worte befeuerten die übrigen. Die Knechte brachten alles Nötige herbei, und nach einer Viertelstunde machte sich der Trupp Studenten unter Tonis und Kaspars Führung auf den Weg.

Henfel würde den Zug haben sehen können, wenn er nicht eben bei Nandl in der Küche gewesen wäre, das Abendessen zu bestellen, wobei er gleichzeitig eine Bestätigung seiner Meinung zu vernehmen hoffte, daß das Ausbleiben der Eltern nicht so bedenklich sei. Diese Hoffnung täuschte ihn nicht. Nandl redete ihm gerne nach dem Munde, und auch die alte Mittenwalder Köchin pflichtete bei: »Der Toni is allwei a Gschaftlhuber gwen. Mei! D Herrschaft werd net so narrisch sei und bei der Nacht abisteign. Dö san ganz gmiatli af der Hüttn, und morgen in der Fruah sans da, kreuzfidel. Gehgns nur fei bald schlafn, junger Herr, und machens eahna durchaus gar koane Gedanken net. I koch eahna an Glühwei, a recht an starkn, mit recht viele Nagerln, des beruhigt s Gmüat.«
Henfel nahm diese Absicht leutselig entgegen, bedurfte aber einer Gemütsberuhigung eigentlich schon gar nicht mehr. Nandl und die Köchin waren ihm in dieser Sache Kapazitäten, da sie seiner Meinung waren. Immerhin nahm er von dem wohlschmeckenden heißen Getränk gerne so viel zu sich, daß er vor bleierner Müdigkeit nicht imstande war, sich selbst zu entkleiden und sofort in einen dumpfen, tiefen Schlaf fiel, als der Diener die Bettdecke über ihn gebreitet hatte.

Dieser schwere Schlaf hatte keinen Traum.
Als aber draußen der Morgen graute, war es dem Schlafenden als schlüge etwas dumpf gegen seine Brust, – einmal ... zweimal ... dreimal. Ohne zu erwachen, aber im Schlafe erschreckend, wandte er sich gegen die Wand. – Da, was war das? Was dröhnte denn auch da so hohl und hallend? Dem Schlafenden war, er sei in einem tiefen Keller voll ungeheuerer Fässer, in denen Leute verborgen sein mußten, die mit schweren Hämmern gegen die Innenwände schlugen ... Da! Die Fässer barsten, und prasselnd fielen die Dauben auseinander, und schleifende Schritte gingen hin und wieder, und die unsichtbaren Schreiter stöhnten und stöhnten.
Schweißüberströmt vor Schreck fuhr Henfel entsetzt in die Höhe und riß die Augen auf. Er wachte ... ja ... aber der dumpfe Lärm ... das war doch Traum ... nein! nein! ... es klopfte an der Türe ... er hörte Stimmen ... Schluchzen ... Jammern ...
Henfel brüllte auf: »Was is denn?«
– »Junger Herr!«
– »Laßt mich doch schlafen!«
– »Junger Herr! Aufmachen! O Gott! O Gott!«
– »Was ist denn los?!«
– »Der gnädig Herr ... die gnädig Frau ...«
Ein fürchterlicher Schreck riß Henfel aus dem Bette. Er rannte zur Türe und schlug lang gegen sie hin, weil er auf sein Nachthemd getreten war.
Erst dieser Fall machte ihn ganz wach. Er tastete nach dem Riegel und öffnete, am ganzen Leibe zitternd. Draußen stand, totenbleich, Nandel im Unterrock, die immerzu geklopft hatte, und sah ihn mit hervorquellenden ganz starren Augen an.
»Wo?!« keuchte Henfel.
»Drent!« antwortete das Mädchen und wandte den Kopf scheu nach der Treppe. Dann lief sie, wie gehetzt, die Stiege zu ihrer Kammer hinauf, ein Kreuz nach dem andern schlagend.
Henfel stürzte die Treppe hinunter zur Diele, woher ein scharrendes Geräusch drang und ein Gemurmel, das etwas Entsetzliches hatte in dem halbdunklen Hause. Henfel sah nur einen grauen Streifen Licht von der Haustür her und gelbe schwankende Punkte um etwas Dunkles, Langes.

Henfel warf sich darüber hin. Zwei Arme zogen ihn weg.
– »Nicht aufdecken, Henfel! Komm! Dort hinein!«
Henfel sah Hermann ins Gesicht.
– »Nein! Ich will! Ich muß!«
Aber Hermann hielt ihn fest, indem er sich zu seinen Freunden wandte: »Tragt sie dort hinter. Wartet nicht auf mich. Ich bin hier nötig.«
Henfel ließ sich ins Speisezimmer führen, wo noch der unabgedeckte Tisch stand und eine unreine Luft voller Speise- und Weingerüche war. Es wandelte ihn Übelkeit an. Er fiel in einen Stuhl und heulte laut auf.
Plötzlich sprang er in die Höhe und schrie: »Was soll aus mir werden?! Was soll ich jetzt tun? Ich weiß ja gar nicht... Ich habe ja niemand . . . O Gott! O Gott!«
Er lief jammernd im Zimmer herum.
Hermann fand keine Möglichkeit, ihm vernünftig zuzureden, und mußte es einstweilen für das Beste halten, ihn sich austoben, sich abmüden zu lassen.
So leid ihm der Bursche tat, im Grunde widerte ihn sein Gebaren an. Denn was er hier vor sich sah, war nicht die wilde Pein eines tiefen Gefühles, nicht die qualvolle Erschütterung eines liebevollen Herzens, nicht das gewaltige Leiden eines Menschen, der angesichts des Todes zweier geliebter Menschen im intensivsten Schmerze nochmals aufs innigste durchempfand, was er je für die Verlorenen gefühlt hatte – es war keine letzte und darum tiefste Hinwendung zu den Toten, sondern lediglich ein wüstes, haltloses, schmähliches Bejammern seiner selbst.
Erst, wie sich das ausgetobt hatte, begann er, halb larmoyant, halb pathetisch, aufzuzählen, was alles er mit diesen Eltern verloren habe und wie unwürdig er alles dessen gewesen sei.
Plötzlich: »Laß mich zu ihnen! Ich muß mich vor ihren Leichen hinwerfen. Abbitte leisten muß ich ihnen, daß ich sie von fremden Händen habe holen lassen. Ich muß ihr Antlitz sehen, ihnen die Augen schließen muß ich! Nur von mir darf ihnen das geschehen!«
Hermann, überanstrengt von den ungewohnten, alle seine körperlichen und seelischen Kräfte angreifenden Mühen und Eindrücken dieser Nacht, war nicht imstande, den Gefühlsuntergrund aus diesen Worten herauszuhören. Er vernahm nur leere, hallende Worte und die Absicht, noch ein

letztes Mal zu posieren. Daher antwortete er hart und verächtlich: »Erspar dir den Anblick! Was du jetzt tun willst, ist bereits geschehen. Von fremden Händen, die es wohl tun durften, weil sie mehr getan haben. Ich habe Frau Klara die Augen zugedrückt. Ich! Auch deinem Vater habe ich diesen letzten Dienst erwiesen. Beklage dich nicht deshalb! Du hättest es sicherlich nicht getan, denn deine Augen sind schreckliche Anblicke nicht gewöhnt, wie die meinen, die sie vom Leben her kennen. Aber ich kann dich nicht hindern, hinzugehen und zu sehen. Vielleicht ist es auch gut für dich. Geh, wenn du dich stark fühlst!«

Er wies auf die Tür zu dem Zimmer, in dem die Bahren standen.

Henfel tat ein paar Schritte dorthin, dann blieb er stehen: »Ist es – furchtbar?«

– »Das kommt auf dich an!«

– »Sind sie sehr – entstellt?«

Hermann zuckte mit den Achseln.

Henfel ging zur Türe und drückte auf die Klinke, ließ sie aber sogleich los. Die Türe öffnete sich weit und schlug dumpf gegen die vorstehende Ecke eines Schrankes. Man sah mitten im Zimmer die zwei Bahren nebeneinander stehen, an jedem Kopf- und Fußende eine Laterne. Unter dem groben dunkelblauen Kotzen hoben sich deutlich die Köpfe und Füße ab.

Henfel taumelte zurück.

»Nein! nein!« schrie er auf. »Mach die Türe zu! Die Türe zu! Ich kann nicht, kann nicht!« Er wandte sich um und fiel in einen Stuhl, die Hände weit von sich auf den Speisetisch streckend, daß das Geschirr aufklirrte, und das Gesicht platt auf die Tischdecke legend.

Hermann schloß die Türe.

»Du mußt mich verachten«, stöhnte Henfel.

»Laß das!« antwortete kurz Hermann. »Ich bin bereit, dir jetzt zu helfen, wenn du mich nötig hast. Irgend jemand muß dir jetzt zur Seite stehen, denn es ist allerhand zu tun. Hast du jemand, den ich herbeiholen kann, aus München vielleicht, oder Verwandte deiner Eltern, an die zu telegraphieren ist, so will ich es besorgen.«

Henfel sprang auf: »Um Gottes willen, Hermann, geh nicht fort! Bleib bei mir! Ich habe niemand! niemand! Nur dich, nur dich!«

Plötzlich kam es wie eine Erleuchtung über ihn. Er öffnete die Augen weit und ergriff Hermanns Hand: »Du bist ja mein Bruder!«
Hermann trat einen Schritt zurück: »Was soll das heißen?«
Aber Henfel fiel ihm um den Hals und schluchzte. »Stoß mich nicht von dir! Du weißt es so gut wie ich, daß wir Brüder sind. Und wir wollen von jetzt ab als Brüder zusammen leben. Was sollte ich ohne dich auch tun? Niemand gehört zu mir, nur du!«
Hermann nahm Henfels Arme leise von seinen Schultern, ergriff aber seine rechte Hand und drückte sie, indem er sprach: »Nein, Henfel, wir gehören nicht zusammen, obgleich wir Brüder sind. Ich kann darüber jetzt nicht alles sagen. Nur dies: es wäre gegen den Willen unseres Vaters, wollten wir unseren Weg zusammen gehen. Du trägst seinen Namen, ich nicht. Du gehörst zu den Reichen, ich zu den Armen. Dein Weg wendet sich nach oben, der meine nach unten. Wir müssen uns also notwendig trennen.«
»Nein! nein!« rief Henfel aus und hielt Hermanns Hand umklammert fest: »Wüßte Papa, was du jetzt an mir getan hast, er würde es selbst wünschen, daß du bei mir bleibst und mich führst. Ich kann ja noch nicht allein gehen, ich fühls. Ich bin ja verloren ohne Führung!«
– »Dafür wird gesorgt werden. Du hast in Hamburg ›richtige‹ Verwandte, die auch staatlich dafür gelten; die werden dich schon behüten.«
– »Aber ich will nicht! Ich will dich! Was gehen mich die Verwandten an, von denen Papa nie ein Wort zu mir gesprochen hat? Sie sollen nur kommen! Ich brauche sie nicht. Ich habe dich!«
Das war schon wieder der trotzige junge Herr.
Hermann schüttelte den Kopf: »Darüber werde ich dich aufklären, wenn du ruhiger bist und wir alles Nötige besorgt haben, was jetzt geschehen muß. Bis dahin lasse ich dich nicht im Stich. Aber ich bitte dich: komme nie wieder auf solche Gedanken zurück, wie vorhin. Du wirst sie ohnehin bald vergessen haben.«
Henfel schwur, daß dies nie der Fall sein werde, aber Hermann machte seinen Beteuerungen schnell ein Ende, indem er ihm entwickelte, was jetzt zu geschehen habe.
Aufstöhnend bat ihn Henfel, ihm alles dies nach Möglich-

keit abzunehmen und jede notwendige Verfügung selbständig zu treffen. Er selbst sei ganz und gar unfähig, irgend etwas zu tun, und möchte am liebsten keinen Menschen außer Hermann hören und sehen.

Es kam in der Tat eine dumpfe Willenlosigkeit über ihn, und er gelangte in den nächsten Tagen über ein dumpfes Hinbrüten nicht hinaus, während Hermann, sicher und richtig disponierend, erst in Mittenwald, wo auch die Beerdigung stattfinden mußte, und dann in München alles Nötige anordnete und in die Wege leitete. Seine letzte Handlung für Henfel war, nachdem das Vormundschaftsgericht als einzigen Verwandten des jungen Erben Herrn Jeremias Kraker in Hamburg aus den Papieren des Verstorbenen eruiert hatte, ein an diesen Herrn mit Henfels Unterschrift abgesandtes Telegramm, das ihm den Tod des Ehepaares durch Absturz in den Alpen meldete und ihn bat, sich in München zur Verfügung des Vormundschaftsgerichtes zu stellen.

DER GEFRORENE CHRIST

Herr und Frau Kraker

Herr Jeremias Kraker war ein strenger Lutheraner. Selbst auf seinem Kontorschreibtische stand ein gipserner protestantischer Christus mit ausgebreiteten Armen, und er unterließ es nie, auf die erste Seite eines Geschäftsbuches mit seinen klaren Kaufmannszügen zu schreiben: Mit Gott (rot unterstrichen).

Trotzdem war sein erster Gedanke, als er das Telegramm gelesen hatte: Das schöne Geld! Der nächste Gedanke aber schwenkte bereits ins Religiös-Moralische ab: In den Alpen! Natürlich! Der gottlose Übermut! Immer hinauf! Immer hinaus aus den Schranken der Demut! So führte Satanas selbst Christum auf den Gipfel eines Berges.

Dann ein kurzer Schreck: War es nicht am Ende gar Selbstmord? Beide! Endigen Weltkinder nicht oft ein Leben des Frevels mit einem Frevel, der der Frevel aller Frevel ist? Müssen solche Menschen nicht in Verzweiflung untergehen?

Jetzt meldete sich nun aber doch Christus zum Worte: Richtet nicht, auf daß ihr nicht gerichtet werdet!

Herr Jeremias neigte demütig sein Haupt: Friede ihrer Asche! Mein ist die Strafe, spricht der Herr.

Und nun wieder der Geschäftsmann: »Henry Felix Hauart«, das heißt: der Erbe. Wäre der nicht da, so fielen die zehn Millionen an uns ...

Pfui! warf der Christ prompt ein, denk an das Wort von den Motten und dem Rost!

Ja doch, ja, meinte der Kaufmann, aber – zehn Millionen! Und ich habe zwei Kinder. Nicht an mich denk ich ja (hier soufflierte schon wieder der Christ), sondern an sie, denen das Geld von Gottes und Rechts wegen gehört, da sie wirklich Blutsverwandte des Verstorbenen sind, während dieser hineingeschneite Irgendwer ... Oh, ich weiß wohl, warum er ihn adoptiert hat! Aus Bosheit gegen uns, weil wir ihm seine unanständige Ehe verdacht haben! ... Es war am Ende doch wohl unklug. Wer weiß, ob er nicht, wenn wir uns zu ihm gehalten hätten, schließlich doch ... oder auch die Frau selbst ... aus Dankbarkeit gewissermaßen ...?

Nein! erhob sich gestrenge der Christ. Es war moralische Pflicht! Schäme dich, Jeremias! Wenn du jetzt Einbuße erleidest an irdischen Gütern – es wird dir gutgeschrieben im großen Grundbuche der ewigen Gerechtigkeit, für die du diese Prüfung auf dich genommen hast.
Prüfung! Ja, das wars. Eine Prüfung des Rechtschaffenen nach dem Sinne des Wortes: Die Gott liebet, züchtiget er.
Der Christ war guter Dinge, aber auch der Kaufmann partizipierte daran. Denn, so dachten Christ und Kaufmann zugleich: Die Gerechtigkeit gewinnt die Krone – und manchmal schon hienieden.
Herr Jeremias Kraker, froh, wieder einmal den guten Kampf siegreich bestanden zu haben, verließ das Kontor, obwohl die Geschäftszeit noch nicht aus war, und ging nach Hause zu seiner Frau, die nicht weniger fromm war, als er. Sie hatte sich ihm in ihrer langen Ehe, wie innerlich, so auch äußerlich angeähnelt. Man hätte sie für Geschwister halten können, diese beiden langen dürren Menschen mit scheinbar geschlechtslosen Zügen, die ebensogut beide in Männerkleidern oder beide in Frauenröcken hätten gehen können, so neutral sahen sie aus. Beide waren schmallippig, scharfnasig und auch im Gesichte von sparsamer Fleischentfaltung. Verschieden waren nur die Augen, aber auch nur in der Farbe (braun bei ihm, blau bei ihr), nicht im Ausdrucke. Denn der Ausdruck war bei beiden streng, kalt und dennoch von einer gewissen Demütigkeit. Man kann das Phänomen bei Pietisten der mehr verstandesmäßigen Richtung, wo der mystische Einschlag nur schwach oder gar nicht entwickelt ist, häufiger beobachten.
Frau Kraker war zu ihrem Leidwesen in der Taufe mit dem Vornamen Susanna behaftet worden, den sie im Grunde ihres Herzens beinahe für unanständig hielt, ja für eine Art Ärgernis, weil man bei ihm leicht an eine unbekleidete üppige Frauensperson denkt. Sie bestand deshalb darauf, daß ihr Mann sie Sanna nannte. Diese Abkürzung, meinte sie, nahm dem Namen seine Indezenz, ja gab ihm sogar etwas Strenges. Systematische Frömmigkeit, als welche nicht mit dem gemeinen gefühlsmäßigen Frommsein zu verwechseln ist, macht in allen Dingen, die irgendwie mit der Erbsünde zusammenhängen (und, ach, wie schrecklich viele solcher Dinge gibt es!), schmerzhaft empfindlich.

»Sanna«, sprach Jeremias, »was sagst du dazu!« Und er reichte ihr das Telegramm.

Sanna, die sich zum Lesen eines in Stahl gefaßten Zwickers bediente, dessen dünne schwarze Schnur sie über das linke Ohr zu legen liebte, wenn sie ihn auf ihrem schmalen Nasenrücken befestigte, bewehrte ihre Augen und las.

»Tja«, sagte sie, indem sie den Zwicker wieder abnahm und ihren Mann forschend ansah: »Schrecklich.«

»Wohl schrecklich!« meinte Jeremias.

»Tja«, sagte Sanna und starrte vor sich hin, »und all das schöne Geld!«

»Man darf nicht daran denken!« sagte ganz leise Jeremias.

»Tja«, sagte Sanna und las die Botschaft aufs neue.

»Eine Prüfung!« bemerkte Jeremias.

»Wohl eine Prüfung!« sagte Sanna. »Das wäre nun alles an uns gefallen . . .«

»Sanna,« vermahnte der Mann, der den Kampf bereits siegreich bestanden hatte, »wir Christen besitzen, gottlob, die Richtschnur durch das Gewirre der Versuchungen. Auch in Gedanken sündigen ist Sünde. Wir müssen durchhalten! Für uns gibt es nur ein Wort jetzt . . .«

Herr Jeremias fand es nicht.

»Gottes Wille!« meinte Sanna.

»Sicherlich!« bestätigte Jeremias, »denn sein Wille ist geheiliget für und für. Aber ich meine ein anderes.«

»Welches, Jeremias?« fragte fast ängstlich die Gattin.

»Abwarten!« antwortete der Gatte.

– »Wie meinst du das?«

– »Nun ja, der Junge wird zweifellos in meine Vormundschaft gegeben.«

– »Um Gottes willen, Jeremias.«

– »Ich kann aus Gründen des Gesetzes nicht ablehnen, soviel ich weiß, weder wenn der Verstorbene mich selbst zum Vormund bestimmt hat, was ich aber nicht glaube, noch, wenn mich das Vormundschaftsgericht dazu ernennt, falls kein Vormund von ihm bestimmt worden ist. Aber ich will es auch nicht ablehnen. Denn, Sanna, dies ist die höchste Prüfung! – Du verstehst mich?«

– »Es ist gräßlich!«

– »Nicht so, Sanna! Eine Prüfung Gottes ist nicht gräßlich. Aber schwer, ja, und diese hier ist voller Versuchungen.«

– »Tja!«
– »Denn des Menschen Herz ist böse von Grund aus. – Es wird mir schwerfallen, diesen Jungen zu lieben, Sanna – ich fühle es. Ich werde mich manchmal über dem sündhaften Gedanken ertappen: Dieser da hat geraubt, das den Meinigen gehört von Gottes und Rechts wegen!«
– »Tja!«
– »Aber ich werde diesen Gedanken weit von mir weisen, und des Wortes Christi gedenken: . . .«
Es fiel ihm nicht gleich ein, und er fuhr fort: »Pflicht! Sanna, Pflicht und Demut! Und ich werde die Liebe aus mir empor zwingen, denn sie ist das Köstlichste von allem, und ich werde ihn zu einem rechten Christen erziehen und die Furcht Gottes in seine Seele senken, und so wird er vielleicht selbst eines Tages das Unrecht gut machen, das sein Vater an uns begangen hat.«
– »Gott gebe es, Jeremias!«
– »Er wird, Sanna, er wird! Tue nur auch du deine Pflicht als Christin, überwinde das Böse, Sanna, und zwinge die Liebe in dir empor, sie, die das Köstlichste ist auf Erden und Früchte bringt hundertfältig, wenn nicht hier, so dort!«
– »Ich will es, Jeremias! Der Knabe soll eine christliche Mutter an mir haben. Ja! Ich fürchte sehr, daß er bis jetzt . . .«
– »Lassen wir das, Sanna! Werfen wir unsere Zuversicht auf Gott! Bereite unsere Trauerkleider und packe den Koffer. Der Nachtschnellzug geht 10 Uhr 25 Minuten.«
Frau Sanna klingelte das Dienstmädchen herbei und disponierte mit der ganzen Sicherheit einer deutschen Hausfrau strenger Observanz über alle die Gegenstände, die ihr für die Reise nach München nötig erschienen.
Plötzlich unterbrach sie sich: »Jeremias! Wenn er gar nicht getauft wäre!«
Jeremias starrte sie an, als hätte sie ihm etwas Schweres ins Gesicht geworfen.
– »Was redest du da! Gar nicht getauft?«
– »Oder am Ende – katholisch!«
– »Das . . . das wäre ja furchtbar!«
In seinem Entsetzen höhlte Jeremias das u zu einem o aus und sagte: forchtbar.
– »Aber wie kommst du nur auf so entsetzliche Gedanken, Sanna?«

– »Dem Verstorbenen ist alles zuzutrauen, Jeremias! Ich dächte, wir hätten schon Schändliches genug mit ihm erlebt. Diese ganze Adoption . . .«
– »Bosheit, Sanna, Bosheit!«
– »Vielleicht auch doch noch anderes! Vielleicht ist dieser Junge eine Frucht früherer Ausschweifungen Henrys oder gar« (Frau Sanna wurde zur Meduse) »dieser Komödiantin!«
– »Dann ist er wenigstens zuverlässig protestantisch getauft. – Nun, wir werden ja sehen! Eins ist gewiß: und wenn er in allen Irrtümern der Welt aufgewachsen wäre: ich will einen rechtschaffenen lutherischen Christen aus ihm machen, mit Gottes und deiner Hilfe, Sanna! Das sind wir ihm, den die Vorsehung nun an unsere Brust gelegt hat, schuldig, aber auch den Unseren, denen er kein Ärgernis werden darf. Sie sind ohnehin nicht so stark im Glauben, wie ich wohl wünschen möchte.«
– »Sie ringen, Jeremias, aber ich stehe ihnen bei, und so werden sie unverwundet aus dem Kampfe hervorgehen. Ich habe dich schon öfters gebeten, in diesem Punkte mehr christliche Zuversicht zu bewähren.«
– »Schon gut, Sanna; wir wollen uns am allerwenigsten jetzt nochmals darüber auseinandersetzen, wo uns eine neue Arbeit an einer jungen Seele auferlegt worden ist. Aber auch in diesem Augenblicke rufe ich dir zu: Sei wach! Deine mütterliche Liebe macht dich für manches blind, was mein Vaterauge mit Sorge wahrnimmt.«
Frau Sanna nahm diese Vermahnung nicht mit vollkommener Christendemut auf, zuckte vielmehr nicht ohne Hochmut die Achseln, als wollte sie sagen: überlasse das gefälligst mir; ich dürfte wohl in den Seelen unserer Kinder besser Bescheid wissen als du, und überdies ist das mein Ressort.

Karl und Berta

Frau Kraker war nämlich reichlich stolz auf ihre Kinder, den sechzehnjährigen Karl und die dreizehnjährige Berta, welche beide, zumal Karl, in der Tat sehr begabt und klug waren. Sie wußte genauer als ihr Mann, daß es um die Frömmigkeit des geistig sehr frühreifen Geschwisterpaares, das in engster gegenseitiger Sympathie verbunden war, nicht sehr üppig stand, aber, sonderbar genug, sie, die Intolerante gegen jedermann, hatte dafür hundert Entschuldigungen bereit, ja es schmeichelte ihrer mütterlichen Eitelkeit fast, zu sehen, wie scharf der Verstand ihrer Sprößlinge sich auch in religiösen Fragen bewährte.

Da der pflichteifrige Herr Jeremias, der mit einer eingeborenen Uhr auf die Welt gekommen zu sein schien und unglücklich gewesen wäre, wenn er jemals zur Kontorzeit auf seinem Drehsessel gefehlt hätte, unbedingt wieder diesen seinen Beobachtungsposten beziehen mußte, von wo aus er durch eine Glastür genau verfolgen konnte, ob die Schar seiner jungen Leute auch rechtschaffen für die Firma Jeremias Kraker, Export und Import, am Werke war, blieb es Frau Sanna überlassen, Karl und Berta von dem Geschehenen und zu Erwartenden in Kenntnis zu setzen.

Sie begab sich zu diesem Zwecke zum Studierzimmer der Kinder. Die Tür war nur angelehnt, und sie konnte ihr mütterliches Ohr daran weiden, zu hören, wie Karl seine Schwester an der Weisheit der Untersekunda teilnehmen ließ. Sie hörte erst Griechisches, pathetisch skandiert, dann sagte Karl: »Was? das klingt wundervoll! Dagegen ist das Deutsche eine Schweinesprache. Höre nur mal zu, wie der Gymnasiallehrer Voß das übersetzt hat! Hab keine Angst, ich lese nur ein paar Verse:

Aber ihn führeten bald des Todes Schrecken in Ais
Schattenbehausung hinab; die übermütigen Söhne
Warfen darauf das Los und teilten das Erbe des Vaters.
Mir beschieden sie nur ein Haus und wenige Güter.
Aber ich nahm mir ein Weib aus einem der reichsten Geschlechter,
Das ich durch Tugend gewann, denn ich war kein entarteter Jüngling.

Und so weiter. Es ist elend.«

Darauf Berta, mit einer schönen, vollen Stimme, nach der man ihr eher sechzehn als dreizehn Jahre gegeben hätte: »Das Griechisch klingt viel schöner, aber du mußt mir alles übersetzen. Das ist wie ein Roman.«

Karl: »Es ist eine der vielen Schwindelgeschichten des erfindungsreichen Odysseus, die wir offenbar übersetzen müssen, um uns im Lügen zu vervollkommnen. Das Gelungene ist nämlich, daß jede Stunde eine andere Moral hat. In der Religionsstunde, na, das kennst du ja, so; im Lateinischen anders, im Griechischen noch anderser, und in der Physik am andersten. – Ich glaube, die werten Herren Lehrer halten uns für Idioten. Denn daß sie den Widerspruch selbst nicht merken sollten, will ich aus gebotenem Respekt für ihren staatlich geprüften Verstand nicht annehmen.«

Berta: »Weißt du, Karl, so gescheit, wie du, sind die andern auch nicht. Ich bin nur froh, daß du mein Lehrer bist. Eigentlich brauchte ich gar nicht in die langweilige Töchterschule zu gehen.«

Karl: »Du bist auch wirklich zu gut für den Quark, den sie euch dort vorsetzen. Wenn ich daran denke, daß im Herbst deine Konfirmandenstunden angehen, tust du mir herzlich leid.«

Jetzt hielt es Frau Sanna doch für geraten, einzutreten, denn sie ahnte, daß Dinge kommen könnten, die ihr heftig mißfallen möchten. Sie gab sich den Anschein, nichts gehört zu haben, und sagte: »Seid ihr fleißig? – Na, – ich sehs ja. Bleibt nur sitzen.«

Die Geschwister hatten sich artig erhoben. Sie waren beide den Eltern sehr unähnlich. Wer weiß, welche Vorfahren in ihnen wieder auf die Welt gekommen waren. Von der Mutter mochten sie nur die blaue Farbe der Augen haben, aber nur der Farbe, nicht dem Ausdrucke nach. Die des Mädchens waren überdies um einen Schein dunkler. Bei beiden aber fiel sofort ein Ausdruck durchdringender Klugheit und höchster Lebendigkeit auf. Da war nichts Kaltes und Strenges, geschweige denn Demütiges. Beide hatten im Gegensatz zu den flachsblonden Eltern rötliche Haare. Entsprechend den Augen waren auch diese bei Berta dunkler, als bei Karl. Sie waren das an ihr, was zuerst wirkte: eine wahre Goldmähne, prächtig zu der schlechthin idealen rosigen Hautfarbe passend. Der Teint des Jungen war dagegen käsig weiß und fatal porös. Karl war überhaupt im Gegensatze zu seiner ebenmäßig schönen Schwester alles andre eher als hübsch. Dazu war die Stirne zu unkindlich hoch, die Nase zu stumpf, und das Kinn, selbst für einen so jugendlichen Menschen, zu weichlich. Auch sein Mund hatte einen nicht gerade angenehmen Zug. Schwer zu sagen, was das Unangenehme an ihm war. Er hatte etwas Verlebtes, Altes, und war doch entschieden geistreich, ohne daß Karl ihn etwa, nach Art von Jungen, die sich auf ihren besonderen Verstand was einbilden, geflissentlich verkniff oder verzog. Er war überhaupt ganz und gar nicht Poseur, es sei denn, daß man sein Bestreben, unbedeutender, als er war, auszusehen, als Pose bezeichnen wollte. Alles in allem: für einen jungen Menschen von sechzehn Jahren ein höchst merkwürdiger Kopf. Berta hatte nicht unrecht gehabt, als sie einmal beim Durchblättern einer illustrierten Literaturgeschichte angesichts des wüsten Grabbeschen Genieschädels ausgerufen hatte: »Sieh mal, Karl, das ist dein Gespenst!« Sie meinte Karikatur. Karl war darüber sehr böse geworden, denn Wesen wie Grabbe waren ihm von früh auf zuwider. – Seltsam war es, daß die beiden einander offenbar ähnlich waren, obwohl das Mädchen schön und der Junge häßlich war. Um so seltsamer, als die Züge Karls nicht etwa als Übersetzung der Züge Bertas ins Männliche häßlich wirkten. Denn Karl hatte nichts eigentlich Männliches oder Jungenhaftes an sich. Sein Kopf war in den Fleischpartien viel weichlicher, als der Bertas. Übrigens waren beide im Gegensatz zu ihren Eltern eher rundlich, als mager. Besonders Karl, an dem eine fast weibliche Hüftbildung auffiel. Tadellos schön, schöner, als bei der Schwester, waren bei ihm die Hände, die er darum auch mit großer Sorgfalt pflegte, wie er denn überhaupt auf die Pflege seines Äußeren, besonders der Haut, deren ästhetische Mängel ihm direkt Kummer bereiteten, höchlich bedacht war. Das ging so weit, daß er die der Schwester überlassenen Toilettenmittel fast gänzlich für sich aufbrauchte. Die Eltern, denen das sehr anstößig erschienen wäre, als Rüstzeug der Eitelkeit, durften das nicht erfahren. Berta, dem Bruder in bewundernder Verehrung untertan, nahm jeden Tadel, der immer erfolgte, wenn sie etwas für ihren, das heißt Karls, Toilettentisch erbat, gerne auf sich und opferte auch noch einen guten Teil ihres Taschengeldes für Karls kosmetische Bedürfnisse. Dieser seinerseits nahm das Opfer aber nur deshalb an, weil der Augenschein offenbar lehrte, daß Bertas Schönheit der Nachhilfe nicht bedurfte. Denn wie Berta seinen Geist bewunderte und liebte, so Karl ihre Schönheit. Mehr noch als die Mangelhaftigkeit seines Teints bekümmerte es ihn, daß die allem Äußerlichen abholden Eltern für Bertas Kleidung nur sehr geringe Aufwendungen machten. »Diese Schundigkeit ist direkt kulturlos«, erklärte er. »Du müßtest durch-

brochene seidene Strümpfe tragen und überhaupt nichts anderes an dir haben, als Seide und im Winter kostbares Pelzwerk. Andere als Lackschuhe für dich sind überhaupt Roheit.«
Es war sehr gütig von der Vorsehung, daß sie den immer etwas schäbig erscheinenden Jeremias und die stets in Wolle gekleidete Sanna davor bewahrten, von derartig sündhaften Phantasien Kunde zu erhalten. Sannas Toleranz in geistigen Dingen hätte sich bestimmt nicht auf solche der Weltlust übertragen, und Jeremias, der selbst das häufige Wechseln der Wäsche für ein Zeichen von Hoffart hielt, wäre trübsinnig darüber geworden.
»Ihr werdet einen Pflegebruder erhalten«, sagte Frau Sanna.
Berta sah Karl mit vor Staunen geweiteten Augen groß an und ließ die Hände an den Seiten herabsinken. Karl aber bekam, was nur selten und immer nur im Zorn geschah, einen roten Kopf und rief heftig, fast zischend, aus: »Was?!« Im Innern aber dachte er sich: Was ist denn da dem Alten wieder ins christliche Gemüt gefahren? Gewiß hat er in irgendeiner Wohltätigkeitsverlosung der Inneren Mission einen Waisenknaben gewonnen.
»Tja«, fuhr Frau Sanna fort, »Onkel Henry ist mit seiner Frau in den Alpen verunglückt, und nun müssen wir seinen Adoptivsohn zu uns nehmen.«
Die Geschwister sahen sich, einander sofort verstehend, als hätten sie Freimaurerzeichen ausgetauscht, an, und Karl sagte: »Sehr gut! So werden wir also das Vergnügen haben, zwar nicht die Millionen, aber doch den Millionär zu den Unsrigen zählen zu dürfen. Es ist doch wenigstens was!«
Frau Sanna hielt es für nötig, ihm den sarkastischen Ton zu verweisen, indem sie sprach: »Es ist gut, daß der Vater dich nicht hört, Karl. Aber auch ich hörte dich lieber anders reden. Reichtum ist nicht immer ein Segen, und ihr werdet vielleicht einmal Gott danken, daß er diese Bürde von euren Schultern genommen hat.«
Karl kräuselte nur eben die Lippen, aber in dieser kaum merklichen Bewegung lag konzentrierter Hohn. Er erinnerte sich sehr gut daran, die Eltern von Onkel Henrys Reichtum reichliche Male anders reden gehört zu haben, und er selbst hatte einige Male ingrimmig daran gedacht, wieviel ange-

nehmer es doch wäre, wenn zwischen ihnen und dem Erbonkel kein improvisierter Universalerbe stünde. Dann wären auf ihn und Berta einmal je fünf Millionen gefallen und sie hätten es wahrhaftig verstanden, diese Bürde mit Anstand zu tragen.

Es trat eine Pause ein.

Dann fragte Berta: »Wie alt ist denn der Adoptivsohn?«

»Sechzehn Jahre, soviel ich weiß«, antwortete Frau Sanna, »er paßt also sehr gut zu euch.«

»Das wollen wir doch erst mal sehen«, meinte Karl, »ich denke mir, daß der Nabob zu uns armen Leuten recht wenig passen wird.«

»Arme Leute?!« verwies ihn die Mutter, »ich dächte, ihr hättet noch keine Not zu leiden gehabt. Und darauf könnt ihr euch verlassen, den Prinzen wird er nicht spielen dürfen.«

Karl kräuselte wieder die Lippen: »Wenn er auf unser Taschengeld gesetzt wird, dürfte ihm das allerdings schwerfallen, Mama. Aber der Prinz bleibt er doch. Mit zehn Millionen ist jeder Hundejunge Prinz, und ich würde ihn verachten, wenn er das nicht fühlte. Ich werde ihn mit Hoheit anreden.«

»Und ich gar nicht«, rief mit funkelnden Augen Berta aus.

»Ihr werdet ihn mit brüderlicher und schwesterlicher Liebe behandeln!« entschied scharf Frau Sanna, »der Vater und ich hoffen von euch, daß ihr euch seine Liebe gewinnen werdet.«

»Und wenn er ein trauriger Esel ist, Mama?« sagte mit gespieltem Ernste Karl.

»Oder ein furchtbares Scheusal?« fügte Berta hinzu.

»Er mag sein, was er will!« erklärte mit Bestimmtheit Frau Sanna: »Von dem Augenblicke an, wo er unser Haus betritt, ist er euer Bruder. Gott selbst hat es so gewollt, und Gottes Fügungen sind immer gut und weise. Wer weiß, was er mit uns vorhat, indem er uns diesen neuen Sohn, euch diesen neuen Bruder, schenkt.«

»Wenn es statt des teuren Bruders die zehn Millionen wären, wüßten wir es sehr genau«, konnte Karl sich nicht enthalten, sehr unfromm zu bemerken, denn alle diese im Krakerschen Hause sich täglich wiederholenden Hinweise auf den Vater im Himmel gingen ihm auf die Nerven, so daß er zuweilen

es nicht über sich brachte, sie mit dem gebührenden Augenniederschlage schweigend hinzunehmen.
Frau Sanna aber wurde böse: »Noch eine so gottlose Bemerkung, Karl, und ich hinterbringe sie dem Vater. Und das sage ich dir und auch dir Berta: wenn ihr dem Jungen gegenüber auch nur mit einer Silbe auf seine Erbschaft anspielt, geschieht etwas, das euch nicht erwünscht sein wird!«
Die beiden wußten, was gemeint war. Wie eine Wolke drohte über ihnen das Wort: »Christliche Erziehungsanstalt«.
Karl fühlte, daß er unbesonnen geredet hatte und lenkte in die mütterlichen Bahnen ein: »Wie kannst du nur so was denken, Mama; dazu sind Berta und ich doch wohl zu stolz; – das heißt: du mußt das Wort nicht schlecht auffassen, nicht als hochmütig. Es gibt auch einen erlaubten Stolz, der Selbstachtung ist und sich mit den Pflichten eines Christen gar wohl verträgt.«
Er sagte wirklich »gar wohl« und wußte auch, warum, denn es war eine Floskel aus dem Predigtstile, und mit solchen Floskeln überwand er das Herz der fleißigen Kirchgängerin aufs sicherste. In seiner »Salbenbüchse«, wie er die zum gemeinsamen Vergnügen für sich und Berta angelegte Floskelsammlung nannte, hatte er eine ganze Reihe ähnlicher Wendungen. Zum Beispiel: »Oh, wie so köstlich ist es doch, wenn« oder: »Tatsächlich dünket es mich« oder: »Hinwiederum aber ziemt es sich« oder: »Jedoch das Lieblichste (oder »Erquicklichste«) von allem ist« oder: »Und so wollen wir denn zu jeder Stunde und immerdar«.
Frau Sanna hatte an dem so ausgelegten Stolze nichts auszusetzen und verließ die Geschwister mit der innig froh aufgenommenen Botschaft, daß ihre und des Vaters Reise nach München sie vermutlich drei bis vier Tage dem Hause fernhalten werde.

Mit Gott nach München

Jeremias und Sanna Kraker, begleitet von dem kräftigen Dienstmädchen Minna, begaben sich rechtzeitig zum Bahnhofe, das heißt so, daß sie eine halbe Stunde vor Abgang des Zuges dort anlangten. In einer geräumigen Blechbüchse, die mit der Aufschrift: »Unser tägliches Brot gib uns heute«

geschmückt war, führten sie eine genügende Menge reichlich mit Rauchfleisch oder Käse belegten Swartbrotbotterbrots mit sich, so daß sie hoffen durften, während der Reise von betrügerischen Kellnern unabhängig bleiben zu können. Wollener Decken mit altertümlicher Musterung, scharf nach Kampfer und Naphtha duftend, hatten sie vier bei sich, außerdem zwei Kopfkissen mit der Aufschrift »Gott ist die Ruhe« und zwei Fußsäcke aus Pudelfell. Hinzugerechnet zwei Mäntel, zwei Handkoffer, zwei Hutschachteln, ein Schirmfutteral und eine Aktenmappe durfte das zur Mitnahme im Coupé bestimmte Gepäck die Reisenden wohl mit einiger Sorge erfüllen, ob eine Unterbringung nicht auf den Widerstand des Bahnpersonales oder etwaiger Mitreisenden stoßen werde. Indessen war das Glück dem frommen Ehepaare hold. Der Zug war nur schwach besetzt, und der Schaffner, physiognomisch unerfahren und auf ein Trinkgeld rechnend, ließ es zu, daß sämtliche Gegenstände von Jeremias, Sanna und Minna mit vereinten Kräften in das Coupé gestopft wurden. Dank ihrem nicht gerade einladenden Aussehen blieben die beiden mit Gott Reisenden auch die ganze Fahrt über allein.
Herr Jeremias sprach ein auf die besonderen Fährlichkeiten einer Nachtfahrt im Dampfwagen Bezug nehmendes Abendgebet, und es dauerte nicht lange, so rasselte das Schnarchen des frommen und guten Gewissens um die Wette mit dem Eisenbahnzuge. Als das Ehepaar erwachte, befand man sich bereits, wie eine Feldkapelle zu schließen nötigte, auf »katholischem Boden«. Daher das Morgengebet eine gewisse demonstrativ protestantische Färbung erhielt. Kaum, daß das Amen verklungen war, hub ein gegenseitiges Ausbürsten von großer Peinlichkeit mit Kleider-Pinseln und Bürsten verschiedenen Umfangs an. Auch dem Schuhzeuge wurde sorgsame Behandlung mit Bürsten, Lappen und Läppchen zuteil. Jeremiassens Zylinder, bisher durch eine Art Invalidenmütze mit großem Schirm vertreten, und, mit einem schwarzen Tuche sorglich umhüllt, in einer gewaltigen Lackleinwandschachtel verborgen, wurde gleichfalls systematisch bearbeitet, jedoch ohne die Erzielung des für Zylinderhüte obligaten Spiegelglanzes, da diese Kopfbedeckung schon seit einer Reihe von Jahren täglich das Haupt des Hamburger Kaufmannes zierte, der als solcher ohne Röh-

renhut nicht zu denken gewesen wäre. Als er ihn nun auf dem Kopfe hatte und steif in der Ecke des Coupés saß, ein Butterbrot nach dem andern in langsamer, gründlicher, dabei aber fast feierlicher Kauarbeit dem Magen überantwortend, sah er in seinem Trauerbratenrocke nebst ditto trauermäßiger Weste und Beinkleidern (die unten schnabelmäßig gebogen zugeschnitten waren) und großen schwarzen Hornknöpfen in Vorhemd und Manschetten, düster genug aus, es sei denn, man hätte ihn lieber komisch finden wollen, was auch »gar wohl« berechtigt gewesen wäre. Frau Sanna aber, ihm gegenüber ebenso steif dasitzend und ihre Butterbröte mit nicht geringerer Feierlichkeit verzehrend, konnte am treffendsten als ein Plättbrett in Trauer bezeichnet werden. Nachdem sie auch die schwarzen Trauerhandschuhe angezogen hatte, unterbrach nur das fahle Weiß ihres Gesichts nebst einigem spärlichen Rot ihrer schmalen Lippen die konventionelle Farbe der Trauer. Das Traurigste aber von allem an ihr war doch das raffiniert traurige Kapotthütchen mit den unter dem Kinn zu einer Schleife gebundenen breiten Bändern. Dieses wehmütige Erzeugnis der Putzmacherkunst einer vergangenen Epoche, ein armseliges Häuflein von Kreppschleier, auf Draht befestigt, der auch schon um alle Widerstandskraft gekommen war, predigte die Vergänglichkeit und Hinfälligkeit alles Irdischen auf eine so eindringliche Manier, daß selbst einem kräftigen Manne in den besten Jahren darüber das Weinen hätte ankommen können.

Trotz ihres traurigen Überzuges gaben sich die Leidtragenden aber keineswegs traurigen Gedankengängen hin. Ihr Gespräch bewies vielmehr, daß ihre Gedanken nicht bei den beiden Toten, sondern bei der lebendigen Hinterlassenschaft weilten, will sagen bei dem Gelde, das man ja wohl so lange als etwas Lebendiges ansehen darf, als es Zinsen kalbt.

Schlechte Eindrücke

Lange schon, bevor der Zug in die Münchner Bahnhofshalle einfuhr, behängten sich Herr Jeremias und Frau Sanna bis zur Grenze der Möglichkeit mit ihren Gepäckstücken, um ohne Inanspruchnahme eines Gepäckträgers zur Droschke

gelangen zu können. Ihre kleinbürgerliche Phantasie ahnte nicht, daß Henfel sie in Begleitung von zwei Dienern erwarten würde.
Henfel wiederum, unfähig, sich vorzustellen, daß die Verwandten seines Papas eine andere Wagenklasse, als die erste, benutzen und ohne Dienerschaft reisen könnten, musterte lediglich die Herrschaften, die der ersten Wagenklasse entstiegen. So gingen sie aneinander vorüber, da weder das ökonomische Ehepaar auf den Gedanken kam, daß der elegante, gar nicht knabenhaft aussehende junge Herr in Schwarz mit den zwei Dienern in Trauerlivree Henry Felix sei, noch Henfel der Vermutung zugänglich war, daß die zwei dürftigen, ganz mit Decken umwickelten und an stark verbeulten und abgeschabten Glanzleinwandkoffern schleppenden Gestalten ein Onkel und eine Tante von ihm sein könnten.
»Die Herrschaften sind nicht gekommen«, sagte Henfel zu den Dienern. »Gehn Sie voran! Ich komme gleich nach zum Wagen.«
»Ist es die Möglichkeit?« keuchte Frau Sanna, ihren Koffer niedersetzend und sich ratlos umschauend. »Der Junge hat es nicht für nötig gehalten, uns abzuholen, obwohl wir extra telegraphiert haben!« (Die Telegrammkosten waren bereits in das Auslagebuch »Henry Felix. Mit Gott!« eingetragen.)
»Es grenzt an das Unglaubliche und eröffnet böse Perspektiven!« entgegnete Herr Jeremias, indem er seine Uhr mit der des Bahnhofs verglich und sie sekundengenau auf diese einstellte. »Doch wollen wir einstweilen annehmen, daß er sein Ausbleiben genügend und beweiskräftig entschuldigen kann.«
(Wenn aber nicht, dachte er grollmütig hinterdrein, so werde ich nicht zögern, ihm sofort den Standpunkt klarzumachen.)
Liebenswürdig war das Gesicht mitnichten, das Herr Jeremias machte, während er sich für alle Fälle seine erste Ansprache an sein Mündel zurechtlegte. Auch Frau Sanna sah nicht nach christlicher Duldung aus, als sie ihren Koffer wieder aufhob und sich anschickte, neben ihrem Gatten her dem Ausgange zuzuschreiten, soweit man ihre schleppende Gangart ein Schreiten nennen konnte.
»Jeremias!« rief sie ärgerlich, »renne nicht so! Und nimm mir wenigstens die Hutschachtel ab!«

»Ich renne keineswegs, Sanna«, entgegnete zurechtweisend Herr Jeremias, »denn das Rennen verbietet sich bei dieser unsinnigen Masse von Gepäck von selbst. Warum mußten wir auch eine solche Menge von Gegenständen mit uns führen! Überdies kann ich eine zweite Hutschachtel auf keine Weise bei mir unterbringen, da ich, wie du wohl weißt, die Aktenmappe unter den linken Arm geklemmt habe. Ich werde ohnehin die Angst nicht los, daß sie rutscht. Verliere ich sie, so fehlt mir jeder Personenausweis und es ist ausgeschlossen, daß man mich ohne Papiere gerichtsseitig als den Cousin des Verstorbenen anerkennt. Also muß ich jetzt mein Hauptaugenmerk auf die Mappe richten. – Oh, dieser Junge!«

»Es gibt keine Entschuldigung für diese Ungezogenheit!« zischte Frau Sanna und setzte zum zweiten Male den Koffer nieder. Die Hutschachtel rollte hinterdrein. Das Kissen mit »Gott ist die Ruhe« legte sich wahrhaft demütig sanft auf den rußigen Asphalt des Bahnsteiges. Frau Sanna wimmerte gleichfalls: »Oh, dieser Junge!«

Sie wäre zweifellos auf den Wogen ihres Zornes zu jenem bösglimmenden Punkte ihres Inneren gelangt, wo die zehn Millionen stachen, wenn nicht etwas anderes, offenbar höchst Schreckliches ihr Bewußtsein erschüttert hätte.

Sie ließ plötzlich die Hutschachtel ein zweites Mal fallen, hob die Arme hoch und rief: »Jeremias! Die Botterbrotbüchse! Du hast die Botterbrotbüchse im Zuge gelassen!« Jeremias, gleichfalls längst die Beute zorniger Wallungen, stand entgeistert: »Ich?! Hat sich der Mann um die Viktualien zu kümmern, Sanna? War das nicht vielmehr deine Sache? Ich habe doch die Aktenmappe zu versorgen!«

Es steht zu befürchten, daß das christliche Ehepaar seinem Zorne jetzt eine andere Richtung, als auf »diesen Jungen« gegeben hätte. Aber dies ließ die Vorsehung denn doch nicht zu. Ein Gepäckträger nahte als ihr Werkzeug, in den Händen die braunblechne Hülle des Schwarzbrotbutterbrots tragend und offenbar urbaner gestimmt, als es sonst die Art Münchner Gepäckträger ist, durch das silberne Zitat aus dem Vaterunser. »Ghert das Ehna?« fragte er mit fast höflichem Tone.

»Gott sei Dank!« atmete Frau Sanna innig auf und durchforschte sogleich das Büchseninnere, dessen Inhalt sie ziffer-

mäßig genau wußte. Es fehlte nichts. Ihr Zorn wich sanfteren Regungen. Sie gedachte, dem ehrlichen Finder einen entsprechenden Lohn auszufolgen. Aber Herr Jeremias, sofort kaufmännisch Herr der Situation, erwog, daß man dieses Trinkgeld sparen könne, indem man sich der Dienste des Trägers zur Beförderung der lästigsten Gepäckstücke bediente und ihm sodann die Gebühren der Taxe zahlte, die er sich aus dem Baedeker »gar wohl« eingeprägt hatte.
»Bringen Sie das zu einer Droschke zweiter Klasse!« befahl Herr Jeremias in Reminiszenzen an Berliner Aufenthalte.
»Zwoater Klass?« wiederholte maßlos erstaunt der Gepäckträger und dachte sich:
»Schundige Bagasch überanand! Des san schon die rechten Preißen. Vielleicht siech i a Hundswagerl vor das notige Volk.« – Und, schon wesentlich unhöflicher, als vorher, erklärte er: »Des gibts net in der Münchner Stadt, Herr, mir ham a oanzige Klass, und firti. Aber Zwoaspanner gibts«, fügte er listig hinzu, hocherfreut bemerken zu können, daß der »notige Preiß, der notige« ärgerlich wurde.
– »Also haben Sie doch zwei Klassen! Die Zweispänner sind die erste, die Einspänner die zweite. Merken Sie sich das für alle Fälle, damit Sie Fremde nicht wieder einmal falsch berichten.«
So Herr Jeremias, indem er seinen Ärger in das Gewand der Belehrung hüllte und sich damit eines Kniffs bediente, den rechthaberische Frömmigkeit auch bei weniger profanen Gelegenheiten gerne benutzt.
Die Ablohnung des Mannes führte zu weiteren Belehrungen, da der Gepäckträger einen Finderlohn für die Botterbrotbüchse verlangte, die er im Verlauf der schließlich lebhaft werdenden Auseinandersetzungen »dees Graffl« nannte. Aber Sieger im Streite blieb Herr Jeremias, und er konnte mit dem Bewußtsein in die Droschke steigen, nicht einen Pfennig mehr gegeben zu haben, als was »Rechtens« ist, wie er zu wiederholten Malen betont hatte.
»Einen guten Eindruck macht mir das Münchner Volk eben nicht, muß ich sagen«, bemerkte er zu Frau Sanna. »Man merkt doch, daß man sich dem Süden nähert, der Domäne des Katholizismus, wo laxere Anschauungen herrschen. Es ist bezeichnend genug, daß der Verstorbene sich gerade hier

niedergelassen hat. Auch im Geschlechtsleben soll hier eine wahre Verwirrung der Begriffe Platz gegriffen haben, wie Pastor Südekum kürzlich in einem Vortrag vor der Männerversammlung des Vereins für innere Mission des näheren ausgeführt hat. Die unehelichen Geburten sollen hier einen schreckenerregenden Prozentsatz ausmachen, und in den Künstlerkreisen soll geradezu Promiskuität herrschen.«
Frau Sanna hielt das für ein aus Gründen sprachlicher Dezenz erfundenes Fremdwort für Lustseuche und rief aus: »Mein Gott, er wird doch nicht am Ende schon angesteckt sein?«
Worauf Herr Jeremias zur Richtigstellung und Belehrung ein Bild der moralischen Zustände in den Münchner Künstlerkreisen entwarf, das Frau Sanna veranlaßte, auszurufen: »Ich hoffe, daß wir nicht eine Stunde länger in dieser abscheulichen Stadt bleiben, als es die Umstände unbedingt erheischen. Das bist du der Mutter deiner Kinder schuldig, Jeremias!«
– »Nicht eine Stunde länger, Sanna! Ich hoffe, daß wir in spätestens vier Tagen wieder in Hamburg sein werden. Übrigens soll auch die Münchner Küche zu wünschen übrig lassen.«

Die Begrüßung

Die Villa Hauart lag in der Fortsetzung der breiten, zumeist nach Florenzer Mustern von König Ludwig dem Ersten erbauten, biedermaierisch renaissancehaft wirkenden Ludwigsstraße, jenseits des Siegestors, ziemlich nahe dem ehemaligen Dörfchen Schwabing, das aber nun bereits zum Münchner Vororte zu werden sich anschickte. Immerhin gab es damals in dieser Gegend noch ein paar landhausartige Herrschaftshäuser, die, inmitten großer Gärten mit altem Baumbestand gelegen, von der Straße her kaum zu sehen waren. Eines dieser Häuser war dem alten Hauart zum Buen-Retiro geworden.
Als sich das christlich wandelnde Ehepaar ihm in der offenen Droschke näherte, bemerkte Herr Jeremias, indem sie an der Ludwigskirche vorbeifuhren, deren weit offene Türen den Gesang der Maiandacht bis auf die Straße hinaus hörbar machten: »Diese Art Frömmigkeit bei offenen Türen,

gewissermaßen mitten auf der Straße, widerspricht doch jeglicher Sammlung. Es ist eigentlich eine Art Theater, was sich diese Leute gegenseitig vormachen. Hast du diese Melodie gehört, Sanna? Sie schien mir beinahe weltlich.«
»Tja!« meinte Sanna »und ich habe als einziges Wort ›Maria‹ herausgehört ... Und inmitten dieser Abgötterei ist der Junge aufgewachsen! Es fällt mir immer schwerer aufs Herz, Jeremias, daß wir ihn in unser Haus einführen sollen, diesen Fremdling aus katholischer Atmosphäre.«
»Es ist problematisch«, murmelte der Gatte und ließ seinen Blick vom Siegesbogen auf die Kunstakademie schweifen.
– »Kutscher, was ist das für ein Gebäude?«
– »Die Kunstakademie, die, wo die jungen Leit auf Kunstmaler studiern.«
Herr Jeremias schüttelte mißbilligend das Haupt mit dem düsteren Zylinder: »Ein Palast, nein, mehr als ein Palast: Ein Schloß! Und wofür? Um Wollüstlinge wie diesen Makart großzuzüchten!«
Makart war für ihn der Inbegriff der modernen Kunst. Makart, der das »Bordell auf der Straße« gemalt hatte, wie die Anhänger der inneren Mission in Hamburg seinen Einzug Kaiser Karls mit merkwürdiger Entrüstung genannt hatten, da doch nur wenige Schritte von ihrem Versammlungssaal ganze Bordellstraßen sich dehnten.
»Tja«, meinte Frau Sanna, »wie will man sich dann wundern, wenn die Üppigkeit immer mehr aufschwillt? Daß der Verstorbene gerade in dieser Gegend sein Heim aufgeschlagen hat, ist doch greuelhaft.«
»Glei wer mas ham«, unterbrach sie der beleibte Rosselenker, indem er mit der Peitsche nach rechts wies. »Da, wo die Eklipaschn steht, is es.«
Richtig wurden eben die großen schmiedeeisernen Torflügel des Gartens geöffnet, und eine Equipage fuhr knirschend den Weg hin zur Villa.
Herr Jeremias und Frau Sanna sahen sich groß an mit Augen, die unaussprechlicher Fragen voll waren.
»Soll i da eini?« fragte der Kutscher, dem seine Fahrgäste nicht noblicht genug aussahen für diese Villa.
»Ist es wirklich Nr. 30?« fragte Jeremias.
»Da steht ja das Numero!« entgegnete sehr bestimmt der Mann mit dem verbeulten Lackzylinder.

»Also . . . dann . . .« brach in Absätzen Jeremias hervor, »fahren Sie zu!«

Sanna aber, die eben gesehen hatte, wie Henfel aus dem Wagen sprang und zwischen den Säulen des Vorbaues im Hause verschwand, flüsterte ihrem Gatten hastig zu: »Hast du ihn gesehen?«

– »Wen?«

– »Den . . . den jungen Herrn? Das wird doch nicht . . .?«

– »Ich habe niemand gesehen. Übrigens sind wir entschieden falsch.«

Dann wandte sich Herr Jeremias zum Livreekutscher, der eben zum Stallgebäude abfuhr: »He, Sie! Wohnt in diesem Hause, oder vielmehr wohnte in diesem Hause Herr Henry Hauart?«

Der Kutscher sah ihn kaum an, indem er den Kopf nur halb drehte: »Yes, Sir.« Denn er liebte es, mindere Leute durch ein spärliches Englisch in Respekt zu setzen.

»Mein Gott, also wirklich«, murmelte Frau Sanna. »Dann war der Junge« (sie wollte eigentlich Herr hinzufügen, unterließ es aber) »tatsächlich . . . Mein Gott!«

»Zwoa Mark zwanzge mit der Bahnhofsmarkn!« äußerte ungefragt der Kutscher, indem er angesichts des vornehmen Zieles seiner Fahrt einen fünfzigprozentigen Zuschlag für angebracht hielt.

Herr Jeremias vergaß in seiner Verwirrung die längst genau ausgerechnete Taxe und zählte ihm das Geld widerspruchslos auf die breite fleischige Hand.

»Also hier!« dachte er sich. »Das übertrifft denn doch alle meine Befürchtungen. Das ist ja Loxos in geradezu sündhaftem Maße!« (Er sprach das Wort auch in Gedanken als Loxos aus.) »Ein kleines Schloß, Equipagen, Livreen, Lakaien!«

Da kam auch schon einer und fragte kurz: »Wünschen?«

»Ich bin der Vetter des seligen Herrn Hauart.«

Der Diener, seine gute Dressur völlig vergessend, sprang ins Haus.

Keine Minute verging, und Henfel erschien.

Seine großen schwarzen Augen traten angesichts der Erkenntnis, daß das sein Onkel, das seine Tante war, fast bedrohlich heraus.

»Das Gepäck ins Haus!« kommandierte er, und dann, klipp

klapp mit scharfem Auftritte, auf Frau Sanna zu, Hacken zusammen, Oberkörper vor, Handkuß: »Frau Tante!«
Frau Sanna dachte, er wolle sich lustig über sie machen, brachte aber nur das Wort hervor: »Tja–.«
Herr Jeremias aber sah den höflichen Neffen durchdringend an und sprach: »Wir hätten wohl erwarten dürfen, daß wir dich auf dem Bahnhofe zu sehen bekommen hätten!«
Er wußte jetzt wohl, daß er ihn gesehen hatte, aber die Lektion erschien ihm trotzdem angebracht.
Henfel erklärte, daß er ihn übersehen habe.
»Tja,« meinte Frau Sanna spitzig, »wir waren dir wohl nicht elegant genug?«
Henfel sprach von seiner Verwirrung, von den schrecklichen letzten Tagen, von der Beerdigung.
»So!!« stieß aufs kürzeste Herr Jeremias vor, »du fandest also nicht eher Zeit, deine Verwandten zu benachrichtigen? Du hieltest es also nicht für deine heilige Pflicht, uns den Anblick unseres teuren Toten noch zu ermöglichen?«
Henfel, von diesem Tone wie von Hieben getroffen, wollte trotzig erwidern, aber, seltsam, diese Augen, dieser Mund, diese ganze Erscheinung ... er duckte sich und erklärte fast demütig den schnellen Hergang der Ereignisse, seine Unkenntnis der Verwandtschaft und alles sonstige.
»So!« stieß wiederum Herr Jeremias vor, »du kanntest uns nicht? Gutt! Nun, wir werden uns ja wohl kennen lernen!«
»Ist es die Möglichkeit?!« bemerkte melancholisch Frau Sanna und schritt an Henfel vorüber ins Haus.
Herr Jeremias folgte ihr.
Henfel ging hinterdrein, und, was war das?: er streckte die Zunge hinter ihnen heraus. Irgendwie mußte sich seine Wut äußern. Und, er fühlte es schon: Mehr als symbolische Äußerungen waren fürs erste ausgeschlossen.

Die Kerbe

Henfel war von Hermann über die notwendige Vormundschaft und was damit zusammenhing, wohl aufgeklärt worden, aber recht klar darüber war er sich nicht. Und, als ihn dann Hermann verlassen hatte, war eine dumpfe Ratlosigkeit über ihn gekommen; erst da das eigentliche Gefühl des

Verwaistseins, das Nichtwissen, zu wem gehörst du nun, wer steht neben dir, über dir, wer lenkt und behütet dich? – Diese Ratlosigkeit war jetzt mit einem Schlage vorbei, und an ihrer Stelle stand die vollkommene Gewißheit: Alles ändert sich völlig, es beginnt ein neues Leben, in dem der bisherige Henfel keinen Platz mehr hat.
Wie eine Kerbe hieb sich das in sein Bewußtsein.
Der Tod der Eltern war wie ein Schlag auf den Kopf gewesen, besinnungraubend. Noch das Erwachen war wie im Taumel geschehen, obwohl sich Hermann alle Mühe gegeben hatte, ihm einen gewissen Halt zu geben, indem er ihm seine Situation klarmachte. Es schien ihm trotzdem: alles schwankte in ihm und um ihn. An die Hermannschen Belehrungen glaubte er wohl, aber er begriff sie nicht. Es schwollen sogar phantastische Ideen von schrankenloser Freiheit, weiten Reisen, kühnen, verschwenderischen Unternehmungen heran, aber nur wie schnelle Hitzen, die auf Nimmerwiedersehen verschwanden, als er nicht bloß begreifen, sondern erkennen mußte, daß eine unpersönliche Macht über ihm war, eine Art Ungetüm mit tausend Händen, von denen einige vor seinen Augen sein Eigentum seinem Besitze entzogen und mit fremden Hoheitszeichen versehen hatte. Aber diese Siegel warteten auf einen, der sie lösen würde: Der Vormund! – Henfel hatte doch gefühlt, selber gefühlt, daß es gut sei, eine Art neuen Papas zu bekommen. Er, der auf Selbständigkeit Erzogene, empfand, wie ganz und gar initiativelos er war. Er konnte bloß dumpf warten. Und er hatte mit Sehnsucht auf den zweiten Papa gewartet. Er wollte ihm um den Hals fallen, sich an seiner Brust ausweinen und all seine Zärtlichkeit aufbieten, daß dieser ihm gleich recht gut werden sollte. Und vor allem die zweite Mama! Welches Glück, daß er auch wieder eine Mama bekommen würde! Alles Kindliche in ihm schluchzte dankbar bei dem Gedanken auf. Und er nahm sich aufrichtig, innig vor, ihr nie wehe zu tun, wie der Verstorbenen. – Ach, die, – ach, wie furchtbar, daß die nicht mehr um ihn sein sollte. Seine Trauer um sie war viel, viel tiefer als die um den Papa, der schon jetzt nur mehr wie ein treuer Lehrer und Führer vor seinem inneren Auge stand. Aber die Mama! Oh! Was für eine Frau die gewesen war! Wieviel Liebes sie ihm erwiesen hatte! Allein mit dem Klang ihrer Stimme, dem

Streicheln ihrer Hand! Und, was ihm erst jetzt zum Bewußtsein kam: wie schön sie war. – Er konnte stundenlang ihrem Bilde gegenüber in ihrem Sessel sitzen und es ansehen, indessen Tränen die Wangen langsam hinunterrollten. Und er sprach das Bild an, als wenn es lebte: »Du hast mich doch liebgehabt, Mama, nicht wahr? Ich weiß es. Und ich hab dich ja auch liebgehabt. Und ich würde dich immer mehr liebgehabt haben. Ich hätte dich nie mehr erzürnt, nie mehr! Denn es war häßlich, dich zu erzürnen, und ich habe dich dabei entstellt.« Und dann wandten sich seine Gedanken der neuen Mama entgegen, die er sich ohne weiteres nach dem Bilde der verstorbenen dachte. Und er würde ihr Herz auch gewinnen, ganz gewiß, denn, so sagte er sich: Sie wird mich bedauern und wird mich trösten wollen.
Und nun: – Tante Susanna! Das sollte die neue Mama sein?!
Da fiel der Hieb und schlug die Kerbe.
Auch ohne die Augen, den Mund, die Worte des Onkels war es entschieden: Alles anders! Alles aus! Papa und Mama auf dem Kirchhof, und, ja, im Herzen, fest verschlossen als eigenstes Eigentum, nie enthüllt, nie vorgewiesen: Das letzte Stück von dem Henfel, der jetzt so tot war, wie sie.
Diese zweie da: Nur Onkel, Tante: – Der Feind!

Diese Betten!

»Dieser Junge ist förchterlich!« sagte Frau Sanna, als Henfel ihnen ihr Zimmer gezeigt hatte und hinuntergegangen war.
»Er macht mir den denkbar übelsten Eindruck,« erwiderte Jeremias.
»Sollte man ihn nicht lieber in eine christliche Erziehungsanstalt geben?« meinte die sorgende Mutter Karls und Bertas.
»Das hieße kleinmütig handeln, Sanna,« entgegnete Jeremias. »So unwahrscheinlich mir der Erfolg ist, wir müssen versuchen, ihn uns anzugliedern.«
Frau Sanna verstand: »In Gottes Namen, Jeremias, aber es wird ein schweres Stück Arbeit werden.«
– »Jäten, Sanna, jäten! Das Unkraut ausreißen mit der Wurzel! Hast du dir seine Augen angesehen? Hast du den gleißenden Wurm in ihnen erblickt?«

Frau Sanna genierte sich, zu bekennen, daß sie ihn nicht bemerkt hatte, und zog es vor, sich jetzt über die Üppigkeit des Zimmers aufzuhalten.
»Dies ist nun nur das Gastzimmer!« bemerkte sie. »Man sollte meinen, Henry sei an abscheuliche Besuche gewöhnt gewesen. Diese Betten!!« Sie hob die seidenen, mit Spitzen besetzten Decken hoch und ließ sie mit einer resignierten Geste fallen ... »Diese unmäßig hohen Spiegel! Diese – Gerätschaften!« Ihr beleidigter Blick streifte ein Bidet. »Und dieser Toilettentisch! Es ist eine Impertinenz, einer anständigen Frau ein derart ausgestattetes Zimmer anzuweisen!« Dabei war ihr Blick noch nicht einmal auf die Tiziansche Venus gefallen, die Herrn Hauarts Freund für ihn kopiert hatte. Als sie dieser ansichtig wurde, wollte sie, obwohl jetzt nur ein gestrickter Unterrock die untere Partie ihrer Leiblichkeit bedeckte, unverzüglich das »Lotterzimmer« verlassen.
»Laß dich nicht ärgern!« mahnte Herr Jeremias, »tu es mir nach und wende deinen Blick ab von dem Greuel!«
Er sah wirklich nicht hin. Jeremias war kein Tartüff; nur ein richtiger Mucker: keine Schönheit rührte ihn an.
»Verhänge sie wenigstens!« gebot Frau Sanna.
– »Sie wird rechtzeitig auf den Speicher kommen, verlaß dich darauf, sobald ich als Vormund bestellt bin. Bis dahin: Schweigen.«

Das Verhör

Dieser Vorsatz beherrschte das Ehepaar während der letzten Münchner Tage Henfels. Hätten sie reden wollen, – o! .. Der Luxus dieses Hauses wirkte wie eine Geißel auf sie, und was sie von der Sinnesart Henfels spürten, der übrigens gerne, wo nur immer es ging, gleichfalls schwieg, war siedendes Öl in ihre Herzen.
Beim Abendessen, das übrigens von Jeremias sofort als das einer Hamburger Köchin erkannt und demgemäß gewürdigt wurde, entwickelte sich weniger ein Gespräch, als ein Verhör, das von Herrn Jeremias nach einer genauen, vorher gemachten Disposition mit Henfel angestellt wurde.
Jeremias: »Wie ist eigentlich dein Rufname?«
Henfel: »Henfel.«

Sanna: »Was?«
Jeremias: »Das ist doch kein christlicher Kalendername. Du bist doch natürlich getauft?«
Henfel: »Ja, sogar doppelt.«
Jeremias: »Ich mache dich darauf aufmerksam, daß wir in Dingen der Religion keine Frivolität gestatten.«
Henfel: »Ich bin aber wirklich zweimal getauft. Erst katholisch und dann protestantisch.«
Zwei Blicke bohrten sich ineinander. Sie sagten: »Ah!«
Zwei weitere folgten. Sie sagten: »Oh!«
Jeremias: »Hm. Darüber später, wenn ich in das Testament werde Einsicht genommen haben, das mich über deine Personalien genauer orientieren wird.«
Henfel: »Ich kann es dir ja gleich sagen. Ich bin erst von Pflegeeltern aufgezogen worden, wie mir der Papa gesagt hat, weiß aber davon bloß, daß ich dort katholisch getauft worden bin. An die evangelische Taufe kann ich mich noch gut erinnern.«
Sanna: »Hoffentlich erinnerst du dich auch stündlich an deinen evangelischen Glauben hier in dieser Stadt.«
Jeremias: »Später, Sanna! – Wann wurdest du konfirmiert?«
Henfel: »Ich? Gar nicht.«
Sanna: »Himmlischer Heiland. Du hast aber doch schon lange Beinkleider an.«
Henfel: »Ich habe schon als kleiner Junge lange Hosen getragen. Das heißt, nein, ganz früher kurze, lederne, denn ich bin auf dem Lande aufgezogen worden.«
Jeremias (fast drohend): »Warum aber bist du nicht konfirmiert?«
Henfel: »Es ist nie davon die Rede gewesen.«
Jeremias: »Hm. Es ist wohl überhaupt nicht ... Nun: gut! – Welche Schule besuchst du hier?«
Henfel: »Gar keine.«
Jeremias: »Aber du mußt doch Unterricht genossen haben?«
Henfel: »Gewiß: Lateinisch, Griechisch, Französisch, Englisch, Geschichte usw. usw.«
Jeremias: »Durch Hauslehrer?«
Henfel: »Ja, und durch Papa.«
Jeremias: »Gymnasial oder realgymnasial?«
Henfel: »Alles.«
Jeremias (nicht ohne Sarkasmus): »Und noch was?«

Henfel: »Natürlich, was dazu gehört: Fechten, Reiten, Schwimmen, Fahren usw.«
Sanna: »Wohl auch Tanzen?«
Henfel: »Nein.«
Jeremias: »Wo wohnt dein Prediger?«
Henfel: »Wer?«
Jeremias: »Dein Seelsorger?«
Henfel: »Mein Papa war mein Seelsorger.«
Mehr als bohrende, sich verankernde Blicke.
Sanna: »Tjah, aber . . .«
Jeremias: »Später, Sanna! . . . Nun ja . . . Es steht mir nicht zu . . . Indessen: Du mußt doch, oder ihr müßt doch in die Kirche gegangen sein?«
Henfel: »Nein!«
Pause. Schwimmende Blicke zum geschnitzten Gebälk. Dann aufs Tischtuch. Seufzer.
Jeremias: »Nun ja. Gutt! Oder vielmehr . . . Nun, gleichviel . . . Ich weiß fürs erste genug. – Aber richtig: ich vergaß ganz . . . ja . . . das mit dem Vornamen. Auf deinem Telegramm hast du dich unterzeichnet Henry Felix: demnach mußt du doch entweder Henry oder Felix gerufen worden sein.«
Henfel: »Nein, Henfel!«
Jeremias: »Was soll das?«
Henfel: »Nun ja, Hen von Henry und Fel von Felix: – Henfel.«
Sanna: »Possen!«
Jeremias: »Sanna! – Aber in der Tat: wir werden uns kaum an diese . . . diese Verquickung gewöhnen können. Bei uns gilt es entweder Henry oder Felix. Was ist dir lieber?«
Henfel: »Ich heiße Henfel!«
Jeremias: »Du hies-sest Henfel!«
Pause. Henfel sieht zu dem Bilde Frau Klaras auf. Es zuckt in seinem Gesicht. Will er weinen? Will er höhnisch lächeln? Er sagt ganz leise: »Ich überlasse es Ihnen.«
Jeremias: »Sag ›Du‹ zu uns! – Wie meinst du, Sanna: Henry oder Felix?«
Sanna: »Felix kommt mir so katholisch vor.«
Jeremias: »Überdies ist Henry hamburgischer. Also: Henry.«
Henfel macht eine Art Ergebenheitsverbeugung.

Jeremias: »Und nun höre mich an, Henry! – Ich werde mich morgen auf das Vormundschaftsgericht begeben, um dort zu erklären, daß ich bereit bin, deine Vormundschaft zu übernehmen. Es ist dir klar, daß ich damit, indem ich einer christlichen, bürgerlichen, verwandtschaftlichen Pflicht genüge, ein Opfer bringe.«
Henry (denn auch wir müssen ihn nun so heißen): »Wenn du es sagst, wird es wohl so sein. Ich verstehe davon nichts!«
Jeremias (pikiert): »Demnach scheint deine Bildung wesentliche Lücken zu haben! Knaben deines Alters sollten genügend Deutsch verstehen, um zu wissen, was das Wort Vormund bedeutet.«
Henry: »Man hat es mir kürzlich gesagt.«
Jeremias: »Wer: man?«
Henry (den Reim betonend): »Her-mann.«
Jeremias (sich empört zurücklehnend): »Du wagst es, mich zu verhöhnen?«
Sanna: »O Gottogott!«
Henry: »Ich kann doch nichts dafür, daß es sich gereimt hat, und es war Hermann, der mirs gesagt hat.«
Jeremias: »Was für ein Hermann! In welchem Verhältnisse steht dieser Hermann zu dir?! Und vor allem: in welchem Verhältnisse zu deinem . . . zu dem Verstorbenen?«
Henry: »Hermann ist mein Bruder.«
Frau Sannas Augen, es läßt sich nicht anders bezeichnen, glotzten. Herr Jeremiassens Augen taten das gleiche.
Jeremias und Sanna (unisono, als wenn sie es einstudiert hätten): »Noch einer??«
Henry: »Papa hat es mir selber gesagt.«
Jeremias und Sanna schüttelten die sprachlosen Köpfe länger, als sonst Menschen die Köpfe auch in äußerster Verblüffung, in vollständigster Begriffsstutzigkeit zu schütteln pflegen.
Zuerst hielt Sanna inne, indem sie hervorhauchte: »Papa? So wußtest du selber von der Existenz deines eigenen Bruders nichts? Und – kanntest ihn doch?«
Henry: »Natürlich. Er kam ja jede Woche ins Haus.«
Jeremias: »Henry, wenn du dir nochmals Scherze mit uns erlauben solltest, so würdest du es sehr bald zu bereuen haben. Ich verbiete dir Romane zu erzählen.«

Henry: »Ich sage immerzu nichts als die reine Wahrheit.«
Jeremias: »Du sprichst in vollkommenen rätselhaften Rätseln! Und so befehle ich dir denn: antworte klar und bündig: was ist es mit dem – Bruder?«
Henry: »Was soll denn mit ihm sein?«
Jeremias: »Warum, wenn er dein Bruder ist, mußte dir der Verstorbene erst sagen, daß er dein Bruder ist? Man pflegt doch seinen Bruder zu kennen!«
Sanna: »Aber Jeremias, er kennt ja vielleicht nicht einmal seinen Vater und seine Mutter!«
Jetzt war die Reihe des Erstaunens an Henry. Und auch der Empörung. Er sprang auf und rief: »Das laß ich mir nicht gefallen! Ich kenne sie besser als ihr, von denen sie nicht einmal gesprochen haben. Euch kenne ich nicht, und ich wünschte, daß ich euch nicht kennen müßte. Das war gewiß auch Papas Wunsch, denn sonst hätte er mir von euch gesprochen! Aber er hat es offenbar mit Absicht vermieden, euch zu nennen.« Er warf sich auf das Sofa und heulte laut auf.
Sanna und Jeremias drehten sich mit ihren Stühlen herum. Was war das? Hatte er vielleicht keine Ahnung? Und: mußte man das nicht irgendwie in Erwägung ziehen? Andrerseits indessen: Durfte man sich diesen Ton gefallen lassen? Nein: man durfte nicht. Aber: es blieb ratsamer, auf die Personalien des Jungen noch nicht deutlicher einzugehen. O! Welch eine komplizierte Vormundschaft!
Jeremias: »Was du dir zu gefallen zu lassen haben wirst, werden wir entscheiden, die wir von nun an deine Eltern vertreten! Das merke dir! Aber auch dies: Unbotmäßiges Betragen gegen uns werden wir zu ahnden wissen! Die Ungezogenheit von eben mag dir noch hingehen, da wir annehmen wollen, daß der Verlust, der dich betroffen hat, dir die Besinnung raubte. Erhebe dich vom Kanapee und komme an den Tisch.«
Henry (sich wieder an den Tisch setzend): »Ihr könnt mir alles nehmen und umstoßen, aber meine Eltern sollt ihr mir lassen!«
Jeremias: »Wir nehmen dir nichts, bewahren dir vielmehr das Deine. Behalte das, bitte, immer im Auge. Daß wir dir deine Eltern nicht lassen wollen, sollten, ist eine absurde Kombination, entstanden aus einem Mißverständnis. Genug

davon! – Aber ich wünsche nun endlich zu wissen, was es mit dem Bruder auf sich hat, den dir dein Papa erst nachträglich hat vorstellen müssen. Wir haben nie von ihm vernommen.«

Henry: »Natürlich nicht. Papa hat ihn ja nicht anerkannt. Man erkennt doch nicht ohne weiteres all seine unehelichen Kinder an.«

Hatte der Blitz eingeschlagen? War Frau Sanna einem elektrischen Drahte zu nahe gekommen? Faszinierte Herrn Jeremias der Blick einer Klapperschlange?

Sie saßen da, wie Wachsfiguren. Erst nach geraumer Weile erhoben sie sich, sagten düster: »Gute Nacht« und verließen das Speisezimmer. Sogar das Tischgebet, ihre sonst mit kaufmännischer Pünktlichkeit dem Himmel ausgestellte Quittung für genossene Leibesnotdurft, vergaßen sie.

Das war zu viel!

Erstens: Die an den Tag gekommene Wüstlingschaft des Seligen.

Zweitens: Die Ruchlosigkeit dieses Lasterhaften, einen Unmündigen in sein Laster einzuweihen.

Drittens: Die Frucht dieser Lasterlehre in Gestalt von Äußerungen, die bewiesen, daß der »verwahrloste Knabe« von diesen Greueln als von etwas ganz Tagtäglichem sprach.

Gespenstische Wanderung

Sodom und Gomorrha! Jeremiassens Weib legte sich als Salzsäule ins Bett. Jeremias aber wanderte noch lange in Unterhosen über die Smyrnateppiche und erwog in seinem entsetzten Christenherzen, ob wohl noch die geringste Aussicht bestünde, diese aussätzige Seele zu retten, und wenn, mit welchen Mitteln? – Rauhes Haus? Schiffsjungenschule? Korrektionsanstalt? – War es vielleicht nicht doch besser, die Vormundschaft abzulehnen? – Welche Macht der Welt konnte ihn zwingen, einen seelisch »Verseuchten« in sein Haus aufzunehmen? War er es nicht seinen unmündigen Kindern schuldig, sie vor der Berührung mit diesem Mitwisser von Lastern, der vielleicht selbst schon ein frühreifer Lasterknecht war, zu bewahren? – Aber (das christliche Herz überließ das Wort dem kaufmännischen Verstande) ... das Geld ... die spätern Eventualitäten ... die gebotene Rücksicht auch auf die äußeren Interessen der Kinder ... die Möglichkeit der Angliederung Henrys an seine Familie ... vielleicht Berta als künftige ... Ein Stöhnen entrang sich dem Jeremiasischen Busen unter dem Anpralle dieser Versuchung.

»Nach diesen Erschütterungen«, rief er aus, »ist Schlaf unmöglich! Ich werde das Haus inspizieren. Hast du meinen Schlafrock eingepackt, Sanna?«

»Nein,« tönte dumpf die salzene Säule.

»So werde ich mich aufs neue ankleiden müssen«, konstatierte nicht ohne tadelnden Unterton der mangelhaft versorgte Gatte und wollte seine vor die Tür gehängten Kleider wieder hereinholen. Indessen sie waren vom Diener schon weggenommen.

– »Fatal! Sie sind schon weg. Und ich habe kein zweites Paar Beinkleider bei mir!« (Im Krakerschen Hause galt das Wort Hose nur im Umkreise der kindlichen Garderobe für anständig, als wo man annehmen durfte, daß es eine Umhüllung von Partien bezeichnete, die ihrer erbsündlichen Bestimmung noch nicht verfallen waren. Das erwachsene Alter, dem gegenüber diese Annahme nicht ohne weiteres erlaubt schien, trug nicht Hosen, sondern Beinkleider, – ein sprachpsychologischer Unterschied von großer Delikatesse, aber nicht ganz leicht zu durchgründen. Karl, der kluge Knabe, und Berta, das kluge Mädchen, machten sich allerhand ruchlose Gedanken darüber, die so sehr in die Mitte trafen, daß Sanna und Jeremias, hätten sie die geringste Ahnung davon gehabt, an ihrer Vater- und Mutterschaft gegenüber dieser Höllenbrut irre geworden wären.)

»In dem großen Schranke dort habe ich etwas wie einen Schlafrock hängen sehen, wenn es nicht ein Maskenkostüm ist,« sagte Frau Sanna.

»Gott behüte, daß ich etwas anziehe, das dieser ..., ich will mich nicht versündigen, was der Verstorbene auf seinem unzüchtigen Leibe gehabt hat!« meinte Jeremias, öffnete aber doch den Schrank.

»In Unterbeinkleidern kannst du aber noch weniger durch das Haus gehen,« erklärte mit großer Bestimmtheit Frau Sanna. »Auch ist es ja nicht ausgemacht, daß der Verstorbene sich dieses Rockes bedient hat. Es ist sogar unwahrscheinlich, weil er dann nicht hier hängen würde.«

Damit waren des Gatten Gewissensbedenken beseitigt, zumal, da ja, wie er erwog, Fälle eintreten konnten, die ihn mit Elementargewalt gezwungen hätten, irgendeinen Überwurf um sich zu tun, gleichviel welchen.
So, nach genügender Hin- und Herwendung des Problems, wie es sich für gründliche Menschen ziemt, und, was schließlich das Wichtigste war, ausgestattet mit dem Plazet der Gattin, entschloß sich Herr Jeremias, in den buntseidenen Schlafrock zu schlüpfen.
Nicht aus Eitelkeit, beileibe, lediglich aus Wißbegierde, wie sich ein derartig weltliches, ja eigentlich wollüstiges Gewand auf der Leiblichkeit eines christlich Wandelnden ausnehmen möchte, betrachtete sich Herr Jeremias in einem der großen Wandspiegel, indem er mit der Linken den Schlafrock zusammenhielt, mit der Rechten aber einen dreiarmigen silbernen Leuchter über sich erhob.
»Absurd!« meinte er.
Und er hatte recht. Dieser üppige Schlafrock und die dürre Rechenmaschine mit dem pastoralen Kaufmannsgesichte ergaben, miteinander vereinigt, eine Absurdität. Kleid und Mensch, so schien es, fühlten sich gegenseitig durch ihre Berührung beleidigt, und der Schlafrock fast noch mehr als der Kaufmann. Er fiel mit einem Ausdruck von Degradiertheit steif an dem ihm widerwärtigen Gestelle hinab und schien besonders jede Annäherung an die braunen Unterhosen aus Jägerwolle peinlich vermeiden zu wollen.
Da das Haus nur noch auf den Gängen durch wenige Öllampen in alten venezianischen Glasampeln erleuchtet war, machte sich Jeremias mit dem Leuchter in der Hand auf den Weg.
Es war nicht anders, als ob ein Gespenst umginge; ein feindseliges Gespenst auf wollenen Socken, das, in seine dumpfe Wesenssphäre verbannt gewesen, solange in dieser vornehmen zurückgezogenen Schönheit ein ihm entgegengesetzter Geist lebendig geherrscht hatte, sich nun mit leeren, kalten, abrechnenden, bös erstaunten Augen hier umsah, jeder Blick ein verwerfendes Urteil und blöde Genugtuung, daß dies alles nun dem Leben entrückt und auf Speichern und in Kellern verschlossen werden konnte. Es schlurfte die Treppen hinunter, an gebuckelten alten holländischen Wandleuchtern vorüber, deren Schilde mattsilbern im Lichte der wehenden Kerzenflammen aufblinkten, wäh-

rend die verblaßten Farben vlämischer Gobelins graurosig einen Augenblick aufblühten, um sofort in braune Schatten zu versinken. Zwei große bronzene Faune Florentiner Arbeit, die am Treppenbeginn als Laternenträger dienten, grinsten, von Lichtern überhuscht, auf und schienen ihre glänzenden Bäuche höhnisch vorzurecken, als der gespenstische Christ, Empörung um die herabgekniffenen Mundwinkel, an ihnen vorbeisockte. Das marmorne Löwenhaupt des Jupiters von Otricoli aber, das an der Rückwand der Eingangshalle zwischen zwei mächtigen geschnitzten Türgevierten auf dunklem Granitsockel stand, schleuderte den gebückt Vorübertastenden förmlich von sich im kurzen Aufleuchten seiner massigen Fläche.
Herr Jeremias besaß zu seinem Glücke keine Phantasie. An seiner Wiege hatten keine Himmelstöchter gestanden, die ihm derartige Gaben hätten mitteilen können, sondern nur Kommerzenstöchter, und zwar in vorgerückten Jahren, von denen statt der heißen Kraft bildnerischer Vorstellung der kalte Hauch sicheren Kalküls auf ihn übergegangen war. So regten ihn diese kurzen, aus dem Dunkel auftauchenden Lichterscheinungen nicht zu unheimlichen Einbildungen auf, sondern sie erweckten nur Erwägungen teils christlich kritischer, teils kaufmännisch taxierender Natur. Das Heidentum ärgerte ihn, das kostbare Material brachte ihm die Überzeugung bei, daß alle diese Dinge ein schönes Stück Geld gekostet haben müßten. Weiterschreitend befingerte er die samtenen und seidenen Türbehänge, leuchtete an den schweren goldenen Bilderrahmen hinauf, konstatierend, daß es echte vergoldete Holzschnitzarbeit war, prüfte die schweren Beschläge der Renaissancemöbel, leuchtete in die Glasschränke voller Porzellan und Silber- und Goldsachen hinein, zählte einmal auf einem Wandbord genau achtzehn Bronzen ab, überzeugte sich durch Befühlen, daß sämtliche Bücher nicht in Kaliko, sondern in Leder gebunden waren, und folgte in seinem inneren Drange im Grunde immer dem Gedanken: Wo ist denn eigentlich der Geldschrank?
So war er schließlich wieder die Treppe hinaufgelangt und ließ eben das Licht seiner Kerze noch einmal über das geschnitzte Geländer der Galerie in das Vestibül hinunterfallen, als sich plötzlich ihm gegenüber auf der anderen Seite des Umganges eine Tür öffnete.

Im Türgevierte erschien, mit einem langen seidenen Nachthemde angetan, Henry, dem sich in seinem zornigen Grübeln gleichfalls der Schlaf versagt hatte. Zudem nervös geworden von dem Hin- und Hergeschlurfe, Türen-auf und Türen-zu draußen, war er wütend aus dem Bette gesprungen und stand nun in einer recht drohenden Haltung da, die um so dramatischer wirkte, als er in der rechten Hand einen Stoßdegen hielt.

»Warum schläfst du nicht?« herrschte ihn, durch das seidene mit Jabots besetzte Nachthemd und überhaupt dadurch erbost, daß seine nächtliche Inspektion bemerkt worden war, Jeremias an.

»Wie kann ich schlafen, wenn jemand im Hause hin- und herschleicht,« erwiderte, ohne seine Worte mit einem liebenswürdigen Tone zu salben, Henry, »ich vermutete einen Dieb.«

– »Überlaß, bitte, die Sorge um dein Eigentum jetzt mir und mach dich nicht lächerlich mit deinem Degen.«

Lächerlich?! Henrys Stirnadern schwollen. Er – lächerlich? Es wurde ihm rot vor den Augen. Die zurückgedämmte Wut seines Innern brach vor, tobte auf.

– »Lächerlich? Du bist lächerlich, du in diesem Aufzuge. – Wer hat dir überhaupt erlaubt, meinen seidenen Nachtmantel anzuziehen?«

– »Erlaubt?! Onerhört! Und: Deinen ›Nachtmantel‹? Ein Knabe braucht keinen Schlafrock! Ich werde ihn wegschließen!«

– »Er war weggeschlossen! Er war immer weggeschlossen! Du hast den Schrank aufgebrochen! Niemand darf diesen Rock tragen, außer mir! Es ist mein eigenstes Eigentum. Mein Heiligtum! Zieh ihn aus, auf der Stelle aus!«

Henry stieß diese Worte heftig und hastig vor und machte Miene, auf die Seite hinüberzukommen, wo Jeremias stand, in dessen Hand der Leuchter zitterte, so aufgebracht war der verdächtigte, beleidigte, bedrohte Onkel.

– »Du bist verröckt. Du bist betrunken! Marsch ins Bett! Morgen sollst du etwas erleben, einfältiger und onverschämter Knabe!«

Henry hörte die Beschimpfung kaum. Sein ganzes kochendes Innere war jetzt wütend auf den Anblick seines Schlafrocks konzentriert, den der da an sich gerissen, um sich getan, entweiht hatte, Seinen Nachtmantel! Der! Seinen Stolz! Den Inbegriff der glühendsten Einbildungen seiner Jugend, die jetzt mit einem Male wieder lebendig wurden.

Er war seiner nicht mehr Herr. Die ganze Wildheit seiner Natur, die sich eigentlich immer nur versteckte und jeden Augenblick bereit war, vorzubrechen, schwoll in einem wütenden Ungestüm hoch. Mit ein paar Sätzen, unter denen der Galerieboden bebte und dröhnte, war er dicht bei dem entsetzten Schlafrock-Usurpator, der die linke Handfläche mit gespreizten Fingern abwehrend von sich hielt, während er die Rechte mit dem Leuchter gegen das Geländer stemmte.

Er wollte nach Sanna rufen, aber eine wahre Todesangst verschlug ihm die Stimme. »Dieser entsetzliche Junge wird mich morden,« klagte sein Gemüt, »und diese Frau schläft, schläft, schläft!«

Man hörte in der Tat das regelmäßige Röcheln ihres gesunden und männermäßig tiefen Schnarchens.

Indessen stieß Henry keuchend die Worte hervor: »Gib meinen Mantel her, oder ich reiße ihn dir vom Leibe!«

– Gottlob! Nur den Schlafrock und nicht das Leben! Jeremias atmete unter dieser Zuversicht auf und gewann nun Mut zum Widerstande.

»Unterstehe dich, mich anzurühren!« rief er laut, hoffend, dadurch die schnarchende Gattin zu erwecken und so Sukkurs zu erhalten.

»Zieh den Mantel aus!« knirschte Henry und trat noch einen Schritt näher, so daß Jeremias jetzt seinen heißen Atem im Gesicht spürte.

Das war nun schon wieder recht unangenehm bedrohlich.

Trotzdem ermutigte sich Jeremias zum Widerspruch: »Nein!« Und er schloß die beiden Schlafrockflügel, die sich wie aus boshafter Parteinahme für Henry geöffnet hatten.

Da brüllte Henry wie ein Tier laut auf: »Du gibst ihn her, oder ich zerreiße dich!!!« Er schmiß den Degen weg und schüttelte den schlotternden, in sich zusammenrutschenden Onkel an den Schultern. Jeremias sank unter dem Druck der Hände des in seiner Wut doppelt kräftigen Jungen auf die Knie. Der Leuchter entglitt seinen Händen und fiel krachend ins Vestibül. Henry zerrte am Schlafrock, dessen

Schulterteile er zwischen den Fäusten hatte, und hob und senkte dabei den fast leblosen, jämmerlich nach Luft schnappenden Jeremias.
Da tat sich genau hinter dieser Familienszene die Tür auf; ein Lichtschein fiel ins Dunkel, und in einem sackartigen Hemde, die Haare unter einer unmöglichen Nachtmütze verborgen, erschien Frau Sanna, nicht mehr bloß Salzsäule jetzt, sondern ein gefrorener Schatten. Ihr Mund tat sich mit aufgestülpter Ober- und Unterlippe auf – schnutenartig, und tat sich wieder zu. Dann streckten sich beide Arme waagerecht vor – statuenhaft, insofern man eine Vogelscheuche zu den Statuen rechnen will. So eine Weile, indessen Henry weiter am Schlafrock und somit auch an Jeremias herumriß. Nun aber begannen Sannas Arme, immer noch steif, seltsam zu kreisen, gleichsam als wollte die gebildete Hamburgerin die Form des Kegels demonstrieren. Doch war dies keineswegs ihre Absicht und das Ganze nur eine Art Reflexbewegung. In aller Kürze: Sanna, durch das Gebrüll Henfels aus dem Bette und vor die Türe getrieben, war angesichts der Pantomime zwischen Onkel und Neffe einer Art temporären Blödsinns verfallen. Der Schreck hatte sie um Sprache und Bewegung gebracht, nur die Arme vermochten noch dieses wunderliche Kreisen um eine unsichtbare Kegelform.
Das Ganze: Der auf- und niedergetunkte Onkel und die armekreisende Tante machte im bräunlich gelben Lichte einer Öllampe, das von unter her zwischen den Säulen des Galeriegeländers heraufschwamm, den Eindruck einer grotesk-unheimlichen Marionettenszene.
War es nicht wirklich eine?
Die Frage genauer gestellt: War irgendeine der drei Figuren sich dessen bewußt, was hier vorging? Die rasende Wut Henrys, der seinen Vormund vielleicht erdrosselt haben würde, wenn seine Fäuste dessen Gurgel erwischt hätten statt des Schlafrockstoffes, und dies zur Gelähmtheit gewordene Entsetzen von Sanna und Jeremias – beides waren schließlich Äußerungen eines Feindschaftsgefühls, das sich seiner ganzen Tiefe nicht bewußt war.
Henry zumal handelte im Grunde ganz willenlos, wie in den Zuckungen eines epileptischen Anfalles, und doch war es seine innerste, eigentlichste Natur, die sich hier, durch kei-

nerlei vernünftiges Bedenken gehemmt, äußerte. Mit demselben Gefühle wütender Genugtuung, mit dem er jetzt den verhaßten Usurpator nicht bloß seines Schlafrockes, sondern seiner Freiheit auf- und niederzwang, hätte er auf ihm herumtreten können. Und dieser wiederum, so tief die entsetzlichste Angst in ihm saß, und so unmöglich ihm jeder tätige Widerstand, jeder Versuch sich frei zu machen, schien (denn es war, als sei alle Kraft von ihm gewichen), auch dieser hätte sich eher erdrosseln lassen, als daß er den Schlafrock losgelassen und ein Wort der Nachgiebigkeit gesprochen hätte. Selbst Frau Sanna, in ihrer wortlosen Verblödung durch den Schreck, empfand als letzten Willensrest in sich das Gefühl einer starren Entschlossenheit: Nicht nachgeben! Nur nicht nachgeben!

Diese stumme Szene, in der sich alles Gegensätzliche zwischen den feindlichen Parteien wie in einer symbolischen Handlung mehr unbewußt, als bewußt aussprach, dauerte kaum eine Minute. Nur der oberste Regisseur aller Puppenspiele mag es wissen, welchen Verlauf sie genommen hätte, wenn jetzt nicht, durch den Krach des heruntergestürzten Leuchters erweckt, ein Diener mit einer Blendlaterne erschienen wäre. Wie der Reflektor der Laterne einen breiten grellen Lichtkegel über die Szene warf, war sie mit einem Schlage beendet. Henrys geballte Fäuste lösten sich, er stürzte vornüber lang hin.

War es eine mit schneller Erfassung der Situation, mit plötzlich wach werdendem Bewußtsein simulierte oder wirkliche Ohnmacht? – Er blieb steif liegen, sich in den Teppich verbeißend.

Auch Jeremias und Sanna gewannen augenblicklich Bewußtsein und Sprache.

Frau Sanna verschwand einfach, da jetzt das Gefühl, bloß behemdet zu sein, alles andere in ihr beiseiteschob. Jeremias aber erhob sich und sagte zu dem Diener: »Ein Krampfanfall! Bringen Sie den jungen Herrn ins Bett.«

Dann zog auch er sich zurück, blieb aber lauschend hinter der Türe stehen, um womöglich zu konstatieren, ob die Ohnmacht echt oder simuliert sei.

Sie war gespielt, wurde aber so gut durchgeführt, daß Herr Jeremias keinen Lauscherlohn davontrug. Henry machte sich steif wie ein Stück Holz und ließ den Diener sich ruhig abmühen, ihn in die Höhe und mit vielem Ächzen hinüber in sein Zimmer zu bringen. Erst wie der Schnaufende ihn ins Bett gelegt und dann die Türe hinter sich zugemacht hatte, öffnete er die Augen und richtete sich auf.

Was würde nun geschehen?

Henry war ganz ruhig. Diese gymnastische Übung hatte ihm eigentlich ganz gut getan. Er fühlte sich erfrischt, wie nach einem Ritte. Auch seelisch. Es war doch angenehm gewesen, dieses alte Ekel unter sich zu haben, das nun bis zu seiner Mündigkeit über ihm stehen sollte. Und, so schloß Henry mit nicht übler Psychologie: ein bißchen in acht würde sich der Herr Vormund inskünftig doch wohl nehmen. Zwar: Der Krieg war nun nicht bloß erklärt, sondern ausgebrochen. Aber das schadete nichts. Besser diese Klarheit, als unbestimmtes Hindämmern in einem Zustande unausgesprochener Gegnerschaft. – Der Onkel und die Tante würden sich rächen. Gewiß. Aber leicht hätten sie ihm ohnehin das Leben nicht gemacht, das war sicher. Nein, es war ganz gut, daß er den Onkel ein bißchen getaucht hatte, und bedauerlich wäre nur, wenn der Mantel dabei Schaden gelitten hätte. Anderseits war aber auch der schließliche Ausgang der Sache ganz nach Wunsch. Zumal die Ohnmacht war eine glänzende Eingebung des Augenblicks gewesen. Sie überhob ihn der Notwendigkeit, sich zu entschuldigen. Er würde einfach morgen tun, als sei jede Erinnerung an das Geschehene durch die Ohnmacht ausgelöscht. Ja, er könnte den ganzen »Anfall« vielleicht für weiterhin nutzbringend ausbeuten, indem er eine krankhafte Veranlagung zu derartigen nervösen Zuständen konstruierte, die mit explosionsartigen Entladungen begännen und in Ohnmachten endigten. Da der Hausarzt verreist war, konnte sich der Onkel nur bei der Dienerschaft erkundigen, und die war metallisch zu beeinflussen.

Über diesen weit ausschauenden Plänen schlief Henry im ganzen nicht unzufrieden ein.

Im Schlafzimmer gegenüber kam man zu Entschlüssen, die zu Henrys Erwägungen stimmten.

Das Ehepaar war doch stark mitgenommen von dem Erlebten, und, was Jeremias anging, so fühlte er seine Knochen.
Dieser Henry war, abgesehen von seinen übrigen schauderhaften Eigenschaften, auch noch ein gefährlicher Wüterich. Man mußte auf seiner Hut vor ihm sein, sonst konnte, wie Figura zeigte, ein Malheur passieren. Strenge, ja, – natürlich; aber doch in gewissen Grenzen. Keine pädagogischen Plötzlichkeiten, kein rasches Zupacken, sondern mehr ein systematisches Belasten, gewissermaßen ein langsames Ausdrücken des Geschwüres.
»Wir wollen ihn schon mürbe machen, Jeremias,« erklärte Frau Sanna. »Es muß in der Bibel irgendwo ein Gleichnis sein von der langsamen Kelter; danach wollen wir handeln.«
»Dieses Gleichnis ist mir nicht gegenwärtig, und ich möchte fast meinen, du verwechselst es nach Frauenart mit einem anderen,« entgegnete Herr Jeremias, indem er sich, die beiden Arme kreuzend, beide Schultern gleichzeitig rieb, was ihm durch seine Magerkeit erleichtert wurde. »Aber die Sache triffst du genau. Derartige Explosionen müssen schlechterdings vermieden werden, schon aus Rücksicht auf uns und die Kinder, denen der Anblick solcher Szenen in keiner Hinsicht zum Vorteil gereichen könnte. Aber auch im Interesse des Buben.« (Während dieser Unterredung hieß Henry durchweg »Der Bube«.) »Denn es scheint doch, als ob bei diesen fürchterlichen Entladungen einer bestialischen Wildheit eine gewisse krankhafte Veranlagung mit im Spiele wäre.«
– »Er sah aus wie ein Tobsüchtiger, als er dich schüttelte, Jeremias. Das einzige Gute daran war, daß seine Raserei ihn verhinderte, mich zu bemerken. Ich würde den Gedanken nicht ertragen können, von ihm im Bettgewande gesehen worden zu sein.« (Bettgewand war im Krakerschen Idiotikon die Bezeichnung für das erwachsene Nachthemd.) »Seine an sich schon gräßlich großen Negeraugen hingen ihm förmlich aus dem Kopfe heraus und waren blutunterlaufen, wie bei den Büffeln in unserem Zoologischen Garten. Auf seinen Lippen stand gischender Schaum. Alles an ihm war verzerrt und die Gesichtsfarbe dunkelblau. Er sah nicht aus, wie ein Mensch, sondern wie ein Teufel. Und das ist er auch.«

– »Du übertreibst wohl etwas, Sanna, und das eine muß ich dir direkt verweisen: Das mit dem Teufel. Nimm es mir nicht übel, Sanna, aber du bist da in katholische Anschauungen verfallen. Nur ein Katholik kann sagen: Dieser oder jener Mensch ist ein Teufel, denn die Katholiken glauben, soviel ich weiß, an die Möglichkeit, daß der Teufel sich in einem Menschen verkörpert. Unsere gereinigte Lehre aber verwirft dies als papistischen Aberglauben und erkennt nur die Möglichkeit an, daß der Teufel Besitz von der Seele eines Menschen nimmt. Daher das Wort: Vom Teufel besessen. Dies ist ein Unterschied, Sanna, denn ein vom Teufel Besessener ist immer noch ein Mensch, und nicht der Teufel selbst, und ihn können wir retten, indem wir den Teufel aus ihm vertreiben.«

So Herr Jeremias, der in seiner Schwäche diesen theologischen Exkurs offenbar als eine angenehme Ablenkung vom eigentlichen Thema empfand und überdies die Gelegenheit zu einem sanften Tadel Sanna gegenüber gerne ergriff, weil er sich noch immer mit Ärger an die gesunden Äußerungen ihres Schlafes erinnerte, währenddessen er Todesängste auszustehen gehabt hatte.

Der Vorwurf des Rückfalls in katholische Anschauungen kränkte Frau Sanna tief. Sie drehte sich nach der andern Seite um, die ohnehin ihre Schlafseite war, und machte dem Gespräch durch eine majestätische Schnarchfuge ein Ende.

Frühstücksgespräche

Als am nächsten Morgen die beiden Gatten beim Frühstück saßen, das, nach Hamburger Art reichlich bestellt, Herrn Jeremias angenehm berührte, meldete ein Diener, daß der junge Herr krank sei und nicht aufstehen könne. Es sei dies nach Anfällen wie dem gestrigen immer so und habe nichts weiter auf sich. Nur möchte man den Kranken ungestört im verdunkelten Zimmer lassen. So habe es in allen früheren Fällen der Arzt angeordnet. Sonst wiederhole sich der Anfall leicht, während sich der Kranke erfahrungsgemäß im Laufe eines Tages völlig zu erholen pflege, wenn er sich ganz überlassen bleibe und durch nichts an den überstandenen Anfall erinnert werde.

So der Diener nach genauer Anweisung Henrys, der ihn auch über die Art der Antworten auf etwaige Fragen wohl instruiert hatte.
Er hatte die Fragen ganz richtig vorausgesehen.
Ob solche Anfälle schon öfter vorgekommen seien?
Ja, zumal um diese Zeit, im Frühjahr.
Ob bei bestimmten Gelegenheiten?
Ja, nach Aufregungen. Z. B. wenn er heftig getadelt worden sei, was aber nur selten geschehen sei, da der junge Herr sich durch Freundlichkeit viel leichter leiten lasse.
Welche Aufregungen also sonst?
Der junge Herr könne direkten Widerspruch manchmal durchaus nicht vertragen. Es sei krankhaft, meinte der Arzt, nervös. Auch sehr angestrengtes Studieren disponiere zu den Anfällen. Dem jungen Herrn sei vieles Sitzen nicht gesund. Er bedürfe nach der Meinung des Arztes viel körperlicher Bewegung, zumal Reiten und Kutschieren.
Henry hatte die Grundlagen seiner pädagogischen Behandlung noch weiter ausgeführt, aber Herr Jeremias hielt es für angebracht, seine Fragen einzustellen. Daß der Diener auf Instruktion antwortete, ahnte er zwar nicht, aber er begriff, daß er nur noch weitere Maximen einer Erziehungspraxis zu hören bekommen würde, nach denen sich zu richten ganz außerhalb seiner Pläne lag.
Die Krankheit Henrys und seine Ausschaltung für diesen Tag war ihm angenehm. So durfte er die Szene von gestern pathologisch nehmen und sich ein Eingehen darauf ersparen. Auch war er ja eigentlich als Sieger aus diesem Zweikampf hervorgegangen, eine Überzeugung, die auch für den entschiedensten Christen etwas Angenehmes hat.
– Gut: – Fertig damit! – Er schob die Sache erleichtert beiseite und ging nun an die Disposition für sein Tagewerk.
– »Ich werde reichlich bis zum Essen zu tun haben. Laß es auf vier Uhr richten, du kannst dich ja inzwischen in der Stadt oder im Hause umsehen.«
– »In der Stadt?! Wo denkst du hin? Selbst vor dem Hause graut mir. Ich werde an Minna schreiben, daß sie das Zimmer für den Jungen richtet.«
– »Gut. Ich bin auf das Testament gespannt.«
– »An uns hat er gewiß nicht gedacht.«
– »Gewiß nicht, dafür aber vielleicht noch an eine ganze

Reihe von Bastarden. Denn, Sanna, das ist mir jetzt klar: Henry ist der Sohn Henrys.«
– »Schrecklich!«
– »Ich werde, wenn es deren gibt, auch Freunde des Verstorbenen aufsuchen.«
– »Womöglich gar Freundinnen?!«
– »Sanna!«
– »Oder diesen Hermann!?«
– »Je nachdem.«
– »Was wirst du alles erfahren! In welche Verhältnisse wirst du blicken müssen!«
– »Ich werde nichts unterlassen, was zu meiner Orientierung nötig erscheint.«
So, grimmig entschlossen, begab sich Herr Jeremias in die Stadt. Die Hauartsche Equipage gewann das Aussehen einer Mietskutsche, wie der kümmerliche Bratenrock in ihr saß, und der Kutscher verriet viel Stilgefühl, indem er zu dieser Fahrt die älteste Livree hervorsuchte.

Ouvertüre quasi furiosa

»Sanna!« rief Herr Jeremias aus, als er zurückkehrte; »es ist entsetzlich!«
»Was?« gab Sanna erschreckt zurück; »ist das Vermögen in Unordnung?«
– »Nein, das ist gottlob in tadelloser Ordnung. Aber sonst! Es ist furchtbar!«
– »So sprich doch!«
– »Henry ist ein Jodenjonge!«
Sanna setzte sich fassungslos auf einen Schaukelstuhl, der heimtückisch schnell nach hinten wippte und dadurch ihre Beine in eine vollkommen unpassende Schräglage brachte, die Füße nach oben.
Mit einem Schwung war sie wieder auf den Füßen und wankte zu einem Sofa.
– »Sprich, Jeremias! Sag mir alles!«
– »Also höre.«
Herr Jeremias, viel zu erregt, um stille zu stehen oder gar zu sitzen, ging mit großen Schritten zwischen der Venus von Milo und dem nicht minder nackten Knaben von Xan-

ten auf und ab, indem er referierte: »Also: das Testament! Höllisch, Sanna, höllisch! Er bleckt uns die Zunge aus dem Grabe hervor!«
– »Beruhige dich, Jeremias! Du transpirierst!«
Herr Jeremias mußte sich in der Tat den Schweiß von der Stirne wischen, ehe er fortfuhr: »Gut! Es sind drei Testamente da! Eins mit dem Namen der Frau, also für den Fall bestimmt, daß diese ihn überlebt hätte. Es hat jetzt keinerlei Bedeutung. Das andere ist für den Jungen, nur von ihm und nicht vor seiner Mündigkeit zu öffnen, abgefaßt für den Fall, daß der Tod später eingetreten wäre, also zu einer Zeit, wo der Junge schon mündig gewesen wäre. Vermutlich enthält es noch mehr Greuel. Ich danke meinem Schöpfer, daß ich es nicht zu lesen brauche. – Das andere trägt meinen Namen und ist am Tage der Adoption abgefaßt. Es soll für den vorliegenden Fall gelten. Alles notariell, richtig, unanfechtbar. Da ist es!«
Herr Jeremias schloß die Aktenmappe auf, die er immer in der Klemme des linken Armes bei sich geführt hatte, nahm ein Schriftstück mit geöffneten Siegeln heraus und entfaltete es zu den Füßen der Venus von Milo, deren Nacktheit ihn jetzt gar nicht zu genieren schien. Mit einem übermäßig heftigen Schlag der rechten Hand knackte er den Bug des steifen, dicken Büttenpapiers um, selbst auf das Material zornig, dessen sich der tückische Vetter bedient hatte, um seine unvetterlichen Gesinnungen ihm gegenüber zu fixieren.
Ehe er las, ließ er das Dokument noch einmal sinken, atmete tief auf und sprach: »Daß Henrys Seele gottlos, verstockt, boshaft, lasterbefleckt und aller verwandtschaftlichen Regungen unfähig war, wußten wir, wußte zumal ich, dem dieser Mensch schon von Kindesbeinen an unsympathisch war. Daß sein Testament nichts enthalten würde, über das wir uns zu freuen Ursache hätten, sah ich voraus. Aber daß es nichts sein würde als grinsende Verhöhnung meiner heiligsten Gefühle und die schamlose, ausdrückliche Offenbarung einer schlechthin verbrecherischen Sinnesart, das, nein, das hätte ich nicht für möglich gehalten.«
»Reg dich nicht auf, Jeremias! Lies!« warf Frau Sanna, mehr ungeduldig, als um seine Seelenruhe besorgt, ein.

Und Jeremias las. Es war, als ob die Eisengallustinte selbst, mit der das Testament geschrieben war, in ihrer ganzen bitteren Herbe über seine Lippen flösse, so widrig war das Gesicht des Lesenden:

»An meinen Vetter Jeremias Kraker, Export und Import in Hamburg, den ich mit derselben Liebe liebe, mit der er mich liebt.

Jeremias: Kapitel 9, Vers 15.«

»Was stehet dort geschrieben?« fragte Frau Sanna.

Jeremias griff in den linken Schoßflügel seines leidtragenden Gehrockes, der das Alte Testament barg, während im rechten das Neue seinen Platz hatte, und las: »Darum, so spricht der Herr Zebaoth, der Gott Israels, also: »Siehe, ich will dies Volk mit Wermut speisen und mit Galle tränken.«

»Was soll das?« fragte verdutzt Frau Sanna.

»Du wirst es bald merken,« antwortete Jeremias. »In der Unflätigkeit seines Gemütes hat sich der Hingegangene nicht gescheut, einen Vers Jeremiä gewissermaßen als Motto zu mißbrauchen. Wir sind das Volk, Sanna, das von ihm mit Wermut gespeist und mit Galle getränkt wird in diesem schändlichen Schriftstücke. Es ist sogar noch ein zweiter Vers vermerkt und dessen Sinn wird dir ohne weiteres eingehen:

Jeremias: Kapitel 15, Vers 13!!!«

Der bibelsichere Kaufmann blätterte um und las fast wimmernd: »Ich will aber zuvor euer Gut und Schätze in die Rappuse geben, daß ihr nichts dafür kriegen sollt; und das um aller eurer Sünden willen, die ihr in allen euern Grenzen begangen habt.«

»In die Rappuse!« wiederholte Frau Sanna entsetzt, »wie schrecklich!«

»Jawohl: in die Rappuse!« rief Herr Jeremias aus, »und das da ist die Rappuse, Sanna! Das da!« Er schlug klatschend auf das Testament.

»Ogottogottogott!« jammerte Frau Sanna. »Und das hat er extra rausgesucht!«

Jeremias nickte schwermütig mit dem Kopf: »Ja selbst die Bibel, die er sonst mied, mußte ihm dazu dienen, uns Pfähle ins Fleisch zu stoßen!«

»Er war ein Ungeheuer! Ich mag nicht auf seinem Sofa sitzen!« rief Frau Sanna aus und sprang auf, als sei sie einer im Polster verborgenen Stecknadel zu nahe gekommen. Und nun wandelte sie neben ihrem Gatten her, während er weiter las:

»Jeremias! Bei deiner großen Frömmigkeit, dieser durchaus probaten Diätetik der Seele, die Geist und Gemüt vor allen ungesunden Anstrengungen und Aufregungen schützt, und bei deinem streng geregelten Lebenswandel, der allen Gefahren und Schädigungen klug aus dem Wege geht, ist es mir zweifellos, daß du mich und auch meine Frau überleben wirst. Ganz bestimmt aber wirst du, denk ich, in dem Falle am Leben sein, für den ich heute am Tage der Adoption von Felix Schirmer, nun also Felix Hauart (später Henry Felix zu nennen, nach seiner Einregistrierung in ein protestantisches Kirchenbuch) dieses Testament errichte, für den Fall nämlich, daß wir, meine liebe Frau Klara und ich, diesen unseren Adoptivsohn in unmündigem Alter zurücklassen sollten. Für diesen Fall, den das Schicksal meinem teueren Sohne hoffentlich ersparen wird, bestelle ich dich zu seinem Vormund.

Dies ist mein einziges Vermächtnis an dich. Wärest du nicht der Fromme, der du im Gegensatze zu mir, dem Gottlosen, bist, so würde ich dir auch etwas anderes vermachen, ›Dinge dieser Welt‹, um in deiner Sprache zu reden. Aber, so hoch ich diese Dinge schätze und schätzen muß, da ich ja an die andere Welt nicht glaube, so sehr verachtest du sie, der hienieden nicht genießen, sondern sich nur vorbereiten will auf das himmlische Jenseits, allwo der Fromme um so höherer Seligkeit gewürdigt werden soll, je kümmerlicher es ihm ergangen ist in diesem Jammertale.

Ist es nicht so, Jeremias?

Ich frage dich, weil ich mich selbst oft genug gefragt habe, ob das wirklich die Meinung der Frommen ist. Ich bin daran gerade im Hinblick auf dich, Jeremias, zuweilen irre geworden. Denn fleißiger noch als in die Kirche gehst du in dein Kontor, und intensiver noch als an die ewige Seligkeit denkst du an deinen Profit, und du hältst es offenbar durchaus nicht für einen Raub an deinem Christentum, daß du dich täglich durch Export und Import bereicherst. Schon als Knabe hast du mit Stahlfedern und Briefmarken einen schwunghaften, erfolgreich auf Gewinn bedachten Tauschhandel getrieben, großes Geschick entfaltend in der Ausnutzung der Konjunktur und große Beredsamkeit, wenn es dir galt, dein Briefmarkenalbum vorteilhaft um ein selteneres Stück zu vermehren, als es das war, das du dafür hinzugeben entschlossen warst. So hast du mich, o Jeremias, einmal um eine Kap der guten Hoffnung gebracht, die dreimal so viel wert war, als die Mexiko, die du mir dafür aufdrehtest.«

Herr Jeremias blieb stehen und rief erregt, indem er das Testament schwang: »Kein Wort ist davon wahr! Die Mexiko war ebenso gut; wenigstens in dem Moment, wo ich sie ihm gab. Erst am nächsten Tag fiel sie im Kurs, weil ein anderer Junge ein ganzes Kuvert voll in die Klasse brachte. Ich habe nur kaufmännische Voraussicht an den Tag gelegt damals. Das ganze Börsengeschäft beruht darauf, daß man sich über Eventualitäten durch Erkundigungen orientiert und demgemäß rechtzeitig Abschlüsse macht. Henry hat genauso mir gegenüber gehandelt und mehr als einmal. So erinnere ich mich, daß er mir eine Thurn und Taxis . . .«

»Halt dich doch nicht bei den Briefmarken auf!« fiel Frau Sanna ein, »das war ja nur Hohn.«

»Aber ich laß mir meine Ehrenhaftigkeit als Kaufmann nicht verdächtigen!« rief Herr Jeremias, »mein Schild ist rein!«

– »Gewiß, Jeremias! Lies weiter!«

– »Also: . . . aufdrehtest! Du siehst: auch ich bin Kaufmann; sonst würde ich mich an derlei nicht mehr erinnern. Aber ich verstehe nur manchmal nicht recht, wie man ein so brillanter Kaufmann sein kann wie du, und ein so brillanter Christ gleichzeitig.«

Herr Jeremias konnte nicht anders: er mußte das Testament nochmals heftig schwingen und stehenbleiben. Dabei rief er: »Ja, soll ich denn, weil ich Christ bin, alle Geschäfte den Gottlosen überlassen? Das möchte denen gefallen. Das glaube ich!«

»Es ist ja bloß Hohn, Jeremias!« beschwichtigte die Gattin. »Er meint den Unsinn ja gar nicht ernst. Lies weiter!«

Und Jeremias las: »Aber es wird wohl so sein: Ihr guten Christen, da euch das Leben nur als eine Kette von Prüfungen gilt, die im Jenseits um so höher honoriert werden, je freiwilliger sie übernommen und je glänzender sie bestanden worden sind, ihr betrachtet auch den kaufmännischen Beruf als eine Prüfung und drängt euch um so beflissener zu ihm, je widerwärtiger euch der Gedanke an irdischen Gewinn ist. Ihr leidet grausam am Profit, aber ihr überwindet mannhaft dieses Leiden, so mannhaft, daß ihr es täglich, stündlich steigert. Es ist das Kreuz, das ihr auf euch nehmt, ein Kreuz aus Gold und daher sehr schwer. Nur dadurch ist auch zu erklären, daß ihr Reichtümer sammelt, nicht, um sie zu genießen, sondern offenbar bloß zu dem Zwecke, daß sie da sind. Das wäre ganz unnatürlich, wenn ihr es nicht aus der Lust am Leiden, am Tragen tätet, – ihr Märtyrer des goldenen Kreuzes. Ist das nicht so, Jeremias?«

Hier blieb Frau Sanna stehen. »Er war verrückt, Jeremias!« rief sie mit Bestimmtheit aus. »Ich glaube, man kann das Testament anfechten!«

– »Nein, Sanna, er war nur über alle Begriffe boshaft, und er wußte ganz genau, wo hinaus er mit seinem gotteslästerlichen Spotte wollte. Höre nur weiter: »Ja es ist so. Und weil es so ist, darf ich dir von meinem Reichtum nichts hinterlassen. Zwar, er würde dich vielleicht besonders schwer drücken und dir aus diesem Grunde doppelt willkommen sein als Zuwage zu deinem Kreuze, weil mein Vermögen nicht christlich, sondern unchristlich erworben ist, nämlich nicht zu dem Zwecke mich zu drücken, sondern mir das Leben möglichst frei und heiter zu gestalten. Denn jeden Taler, den ich mir erworben habe, Jeremias, habe ich meiner Lust erworben, meiner Begierde, ein freier Herr auf Erden zu sein, alles zu genießen, was einem Menschen, wie mir, die Erde zum Genuß bietet, und zwar im möglichsten Überflusse zu genießen, schwelgerisch, inbrünstig, wollüstig.«

»Pfui!« pfiff Sanna hervor.

Düster las Herr Jeremias weiter: »Wenn mein Leben trotzdem nur wenig Wollüste gekannt hat, was ich tief beklage, so trägt die Hauptschuld daran der Umstand, daß ich nicht im Reichtum geboren und nicht für den Reichtum erzogen worden, wohl auch im Grunde eine karge Natur bin – denn ich bin dir blutsverwandt, Vetter Jeremias. So habe ich mir denn als Surrogat für alles Nichtgenossene die Wollust aufgespart, in einem Menschen nicht meines, sondern besseren Blutes einen Wollüstling zu erziehen.«

Vetter Jeremias ließ das Schriftstück sinken und sah Frau Sanna leer an. Diese wandte mit vor Grauen halboffenem Munde den Kopf wie mechanisch ein paarmal hin und her und hauchte: »Weiter!«

Jeremias las: »Doch das gehört schon zu der Orientierung, die ich dir im weiteren Verlaufe dieses Vermächtnisses, das aus Rücksicht auf dein stark ausgebildetes Christentum ein Nichtsvermächtnis sein muß, über meinen schon jetzt innig geliebten Sohn und einzigen Erben Henry Felix geben werde. Ich führe nur, um dir klar zu zeigen, wie vollkommen ich deine christlichen Überzeugungen und Empfindungen zu schätzen weiß, noch aus, was ich vorhin angedeutet habe. – Gesetzt den Fall, ich hinterließe dir irdische Güter. Was hieße das? Eine Handlung gegen meinen Begriff vom Sinne des Reichtums und eine Versündigung gegen den deinen. In diesem Zusammenhange sei nur von der Versündigung gesprochen. Für dich hat der Reichtum nur Sinn als eine freiwillig übernommene Prüfung in Gestalt seiner Erwerbung und der Weiterschleppung des Erworbenen. Dagegen, wenn ich dir, sagen wir einmal eine Million Mark hinterließe, oder, falls ich nicht Henry adoptiert hätte, mein ganzes Vermögen ...«

Herr Jeremias machte eine Pause, weil ihm irgend etwas den Atem verschlug.

Dann fuhr er fort: .... »was würde das als Prüfung für dich bedeuten? Nichts. Schlechterdings nichts. Denn sie wäre keine freiwillig durch dich übernommene Prüfung. Der Schmerz, mit dem du die betreffende Summe in dein Hauptbuch eintragen würdest, wäre viel zu gering, um dir als Christen eine irgendwie tiefe Genugtuung zu geben.«

Frau Sanna blieb kopfschüttelnd stehen: »Ich sag es noch einmal, er war verröckt, wie er das schrieb. Das hat ja gar keinen Sinn und Verstand. Ich wenigstens verstehe kein Wort davon.«

– »Weil du eine christliche Seele ohne Arg bist, Sanna! Nicht zufrieden damit, gegen alles Gefühl und alles Recht zu handeln, will er seine Ruchlosigkeit auch noch scheinbar bemänteln, indem er die Fetzen des Hohnes darüber wirft. Das sind die Früchte der Lektüre dieser Bücher da!«

Herr Jeremias wies mit einer fast prophetenhaften Geste auf ein großes Bücherregal. Zwar hatte er bisher nur konstatiert,

daß die Bücher in Leder gebunden waren, aber er gehörte zu den Leuten, die alles, was ihrem Geiste schrecklich ist, instinktiv auf schlechte Lektüre zurückführen.
»Gewiß hat der Junge sie auch schon alle gelesen,« murmelte Frau Sanna.
»Er ist ja selbst ein Teil ihres Geistes,« rief Herr Jeremias aus, indem er wie beschwörend die Arme hoch hob, »er ist ja ein Judensprößling!«
»Huch!« sagte Frau Sanna.
Und Herr Jeremias, nun grimmigen Tones, las weiter: »Einem Christen aber ziemt als Vermächtnis einzig eine Prüfung, und er wird um so dankbarer für sie sein, je schwerer sie ist. – Ich denke, Jeremias, du wirst gestehen müssen, daß ich, dem du, glaube ich, nie ein rechtes Verständnis für christliche Bedürfnisse zugetraut hast, überschwenglich gut für dich gesorgt habe.
Denn die Prüfung, die ich dir hinterlasse, indem ich dich zum Vormund meines Sohnes und Erben Henry Felix Hauart bestelle, ist sehr schwer. Da du sie nach den Gesetzen immerhin ablehnen kannst, so darfst du sie überdies auch als freiwillig übernommen betrachten. Du wirst sie doch übernehmen? Verzeihe die Frage. Sie ist beleidigend. Du wirst sie natürlich übernehmen, es ist ganz zweifellos.
Indem ich dies schreibe, Jeremias, sehe ich dein Gesicht vor mir, wie es in dem Augenblicke aussehen wird, da du diese Zeilen liest, und ich sehe durch deine wasserklaren Augen hindurch in dein Gehirn, und ich sehe, was sich da durcheinanderwindet. Ganz deutlich, Jeremias, sehe ich jeden deiner Gedanken, jeden. Wie mit Bibellettern gedruckt auf durcheinanderwimmelnden Spruchbändern.«
Herrn Jeremias wurde unheimlich. Da drüben in dem alten mit Glas gerahmten Spiegel konnte er sich wohl sehen. Sollte er einen Blick ...? Aber nein. Unsinn! ... Nicht doch! ... Welche fatale Art der Nötigung. Denn das war es doch offenbar.
»Sanna, – was sagst du dazu!« wandte er sich an seine Frau, »ist das nicht ... wie?«
Aber Frau Sanna hatte nichts gesagt. Auch ihr war nicht wohl zumute. Das klang so ... Sie fand nicht das rechte Wort und meinte dann: »Gott sei Dank, daß wir nicht abergläubisch sind.« Aber es war ihr nicht möglich, das Bild des

Verstorbenen anzusehen, das ihr gerade gegenüber hing, von seinem Freunde mit fast unheimlicher Konzentrierung auf die scharfen stahlblauen Augen gemalt.
»Lies weiter!« meinte sie kurz.

Von der Schlange

Und Herr Jeremias las, leise, schnell, als wenn jemand im Zimmer wäre, der es nicht hören sollte: »Ich lege eine Schlange an deinen Busen, Jeremias. Das ist wohl, in deiner Sprache gesprochen, das rechte Wort. – Möge sie sich gut entwickeln, dir und allen deiner Art zum Ärgernisse! Was ich dazu tun kann, soll geschehen. Ist es mir beschieden, Henry Felix zum Manne zu erziehen, so wird er – dieser Zuversicht gehört der Rest meiner Tage – das werden, was ich nicht werden konnte: ein aufrechter Heide und stolzer Herr, der außerhalb eurer Hürden und Schragen leben soll, keinem Gotte, sondern sich zum Wohlgefallen in allen den Wollüsten, die einem wohlgeborenen und durch keine Krankenhauserziehung verkümmerten Menschen gebühren. Sollte mich aber der Tod vor Erreichung dieses hohen Zieles treffen, so wird es, vorausgesetzt, daß ich seiner Seele wenigstens die bestimmende Grundlage habe geben können, besser sein, er lernt in dir das schroffe Gegenteil meines (und somit seines) Ideals kennen und reibt sich hart im Gegensatze zu dir, als daß er etwa lau und halb und halb wird in der Erziehung durch einen Menschen der modernen Mittellinie. Dies habe ich mir wohl überlegt, Jeremias. Es war kein leichter Entschluß. Denn ich weiß: Henry Felix wird es nicht gut bei dir haben, so wenig es dir wohl werden wird bei seiner Erziehung. Auch für ihn wird es eine Prüfung sein und keine leichtere, als für dich. Aber, wenn es schon einmal sein soll, daß ich ihn nicht zu der Höhe führen darf, die ohne Opfer und Mühen nicht zu erreichen ist, so soll er sie sich lieber erkämpfen müssen im Kriege mit einem unbedingten Feinde, als daß er bequem auf halbem Wege stehenbleibt unter der Leitung eines Führers aus den Kreisen des behaglichen Kompromisses, die augenblicklich in Deutschland die Führung haben.
Du siehst: ich bin offen, Jeremias. Ich belüge weder dich

noch mich. Ich mache mir nicht vor, daß du auf meine Erziehungsintentionen eingehen könntest; ja, ich wünsche es nicht einmal. Nimm meinen Sohn nur in deine christliche Striegel! Gegenüber dieser Natur wird dich dein Gott verlassen.«

Hier mußte Herr Jeremias eine Pause machen, schon aus Mangel an Atem, denn er hatte in einem rasenden Tempo gelesen.

Frau Sanna war den Sätzen ebenso atemlos gefolgt.

»Ist es denn die Möglichkeit!« rief sie aus, »wie kann ein Mensch so entsetzlich bestimmt nicht an Gott glauben!?«

»Ich glaube«, entgegnete Herr Jeremias voll tiefer Überzeugung, »jetzt mehr denn je daran, daß diese Vormundschaft eine direkte Fügung Gottes ist. Auch wir, Sanna, sind nicht wachsam genug gewesen, auch wir haben uns einlullen lassen in sträfliche Ruhe. Wahrlich, Sanna, ich fühle, daß ich ein lauer Christ gewesen bin, zufrieden mit dem Anscheine christlichen Lebens um uns. Ich wußte zwar immer, daß vieles nur tönendes Erz und klingende Schelle ist, und ich habe es nicht daran fehlen lassen, an der Vertiefung christlichen Lebens mitzuarbeiten. Aber erst jetzt sehe ich, daß der Antichrist selber wieder am Werke ist und daß wir viel, viel tätiger sein müssen. Gelobt sei Gott, daß er es auf unsere Schultern gelegt hat, diesen Sohn der Finsternis ins Licht zu führen. Ich gelobe es ihm zu, nicht zu ermüden an diesem schweren Werke und fröhlich daranzugehen.«

Jeremias Kraker war in diesem Augenblicke ganz Gottesstreiter ohne jeden Nebengedanken. Und Frau Sanna durfte mit Recht stolz ausrufen: »Ja, Jeremias, du wirst die Palme haben! Ich wünschte, daß der gottlose Mensch dich jetzt wirklich sähe! Sein Spott würde ihm wohl vergehen!«

»Es ist, wie immer, Sanna; er wollte es böse machen usw.! – Doch wir wollen nicht hochmütig werden! – Höre den Schluß!«

Und Herr Jeremias las gelassen zu Ende: »Ich habe, ehe ich zur Adoption geschritten bin, den Knaben, der nun mein Erbe ist, eingehend auf sein Wesen und dessen Grundlagen geprüft und habe in ihm alle Voraussetzungen zur erfolgreichen Durchführung meiner Absichten gefunden. Dich wird davon nur seine Herkunft interessieren. Sie ist nur mütterlicherseits bestimmbar, denn seine Mutter, eine amerikanische Jüdin, verwitwet, unabhängig, frei von Sentimentalität und Allerweltsmoral, hatte zur Zeit seiner Entstehung zwei Liebhaber, deren jeder der Vater sein kann. Es tut nichts zur Sache, welcher von ihnen der Vater ist. Genug, daß der eine wie der andere in seiner Art so edlen Blutes ist, wie die Mutter, und keiner ein alltäglicher Mensch, auch abgesehen von ihrer adligen Herkunft. Nach meinen genauen Ermittelungen steht fest, daß auch sie zu den heutzutage höchst seltenen Erscheinungen innerhalb der versentimentalisierten und moralisch schwachmütig gewordenen Menschheit gehören, die auf eigene Faust zu leben verstehen als, vielleicht dessen unbewußt, Vorläufer einer neuen Generation höherer Genußmenschen. Sie sowohl wie die Mutter leben noch, aber sie sowohl wie die Mutter werden meinem Sohn nie im Leben nahe treten. Es ist auch mein Wille, den zu respektieren ich ausdrücklich wünsche, daß er unter keinen Umständen vor oder nach seiner Mündigkeit über seine Herkunft aufgeklärt wird. In dem Schriftstück, das ich zur Übergabe an ihn bei seiner Mündigkeitserklärung hinterlasse, teile ich, als der einzig dazu befugte, ihm mit, daß er nicht mein und Klaras leibhafter Sohn ist. Vorher darf er dies unter keinen Umständen erfahren. Auch nicht andeutungsweise.

Henry Felix besitzt zwei Gegenstände als sein eigenstes Eigentum, die von den Männern herrühren, deren einer sein Vater ist: Einen seidenen Schlafrock und die Statuette eines Kosaken. Diese beiden Gegenstände sind ihm zu übergeben. Desgleichen als eine Erinnerung an mich eine Samtschatulle voll römischer Imperatorenmünzen und zur ständigen Erinnerung an meine Frau ihr großes Halsband aus Opalen. Der Inhalt der Schatulle hat einen Taxwert von dreißigtausend Mark. Das Halsband repräsentiert dieselbe Summe. Es wird gegen dein kaufmännisches Gewissen sein, einem Unmündigen Gegenstände von solchem Werte auszuhändigen. Nichtsdestoweniger soll es geschehen. Ich wünsche es ausdrücklich, denn es ist mein Wille, daß er täglich nicht nur an uns, sondern auch daran erinnert werde, daß er der Sohn eines reichen Mannes ist und einmal über Millionen zu verfügen haben wird. Denn deine Haupterziehungsmaxime wird ja sein, ihn das vergessen zu machen. Daran kann ich dich nicht hindern. Aber meine Münzen und Klaras Steine werden stärker sein, als deine Maxime, und die beiden Gegenstände, die seinen Blick in das Dunkel seiner früheren Kindheit zurückzulenken bestimmt sind, werden in noch höherem Grade, weil mit dem Reize des Rätselhaften ausgestattet, das ihrige dazutun, ihm das Gefühl zu verleihen, daß wesentlichere Mächte es sind, die sein Leben bestimmen, als deine Maximen. Denn du und was zu dir gehört, soll nur als Gegensatz auf ihn wirken.

›Ward je in solcher Laun ein Vormund eingesetzt?‹

O, Jeremias, dein Gott meint es gut mit dir! Wenn der ganze Inhalt deines berühmten Bordeauxlagerkellers sauer würde, es wäre keine Prüfung, wie diese. Du wirst, um den Willen eines Gottlosen zu erfüllen, ein junges Herz gegen alles verhärten, was dir heilig ist ... Jauchze, Jeremias! Etwas Greulicheres, das heißt: etwas, das deinem nach Bitternis lechzenden Christenherzen angenehmer und willkommener sein könnte, kann dir gar nicht widerfahren. Ich schließe mit dem Gefühle der Genugtuung, mir zum ersten Male deinen Dank verdient zu haben ...

Rein Geschäftliches ist nur folgendes zu bestimmen: Verkaufe mein Haus in München. Henry Felix soll vogelfrei sein, wenn er aus deinem Hause entlassen wird. Alles Bewegliche, mit Ausnahme der beiden Porträts von Klara und mir, die aber einzupacken und wegzustellen sind, und der Kupferstich- und Münzensammlung, soll mein Freund, der Maler ... erhalten, dem ich die Richtung meines Geschmackes im wesentlichen verdanke.«

Adam und Eva

Herr Jeremias ließ das Schriftstück sinken. Eine Pause trat ein, dann sagte Frau Sanna: »Tja ...«

Ihr war mehr, als alles andere, das auf die Seele gefallen, was sie über die Herkunft des Jungen erfahren hatte. Nur wußte sie nicht, in welcher Eigenschaft ihr Henry gräßlicher war: als der »Sohn der Jüdin« oder als der »vaterlose Bastard«. Es hätte wahrlich schon eine von diesen Eigenschaften genügt, ihn ihr unheimlich zu machen und als gebrandmarkt erscheinen zu lassen.

Jeremias Kraker preßte die Lippen aufeinander, indem er

das Testament in seine Aktenmappe verschloß. In ihm überwog alles andere der christliche Kampfgedanke: »Du sollst nicht triumphieren, Geist des Antichrist! Hier steht Jeremias Kraker als Streiter für Christum, und er wird es dir beweisen, daß er deinen Spott zunichte machen kann mit dem Gewaffen der ewigen Wahrheit.«
»Hast du den Maler aufgesucht, Jeremias?« fragte Sanna.
»Ja, ich war bei ihm,« antwortete der Gatte, »und ich kann dir sagen, daß ich dort Dinge gesehen habe, die ich selbst nach Kenntnisnahme dieses gotteslästerlichen Testamentes nicht für möglich gehalten hätte.«
»Was denn?« fragte mit dem Tone der Spannung Frau Sanna.
Der Gatte berichtete: »Ich ließ mich als Vormund Henrys und in Sachen des Vermächtnisses an den Maler melden, der übrigens Königlicher Professor ist. Trotzdem, ich meine, obwohl er doch daraus ersehen konnte, daß ein bürgerlich anständiger Mann mit ihm zu sprechen wünschte, entblödete sich dieser Mensch nicht, mich in seinem Atelier zu empfangen.«
»Aber, Jeremias,« meinte Sanna, »was ist denn dabei?«
»Sehr viel,« antwortete Jeremias, »ein nackendes Weib, das zum Glück eben noch hinter einer spanischen Wand verschwinden konnte, und ein ebenso nackender Mann, der ruhig stehen blieb, bis ihm der Maler im rohesten Münchner Dialekt sagte: Du kannst dich auch anziehen, Franzl! Vermutlich duzen sich hier die Maler mit ihren Modellen.«
»Zwei – nackte – Menschen – verschiedenen – Geschlechts – neben – einander!?« rief Frau Sanna aus, indem sie wenigstens die Worte trennte.
– »Ja, der Maler erklärte mir mit zynischem Grinsen, daß er eben dabei wäre, der Welt zu zeigen, wie Adam und Eva ohne Feigenblatt ausgesehen hätten. Denn, so fügte er, immer in seinem abscheulichen Jargon, hinzu, ich finde es scheußlich, diese interessanten Schnittlinien immer mit Gemüse zu garnieren.«
»Hör auf,« rief Sanna. »Du hast ihm hoffentlich deine Meinung gesagt.«
»Wohl,« antwortete Jeremias, »aber er hat mich nur ausgelacht und gemeint, ich sei wohl sehr entfernt mit dem Verstorbenen verwandt, in dessen Auftrag er das Bild in dieser

Auffassung zu malen begonnen habe. Nun wolle er es dem Jungen schenken, wenn er mündig sei.«

– »Aber das ist ja himmelschreiend!«

– »Auch ich habe es ihm nicht verhehlt, daß ich ein derartiges Geschenk geradezu als Aufforderung zum Laster betrachten müßte. Weißt du, was er darauf antwortete?«

– »Nun?«

– »Er lachte, indem er rief: Ja, machen Sie denn Ihre Kinder da oben mit der Nähmaschine?«

– »Jeremias?!!!«

Frau Sanna funkelte ihren Gatten an, als sei er es gewesen, der diese furchtbare Frage gestellt hatte.

Jeremias aber fuhr ruhig fort: »Ich kann wohl sagen, daß ich am liebsten das Lokal sofort verlassen hätte, um so mehr, als die beiden Menschen hinter dem Paravent, die aus ihrer Nacktheit ein Geschäft machen, diese Unflätigkeit, die in ihren Ohren ein Witz sein mochte, laut bekicherten. Indessen war es mir bestimmt, den Kelch bis auf die Neige zu leeren und die Luft dieses Ateliers weiter zu atmen, denn ich mußte dem Zyniker ja Mitteilung von dem Punkte des Testaments machen, der ihn angeht. Nach einer geringen Schätzung ist ihm der Wert von mindestens zweihunderttausend Mark in den Schoß gefallen. Was meinst du, was er dazu sagte?«

– »Nun?«

– »Bloß: Ah! Das ist nobel!«

– »Unglaublich!«

– »Ja, und nach einer Weile, es ist nicht zu glauben, sagte er unter Vorausschickung eines dieser bayerischen Bierkutscherflüche: ›Da muß ich aber schnell einen Pump anlegen, um mir das Haus zu den schönen Möbeln zu bauen, denn in dieser Kohlenbrennerhütte bring ichs nicht unter.‹ – Dabei wohnt der Mensch luxuriöser, als unsere reichsten Leute in Blankenese.«

– »So eine Welt! Womit will denn solch ein Mensch einmal das Haus bezahlen?«

– »Ja. Ich fragte mich es auch. Aber da kam das weibliche Modell hervor, gab dem Professor ganz gemütlich die Hand und meinte, in derselben gemeinen Mundart sprechend, wie er, in zwei Jahren hätte er sich so ein lumpiges Haus leicht zusammengemalt. Ich nehme Anstand, dir seine Antwort mitzuteilen.«

– »Sags nur, Jeremias.«

– »Er patschte ihr, in meiner Gegenwart, nicht anders, als wenn ich ein Mensch seiner Sphäre wäre, auf die Backen und sagte ihr in den rohesten Ausdrücken, er danke ihr für ihre gute Meinung, würde sich aber noch mehr darüber freuen, wenn sie künftighin weniger Nudeln und Kartoffeln zu sich nähme, weil sonst ihr Bauch über die Grenzen des Malerischen hinauswüchse.«

– »Pfui! Schweig!«

– »Du hast es gewollt, Sanna! Unerhörterweise sprach er gleich darauf die Absicht aus, uns zu besuchen, um dir, wie er sagte, wichtige Ratschläge betreffs der Erziehung Henrys zu geben. Ich lehnte dies kühl mit der Bemerkung ab, daß du morgen früh bereits nach Hamburg reisen würdest. Und so soll es auch geschehen, Sanna. Denn erstens muß der Junge schleunigst fort von hier, und zweitens habe ich wegen des Hausverkaufs noch eine Reihe von Tagen in München zu tun.«

– »Es ist mir recht, Jeremias. Je eher ich den Staub dieser greulichen Stadt von meinen Kleidern schütteln kann, um so lieber wird es mir sein. – Nach dem anderen Bastard hast du dich nicht erkundigt?«

»Ich durfte es mir ersparen, weil seiner im Testament keine Erwähnung geschieht.«

Mit Henry nach Hamburg

Henry wurde durch die Mitteilung, daß er schon am nächsten Tage mit Tante Sanna nach Hamburg abreisen werde, sehr überrascht, aber er ließ sich seine Verwunderung nicht anmerken, sondern sagte einfach: »Schön!«, aber in einem Tone voll grimmiger Resignation mit einem Ausdrucke von Ekel um die Mundwinkel.

Er war also in die Hände dieser Philister gegeben. Denn, das war ihm zweifellos, dieser Onkel und diese Tante waren Exemplare der Menschengattung, die sein Papa immer als Philister bezeichnet und von denen er gesagt hatte, daß der vornehme Mensch jede Beziehung zu ihnen peinlich vermeiden müßte; selbst Verbrecher seien ein ziemlicherer Umgang für ihn, als sie. – Daß der Verstorbene es trotzdem

nicht hatte hintanhalten können, daß er zwei typischen Vertretern dieser verächtlichen Kaste in die Hände fiel, war ihm unbegreiflich, aber es hing dies wohl damit zusammen, daß es sich mit dieser Vormundschaft um eine staatliche Einrichtung handelte, und der Staat war ja nach Papas Erklärung eine Philister-Institution geworden, seitdem er aufgehört hatte, der Machtausdruck souveräner Herrschernaturen zu sein. Nur schade, daß diese ihm beigebrachte Wissenschaft jetzt von gar keinem Nutzen für ihn war. Überhaupt: was nützten ihm jetzt alle diese glatten und klaren Erkenntnissätze Papas? Sie hatten offenbar nur Geltung für Leute mit Geld. Und er, Henry, das wußte er nun, besaß nur die Anwartschaft darauf, in einer Reihe von Jahren Geld, sein Geld zu erhalten. Er, der immer wie ein Erwachsener behandelt worden war, war mit einem Male ein Knabe, ein Kind geworden, etwas Willenloses, eine Art lebendiges Ding, mit dem man nicht viele Umstände machte.
»Man«: dieser Onkel, diese Tante.
Henry verzerrte das Gesicht, wenn er sich das vorstellte. Aber er fühlte doch auch, daß er sich dareinfügen mußte, daß jeder wirkliche Widerstand Unsinn gewesen wäre und daß es nun nur darauf ankam, sich das Verhältnis zu dem gebietenden »Man« nach Möglichkeit zu erleichtern.
Nun gut: abwarten! Und: Vorsicht! Schlau sein!
Das hatte er nun auch glücklich heraus, daß er mit Lehrsätzen aus der Hauartschen Schule kein Glück haben würde. Eher mit dem Gegenteil. Auf alle Fälle: Mund zu! Es gab vielleicht andere Dinge, als Worte, mit denen er imponieren konnte.
Und so nahm Henry ein düsteres Schweigen an, das in der Tat zumal für Frau Sanna etwas Beängstigendes hatte. Sie ahnte Hochmut, Hohn, Drohung dahinter und ging daher sanfter mit ihm um, als es ihr nach dem Herzen war.
Schon beim Einpacken wagte sie es nicht, zu verhindern, daß auch seine Fechtutensilien einen Platz erhielten. Sogar die Madonna aus glasiertem Tone konnte sie nicht ausschließen. Denn, als sie bemerkte, für solche Götzenbilder sei in einem evangelischen Hause kein Platz, rollte Henry die Augen mit so entschlossenem Grimme, daß sie eine Explosion befürchtete und aufseufzend schwieg. Der seidene Schlafrock, der Kosak, die Münzensammlung und das Halsband erhielten

ihren gemeinsamen Platz in einem besonders schönen Koffer, dessen Schlüssel Henry demonstrativ an sich nahm.
Die Dienerschaft beschenkte Henry fürstlich, und Frau Sanna war nicht wenig entsetzt darüber, daß in seiner Brieftasche trotzdem noch ein dickes Paket Banknoten verblieb.
Sie beratschlagte mit Jeremias, ob man dem Jungen das Geld nicht einfach konfiszieren sollte, aber Jeremias fand, daß, bei allem Rechte, ja auch eigentlich Pflicht dazu, es doch geratener sei, von dieser Aktion Abstand zu nehmen.
Als aber das sehr hübsche Kammermädchen Zenzi dem jungen Herrn aus überströmendem Danke für den gespendeten Hundertmarkschein die Hand küßte, konnte sich Frau Sanna doch nicht enthalten, streng auszurufen: »Lassen Sie das!«
Henrys Abschied von den Pferden erschien ihr gleichfalls abscheulich, und sie erklärte scharf, es sei sündhaft, eine unvernünftige Kreatur zu umarmen und dabei Tränen zu vergießen. Aber Henry wandte nur den Kopf geringschätzig nach ihr um und fuhr fort, die Tiere mit Kosenamen anzureden und aufs zärtlichste, mit innigster Rührung, von ihnen Abschied zu nehmen, recht als ob er zeigen wollte, wieviel näher sie seinem Herzen standen, als die vernünftige Kreatur hinter ihm.

Die Reise verlief im allgemeinen ohne Zwischenfälle. Aber ein paarmal war Frau Sanna doch nahe daran, die Notleine zu ziehen. So einmal, als Henry eine eben geöffnete Flasche mit Rotwein, die nach seiner Erklärung nach dem Korke schmeckte, zum Fenster hinauswarf, und ein andermal, als er vor einem Kruzifix, vor dem sie vorüberfuhren, den Hut abnahm.
»Weißt du nicht, daß das gegen die gereinigte Lehre verstößt,« fragte sie strenge.
Henry, der es in der Hauptsache nur getan hatte, um sie zu ärgern, antwortete, wieder in derselben Absicht: »Ich nehme nur Abschied von meiner Heimat!«
»Deine Heimat wird von jetzt ab ein christliches Haus sein,« erwiderte pastoralen Tones Frau Sanna.
»Ich werde auch vor ihm den Hut abnehmen,« versicherte Henry.
Unter derlei anmutigen Gesprächen, in der Hauptsache je-

doch unter beiderseitigem Schweigen, verlief die Reise. Selbst die Mitteilungen über seinen zukünftigen Bruder Karl und Berta, die zukünftige Schwester, die ihm Frau Sanna machen zu müssen glaubte, nahm Henry mit fast unmutigem Gesichtsausdruck auf. Er hörte dabei aber wohl hin, denn, sowenig es ihn sonst interessierte, was seine jetzige »Mutter« aus dem Gehege ihrer spitzigen Zähne ließ, so interessant war ihm alles, was diese beiden anging.

Viele Hoffnung setzte er ja nicht auf die Sprößlinge »dieses Onkels und dieser Tante«, denn er dachte sie sich als Abbilder der beiden in verjüngtem Maßstabe, aber er fühlte wohl, daß das Bestimmende für seine nächste Zukunft in dem Verhältnisse lag, das sich zwischen ihm und ihnen herausbilden würde.

Was ihn betraf, so war sein Programm kurz und klar: er wollte ihnen imponieren und sie sich untertan machen. Daran, daß ihm dies gelingen werde, zweifelte er nicht im geringsten. Diese Zuversicht war sein einziger Trost für die kommenden Zeiten der Prüfung.

Frau Sanna entfaltete schon geraume Zeit vor der Einfahrt in den Bahnhof ihr umfangreiches schwarz gerändertes Taschentuch und ließ es zum Fenster hinauswimpeln. Auch Henry sah zum Fenster hinaus, als der Zug in die Halle fuhr, aber er nahm nicht einmal den Hut ab, als er des Geschwisterpaares ansichtig wurde.

Sie sind genauso schlecht angezogen, wie ihre Eltern, dachte er bei sich. Man wird sich mit ihnen kaum auf der Straße sehen lassen können.

In der Tat sah Karl in seinem ehemaligen Konfirmandenanzug, der jetzt Trauerdienst hatte, recht kindlich aus, denn er war aus ihm herausgewachsen, und das dicke Gesangbuch, das er in Händen hatte, weil sie gerade aus dem sonntäglichen Festgottesdienst kamen, verlieh ihm das etwas komische Ansehen eines verkleinerten Theologiekandidaten. Berta dagegen hätte eigentlich Anspruch darauf gehabt, günstiger kritisiert zu werden, denn, wenn ihr schwarzes Wollkleidchen auch nicht elegant geschnitten war, es saß doch gut auf dem wohlproportionierten geschmeidigen Körper, dessen angehende Rundungen es nicht ganz unterschlagen konnte. Die zierlichen Waden, von der holdesten Schlankheit und mit einer entzückend feinen, kraftvoll federnden Fessel zu einem etwas langen, dafür aber um so schmäleren und sehr hochristigen Fuß übergehend, hätten allerdings der von Karl herbeigesehnten seidenen Strümpfe bedurft, um ganz zur Geltung zu kommen; doch auch in Baumwolle wirkten sie entzückend. Das Köpfchen der Kleinen aber nahm sich schlechterdings süperb aus mit seiner wunderbar reinen Hautfarbe und der goldenen Haarflut unter dem reizend backfischhaften Barett.

Indessen: Henry war wohl nicht in der Stimmung, derlei zu sehen; er bemerkte nur die mangelnde Eleganz und die schwarzen Stoffhandschuhe, die er kindermädchenhaft fand.

So fiel denn auch seine Begrüßung der Geschwister etwas von oben herab aus, und Berta fühlte das wohl, obgleich noch niemals jemand eine so förmliche Verbeugung vor ihr gemacht hatte, den Hut in der Linken und mit den Fingerspitzen der Rechten ihre Fingerspitzen berührend. Sie kam sich dabei zu ihrem Ärger recht wie ein kleines Mädchen vor und errötete flammend. Karl dagegen wurde noch blässer, als er ohnehin war, wie ihn Henry auf ähnliche Art, nur mit weniger tiefer Verbeugung und bedeckten Kopfes, begrüßte. Er wurde sich angesichts dieses tadellos gekleideten jungen Gentlemans der ganzen Schuljungenhaftigkeit seines an den Gelenken schon etwas glänzenden Konfirmandenanzuges mit brennendem Schmerze bewußt und empfand bitterste Demütigung.

Ähnliches hatte er ja erwartet, aber doch nicht diese vollkommene und sichere Überlegenheit in allen Dingen des Äußeren. Denn es war nicht bloß der Anzug Henrys, der den seinen überstrahlte, auch das Auftreten des Vetters, diese ruhige, etwas hochnäsige Förmlichkeit, war so sicher und vornehm gemessen, daß Karl nicht, wie er gehofft hatte, etwas Lächerliches daran entdecken konnte, sich vielmehr mit Neid gestehen mußte, daß er selbst stark kleinbürgerlich und schülerhaft daneben wirkte. Dies um so mehr, als Henry fast einen Kopf höher als er und entschieden eleganter gewachsen war, ganz abgesehen davon, daß das Gesicht des reichen Vetters, wenn auch nicht an sich, so doch im Vergleich zu dem seinen, hübsch zu nennen war. Ihm selbst mißfiel es zwar auf den ersten Blick. Zumal die etwas hervorstehenden Augen und die scharfe Hakennase waren ihm

direkt zuwider, und die allzu üppigen Lippen hatten alles andere eher als seinen Beifall. Aber er ahnte, daß die meisten anderen über diese Züge anders denken würden, als er. Er ahnte schon jetzt, dank seiner außerordentlich entwikkelten Gabe der Intuition, daß dieser Henry nicht bloß das viele Geld vor ihm voraus hatte, sondern auch in allem Körperlichen ihm gegenüber bevorzugt war.
Dabei sagte er sich ebenso schnell und mit vollkommenem Sicherheitsgefühle: inwendig haben Seine Hoheit nicht gar viel, das der Rede wert wäre.

Gottes Mühle im Hause Jeremias

Henry, der in München vier luxuriös ausgestattete Zimmer zu seiner persönlichen Verfügung gehabt hatte: ein Schlafzimmer, ein Garderobezimmer, ein Arbeitszimmer und einen kleinen Salon, sah sich im Hause »dieses Onkels« auf ein einziges beschränkt, und dieses eine war klein und nur eben mit dem Nötigsten versehen. Auch gingen seine Fenster nicht auf einen schönen parkähnlichen Garten hinaus, sondern auf einen kleinen Hof, dem man freilich durch ein paar armselige, in Kübeln dahinsterbende Oleander- und Lorbeerbäumchen das Ansehen eines Gartens verleihen wollte. Rechts und links schlossen sich hinter niederen, dürftig mit Efeu überzogenen Steinmauern ähnliche Höfe an, den Abschluß nach hinten bildete das einstöckige Waschhaus, dessen oberes Stockwerk vom Hausmeister und seiner Familie bewohnt wurde.
Auch das Vorderhaus, das die Familie Kraker allein innehatte, war nur zwei Stockwerke hoch. Herr Jeremias Kraker sowohl wie Frau Sanna Kraker nannten es eine Villa, wie auch alle übrigen Nachbarn ihre genau ebenso langweilig und dumm aussehenden Häuser Villen nannten, weil das Ganze ja eine »Villenkolonie« war, – eine der ersten ihrer greulichen Art in Deutschland.
Man hätte Henry auch das Fremdenzimmer einräumen können, das nach vorne hinaus lag und immerhin freundlicher und größer war, aber Herr Jeremias, der vor allem den Hochmutsteufel in Henry töten wollte, hielt es für richtiger, ihn so kümmerlich als möglich zu logieren.

»Wir selbst wohnen, wie du gesehen hast, sehr einfach und schmucklos und auf die nötigsten Räume beschränkt,« hatte er ihm gesagt, »und doch sind wir erwachsene, erwerbstätige Leute, die ihren mäßigen Wohlstand in täglicher Arbeit erweitern und es sich am Ende erlauben dürften, auch einigen Luxus zu treiben. Um wieviel mehr ziemt es sich dann für dich, mit wenigem fürliebzunehmen und auf alle überflüssigen Dinge, die den Blick auf müßige Äußerlichkeiten und die Sinne auf gefährliche Bequemheit ablenken, zu verzichten, der du bisher noch nichts geleistet hast, das dir erlaubte, irgendwelche Ansprüche zu machen. Das Geld, das dir dein Vater hinterlassen hat, wird dir einmal jeglichen Luxus erlauben, aber du wärest nicht der erste, der gerade dadurch den Fluch des Reichtums an sich erführe, daß er in die weichen Arme des Wohllebens versinkt und dadurch Schaden nimmt an seiner Seele. So Gott will, wird diese schmucklose Kammer deinen Blick zur Einkehr in dein Inneres lenken und somit neben unserem Beispiele und unserer Lehre, unterstützt durch kirchliche Seelsorge, dir zu einem wahrhaft christlichen Herzen verhelfen, ohne welches auch der Reichste nur ein armer, elender Lazarus ist. Das einzige Bild, das du in diesem deinem neuen Heim erblickst, Christus, auferstehend von den Toten, gelte dir nicht als Schmuck, sondern als Mahnung. So soll ein jeglicher von den Toten auferstehen zum ewigen Lichte, der in der Finsternis wandelt.«

Henry hatte das Gefühl, als würde ein mit lauem Wasser vollgesogener Schwamm auf seinem Kopfe ausgedrückt. Er hatte die Erinnerung, daß ihm in früher Kindheit manchmal ähnlich elend zumute gewesen war, wenn ihm eine harte Hand mit warmnassem Lappen übers Gesicht fuhr. Damals hatte er immer laut aufgebrüllt, – bis er gelernt hatte, daß ihm die ekelhafte laue Nässe dann auch noch in den Mund floß. Auch jetzt hätte er heulend aufbrüllen mögen vor Widerwillen, aber er dachte an seinen Vorsatz: Mund zu! So ließ er denn das Laulicht an sich abfließen und schwieg.

Ihr sperrt mich in einen Käfig ein, dachte er sich, – ich weiß wohl, warum. Ihr denkt, ich werde hier so armselig fühlen und denken lernen wir ihr selbst. Das werdet ihr nicht erleben. Wenn ihr mich auch Henry nennt: ich bleibe doch der Henfel, der ich war; der Henfel meiner lieben Eltern, die euch verachtet und gehaßt haben wie ich; der Henfel, der ganz andere Wahrheiten weiß, als ihr. Ich habe gar nichts mit euch gemein. Ich bin wie der arme Dauphin, den die schurkischen Jakobiner einem schmutzigen Schuster überantworteten. Aber du, Schuster Jeremias, wirst mich nicht klein kriegen. Wartet nur ab: Mein Tag kommt!

Derartige Gedanken beschäftigten ihn in tausend Variationen während der ersten Monate seines Aufenthaltes fast ausschließlich, wenn er in seiner Kammer an dem wackeligen Tische saß, auf dem die Statuette des reitenden Kosaken stand, als Postament das juchtenlederne Etui mit Frau Klaras Halsband und die Samtschatulle mit den Imperatorenmünzen unter sich. Über der Bettdecke aber lag ausgebreitet der gelbseidene Schlafrock mit den blauen und grünen Blumen, und über dem Bette an der Wand hingen seine Säbel und Degen. Wie oft streiften seine Hände den Schlafrock, den er sorglich jeden Tag abstäubte. Wie oft ließ er die kühlen Steine durch seine Finger gleiten. Jeden Tag küßte er einen Opal und oft, oft schüttelte er die alten Münzen durcheinander, daß ihr Goldklang wie ein leises Geläute war. Degen und Säbel aber rührte er nicht an.

Die kleine Madonna hatte er auf sein Bücherbrett stellen wollen, aber Frau Sanna hatte ihm das mit der Bemerkung verboten, daß, wenn der Onkel sie erblickte, es zu einer fürchterlichen Szene kommen werde. Das Beste sei, er beseitige das wertlose und anstößige Ding überhaupt. Das nun hatte Henry nicht getan, aber er hatte die Figur in seinen Wäschekasten verschlossen. Denn hier, in dem »fremden Hause«, wollte er Szenen wie damals in der denkwürdigen Nacht einstweilen doch lieber vermeiden.

Eine gewisse Furcht vor dem Onkel war nämlich bald nach Eintritt in das Krakersche Milieu über ihn gekommen. Nach und nach wurde sogar eine Art dauernden Respektes daraus, eines Respektes freilich ohne alle innere überzeugte Ehrerbietung. Auch dieser äußere Respekt kam nur sehr langsam. Er kroch in ihn hinein, wie etwas Muffiges, Trübes, Schweres, Umklammerndes. Er verdüsterte allmählich das Innere des Jungen, der es nach einer gewissen Frist vergeblich aufgewandten Trotzes aufgab, sich in selbstbewußter Haltung zu behaupten oder gar durch stolzes Wesen zu imponieren.

Er hatte das anfangs zumal Karl und Berta gegenüber versucht. Aber die hatten, wenn sie allein waren, nur höhnische Gesichter dazu geschnitten oder es durch ähnliche Allüren ironisch erwidert, und in Gegenwart anderer hatten sie es ganz einfach ignoriert. Ein irgendwie kameradschaftliches Verhältnis war selbst in Ansätzen nicht zustande gekommen, ja wurde nicht einmal den Eltern gegenüber geheuchelt. Alle Versuche dieser, es durch Zureden und auch Anbefehlen herbeizuführen, waren gescheitert, und diese Versuche waren nicht einmal sehr ernsthaft gewesen, denn es war den beiden christlichen Gatten im Grunde nicht unlieb, daß Henry zu vollkommenster Isolierung gedrängt wurde. Sie kalkulierten ganz richtig, daß er dadurch am schnellsten mürbe werden mußte.
Herr Jeremias nannte diese ganze Methode des stetigen langsamen Druckes auf Henry die Mühle Gottes oder den Mahlstein heilsamer Demütigung, und er versprach sich davon die völlige Auspressung alles Hochmuts aus der verhärteten Seele des »Judenjungen«, als den er und Frau Sanna Henry mit unverminderter Abneigung weiter empfanden, obwohl sie im Verkehr mit ihm alle harten Worte möglichst vermieden, ihn vielmehr mit immer gleicher duldender Milde, um salbungsvolle Redewendungen nie verlegen, behandelten. Und gerade dies wirkte in der Tat mahlsteinartig auf Henrys Gemüt. Hätten sie ihn hart angepackt, scharf gestriegelt, wie es in des alten Hauart Testament geheißen hatte, – er hätte aufbegehren, Widerstand leisten, sich zornig entladen können. So aber geriet er wie unter einen Alp, wurde er langsam, in der einzelnen Steigerung des andauernden Druckes kaum merklich, niedergedrückt, und es kam, daß er sich nach und nach zu jedem Widerstand unfähig fühlte, mit hunderttausend unsichtbaren Fesseln dicht am Boden niedergehalten, schließlich fast unempfindlich gegen all das Lastende, Beengende, Atemversetzende.
Vielleicht wäre dieser Zustand dumpfer, träger Willenlosigkeit und Apathie trotz der jetzt offenbar werdenden geringen Grundfestigkeit des Henryschen Wesens nicht so schnell eingetreten, wenn der Junge außerhalb des Hauses Gelegenheit gefunden hätte, sein Selbstgefühl zu steifen, seiner Eitelkeit genugzutun. Aber dort, in der Schule, widerfuhr ihm das gleiche: Demütigung.

Nur mit »Kaum genügend« hatte er die Aufnahmeprüfung in die Klasse bestanden, die durchschnittlich von Knaben des nächstjüngeren Jahrgangs besucht war, und es zeigte sich, daß es ihm auch hier schwer wurde, mit den anderen gleichen Schritt zu halten. Was er mehr wußte, als sie, wußte er doch nur halb und dabei ganz und gar zusammenhanglos. Dafür fehlte es ihm in allen Fächern am Elementarsten, und keine Stunde ging ohne eine gründliche Blamage für ihn vorüber.

So zog er sich, beleidigt und geringgeschätzt, auch von seinen Schulkameraden zurück und kam nach und nach zu dem Gefühl einer grenzenlosen Insuffizienz, zumal da es ihm auch an Federkraft des Geistes zu resoluter Arbeit fehlte. Er lag oft, statt zu arbeiten, stundenlang über seinen Büchern, die Stirn auf den verschränkten Armen, die Augen geschlossen, ganz benommen von einem dumpfen Gefühle völliger Hilflosigkeit. Nur die Angst vor neuen Blamagen störte ihn dann auf, daß er nun halbe Nächte hindurch wütend lernte, stumpfsinnig Regel auf Regel, Formel auf Formel sich einkeilend. Zu mehr als einem kümmerlichen Hinterdreinhinken in der Klasse kam er aber doch nicht.

Karl, der eine Klasse höher saß und dort als Erster, verfolgte das mit geringschätzigem Mitleide, aber er dachte gar nicht daran, ihm zu helfen.

»Betteln soll er mich darum,« sagte er zu Berta, als diese meinte, er solle Henry doch einmal zeigen, daß er ihm nützlich sein könnte. »Mir ist es selber ärgerlich, daß er ausgelacht wird, denn er ist schließlich unser Vetter. Aber ich rühre mich nicht, bis er auf allen Vieren herangekrochen kommt.«

Das Maß seiner Demütigungen war aber mit alledem noch nicht erschöpft. Hinzu kam, daß er zwar der älteste, aber der einzige nicht konfirmierte in der Klasse war. Er mußte mit viel Jüngeren am Konfirmandenunterricht teilnehmen, und Pastor Südekum, der diesen erteilte, war von Herrn Jeremias, unter Beibringung einiger Details aus dem Testament, ausdrücklich gebeten worden, ihm das Schmähliche seiner religiösen Unwissenheit recht scharf einzutränken. Das führte zu förmlicher Zerknirschung. Denn Pastor Südekum verstand es wahrlich gut, den Mahlstein der Demütigung zu drehen und den Teufel der Eitelkeit zu zwicken. Und er hatte es dabei leichter, als Herr Jeremias. Denn er war durch sein geistliches Amt für Henry, der sich durch derlei schnell imponieren ließ, eine ausgezeichnete Persönlichkeit, kein gewöhnlicher Mensch. Ein Mann, der Sonntags einen schwarzen Talar mit breiter Krause und Beffchen trug, mit großen schwingenden Armbewegungen auf der Kanzel stand und sonoren Tones rollende Perioden über die Gemeinde warf, die im kunstvollen An- und Abschwellen dieser feierlichen Sätze fast erschauernd dasaß, wie umweht vom heiligen Geiste selber, ein solcher Mann hatte bald Gewalt über den Sohn Saras, der für große Worte und Gesten sehr empfänglich war. Anfangs störte den an bartlose Priester Gewöhnten die dichte, glänzend schwarze Bartkrause, die den massigen Kopf des Pastors an Backen und Hals einsäumte, aber bald trug auch diese lockige Umrahmung dazu bei, ihm dieses priesterliche Haupt besonders imposant erscheinen zu lassen.

Henry, der etwa ein halbes Jahr nach seinem Eintritt in das Krakersche Haus, also bereits im Zustande ziemlicher Geducktheit, dem Gebläse dieses orthodox-evangelischen Glaubensfeuers ausgesetzt wurde, schmolz gar bald zu einem kümmerlichen Häuflein jammervoller Zerknirschung zusammen.

Die widerchristlichen Bestandteile der Hauartschen Lehre, gleich deren Ganzheit nur wie leichtbewegliche Fremdkörper in seinem Innern vagabundierend, wurden eilig zu Schlacken ausgebrannt und von dem schnell bekehrten jungen Ausnahmemenschen hurtig versteckt. Auch die Reste katholischer Anschauung flogen leicht auf und sanken dann, knisternd in sich zusammenrollend, nieder, wie Blätter eines dünnen Heftes aus schlechtem Papier, das man in den Ofen geworfen hat.

Henry, nun wirklich nicht mehr Henfel, eignete sich mit Inbrunst die Wahrheiten der gereinigten Lehre an und wurde zum hallenden Echo des Pastors mit der rollenden Stimme, wie er vorher das Echo des leise dozierenden Herrn Hauart gewesen war. So entstand ihm aus einer kurzen aber scharfen Demütigung zum ersten Male wieder auf billige Weise (denn eigentlich zu lernen gab es ja hier nicht viel) die Möglichkeit, die ihm gemäße Art bequemer Genugtuung zu empfinden, das heißt, sich in wirksamen und seiner Um-

gebung willkommenen Redewendungen zu ergehen, die zur Folge hatten, daß er Lob einernten und sich wieder als etwas fühlen konnte.
Seine jetzige Rolle verlangte ein zurückhaltendes, stilles, ernsthaftes Auftreten, wohlgeölten, aber friedlichen Fluß der Worte, – alles das auf der Grundlage einer gewissen, sanft zur Schau getragenen Demut. Er brauchte diese Rolle nicht zu kreieren, denn er war umgeben von Meistern in diesem Fache, die sie tadellos durchführten, weil sie ihnen zur Natur geworden war. Und die Nachahmung wurde ihm doppelt leicht, weil sich die Rollenstimmung in ihm ja langsam, stetig und sicher entwickelt hatte unter dem probaten Mahlstein des erleuchteten Herrn Jeremias.
Dieser sowohl, wie auch Frau Sanna, bemerkten erst mit Staunen, dann mit Wohlgefühl die Wandlung, die in Henrys Wesen sichtlich vor sich ging, seitdem er des Südekumschen Unterrichts genoß.
Anfangs freilich hatten sie Anwandlungen von Zweifel, denn es wollte ihnen nicht gleich eingehen, daß kaum nach Jahresfrist aus dem fürchterlichen Judenjungen ein christlicher Demuts-Musterknabe werden sollte. Vorsichtig, wie sie waren, gingen sie nicht sogleich mit Lob und Zuspruch darauf ein, sondern hielten sich reserviert und fragten erst bei Pastor Südekum an.
Dessen Auskunft aber war über alles Erwarten günstig. Sie lautete: er habe Henry sofort, auftrag- und pflichtgemäß, hart angepackt, ja, lutherisch geredet, angepurrt, und daraufhin habe sich bei Henry eine Art störrischen Dünkels gezeigt. Nun sei er aber über ihn hergefahren mit dem ganzen Rüstzeug gütigen Zornes und habe ihm alle seine seelischen und geistigen Blößen gezeigt, wie er so gar armselig bestünde neben den Jüngeren als ein recht Verlassener und Unansehnlicher. Das habe den Jungen schon offenbar ergriffen. Noch mehr aber die Vorstellung, wie herrlich er vor seinen Kameraden und vor sich selber dastehen werde, wenn er den Arm Gottes ergriffen habe und aus Gottes Hand empfangen das Schwert und den Schild wahrhaftigen Glaubens. Diese Vorstellung, dieses Bild habe die deutlichste Wirkung gehabt, und reichlich eingestreute Verse der Psalmodisten hätten die glückliche Wirkung belebt und offensichtlich vertieft. Nicht lange, und Henry habe mit der Inbrunst from-

mer Ergriffenheit an seinem Munde gehangen, leuchtenden, ja fast verklärten Auges, in dem der starke Wille glänzte: Ich lasse dich nicht, du segnetest mich denn! Und jetzt sei er weitaus der Beste aller seiner Schüler und Schülerinnen.
»Ich darf es leider nicht verhehlen, mein teurer Bruder Jeremias,« hatte er hinzugefügt, »daß Ihre Tochter Berta längst nicht mit Henrys christlicher Reife und Inbrunst an den Tisch des HErrn treten wird.« (Er sprach das E deutlich als großen Buchstaben aus, eine Kunst, die selbst in Pastorenkreisen nicht allgemein verbreitet ist.)
Dieser Zusatz machte Bruder Jeremiassens Herz zwar beklommen, aber schließlich war er doch zu sehr Christ, als daß er sich dadurch die Freude über den neugewonnenen Wandler im Lichte hätte vergällen lassen. Berta, so sagte er sich, ist Fleisch von meinem Fleisch und Bein von meinem Beine, also kann sie zwar lau werden, aber nimmermehr ganz verloren gehen. Henry dagegen, aus jüdischem Blute und verdorben durch einen Gottlosen (er vergaß ganz, daß der ja auch von seinem Blute gewesen war), ist ein Verlorener gewesen und nun eingebracht in die Hürde der Gerechten. Also ziemt sich Lob, Dank und Preis unverkürzt und ohne Murren.
Am Konfirmantionstage Henrys und Bertas herrschte eitel Freude im Haus Kraker. Es gab fünf Gänge und zweierlei Weine, und Jeremias hielt eine so schöne Rede, daß er selber darüber weinen mußte.

In der Nachfolge Jeremiä

So hatte sich Henry nun erträglich gebettet und fühlte sich zwar nicht munter, denn dafür war in seiner neuen Rolle kein Platz, aber ganz behaglich. Um so mehr, als sein Erfolg in der Religion ihn angestachelt hatte, sich auch in den anderen Lehrfächern etwas aufzurappeln. Dort war es ja schwieriger, weil mehr gelernt werden mußte, aber es ging schließlich doch. Nicht glänzend zwar, aber leidlich. Im deutschen Stil zeigte er nach der Meinung des Professors, der zugleich Religionslehrer war, sogar hervorragendes Talent. Er hatte sich als Grundstil eine etwas gehobene Schreibweise zu eigen gemacht, die zuweilen an die Psalmen erinnerte und für poetisch gelten mochte. Aber auch in Fällen, wo er diese nicht gut anbringen konnte, war er wohl imstande, sich geschickt und lebhaft auszudrücken, indem er sich brav an die Muster der jeweils in der deutschen Stunde abgewandelten Schriftsteller hielt. Der Inhalt aber war immer von löblichster Beschränkung auf das, was dem Vortrage des Herrn Professors entsprach.

Alles in allem: er wurde zwar kein ausgezeichneter, aber ein guter Schüler und hielt es dementsprechend unter seinen Klassenkameraden mit denen, die zur braven Mitte gehörten und bei denen er im allgemeinen auch die fromme Sinnesart fand, die er sich, wie es schien, dauernd zu eigen gemacht hatte. Die Leuchten der Wissenschaft, die die Glanzzensuren einheimsten und sich als Auserwählte des Geistes fühlten, waren ihm nicht sehr sympathisch, weil er nicht mit ihnen konkurrieren konnte, und die Unterschicht der Klasse, die aus mangelndem Fleiße oder mangelnder Begabung immer im Hintertreffen blieb und von der Lehrerschaft reichlich mit Tadel heimgesucht wurde, vermied er, weil er sich als einen empfand, der aus ihrer Gemeinschaft zu einer höheren Stufe emporgestiegen war. So fristete er innerhalb der Klasse eine durchaus unauffällige Durchschnittsexistenz und fühlte sich wohl dabei.

Zu Hause war es nun an der Regel, daß er dem Geschwisterpaare als nacheiferungswürdiges Beispiel hingestellt wurde, zumal von Jeremias, der beinahe eine Art Zuneigung zu ihm zu empfinden begann und bei jeder Gelegenheit die Kraft des rechten Geistes pries, dessen starker Anhauch diese wunderbare Umwandlung bewirkt hatte. Frau Sanna war weit davon entfernt, nicht auch eine gewisse Genugtuung darüber zu empfinden, und auch sie ließ es an sanftem Lobe keineswegs fehlen, doch mochte sie im Grunde es nicht gerne hören, wenn der »Fremde« (er hieß jetzt nicht mehr der »Judenjunge«) ihren eigenen Sprößlingen als Muster vorgestellt wurde. Sie stand innerlich ganz auf seiten Karls und Bertas, die einmütig der Meinung waren, daß Henry nur eben ein sehr gewöhnlicher unbedeutender Junge sei, dem man sein bescheidenes Zurücktreten nicht weiter hoch anzurechnen habe. Auch wurde sie immerhin eine gewisse Angst nicht los, es könnte diese ganze, gar zu betonte Artigkeit am Ende nicht von Dauer und vielleicht nur so etwas

wie eine Art Winterschlaf seiner eigentlichen Instinkte sein. Sie vergaß weder sein früheres Auftreten, noch seine früheren Reden und konnte es nicht recht begreifen, daß er selbst dies alles vergessen haben sollte.
Wenn er gar so fromm und brav war und z. B. das ohnehin sehr karg zugemessene Taschengeld zurückwies und irgendeinem der vielen frommen Fonds überantwortete, für die das Haus Kraker Sammelstelle war, so konnte sie der Lockung nicht widerstehen, die Versucherin zu spielen, indem sie etwa sprach: »Ist es nicht vielleicht selbstgerechter Hochmut, der dich so handeln läßt? Willst du nicht vielleicht nur zeigen, um wieviel du frömmer bist, als Karl und Berta?«
Aber Henry wurde dadurch nicht aus dem Konzept seines artigen Gemütes gebracht. Er antwortete einfach: »Wenn es nicht recht ist, Tante, so unterweise mich nur, wie ich es anders machen soll.«
Das war nicht Heuchelei, das war bloß, im flachsten Sinne, praktisches Christentum auf der Grundlage träger Indifferenz, nicht Nachfolge Christi, sondern Kopie Jeremiä. Es war ihm bequem, so mustermäßig brav zu sein à la Jeremias, wie es ihm früher bequem gewesen war, sich à la Papa Hauart als jungen Herrenmenschen zu gebärden.
Manchmal dachte er freilich immerhin an das Frühere zurück, aber nur wie an einen hellen bunten Traum. Seine Pferde! Seine Wagen! Seine Zimmer! Seine schönen Kleider! Frau Klaras Musik! Seine Ausgänge, die Tasche voll Geld ...!
Davon war nun bloß noch da, was auf seinem Tische stand, auf seinem Bette lag, und, heimlich stets in seiner Brusttasche verwahrt, das schöne juchtenlederne Portefeuille mit dem Päckchen Hundermarkscheine.
Er wußte wohl, warum er diese heimlich immer bei sich führte. Frau Sanna hatte früher oft genug danach gefragt, und er hatte schließlich gelogen, daß er sie an Hermann geschickt hätte. – Warum hatte er das getan? Warum hatte er nicht auch sie dem Fonds zur Bekleidung von Negerkindern überantwortet? Was sollte, was wollte er damit?
Er wußte es selbst nicht. Aber er hätte das Geld so wenig hergegeben, wie die ihm gehörigen Gegenstände, die ja jetzt so gut wie nichts mehr für ihn bedeuteten. Er sah sie kaum mehr an. Einmal, nachts, als er sich überarbeitet hatte

und nicht einschlafen konnte, kam ihm im wirren Zustande halben Schlummers mit offenen Augen plötzlich die Idee, aufzustehen und sich das Halsband aus Opalen umzulegen. Er ging wie nachtwandlerisch an den Tisch und streckte schon die Hand danach aus; da sprach ganz deutlich eine Stimme zu ihm, seine Stimme: Nein, das gehört nicht dir; das gehört dem Henfel.

Am folgenden Tage packte er die beiden Kassetten, den Kosaken, den Schlafrock in die untere Schublade seiner Wäschekommode, wo sich auch die Madonna befand, legte die Brieftasche mit den Bankscheinen dazu und verschloß sie. Desgleichen nahm er Degen und Säbel von der Wand und stellte sie in den Kleiderschrank. Er wußte dabei nichts mehr von dem Halbtraum der vergangenen Nacht. Er handelte dabei überhaupt wie unbewußt, ganz schnell, wie wenn er vor sich selber etwas zu verbergen hätte, etwas Gefährliches, Bedenkliches, Anrüchiges, oder auch wie etwas Gestohlenes. Den Schlüssel zur Kommode aber schlang er in ein Band, das er von jetzt ab unter dem Hemd auf der nackten Brust trug.

Als ihn Frau Sanna, die täglich sein Zimmer inspizierte, fragte, warum er die Sachen weggeschlossen habe, antwortete er: »Die gehen mich ja doch nichts mehr an.« Aber er weigerte sich bestimmt, sie ihr in Verwahrung zu geben.

Trotzdem schloß er die Schublade nie auf, nach ihnen zu sehen, ja, er dachte nicht einmal an sie.

Er geriet um diese Zeit in eine Art Arbeitsfieber, nicht aus Lust an der Arbeit, ja nicht einmal bewußt aus dem Streben nach einem höheren Platz in der Klasse. Es war eine Art inneren Zwangs, sich irgendwie anzustrengen, ja fast, sich zu quälen. Er floh in die Arbeit vor etwas dunkel Aufsteigendem, bedrohlich Drängendem. Irgend etwas wollte sich in ihm ausdehnen, Besitz von ihm nehmen. Es mußte etwas Schlimmes, Sündhaftes sein, – wie wäre ihm sonst so unheimlich dabei zumute gewesen? Nur etwas half dagegen: sich abmüden.

Früher wäre er wohl aufs Pferd gestiegen, aber die Zeit war vorüber, da es ihn danach auch nur verlangte. Er stürzte sich dafür mit wahrer Inbrunst auf die Bücher und lernte, lernte, lernte, mit verbissener Wut. Es war wie Kasteiung, und er kam körperlich dabei herunter. Aber gerade das gefiel ihm, daß er blaß und mager wurde; besonders aber, daß dies auffiel. Er kam sich interessant vor und betonte die Anzeichen körperlicher Schwäche; ging gebückt, schleppend, langsam, sprach matt und hohl. Auch sein Äußeres begann er zu vernachlässigen.

Wie schwer war es ihm anfangs angekommen, täglich in demselben abgetragenen Anzug einhergehen zu müssen, wie hatte er darunter gelitten, nicht mehr seine schönen Krawatten und Hüte tragen zu dürfen. Jetzt wehrte er sich gegen jedes neue Kleidungsstück und schien die Absicht zu haben, durch Schäbigkeit aufzufallen. Noch im ersten Jahre seines Hamburger Aufenthaltes hatte er seinen etwas stutzerhaften Mittelscheitel sorgsam bis auf die Mitte des Hinterhauptes durchgezogen. Vom Tage seiner Konfirmation ab war dieser Scheitel demütig nach links gesunken. Jetzt bestand von ihm nur noch eine Andeutung. Nicht einmal die Nägel schnitt er sich mehr ordentlich, und Karl, der peinlich saubere Händepfleger, konnte im Hinblick auf Henrys chronisch werdende Trauerränder nicht umhin, zu Berta zu bemerken: »Er ist ein geborenes Schwein.«

Überhaupt: Je mehr Henry in der Wertschätzung des Herrn Jeremias und Frau Sannas, sowie seiner Lehrer stieg, um so mehr sank er in der Achtung der beiden Geschwister. Zumal seine Frömmigkeit machte ihn den beiden Freigeistern direkt verächtlich, und, da sich nun zeigte, daß auch die Pflege des Äußeren offenbar nur etwas Angewöhntes bei ihm gewesen war, nicht Bedürfnis einer feineren Natur, betrachteten sie ihn als gänzlich Unebenbürtigen und behandelten ihn mit Hochnäsigkeit.

Henry aber entgegnete ihnen jetzt mit der Demütigkeit eines verprügelten Hundes, soweit es ihm nicht möglich war, ihnen auszuweichen.

In der Nachfolge Hesekiels

So lebte der weiland Lord Henfel ein verkrochenes Dasein unter dem Schatten des Katechismus dahin. Herr Jeremias und Frau Sanna priesen täglich den lieben Gott, daß er alles so überraschend schnell nach Wunsch gelenkt hatte, indem sie gar nicht mehr daran zweifelten, daß Henry auch ihre nun sehr lebhaft auf ihn gesetzten materiellen Hoffnungen einmal im weitesten Maße erfüllen würde. Sie waren daher in ihrer Art »nett« zu ihm, und besonders Frau Sanna entwickelte bald eine Art Süßigkeit ihm gegenüber, die gewiß das höchste Maß gemütlicher Milde darstellte, dessen die sauer fromme Dame fähig war.

Das krampfhafte Arbeiten für die Schule förderte ihn dort nicht sonderlich. Er blieb im Kreise der Mittelmäßigen, und es gelang ihm nur gerade eben, unter ihnen an die Spitze zu gelangen. Nur sein Nachahmungstalent im deutschen Stile wuchs, und er lieferte als Aufsätze wahre Bücher ab, die jedoch inhaltlich recht wenig enthielten, das wenige aber unermüdlich immer aufs neue paraphrasierten durch hohl einherhallende Perioden.

Es waren vielleicht die einzig glücklichen Stunden dieses öden Jungenlebens, wenn Henry seine Perioden rollen ließ. Dabei fühlte er sich. Er las sie sich auch immer und immer wieder laut vor. Und dann geschah es wohl auch, daß ein Stück vom alten Henfel in ihm erwachte, ein Stück seiner Natur, das selbstgefällige Genügen an der Pose. Er konnte dabei sogar wieder an den Spiegel treten und ein bedeutendes Gesicht schneiden. Nur, freilich: es war jetzt ein Pastorengesicht.

Jenes wolkenhaft in ihm Aufdrängende, das ihn eine Weile geängstigt hatte, schien unterdrückt zu sein, und so ließ auch seine fieberhafte Art, zu lernen, allmählich nach. Dafür begann er nun, ebenso fieberhaft zu lesen. Bücher belletristischen Inhalts standen ihm nicht zu Gebote, denn das christliche Ehepaar übte eine strenge Einfuhrkontrolle aus, und die wohlausprobierten Praktiken, mit denen Karl und Berta die Kontrolle sicher zu umgehen wußten, waren ihm nicht geläufig. So blieb er auf die Schulbücher angewiesen und begnügte sich fürs erste damit, die Echtermeyersche Sammlung deutscher Gedichte zu verschlingen. Es dauerte nicht lange, und er wußte alles auswendig herzusagen, was die damalige Pädagogik an Versdichtungen der deutschen Schuljugend vorzulegen für gut befand. Aber schließlich war auch das Interesse daran einmal erschöpft, und er sah sich nach anderer, in der Schule noch nicht durchgenommener Lektüre um.

Aber ach, fast alles war abgegrast; zum Teil sogar grammatikalisch. Nur in dem dicken feierlich in schwarzes Leder gebundenen Buche der Bücher gab es weite Strecken, dahin ihn kein Lehrer geführt hatte. Er fiel also über die Bibel her und las die Geschichten des Alten Testamentes mit Begierde. Aber so, wie der alte Magister Franke gewünscht hat, daß ein rechter Christ die Bibel lesen solle, las er sie nun nicht. Statt sich »mit wahrem Fleiße davor zu hüten, daß er nicht etwa einen heimlichen falschen Grund in seinem Herzen habe, oder irgendeinen unrechten Zweck, warum er die heilige Schrift lese«, ging er ganz deutlich darauf aus, in ihr die Sensationen zu suchen, die sonst junge Leute seines Alters in profaneren Büchern finden. Denn, wie vieles in ihm auch unterdrückt zu sein schien durch jenen probaten Mahlstein: es war doch alles nur niedergewalzt und wartete auf die Gelegenheit, sich zu erheben. So auch der Hunger seiner Phantasie. Hätte ihm das christlich wandelnde Ehepaar den Daheim-Kalender oder ähnliches zur Verfügung gestellt, so würde er sich, akkommodationsfähig wie er war, wohl auch damit befriedigt gefunden haben, und es wäre ein leichtes gewesen, ihn auf der gleichen Linie behutsam und sicher weiterzuführen in die harmlosen Auen traktätchenhaft moderierter Belletristik, auf denen eine fromme Seele keinen Schaden erleiden kann. Aber Herr Jeremias hielt selbst diese Erzeugnisse der fabulierenden Literatur für eitel Blendwerk, durchaus unziemlich als Lektüre für einen Christenmenschen, sei er nun alt oder jung. Wie er sich ausschließlich auf Bibel, Gesang- und Geschäftsbuch beschränkte, so sollten auch die seiner väterlichen Gewalt unterstellten Kinder sich damit begnügen; nur daß bei ihnen die Schulbücher an Stelle des Geschäftsbuches standen. Schlimm genug, daß diese Schulbücher schon so mancherlei enthielten, das seiner Meinung nach geeignet war, den Geist auf falsche Bahnen zu lenken.

Hier meldet sich nun freilich die Frage: Kannte Herr Jeremias denn wirklich die Bibel? Wußte er nicht, daß in ihr, zumal im Alten Testamente, Dinge von höchster Verfänglichkeit stehen? Worte von schwellender, gewaltiger Brunst, die wohl ein Alter theologisch lesen kann, hinter denen ein junger Mensch aber Fleisch und Blut wittert?

Antwort: wohl kannte Herr Jeremias die Bibel und wohl jene Worte. Aber er war so durchaus ledern und phantasie-

los, daß es ihm nie eingegangen wäre, ein katechismusbeladener Geist könne die Bibel jemals anders denn als das große Quellenwerk des Katechismus lesen. Herr Jeremias, der gespenstische Christ, der vor jedem nackten Bilde Reißaus nahm und imstande war, einen Kunsthändler, der eine Abbildung der Venus von Milo im Schaufenster hatte, dem Staatsanwalt Ärgernisses halber anzuzeigen, las die nackten Worte der Bibel mit entzücktem Gemüte, denn für ihn waren sie bekleidet, wunderlich und gar herrlich bekleidet mit christlichen Auslegungen. Alle Huren des Alten Testamentes bedeuteten für ihn sibyllinische Hinweise auf Christum. Er, dem unzüchtige Worte greuelhaft waren (und fast ein jedes Wort, das eine gewisse Körperpartie streifte, konnte für ihn eine unzüchtige Bedeutung annehmen), las mit wahrer Genugtuung, jede Derbheit auskostend und pastoralen Tones unterstreichend, die unerhörtesten Schilderungen geschlechtlicher Vorgänge selbst seiner keuschen Susanne vor, wenn sie auf Bibelpapier standen. Sein christlicher Grimm vernahm es mit Wohlgefallen, wenn Hesekiel die Königreiche Juda und Israel mit zwo Huren verglich, und von seinen Lippen floß es wie Öl und Ambra, wenn er gewaltig las: »Hesekiel, Kapitel dreiundzwanzig: Siebzehntens: Als nun die Kinder Babels zu ihr kamen, bei ihr zu schlafen nach der Liebe, verunreinigten sie dieselbe mit ihrer Hurerei, und sie verunreinigte sich mit ihnen, daß sie ihrer müde ward.
Achtzehntens: Und da beides, ihre Hurerei und Scham, so gar offenbar war, ward ich ihrer auch überdrüssig, wie ich ihrer Schwester auch war müde geworden.
Neunzehntens: Sie aber trieb ihre Hurerei immer mehr; und gedachte an die Zeit ihrer Jugend, da sie im Ägypterland Hurerei getrieben hatte.
Zwanzigstens: Und entbrannte gegen ihre Buhlen, welcher Brunst war wie der Esel und der Hengste Brunst. (Jeremias 5, 8.)
Einundzwanzigstens: Und bestelletest deine Unzucht wie in deiner Jugend, da dir in Ägypten deine Brüste begriffen und deine Zitzen betastet wurden.«
Fiel dann Frau Sanna etwa ein: »Tja, aber, eigentlich ist das doch alles recht anstößig und unpassend,« so verwies er ihr diese Anwandlung von Bibelkritik fast heftig: »Gott selber

hat so zu seinem Propheten gesprochen, Sanna, und also ist es im höchsten Grade passend und in keinerlei Hinsicht anstößig; zudem ist es in Gleichnissen gesprochen nach dem Verstande der abgöttisch gewordenen Juden, und jedes dieser kräftigen Worte bedeutet etwas gar anderes. Z. B. Hurerei! Das heißt nicht Hurerei, sondern Götzendienst. Oder »welcher Brunst war wie der Esel und Hengste Brunst«. Das heißt nicht, – nun ja, kurz, es bedeutet: deren Sinn auf irdische Lust gerichtet war gleich dem Sinne unvernünftiger Kreaturen. Es ist überaus herrlich gesagt, und die Nutzanwendung auf heutige Zustände liegt auf der Hand.«

So Herr Jeremias; und Frau Sanna schämte sich ihres Zweifels.

Als aber Henry in einer schwülen Nacht auf dieses dreiundzwanzigste Kapitel des Propheten Hesekiel stieß, da zeigte es sich deutlich, daß der Teufel heutzutage nicht mehr wie in früheren Zeiten vom Hauche umgewendeter Bibelblätter davongejagt wird gleichwie von einem Sturme. Vielmehr er reckte sich in Henry auf; die drohende Wolke schwoll empor; in allen Blutstropfen des längst reif gewordenen und nur in allen seinen Trieben radikal beschnittenen Jungen saß triumphierend Satanas und besorgte eine Zirkulationssteigerung vom heftigsten Tempo.

Das war nicht Juda und Israel, zubenannt Ahala und Ahaliba, was nackt, heiß, winkend vor ihm aufstieg aus den schwarzen Zeilen, leuchtend im Fleische, mit wollüstigen Schenkeln und starren Brüsten, die Arme über sich hebend und den Leib vorwölbend: – das war das Weib. Mit einem Male standen in Fleisch und Blut alle die nackten Frauenleiber lebendig vor ihm da, die er mit kühlem Blicke von einem unverstandenen ästhetischen Standpunkte aus henfelmäßig blasiert auf Bildern und Stichen in der Villa Hauart erst betrachtet und schließlich übersehen hatte. Die Worte des Propheten, die Herrn Jeremias Gefäße der göttlichen Weisheit waren, waren für ihn zuckende, heiße, hinweisende, schamlos betastende Hände. Was der theoretisch belehrte Henfel schon gewußt, der unter dem Mahlsteine fromm gewordene Henry aber vergessen hatte, wußte dieser neue Mensch, diese Mischung aus beiden, wußte Henfel-Henry auf einmal wieder. Und er ahnte Unsagbares hinzu. Sein

Blut sprach dunkle, dröhnende, wilde, keuchende Worte. Es schrie und jauchzte etwas in ihm auf mit Naturlauten, bei deren Brausen alle die Echostimmen seines Innern, jedes Widerklingen fremder Einflüsterungen verstummte.
Diese Nacht schlief Henry nicht. Er schlief dafür am nächsten Morgen während der Predigt in der Kirche.

Ahala und Ahaliba

Wäre man nicht seit längerer Zeit im Hause Kraker daran gewöhnt gewesen, breite blaue Schatten unter den Augen Henrys wahrzunehmen, so hätte man jetzt wohl auf dieses Phänomen aufmerksam werden müssen, denn die Schattierung nahm sowohl an Tiefe, wie auch an Umfang zu. Die Augen selbst gewannen an Feuer. Der Ausdruck von müder Demut verschwand aus ihnen; sie wurden flackernd, unruhig, suchend, und Berta errötete jetzt immer unter ihren Blicken, die sie heiß und hastig streiften.
Aber Berta war nicht das einzige weibliche Wesen, das Henfel nun mit solchen scheuen aber hitzigen Blicken bedachte. Er zündelte an allen Mädchen und Frauen herum, die ihm in den Weg kamen. Zumal Minna, die »Köksch« mit den drallen bloßen Armen, die zu sehr zum Hamburger Lokalton gehörten, als daß selbst Frau Sanna auf den Gedanken gekommen wäre, sie in Futterale zu stecken, fühlte sich förmlich umwabert von dieser Lohe, und sie begriff den Sinn dieser Flammenzeichen trotz ihrer Zugehörigkeit zu einem penetrant christlichen Hause recht gut. Begriff ihn und billigte ihn auch, denn schließlich lag doch eine Art Huldigung für sie darin. Machte also liebliche Augen zu Henry hin, wenn gerade niemand in der Nähe war, und, als sie ihm einmal abends etwas auf die Stube zu bringen hatte, lächelte sie ihn sogar einladend an. Der Erfolg dieser, übrigens nicht ernsthaft gemeinten, lächelnden Einladung überstieg indessen das Maß ihrer Erwartung so heftig, daß sie sich mit rücksichtslosestem Aufgebot aller ihrer Kräfte aus der plötzlichen Umschlingung durch Henrys Arme losmachte, ihm einen Stoß gegen die Brust gab und dazu rief: »Jehen Se doch zu die Menscher in der Ulrikusstraße! Ick bin nich so eene!«

Henry hatte in der kurzen Umpressung von Minnas üppigem Oberteil eine Art wonnevollen Schwindels empfunden, und selbst der Faustschlag gegen seinen Brustkasten war ihm eher eine angenehme, als schmerzliche Sensation. Aber bei aller Annehmlichkeit hatte er den Sinn der ihm mitgeteilten Adresse erfaßt.

Seit dem Tage seiner Bekanntschaft mit dem Propheten Hesekiel besaß er den sichersten Instinkt für derlei und wußte wohl, daß die bisherigen Nutzanwendungen seiner Bibellektüre nur Surrogate waren. Er hatte sie wie ein Rasender genossen; es war wie wollüstiger Flagellantismus. Das Gefühl der Sünde dabei, dieser letzte Rest von Katechismus in ihm, beeinträchtigte seinen wütenden Eifer keineswegs, vertiefte ihn eher. Ahala und Ahaliba waren Namen von unerhörter teuflischer Süßigkeit für ihn geworden. Er stöhnte sie vor sich hin, schrieb sie hunderte Male nieder, erfand Geheimzeichen für sie und machte sich von ihren Trägerinnen Phantasiebilder einer wüsten, maßlosen Üppigkeit. Das waren nicht mehr die Nacktheiten klassischer Prägung aus der Villa Hauart, das waren schamlose Monstrositäten von überlebensgroßer Fleischigkeit, wollusttriefende Ungetüme mit hundert Brüsten und zahllosen Schenkeln, Dämoninnen der Unscham; ganz unplastisch gesehen, Unmöglichkeiten für die wirkliche Vorstellung: einer wild aufgerührten Geschlechtsphantasie aber innere Visionen von ungeheurer Konzentriertheit auf ein brünstig geahntes Einziges. Ähnliche Symbole der triumphierenden Geschlechtswut, nur zu mystisch-feierlichen Posen versteint, hatte Madame Sara damals bei ihrem Tataren gesehen, aber sie wären zu kindlichen Puppen verblaßt neben den Phantasmagorien des jählings aus dem Katechismus in die Umschlingungen von Ahala und Ahaliba geratenen siebzehnjährigen Henry, der mit einem Male kein Knabe mehr war, sondern ein junger Hengst, der sich an den Stangen rieb.

Was der alte Hauart ihm gepredigt hatte vom Sinne der Zeugung als eines mit weiser Auswahl zu nutzenden Mittels zur Heraufführung eines neuen Herrengeschlechtes: dies nie Verstandene, kaum mit Interesse Angehörte, war wohl im Ansturm der plötzlich aufgewachten Sinnlichkeit für einen Augenblick aus der Vergessenheit aufgetaucht,

aber sofort wieder versunken, genau wie alle die gläubig aufgenommenen, aber nie mit einem erfaßten Sinne verbundenen gegensätzlichen Lehren von der Erbsünde, – versunken in einen brodelnden, dampfig gischtenden Kraterabgrund voll wütender, keuchender, brüllender Begierden.
Nur eines war geblieben: Die Verstellung, die Maske. Die durch fast zwei Jahre mit überzeugter Hingabe gespielte Rolle wurde weiter tragiert, aber nur unten, vor den anderen, und ohne innere Hingabe. Oben, in der Kammer mit dem auferstandenen Christus, flog die Maske in den Winkel, und die Natur tobte sich aus, wenn auch einstweilen in Surrogaten. Immerhin blieb etwas in seinem gedrückten Gebaren vor den anderen echt. Aber sein scheues Wesen war nicht mehr Ausfluß der altgewohnten Demut, sondern kam jetzt aus einer inneren Unsicherheit und Erschöpfung. Doch schon das kurze Intermezzo mit Minna, die erste Berührung eines Weibes, gab ihm eine gewisse Festigkeit. Er wußte jetzt genau, was ihm fehlte, und er frohlockte in der Hoffnung, nun auch den Weg dahin finden zu können, wo er fände, was er brauchte.
Jener Straßenname ging ihm nicht mehr aus dem Kopfe. Jedoch, er mußte mehr wissen, als den Namen. Wie aber sollte er zu dieser Wissenschaft gelangen?
Daß er Onkel Jeremias nicht danach fragen durfte, war ihm klar. Von nun ab, darüber gab er sich keinem Zweifel hin, galt es überhaupt, Onkel und Tante zu betrügen und Schleichwege zu gehen.
Sich an Karl zu wenden, kam ihm gar nicht in den Sinn. Der existierte überhaupt nun nicht mehr für ihn. Denn, daß dieser kühle Musterknabe von Ahala und Ahaliba nichts wußte, war ihm zweifellos. Karls lahme Weisheit, du lieber Gott, kannte sich lediglich auf Gebieten aus, die ihm jetzt herzlich gleichgültig waren.
Er mußte also Umschau in der Klasse halten. Da war nun aber auch guter Rat teuer, denn er hatte sich bisher an keinen einzigen Kameraden angeschlossen, und überdies traute er im Grunde auch keinem einzigen dieser ihm jetzt schrecklich unreif erscheinenden Jünglinge irgendwelche Wissenschaft auf dem Gebiete zu, das ihn jetzt einzig beschäftigte. Indessen begann er doch zu suchen. Die Liebenswürdigkeit, die sich bei ihm von jeher schnell und sicher zu entwickeln

pflegte, wenn er etwas wollte, trat sofort zutage. Desgleichen auch die gewisse ihm angeborene Verschlagenheit, und sofort auch das bisher latent gebliebene Gefühl: du hast ja Geld. Er sah sich also seine Kameraden an, indem er gleichzeitig seine bisherige Reserve ablegte. In den oberen Regionen, bei den »Gelehrten«, meinte er für diesen außerhalb der Schulinteressen gelegenen Fall keine Hilfe finden zu können; auch kaum bei der Mittellage, zu der er selbst gehörte; am ehesten wohl bei denen, die er bisher als unter ihm stehend gemieden hatte. Er tat also diesen Hochmut von sich, der ihm jetzt auch gar nicht mehr von Herzen kam, und schloß sich in den Freiviertelstunden und beim Nachhauseweg den Mitgliedern der unteren Schicht an. Aber er stieß, so liebenswürdig er sich auch gab, auf Widerstand, ja er mußte zu seiner Bestürzung bemerken, daß er sich offenbar einer allgemeinen Unbeliebtheit erfreute, ja mit Mißtrauen betrachtet wurde. Das wäre ihm früher gleichgültig gewesen, solange er sich seiner Selbstgerechtigkeit erfreute: nun aber empfand er es peinlich, und dies nicht bloß darum, weil er deshalb ohne Rat bleiben sollte.
Er fühlte, daß er jetzt überhaupt Anschluß brauchte. Er brannte nach Aussprache, ja nach Bekennen.

Die starke Hand

Mit jedem Tage kam er mißmutiger heim, mit jedem Tage erhöhte sich eine gewisse krankhafte Reizbarkeit in ihm, mit jedem Tage nahm er mehr das Wesen einer grimmigen Verstocktheit an, und nur Berta gegenüber entwickelte er eine daneben um so auffälligere Lebhaftigkeit, die aber auch zuweilen in eine Art erschrockener Scheu umschlug.
Anfangs übersah das Mädchen dieses Gebaren geflissentlich, dann wurde sie schnippisch, ja höhnisch, schließlich aber schien sie Gefallen daran zu finden und wurde, wenn auch noch immer kapriziös, freundlicher zu ihm. Mit Herablassung freilich, wie aus Gnade, und hinterher kam immer gleich eine besonders hochnäsige Kühle, aber manchmal konnte sie ihn auch groß und strahlend ansehen, daß er vor innerer Beseligung und doch auch in einem gewissen Schrecken die Augen niederschlagen mußte.

So kam es, daß er immer deutlicher wurde im stummen Ausdrucke einer aufsteigenden heißen ersten Verliebtheit und eines Sonntags sich nicht enthalten konnte, ein Gedicht, das er die Nacht vorher an sie gerichtet hatte, ihr ins Gesangbuch zu schieben.

Es war eine sogenannte »Jugendpredigt«, zu der sie kommandiert worden waren, an der aber Jeremias und Sanna nicht teilnahmen; sonst hätte er das gefährliche Wagnis nicht unternommen. Es erschien ihm auch so schon unerhört vermessen und problematisch.

Er setzte sich der Seitenbank, auf der die Geschwister Platz genommen hatten, gegenüber, das Schiff der Kirche zwischen sich und ihnen, und wartete mit Beben auf den Augenblick, wo sie den Zettel finden würde.

Mit welchem Gesichte würde sie ihn lesen? Würde sie einen ihrer »göttlichen Blicke« zu ihm herübersenden? Würde sie erröten? Erbleichen? Lächeln? Die Stirne in Falten ziehen?

Oh! Ein ganz anderes Leben sollte beginnen, wenn sie seine Liebe erwiderte!

Er fühlte jetzt, plötzlich wieder ganz im hütenden Schatten frommer Gesinnung, daß er ein abscheulicher Sünder gewesen war, ein unsauberer, unflätiger Geist, ein Zerstörer alles Großen, Schönen, Heiligen in seiner Seele, bis er diesen Engel anzubeten begonnen hatte.

(Das war freilich fromme Lüge, denn er hatte auch während dieser Zeit ebensooft Ahala und Ahaliba gehuldigt, wie ihr.)

Aber das würde endgültig aufhören, sobald sie ihn in ihre rettenden Arme genommen und ihm, wenn auch nur seelisch, einen Platz an ihrem reinen Herzen eingeräumt haben würde.

Es war, in stockender Prosa, eine Wiederholung seines Gedichts, was er so in seinen Gedanken hin und her wogen fühlte, während sein Blick jede Bewegung ihrer Hände verfolgte.

Da, jetzt ... nein: er konnte nicht hinsehen, er mußte die Augen schließen ... jetzt hatte sie den Zettel entdeckt. Die jungen Stimmen sangen eben: »Jesus, meine Zuversicht!« und er sang geschlossenen Auges leise, bebend mit und öffnete die Augen erst, als der erste Vers vorüber war, denn so lange mußte sie wohl brauchen, seine vier Verse zu lesen.

Himmel, was mußten diese Augen sehen! Berta reichte mit den Fingerspitzen, die Mundwinkel spöttisch scharf herabziehend, ohne auch nur einen Blick aus den niedergeschlagenen Augen zu ihm zu senden, den Zettel mit seinen Versen ihrem Bruder hin und begann sogleich, sich am Gesange des Chorals zu beteiligen.

Henry war wie betäubt. Die Kirche mit all den vielen offenen Mäulern, die ihm jetzt riesig erschienen, drehte sich scheinbar im Kreise und hob und senkte sich wie bei einem Erdbeben. Die Orgel schien zu pfeifen, der Choral ein Gassenhauer zu sein. Er mußte sich am Pulte festhalten und mußte den Vers mitbrüllen, wollte er nicht etwas ganz anderes laut aufschreien.

Eine ungeheure Wut packte ihn. Er wurde totenblaß. Aber nicht weniger blaß war drüben Karl. Ihre Blicke kreuzten sich wie Degenklingen, dann sahen sie beide vor sich nieder und blieben so während des ganzen Gottesdienstes, jeder nur an den andern denkend voll eines Hasses, der darum nicht weniger tief und grimmig war, weil zwei junge Leute ihn empfanden.

Als die Kirche aus war, schickte Karl die Schwester allein nach Hause und trat an Henry heran: »Ich muß mit dir reden!«

– »Bitte!«

– »Du hast dich unterstanden, das meiner Schwester zuzustecken!«

– »Was geht das dich an?«

– »Schweig!«

Karl zischte das so heftig und wütend hervor, daß Henry in der Tat nichts zu erwidern wagte. Er ging gesenkten Kopfes neben dem Vetter her, während dieser ganz leise, aber im gedämpften Tone hart, sprach: »Ich dulde das nicht! Merke dir das! Du wirst nicht allein solche Albernheiten nicht wiederholen, sondern überhaupt aufhören, meine Schwester mit Blicken und diesem ganzen törichten und unverschämten Wesen zu beleidigen, das du in der letzten Zeit an den Tag gelegt hast. Meine Schwester ist nicht für deinesgleichen Tiere!«

– »Was!?«

Henry bekam seine großen Augen.

– »Vor deinen Glotzaugen fürchte ich mich nicht. Ich kenne

dich besser, als du. Ich weiß auch, was es mit dem Geschmiere da auf sich hat.«
Er zog den Zettel aus der Tasche, knüllte ihn zusammen und warf ihn über das Geländer der Brücke, die sie eben passierten.
– »Du bist ein geiler Hund! Du denkst, weil du stramm bist wie ein Pferdeknecht, und weil du einmal Geld haben wirst, darfst du dir bloß aussuchen, was nach deinem dreckigen Geschmacke ist. Nimm dich in acht, ich passe auf!«
– »Ich habe Berta wie die Madonna geliebt!«
Henry war selber verblüfft über das Wort. Es war ebenso wahr, wie flach empfunden, und so kam es in einem elend falschen Tone heraus und klang wie eine alberne Lüge.
Karl sah Henry verächtlich an und lachte höhnisch auf. »He! Deine Porzellanfigur? Nicht? Ja, was du nicht alles hast! Der Jüngling mit dem seidenen Schlafgewand!«
– »Halts Maul, oder ich schlage dich drauf! Du und dein Vater! Du und deine Mutter! Ihr alle lauert ja nur auf das, was ich habe!«
Wieder einmal machte ihn die Wut klar. Er fuhr fort: »Ihr wollt mich ducken, um mich zu bestehlen! Fußtritte für euch! Wart nur, mein Junge, dir spuck ich mal in die Hand!«
Seltsam. Das schien Karl nicht zu beleidigen. Er antwortete ganz ruhig: »Wenn ich sie hinhalte. Aber das wirst du von mir nicht erleben. Von mir nicht und von Berta nicht. Meine Hand ist nicht dazu da, von dir Geschenke zu nehmen. Höchstens was mir gehört! Meine Hand ist dazu da, dich zu führen, wenn du so weit bist, daß sichs lohnt. Vorderhand bist du noch nicht so weit. – Aber raten will ich dir jetzt schon: Für dich und was du Verehrung nennst, ist in der Ulrikusstraße gesorgt.«
Henry blieb wie angewurzelt stehen. Er vergaß alles Vorhergegangene und sagte im Tone des höchsten Erstaunens: »Was, du weißt das auch?«
– »Glaubst du vielleicht, ich bin ein Kastrat?«
Merkwürdig, wie falsch er Henry verstanden hatte. Merkwürdig auch, mit welch giftigem Blicke er gerade diese Worte begleitete.
– »Ich meine nur: weiß denn das jeder Mensch hier!«?
– »Verstell dich doch nicht! Du weißt es vermutlich besser, als ich, und wärst schon lange dort gewesen, wenn du Geld dazu hättest!«

– »Ich höre jetzt den Namen zum zweiten Male und weiß gar nichts.«
Karl sah ihn prüfend an. Dann sagte er nach kurzer Überlegung: »Soll ich dich vielleicht hinführen?«
Henry, ganz naiv: »Ach, bitte, ja.«
Karl lachte auf. Es war ein häßliches Lachen voller Ekel und Ärger und Haß.
Nach einer Weile: »Du bist doch grenzenlos dumm. Ich habe dich offenbar immer noch überschätzt. Du weißt also wirklich von Gott und der Welt nichts? Dein Schafsgesicht aus der Prägung Südekum ist echt? Das wäre ja beinahe interessant.«
Henry fühlte jede dieser Beleidigungen wie einen Hieb, und er war weit davon entfernt, diese Hiebe ohne Widerschlag hinzunehmen aus christlicher Demut. Es war vielmehr wie ein tückisches Knirschen in ihm, eine lauernde Gier, sich zu rächen, Schlag für Schlag heimzuzahlen, Schlag für Schlag und jeden wohlgezielt. Aber jetzt fühlte er sich wie einen Hund, über dem der Herr steht, kurz gebunden und mit dem Fuße auf dem Boden niedergehalten, während die Prügel prasseln. Er fühlte eine kalte grausame Überlegenheit über sich, die Mittel zur Züchtigung besaß, gegen die er bei allem Gefühle, schließlich doch der Gefährlichere und Stärkere zu sein, einstweilen machtlos war. Ja, er hatte sogar die Empfindung, es müsse ihm dienlich sein, von dieser verfluchten Hand geführt zu werden, sich diesem kalten Tyrannen anzuschließen mit blindem Gehorsam, ihm sklavisch zu folgen – bis einmal der Moment käme, wo er ihn nicht mehr brauchte, wo er selber die Mittel in der Hand hätte, ihn zu züchtigen, und die Kraft, ihn mit dem Fuße niederzuhalten. Mit dem Tückischen, Wilden seines Wesens verband sich knechtischer Respekt aus einem Gefühle der Minderwertigkeit heraus, ja, es kam etwas Besseres hinzu: ein gewisser Bewunderungstrieb, der Wille, sich einem Höheren, Stärkeren hinzugeben.
Dies alles war in ihm nicht klar: es war ein Knäuel dunkler, dumpfer Gefühle, unter denen immerhin die widerwärtigen überwogen, aber, Herr darüber zu werden, vermochte er nicht. Karl dagegen fühlte sich jetzt von einer Klarheit der Gedanken Henry gegenüber durchdrungen, daß sein Haß gegen den körperlich und durch Reichtum Bevorzugten für

den Moment verflog. Er empfand frohlockend die Gewißheit, daß er ihn in der Hand hielt, daß er der Herr war, ihn nach seinem Willen zu führen und auch wohl zu modeln.
Er hatte in der Tat geglaubt, daß Henry sich, gleich ihm und Berta, im Grunde nur verstellte, daß er nicht demütig, sondern herrisch dachte und nur auf den Augenblick der Befreiung aus dem aufgezwungenen Krakerschen Wesen wartete, um Vergeltung zu üben. Er hatte, ohne es sich merken zu lassen, Henrys Entwicklung wohl verfolgt, und zwischen ihm und Berta war der »Millionär« stets ein Hauptgesprächsthema geblieben. Dabei hatte sich Berta als instinktiv bessere Psychologin bewährt, indem sie immer betonte: »Er ist ein Waschlappen; du brauchst nur zu wollen, und er folgt dir wie ein Pudel, genau wie er jetzt dem ekelhaften Pastor folgt.«
Karl dagegen, dem die innere Verschlagenheit Henrys sehr bald aufgegangen war, hatte sich ein verwickelteres Schema von dessen Wesen zurechtgelegt. Zwar zweifelte auch er nicht daran, daß der »Neger«, wie er ihn gern nannte, eines Tages Wachs in seinen Händen sein werde, aber erst dann, wenn er fühlen würde, daß sein jetziges Spiel zu nichts führte. »Der Neger ist«, so ging seine Rede, »zweifellos von einer unwahrscheinlichen Dummheit, aber doch nicht so dumm, wie er sich jetzt stellt. Sein Haß, auf dich und mich und die Eltern, ist so groß wie seine Dummheit. Wenn er auch jetzt auf Papas und Mamas christlichen Blödsinn eingeht, so geschieht es nur zum Schein. Er will sie einschläfern und sich von uns fernhalten. Denn das muß er doch merken, daß wir nicht so sind, wie unsere christlichen Eltern. Es ist eine große, wilde Bosheit in ihm und eine verschlagene Roheit. Das macht ihn gefährlich. Nehme ich mich jetzt seiner an, so wird er freilich auch so tun, als folgte er mir. Was wäre das aber für ein Gewinn für uns? Er würde, wenn ich mich ihm näherte, darin sofort die Absicht wittern, ihn zu demselben Zwecke zu gewinnen, den er bei Papa und Mama voraussetzt. Diese Absicht erreiche ich nur, wenn ich warte, bis er kommt. Und das wird eines Tages geschehen, wenn ihm die Rolle des christlichen Musterknaben unerträglich wird.«
Als dann die Bemühungen Henrys um Bertas Huld begonnen hatten, hatte er darin keineswegs das Anspinnen zu einer

Gymnasiastenliebelei zwischen Cousin und Cousine erblickt, sondern einen frechen und schlau geplanten Vorstoß der Henryschen Sinnlichkeit, von deren Vehemenz er sich die phantastischsten Vorstellungen machte. Hier war ihm ein Mangel seiner eignen Natur zum Hindernis ruhiger Beobachtung geworden. Mit einer nagenden Wut legte er jeden Blick Henrys auf Berta als eine brutale Begierde aus und litt gräßlich darunter, daß Berta nicht ebenso wütenden Ekel dagegen empfand, wie er. Alles, was ihm auf diesem Gebiete offenbar versagt war (er fühlte das mit großer Deutlichkeit), traute er dem körperlich Begünstigten und hauptsächlich deswegen grimmig Gehaßten zu – im Grunde auch, und das war das fürchterlichste, eine Übertragung seiner »Leidenschaft« auf Berta. Dabei aber bildete er sich ein, daß diese Leidenschaft nur vorgetäuscht sei zu dem Zwecke, sich durch Bertas Verführung am ganzen Krakerschen Hause zu rächen.

Jetzt war ihm sein Irrtum klar geworden, und Henry erschien ihm einfach als ganz dummer Junge, den er nun in der Tat unverzüglich ans Leitseil nehmen mußte.

Als Henry auf seine groben Beleidigungen schwieg, ahnte er indessen trotzdem wohl, daß auch etwas Unheimliches hinter diesem Schweigen vorging. Doch damit war wohl erst für später zu rechnen. Jetzt mußte gehandelt werden. Er fuhr nach einer Weile fort: »Am Ende glaubst du, daß Berta und ich auch so fromm sind, wie du?«

»Wer sagt dir, daß ich fromm bin?!« entgegnete Henry stolz, der durchaus den Angelhaken der Eitelkeit nicht merkte, der hier ausgeworfen worden war. »Wenn ich fromm wäre, würde ich dich dann gebeten haben, mich – dorthin zu führen?«

Jetzt lächelte Karl bloß sauer: »Allerdings, das ist kein Ort für südekümmerliche Knaben.«

Dieser Wortwitz begeisterte Henry förmlich. Er lachte laut schallend auf und sagte dann: »Wenn ich doch nur gewußt hätte, daß du über dieses Zeug genau so denkst, wie ich.«

Karl sah ihn mit kaum verhehltem Spott an: »Ja, wenn! Man muß eben die Leute nicht immer für so dumm halten, wie man selber aussieht. Nicht bloß Henry Hauart ist ein Freigeist. Es gibt sogar in seiner Klasse welche!«

– »Ach?«!

– »O ja. Sogar euer Primus ist einer. Er führt darum auch den Namen Voltaire.«
– »Krümpermann?«
– »Ja, Konstantin Krümpermann. Aber, das darfst du eigentlich nicht wissen.«
– »Warum denn nicht?«
– »Das wirst du dann erfahren, wenn du es wissen darfst.«
Dieses dunkle Wort erfüllte Henry mit größter Neugierde. Er bettelte förmlich: »Ach bitte, kläre mich doch auf!«
– »Später! Vielleicht! Ich muß dich erst prüfen.«
Karl empfand ein inniges Behagen, den Neger mit Geheimnissen zu umwölken.
– »Muß ich ein Examen machen?«
Henry dachte an eine Art umgekehrter Katechismus-Prüfung.
– »Ja, In der Ulrikusstraße.«
– »Du hältst mich zum Narren.«
– »Ich halte dich für einen Freigeist.«
– »Was hat denn die Ulrikusstraße damit zu tun?«
– »Unendlich viel. Voltaire Krümpermann hält sie sogar für die hohe Schule der geistigen Freiheit.«
– »Ach?! Ich hatte mir doch gedacht . . .?«
– »Eben!«
– »Aber wieso denn?«
– »Gehet hin und sehet!«
– »Warst du denn auch schon dort?«
Diese Frage beeinträchtigte die muntere Laune Karls. Da er aber doch antworten mußte, sagte er: »Ich habe kein Geld dazu.«
– »Ist es denn so teuer?«
– »Die Preise schwanken.«
– »Glaubst du, daß tausend Mark reichen?«
– »Tausend Mark?!«
Karl mußte stehen bleiben vor Erstaunen. War es die Möglichkeit, ein Hamburger Sekundaner und so milchkalbmäßig unerfahren zu sein? Und: hatte der Mensch denn jetzt schon solche Summen zur Verfügung?
Er inquirierte: »Glaubst du vielleicht, Papa läßt dir auf deine Erbschaft hin tausend Mark auszahlen, damit du in die Ulrikusstraße gehen kannst?«
– »Natürlich nicht. Ich habe das Geld in meiner Schublade.

Sogar mehr.«
– »Unglaublich!«
Und nun mußte Henry genau erzählen, wie es zugegangen war, daß er dieses Kapital für sich hatte reservieren können. Dafür klärte ihn Karl über die Marktwerte in der Ulrikusstraße auf, soweit er davon Kenntnis hatte.
»Aber, da kann ich zahllose Male hingehen!« rief Henry entzückt aus.
– »Du könntest dich dort dafür sogar in Pension geben. Nur wird es schwer sein, hinzukommen, ohne daß Papa und Mama es inne werden, denn man pflegt dort eigentlich nur nachts einzukehren, wenn die Kindlein schlafen gehen.«
– »Ich klettre einfach am Blitzableiter runter.«
Henry war zu jeder Heldentat entschlossen.
– »So, und wenn du wieder ins Haus hinein willst?«
– »Dann klettre ich am Blitzableiter hinauf.«
– »Natürlich: der kraftvolle Jüngling! Alles mit den Muskeln, nichts mit dem Gehirn.«
– »Ja, wie soll ichs denn anders anfangen?«
Karl zuckte mit den Achseln.
Henry, der wohl merkte, daß Karl bequemere Wege wußte, drang mit dem Aufgebot seiner ganzen Liebenswürdigkeit in ihn ein, ihm zu helfen. Er wurde sogar überschwenglich und schwur ewige Dankbarkeit und Freundschaft, wenn er ihm sagte, wie er auf bessere Weise aus dem Hause und wieder hineinkommen könnte.
Karl indessen gabs nicht so billig und nicht so schnell.
Sie waren am Hause angekommen. Karl machte ein ernstes Gesicht und sprach: »Ich werde mich von jetzt ab deiner annehmen und werde dir auch zu dem verhelfen, was dir jetzt am meisten am Herzen liegt. Ich sage dir aber gleich: Ich halte das für eine Schweinerei, und es versteht sich nun erst recht von selbst, daß du dein albernes Getue gegenüber Berta sein läßt.«
– »Selbstverständlich!«
Henry sagte es mit Überzeugung. Er war auch in der Tat von seiner Abbiegung in das Gebiet platonisch-sentimentaler Verliebtheit resolut wieder ganz hinübergeschwenkt in die Regionen, wo Ahala und Ahaliba winkten.
»Gut!« entgegnete Karl zufrieden. »Es ist auch dein Glück, denn du hast ja gesehen, wie Berta die Dummheit aufge-

nommen hat. Hoffentlich kommt dir nicht wieder ähnliches bei. Ich bin jetzt dein Freund, und auch Berta wird jetzt deine Freundin sein. Aber verlaß dich darauf: wenn du dir nur im geringsten wieder so etwas einfallen läßt, so hast du zwei Feinde an uns, deren Feindschaft du spüren wirst.«
War sein Ernst vorhin gemacht, so war diese Drohung jetzt echt.
Henry merkte das wohl, und er ahnte auch, daß diese Feindschaft am Ende einmal echter sein möchte, als diese Freundschaft jetzt. Aber echt oder nicht, er wußte, daß er sie augenblicklich pflegen mußte. Er gab also nochmals die bündige Erklärung ab, nie wieder seine Augen zu Berta zu erheben, worauf Karl ihn einlud, am Nachmittage auf seine Stube zu kommen, da Berta nicht zu Hause sein werde. Er wolle ihm dann alles Nähere mitteilen.

Der überraschende Knabe Karl

Was Henry auf der Stube Karls erfuhr, war ganz dazu angetan, seine Bewunderung für den Vetter zu erhöhen und ihn mit Zutrauen in eine Zukunft zu erfüllen, die ihm durch dessen starke und kundige Hand eröffnet werden sollte.
Welch ein erstaunlich scharfer Kopf war (für Henry) doch dieser Karl, den er nur immer als den Sohn seines Vaters angesehen hatte! Das Christentum war ihm ein geschickt und nicht ohne poetisches Talent und psychologische Feinheit erfundenes Kindermärchen, dessen sowohl anmutige, wie bedeutende Fabeln man wohl mit freundlicher Rührung genießen mochte, solange sie nicht mit dem Anspruche auftraten, bestimmende Wahrheiten und Grundsätze fürs Leben zu verkörpern. Insofern sie aber dies taten, mußte man sich wohl klüglich so anstellen, als glaube man daran, denn es wäre knabenhaft töricht, sich gegen etwas Mächtiges aufzulehnen, solange man nicht selber eine Macht ist; aber man durfte innerlich diese Ideale kindlicher Geister nie Gewalt über sich gewinnen lassen; sonst würde man auch später nie dazu kommen, das Leben mit allen seinen schönen Möglichkeiten von Grund aus, das heißt unbeeinträchtigt durch christliche Hemmungen in der eigenen Brust, zu genießen.
Ähnliches hatte Henry ja schon früher vernommen, aber

jetzt, wo ihm Nutzanwendungen winkten, wirkte es beträchtlich stärker, wenn auch wiederum eben nicht in die Tiefe. Übrigens entnahm Henry, wie immer, so auch jetzt, diesen Lehren nur gerade das, was er augenblicklich brauchen konnte, lenkte den Fluß der Theorien also schnell in das Gebiet der Ulrikusstraße und auf die praktischen Probleme, die ihn jetzt beschäftigten.

Auch darin verblüffte ihn Karl durch unerwartete Erfahrenheit. Zwar nach diesen »Vierteln der Tiere« gelüstete ihn nicht; seine unerlaubten Begierden gingen ganz woanders hin, höher hinaus, aber er wußte sie zu befriedigen, ohne sich die Hosen am Blitzableiter zu zerreißen. Er verbrachte jede Woche zwei halbe Nächte außerhalb des Hauses und zwar mit Wissen seiner Mutter.

Henry riß die Augen auf. »Und der Onkel?«

– »Papa weiß nichts davon. Er würde es nie zugeben, daß ich in die Katakombe gehe!«

– »In die Katakombe?«

– »Ja, in die Katakombe. So haben wir nämlich, um der Sache eine christliche Etikette zu geben, eine freigeistig-literarisch-ästhetische Geheimverbindung genannt, in der wir jeden geistigen Unfug treiben. Von dem Unfug weiß Mama natürlich nichts. Sie glaubt, daß dort wissenschaftliche Vorträge auf christlicher Grundlage gehalten werden, und es schmeichelt ihrer Eitelkeit, daß ihr Herr Sohn sich an diesen gelehrten Bestrebungen beteiligt. Ich mache speziell für sie jeden Monat einen ungemein christlichen Vortrag, den sie mit Erbauung liest. Das ist zwar langweilig für mich, aber es beruhigt mein Sohnesgewissen, denn nun hat ja auch sie was davon.«

Henry war doch etwas verblüfft über diese kaltblütig souveräne Art von Verlogenheit, und Karl merkte das offenbar, denn er fuhr fort: »Alles Besondere läßt sich in seinen Anfängen, solange es noch nicht zur Herrschaft gekommen ist, nur in Heimlichkeit pflegen und bedarf der Verstellung, ja der direkten Lüge als Mittel zur Existenz. Diese Art Lüge ist aber immer auch Rücksichtnahme auf die nicht Besonderen, also doppelt entschuldbar. Indem ich diese blödsinnigen Vorträge zusammenschreibe, schaffe ich mir nicht bloß die Möglichkeit, wenigstens zweimal in der Woche geistig aufzuatmen, sondern ich beruhige auch das Gemüt meiner Mutter, die oft genug von Zweifeln an meinem Christentume heimgesucht wird.«

Diese Logik fand Henrys Beifall durchaus, der sich überdies erinnerte, daß auch Papa Hauart die Lüge als Reservatrecht der Ausnahmemenschen hingestellt hatte.

Es war recht angenehm für ihn, durch Karl wieder Anschluß an seine frühere Anschauungswelt zu erhalten. Er glaubte jetzt, alles dies wirklich schon einmal begriffen zu haben, und er setzte seinerseits Karl in Erstaunen, indem er, aus dem Geiste Papa Hauarts heraus, ohne die von Karl erwartete Begriffsstutzigkeit mit scheinbarer großer Agilität des Geistes auf all dies einging, ja sogar Ausführungen daran knüpfte, die eine unerschrockene Folgerichtigkeit des Denkens zu verraten schienen. Da er sich wohl hütete, zu sagen, woher diese Ideengänge stammten, erschütterte er sogar die Überzeugung des Vetters von seiner Dummheit, so daß dieser in seinen Enthüllungen weiter ging, als er ursprünglich vorgehabt hatte.

Karl sagte: »Du scheinst für die Katakombe reifer zu sein, als ich gedacht habe; – unter uns gesagt: reifer auch, als die meisten Katakombler selbst. Denn im Grunde sind das unreife Schwätzer, die bloß nachplappern, was sie gelesen haben. Ich höre in der Hauptsache nur zu und finde manchmal, daß es bloß Unverschämtheit ist, wenn sie sich einbilden, besondere Menschen zu sein. Sie täten besser, zu schweigen und zu lernen. Aber immerhin, man hört aus ihrem Nachgeschwatze manches aus der Welt reiferer Geister, die übrigens meistens offenbar auch noch recht unreif sind und besser daran täten, wenn sie gleichfalls schwiegen. – Aber du sollst das alles selber kennen lernen; ich will dich für die Katakombe vorschlagen.«

Das war für Henry nun zwar höchst schmeichelhaft und ehrenvoll, aber fürs erste reizte ihn die Katakombe weniger, als die Ulrikusstraße. Er lenkte Karl also nochmals behutsam auf diese ihm wesentlich interessantere Gegend hin.

Der lächelte giftig. »Durch Nacht zum Licht! Durch die Katakombe zum Puff! Dein Instinkt führt dich nicht irre. Übrigens wollen sie ja schließlich alle nur dorthin, und das viele Klugreden ist nur ein Ausweg, weil es ihnen am Gelde fehlt. Da du aber Geld hast, wirst du auch Führer und Begleiter haben. Sie werden sich um dich und dein Portemonnaie reißen. Voltaire Krümpermann, der große Idealist, der jede Woche einmal die Welt einreißt und neu aufbaut, weiß den Weg dahin ganz genau. Heil ihm und uns! Er wird fortan weniger Reden halten.«

»Ja, aber,« warf Henry ein, »wenn mir nun Tante Sanna nicht erlaubt, mit in die Katakombe zu gehen?«

– »Dafür laß mich sorgen. Mama wird sich zwar wundern, daß auch weniger erlauchte Geister dort Eingang finden, aber wenn auch du monatlich einen Vortrag verfaßt, und du sollst ja recht geschickt in blöden Phrasen sein, wie mir der große Voltaire nicht ohne Eifersucht mitgeteilt hat, so wird sie auch dich unter die christlichen Genies rechnen. Schmiere eine Eintrittspredigt! Die werde ich ihr geben, und sie würde es für einen Raub an deinem Ingenium halten, dich an dem Verkehr mit der Auslese unseres Gymnasiums zu hindern.«

– »Das will ich gleich heute abend noch machen. Wenn ich nur wüßte, worüber ich reden soll.«

– »Ich werde dir ein Thema geben. Warte!«

Karl kniff seine ohnehin kleinen Augen zusammen und visierte durch den winzigen Spalt die Zimmerdecke. »Kennst du Goethes Faust?«

– »Nein. Wir haben ihn noch nicht gehabt.«

– »Richtig. Was kennst du überhaupt von der deutschen Literatur?«

– »Echtermeyers deutsche Gedichte und die Jungfrau von Orleans, überhaupt: was im Lehrplan steht; du weißt ja.«

– »Hm. Was war euer letztes Aufsatzthema?«

– »Inwiefern Schiller der einzige deutsche Nationaldichter genannt werden darf.«

– »Aber ihr kennt ihn ja gar nicht! Aber ich weiß schon: der Professor hat ihn abgewandelt. Übrigens habe ich den Aufsatz auch schon mal geleistet. Freiheit! Ehre! Vaterland! Professor Sickert war Burschenschafter. Das vorgeahnte Deutsche Reich. Seid einig! einig! einig! Und: Ehret die Frauen! Du bist ja auf dem besten Wege dazu!«

Karl betrachtete seine schönen großen mattglänzenden Fingernägel. »Ich glaube du mußt pathetisch kommen, dazu sind weniger Gedanken nötig und es geht schneller ... Halt, ich habs. Nimm dir das Thema: ›Der Kampf mit dem Drachen. Ein christliches Symbol.‹ Der Drache sitzt natürlich in der eigenen Brust. Du kennst ihn, d. h. natürlich, du hütest dich wohl zu zeigen, daß du ihn persönlich kennst, und redest bloß so im allgemeinen von der Welt Lust und ihrer Üppigkeit. So talentlos ist kein Mensch, daß er darüber nicht zehn Seiten lang nichts reden könnte. Noch leichter aber sind die anderen zehn Seiten von den Waffen, mit denen der Christ gegen diesen Lind- und Tatzelwurm siegreich anzurennen vermag. Meine arme Schwester muß eine Brosche aus Elfenbein tragen, die diese probaten Tugenden in mehr weiblicher Symbolik zeigt: Glaube, Liebe, Hoffnung! Kannst du das?«

– »Aber natürlich, im Schlaf.«

– »Also gut, morgen früh auf dem Schulweg gibst du mir den Quatsch. Ehe du ihn aber schreibst, schneide und putze dir die Nägel. Mit diesen Schmutzschaufeln kannst du nicht mit uns verkehren. Du mußt dich auch besser anziehen, soweit es Papa erlaubt. Mit so kurzen Hosen lassen sie dich in der Ulrikusstraße überhaupt nicht hinein. Es ist eine Schande, wie du aussiehst. Und nun gehe! Berta muß jeden Augenblick kommen.«

Henry duckte sich förmlich unter dem befehlerischen Tone dieser Worte. Als er aber auf seinem Zimmer angekommen war, überkam ihn eine so zuversichtliche Fröhlichkeit, daß er den kleinen Raum unzählige Male mit fast tanzenden Schritten durchmaß. Er fühlte sich sicher, gehalten und doch frei.

Die Bäume der Erkenntnis

Als Henry am anderen Morgen sein Manuskript an Karl ablieferte, musterte der ihn zuerst von oben bis unten und ließ sich auch seine Hände zeigen.

»Vom Schneiden der Fingernägel fehlen dir noch die Elementarkenntnisse,« bemerkte er kritisch. »Und du hast es doch offenbar einmal gekonnt. Denn wie du herkamst, sahen sie so tadellos aus, daß sogar ich etwas davon gelernt habe. Mensch, wie kann man so etwas verlernen!«

Henry, der gehofft hatte, Karl würde sofort sein Elaborat prüfen, war enttäuscht und ärgerlich, daß statt dessen an seinen Fingernägeln Kritik geübt wurde. Er antwortete daher etwas brummig: »Das habe ich in München doch nicht selber gemacht. Das besorgte eine ehemalige Hofkammer-

frau, die als Handspezialistin mit einem großen Kasten voll einer Masse Scheren, Feilen, Messerchen, Pomaden, Bürsten, Pudernäpfchen, Lederpolsterchen, Essenzen und was weiß ich noch in den vornehmen Häusern herumlief. Die Prozedur war gräßlich langweilig, denn sie dauerte fast eine Stunde.«
Karl hatte mit Interesse die Aufzählung des Kasteninhaltes verfolgt. Diese Hilfsmittel der Handspezialistin waren ihm, da damals die Manikure noch wenig verbreitet war, etwas durchaus Neues, und er empfand wütenden Neid, daß dieser »Neger« einmal ihrer Pflege teilhaftig gewesen war, während er sich höchst kümmerlich mit einer viel zu großen Schere und einer viel zu groben Feile und einem Wolläppchen begnügen mußte. Er knurrte: »Schämen solltest du dich! Statt dem Himmel dafür zu danken, daß er dich gewürdigt hat, eine Kunst kennen zu lernen, die dem vornehmsten Gliede des Menschen, der Hand, dient, statt jede Einzelheit dieser im höchsten Grade interessanten Technik mit Lerneifer zu verfolgen, hat der Mensch sich gelangweilt und eine Stunde als eine zu lange Zeit zur Handpflege empfunden. Dir hätte man freilich lieber die Ohren stutzen sollen, als die Fingernägel.«
– »Aber laß das doch,« bat Henry, »lies lieber meinen Vortrag!«
– »Das tu ich nachher in der Religionsstunde. Übrigens weiß ich ja jetzt schon, was darin steht. Der Kasten der Kammerfrau ist mir hundertmal interessanter. Bitte, schildere mir genau, was darin enthalten war, und wie die Person mit den Gegenständen umgegangen ist. Direkt geschlafen wirst du ja doch nicht während der Prozedur haben.«
Henry kam dem Wunsch nach Möglichkeit nach, vermochte die Wißbegierde Karls aber doch nicht ganz zu befriedigen, denn der wünschte Belehrung bis in die kleinsten Details. »Weißt du was,« so schloß er ,»ich kaufe dir einen solchen Kasten. Papa hat einmal für Mama einen aus London mitgebracht. Der war womöglich noch reichhaltiger und kolossal fein. Hier in Hamburg muß so was doch auch zu haben sein.«
Karls Augen leuchteten auf. Besser hätte sich Henry bei ihm nicht einschmeicheln können. So ein Kasten – himmlisch. Eine ganze Garnitur von Messerchen, Scherchen, Feilchen in jeder Größe auf Samt gebettet, umstanden von Dös-

chen, Schächtelchen, alles blitzend und duftend, – es war ein Entzücken, zu denken, daß so etwas, wohlgeborgen vor Mama Sannas kleinbürgerlichen Augen, in seinem Besitz sein könnte, fleißig ausgenützt nicht nur für seine, sondern auch für Bertas Hände. Zwar – ein Geschenk von dem da! Aber natürlich, ja, warum denn nicht? Er würde ihm ja sehr viel mehr schenken, würde den Neger zu einem Menschen machen. Und überhaupt: es kam ja, was auch dieser törichte Günstling des Glücks ihm jemals schenken sollte, schließlich nur in seine Hände zurück, was der Zufall in dessen Hände gespielt hatte. Er tat also nicht weiter erstaunt und dankbar, sondern sagte einfach: »Sehr nett von dir. Ich nehme es an. Bei der nächsten Gelegenheit gehen wir einmal mit Berta auf den Jungfernstieg. Ich kenne dort ein wunderbares Geschäft für Toilettenartikel. Das hat ohne Zweifel auch solche Kästen in der schönsten Auswahl. Du mußt nur ordentlich Geld einstecken, denn so was ist sicherlich teuer, wenn man nur auf das Beste reflektiert.«

– »Ich trage das Geld seit heute wieder bei mir. Wir können den Sprung gleich nachher nach der Schule machen.«

– »Famos! Dann ist es für Berta eine Überraschung. – Aber, sag mal, wieviel Geld hast du denn eigentlich?«

– »Achtzehnhundert Mark.«

»Donnerwetter! Wir können wirklich froh sein, daß wir das Geld vor Mama gerettet haben. Aber geh, bitte, sparsam damit um bei den gefälligen Priesterinnen der Venus. Diese Weiber sollen ekelhaft geldgierig sein und allerhand raffinierte Manieren haben, zumal jungen Leuten das Geld aus der Tasche zu ziehen. Du mußt auch Achtung geben, daß du dich nicht etwa betrinkst und dann beim Nachhausegehen Spektakel machst.«

– »Ich gehe nicht zum Trinken hin. Hergott, ich ... Karl, ich bitte dich, hilf mir, daß ich bald hinkomme!«

Henry keuchte fast. Seit er sich so nahe am Ziele seiner Wünsche wußte, zersprengte ihn die Begier beinahe. Er ergriff die feuchtwarme Hand Karls mit der seinen, die heiß war wie ein trockenes Scheit Holz, das in der Sonne gelegen. Karl entzog ihm die seine mit einem Ausdruck von Grauen. Sein ganzer Widerwille gegen diesen brünstigen Starken kam ihm bei dieser Berührung zum Bewußtsein und auch der Umstand, daß seine Hände, diese so schön weiß aus-

sehenden, immerzu diese greuliche klebrige Feuchte hatten, gegen die es nun aber hoffentlich in dem gebenedeiten Kasten ein Mittel gab.
Er sagte: »Übermorgen ist Katakombensitzung. Du kannst selbstverständlich noch nicht mit, denn ich muß dich natürlich erst vorschlagen. Aber du kannst mit aus dem Haus, denn Mama erhält noch heute dein Traktätchen. Ich selbst werde dich auf den Weg zu den Blumenschiffen bringen, denn der große Krümpermann würde dich zu heftig anpumpen. Auch brauchen die anderen überhaupt nicht zu wissen, daß du Geld hast. Um zehn gehen wir von zu Hause weg. Halb elf verlasse ich dich am Eingang zum Paradiese. Um eins erwarte ich dich an derselben Straßenecke. In zwei und einer halben Stunde kannst du viele Bäume der Erkenntnis schütteln. Hüte dich nur, dabei der Schlange auf den Schwanz zu treten.«
– »Was willst du damit sagen?«
– »Daß die Schlange auch beißen kann.«
Er sagte das mit offenbarem Vergnügen.
»Sprich doch deutlich!« rief Henry fast barsch aus.
– »Die Wollust der Kreaturen ist gemischt mit Bitterkeit. Das solltest du doch von Herrn Südekum wissen.«
– »Ich pfeif auf Herrn Südekum und seine Bitterkeit; das ist alles bloß christlicher Schwindel, um unsereinen von allen schönen Dingen abzuschrecken.«
– »Doch nicht ganz. Es gibt allerhand angenehme Krankheiten, die man gewissermaßen als Zuwage zu dem berühmten Apfel des Paradieses bekommen soll. Es ist das einzige, was in diesem Paradiese gratis verabreicht wird.«
– »Du willst mir Angst machen, aber du erschreckst mich nicht.«
– »Oh, kein Zweifel! Du würdest dich jetzt durch sämtliche Geschwüre der Welt nicht davon abhalten lassen, in dieses verbotene Obst zu beißen. Wohl bekomms! Ich denke gar nicht daran, dich abzuhalten. Aber zur Vorsicht mahnen möchte ich dich.«
– »Dann mußt du dich doch deutlicher ausdrücken.«
– »Nein, ich danke. Das Thema ist mir zu schmierig. Das mag später Krümpermann, der Idealist, besorgen, der eine kleine, aber wohl assortierte Bibliothek über diese Geheimwissenschaften besitzt.«

Nach diesem instruktiven Gespräch begaben sich die beiden Gymnasiasten in die Religionsstunde. Professor Sickert hatte mehr wie einmal Veranlassung, mit Mißfallen zu bemerken, daß Henry Hauart nicht bei der Sache war. Er war in der Tat ganz woanders. Das gleiche muß von Karl Kraker gesagt werden, der selbst während der heimlichen Lektüre von Henrys »Kampf mit dem Drachen« mehr an den himmlischen Kasten dachte, als an Wehr und Waffen gegen die Eitelkeiten und Lüste dieser Welt.

Als er ihn dann vier Stunden später in prachtvollster Ausstattung auf dem Jungfernstiege leibhaft in Händen hielt, genoß er ein wahres Glück. Er war ihm ein schlechthin wonnevoller Besitz und jedes einzelne Stück in ihm ein Gegenstand zärtlicher Liebkosung. Selbst Berta, die doch ein Mädchen war, mußte sich darüber wundern, welches Entzücken den sonst so gemessenen Bruder gegenüber diesen doch offenbar mehr für weibliche Hantierung bestimmten Dingen erfüllte. Daß aber Henry dafür gegen zweihundert Mark ausgegeben hatte, fand auch sie nur wirklich nett. Denn auch sie hielt es im Grunde für eine Pflicht des »Negers«, die Belehrungen, die er nun durch den überragenden Karl erhalten sollte, so hoch zu bezahlen, als es ihm nur irgend möglich war. Aber sie war von jetzt ab immer recht reizend zu ihm, ja, es war ihr sogar wirklich ein bißchen ärgerlich, daß er mit einem Male so gar nicht mehr den Anbeter herauskehrte. Sie führte das lediglich auf den Rüffel zurück, den ihm Karl nach seinem Berichte erteilt hatte, und sie fand, daß Henry doch eigentlich nicht mit einem Male so ganz gleichgültig hätte zu werden brauchen. Nun, sie hatte es ja immer gesagt, daß er ein Waschlappen war und unbedingt nach Karls Pfeife tanzen würde. Henry selbst aber dachte nur noch eines: Mittwoch, abends halb elf!

Als die mit so heftiger Sehnsucht erwartete Stunde gekommen war und Karl sich von ihm mit den Worten verabschiedet hatte: »So, und nun brauchst du bloß die Straße hier hinunterzugehen und rechts einzubiegen. Die nächste Straße dann links ist es,« da glaubte er zuerst, all das sei ein heimtückischer Spaß des Vetters.

Wie sollte es denn möglich sein, daß wenige Schritte von hier, wo die Pferdebahnen rasselten und die Herren und

Damen ehrbar nebeneinander hergingen, und überhaupt alles das gewöhnliche Wesen einer Hamburger Straße von mittlerer Frequenz zeigte, – wie war es zu denken, daß gleich nebenan alles so – ganz anders sein sollte? Alles dort in Öffentlichkeit erlaubt, was hier in heimlicher Andeutung schon wahnsinnige Frechheit, verbrecherische Schamlosigkeit gewesen wäre? Nur ein paar hundert Schritte noch, und es sollte dort gar nichts mehr Geltung haben, was hier unbedingte sittliche bürgerliche Norm war? Ein fremdes Land sollte sich hier in die sittsame Stadt, wo Onkel Jeremias und Tante Sanna wohnten, eingrenzen, ein Land ohne Moral, ja, ausschließlich dem Zwecke geweiht, der Unmoral zu dienen, ein freier Boden zu sein für alles das, was hier, hundert Meter davon entfernt, für greulich unanständig galt?
Henry war bestimmt überzeugt, daß Karl ihn auf den Leim gelockt hatte. Er wollte schon umkehren und handfest Rache an ihm nehmen, gleichviel was daraus entstehen sollte. Aber es zog ihn doch mit Macht vorwärts, und wie er zwei Herren rechts einbiegen sah, stürzte er ihnen nach.
Richtig, auch sie bogen nun links ein. Kaum daß sie verschwunden waren, stand er an der Straßenecke.
Himmlische Güte! Ahala und Ahaliba! Zehn Schritte vor ihm rechts kamen zwei Frauen aus einem hellerleuchteten Hause heraus ein paar Stufen herab auf die Straße und umschlangen die beiden Männer mit nackten Armen. Auch ihre Brust war bloß, und sie hatten helle seidene Gewänder an und Blumen in den Haaren. Und links, da, noch näher zu ihm, ließ eine andere mit offenen roten Haaren, aus dem Fenster herausgelehnt, ihre beiden mächtigen Brüste im vollen Lichte der roten Türlaterne von einem Manne begreifen und lachte dazu mit einem Lachen, das Henrys Herz bis zu dem Hals hinaufschlagen ließ. Er wollte darauf losstürzen, aber es war ihm, als sei mit einem Male sein wütendes Blut so schwer geworden, daß er sich nicht von der Stelle rühren konnte. Er mußte sich gegen die Straßenecke lehnen und den Mund öffnen, denn er glaubte unter dem schweren Andrange des Blutes ersticken zu müssen. Noch unter den geschlossenen Augen sah er die beiden Brüste vor sich, warm rot lasiert vom Lichte der Laterne, und darüber diesen lachenden vollen Mund und zwei große dunkle Augen. Er stand wohl nicht lange so, hatte aber alles Gefühl

für Zeit verloren, wie im Traume, und glaubte, eine ewig lange Zeit dazustehen, unfähig, sich zu bewegen. Als er die Augen öffnete, war der Mann verschwunden und stand zwei Häuser weiter in der Umarmung einer schlanken Brünette, die sich bemühte, ihn in die offene Haustüre zu ziehen. Die beiden Brüste aber waren verschwunden und das Fenster geschlossen. Außer dem Mann mit der Dunkelhaarigen war niemand in der Straße zu sehen. Jetzt verschwanden auch die beiden im Hause, und die Häuserzeile mit den vielen farbigen Laternen lag öde und still.

Henry, der bisher die Querstraße noch nicht verlassen und sich nur mit den Augen in die Gasse seiner Sehnsucht gewagt hatte, tat jetzt, ganz unbewußt, einen Schritt vor, leise, scheu, wenn auch etwas gefaßter und entschlossen, weiterzugehen. Es war ihm aber, wie er noch zwei Schritte weiter tat, als gebe der Boden unter seinen Füßen nach. Feig war ihm zumute, jämmerlich feig, und wehmütig zum Weinen. Dem schweren Andrang des Blutes zur Brust war ein ebenso plötzliches Zurückfluten gefolgt. Er fühlte sich ganz leer und ängstlich leicht. Seine eben noch glühend heißen Hände waren eiskalt. Dabei bevölkerte seine Phantasie die leere, trotz der farbigen Laternen nun halbdunkle Straße mit Bildern und Szenen, wie er sie soeben halb traumhaft gesehen hatte. Von allen diesen Treppenvorsätzen stiegen halbnackte Frauengestalten aufs Pflaster, die bloßen Arme zu wollüstigen Umschlingungen ausgebreitet. Aus jedem Fenster beugte sich der nackte Körper einer Frau mit großen lastenden Brüsten vor. Und alle diese Arme, diese Brüste galten ihm. Er brauchte nur zuzugreifen, und er besaß was er wollte.

Seltsam doch, daß er hier noch phantasiert, wo er wirklich gleich hätte zugreifen können. Es ist gewiß, und er dachte es sich selbst: Er würde nicht gewagt haben, auch nur an einen dieser Fensterläden zu klopfen.

Aber, wie schon Pastor Südekum (weiß der Himmel, aus welcher Erfahrung) gesagt hatte: Die Sünde wartet nicht auf den bösen Willen; sie überfällt den Ahnungslosen wie der Geier das junge Lamm. (Darum wachet und betet!) – Der gewisse Fensterladen links tat sich plötzlich auf, und die gewissen Brüste waren mit einem Male wieder da, und eine Stimme, die für Henry nicht süßer sein konnte, flüsterte: »Komm rein, Kleiner!«

Da wars um ihn geschehn.
Ehe er sichs versah, stand er in einem rosaroten Hausflur, rechts neben ihm ein dürres altes Weib, das er beiseite schob, und links die Rote mit den schweren Brüsten. Sie sagte irgend etwas, das er nicht hörte; er sah auch nichts; er fühlte nur: Warmes, weiches Fleisch zwischen seinen Händen.
Und nun war er in einem niedrigen Zimmer mit goldblumichten Tapeten und voll eines Geruches, der ihn schwindeln machte. Der Ansturm des Blutes von vorhin wiederholte sich; nur noch heißer und wütender. Seine Füße hielten ihn nicht mehr; er sank nieder. Und nun lag das weiche warme Fleisch über ihm, und er hörte, wie etwas an ihm herabrauschte. Als er seine Blicke erhob, stand die Rote nackt vor ihm, und just in Gesichtshöhe erblickte er leibhaft vor sich, was er in maß- und formlosen Phantasien sich alle diese Wochen hin immer und immer wieder vorgestellt hatte.

So etwas hatte die rote Emmy noch nicht erlebt, wie reicher Erfahrungen sie sich in ihrer schon recht langen Laufbahn im Dienste der bedingungslosen Gefälligkeit auch rühmen konnte. Sie konnte nur immer und immer wiederholen: »Du bist ja verrückt.«
Sie würde sich richtiger ausgedrückt haben, wenn sie statt verrückt »rasend« gesagt hätte, aber es wurde ihr wahrhaftig nicht Zeit gelassen, ihre Worte exakt zu wählen, und sie merkte bald, daß es überhaupt überflüssig war, irgend etwas zu sagen. Der Junge schien stumm und taub gleichzeitig zu sein und überdies von höchst wilder Sinnesart, denn nicht einen Augenblick wich ein wütend verbissener Zug von seinem Gesichte, und seine groß und rund hervortretenden Augen gruben sich mit einem grimmig bösen Ausdruck in ihr Fleisch. Gefräßige Augen nannte sie sie später ihren Kolleginnen gegenüber, als Henry sie wortlos, aber mit Hinterlassung eines Hundertmarkscheines verlassen hatte.
»Das war n Verbrecher,« sagte sie; »der Junge hat irgendwas ausgefressen. Wie einer, der morgen gehenkt werden soll, war er. Ich wundre mich bloß, daß er mich nicht erwürgt hat. So was! Da könnte man wirklich sagen, daß unsereins eigentlich zu bedauern ist. Ein Matrose, der einem

mit der Faust vor die Augen schlägt, ist doch auch wieder nett zu einem, aber der Bengel tat gerade so, als hätte unsereins gar kein Gefühl und wär bloß ein Stück Fleisch. Wenn nur morgen die Polizei nicht kommt wegen den hundert Mark! ...«

Indessen stand Henry bereits auf dem Treppenabsatze des gegenüberliegenden Hauses zwischen zwei geschmeidig langen, viel jüngeren und sehr hübschen Mädchen, einem ganz schwarzhaarigen und einem aschblonden, die ihm beide leise Vorwürfe machten, daß er, ein so feiner Junge, da drüben gewesen wäre.

Er hatte noch immer den bösen Ausdruck im Gesichte, der besonders von einer tief eingegrabenen Falte zwischen den dichten, sich fast berührenden Augenbrauen herkam. Aber die übermäßige Benommenheit war geschwunden. Aus dem animalisch traumhaften Zustande der Überdrängtheit von wildentfesselten wütenden Begierden war eine seltsame Stimmung düsterer Entschlossenheit geworden. Die Begierde war noch nicht erschöpft, aber ihr Strom zurückgestaut. Sie lauerte hinter einem Damme von mürrischem Unbehagen und grollender Unzufriedenheit. – Henry machte sich keine Gedanken darüber, daß das alles so anders war, als er sich es vorgestellt hatte, aber er empfand es mit bösem Zorn.

Aus diesem Zorne heraus redete er die Mädchen barsch an, obgleich er wohl merkte, daß sie von feinerer Art waren, als die rote Massige da drüben. Aber er ging mit ihnen in das Haus.

Er hatte jetzt wieder Augen für seine Umgebung und merkte nun doch, obwohl er eigentlich nicht vergleichen konnte, daß hier alles reicher, schöner aussah. Ihm, der jetzt vom Hause Kraker her an dunkle Schmucklosigkeit gewöhnt war, erschien es wie ein kleines Palais, und er hielt es für ein sehr vornehmes Etablissement seiner Gattung. Mit Unrecht freilich, denn es war nur bessere Mittelsorte. Die gipsernen Nuditäten auf bronzierten Holzsockeln erinnerten ihn, obwohl sie verraucht und verschunden waren, an die Statuen der Villa Hauart. Der billige und abgetretene Läufer, mit dem der schmale Gang belegt war, kam ihm wie ein vornehmer Teppich vor. Die mit abgeblätterten Goldleisten eingefaßten, einmal weißlackiert gewesenen Türen verstärkten seine

Meinung, daß er sich in einem besonders eleganten Hause für die anspruchsvollere Herrenwelt befand.
Das machte ihn aber nun nicht etwa beklommen, sondern es gab ihm vielmehr ein gewisses Gefühl der Sicherheit. Wie er jetzt zwischen den beiden schlanken, in eine Art Balltoilette gekleidete Mädchen einherschritt, auf die Türen am Ende des Ganges zu, hinter der Klaviermusik erklang, war er äußerlich ganz der Henfel von ehemals, nur reifer und erfahrener. Die kurze Spanne Zeit, die er da drüben wie in einem epileptischen Anfalle seines jählings freigewordenen Geschlechtstriebes verbracht hatte, mehr in wütenden Reflexbewegungen, als bewußt genießend, hatte eine tiefere Umwandlung in ihm zustande gebracht, als irgendeiner der vielen Einflüsse, denen er sich bisher hingegeben hatte.
Dieser Henry war kein Knabe mehr, auch nicht der Knabe Henfel, aber es war in ihm viel mehr vom Münchner Henfel als vom Hamburger Henry.
Er ließ die beiden Mädchen mit einer kurzen Verbeugung aus der Schule des Münchner Komplimentiermeisters vorantreten und überblickte den Salon des Hauses mit fast blasiert hochmütigem Blicke.
Es saßen da auf plüschblauen Wandkanapees fünf wie zum Balle angezogene Mädchen herum, während zwei, augenscheinlich die jüngsten, die wie Babys gekleidet waren, nach der Walzermusik des weißhaarigen Klavierspielers mit großer Hingegebenheit, eng aneinandergeschmiegt, tanzten. Diese beiden würdigten die Eingetretenen keines Blickes. Die eine, größere, mit lang herabfallenden strohblonden Haaren, sang mit geschlossenen Augen über die Schultern der kleineren hinweg, nach der Melodie des Walzers, höchst schwärmerisch »Rosen aus dem S . . ü . . den!«, während die andere ihre Puppenaugen wie ins Leere richtete und zu träumen schien. Die Kanapeedamen dagegen warfen dem eintretenden Gaste über ihre Fächer weg musternde Blicke und ein paar Worte zu, die nach Ton und Inhalt in einem wunderlichen Kontraste zu ihren Balltoiletten standen. Eine schon etwas ältliche, die sehr talentlos bemalt und auch sonst nicht eben reizend war, sang sogar:

»Jrien, jrien, jrien is mein Leibkulleer.
Ick jäb sechs jute Jroschen drum,
Wenn ick man bloß schon mündig wär.«

Indessen verging ihr die Frechheit, als sie Henrys wild drohende Augen erblickte.
»Huch!« schrie sie, »der Junge will mir mit seine Oojens verjiften. Entschuldjen Se nur, Herr Direkter, det war man bloß n Volkslied.« Henry maß sie mit verächtlichen Blicken und ließ sich mit seinen Begleiterinnen an einem Marmortische nieder.
»Trinken wir ne Flasche Sekt, Kleiner?« fragte die Aschblonde.
»Natürlich!« antwortete Henry.
»Rietz, Mutter, de Landwehr kommt!« schrie die Berlinerin.
»Und ne Schachtel Zigaretten, nich?« schmachtete die Schwarze.
»Meinetwegen!« erklärte Henry barsch.
»Der Junge macht sich for drei Mark achtzig!« höhnte die Berlinerin.
Henry stand auf und warf einen Aschenbecher nach ihr. Sein Instinkt war entschieden auf der Höhe der Situation, und keine der anwesenden Damen wäre auf die Idee gekommen, daß dieses hier sein zweites Debüt auf der Bühne der Liebe gegen bar war.
Auch der Berlinerin imponierte er jetzt, und sie wollte sogar vom Sekt mittrinken. Indessen war es die Art Henrys nicht, Beleidigungen so schnell zu verzeihen, wenn er sich der Macht bewußt war, sie zu strafen. Er bestellte noch drei Flaschen Sekt und noch drei Schachteln Zigaretten, schloß die Berlinerin aber ausdrücklich vom Genuß dieser Kostbarkeiten aus.
Die anderen aber gruppierten sich zärtlich und heiter um den Pflegling Jeremias Krakers, der zwischen diesem vielen Mädchenfleische seinen düsteren Groll nach und nach recht angenehm schwinden und eine höchst wohlige Empfindung intensiver Genugtuung in sich Platz greifen fühlte.
So hätte er ewig sitzen mögen, die linke Hand im Busen der Aschblonden, die rechte oberhalb des Strumpfbandes der Schwarzen, die Augen aber bald da, bald dort, wo Rundlichkeiten leuchteten. Dazu zärtliche, winkende, werbende, schmachtende, verheißende, bittende, leidenschaftlich glühende, wollüstig-verschwimmende Blicke ringsherum und nichts als schmeichlerische, verliebte, andeutende, auf-

deckende, brünstige, geile Worte, gehaucht, geflüstert, gestammelt, geraunt – er schwebte auf einer Wolke wonnevollsten Hochgefühls: endlich, endlich einmal umgeben von nichts als Untertänigkeit und grenzenloser Dienstbereitschaft, endlich wieder einmal der in all seinen Eitelkeiten zärtlich gestreichelte Herr und Gebieter. Und als nun gar die Aschblonde den glücklichen Einfall hatte, ihre süß und herb duftenden Haare ihm über den Kopf zu werfen und dazu zu schwärmen »Mein goldiger Prinz«, während die Schwarze leise seine Hand weiter aufwärts führte, da war es zum zweiten Male um ihn geschehen, und er begab sich mit den beiden Schlanken nach »oben«, wie in einem Triumphzug begleitet von der ganzen, selig vom Sekt begeisterten Schar seiden rauschender, nach allen Parfümerien des Jungfernstiegs duftender Mädchen, die einmütig erklärten, ein so nobler, so süßer, so feiner, so schöner Junge sei ihnen lange nicht vorgekommen.

War Henry von alledem, den Worten, den Blicken, den Berührungen, dem Wein schon hinlänglich berauscht, – angesichts des Wuchses und aller sonstigen Reize dieser beiden ihm nun in allen ihren Prächten zur Verfügung stehenden lebenden Bäume der Erkenntnis ergriff ihn ein Taumel der Entzückung.

Von ihnen erst lernte er die Süßigkeit der verbotenen Frucht. Drüben: das war ein dumpfes Nachdröhnen des babylonischen Gemurmels von Ahala und Ahaliba gewesen; hier war seliges Rauschen von blühenden Paradieseswipfeln, Geplätscher der tief aus moosigem Grunde zwischen samtenen Blumen aufwallenden Quelle: das sanft verhauchende Seufzen der sehnsüchtig beglückten Kreatur.

Es war ein Höhepunkt seines Lebensgefühles, auf dem sich Henry hier befand, und er genoß mehr, als die Reize zweier hübscher Mädchen. Nicht nur sie »erkannte« er, biblisch zu reden, – er erkannte in einem viel umfassenderen Sinne sich selbst.

Wie die Spiegel über und neben dem breiten Bette ihm seinen ebenmäßig schönen nackten Körper zeigten, so zeigten ihm seine Empfindungen den harmonischen Teil seines Inneren wie auf einem leuchtenden Hintergrunde. Dieser Hintergrund war das Stück Poetennatur in ihm, das, sonst immer verdeckt und verdunkelt durch Fremdes, hier freige-

legt war durch die sinnlichen Eindrücke, die seinem Wesen am entsprechendsten waren.
Er war wirklich sehr liebenswürdig zu den Mädchen, und sie machten alle Anstrengungen, ihn zurückzuhalten, als er plötzlich, heftig erschrocken durch den Glockenschlag Eins, zu seinen Kleidern stürzte. Der Umstand, daß er seine Schuldigkeit ohne weiteres durch drei Hundertmarkscheine beglich, vertiefte den guten Eindruck noch wesentlich, und weder Minnie noch Ella brachten, nachdem sich Henry aufs zärtlichste von ihnen, chevaleresk freundlich von allen übrigen Damen verabschiedet hatte, die Meinung vor, daß er ein Verbrecher sei. Sie erklärten ihn vielmehr einmütig für einen jungen Gentleman von hohen Gaben in jeder Hinsicht, schön und stark wie ein junger Gott, »kolossal nett«, und kurz und gut ein Musterbeispiel von einem Sektgaste. Als die Berlinerin ein paar niederträchtige Bemerkungen dazu machte, verfiel sie der allgemeinen Verachtung und wurde als ein Wesen betrachtet, das für bessere junge Leute überhaupt keinen Sinn besaß.
Viel schlimmer aber erging es Henry von Karl, als er gestanden hatte, daß seine Brieftasche um vier Hundertmarkscheine erleichtert war.
»Du bist ein Kretin!« schnaubte ihn der Vetter an, dem schon Henrys strahlende Laune und Verzücktheit unleidlich war. »Vierhundert Mark! Wenn ich das gewußt hätte! Aber dieses Maß von Dummenjungenhaftigkeit hätte ich nicht einmal dir zuzutrauen gewagt. Na, einmal und nicht wieder! Ich leihe dir meine Hand nicht noch einmal zu solchen Verrücktheiten!«
Karls Vorstellungen von der Kraft paradiesischer Verlokkungen waren offenbar recht unzureichend.

DER GOLDENE WIDDER

Das Böcklein

Henry hatte nun bis zu seiner Maturitätsprüfung am Gymnasium zwar noch drei volle Jahre, fühlte sich nach seinem Rigorosum mit Minnie und Ella aber durchaus als ein junger Mann, der eine wesentlich wichtigere Reifeprüfung mit Auszeichnung bestanden hatte. Mit einem Male (und zum ersten Male in seinem Leben) stellte sich ein sicheres Selbstbewußtsein bei ihm ein.

Nur dem Onkel und der Tante gegenüber streifte er den demütigen Christen noch nicht ab, dort schnitt er dieses schlichte Mäntelchen bereits etwas kürzer zu, etwa in der Art, wie es von Karl und Berta getragen wurde ... Im übrigen aber trat er nun munter und zuversichtlich, ja, wo es anging, auch schon ein bißchen frech auf. Karl mußte ihn hier und da bereits etwas dämpfen, damit er wenigstens in seiner fürstlichen Gegenwart angemessenen Respekt bewahrte.

Es war eine schöne Zeit für den aufgetauten und nun hurtig aufblühenden jungen Mann, bei dem sich jetzt, sehr zur rechten Gelegenheit, auch der erste schwarze Flaum auf der Oberlippe einstellte, fleißig und wohlgefällig gepflegt, wie nun auch alles andere Äußerliche.

Eine angenehme Zeit, gehoben und erfüllt etwa von der Stimmung, die jungen Männern sonst erst gewöhnlich nach der Entlassung aus dem Gymnasium beschieden ist. Henry fühlte sich aus einer viel böseren Schule und Freiheitsverkümmerung entlassen. Das Gymnasium selbst genierte ihn nur wenig. Auch dort genoß er nun sich und eine Art köstlicher Freiheit, sich laufen zu lassen. Zum Erstaunen seiner Mitschüler, die ihn für einen unangenehmen Duckmäuser hatten halten müssen, entwickelte er nun eine andauernde, nicht bloß ausnahmsweise heraufgepumpte, muntere Liebenswürdigkeit. Es dauerte nicht lange, und er hatte nicht bloß Kameraden, sondern auch Freunde. Seine Freigebigkeit und der Umstand, daß man in ihm eine Art Taschengeld-Nabob erkannte, der imstande und auch bereit war, mäßigere Taschengelder durch generös gewährte Darlehen

von schlechthin phantastischer Höhe, bis zu zwanzig Mark, angenehm zu komplettieren, taten das ihre hinzu, und als er gar, entgegen den Weisungen Karls, seine Eigenschaft als Zehnmillionenerbe enthüllt hatte, erhielt er ohne weiteres die Respektposition eines heimlichen Primusses der Klasse. Der große Krümpermann selbst, der wirkliche Primus, nahm das ohne alle Eifersuchtsanwandlungen als etwas durchaus Berechtigtes hin und beugte sich, verständig wie er war, dem zwar nicht wissenschaftlichen, aber persönlichen Übergewichte Henrys mit schöner Selbstverleugnung, ja er schloß sich dem plötzlich so interessant und wertvoll Gewordenen mit besonderer Beflissenheit an. Für ihn und noch drei andere Mitglieder der Untersekunda, die gleich ihm des Vorzugs genossen, in die Katakombe aufgenommen zu sein, die im übrigen nur die geistige Elite der drei obersten Klassen geheimnisvoll umfaßte, war Henry als Katakombenkandidat ja auch besonders interessant und wertvoll.
Aber Henry wurde auch, je mehr er in der Ulrikusstraße verkehrte, ein um so besserer Schüler. Der Genuß der verbotenen Früchte bekam seinem Zerebralsystem offenbar ebenso gut, wie seiner ganzen übrigen Entwicklung. Gleich La Fontaine, der ein fast blöder Knabe gewesen war, bis er einmal eine Treppe hinab stark auf den Kopf fiel, schien auch er eines gewissen körperlichen Anstoßes bedurft zu haben zur Aufweckung seiner vorher im Schlummer befindlichen Geisteskräfte. Sein Verstand munterte und hellte sich auf, ja auch sein Ehrgeiz wurde eigentlich erst jetzt lebendig. Seine Erfolge in der Palästra Veneris hatten ihn so mit Genugtuung und Selbstbewußtsein erfüllt, daß er nun auch in der Palästra Musarum ähnliche Empfindungen bewährter Tüchtigkeit empfinden wollte. Zwar, ganz so leicht wie dort wurde es ihm hier nicht, aber doch viel leichter, als früher. Das Lastende, Beklemmende seines bisherigen Hamburger Daseins im Zeichen einer ihm durchaus ungewohnten Gefühlswelt war wie mit der Gewalt einer Eruption gleich einer filzigen Moderschicht von seinem Wesen weggehoben worden, und nun konnten sich auch andere Kräfte in ihm entfalten, als es die waren, die jene Eruption bewirkt hatten. Seitdem seine Sinnlichkeit, das Stärkste in ihm, nicht mehr gebunden war, war auch sein ganzes übriges Wesen frei.
Einen Bock muß man kastrieren, wenn er einmal einen gu-

ten Schöpsenbraten geben soll. Bloßes Einsperren genügt nicht. Bei der ersten Gelegenheit springt er über die Hürde und entwickelt erstaunliche Gewandtheiten.
Niemand begriff, wenn auch mit großem Mißbehagen, Henrys Zustand so richtig wie Karl. Er war es auch, der ihm unter Tilgung der Bezeichnung als Neger jetzt den Zunamen Böcklein verlieh.
»Stoß dir nur die Hörner ab, Böcklein,« sagte er einmal zu ihm. »Das scheint mir die Hauptfunktion deines Lebens zu sein. Sie wachsen dir immer nach, und man muß nur dafür sorgen, daß du sie dir nicht etwa an Gegenständen abstößt, die mehr wert sind, als deine Hörner, und die darunter leiden können. Doch das laß meine Sorge sein. Nur mußt du mir auch folgen. Ich werde dich nie daran hindern, ein vergnügtes Böcklein zu sein. Aber in allen den Dingen, die nicht eigentlich zum Wirkungskreise eines Böckleins gehören, mußt du dich unbedingt meiner Leitung anvertrauen.«
Henry fühlte sich jetzt viel zu wohl in seiner Haut, als daß er dem überlegenen Vetter, den er im Grunde doch auch wieder nicht für ganz voll nahm, seine zoologischen Impertinenzen übelgenommen hätte. Er begnügte sich, zu antworten: »Es ist sehr nett von dir, daß du nicht direkt Schaf sagst, Karl. Ich würde dir aber auch das nicht übelnehmen. Denn, wenn ich auch, Gott sei Dank, ein Böcklein bin, so bin ich doch nicht so schafsdumm, um zu sehen, wie gescheit du bist, und wie gut du es mit mir meinst. Was kann ich mir denn Besseres wünschen, als daß du für mich denkst und ich mich für dich amüsiere?«
Er wußte gar nicht, wieviel heftiger er damit den Vetter traf, als dieser ihn getroffen hatte.

Der geistreiche Gönner

Der grüne Enthusiasmus der wilden Katakombler war heiß und brausend. Im stürmischen Binsengewoge unerschrokkener Diatriben gegen alles Bestehende ward Henry schleunig wohl, und er genoß das Vergnügen eines billigen Sturms und Drangs fast mit der gleichen Hingabe, wie er auch weiterhin die Wonnen der Ulrikusstraße genoß. Er wetterte gewaltig sowohl gegen Paul Heyse wie gegen den

Kapitalismus und ließ kein gutes Haar weder an Julius Wolff, noch an Bismarck, dem tyrannischen Junker. Die »Hypothese vom sogenannten lieben Gotte« behandelte er mit lässiger Verachtung, den »Erfinder der zehn Gebote« nannte er einen jüdischen Wasserkopf, Christus liebte er mit Sokrates zu vergleichen, und nicht zugunsten des »Rabbis von Nazareth«. »Kraft und Stoff« waren die Worte, die er am schauderhaftesten mißbrauchte. Gleich darauf kam aber »Naturalismus«. Zola, dessen »Nana« das einzige Buch der zeitgenössischen Literatur war, das er ausgelesen hatte (gewisse Stellen zwei- und dreimal), pries er in einem dithyrambischen Vortrag als den »geistigen Wundarzt der Gegenwart«. Karl Bleibtreu, dessen »Revolution der Literatur« er in einer denkwürdigen Sitzung der Katakombe an sämtliche Mitglieder verteilte, stellte er weit über Lessing, und ungefähr alle übrigen Poeten des jüngsten Deutschlands brachte er in ähnliche Parallelen. Sein eigentliches Idol aber, sein Gott, wie er selbst sagte, war Hermann Honrader, dessen Gedichte er zwar nicht immer völlig verstand, aber sämtlich auswendig wußte.
Der Umstand, daß er sich der persönlichen Bekanntschaft des kühnsten und genialsten der jungen Dichter rühmen konnte, hob ihn auch in den Augen der wenigen Katakombler, die seiner knabenhaften und leeren Überschwänglichkeit kritisch gegenüberstanden und sie eigentlich nur deshalb hingehen ließen, weil die Katakombe allerhand Vorteile von ihm zog und jedes einzelne Mitglied sicher sein konnte, keinen Korb zu erhalten, wenn es sich in finanziellen Angelegenheiten an ihn wandte.
Dank der Generosität des »geistreichen Gönners« besaß der Geheimbund der starken Geister jetzt ein festes Lokal in einer Hafenwirtschaft. Es war ein verstecktes Hinterzimmer von ursprünglich mehr als gewöhnlicher Ausstattung, dem aber Henrys Geldbeutel nun durch Schmückung der Wände mit den Bildnissen der Häupter des jüngsten Deutschland und anderer radikal fortschriftlicher Persönlichkeiten zu einem entsprechend höheren Ansehen verholfen hatte. Es gab auch schon einen Bibliothekschrank von Henrys Gnaden, dessen Inhalt natürlich gleichfalls zumeist auf dessen offene Hand zurückzuführen war. Und immer aufs neue überraschte der geistreiche Gönner seine minderbemittelten

Katakomben-Brüder durch neue Anschaffungen. War man früher zu den Sitzungen gekommen voller Erwartung, was der jeweils in Aussicht gestellte Vortrag für neue »Gesichtspunkte enthüllen« werde im Umkreis des großen Kampfes der Geister der Zeit (zu denen man sich allbereits zu zählen die jugendliche Keckheit hatte), so richtete sich die Erwartung nun mehr und mehr darauf: was wird Lord Byron Neues in die Höhle geschleppt haben?
Voltaire Krümpermann, nicht unbegabt in der lukrativen Kunst der Schmeichelei, hatte diesen Katakombennamen für Henry aufs Tapet gebracht und damit begründet, daß Henry nicht allein ein Feuergeist nach Art des genialen Lords sei, sondern auch noch einiges andere mit diesem gemein habe, z. B. ein großes Vermögen. Man hatte, ein paar ganz Naive ernsthaft, die übrigen mit gut versteckter Ironie, beigestimmt, nur Karl war nicht imstande gewesen, seinen Spott zu verbergen.
Denn Karl merkte wohl: die einzige Möglichkeit, Henry weiterhin unter seiner Fuchtel zu behalten, war, ihm zu zeigen, daß er sich nicht durch ihn imponieren ließ, weder durch seine üppigen Reden, noch durch seine materiellen Gefälligkeiten. Er rechnete ganz richtig. Allen übrigen wuchs Lord Byron über den Kopf, alle übrigen wurden abhängig von ihm, alle übrigen gerieten in die Lage von ewigen Bittstellern, die gezwungen waren, eine Schmeichelei immer mit einer anderen zu überbieten, so daß Henry selbst, so angenehm ihm das war, schließlich doch auch Degout und Mißtrauen empfand. Karl dagegen blieb für ihn immer der Überlegene. Und, wenn er einmal schmeicheln mußte, so konnte es in einer Form geschehen, die wirklich auszeichnend wirkte. Der gescheite Vetter war auch klug genug, nie dann zu schmeicheln, wenn ein bestimmter Zweck ersichtlich sein konnte. Er hatte das auch nicht nötig, denn das Verhältnis zwischen den beiden war nach und nach so geworden, daß Karls Wünsche unausgesprochen in Erfüllung gingen. Wenn Karl zuweilen Henrys Bedürfnis nach Anerkennung aus seinem Munde befriedigte, so geschah es von einem höheren, pädagogisch-psychologischen Standpunkt aus: eben zur Festigung dieses Verhältnisses, das doch zuweilen Lockerungskrisen durchmachte, wenn Henrys Eitelkeit Karl gegenüber gar zu wenig auf ihre Kosten kam.

Der lyrische Kükensalat

In den Katakomben ging es von Woche zu Woche lustiger zu, seitdem Lord Byron die Kräfte seines Geistes und Geldes dort walten ließ. Die Verwandlung des Geheimbundes der starken Geister in eine Klientele der Henryschen Üppigkeit vollzog sich nicht mit einem Male, aber sehr sicher und folgerichtig.

Eine Weile noch, so lange nämlich, als Seine Lordschaft selbst Vergnügen daran empfand, hatte man sich weiter damit beschäftigt, Vorträge über moderne Literatur zu halten und endlose Diskussionen daran zu knüpfen. Aber Lord Byron schleppte zu viele Bücher und Zeitschriften herbei, als daß man hätte Schritt halten können, und eines Tages erklärte er, zur ingrimmigen Verblüffung Karls, daß man doch eigentlich zu gut dazu sei, wiederzukäuen, was »die da draußen« von sich gegeben hätten (»Pfui Teufel«, rief Karl.) Er schlachtete sie, nur seinen persönlichen Freund Hermann ausgenommen (in dessen näheres Verhältnis zu sich er übrigens niemand, auch Karl nicht, eingeweiht hatte), allesamt auf einmal, grausamen Hohnes voll, ab, indem er sich skrupellos der kritischen Meinungen Karls bediente, als seien sie »langsam in der grauen Masse seiner Gehirnwindungen gereift«, wie er sich, mit einer letzten Erinnerung an Büchners »Kraft und Stoff«, ausdrückte.

Karl war empört über die Frechheit. Wie immer, wenn Henry seine Ansichten wiederholte, empfand er es als eine Art Tempelraub, als kindische Entstellung, bubenhafte Karikatur, und er hätte am liebsten auch hier, wie er es bei ähnlichen Fällen zu Hause immer tat, sofort die Gegenpartei ergriffen und ihm nachgewiesen, daß er auf verrucht tölpelhafte Manier eine Wahrheit zur Fratze breitschlüge. Aber er ließ sich nicht gerne in Gegenwart anderer dazu herab, zu seinem Vetter in Opposition zu treten, hoffte auch, die anderen würden dem »Affen« schon selber heimleuchten.

Darin hatte er sich nun aber geirrt. Henry besaß keine eigenen Gedanken, aber Instinkt für den Moment zur Proklamierung fremder, und er hatte, unkritischen jungen Leuten gegenüber, die sich gerne durch derbe Direktheiten imponieren lassen, die unfehlbare Technik pathetisch-höhnischer Impertinenz. Hätte Karl früher dieselben Gedanken in seiner schneidend ruhigen Art entwickelt, man hätte ihn aus der Gemeinschaft der starken Geister ausgeschlossen, und auch jetzt, wo der Moment dazu da war, hätten sie, von ihm klar und bündig ausgesprochen, die ganze Katakomblerschar gegen ihn aufgebracht. Lord Byron aber erntete frenetischen Beifall und wurde von Voltaire Krümpermann als der »kühne Mund der allgemeinen Meinung« gefeiert.

Indessen hatte er noch einen größeren Trumpf im Spiel. Er erhob sich zum zweiten Male und hielt eine andere Rede in einem anderen Tone: feierlich, großartig, schwungvoll. Nicht mehr Kritik, nicht mehr Analyse, nicht mehr Echo müsse das Ziel der Katakombe sein; dies sei nun erledigt. Aber man müsse anderes dafür leisten: Positives, die Synthese, die Selbstoffenbarung. (Karl krümmte sich vor fast physischen Schmerze; das war noch schlimmer, als das erste: das war »Böckleins eigener Mist«.) Der Niederschlag der Zeit und ihre Kämpfe habe sich auch in ihren, der Katakombler, Seelen verdichtet zu einer lebensträchtigen Schicht tiefer Empfindungen, und diese Keime drängten zum Lichte empor, zur lebenanfachenden Sonnenfackel. (»Gräßlich!« schrie Karl auf.) »Lasset uns diese Keime pflegen! Machen wir aus der düsteren Katakombe unfruchtbarer Meinungen ein fruchtschwangeres Ackerfeld der Poesie!« (»Ekelhaft!« rief Karl, aber schon unter mißfälligem Gemurmel der Majorität.) »Jeder von uns ist ein Teil des ungeheuren Saatbodens deutscher Dichtung. Keiner ist unter uns, der nicht Verse machte.« (»Untersteh dich!« brummte Karl, aber man hörte es bereits nicht mehr, weil alle Anwesenden dem Redner lebhaft zustimmten.) »Ich wußte es. Aber warum verstecken wir unsere Gedichte voreinander?« (Karl: »Weil wir bisher noch einen Rest der Scham besaßen!« Tumult.) »Nein: Weil wir bisher Knaben waren und nicht den Mut zur eigenen Schönheit hatten.« (Das war zu viel für Karl. Er hielt sich beide Ohren zu und wühlte seinen Kopf in eine Sofaecke.) »Aber das ist nun vorbei. Wir wissen unsere Bestimmung und haben den Mut zu ihr. Wir wollen uns voneinander enthüllen! Eine Stätte der gegenseitigen Offenbarung seien fortan die Katakomben, und ich schlage für sie den Namen »Das Saatfeld« vor.«

Der Antrag wurde mit allen Stimmen gegen die Karls angenommen, der wutschnaubend erklärte, auszutreten, da er nicht gesonnen sei, einem lyrischen Dilettantenkonventikel anzugehören. Aber siehe: Auf ein Glockenzeichen Henrys öffnete sich die Türe, und Onkel Tom, der schlaue Herbergsvater der Katakombler, erschien mit breitem Lächeln und einer gewaltigen Bowle. Hinter ihm her aber schritt Fränzchen, sein Töchterlein, im Schmucke ihrer siebzehn Jahre und trug auf umfangreicher Platte vor sich her, was allen Hamburgern, jungen wie alten, lieblich dünkt: einen großen Kükensalat, gekrönt mit einer dichten Schicht zartrosigen Hummers, und wie von einer schwarzen Perlenkette eingesäumt mit einer hohen Kaviarböschung.

»Sei mir gegrüßt, o du Berg mit dem rötlich strahlenden Gipfel!« rief Voltaire Krümpermann entzückt aus, und auch Karl war bezwungen.

»Wenn deine Lyrik dieser Richtung huldigt, mein Lord,« erklärte er, »so wäre ich von allem Geschmacke verlassen, wollte ich ihr nicht volle Anerkennung zollen. Ich ziehe meine Austrittserklärung zurück, indem ich hoffe, daß du dich auf diesem Gebiete zum Epiker entwickeln wirst.«

Sein intuitiver Blick verriet ihm sogleich, auf welcher Linie sich das Saatfeld der jüngsten Hamburger Dichterschule entwickeln werde, und er nahm sich vor, Henrys lyrische Instinkte mit aller Kraft nach dieser Linie hin zu beeinflussen. Denn, wenn Karl sonst nichts von seinem Vater hatte: den Sinn für gute Küche hatte er von ihm geerbt, und in der Gabe, den Inhalt dunkelgrüner Flaschen mit Etiketten erlauchter Aufschrift kennerhaft zu würdigen, verriet sich der Sohn des Bordeaux-Händlers.

Es kam genau, wie er gedacht hatte. Das Saatfeld brachte zwar anfangs eine reichliche Menge von dem hervor, was Karl bei sich und zu Henry als lyrisches Stroh bezeichnete, und Lord Byron besonders stellte Garbe auf Garbe rhythmischer Wortverbindungen zusammen, aber von allem Anfang an wurde die Offenbarung lyrischer Gefühle doch nur als Einleitung zu reelleren Genüssen betrachtet, und schließlich wurden diese versifizierten Prologe sogar statutengemäß auf ein einziges Gedicht beschränkt, das ausdrücklich »kurz zu halten« war und sich »möglichst im Rahmen der Anakreontik bewegen« sollte. Weshalb denn schon bald nach Gründung des Saatfeldes Karls Antrag einstimmig gutgeheißen wurde, man wolle dem Geheimbund den Namen

»Der lyrische Kükensalat« verleihen. Den Doppelsinn, den der boshafte Antragsteller mit diesem Namen verband, merkte man gar nicht.
Da aber alle reellen Genüsse (und diese wurden immer üppiger und kostbarer) von Henry bestritten wurden, so war es nur ein Akt der Dankespflicht, wenn Lord Byron zum ständigen »Meister vom Salate« ernannt wurde.

Das dicke Ende

Himmlische Güte, was war das für eine Rechnung, die ihm nach der Feier der fünfundzwanzigsten Bowle Onkel Tom überreichte!
Eine Rechnung? Nicht doch, ein Schuldbuch!
Da paradierte auch die ganze Einrichtung des Katakomben-Saatfeld-Salates: Die Bilder, Büsten, Tische, Stühle, Schränke, Sofas, Vorhänge, Teppiche, Bowlen-Terrinen, Gläser, Bestecke . . . Eine glänzende Parade, aber beängstigend teuer.
Und schließlich auch noch: »Bar vorgestreckt . . .«
Gütiger Himmel! dachte sich Henry, ist das Leben so teuer? Was machen denn dann die Leute, die keine Millionen erben?
Indessen konnte er dieser nicht ganz logischen Abschweifung ins Allgemeine nicht weiter nachgehen, da sich ihm sogleich eine andere speziell ihn angehende Frage schlangengleich entgegenwälzte, bereit, ihn von unten bis oben kräftig zu umschlingen. Was soll denn jetzt ich machen? Woher soll denn jetzt ich über 15 000 Mark herkriegen?
Onkel Tom bemerkte, nicht ohne leidenschaftliches Mitgefühl, wie sich Entsetzen auf Henrys eben noch so würdevollen Zügen recht naturalistisch kraß abmalte. – Sollte er sich verrechnet haben? . . .
Der verschmitzte Mann hatte gar wohl gewußt, was er tat, als er dem stolz und gebieterisch auftretenden jungen Herrn nicht allein kalte Küche und Getränke kreditierte, sondern auch die Rechnungen, die auf seinen Namen lauteten, beglich. Die Darlehen in bar hatte er ihm sogar selbst angeboten. Zwar mußte er, um dies alles tun zu können, selbst Geld auf Zinsen nehmen, und das war, da er nicht im besten Rufe stand, keineswegs leicht gewesen. Aber er nahm alle

Schwierigkeiten gerne auf sich, ja, mehr als gerne: mit einer gewissen Fröhlichkeit des Gemütes und in der gehobenen Stimmung eines Mannes, dem es endlich einmal beschieden ist, seine Fähigkeiten an einer größeren Aufgabe zu bewähren. Das Ausbalgen von Wasserratten brachte ja auch etwas ein, aber es war doch ein mühsames und spärliches Geschäft gegenüber dem Rupfen eines goldenen Huhns.

Woher aber wußte Onkel Tom, daß Henry ein goldenes Huhn war?

Diese rhetorische Frage stellt mangelhafte Weltkenntnis.

Ein hübsches Mädchen mag noch so im Verborgenen blühen, seine Existenz wird gar bald bekannt, und es dauert nicht lange, so kommen Interessenten aus den entferntesten Stadtteilen. Noch schneller ruchbar aber wird es, wenn ein junger Mann vom Schicksal dazu ausersehen ist, in einigen Jahren über mehrere Millionen zu verfügen. Eine kleine Andeutung genügt, und die Kunde verbreitet sich, als sei sie ausgeklingelt oder an der Börse angeschlagen worden. Denn für nichts interessiert sich Frau Fama mehr, als für Millionen, die bestimmt sind, in junge Hände zu fallen.

Natürlich hatte Onkel Tom der geschwätzigen Dame nicht ohne weiteres geglaubt, sondern, als gescheiter und vorsichtiger Hamburger, fleißig Erkundigungen eingezogen und erst dann seine vertrauensvollen und liebenswürdigen Eigenschaften entwickelt, als es ihm über allen Zweifel erhaben schien, daß das Hühnchen wirklich nach der Mauser goldene Federn erhalten werde.

Nun war ihm aber doch ein bißchen angst geworden, als das Schuldbuch gar so mächtig anschwoll und es sich herausstellte, daß er den Bedürfnissen dieses allzu freigebigen Jünglings auf die Dauer nicht gewachsen war.

Henry seinerseits tat jetzt die Überraschung gar nicht wohl, und er verlor seine sichere Haltung deutlich, als er die fünfstellige Ziffer gelesen hatte. Sogar die Worte fehlten ihm. Er sagte bloß »hm!«, und das ist eine bei Gläubigern wenig beliebte Interjektion.

»Tja!« erwiderte darauf Onkel Tom.

Henry hüstelte.

Es trat eine der zwischen Schuldner und Gläubiger nicht seltenen beklemmenden Pausen ein, die beiderseitig als fatal empfunden werden.

Plötzlich hellte sich Henrys Antlitz auf und, wie im Reflex davon, auch Onkel Toms verdüstertes Angesicht.
– »Kennen Sie einen Münzensammler!?« Wohl nicht eigentlich, meinte Onkel Tom, aber er werde schon einen ausfindig machen.
»Dann ist die Sache erledigt,« sagte, nun schon wieder im Tone stolzer Selbstsicherheit, die solvente Leute schön auszeichnet, der bisher in den Hintergrund getretene Lord Byron. »Ich besitze eine kostbare Sammlung antiker Goldmünzen, über die ich verfügen darf. Die werde ich Ihnen bringen, und Sie werden sie verkaufen. Sie repräsentiert erheblich mehr, als ich Ihnen schuldig bin. Übrigens verstehe ich es wirklich nicht, daß Sie mich wegen dieser Bagatelle da mahnen. Ich sollte Ihnen doch, meine ich, auch für etwas höhere Beträge sicher sein.«
Onkel Tom beteuerte, daß er nicht im Traume daran gedacht habe, Herrn Hauart zu mahnen. Er wisse sehr wohl, über wie viele Millionen Herr Hauart in einigen Jahren zu verfügen haben werde. Den einzigen Sohn des Herrn Henry Hauart selig mahne kein vernünftiger Mensch in Hamburg. Er sei zwar nur ein kleiner Wirt, habe aber doch wohl genug »Ortskenntnis« als geborener Hamburger und auch hinlänglich Taktgefühl in derselben Eigenschaft. Nur eben, es fehle ihm an Barmitteln, und so habe er erinnern wollen, erinnern, nicht mahnen. Ein reeller Geschäftsmann müsse ja zuweilen eine Aufstellung machen, damit eine Kontrolle möglich sei. Daran sei ihm gelegen. Herr Hauart möge nur ja genau prüfen und etwaige Versehen namhaft machen, denn irren sei menschlich. Wenn übrigens Herr Hauart noch vor Begleichung des jetzigen Kontos etwas in bar ...
»Ja, Sie können mir fünfhundert Mark vorstrecken, Onkel,« meinte nachlässig, aber leutselig Henry. »Ich hab noch einen Besuch vor.«
Onkel Tom kniff die Augen verschmitzt zusammen und entnahm seiner speckigen Brieftasche die fünf blauen Scheine. Herr Hauart könne sich, erklärte er dabei, gar nicht vorstellen, wie froh er darüber sei, daß Herr Hauart ihm seine Erinnerung nicht übelgenommen habe. Ob er nicht lieber tausend ...?
»Gott ja, meinetwegen,« ließ sich Henry nochmals herab, »doppelt genäht hält besser.«

Onkel Tom lachte, als habe er in seinem ganzen Leben noch nie einen so blendenden Witz vernommen. Trotzdem war dieses Lachen echt, denn dem schlauen Budiker war wirklich zum Lachen vergnügt zumute. War diese Rechnung bezahlt, so hatte er gut und gerne dreitausend Mark »verdient« außer dem regelrechten Geschäftsprofit. An der Münzensammlung gedachte er mindestens das gleiche zu verdienen, und dann, aufs neue mit Barmitteln versehen, fühlte er sich einer Wiederholung des löblichen Geschäftes fröhlich gewachsen.

Bestimmte und unbestimmte Gefühle

Henry war es doch nicht recht geheuer zumute, wie er am nächsten Salatabende die Münzensammlung unter dem Mantel verbarg und damit das Haus verließ. Er dachte sonst nur wenig an den Papa und meist in Fällen, wo er dessen Lehrsätze zu seiner Entschuldigung brauchte. In diesem Falle mußte er wohl oder übel an ihn denken, und er kam sich dabei recht unentschuldigt vor.

Wie oft hatte Papa Hauart ihm davon gesprochen, mit welchen Schwierigkeiten er dieses und jenes Stück erworben hatte. Es war keines darunter, von dem der leidenschaftliche Sammler nicht eine ganze Geschichte zu erzählen gewußt hätte. Und was hatte er nicht alles von diesen Cäsarenprofilen ablesen können.

– »Sieh dir diese Stirnen, Nasen, Kinne nur recht eindringlich an! Mit ihnen hat der Prägestempel gewaltige Wahrheiten verewigt. Auf diesem Gelde steht geschrieben: Wille, Gewalt, Weltverstand. Hier hast du Majestäten nicht von Gottes Gnaden, sondern von Gnaden der Kraft. Die Münzen schwacher Kaiser habe ich nicht gesammelt, auch wenn sie die selteneren und kostbareren waren. Du darfst also und sollst ein jedes dieser goldenen Bildnisse mit Ehrfurcht betrachten.«

Unangenehm, daß ihm diese Sprüche jetzt einfielen ... Ehrfurcht, wenn man Geld braucht ... Hols der Teufel!

Und dann, was würde Karl dazu sagen, Karl, der ganz verzückt gewesen war, als er diese »Ahnengalerie Henry Felix Hauarts« zum ersten Male gesehen hatte ...! Nur mit Zagen erklärte er ihm, was sein Mantel verhüllte.

Aber dieser fabelhafte Vetter war wieder einmal ganz anders auf der Höhe der Situation, als er. »Fort mit Schaden!« rief er aus, »nur keine Sentimentalitäten. Ein frischer Kükensalat geht über alle toten Kaiser. Kauf dir sie wieder, wenn du dein Geld hast! Du wirst zwar das Doppelte bezahlen müssen, aber sie werden dir dann auch das Doppelte wert sein, wenn du daran denkst, daß sie dir zu so vielen köstlichen Bowlen und Delikatessen, sowie zu einer Ehrenstelle im Reiche der Geister verholfen haben!«
Das leuchtete Henry schleunig ein. – Wiederkaufen, natürlich! Und später mit Ehrfurcht betrachten.

Dieser Vetter war doch ein herrliches Geschenk des Himmels für ihn. So unbequem zuweilen seine Wahrheiten waren, und so schwer es ihm manchmal wurde, seine Überlegenheit zu ertragen, wenn man im übrigen sich allen anderen überlegen fühlen durfte, so angenehm war es doch, ihn als Stütze und Rückhalt zu haben. Henry empfand hier und da einen rechtschaffenen Haß gegen ihn, plötzlich, jäh, wie in Stößen aus seinem Innersten, aber im ganzen war er ihm doch willig untertan. Er bewunderte ihn und bildete sich etwas darauf ein, der Vetter dieses Genies zu sein, von dem er überzeugt war, daß es einmal seine Zeit zu gleicher Bewunderung hinreißen werde. Selbst Hermann verschwand hinter ihm, obwohl sein Ruhm aktuell war. Aber Hermann hatte keinen seiner Briefe beantwortet und nur eines seiner Bücher mit der Widmung an das »Saatfeld« geschickt:

Die Kunst ist heute ernst, denn Wahrheit ist ihr Ziel.
Wer ohne Zorn und Eifer ist, der geh beiseite.
Sie braucht nicht Lauheit: – Glut, und ist kein Spiel
Für Müßige. Sie wirbt und ruft zum Streite.
Wer kämpfen will, soll fröhlich zu ihr stoßen;
Der Schlachtenbummler kriegt was auf die Hosen.

Seitdem war Henry etwas kritisch gegen Hermann Honrader, den Führer der Jungen, gestimmt und sehr geneigt, in Karl den kommenden Mann der neuen Literatur zu sehen, dessen Bestimmung es war, ihn zu entthronen, und war fest entschlossen, Karl gegenüber die Rolle des geistreichen Gönners zu spielen, indem er ihm alle seine reichen Mittel zur Verfügung stellte, auf daß er sich recht ungehindert, frei und con amore entwickeln konnte zu einem Verkündiger abgeklärter Ruhe und reiner, über allem Kampfgetümmel schwebender Schönheit. So stand es um seine Gesinnung zu Karl, solange dieser noch in Hamburg war und ihn täglich beeinflussen konnte.

Als Karl aber sein Abiturienten-Examen gemacht hatte und auf seines Vaters Geheiß zum Studium der Jurisprudenz nach Leipzig gegangen war (höchst widerwillig, denn die Jurisprudenz wie Leipzig war ihm gar nicht sympathisch), da hatte er doch in erster Linie ein Gefühl der Erleichterung und kam sich nun erst eigentlich frei und herrlich vor. Als er dann merkte, daß er auch ohne Karl den übrigen gegenüber seine Rolle noch ebenso gut, ja besser spielen konnte, weil jede Hemmung fehlte, und daß die anderen, auf denen Karl gleichfalls gelastet hatte, ihm nun erst recht huldigten (denn sie hatten sich dabei bisher vor Karl immerhin ein bißchen geniert), so begann er auch von seiner Bewunderung Karls einige Abstriche zu machen und zu erwägen, ob er sich inskünftig nicht überhaupt von ihm emanzipieren sollte.

Dafür schloß er sich jetzt um so mehr an Berta an.

Er tat dies sofort nach dem Abgange Karls auf die Universität und fand bei der schönen Cousine gleichfalls sofort alles Entgegenkommen. Indessen täuschte sich Henry, wenn er meinte, Berta folge dabei, auch ihrerseits nun von Karls Einflusse frei geworden, dem Impulse einer bisher eingedämmt gewesenen Sympathie. Sie folgte ursprünglich vielmehr einer Weisung Karls.

Bei ihr verringerte sich Karls Einfluß durch seine Abwesenheit keineswegs. Zwar liebte sie ihren Bruder nicht in dem über das Geschwisterliche hinausgehenden Sinne, wie er sie liebte, dem sie das einzige weibliche Wesen war, für das er eine eigentliche Neigung besaß. – Es war das ein etwas komplizierter Fall, wie denn alles an Karl kompliziert und problematisch war. Er liebte in ihr das Weib, gerade weil das Weib in ihr für ihn nicht in Betracht kam. Alle anderen weiblichen Wesen hatten für ihn etwas Peinliches, gewissermaßen wie schöne Aufgaben, denen er sich nicht gewachsen wußte. Und er fühlte sich dennoch zum Weibe hingezogen, innerlich intensiver, strömender, ja begehrlicher, als sonst ein junger Mann. Er verzehrte sich in einem unfruchtbaren Begehren danach, müdete sich ab bis zur Erschlaffung und empfand doch von Grund aus dumpfe Vergeblichkeit. Ne-

ben dem Begehren war das Grauen einer jammervollen, feigen Angst, einer beklemmenden Insuffizienz, aus der dann eine Art Abscheu gegen das Weib werden konnte, das für ihn etwas ewig Lockendes und gleichzeitig Drohendes war. Ihm, dem, wie wenig jungen Leuten, der Sinn für das Harmonische, Regelrechte, Normale eingeboren war, dem nichts so sehr verhaßt war, wie das Herausspringen aus den Geleisen sicheren, natürlich oder durch Sitte begründeten Herkommens, dem das Monströse auf jedem Gebiete als unanständig, abscheulich deuchte, ihm war das harmonische Gefühl zum Weibe in um so tragischerer Weise versagt, als sich alles an ihm dagegen aufbäumte, den Ausweg zu suchen, der in ähnlichen, aber weniger komplizierten Fällen sonst triebhaft gesucht und gefunden wird. Er verfiel auf einen anderen. Er trieb einen verzückt erotischen Kultus mit seiner Schwester. Er zwang sich, seinen Blick von allen anderen weiblichen Wesen weg auf sie zu lenken, wie auf eine Geliebte, um derentwillen einer auf alle anderen Frauen verzichtet, obwohl er weiß, daß sie nie seine Frau werden kann. Und er tat es eben deshalb. Es war eine ungeheuerliche Leidenschaft, ein sinnlich unsinnliches Freiertum von perverser Unkeuschheit und keuscher Perversität. Daraus, im letzten Grunde, war die geistige Unterwerfung Bertas unter Karls ganzes Wesen entstanden. Seine Liebe war so ganz zu Geist geworden, daß sein Geist über sie hatte übermächtig werden müssen. Und sie empfand diese Übermacht wie etwas unsäglich Wohltuendes, empfand sie als Liebe, ohne sich übrigens des Untergrundes bewußt zu sein.
Ihre eigene Liebe zu ihm, völlig bis zur Willenlosigkeit, zur anbetenden Verehrung gehend, hing aber durchaus nicht mit einer entsprechenden Veranlagung zusammen. Nur war das Geschlecht bei ihr, trotz frühzeitiger Entwicklung, nicht zum Erwachen gekommen, weil sie vom Wesen ihres Bruders wie besessen war. Sie hing ihm so ganz an, war so erfüllt von dem bewundernden Gefühle seiner Vollkommenheit, daß ihr alle jungen Leute neben ihm knabenhaft unbeträchtlich erschienen, kaum ihrer Beachtung, geschweige ihres Interesses würdig.
Ihre Stellung zu Henry entsprach der des Bruders genau. Auch im Untergrunde ihres Empfindens war Haß gegen den Minderwertigen, dem der Zufall Reichtümer in die Hände

gespielt hatte, die eigentlich ihnen gehört hätten und insbesondere Karl gebührten. Der Widerwille gegen sein Wesen war in ihr ursprünglich nicht so heftig, vulkanisch, wie bei Karl, aber er war von diesem genugsam genährt worden, um schließlich gleich bös empfunden zu werden. Schließlich aber war sie mit und durch Karl zu der Entscheidung gekommen, daß es vernünftiger sei, den üblen Fremdling an sich zu fesseln, als ihn abzustoßen, und daß man unverrückt das eine im Auge behalten müsse, keine anderen Einflüsse auf ihn übermächtig werden zu lassen. Auch Berta wußte den Wert von zehn Millionen zu schätzen, und es war ihr nicht minder klar, als ihrem Bruder, daß sie beide in erster Linie dazu berufen seien, sich ihren Anteil daran zu sichern. Im Grunde betrachtete sie Henrys Erbschaft immer noch als die ihre, und Karl hatte manchmal seine liebe Not, ihr klarzumachen, daß es geboten sei, etwas realistischer zu denken.

»Es gibt nur zwei Mittel, unser Geld wiederzubekommen,« hatte er einmal halb scherzhaft und doch mit sonderbar ernstem Tone gesagt. »Das erste ist: dem teuren Vetter Rattengift zu geben. Wie denkst du darüber?«

»Wenn das so leicht ginge!« hatte Berta einfach geantwortet, für die der Gedanke gar nichts Entsetzliches hatte.

Und Karl: »Ja! Wenn wir im Rom der Renaissance lebten und nicht in unserem biederen Hamburg, wo alle bürgerlichen Gewerbe vertreten sind außer der ehrbaren und nützlichen Zunft der Giftmischer. Auch fehlt es uns wohl an der nötigen Courage.«

»Mir nicht!« hatte Berta mit schönem Selbstvertrauen geantwortet.

Und Karl: »Ich hoffe, daß das dein Ernst ist, aber was hilft uns dein Mut, wenn es uns an Sachkenntnis, Technik und den nötigen Pülverchen fehlt? Vielleicht sollte ich Apotheker werden. Es wäre vielleicht immer noch ein geringeres Opfer, als das, was du bringen müßtest, wenn wir das zweite anwenden wollten.«

»Und das wäre?« hatte Berta verständnislos gesagt.

»Daß du den Millionenvetter heiratest,« war Karls Antwort gewesen, worauf zu seiner innigen Freude Berta einfach gesagt hatte: »Du bist verrückt!«

So war es denn nur ein weiteres Glied der Berechnungskette der beiden Geschwister, wenn Berta der Annäherung Henrys an sie mit freundlicher Rühmlichkeit entgegenkam.

Sie war nun eine schöne junge Dame geworden, wundervoll schlank und doch füllig gewachsen, biegsam und vornehm in den Bewegungen des ganzen, zugleich kräftigen und zarten, wohlgegliederten Körpers und von einer überaus edlen, zwar ein klein wenig strengen, aber doch reizenden Ebenmäßigkeit der Gesichtszüge. Die Krone ihrer Schönheit aber, wie früher, so jetzt, war ihr rotgoldblondes Haar, das sie auch in der nun gebotenen weniger freien Frisur wohl zur Geltung zu bringen verstand.
Es dauerte nicht lange, und Henry verliebte sich ein zweites Mal in sie.
Das erstemal hatte er sich in eine Schwärmerei hineingesteigert, weil andere, gar nicht schwärmerische Triebe ihn verwirrt und ausgehöhlt hatten, da er daran verzweifelte, sie sättigen zu können, und weil diese Triebe seinem dadurch verstörten, zerwühlten und entkräfteten Wesen als etwas Abscheuliches, Niedriges, Gemeines erschienen waren. Im Garten der Erkenntnis, wo er sich so willig und gelehrig eines Besseren hatte belehren lassen, war diese Schwärmerei schleunig verflogen, und die Anwesenheit Karls verhinderte es gründlich, daß sie sich aufs neue einstellte. Es war aber auch die Zeit noch nicht gewesen. Henry mußte, um zu einer neuen und tieferen Schwärmerei reif zu werden, sich an den Früchten der Erkenntnis nicht ersättigt, sondern übersättigt haben. Ihrer müde war er trotzdem nicht, aber ihr Genuß war ihm gewöhnlich geworden. Er fand: es müsse doch wohl noch erlesenere Früchte geben.
Zudem hatte sich sein Blick für weibliche Schönheit geschärft. Es blieb ihm nicht verborgen, daß Bertas Schönheit etwas hatte, das den gefälligen Mädchen fehlte: Stolz, Vornehmheit, Unberührtheit. Das waren jetzt unwiderstehliche Reize für ihn. Dazu der Abglanz von Karls Geist auf Berta; ihre graziös gemessene Art, sich zu benehmen; auch das Spröde, jungfräulich Herbe, gegen jedermann Abweisende, kurz, eigentlich: die Dame.
Sein Verkehr mit ihr nahm von seiner Seite her seltsame, fast feierliche Respektformen an. Die Neigung zu derlei lag ent-

schieden in seiner Natur. Henry hatte einen angeborenen Trieb, zu verehren, und gab sich ihm leidenschaftlich hin, weil er fühlte, daß dies der beste Teil seines Wesens war. Etwas Äußerliches blieb immer daran, ganz in die Tiefe gings nie, aber wie es sich äußerte, das hatte den Anschein tiefster Hingegebenheit.
Berta fand das alles anfangs komisch, aber nach und nach gewann es doch Gewalt über sie. Ein gewisser Widerwille in ihr blieb, aber zeitweise konnte sie ihn vergessen, ja es gab Momente, wo sie eine Art Wohlgefallen an dem kräftigen jungen Manne empfand – ein ihr selbst unbegreifliches und ganz neuartiges Wohlgefallen. Sie empörte sich oft genug dagegen, aber es kam wieder. Und so geschah es, daß sie bald recht freundlich, ja lieb zu ihm sein konnte und bald wieder recht unangenehm, abstoßend, fast gehässig.
Dieser schwankende Zustand blieb, genau wie jenes erste Mal, nicht ohne Folgen auf Henrys Stimmung. Er wurde leicht gereizt (doch nicht Berta gegenüber) und konnte schnell auffahren und heftig werden. Es kam schon zu Szenen zwischen ihm und Frau Sanna, die sich aber merkwürdig nachgiebig zeigte. Denn erstens, der Zeitpunkt, daß Henry mündig wurde, kam immer näher heran, und dann: wie hätte sie nicht merken sollen, was in ihm Berta gegenüber vorging? Mußte man da nicht ein Auge zudrücken? Beileibe nicht beide, denn man durfte gerade jetzt um Gottes willen es nicht an Wachsamkeit fehlen lassen, – aber eins, – o ja!
Indessen wurde Henrys Launenhaftigkeit dadurch nur immer schlimmer. Er fühlte wohl, daß der Gegendruck schwächer wurde, und er war sich ganz klar darüber, womit das zusammenhing: Die Stunde der Abrechnung nahte heran. Der Abscheu gegen Onkel Jeremias und Tante Sanna, der sich während seiner Katechismusperiode etwas gesetzt hatte, war, obwohl Henry sich weiterhin gut zu verstellen wußte, längst wieder mächtig in ihm geworden, und seine Empfindungen für Berta taten ihm keinen Abbruch. Er wußte es ja, daß sie selbst, gleich ihrem Bruder, ganz ähnliche Gefühle gegen die Eltern hegte.
O nein: den beiden Gefängniswärtern sollte nichts geschenkt werden, und sie sollten schon jetzt manchmal kleine Abschlagszahlungen erhalten. Henry sah wahrhaftig keinen

Grund ein, warum er sich ihnen gegenüber mehr menagieren sollte, als gegenüber allen anderen, die er es auch von Zeit zu Zeit fühlen ließ, daß der Umgang mit einem zukünftigen Kapitalisten nicht immer lieblich ist.

Er war auch längst nicht mehr so peinlich darauf bedacht, zu verhehlen, daß er a conto seiner Erbschaft sich dies und jenes leistete, das aus dem Rahmen der Krakerschen Lebensführung fiel. Mit bunten seidenen Krawatten fings an, die er ganz offen zur Schau trug, obwohl er sein Taschengeld weiterhin der Inneren Mission zur Verfügung stellte. Dann kamen hohe Kragen hinzu, dann steife Hüte, dann ein Spazierstock mit silberner Krücke, helle, sehr oft erneuerte Glacéhandschuhe und dergleichen Greuel der Weltlust mehr. Henry konstatierte mit innigem Vergnügen, daß Onkel und Tante diese Symptome heimlichen Kreditgenusses wohl bemerkten, aber nur mit sauren Gesichtern darauf reagierten, ohne Einspruch zu erheben. Sie ließen es auch geschehen, daß er die freien Nachmittage in der Woche und die halben Sonntage außerhalb des Hauses verbrachte. Nur die Kirche hätte er nicht schwänzen dürfen, aber dazu fühlte er auch keine Neigung, denn er besuchte sie an der Seite Bertas, und es war seiner Eitelkeit ein hoher Genuß, neben der schönen jungen Dame, deren Erscheinung überall Aufsehen erregte, zum Tempel des Herrn zu wallen und dort eng neben ihr zu sitzen. Auch konnte man dort so angenehm heimlich flüstern und Blicke des Einverständnisses über das törichte Gebaren mancher Frommen austauschen.

Berta selbst zeigte sich bei diesen Gelegenheiten auch ganz gerne mit Henry. Fing die verehrungsvolle Untertänigkeit des Vetters schon selbst an, ihr schmeichlerisch wohlzutun, so genoß sie den offensichtlichen Neid ihrer Freundinnen auf die Begleitung des stattlichen und nun auch etwas eleganten jungen Mannes mit unverstelltem Behagen, um so mehr, als es bereits an spitzigen Bemerkungen und Fragen nicht fehlte, die ebensosehr auf Henrys Millionen, wie auf das interessante Problem einer Verlobung von Cousin und Cousine zielten.

Einstweilen wies sie selbst den Gedanken zwar noch ganz bestimmt von sich, aber er stellte sich doch bereits mit großer Regelmäßigkeit immer wieder ein.

Ein ungewisses und in seiner Ungewißheit bald qualvolles,

bald seltsam wonniges Gefühl gewann Macht über sie. Daß das nicht »Liebe« war, glaubte sie zu wissen, und sie sagte sich immer wieder, daß es dies auch durchaus nicht sein dürfe, denn sie wollte, nein, wollte keinen Mann lieben, so gewiß sie wußte, daß Karl nie eine Frau lieben werde. Sie und Karl wollten beisammen bleiben. Sie brauchte diese alberne Liebe nicht, die ihr Karl als etwas schauderhaft Gewöhnliches, ja Gemeines verächtlich gemacht hatte. Und gar eine Liebe zu diesem ungebildeten Tölpel, diesem leeren Schwätzer, der nichts war, nichts wußte, nichts empfand, als was ihm Karl eingeprägt hatte, – pfui! Sie haßte ihn ja! Sein Gerede bereitete ihr Übelkeit. Irgendeine Bewegung an ihm, ein Ton in seinen Worten, die Art, wie er sie manchmal ansah, konnte ihr direkt widerlich sein. Und dennoch: zuweilen war ihr so wohl in seiner Anwesenheit, so lebendig wohl, so drängend, so heiß. Sie mußte ihn dann groß ansehen und konnte nicht anders, als sehr freundlich zu ihm sein. Ja, sie hätte ihn berühren mögen oder wenigstens ganz nahe zu ihm hinrücken.

Auch Bertas Stimmung fing bei diesem schwankenden Gemütszustande an, die im Krakerschen Hause fast immer von den Eltern glücklich durchgeführt, von den Kindern aber unbedingt verlangte Gleichmäßigkeit vermissen zu lassen. Herr Jeremias wiederholte mit Dringlichkeit die schon früher ein paarmal geäußerte Meinung, es sei hoch an der Zeit, das Mädchen in eine christliche Pension der französischen Schweiz zu schicken, wo der Geist Calvins Gewähr dafür leistete, daß mit den feinen Manieren und einem besser ausgesprochenen Französisch nicht zugleich schändliche Ideen eingesaugt würden. Aber Frau Sanna erklärte, daß der Zeitpunkt dafür erst dann gekommen sein werde, wenn auch Henry das Haus verlasse, denn es sei offenbar, daß Bertas Einfluß auf ihn, der jetzt bedenkliche Neigungen zu Zerstreuungen außer dem Hause an den Tag lege, sehr heilsam und keineswegs zu entbehren sei.

Das Haupt der Familie Kraker wußte wohl, daß bei so bestimmt vorgebrachten Überzeugungen seiner Frau ein Löken wider den Stachel keine Aussicht auf wünschenswerte Effekte habe, und so unterwarf er sich löblich.

Der starke Herr Henry war doch eigentlich nur stark in Dingen, die mit seinem Gelde zu bewältigen waren oder durch starke Worte erledigt werden konnten. Im Inneren war er ganz und gar nicht so aus einem Gusse, wie Papa Hauart von einem zum Herrschen Geborenen verlangte, oder wie es Karl als Haupteigenschaft eines »richtigen Reichen« bezeichnet hatte. Henry brauchte immer Anschmiegung, er mußte sich anlehnen, um stehen zu können. Und zwar an etwas Lebendiges anlehnen, an einen Menschen, den er sich zum Idol machte. Der Geldschrank allein genügte ihm nicht. So kräftig seine physische Konstitution und sein Genußvermögen war, so gering war seine eigentliche innere Vitalität. Er war seelisch und geistig Schmarotzer.

Das Schicksal hatte ihm äußere Machtmittel verliehen, aber sein Wesen war nur der Repräsentation von Macht gewachsen: wirklichen Machtsinn besaß er nicht. Er war nicht einmal zum Verschwenden fähig; auch da reichte es nur zur Allüre; inwendig lauerte die Angst. Auch das Glücksgefühl des Reichtums, das Souveränitätsgefühl, wie es der alte Hauart in seiner Art besessen hatte, fehlte ihm eigentlich. Er empfand es nur in Wallungen.

Wenn er jetzt auf der einen Seite einen großen Haufen Schulden hatte, der ihm im Grunde ganz unnötigerweise Sorgen machte, weil er immerhin winzig war neben seiner Erbschaft, so hatte er auf der anderen Seite eine ganze Klientele von Verpflichtungen. Aber er hatte keine Freude daran, denn es war kein herzlich Verpflichteter darunter. Sein Schenken oder Helfen war weder ihm noch den anderen eine Wohltat. Er fühlte das. Aber er maß die Schuld nur den anderen bei, die er im Grunde verachtete, während der echte Schenker und Helfer Liebe empfindet. Er sah nur Berechnung und Spekulation auf seinen Reichtum und entbehrte Schätzung seiner Persönlichkeit. Daß ihm in Wahrheit damit alles entgegengebracht wurde, was er verdiente, fühlte er nicht. Er glaubte Wunder was zu tun und tat doch nichts weiter, als in den Geldbeutel greifen, und was er dabei empfand war lediglich das Vergnügen großtuender Bittegewährung.

Seine Sehnsucht nach Halt war also tief begründet, und auch

sein Instinkt, weiblichen Halt zu suchen, war richtig. Nur war es ein tragischer Irrtum, daß er ihn in Karls Schwester suchte. Was er um so nötiger brauchte, als er es selbst gar nicht besaß, war Liebe. Aber Bertas Liebesvermögen ging in Karl auf. Sie konnte nur sinnlich etwas für ihn empfinden, und damit konnte Henry nicht wesentlich geholfen werden. Seine Schwärmerei zu ihr hatte nur einen ganz geringfügigen erotischen Einschlag, und er erwartete von ihr als Dame alles mögliche andere, als sinnliche Leidenschaft. Es hatte sich bei ihm die Anschauung herausgebildet, daß das Vergnügen mehr oder weniger etwas Käufliches sei, das man sich bei Frauenspersonen der niederen Schichten verschafft, die sonst nichts zu geben und für den vornehmen Mann auch weiter keine Bedeutung haben, während die Dame für ihn nur nebenbei auch Weib, in der Hauptsache aber etwas unendlich Edles, Erhabenes, Spirituelles war. War dort »unten« alles erlaubt, so schien ihm dort »oben« schon der Gedanke an derlei als Beleidigung. Die Genüsse, die der Umgang mit einer Dame verschafften, mußten nach seiner Meinung auf einem ganz anderen Gebiete liegen. Da verehrte man in Demut und romantischer Ritterlichkeit unbefleckte, allen gemeinen Wünschen entrückte Schönheit. Da ließ man sich die süßen, holden Gnaden innigen, reinen, vor jedem Anhauch der Begierde gefeiten Gefühlslebens kindlich beglückt gefallen, da läuterte man die männliche Gedankenwelt von allen Schlacken der Roheit im Feuer einer idealeren Sphäre des Geistes: da betete man zu einer Madonna und huldigte einer Göttin. Und eben deshalb war hier Ruhe und dauerndes Geborgensein, während dort Gier, Hast und jagender Wechsel war.

Indessen gewann aber über Berta gerade leidenschaftliches Begehren, sinnliche Leidenschaft Gewalt. Auch sie teilte die Liebe in zwei Sphären ein, aber bei ihr hieß die untere Henry. Es kam, durch sie, zu hastigen heimlichen Umarmungen, zu heißen schnellen Küssen, und Henry kam sich, trotz seiner Theorie, dabei wie ein Gott vor. Aber Berta sah wahrlich keinen Gott in ihm. Es waren Ausbrüche eines heftig erotischen Temperaments bei ihr, die ihre Gesinnung zu Henry nicht im mindesten beeinflußten. Wollte er in seiner Art innig zu ihr werden, sich aussprechen, so lehnte sie brüsk oder verdrossen ab.

Sie hätte sich ihm hingeben können, ja sie schrie innerlich danach, aber das war wie die Brunst einer Herrin zu ihrem Diener. Nach ihm vielleicht ein anderer, noch einer, viele, einer den anderen vergessen machend, keiner mehr, als stummes Werkzeug, zugelassen und weggeschickt. Einer nur der Herr und Geliebte: Karl.
Sie begann sich ganz ruhig die Möglichkeit vorzustellen, daß sie Henrys Frau werden könnte. Aber Karl mußte bei ihnen sein als der Herr im Hause. Bei Henry die Wollust, bei Karl das Glück. Sie redete sich halbe Nächte lang vor, daß das möglich sein müsse. Denn: war es nicht die natürliche Ordnung der Dinge? Welche andere Stellung gebührte diesem starken, gelenken, wohlgebauten, sinnlich feurigen, aber nach ihrer Meinung grundrohen Menschen, als die, für die er nach ihrer Überzeugung ausschließlich begabt war? Mußte er das schließlich nicht selber einsehen? O, er würde es schon müssen. Karls überwältigendes Wesen war wohl imstande, noch andere zu unterwerfen, als ihn. Und Henry unterwarf sich ihm ja so gerne, wie ihr. Er war zu nichts anderem bestimmt, als zum Werkzeug ihrer Sinne und zum Sklaven des Karlschen Geistes.
Welch ein Leben das sein würde! Alle Möglichkeiten des Reichtums, der Lust und des innigsten Einsseins mit Karl durchglühten ihre Phantasie. Das wäre ein Dasein, Karls und ihrer würdig, und auch Henry würde, so meinte sie, alle Ursache haben, damit zufrieden zu sein.
Der Trieb zu Henry beherrschte sie dabei mehr, als sie es sich selber Wort haben wollte.
Eines Abends, es war schon zehn Uhr vorüber, und die Eltern waren in einer großen Veranstaltung der Inneren Mission, die sie sicher nicht vor zwölf Uhr nach Hause zurückkehren lassen würde, hielt sie es in ihrem Bett nicht mehr aus. Sie tat ihren Frisiermantel um und stieg mit hochgehender Brust, wie geschoben, getragen von einem unwiderstehlichen Zwang, ihrer Sinne nicht Herr, des Bewußtseins fast verlustig, die Treppe zu Henry mit bloßen Füßen hinauf. Daß das Mädchen ihr begegnen, daß die Eltern früher nach Hause kommen könnten, sie dachte nicht daran. Nur ihn jetzt an sich fühlen, ihre Arme um seinen Hals werfen, ihren Mund auf seinen drücken.
Als sie vor seiner Türe stand, mußte sie sich an die Pfosten

lehnen. Eine unsäglich heiße Fülle durchschwellte sie so mächtig, daß ein Schwindel über sie kam. Noch vor den geschlossenen Augen drehten sich feurige Scheiben von durcheinander irisierenden Farben. Was mußte die Wollust sein, wenn dieses schon so selig besinnungslose Hingenommenheit war.

Als sich unter dem Druck der Hand auf die Klinke die Türe öffnete, war ihr, als hätten sich die Mauern selber auseinandergetan unter dem Andrang dieser wunderbaren Macht, die sie vorwärts schob und über Henry hinwarf, daß ihre Haare wie ein goldner Schleier ihm über Kopf und Antlitz fielen.

Ihre Brust lag auf seiner rechten Schulter, ihre Wange an der seinen, ihr Mund saugte sich an seinem offenen Halse fest, und ihre Hände fühlten unter dem seidenen Schlafrocke seine nackte Brust; dann sank sie, während er, aus seinem seligen Schrecken erwachend, sich umwandte, nieder und legte ihren Kopf hochaufstöhnend auf sein Knie.

Sie sah ihn nicht, fühlte ihn nur, fühlte ihn mit Kopf, Brust und Armen. Alle Wollust der Welt war in ihr.

Der batistene Mantel hatte sich geöffnet, aus den Spitzen des Hemdes drängten sich die starren Knospen der Brust vor; auch der herrliche Nacken und ein Teil der zart abfallenden Schultern war sichtbar.

Henry, von diesem alle Himmel ausschüttenden Traume wie von einem leibhaft gewordenen Märchen mitten in einer trigonometrischen Aufgabe überrascht, wußte nicht, wie ihm geschah. Er griff, wie um sich von der Wirklichkeit zu überzeugen, mit beiden Händen nach den Brüsten, schob sie dann unter die heißen flaumigen Achselhöhlen und hob Berta auf. Sie hatte noch immer die Augen geschlossen und war bleich wie Wachs.

– »Berta!«

– »O!«

Er preßte sie mit beiden Armen fest an sich, daß ihr der Atem verging und küßte sie wie wahnsinnig in den lechzend geöffneten Mund.

Dann hob er sie in die Höhe und trug sie wie ein Kind zum Bett hin.

Aber ehe er dort mit ihr angelangt war, stieß sie beide Hände gegen seinen Hals und schrie: »Laß!«

– »Berta?«
– »Nein!«
Sie war plötzlich erwacht und sah ihn dunkel an: »Nein! Laß!«
– »Ich . . . ich kann nicht! Du mußt!«
Er machte einen Schritt vor, aber sie legte beide Hände wütend um seinen Hals und trat nach ihm.

Er hatte wohl die Kraft, aber nicht den Mut, sie zu bändigen. Er ließ sie nieder. Sie fiel in einen Stuhl und schloß ihren Mantel.
Henry ging, die Lippen aufeinander beißend, zum anderen Ende des Zimmers.
Sie blickte düster vor sich hin, steile Falten in der Stirne. Häßlich müde sah sie aus.
Was nun?
Henry wollte sich ihr wieder nähern.
– »Komm mir nicht zu nahe!«
– »Was hast du denn?«
– »Ich . . . nein!«
– »Bin ich dir plötzlich zuwider?«
– »Laß das!«
– »Aber du bist doch zu mir . . .? Wie danke ich dir dafür! . . . Verzeih mir, daß ich . . . Ich habe mich vergessen.«
– »Ich habe mich vergessen.«
– »Nein, nein! Du konntest ja nicht wissen, wie . . . roh ich bin. Oh verzeih; ich weiß, was ich dir schuldig bin. Es wird nie wieder vorkommen.«
Sie sah ihn verständnislos an.
Diese beiden jungen Menschen verstanden einander in der Tat nicht.
Er verstand nicht, warum sie gekommen war, und sie verstand nicht, warum ihre Abwehr genügt hatte, ihn zurückzuhalten.
Sie stand für ihn schon wieder unendlich hoch, er erschien ihr niedriger denn je.
Mit einem Ruck stand sie auf und wollte fort.
Er vertrat ihr die Tür: »Bleib doch! Ich bitte dich, bleib! Laß mich dir einmal alles sagen.«
– »Was solltest du mir zu sagen haben!?«
– »Daß ich dich liebe und anbete. Daß mein Leben dir gehört, alles, was ich bin und habe. Daß mein Leben keinen

Sinn hat außer dir. Daß ich um deine Liebe bettle und ihr jedes Opfer bringen will.«

– »Jedes?«

– »Jedes, Berta. Du bist meine Herrin jetzt schon und sollst es immer sein. Ich will keinen Willen haben außer deinem, wenn ich nur deine Liebe habe.«

– »Wie – meinst du das?«

– »Daß du meine Braut sein sollst und später meine Frau.«

Er glaubte eine fürchterliche Roheit gesagt zu haben mit diesen Worten und erwartete eine fürchterliche Zurückweisung.

Aber Berta lächelte auf einmal und sah ihn groß, wie umfangend, an.

Außer sich vor Glück stürzte Henry auf die Knie und küßte ohne diesmal an ein ritterliches Muster zu denken, die Kanten ihres Frisiermantels.

Dann sprang er auf, lief zu seiner Kommode, riß eine Lade heraus und kam mit einem juchtenledernen Etui zurück, das er öffnete und ihr hinhielt, wie der Page einer Königin die Krone entgegenreicht: »Nimm dies als Zeichen unserer Verlobung! Es ist dies das Kostbarste, das Heiligste, was ich besitze, das Halsband meiner seligen Mama!«

Berta gingen die Augen über, als sie das köstliche Geschmeide mit den sanft schimmernden, taubeneigroßen, perlenartig geschnittenen Opalen erblickte.

»Leg es dir um den Hals,« bat Henry, »nur deine Haut soll die Kette meiner Mutter berühren.«

Aber Berta wehrte ab: »Noch nicht, Henry! Später! Ich danke dir! Aber jetzt muß ich gehen.«

Henry war sehr betrübt und machte sein verdrossenes Gesicht, das ihm das Aussehen eines gescholtenen Jungen gab.

Dadurch wurde nun Berta nicht gefügiger, denn gerade dieses Gesicht liebte sie an ihm gar nicht. Und so versagte sie ihm den Kuß auf den Mund, den er nun erbetteln wollte, aber sie gab ihm die Hand und ließ sich seine Küsse darauf gefallen, während sie hinausging.

Henry lauschte dem leisen Auftappen ihrer nackten Füße auf den Treppenstufen mit verhaltenem Atem nach und warf verzückt schwungvolle Kußhände in das Dunkel des Treppenhauses.

Als ihre Türe kaum hörbar zugeklappt war, blieb er erst mit

leerem Ausdruck eine Weile in der offenen Türe stehen, dann schloß er sie mit äußerster Behutsamkeit und fuhr sich mit der Hand über die Stirne.
Sein Zimmer kam ihm mit einem Male wieder schön vor, weihevoll. Eine getragene, erhabene Stimmung kam über ihn: er fühlte sich begnadet, erhöht, geläutert. Er glaubte, sich bezwungen, sich einer unerhört hohen Auszeichnung würdig erwiesen zu haben. Jetzt erst war er dieser Madonna wert. Eine Göttin hatte ihm vertraut, und er hatte dieses Vertrauen nicht zuschanden gemacht.
Als ob eine unsichtbare heilige Hand die seine führte, schlug er das Kreuz über Stirn und Brust.
Wie er dann das Halsband wieder in die Lade legte, fiel sein Blick auf die glasierte Madonna. Er nahm sie, hob sie hoch über sich und stellte sie, indem er niederkniete, mitten auf seinen Schreibtisch: – »Berta!«

Ein Brief

Als er am nächsten Tage aus der Schule nach Hause kam, immer noch das Herz voller Gnaden, fand er Frau Sanna in seinem Zimmer.
Sie machte ein bekümmertes Gesicht und sprach: »Ich habe dich hier erwartet, weil ich mich unmöglich vor dem Onkel aussprechen kann. Es gäbe ein Unglöck!«
Henry erschrak fürchterlich. Entsetzlich! Bertas Besuch bei ihm war entdeckt worden!
Fassungslos stammelte er: »Um Gottes willen, Tante, du denkst doch nichts Schlimmes!? Es war ja nur ...«
Er griff, wie hilfesuchend, nach ihrer Hand.
Sie überließ sie ihm, sagte aber doch mit strengem Tone: »Es ist onentscholdbar. Nun bist du fast vier Jahre in einem christlichen Hause, hast dich auch immer wie ein rechter Christ aufgeführt, und wir haben wirklich geglaubt, du seiest einer. Und nun aufs neue dieser heidnische Greuel ...!«
Ist sie verrückt geworden durch die Entdeckung? dachte sich Henry; es ist doch direkt blödsinnig, hier von Christentum und Heidentum zu reden!
Da bemerkte er, daß ihre Augen mit unverstelltem Abscheu auf der blau-weiß-goldenen Madonna ruhten. Er verstand

und mußte laut auflachen, indem er schleunigst Frau Sannas Hand losließ.
Nun wurde die aber gewaltig bös: »Du lachst?! Du ... Du hast dieses Götzenbild also in der bestimmten Absicht aufgerichtet, mir einen Schabernack anzutun? Das soll dir übel bekommen!«
So sehr sie in letzter Zeit geneigt war, Henry gegenüber die Milde zu spielen, so unfähig war sie zu dieser Rolle, wo es sich nach ihrem Gefühle um eine Verhöhnung der gereinigten Lehre handelte. Sie bebte.
Aber Henry außer sich vor Glück, daß das Entsetzliche offenbar nicht geschehen war, mußte diesem Gefühle der Erleichterung freien Lauf lassen. Er lachte unablässig weiter. Der kleine Raum erdröhnte unter seinem schallenden Gelächter.
Das war zuviel. Frau Sanna, genau dort stehend, wo in der vergangenen Nacht Berta gestanden hatte, als Henry ihr das Halsband entgegenreichte, fühlte den ganzen Zorn Gottes in sich, und dieser schrie nach Zerschmetterung des heidnischen Greuels. Sie stürzte nach dem Tisch, ergriff die Madonna und machte Miene, sie zum Fenster hinauszuwerfen.
Wie Henry das sah, brach sein Gelächter jäh und schrill ab. Eine ungeheure, wilde Wut packte ihn. Er umpreßte Frau Sannas Handgelenk und brüllte: »Hinstellen!«
»Nein!« kreischte Frau Sanna auf, obwohl sie vor seinen hervorgetretenen, rot unterlaufenen Augen erschrak, und bemühte sich, durch Kratzen mit der linken Hand seine Rechte von ihrem Handgelenk loszukriegen.
Aber gegen die Mutter war Henry von standhafterer Kraft, als gegen die Tochter.
Er brach ihr fast das Handgelenk und zwang sie die Figur loszulassen.
Sie fiel auf den Tisch und zerbrach.
Jetzt war die Reihe, zu lachen, an Frau Sanna. Jedoch sehr zur Unzeit. Denn dieses höhnische Gelächter steigerte die Wut Henrys ins Maßlose.
»Du hast mir meine Madonna vernichtet?!« brüllte er, »du?! du?! du?! das sollst du mir büßen! Das ist das Letzte! Alles andere kann ich vergessen, aber das nicht! Denn diese Madonna war meine Mutter, meine gestorbene Mutter, und

meine Braut, meine lebendige Braut! Soll ich sie dir zeigen? Jetzt!? Auf der Stelle? Komm mit! Komm hinunter! Sie sollst du um Verzeihung bitten, sie! Denn sie hast du beleidigt, du christliches Greuel!«

Frau Sanna fuchtelte mit den Händen in der Luft herum und stürzte mit dem Schreckensrufe ab: »Er ist verröckt geworden! Er ist verröckt geworden! Jeremias! der Katholische ist verröckt geworden!«

Da kam Henry zur Besinnung.

Was hatte er da gesagt! Um Gottes willen: was hatte er da gesagt! Wenn sie nun Sinn und Richtung seiner Worte verstanden hatte! Und überhaupt: nun war ja alles vorbei! Nach dieser Szene würde sie nie einwilligen ... Er hatte mit seiner tierischen Wut alles zunichte gemacht, was gestern nacht sich so herrlich entfaltet hatte! – Es gab nur ein Mittel, er mußte den Kranken spielen, den Überarbeiteten.

Er warf schnell die Scherben in die Kommode, legte sich ins Bett und verlangte nach dem Arzt.

Durch die offene Türe hörte er noch eine Weile Tante Sanna kreischen und wimmern; dann ließ ihn die Stimme Bertas erschauern, und es wurde still.

Nach einer Weile kam der Arzt und mit ihm Onkel Jeremias. Merkwürdig: der machte ja gar keine Unheilsaugen? Nannte ihn vielmehr »lieber Junge«? Erkundigte sich sorglich beim Doktor, ob die Sache auch wirklich nichts auf sich habe? Und ging ab, ohne eine zornmütige Rede gehalten zu haben?

Was ist denn das? dachte sich Henry; das verstößt doch gegen die Naturgesetze? Ich muß doch mindestens »schmachbeladene Kreatur« genannt werden?

Da hörte er draußen hüsteln und sah, wie er nach der Türe blickte, daß ein Zettel durch die Schwellenglinze geschoben wurde.

Er war wie der Wind bei der Türe und nahm den Zettel auf.

O, du himmlische Güte und Seligkeit! Er war von Berta.

Henry küßte ihn schnell; dann las er:

»Ich habe Mama nicht anders beruhigen können, als durch allerhand Andeutungen und ›Geständnisse‹, als ob wir uns ›heimlich verlobt‹ hätten. Sie hält Dich nicht mehr für verrückt und auch nicht mehr für einen heimlichen Katholiken. Sie schiebt alles auf die ›heimliche Verlobung‹, gegen die weder sie noch Papa etwas einzuwenden haben, wie es scheint, wenn sie auch nichts ›davon wissen wollen‹. Du verstehst mich hoffentlich? Du darfst ja nicht merken lassen, daß Du weißt, daß die Eltern wissen, und die Eltern – wissen überhaupt nichts. Sie erklären alles für Narrheit und haben mir verboten, je wieder allein mit Dir zu reden, – bei Strafe sofortigen Abschubs in die französisch-reformierte Schweiz. Mama hat mich ein ›schändliches Mädchen‹ genannt, Papa verstieg sich zu dem Ausdruck ›hinterlistiges und unbesonnenes Geschöpf‹. Wenn es ihnen aber ernst wäre, wärs ganz anders gekommen, zumal bei der ungeheuren Wut, in die Du Mama versetzt hast. Sie macht Bleiwasserumschläge um ihr Handgelenk. Soviel Kraft hätte ich Dir gar nicht zugetraut. – Schweig um Gottes willen gegen Karl! Mit ihm muß ich reden. Nur ich! – Bleibe noch eine Woche im Bett liegen! Es ist besser so. – Streichle die Opale und denke an Berta.«

Als ob Henry daran hätte erinnert werden müssen!

Dieser Brief hob ihn auf den Gipfel des Glücks.

Jetzt war er wirklich »heimlich verlobt«. Dieser Brief war ein Dokument und ein Amulett. Er steckte ihn in dasselbe Säckchen, in dem er früher die Hundertmarkscheine getragen hatte, und ließ es auch im Bette nicht von der Brust. Desgleichen kam das Opalhalsband nicht von seiner Bettdecke.

Er war so glücklich, daß ihm selbst Onkel Jeremias und Tante Sanna wie zwei gute, liebe Menschen erschienen, die es immer aufs herzlichste und beste mit ihm gemeint hatten. Nicht mehr Rachedurst erfüllte ihn gegen sie, sondern Reue und der feste Entschluß, alle seine gedachten und begangenen Schändlichkeiten einstmals gutzumachen.

Er war überhaupt ganz voller Reue, vergleichbar einem Schwamme, der Essig gesogen hat.

Sein ganzes Leben war doch eigentlich ein einziger Unflat. Wie konnte man mit einem Engel zusammen wohnen und dabei Häuser der Sünde besuchen?

Obwohl er gar nicht krank war, spielte er nicht bloß vor den anderen, sondern auch vor sich selbst den Schwerleidenden. Er fand, daß er büßte, und diese Buße, da sie doch eigentlich nur in Bettruhe bestand, tat ihm innig wohl. Wirklich schmerzlich war nur das eine, daß kein zweiter Brief Bertas den Weg über die Schwelle fand.

»Die Moral in der Budike ist von anderen Moralen nicht wesentlich unterschieden; nur in der Nuance und im Ausdruck. Die Moral! Wenn es im übrigen sowohl in Budiken wie anderswo auch noch Gesinnungen gibt, die weniger schmiegsam sind und sich mit realen Wertgattungen nicht so leicht oder auch gar nicht amalgamieren wollen, so beweist dies nur, daß das im allgemeinen auf Ordnung und Einklang angelegte Weltbild doch wohl ohne einen gewissen abstechenden Einschlag von Querköpfen nicht auskommen kann. Diese Gesinnungstölpel nehmen sich auf der Bühne ja recht gut aus; wenn Musikus Miller aber von den Brettern, die die Welt bedeuten, herabstiege auf den Marktplatz, der die Welt ist, so würde er vergeblich auf Applaus warten.«

Dieser wenig optimistische Passus stand in einem sehr realistischen Romane Hermann Honraders, dessenthalben dieser Autor damals wegen eines Vergehens gegen die Sittlichkeit, begangen durch die Presse in nicht weniger als fünfundachtzig Fällen, vor Gericht stand. Die bürgerliche Welt mußte sich, wie der Staatsanwalt erklärte, beleidigt fühlen durch Abschilderungen von unsittlichen Zuständen, deren Existenz man freilich, leider, nicht leugnen könne, die aber nur dann als Gegenstand dichterischer Behandlung zulässig seien, wenn sie mit sittlichem Pathos gegeißelt, aber nicht schamlos enthüllt würden. Aber gerade die Enthüllung sittlicher Greuel sei recht eigentlich Ziel und Absicht der sogenannten realistischen Schule, der man deshalb im Interesse der allgemeinen Moral den Garaus machen müsse. Sie sei nichts anderes, als literarisch verkappter Sozialdemokratismus. Bücher, wie dieses von Honrader, gehörten gewissermaßen unter das Sozialisten-Gesetz, denn sie reizten indirekt zum Klassenhasse auf und untergrüben die staatliche Ordnung, die ein Ausfluß der Moralgesetze sei.

Der Prozeß machte Aufsehen und den angeklagten Autor auch in den Kreisen berühmt, wohin sein Name bisher noch nicht gedrungen war. Das Buch wurde verboten. Henry, der es gleich nach Erscheinen für die Bibliothek des lyrischen Kükensalates gekauft hatte, kannte es und mißbilligte es heftig, da er sich auf dem Höhepunkte seiner Schwärmerei

für Berta befand und den dringenden Wunsch hegte, nur Schilderungen reiner und erhabener Gefühle von den Dichtern vorgesetzt zu bekommen.
Er befand sich jetzt auf dem besten Wege, ein »ordentlicher Mensch« zu werden. Zwar sündigte er unentwegt weiter gegen die Vorschriften der Moral, aber er verurteilte dieses Gebaren selbst aufs schärfste und durfte sich sagen, daß sein Empfinden wenigstens hochmoralisch war. Wie hätte das aber auch anders sein dürfen bei einem Menschen, der mit einer engelhaften jungen Dame aus guter Familie heimlich verlobt war?
Wenn Leute, wie Hermann, die aus den Niederungen des Lebens doch nie herauskommen konnten, Sturm liefen gegen alles Reine, Heilige, Hohe und den frevelhaften Versuch wagten, den Abschaum der Weiblichkeit nicht nur in Schutz zu nehmen, sondern sogar als Märtyrerinnen der sozialen Verhältnisse und einer verkehrten Moral zu glorifizieren, so konnte er nur den allerentschiedensten Widerwillen gegen derartige Verirrungen empfinden, da er einerseits die wahre Natur jener verächtlichen Weibspersonen genau zu kennen glaubte und andererseits einen Einblick in die Seele höherer Weiblichkeit genommen hatte.
Er war so erfüllt von diesen nach seiner Meinung bedeutenden Überzeugungen, daß er sie seinem ehemaligen Herzoge in einem sehr langen und gar feierlichen Briefe auseinanderlegte.
Darauf lief folgende Antwort von Hermann ein:
»O Henfel!
Deine verschiedenen überschwenglichen Briefe an mich habe ich nicht beantwortet, weil sie bloß knabenhaft waren, und ich ihnen keinerlei Echtheitswert beimaß. Auf Deine – Belehrungen muß ich Dir aber ein paar Worte sagen, weil sie mir Wesentlicheres von Dir zu enthalten scheinen.
Du bist auf dem besten Wege, Henfel, zu Deiner Art »Glück«. Wenn Deine Braut aus demselben Philister-Papiermaché ist, so kann es Dir künftig nicht fehlen. Sie wird Dich von allen den Aspirationen nach etwas Besonderem, die Dir Deine Eitelkeit eingibt, ohne daß Du das Zeug dazu hast, hoffentlich zurückhalten, und so darf angenommen werden, daß Du ein vortrefflicher Bürger, Gatte, Vater werden und dich pudelwohl in Deiner Haut fühlen wirst. Du wirst nicht nur zehn Millionen und alle Genüsse davon, nein,

Du wirst auch Moral haben. Recht so! Millionen ohne Moral bekommen kleinen Leuten schlecht. Sieh um Gotteswillen zu, daß Dir Deine Moral nicht abhanden kommt! Eher kannst Du die Hälfte Deiner Millionen verlieren. Du verstehst mich natürlich recht: Moral für den Hausgebrauch, fürs Gemüt, als Prinzip! Im übrigen aber: Rin ins Vergnügen! Wozu hättest Du sonst Millionen und Deine kräftige Konstitution?

Nur auf eins mußt Du dann verzichten: auf die angenehme Einbildung ein Original zu sein. Denn die Moral mit dem doppelten Boden ist das moderne Universalmöbel, das Schlafsofa des guten Gewissens. Jeder Philister räkelt sich darauf herum.

Also, schlaf wohl, Henfel! Ich, da Du so gütig bist, etwas von meinem Leben wissen zu wollen, – ich schlafe nicht. Ich habe zu viel zu tun dazu. Du weißt ja: ich will andere Möbel einführen, als Dein Verwandlungskanapee. Und ich glaube auch, noch immer, Henfel, trotz einiger Enttäuschungen, an die Existenz anderer Menschen, als es die sind, die sich so philisterhaft bequem, so ekelhaft (nach meinem Sinne) behaglich einrichten im Leben.

Daß es mir bei dieser Art Beschäftigung nicht gerade üppig gut geht, wirst Du, bei eingermaßen erwachtem Kapitalisten-Verstande für die notwendigen Bedingungen zu einem auskömmlichen Leben, ohne weiteres begreifen. Es geht mir um so kümmerlicher, als ich ein Mädchen ohne einen Pfennig Geld geheiratet habe. Nimm alle Verachtung, die Dir zu Gebote steht, und wirf sie auf mich: dieses Mädchen, jetzt meine Frau, war Kellnerin!

Siehst Du nun, wie gut es war, daß ich damals abgewinkt habe, als Du in unbegreiflicher Verblendung gedachtest, mich als – Bruder anzuerkennen? Henry Felix Hauart, Erbe von zehn Millionen Mark, Bräutigam einer jungen Dame aus gutem Hause, moralisch durch und durch, und – Schwager einer ehemaligen Kellnerin!

Nein, das wäre zuviel gewesen! Ist es doch schon grausam genug, daß Du in einem übelberüchtigten Schriftsteller, der beinahe eingesperrt worden wäre, Deinen Halbbruder sehen mußt.

Du wirst doch nicht so gottverlassen gewesen sein und dieses gräßliche Geheimnis verraten haben?

Von meiner Seite her brauchst du keine Enthüllungen zu befürchten. Ich lege keinen Wert auf allzu – entfernte Verwandtschaften. Und, war unser Vater schon ein sehr entfernter Verwandter von mir, – wie entfernt mußt erst Du mir sein!
Freue Dich, Henfel, ich bin nicht

Dein Bruder
Hermann Honrader.«

Henry fand diesen Brief ekelhaft. Erstens wegen der in ihm enthaltenen Beleidigung, daß er, Henry, der immer noch starke, wenn auch abgeklärte Geist, ein Philister sein sollte, und dann, hauptsächlich, wegen der Kellnerin. Pfui Teufel, was für eine Gesellschaft mußten diese Literaten Gründeutschlands sein, wenn einer ihrer Hauptführer so ein Frauenzimmer zur Frau haben konnte!
Und für diesen Menschen hatte er einmal geschwärmt!
– Nun, das war meine Sturm- und Drangperiode, dachte er sich; die Hauptsache ist, daß ich, dank Berta, daraus heraus bin.
Wie schade nur, daß diese das Verbot der Eltern, mit ihm allein zu sein, nur so selten durchbrach und es auch dann, ein paar köstliche Händedrücke und Blicke ausgenommen, an aller Zärtlichkeit fehlen ließ.
Wollte sie seine Standhaftigkeit prüfen?
Wahrscheinlich. Aber schön war das nicht. Es war sogar unnatürlich, wenn sie ihn wirklich liebte.
Bittere Zweifel stiegen in ihm auf.
Sollte doch nicht vielleicht auch sie an seine Millionen denken?
Es hatte ihn stutzig gemacht, daß Onkel und Tante jetzt so oft und angelegentlich die Rede darauf brachten, wie wünschenswert es doch sei, daß die Verwaltung des Vermögens auch nach seiner Mündigkeitserklärung in Onkel Jeremiassens Hand verbliebe. Auch der Umstand, daß ein Bruder Tante Sannas, der einen muckerischen Traktätchen-Verlag betrieb, sich das Versprechen einer größeren Einlage in sein Geschäft hatte geben lassen, war ihm fatal aufgefallen.
Onkel und Tante und was mit ihnen zusammenhing betrachteten seine Erbschaft wohl schon als allgemeines Familienvermögen, weil er Berta heiraten wollte ...?
Er hatte das Gefühl, umlauert zu sein, umsponnen von Fä-

den, die bestimmt waren, ihn weiterhin einzuengen, auch wenn die Stunde der Freiheit geschlagen hätte.
Das waren unerquickliche Empfindungen, die seiner Anbetung Bertas immerhin etwas von ihrer Glut nahmen, und, wie nun gar Karl zu den Ferien erschien, gerade als Henry sein Abiturienten-Examen bestanden hatte, da war es, als ob eimerweise Wasser darüber ausgeschüttet würde.
Karl gefiel ihm überhaupt gar nicht. Er sah so dürftig aus, verärgert, verdrossen. Das Jahr Brotstudium bei minimalem Monatswechsel hatte ihm etwas Theologiekandidatenhaftes verliehen. Auch fühlte Henry deutlich, daß Karl wütend auf ihn war.
Weshalb denn?
Diese Frage schien gelöst, als Karl ihm einmal sagte: Sehr nett von dir, daß du deine gütige Hand von mir gezogen hast. Du hast vermutlich darauf gewartet, daß ich ein Bittgesuch an Seine Lordschaft richten würde. Ich hoffte aber, du würdest von selbst soviel Anstandsgefühl haben. Aber dich muß man zu jeder anständigen Handlung offenbar mit Fußtritten bewegen. Dafür findest du den Weg zu unanständigen Machinationen ganz von selbst.
Den Schlußsatz verstand Henry ganz und gar nicht. Und doch enthielt der den Hauptgrund zu Karls wütender Stimmung.
Hatte Karl schon aus Briefen Bertas allerhand entnommen, so war ihm jetzt, obwohl sich Berta aus einem sehr bestimmten Furchtgefühle noch nicht geäußert hatte, alles klar geworden.
Er war außer sich darüber, im Tiefsten beleidigt, ja verwundet.
Er sah sich von Berta hintergangen, von Henry verächtlich beiseite geschoben. – Natürlich! sagte er sich, wenn man einen Schnurrbart und Beine hat wie dieser Bursche!
Er konnte seinen Haß auf Henry kaum verbergen.

So war die ersehnte Muluszeit höchst unerquicklich für Henry, und er mied das Haus so oft als möglich.
Als er eines Tages in einem Zustande heftiger Gereiztheit nach Hause kam, hörte er eine fremde Stimme in Frau Sannas Zimmer, die ihm einen seltsamen Eindruck machte. Er ging zur Türe und lauschte.

Es war eine Dame, die er sprechen hörte: »Nun, ich freue mich, daß ich mich an die rechte Adresse gewandt habe. Herr Kraker war so gütig, die kleine Summe für die frommen Stiftungen mit mehr Dank entgegenzunehmen, als sie der schwachen und kleinen Liebesgabe gebührt. Daß er mir noch dazu auf meine Bitte die Erlaubnis gab, auch Sie, die Präsidentin des Magdalenenstifts-Verbandes, kennenzulernen, verbindet mich sehr. Es widerfährt uns so selten das Glück, wahrhaft christliche Bekanntschaften zu machen. Ihnen gegenüber genieße ich es. Ihr ganzes Haus atmet Frieden, Güte, Liebe. Der Himmel hat Sie ausgezeichnet vor vielen Frauen. Ihr Geist, gestützt von dem Ihres Gatten, durchwaltet dieses Haus wahrhaft evangelisch, und so dürfen Sie in Ihrem Herrn Sohn und Ihrem Fräulein Tochter zwei Seelen sich entfalten sehen, in denen der Widerschein Ihres Geistes lebt.«

Karl und Berta hüstelten. Frau Sanna entgegnete: »Tja, man tut, was man kann, und was man muß. Gnädige Frau haben keine Kinder?«

Die Dame antwortete: »Der Himmel hat mir dieses Glück versagt. Deshalb lebe ich auch so unstet. Denn: was ist ein Haus ohne Kinder? Wir Frauen sind entwurzelt, wenn wir nichts neben uns aufwachsen sehen. Deshalb begreife ich es auch recht wohl, daß Sie noch einen fremden Schößling in das Erdreich Ihrer Liebe aufgenommen haben.«

– Wie komisch, dachte sich Henry: die Worte passen gar nicht zu der Stimme.

Die Stimme aber tat es ihm an. Er trat kurz entschlossen ins Zimmer.

»Da ist er ja, unser Neffe und Pflegesohn!« sagte Frau Sanna. Und, zu Henry gewandt: »Frau Sturm, eine reiche Wohltäterin, die unsere Stiftung bedacht hat.

Die Dame hob das Lorgnon und sah Henry groß und musternd an.

– Was für wundervolle Augen! dachte sich Henry. Es wird einem ganz warm dabei. Und die salbt ihre Worte so? Das sind doch keine Augen aus der Inneren Mission? Bloß das schwarze Kleid paßt dorthin.

Er konnte keinen Blick von ihr wenden, und auch sie sah ihn im Verlauf des weiteren Gesprächs fast immerzu an. Ihre Stimme klang jetzt noch voller, wärmer.

Ihm wurde eigen wohl dabei.
Wenn sie nur wiederkäme, dachte er sich. – Gott sei Dank, Tante Sanna lud sie für morgen, Sonntag, zum Mittagessen ein.
»Hinterher können wir mit meinem Mann und den Kindern in die Nachmittagspredigt, zu unserem herrlichen Gottesmann Südekum, gehen. Sie kennen ihn doch?« fragte Frau Sanna.
»Wer sollte den gepriesenen Südekum nicht kennen?« sagte Frau Sturm. »Das wird ein gesegneter Sonntag sein.«
Die Damen erhoben sich, und nun fiel es Henry auf, daß das schwarze Kleid so wenig zu dieser vollen und geschmeidig eleganten Gestalt paßte, wie ihre Worte zu ihrer Stimme.
Er konnte nicht anders: er mußte, entgegen allem Herkommen im Hause Kraker, der schönen Frau die Hand küssen.
Er fühlte dabei einen eigentümlichen, wie bebenden Händedruck, der sein Blut ins Wallen brachte.
»Was für eine wunderbare Frau!« sagte er zu Karl, als sie mit seidenem Rauschen verschwunden war.
»Eine schauderhafte Quäkermadame!« brummte der.
Und Berta sagte sehr pikiert: »Gott, manche Leute haben eben einen etwas unsicheren Geschmack.«
Ihr war das gegenseitige Anstarren der beiden nicht entgangen, und es war ihr sehr zuwider gewesen.
Henry ging beleidigt auf sein Zimmer, vergaß die Beleidigung aber bald, indem er sich immer wieder die Stimme, die Augen, die Gestalt und vor allem den heißen Händedruck der Frau ins Gedächtnis zurückrief.

Das Schicksal

Die hochherzige Stifterin erschien zu dem Sonntagsmahle im Krakerschen Hause in einer Toilette, die Herrn Jeremias und Frau Sanna gar nicht recht gefallen wollte. Um so mehr gefiel sie Henry, und Berta konnte ein Gefühl von Neid nicht unterdrücken.
Daß man sich in diesem frommen Hause nicht ohne Gebet niedersetzen würde, war der frommen Besucherin offenbar klar, denn sie blieb gleich den übrigen hinter der Stuhllehne stehen. Überraschend und augenscheinlich verwirrend

wirkte es aber auf sie, als Herr Kraker sagte: »Da es in unserem Hause Sitte ist, bei Anwesenheit eines neuen Gastes, das Tischgebet diesem als schönes Vorrecht zu überlassen so bitte ich gnädige Frau, es zu sprechen.«
Die hochherzige Stifterin stutzte und war ersichtlich in Verlegenheit, welches ihrer gewöhnlichen Tischgebete sie für diesen besonderen Fall auswählen sollte. Es trat eine der Pausen ein, die viel länger scheinen, als sie sind.
Um so kürzer wirkte dann das Gebet: »Der Herr segne unsere Mahlzeit, Amen.«
»Hm!« machte Herr Jeremias, während die Stühle rückten.
– Wie sie kurz angebunden war, das ist nun zum Entzücken gar, dachte sich Karl.
– Ich habe nie so schön vor Tisch beten hören, sagte sich Henry.
– Das soll ein Gebet sein? tadelte Frau Sanna bei sich. Das war ja bloß ein Amen.
Da, was war das! Die Dame lehnte sich aufseufzend im Stuhl zurück und wehte sich halb geöffneten Mundes Kühlung zu.
»Die gnädige Frau ist unwohl,« rief Henry aus und sprang auf.
Herr Kraker winkte ihm ab und wandte sich an seinen Gast: »Sie fühlen sich nicht wohl, Frau Sturm?«
»Es ist schon vorüber,« entgegnete sie lächelnd; »ich habe im Frühjahr oft solche Anfälle; sie sind aber ohne jede Bedeutung.«
– Das kommt von dieser unpassenden Schnürerei, dachte Frau Sanna.
– Ich wette, sie spielt uns was vor, sagte sich Berta.
– Hoffentlich ist es nichts Schlimmes, bangte Henry.
– Sie wird die Kirche schwänzen wollen; das ists, entschied Karls Menschenkenntnis.
Er war nicht wenig stolz auf seine Psychologie, als nach Schluß des Mittagessens Frau Sturm in der Tat einen zweiten und heftigeren Anfall hatte, der sie leider, leider zwang, auf den Kirchengang zu verzichten. Sie müsse notwendig eine Stunde ruhen, denn nur auf diese Weise sei ein wirklicher Ohnmachtsanfall zu vermeiden. Ob man ihr nicht eine Droschke ...?
Sie wankte und mußte sich auf den Tisch stützen.

Henry sprang zu ihr. Sie stützte sich auf seinen Arm, indem sie ihn fest preßte: »Zum Sofa, bitte. Ich fürchte ... ich werde ... danke! Dank! Ah, nur eine kleine Weile Ruhe ... Wenn Sie mir erlauben, mich hier ... Aber Sie dürfen meinetwegen nicht um die gewohnte Nachmittagspredigt kommen, sonst ...« Sie versuchte mühsam, sich zu erheben, und erklärte, unter gar keinen Umständen schuld daran sein zu wollen, daß die Familie Kraker dieser ihrer kleinen Schwäche halber den heiligen Südekum versäume. Sie selbst würde sich zu ihm hinschleppen, wenn sie nicht genau wüßte, daß dann ein um so schlimmerer und störender Anfall in der Kirche kommen werde, während der jetzige ganz gewiß gar nichts auf sich habe. Sie könnten wirklich ruhig gehen; es sei denn, sie empfänden es peinlich, eine fremde Person im Hause zu lassen.
Das wirkte. Herr Kraker erklärte mit traurigem Tone, er wisse nicht, was die vortreffliche, gesinnungsverwandte Dame auf einen so häßlichen Verdacht habe bringen können. Er habe mit den Seinen nur zu ihrer Hilfe anwesend bleiben wollen. Indessen sei ihr Wunsch natürlich maßgebend. Aber ganz allein könne man sie unmöglich lassen, und den Dienstboten wolle man den Gottesdienst nicht versagen.
»Ich brauche niemand,« entgegnete Frau Sturm, »ich nehme mein Pulver ein, das ich stets bei mir trage; das beruhigt mich und gibt mir Schlaf. Sie brauchen mir nur eine Gelegenheit anzuweisen, daß ich mich ausstrecken kann. Wenn Sie zurückkommen, bin ich frisch und munter, und Sie lassen mich wenigstens durch Erzählung ein wenig vom Geiste des berühmten Pastors genießen.«
Sie richtete sich wieder am Arme Henrys auf und wurde von diesem und der ganzen Familie in Frau Sannas Zimmer geleitet. Trotzdem machte sie es möglich, unter dem Anscheine schmerzlichen Aufseufzens, Henry zuzuraunen: »Ich muß Sie unbedingt sprechen.«
Am Sofa angelangt, ließ sie sich sofort nieder und sagte: »Und nun also mein Pulver.« Sie griff in ihr seidenes Beutelchen. Dann rief sie erschreckt aus: »O, ich habe es vergessen! Nun muß der junge Herr die Güte haben, mir es auf das Rezept hin in der Apotheke zu besorgen.« Sie drückte Henry einen Rezeptstreifen in die Hand.

»Ich bin in zehn Minuten zurück, wenn ich es gleich erhalte.« sagte der hastig.
»Nein, die Anfertigung braucht eine Viertelstunde. Es ist mir sehr unangenehm, daß nun Sie die Predigt wirklich versäumen müssen,« entgegnete, nun aber schon ganz mühsam, Frau Sturm und lehnte sich, mit dem Anschein größter Hinfälligkeit, gegen das Kissen. Die Familie Kraker verabschiedete sich mit leisen, nur durch ein müdes Kopfneigen beantworteten Gutebesserungswünschen. Henry stürzte davon.
In seinem Kopf war ein Wirbel, Aufruhr in seinem Herzen.
– Was war das? Was hatte sie ihm zu sagen?
Durch alle Glieder rann ihm das heiße Gefühl einer wunderbaren Ergriffenheit. Nicht zum Spaße spielte diese herrliche Frau dieses Spiel. Etwas Unerhörtes, Besonderes stand ihm bevor, ein Erlebnis.
Mit schnellsten Schritten ging er die Straße entgegengesetzt der Richtung hinab, die Krakers nehmen mußten. Hinter der nächsten Straßenecke postierte er sich und entfaltete den Zettel. Darauf stand: »Sobald die anderen außer Gesichtsfeld sind, zurückkommen. Schnell! Schnell!!«
– Welch eine Frau! Wie sie alles berechnet hat, dachte er sich. Die Stiftung, der Besuch, die Ohnmachtsanwandlung, – alles nur meinetwegen! Welch ein Geheimnis! Welch ein Abenteuer!
Er erinnerte sich an Romanlektüren, wie da reife Frauen von Leidenschaft für ganz junge Männer ergriffen waren, alles dafür wagten und überschwenglich sich ausrasten in verzücktem Geben und Nehmen. Immer vorsichtig die Straße visierend, malte er sich den Rausch eines solchen Abenteuers mit dieser ihm unendlich reizvoll liebenswürdig, innig vertraut erscheinenden Frau aus. Als aber die Krakers auf die Straße getreten und dann hinter der nächsten Ecke verschwunden waren, und als er nun wieder auf ihr Haus zuging, da zerflatterten diese Phantasien und es überkam ihn ein Gefühl ganz anderer Art.
– Nein, das war es wohl nicht. Es war etwas Tieferes, war mehr. Kein Abenteuer, –: Schicksal. Ja, das war das Wort: Schicksal.
Wie er in das Haus eintrat, war ihm, als ob er etwas Heilig-Mystischem entgegenginge.

Und so war es keine Pose, sondern unmittelbare Eingebung, als er vor der Frau niederkniete und seinen Kopf in ihrem Schoß verbarg.
Er fühlte einen Kuß auf seinem Scheitel brennen und wandte sein Auge zum Antlitz der Frau, die ihm über das Haar streichelte.
»So wars recht,« sagte sie, »setz dich mir gegenüber, daß ich dich recht sehen kann. So. Und nun sag, bin ich dir lieb?«
– »O!«
Seine Augen sagten das übrige. Er hätte sich ihr an den Hals werfen mögen. – Warum aber ließ sie ihn nicht näher sitzen? Warum küßte sie ihn nicht auf den Mund? Warum durfte er sie nicht küssen? Sah sie ihn jetzt nicht abwehrend an?
Nein. Aber etwas wie innere Not war in dem Blick, etwas Verhaltenes, eine Angst, ein Drang und Gegendrang. Und doch ein großes Glück und ein großes Wollen.
Man sagt, das Auge des Menschen, sei eine immer gleiche, im gesunden Zustand unveränderliche Kugel, ein Apparat, lediglich bestimmt zur Aufnahme, unfähig wechselnden Ausdruckes; nur das Spiel der Muskeln, die es umgeben, täuschen einen Ausdruck vor. Man will das durch Hunderte photographischer Aufnahmen beweisen haben. Denn, schneidet man von diesen Bildern bis aufs Auge alles weg, was den Ausdruck von Zorn, Trauer, Liebe, Haß im Muskelspiele des Gesichtes verrät, so bleibe immer das gleiche leere Abbild einer ewig unveränderlichen lebendigen Linse. Nur der Reflex des Lichtes darauf könne einen weiteren Anschein von Veränderung erwecken. – Demnach gibt es Dinge, die nur das Auge sieht, während der photographische Apparat nicht imstande ist, sie zu registrieren. Eine erstaunliche Tatsache voller gleichfalls photographisch nicht zu registrierender Perspektiven.
Henry sah unendlich Vieles, sah Unaussprechliches im Auge der Frau. – Sah er vielleicht ihre Seele?
Aber, wenn das ihre Seele war, was so aus der Tiefe glühte, glühte und erlosch, erlosch und aufs neue, aber ruhiger erglomm, dann wie in Schleiern verschwamm und nun hinter Schleiern mild ruhig leuchtete, – wenn das ihre Seele war: was sprach es aus?

Henry verstand es nicht, aber er ahnte, daß es einen tiefen Sinn haben müsse, tieferen Sinn für ihn, als irgend etwas, das ihm bisher von Menschen gesagt worden war, sei es in Worten oder Blicken.
Er hätte ewig so sitzen und in diese rätselschönen geheimnisvollen Augen sehen mögen.
Nach einer Weile sagte die Frau: »Du fragst mich nicht, wer ich bin?«
Henry schüttelte den Kopf.
– »Hast du keine Ahnung?«
– »Doch.«
– »Nun?«
– »Ich kann es nicht sagen.«
– »Warum nicht?«
– »Es läßt sich nicht sagen, nur ahnen, fühlen; es ist zu tief.«
– »Es ist wohl Liebe dabei, Henry?«
– »Ja.«
– »Du ahnst, daß ich mehr für dich empfinde, als irgendein Mensch, nicht wahr?«
– »Ja.«
– »Und du.«
– »Mir war nie so wohl zumute. Ich bin glücklich. Ich fühle mich sicher bei Ihnen. Mir ist, als kennte ich Sie, solange ich lebe.«
– »Das ist auch so.«
– »Und doch habe ich Sie nie gesehen.«
– »Du hast es nur vergessen.«
Henry schüttelte den Kopf: »Wie wäre es möglich, dies zu vergessen?«
»Ach,« sagte die Frau, »die schönsten Träume vergißt man.«
– »Ja, Träume.«
»Höre mir wohl zu,« sagte die Frau.
– »Es war in einer Frühlingsnacht, da habe ich dich zum ersten Male geküßt. Und jemand sang ein Negerlied, während die Bäume rauschten:

Dein Vater im Weizen, deine Mutter im Korn,
Kling Sichel, surre und schneide;
Daß Gott sie behüte,
Ihre Hand ist so müde.
Und ihr Herz ist bitter von Leide.

Das weißt du nicht mehr?
Henry schüttelte den Kopf.
– »Dann war ein Sommertag. Da habe ich dich wiederum geküßt. Die Sonne stand hoch, es rauschte das Schilf. Kleine flache Wellen liefen über den Sand. Du lagst nackt und hingst an meinem Halse.«
Henry weitete die Augen: »Das . . . das habe ich viele Male geträumt!«
– »Siehst du? Und hast mich doch vergessen? Ich aber weiß deine Träume. Ich weiß viel mehr von dir, als du selbst.«
– »Wie kann das sein?«
– »Es ist besser, du erfährst es nicht. Geheimnisse sind gut. Es sind Schleier, hinter denen das Leben schöner wird. Gebe Gott, daß ich sie dir nie zerreißen muß.«
– »Sind sie schön?«
– »Alles Geheimnisvolle ist schön.«
Es trat eine Pause ein. Henry sann nach. Drängte sie ihn nicht wieder von sich ab? Spielte sie etwa mit ihm?
Er sagte, fast unwirsch: »Warum sind Sie jetzt zu mir gekommen? Warum nicht früher?«
Die Frau antwortete: »Ich komme nur, wenn es not ist.«
– »So verfolgen Sie mein Leben?«
– »Ja. Es ist meine Pflicht.«
– »Wer gebietet es Ihnen?«
– »Dein Schicksal.«
– »Wie hängt mein Schicksal mit Ihnen zusammen?«
– »Auf eine wundersame Weise, Kind. Aber du sollst nicht danach fragen. Sollst dich auch in Gedanken nicht damit beschäftigen. Es sei dir genug, zu wissen, daß eine dir fremde und doch geheimnisvoll verbundene Frau lebt, deren Beruf es ist, deinem Leben aus der Ferne zu folgen, bereit, immer neben dir zu erscheinen, wenn du Rat und Lenkung brauchst.«
Henry fühlte sich wie überschattet vom Schicksal selbst. Dies alles war unbegreiflich, mysteriös und so außer aller gewöhnlichen Wahrscheinlichkeit, daß er gewiß skeptisch geworden wäre, wenn er nicht im Innersten gefühlt hätte, daß die Frau mit ihren Dunkelheiten die Wahrheit sagte. Auch tat dies alles seinem ganzen Wesen innig wohl, denn es rührte an das Tiefste seines Innenlebens, an Empfindungen, die ihm noch kaum je zum klaren Bewußtsein gekom-

men, in seinem Unbewußten aber bestimmend mächtig waren. Bei all seiner Eitelkeit und Unsicherheit, seinem Drange, sich an Stärkere anzulehnen und von ihnen geleitet zu werden, war er doch erfüllt von einem immanenten, phantastisch mächtigen Selbstbewußtsein, von dem Gefühle, durch außerordentliche Umstände ausgezeichnet und zu besonderen Dingen berufen zu sein. Was je an Deutlichkeit in ihn hineingeredet worden war vom alten Hauart und von Pastor Südekum, von Karl, hatte, bei allem scheinbaren Eindrucke, nicht entfernt so auf ihn eingewirkt, wie jetzt diese dunklen Andeutungen eines rätselhaften Verknüpftseins mit einer geheimnisvollen, ihm fremden und dennoch aufs wunderbarste vertrauten Persönlichkeit.
Seine Mutter, die ihm hier gegenübersaß, ohne daß er auch nur einen Augenblick auf den Gedanken gekommen wäre, daß das Wunderbare ihres übermächtigen Einflusses auf ihn einfach die Macht des Blutes war, Muttermacht, – Frau Sara hatte ihn intuitiv sofort im eigentlichsten seines Wesens erfaßt, und erkannt, was ihm fehlte: Das feste Beruhen auf sich selbst. Er war entwurzelt. Das Phantastische in seinem Wesen, innig zusammenhängend mit einer mystischen Neigung zum Glauben an eine besondere Bestimmung seiner selbst, das, was sie als das Besondere in ihm erkannte, neben der ihr gleichfalls sehr deutlichen Sucht und Kraft, zu genießen, war unterdrückt. Geschmackvoller Lebensgenuß allein würde ihn nicht glücklich machen, wie er sie glücklich machte. Das fühlte sie bestimmt. Sie glaubte ihn jetzt deutlich als Sohn des Tataren zu erkennen und damit einen als Menschen von mystisch-phantastischem Einschlag bei heftig und herrisch sinnlicher Grundnatur. Konnte ein solcher Mensch glücklich werden unter dem Einfluß von Menschen, wie sie ihn hier umgaben? Nein. Er mußte unter ihnen verkrüppeln. – Daher mußte vor allem ein Gegengewicht in sein Leben gebracht, es mußte das geschwächt vorhandene Gefühl einer besonderen Art und Bestimmung in ihm gestärkt werden. Mit einer Enthüllung ihres Verhältnisses zu ihm wäre das nicht getan gewesen. Die Stunde würde ja bald kommen, wo er erfuhr, daß das Ehepaar Hauart nicht seine Eltern waren. Dann sollte ihn aber erst recht dichtestes Geheimnis umgeben. – Daß sie seine Liebe hatte, fühlte sie mit strömendem Glücksgefühl, aber es sollte immer eine

ihm rätselhafte und daher, wie sie meinte, um so tiefere, reichere Liebe bleiben – etwas wie Liebe zu seinem Schicksal, seinem innersten Wesen, verkörpert in einer unnahbaren, aber immer nahen Frau: seinem Genius –: eine mystischsinnliche Liebe, Andacht und Inbrunst, Schwärmerei und Trieb.

Es war eine Pause eingetreten. Frau Sara schloß die Augen. Da verschwamm vor ihrem inneren Blicke das Bild Henrys und das des Tataren wunderbar in eines im wolkenhaft rötlichen Lichte der ewigen Lampe, unter der aus indischen Bronzeschalen Weihrauchdämpfe sich bläulich erhoben zur gnädigen Mutter von Kiew, aus deren mandelförmigen Augenschlitzen zwei dunkle Opale schimmerten. Daneben silberig blitzende Schildbuckeln, krumme Jatagans mit buntaufleuchtenden Steinen am Griff, mattstählern blinkende Kosakenlanzen.

Sie tat die Augen auf, und ihr Blick fiel auf eine greuliche Brandmalerei, die in tapezierergotischen Buchstaben verkündeten: »Wer da suchet seine Seele zu erhalten, der wird sie verlieren; und wer sie verliert, der wird ihr zum Leben helfen. Evangelium Lucä 17, Vers 33.« Frau Sara lächelte geringschätzig. Dann faßte sie Henry scharf ins Auge und sprach: »Die Zeit ist da. Du brauchst jetzt meinen Rat. Denn du bist an einem Wendepunkt deines Lebens und im Begriffe, dich zu verirren. Willst du auf mich hören? Glaubst du an mich?«

– »Ja.«

– »Es kann niemand hier lauschen?«

– »Es ist außer uns niemand im Hause. – Aber Sie machen mir Angst.«

– »Ich will dir Mut zu dir machen. Höre mich an. – Ich habe bisher in Andeutungen zu dir gesprochen, die dir vielleicht dunkel geblieben, aber doch als Wahrheiten ins Bewußtsein gedrungen sind.«

– »Ja.«

– »An dieses Dunkel, das aber doch die größte Helligkeit deines Lebens enthält, sollst du immer glauben. Denke, es ist dein Stern hinter Wolken. Daß du dich immer an ihn erinnerst, schenke ich dir diesen Ring mit einer schwarzen Perle.«

Sie ergriff Henrys linke Hand und streifte den Ring über den kleinen Finger.

Obwohl sie es ohne alle Feierlichkeit tat, hatte Henry die Empfindung einer sakramentalen Handlung. Er ließ seine Linke in ihrer Rechten und sah sie mit dem Ausdruck eines dankbar ergriffenen und gespannt wartenden Kindes an.
Frau Sara fuhr fort: »Und nun will ich klar und deutlich zu dir sprechen. Ich bin seit dem Tode deiner lieben Eltern, die du immer in treuem Andenken behalten sollst, denn sie haben dich immer geliebt, der erste Mensch, der dir etwas schenkt. Nicht wahr?«
Henry runzelte die Stirne: »Ja.«
– »Ist es dir nie aufgefallen, daß diese Leute hier den Spruch ›Geben ist seliger denn Nehmen‹ offenbar nicht im Herzen tragen?«
– »Die Alten, ja. Aber die Jungen ...«
– »Henry! Nicht von den Alten droht dir Unheil, sondern von den Jungen. Die Alten handeln nur, wie alle Welt dir gegenüber handeln wird. Darüber setz dich weg. Freu dich, daß du geben kannst und nicht zu nehmen brauchst. Denn jener Spruch ist wahr. Gib mit vollen Händen, wo es dir Freude macht; an Unwürdige, wie an Würdige. Es bleibt sich gleich. Ein indischer Spruch heißt: Die gebende Hand schwebt über der nehmenden. Aber, Henry, gib dich nicht weg, denn so begibst du dich unter andere. Und dies ist es, was die Jungen hier wollen. Auch sie wollen in erster Linie dein Geld. Da sie es aber ganz wollen und es ohne dich nicht haben können, wollen sie dich mit. Sie wollen nicht von unten empfangen, sondern dich unter sich zwingen. Sie hassen dich, und ihre Absicht ist langsamer Raub nicht bloß deines Geldes, sondern deiner selbst.
– »Berta liebt mich.«
– »Sie liebt dich, wie die Schlange ihre Beute liebt. Oder nein: mit einer schlimmeren Liebe. Sie liebt dich wie Delila Simson liebte. – O, warum solltest du ihr nicht gefallen? Welchem Mädchen, welcher Frau solltest du nicht gefallen! Alles an dir ist Kraft und Schönheit! Jeder deiner Blicke, jede deiner Bewegungen verspricht das Köstlichste. Du bist wert, daß alle Frauen und Mädchen sich dir zu Füßen legen. Und du brauchst dich vor keiner zu fürchten, die ein warmes Herz hat. Aber vor dieser Kalten, Schnöden, Gierigen hüte dich! Sie will dir die Kraft nehmen, damit ihr Bruder um so leichter dein Geld, deinen Willen, dich selbst neh-

men kann. Du sollst ihnen die Mühle drehen, Henry! Sie hassen dich nicht nur, sie verachten dich!«

– »Nein! nein!«

Henry stöhnte tief auf und ergriff auch die andere Hand Saras.

Diese erhob sich und führte beide Hände Henrys an ihr Herz. Es war tiefste Erregung in ihrer Stimme, als sie sprach: »So wahr in diesem Herzen Blut ist, das dich kennt und liebt, so wahr ist, was ich dir sage. Du bist verloren, wenn du diese Natter nicht von dir stößt. Nichts in der Welt ist dir gefährlicher, als ihre kaltgierigen Augen. Nimm sie meinetwegen, wenn sie sich dir andrängt, aber nur, um sie dann fortzuwerfen.«

In diesem Augenblicke öffnete sich die Türe, und Berta stürzte herein. Ihr Gesicht war nicht nur totenbleich bis auf die Lippen, sondern auch wie plötzlich abgemagert. Sie sah häßlich aus, und ihre Bewegungen waren eckig und schlenkernd. Sie zischte: »Genug! Und hinaus!« und drang auf Frau Sara ein.

Henry wollte ihr entgegentreten, aber Frau Sara ließ seine Hände nicht los, bis sie ihn auf einen Stuhl niedergezwungen hatte.

»Es ist gut, daß Sie gehorcht haben und gekommen sind,« sagte sie mit erkünstelter Ruhe und von oben herab. »Ich fürchte Sie wahrhaftig nicht, solange ich Sie nicht allein mit Henry weiß. Sie haben gehört, was ich gesagt habe. Verantworten Sie sich.«

Berta lachte höhnisch auf, indem sie einen Schritt vor Frau Sara stehen blieb: »Vor wem? Vor einer Komödiantin, die sich in unser Haus eingeschlichen hat, um den da wegzufangen?«

– Den da? Henry blickte auf.

»Es scheint,« entgegnete mit einer Kaltblütigkeit, durch die Berta außer sich gebracht wurde, Frau Sara, »Sie haben ihren Posten etwas zu spät bezogen.«

»Immer noch zeitig genug, um das Wichtigste zu hören: die Liebeserklärung und die Verleumdung der Rivalin.« Berta sprach das letzte Wort so deutlich ironisch aus, daß Henry sich keinem Zweifel mehr über ihre Gefühle ihm gegenüber hingeben konnte.

Frau Sara nickte befriedigt. »Charmant, daß Sie mir recht

geben. Nun könnte ich eigentlich gehen, wenn ich nicht Wert darauf legte, mich auch von den übrigen Mitgliedern dieser christlichen Familie zu verabschieden. Ich spiele nämlich nicht gerne Komödie, mein Fräulein, und rede viel lieber, wie es mir ums Herz ist; zumal, wenn ich verachte!«
Berta, völlig unfähig, sich gegenüber diesen schneidenden Worten zu beherrschen, wollte etwas erwidern; da hörte man Türen knarren und Schritte im Flur.
Sie rannte hinaus.
»Steh auf, Henry,« sagte Frau Sara zu dem wie tot im Stuhle Hockenden; »sei stark, aber ruhig.« Sie küßte ihn auf den Mund und legte ihre Arme um seinen Hals.
In diesem Augenblicke erschien hinter Berta Herr Jeremias Kraker mit hochrotem Gesicht in der Türe. Hinter ihm drein schob sich, von ihm zurückgehalten, Frau Sanna, während Karl es vorzog, auf dem Flur zu bleiben. Szenen zwischen Frauen waren ihm degoutant.
»Lassen Sie von meinem Pflegesohn ab!« keuchte Herr Jeremias, »und entfernen Sie sich, oder ich lasse die Polizei holen. Ich werde sie ohnehin von Ihren gefährlichen Machinationen benachrichtigen müssen.«
»Hochstaplerin!« schrie Frau Sanna.
Frau Sara streichelte Henrys Wange.
»Hören Sie auf mit Ihren Verführungskünsten!« kreischte Frau Sanna.
Frau Sara tat, als hörte sie nichts. Sie gab Henry die Hand und sagte leise: »Lebe wohl, mein Henry. Ich gehe ohne Sorge. Wenn es wieder einmal not tut, bin ich bei dir. Vergiß die Perle und ihren Sinn nicht.«
»Genug mit diesen schamlosen Zuflüsterungen!« brüllte Herr Jeremias. Und: »Was tust du denn da, infamer Bursche? Soll ich mich an dir vergreifen?«
Henry hatte Frau Sara die Hand geküßt.
»Versuchs!« sagte er kurz und begleitete, die Lippen aufeinandergepreßt und jedes einzelne Mitglied der Familie Kraker groß und stolz ansehend, die Dame zum Zimmer hinaus.

HOHE SCHULEN

POMERANIA

Das in der Luft schwebende Maultier

Nun sollte Henry Felix Hauart also ein freier Student sein. Die wissenschaftliche und moralische Reife zum Besuche einer Hochschule hatte er schriftlich; jede Alma mater mußte ihn aufnehmen; er brauchte nur zu wählen.
Indessen: nach welchem Gesichtspunkt?
Man fährt doch nicht einfach nach Göttingen, Bonn, Heidelberg oder Würzburg und entscheidet sich nach der Lage der Stadt, ob man bleiben oder weiterreisen soll.
Bei den meisten jungen Studenten liegt die Sache ja einfach genug. Ist der Herr Papa selber akademisch gebildet, so übernimmt er die Wahl; ist er nicht so gebildet, wie sein Herr Sohn, so hat er wenigstens den guten Rat bereit, der künftige Gelehrte möge nur ja die Universität wählen, die in seinem Fache die besten Professoren aufweist. In den meisten Fällen ist die Frage aber schon längst vor bestandenem Maturitätsexamen gelöst. Da ist der eine schon mindestens ein Jahr lang in seiner Seele begeisterter Burschenschafter und kann den Augenblick kaum erwarten, wo er in einer bestimmten Stadt ein bestimmtes Band um seine Brust legen wird. Ein anderer, weniger begeistert vielleicht, aber um so stolzer, fühlt sich schon lange als Fuchs eines bestimmten Korps. Einem dritten hat es der Ruhm Münchens als Pflegestätte heiter freien Lebensgenusses angetan. Ein vierter ist romantisch gesinnt und denkt an Heidelberg.
Ein fünfter von mehr moderner, kaltblütiger Denkungsart weiß schon lange, daß die reichsten Gelegenheiten, sich auf allen Gebieten zu einem modernen Menschen auszubilden, die Reichshauptstadt Berlin bietet. Ein sechster folgt dem Winken gewisser Stipendien. Und es fehlt wirklich auch nicht an solchen, die mit unanständiger Eile sofort ans Studieren denken und durchaus zu den Füßen eines bestimmten weisen und gelehrten Mannes sitzen wollen. Alle diese jungen Leute haben es gut, denn sie wissen, was sie wollen, oder wenigstens, was sie sollen. Denn auch die Soller sind im Grunde zufrieden mit ihrem Geschicke.

Dieses Sollen führt ja in die Freiheit. Schließlich war man bisher doch nur ein gesiezter Schuljunge, ein Stundenplansklave, ein Schulaufgabenlöser mit beginnendem Schnurrbart. Die heiligsten Menschenrechte waren einem versagt, z. B. das Recht auf Freiheit, Selbstbestimmung, Liebe. Jetzt aber winkt sogar das Recht aufs Schwänzen, ja selbst die Gleichheit wird proklamiert: man heißt Kommilitone seines Lehrers. Kurz: Frei ist der Bursch! Wehe jedem, der daran zweifelt! Denn auch der Paukboden wird belegt, und lose sitzt, wenn schon nicht das Schwert in der Scheide, so doch die Visitenkarte in der Brieftasche.

*

Henry Felix Hauart war so gut nicht daran.
Seine Freiheit kam erst mit Beendigung seines einundzwanzigsten Lebensjahres: Die Freiheit, über sein Vermögen zu verfügen und sich damit alle übrigen ganz zu kaufen.
Bisher saß er wenigstens auf der Schulbank; jetzt schwebte er in der Luft.
Er wußte schlechterdings nicht, wohin mit seiner Freiheit.
Dieser fürchterliche Krach mit allem, was Kraker hieß, hatte doch recht fatale Folgen für ihn.
Daß Onkel Jeremias mit Bestimmtheit erklärte, ihm monatlich keineswegs mehr als fünfhundert Mark anweisen zu wollen, war bloß unbequem und ließ sich tragen, da Onkel Tom Mittel und Wege gefunden hatte, dem Vater seiner Enkelin Henriette Felizitas Darlehen in jeder Höhe zu verschaffen, – allerdings zu einem Zinsfuße, der eher ein Zinskothurn zu nennen war.
Auch daß die so angenehme Schwärmerei für Berta in die Brüche gegangen war, nahm er in seiner Gemütsagilität nicht eben schwer. Er hatte sich dafür eine Schwärmerei für die geheimnisvolle Frau zurechtgemacht, die er als seine Schicksalsgöttin in schwülstigen Versen besang. Ein kostbar in goldbedrucktes Pergament eingeschlagenes Buch mit dem Titel »Die schwarze Perle« nahm diese Ergüsse widerspruchslos auf, denn selbst das dickste echte Handpapier aus den berühmten Bütten der Herren van Geldern läßt sich, darin gemein wie alle anderen Papiere, alles gefallen.

Schlimmer dagegen war, daß auch Karl diesmal zur Familie hielt. Er war zwar nicht wütend, weil sich Henry von Berta hatte abwenden lassen, er raste vielmehr noch immer bei dem Gedanken, daß der »Neger« (so hieß er nun wieder bei ihm) sich erdreistet hatte, mit Berta ohne sein Wissen anzubinden.

»Wenn ich dieses Tier doch zertreten könnte!« hatte er zu Berta gesagt. »Daß du dich so weit hast erniedrigen können, an eine Verbindung mit dieser Bestie zu denken, ist greulich genug, ist eine furchtbare Wunde, die du mir zugefügt hast; aber daß er gewagt hat, daran zu glauben, wie an etwas Mögliches, ist geradezu grauenhaft, ist ein unerträglicher Gedanke, ist unaustilgbares Gift in meinem Innern. Ich habe bisher nur geglaubt, ihn zu hassen; in Wahrheit habe ich ihn bloß verachtet. Jetzt aber hasse ich ihn, und ich werde ihn bis zu meinem letzten Atemzuge hassen und mit meinem Haß verfolgen. Er soll mir nicht entgehen! – Noch bin ich außerstande, mich mit ihm abzugeben. Ich überlasse ihn dem Sumpfe, in den er sich jetzt unbedingt stürzen wird. Vielleicht gibt ihm schon die schöne Madame den Rest, die sich seiner so liebevoll annehmen will. Er wird wahrscheinlich zu ihr nach München eilen. Papa hat sich erinnert, ihr Bild in dem Atelier des bewußten Malers gesehen zu haben, der offenbar den Kuppler für den alten Hauart gespielt hat. Es scheint, sie war eine Geliebte des Alten und will sich nun an den Jungen machen, der bald so viel wert sein wird, wie der Alte. Ich konnte leider nur das aus einem Gespräche der Eltern aufschnappen. Sie scheinen aber noch mehr zu wissen. Nun genug. Was gehts uns an! Lange wird er an ihr nicht hängen bleiben. Ich kenne ihn doch! Wenn er marode und satt ist, kriecht er wieder zu mir. Er soll willkommen sein!«

Er verhielt sich also aufs äußerste ablehnend gegen Henry. Dieser, immer geneigt, zu glauben, was ihm jeweils bequem war, hatte aus dem zurückhaltenden Benehmen Karls während der großen Szene schließen zu dürfen geglaubt, daß wenigstens auf ihn die Ansichten »des Schicksals« nicht stimmten. Mochten alle anderen ihn hassen und umlauern: Karl, das Genie, stand zu hoch dazu. Er war ihm ein bißchen böse von wegen der ausgebliebenen Monatswechselergänzung, aber diese Stimmung würde bald verschwinden, wenn beide vereint in Leipzig herrlich und in Freuden lebten. Denn so war es ja immer ausgemacht gewesen: sie wollten gemeinsam die hohen Schulen abgrasen. Karl hatte gesagt: »Für Seine Lordschaft geziemt es sich durchaus nicht, gleich jedem anderen Studierknaben eine oder ein paar Universitäten heimzusuchen. Lord Byron der Jüngere wird die vornehme, in unserem plebejischen Zeitalter fallen gelassene Tradition der adeligen Studenten früherer Zeiten aufnehmen, die überall ein bißchen herumkosteten, begleitet von einem Hofmeister, der nicht bloß gleichzeitig, sondern in der Hauptsache auch Maitre de plaisir war. Dieser dein dienstwilliger und keineswegs pedantischer Hofmeister werde ich sein. Rund um die deutsche Wissenschaft wollen wir fahren und mitten ins Leben hinein. Da unsere Neigungen sich Gott sei Dank nicht decken, wirst du den Extravorteil haben, von mir zwar geleitet, aber nicht geniert zu werden. Ich garantiere dir nach dem Verlauf von zehn Semestern eine so allgemeine Bildung, daß du zeit deines Lebens für einen Lebenskünstler gehalten werden sollst.«

Das wäre nun sehr nach Henrys Geschmack gewesen, und er hatte sich so in diese Perspektive hineingelebt, daß es ihn schwer ankam, sich eine andere auch nur vorzustellen.

Aber es mußte nun sein. Er mußte ohne Hofmeister auf die Universität. Er mußte es machen, wie jeder andere.

Oder sollte er selbst, ohne Mentor, ausführen, was im gemeinsamen Programme gestanden hatte?

Henry wurde sich bald klar darüber, daß es damit nichts sein würde. Er ließ den Kopf hängen unter dem Drucke der Überzeugung, daß er für sich allein, ohne Führung, nicht weit kommen würde.

Es war entschieden besser, er machte es wie die anderen.

Also ein Studium wählen und Umschau nach den berühmtesten Professoren halten?

Aber du lieber Gott, wozu denn? Er wollte doch wahrhaftig kein Gelehrter werden oder gar ein Beamter?

Das heißt, ja, vielleicht doch! Der diplomatische Dienst! Wie? Auswärtiges Amt ... Attaché irgendwo ... Dann Gesandter ... Aber, hatte ihm der Papa im Grunde nicht immer abgeraten? Und diese entsetzlich langsame Karriere. Diese Examina. Diese gewaltige Arbeitspflicht unter einem

Chef wie Bismarck, der selber ganze Nächte durcharbeitete, und, wie es hieß, sich gar nicht genierte, von den höchsten Beamten ähnliches zu verlangen. – Unsinn! Übrigens war er ja auch gar nicht adlig, und zum Ministerpräsidenten in Tahiti war er doch wohl zu schade.

Nein, ans Studieren dachte er gar nicht. Selbst die verlockende Eitelkeit, wenigstens einmal den Doktor zu machen, um ein äußeres Zeichen akademischer Bildung davonzutragen, wies er stolz und standhaft von sich. Doktor! Er wollte doch nicht mit Gymnasiallehrern und Zahnärzten konkurrieren. Mußte durchaus ein äußeres Zeichen akademischer Bildung erworben sein, so waren ein paar Schmisse im Gesicht anständiger und dekorativer.

Das wäre nun freilich der entschiedenste Bruch mit den Grundsätzen Karlscher Weisheit gewesen, denn dieser war nicht müde geworden, ihn zu lehren, daß es nichts Kindischeres, Alberneres, Blödsinnigeres, ja Unanständigeres gäbe, als sich durch Aufsetzen einer bunten Mütze von den übrigen Studenten unterscheiden zu wollen. »Leute, die mit dem Kopfe variieren, wie es unsere Farbenstudenten offenbar geflissentlich tun,« hatte er einmal gesagt, »beweisen damit vor allem das eine, daß ihr Kopf nichts wert ist, und Leute, die eine bunte Mütze brauchen, um ihre Köpfe vor anderen Köpfen auszuzeichnen, tun damit, die ehrenhafte Zunft der Dienstmänner ausgenommen, kund, daß sie alles andere eher sind als ausgezeichnete Köpfe.«

Henry hatte dem selbstverständlich beigepflichtet, ja er hatte, wenn Karl nicht zugegen war, dieses vernichtende Urteil über das deutsche Couleurstudententum gerne reproduziert, aber jetzt begann er auf einmal kritisch darüber zu denken. – Wer seinen Kopf dem langen Messer hinhält, sagte er sich, beweist am Ende auch, daß er das hat, was dem guten Karl entschieden fehlt, Mut; und, wenn Karl es verschmäht, sich eine bunte Mütze auf den Kopf zu setzen, so tut er damit am Ende auch kund, daß sein käsernes Antlitz die Benachbarung besserer Farben nicht verträgt. Er würde mit einer bunten Mütze allerdings gar nicht ausgezeichnet aussehen. Während ich ...

Die Eitelkeit, die dem Doktor standgehalten hatte, kam der Eventualität einer bunten Mütze gegenüber ins Wanken. Auch glaubte er sich zu erinnern, daß er schon als

Knabe ein brillanter Fechter gewesen sei. Und dann: repräsentiert das deutsche Korpsstudententum nicht die alte deutsche Ritterlichkeit? Umschließt es nicht die elegantesten, vornehmsten, stolzesten der Studentenschaft? Mochten die übrigen Farben eine leere Albernheit sein: die Farben eines Korps bedeuteten etwas sehr Ernsthaftes, bedeuten unbedingte Ehrenhaftigkeit, Auslese, Elite. Ja, noch mehr: Sie bedeuten auch Zucht, Erziehung fürs Leben in höheren Schichten. War nicht Bismarck, ja, war nicht Prinz Wilhelm selbst, der künftige Kaiser, Korpsstudent gewesen?

Wie schade, daß ihm das alles Karln gegenüber damals nicht eingefallen war! Sein ausgezeichneter Kopf würde beim Anhören dieser Wahrheiten wohl etwas an Erhabenheitsausdruck eingebüßt haben. Wahrhaftig, sah man sie sich näher an, so verloren die geistreichen Sprüche des superklugen Vetters doch einigermaßen an positivem Werte. Spiegelfechtereien – nichts weiter! Billige Spiele eines impertinenten Witzes, ohne alle innere reelle Kraft! O nein, Böseres noch: Selbstbespiegelungen eines auf sein Gehirn eitlen, aber im Grunde dem wirklichen Leben ganz und gar nicht gewachsenen Menschen, der freilich alle Ursache hatte, sich über alle Gültigkeiten lustig zu machen, weil es ihm versagt war, daran teilzunehmen.

Aber soll ich, ein ganz anderer Kerl, deshalb gleichfalls verzichten? Soll ich wirklich diesem Hofmeister auf allen seinen Schleichwegen ums Leben herum nachlaufen, bloß weil er gescheit zu reden weiß? Gott sei Lob und Dank, daß ich diesen gefährlichen Mentor los bin.

– O, das Schicksal hatte wahrhaftig recht: er wollte mich aushöhlen! Weil er nichts in sich hat als durcheinanderwimmelnde Gedanken, sollte ich, der ich voller Phantasie, Leidenschaft, Kraft bin, gleichfalls ein Abstraktum werden! An der Nase herum sollte ich geführt werden, bis ich drehkrank würde und die Welt selber ansähe, wie er: als eine Gelegenheit, sich geistreich darüber zu mokieren.

– Nein, mein Junge, ich will mich doch lieber vom Leben selbst hofmeistern lassen. Einen Leibburschen brauche ich, keinen Mentor! Resolut auf eigene Faust will ich genießen. Nicht als Reflex von dir! Du sollst einen Korpsstudenten an mir erleben, dem gegenüber du dir nicht erlauben wirst, Witze du drechseln!

*

Das Maultier schwebte nicht mehr in der Luft. Mulus Henry war fest entschlossen, in ein Korps einzutreten und damit aufs deutlichste an den Tag zu legen, daß seine Abhängigkeit von Karl ein überwundener Standpunkt war.

Der Sohn des Kaisers von Mexiko

Zuerst gedachte Henry, um Karl seine Selbständigkeit direkt ad oculos zu demonstrieren, in ein Leipziger Korps einzutreten. Er kaufte sich den Kösener S. C.-Kalender und unterzog die Farben der Leipziger Korps einer genauen Musterung.

War es Vererbung von seiner Mutter her, daß ihm das Stahlblau-Gold-Rot der Lausitzer am besten gefiel? Kein Zweifel! eine stahlblaue Mütze würde sowohl zu seinen Haaren wie zu seiner Hautfarbe gut stehen, und das Gold im Bande zog ihn auch an. Demgegenüber verblaßten die Sachsen-, Thüringer-, Westfalen-Farben allesamt durchaus. Also: Lusatia seis Panier!

Aber –: Leipzig? Was konnten in einer so großen Stadt die Korpsstudenten für eine besondere Rolle spielen? Überhaupt: eine Handelsstadt! Würde er etwa, wenn Hamburg eine Universität hätte, in Hamburg bleiben? Nein: es mußte ein Korps in einer kleinen Universitätsstadt sein, wo sich alles um die Studenten drehte, wo die Studenten die Herren waren und, natürlich, die Korpsstudenten die Herren der Herren.

Aber nicht zu weit weg von Leipzig, damit man schnell einmal den traurigen Vetter im vollen Schmucke von Mütze und Band überraschen konnte.

Etwa Jena. – Ja: Jena! Jena, wo es nach allgemeiner Rede auch am lustigsten und wildesten zuging.

Schnell die Farben im S. C.-Kalender nachgeschlagen. Hm. Ein Blau-Gold-Rot gab es da nun freilich nicht. Aber das Grün-Rot-Gold der Franken machte sich am Ende auch nicht übel.

Und dann, richtig, dort war ja auch der berühmte Professor Häckel! Stud. phil. et rer. nat. also. Weltanschauung sich aneignen, soweit man sie nicht schon hatte.

Henry übte gleich den Franken-Zirkel ein und konnte nach

Verbrauch eines Ries Papieres wohl sagen, daß er ihn bewältigt hatte.
So, wohlvorbereitet, die Brieftasche reichlich versehen mit den wenigen Banknoten des noch immer düster-kalten Onkel Jeremias und den sehr viel zahlreicheren des weit gemütlicheren Onkels Tom, begab sich der Spe-Fuchs der Frankonia nach einem mehr als gleichgültigen Abschiede vom Hause Kraker auf die Reise nach der thüringischen Universität.
Er sah nicht übel aus und machte dem Coupé erster Klasse, das er einstweilen allein innehatte, keine Schande. Nach seinem etwas hochnäsigen und blasierten Gesichtsausdrucke und dem tadellos sitzenden, nur allzu neu wirkenden englischen Anzuge hätte man vermuten können, daß das Ziel seiner Reise nicht das wenig elegante und gar nicht aristokratische Jena, sondern Bonn gewesen wäre, Bonna superba, die Stadt, die sich des Vorzugs rühmen darf, das Klub-Korps Borussia zu beherbergen. Man sah es ihm wahrhaftig an, daß er ein hoffnungsvoller junger Mann war, der es nicht nötig hatte, zu studieren. Man sah es ihm vielleicht etwas zu sehr an; die Millionärsallüren ermangelten einigermaßen der Kontrolle des guten Geschmackes.
Der große Krümpermann, der denselben Zug, aber dritter Klasse benutzte, um gleichfalls dem Athen an der Saale zuzustreben, mußte es erleben, daß Lord Byron seinen Gruß nur sehr von oben herab erwiderte.
»Du gehst doch nicht etwa auch nach Jena?« rief er, offenbar durch diese Perspektive angenehm berührt, Henry zu.
»In der Tat«, entgegnete dieser kühl, den Lackleinwandkoffer Voltaires mit Mißbehagen musternd.
»Das ist ja großartig! Dann werde ich dich auf dem Fürstenkeller vorstellen!«
»Was ist das für ein Lokal?«
»Ja, kennst du denn die Arminia auf dem Fürstenkeller nicht? Ich werde dort aktiv.«
»Pardon, ich nicht!«
Und Lord Byron lehnte sich so weit zurück, als es nur möglich war. –
Was für eine absurde Idee! Er, Henry Felix Hauart und Burschenschafter! Der gute Krümpermann war doch ein recht ahnungsloser Knabe! – Überhaupt, die ganze Gesell-

schaft da bei Onkel Tom: Wickelkinder im Grunde. Was würden sie nun ohne seine Bowlen und Delikatessen machen? Vermutlich sich wieder erst zu Lyrikern und dann zu sozialdemokratischen Diskussions-Schwätzern zurückbilden. Habeant sibi!

Henry belächelte seine Kinderschuhe.

Als der Zug die Bahnhofshalle verließ, hatte er die nicht unangenehme Empfindung, etwas Dunkles hinter sich zu lassen.

– Was hab ich hier nicht alles überwunden! dachte er sich und ließ seine verschiedenen Stimmungsperioden und Erlebnisse Revue passieren.

Daß er immer nur von irgend jemand am Ohr genommen und bald dahin, bald dorthin gezogen worden war, kam ihm nicht zum Bewußtsein.

Einflüsse,– ja, natürlich! Aber immer die, die ich suchte. Geleitet hat mich nur mein Stern.

Wer weiß aber, ob er nicht doch recht hatte?

Er ließ den Blick auf dem Ring mit der schwarzen Perle ruhen.

Und er dachte an »die Frau«.

Eines ist gewiß: niemand kennt mich so, wie sie, niemand empfindet so stark für mich, wie sie. – Wie sonderbar! Ich bin verwaist und habe doch jemand, der wie Vater und Mutter über mich wacht.

Warum aber das Geheimnis? Was sollen das für Geheimnisse sein, die mit mir zusammenhängen?

Er hatte in der ersten Zeit oft genug darüber nachgedacht, und immer wieder war er dabei auf den seidenen Schlafrock und den reitenden Kosaken gekommen, die er auch jetzt, wie die wertvollsten seiner Güter, in einer Handtasche bei sich führte.

Daß »die Frau« diese erwähnt hatte, war ihm der wichtigste Beweis dafür, daß sie mehr über ihn wußte, als irgendwer, und auch dafür, daß die Lösung des Rätsels in diesen beiden Gegenständen lag.

Er hatte sich gegenwärtig gemacht und sagte es sich wieder, daß seine frühesten Kindheitserinnerungen mit ihnen und sonst mit nichts zu ihm Gehörigem zusammenhingen. Nicht einmal an Vater und Mutter konnte er sich zu einer Zeit zurückerinnern, als schon der Mantel und die Stutuette zweifellos in seinem Bewußtsein gewesen waren. Aber darin war doch eigentlich nichts Geheimnisvolles. Er wußte ja, daß er wegen großer Schwächlichkeit und weil die Eltern in Mexiko leben mußten, aufs Land gegeben worden war. Was weiter, wenn sie ihm die beiden Gegenstände, wer weiß aus welchem Grunde, mitgegeben hatten? Vielleicht waren es Erbstücke der Familie, die dazu dienen sollten, die Erinnerung an die fernen Eltern wachzuhalten? Dann, wie sie zurückgekehrt waren und er bei ihnen lebte, von wo an erst seine eigentlichen Erinnerungen begannen, hatte man sie weggeschlossen. Er durfte sie vergessen, weil er jetzt die Eltern selber hatte. Sogleich nach ihrem Tode aber hatte er sie auf ausdrücklichen Wunsch Papas wieder erhalten. Indessen: etwas eigentlich Geheimnisvolles war doch auch daran nicht.

Geheimnisse... Rätsel... Und doch schien alles ganz klar. Merkwürdig...

Das Rattern des Zuges und sein Alleinsein in dem behaglichen Coupé, das erfreulicherweise einen Spiegel hatte, begünstigte ein Hindämmern in phantastischen Träumen.

Wer weiß, was es mit ihm auf sich hatte. Wer weiß, wessen Abgesandte »die Frau« war... Er erinnerte sich plötzlich, daß man ihn ganz früher »Prinz« genannt hatte.

War etwa sein Papa nicht sein rechter Vater gewesen!?

Hatte der Papa vielleicht nur die Funktionen des Erziehers ausgeübt? In einem – höheren Auftrage?

Waren ihm nicht Grundsätze eingeschärft worden, wie einem jungen Fürsten? Löste nicht vielleicht jetzt »die Frau« nur den seligen Papa ab? Wiederum – in höherem Auftrage?

Henry konnte nicht umhin, sein Antlitz im Spiegel nach fürstlichen Zügen zu durchmustern, und er kam dabei zu dem angenehmen Resultate, daß er mindestens sehr aristokratisch aussähe. Dickere Lippen hatten auch die Habsburger in ihren besten Zeiten nicht aufzuweisen, und seine Nase ließ an Herrscherkühnheit wahrhaftig ebensowenig zu wünschen übrig, wie seine Augen an durchdringendem Regentenblicke. Und diese Schrägfalten an den Lippen, – wie? War das nicht hautaine Verachtung alles Plebejischen? Odi profanum vulgus et arceo etc.

Henry lehnte sich majestätisch zurück und starrte zu seinem Handkoffer hinauf, der jene zwei geheimnisvollen Gegenstände barg.

Ein reitender Kosak und ein kostbarer seidener Mantel, – waren das Erbstücke einer mit Jeremias Kraker, Export und Import, verwandten Kaufmannsfamilie?
Henry lächelte überlegen.
Aber die Millionen? Die Millionen stammten doch aus kaufmännischen Erfolgen? . . .
Vielleicht doch nicht so ganz . . . Aus Mexiko wohl, aber gab es dort nicht gerade um die Zeit seiner Geburt einen – Kaiser? Einen habsburgischen Erzherzog als Kaiser?
Henry trat wieder zu dem Spiegel und konzentrierte seinen musternden Blick auf die Lippen.
Er fand sie »absolut habsburgisch«.
Und nun kam die dunkle Hautfarbe an die Reihe, die schwarzen Haare, die seltsam dunklen, eigentlich »uneuropäischen« Augen. – Sollte die Mutter nicht Mexikanerin gewesen sein? Hatte er nicht das ungezügelte Temperament eines südlichen Menschen?
Und, ja, das Negerlied, von dem die Frau gesprochen hatte? In Mexiko gab es sicherlich doch auch Neger. Seine Amme war eine Negerin gewesen! »Die Frau« war, nun, irgendwie mit dem mexikanischen Hofe in Zusammenhang zu bringen, eine Vertraute des Kaisers, seines Vaters. Der Papa war als Armeelieferant gleichfalls leicht mit dem Hofe in Verbindung zu bringen. Er hatte ihn auf kaiserlichen Wunsch adoptiert und nach Europa gebracht, wie das Kaiserreich in Stücke gegangen war. »Die Frau« aber hatte dem Kaiser vor seiner Hinrichtung durch die Schurken (Henry rollte die Augen) schwören müssen, seinen natürlichen Sohn durchs Leben zu begleiten als wie ein Genius.
Die phantastische Konstruktion hatte den Spe-Fuchs der Jenenser Franken so aufgeregt, daß er gar nicht mehr an das Ziel und die Absichten seiner Reise dachte. Er reiste jetzt ganz woanders hin; – ganz woanders hin: nach Mexiko, wo sein Erzieher, dem er pietätvoll gerne weiterhin den Titel »Papa« ließ, alte Städte aus Urwäldern hatte heraushauen lassen, wo die Palmen rauschten und ungeheure Aztekentempel bunt in greller Sonne gleißten, und hinter einem vergitterten Palastfenster vielleicht noch jetzt seine Mutter saß, den verschleierten Blick der dunklen Augen (seiner Augen!) ins Leere richtend, voller Erinnerungen. Ah, und noch weiter die Fahrt: ins ganz phantastische,

rätseldunkle, geheimnisvolle einer wunderbaren Zukunft, die irgendwie anknüpfen mußte an diese mysteriöse Herkunft. »Die Frau«! Die schwarze Perle! Der Stern!
Er fühlte sich gewaltig, der wiedererwachte Prinz Kuckuck, und er folgte einem unwiderstehlichen Drange, als er seine Tasche öffnete und die beiden Beweisstücke seiner kaiserlichen Herkunft ans Licht zog.
Er belegte den einen Sitz des Coupés ganz mit dem seidenen Schlafrock und stellte die Statuette darauf. Es war Andacht und Ehrfurcht in seinem Blicke, wie er sie betrachtete, aber auch Stolz und Selbstbewußtsein.
Er vergaß alles um sich herum und jedes Wollen, das sich auf Gegenwärtiges richtete. Er war, wie verkehrt und kindisch-phantastisch auch seine mexikanischen Konstruktionen waren, zum ersten Male getragen von einer vollen Empfindung seiner selbst.

Der orangene Stürmer

Als die Coupétüre aufgerissen wurde und der Schaffner »Jena!« rief, erschrak Henry wie einer, der mitten aus tiefster Traumesbenommenheit geweckt wird.
– Jena?
Er begriff den Zusammenhang zwischen sich und diesem Namen erst nach einem Momente blöden Erstaunens. Dann aber war es sogleich, wie immer nach einem Traume. Das wache gemeine Leben fegt alle die überlebendigen Schemen scheinbar mit einem grellen Lichtstreiche weg, und der schnellste Gedanke ist nicht schnell genug, auch nur einen Zipfel der fliehenden zu erhaschen.
Mit hastigen Händen knüllte Henry den Schlafrock und die Statuette zusammen und stopfte beides in die Handtasche. Das wache Leben achtet die Heiligtümer des Traumes nicht.

*

Da draußen auf dem Bahnsteige ging es bunt genug zu.
Korps, Burschenschaften, andere Verbindungen hatten zum löblichen Zwecke des Empfangens und Keilens von Spe-Füchsen geeignete und wohl instruierte Vertreter zum

Zuge geschickt, die nun mit ihren bunten Mützen, einige sogar mit Fahnen ausgestattet, den Bahnhof aufs munterste und lauteste belebten.
Henry hoffte, darunter auch die dunkelgrünen Mützen der Franken zu sehen, aber just diese Farbe war nicht vertreten.
Dafür fielen ihm sogleich drei gutgewachsene, flott elegant gekleidete junge Männer mit orangegelben Stürmern auf, die sich nach seinem Geschmack von allen übrigen Studenten aufs vorteilhafteste unterschieden, weil sie sich keineswegs an den Zug herandrängten, sondern vielmehr, mitten auf dem Perron stehenbleibend, mit einem gewissen, überlegen kritischen Blicke die aussteigenden jungen Leute musterten.
Er schaute, während er einem Dienstmanne seine Handtasche und den Gepäckschein einhändigte, interessiert zu ihnen hinüber und war nicht wenig erstaunt, als einer der drei, wie es schien der jüngste, sich von der Gruppe löste und auf ihn zukam. Es war ein bildhübscher, rotbäckiger, etwas untersetzter junger Mann mit auffallend lustig blickenden blauen Augen.
Er trat zu Henry und griff grüßend an seinen Stürmer, indem er sprach: »Mein Herr! Es ist offenbar kein Zweifel darüber erlaubt, daß Sie den Ehrgeiz hegen, bei uns aktiv zu werden.«
Henry war perplex. Er grüßte mit vollendetem Anstande wieder, indem er mit unsicherer Stimme sprach: »Ich hatte eigentlich vor, mich bei Franconia vorzustellen.«
»Oh!« entgegnete darauf der lustig Blickende, »dann müssen Sie voriges Semester wiederkommen.«
Das verstand Henry natürlich nicht, und der hübsche junge Mann merkte das mit großer Intelligenz. Sagte also: »Das Schicksal und ein hohes Universitätsgericht haben es nämlich im vorigen Semester aus durchaus fadenscheinigen Gründen für gut befunden, hiesigen S. C. zu suspendieren.«
»Ach?« machte Henry enttäuscht.
»Ja,« murmelte melancholisch der junge Herr, »es ist schauderhaft, aber wahr. Indessen, gestatten, daß ich mich vorstelle: »Sturm Pomeraniae«.
– »Hauart.«
– »Ein sehr hübscher Name, fehlt bloß Pomeraniae.«

– »Ja, aber ...«
– »Ich achte Ihre Beklemmung, Herr Hauart, aber ich kann sie beheben. Nämlich: Es gibt Institutionen von ewigem Dauerwerte. Das blinde Fatum ist zwar imstande, ihre Erscheinungsformen zu verändern, nicht aber, sie aufzuheben.«
Henry verstand wiederum nicht, und wiederum merkte das der ebenso intelligente, wie hübsche junge Mann.
Er sprach: »Der S. C. ist tot! Es lebe der S. C.! Die ruhmreichen Völkerschaften der Thüringer, Franken, Westfalen und Sachsen sind auf drei Semester aus den Tafeln der jenensischen Weltgeschichte gelöscht, dafür sind aber aus dem ergiebigen Erdreich dieses gesegneten Landstriches vier andere, gleichfalls bereits glorreiche Nationen aufgestiegen: die der Pommern, der Troglodyten, der Friesen und der Altenburger. Namen und Farben sind der plumpen Gewalt gewichen, aber der alte Geist und die alten Tugenden sind geblieben und haben nichts an ihrer unbeschreiblichen Herrlichkeit dadurch eingebüßt, daß sie unter neuen Farben, Namen und Zirkeln sich betätigen müssen.«
Henry lächelte das Lächeln des Verstehens. Aber es war auch schon Wohlgefallen darin, denn diese orangenen Stürmer und das orangeblau-silberne Band hatten seinen ganzen Beifall.
Er sagte: »Das ist famos, daß es noch einen S. C. gibt. Ich wäre sonst gleich weitergereist.«
Dieses Wort entzückte Herrn Sturm aufs höchste. Er rief aus: »So kann nur ein zukünftiger Pommer reden! Dieses Wort verdient gebucht und der Zukunft aufbewahrt zu werden. Ich werde noch heute abend die Ehre und das Vergnügen haben, einen Ganzen auf Ihr spezielles Wohl zu trinken. Gestatten Sie, daß ich Sie meinen Korpsbrüdern vorstelle!«
Henry folgte ihm bereitwillig zu den zwei anderen orangenen Stürmern, zu denen Herr Sturm mit schöner Sicherheit also sprach: »Herr Studiosus Hauart, der keinen sehnlicheren Wunsch kennt, als bei Pomerania aktiv zu werden, ein junger Mann von den schönsten Gesinnungen, den trefflichsten Anlagen und schlechthin exemplarischen Intentionen! Im übrigen genügt es, ihn anzusehen! Man kann sich keinen schöneren Renommierfuchs träumen!«
Henry hatte gegen die ihm so hurtig zugesprochene Ab-

sicht durchaus nichts einzuwenden, denn er war in der Tat durchaus geneigt, sich so bald als möglich den orangenen Stürmer der Pommern aufs Haupt zu setzen. Ein Stürmer schien ihm schon an sich jeder Deckelmütze vorzuziehen, und nun gar ein orangegelber. Das überstieg eigentlich alle seine Hoffnungen. War das nicht eine Art phrygischer Mütze? Die Mütze der Burschenfreiheit! Kühn geschwungen und leuchtend.

Und, kein Zweifel: das waren elegante, vornehme Studenten, gut angezogen, und von stolzer, ob auch gar nicht steifer Haltung.

Heiteres Selbstbewußtsein, ritterlicher Mut und ein anständiger Monatswechsel sprachen aus ihren Mienen, Worten, Bewegungen. In ihrem Kreise ging es zweifellos ebenso fidel wie nobel zu. Karls käsebleiches Gesicht würde einen Stich ins Grünliche bekommen, wenn er, Henry, mit diesen schlechterdings idealen Korpsstudenten einmal vor ihm in Leipzig auftauchte.

Wenn es nach ihm gegangen wäre, so würde er auf der Stelle den Schwur auf das Pommernband abgelegt und den orangenen Stürmer aufgesetzt haben.

Leider ging das aus Gründen von S. C.-Bestimmungen so schnell nicht. Daß sein Monatswechsel nichts zu wünschen übrig ließ, leuchtete den drei Pommernburschen angesichts der glänzenden Garnitur der Henryschen Koffer zwar augenblicklich ein, aber die Pommern hatten das gute Prinzip, sich ihre Leute vorher genauer anzusehen. Zumal ihr augenblicklicher dritter Chargierter, dem als Fuchsmajor die spezielle Erziehung der Renoncen oblag, hielt strenge darauf, daß die jungen Leute zuvor eingehend auf Herz und Nieren geprüft wurden.

Er war einer der beiden Korpsburschen, denen Henry jetzt vorgestellt worden war, ein wahrer Hüne mit gewaltigen Händen und höchst umfangreichem Brustkorb. Stirn und Quartseite ließen es wohl ahnen, daß er mehr als zwanzig Mensuren gegen preisliche Schläger hinter sich hatte, und die Röte seines Gesichtes bekundete mit schöner Offenheit, daß Bierehrlichkeit zu seinen unbestreitbaren Tugenden gehörte. Er war aber auch ein ehrliches Herz und ein klarer Kopf, allem Flausenmachen abhold, trotz einer ausgesprochenen Neigung zu Bierreden.

Der kleine Sturm, ein noch sehr junger C. B., also erst ganz vor kurzem aus seiner Schule entlassen, war in der Art, sich auszudrücken, nur ein begabter Schüler der Redekunst des berühmten Kuttler, dessen behagliche, aber doch, wo es not tat, scharfe Suada nicht bloß im Umkreise des Jenenser S. C. glorreich bekannt war. »Koddrig wie Kuttler«, lautete damals eine alliterierende Redensart in Jena, und C. B. Kuttler hatte schon mehr als ein halbes Dutzend Mal mit dem Säbel in der Hand für seine, wie er selbst gerne sagte, unverantwortlich talentvolle Schnauze eintreten müssen. Er ließ ihr auch Henry gegenüber jetzt schon freien Lauf, indem er sprach: »Es ehrt Sie, daß Sie so ungestüm verlangen, dem ersten Korps der Christenheit angehören zu wollen. Aber Pomerania sagt nicht bloß: Füchslein, wie gefall ich dir, sondern auch: Füchslein, wie gefällst du mir? Mit Ihrem Portemonnaie scheint es seine Richtigkeit zu haben. Ihre Bundesladen aus dickstem Rindsleder lassen die allerüppigsten Schlüsse zu. Auch Ihre Garderobe nimmt für Sie ein, und ich hätte ohne alle Frucht ein Semester lang Kunstgeschichte mit besonderer Berücksichtigung der Plastik belegt, wollte ich leugnen, daß Sie ein wohlgebauter junger Mann von nicht unsympathischen Zügen seien. Indessen, Reichtum und Schönheit allein machen nur die Mädchen begehrenswert. Ein Pommernfuchs muß auch Tugenden haben. Nicht als ob wir, jenen schief gewickelten Jünglingen eines verspäteten Tugendbundes vergleichbar, Keuschheit bis zum Ehebette oder ähnliche Mönchsqualitäten verlangten – mitnichten: unsere sittlichen Forderungen sind anderer Art, aber: wir postulieren sie und lassen nichts abhandeln. Sie werden es, mein sehr geehrter junger Herr, dulden müssen, daß wir Sie auf gewisse innere Krankheiten abklopfen, als da sind: Insuffizienz des Herzens gegenüber den Anforderungen der Ehre und des Bierkomments, der Treue und anständiger Gesinnung, der Unterordnung unter allgemeine Korpspflichten und der Selbstzucht eines echten Korpsstudenten, der sich vor den übrigen Studienbeflissenen nicht bloß durch Band und Mütze auszeichnen will. Wir werden uns also, bis Sie immatrikuliert sind und der C. C. zum Zwecke der Aufnahme ins weitere Korps zusammentritt, erst ein wenig mit Ihren inneren Schönheiten beschäftigen müssen.

Wir werden Sie kritisch belauern, ehe wir Sie mit dem orange-blauen Fuchsbande der Pomerania begnaden. Mag es immerhin Ordensbänder geben, die für Geld und Allüre verliehen werden: das orange-blaue Band ist dafür nicht zu haben, geschweige denn das orange-blau-silberne. Dieses fällt nur den ganz erprobten Rittern und Edelleuten zu. Ich scherze nicht, mein Herr. Ich drücke mich vielleicht spaßhaft aus, aber ich scherze nicht. So kann man ja auch vielleicht die Äußerlichkeiten des deutschen Korpsstudententums spaßhaft finden, aber die korpsstudentische Sache ist etwas Ernstes. Wenigstens wir, die jetzt Pommern heißen, aber eine ältere Farbe und Tradition vertreten, halten sie als etwas Ernstes und Bedeutendes hoch. Vergessen Sie das, bitte, ja nicht über den Ausgelassenheiten und Späßen auf unseren Kneipen, zu denen ich Sie jetzt geziemend« (er hob grüßend den Stürmer) »einzuladen die Ehre und das Vergnügen habe.«
Henry lauschte, neben den drei orangenen Stürmern einherschreitend, dieser Rede mit großer Aufmerksamkeit und gewann mehr und mehr das Gefühl, seinem Sterne wieder einmal mit sicherem Gefühle gefolgt zu sein. Schon daß der Student, der ihn als erster angesprochen hatte, denselben Namen führte wie »die Frau«, war ein entschiedener Wink des Schicksals. Grau wie Mondlicht hinter Wolken blinkte ihre Perle an seinem Finger, aber wie die Sonne selbst leuchteten die drei phrygischen Mützen Pomeranias, zwischen denen er sich jetzt schon wie ein Auserlesener vorkam.

Die Gretchenfrage

An einem alten, aber sehr behaglich aussehenden Gasthause, das sie ihm fürs erste zum Absteigen empfahlen, weil es zu der Tradition ihres Korps gehörte, seine Keilfüchse ihm für die erste Nacht anzuvertrauen, verabschiedeten sich die drei Korpsburschen von Henry mit dem Versprechen, daß der kleine Sturm ihn hier zur Kneipe abholen werde.
C. B. Kuttler schien etwas kritisch gestimmt, als die drei vor dem Gasthofe auf und nieder gingen, gleichsam als wollten sie verhüten, daß der frisch gefangene Vogel ihnen heimlich entflöge.

»Du wirst ihm nachher,« sagte er, nicht eben sehr wählerisch im Bilde, zu Sturm, »nachher die obligaten Würmer aus der bedenklich gebogenen Nase ziehen, Dicker. Über alle Zweifel erhaben scheint mir der Jüngling nicht zu sein. Daß der Knabe Gelder schwingt, lehrt der Augenschein. Du brauchst in diesem Punkte die üblichen Fragen kaum zu stellen. Er schwingt vermutlich mehrere alte Hüte davon, und zwar gefüllt bis an die Krempe. Vielleicht sogar zu viel. Auch seine Lebensart dürfte Wesentliches nicht zu wünschen übriglassen. Aber seine Adlernos ist mir verdächtig. Du mußt ihn nach dem Taufschein fragen. Die Nachkommen des braven alten Sem sind zwar sehr schätzenswerte und brauchbare Staatsbürger, aber ins Korps passen sie, wie der Mops zur Falkenjagd. Das Fechten kann man den Enkeln der Makkabäer am Ende angewöhnen, das Saufen nie. Ich weiß, wir haben selber ein paar jüdische alte Herren, und es besteht kein Anlaß, sich ihrer zu schämen, aber ich kann mir nicht helfen: es kommt mir immer vor, als mokierten sie sich im Grunde ein bißchen über uns. Der S. C. sollte sich niemals prinzipiell gegen die Aufnahme von Juden festlegen; das widerspricht seinen Grundsätzen; aber der Teufel soll mich holen, wenn ich jemals dafür stimme, daß ein Mosaiker bei uns renonciert.«
»Das kannst du natürlich halten, wie du willst,« antwortete darauf der dritte Pommernbursch, ein sehr langer, schlanker, biegsamer junger Mann, an dem sofort die schönen, dunkelbraunen Augen und ein bestechender Zug von unschuldiger Männlichkeit auffiel, »aber es bleibt eine direkt kommentwidrige Voreingenommenheit. Wenn in den Burschenschaften, wo die Juden zum Teil überhandgenommen haben, im Anschluß an recht wenig erfreuliche Zeitströmungen eine antisemitische Richtung aufkommt, so läßt sich das am Ende begreifen, weil ihnen gewisse »teutsche« Simpelhaftigkeiten anhaften, und weil sie überhaupt die Schwäche haben, sich durch Aktuelles beeinflussen zu lassen, aber ein Korpsstudent muß auch über einen jüdischen Kommilitonen unbedingt und rein objektiv urteilen. Für uns gibt es weder eine konfessionelle, noch eine Rassenfrage, mag die Tagespolitik derlei Blasen aufwerfen oder nicht. Wir nehmen auch einen Chinesen auf, wenn er ein anständiger Mensch von ritterlicher Gesinnung und bereit und imstande ist, sich uns zu assimilieren.

So wenig der echte deutsche Adel verjudet werden kann, so wenig kann es der S. C., wenn er nur den jüdischen wie allen anderen Studenten gegenüber auf strenge Auswahl hält.«
C. B. Kuttler grinste spöttisch und sprach: »Ich revoziere und depreziere und erkläre meine Privatmeinung für unkorpsstudentisch und fast gemein, denn ich möchte nicht, daß der zukünftige Kultusminister Kurt von Siebeneichen sich eines Tages meiner mit Beschämung erinnert, wenn eine Professur für Kulturgeschichte frei wird, für die ich mich jetzt schon in allerergebenste Vormerkung bringe. Aber, lieber Kurt, deinen Liberalaristokratismus in allen Ehren; vielleicht gelingt es dir, ihn einmal im öffentlichen Leben durchzusetzen, aber dann wirst du sehr bald genötigt sein, dein Ministerportefeuille an Herrn von Cohn abzugeben, der deinen schönen Gesinnungen zwar vielleicht weniger ähnlich sehen wird, als du, aber viel mehr Machtmittel an den Tag legen dürfte, sie in Szene zu setzen. Da du es offenbar darauf absiehst, daß ich ernst rede, Kurt: Ich besitze nicht deine schöne Zuversicht, daß der S. C. gegen Verjudung gefeit ist. Er ist es so wenig, wie alles übrige Deutsche. Wir sind in demselben Maße schwach wie die Juden stark sind. Ich habe, gottverdammich, Respekt vor dieser in der Tat auserwählten Nation, die uns mit einer gefährlichen Liebe liebt. Es ist die Liebe des Efeus zur Eiche. Jedenfalls möchte ich einstweilen nicht zu den sonderbaren Forsttheoretikern gehören, die dieses üppige Schlinggewächs im deutschen Walde eigenhändig pflegen, und sei es auch bloß innerhalb des Pflanzgartens der deutschen Korps.«
Kurt von Siebeneichen blieb seinerseits eine Replik nicht schuldig, und so kam es zu einem recht lebhaften Niederschlag der in jenen Jahren im öffentlichen Leben heftig akuten Diskussionen über die prinzipielle Stellung zum Judentum, bis der kleine Sturm dem Gerede mit der Bemerkung ein Ende machte, er pfeife auf die Leitartikel und wolle sich lieber zu dem kostbaren Keilfuchs begeben, der sonst womöglich auch auf törichte Gedanken käme, weil ihm vielleicht Kuttlers Nase nicht gefiele.
»Ich bringe ihn heute auf die Kneipe, und da werden wir ja sehen, ob er die nötige Zahl Kännchen saufen kann.«

*

Der kleine Sturm war nicht wenig erstaunt, auf die Frage, welches Zimmer der von ihnen abgeladene Spefuchs genommen habe, die Antwort zu erhalten: sämtliche Vorderzimmer des ersten Stockes.

– Heiliger Strohsack, dachte er bei sich, sollte Kuttler doch am Ende recht haben? Auf solch einen Einfall kann doch nur ein leiblicher Sohn oder Vetter des gewaltigen Rothschild kommen. Was in aller Welt tut denn ein einzelner Mensch mit vier Zimmern, von denen das eine groß ist wie eine Reitschule? Man hat doch nur einen Leib ins Bett zu legen?

Er klopfte nicht ohne eine gewisse Befangenheit an Nummer eins an. Der Hausknecht des Gasthofes, in diesem Gemache damit beschäftigt, Henrys Kleider auszupacken und in den Schrank zu hängen, öffnete ihm und erklärte, der Herr Baron befinde sich in Nummer drei.

– Aha, dachte sich Sturm Pomeraniae, der Herr Baron! Man avanciert geschwinde, wenn man vier Zimmer in Anspruch nimmt. Ein gefährlicher Keilfuchs, auch wenn er getauft ist und vom alten Teut abstammt. Kuttler hat wieder einmal Nase bewiesen. Jetzt gilts, sich nicht imponieren zu lassen.

Er stieß seinen Stock ein paarmal auf und rief: »Sind Sie zufällig gerade nackt, Herr Hauart, oder können Sie sich zeigen?«

»Nicht nackt, aber im Schlafrocke,« riefs hinter zwei Türen. »Wenn Sie gestatten, daß ich in dieser Verfassung vor Ihnen erscheine, so bitte ich, einzutreten.«

– »Und wenn Sie im Hemde wären, schätzbarer Herr, kommen Sie nur. Wir sind ja unter uns Pfarrerstöchtern.«

C. B. Sturm drückte auf die Klinke und trat gleichzeitig mit Henry ins Zimmer.

»Heilige Spritzkanne!« rief er aus, »welch unvergleichlicher Nachtmantel wabert um Ihre Lenden! Mit diesem angetan können Sie sich jederzeit zum Bürgermeister von Lichtenhain ausrufen lassen!«

Henry zog die Augenbrauen zusammen. Ironie vertrug er nur schwer, und wenn sie sich an seinen Schlafrock heftete, gar nicht.

»Ein Erbstück meiner Familie,« erwiderte er kurz.

Darauf der kleine Sturm: »Bitte um Entschuldigung; es

war nicht böse gemeint. Überdies steht er Ihnen vorzüglich und beweist mir aufs neue, daß Sie bei Pomerania aktiv werden müssen. Denn sein Gelb ist unserm Orange sehr nahe verwandt. Auch begreife ich jetzt, warum Sie eine ganze Zimmerflucht gemietet haben, was vor Ihnen nur ein Herzog von Kurland im siebzehnten Jahrhundert getan hat. Man braucht, um einen solchen Mantel zur Geltung zu bringen, entschieden vier Zimmer. Ich gratuliere Ihnen zu diesem Familienstück, Ihnen und uns, denn es beweist, daß Sie einem pomeraniafähigen Hause entstammen.«
Dies hatte er so ernsthaft gesprochen, daß es Henry für bare Münze nahm.
»Ich würde es mir«, entgegnete er, »nicht herausnehmen, mich bei einem vornehmen Korps vorzustellen, wenn ich befürchten müßte, meiner Abstammung wegen einen Refüs zu bekommen. Es dürfte genügen, wenn Sie sich in München oder Hamburg nach dem Namen erkundigen, den ich führe.«
Wie gerne hätte er mehr gesagt, aber er sah wohl ein, daß die Stunde, den Schleier von seinem Geheimnisse zu lüften, noch nicht gekommen war.
Bernhard Sturm Pomeraniae aber ermannte sich zu dem berühmten Alexanderhiebe, mit dem man lästige Knoten zerhaut, die aufzudröseln schwierig und langweilig ist. Er nahm ein munteres Lächeln an und sprach dabei doch feierlich: »Nun sag, wie hast dus mit der Religion?«
– »Womit?«
Henry begriff ganz und gar nicht, warum dieser offenbar nicht bei der theologischen Fakultät eingeschriebene Pommernbursch sich bemüßigt sah, mit Gretchenworten eine Gewissensfrage an ihn zu richten.
Sturm lachte: »Es liegt uns natürlich fern, einen Gewissenszwang auf Sie ausüben zu wollen, Herr Hauart, und Sie dürfen auch als Pommernfuchs auf die Fasson selig werden, die Ihnen Ihr – Taufbuch vorschreibt. Aber, na, kurz, wir legen Wert darauf, daß sie in einem Taufbuch und nicht in einer Beschneidungsrolle steht.«
Obwohl er jetzt beinahe konvulsivisch lachte, fühlte sich Henry doch aufs ärgerlichste beleidigt. Mochten alle Einflüsse des Krakerschen Hauses von ihm abgefallen sein wie dürre Rinden: eines war seltsamerweise geblieben: das

Gefühl eines unsäglichen Hochmutes gegenüber dem Begriffe Jude. Er hatte darüber nie nachgedacht, hatte auch irgendwelchen antisemitischen Reden niemals Gehör geschenkt; es stand in ihm einfach fest: alles Jüdische ist Unterschicht.

Und nun wagte man hier, wenn auch in scherzhafter Form, die Möglichkeit anzunehmen, er, Henry Felix Hauart, er, der wahrscheinlich noch viel mehr war als ein Hauart, er, er könnte ein – Jude sein! Welche widerwärtige Absurdität!

Henry erhob sich heftig und stolz und kräuselte seine Lippen so indigniert, wie es habsburgischen Lippen bei deratig frevelhaften Zumutungen ziemt. Und sprach sehr kühl und betont: »Darauf habe ich keine Antwort, mein Herr.«

Aber der kleine Korpsbursch lachte nun erst recht und rief: »Dann ziehen Sie sich also schleunigst an und kommen Sie mit auf die Kneipe! Es war selbstverständlich nicht mein Ernst. Sie werden noch brutalere Scherze bei uns erleben. Außerdem ist es ja doch das modernste Gesellschaftsspiel, jeden bei jeder Gelegenheit nach seinem Taufschein zu fragen. Ich bin überzeugt, als sich Prinz Wilhelm bei Borussia-Bonn vorstellte, war die erste Frage an ihn: Königliche Hoheit sind doch hoffentlich kein Jude?«

Diese Argumentation gab dem beleidigten Henry seine gute Laune wieder. Er lachte mit und verfügte sich dann in sein Ankleidezimmer, aus dem er in vielleicht etwas zu feierlicher Gewandung zurückkehrte, denn er hatte es für angebracht gehalten, sich in einen schwarzen Gehrockanzug zu tun.

Korps und Kloster

Zwischen den hellblauen, silberverschnürten Kneipjacken und den orangenen Stürmern der Pommern nahm sich Henry in seiner Bratentracht einigermaßen wunderlich aus, aber das merkte weniger er, als die anderen.

Er war wie benommen von diesen Farben, zu denen noch ein paar andere Mützen mitkneipender Korpsburschen befreundeter Korps, sowie die bunten Fahnen und Wappen an den Wänden kamen, alles in dem gelben Lichte zahlreicher, auf alten, messingenen Leuchtern stehender Kerzen, aber bereits schummerig umnebelt von Tabakswolken aus langen und kurzen Pfeifen. Dazu viel blitzendes Metall von strahlenförmig zusammengruppierten Schlägern, Säbeln und Spießen, und das mattere Blenden der wie in einer einzigen großen Glasfläche wirkenden, dicht nebeneinander gehängten Photographien und Silhouetten früherer Korpsangehöriger.

Es war schon ein Bild, das einen jungen Fuchs bezaubern konnte. Henry kam es schlechthin märchenhaft herrlich vor. Er empfand auch den Sinn dieser Buntheit und dieses Glanzes ganz wohl. Es ging ihm auf, daß das mehr als Maskerade, daß es der bewußte Ausdruck einer besonderen Sinnesart war, die, aus früherer Zeit überkommen, sich auch in der sehr nüchternen Gegenwart das Recht nicht nehmen lassen wollte, wie im Inneren ihrer alten Einrichtungen, so im Äußerlichen ihrer alten Gebräuche einen Damm gegen die nivellierenden Neigungen der Zeit aufzuwerfen.

Der erste Chargierte der Pommern, ein Herr von Spöckhoff aus Westfalen, im Korps Bismärckel genannt, weil er einem alten Hannoveranerbilde des Reichskanzlers ähnlich sah, begrüßte den so feierlich Erschienenen mit einer Ansprache. Er sagte: »Ich habe die Ehre und das Vergnügen, als erster Chargierter der Pomerania einen jungen Gast unter uns willkommen zu heißen, der, wie man mir berichtet hat, beabsichtigt, bei Pomerania zu renoncieren. Möge er sich wohl unter uns fühlen und den Eindruck gewinnen, daß er bei Pomerania finden wird, was er sucht. Ich möchte aber noch etwas mehr aussprechen, als diesen Wunsch. Ich möchte ihn auf den Sinn des Korpsstudententums hinweisen, wie ihn Pomerania auffaßt. Da stellen sich nun leicht große Worte ein, die aber meinem Gefühle nach sparsamer verwendet werden sollten, als es jetzt gemeinhin üblich ist. Ich will sie daher unterlassen und versuchen, unserem Gaste den Sinn des Korps mit einem Vergleiche darzulegen. Ich vergleiche nämlich, und zwar allen Ernstes, das Korpsstudententum dem Ordenswesen innerhalb der katholischen Kirche. – Donnerwetter nochmal! Sämtliche Füchse trinken einen Ganzen. Desgleichen Sturm, Kuttler, Winkler, Hanke, Karsten! Weiteres behalte ich mir vor. – Ihr lacht, weil ihr als Nichtkatholiken keine Ahnung vom

Ordenswesen habt und genauso verkehrt darüber urteilt, wie zahllose mangelhaft unterrichtete Leute über den S. C. – Der Vergleich hinkt natürlich, wie jeder, aber im wesentlichen ist er richtig. Auch bei den Mönchen verbirgt sich unter scheinbar leeren und oberflächlichen Äußerlichkeiten der Tracht und der ganzen Lebensführung etwas sehr Ernstes, nicht weniger nämlich als die einzige Möglichkeit, wirkliches Christentum zu leben. Und so haben die Mönche mit den altertümlichen Formen auch eine alte große Sache allein ganz in die Gegenwart gerettet, genauso wie wir auf anderem Gebiete. Auch sie sind exklusiv und auch sie begreifen sich, und mit Recht, als die einzigen ganzen Christen. Sie verhalten sich zur allgemeinen Christenschaft genauso, wie der Korpsstudent zur allgemeinen Studentenschaft. Zum Christentum gehört jeder, der getauft ist, Christentum leben tut nur der Mönch. Genauso, wie jeder Immatrikulierte der Studentenschaft angehört, aber nur der Korpsstudent wirklich Student, ganz Student, Urstudent ist. Und der Vergleich gilt auch ziemlich weit ins einzelne. Gleichwie sich der Korpsstudent vor der Masse der Studierenden nicht bloß durch Äußerlichkeiten und durch ein höheres Maß echt studentischer Genüsse auszeichnet, sondern auch höhere Pflichten hat, größere Ansprüche an sich stellt, so vice versa auch der Mönch. Auch er genießt alles Christliche intensiver, aber er muß dafür, von allem anderen abgesehen, auch recht viel menschliche Bequemlichkeiten opfern und allerhand Unannehmlichkeiten in Kauf nehmen. Genau wie wir. Auch sein Leben steht unter der Fuchtel der Selbstzucht. Dreimal in der Nacht aufstehen, um zu beten, ist ebensowenig ein Vergnügen, wie es ein Vergnügen ist, in aller Frühe auf Mensur anzutreten und sich zwanzig Flache auf die Backe hauen zu lassen. – Aber ich will sie ja nicht mit uns, sondern uns mit ihnen vergleichen, denn man vergleicht ziemlicherweise nur das Geringere mit dem Höheren. Und da sage ich nun: haben nicht auch wir Gelübde? Nicht so schwere freilich. Auf Armut und Keuschheit binden wir uns nicht, aber, und das sage ich unserm jungen Gaste mit vollstem Ernste, das Gelübde des Gehorsams bindet uns wie sie. Und hinzu kommt das Gelübde unbedingter ritterlicher Ehrenhaftigkeit und absoluter Treue zu unseren Farben. Diese Treue zu Orange-Blau-Silber heißt aber nur ein Bild der Treue in allen Lebensverhältnissen überhaupt. – Ich muß wieder den großen Worten ausweichen und komme nun, indem ich zuvörderst einen Ganzen pro poena meiner allzu langen Rede trinke« (tats) »zum Schlusse. Ich rufe unserem werten Gaste zu: Wollen Sie ein Student aus dem Grunde werden, so kommen Sie zu uns. Aber prüfen Sie sich vorher genau. Man ist nicht bloß zum Vergnügen Korpsstudent. Geißelung, Fasten und allerhand Enthaltsamkeit verlangen wir nicht, aber in die Kandare muß sich jeder rechtschaffene Pommer nehmen, gleichviel ob Renonce oder Korpsbursch. Das hindert nicht, daß auch wir uns zu einer ungeheuren Heiterkeit als zu einer unserer Lebensregeln bekennen, zu einem Übermut, bunt wie unsere Farben, und zu einem Selbstgefühl, groß wie diese Spritzkanne voll Lichtenhainer Bieres.

Viel eher wankt die Welt, als wir.
Pomerania seis Panier!«

Ein Salamander schloß sich der Rede an, bei dem nicht ein Fuchs nachklappte, obwohl Kuttler erklärte, es sei eine Schande, daß die Füchse immer noch nicht in den Geist dieser feierlichen Handlung eingedrungen seien. Überdies werde er sie von jetzt Nofüxe nennen, um den Zusammenhang zwischen ihnen und den Novizen der Klöster zu betonen. Worauf er wiederum einen Ganzen wegen Verhöhnung des ersten Chargierten zu trinken hatte.

Henry war starr über die Schnelligkeit sowohl wie über die Häufigkeit, mit der hier die Kännchen geleert wurden. Er fragte sich mehr als einmal, ob es seine Kraft nicht übersteigen werde, auch nur annähernd Ähnliches zu leisten. Diese erstaunlichen Gurgeln schluckten das Bier nicht hinab, sondern ließen es wie in einem Schlauch einfach hinabrinnen. Rätselhaft: wohin. Denn der Magen konnte es unmöglich sein, der alle diese Flüssigkeitsmassen aufnahm.

Aber auch das imponierte ihm. Es imponierte ihm alles: die Reden, die Lieder, die Bierjungen, die zeremoniellen Formeln und insbesondere alle diese prachtvoll sicheren und stolz vergnügten Leute, die zwar nach und nach betrunken wurden, aber auch in der Betrunkenheit nicht aufhörten, eine gewisse Haltung zu bewahren. Die Stimmung wurde immer übermütiger, die Scherze immer derber, die Lieder immer verwegener, aber das Ganze blieb, wie jeder Einzelne, in einer unverrückbaren Form, wie mit Klammern vom Komment zusammengehalten. Selbst die Ausgelassenheit unterm Dampfe des Alkohols wurde nicht zur Zügellosigkeit. Mehr noch als das geschriebene Gesetz des Komments herrschte das ungeschriebene einer bestimmten, durch Erziehung fortgepflanzten Tradition, die es nicht zuließ, daß irgendwer, der die Pommernfarben trug, sich, wie der Korpsausdruck lautete, direktionslos aufführte.

Auch Henry wurde betrunken, aber auch er nahm sich zusammen, und so fand man schließlich allgemein, daß er offenbar die nötige Begabung zu einem Pommernfuchs besäße. War man anfangs mehr reserviert gewesen, so wurde man gegen Ende der Kneipe auch ihm gegenüber kordialer, und es wäre, auch wenn man es sich nicht mit Kommenthöflichkeit verbeten hätte, ein Ding der Unmöglichkeit gewesen, allen den Ganzen nachzukommen, die auf sein spezielles Wohl geleert wurden. Er kam sich sehr gefeiert vor und glaubte zu bemerken, daß man seinen Eintritt offenbar besonders hoch wertete. Und so war es ihm gar nicht zweifelhaft, daß er in Kürze den orangenen Stürmer tragen und später einmal eine Rolle unter den Pommern spielen werde. Ah, er wollte schon auch dereinst »junge Gäste« begrüßen, wie Herr von Spöckhoff! Er wollte schon auch durch Vergleiche verblüffen! Er sah sich bereits, den Schläger in der Hand, an der Stelle des ersten Chargierten.

Und er überlegte sich, mit welchen großartigen Dedikationen für das Kneipzimmer er Pomerania bei seinem Eintritt überraschen wollte. Man sollte es schon merken, daß man mit ihm eine besonders gute Akquisition gemacht hatte. Er konnte dem Korps einmal sehr von Nutzen sein! Bowlen wollte er anfahren lassen, noch königlicher als in Hamburg! Diese gelbe molkige Brühe war ja ein direkt unwürdiges Getränk. Das mochten die Burschenschafter saufen!

In diesen Reformideen wurde er durch C. B. Kuttler unterbrochen, der ihn anrief: »Herr Hauart, wo sind Sie? Noch ists nicht Schlafenszeit, wenn auch Ihre Äugelein, wie Fettnäpfchen schwimmend, klein, wenn sie ausgehen wollen,

sein. Jetzt kommt noch der Schlußkantus, das hochherrliche Pommernlied, das uns unser poetischer M. C. Fritz Böhle Teutoniae, Normanniae gedichtet hat, wofür ihm mit Recht der Name Schniller geworden ist. Prost, Schniller, sollst leben!«
»Prost, Kuttelsack, ich komme mit,« antwortete ein älteres Semester mit zwei Bändern und einer hellroten Mütze; »aber Herr Hauart schläft mitnichten.«
»Was?« schrie Kuttler entsetzt auf, »unser junger Gast schläft mit nichten? Das ist ja beinahe Inzest und geht über das polygame Murmeltier!«
Und er sang:

»Das Murmeltier kann lieben
Der Murmelweibchen zwei, drei, vier,
Das kleine Murmeltier.
Polygamie, polygamo,
Polyagamiamiamo,
O kleines Murmeltier!«

»Kuttelsack trinkt einen Ganzen wegen unangebrachter Obszönität in Form der Produktion unzüchtiger Lieder, die nur auf die Spielkneipe gehören,« entschied der jetzt präsidierende Herr von Siebeneichen. »Außerdem soll er sich mindestens zehn Minuten lang schämen.«
Kuttler ließ mit der Schnelligkeit des Gedankens den Inhalt eines Kännchens in seinem Interieur verschwinden und sagte dann: »Ich erröte, aber ich muß mich doch fragen, warum Schniller straffrei ausgeht, obwohl er unserem werten Gaste eine moralisch verwerfliche Handlung angedichtet hat. Oder ist diesen Dichtern wirklich alles erlaubt? Dann sattle ich um und studiere Dichter!«
Der Zweibänder-Mann, ein sehr blaß und müde, dabei aber auch sehr gescheit aussehender Herr, der im ganzen wenig sprach und auch trank, entgegnete: »Kuttelsack hat die Phantasie eines ganzen Männervereines zur Bekämpfung der Unsittlichkeit. Ich wollte sagen: Herr Hauart schläft mitnichten; vielmehr er dichtet!«
»Ist das etwa eine weniger unmoralische Insinuation?« rief Kuttler. »Ist es erlaubt, seine eigenen moralischen Defekte bei jedem anderen schlankweg vorauszusetzen? Herr Hauart, lassen Sie sich das gefallen?«
Henry lächelte so fein, als es ihm möglich war, und ant-

wortete: »Ich dichtete zwar nicht jetzt, aber ich kann nicht leugnen, daß ich es schon zu wiederholten Malen getan habe.«

Da erhob sich der dritte Chargierte der Pomerania in seiner ganzen Größe und rief den C. B. Sturm an: »Sturm, du bist mein Bierjunge! Du hast uns einen Dichter eingeschmuggelt! Du bist eine Verschwörernatur! Ein Catilina! Ein Carbonaro! Ein gefährliches Element! Du willst aus Pomerania einen Literaturklub machen! Wir sollen nicht mehr auf Schläger, Säbel und Pistolen, sondern auf Sonette, Madrigale und Sizilianen ohne Binden und Bandagen losgehen! Du bist mein Bierjunge! Aber der Teufel soll mich holen, wenn ich ihn in lyrischer Limonade ausfechte!«

Und er brachte es wirklich noch fertig, den kleinen Sturm auf der Stelle mit einem derartig schnell hinabgestürzten Ganzen zu besiegen, daß Beifall von allen Seiten ihn umbrauste.

Dann erhob sich gewaltig Fritz Böhles Pommernlied.

Schlägerschlag auf den Tisch.

»Silentium für den ersten Vers!«

Pomerania seis Panier!
Denn die Pommern pummern.
Jeden Morgen schlemmen wir
Kaviar und Hummern,
Trinken Lichtenhainer Bier,
Gilka, Rum und Malvasier,
Denn die Pommern pummern.

»Silentium für den zweiten Vers!«

Pomerania seis Panier!
Denn die Pommern pummern.
Vormittags da fechten wir
Eins, zwei, drei, vier Nummern.
Hochquart, Hakenquart, Durchziehr,
Krumm der Speer, genannt Rapier,
Denn die Pommern pummern.

»Silentium für den dritten Vers!«

Pomerania seis Panier!
Denn die Pommern pummern.
Nachmittag da gehen wir
Ins Kolleg zu schlummern.
Leibfuchs, und das sag ich dir:
Fleiß ist Tugend und Pläsier,
Denn die Pommern pummern.

»Silentium für den letzten Vers!«

Pomerania seis Panier!
Denn die Pommern pummern.
Kommt der Abend, lassen wir
Den Komment uns kummern.
Sieben Ganze komm ich dir,
Leibbursch, allerschönste Zier,
Denn die Pommern pummern.

»Ein Prosit dem Dichter und den Sängern!«
Henry konnte nicht umhin, einen Ganzen auf das spezielle Wohl des poetischen Zweibänder-Mannes zu trinken, mit dem er aber doch einmal in scharfe dichterische Konkurrenz zu treten gedachte.
Damit war er endgültig an der Grenze seiner Leistungsfähigkeit angelangt und mußte von einem Fuchs in sein Gasthaus gebracht werden.
»Paß auf, Kleiner!« rief Sturm dem auch schon Schwankenden nach, »du mußt ihn über die Türschwelle zwischen Zimmer drei und Zimmer vier legen, damit er wirklich etwas von seiner Etage hat.«
»Ein ganz netter Kerl,« meinte er zu den anderen, »aber er hat einen Gehirnfehler.«
– »Was?«
– »Er hat die fixe Idee, daß ein Mensch zum Übernachten vier Zimmer braucht.«
»Wenn er sich nur auf der Mensur auf den Krux beschränkt, meinte Kuttler, der einen gewissen Soupçon immer noch nicht los wurde.

Die Renonce

Als Herr Henry Felix Hauart Pomeraniae, stud. phil. et rer. nat. (doppelt genäht, hält besser, und hier tat eine gute, äußere Naht besonders not) zum ersten Male im Schmucke des orangenen Stürmers und des Pommernfuchsbandes den Korpsbummel mitmachte, war in korpsverständigen Philisterkreisen nur eine Stimme darüber, daß die Pommern diesmal aus dem Schlangentopf der Füchse den prächtigsten Aal gezogen hätten. Aber auch die grau-rosa-grünen Troglodyten, die blau-rot-schwarzen Friesen und die schwarz-weiß-blauen Altenburger verhehlten es sich nicht,

daß der jüngste Pommernfuchs wirklich nach den Millionen aussah, mit denen ihn die Legende schon von dem Augenblicke an gloriolengleich umgeben hatte, als es ruchbar geworden war, daß er ganz allein die erste Etage des Elefanten bewohnte.
»Pomerania cacabit in modum äh-bäh!« meinte in klassischem Latein der erste Chargierte der Friesen; »man wird bei einem so glänzend equipierten Renommierfuchs nicht umhin können, feudal zu werden.«
Immerhin war sowohl das Lateinische wie das Deutsche seiner Kritik etwas neidgedüngt.
Besonders erfreut über die glänzende Akquisition der Pommern waren alle Gewerbetreibenden, bei denen ein Mitglied des Korps in der Kreide stand. Aber es gab auch mehr als ein junges Mädchen, dem dieser neue Pommernfuchs besonders interessant deuchte.
»Wie stolz er aussieht!«
»Wie verächtlich er um sich blickt!«
»Wie nobel er angezogen ist!«
Leider war C. B. Kuttler, den Henry als Leibburschen erhalten hatte, über den letzteren Punkt anderer Meinung. Er nahm Henry auf dem Frühschoppen beiseite und hielt ihm folgende Standpauke. »Hör mal, Leibfuchs, dein Schneider gefällt mir nicht. Der Mann muß anders werden, oder er muß seine Erzeugnisse dem Genius loci und Pomeraniae anpassen. Es geht ja die Sage, daß es Korps gibt, bei denen die Chargierten nach dem mehr oder weniger patenten Schnitte der Überzieher gewählt werden. Ich weiß nicht, ob das wahr oder ein schändlicher Witz ist, aber ich schwöre dir, daß Pomerania zu diesen Korps nicht gehört. Dein hechtblauer Überzieher mit talergroßen Perlmutterknöpfen mag sich für einen primo Tenorio eignen; für einen Pommernfuchs ist er ein schlechthin unanständiges Kleidungsstück. Schenk ihn unserem Korpsdiener, daß er seiner Gattin einen Unterrock daraus machen läßt, und aus den Perlmuttertalern seiner Schwiegermutter eine Ehrenkette. Von dem übrigen will ich schweigen; es mag zur Not angehen, wenn das Zeug einmal nicht mehr so gräßlich neu aussieht. Aber, Leibfuchs, du hast da so Dinger unter den Hosen herausgucken; man nennt sie, wenn ich nicht irrig bin, Gamaschen. Diese abzutun befehle und gebiete

ich dir bestimmt. Auch für sie wird Matschke eine bessere Verwendung haben. Er kann sie bei feierlichen Gelegenheiten als Krawatte tragen.«
Was blieb dem also gerüffelten Fuchs nach dieser glänzenden Abfuhr anderes übrig, als sie auf der Stelle auszuziehen? Sie kamen mit einem Zettel, auf dem geschrieben stand »Henry Felix Hauarts Verirrung« ins Pommern-Museum.
Aber ach, es war das nicht die einzige Standpauke, die Henry über sich ergehen lassen mußte. Dieser kritische, nie um ironische Spitzen verlegene Leibbursch hatte unendlich viel an ihm auszusetzen. Im Vergleich mit C. B. Kuttler war Pastor Südekum noch säuberlich mit ihm umgegangen.
Das war die berühmte Burschenfreiheit?
Aber freilich: er war ja noch kein Bursch, war bloß ein Fuchs, in der S. C.-Sprache sogar um die Qualifizierung als etwas Männliches gebracht: eine Renonce. Kein Wunder, daß man auch seine männlichen Funktionen, soweit sie das Gebiet des Fechtens und Trinkens verließen, behindern wollte. Er war schließlich auf sein Stubenmädchen angewiesen und auf das, was er »Dorfmenscher« nannte.
War das die Vornehmheit des Korps? Das war doch einfach kulturlos. Und was anderes als Unkultur war dieses unmäßige Saufen eines scheußlichen, billigen Dünnbieres?
Dabei keine Möglichkeit einer Änderung. »Steig in die Kanne, Füchschen; schleck, Füchschen; trink Rest, bis du wieder gesund bist!«
Dieses und ähnliches erhielt er zur Antwort, wenn er auch nur ganz von ferne kulturellere Ideen anzudeuten sich vermaß.
Er war ein Nichts, eine Null, ein Knabe, den man nach spartanischen Prinzipien erzog. Er gehörte ja nicht einmal dem eigentlichen Korps an. O nein: nur in den Vorhof war er zugelassen. Der fehlende Silberstreifen in seinem Bande sprach es deutlich genug aus: du bist noch gar kein richtiger Pommer.
War er nicht geradezu ein Diener der C. B. C. B.? Verflucht richtig war Spöckhoffs Vergleich mit dem Mönchstum gewesen. So sind ja auch die Novizen halb und halb dienende Brüder.
Am empfindlichsten war es ihm, daß sein Geld gar nicht zu

imponieren schien, daß man ihn vielmehr geflissentlich daran hinderte, es zur Geltung zu bringen. Vergeblich wartete er auf den Moment, daß ihn ein Korpsbruder anborgen würde.

So blieb er, der gewöhnt war, sich durch sein Geld die Menschen schnell und mühelos zu verbinden, im Korps so gut wie isoliert, und an eine irgendwie prominente Stellung war, das lehrte jeder Paukboden, jede Kneipe, jeder Bummel, gar nicht zu denken, solange er sich noch im Zustande der Renoncenschaft befand. Es galt also wieder einmal, sich zu ducken und auf bessere Zeiten zu hoffen. Aber es fiel ihm das jetzt schwerer als damals in der ersten Hamburger Zeit, bevor er die Bäume der Erkenntnis geschüttelt und nebenbei erkannt hatte, daß er in der Anwartschaft auf seine Millionen ein Mittel besaß, andere zu ducken.

Ein recht unerquicklicher Zustand, zumal da auch körperhafte Unbehaglichkeiten hinzukamen. Das gewaltige Saufen bekam ihm übel. Er war ewig verkatert und außerdem müde und matsch, da er der ortsüblichen Venus immerhin mehr huldigte, als sich mit andauerndem und heftigem Gambrinuskult verträgt. Auch ließ er es leider bei den allerhand Getränken, die außer dem Bier gemeinsam konsumiert wurden, nicht sein Bewenden haben. Das eine seiner Zimmer wurde zu einem wahren Schnapsmuseum, obwohl es unter den Korpsburschen nicht an vernünftigen Leuten fehlte, die gegen diese Institution Einwendungen hatten. Indessen die Mehrzahl, und darunter auch Leibbursch Kuttler, erwiesen sich in diesem Punkte als schwach.

Anfangs hatte er es ihm zwar verbieten wollen, andauernd im Elefanten zu wohnen, weil er wohl die Empfindung hatte, daß das bedenkliche Folgen für den »Jüngling mit dem goldenen Kandelaber«, wie er ihn seines Geldes wegen gerne nannte, haben konnte. Aber schließlich hatte es ihm selber gefallen, hier immer einen ganzen Musterkeller besserer Spirituosen und auch jederzeit Delikatessen der ihm sehr sympathischen scharf gesalzenen und marinierten Art vorzufinden. Kuttelsack war die Honorigkeit selbst; er würde auch in den bedrängtesten Momenten nicht daran gedacht haben, seinen Leibfuchs etwa anzuborgen, und er würde gegen jeden Demission beantragt haben, der das getan hätte. Aber gegen Sherry Brandy, Scotsh Whisky und dergleichen war er, trotz seiner sonstigen innigen Abneigung gegen die vereinigten Königreiche und ihre »greulichen Eingeborenen«, wehrlos. »Der Mensch soll niemals kneifen,« war sein Grundsatz, »also auch nicht vor Schnäpsen.«

Aber was der Korpsbursch vertrug, vertrug nicht auch die Renonce. Zwar schien es Henry, als ob er seinen Magen neu aufsteifte mit diesen scharfen Produkten englischer Destillation, wenn er von den allzu großen Massen dünnen Weißbieres flau geworden war, aber weder vertrug der allzu heftig mißbrauchte Magen diese Beiz- und Reizmittel, noch erwiesen sich Nerven und Gehirn als stark genug dazu.

Es dauerte nicht gar lange, und Henry zeigte die deutlichsten Symptome allgemeiner Angegriffenheit, zuerst jenen unschönen Tatterich, das Händezittern, das nur erneuter Alkoholzufuhr wich, und dann den gleichfalls nur durch Spiritusaufgüsse zu bannenden Zustand blöde glotzenden Stumpfsinns.

Im Verkehr mit den Korpsbrüdern zeigten sich diese hier wahrhaftig viel zu früh auftretenden Erscheinungen kaum je, denn Henry verließ den Elefanten nie, ohne zuvor reichlich aufgegossen zu haben, aber, wenn er zu Hause und allein war, fiel er manchmal ganz greisenhaft jämmerlich zusammen.

Fritz Böhle, der Dichter des Pommernliedes, der von Anfang an ein gewisses Interesse für ihn an den Tag gelegt hatte und schon öfter bei ihm im Elefanten erschienen war, in der Tat nicht so sehr der Schnäpse wegen, als aus Interesse an dem jungen Fuchs des befreundeten Korps, traf ihn eines Tages in einem ganz und gar desolaten Zustande an.

Henry saß, in seinem seidenen Schlafrock fast verschwindend, in einem weitarmigen alten Polsterstuhle und streichelte, blöde vor sich hinstarrend, die Statuette des reitenden Kosaken. Es war zur Dämmerstunde an einem Mittwoch, und Böhle wollte ihn eigentlich zur Kneipe abholen.

»Gott, wie sehen Sie denn aus, Gamasche!« rief er ihn bei dem Spitznamen an, der ihm vom ersten Tage seiner

Aktivität her geblieben war, »Sie sind ja krank! Zeigen Sie mal den Puls und die Zunge! – Sie können heute unmöglich auf die Kneipe gehen.«
»Ich habe mich schon entschuldigen lassen,« antwortete Henry und reichte ihm die zitternde Rechte.
»Das ist vernünftig,« meinte der vor der dritten Station seines Staatsexamens stehende cand. med., »obwohl es Ihnen Kuttelsack niemals verzeihen wird. Aber warten Sie, ich schreibe eine Karte auf die Kneipe und bleibe, wenn es Ihnen recht ist, eine Weile bei Ihnen. Ich bin Ihnen gesünder, als die kleine Lina, die Sie offenbar viel zu häufig frequentieren. Das Mädel kanns aushalten, denn sie säuft nicht auch, aber für Sie ists Gift, Gamasche. Man kann nicht zween Herren dienen, zumal wenn der eine ein Thüringer Bauernmädel ist. Die kann eine ganze Fuchsgeneration unter die Greise bringen, und dann geht sie hin und kriegt als brave Ehefrau zwölf Kinder. Eine bewundernswerte Rasse. Lieb Vaterland, kannst ruhig sein.«
Dann schrieb er auf eine Visitenkarte: »Gamasche ist wirklich krank, nicht bloß schlapp. Aber es wird vorübergehen, wenn sie ein paar Tage im Korbe bleibt. Ich leiste ihr Gesellschaft. Schniller.«
Dann wandte er sich, nachdem er Friedrich mit der Karte weggeschickt hatte, an Henry: »Haben Sie keine Angst, Gamasche. Ich will Ihnen keine Gardinenpredigt halten. Die hören Sie so schon genug, und es ist nicht mein Amt. Übrigens sage ich nicht, daß Kuttelsack nicht unrecht hat, wenn er Sie piesackt. Er hat als Ihr Leibbursch sogar sehr recht. Sie sind noch eine recht mangelhafte Renonce, im allgemeinen sowohl, wie im besonderen.«
»Aber Sie reden ja nichts als Gardine, Herr Böhle,« meinte kläglich Henry.
– »Ich konstatiere bloß, Gamasche. Aber nennen Sie mich bitte Schniller. Wir sind ja Kollegen.«
– »Ich? Du lieber Gott! Seitdem ich Renonce bei Pomerania bin, habe ich keinen Vers mehr geschrieben.«
– »Glauben Sie denn, daß ich Verse geschrieben habe, wie ich bei Teutonia renoncierte? Ich habe mich damals aber auch nicht so ausgiebig mit Stubenmädchen abgegeben.«
– »Vermutlich, weil Sie Besseres hatten in Bonn.«
– »Besseres? Versündigen Sie sich nicht, Gamasche. Dienst-

mädchen sind gar köstliche Dinger, und jeder junge Mann soll Gott auf den Knien für die Gnade danken, wenn er ihm so eine gutmütige dienende Kreatur gönnt.

Nec sum ego Tantalide major nec major Achille.
Quod decuit reges, cur mihi turpe putem?

Vergessen Sie das niemals, Gamasche, solange Sie noch ein Wort Lateinisch verstehen. Auf Deutsch hats Wilhelm der Erlauchte so ausgedrückt:

Ein jeder Jüngling hat nun mal
nen Hang fürs Küchenpersonal.«

– »Mein Geschmack ists nicht.«
– »Um so schlimmer für Sie. Aber ich begreifs. Sie sind zu reich, Gamasche, als daß Sie Natürliches echt vertragen und schätzen könnten. Sie brauchen Luderzeuggeruch und Schminke. Aus ungefähr demselben Grunde sind Sie auch eigentlich nicht fürs Korps geschaffen, wenigstens nicht für das Korps in seiner ursprünglichen Form. Auch das ist für Sie zu primitiv. Sie brauchten ein Korps, das zwar noch die alten Allüren hätte, denn die sind ja dekorativ, aber eigentlich ein Klub wäre, sei es ein feudaler oder ein ästhetischer, am liebsten ein feudal-ästhetischer, mit Wein statt Bier, wo, genau wie im Leben, am meisten der gälte, der den größten Wechsel hat, wo nicht der beste Fechter am angesehensten wäre, sondern der beste Pomaden- und Hurenhengst.«
Henry lächelte höhnisch und doch befriedigt. Es tat ihm wohl, daß sich hier endlich jemand, wenn auch kritisch, näher mit ihm einließ, statt einfach zu sagen: »Steig in die Kanne, Füchschen, bis du wieder gesund bist.«
Er sagte: »Ich bin Ihnen sehr verbunden, Herr Böhle, pardon Schniller, denn Sie machen mir wenigstens auf eine neue Art Grobheiten. Wenn ich gesünder wäre, könnte ich aber doch wohl einiges darauf erwidern. In meinem jetzigen Zustand fällt mir bloß das Wort Kultur ein.«
Schniller erhob sich: »Gestatten Sie, daß ich mir einen Whisky hole und Ihnen einen Eierkognak. Ich werde damit diesen und ähnlichen Worten eher standhalten, und Ihnen werden davon die Kräfte wachsen, neue Worte von gleicher Wucht in die Debatte zu werfen. Auch sollte man rauchen.«
Er steckte sich eine Zigarette an und trank ein Weinglas

voll Whisky aus, als ob es Wasser wäre. Dann fuhr er fort: »Sie fassen mich ganz falsch auf, Gamasche. Ich rede nicht als der Zweibändermann zu Ihnen, der die Ehre hat, mit Pomerania zu kneipen und deshalb einen jungen Pommernfuchs auf die rechte Bahn bringen möchte. Nein, Gamasche! In dieser Eigenschaft, die ich keineswegs unterschätze, denn ich wüßte nicht, was Besseres ich wäre, als Korpsstudent, müßte ich ganz anders reden oder vielmehr schweigen. Ich täte es auch, wenn ich an Ihre S. C.-Zukunft glaubte. So aber, da ich überzeugt bin, daß Sie über ein Kleines nicht mehr Korpsstudent sein werden, rede ich mit Ihnen einfach als ein älteres Semester, das Interesse an Ihnen nimmt, weil Sie wirklich eine nicht uninteressante Erscheinung sind.«

– »Sehr verbunden.«

– »Bitte. Es ist gerne geschehen. Sie sind mir übrigens nicht bloß wegen Ihrer Millionen interessant, obwohl Millionen immer interessant sind. Sie sind es mir, weil Sie trotz Ihrer Millionen so merkwürdig naiv sind. Irgend etwas stimmt bei Ihnen nicht. Ich will nicht davon reden, daß Sie eingestandenermaßen Verse gemacht haben. Das könnte einfach eine Perversität oder auch bloß eine Millionärslaune sein. In Prag soll ein Millionär leben, der sich seine Strümpfe selber strickt. Warum sollten Sie sich nicht darauf kaprizieren, sich Ihre Verse selber zu machen, zumal da es ja leichter ist, als Strümpfe stricken? – Nein, das ist es nicht. – Es ist ein tieferer Riß in Ihnen. Sie sind nicht ganz, Gamasche. Und eben deshalb interessieren Sie mich. Sie sind der reiche junge Mann, wie er im Buche steht, und sind doch auch das reine Lämmerschwänzchen. Man müßte blind sein, würde man nicht sehen, daß Sie herrschen, bestimmen, die erste Geige spielen, von sich reden machen wollen, und doch treten Sie in ein Korps ein und bleiben darin, obwohl Sie, und mit Recht, als Füchslein-duck-dich behandelt werden. Lassen wir alles andere beiseite und bleiben wir bei diesem Punkte. Ich frage Sie, Gamasche, und verstoße damit aufs heftigste gegen meine Stelle als M. C. bei Pomerania: Warum gehen Sie nicht hin und legen Ihr Fuchsband auf den Tisch des C. C.? Ist Ihre Eitelkeit, einen orangegelben Stürmer zu tragen, nicht längst befriedigt? Fühlen Sie nicht, daß Sie sich größere Eitelkeiten leisten können?«

Henry war verblüfft. Dieser M. C. sprach Gedanken aus, die sich in ihm nur nicht heraufgewagt hatten, deren er sich aber immerhin manchmal, wenn auch unklar, bewußt geworden war. Indessen wachte gleichzeitig, und mächtiger, der Poseur in ihm auf.

Er antwortete: »Sie unterschätzen mich doch wohl. Ich bin nicht aus Eitelkeit aktiv geworden. Ich habe eine sehr bestimmte Absicht damit verfolgt. Mag sein, daß auch sie von Eitelkeit eingegeben ist: Ich möchte, wenn ich einmal C. B. bin, den Versuch machen, die alte vornehme Institution der Studentenkorps in einem zeitgemäßen kulturelleren Sinne zu erneuern.«

Der Eierkognak hatte ihn wirklich gekräftigt. So sehr, daß er in diesem Momente an seine Redensart glaubte. Um so mehr, als ihn immer ein wenigstens ähnlicher Gedanke aufrechterhalten hatte: Laßt mich nur erst im C. C. sein! Ich will euch schon zeigen, ob ich nicht auch euch unterkriegen kann!

Fritz Böhle erhob sich zum zweiten Male und sagte: »Gestatten, daß ich mir jetzt noch etwas Kräftigeres hole, für Sie aber etwas Beruhigendes. Bromwasser haben Sie wohl nicht da?«

»Ich möchte doch bitten, meine Äußerung ernst zu nehmen«, entgegnete mit S. C.-Betonung Henry.

»Gewiß,« sagte Schniller und trank ein großes Glas braunroten Schnapses leer. »Gewiß! Ich will Sie so ernst nehmen, daß ich sogar darauf antwortete. Und zwar: Gamasche, wir wollen Schmollis trinken.«

Es geschah, und Schniller sagte: »So, und nun wollen wir von was anderem reden. Ich bin ohnehin nicht mehr imstande, mich in der Höhe zu bewegen, in die du das Gespräch gehoben hast. Sag mal, Gamasche, bist du schon gedruckt?«

– »Laß doch die dumme Dichterei. Ich möchte wirklich gerne wissen, was du von meinem Plane hältst.«

– »Du mußt dir beim Fechten noch viel abgewöhnen, bis man dich auf Mensur stellen kann.«

– »Herrgott, davon ist doch nicht die Rede.«

– »Doch, es ist sehr viel davon die Rede. Die C. B. C. B. Pomeraniae reden unausgesetzt davon, und ich muß ihnen recht geben. Wenn du schon auf dem Fechtboden lauerst und mit dem Kopf zurückgehst, wie wird das erst werden, wenn du keine Maske mehr aufhast?«

– »Das laß meine Sorge sein. Übrigens finde ich wirklich, daß diese Art Fechterei ein Unsinn ist. Alle Fechtkunst geht dabei zum Teufel.«

– »Du sollst dich gar nicht als Fechtkünstler produzieren, Gamasche. Du sollst deinen Kopf hinhalten und keinen Hieb auslassen. Sonst giltst du als Kneifkünstler.«

Henry war doch genug Korpsfuchs, um von diesen Worten grimmig beleidigt zu werden. Er vergaß seine Kulturfragen und sprang empört auf. »Derlei laß ich mir auch von einem M. C. nicht sagen. Ich ersuche dich, das Wort zu revozieren.«

Schniller erhob sich, schon etwas wankend, und machte eine tiefe Verbeugung. »Ist schon erledigt. Ich erkläre jede kulturelle Möglichkeit für ausgeschlossen. Aber nun«, und er setzte sich wieder, »wollen wir endlich von weniger anstrengenden Dingen reden. Ach, Gamasche, warum verstehen wir einander nicht?«

– »Wieso denn?«

– Siehst du nicht, daß ich dich retten will?«

– »Wovor denn?«

– »Vor meinem Schicksal.«

Er lehnte sich im Stuhle zurück und sah mit glasigen Augen, die scheinbar gar keine Pupillen hatten, in den Abend hinaus. Man hörte in der Ferne das alte Burschenlied: »Stoßt an, Freiheit soll leben, hurra hoch!« Dann goß er wieder ein volles Glas in sich hinunter und schenkte mit unsicherer Hand ein neues ein.

Die Rollen schienen vertauscht. Jetzt war er der Kranke, während Henry wieder seine Stehaufnatur bewährt hatte und ganz munter aussah.

»Was ist dir denn, Schniller,« fragte er besorgt. »Du bist ganz blaß geworden, bis auf die Lippen blaß, und zitterst. Kann ich etwas für dich tun?«

Böhle ließ den Kopf auf die Brust sinken. Dann griff er in die Brusttasche und zog ein Etui hervor. »Mach mir bloß, bitte, die linke Manschette auf,« sagte er tonlos, »und schieb mir den Ärmel in die Höhe. Meine Arme sind fasernmatsch, wie ausgekochte Spargel. Und nun guck, bitte, weg. Ich habe eine kleine Heimlichkeit zu besorgen, bei der man sich nicht gerne zusehen läßt. Nein, wirklich, du mußt zum Fenster hinaussehen. Die Pulsadern schneide ich mir noch nicht auf.«

Henry sah zum Fenster hinaus. Er hatte ein Gefühl von Grausen; obwohl er nicht wußte, was Böhle tun wollte.

Der öffnete mit zittrigen Fingern das Etui und nahm eine kleine Injektionsspritze heraus, die er am linken Unterarm ansetzte und entleerte. Der ganze Unterarm war wie übersät mit kleinen roten Punkten vom Ansetzen der Spritze.

»So, jetzt kannst du wieder hersehen, Gamasche,« sagte er, indem er Hemd- und Rockärmel wieder vorschob und die Manschette schloß.

– »Es ist eine blöde Scham, daß ich dabei nicht gerne zugucken lasse. Denn schließlich gehört ein bißchen Morphium zur Noblesse.«

»Du bist Morphinist!?« rief Henry entsetzt aus.

Böhle versenkte das Etui in seiner Rocktasche und sagte, bereits mit kräftigerem Ton: »Bitte, sich nicht so unangenehm zu entsetzen. Morphinist! Das klingt wie Vatermörder. Ich sage doch auch nicht mit gesträubtem Haare zu dir: Du bist Alkoholiker, wenn du den Eierkognak flakonweise konsumierst. Morphinist! Unsinn. Ich spritze manchmal ein bißchen, aber selten und mit Maß. Nur bei gewissen plötzlichen Anfällen, wie vorhin. Habe die Güte, dich zu beruhigen und das Intermezzo als erledigt zu betrachten. Es versteht sich am Rande, daß du zu niemand davon sprichst.«

– »Natürlich. Aber du solltest das wirklich nicht tun.«

– »Wirklich? Was du für eine wohlmeinende Gamasche bist. Aber genug! Satis superque! Wovon sprachen wir doch? Ich habs radikal vergessen.«

– »Du drücktest dich etwas rätselhaft aus. Du sagtest, du wolltest mich vor deinem Schicksal retten.«

– »Blödsinn. Das war der Anfall. Nimms für temporäres Irresein.«

– »Ich glaube, daß du genau wußtest, was du sagtest.«

– »Mag sein. Aber, daß ich es sagte, war verrückt. Ich bin auch ein bißchen betrunken, wie mir scheint. Mit diesem Trank im Leibe sieht man Gespenster, auch wenn man nicht in den Spiegel guckt. Prost, Gamasche, du sollst leben. Aber mach, daß du aus dem Korps herauskommst. Du

steckst nichts auf bei Pomerania. Und wenn dich das Korps einmal hat, das sag ich dir, dann läßt es dich nicht los! Es frißt dich auf. Du bist nicht aus dem Holze der Kuttler, Sturm, Siebeneichen, Spöckhoff usw. Die sind dafür gewachsen und kriegen nur eine um so dickere Rinde fürs Leben davon. Aber unsereins wird abgeschält davon, daß die Nerven eines Tages bloß daliegen und auf jede niesende Mücke reagieren. Daher der Name Morphium, Gamasche, daher! Die zwei Bänder ersetzen die Haut nicht. Sie scheuern fürchterlich auf den Nervenenden.«
Er trank wieder. Dann fuhr er fort: »Ach was! Ich sags doch! Seit vier Jahren laure ich auf einen Menschen, dem ichs sagen kann, ohne hören zu müssen: Schniller, du dichtest! – Das Korps ist eine wundervolle Einrichtung, Gamasche! Was die Philister dagegen sagen, ist Blech. Es ist ein Beweis für die robuste Gesundheit, die noch immer in einem guten Teile der deutschen Jugend steckt, daß es immer noch junge Leute, und darunter nicht die wertlosesten, gibt, die sich von dieser Verkörperung überströmender, spielender und im Spiele doch männlich bewußter Kräfte anziehen lassen. Aber, Gamasche, man muß selbst Kraft zu vergeuden haben, und, vor allem, man muß ganz sein, ohne Risse, ohne innere Diskrepanzen. Meinetwegen borniert. Das ist ja die herrlichste Gabe fürs Leben. Menschen, die irgendwie auseinanderklaffen, wie du und ich, wenn auch auf verschiedene Weise, sollen sich vor dem Korps hüten.«
– »Das sagt ein Zweibändermann?«
– »Gott straf mich, ja, ein Zweibändermann. – Wenn ich es dir nur klarmachen könnte, was dir bevorsteht, wenn du nicht rechtzeitig ausreißt, oder, was ich annehme, hinausgetan wirst.«
– »Aber erlaube mal . . .«
– »Bitte, bitte, nur keine Empfindlichkeit jetzt! Es kann dir kein größeres Glück passieren, Gamasche. Sonst geht es dir, wie mir. Es schläft scheinbar alles das, was nicht ins Korps, dafür aber aufs wesentlichste zu dir selber gehört, ein. Du wirst auf einmal ein brillanter C. B. Du gehst auf im Korps. Aber nicht mit Freuden. O nein, mit dem allerschlechtesten Gewissen. Du fühlst, daß du dich und das Korps betrügst. Aber das Korps hat dich. Es ist nicht, wie bei den anderen,

die das Korps bilden, die wirklich Mitglieder des Korps sind, die gewissermaßen seine Lebensorgane sind, bis sie darüber hinauswachsen und anderen Platz machen. Nein, du bist eingeschlossen, wie in einen Ring, eingekapselt, kannst nicht hinaus. Dein eigentliches Wesen ist dir genommen, du bist zu einer Funktion dir fremder Formen geworden. Draußen ist das schaffende Leben, Aufgaben, Ziele; in dir hebt und drängt es sich immer wieder aus dem Unterdrückten deiner eigensten Art, aber du fühlst dich zu schwach, hinauszutreten, bist wie eingeleiert in diesem Spieluhrenmechanismus, der dir selber nun oft genug läppisch erscheint, ja, fühlst dich einzig hier geborgen. Was nur als verkleinertes, phantastisch aufgehöhtes Bild des Lebens einen Sinn hat, und als solches einen schönen Sinn, wird für dich das Leben selbst. Das kann nur einen fürchterlichen Ekel zur Folge haben, Ekel an dir und dieser durch dich maßlos verzerrten Sache. Aber du kannst nicht mehr los davon und wartest mit Grauen auf den Augenblick, wo sie dich wegstoßen muß. – Ja, wenn Spöckhoffs Vergleich wirklich bis ins Eigentliche Geltung hätte! Wenn Korpsstudentsein Lebensberuf wäre wie Mönchsein, mit den Jahren zunehmend an Kraft, Süße und Bedeutung! Wenn es nicht bloß ein Spiel wäre, ein Spiel für Kräftige, die im rechten Augenblicke aufzuhören wissen!«

Er sank wieder ganz in sich zusammen.

Henry sah ihn verständnislos an. Er begriff wohl den Sinn dieser Ausführungen, deren Illustration er leibhaftig vor sich sah, aber er erblickte keinerlei Bezug zu sich darin.

Dieser da war eben ein bedauernswerter Willenloser, willenlos von Anfang an und dann durch das Morphium um jeden Rest von Entschlußkraft gebracht.

Ihm konnte derlei nicht passieren. Daß er jetzt mehr dahindämmerte, als wirklich lebte, war nur eine Folge der seinem Wesen allerdings ganz ungeeigneten Stellung als Fuchs. Dafür würde er aber später um so mehr Willen entwickeln und durchsetzen. Und, worauf anders sollte dieser Wille hinauszielen, als gerade darauf, daß in einem Korps nach seinem Sinne auch differenziertere Kulturmenschen sich ausleben können sollten! Diese bornierten Bauernnaturen, wie Kuttler, sollten eben inskünftig das Korps nicht mehr ausschließlich bilden. Es sollte nicht mehr eine Institution

für Leute aus dem Teutoburger Walde sein, sondern eine Vereinigung gerade der feinsten, empfindlichsten und darum vornehmsten Kultursprößlinge.
Er redete das alles an den immerzu trinkenden Böhle hin, auch seinerseits den verschiedensten Marken seines Lagers fleißig zusprechend. Aber Böhle grinste nur noch oder warf höchstens ironische Beifallsäußerungen dazwischen als: »Wie wahr!« »Welch schöne Perspektive!« »Damit wirst du in Kösen Furore machen!«
Schließlich wurde er ganz betrunken und weinte.
Henry ließ ihn ins Bett bringen und vergaß in Linas Armen diese unerquickliche Beichte des entgleisten Zweibändermannes gerne und ganz.
Mahnungen des Schicksals mußten ihm gegenüber in anderer Verkörperung auftreten, wenn sie wirken sollten.

Das lange Messer

Als sich das Semester seinem Ende zuneigte, erschien es dem Fechtchargierten der Pommern an der Zeit, die Renonce Hauart auf Mensur zu stellen. Man hatte Henry nun glücklich so weit, daß er sich auf dem Fechtboden die Hiebe ohne Zucken und Augenzwinkern über die Drahtmaske rasseln ließ und auch die recht fühlbaren Quarten und Terzen, die den Filzdeckel der Fechthaube trafen, mit schönem Gleichmute hinnahm, obwohl ihm der Schädel danach gewaltig brummte.
»Wie eine deutsche Eiche stehst du zwar noch nicht,« sagte Kuttler zu ihm; »ich möchte dich eher jener Espe vergleichen, von deren Laub man sagt, es zittere, aber es ist mehr ein inwendiges Zittern, nur dem liebevoll ängstlichen Blicke des Leibburschs bemerkbar, und ich hege die Zuversicht zu deinem Mannesmute, daß er gewaltig erstarken wird, wenn es sich nicht mehr ums Einpauken, sondern um deine und unsere Ehre handelt. Leicht wirst du es übrigens nicht haben. Da du von länglichem Wuchse bist und man bei der ersten Fuchsmensur möglichst darauf sieht, gleichgroße Paukanten gegenüberzustellen, so bist du dem langen Friesenfuchs Röhling zum Gegenstück erkoren worden. Versuche keine Künste, mein Sohn, erkühne dich

nicht, Dessein fechten zu wollen; dazu fehlt es dir noch an Erfahrung und Reife. Sei eher Automat und Dreschmaschine. Von einer ersten Mensur verlangt man nicht mehr. Triffst du zufällig ihn, so ist es gut, trifft er aber dich, so ist es auch gut, und trefft ihr beide nur den himmlischen Äther, Korb und Bandage, so ist es auch keine Schande weiter, denn von der Jugend wird keine Kunst erwartet. – Röhling Frisiae steht freilich jetzt schon im Geruche eines zukünftigen S.C.-Fechters, und seine Korpsbrüder zweifeln nicht daran, daß er schon beim ersten Male gewaltig viel für ihr Paukbuch herausbeißen wird. Was tuts? Um so größer wird für dich die Ehre sein, dich an ihm gemessen zu haben. Und schließlich: hat man es nicht schon erlebt, daß eine Jungfer ein Kind kriegt? Wer weiß: vielleicht haust du ihm die Backe voll. Unberührt darf er jedenfalls nicht von dannen ziehen. Auch du hast einen recht wohlgeborenen Durchzieher am Leibe. Wie ich denn überhaupt nicht leugnen will, daß dein Handgelenk wenig, deine Auslage gar nichts zu wünschen übrig läßt. Was dir noch fehlt, ist auf der einen Seite die Pomade, die mit dem Sprichwort sagt: wer fechten will, der muß der Streiche warten, und auf der anderen Seite die Pünktlichkeit im Nachschlagen, die die Höflichkeit des fechtenden Korpsstudenten ist. Na, ich denke, beides stellt sich ein, wenn die Fechtmaske fällt und das liebe lange Messer in nackter Schärfe winkt.«

Das hörte sich ja ganz lustig an, und Henry empfand es auch als eine Ehre, daß er just gegen den besten Fechter der S.C.-Fuchsenschaft antreten sollte, aber recht wohl war ihm dabei doch nicht zumute.

Er hatte den langen Röhling, der übrigens beträchtlich länger war, als er, auf dem Paukboden fechten sehen und mußte sich sagen, daß er neben diesem geborenen Schläger ein kläglicher Stöpsler war. Mit dem sollte er fechten? Geradesogut hätte er mit Professor Häckel auf Biologie antreten können. Es war absurd. Besonders unsympathisch an diesem fatalen Friesen waren ihm die sehr langen und sehnigen Arme. Wirklich: eine recht angenehme Aussicht, diesen überlebensgroßen Extremitäten ausgeliefert zu werden.

»Bin ich der Ritter Don Quixote, daß ich mit einer Windmühle fechten soll?« sagte er mit bangem Witze zu Kuttler; »welcher normale Mensch kann sich gegen Windflügel decken?«

Aber Kuttelsack entgegnete prompt und ruhig: »Es soll auch gar nicht deine Hauptsorge sein, dich zu decken, Gamasche, sondern brav zuzuschlagen. Mit Tiefquarten ist immerhin etwas auszurichten gegen einen Longinus. Kannst du ihm das Ohr nicht von oben weghauen, ei, so versuchs von unten. Wobei ich übrigens einer Nabelabfuhr nicht das Wort reden will.«

Henry fand, daß sein Leibbursch einen unangenehm frivolen Ton anschlug und reichlich gleichgültig war gegenüber dieser doch offenbar sehr riskierten Auswahl eines Gegenpaukanten für seinen Leibfuchs. Ihm schien, es wäre Kuttlers Pflicht gewesen, sein Interesse besser zu wahren, und er hegte den ärgerlichen Verdacht, daß man ihm absichtlich diesen überlegenen Gegner ausgesucht hatte.

Und so verhielt es sich auch in der Tat. So sehr sich Henry auch geduckt und klüglich gehütet hatte, den frechen Fuchs zu spielen, so deutlich fühlte man doch im C.C. der Pomerania, daß sich im Innern dieser mit Glücksgütern gesegneten Renonce eine ansehnliche Üppigkeit verborgen hielt. Daher man einen Dämpfer für sehr angebracht erachtete. Andererseits glaubte man aber auch eine kluge Mensurpolitik zu verfolgen, indem man ihn gegen eine stark überlegene Kraft herausstellte. Die Abfuhr würde schon nach ein Paar Gängen erfolgen, ehe sich das befürchtete Mensurfieber in fatalen Symptomen hätte äußern können, und die zweite Mensur würde dann, einen mehr gleichwertigen Gegenpaukanten angenommen, um so besser verlaufen, da die Gamasche, nun schon an das scharfe Messer gewöhnt, jene Kinderkrankheit wohl abgelegt haben und einem weniger gefährlichen Gegner gegenüber an Zuversicht gewinnen würde. Psychologie war die starke Seite eines wohllöblichen C.C. der Pomerania offenbar nicht.

Die Aussicht, mit diesem unangenehm guten und unsympathisch langarmigen Friesenschläger die langen Messer zu kreuzen, verdüsterte Henrys Gemüt gewitterwolkenartig. Selbst in der Nacht beschattete sie ihn. Er träumte scheußliche Sachen: Lappenschmisse, die ihn vollständig skal-

pierten, Knochensplitter, die nur so um ihn herum regneten, glatt abgeschnittene Ohren und, was das greulichste war, völlige Deformierung seiner Cäsarennase und der habsburgischen Lippen. Oft, wenn er diesen entsetzlichen Friesenfuchs sah, der, so schien es ihm, seit der gefallenen Bestimmung ein höchst unausstehliches, impertinentes Lächeln zur Schau trug, erwog er bei sich, ob es am Ende nicht doch noch eine Möglichkeit gebe, dieser blödsinnigen Mensur auszuweichen. Konnte er nicht krank werden, oder, einfacher noch, konnte er nicht auf Grund irgendeiner plausiblen Vortäuschung hin austreten? Er fand plötzlich, daß Böhle-Schniller wahrhaftig recht gehabt hatte mit seinem Rat, das orange-blaue Band niederzulegen. Was hatte er in einer Korporation von Metzgergesellen zu suchen? War es etwa sein Ideal, zeitlebens mit einem Gesicht herumzulaufen, das wie Hackfleisch aussah?
Und er bohrte tiefer. Warum war er eigentlich hier? Hatte ihn sein echter Instinkt nach Jena unter die bunten Mützen getrieben? War es nicht bloß aus Trotz gegen Karl geschehen? – Karl! Wie greulich, daß der wieder einmal recht behalten hatte! Aber es war so. Jedes Wort Karls gegen die Korps war erleuchtete Wahrheit. Hatte es nicht der einzige geistig mit Eigenart und feineren Bedürfnissen begabte Korpsstudent bestätigt, den er kennengelernt hatte: Böhle? Er suchte ihn, der ihn seit jenem Abend geflissentlich mied, auf, sich Rats bei ihm zu erholen.
Der Zweibändermann lag, obwohl es zwei Uhr nachmittags war, im Bett und sah wie eine atmende Leiche aus. Vor sich hatte er ein Bettpult, und auf diesem lagen Korrekturbogen.
»Ach, Gamasche?!« sagte er leise, »was bedrücket dich so sehr, daß du mich schlechtes Beispiel aufsuchst?«
– »Ich möchte mich wieder einmal mit einem Menschen menschlich unterhalten.«
– »Nein, nein, Gamasche, ich habe genug von meiner letzten Direktionslosigkeit. Ein Elender ist an sich schon etwas Greuliches, aber ein Elender, der von seinem Elend schwatzt, ist ein Hundsfott, wert, auf den Schindanger geworfen zu werden. Nur in Versen darf man das. Soll ich dir diese meine Verse vorlesen? Sie werden gedruckt! O Himmel, welche Seligkeit! Es lebe die moderne Bewegung! Denn sie druckt Fritz Böhle.«

– »Ach, wenn ich mich noch für Poesie interessieren dürfte. Für mich gibts bloß noch Terz, Hakenquart, Durchzieher, Durchzieher, Hakenquart, Terz. Es ist zum Brechen!«

– »Ich hab dirs ja gesagt, Gamasche. Laß ab von dem Pummern, es ist dir nicht gesund.«

– »Wenn ich dir doch gefolgt wäre!«

– »Ja, wenn! Jetzt ists zu spät!«

– »Wieso denn?«

– »Du kannst doch nicht drei Tage vor deiner ersten Mensur ausrücken!«

Henry wollte glatt fragen: Warum denn nicht? Aber er biß sich auf die Lippen und schwieg.

Böhle blätterte in seinen Korrekturbogen, hob einen heraus und las:

Wer ist so mutig, heute feig zu sein?
Wer sagt, ich fürchte Schmerz! Wer wagt zu weinen?
Wer ist Horazen gleich an Tapferkeit
Und wirft den Schild weg, der ihm nicht gefällt,
Und duldet das Gelächter dieser Zeit
Der allgemeinen Heldenpflicht? Bei Gott:
Das wär vielleicht der Held, uns von der Pflicht,
Der alles würgenden, gewaltig zu befrein,
Daß wir Gespenstern opfern müssen, Tugenden,
Die heute Torheit, Frevel, Lüge sind,
Indessen unser Eigenstes nicht hat,
Wohin es seines Glaubens Opfer legt.

»Schön? Nicht? – Sogar sehr schön!«

– »Ich begreife nur nicht, warum du es dann mir verdenken willst, den Mut meiner Feigheit zu haben. – Es ist übrigens nicht Feigheit.«

– »Siehst du wohl? Und deshalb sollst und mußt du auf Mensur steigen. Mein Gedicht heißt nicht: Lob des Kneifens, sondern: Neuer Mut. Aber du hast ja, wie du eben sagst, den alten, und deshalb sollst du ihn bewähren. Wer aber gar keinen hat, den alten nicht mehr und den neuen noch nicht, der soll zwischen beiden zerrieben werden, wie die testicula Zambonis. Das ist nicht bloß die Meinung meiner zwei Bänder, sondern auch meine eigene.«

Henry sah wohl, daß er hier nicht auf seine Rechnung kam, und er fand, je mehr er sich die Sache überlegte, bald heraus, daß es eine einigermaßen anständig wirkende Art, Herrn Röhling Frisae zu umgehen, für ihn nicht gab. Und so schwang er sich, wenn auch mühsam und nicht ohne Beihilfe der verschiedensten Mittel aus seiner spirituosen Hausapotheke, auf die andere Seite hinüber und redete sich, wenigstens für Momente, ein, daß das lange Messer des langen Friesen alle Schrecken für ihn verloren habe. Stieg klebrig und kalt das widerwärtige Angstgefühl wieder in ihm empor, so goß er schleunig Branntewein darauf und fühlte hurtig wieder Feuer im Geblüte.

So schritt er in einer Alkoholwolke recht kühn und mannhaft, wie es schien, dem blutigen Dienstag entgegen, an dem er zum ersten Male einen Kampf bestehen sollte, bei dem ihm seine Millionen keine Sekundantendienste leisten konnten.

Zu diesem Dienst war vielmehr Kuttler berufen, der denn auch schon früh um fünf Uhr an seinem Bette erschien, ihn zum Schlachtfest abzuholen.

»Raus aus den Daunen,« rief er laut und zog dem schnarchenden Henry die Bettdecke vom seidenen Nachthemd.

»Es ist ja noch Nacht,« grunzte Henry und zog die Knie hoch.

»Nacht muß es sein, wo Friedlands Sterne strahlen!« entgegnete Kuttler und goß eine Flasche Wasser über ihn aus.

»Bist du verrückt?« brüllte Henry wütend, sprang aber hastig aus dem Bette.

Kuttler lachte, daß die Wände wackelten und sämtliche Gäste des Elefanten fluchend aufwachten. Dann rief und sang er nicht weniger geräuschvoll: »Mach, eil dich, spute dich, tummle dich! Allons enfants de la patrie, le jour de gloire est arrivé! Contre nous de la Fri-i-sie l'étendard sanglant est levé!« Dazu trommelte er mit beiden Fäusten auf Henrys umfangreichen Toilettentisch, daß alle die schön geschliffenen Flakons mit allen ihren roten, gelben und grünen Flüssigkeiten einen klirrenden Tanz begannen.

Daß Henry dadurch heiter gestimmt worden wäre, kann füglich nicht behauptet werden. Jedes Wort, jeder Ton tat ihm weh. Er schlotterte am ganzen Körper, und seine Hände zitterten. Doch das war nicht Furcht, sondern Katzenjammer, denn er hatte es vorher am Abend für nötig befunden, sich eine besonders ausgiebige Bettschwere einzuflößen.

»Einen Kognak,« stöhnte er.

»Gleich, Herr, gleich!« rief Kuttler, und verschwand ins Likörgemach. Dann mit der Kognakflasche wieder erscheinend und für sich und Henry eingießend, sagte er: »Morgenstunde hat Schnaps im Munde. Prost!« Und er sang wieder, während Henry, jetzt des Tatterichs schon etwas Herr geworden, sich wusch:

Selbst die Germanen,
Unsere A–ahnen,
Soffen vor jeglicher Männerschlacht,
Weil ja der Met den Mut,
Weil ja der Met den Mut
Unüberwindlich und fürchterlich macht.

»Das heißt, Gamasche,« fügte er hinzu: »Tacitus berichtet ausdrücklich, daß nicht der Met sie berauschte, sondern der Mut. Du würdest dich also von aller vaterländischen Überlieferung entfernen, würdest du dich jetzt regelrecht besaufen. Darum: her mit dem Fläschchen! Drei Gläser sind genug zur Beruhigung des Handgelenks. Und nun hurtig, hurtig, und hör auf, dich mit den Wohlgerüchen Arabiens zu besprengen. Du sollst Röhling nicht überstinken, sondern abstinken lassen. Zieh dir eine alte Hose an, die älteste Hose, die du hast, denn sie soll Blut saufen. Aber richtig, du Unglücksmensch hast ja alles, was Menschenbegehr, nur keine alte Hose. Also gut, nimm die! Und vergiß nicht: das Fuchsband in die linke Hosentasche! Der Mensch soll nie abergläubisch sein, außer bei Lebensgefahr.

Gestern noch verrucht geso–offen,
Heute auf den Tätz getro–offen,
Morgen i–n den tiefen Ko–orb!«

Henry verfluchte innerlich das Gerede und Gesinge. Wenn Kuttler dachte, diese Späße amüsierten ihn, dann irrte er sich schwer. Herrgott, wie problematisch war ihm zumute!
Sein Frühstück, Tee mit Rum, Sardellenbrötchen mit Kaviarunterlage und allerhand Mariniertes, schmeckte ihm wie Pappe. Kuttler mußte ihn fast zwingen, etwas zu essen.
»Vor den Sieg haben die Götter das Frühstück gesetzt,« sagte er und langte selber gewaltig zu.
»Ah, wie greulich!« dachte sich Henry, als sie sich zum Gehen fertig machten. Er warf noch einen Blick auf den

reitenden Kosaken, der ihn für den heutigen Tag ein entsprechenderes Symbol dünkte, als der seidene Schlafrock; dann verließ er schweren Herzens, aber im übrigen mit einem bedrohlichen Gefühle von Leere, hinter Kuttler das Zimmer.

*

Der große Saal, in dem die Mensuren stattfinden sollten, füllte sich langsam, während Henry, der die erste Partie hatte, anbandagiert wurde. Trotzdem kam er sich mutterseelenallein vor. Es wurde ihm auf einmal klar, daß er zu all diesen Leuten eigentlich gar keine inneren Beziehungen hatte, daß dieses ganze Wesen ihm fremd war.

Erst als Böhle zu ihm herantrat, hatte er das Gefühl, es sei jemand da, der zu ihm gehörte. Es fielen auch nur Böhles Worte in sein Bewußtsein; was die anderen um ihn herum sagten, was zumal Kuttler in ewigen Wiederholungen nicht müde wurde, ihm zu predigen, war nur leerer Klang, hohler Ton, dumpfes Gebrause.

»Na, wie fühlst du dich,« fragte Böhle, dem Henrys apathisches Aussehen gar nicht gefiel.

»Wie soll ich mich fühlen? Gar nicht!« antwortete Henry.

– »Sitzt die Halsbinde gut?«

– »Wahrscheinlich! Wenigstens kann ich nicht atmen.«

– »Die Paukbrille schneidet ein bißchen ein. Aber das macht nichts, Gamasche; es gewöhnt sich.«

– »Nein, es macht nichts. Es ist überhaupt alles egal. Auch dieser widerliche alte Blutgeruch, der mir aus der Halsbinde in die Nase steigt.«

– »Der vergeht schon.«

– »Er kann auch bleiben.«

– »Mensch! Sei doch nicht so entsetzlich gleichgültig. Soll ich dir etwas zu trinken geben?«

– »Ja, bitte, Kognak.«

– »Ist dir jetzt besser?«

– »Mir ist überhaupt nicht schlecht. Ich sehe nur den ganzen Zweck dieser Übung nicht ein.«

– »Leise!«

– »Ich möchte brüllen vor Wut!«

– »Gut so, erwüte dich! Nur nicht diese verfluchte Apathie! – Ich will dir was sagen, Gamasche. Ich meins jetzt wirklich gut mit dir. Nimm dich zusammen, aufs äußerste!

Steh wie ein Stück Holz und laß keinen Hieb aus! Liefere eine tadellose Mensur. Und morgen erklärst du deinen Austritt. Du darfst es dann ruhig tun. Ich kaufe mir jeden, der was dagegen sagt. Aber laß dir nur um Gotteswillen jetzt nichts zuschulden kommen.«

Henry fühlte, daß freundschaftliche Anteilnahme aus diesen Worten sprach, und so richteten sie ihn etwas auf. Er konnte jetzt sogar, was er bisher ängstlich vermieden hatte, seinen Blick auf die andere Seite wenden, wo sein Gegner mit freiem Lächeln dastand und einen sausenden Lufthieb schlug.

Das hätte er nun freilich besser nicht sehen sollen. Es war ihm ein schlechthin gräßlicher Anblick. Seine bisher vage Furcht, sich in dumpfer Apathie äußernd, wurde zur deutlichen Angst vor etwas Bestimmtem, Persönlichem: vor diesem gelenkigen, langen, starken Menschen da drüben mit diesem entsetzlich langen und wie eine Peitsche durch die Luft pfeifenden Schläger. Seine Gleichgültigkeit schwand; es wallte etwas in ihm auf, etwas Pressendes, Eingesperrtes, das einen Ausweg suchte. Henrys Augen begannen hin und her zu schweifen, nicht anders, als ob er selber einen Ausweg suchte.

Aber in einem Schraubstock wäre er nicht fester eingeschlossen gewesen, als in seiner Bandagierung und durch die Gegenwart all dieser murmelnden, flüsternden, lachenden fremden Menschen, die auch ihrerseits alle wie festgebunden waren und, lachend oder mit ernster Miene, das Prinzip verkörperten, das sie band und zwang: das Prinzip der Überwindung körperlicher Furcht.

Da war kein Entkommen.

Da war kein Entkommen. Hier sich zu seiner Angst bekennen, dazu hätte es in der Tat einer moralischen Souveränität bedurft, die jede körperliche Feigheit wettgemacht hätte, denn sie hätte mehr bewiesen als ein Übermaß der körperlichen Furcht, nämlich eigentlich individuellen Mut gegenüber einem Mute der Vergesellschaftung.

Henry fühlte nur das eine: jetzt werde ich zur Schlachtbank geführt.

Er stand auf dem Kreidekreuz der Mensur, ohne zu wissen, wie er dahin gekommen war. Seine Linke umkrampfte mechanisch den durchgezogenen Riemen des Paukschurzes, sein rechter Arm ruhte auf den Armen des Schleppfuchses, seine Augen starrten wie in einen strudelnden Nebel.

Jetzt gab ihm jemand den Schläger in die Hand und flüsterte: »So fahr doch in die Schlinge! Gottsdonnerwetter!« Er tats. Jemand setzte ihm die Mütze für den Ehrengang auf. Er hörte wie ganz von weit her: »Silentium für eine Mensur auf Schläger mit Binden und Bandagen zwischen Frisia und Pomerania.« Dann kam das Kommando: »Silentium für den Ehrengang! Bindet die Klingen! Sind gebunden! Los! – Halt!« Die Mütze wurde ihm abgenommen. Es wurde Ernst.

– »Silentium für den ersten Gang! Bindet die Klingen! Los!«

Henry schloß die Augen und wedelte mit dem Schläger in der Luft herum. Sein Gegner aber schlug zu.

– »Halt!«

Es war der Gegensekundant, der gerufen hatte und nun hinzufügte: »Ich bitte, drüben auf Quartseite einen Blutigen zu konstatieren.«

Henry fühlte etwas Warmes an seiner linken Kopfseite herunterlaufen, und daß jemand an seinen Haaren herumfingerte. Dazu drang ein Flüstern an sein Ohr: »Du schläfst ja! Schlag deine Hiebe gefälligst aus und geh nicht schon nach halbem Hiebe wieder in Deckung!«

– Wie merkwürdig! dachte sich Henry, da hab ich nun einen Blutigen und habs gar nicht gespürt; die Sache ist nicht halb so schlimm. – Und er erkühnte sich, die Augen aufzumachen.

Da wars mit der Kühnheit aber auch schon wieder vorüber. Sein Gegner kam ihm jetzt noch riesiger vor, als vorhin, und das Geflüster, das nun auch drüben eifrig betrieben wurde, schien ihm nichts Gutes zu bedeuten. Was hatte denn dieser gräßliche Röhling zu grinsen und zu nicken? Was führte er im Schilde? Nein, es war entschieden vernünftiger, die Augen wieder zuzumachen. Die Hiebe wollte er nun aber doch ausschlagen!

– »Bindet die Klingen!«

Henry preßte die Augen zusammen, daß es stockfinster um ihn wurde.

– »Los!«

Patsch! Patsch! – Herrgott, was war denn das? Der drosch ja mit Knüppeln!

Henry mußte die Zähne aufeinanderbeißen, um nicht laut zu brüllen vor Schmerz.
Sein Gegner hatte ihm zwei kräftige flache Hiebe genau auf die Stelle versetzt, wo der kleine Blutige vom ersten Gange saß.
– »Halt!«
Es war wieder der Gegensekundant, der Halt gerufen hatte.
– Gewiß zwei Knochensplitter, dachte sich, soweit er vor Schmerzen denken konnte, Henry.
– »Warum: Halt?«
– »Ich möchte mir die Frage gestatten, ob auf Gegenseite noch gefochten wird.«
Henry hatte es in der Tat vorgezogen, in Deckung zu bleiben und weder den ersten, noch den zweiten Hieb erwidert.
Jetzt war es kein Flüstern mehr an seinem Ohre, sondern ein Fauchen: »Mensch, du tust ja nichts als lauern! Schlag zu, Gott verdamm mich, oder ich . . .«
– »Wir bitten um Pause, die Paukbande sitzt zu fest.«
Kuttler sah wohl das Lächeln, das diese seine Mensurlüge drüben auslöste, und so steigerte sich seine Wut noch. Er riß an der Paukbinde wild herum und löste dabei die Schnalle etwas. Dazu fauchte er weiter: »Es ist eine Affenschande, wie du dich aufführst. Du verdienst, daß er dich rechts und links verflachmeiert. Schlag zu, sag ich!« Er knirschte bloß noch. Dann: »Wir bitten um Fortgang der Mensur!«
– O Gott, o Gott! Nur nicht wieder auf die Stelle, dachte sich Henry. Und: Zuschlagen! Zuschlagen! die Deckung hilft ja doch nicht.
– »Bindet die Klingen! Los!«
Diesmal schlug Henry besinnungslos Hieb auf Hieb immer gleichzeitig mit seinem Gegner, und er schlug auch weiter, wie es wiederum zweimal hintereinander gepatscht hatte, nicht weniger schmerzhaft als vorhin, o Gott nein, nicht weniger schmerzhaft.
– »Halt!«
Diesmal hatte Kuttler gerufen.
Auf die Frage: Warum »Halt«? entgegnete er knurrend: »Die Paukbinde hat sich gelockert.«

Ein sonniges Lächeln überstrahlte alles, was zu Frisias Fahnen schwur, während Pomerania in grimmiger Düsternis stand.
Was ist denn nun schon wieder los! dachte sich Henry. Ich habe doch keinen Hieb ausgelassen.
Er erfuhr es schleunig. Kuttler zog ihm die Halsbinde zusammen, daß ihm der Atem stockte, und grunzte wie ein verwundeter Eber. »Warte, du sollst dich nicht wieder in die Paukbinde verkriechen! Eher sollst du ersticken! Und wenn jetzt noch das Geringste passiert, jagen wir dich von der Mensur aus weg. Eine solche Schweinerei war noch nicht da!«
Er war so außer sich, daß Herr von Spöckhoff ihn ernsthaft ermahnte, nicht die Haltung zu verlieren.
Indessen flößte Böhle dem nun ganz Geknickten einen Kognak ein und raunte ihm ins Ohr: »Um Gottes willen, Kopf hoch! Kinn fest auf die Halsbande! Leg dich so weit als möglich vor und steh fest, fest, fest! Die Sache wird gleich aus sein.«
Aus sein! Aus sein! Aus sein! wiederholte sich idiotisch Henry. Sein zusammengeschnürter Hals schmerzte ihn fast ebenso wie sein Kopf, dessen linke Hälfte sichtlich aufgeschwollen war. Der ursprünglich kleine Blutige vom ersten Gang klaffte infolge der darübergezogenen flachen Hiebe auseinander und blutete stark nach. Henry war überzeugt, daß die Schädeldecke bloßlag. Obwohl er jetzt die Augen offen hatte, vermied er es ängstlich, zu dem Fürchterlichen hinüberzusehen, der ihn so tückisch quälte. Er war voller Grauen und Entsetzen und fühlte deutlich, daß niemand im Saale war, der Mitleid für ihn hatte. Das Lächeln der Friesen schien seiner schmerzhaften Gefühlsüberspannung ein Grinsen von Dämonen, die sich an seiner Schmach, ihrem Triumph, weideten und seinen völligen Untergang mit gellendem Hohngelächter begleiten würden. Dies war der Tiefpunkt seines Lebens. Er fühlte sich wie ein geprügelter Hund, der den letzten Tritt erwartet, und er hatte nur den einen Wunsch, so bald als möglich aus dieser schrecklichen schnürenden Paukbinde befreit zu sein und damit überhaupt frei von diesem ganzen gräßlichen Spuk bei hellem Tage.
– »Wir bitten um Fortsetzung der Mensur!«
Kuttler rief es übermäßig laut, machte aber ein so ver-

kniffenes Gesicht dazu, daß man wohl merken konnte, wie wenig zuversichtlich ihm zumute war. Sein Entschluß stand fest: beim ersten Blutigen, und sei es auch nur der kleinste Krätzer, die Abfuhr zu erklären.

– »Bindet die Klingen! Sind gebunden! Los!«

Patsch! – »Halt!«

Kuttler schmiß den Sekundantenspeer weg. Der Schleppfuchs unterließ es, Henrys Arm zu stützen, der nun schwer hinabsank und schräg hängen blieb, daß das Ende seines Schlägers den Fußboden berührte.

Der Sekundant der Friesen legte die Linke wie beschattend an den breiten Schirm der Sekundiermütze und sagte mit trockenem Hohne, aber scheinbar sehr ernst und korrekt: »Ich bitte nachzusehen, ob sich der Gegenpaukant noch im Saale aufhält!«

O süße Rache! Der schöne Millionenfuchs der Pomerania war nun wohl endgültig erledigt. Gleich einen ganzen Schritt hinter die Krux zurückzutreten: das war ein bißchen reichlich.

Nach diesem Affront fühlte sich C. B. Kuttler aber sofort wieder. Er erklärte die Abfuhr und trat, wie sie vom Unparteiischen verkündet worden war, mit kaltem, aber höchst korrektem Gruße an den impertinenten Friesen heran und knurrte: »Sie werden von uns hören.«

Der Friese erwiderte den Gruß nicht weniger korrekt und antwortete: »Sehr wohl; es wird uns kein geringes Vergnügen sein.«

Maßen sich noch einmal kalt höflichen Blickes und drehten sich um.

Siehe, der Geist der P. P. Suite schwebte feierlich durch den Saal.

Mit Henry wechselte keiner der Pommern ein Wort. Nur Böhle trat, während er unterm Flicken stöhnte, wie zufällig an ihn heran und sagte: »Ich gehe jetzt zu dir und erwarte dich auf deiner Bude. Dir bleibt nichts weiter übrig, als dich unauffällig zu entfernen. Ex est voluptas.«

*

Als Henry auf seiner Bude erschien, den Kopf unter einer Kompresse, von der sich sein Gesicht gespenstisch grün-

bleich abhob, fand er bereits die Insignien seiner Pommernschaft taktvoll beseitigt.
Er warf sich in einen Stuhl und starrte, fest die Lippen aufeinandergepreßt, vor sich hin.
»Na,« sagte Böhle, »diese Episode deines Curriculi vitae wäre erledigt; nicht gerade brillant, aber im Grunde mit guter Schicksalslogik. Du kannst dir nun die Mühe ersparen, deinen Austritt zu erklären. Der reitende Bote Pomeraniae wird bald erscheinen, dir mitzuteilen, daß die Renonce Hauart . . .
»Laß das!« rief Henry aus und sprang auf. »Ich nehme niemand von dieser Gesellschaft an. Sie haben es ja so gewollt. Sie wußten wohl, daß mir die ganze Korpstuerei längst zuwider war. Recht vornehm, mir auf diese Art zuvorzukommen.«
Dieser hurtige Umschwung überraschte selbst Böhle. So ein Millionär, dachte er sich, hat doch erstaunliche Talente, und der Korpsstudent in ihm hatte nicht übel Lust, eine gesalzene Richtigstellung zu produzieren. Aber er unterdrückte sie und sagte: »Standpunkte! Doch wir wollen uns nicht darüber auseinandersetzen. – Weißt du, was jetzt so elend verflachmeiert worden ist? Deine Millionen, Gamasche. Frisia wollte dem hochwohllöblichen C.C. der Pommern ad oculos demonstrieren, daß man nicht ungestraft einen Millionär unter seinen Renoncen hat. Daher die etwas, na, sagen wir: nicht völlig einwandfreie Manier, ausschließlich mit Flachen zu operieren. – Na, lassen wir das. Aber ich fürchte, mein Junge, es wird dir noch manchmal so gehen, daß man dich um deiner Millionen willen schlecht behandelt, oder auch zu gut. Was auf eins herauskommt. Im Grunde bist du übel daran. Der Beruf, für den du bestimmt bist: ein sehr reicher Mann zu sein, gilt im allgemeinen für leicht und lustig. Ich zweifle daran, daß dem so ist, erachte ihn vielmehr bei nicht angeborenem Genie dafür als schwierig und ziemlich unbequem. Arme Gamasche! Du bist noch längst nicht imstande, auf dem Kothurn des Reichtums sicher und stolz einherzuschreiten. Das Beste wäre, du suchtest dir einen Lehrer, der dir erst das ruhige, gerade, ordentliche Schreiten und dann, wenns Zeit ist, das Kothurnen beibringt. Er müßte dir mindestens die Hälfte deiner Millionen wert sein, ohne daß er

darauf in bar Anspruch machte. Mit anderen Worten: Ein Genie und ein Engel.«

Henry stand allzusehr unter dem Einflusse seiner letzten, schmerzhaften Erlebnisse, als daß er diesen Worten die nötige Aufmerksamkeit hätte schenken können. Aber sie waren nicht ganz vergeblich gesprochen, denn sie kamen dem einzigen Gedanken entgegen, der ihm heute einen gewissen, inneren Halt gegeben hatte: dem Gedanken an Karl.

Böhle aber hatte sie auf einen anderen gemünzt: auf Hermann Honrader. Er wußte, daß Henry zu diesem auch von ihm bewunderten Führer der jungen Literatur Beziehungen hatte, wenngleich es ihm unbekannt war, wie sie waren. Er fuhr fort: »Ich kenne Hermann Honrader nicht persönlich, wie du, aber nach seinen Schriften scheint er mir ganz der Mann zu sein, der deinen Erzengel abgeben könnte. Genie hat er, und ich kann mir nicht denken, daß das Herz, das in seinen Büchern so gewaltig liebevoll schlägt, bloß geniales Nachfühlen ist. Schließ dich dem an. Nicht als literarischer Jünger, sondern als Lebensschüler.«

»Dem?« rief Henry erstaunt aus. »Das ist ja ein Sozialdemokrat!«

»Ach was, Unsinn!« entgegnete Böhle, »er ist ein Dichter und fertig. Die Sozialdemokratie ist die Schwäche, durch die er mit seiner Zeit zusammenhängt. Er wird sie bald genug überwunden haben, erstmal aus sich selber heraus, und dann um so mehr, wenn er in Berührung mit reellen Millionen gekommen ist. Aber gerade seine sozialen Gefühle werden, soweit sie bleibend in ihm sind, sehr heilsam für dich und ein schätzenswertes Unterrichtsmittel im Lehrplane sein. Ich sage dir: er kann einen idealen Millionär aus dir machen!«

– »Ich danke, ich bin kein Idealist.«

– »Hast du auch gar nicht nötig. Und gerade ein Mann, wie Honrader, könnte dich dahin führen, ohne allen Idealismus ein ganzer Kerl zu werden, der sich selber wohl in seiner Millionenhaut fühlt, indem er begreifen lernt, daß nur die Kräfte dem Menschen zum Wohlgefühle gereichen, die resolut und zielbewußt im Sinne ihrer Bestimmung betätigt werden. Bei Millionen gehört immer auch dazu, daß sie irgendwie Wohlgefallen über die Person ihres Besitzers hinaus erregen. Sonst sind sie ein Unfug und zu nichts weiter gut als zu einem Düngemittel sozialdemokratischer Aspirationen.«

Das verstand Henry nur sehr ahnungsweise, aber er begann immerhin, auch Hermann Honrader in das Gesichtsfeld der Perspektive zu rücken, die sich jetzt vor ihm auftat.

»Auf alle Fälle geh ich jetzt nach Leipzig,« sagte er »und ich werde Honrader natürlich aufsuchen.«

»Recht so,« meinte Böhle, »und wenn du ihn von mir grüßen willst, so vergiß ja nicht, ihm zu sagen, daß ich nicht bloß der Verfasser des berühmten Zyklus Neuer Mut, sondern auch der zweibänder-Mann bin, der den alten in zweiundzwanzig Mensuren auf Schläger, achten auf Säbel und vieren auf Pistolen höchst ruhmreich bewährt hat. Du aber sei froh, daß du das jetzt nicht mehr nötig hast. Dem Mimen flicht die Nachwelt keine Kränze.«

Der unkorrekte Herr

Nun saß Henry im Eisenbahnzuge, der ihn vom Schauplatz seiner, wie er sich jetzt mit bitterer Überzeugung sagte, knabenhaften Verirrung nach Leipzig bringen sollte, mitten in kulturell bewegtes Leben aus einem Leben rückständiger, leerer, läppischer, barbarischer Formen. Nicht ohne Verachtung um die Mundwinkel, wenngleich unter einer Art seelischen Aufstoßens, beobachtete er, wie Krümpermanns Burschenschaft einen alten Bundesbruder, der sein Examen gemacht hatte und nun ins Philisterium zog, mit wehender Fahne und dem halb melancholischen, halb beherzten Liede: »O alte Burschenherrlichkeit« verabschiedete.

– Welch ein Getue! dachte er sich. Es ist derselbe Geist wie im gepriesenen S. C., nur mit einer anderen Nuance. Burschenherrlichkeit! Wer nicht hinter ihre Kulissen gesehen hätte! Barbarengetöse! Sie sollten Schilder aneinanderschlagen und Auerochsenhörner schwingen statt der Kännchen! Und wie sie brüllen! Das Prusten und Zischen der Lokomotive hat mehr Harmonie, – jedenfalls mehr Bedeutung, die mit unserer Zeit harmoniert. Wie der gute Krümpermann das Maul aufreißt! Einen frischen Schmiß hat weiland Voltaire auch schon. Er wird ihn wohl billiger bezogen haben, als ich den meinen.

Leider mußte er an diesen und die begleitenden Umstände seiner Empfängnis öfter denken, als ihm angenehm war. Er eiterte und schmerzte heftig.

– O, über diese blödsinnige Verirrung!

Das Abfahrtssignal wurde gegeben. Die Burschenschafter sangen, mützenschwenkend und mit den Kännchen winkend, den letzten Vers:

Drum Freunde, reichet euch die Hand,
Damit es sich erneue,
Der alten Freundschaft heilges Band,
Das alte Band der Treue.
Klingt an und hebt die Gläser hoch,
Die alten Burschen leben noch,
Noch lebt die alte Treue!

»Ekelhaft,« murmelte Henry, und legte sich in die Kissen zurück.

Ihm gegenüber im Coupé saß ein Herr, der in der Mitte der Fünfziger stehen mochte und Henry unter anderen Umständen wohl aufgefallen wäre, so wunderlich bedeutend sah er aus: auffallend hohe Stirn, lange, graue Haare, Stulpnase, Knebelbart, unendlich viele feine Fältchen um die lebhaft geistreichen blauen Augen, und ein Mund voll spöttischer Überlegenheit. Auch sein Anzug war auffällig: nonchalant altmodisch und doch soigniert elegant.

Er hatte das burschenschaftliche Schauspiel mit lebhaftem Interesse verfolgt und wandte sich nun, mit der Ungezwungenheit des älteren Herrn, dabei sehr liebenswürdig und heiter, an Henry: »Sie haben sich wohl jede Abschiedsfeierlichkeit verbeten, Herr Studiose, daß Sie so sang- und klanglos die alte Musenstadt verlassen, obwohl Sie doch auch«, er deutete auf die Kompresse, »nicht ohne Gloriole von dannen ziehen.«

Henry war nicht aufgelegt zum Reden, am wenigsten in der Richtung dieser Frage. Er antwortete kurz: »Ich finde das geschmacklos.«

»Was tausend,« entgegnete der Herr. »So jung und schon so blasiert? Aber Sie haben wahrscheinlich nur Katzenjammer. Hab ich recht?«

»Ja,« antwortete Henry kurz, hoffend, damit das Gespräch abzubrechen.

Aber der Herr fuhr fort: »Sie Ärmster! Nun ja: das Saufen! Das wäre das einzige, was mich abhalten könnte, meinen Sohn in ein Korps oder eine Burschenschaft zu geben, wenn ich einen Sohn hätte oder wüßte, wo er steckt.«

Henry sah ihn erstaunt an.

Der Herr lächelte: »La recherche de la paternité est interdite en France; der alte Napoleon war ein sehr kluger Herr und verstand sich auf die Französinnen. Aber das Suchen nach dem Sohne würde wohl auch er nicht verboten haben. Es wäre zu grausam. Ein alter Junggeselle, wie ich, der das Vergnügen hat, einen Sohn von sich unterm Monde zu wissen, würde es sich auch nicht verbieten lassen, diesen Sohn zu suchen. Verstehen Sie das, junger Herr?«

Er blinzelte Henry belustigt an, belustigt darüber, daß der sein Erstaunen über die seltsame Art, einem Unbekannten persönliche Dinge zu offenbaren, nicht verbergen konnte. Er fuhr fort: »Sie finden mich unkorrekt; nicht? Sicherlich. Denn unsere jungen Leute sind heutzutage so entsetzlich korrekt, als ob sie samt und sonders aus dem Lande Yes wären. Mir aber macht es Vergnügen, unkorrekt zu sein. Verstehen Sie das?«

Henry, der anfing Gefallen an dem sonderbaren Herrn zu finden, antwortete: »Warum nicht? Es ist vielleicht Ihr Sport!«

Da schlug der Herr die Hände überm Kopf zusammen: »Sport! Ich sags ja: Unsere Jugend wird englisch. Auch daran ist Frau Lehmann schuld.«

Jetzt glaubte Henry, es mit einem Irrsinnigen zu tun zu haben, denn er wußte nicht, daß die Kronprinzessin von gewissen antienglischen und für Bismarck schwärmenden Kreisen Frau Lehmann genannt wurde.

Der Herr legte den Zeigefinger auf den Mund und sagte: »Silentium, silentium profundissimum.«

Henry wurde es unheimlich. Der Mann war entschieden verrückt. Er sah ihn ängstlich an. Der aber lachte laut und schallend: »Fürchten Sie nichts! Ich gelte zwar für verrückt, bins aber nicht. Wenigstens nicht mehr, als man fürs Haus braucht. Ich bin bloß unkorrekt. Wenn Sie morgen ins Gewandhauskonzert gehen sollten, werden Sie aber finden, daß ich auch sehr korrekt sein kann. Oder doch auch wieder nicht. – Nun, wir wollen nicht von mir reden.«

– »Sie sind Künstler?«

– »Es gibt Leute, die so nachsichtig sind, mich dafür zu halten. Ich selbst gehöre in schwachen oder besonders starken Momenten selbst dazu. Sie sind offenbar nicht Künstler?«

– »Ich bin Student.«

– »Das brauchte Sie nicht zu hindern, Künstler zu sein. Unser größter Künstler seit Wagners Tod ist der Staatsmann Bismarck. – Verstehen Sie das?«

Dieses ewige »verstehen Sie das« fing an, Henry zu beleidigen. Er antwortete pikiert: »Dazu gehört am Ende nicht viel. Jeder große Gestalter ist Künstler.«

»Bravo!« rief der Herr aus und schlug Henry aufs Knie. »Bravissimo! Ich habe mich doch nicht in Ihrer Physiognomie getäuscht. Sie haben einen Schuß Künstlernatur in sich. Ihre Augen haben mir gleich gefallen, und auch ein gewisses Etwas um Ihren Mund, auch Ihre Lippen; sogar Ihre Nase, obwohl ich sonst diese babylonischen Nasen nicht leiden kann. Wenn Sie, wie jetzt, lächeln, wachen Erinnerungen in mir auf, die nicht nach Myrrhentinktur schmecken.«

Er sah Henry musternd ins Gesicht, wie einer, der etwas sucht und auf der Fährte zu sein glaubt. Dann rief er noch lebhafter aus, als sonst: »Wärs die Möglichkeit? Sollte es das Schicksal, dieses kapriziöseste aller Frauenzimmer, für gut befunden haben, mir zwischen Jena und Leipzig die Schwinge mit den goldenen Ähren zu reichen? Diese Linie an den Mundwinkeln? Dieses Verschieben der Unterlippe beim Lächeln? Dieses . . . dieses Glimmen in den Augen. – Mein lieber junger Herr! Sagen Sie mir nur das eine: fängt Ihr Name mit Sch. an?

Henry, nun vollkommen überzeugt, es mit einem Narren zu tun zu haben, lehnte sich steif zurück und antwortete: »Nein, durchaus nicht, ich heiße Hauart.«

Der Herr schüttelte enttäuscht den Kopf, lehnte sich gleichfalls zurück und sagte: »Schade!«

Dann entfaltete er eine große Zeitung, hinter der er sich, wie hinter einem Wandschirm, verbarg, um erst kurz vor Leipzig wieder sichtbar zu werden.

Als er ausstieg, sah er Henry noch einmal groß, aber mit einem verkniffenen Lächeln an und sagte: »Adieu, Herr Hauart! Sie wären wert, anders zu heißen.«

– Was für ein verrückter Kerl! dachte sich Henry.

Das große Aas

Als Madame Sara vor nun mehr als zwanzig Jahren in Leipzig gewesen war, hatte ihr in dieser merkwürdigen Stadt, die von sächsisch redenden Preußen bewohnt wird, nichts gefallen außer einem hübschen Korpsstudenten. Ihrem Sohne ging es anders: ihm gefiel die ganze Stadt, ausgenommen die Korpsstudenten. Zum Glück gab es davon hier nicht so viel wie in Jena, aber schon die wenigen, die zwischen elf und zwölf Uhr die Grimmaische Straße mit ihren Farben beehrten, verursachten ihm Ärger.

Ein anderer wäre nach Erfahrungen, wie er sie jetzt schmerzhaft genug gemacht hatte, vielleicht gedrückt gewesen, in seinem Selbstbewußtsein erschüttert; nicht so Henry. Er besaß in hohem Grade die Gabe, alles Erlebte zu seinen Gunsten auszulegen; wenn nicht als Verdienst, so doch als Schicksalsauszeichnung. Seit er den Ring mit der schwarzen Perle am Finger hatte, kam er sich wie ein Auserwählter vor, dem alle Dinge zum Besten dienen müssen. Mit dem orangenen Stürmer auf dem Kopfe war er ein Fuchs gewesen; jetzt, einen weichen hellgrauen Hut auf der immerhin dekorativen Kompresse, war er ein freier Herr.

Aus diesem Grunde dachte er fürs erste auch gar nicht daran, sich nach dem Ratschlage Böhles einen Mentor zu suchen, mochte das nun Karl oder Hermann sein. Das hatte Zeit. Zum Amüsieren brauchte er keinen Lehrer, und er wollte sich jetzt endlich mal amüsieren und nichts weiter.

In Jena war er kaum zum Nachdenken gekommen, weil er fast nie allein gewesen oder, wenn einmal ohne Gesellschaft, durch Katzenjammer am Denken verhindert worden war. Das holte er in den ersten Tagen seines Leipziger Aufenthaltes nun nach.

Er hatte auch hier keine Privatwohnung genommen, sondern sich in einem weitläuftigen Hotel eine Reihe Zimmer gemietet. Ein vornehmes Hotel war es nicht. Im Erdgeschoß befand sich ein Varietétheater und ein Café mit Kellnerinnen.

Wo hätte man angeregter nachdenken können als hier?

Wenn er früh um elf Uhr aufstand, hörte er bereits die Chansonetten hinten zum Klavier proben. Den ganzen Tag war ein Kommen und Gehen auf dem Gange, und auch nachts war ein Kommen und Gehen. Henry nannte das eine »großstädtische Sphäre«, und die Sphärenmusik, die damit zusammenhing, störte ihn in seinem Nachdenken keineswegs. Sie war vielmehr eine durchaus passende Begleitung dazu.

– Ist es nicht, dachte sich Henry, ein rechter Blödsinn, noch etwas Besonderes aus sich machen zu wollen, wenn man ein großes Vermögen besitzt? Ist man als reicher Mann nicht schon an sich was Besonderes? Ist man nicht gerade das, was die anderen werden wollen, und weswegen sie sich abmühen?

»Ich hab viel Courage,
Wohne Beletage,
Meine hohe Gage,
Die erlaubt es mir«,

krähte hinten ein jugendlicher Sopran.

– Sehr richtig, kleines Mädchen! dachte sich Henry: Courage, Beletage, Gage: dieser Dreiklang hat einen tiefen Sinn. – Mir aber hat immer die Courage gefehlt. Ich habe immer andere gebraucht; bald den, bald jenen. Warum? Weil ich immer noch etwas mehr haben wollte, als Gage und Beletage. Und was? Du lieber Gott! Ich hab immer eine Rolle spielen wollen. Als ob die Rolle des Millionärs nicht die Rolle aller Rollen wäre, die Rolle, um die sich alle diese Lebenskomödianten reißen, wegen der sie sich abschinden, einander in den Haaren liegen, Tugenden prästieren und Gemeinheiten begehen.

Jetzt wurde eine weibliche Stimme nebenan laut, die er schon in der Nacht vernommen hatte: zärtlich, verliebt, willfährig. Aber jetzt hatte sie einen harten Ton. Er vernahm viele Worte, aber keines so oft, wie Zwanzig Mark.

– Was würde, dachte sich Henry, dieses wahrhaftig doch bescheidene Mädchen sagen, wenn der schofle Kerl ihr jetzt von Liebe reden wollte? Oder von Frauenstolz und Ehre?

– Hol mich der Teufel, was für ein Narr ich gewesen bin. Habe das Elixier, das alle Genüsse der Welt verschafft, und habe, weiß Gott, Tinte saufen wollen. – Auch jetzt wieder! Zu wem wollte ich sofort rennen, kaum in Leipzig angekommen? Zu dem berühmten Dichter Hermann Honrader, der wahrscheinlich nicht genug Geld hat, auch nur einmal im Monat Sekt zu trinken, oder zu meinem genialen Vetter, der so genial ist, daß er vor jedem Unterrock Zustände kriegt. Blödsinn! Ich kann mir alle Poesie und alle Genialität der Welt kaufen, wenn ich will; das heißt, wenn ich der solideren Dinge satt bin, wegen deren alle diese Poeten und Genies sich abstrapazieren.

»Extrablatt! Extrablatt! Extrablatt!« heulte es unten auf der Straße.

Henry ließ es sich holen und las: »König Ludwig der Zweite von Bayern hat sich bei Schloß Berg im Starnberger See ertränkt. Dr. von Gudden, der ihn überwachende Arzt, ist bei dem Versuche, ihn an seinem Vorhaben zu hindern, gleichfalls in den Wellen umgekommen.«

Henry ließ das Blatt sinken und starrte mit großen Augen vor sich hin. Ein dunkler Winkel ganz verschwommener Kindheitserinnerungen hellte sich ihm plötzlich auf. Ein Wort trat ihm auf die Lippen, – er begriff es kaum: »Der Kini,« und er sah Fackeln auf Schnee und eine goldene Muschel voll Schwanendaunen und einen bleichen Mann mit großen Augen darin; – leiser Hufschlag, – vorbei.
Zu jeder anderen Zeit hätte ihn diese Erinnerung wohl tiefer berührt und andere Perspektiven vor ihm aufgetan. Jetzt dachte er, immer noch im Gleise seiner vorigen Gedanken, nur: Begreiflich: so enden Idealisten. Der wollte auch über sich hinaus. War auch mit seiner Rolle nicht zufrieden. Wollte nicht König von Bayern, wollte ein Märchenkönig sein. Bildete sich ein, heute majestätische Poesie leben zu können, Poesie früherer Jahrhunderte. Und nun, Ludwig? Eine Wasserleiche. Sehr unpoetisch! Sehr unmajestätisch! Ekelhaft modern.
Mit einem seiner Gewaltsätze kam er auf sich: War der orangene Stürmer nicht etwas Ähnliches gewesen? Wollte ich nicht auch ritterliche Poesie leben? – Dummheiten! Und nicht einmal königliche. Bloß kindisch! Kindisch, wie alle meine Aspirationen. – Ich brauche keine. In ein paar Monaten bin ich mündig und lebe Genuß. – Nein, jetzt schon, augenblicklich! Ob ich sonst noch Talente habe, weiß ich nicht, aber das weiß ich, daß ich allen reellen Genüssen dieser Welt gewachsen bin. Nicht jeder kann das von sich sagen. Am wenigsten offenbar die Poeten und Genies. Ich überlasse ihnen ihre Unsterblichkeit. Hermann und Karl sollen jeder ein Denkmal von mir kriegen. Es soll aber eine bequeme Bank daran sein für mich und meine Weiber, und rechts und links ein paar schöne gemeißelte Champagnerkühler.
Die Lust am Trunke hatte er glücklich aus seinem S.C.-Schiffbruche gerettet und auch mancherlei anderes war ihm geblieben, wenn auch auf sein Wesen hin modifiziert. So stammte seine Verhöhnung der »Poeten und Genies«, ohne daß er sich dessen bewußt war, von Kuttler her. Aber es war wie immer bei ihm: er hatte aufgenommen, ohne zu verarbeiten. Sein ganzes Wesen war voller vagabundierender Fremdkörper. Je nach dem Bedürfnis des Augenblicks kamen die Lehren des alten Hauart, die Skeptizismen Karls,

Böhles Resignation, ja auch der Katechismus hoch, und was sonst noch in ihm durcheinanderstrudelte. Dauer über alles bewährte nur, was ihm von der »herrlichen Frau« geblieben war und was sich mit dem deckte, das er in seinen beiden »heiligen Erbstücken« erblickte: der intensive, immer mehr erstarkende Glaube an seinen »Stern«.

In seiner ersten Leipziger Zeit dachte er übrigens daran eigentlich nicht. Wie er seine Gedanken in der Richtung laufen ließ, die ihm jetzt gerade Bedürfnis war, so auch sich selbst.

Er wüstete ganz einfach in allen Lüsten der Sinne.

Das Tingeltangel im Hotel wurde zu seinem Serail. Es kam nicht selten vor, daß er nach Schluß der Vorstellung sämtliche Varietédamen, die schon stark mitgenommen nicht ausgeschlossen, in seinen Gemächern zu einem opulenten Abendessen mit horrend vielen und schweren Getränken vereinigte, woran sich dann Orgien schlossen, die selbst den an Außerordentliches gewöhnten Zimmerkellnern Respekt abnötigten.

Wenn dann am folgenden Morgen in den Betten, auf den Diwans und auch auf den blanken Teppichen alle die verwüsteten, übernächtigen, zum Teil blutjungen, zum Teil überreifen Genossinnen von Henrys verrückt gierigen Ausschweifungen erwachten, so gab das Bilder von chaotischer Kraßheit, aber der junge Wüstling empfand keinerlei Degout dabei, sondern er überblickte das Feld seiner nächtlichen Tätigkeit mit einer Art brutaler Genugtuung, die wohl etwas Sklavenhalterhaftes hatte. Es tat ihm dann wohl, mit schmutzigen Schimpfworten um sich zu werfen, schamlose Situationen herbeizuführen, die Weiber aufeinander zu hetzen, daß sie halb nackt sich in die Haare fuhren, um dann mitten unter die sich Balgenden zu springen und selbst auf sie loszuschlagen. Dann vergriffen sich einige wohl auch an ihm, andere sprangen ihm bei, und es entwickelten sich wahre Kampfszenen, nach denen Henrys »Gemächer« einem Schlachtfelde glichen, übersät mit zerrissenen Unterröcken, verbogenen Korsetts, zertretenen Kämmen, halbierten Spitzenhosen, umgeworfenen und zerbrochenen Spiegeln, entleerten Flaschen, quer durcheinandergeschmissenen Stühlen.

Trotz dieser häßlichen Brutalitäten fielen nur wenige mit unweltläufiger Empfindlichkeit behaftete Mitglieder seines

Serails von ihm ab; die große Mehrzahl hing ihm mit um so größerer Hingebung an und verbreitete seinen Ruhm als eines jungen Mannes, der nicht leicht seinesgleichen fände. Er erhielt, und das war keineswegs despektierlich, sondern als eine Art Respekttitel gemeint, den Kosenamen: »Das große Aas«, und seine Wohnung hieß bald im ganzen Umkreise der Sorte Weiblichkeit, an der er jetzt Geschmack fand, »Die Aaserei«. Er hielt dort förmlich offenen Hof und gewährte jeder Venusgärtnerin Audienz, wenn sie nur halbwegs »elegant« angezogen war. »Damen in Flanellröcken und wollenen Unterhosen ist der Eintritt verboten«, wollte er an seine Türe schreiben, aber diese Prinzipienerklärung stieß beim Hotelier denn doch auf Widerspruch. Der Portier hatte zwar gemessenen Auftrag, alle beide Augen zuzudrücken, wenn der junge Herr auf Nummer acht bis zwölf weibliche Heimsuchungen erfuhr, aber: »So e Blagad, nee, Herr Doktor, nehme Se mirs nich iebel, das hieße doch Schindluder mit der Bolezei treim, und mei Brinzib is: Mei Name is Hase, ich wees von nischt.«

Der Naturalist

Indessen war der üble Geruch von Henrys wüstem Lebenswandel doch auch über die Kreise hinausgedrungen, die damit zusammenhingen. Selbst die Atmosphäre des Hauses Kraker war davon verunreinigt worden, und Onkel Jeremias sowohl wie Tante Sanna fragten sich mehr als einmal, ob es nicht, von allem andern abgesehen, Christenpflicht sei, diesem Treiben mit allen Mitteln vormundschaftlicher Gewalt Einhalt zu gebieten. Indessen: wie wäre das zu machen gewesen, da dieser Unflat von einem Menschen offenbar Geld in Hülle und Fülle zu Gebote hatte? – Etwa Briefe schreiben? Es wäre Tintenvergeudung gewesen. – Hinfahren und dem Burschen ins Gewissen reden? Das hätte abscheuliche Folgen haben können. – Und dann: in kurzer Zeit war der Mensch ja mündig. Mußte man da nicht vielmehr darauf bedacht sein, mit ihm in ein erträgliches Verhältnis zu kommen? Ja, wenn es möglich gewesen wäre, ihn dann unter Kuratel zu stellen! Aber Herrn Krakers Rechtsbeistand hatte diese Hoffnung leider abgeschnitten, da zur Stellung eines derartigen Antrages Blutsverwandtschaft nötig sei. – Nein, es blieb nichts andres übrig, als christlich zu dulden und, wenn es so weit war, zu versuchen, ob man nicht doch gütlich mit ihm auseinanderzukommen oder vielmehr noch in einem gewissen Verhältnis mit ihm bleiben konnte. Denn: durfte man ihm den einzigen Halt, den er hatte, entziehen? Hieße das nicht, eine Seele direkt in die Hölle fahren lassen? Wohl: er war ein schmählich Verirrter. Aber gerade darum mußte man ihm das Kreuz hinhalten. Vielleicht griff er doch danach, wenn die Fluten des Lasters über seinem Haupte zusammenschlugen. – Jedenfalls erhielt Karl den Auftrag, ihn nicht aus den Augen zu lassen und sich ihm bei passender Gelegenheit zu nähern.

Anders dachte Hermann Honrader, als die Kunde von Henrys schmutzigen Wüstereien zu ihm drang.

Es ging gegen den Herbst zu und war kurz vor Beginn des neuen Semesters, als er sich entschloß, seinen Halbbruder aufzusuchen.

Es war einer der dunkeln Regentage, an denen Leipzig ganz grauschwarz und höchst unerquicklich wirkt. Trotzdem war Hermann überrascht, in Henrys Zimmer alle Gasflammen angezündet zu finden, als ob es schon dunkle Nacht wäre. Die Fensterläden waren geschlossen und überdies alle Gardinen zugezogen.

Henry lag auf dem Sofa und las in einem Buche. Das ganze Zimmer war angefüllt von Zigarettenrauch und schweren Parfüms, die aber einen gewissen Spirituosengeruch doch nicht völlig deckten.

Als Hermann eintrat, hob Henry den Kopf etwas, stand aber nicht auf, sondern wies auf einen Stuhl und sagte: »Was verschafft mir die Ehre, das Haupt von Gründeutschland begrüßen zu dürfen? Du bist es doch noch?«

Hermann trat auf ihn zu und ergriff seine Hand: »Was sollen diese Reden. Ich habe keine Ehren zu erweisen und komme nicht als Schriftsteller zu dir, sondern als ein alter Bekannter, der sich einmal bei dir umsehen möchte, wie du lebst, was du treibst, wie es dir geht.«

»Oh, danke der Nachfrage,« erwiderte Henry, »ich lebe, wie es mir paßt, ich treibe, was mir Spaß macht und es geht mir dementsprechend brillant. Trinkst du einen Schnaps?«

– »Nein, danke.«
– »Du siehst auch aus wie ein Buveur d'eau. Ich hätte mir den berüchtigten Naturalisten anders gedacht. Du siehst ja aus wie der Herr Christus. Hoffentlich hast du nichts dagegen, wenn ich trinke.«
Hermann, der zwar in der Tat mit seinen großen, ruhigen, blauen Augen und dem weichen, blonden Bart- und Haupthaar einen auffallend milden Eindruck machte, seit seiner Jugend aber an Schärfe und Temperament sehr zugenommen hatte, wollte heftig erwidern, bezwang sich jedoch und sagte bloß: »Du mußt diesen Ton wirklich lassen, Henfel, wenn du nicht willst, daß ich gehen soll.«
»Pardon,« entgegnete Henry, »ich wollte dich nicht beleidigen. Aber, entschuldige: was soll ich denn sagen? Du bist eben für mich doch der berühmte Mann.«
– »Erinnere dich lieber, was ich dir in der Zeit war, als deine Eltern gestorben waren. Da warst du allein, ratlos, verstört, und ich kam zu dir, um dir zu helfen. Und jetzt ist es das gleiche.«
– »Daß ich nicht wüßte. Ich bin gar nicht allein. Ich habe an die zwanzig gute Freundinnen. Ich bin auch nicht ratlos. Ich weiß vielmehr genau, was ich will. Und verstört bin ich schon gar nicht. Höchstens ein bißchen verkatert. Aber dagegen hilft das da, wie gestern, so heut.«
Er wies auf seine Flaschen.
Hermann setzte sich und nahm Henrys Hand in die seine: »Dein Gesicht straft deine Worte Lügen. Henfel. Ich sehe, daß es genauso schlimm um dich steht, wie dein Ruf ist.«
Henry lachte höhnisch auf. »Mein Ruf! Ich habe einen Ruf! Wie schmeichelhaft! So fehlt mir also gar nichts zu meinem Glücke! Ich bin sogar berüchtigt! Und das, ohne ein einziges Buch geschrieben zu haben! Großartig!«
Hermann ließ Henrys Hand los und sah ihn kopfschüttelnd groß an: »Es ist wirklich gut, daß ich gekommen bin, Henfel. Du verwüstest dich. Du läufst in einen Sumpf. Der Schmutz steht dir schon am Herzen.«
Henry richtete sich auf und erwiderte Hermanns Blick. Dann grinste er und sprach: »Gottvoll! Der Naturalist als Moralprediger. Ich denke, ihr wollt die alten Sittengesetze umschmeißen? Du bist ja beinahe vorbestraft wegen Vergehens gegen die Sittlichkeit. Nicht? Und, wart mal, was

hab ich doch kürzlich gelesen, das ein berühmter alter Dichtersmann voll sittlicher Entrüstung gegen euch losgelassen hat? Wart ... einen Augenblick ... richtig: so wars, oder wenigstens so ähnlich:

Die Dichter von gestern
Hatten die Musen zu Schwestern
Und tranken kastalischen Quell.
Die Dichter von heute
Haben Huren als Bräute
Und besaufen sich im Bordell.«

Hermann sprang auf. Seine Augen blitzten, als er sprach, und eine tiefe Falte furchte sich steil zwischen die Augenbrauen: »Diese niedrige, dumme, gemeine Gehässigkeit ist wert, von dir zitiert zu werden. Weil sie nie jung, nie stark, nie Dichter waren, immer nur nachsäuselten, immer nur Schablonen auspinselten, immer nur den wässerig plätschernden Beifall kümmerlicher Salons im Auge hatten, fehlt es ihnen an der Fähigkeit, eine echte, starke, dichterische Jugend zu begreifen, die es verschmäht, den Nachtretern der Nachtreter nachzutreten und es sich erkühnt, mit eigener lebendiger Inbrunst ins Leben zu schreiten und es wahrhaftig zu gestalten mit den Mitteln einer aufs neue wiedergewonnenen Kunst, nicht zum Amüsement und Augenaufschlag flacher Schöngeister, sondern zur Öffnung der Augen des ganzen schaffenden Volkes. Aber schimpfen können sie, verleumden können sie, diese jämmerlich falschen Propheten der Reinheit und Schönheit. Von den hesperischen Äpfeln schwärmen sie mit dem Maule, aber ihre Hände greifen nach Pferdeäpfeln, wenn es gilt, Stärkere zu beschmutzen.«

Er hielt aufatmend inne und strich sich über die Stirn. Dann setzte er sich und sprach nach einer Pause, nach und nach ruhiger werdend: »Unser Ziel ist nicht die Wüstheit, unser Ideal ist nicht das Chaos, unsere Begierden sind nicht auf das Gemeine gerichtet. Wir haben im Schmutze gewühlt, weil wir dort noch eher echte Schönheit zu finden hofften, als in den wesenlosen Sphären dieser Idealisten. Wir haben alles umgekehrt, weil wir alle Außenseiten als übertüncht erkannten. Wir haben in der Hure mehr Seele und reine Schönheit entdeckt, als in diesen Damen-Musen, an denen kein Funken Natur mehr ist, und die daher nicht in die Kunst, sondern ins Panoptikum gehören. – Wir haben an allem gezweifelt und in tausend Glauben geirrt. Wir haben Ärgernis gegeben und oft Verwirrung angerichtet. Wir haben uns in Richtungen verrannt, die in Sackgassen führten. Aber alle unsere Irrtümer haben uns, wenn auch vielleicht weg von der Kunst, so doch aufs heilsamste wieder an die Natur, ans Leben, ans Menschliche gebracht, und wir haben dadurch an der Kraft zugenommen, ohne die kein Künstler werden kann.

Es trat wieder eine Pause ein.

Dann sagte Henry: »Ich freue mich der Belehrung, finde aber eigentlich, daß ihr bloß einen Umweg gemacht habt, um zu demselben Idealismus zu gelangen, auf den du so böse bist.«

Hermann runzelte die Stirne: »Es war unrecht von mir, abzuschweifen und dir Dinge zu sagen, die du offenbar nicht verstehen willst, oder auch vielleicht in deinem jetzigen Zustande nicht verstehen kannst. Doch ich darf dir dieses letzte Wort nicht lassen. – Wir haben freilich einen Umweg gemacht, aber nicht, um zum Idealismus zu kommen oder zu dem, was diese Idealisten Schönheit nennen, sondern um wieder zur Kunst zu gelangen. Lies Shakespeare, den größten aller Künstler des Wortes, und du wirst begreifen, was Kunst heißt. Nicht Idealismus, nicht Schönheit, nicht Realismus, nicht Wahrheit, sondern eine eigene Welt, die Welt des schöpferischen Menschen, gezogen aus der Natur, aber zusammengefaßt durch Gesetze einer sichtlichen Harmonie. In ihr ist auch Häßlichkeit, Krankheit, Verworfenheit, Schmutz, Laster, Irrtum, Gemeinheit, aber nicht im zerstreuten Lichte der Wirklichkeit, sondern wie zusammengehalten durch Strahlen einer gefaßten Lichtquelle. – Aber was rede ich da. Du lebst ja ›zu deinem Vergnügen‹ mit einem Schock Weiber und Dutzenden von Schnapsflaschen. Es hat wahrlich keinen Sinn, mit jemand von Kunst zu reden, der sein Leben so ruchlos und töricht verstümpert. Ich will froh sein, wenn du wenigstens eingesehen hast, daß die Sinnenfreudigkeit, die allerdings auch ein Merkmal der Kunst ist, sich nicht mit viehisch geistloser Sinnlichkeit deckt.«

»Mir scheint, jetzt wirfst du mit Pferdeäpfeln,« bemerkte höhnisch Henry.

»Aber ich verleumde dich nicht, Henfel!« antwortete Hermann; »oder ist es etwa nicht wahr, daß du völlig im Alkohol und sexueller Ausschweifung aufgehst?«
– »Ich kanns vertragen und habs dazu.«
– »Henfel, ich bitte dich! Dieses Leben kann nur vertragen, wer mit dem Leben schnell fertig werden will, und der Reichtum ist eine Gabe des Schicksals, die nicht dazu da ist, würdelos und zum eigenen Verderben verschwendet zu werden.«
– »Sondern man soll das Volk damit beglücken. Oder bist du etwa auch nicht mehr Sozialdemokrat?«
»Du bringst mich nicht wieder von meinem Thema ab. Und bleibe auch du bei der Stange, Henfel. Ich rede nicht zu dir, um dich zu veranlassen, deine Millionen für irgend jemand andern zu verwerten. Ich möchte nur, daß du sie nicht gegen dich verwertest.«
– »Ach?«
– »Ja, Henfel. Und ich will dir auch sagen, warum. Nicht etwa, weil auch du der Sohn meines Vaters bist. Nein. Als solcher bist du mir gleichgültig. Aber du bist auch der Sohn einer Frau, deren Andenken mir heilig ist, weil sie einen immerdauernden Einfluß auf mich gehabt hat. Den Sohn Frau Klaras will ich nicht unwürdig untergehen sehen. Henfel! Ich bitte dich! Wie kann man, das Andenken an eine Mutter im Herzen, wie du sie gehabt hast, so leben, wie du, ohne das Gefühl zu haben, sich zu versündigen!«
Henry senkte den Kopf. Es fiel ihm schwer aufs Herz, daß er diese ganze Zeit nie an seine Mutter gedacht hatte.
Hermann bemerkte den Eindruck seiner Worte und ergriff aufs neue Henrys Hand.
– »Ich wäre nicht zu dir gekommen, wenn ich bloß gehört hätte, daß du lüderlich bist. Zwar bin ich selbst es nie gewesen, aber ich rechne mir das keineswegs zum Verdienst an und weiß, daß es Menschen gibt, die sexuell über die Stränge schlagen müssen, – Weiber so gut, wie Männer. Es sind nicht einmal die schlechtesten Naturen, die einen gewissen Überfluß an Lebenskraft auf diese Weise los werden müssen; und von Laster und Sünde kann dabei keine Rede sein. Die echte, gesunde Lust am Weibe, die etwas natürlich Schönes ist, bringt immer Ähnliches hervor. Sie verzehrt den Mann nicht, sondern macht ihn stark, belebt

und erfrischt ihn, führt ihn zur Natur und zum Sinne des Lebens. Mann und Frau kräftigen sich aneinander, jedes gibt und jedes nimmt; aber mir scheint, der Mann gewinnt am meisten. Deshalb verachten wir auch die Freudenmädchen nicht, diesen Notbehelf einer verirrten Kultur. Die Prostitution ist zu dem Gemeinen, was sie jetzt größtenteils ist, durch Männer deiner Art geworden, und es ist nur gerecht, wenn die Hurer werden, wie die Huren, die man ja jetzt glücklich so weit gebracht hat, daß sie sich selbst verachten und bemitleiden.«

»Ich verachte und bemitleide mich einstweilen noch gar nicht«, entgegnete Henry, dem Hermanns Entgleisung in Allgemeinheiten nicht unerwünscht war, weil sie ihm auch Deckung hinter Allgemeinheiten verschaffte. Er sprach es auch aus: »Übrigens wirst du wohl nicht behaupten wollen, daß ich persönlich die Schuld daran trage, wenn meine Freundinnen keine athenischen Hetären sind.«

»Jetzt bist du mit deiner Ironie im Rechte«, sagte Hermann; »es ist mein alter Fehler, daß ich mich immer in allgemeine Kritik verliere. Wir sind ja fast alle noch mehr Kritiker, als Künstler. Doch da gerate ich noch weiter weg von dir. Aber ich lasse dich nicht mehr entkommen, Henfel. Ich fühle, trotz deiner Ironie, daß du hinter meinen Allgemeinheiten spürst, was dich persönlich angeht. Du sagst, du verachtest und bemitleidest dich nicht. Das ist gewiß richtig, denn auch dazu fehlt es dir an moralischer Kraft. Aber eines Tages wird ein Ekel über dich hereinbrechen, den du durch allen Alkohol der Welt nicht vertreiben kannst. Der physische Bankerott wird da sein. Alle äußeren Mittel zum Genuß des Lebens werden dir nichts helfen. Denn dein inneres Vermögen wird vertan sein.«

»Du unterschätzest mich«, grinste Henry; »im schlimmsten Falle macht man eine Pause und fängt dann wieder von vorne an.«

Hermann stand angeekelt auf. Der berühmte Naturalist war dieser Art realistischer Denkungsweise nicht gewachsen. Er fühlte sich etwas widerwärtig Fremdem gegenüber, etwas Urfeindlichem. – Was war das eigentlich? – Er maß Henry mit einem Blicke voll Erbitterung; dann rief er aus: »So verkomme denn in deinem Schmutze, ersticke in deinem Fette! Ich glaubte in dir den Sohn deiner Mutter zu

sehen, aber du bist nur der Sohn deines Vaters, der Sohn des reichen Mannes ohne Seele. Mag sich das Verhängnis deines Reichtums an dir vollziehen. Es war blöde von mir, zu glauben, dich davor retten zu können. Du bist nichts, als ein belangloser junger Mensch, der ein paar Millionen geerbt hat, und hast keine weitere Bestimmung, als sie so dumm wie möglich durchzubringen und an ihnen zugrunde zu gehn. Mit einem solchen habe ich nichts zu schaffen.«
Er nahm seinen Hut und ging.
Henry hatte die in einem leidenschaftlichen Tone und Tempo über ihn herfegenden Worte mit einem erzwungen höhnischen Gesichtsausdrucke hingenommen. Als Hermann aber verschwunden war, fiel der Hohn wie eine Maske von ihm ab, und es trat an seine Stelle ein starrer Ausdruck von Beklommenheit.
So saß er eine Weile. Dann gab er sich einen Ruck und langte nach dem weggelegten Buche. Sein Blick fiel auf ein plump obszönes Bild. Er schleuderte das Buch in eine Ecke.
– Wenn ich doch Mamas Bild hätte, überkam es ihn. Oder ihre Kette! Irgend etwas von ihr!
»Ah!« er stöhnte laut auf, und weinte lange.

Noch an demselben Abend war Henry zu Hermann gegangen und hatte sich ihm mit unverstellter strömender Ergriffenheit wieder ans Herz gedrängt.
Dieser Abend zwischen Hermann und seiner Frau, die ihn mit ihrer stillen Heiterkeit an seine Mutter erinnerte, hatte ihm wie eine große Beruhigung wohlgetan.
Schon am nächsten Tage verließ er das Hotel und nahm in der Nähe Hermanns am hochgelegenen Neukirchhof eine kleine möblierte Wohnung im vierten Stocke eines Hauses, von wo er, wie von einem Turme aus, einen weiten Blick über die tief unter ihm liegende Promenade und, jenseits von ihr über alte Häuser und Gärten weg, bis zu den Wipfeln des Rosentales hatte. Er ließ sich als Student einschreiben und belegte nicht bloß, sondern besuchte auch wirklich einige Vorlesungen. Sein Hauptinteresse aber galt doch dem literarischen Kreise, der sich um Honrader als Mittelpunkt gebildet hatte.
Erschöpft, wie er von seinen Ausschweifungen war, und

ganz noch unter dem Einflusse Hermanns stehend, den er nun uneingeschränkt bewunderte und als seinen Retter dankbar verehrte, tat er sich in der ersten Zeit keineswegs hervor, sondern ließ es sich genügen, den sehr verschiedenen und oft höchst wunderlich und wild vorgetragenen Meinungen und Dichtungen zu lauschen, die der »Misthaufen« zutage förderte, wie man persiflierend die Vereinigung im Anschlusse an die Kennzeichnung genannt hatte, deren sich diese jungen Dichter damals in den Organen der öffentlichen Meinung erfreuten. Sein größenwahnhafter vager Glaube an die sichere Schicksalsberufung durch seinen Stern zu einer außerordentlichen Bedeutung war ganz dem angenehm müden Gefühle bescheidener Selbsteinschätzung gewichen, vielleicht nicht bloß infolge seiner allgemeinen Abspannung und der offenbaren Überlegenheit Hermanns, sondern auch als Gegensatzwirkung der zum Teil grotesk selbstbewußten Allüren und Äußerungen nicht weniger Misthaufenmitglieder.

Frau Christine

Dieses Semester, in das Henry als das »große Aas« geschritten war, um es dann als bescheidener, schweigsamer Hospitant des »Misthaufens« zu beschließen, hatte ihm doch eine gewisse Haltung gegeben. Es war im Grunde die Haltung Hermanns, obwohl es dieser ausdrücklich abgelehnt hatte, sein offizieller Mentor im Sinne Fritz Böhles zu werden.

»Es freut mich herzlich«, hatte er gesagt, »daß du damals abends zu mir gekommen bist, aber ich habe das immer als ein Zudirkommen betrachtet. Vergiß einstweilen, daß du Millionär bist und denke immer daran: ich bin meiner Mutter Sohn, der Sohn einer Künstlerin, die auch nie an ihre Millionen gedacht, sondern immer nur das Wertvolle in sich gepflegt hat: ihre stille, gütige, klare Seele und die Kunst, die deren Ausdruck war. – Du willst, ich soll mich dir in weiterem Umfang widmen, ich soll dich, wie du sagst, auf deinen Beruf als Millionär vorbereiten. Dazu, lieber Henry, bin ich untauglich, obwohl eine solche Aufgabe für mich etwas sehr Verlockendes hat. Noch vor ein paar

Jahren hätte ich mich nicht lange geziert. Gott weiß, was alles für Pläne ich aufs Tapet gebracht hätte, wie du deine Millionen im Dienste der Menschheit zu sozialen Experimenten ausgezeichnet hättest verwenden können. Heute, wo ich nicht mehr an die Möglichkeit glaube, daß man der sozialen Frage mit sozialen Experimenten zu Leibe rücken könnte, heute, wo ich überzeugt bin, daß diese Frage nur von der Masse selbst gelöst werden wird, weil auch sie eine Machtfrage ist, und wo ich mir gar nicht einmal mehr sicher darüber bin, ob diese Lösung, wenn sie eintritt, so aussehen wird, wie ich es mir einstmals eingebildet habe, – heute kann ich dir eigentlich nur Goethe zitieren und sagen: Edel sei der Mensch, hilfreich und gut. Im übrigen habe ich an mir selbst noch so viele Probleme zu lösen, daß ich ganz und gar nicht den Mut aufbringen kann, mich an ein so fremdes Problem zu wagen, wie es das deine ist, wenn du aus deinen Millionen durchaus einen Beruf machen willst. Diese Absicht hat gewiß viel für sich, denn warum sollte man nicht auch aus seinem Reichtum einen Beruf machen, gerade so gut wie ich aus meiner Begabung einen mache? Aber ich bin zu sehr auf Ausbildung innerer Güter angelegt und daher geneigt, äußere zu unterschätzen. Ich würde dir immer und ewig nur wiederholen: baue dich selbst nach allen Seiten aus, sieh zu, daß du ein ganzer Kerl wirst, dann werden dich deine Millionen nicht genieren, und du wirst selber immer wissen, was du jeweils mit ihnen anzufangen hast. Damit ist aber das eigentliche Problem des Reichtums ignoriert, ja, ich lehre dich schließlich, es zu ignorieren.«

Henry hatte sich damit zufrieden gegeben, weil ihm der Zustand dieses ruhigen Dahinlebens wirklich wohlgetan hatte nach seinen Wüstereien, und weil er in der Tat eine Festigung seines Innern verspürt hatte, indem er sich an Hermann ein Beispiel nahm und nach und nach ganz in dessen Fahrwasser geriet. Seine Eitelkeit schien ganz ausgeschaltet, wie auch seine Sinnlichkeit. Es genügte ihm offenbar, der anerkannte Lieblingsjünger desjenigen zu sein, der für ihn hoch über allen andern stand, und er fühlte sich dadurch selber schon auch ein bißchen über die sonstigen Misthäufler erhöht.

An die Stelle seiner wilden Sinnlichkeit aber war wieder

einmal eine ritterlich-platonische Verehrung getreten: für Hermanns Frau. Er wußte wohl, denn alle wußten es, daß diese, bevor Hermann sie zu sich genommen hatte, keineswegs als reine Madonna auf Wolken gewandelt, vielmehr mit wilder Lust durch ein zügelloses Leben geschritten war. Aber er wußte es auch gleich allen anderen, daß ihr jetziges klares, reines Leben, das von der Liebe zu ihrem Manne und von der treuen Inbrunst erfüllt war, ihm heiter und herzlich zu dienen, hoch über jedem Verdacht stand.
Frau Christine Honrader war eine der sehr seltenen echten Magdalenennaturen, die in überströmender Jugendkraft Liebe wahllos nehmen und geben, aber imstande sind, eines Tages alle ihre Liebesfähigkeit einem Einzigen zu weihen, dessen reineres und höheres Wesen alles Vergangene für sie auslöscht, indem es ihnen als Verkörperung edler Männlichkeit entgegentritt.
Alles Gute in Henry, sein schöner Trieb zumal, sich Gegenstände der Verehrung aufzurichten, erwachte in der Gegenwart Frau Christinens. Die Erinnerung an seine Mutter, die ihn in ihr Haus getrieben hatte, blieb lebendig, solange er in diesem Hause verkehrte. Die Einbildungen, die sich an den Ring mit der schwarzen Perle, an den Kosaken, an den seidenen Mantel knüpften, schwanden davor zurück. Hier war er in keinem Sinne verwaist, und hier trieb ihn nichts über sich hinaus. Er fühlte sich geborgen.
So war denn Henrys Verehrung für die Frau Hermanns um vieles begründeter, als es seine Verehrung für Berta gewesen war, und sie war auch tiefer. Wohl gerade deshalb, weil keine Spur von Verliebtheit in ihr war. Er handelte sich nicht um eine Dame, jetzt zum Anschwärmen und später zum Heiraten, sondern es handelte sich um eine zwar noch junge und reizende, aber doch mütterliche Freundin. Diese von allem Geschlechtlichen freie Reinheit des Verhältnisses schloß auch jede Beeinträchtigung des Hermannschen Einflusses aus, und dies um so mehr, als Frau Christine geistig völlig von ihrem Manne abhing.
Sie wiederholte Henry immer wieder eines: »Halten Sie sich an Hermann! Wenn er nicht ausdrücklich Ihr Führer sein will, so geschieht dies nur deshalb, weil er nicht will, daß Sie sich selbst aus der Hand verlieren, und weil er weiß, daß nur der selbständig Folgende gewinnt, wenn er mit

ans Ziel kommt. Seit Sie damals freiwillig zu ihm gekommen sind, liebt er Sie. Hören Sie ja immer auf ihn! Auch, wenn Ihre unglückseligen Millionen nicht mehr von anderen bewacht werden. Und dann erst recht! Denn es wird dann wenige geben, die, wie er, bloß an Sie, nicht an die Millionen denken. Und, nicht wahr: wie er es Ihnen immer predigt: denken auch Sie nicht an die Millionen, sondern an sich selbst!«

Die Stimme aus dem Grabe

Zu seinem Geburtstage, an dem Henry volljährig wurde, reiste er nach Hamburg.

Im Hause Kraker war eigentlich böses Wetter, weil Karl es trotz aller Ermahnungen verabsäumt hatte, mit dem Vetter in Berührung zu treten, und weil man nun fürchtete, es werde zu unerwünschten Dingen kommen. Auch machte man sich entsetzliche Vorstellungen, in welchem Zustande der junge Wüstling erscheinen, und wie er alles durch ein abscheuliches Betragen brüskieren und in Aufregung bringen werde.

Aber Henrys Auftreten verjagte die düsteren Wolken.

Man sah zum allgemeinen Erstaunen einen sehr gesetzten, kräftig gesunden, einfach gekleideten, durchaus artigen jungen Mann, der die Verwandtschaft mit Herzlichkeit begrüßte und, was als das Merkwürdigste erschien, selbst darum bat, während seines Aufenthaltes sein altes Zimmerchen bewohnen zu dürfen.

Zeichen und Wunder!

Man hatte doch keineswegs von christlichem Umgange vernommen, sondern von einem Leben im Sodom und Gomorrha der Weltlust und geistiger Zügellosigkeit...?

Das Erstaunen wuchs und wurde zur Ergriffenheit, als Herr Jeremias nach Erledigung des Geschäftlichen mit Henry, während dieser sich mit dem Briefe seines Papas in sein Zimmer begeben hatte, den Entschluß des jungen Erben verkündete, alle nach dem Tode der Eltern aus seinem Vermögen erflossenen Zinsen nicht als Schenkung, nein: als schuldige Dankabtragung dem Hause Kraker zu überlassen.

»Es sind fast drei Millionen Mark!« sagte Herr Jeremias, und setzte sich erschüttert nieder.
»Ist es die Menschenmöglichkeit?« hauchte entzückt und heftig vertattert Frau Sanna, indem sie Gott weiß unter dem Einfluß welcher geheimnisvollen Instinktverschränkungen ihrem Gatten einen Kuß gab, den ersten seit gut fünfzehn Jahren.
»Das hätte ich ihm nicht zugetraut,« erklärte, nicht ohne eine Nuance von Hochachtung im Tone, Fräulein Berta.
»Sehr angenehm,« meinte Karl, »aber ein Beweis dafür, daß Seine Lordschaft augenblicklich in schlechten Händen ist.«
»Was soll das!?« rief Herr Jeremias aus und sah seinen lieben Sohn unwillig erstaunt an.
»Dieser etwas blödsinnige Edelmut«, antwortete der, »ist eine Improvisation des erlauchten Krösus, die zweifellos nicht erfolgt wäre, wenn ihn nicht Leute beeinflußten, die vom Werte des Geldes keine Ahnung haben.«
»Oder die«, setzte Herr Jeremias den Satz mit strenger Betonung fort, »einen höheren Begriff vom Werte moralischer Güter haben, als du. Es scheint, daß du über seinen Umgang sehr falsche Kunde erhalten hast. Diese Handlung sieht nicht nach Wüstlingschaft und naturalistischer Literatur aus, deutet vielmehr, wenn schon Einflüsse anzunehmen sind, auf den Umgang mit Leuten von gediegenster Denkungsart hin.«
Karl kniff die Lippen zusammen und lächelte. Dann sagte er: »Ich kenne Henrys Umgang ganz genau. Leute, die in Hamburg Pastor Südekums Predigten besuchen würden, sind nicht darunter. Aber es bleibt sich ja gleich. Die Hauptsache ist, daß ich nun vielleicht nicht weiter nötig haben werde, Jurisprudenz zu studieren, und daß du mir, als einem künftigen Millionär, von jetzt ab wohl den Monatswechsel wenigstens verdoppeln wirst.«
Herr Jeremias sprang auf. Herr Jeremias trat vor seinen Sohn hin. Herr Jeremias funkelte ihn an. Herr Jeremias setzte sich wieder. Herr Jeremias sprach: »Dem künftigen Millionär wird nicht ein Pfennig mehr monatlich gegeben werden, als er bisher empfangen hat, und der künftige Millionär wird weiterhin Jurisprudenz studieren. Dieses Geld soll meinem Hause zum Segen gereichen und nicht zum Fluche. Ich danke meinem Schöpfer, daß ich Henrys

Absicht, die Summe euch beiden zu schenken, dahin gemodelt habe, daß sie mir überlassen werde. Denn ich sehe nun, daß zum mindesten du einen verhängnisvollen Gebrauch davon gemacht haben würdest.«
Karl, wie er das vernahm, daß soeben anderthalb Millionen ihn gestreift hatten, durch väterliche Gewalt aber von ihm abgelenkt worden waren, fühlte sich außerstande, diesen Schlag mit christlicher Demut hinzunehmen. Er verließ, um es nicht zu einer Szene kommen zu lassen, mit rotem Kopfe das Zimmer. Draußen aber konnte er nicht umhin, die Fäuste zu ballen und zu murmeln: »Idiot!«
Auf wen bezog sich dieser Titel? Auf den Vater? Auf Henry?
Nein. Er bedachte sich selbst mit diesem Titel, denn er fühlte in diesem Augenblicke, wie falsch er damit gehandelt hatte, daß er Henry ferngeblieben war. Er beschloß, ihn inskünftig keinem fremden Einflusse mehr zu überlassen.
Er stieg sofort zu Henry hinauf und klopfte an die Türe. Sie war aber verschlossen, und Henrys Stimme ertönte hinter ihr nicht ohne Feierlichkeit: »Ich bitte, mich jetzt allein zu lassen. Ich lese das Vermächtnis meines Vaters.«
»Oh! Dann bitte ich tausendmal um Entschuldigung,« antwortete Karl, ließ aber im Tone seiner Worte nichts von dem Hohne erkennen, der dabei um seine Mundwinkel spielte.
Henry saß an seinem Schülertische und las, den Kopf auf beide Hände gestützt, den Brief seines Vaters genau in der Stellung, wie er hier so oft über den Schulbüchern gesessen hatte, wenn er Schwieriges zu erfassen hatte.
Der Brief aber lautete so:
»Mein lieber Sohn! Indem ich jetzt zu dir, dem Einundzwanzigjährigen, rede, der du noch nicht bist, während du als Knabe mir gegenübersitzst und mir beim Schreiben zusiehst, ist mir wunderlich zumute. Und so wird auch dir wohl wunderlich zumute sein, wenn du einmal diese Zeilen liesest, die dann wie aus dem Grabe zu dir sprechen werden, während sie doch in deiner lebendigen, jungen Gegenwart geschrieben sind, unter deinen noch kindlich ahnungslosen, kindlich rätselhaften Augen.
Doch ich will ja nicht zu dir, mein Junge, reden, sondern zu

dem mündigen Erben meines Vermögens, der hoffentlich auch der Erbe meiner Anschauungen sein wird. Denn so bald werde ich doch wohl nicht von dir genommen werden, daß ich dir nicht wenigstens das Wesentliche der Grundsätze hätte einflößen können, die die Richtschnur deines Lebens sein sollen.

Dies setze ich voraus, indem ich jetzt zu dir spreche, junger Mann und Herr. Sollte es anders kommen, sollte ich dich dieser um alle natürliche Ordnung und Vernunft gekommenen Welt überlassen müssen, ehe ich dir habe einprägen und klarmachen können, daß ein volles, großes, ganzes Dasein unter den gegenwärtigen Verhältnissen nur noch möglich ist für einen im Gegensatz zu den gültigen Pöbellehren zum Ausnahmemenschen erzogenen Reichen, der sich mit Bewußtsein als Gegenfüßler seiner Zeit empfindet und auf eigene Faust als souveräner Herr lebt im Sinne einer Zukunft, die um so sicherer ist, je mehr solcher Ausnahmemenschen jetzt schon herangebildet werden und sich selbst weiter ausbilden – dann werden dir meine Worte unverständlich sein, und es wird auch keine Bedeutung für dich haben, was ich dir über deine persönlichen Verhältnisse mitzuteilen schuldig bin. Dann wirst du einfach ein zufällig mit ein paar Millionen ausgestatteter junger Mann gleich vielen anderen sein, in die Herde verschlungen trotz deiner höheren Anlagen und mit der Herde fühlend, trotz deiner Millionen. Denn das Geld macht noch keinen Herrn, wie auch eine Krone noch keinen Fürsten macht. Nirgends habe ich so viele Sklaven gefunden, wie unter den Reichen. Was Waffe sein sollte, wird Last. Die Leidenschaft, Geld zu verdienen um des Geldes willen, hat alle vornehmen Leidenschaften erstickt. Der eigentliche Sinn des Reichtums ist fast verloren gangen, verschüttet vom Unsinn des »Kapitalismus«. Nur dadurch war es möglich, daß sein Gegenunsinn, die Sozialdemokratie, ihr Haupt so mächtig erheben konnte. Sie hat dem heutigen Kapitalismus gegenüber recht. In ihr protestiert Lebendiges gegen Totes.

Du sollst kein Kapitalist sein, mein Sohn. Merke dir dieses Wort. Es soll dir nicht genug sein, Geld zu besitzen als sicheren Rückhalt; das ist eine Art Feigheit und Faulheit. Du sollst aber auch nicht wähnen, eine vernünftige Tätigkeit zu entfalten, wenn du darauf aus bist, dein Vermögen zu vergrößern; das ist, da du völlig genug hast, um aus ihm alle Mittel gedeihlichen Genusses zu ziehen, Unverstand.

Ich sehe in dir einen Menschen der Sinne und nicht der Gedanken, also wirst du nicht als »erlauchter Bettler«, wie Goethe die Philosophen genannt hat, dein Genüge daran finden, dir im Reiche der Ideen eine Herrschaft zu gründen, sondern du wirst, und das hoffe ich, Macht reell genießen wollen. Darum: entäußere dich der Macht nicht! Wirf deine Waffe, den Reichtum, nicht weg! Achte und hüte ihn, wie der Ritter sein Schwert! Stoße rücksichtslos jede Hand beiseite, die dir daran rühren will! Jede! Auch eine Frauenhand!

Der Tag, da du dies liesest, drückt dir die Waffe in die Hand, deren gute Führung dir die Macht gewährleistet, ein freier Herr zu sein in einer Zeit, deren Merkmal allgemeine Fronschaft ist. Aber, ich wiederhole es: die Freiheit ist nur scheinbar und äußerlich, wenn du nicht auch innerlich frei bist von der Knechtschaft dieser Zeit. Rufe dir noch einmal alles ins Gedächtnis zurück, was ich dir als Sinn deines Lebens, als den Sinn eines Herrenlebens eingeflößt habe. Es steht jetzt, da ich es erst als Vorsatz empfinde, schon vor mir gleich einer hohen, breiten, klar gegliederten Architektur. Du wirst, ich zweifle nicht daran, indem ich jetzt in dein entschlossenes, feurig klares Knabenauge blicke, würdig sein, in diesem Palast zu wohnen, und wirst glücklich in ihm hausen, obwohl er auf einsamer Höhe liegt und keine Reize des Gemütlichen hat. Gemütlichkeit liegt im Engen. Ich denke, du wirst nie Verlangen danach empfinden. Sie gehört nicht zu deiner Art und Herkunft. Denn du bist nicht mein leiblicher Sohn.

Hier wirst du deinen Blick von diesem Blatte erheben. Richte ihn ruhig empor! Das Geheimnis, das über deiner Abkunft liegt und das ich dir weder enthüllen will, noch darf, schwebe immer über dir, lenke immer deinen Blick nach oben, – im Sinne meiner Lehren. Du bist von edlem Blute! Dies zu wissen, sei dir genug. Mehr zu wissen, wäre dir nicht gut. Empfinde es als Auszeichnung, daß ein Geheimnis über dir ist, und forsche ihm nicht nach. Es wäre auch vergeblich. Denn, was du auch erfahren würdest (und es würde nicht an »Aufklärungen« fehlen), – es würde nie die Wahrheit sein.

Es gibt nur einen Aufschluß über dich, und der liegt in der Richtung der Lehren, mit denen ich dich, mein kleiner Henry Felix, an den ich mich nun wieder wende, erfüllen will, – getreu den Kräften, die in dir selber sind als Erbgaben deiner wirklichen Eltern.

Und nun, junger Herr, ins Leben hinein, dein Geheimnis über, deine Wahrheit in dir, und die gute Waffe des Reichtums in deiner Hand!

Henry Hauart.«

Der Mann mit der goldenen Maske

Diesen Brief las Henry dreimal, – den geheimnisvollen Schluß aber so oft, daß er ihn auswendig herzusagen wußte bis an sein Lebensende.

Es war ihm jetzt völlig klar, daß seine Phantasien auf der Reise nach Jena das Rechte geahnt hatten, daß sie eine Erleuchtung gewesen waren.

Er entnahm sofort den seidenen Schlafrock dem Koffer, legte ihn an und stellte den reitenden Kosaken vor sich auf.

Man rief ihn zum Abendessen, das ihm zu Ehren feierlich gestaltet werden sollte. Er bat, ihm eine Tasse Tee aufs Zimmer zu schicken und ihn zu entschuldigen, da er nach Kenntnisnahme des Vermächtnisses seines Papas außerstande sei, unter Menschen zu gehen.

»Was habe ich mit diesen Leuten zu schaffen!« sagte er laut zu sich selbst und streichelte den Kosaken, den er mit dem Titel Kamerad beehrte.

Er hätte am liebsten Goldmünzen mit seinem Porträt prägen lassen. Wenn er nicht soeben die Millionen verschenkt hätte, so hätte er es jetzt sicherlich getan – aber mit mehr Allüre und Aplomb, nicht so knabenhaft bescheiden und mit Dankesfloskeln.

Er dachte allen Ernstes daran, für »seinen väterlichen Freund und Lehrer Henry Hauart« ein Denkmal in Auftrag

zu geben. Der »Papa« war zum Hofmeister geworden. An die Mama aber dachte er mit Gefühlen einer wunderlichen Rührung, die nicht ohne Sentimentalität war. »Die arme Frau! Ich war nicht einmal ihr rechtes Kind, und doch hat sie mich so geliebt.«
Seine Empfindungen waren überhaupt mit einer sonderbaren Art Sentimentalität untermischt. Ich bin ein Prinz, sagte er sich, und bin es doch nicht. Ich bin so etwas wie der Mann mit der eisernen Maske. Nur, gottlob, meine Maske ist aus Gold.
Ob wohl, außer der geheimnisvollen Frau (er küßte die schwarze Perle) jetzt irgendwer um mein Geheimnis weiß?
– War die herrliche Frau etwa von einem – Hofe gesandt? . . .
– Warum erscheint sie mir heute nicht?
Er hätte sich nicht im mindesten gewundert, wenn sie plötzlich hinter den Gardinen seines Zimmers hervorgetreten wäre.
Seine Phantasie war jedem Wunder gewachsen.
Dennoch phantasierte er nicht bloß.
Er stellte auch ganz ruhig Betrachtungen über sein Verhältnis zu den Menschen an, zu denen er Beziehungen hatte.
Dieses Verhältnis, sagte er sich, ist von nun an nicht mehr dasselbe. Im Grunde hat überhaupt niemand ein Verhältnis zu mir – außer jener Frau. Ich stehe außerhalb aller normalen Verhältnisse. Meine Heimat ist in einer Höhe und Weite, die keinerlei Berührung mit den Kreisen hat, in denen ich etwa verkehren werde. Ich bin ein versprengtes Stück aus fremden, hohen Sphären. Ich muß ewig einsam sein.
Er dachte an die Familie Kraker und lächelte. Damit war sie erledigt.
Er dachte an Hermann und Frau Christine – und sann nach.
– Wie habe ich nur jemals glauben können, mit diesem zwar sehr talentvollen, aber doch grundplebejischen Menschen verwandt zu sein! sagte er bei sich. Welten liegen zwischen mir und ihm. Und Frau Christine? – Das alles war ein Abglanz von Mama. Aber auch mit Frau Klara habe ich ja innerlich nichts zu tun.
– Auch dieses Leipziger Leben war eine Verirrung, nicht weniger, als die törichte Farce in Jena!

– Aber es war die letzte. Von nun ab kann es solche Irrtümer nicht mehr geben. Der Mann mit der goldenen Maske muß überall bewußt der Herr sein, keiner Institution untertan, keines Meisters Jünger.
– Welche unwürdige Rolle habe ich unter diesen törichten Literaten gespielt!
– Was aber nun?
– An irgend etwas anknüpfen muß ich. Meine Bestimmung ist es, mir einen Thron zu errichten, und seis auf dem Misthaufen.
– Mit dem bescheidenen Zuhören ist es vorbei, meine Herren! Jetzt wollen wir mal sehen, ob ihr Talent habt, nach meiner goldenen Pfeife zu tanzen!

Quitt

Die Art, wie Henry am folgenden Morgen die Familie Kraker begrüßte, erregte bei dieser nicht bloß Befremden, sondern auch Besorgnis. Die zwar gemessene, aber liebenswürdige Haltung, mit der er das christliche Ehepaar sowohl wie die unchristlichen Geschwister am Tage vorher überrascht hatte, war einer eisigen Förmlichkeit gewichen, einer stark hautainen Höflichkeit, die zu sagen schien: bitte, Distanz halten!
Das alte wie das junge Paar wurde die Befürchtung nicht los: In dem Vermächtnis steht irgend etwas, das ihn die Schenkung hat leid werden lassen.
Insbesondere Herr Jeremias Kraker war überzeugt davon. Er dachte an des verstorbenen Vetters Zeilen an seine Adresse und sagte sich: wenn der Brief an Henry ähnliches enthält, so wird der Notar heute ein Geschäft weniger zu tun haben. Der Bursche (Henry war schon wieder ein Bursche) wird einfach sagen, »der Wunsch meines Vaters muß mir heiliger sein, als ein unbedacht gegebenes Versprechen«, und ich werde kaum etwas anderes tun können, als schweigen. Die letzte Prüfung! Gott helfe mir, sie zu bestehen.
Frau Sannas Gedanken waren heftiger und gingen weiter. Dieser infame Judenjunge, dachte sie sich. Das, gestern, war nichts als tückische Verstellung und Bosheit. Er hat

nie im Ernste daran gedacht, sich so edel zu benehmen. Er wollte sich nur einen schändlichen Spaß mit unserer Gutgläubigkeit machen. Aber wart nur, du Bastard! Hältst du dein Versprechen nicht, so darf ich auch meines brechen, das mir bisher den Mund verschlossen und mich abgehalten hat, es laut zu verkünden, daß du ein Judenbankert bist.

Fräulein Berta sagte sich bloß: Schade, aber es wundert mich nicht. Wie sollte der Neger dazu kommen, so vornehm zu handeln? Es war eine seiner vorübergehenden anständigen Anwandlungen; nichts weiter.

Aber Karl lächelte verbissen und schwur sich: Es wird dir nichts geschenkt, Elender, und auch ohne die Abschlagszahlung soll alles dorthin fließen, wohin es gehört. Es ist sogar gut so und mir ganz recht, daß ich auf keinen Edelmutsdilettantismus Rücksicht zu nehmen brauche. Auch werde ich unter diesen Umständen leichteres Spiel mit dir haben, denn du wirst dir nicht einbilden dürfen, daß mich, pfui Teufel, – Dankbarkeit zu dir drängt.

Doch, wie die Sonne Wolkenballen vertreibt, so machte es alle Gesichter wieder hell, als Henry sprach:

»Wenn es dem Onkel recht ist, fahren wir gleich zum Notar, um meine Angelegenheiten und die Kleinigkeit in Ordnung zu bringen, die ich gestern bereits angedeutet habe.«

Nun war er nicht mehr der Bursche, nicht mehr der Judenbankert, nicht mehr der Neger, – aber der Elende für Karl blieb er.

»Wohnt ein Goldschmied in der Nähe des Notars?« fragte Henry.

– Die Opalkette! dachte sich Fräulein Berta.

Aber sie irrte sich. Henry bedurfte eines Goldschmiedes, um unter dem Postamente des reitenden Kosaken einen goldenen, dreimal aufs komplizierteste verschlossenen Kasten anbringen zu lassen, in dem der Brief des väterlichen Freundes und Lehrers seinen Platz finden sollte.

Auf der Fahrt zum Notar holte Henry Herrn Jeremias darüber aus, was er von seiner Herkunft wußte.

»Ich habe kein Recht, zu dir davon zu sprechen,« antwor-

tete der Onkel feierlich, der in der Hauptsache an die Schenkung dachte, »auch weiß ich vermutlich weniger davon als du, seitdem du deines Adoptivvaters letzte Zeilen an dich gelesen hast.«
»Ich weiß,« antwortete geheimnisvoll Henry, »daß was dir berichtet worden ist, eine Verschleierung der Tatsachen darstellt, und ich muß deshalb zur Bedingung meiner Stiftung machen, daß du zu niemand, wer es auch immer sei, davon sprichst.«
– Aha, die Jüdin! dachte sich Jeremias und antwortete: »Ich werde diese Erklärung für mich und meine Frau abgeben. Außer uns weiß niemand davon. Du könntest mir übrigens ruhig die wirkliche Wahrheit mitteilen. Damit würden ja die einzigen Personen, die, wie du sagst, nicht die Wahrheit über deine Herkunft wissen, sondern eine Tatsachenverschleierung erfahren haben, in vielleicht auch für dich erwünschterer Weise aufgeklärt werden, und es bestände keinerlei Möglichkeit mehr, daß diese Verschleierung an den Tag kommt, – und sei es auch nach meinem Tode in Gestalt des Briefes, den ich von deinem Adoptivvater in Händen habe.«
»Es ist mir nicht erlaubt, mich zu irgendwem darüber zu äußern,« entgegnete bestimmt Henry, »ja, es ist mir sogar verboten, den falschen Fährten nachzugehen, die Papa geflissentlich hat legen müssen. Selbst wenn eine Adoptionsurkunde vorhanden wäre, würde ich nicht Einsicht nehmen wollen und dürfen, da auch sie nach Lage der Dinge nicht die Wahrheit fixiert. Es interessiert mich auch in der Tat nicht, was Papa dir oder sonst wem kundgetan hat. Jenen Brief an dich mußt du aber vor meinen Augen vernichten.«
Auch damit war Herr Jeremias Kraker einverstanden. Die anderen Papiere waren ihm beträchtlich wertvoller. Es war ihm in diesem Augenblicke sogar recht gleichgültig, ob die verschleierte Mutter Henrys eine Jüdin, Heidin oder Türkin war.
Er schloß nach abgemachten Geschäften seinen ehemaligen Pflegesohn christlich innig in die Arme und nahm es nicht weiter übel auf, daß der auf seine dabei sehr paßlich angebrachten Zitate aus dem alten und neuen Testamente nichts andres zu erwidern hatte, als die wenig herzlichen Worte:

»Es war meine Schuldigkeit, und ich will und darf niemand etwas schuldig bleiben.«
In demselben kühlen Stile nahm Henry von den übrigen Mitgliedern des Krakerschen Hauses Abschied.

Die goldene Pfeife

Auch in Leipzig überraschte Henry nicht wenig durch sein verändertes Auftreten.
Hermann und Christine kamen ihm mit der alten, ruhigen Herzlichkeit entgegen, er aber tat wie jemand, der eine Staatsvisite macht und gleichzeitig in Geschäften kommt.
»Es scheint, die Millionen haben dich schon ein bißchen verdüstert,« sagte Hermann mit leisem Lächeln.
»O nein,« antwortete Henry betont, »ich glaube vielmehr, daß sie mich aufgehellt haben. Ich bin über allerhand mit mir ins reine gekommen. Ich kenne jetzt mein Verhältnis zu den Menschen. Ich weiß, was ich soll.«
»Und das wäre?« frug Hermann, jetzt schon ohne Lächeln.
»Laß doch!« meinte Frau Christine, »das läßt sich wohl nicht mit ein paar Sätzen sagen.«
»Doch,« entgegnete Henry, »sogar mit einem Satze: Ich muß wirken.«
»Nicht erst lernen?« fragte Hermann, und diese Frage klang wie ein Verweis.
Henry, der das wohl fühlte, und mit großem Unbehagen, ja Widerwillen fühlte, entgegnete: »Wenn du wüßtest, was ich jetzt in Hamburg erfahren habe, aus dem Grabe her erfahren habe, würdest du es nicht für nötig halten, mich zu schulmeistern. Es gibt Dinge, persönliche Aufschlüsse durch das Leben, die den Menschen reif machen. Wer das Wesentliche über sich selbst weiß, hat es nicht mehr nötig, zu lernen.«
»Allerdings nicht,« sagte Hermann; »deshalb kommt den Menschen diese Wissenschaft gewöhnlich auch erst in den Meisterjahren.«
Frau Christine suchte zu begütigen: »Wie wärs, wenn ihr euch dahin einigtet, daß man auch beim Wirken lernen kann? Ohne zu kochen, hätte ich mein Lebtag nicht das Kochen gelernt!«

»Also soll er in Gottesnamen kochen,« lachte Hermann, »wenn nur was Genießbares dabei herauskommt.«
Henry runzelte die Brauen. Er sagte schroff: »Es ist besser, wir lassen die Bildersprache. Ich habe vor, eine literarische Revue des jüngsten Deutschland herauszugeben.«
»Da wirst du zwar keine Abonnenten, die zahlen, aber um so mehr Mitarbeiter haben, die bezahlt sein wollen,« sagte Hermann. »Auch diese Art zu ›wirken‹ ist löblich.«
»Ich hätte erwartet,« entgegnete Henry, »daß du meinen Plan unter einem etwas idealeren Gesichtswinkel beurteilt hättest. Daß ich dabei nichts verdienen, sondern der Sache nützen will, dürfte doch wohl klar sein.«
Herman stand auf und ging ein paarmal im Zimmer hin und her. Dann faßte er Henry scharf ins Auge und sagte: »Dein Ausdruck vom idealen Gesichtswinkel ist nicht bloß stilistisch falsch. Wenn ich es für löblich erkläre, daß du uns etwas zu verdienen geben willst, ohne daß wir, wie ich annehme, gezwungen sind, Rücksichten auf den gütigen Gastgeber zu nehmen, wie es im allgemeinen der Fall ist, wenn unsereins gegen Honorar schreibt, so erkläre ich das nicht so ganz aus materiellen Gründen, wie du anzunehmen scheinst. Unsere junge Literatur wird um so schneller und sicherer zu ihren idealen Zielen gelangen, je schneller sie aus dem gegenwärtigen Zustande herauskommt, daß das Eigentliche und Beste, was sie leistet, nicht honoriert, ja zurückgedrängt und beeinträchtigt wird durch das, was wir, um leben zu können, gegen Honorar invita Minerva schreiben müssen. Wie manchen unter uns sah ich schon brüchig, ja sogar abtrünnig werden, weil ihn die kleinen Notwendigkeiten mürbe machten. Somit tust du ein gutes Werk, wenn du tüchtigen Leuten, fein organisierten Künstlernaturen hilfst, freier zu schaffen, indem du ihr Schaffen so gut bezahlst, daß sie davon leben und wohl auch ein wenig Genuß über das Notwendige hinaus haben können. – Wenn du neben der persönlichen Genugtuung, zu fördern, auch noch eine Art öffentlicher Anerkennung dafür erstrebst, so ist dagegen nichts einzuwenden. Sie käme dir mit Recht zu, denn du hättest ja auch für die Öffentlichkeit gewirkt. Dieser Ehrgeiz wäre berechtigt. Nur müßtest du ihn dann auch bewähren, d. h. du müßtest auch in dem Falle bei der Stange bleiben, wenn du für deine Gründung

fürs erste nicht nur keine Anerkennung, sondern vielmehr Hohn erntest. Und hier liegt der Hohn so nahe, daß Neid und Übelwollen bloß die Feder ins Tintenfaß zu tunken brauchen, um ihn herauszufischen: ›Ein junger Mann, der zwar kein Talent, aber Geld hat, wünscht mühelos berühmt zu werden und setzt seinen Namen auf ein Literaturblatt. Er kann sichs leisten, andere für sich dichten zu lassen. Er redigiert mit dem Portemonnaie.‹ Und so fort. Wenn du dem standhältst: Respekt! – Doch das wäre einstweilen meine geringere Sorge, denn sie geht nur dich, nicht die Sache an. Für die Sache aber fürchte ich, um nun auf das Wichtigste zu kommen, daß du auch noch einen unberechtigten Ehrgeiz hast, nämlich den, bestimmenden Einfluß zu nehmen. Ich sage dir ganz offen, daß dies mit Recht Hohn herausfordern würde. Ich weiß aus Proben, die du mir letzthin gezeigt hast, daß du nicht ohne lyrische Begabung bist, und ich habe dir bereits gesagt, daß mir deine Gedichte trotz ihrer Mängel gefallen, ja, daß ich an eine Entwicklung deines Talentes glauben würde, wenn ich an deinen Ernst bei seiner Betätigung glauben könnte. Aber das würde dich höchstens berechtigen, hie und da ein Gedicht von dir in dein Blatt einzurücken, nie aber, auf reifere und größere Talente bestimmend wirken zu wollen, ja auch nur, dir maßgebenden Einfluß auf die Redaktion zu vindizieren. – Da hast du meinen ganzen ›Gesichtswinkel‹.«

Noch vor ein paar Tagen hätte Henry das Vernünftige dieser Worte ohne weiteres eingesehen; jetzt hörte er sie kaum mit Aufmerksamkeit an, und er war weit davon entfernt, ihnen beizustimmen. Wenn er ihnen nicht direkt und entschieden widersprach, so geschah das aus Berechnung, weil er ohne Hermanns Förderung das Blatt nicht glaubte ins Leben rufen zu können.

Daß dies ein Irrtum war, stellte sich bald und deutlich genug heraus.

Der ganze Misthaufen brannte vor Entzücken lichterloh, als Henry seinen Plan entwickelte, und es stellte sich heraus, daß eine so unabsehbare Masse von Beiträgen vorhanden war, daß man imstande gewesen wäre, allwöchentlich einen Bibelband zu edieren.

Die Bedenken des gewissenhaften Hermann: daß man mit

äußerster Peinlichkeit sichten, ein Redaktionskomitee einsetzen und vor allem darauf bedacht sein müßte, die Beiträge systematisch so auszuwählen, daß das Publikum Schritt für Schirtt in das moderne Schaffen eingeführt würde, wurde mit Hallo hinweggefegt.

»Was brauchen wir im eigenen Hause Rücksicht auf das Publikum zu nehmen!« hieß es.

»Es genügt vollkommen, wenn wir gedruckt und somit der Zukunft aufbewahrt werden!«

– »Und in der Gegenwart honoriert!«

– »Man sollte sogar eine Warnung aufs Titelblatt setzen: Nichts für Philister!«

– »Nein, schon der Titel selbst sollte alle Banausen abschrecken. Ich schlage vor: Gift!«

Über den Titel entspann sich eine wilde Debatte, in der sich die verschiedenen Geschmacksrichtungen und Temperamente aufs kräftigste kundgaben.

– »Sternentänze.«

– »Neugeburt.«

– »Sturmvögel.«

– »Lichtwetter.«

– »Die Arche Noä.«

– »Phallus am Meere des Lebens.«

– »Die phrygische Mütze.«

– »Runen und Räusche.«

– »Der Regenbogen.«

– »Sturmflut.«

– »Leipziger Allerlei.«

– »Die poetische Hebamme.«

– »Der rote Hahn.«

– »Protuberanzen.«

– »Die Gemeinschaft der Unheiligen.«

– »Krieg.«

– »Der Turm.«

– »Die Einsiedelei.«

– »Der Lustgarten.«

– »Die Tafelrunde.«

– »Wir!«

– »Ich.«

– »Die Kommenden.«

– »Meteore.«

– »Das Chamäleon.«
– »Die spanische Fliege.«
– »Feuerwerk.«
– »Wollust.«
– »Die ultraviolette Rose.«
– »Die schwarze Königskerze.«
– »Die grüne Pomeranze.«

So zog einer dem andern einen unmöglichen Titel aus dem Gedankenfache, und es war bald nicht mehr zu unterscheiden, welcher ironisch und welcher ernst gemeint war.

Hermann, der wohl bemerkte, daß die ganze Sache nicht sehr ernst genommen wurde, weil man Henry nicht ernst nahm, meinte ärgerlich, man sollte das Blatt füglich nennen: »Henry Felix Hauarts Menagerie«. Damit käme am besten zum Ausdrucke, daß es sich um ein Privatvergnügen des Herausgebers handle, dem er dann empfehlen werde, sich nicht als verantwortlichen Redakteur, sondern als »verantwortlichen Tierbändiger« zu zeichnen.

»Doch ich will ernst reden,« fuhr er fort. »Ich richte an meinen Freund die Frage: ›Ist es dir ernst mit dieser Gründung? Ernster, als den übrigen Freunden, die offenbar an deinen Ernst nicht glauben?‹ Nur dann bin ich für die Sache zu haben, und ich hoffe, daß auch noch andere, wie ich, denken.«

Henry erwiderte zum allgemeinen Erstaunen mit einer wohlgesetzten, sehr ernsthaften und bestimmt programmatischen Rede, aus der man entnehmen durfte, daß sein Plan das Resultat reiflicher Überlegung sei. Vieles davon war der letzten Ansprache Hermanns an ihn entnommen. Hinzu fügte er aber dies: »Doch ich will der neuen Literatur nicht bloß mit meinen materiellen Mitteln helfen. Ich will ihr eine Art Organisation geben. Mein Ehrgeiz als Dichter ist gering. Dafür habe ich einen anderen. Ich will, und nicht bloß für heute und morgen, sondern auf lange hinaus, in meinem Organ, dem ich den Titel »Der Morgenstern« geben werde, den modernen literarischen Bestrebungen einen Mittelpunkt schaffen, von wo aus eine jede frei nach ihrer Richtung hin wirken möge. Dies hat aber zur Voraussetzung, daß der Mittelpunkt selbst feststehe. Damit will ich sagen: die Leitung muß einheitlich in der Hand einer Person sein. Ich habe ursprünglich gedacht, sie meinem Freunde Hermann Honrader übertragen zu dürfen. Indessen habe ich sehen müssen, daß er dem Plane nicht das Interesse entgegenbringt, das ich vorausgesetzt habe, und so muß ich selbst diese Arbeit auf mich nehmen. Ich würde mir nicht zutrauen, dieses Amt zu übernehmen, wenn ich nicht als ruhiger Zuhörer und Beobachter in Ihrem Kreise mir einen Überblick über das Ganze Ihrer Bestrebungen angeeignet hätte. Natürlich steht es jedem von Ihnen frei, mir trotzdem die Qualifikation zu einer leitenden Stellung abzusprechen. Wen seine Überzeugung dazu zwingt, braucht ja nicht mitzutun. Wer aber mittut, muß mir schon die Rechte einräumen, die überall dem Herausgeber einer Zeitschrift zustehen.«

Diese Worte räumten mit der Ulkstimmung sofort auf. Es war zwar keiner da, der mit Überzeugung daran glaubte, daß der entschiedene Redner wirklich der Mann sei, berufen und befähigt, als Herausgeber einer repräsentativen Zeitschrift die Fäden der ganzen Bewegung in seiner Hand zu vereinigen, aber jeder sagte sich leichten Herzens: Man kanns ja versuchen.

Nur Hermann stand auf und empfahl sich.

Selbst seine näheren Freunde waren geneigt, persönliche Aigriertheit als Grund dafür anzunehmen, daß er dem »Morgenstern« schon vor seinem Aufgange den Rücken drehte. Auch sie dachten ja gar nicht daran, sich dem reichen jungen Herrn zu unterwerfen. Aber er redete wohl bloß so diktatorisch und würde, wenn es an die Arbeit ginge, froh genug sein, Rat zu erhalten.

Sie irrten sich nicht.

Henry hatte im Grunde nur so bestimmt gesprochen, weil er Hermann damit zu imponieren geglaubt hatte. Es genügte ihm vollkommen, als souveräner Herr des Morgensternes behandelt zu werden, während er tatsächlich immer die Meinung des Letzten hatte, der ihm ein Manuskript überlieferte und, nach empfangenem Honorar, das Ziel feststellte, das der »Morgenstern« verfolgen müßte.

Seine Wohnung wurde ein literarischer Taubenschlag, er selbst ein literarischer Audienzerteiler. An Allüren dafür gebrach es ihm nicht. Er trat stets mit großer Gemessenheit, ja streng auf. Da es sich aber bald herausstellte, daß man schließlich alles bei ihm unterbringen konnte, wenn man ihm nur die Meinung ließ, daß er mit kritischer Selbständigkeit entschied, so nahm man weiter keinen Anstoß an seiner Würdehaftigkeit und half sich mit dem Spitznamen darüber hinweg, den man ihm anheftete, indem man ihn das »Gottschedchen« nannte. Auch konnte er zuweilen bestrickend liebenswürdig sein, zumal, wenn es einer über sich gewann, sich begönnern zu lassen. Aber auch die bekannteren Mitarbeiter an seinem Blatte, die sich nicht so liebedienerisch gebärdeten, hatten schließlich wenig Grund, mit ihm unzufrieden zu sein. Sie behandelte er wie ein junger Fürst seine alten Paladine, kordial und doch respektvoll.

Es war eine angenehme Zeit für Henry. Er kam sich wichtig vor und war, ohne daß er eigentlich zu arbeiten brauchte, beschäftigt.

Seine kleine Wohnung hatte er natürlich mit einer größeren vertauscht. Da gab es ein Wartezimmer; etwas feierlich, für junge Dichter beklemmend. Dann kam das Zimmer des Buchhalters und Kassierers; hier stand, ein bedeutender Anblick, der Geldschrank. Dann kam die Redaktion. Hier saß ein unscheinbares Männchen, das aber doch eigentlich die Sache machte. Denn wer hätte sie sonst machen sollen? Sollte etwa Henry täglich zehn Schock Gedichte, Dramen, Novellen, Romane, Essays lesen, die Korrekturen besorgen, die Hefte versenden? Nein, dazu war das anonyme Männchen da. – Zwischen ihm und dem Gebieter lag noch ein Zimmer. Da saß ein zierliches Fräulein, gewärtig, auf jeden Wink mit dem spitzen Bleistift zur Hand zu sein und nachzustenographieren, was dem Herrn des Morgensterns etwa einfiel. Ihr Gehirn glich bald einer Schachtel mit Mehlwürmern. – Dann erst kam der Salon der Audienzen. Ganz in Schwarz und Gold; Ledertapeten, Lederstühle, eine Bronzebürste Napoleons, Porträts von Mitgliedern des Erzhauses Österreich in alten Stichen, auf einem Postament für sich der reitende Kosak, aber nun vergoldet.

Hier empfing, in seinem seidenen Schlafrock, der Organisator Gründeutschlands.

Die Zeitschrift selbst sah unscheinbar aus, fast dürftig, denn sie war nach dem Geschmacke des anonymen Männchens hergestellt worden. Aber Henry nahm keinen Anstoß daran. Ihn interessierte begreiflicherweise, was darin stand, denn, da er schließlich vor lauter Audienzerteilen auch nicht mehr Zeit hatte, die Aushängebogen zu lesen, war jedes neue Heft eine Überraschung für ihn, auf die er stets sehr gespannt war.

Die Öffentlichkeit interessierte sich weniger für das Blatt, und vergeblich abonnierte sich Henry auf alle größeren Tagesblätter und Zeitschriften, in ihnen einen Widerhall dessen zu finden, was er bereits gewöhnt war, »seine Bestrebungen« zu nennen. Es blieb alles stumm und still, als wäre der Morgenstern nie aufgegangen.

Dieser Umstand dämpfte das Interesse Henrys an der Sache gar sehr, und es tröstete ihn wenig, wenn ihm seine Paladine sagten, dies sei das Schicksal aller neuen Blätter. Erst wenn sie etwa fünf Jahre bestünden, begänne die öffentliche Meinung, sich darüber zu äußern. In zehn Jahren aber seien sie eine Macht, die selber öffentliche Meinung mache.

– Fünf Jahre! Zehn Jahre! Entsetzlich! – Henry sah eine Perspektive der furchtbarsten Langenweile vor sich und fand, nicht mit Unrecht, daß bis dahin ein Meer von Makulatur sich um ihn ausdehnen würde.

Er begann dem anonymen Männchen Vorwürfe zu machen. »Sie sorgen nicht für Abwechslung! Sie sind zu behutsam! Sie bringen nichts, was Aufsehen macht! Der Morgenstern muß wilder sein! Extravaganter! Meinethalben verrückt!«

Also stellte das Männchen wilde Nummern zusammen, indem er den tollsten Unfug jugendlicher Dschingiskhane der Poesie veröffentlichte, Erzeugnisse rasend gewordener Federhalter, die es bisher im Hintergrunde der Regale ängstlich verborgen hatte, nicht begreifend, wie man derlei hatte annehmen können. – Es erschienen Gedichte, deren Originalität darin bestand, daß jeder Sinn ängstlich vermieden war und der Unsinn zum qualvollen Rätsel dadurch wurde, daß man das einzige Mittel, sich irgendwo festzuhalten, wegließ: die Interpunktion. Es half nichts. – Es erschienen Gedichte, die im Gegensatz dazu fast nur aus Interpunktionen bestanden. Das freute die Setzer, aber es half auch nichts.

Der Morgenstern stand am literarischen Himmel, aber niemand wollte ihn sehen.

Aber eines Tages waren aller Augen ihm zugewandt, und es

erschallte ein fürchterliches Gelächter das Henry durch Mark und Bein ging.

Ein Leipziger Blatt hatte es ans Licht gebracht, daß ein im Morgenstern abgedrucktes, in sehr schwungvollen Versen geschriebenes Lobgedicht auf Henry, das ihn aufforderte, aller Mißgunst zum Trotz die Standarte des Morgensterns hochzuhalten, ein Akrostichon war, dessen Zeilenanfangsbuchstaben, zusammengesetzt, folgendes ergaben: »Gottschedchen, Du kompromittierst uns! Die Literatur ist kein Spielzeug für wichtigtuende junge Millionäre. Henry steck den Morgenstern ein!«

Niemand wußte, wer der Verfasser des unter einem Pseudonym eingereichten Gedichtes war, dessen Akrostichonsinn wie ein Wildfeuer durch die gesamte Presse lief und ein wahres Hagelwetter von höhnischen anonymen Briefen zur Folge hatte.

Wäre Henry der Mann gewesen, den er spielte, der Mann, dem es um die Sache zu tun war, der für sie arbeitete und lebte, so hätte er das Urteil über diese Niederträchtigkeit ruhig den anständigen Leuten überlassen und wäre erst recht den vorgesetzten Weg weitergegangen. Er hätte auch mit Recht darauf hinweisen können, daß sein Blatt neben einigem Unreifen, Geschmacklosen, Törichten, in der Hauptsache tüchtige Leistungen der talentvollsten jungen Schriftsteller enthielt. Es liefen auch in der Tat Zuschriften ein, die bewiesen, daß die Gemeinheit des Akrostichonverfassers dem Blatte bei zwar wenigen, aber wertvollen Leuten genutzt hatte.

Indessen: Henry fühlte nichts als wütende Beschämung und wandte seine ganze Wut gerade gegen diese Sache. Hohn statt Anerkennung! Und zwar Hohn von seiten der Literatur selbst. Denn, wer anders konnte dieses hundsföttische Gedicht geschrieben haben, als einer aus der Literatenbande?

– Aber wer!? Wer!?

Wie ein Blitz fuhr der Gedanke in ihn: Hermann! Und wurde sogleich zur Überzeugung.

Sinnlos vor Wut stürzte Henry zu ihm und überschüttete ihn mit rasenden Schimpfworten, als letzten Trumpf fast brüllend herausstoßend: »Und so sollst du es auch wissen, daß du gar nicht mein Bruder bist, daß ich gar nicht der

Sohn deines Vaters bin, daß ich mehr bin, viel mehr: ein Mensch von so hoher Abstammung, daß ich mich durch mein Herabsteigen in euren Literatursumpf beschmutzt habe!«

»Also wisch dich ab und troll dich,« antwortete ruhig Hermann. »Wie froh ich bin, mit dir nichts Verwandtes zu haben, kann ich dir nicht sagen, und auch nicht, wie froh ich sein werde, wenn du deine faulen Finger künftig von Dingen läßt, die zu gut sind für dich. – Das Gedicht ist eine Gemeinheit, weil es aus dem Hinterhalt kommt. Aber recht hat der Sinn seiner Anfangsbuchstaben. – Gib dich mit Ballettmädchen ab, oder mit fashionablen Vierfüßlern. Posiere auf Gebieten, für die dein Poseurtalent ausreicht. – Und jetzt mach, daß du hier hinauskommst, oder ich werfe dich die Treppe hinunter! – Da du, Gott sei Lob und Dank, nicht der Sohn Frau Klaras bist, wird es mir ein Vergnügen machen, dich abwärts zu befördern, obwohl ich mich sonst nicht gerne an faulem Fleische vergreife.«

Nur die Dazwischenkunft Frau Christinens verhütete es, daß die beiden aneinandergerieten.

Am Abende desselben Tages erschien der Verfasser des Akrostichons bei Henry, um ihn mit dem Tone herzlichen Bedauerns über die Gemeinheit zu trösten, der er zum Opfer gefallen war, weil er sich mit diesem Literatengesindel abgegeben hatte.

Es war Karl.

DER HOFMEISTER

Der zweite Stern

Karl hatte mit dem Organisator Gründeutschlands kein schweres Spiel gehabt. Da seine Berechnungen gestimmt hatten, stimmte nun auch das Fazit. Henry, ohne es im mindesten zu fühlen, wie blöde er handelte, indem er folgsam tat, was das Akrostichon ihm geraten hatte, und ohne die leiseste Ahnung zu haben, wem er ins Garn gelaufen war, steckte den Morgenstern in der Tat sofort ein, schloß Wartezimmer, Kasse, Redaktion, Stenographiegemach und Audienzsalon, ließ sämtliche Restbestände des Zentralorgans einstampfen und verschwand mit Karl aus Leipzig.
Daß das eigentlich eine Flucht war, ein schmähliches Zurückweichen vor dem ersten Anhauche der öffentlichen Meinung, die er doch immer en grand seigneur zu verachten beteuert hatte, spürte er gar nicht, glaubte vielmehr, sich einen sehr vornehmen Abgang verschafft und gleichzeitig wirksame Rache an der Krapüle von Literaten genommen zu haben, die er nun durchaus vom Standpunkte Karls her beurteilte.
Dieser war jetzt vollkommen über ihn im Bilde und vermied fürs erste alle früheren Fehler in seiner Behandlung. Er schonte seine Eigenliebe und nährte seine Großmannssucht.
Von seinem Geheimnis hatte ihm Henry nichts verraten; dies behielt er streng für sich als Stütze auch dem Vetter gegenüber; aber die Lehren aus des Papas Vermächtnis produzierte er häufig genug als seine eigensten, innersten Überzeugungen. Daran knüpfte Karl um so leichter an, als sie mit den seinen genug Berührungspunkte hatten, – nur daß er es im Grunde seiner Seele für eine maßlose Unverschämtheit dieses »Tölpels« hielt, sie für seiner angemessen zu halten. Er erblickte in diesem Umstande direkt ein Symptom beginnenden Größenwahnes und begann das abgedankte Gottschedchen rein pathologisch zu nehmen und seine Pläne darauf zu gründen.
Da er jetzt nicht mehr die Befürchtung hegte, daß Henry seiner Schwester gefährlich werden könnte, schloß er diese in seinen Plan ein.

Der Zufall wollte es, daß Berta gerade jetzt wieder nach Genf in ihr Pensionat reisen mußte, und daß Karl zu ihrem Begleiter bestimmt war. Nun reiste auch Henry mit.
Herr Jeremias und Frau Sanna wären mit dieser Reise zu dritt kaum einverstanden gewesen, denn sie ging auf recht kavaliermäßige Weise vor sich.
Gleich in Dresden, wo man sich traf, stattete Henry seine schöne Cousine, die nun eine wahrhaft blendende Erscheinung geworden war, mit Toiletten aus, die, auf ihre etwas englische Art gestimmt, ihr das Ansehen einer jungen Lady aus den exklusivsten Kreisen der Aristokratie Old-Englands verliehen. Alle Angaben zu diesen Toiletten rührten natürlich von Karl her, der sich und Henry in dem gleichen Stile anglisierte. Er sorgte auch für einen Kammerdiener, der einmal bei einem englischen Herzog bedienstet gewesen und somit befähigt war, wo Karls Instinkte für Highlife nicht ausreichten, mit seiner Erfahrung einzuspringen. Ihm, der sich nicht ohne innere Berechtigung seit seinem Wirken in London und Plumkake-Kastle (wir wollen den wahren Namen aus Respekt vor seiner Erlauchtheit nicht verraten) John nannte, obwohl er ursprünglich ein ganz gewöhnlicher Johann aus dem Plauenschen Grunde gewesen war, ihm, diesem Lehrmeister schon mancher anderen jungen Herren gemein deutscher, aber zahlungstüchtiger Herkunft, war es zu verdanken, daß sogleich auch Henrys Kofferwesen reorganisiert und auf die Höhe modern englischer Reisekunst erhoben wurde. Nur Elefantenleder! Nichts als Elefantenleder und Bronzeverschlüsse! Ein wahres Glück, daß Dresden, dank seinem englischen Viertel, mit Lieferanten versehen war, die genug von diesen imposanten Reisemöbeln auf Lager hatten. – Es war auch John, der die Parfüms up to date, den einzig möglichen Stiefelschnitt und darin Bescheid wußte, wann ein weicher, wann ein steifer Hut de rigueur war. Henry wäre imstande gewesen, einen grauen Zylinderhut zu einem Frackanzug zu tragen, eine Entgleisung, der Karl nie anheimgefallen wäre, da er die großen Grundsätze der Kunst, sich anzuziehen, mit der Gabe sicherster Intuition erfaßt hatte. Aber in Einzelheiten war er auch noch nicht taktfest. – Woher hätte er, der bis vor kurzem noch immer nur seinen alten, furchtbaren Abiturientenfrack zur Verfügung gehabt hatte,

es auch wissen sollen, daß damals nur rundgeschweifte Frackschöße gentlemanlike waren? Auch spielten ihm noch gewisse weibliche Tendenzen seines Wesens in Geschmacksdingen manchmal einen Streich. Er hatte z. B. eine damals durchaus unstatthafte Neigung für samtene Westen und würde ohne Johns respektvollen, aber bestimmten Einspruch in der Tat eine solche Weste getragen haben.

Man wohnte, wie es sich am Rande versteht, im ersten Hotel Dresdens, reiste in einem Extracoupé erster Klasse und unterbrach die Reise in jeder Stadt, wo man ein Hotel ersten Ranges vermuten durfte.

Um die dadurch verzögerte Ankunft Bertas in Genf den Eltern plausibel zu machen, telegraphierte Karl ihnen, gleichgültig gegen die Wahrscheinlichkeit, sie dadurch in Besorgnis zu versetzen, daß die Schwester erkrankt sei. – Ihm lag gerade daran, die Reise nach Möglichkeit zu verlängern, denn einmal sonnte er sich selbst geradezu in der durch die prächtigen Kleider aufs vorteilhafteste gehobenen Schönheit Bertas, und dann wünschte er sehr, daß sich in Henry das Bild seiner Schwester recht tief einprägte, so tief und dauerhaft, daß alle die Damen anderer Art, die er ihm von nun an in reichlicher Abwechslung zu präsentieren gedachte, nicht imstande wären, dieses Bild auszulöschen.

Diese Absicht glückte vollkommen. Sonnte sich Karl an Bertas Schönheit, so berauschte sich Henry an ihr.

Er hätte ewig so reisen mögen, dieses auffällig schöne, aber bis in die Fingerspitzen distinguierte Mädchen zur Seite, nach dem sich alle Köpfe drehten, und um das ihn, wie er überzeugt war, jeder Mann beneidete. – Daß man ja ebensogut glauben konnte, es gehöre zu Karl, kam ihm gar nicht in den Sinn. Der Vetter war für ihn im Grunde eine höhere Art John – ein Hofmeister. Er fand ihn eigentlich etwas komisch in der Peinlichkeit seiner Eleganz und in der allzu krampfhaften Art, sich vornehm zu bewegen. Und der Eindruck war auch in der Tat der, daß Henry, trotz häufiger Verstöße, der sicherere war. Selbst seine Unarten nahmen sich läßlicher aus, als Karls etwas ängstliche Korrektheit. Henry konnte, in dem Gefühle des Übermutes, das ihn jetzt zuweilen überkam, sich direkt jungenhaft benehmen: – es wirkte immer doch als aristokratische Flegelei, während Karls mühsam tadellose Haltung immer

etwas den Kaufmannssohn verriet, der eine gute Anstandsschule durchgemacht hat.
Selbst Berta bemerkte das, und sie war nicht ganz einverstanden damit, daß ihr angebeteter Bruder so ängstlich darauf bedacht war, seine geistige Bedeutung hinter einem Äußeren zu verbergen, das ihm eigentlich nicht ganz gemäß war, ja ihn oft genug nahe an die Linie der Lächerlichkeit brachte. Mochte er Henry taillormadisieren; ein Mensch wie dieser, bloß Äußerlichkeit und Erscheinung, bedurfte der Uniform der exklusiven Herrenwelt, um nach etwas auszusehen; Karl aber hätte allein durch seinen Kopf gewirkt, und, wie sie fühlte, um so mehr, je weniger er sich dem Durchschnitte der höheren Eleganz äußerlich anähnelte. Ein Genie, meinte sie, durfte es sich wohl herausnehmen, entgegen der Mode samtene Westen zu tragen, und, vor allem, ein Genie hatte es nicht nötig, mit innerer Angst und heimlichem Beben das äußere Gebaren von Leuten zu kopieren, die offenbar alles andere eher waren, als Genies. Wie konnte Henry, dieses Nichts, sich unterstehen, auch nur äußerlich ihren Bruder zu übertreffen und neben ihm deutlich als der Herr zu wirken! – Oh, sie haßte ihn! Und doch gefiel er ihr auch. Nicht umsonst war er, trotz allem Geschehenen, in ihren Träumen geblieben seit jener Nacht, als er sie gepackt und zum Bette getragen hatte. Aber gerade das stachelte auch ihren Haß wieder an.
Es begann das alte, böse Spiel zwischen den beiden.
Denn auch Henry geriet wieder in ihren Bann. Nur schwärmte er jetzt nicht aus der Tiefe, sondern bewahrte auch ihr gegenüber das Gefühl des Drüberstehens. Seine Blicke, wenn er sie groß und hingerissen ansah, hatten nichts knabenhaft Flehendes mehr, sondern es war herrisches Begehren, ja Drohung in ihnen. Aber auch Verheißung.
Berta verstand sie wohl. So jungfräulich sie war, so unkeusch von Grund aus war sie. Diese pralle Frucht da gedachte sie einmal zu genießen bis auf den Rest und dann wegzuwerfen. – Das würde nicht ohne Kampf vor sich gehen. Aber es war ihr keinen Augenblick zweifelhaft, wer der Stärkere sei.
Als man sich in Genf trennte, war Henry kaum imstande,

seine innere Glut und Erregung zu verhehlen, während Berta sich nicht völlig verstellte, indem sie ihm einen Abschiedsblick gönnte, der ihn an einen zweiten Stern glauben ließ neben dem, den er über sich fühlte als den Stern seiner geheimnisvollen Bestimmung.
Den Morgenstern aber hatte er schon ganz vergessen.

Vorbereitungen

Das Pensionat, in dem Berta ein recht ödes Dasein verbrachte, weil es ihr durchaus nicht gegeben war, sich an andere junge Mädchen, törichte Gänschen in ihren Augen, anzuschließen, lag in einem hübschen Garten am See.
Nur eine halbe Stunde davon entfernt lag ein anderes, gleichfalls in einem hübschen Garten in der Nähe des Sees, gleichfalls sehr respektabel aussehend in seiner vornehmen Verborgenheit zwischen hohen Bäumen und hinter weißen Mauern: eine Art Empiretempelchen mit vorgebautem Portikus aus pompejanisch rot bemalten Säulen, ehemals die Villa eines napoleonischen Generals, der sich nach den heroischen Gewaltwettern der großen Zeit hierher zurückgezogen hatte, Rosen zu züchten und gutes Obst zu essen. Es gab wunderbare Rosenspaliere hier, wahre Triumphbogen von Rosengängen, und runde, hohe Lauben aus Rosen, Rosen, Rosen. Dazu standen, sauber gepflegt, große, alte, aber immer noch kräftige, in jedem Herbste schwer beladene Edelobstbäume rings herum, und auch an südlichen, immergrünen Gewächsen fehlte es nicht, deren dunkelgrünes, mildmetallisch glänzendes Laub das hellere Grün des übrigen nur um so leuchtender erscheinen ließ.
In diesem Pensionat hätte sich Fräulein Berta Kraker aus Hamburg vermutlich weniger gelangweilt, als bei Madame Petitjean; denn bei Madame Adele ging es ausbündig kurzweilig zu. Die in diesem Internate vereinigten jungen Damen waren nicht da, um ihr Französisch zu vervollkommnen und sich, neben einer genaueren Kenntnis der Literatur-, Kunst- und Weltgeschichte, den feineren Gesellschaftsschliff anzueignen, sondern sie übten eine Kunst aus, zu der es erweiterter Sprachkenntnisse so wenig bedarf, wie

der Beherrschung irgendwelchen Lehrstoffes. In der Kunst des Umganges mit Männern von Welt aber waren sie geborene Meisterinnen.
In lauen Sommernächten trugen sie nichts, als hochstöckelige Atlasschuhe, durchbrochene seidene Strümpfe und reich chiffonierte, mit Spitzen und Bändern geschmückte seidene Nachthemden von allerhand Farben. Um Hals und Arme hing Geschmeide, das Haar fiel lose über die nackten Schultern.
Es gab anmutige Künstlerinnen des Gesanges und Tanzes, auch der Gitarre, unter ihnen, aber auch üppige Faultierchen, die außer ihrer eigentlichen Kunst nichts weiter konnten, als schön auf dem Diwan liegen. Diese nannte man Ladies. Doch stammten die meisten aus Schwaben.
Im übrigen waren fast alle Nationalitäten Europas vertreten, so daß Madame Adele nicht mit Unrecht behauptete, fleißige Frequenz ihres Etablissements erspare die Strapazen einer Reise von Lissabon bis Moskau.
Da Henry vorhatte, mit Karl eine solche Reise zu unternehmen, konnten die allnächtlichen Besuche, die er im Verlaufe einer Woche in der Villa Monrepos abstattete, wohl als Vorbereitung dazu gelten, und er kannte sich in der Tat nach Absolvierung dieses Kursus im Verkehre mit Damen der verschiedensten Zungen wohl aus.
Wenn er hier, am rechten Arme Pirotschka (violettes Hemd, bordeauxrote Strümpfe), am linken Dolores (safrangelbe Strümpfe, schwarzes Hemd) durch die Rosengänge schritt und den Abendstern über sich sah am tiefdunkelblauen Himmel, dann konnte er, zum erschreckten Staunen seiner liebenswürdigen Begleiterinnen, laut auflachen und ausrufen: »O ich Esel vom Morgensterne! Wie konnte ich nur so blöde sein, mich mit dem grünen Gemüse der deutschen Poesie abspeisen zu lassen, während mir das lebendigste Fleisch aller Nationen der Welt zu Verfügung steht! Wenn Pirotschka und Dolores die Glieder verschränken, – das geht über alle Worteverschränkungen, und ich lerne den Sinn des Lebens bündiger daraus, als aus der ganzen Lyrik von Portugal bis China.«
Auch zu Karl sprach er in diesem Sinne. Der aber machte sein verkniffenstes Gesicht dazu und sagte: »Ich wünsche dir weiterhin viel Vergnügen bei deinen Weiberaffären, und

ich will dir dabei sogar behilflich sein, denn du brauchst sie zur Entfaltung deiner Persönlichkeit« (was Henry für bare Münze nahm), »aber ich möchte dich bitten, über dieses Thema nicht mit mir zu sprechen. Ich gebe dir ja auch keine Referate über meine Aventüren. Denn ich finde nämlich, daß es zu den auszeichnenden Eigenschaften des vornehmen Menschen gehört, nicht über Dinge zu reden, die zur Kammermusik des Lebens gehören. Weshalb die gesamte sogenannte Liebeslyrik eine grundordinäre Gattung der Poesie ist.«

Henry machte sich weder jetzt noch späterhin viel Gedanken darüber, warum Karl in diesem Punkte so empfindlich war, und fand es schließlich auch nicht weiter auffällig, daß der Vetter, der später so geschickt war, für ihn überall die blendendsten Erscheinungen der gefälligen Damenwelt ausfindig zu machen, selber scheinbar den Verkehr mit Frauen vermied, obgleich er doch offenbar das lebhafteste Gefühl für deren Reize hatte. Denn niemand konnte, wie er, entzückt außer sich geraten über einen schönen Frauenkörper, elegante Damenkleider und spezifisch weiblich weltmäßiges Wesen.

Daß Karl in Genf an Henrys Studien nicht teilnahm, konnte diesem aber nicht auffallen, da der Vetter andere Vorbereitungen zu treffen hatte. Er umgab sich mit Atlanten und Reisebüchern, die ganze Fahrt in die Welt im Grundrisse festzulegen, die sie nun unternehmen wollten, saß sehr zufrieden in seinem luxuriös behaglichen Hotelzimmer, angetan mit einem bequemen eleganten Hausanzug von gesteppter, dunkelblauer Seide, und verschaffte sich, hier und da einen Schluck starken Süßweines zu sich nehmend, einen Überblick über die Herrlichkeiten der Welt, die nun er genießen wollte. Henry sollte sich nur ja recht fleißig in den Ballokalen, Bordellen, Cabinets particuliers und ähnlichen Lokalen herumtreiben, wo man schnell Lebenskraft los wird und dafür, wenns Glück günstig ist, allerlei Andenken zum Entgelt erhält, die die Lebensgeister auch nicht gerade auffrischen. Auch über die besten Gelegenheiten dazu orientierte sich der gewissenhafte Hofmeister in der gewissen einschlägigen Literatur, die ihm sonst zuwider war, wie wollene Unterwäsche. Aber in der Hauptsache dachte er doch an sich und seine Bedürfnisse. Er studierte die Kataloge der Kunstsammlungen und ließ es sich nicht verdrießen, ein Studium der gesamten Kunstgeschichte daran zu knüpfen. Sein phänomenales Gedächtnis und seine außerordentliche Gabe, überall sofort auf den Kern der Dinge, auf das eigentlich Bedeutende zu kommen, ohne am Wust des Drum und Dran hängen zu bleiben, befähigte ihn in unglaublich kurzer Zeit, mühelos zu einem sicheren Überblick zu gelangen, so daß er in Genf schon im Louvre, im Britischen Museum, in der Eremitage, im Prado und kurz überall zu Hause war, wo große Kunst hauste. Desgleichen eignete er sich gute Kenntnisse der verschiedenen Architekturen und Städtebilder an, unterließ aber auch nicht, sich darüber zu informieren, auf welchem Gebiete jede einzelne große Stadt das Beste an Gegenständen für verfeinerte Lebensbedürfnisse hervorbrachte. Er legte Tabellen an über Goldschmiedearbeiten, Parfümerien, Seidenarbeiten, feine Flechtarbeiten, Poterien jeder Art, Bronzen, Porzellane, Holzschnitzereien, Delikatessen, Liköre, Galanteriegegenstände, edle Papiere, feine Gläser, kostbare Antiquitäten. Die Adressen der vornehmsten Klubs jeder Stadt wurden auch nicht vergessen und natürlich nicht die der besten Schneider und Schuhmacher.

Zuweilen ließ er Buch und Stift fallen und rieb sich mit einem Gefühle innigsten Vergnügens die schönen, weißen, nur allzu weichlichen Hände. Endlich hatte er erreicht, was er wollte. Henry war in seiner Hand und folgte ohne Besinnen, wie seinen eigenen Trieben, so Karls Absichten, und er selber, der kluge Mentor, durfte gleichzeitig alle Vorteile des Reichtums auf seine Weise genießen, ohne als Schmarotzer empfunden zu werden oder sich gar selber als solchen empfinden zu müssen. Denn Henry beteuerte ihm, und ohne Phrase, immerzu, wie dankbar er sei, daß er ihn leitend begleite und ihm alles abnehme, was eine Reise irgendwie Lästiges mit sich bringe.

Nur eines beeinträchtigte die linde Glätte und angenehme Fülle von Karls jetzigem Dasein: daß er einem vorübergehenden Bruche mit den Eltern kaum ausweichen konnte. Denn es war klar, daß weder Papa Jeremias noch Mama Sanna mit der Aufgabe seines Studiums einverstanden sein würden, weil er Henry durch die Länder Europas begleiten mußte.

Indessen: schwer trafen ihn die heftigen Briefe des zornigen Alten nicht, und die christlichen Abmahnungen aus der mütterlichen Feder las er mit beträchtlich geringerem Interesse, als den letzten Bericht über des Prinzen von Wales neueste Jackettform.

Querweltein

1. Der Gymnasiast der Liebe

Da die Umgangssprache der Villa Monrepos das Französische war, und Henry sich dort genug Kenntnisse in der Langue d'oui angeeignet hatte, um bei entsprechendem Anlasse ein mon dieu oder eh bien oder oh la la einfließen lassen zu können, so fand er, daß es kein sonderliches Wagnis sei, direkt von Genf nach Paris zu reisen, zumal da John über einen beträchtlich größeren Sprachschatz verfügte, und auch der schnell lernende Karl trotz seiner Vorbildung auf einem deutschen Gymnasium auf dem besten Wege war, sich bald in der Sprache des Erbfeindes glatt verständlich machen zu können.
Und Henry hatte recht gehabt: die mangelhaften Sprachkenntnisse hinderten ihn nicht wesentlich daran, in Paris alle die Amüsements zu finden, die er suchte, und die aufs leichteste durch die internationale Sprache des Goldes vermittelt werden. Zudem hat das Französische mit den Französinnen von der gefälligen Horizontaltendenz das gemein, daß es sich leicht und angenehm anschmiegt. Henry hatte erst zwei kleine Übungsverhältnisse hinter sich, als er sich bereits mit Fug und Recht sagen konnte, daß es ihm im Verkehr mit Kellnern, Kutschern und Kokotten am nötigen Wortschatze nicht mehr gebrach.
Anfangs führte er sich noch durchaus schülerhaft auf und ließ jeden eigentlich weltmännischen Zug in seinen erotischen Betätigungen vermissen. John mußte die Adressen besserer »maisons« eruieren, sie dem Droschkenkutscher mitteilen, und Henry setzte sich einfach in die Droschke und fuhr los, von Maison zu Maison, wie sie Johns Liste gerade zusammengestellt hatte. Das war entschieden dilettantisch

und unwürdig eines jungen Herrn, der sich eine Privatgeliebte halten konnte, die ein eigenes »Hotel« besitzt. Aber dahin kam Henry so schnell und von selbst nicht. Einmal hatte er seit Ahala und Ahaliba eine pietätvolle Neigung für »maisons«; es spielten gewissermaßen Kindheitserinnerungen mit, die, wie man weiß, von großer Dauerwirkung auf das menschliche Herz sind. Henry fühlte sich in öffentlichen Häusern immer wie zu Hause. Der mit Parfüms der suggestivsten Art geschwängerte Duft der Ausdünstungen zahlreicher teils gar nicht, teils nur geringfügig bekleideten Frauenkörper heimelte ihn an, und die bis zum Primitiven vereinfachte Technik der Anknüpfung, die für ihn anfangs in den Worten viens! oder allons! bestand, entsprach durchaus seiner Geschmacksrichtung. Und dann liebte er, mehr und mehr in eine wütende und wahllose Begierdenraserei geratend, das, was er selber den Engrosbetrieb nannte. Das »große Aas« von Leipzig wachte in ihm auf. Von niemand zurückgehalten, von Karl vielmehr immer aufs neue dazu angestachelt, nichts tuend als üppig zu essen, scharf zu trinken und pornographische Bücher zu lesen, die gleichfalls Karl überallher zusammenzutragen wußte, verfiel er einer so wilden Satyriasis, daß sein ganzes Wesen von nichts eingenommen war, als geilen Vorstellungen einer schließlich monströsen, ja grotesken Obszönität.
Er selbst kam sich wie ein Herkules des Geschlechtes vor, nannte sich, da er nicht ein Kronenträger sein könne, einen Phallusträger von Gottes Gnaden und meinte, was er treibe, bedeute mehr, viel mehr und jedenfalls etwas ganz anderes, als landläufige Ausschweifung: Es sei das Hinauswachsen einer mit unerschöpflichen Kräften begabten Natur über die Sittengesetze der Mittelmäßigkeit: Priapismus in einem antik priesterhaften Sinne.
Karl bemerkte das mit großem Vergnügen. Er, der mit dem schlendernden Behagen eines reichen Müßiggängers von Geist bald durch die elegant belebten Straßen schritt, wo das vornehme Paris sich zeigt, bald durch die Galerien, wo Meisterwerke alter und neuer Kunst zu seinem immer sicherer werdenden Geschmacke sprachen und sein ganzes Wesen befruchteten und erweiterten, er, der, ohne sich auch nur das geringste an äußeren Genüssen entgehen zu lassen, sich unablässig an inneren Werten bereicherte und es auch nicht

an Steigerungen seiner dichterischen Fähigkeiten fehlen ließ, fühlte mit einem kaum verhehlbaren Entzücken, als wie richtig sich die Voraussetzungen seines Planes zur Depravierung Henrys erwiesen. Zwar deutete sich noch in nichts eine Abnahme der körperlichen Kräfte Henrys an; doch das hatte Karl auch nicht so schnell erwartet. Aber wichtiger und verheißungsvoller erschien ihm der Umstand, daß Henry, je mehr er sich ausschließlich auf geschlechtliche Wüstereien beschränkte, um so deutlichere Symptome des Fortschreitens gewisser megalomaner Züge zeigte.

Dieser Prozeß wurde wirksam dadurch unterstützt, daß »elles« sehr bald heraus hatten, auf welche Weise diesem jungen Herrn aus dem Lande der Pickelhaube am leichtesten beizukommen war. Teilweise glaubten sie es wirklich, und teilweise stellten sie sich so an, es zu glauben, daß er ein deutscher Prinz sei, und so fand er sich hier überall aufs genaueste so behandelt, wie es ihm angenehm war: nicht bloß als Mensch von großer Leistungsfähigkeit im Punkte der »Liebe« und des Portemonnaies, sondern auch als Mensch aus geheimnisvollen Höhen der Geburt.

– »Nicht wahr, mein Prinz, wenn du wieder zu Hause bei deinen Sauerkrautessern bist, schickst du mir einen netten Orden?«

– »Willst du mich nicht als deine Pompadour mitnehmen? Eure deutschen Frauen verstehen die Sache ja doch nicht, und ich verspreche dir, mich nicht in die Regierungsangelegenheiten deines Landes zu mischen, denn das würde dir Schwierigkeiten bei Herrn von Bismarck bereiten.«

– Oh, wenn ich dich doch mal in Uniform sehen könnte, mit der Pickelhaube, und die ganze Brust voll Orden! Du bist doch natürlich auch wie die andern deutschen Prinzen gleich als Leutnant auf die Welt gekommen und jetzt gewiß schon mindestens Regimentsinhaber!«

– »Meine Mutter war eine Petroleuse. Aber dir zuliebe werde ich Royalistin!«

Und Henry selbst ging nicht ungeschickt auf diesen Ton ein. Als ihm einmal die Besitzerin eines der größten Etablissements dieser Art, eine Dame, die täglich vierspännig in einer glänzenden Equipage durch das Bois fuhr, Vorwürfe darü-

ber machte, daß er den ganzen Betrieb ihrer Maison störe, indem er regelmäßig sämtliche Damen mit Beschlag belege, antwortete er stolz: »Que voulez-vous, Madame? La maison? La maison c'est moi!« Ein Wort, das ihm mit Recht den königlichen Spitznamen Louis quatorze einbrachte.
Als Kaiser Wilhelm am 9. März 1888 gestorben war, erfuhr er es in einem der Salons, in denen sich seine Existenz erschöpfte, und er wußte auch in diesem Augenblicke nichts anderes zu tun, als seine Rolle zu spielen. Er stand, scheinbar ergriffen, auf und empfahl sich mit düsterem Gesicht. Dieses Gesicht behielt er auch bei, als er dann mit Karl über das Ereignis sprach. Aber er hatte nicht das mindeste Gefühl für die Bedeutung, die das Ableben des ersten Kaisers als äußerer Abschluß einer wichtigen Periode der Geschichte seines Vaterlandes hatte. – Was ging ihn das Haus Hohenzollern an? Was bedeuteten für ihn Angelegenheiten von nationalem Interesse? War er etwa ein – Deutscher? Ja, wenn er legitim gewesen wäre, würde ihm Fürstenpflicht irgendeine nationale Führerschaft auferlegt haben, – so aber, als Bastard, durfte er sich auch von diesem Zwange frei fühlen.
Schade, daß Karl ihm diese Gedanken nicht vom Gesicht ablesen konnte. Er würde die innigste Freude darüber empfunden haben. – Ihm war die Bedeutung dieses Tages sehr bewußt. Er fühlte sich als Glied einer Generation, die nun bald die führende sein würde, wenn nach dem fast täglich zu erwartenden Tode Kaiser Friedrichs Kronprinz Wilhelm auf den Thron käme. Damit würde eine neue Periode anheben: die Periode der Erben, die zur Macht die Kultur fügen würden.
Karl gab sich im Umkreise dieser Gedanken sehr bestimmten Erwartungen auch ganz persönlicher Natur hin. Er fühlte sich bedeutend genug, auch äußerlich einmal eine Rolle spielen zu können. Berlin würde ein machtvolleres Weimar werden. Der verjüngte Kaiserhof, einen tatkräftigen, jungen, modernen Monarchen zum Mittelpunkt, würde es sich an der politischen Führung nicht genug sein lassen; wie Ludwig XIV. nicht bloß die Politik Europas diktiert hatte, sondern auch der große Maßgeber der Kunst Frankreichs und damit Europas gewesen war, so würde der

kommende Kaiser gleichfalls seine Bestimmung darin erblicken, die lebendigen Kräfte des neuen künstlerischen Geistes in Deutschland mächtig fördernd zusammenzufassen und mit ihnen eine bestimmende ästhetische Kultur deutschen Gepräges zu begründen. – Es konnte nicht anders sein: die Logik der Entwicklung zwang dazu. An eine expansive Politik Deutschlands war nicht zu denken, und ganz sicher dachte der Meister Europas, Bismarck, nicht daran, der mit dem Abschluß des Dreibundes den deutlichen Willen kundgetan hatte, ein Bollwerk des Friedens zu errichten. Und Frankreich, das hatte Karl wohl bemerkt, besaß zwar noch Elemente genug, die zum Kriege drängten, war aber in der aufsteigenden Generation durchaus frei von Revanchegelüsten und überdies auf dem Wege zur völligen Demokratisierung. Und die Republik würde es sich wohl überlegen, sich selbst mit einem Kriege aufs Spiel zu setzen. Es stand eine durchaus friedliche Zukunft bevor, und so konnte der zweite Wilhelm nicht an Siege auf dem Schlachtfelde denken, sondern an Siege auf dem Felde der Kultur. Und dafür war alles bereitet. Der Reichtum wuchs und mit dem Reichtum das Geschlecht, das schon von früh auf Luxusbedürfnisse kennengelernt hatte. Noch fehlte freilich der Geschmack, und selbst die neuen Geister in Literatur und Kunst ließen ihn vermissen. Aber das waren ja auch zumeist Leute aus der Hefe des Volkes, verkappte Sozialdemokraten, idealistische Agitatoren mit naturalistischer Technik. Gerade im Gegensatz zu diesen, die, wie Karl sie ansah, im Grunde gar nicht modern, sondern die letzten Ideologen waren, würde von oben her eine neue aristokratisch-ästhetische Kultur ihre Förderung finden. Karl, der Generation nach zu jenen Ideologen gehörig, fühlte sich durchaus als Vorläufer eines kommenden, feineren Geschlechtes, und so gedachte er, dessen voranschreitender Führer zu werden, der Erste, der die neuen Ziele laut und feierlich verkündete.

Es schwebte ihm eine Ode zur Thronbesteigung Kaiser Wilhelms des Zweiten vor, den er im Gegensatz zu Kaiser Wilhelm dem Alten als Kaiser Wilhelm den Jungen anreden wollte, eine Art strenggliedrigen Tempelbaus in Worten, glatt und leuchtend wie Marmor, altgoethisch-kurial gemessen, aber voll pindarischen Schwungs – das absolute

Gegenstück zur Formlosigkeit der Gründeutschen und im Inhalte eine schneidende Kriegserklärung an diese. Diese Ode sollte eine prunkvolle Verherrlichung der Monarchie sein und die Kulturwidrigkeit aller demokratischen Instinkte mit stolzer Klarheit aufdecken. Alles, was Macht besaß durch Geburt, Stellung, Reichtum, Geist, sollte aufgerufen werden zu einem Adelsbunde gegen die Masse, der die Huld des Odendichters übrigens panem et circenses als notwendige Voraussetzung zur Bildung einer nicht störenden Statisterie gerne zugestand.

Indessen wüstete Henry weiter.

Als ihm die Maisons langweilig geworden waren, pirschte er die Ballsäle und Cafés ab. Es schien, als hätte er sich das Ziel gesteckt, die gesamte käufliche Weiblichkeit von Paris zu besitzen. Er brachte es fertig, gegen Erlegung einer erklecklichen Summe, kleine Cafés nach seinem Eintritt schließen zu lassen, um sodann Orgien zu entfesseln, in denen auch die Alphonse ihre Rolle zu spielen hatten. Jede Nacht kam er mit einer ganzen Schar immer anderer Frauenzimmer nach Hause. Selbst die würdige Dame, die schon seit zwanzig Jahren die Schnur in seinem Hause zog und gewiß bereits ein Armeekorps von Kokotten nächtlicherweile an sich hatte vorüberziehen sehen, erschrak vor diesem Massenaufgebot und brachte es in die Runde, daß ein wahres Ungeheuer von Wollust in dem von ihr bewachten Hause sein Wesen trieb, ein Weiberfresser, – kein Mensch mehr, sondern ein Affe.

Es wäre vielleicht das Unglaubliche geschehen, und man hätte Henry das Quartier gekündigt, wenn nicht Karl dem Wesen ein Ende gemacht hätte.

So glücklich er sich auch fühlte: er war nicht imstande, allnächtlich es mitanzuhören, was Henry, nur durch eine Wand von ihm getrennt, an wüsten und wilden Szenen aufführte.

Er nahm sich den Vetter vor und erklärte ihm, wie unvornehm es sei, gleich irgendeinem jungen Studenten oder Künstler Weiber auf der Straße aufzulesen und bandenweise in sein Haus zu schleppen.

– »Ich begreife dich nicht. Du solltest nach und nach doch feinere Bedürfnisse bekommen haben. Nimm dir eine anständige Mätresse, mit der du Figur machen kannst, und

von der du Lebensart lernst. Du wirst dadurch auch mit besseren Herrenkreisen in Berührung kommen und für eine spätere Ehe Erfahrungen sammeln.«
– »Ach was; ich danke. Eine Mätresse, das ist schon eine Art Ehefrau. Ich bin nicht monogam veranlagt. Jedenfalls bin ich noch nicht genügend alt, um mit einer genug zu haben. Auch sind mir die großen Kokotten zu langweilig, zu förmlich.«
– »Eben: die Form sollst du von ihnen lernen, die Eleganz. Wenigstens in der Liebe. Bilde dir doch nicht ein, daß du über die Anfangsgründe der Technik weg bist. Du hast noch nicht einmal Sinn für Nuance, geschweige denn für Finessen.«
Henry lachte höhnisch auf: »Hast du ne Ahnung! Nihil artis amatoriae alienum a me puto. Auf diesem Gebiete habe ich nichts mehr zuzulernen.«
– »Meinst du? Ich würde es doch auf den Versuch ankommen lassen. Die großen Künstlerinnen der Liebe laufen nicht auf der Straße herum. Denn sie sind ebensowenig für den Pöbel da, wie sonst große Kunst. Die feinsten Koloraturen der Wollust beherrschen nur wenige, aber ich habe mir sagen lassen, daß diese seltenen Primadonnen des Spiegelbettes Effekte haben, zu denen sich Kaiser und Könige drängen. Wenn ich wie du wäre, würde ich mir hier in Paris, wo die hohe Schule dieser höchsten angewandten Kunst ist, diese Genüsse nicht entgehen lassen. Du ißt ja auch nicht in den Garküchen, beim Marchand de vin, sondern bei den besten Traiteurs, wo auf Silber serviert wird.«
Und nun entwarf er ihm, Gott weiß, wie er zu der Intuition kam, ein Bild von den Reizen eines Kokottenschlafzimmers höchster Gattung bis ins Allereinzelnste der Einrichtung, und desgleichen von der Toilette und Wäsche und überhaupt von allem, was geeignet war, Henry neugierig zu machen und aufzuregen.
Henrys Widerstand war gebrochen. Er beschloß (mit Karl zu reden) das Gymnasium der Liebe zu verlassen und die Universität zu beziehen. Die Wahl der Mätresse überließ er dem Vetter, weil ihm die Präliminarien zu lästig waren. Er war so faul und initiativelos geworden, daß er auch Lebendiges serviert bekommen mußte.

Karl, der schon Bekanntschaften in der jüngeren »Welt« hatte, machte bald eine Dame ausfindig, die nach seinem Urteile wohl geeignet war, Henry um den Rest seines Verstandes zu bringen, und die übrigens auch ihm gefiel.

Liane de Rompolles (ihr wirklicher Name klang weniger voll) war bis vor kurzem die Mätresse eines ganz zum Pariser gewordenen deutschen Standesherrn aus fürstlichem, ehemals souveränem Hause gewesen, das mit einer ganzen Reihe noch regierender Familien verschwägert war. Daß sie den Prinzen von Wales persönlich kannte, wollte nicht viel heißen: Dieses Vorzugs rühmten sich, ohne zu renommieren, Dutzende ihrer Sphäre; aber ihr kleines, mehr als bloß geschmackvoll ausgestattetes »Hotel«, in einem sehr vornehmen Stadtviertel gelegen, hatte auch weniger populäre Fürstlichkeiten aus- und eingehen sehen. Meist ältere, denn auch ihr Paul Adalbert war schon ein recht altes Männchen gewesen. Aber ein sehr vornehmes und auch gescheites. So gescheit, daß es, im übrigen wenig dazu angelegt, Größe zu begreifen und zu verehren, einen Kultus mit dem Andenken Napoleons des Ersten trieb, und zwar gerade deshalb, weil dieses rücksichtslose Parvenügenie den Thron umgestoßen hatte, den zu zieren sonst Paul Adalbert berufen gewesen wäre. Selbst Lianens Palaischen hatte er mit Napoleonsbüsten, Napoleonsbildern, Napoleonsmedaillons, Napoleonstatuetten ausgeschmückt, und es gab dort sogar eine echte Napoleonreliquie: eine Schnupftabaksdose des Gewaltigen, die ein Geschenk Josephinens gewesen war.

Liane hatte viel von Paul Adalbert gelernt. Vor allem eins: sie ließ sich durch Titel und Stellung nicht imponieren und empfand ihre Schönheit und die Kunst, mit der sie von ihr Gebrauch machte, als einen mindestens ebenso reellen Machtfaktor, wie sonst etwas, wovor sich die Menge duckt. Sie war stolz auf ihr Metier und hätte auch auf ein Fürstendiadem nicht stolzer sein können.

»Ich bin frei und herrsche«, sagte sie, »und meine Herrschaft tut offenbar wohl. Die vornehmsten Männer bewerben sich darum, meine Sklaven zu sein, und es ist mir noch keiner vorgekommen, der mich als seine Herrin nicht auch respektiert hätte. Wäre ich das geblieben, was man ehrbar nennt, so wäre ich heute Sousdirektrice in einem Putzladen und müßte mir die Sottisen dieser Bourgeoismadames gefallen lassen, die nach meinen Erfahrungen zu zwei Drittel aus Gänsen, zu einem Drittel aus Harpyien bestehen, und ich würde einen Liebhaber oder einen Mann haben, der mich malträtierte, weil ich sein Eigentum wäre. Oh – non! Es ist besser, ich gehöre mir und wähle mir die aus, die mir gehören dürfen, solange es mir gefällt. Und koste alle Genüsse, die es gibt, mit Ausnahme derer, die, wie man sagt, in der Arbeit liegen. Mein Gott, ja, – es mag Menschen geben, die so talentlos sind, daß sie das gute Gewissen der Arbeit brauchen um zu genießen. Die Herrschenden, habe ich gefunden, gehören nicht dazu. Eine Liane darf goldene Reife um die Fußknöchel tragen, darf sich die Nägel ihrer Zehen vergolden lassen, sich frisieren a la Kleopatra und die Knospen ihrer Brust schminken. Und nur eine Liane darf es sich erlauben, Fürsten, die bei ihr geschlafen haben, zu Rittern ihres goldenen Vlieses zu ernennen.«

Als diese stolze Dame, die überdies von Paul Adalbert ein beträchtliches Vermögen geerbt hatte, von einem ihrer Satelliten erfuhr, daß ein komisch steifer junger Herr aus Hamburg, der sich selbst vor den Frauen anscheinend mehr fürchtete, als die Regierung der Republik vor revisionslustigen Generälen, seine vergißmeinnichtblauen Augen auf sie geworfen habe, sie für seinen Vetter, der im Gegensatze zu ihm an Frauenverkehr allzu heftigen Geschmack fand, als Mätresse zu erküren, lachte sie belustigt auf und meinte, diese Kühnheit verdiene Aufmunterung.

»Her mit dem schüchternen Blonden!« rief sie aus, »und her auch mit dem schwarzen Vielfraß! Habe ich bisher nur alte deutsche Fürsten kennen dürfen, die zu meinem Erstaunen nicht die geringste Ähnlichkeit mit Herrn von Bismarck hatten, so verlangt es mich, jetzt ein paar bürgerliche Jünglinge dieser Nation kennen zu lernen, die uns, soweit ich urteilen kann, kaum besiegt haben würde, wenn ihre jungen Bürger nicht aus einem etwas derberen Holze gewesen wären, als meine glänzenden Besucher mit teutonischem Akzente. Die Söhne der Sieger von 1870 und 71 sollen mir willkommen sein, und ich will an ihnen, wenn es möglich ist, Revanche für Sedan nehmen.«

Und Karl und Henry kamen, eingeführt von einem Herrn mittleren Alters und ältesten Vendée-Adels, der hier und da von den besseren Lianen der schönen, aber ach von jeher nicht sehr vendéemäßig gesinnten Kapitale für derartige Einführungen ein anständiges Trinkgeld erhielt. Karl schwitzte vor Aufregung am ganzen Körper und sah aus wie alter Fromage de monsieur Fromage. Der Neger, der als Türhüter fungierte, beneidete ihn sehr um diese Gesichtsfarbe, aber die kleine Chinesin Hsiao-nü-örl, die den Herrschaften Hut und Mantel abnahm, fand Henry hübscher, weil er so große, schwarze, kugelige Augen hatte, wie die verliebten chinesischen Kaiser in den Bilderbüchern des blumigen Reiches der Mitte, die man Frühlingsbücher nennt, weil sie von den Frühlingstrieben der Menschen handeln.

Liane empfing die Herren im moosgrünen Salon, der zu ihrem mattroten Haar ausgezeichnet stimmte. Sie trug sich a la Directoire mit seitlich geschlitzten, dicht unter der nackt herausgewölbten Brust gerafftem Kleide aus einem Stoffe, der weich und fließend wie Seide war, aber doch auch etwas vom Reize allerfeinster leichtflockiger Wolle hatte. Ein breiter, massiv goldener Gürtel, nach pompejanischem Muster gefertigt, war es, der dieses kostbar schlichte Gewand unter der Brust hielt. Ein ebensolcher Reif bändigte das künstlich wirr gehaltene Haar, und auch um dieKnöchel des linken Armes und Fußes hatte sie solche Spangen gelegt. Dafür trug sie Hals und Hände ohne jeden Schmuck. Aber die Sandalen und auch die bis über die nackten Waden hinaufreichenden kreuzweis gelegten Sandalenbänder waren wiederum vergoldet.

Kein Wunder, daß Karl sowohl wie Henry bestürzt waren beim Anblick dieser Erscheinung, die ihnen wie ein lebendig gewordenes Bild aus der »Ikonographie des klassischen Altertums« gymnasialen Andenkens vorkam.

Karls erster Gedanke war, daß vor dieser Frauengestalt selbst Berta zurücktreten müßte. Das antik Degagierte und doch schön Gemessene in Haltung und Bewegung hätte die Hamburger Miß in der Tat auch bei äußerster Bemühung nicht erreicht, und sie hätte auch nicht so ... ja, wie nur ... Karl fand nicht leicht das bezeichnende Wort ... ja: so pariserisch hellenisch lächeln können, so hinreißend liebens-

würdig echt und geistreich, mit einer reizenden Überlegenheit schnell musternd und nicht ohne ein klein wenig Verlockung einladend.
Es fiel Karl schwer aufs Herz, daß er Schönheit dieser Art nur ästhetisch genießen konnte. Er war sich des letzten und tiefsten Sinnes dieser Schönheit vollkommen bewußt, er verstand, was diese Brust, diese Glieder, diese Augen, Lippen, Bewegungen sagten, aber, wenn er auch den Sinn dieser ihm fremden Sprache verstand, er wußte wohl, daß er nie in ihr antworten konnte. Es waren Stimmen aus einem Paradiese, zu dem er nie Einlaß finden würde. Nie. Trotz seines Dranges danach und trotz seiner so unseligen unfruchtbaren Gabe, diese Stimmen zu verstehen.
So gebärdete er sich, innerlichst ergriffen, entzückt und gepeinigt, noch steifer und förmlicher, als es ohnehin seine Art war, und machte vor sich selbst und den andern eine recht schlechte, ja alberne Figur.
Henry hingegen, wohl auch verwirrt durch soviel Schönheit, Pracht, Eigenheit, und keineswegs Herr der Situation, vielmehr aufs äußerste unsicher bei dem qualvollen Gedanken, ob hier sein Boulevardfranzösisch ausreichen werde, fühlte im Innersten seiner Gefühle festen Grund und vermochte daher seine äußere Unsicherheit besser zu verbergen. Er hatte den verschlingenden Blick der hingerissenen, wenn auch äußerlich gebändigten Begierde, und in diesem Blick, ob er auf Momente auch noch unstet abirrte, war Entschluß und Zuversicht.
Auf derlei verstand sich Liane, und sie wußte sofort, daß ein Elementargeist von vielen Graden aus diesen Kugelaugen sprach. Die Revanche für Sedan würde hier nicht leicht fallen, sagte sie sich, aber der Versuch würde sich verlohnen. Nach den mageren Jahren mit dem mehr passiven Paul Adalbert fühlte sie sich ihm doppelt gewachsen, und es würde mehr als eine bloße Abwechslung, es würde ein frischer, fröhlicher Krieg sein, Stoß und Widerstoß, höchste Anspannung der Kräfte, volle Ausnutzung aller Mittel, ein grimmig starkes Vergnügen. Darum: En avant!
Es war nicht Lianens Art, viel Federlesens zu machen, wenn die Stimme des Blutes so vernehmlich sprach und überdies alle sonstigen Voraussetzungen stimmten. – Der edle Herr aus der Vendée und auch Karl wurden bald fort-

geschickt. Der Stil des Directoire machte dem Stile der Natur Platz. Man verließ unter dem Geleite der leuchtertragenden, auf ihren Humpelfüßchen seltsam watschelnden Hsiao-nü-örl den moosgrünen Salon und begab sich ins bordeauxrote Schlafgemach.
Hsiao-nü-örl setzte die schwersilbernen Leuchter auf eine golden kanelierte Säule aus schwarzem Marmor, strich mit beiden Händen, wackelnd sich verbeugend, flach an Brust und Unterleib hinab und verschwand.
Henry blieb unschlüssig, ob auch keuchend vor wilder Aufregung, auf dem dicken gelben, spanischen Kirchenteppich stehen, mit dem der Boden des fast feierlich prachtvollen Gemaches ausgelegt war, und sah Liane halb zaghaft an.
Die aber richtete sich in ihrer Nacktheit hoch auf, umfing ihn mit den Blicken einer wollüstigen Sibylle und streckte den rechten Arm gebieterisch aus und rief: Ins Bett!!!

Schon in dieser ersten Nacht gingen Henry die Augen gewaltig darüber auf, wie recht Karl gehabt hatte, als er ihm im Verkehr mit großen Damen der Liebe eine wesentliche Erweiterung seiner Kenntnisse, Erfahrungen und Fertigkeiten auf seinem Spezialgebiete voraussagte. Er kam auch noch eine geraume Weile nicht aus dem Staunen heraus, und erst als er dieses Staunen überwunden hatte, stellte sich sein erotisches Selbstbewußtsein allmählich wieder her.
In der Schule Lianens vergaß er selbst seinen Größenwahn. Was hätte er, vom Eigentlichen seiner Betätigung ganz abgesehen, auch damit anfangen wollen gegenüber einer so königlich selbstbewußten Person, die von Fürsten sprach wie von kaum ihresgleichen, und in deren Schoß gekrönte Häupter geruht hatten, wenn sie auch bei dieser Gelegenheit ohne Krone gewesen waren? Sie lachte ihn einfach aus, wenn er es sich nicht versagen konnte und das eine oder andere Mal große Worte machte von Herrenrecht und fürstlichen Prärogativen und derlei mehr.
Sie begriff Karl nicht, der fast täglich zum Tee mit Henry bei ihr war, da er sich immer mehr auf seine Weise in ihre Schönheit verliebte. Er wurde nicht von Eifersucht, son-

dern von direktem Neid auf seinen Vetter zerfressen, der diese Schönheit besaß, ohne sie gleich ihm inbrünstig schätzen zu können. – Wenn er so oft mit zu Liane ging, so geschah es auch zu dem Zwecke, ihr dies zu zeigen, ihr zu zeigen, wie hoch er über Henry stand, nicht bloß an Geist überhaupt, sondern auch besonders an Verstand für ihr Wesen. Er sprühte von Witz, Schärfe, Bosheit, Phantasie am Teetische Lianens und es fehlte dieser durchaus nicht an Sinn für die Reize dieser Pyrotechnik des Geistes, obwohl sie ihm oft genug das Wort abschnitt, indem sie etwa sagte: »Hören Sie auf, Sie furchtbarer Teutone! Es ist nicht gesund, wenn der Mensch bloß Gehirn ist, weder für ihn, noch für andere. Ihre Weisheit blitzt unaufhörlich, aber sie macht alles dunkel ringsum. Endlich weiß ich doch, was die deutsche Philosophie ist: Selbstilluminierung. Ihr macht euch so hell inwendig, daß euch alles um euch herum natürlich dunkel erscheint. Was hat mir doch der Kleine für ein hübsches deutsches Wort gesagt? Richtig: ›den Wald vor Bäumen nicht sehen‹. Sie, mein lieber Charles, sehen gerade den allerschönsten Wald nicht, in dem es sich am lustigsten spaziert.«
Karl litt qualvoll bei diesen Reden, die sich öfter und öfter wiederholten. – Und einmal konnte er es nicht mehr ertragen. Er stand auf und flüsterte hastig: »Da Sie mich nicht verstehen, haben Sie auch kein Recht, mich zu peinigen. Ich leide ohnehin schon genug. Aber ich war in der Tat ein Narr, da ich glauben konnte, eine Frau könne mehr haben, als Sinn für das, was an den Männern gemein ist.«
»Oh la la!« sagte Liane, als er hinaus war. »Dein weiser Cousin ist nicht so glücklich, ein Narr zu sein, mein Freund. Er ist ein unglücklicher Bursch! Schade um ihn! – Merkwürdig, daß ich es nicht gleich gefühlt habe. Eine Frau spürt das doch sonst direkt auf der Haut!«
– »Was denn?«
– »Mein Gott, du Lamm! Er gehört zu denen, die schief gewickelt aus der Manufaktur gekommen sind. Er ist ein Mann, ohne als Mann fühlen zu können. – Ich begreife nur nicht, daß er sich dann nicht einen Freund sucht!«
– »Du meinst . . .?«
– »Ich bins überzeugt. – Aber der Fall ist besonders bös. Der gute Charles hat nicht einmal das gute Gewissen seiner

Verkehrtheit, oder, noch schlimmer, es fehlt ihm auch an Leidenschaft nach der verkehrten Seite hin. Mein Gott! Daher diese maßlose Weisheit! Es hat sich bei ihm alles aufs Gehirn geschlagen. Gräßlich!«

Henry wurde nachdenklich, empfand aber nicht das geringste Mitgefühl für Karl. Eher eine Art hämischer Genugtuung. – Siehe da! Das also war des Pudels Kern! Und es fiel ihm allerhand ein ... Berta! ...

Er lächelte recht unangenehm verächtlich.

– »Du scheinst nicht gerade viel Mitleid für deinen Cousin aufzubringen, Henry.«

– »Mitleid? Ich finde das widerlich.«

– »Oh! Warum? – Es ist – fatal und nicht gerade sympathisch. Das ist wahr. Man hat was dagegen, wenn man anders, das heißt, richtig angelegt ist. Nun ja. Vorstellen darf man sichs gleich gar nicht. Außerdem hat es etwas Englisches. Du weißt doch: drüben gehörts zum guten Ton. Es ist ein übles Volk. Ich mag sie nicht, diese korrekten Heringe. – Aber man muß darüber wegkommen, wenn ein Mensch sonst wertvoll ist. – Du solltest ihm Courage machen, mein Freund, daß er wenigstens resolut ist, was er ist. – Suche ihm einen Freund, wie er dir mich gesucht hat. Revanchiere dich! Einen schönen rotbäckigen Lord etwa, weil er ja doch auf diesen Unsinn etwas gibt.«

– »Ich danke ergebenst. Er würde mich vergiften, wenn er merkte, daß ich was gemerkt habe. So gewiß ich jetzt weiß, positiv weiß, daß du recht hast, so gewiß und positiv weiß ich, daß ihm nichts entsetzlicher wäre, als zu wissen, daß du, oder ich, oder sonst wer die Sache auch nur ahnt.«

– »Aber ich bitte dich: ein so gescheiter Mensch! Ein Mensch, der sich täglich über alle Moral lustig macht. Ein Philosoph! Ein deutscher Philosoph! Wozu in aller Welt ist denn eure kostbare Philosophie da, wenn sie nicht einmal imstande ist, einem Menschen seine Natur begreiflich zu machen und ihn zu lehren, daß er nicht bloß das Recht, sondern auch die Pflicht hat, ihr nachzuleben, und wenn sie tausendmal Unnatur wäre?«

– »Du vergißt, daß es unkorrekt ist, Päderast, entschuldige das unangenehme Wort, zu sein. Auch wenn bei uns nicht Gefängnis auf diese Fasson, selig zu werden, stünde, würde er, der ewig die Harmonie im Normalen, Aner-

kannten, Anständigen predigt, sich lieber umbringen, als zugeben, daß er zu diesen Anhängern einer unkorrekten Liebe gehört – Übrigens braucht er unser Mitleid gar nicht. Du sagtest es ja: er hat alles, was ihm sonst abgeht, im Gehirne. So gewiß er mich um dich beneidet, so gewiß verachtet er mich auch deswegen, weshalb er mich beneidet. Er ist wie manche Bucklige, die ihren Höcker heimlich streicheln und auf alle Fälle den Trost darin haben, daß sie seelisch und geistig um so schöner gewachsen sind. Und so ist er auch boshaft, wie alle Verkrüppelten. Boshaft, boshaft! Ich bin recht froh, zu wissen, warum er so boshaft und mißgünstig ist.«
Es wurde Liane nicht schwer, zu merken, daß die Liebe zwischen den zwei Vettern einen kleinen Wurm hatte. – Sie machte sich keine weiteren Gedanken darüber, aber eines fiel ihr auf: So unangenehm ihr im Grunde die von ihr entdeckte Eigenschaft Karls war – sie stand mit ihrem Gefühl eher auf seiner, als auf Henrys Seite. Die Tücke in dessen Gefühllosigkeit, die plumpe Genugtuung, mit der er die Schwäche des ihm sonst so überlegenen Vetters geradezu begrüßte, war ihr zuwider.

Sie begann überhaupt, an einigen seiner Eigentümlichkeiten Anstoß zu nehmen.
Fing er doch an, herrische Allüren zu zeigen, seitdem das erste Staunen, der Reiz ihrer Schönheit und das Gefühl der stolzen Genugtuung, sich mit einer der bekanntesten Schönheiten der Halbwelt von Rang zeigen zu können, im Abdampfen begriffen war. Er zeigte Launen, wurde formlos, konnte heftig werden und gebärdete sich in ihrem Hause, als sei er der Herr.
Seit er durch sie hinter Karls besondere Veranlagung gekommen war, nahm dieses Betragen deutliche Merkmale von Hochnäsigkeit an. Selbst seine äußeren Manieren ließen zu wünschen übrig. Er konnte direkt respektlos werden, selbst in Gegenwart Hsiao-nü-örls, die dann ein unendlich erstauntes Puppengesicht machte und ihre Herrin ansah, als wollte sie sagen: Wie ist das nur möglich? Ist Madame keine Dame mehr?

Liane fragte sich selbst, warum sie ihm noch nicht den Laufpaß gegeben habe.
Liebte sie ihn etwa? fragte sie sich nicht ohne Schrecken. – Das wäre freilich eine böse Sache gewesen. Aber dann hätte sie ihn ja erst recht wegschicken müssen. Und sie hätte ihn dann auch zweifellos längst schon weggeschickt. – Denn so etwas hat außerhalb des Hauses vor sich zu gehen. Wie es schon einigemal geschehen war: Mit einem entzückenden kleinen Kerl von Kommis aus dem Louvre, den sie jede Woche einmal in seinem kümmerlichen Zimmer besucht hatte, – dann mit dem närrischen Burschen, dem Flötisten in den Folies Bergéres, der sie heiraten wollte, aber voller Entsetzen nach Nancy floh, als er merkte, »was für eine« sie war; – und dann das mit dem hübschen olivbraunen Italiener, der Gipsfiguren verkaufte, was das Komischste gewesen war, weil er eines Tages mit den Statuetten des Präsidenten der Republik gerade in dem Augenblicke an ihr Haustor kam, als sie aus dem Wagen stieg. Er ließ seine sämtlichen Präsidenten fallen vor Schreck und machte ein so dummes Gesicht, daß sie ihn seitdem nicht mehr lieben konnte.
Aber nein, gottlob, sie liebte Henry ganz und gar nicht. Es war das ganz richtige Verhältnis mit ihm, wie sichs gehört; gar keine Gefühlssache.
– Warum aber ließ sie sich dann seine schlechte Lebensart gefallen? Das war ja geradezu pervers.
– Nun gut: er war jung, stark, feurig und in gewissen Momenten brutal, wo es auf Lebensart nicht ankommt. Aber war das so etwas – Bindendes? – Es schien fast, als ob es das wäre.
Und Liane fühlte, daß sie auf einem Abwege war, auf dem Wege, dilettantische Fehler in ihrer Kunst zu machen, nicht mehr Herr über ihre Mittel zu sein.
Und sie beschloß, bei nächster Gelegenheit ein Ende zu machen.

Der Frühsommer meinte es in diesem Jahre mit Paris besonders gut. Obgleich es erst Mitte Juni war, herrschte bereits eine solche Hitze, daß die Gesellschaft und die mit ihr liierte Halbwelt schon auf die Flucht an die See dachte.

Und doch war dieses Paris in Rosen so schön, daß man sich eigentlich nicht gerne von ihm trennen wollte. Das Bois war belebter denn je. Man zeigte bereits die Toiletten, die für Trouville und Spaa bestimmt waren, und, wie die Damen ganze Blumengärten auf den Hüten trugen, so waren auch die edlen Pferde vor den eleganten Wagen nicht ohne Blumenschmuck.

Lianes Rappen trugen Marschall-Niel-Rosen, und Liane selbst setzte die Modekorrespondentinnen aller Länder in lebhafte Tätigkeit durch immer neue, immer kühne und doch immer distinguierte Kunstwerke der höheren Damenschneiderei. Eine ganz neue Nuance von Grün, unmöglich zu sagen, ob mehr apfelgrün oder moosgrün, war auf ihren Namen getauft worden. »Que voulez-vous?« sagte Liane, »es ist ein tapferes Grün, ein Grün des Willens; nicht vordringlich, aber sehr entschlossen. Es kommt, glaub ich, in der Natur nicht vor; es ist rein genial. Der Mann in Lyon, der es erfunden hat, verdiente, in die Akademie aufgenommen zu werden, denn er hat die Welt des Auges bereichert. Und das will was heißen. Schade, daß es kein Parfüm gibt, das dazu paßt. Eine winzige Ahnung, aber nur eine Ahnung Veilchen müßte darin sein, und ein Spürchen Geruch aus einer Äpfelkammer; dann aber auch etwas Trockenes, etwas aus dem Walde, wenn er ganz, ganz heiß ist, aber ohne alles Harzige, Holzige und auch nichts vom Laube; höchstens vom Laube aus dem vorigen Jahre, das trocken auf dürrem Moose liegt. Enfin: dazu brauchte es nun wieder Genie.«

Henry verstand derlei nicht, und auch dieses mangelnde Verständnis für Nuance, wie hier, so überhaupt, fing Liane an, unbequem zu werden. Sie war von Paul Adalbert her gewöhnt, nicht bloß Monologe zu halten, sondern, wenn sie ihrer lebhaften Phantasie und ihrem sehr amüsanten, feinen, kapriziös bewegten Geiste die Zügel schießen ließ, wenigstens ein sanft und gefällig flüsterndes Echo zu vernehmen. Auch Karl war ein guter Zuhörer und gescheiter Fortspinner der Konversation gewesen. Sie hätte ihn dem seligen Entkrönten sogar vorgezogen, weil er allerliebst boshaft ironisch sein konnte und ihre Einfälle manchmal auf eine so virtuos geistreiche Art liebenswürdig ad absurdum führte.

Aber Karl kam ja nicht mehr, und sie sah sich auf diesen, wie sie ihn nannte: Trommelstock Henry angewiesen, der entweder verdrossen und dummstolz schwieg, oder einen heftigen, dröhnenden Wirbel eingebildeter, kalbsledern hohler Phrasen schlug. Es war wahrhaftig kein Vergnügen mehr, mit dem ins Bois zu fahren, obwohl ihm der moderne graue Zylinder sehr gut stand. Er schien ihr, und das war das Unausstehlichste, mit einem Male imponieren zu wollen; – Gott weiß, womit. Schnitt düster geheimnisvolle Gesichter, markierte, unpassend direkt, Menschenverachtung, hüstelte nach dem Muster des Herzogs von Sagan in die Hand und sagte blödsinnig oft: Bah! – Was blieb ihr übrig, als ihn auszulachen. Aber: half das was? Er zog bloß die Augenbraunen hoch und sah sie hochnäsig von der Seite an mit einem impertinenten Blicke, der sagen sollte: Wer lacht da?

– Nein, das war nicht mehr zum Aushalten. Dieser Knabe fing an, geschmacklos zu werden und ihr auf die Nerven zu gehen.

Eines Tages, als sie aus dem Bois zurückkehrten, wurden auf der Straße Extrablätter ausgerufen. »L'empereur Frédéric mort! L'empereur Frédéric mort!«

»Hast du gehört!?« sagte Liane, »euer Kaiser ist tot!«

»Bah!« antwortete Henry.

In diesem Momente glaubte er wohl, damit in ihrem Sinne zu reagieren. Aber sie fühlte auch noch einen Untergrund heraus, der ihr heftig mißfiel.

Sie sah ihn mit deutlichem Widerwillen an und schwieg, bis sie ins Haus traten.

Sie bestellte sich ein kühles Bad. Er tat das gleiche. – Es geschah täglich so nach der Ausfahrt, und sie pflegten dann, nackt wie sie aus dem Bassin kamen, sich in einem kleinen ganz runden Zimmer zum Tee zusammenzufinden, das rings von Säulen mit verbindendem Mäanderfries umstanden und auch sonst im strengsten Napoleonsstile gehalten war. Zwischen je zwei Säulen stand auf kantigem, vergoldetem Sockel eine Napoleonsstatue. Die Wände waren glattgeschliffener, mit einem dunklen, aber leuchtenden Blau überzogener Gips, der den Eindruck eines wundervollen Steines von seltenster Einfarbigkeit machte. Es gab keine Möbel in diesem Raume außer einem durchaus runden, tief nachgedunkelten Mahagonitische, der eigentlich auch eine Art Säulenschaft mit aufgelegter Marmorplatte war. Dicke Bronzebeschläge in Form von aufeinandergelegten Lorbeerblättern zogen sich in engen Parallelen senkrecht an ihm hinab. Unter der Platte, die ganz wenig vorragte, lief ein Fries bronzener Figuren in erhabener Arbeit, die aus den Kämpfen der Ilias entnommen waren. Außerdem gab es noch zwei Stühle in der Art derer, die wir von Statuen römischer Kaiserinnen her kennen. Aber sie waren gleichfalls aus dunklem Mahagoniholze mit schweren Bronzebeschlägen. Auf dem einen lag ein gelbes, auf dem anderen ein blaues Kissen mit mächtigen Goldquasten. Von der runden Decke herab, die von derselben Farbe und Beschaffenheit war, wie die Wände, aber mit bronzenen Nachbildungen antiker Schildbuckel besetzt, hing ein galvanoplastischer Abguß des etrurischen Kronleuchters von Cordona in vergoldeter Bronze. Als Ganzes etwa wie eine riesige Sonnenblume wirkend, aber im einzelnen aus Emblemen des Phalluskults bestehend.

Da das Zimmer keine Fenster hatte (die Schildbuckel kaschierten die Ventilation), war für reichliche Kerzenbeleuchtung von den Wänden her gesorgt. Von der Spitze eines jeden Phallusblattes aber stach eine blaue parfümierte Spiritusflamme steilspitz empor, leuchtend wie Sankt-Elms-Feuer.

Henry, der zum Bade nicht zwei Stunden brauchte, wie Liane, hatte auch für diese Stimmungsdinge keinen wirklichen Sinn, obgleich er früher oft genug darüber ergriffen orakelt hatte. Jetzt, da er allein war, ließ er seinen angenehm erfrischten Körper, dem nun wiederum die behagliche Wärme dieses Raumes wohltat, auf dem breiten Stuhl mit dem gelben Kissen nieder, räkelte sich faul behaglich zurecht, stierte zur Decke, fuhr mit den Fingern in die Ohren, weil noch Wasser darin war, zündete sich eine Zigarette an, rauchte sie zur Hälfte, legte sie mit einer gelangweilten Bewegung in die große Schale aus böhmischem Rubinglase, gähnte breit auf und lehnte sich hintüber zum Schlafen. Da der Stuhl nicht dazu eingerichtet war, mußte er, um überhaupt Halt zu gewinnen, den Nacken auf die runde Lehne des antiken Gestühles legen, und das ergab eine Spannung der Gurgel, die ein röchelndes Schnarchen zur Folge hatte.

In diesem Zustande traf ihn Liane an, als sie in allen Prächten ihres hüllenlosen, von der Frottage rosigen Körpers ins Zimmer trat.
Der Anblick widerte sie an. Bei nackten Menschen macht sich gemeine Haltung noch schlechter, als bei angezogenen.
»So wach doch auf!« rief sie laut, indem sie sich Henry gegenüber niederließ.
Henry erwachte, glotzte, und grunzte mehr, als daß er sprach: »Du hättest mich ruhig weiterschlafen lassen können, bis der Tee da war.«
– »Du bist nicht sehr höflich.«
– »Ich bin noch halb im Schlafe.«
– »Das ist keine Entschuldigung.«
– »Soll auch keine sein.«
– »So wirst du dich jetzt entschuldigen.«
– »Ach?«
– »Gewiß. Ich verlange es.«
– »Pflegte sich Paul Adalbert vor seiner . . ., vor dir zu entschuldigen?«
– »Es war nicht nötig, ihn dazu aufzufordern; er war ein Mann von Welt.«
– »Gott ja, ich weiß ja: Standesherr, Fürst, beinahe Großherzog von Gerolstein. Wie mir das imponiert!«
– »Er sollte dir nur als Kavalier imponieren. Übrigens imponiert deiner deutschen Plebejerhaftigkeit jeder prinzliche Esel von Geblüt.«
Sie konnte nicht mehr an sich halten. Und als Henry wütend aufsprang und rief: »Was wagst du, mir zu sagen?« entgegnete sie schneidend: »Daß du ein unerzogener barbarischer Tölpel, ein kulturloser Plebejer bist, ein Mensch, der in die Kutscherstube gehört, weil er nicht gelernt hat, sich in herrschaftlichen Räumen einigermaßen entsprechend aufzuführen.«
Es wäre gewiß zu einer mehr als lebhaften Szene gekommen, wenn nicht eben Hsiao-nü-örl mit dem Teebrette eingetreten wäre.
Der Umstand, daß die kleine Chinesin den Tee nach ihrer heimatlichen Art sehr zeremoniell und langsam zubereitete, aus verschiedenen runden und vieleckigen Büchsen und Büchschen die Sorten mischend, die Blumen des Teeparfüms abzählend, das kochende Wasser durch den engen

mit dem Kraute angefüllten Filtrierzylinder langsam, fast tropfenweise in die breite Kanne aus altem graugelbem Porzellane gießend und dann aus diesem in die flachen teerosengelben Schalen schenkend, alles mit einer halb priesterlichen, halb drolligen Würde, zierlich und feierlich: dieser Umstand der Anwesenheit einer dritten, ruhig hantierenden Person ließ selbst in Henrys wütendem Gemüt den Explosivstoff etwas zurückebben. Auch als Hsiao-nü-örl geräuschlos abgewatschelt war, schwieg der tief Beleidigte noch eine Weile. Aber er rührte den Tee nicht an, dessen Duft dem Zimmer ein narkotisch anregendes Aroma mitteilte, ein fast märchenhaftes Aroma, das in der Tat eher zum Träumen und Lieben verlocken mochte, als zu harten Auseinandersetzungen.

Liane schlürfte das köstliche, kaum strohgelbe Getränk in kleinen, seinen ganzen fast ätherischen Reiz auskostenden Zügen. Dann lehnte sie sich in ihrem Stuhle zurück, beide Arme in ihrer vollen Pracht ebenmäßiger Schlankheit lässig auf den weitausladenden breiten Seitenlehnen ruhen lassend, den Blick geradeaus auf Henry gerichtet. Ihre vorgewölbte Brust ging ruhig auf und nieder. Der untadelig straffe faltenlose Leib, dem auch das Korsett keine unnatürlich ekige Linie angeschnürt hatte, hob und senkte sich im schönsten Gleichmaße der Gesundheit: die eng aneinanderliegenden Schenkel waren ein Bild geschwisterlichen Friedens, wie wenn beide ein Gefühl für die Schönheit ihrer nur leise beflorten, sanft ins Hügelige übergehenden Schnittlinie gehabt hätten.

Henry dagegen saß aufgerichtet da, als ob er jeden Augenblick aufspringen wollte. – Sein Körper konnte sich als männliches Gegenstück zu dem Lianens wohl sehen lassen. Noch verunzierte ihn kein reichliches Fettpolster; alles war wölbig fest, Muskel an Muskel sich klar absetzend, ohne athletenhaft wulstig zu sein, aber auch ohne die strenge Eckigkeit des Abtrainierten. Immerhin mehr der trunkene Bacchus, als der David Michelangelos. Keine Sehne, keine Rippe wahrnehmbar. Aber das Fleisch noch fest, unter gerade noch richtig gespannter Haut. Dabei glatt, unbehaart und von der schönen Tonigkeit der Leibfarbe brünetter junger Männer, die oft nackt gehen, weil sie fleißig baden.

Leider stimmte bei ihm Kopf und Gesicht nicht so zu dem Körper, wie bei Liane. Abgesehen davon, daß deren Frisur auf Nacktheit gestimmt, antik war, während die seine Frack und Stehkragen zur Voraussetzung hatte, wirkte auch der Ausdruck seiner Gesichtszüge »schlecht und modern«. Es fehlte ihm alles Freie, Große, Klare. Schwer zu sagen, was statt dessen ihm das Gepräge gab. Vielleicht: zuckende Verkniffenheit. Und: Lauern.

Henry hatte durchaus nicht die Absicht, mit Liane zu brechen. Dem Verhältnis mit ihr dankte er es ja, daß er jetzt eine gewisse Rolle in der Pariser Lebewelt spielte, und das bedeutete sehr viel für ihn. Auch war es ihm nicht ganz unbewußt geblieben, daß er auch Wesentlicheres durch sie gewonnen hatte. Er führte jetzt ein geordnetes Dasein, lebte, wenn auch nicht innerlich, so doch äußerlich in einem größeren Stile, dem Stile der tonangebenden Welt; hatte, wenn er wollte, deren Manieren, wenigstens im ungefähren Anschein, und es standen ihm die besten Möglichkeiten offen, Beziehungen anzuknüpfen, aus denen sich für die Zukunft lebenbestimmende Verhältnisse ergeben konnten. Indessen alles dies war nicht imstande, den Trieb seiner Natur zurückzudrängen, der darauf ausging, brutal zu dominieren. Die Überlegenheit Lianens war ihm höllisch zuwider, es war ihm unleidlich geworden, daß er ihr mit nichts zu imponieren vermochte. Und je wütender er dies empfand, um so lebhafter tauchten seine großartigen Einbildungen wieder in ihm auf, dieses ganze Gewirre angeflogener, ungewisser, geheimnisvoll gepflegter »Überzeugungen«, das der einzige Inhalt seiner Leere war.

Und nun hatte sie ihn einen Plebejer genannt, sie, von der er wußte, daß sie die Tochter einer Wäscherin war, einer Furie der Kommune, einer Petroleuse!

Aber das war wohl gerade die rechte Gelegenheit, ihr den Standpunkt klarzumachen. Zwar: sein Geheimnis durfte er auch ihr nicht preisgeben, aber ahnen sollte sie es.

Er begann nach einer Weile: »Du hast recht. Ich habe mich zu entschuldigen. Und ich begreife, daß du außer dir warst über meine Ungezogenheit. Ich bin es noch mehr, als du. Denn gerade ich dürfte nie gegen die Gesetze des Kavaliertums verstoßen.«

– »Niemand darf es, der Anspruch darauf macht, als Kavalier zu gelten.«

– Gewiß. Aber es gibt noch besondere Verpflichtungen.«

– »Ja: Man muß sich besonders anständig gegenüber seiner Mätresse aufführen. Es ist die frei gewählte Herrin und die freie Herrin, und nur der Pöbelmensch wird von der niedrigen Idee beschmutzt, daß sie nicht Dame sei. Ist sie es vielleicht nicht immer durch Geburt, so ist sie es doch durch Willen und Verdienst. Schwertadel der Liebe, Monsieur, die aus der Tochter einer Wäscherin eine Marschallin von ihren Gnaden macht, wenn Talent vorhanden ist; wie das Genie Napoleons im gleichen Falle aus Bäckergesellen Marschälle und Könige machte.«
– »Aber die Geburt verpflichtet mehr, als das Verdienst.«
– »Entschuldige! Ich habe dir schon oft gesagt, daß ich darauf pfeife. Und ich habe das, wie du weißt, auch solchen gesagt, die verteufelt hoch, ja allerhöchst geboren waren, wie man sich recht töricht ausdrückt, da wir ja allesamt aus den Niederlanden kommen. Wenn ich in der letzten Zeit manchmal Vergleiche anstellen mußte zwischen dir und dem guten Paul Adalbert, so geschah es wahrhaftig nicht deswegen, weil ihr von verschiedener Geburt seid. Hatte es mich ja doch anfangs gerade interessiert, mal einen Deutschen kennen zu lernen, der nicht zu der immensen Fürstenfamilie gehört, mit deren Abkömmlingen ihr so sehr die ganze Welt beglückt habt, daß ihr überall rechtschaffen unpopulär seid.«
– »Da hast du dich nun freilich geirrt.«
– »Was, du auch? Gott steh mir bei!«
Liane beugte den Oberkörper weit vor und lachte so laut auf, daß ihre Brüste ins Schwanken kamen.
Henry lehnte sich majestätisch zurück und sah sie stolz an. Er sprach: »Dein Gelächter setzt mich nicht in Erstaunen. Ich kenn ja deine dir angeborenen Anschauungen, und so ist es, abgesehen von tieferen Gründen, ausgeschlossen, daß ich dir Genaueres über das Geheimnis meiner Herkunft mitteilte. Nur muß ich dir für jetzt und künftighin aufs allerdeutlichste sagen, daß Worte wie die, die du dir vorhin mir gegenüber herausgenommen hast, von mir nicht geduldet werden können, weil sie das Innerste meines Wesens verletzen, und weil es angeborene Gefühle gibt, deren Verletzung der Edelgeborene auch einer Dame nicht gestatten kann, selbst wenn sie durch – eigenes Verdienst zur Dame geworden ist.«

– »Sacrebleu! Also – Majestätsbeleidigung!?«
Liane lachte noch lauter und lehnte sich, himmlisch belustigt, weit zurück, indem sie die Arme über dem Kopfe zusammenschlug und damit eine entzückende Straffung der Brüste nach oben verursachte.
Aber Henry war nicht in der Stimmung, für derartige ästhetisch erfreuliche Zufälle Blicke zu haben.
Er sprang auf und rief, daß es dröhnte: »Ich verbiete dir, über diese Dinge zu lachen, die dir zu hoch und mir heilig sind. Entweder: du gewöhnst dich daran, in mir das Geheimnis meiner Geburt zu respektieren, oder du bist meine Mätresse gewesen.«
Jetzt sprang auch Liane auf. Sie bebte vor innerer Erregung. Aber sie schrie nicht, als sie sagte: »Entfernen Sie sich, mein Herr! Machen Sie schleunigst, daß Sie mein Haus verlassen, und wagen Sie es ja nicht, mir wieder unter die Augen zu treten. Ihre knabenhafte Albernheit hat mich amüsiert, Ihre Unverschämtheit macht es mir unmöglich, mir dieses Amüsement länger zu gestatten. – Aber so gehen Sie doch!!«
Henry machte in der Tat nicht die mindesten Anstalten, sich zu entfernen. Er stand starr, wie angewurzelt. Er begriff diese Wirkung seiner Worte durchaus nicht. Er fühlte sich geohrfeigt bis zur Bewußtlosigkeit, ja Lähmung.
Als er wieder zu sich kam, war sein erster Gedanke, sich auf Liane zu stürzen und sie zu erdrosseln. Er streckte auch wirklich beide Hände aus und rollte die Augen.
Aber in diesem Momente ertönte die silberne Tafelglocke in Lainens Hand, und es erschien auch augenblicklich Hsiao-nü-örl, denn das gute Chinesenmädchen hatte draußen auf dem Bauche gelegen, das Ohr auf der Schwellenklinze.
»Dem Herrn ist nicht ganz wohl,« sagte Liane ruhig, »stützen Sie ihn beim Gehen und helfen Sie ihm sich ankleiden. Auch Sam kann sich dabei nützlich machen. Er ist doch da?«
»Sche, sche!« antwortete in ihrer Aufregung Hsiao-nü-örl chinesisch: »Sam wu-li-tao. Er ist im Zimmer, Madame.«
Henry stürzte ab, – ungestützt. Es sah nicht sehr antik aus, wie sein blankes Hinterteil zwischen den blauen Türvorhängen verschwand.

Sam, der früher im Hamambade Frotteur gewesen war und tatbereit mitten im Nebenzimmer stand, bedauerte innig, daß er seine Kunst nicht an ihm auslassen durfte.

3. Karl in Betätigung

Henry kam in einem Zustande zu Hause an, der von Tobsucht nicht allzuweit entfernt war.
Er hatte entschieden vor, seine Wut an Karl auszulassen, dem er die Hauptschuld an dem erlittenen Schock beimaß, denn wer anders als Karl war es gewesen, der ihn überredet hatte, sich mit einer Person dieser impertinenten Art einzulassen? – Aber jetzt wollte er es ihm einmal sagen, daß er sich auf diesem Gebiete Ratschläge verböte! Er kümmere sich ja auch nicht um des Vetters erotische Bedürfnisse und Geschmacksneigungen. – Gott behüte ihn davor! Sie seien ihm zu sonderbar.
Und er gedachte, dem erhabenen Herrn jetzt nichts zu schenken, mochte kommen, was da wollte! Er hatte das Bedürfnis, jetzt jemand sich am Boden winden zu sehen.
Aber Karls Türe war verschlossen und wurde nicht geöffnet, obwohl Henry schließlich mit den Füßen dagegen stieß.
– »Laß mich in Ruhe! Ich habe zu tun!«
– »Hast du vielleicht – Damenbesuch?«
– »Schweig! Ich arbeite!«
– »Mit – wem denn?«
– »Laß das unsinnige Gefrage! Ich bin mit einer großen Sache beschäftigt.«
– »Ich glaube schon, daß es etwas Sächliches ist.«
– »Was soll das! Ich verstehe dich nicht! Du bist, scheints, betrunken!«
– »Ich kann mich auch deutlicher ausdrücken.«
– »Bitte: später! – In ein paar Stunden lege ich dir die Sache vor. Sie kann auch für dich Folgen haben. Es ist eine Angelegenheit von höchster Wichtigkeit, die für unsere Zukunft entscheidend sein kann.«
Es war etwas im Tone Karls, das Henry zwang, stille zu sein, – wenigstens ihm gegenüber. Dafür verübte er in seinen Zimmern einen um so höllischeren Lärm.

Zuerst warf er sämtliche, in kostbaren Bronzerahmen auf seinem Schreibtische stehenden Bilder Lianens gegen einen großen Wandspiegel. Dann feuerte er alles, was zur Hand war, gegen die Wände und Türen. Eine Bronzenachbildung der Statue Lianens, die ihren Schöpfer berühmt gemacht hatte, flog durch die Glasfüllung einer Türe dem würdigen John an den Kopf, der vor Schmerz seine dignitäre Haltung verlor und laut aufbrüllte.
»Schweigen Sie!« herrschte ihn, die Tür aufreißend, Henry an, »und werfen Sie das Ding auf den Kehrichthaufen! Dann packen Sie unsere Koffer, aber schnell! Und nehmen Sie Billetts nach London! Lassen Sie die Rechnung bringen. Schnell! Schnell! Himmelherrgotts-Donnerwetter, Sie verfluchter traniger Lümmel, so stehen Sie doch nicht so untätig da!«
John riß beide Augen zur Weite von Eierbechern auf und murmelte: »Ich bitte um meine Entlassung!«
– »Scheren Sie sich zum Teufel!«
– »Ich bin eine solche Behandlung nicht gewöhnt.«
– »Dann werden Sie Präsident der Republik, oder gewöhnen Sie sich daran. Das Leben ist ein Karussellfahren. Aber vorher besorgen Sie, was ich Ihnen befohlen habe.«
Henry warf sich in ein Fauteuil und stieß mit beiden Füßen nach dem davorstehenden großen runden Tische, daß er umfiel und den Boden mit zerbrochenen Gläsern, Karaffen, Vasen übersäte.
Aber auch der Kosak fiel mit hinunter.
Das brachte Henry augenblicklich zur Besinnung. Er sprang auf, zu sehen, ob seinem Heiligtume nichts passiert sei. Nein, die Erzeugnisse aus russischem Phosphoreisen vertragen einen Puff. Aber das goldene Kästchen darunter, mit dem Briefe Papa Hauarts, hatte eine Einbeulung erfahren.
Henry stellte den Tisch wieder auf und setzte den Kosaken in die Mitte. Er starrte ihn ausdruckslos an und versank in ein Gewühle von dumpfen Empfindungen. Wut kämpfte mit Ekel. Erst wars nur Wut auf Liane, Ekel über seine klägliche Haltung ihr gegenüber. Dann wandte sich Wut und Ekel gegen sich selbst, gegen sein ganzes Leben, und der übliche Umschlag kam: Selbstanklagen, jämmerliche Verzweiflung, dumpfes Sichselbstsinkenlassen. Liane er-

schien hoch, königlich: eine römische Kaiserin. Was sein Blick während der Szene vorhin beim Tee leer gestreift hatte, sah er jetzt in aller Majestät himmlischer Fülle und Schönheit.
»Verloren! Verloren! Weg!« brüllte er auf. »Hätte sie mich doch geschlagen, gepeitscht, getreten!«
Er bohrte sich wollüstig in diese Vorstellung ein, malte sie sich aus, sah und fühlte Hieb auf Hieb, Tritt auf Tritt, und wimmerte keuchend vor sich hin in einer scheußlichen Entzücktheit und Verlorenheit.
So traf ihn Karl an, als er nach zwei Stunden seit Henrys Heimkunft ins Zimmer trat. Er trug in der linken Hand einen vierarmigen brennenden Leuchter, in der rechten eine mit altem japanischen Goldbrokat überzogene Mappe, war in Frack und weißer Halsbinde, und sah sich aufs äußerste erstaunt um, als er nach und nach gewahrte, in welchem verwüsteten Zustande sowohl das Zimmer, wie sein Bewohner war.
»Du hast, scheints, einen kleinen Wahnsinnsanfall gehabt,« sagte er ruhig; »nun, du kannst dirs leisten. Einem weniger Bemittelten würde ich vorschlagen, eine Gummizelle zu beziehen. Vandalismus ist heutzutage ein kostspieliger Sport. John ist übrigens auch nicht mehr ganz und dürfte nur gegen ein Schmerzenstrinkgeld von tausend Frank zu bewegen sein, in deinen etwas lebensgefährlichen Diensten zu bleiben. Ich rate dir, ihm das Pflaster zu spenden, denn, da du plötzlich nach London willst, werden wir ihn brauchen können.«
Henry schwieg und stöhnte bloß.
Karl sah mit Vergnügen, wie tief unter der Normallinie des Selbstbewußtseins sich sein vor zwei Stunden noch so üppiger Vetter befand, und hatte die höchst wohltuende Empfindung, es mit entschieden pathologischer Stimmungslabilität zu tun zu haben.
»Du wolltest mir doch«, fuhr er fort, »einige Andeutungen weiter aufklären, die du vorhin gemacht hast. Ich bin bereit, sie jetzt entgegenzunehmen, ehe ich dir die Sache mitteile, von der ich gesprochen habe.«
Ach, Henry war dazu jetzt nicht fähig. Er hatte das Gefühl, morsch bis ins Innerste der Knochen zu sein und statt Blut irgend etwas Kaltwässeriges in den Adern zu haben.

»Also später!« sagte Karl gleichgültig. »Ich will nicht in dich dringen. Auch habe ich augenblicklich ein lebhafteres Interesse daran, daß du mir jetzt aufmerksam zuhörst, als daß du mir Mitteilungen machst. Ich hoffe doch, daß du wenigstens zuhören kannst!«
»John soll Chateau d'Yquem und russische Eier bringen!« sagte Henry.
»Ja, und für mich Madeira,« fügte Karl hinzu. »Ich freue mich, zu bemerken, daß du die Wichtigkeit des Moments ahnst.«
Er läutete und gab dem ganz düster gewordenen John die Befehle.
Dann, als der Wein und die Platte mit den kaviargefüllten Eiern auf dem Tische standen, begann Karl, seine Idee einer kulturprogrammatisch poetischen Begrüßung des neuen Kaisers zu entwickeln. – Es handele sich natürlich nicht um ein dichterisches Erzeugnis für den großen Büchermarkt. Man müsse ein Exemplar auf Pergament drucken und es in einer Hülle aus kostbarstem alten Renaissancebrokat dem Hofmarschallamt in Berlin übersenden, – für den Kaiser. Im übrigen genüge eine Auflage von etwa fünfhundert Stück, wovon man vierhundert an die vornehmsten Tagesblätter, an die literarischen Revuen und an prominente Vertreter des Geistes, sowie an eine Anzahl hervorragender Persönlichkeiten schicken müsse, die durch ihre Stellung im Staate und in der Gesellschaft einflußreich seien. Die übrigen hundert könne man einer vornehmen Verlagsanstalt zum Vertriebe überlassen. Das Ganze müsse schon äußerlich ein Kunstwerk sein, gedruckt natürlich in einer englischen Offizin von Rang, weil sonst nirgendwo auf etwas auch nur halbwegs Anständiges zu rechnen sei. Nur die größte Antiquatype, womöglich alten holländischen Schnittes, entspreche der Monumentalität des Inhaltes und seiner Bestimmung. Dementsprechend müsse ein ganz außergewöhnlich großes Format gewählt werden, doppeltes Lexikonformat etwa oder noch umfangreicher. Und dadurch ergäbe sich die Notwendigkeit eines überaus starken, fast kartonartig starken Papiers. Zum Glück habe er ein solches von unbeschreiblicher Schönheit bei einem großen Importeur von Japanwaren gefunden, ein Papier, das edel sei wie Elfenbein und von einem karessanten Reize

wie Seide. Er habe sich nie so etwas Köstliches träumen lassen. Selbst alte Büttenpapiere vornehmster Herkunft wirkten dagegen barbarisch. Es trage mit Recht den Namen kaiserliches Papier, denn es entstamme der kaiserlich japanischen Papiermanufaktur. – Schwer sei es, einen Umschlag zu finden, der dieses wunderbaren Stoffes würdig wäre. Gesteiftes Pergament mit nur wenig Hellgoldpressung neben reichlicherer Blindstempelornamentierung sei wohl das einzige, das man wählen könne. Die Bindung müsse natürlich mit dicken Seidenschnüren geschehen und zwar von dunkelgelber Farbe.
Karl schwelgte sichtlich in Vorstellungen, die ihn hoch entzückten, als er dies vortrug. Aber Henry hörte nur mit geringem Interesse zu. Es fehlte ihm jeder Sinn für einen Luxus, der noch nicht Mode war, und von dem er sich daher auch keine Vorstellung machen konnte. Er hatte nur die Empfindung von etwas Prächtigem, Besonderem, und da begriff er eigentlich nicht, warum das Ding nicht einfach in möglichst dick vergoldetes Maroquinleder gebunden und etwa gold auf schwarz gedruckt werden sollte. Da er gerne mitredete, auch wenn ihn etwas nicht eigentlich interessierte, so schlug er das mit dem Tone tiefer Überlegung vor.
»Ach Gott, ja,« meinte Karl darauf, »es gibt noch eine Menge Möglichkeiten, Pracht und Originalität zu entfalten. So könnte man das Gedicht z. B. auf roten Sofaplüsch einbrennen und in handbemalte Ofenkacheln binden lassen. – Übrigens ist auch mein Vorschlag schon kostspielig und für heutige Verhältnisse ausschweifend genug. Hab keine Angst: man wird die Hände zusammenschlagen über den Verschwender, der diese Publikation bezahlt hat. Das wirst du schon auf dich nehmen müssen. Dafür wirst du aber auch an dem Erfolg partizipieren, die der Inhalt dieser poetischen Urkunde einer neuen Kultur haben wird. – Und nun höre besser zu, als du es bisher getan hast. Ich lese dir jetzt das erhabenste Gedicht vor, das seit 1832 in deutscher Sprache geschrieben worden ist, ein römisches Gedicht in deutscher Sprache, das erste Manifest einer neuen Poesie, mit der sich das dichterische Deutschland an die Spitze der Nationen setzen wird.«

Und er las. Leise, mit einer vor innerer Erregung heiseren Stimme, abgehackt, höchst kunstlos. Zuweilen wurde es ein Murmeln, manchmal klang es, dem Tone nach, wie ein scharf betont vorgetragenes Referat, dann kamen wieder Stellen, bei denen die Stimme in eine Art pathetischer Fistellage geriet, und oftmals war es wie ein bloßes Hauchen.
Aber selbst Henrys Stumpfheit wurde hingerissen, wie ein jeder hingerissen worden wäre, der diese wundervoll mächtig gebauten, aber bis ins Kleinste mit feinster Wortgoldschmiedekunst behandelten Strophen angehört hätte, auch wenn ihr Geist ihm zuwider gewesen wäre: dieser Geist einer kalten, durch kein herzliches Gefühl getrübten Klarheit über die eine Wahrheit, die das Gedicht in leuchtenden Bildern immer wieder als die einzige Grundlage höherer Kultur aussprach: daß alles wesentlich Edle, alles Große und Hohe, alle Gewalt des Geistes und der Seele, und der schranken- und hüllenlose Genuß sinnlicher Schönheit ein Vorrecht und die ausschließliche Pflege weniger sein müsse unter dem Schutze der Macht, die diese höchsten Kulturgüter zu bewahren und zu mehren habe selbst auf Kosten der vollen Bewegungsfreiheit und Emanzipationstriebe der Masse.
Karl war totenbleich, als er die Vorlesung beendet hatte, aber in seinen Augen war das Feuer des von sich selbst ergriffenen Genies, das die innigste menschenmögliche Wollust an sich erfahren hatte, sein Tiefstes, Ganzes künstlerisch bewältigt in lebendiger Form so aus sich herauszustellen, daß es als eine neue Welt und Wahrheit dastand, neben, in, über aller anderen Welt und Wahrheit, souverän und unantastbar im eigensten Gesetz.
Henry ahnte dieses Außerordentliche, – er ahnte es, weil er im Banne der persönlichen geistigen Atmosphäre dieses Inspirierten stand. Und er wurde Karl wieder einmal untertan.
Wenn er jetzt die Abreise nach London aufs hastigste betrieb, so war er selbst aufrichtig davon überzeugt, daß es nur geschah, um Karls Werk dort so schnell als möglich drucken und binden zu lassen.

Die Überfahrt von Calais nach Dover war für Karl eine fürchterliche Prüfung, da sie ihn aufs brutalste daran erinnerte, daß auch ein Genie nicht bloß aus Gehirn besteht. Er hatte, obwohl sein Gedicht die Kabine mit ihm teilte, den entschiedenen Wunsch, sofort zu sterben, denn sein Zustand während der Überfahrt war ebenso unangenehm wie würdelos.
»Welch eine Schweinerei ist das Leben!« rief er ein Mal über das andere aus, »welch eine Schweinerei! Und dabei gibt es Menschen, die an Gott glauben!! Wären doch die vielen Gedanken, die an diese Fiktion verschwendet worden sind, dazu benutzt worden, ein Mittel gegen die Seekrankheit zu erfinden! Man sollte alle Theologen auf See schicken.«
Besonders gräßlich war ihm dabei, daß Henry von dem Übel verschont blieb. – Dieses Tier scheint gegen alle Krankheiten gefeit zu sein, dachte er voll Grimm. Wie es für ihn keine venerische Ansteckung zu geben scheint, obgleich er sie tausende Male herausgefordert hat, so geht auch dieses furchtbare Leiden an ihm vorüber, wie an einem Auserwählten. Ein glänzender Beweis für die Existenz Gottes. Mir explodieren die Gedärme, und er füllt sie sich ohne Unterbrechung mit schlechthin säuischem Behagen. Wenn ich ihn doch vergiften könnte! – Und mit welcher Frechheit dieses Ungeziefer mit einem Male Englisch spricht. Nicht ein Wort ist richtig außer yes und no und goddam, aber er hat sich mit dem Nachahmungsvermögen eines Affen bereits nach einer Stunde den verfluchten Ton dieser Pferdeknechtsprache so instinktiv angewöhnt, als habe er schon in den Windeln englisch gegreint. Wie weh sie tut! Oh Gott, wie weh! Es ist die Sprache der Seekrankheit, das syntaktische Speien. – Welch ein Genie war Shakespeare, daß er in diesem Rülpsen dichten konnte!«
Noch auf der Eisenbahnfahrt von Dover nach London war ihm zum Sterben übel. Das saftige Grün der englischen Landschaft ärgerte ihn, der Anblick der Kathedrale von Canterbury machte ihn wütend, noch im Gewimmel der Viktoria-Station verfluchte er die Infamie der Engländer, die von den Fremden zwar keine Zölle, aber den erniedrigenden Tribut der Seekrankheit erhöben. Aber der raffinierte Komfort von Claridges Hotel besänftigte ihn bald, und als er unter Verwendung von drei Litern Eau de

Cologne ein zweistündiges heißes Bad genommen hatte, war er in die vollkommenste Balance geraten, so sehr, daß die englische Sprache nun einen vornehmen Klang für ihn erhielt und er mit Bestimmtheit darauf drang, noch am selben Abende das Coventgardentheater zu besuchen, – natürlich nicht, um »La Traviata« von Anfang bis zu Ende anzuhören, sondern um elegante Welt zu sehen.
Dieses Theater und sein Publikum in full dress imponierten ihm sehr. Er begriff sofort die Sachlage: Hier kam, durch hohe Preise von der Vermischung mit Plebs bewahrt, die Gesellschaft zusammen, nicht wegen dieser italienischen Sängerinnen und Sänger, denen man nur bei gewissen Bravourstücken aufmerksamer lauschte, sondern um ihrer selbst willen. Das bißchen »Volk« auf der Galerie bildete Staffage, so, wie sich die Fürsten früher beim Tafeln zusehen ließen. – Diese Engländer von der herrschenden Klasse, und das war hier gottlob noch vornehmlich die alte Aristokratie, hatten doch einen größeren Stil, als die Franzosen, bei denen schließlich immer einmal die Herrschaft der Bourgeoisdemokratie zutage trat. Hier in England war, wie liberal auch immer die Konstitution des Landes sein mochte, die alte aristokratische Tradition in allen Dingen des höheren Lebens ersichtlich noch bei Macht. Das Volk als Staffage – wundervoll. Die Kunst als Rahmen gesellschaftlicher Betätigung – wie vornehm. Die Gesellschaft als kultureller Selbstzweck – wie richtig!
Hier gedachte Karl, viel zu lernen.
Er überließ auch in London Henry ganz sich selbst, ja er kümmerte sich überhaupt nicht mehr um ihn. Da man in Claridges Hotel ständig Quartier zu nehmen beschlossen hatte, war eine Berührung mit Henryschen Wüstheiten ausgeschlossen. – Er mußte sich außerhalb betätigen und tat es auf die ihm bequemste Manier, indem er fürs erste und in der Hauptsache John als Zutreiber benutzte. Auf beengend vornehme Verhältnisse ließ er sich nicht mehr ein. Er ging wieder aufs Massenhafte aus, nur daß er hier, dem Genius loci und einer gewissen erotischen Zeitrichtung folgend, die seinen eigensten Neigungen entsprach, handfeste Frauenzimmer bevorzugte. Dadurch nahm er immer mehr ein rohes und gleichzeitig verdüstertes Wesen an, ja etwas Tückisches, Böses. – Seine Streifzüge führten ihn bis in die

schmutzigsten Viertel des rohesten Lasters, und er war mehr als einmal nahe daran, trotz seiner Leibgarde von Zuhältern, mit denen er in Gut und Böse vortrefflich auskam, in irgendeinem Hinterzimmer von Whitechapel auf Nimmerwiedersehen zu verschwinden, obgleich er sich wohl hütete, bei diesen Streifereien im dunkelsten London äußerlich als reicher junger Mann aufzutreten. Er kam sich, indem er sich verkleidete, besonders interessant vor, als eine Art Harun al Raschid, der ausging, die Sitten und Meinungen des gemeinen Volkes zu studieren. Doch war es im Grunde einfach Wohlgefallen am Rohen und ein gewisser seltsamer Trieb ins Dunkle, Ungeheuerliche, schmutzig Nackte des Urtriebes, wobei er, der eigentlich feige war, vor Gefahren keineswegs zurückschreckte. Aber er vertraute gerade hierbei seinem »Stern« mit äußerster Festigkeit.

Er sah und erlebte Scheußlichkeiten von aller Art: widerlich gemeine, trostlos elende, aber auch solche, die in sich Größe hatten, die Größe unbeugsamen wilden Trotzes und grimmiger Verachtung alles Behüteten, und er konnte auch wahrnehmen, daß es im stickigsten Sumpfe, inmitten greulichster Verworfenheit, nicht an dem Wunderbaren innerlicher Reinheit und Güte fehlte, daß es unter diesem Menschenkehricht Seelen voller Glaube und Liebe, ja heroische Herzen und ruhig klare, philosophische Köpfe gab, die sogar lächeln konnten in einer Umgebung, die nur das kreischende Lachen des Hohnes und gemeiner Ersättigung kannte. – Aber er sah alles dies nur, und es ergriff ihn nicht. Denn er war auch hier nur der Mensch, der etwas mitmachte, dabei, aber nicht darin war: auch hier nur Wollüstling der Eitelkeit und einer lüstern neugierigen Begierde. Er nahm auch hier nicht zu an Wert und Wesen; er höhlte sich auch hier nur aus.

Indessen gewann Karl mehr als Erkenntnis, Bestätigung und Vertiefung seiner Lebensanschauung. Er fand den Weg zu seiner Natur.

Er kannte ihn längst, aber er hatte es bisher peinlich und heroisch vermieden, ihn zu betreten, weil er ihn immer nur in Schlupfwinkel führen sah, die ihm bei allem Drange der Begierde zuwider waren. – Auch hier führte er in Heimlichkeit und hinter verschlossene Türen. Aber es waren die

Türen eines sehr vornehmen Klubs und die Heimlichkeiten gingen in Gesellschaft äußerst fein erzogener Herren der allerbesten Gesellschaft der Aristokratie, der Geburt und des Geistes vor sich.
Der Klub der »Grünen Nelke« bestand nicht aus Leuten, die ihre besondere Veranlagung oder, was bei einer guten Anzahl seiner Mitglieder zutraf, ihre erotischen Extrapassionen für ein physisches oder moralisches Manko hielten; es waren diese ausnahmslos sehr vornehmen und zum Teil höchst geistvollen Herren vielmehr innigst davon überzeugt, daß sie sich dadurch als von Natur und durch Geschmack Bevorzugte aus der Masse emporhoben. In ihrem aufs üppigste und eleganteste ausgestatteten Klubhause, das in orientalisierend griechischem Geschmacke gehalten war, obgleich seine Außenarchitektur den heimischen Tudorstil aufwies, befanden sich neben einer Menge von marmornen und bronzenen Knaben- und Jünglingsstatuen auch die Standbilder von Alcibiades, Alexander, Cäsar, Michelangelo, Friedrich dem Großen und anderen berühmten Männern, gleichsam als eine Ahnengalerie der Knabenliebe, und es fehlte auch nicht an einer sehr kostbar gebundenen Bibliothek der großen »griechischen« Literatur. – Diese Abkömmlinge der herrschenden Familien des Reiches, das noch ein größeres Stück Welt umklammert hält als das alte Rom, fühlten sich als Hellenen im antiken Sinne, als Kulturelite allererlesenster Art: Aristokraten auch in der Erotik. Daß sie gleichzeitig unendlich korrekt waren, jeden Anstoß nach außen aufs peinlichste vermieden, sich in der Welt ohne den leisesten Anschein einer anrüchigen Besonderheit bewegten und alle Pflichten ihres Standes inmitten einer sehr unhellenischen Welt aufs genaueste ausübten bis zum regelmäßigen Kirchenbesuch und standesgemäßer Verehelichung – das machte sie Karl noch besonders sympathisch. Er sah hier mit wahrem Entzücken bereits existent, was er für Deutschland erst erträumte: die streng abgeschlossene Genußwelt einer Kulturaristokratie, die innerhalb ihres allem Gemeingültigen enthobenen Kreises nach eigenen Gesetzen lebt und sich wohl hütet, die Menge zur Mitwisserin der höchsten Genußgeheimnisse zu machen. Selbst das war hier schon vorhanden, was ihm immer als das schwierigste erschienen

war: die Amalgamierung des Geburtsadels mit dem Geistesadel. Denn, wenn auch die Söhne der großen alten Familien weitaus in der Mehrheit waren, es gab im Klub der Grünen Nelke doch auch Männer, die nicht durch ihre Geburt, sondern durch Talent ausgezeichnet waren, – natürlich nur solche von Rang im Reiche der Kunst und die sich in den Formen durchaus nicht von den geborenen Aristokraten unterschieden.

Karl hatte die Ballotage überstanden, weil sich ein junger Lord für ihn verbürgt hatte, der sich in besonders hohem Grade der Neigung fast aller Klubmitglieder erfreute, da er nicht allein ein wunderschöner, sondern auch ein überaus liebenswürdiger und bestrickend geistvoller junger Mann war. Man nannte ihn Cäsarion, und der große Dichter der Grünen Nelke, der, der einzige nicht völlig korrekte, weil er als Dichter eine Art ästhetischen Reservatrechts besaß, sich a la Caligula frisierte, hatte einen von allen Modesteinen des preziösen Stiles funkelnden Sonettenkranz auf ihn gedichtet, der, Gold in Marmor eingelassen, gleich Gesetzestafeln das feierlich streng gehaltene Vestibül des Klubs schmückte.

Cäsarion war mehr hingebender Natur und liebte reife, starke, ernste Männer von herrischer Würde. Es war also Karl sein Fall nicht eigentlich. Was ihn an diesem anzog, war sein Geist und die verborgene Energie, die er hinter Karls eher weichlicher Glätte spürte.

Karl seinerseits verliebte sich heftig in Cäsarion, brachte aber nie den Mut auf, sich ihm sinnlich zu nähern. Es war eine sehr überschwengliche, ihn dabei ganz tief ergreifende und beglückende, aber seiner Empfindung nach von vorneherein hoffnungslose Liebe. Indessen, wie es auch bei Verliebtheiten normaler Natur manchmal geht: sein Leiden darunter hatte etwas Schönes. Er pflegte seine unfruchtbare verliebte Qual wie etwas Hohes, Köstliches – und gab sich mit anderen zufrieden.

Die Verhältnisse der Klubmitglieder untereinander waren überhaupt zum weitaus größten Teil nicht direkt sinnlicher Natur, wenigstens nicht in der Betätigungsart, wie man sie gemeinhin annimmt. Dafür waren in der Hauptsache hübsche Jungen von keineswegs aristokratischer Herkunft da: Stallburschen, Hotelpagen, Laufboys und dergleichen.

Man steckte sie zuerst in ein heißes Bad, ließ sie mit Essenzen abreiben und massieren, hing ihnen eine vorn bis zu den Knien, hinten bis zum Ende des Rückgrates herabzipfelnde Chlamys mit goldener Spange um, kräuselte und salbte ihnen das Haar, beschuhte sie mit weichen Sandalen, und ließ sich von ihnen, während man selbst noch in full dress speiste, bedienen. Später dann nahm das Ganze auch äußerlich griechische Formen an. Man lag, wie zu einem Symposion gekleidet, Rosen- und Efeukränze im Haar, auf dicken Polstern aus altchinesischer Seide, ließ zur antiken Hirtenflöte nackte Tänze exekutieren, indessen man unter leisen erotisch-ästhetischen Gesprächen schwere Südweine mäßig trank, und dann mochte sich ein jeder nach Neigung und Wahl mit den entchlamysten Londoner Griechenknaben vergnügen. Es ging dabei nicht schamloser, ja eher gemessener zu, als bei Orgien, die normale junge Herren mit gefälligen Damen veranstalten, und das Gefühl von etwas Unnatürlichem kam bei diesen in ihrer Art durchaus triebmäßig oder ästhetisch voluptuös handelnden Leuten auch nicht für Momente auf, um so weniger, als auch die Boys meist ihrer Natur folgten und keineswegs das Gefühl hatten, mißbraucht zu werden. Es war vielmehr die weitaus überwiegende Mehrzahl unter ihnen sehr glücklich darüber, von diesen vornehmen Herren auf eine ihnen durchaus gemäße und in jeder Hinsicht zusagende Manier karessiert zu werden. Die wenigen übrigen aber, denen diese Manier erst hatte beigebracht werden müssen, fanden sich immerhin durch die sehr reichliche Entlohnung und eine ihnen sonst unbekannte zärtliche Behandlung über das Gefühl des etwas unheimlich Absonderlichen glatt hinweggetröstet.

Indessen gab es ein paar unter ihnen, die weiter dachten und sich aufs Spekulieren verlegten. – Zum Unglück für Karl war sein Antinous darunter, ein junger Zirkusbereiter. Wäre auch Karl ein junger Lord gewesen, so hätte es sich Fred am Ende überlegt, ihm Ungelegenheiten zu bereiten, denn er wußte wohl, daß ein Zirkusjunge wenig Aussichten hat, einem jungen Lord gefährlich zu werden. Aber so: Ein Fremder, und gar bloß ein Deutscher, – es ließ sich wohl versuchen.

Und er fing an, Karl lästig zu werden. Paßte ihm, eine

auffällig rote Krawatte vorgesteckt, die Augen etwas unterschminkt, pralle Hosen und ein kurzes Jackett an, bei allen möglichen Gelegenheiten vorm Hotel auf und warf ihm in Gegenwart der Angestellten winkende Blicke zu. – Karl ignorierte es. Aber nun ging Fred ins Hotel hinein und ließ sich bei ihm melden. – Karl wußte sich nicht anders zu helfen: er gab ihm Geld. Aber nun kam der Junge erst recht, und die Hotelleute fingen an, sonderbare Augen zu machen.
Karl war außer sich und fragte Cäsarion um Rat.
»Ausziehn,« war die Antwort.
Wie aber das machen, da Henry sich weigerte?
Der hatte die Sache längst gemerkt und freute sich tückisch darüber. Karl aber konnte sich ihm unmöglich enthüllen.
Die Quälerei dauerte also an, und Karl litt doppelt darunter, als er gerade jetzt in schwer deprimierter Stimmung war.
Das wundervolle Pergamentexemplar in Florentiner Brokat war vom Berliner Hofmarschallamt mit ein paar dürftigen Zeilen des Inhaltes zurückgekommen, daß »hierorts nicht befunden werden könne, Anlage der Allerhöchsten Stelle zu unterbreiten«. Adresse: »An Wohlgeboren den Schriftsteller Karl Kraker.« – Wohlgeboren! Schriftsteller! – Und einem Lande, wo ein Hofmarschallamt so banausisch und formlos auf Juwelen einer Poesie aristokratischen Geistes reagierte, hatte er Kultur insinuieren wollen!
Er war fast noch mehr niedergeschlagen, als beleidigt.
Aber vielleicht rührten sich nun die dreihundert Adressaten der Exemplare auf kaiserlichem Japanpapier. Wenigstens die Zeitungen mußten doch darauf hinweisen.
Indessen, nein: Kein Mensch rührte sich, und obwohl er täglich alle die Blätter durchmusterte, die er eines kaiserlich japanischen Exemplares gewürdigt hatte, – er fand wohl jeden Roman und was sonst an »Literatur« erschienen war, besprochen, aber nicht das römische Gedicht in deutscher Sprache.
Nur ein führendes Organ der konservativen Partei in Preußen warnte beiläufig vor »diesem Symptom einer zuchtlos pseudo-aristokratischen, im Grunde mammonistisch-anarchistischen Sinnesart, womit vermutlich ein Sprößling jüdischer Bankierskreise sich dem jungen Monarchen habe insinuieren wollen«.

Karl hätte laut aufschreien mögen vor Entsetzen. – Das war ja der Stumpfsinn der Barbarei! Die Kulturlosigkeit und Dummheit in höchster Potenz! Nicht einmal den Geschmack der Ausstattung begriff dieses »Blatt des höheren Pöbels«! Es nannte ihn »aufdringlich protzenhaft«.

»Ich hätte ebensogut in einen Abtritt hineinreden können,« knirschte Karl wütend. »Nicht ein Widerhall! Nicht einmal eine verständige Entgegnung! Nichts! Nichts! Dieses elende Land ist reif für die Sozialdemokratie und ihre literarischen Helfershelfer.«

Maßlos war daher sein Erstaunen darüber, daß die einzige eingehende Besprechung, die sein Opus erfuhr, von einem dieser »Helfershelfer« herrührte: von Hermann Honrader, dem er es eigentlich nur aus höhnischer Laune übersandt hatte, um ihn zu ärgern.

Aber Hermann schrieb gar nicht geärgert darüber, vielmehr in einem sehr objektiven Tone entschiedenen Respektes vor dem hohen Talente des Verfassers für feierliche Form, und auch über die Tendenz des Gedichtes fiel er keineswegs zornig her, ja er hieß sie willkommen als die entschiedene Manifestierung einer zwar unzeitgemäßen und ins schlechthin Unmögliche verstiegenen, aber großartigen Weltanschauung, mit der man sich zwar nicht aus praktischen Gründen, aber um ihrer imposanten Geschlossenheit willen auseinandersetzen müsse. Auch sei es gar nicht ausgeschlossen, ja vielmehr zeitpsychologisch durchaus wahrscheinlich, daß die kommende poetische Generation, als deren verfrühter Vorläufer Karl Kraker sehr bemerkenswert sei, sich in dieser Richtung entwickeln werde. Allerdings, die wirklich lebendige, die ins Leben wirkende Poesie, wie weit sie sich auch vom Dogma des Naturalismus und den bewußt einseitig sozialen Tendenzen wegwenden möge, werde doch nur denen möglich sein, die das Leben kennen und ein Herz für die ganze Menschheit haben. Beides fehle offenbar schon diesem frühesten poetischen Nietzschejünger, und daher sei sein Gedicht zwar schön, und es habe Größe, doch es sei auch kalt, und es entbehre jeden Verhältnisses zur lebendigen Wirklichkeit.

Der Aufsatz verursachte Karl Unbehagen. Alles an ihm war ihm zuwider: Ton und Inhalt. »Quatsch!« knirschte er und warf ihn in die Ecke.

Das Unangenehmste an ihm war ihm aber der Ausdruck: »Nietzschejünger« und überhaupt der Hinweis auf einen – Literaten, der ihm seine Gedanken bereits vorgedacht haben sollte.
Er kannte in der Tat, wie die meisten seiner Generation, Nietzsche nicht und hatte den Namen zuerst in der Grünen Nelke vernommen, ohne sich aber deshalb bemüßigt zu sehen, die Schriften dieses Mannes auch nur lesen zu wollen. Denn es gehörte zu seinen gewissermaßen instinktiven Überzeugungen, daß in der modernen Literatur nichts für ihn zu holen sei.
Nun aber ließ er sich Nietzsches Bücher kommen und las nach seiner Art darin herum.
Und er erschrak wie in einer ungeheuren Überschattung. Das war Pans Riesenhaupt, felsig über einen Felsen gelehnt und ihn höhnisch groß anstarrend. Da waren die Wolken seiner Ahnungen, aber angeglüht vom Sonnenpurpur eines in der Tiefe reifen Geistes, und erzen gestaltet zu gigantischen Kastellen. Und er? Was war er? –: Der Hirtenjunge mit dem aufgeschwollenen Dudelsack, der in panischer Furcht davonjagen mußte, wollte er nicht, daß Fels und Gott ihn zermalmten.
Er warf das brokatgebundene Pergament in den Kamin und starrte verloren und leer in das knisternde Brennen.
– »Stinkender Rauch!«
Es klopfte an die Tür. Der Zimmerkellner meldete: »Der junge Mensch wünscht ...«
»Nein!« schrie Karl auf. »Nein.«
– »Er läßt sich nicht abweisen. Wir haben es auf Geheiß des Direktors bereits versucht. Er ... er droht. Es ist peinlich.«
– »Holen Sie die Polizei.«
– »Er – spricht selbst von der Polizei.«
– »Was?«
Karl erbleichte bis in die Lippen und murmelte: »Ein Erpresser.«
– »Wir meinen es auch. Aber ... das mögliche Aufsehen ... Unten im Vestibül ... Der Direktor meint, Sie sollten selbst ... Andernfalls ... Doch der Direktor würde sich dann persönlich erlauben, mit Ihnen zu reden ...«
Karl verstand.
– »Lassen Sie ihn herein!«

Fred erschien mit unverschämt lächelnder Miene. Er war auffällig geschminkt und trug in der Krawatte eine kleine, scheußlicherweise auf Porzellan übertragene Photographie Karls.

– »Na?« sagte er, »ich wußte es ja, Sie würden Ihren Liebling nicht warten lassen.«

– »Was unterstehen Sie sich?«

– »Sag doch du, mein Schatz. Wir sind ja allein.«

Fred setzte sich, die Augen zusammenkneifend, auf eine Chaiselongue und zog die Beine an.

– »Hinaus, oder ich rufe ... die ...«

– »Aber mein Süßer! Was fällt dir denn ein?« flüsterte Fred und kreuzte die Arme unterm Kopfe. »Wie wirst du dich denn ohne Not in solche Ungelegenheit bringen wollen? Dich ... und die anderen freundlichen Herren.«

Karl fiel in einen Stuhl und stöhnte.

– »Was willst du?«

– »Geld, mein geliebter Herr.«

– »Wieviel?«

– »Soviel deine Liebe für mich übrig hat.«

– »Du bist mir ekelhaft, und ich habe kein Geld mehr für dich.«

– »Das ist beides nicht wahr, mein süßer Herr. Du liebst mich, wie ich dich liebe, und du hast immer Geld für mich.«

– »Nein! Es muß ein Ende haben!«

– »Komm, leg dich zu mir. Da ... sieh ...«

Er machte eine Bewegung, die in diesem Augenblicke Karl zu besinnungsloser Wut reizte. Er stürzte sich über Fred her und griff ihm nach dem Halse. Der aber entwälzte sich ihm, packte den Vornüberstürzenden am Genicke und drückte sein Gesicht auf die Chaiselongue nieder.

– »Oh, mein Freundchen! Du gehst zu weit in deiner Zärtlichkeit! So wild warst du noch nie.«

Karl erstickte fast und wand sich konvulsivisch, außerstande, einen Laut hervorzubringen.

Endlich ließ Fred ihn los.

Karl, blau im Gesicht, taumelte zur Türe.

Fred riß ihn zurück: »Nur keine Dummheiten! Sie kämen Ihnen teurer zu stehen, als mir. Aber das brauche ich

Ihnen nicht auseinanderzusetzen. Ich sage einfach: Tausend Pfund, oder ich gehe auf die Polizei. Als Kronzeuge geschieht mir nichts, aber Sie können sich in der Tretmühle Bewegung verschaffen. Also – was ist!«

– »Tausend Pfund? Sind Sie wahnsinnig?! Wo soll ich tausend Pfund hernehmen!«

– »Aus dem Scheckbuche. Für Sie sinds zehn Schillinge. Und dann sind Sie mich los. Ich verdufte aus London. Sie könnens schriftlich haben.«

– »Aber ich habe keine tausend Pfund, und ich habe auch kein Scheckbuch.«

– »Also dann Abschlagszahlung, so viel als du bei dir hast. Den Rest hol ich morgen. Dann aber ... verlaß dich drauf! ... ich komme bloß einmal wieder!«

Karl wühlte mit zitternden Händen in seiner Brieftasche.

– »Leer sie einfach aus und dein Portemonnaie dazu.«

Es geschah.

Fred steckte die Scheine und das Geld ein.

– »Nachzählen werde ich zu Hause. Aber deine Ringe kannst du mir auch geben, – zum Andenken ... So ... Ach, was du für schöne Hände hast! Und wie zärtlich sie sein können.«

Er zog dem Willenlosen alle Ringe vom Finger und hing ihm dann auch noch die schwere lange, goldene Kette mit der Uhr ab.

– »Und nun auf Wiedersehen, mein Schatz! Morgen nachmittag um dieselbe Stunde bin ich pünktlich wieder da.«

Er ging, sich in den Hüften wiegend, zur Tür, drehte sich noch einmal um, warf Karl eine Kußhand zu und verschwand.

Karl fiel lang hin auf den Diwan und wurde von Ekel und Grauen geschüttelt.

*

Am selben Abend enthüllte er sich Henry, und diese Szene war ihm noch entsetzlicher, als die mit Fred.

Henry aber erlebte die größte Genugtuung seines Lebens.

Jetzt lag Karl unter seinem Fuße am Boden, und er hätte zuschlagen können nach Herzenslust.

Aber er schwieg. Nur den Mund verzog er, – höhnisch, mitleidig, verächtlich.

Karl hatte die Auswahl, und er grub Hohn, Mitleid und Verachtung grimmig stumm in sich ein, – alle drei. Für immer. Unauslöschlich. Brandmale.

Am nächsten Morgen reisten sie nach Southport ab, wo Cäsarion eine Dampfjacht liegen hatte, die er dem Freunde bereitwillig auf längere Zeit zur Verfügung stellte.

4. Cousin Rudolf

So sehr sich Karl vor der See fürchtete, so ungeduldig drang er darauf, daß man so bald wie möglich in See steche. Denn er hatte eine heillose Angst vor Konstablern, und der Boden Old Englands, so sehr er seine Festigkeit schätzte, brannte ihm heiß unter den Fußsohlen. Nur fort, fort! Weg von den Menschen, in die Einsamkeit, – wenn auch, ach, mit diesem Menschen, der sich jetzt wie ein Überlegener gebärdete. Aber Karl rechnete darauf, daß er gerade auf dieser ihm sonst recht unsympathischen Kreuzerfahrt durch allerhand britische, französische und spanische Gewässer am schnellsten und sichersten wieder Herr über ihn werden würde.
In der ersten Zeit, als sie in der irischen See kreuzten, war er freilich seiner selbst nicht Herr, denn die Seekrankheit packte ihn auch jetzt wieder, während Henry, wie im Kanal, so auch hier durchaus verschont von ihr blieb, ja auf eine für Karl höchst widerwärtige Weise munter und frisch wurde.
Da man häufig die Segel benutzte, so ließ sich Henry, während Karl in der Kajüte lag und die Welt verwünschte, in die Technik des Segelsports einführen, und er war bald weit genug darin gediehen, um den Kapitän im Kommando der Mannschaft ablösen zu können. Auch für die Führung unter Dampf interessierte er sich, und die Stellung auf der Kommandobrücke, das Fernrohr in der Hand, war ihm die liebste. Aber er griff auch kräftig und sicher ins Steuerrad, und der alte Kapitän schmeichelte nicht, wenn er erklärte, daß Henry Blick und Schneid fürs Seewesen habe. Furcht

empfand er nicht einen Augenblick, auch nicht bei größtem Wellengange. Und dieser Mut beruhte nicht auf der Zuversicht zu seinem Stern. So wenig tapfer im Grunde Henry war, wenn er sich dem Willen eines Menschen gegenüber befand, so mutig war er den Elementen gegenüber. Da fühlte er sich ohne weiteres überlegen. Die See war ihm wie ein Pferd, das er ritt. Er dachte nicht weiter darüber nach und empfand sich einfach als den Herrn, der mit so und so viel Armen, so und so viel Segeln, so und so viel Pferdekräften der Maschine den Schiffskörper lenkte. Der Wind, der ihm um die Nase pfiff, durch die Haare strich, sich über ihn herwarf mit Brausen und Heulen, tat ihm wohl. Er konnte laut aufschreien vor Lust und die Zähne fletschen vor Vergnügen.

So ein »Prinzipal« gefällt Schiffsleuten, und wenn er es gar an steifem Grog, kräftigem Tabak und reichlicher Kost nicht fehlen läßt und auch imstande ist, derbe Witze mitzureißen wie grobe Leinwand, dann erfreut er sich bald herzhaftester Beliebtheit und kann von den Blaujacken verlangen, was er mag. – Es fiel Henry gar nicht ein, seine Leute zu lieben oder sich persönlich für den einen oder andern auch nur zu interessieren. Wenn einer über Bord gespült worden wäre, er hätte dabei nicht mehr empfunden, als beim Abbrechen einer Segelstange Aber er verstand es, sie zwar als Herr, aber seemannsmäßig zu behandeln: derb, ohne Umschweife, hanebüchen, wos nötig war, aber immer als Schiffskamerad. Die Matrosen fühlten: er ist eigentlich gerade so wie wir, bloß daß er Geld hat.

Und Henry empfand im Grunde ähnlich: So wäre ich, wenn ich nicht Millionär wäre; griffe derb zu, wenns das Kommando verlangt und andere Arme dasselbe tun; räkelte mich faul zufrieden hin, den Tabak zwischen den Zähnen, wenns nichts zu tun gibt; gäbe breitmäulig grinsend saftige Witze zum besten; äße und tränke mit kräftigem Behagen bis zur Grenze der Möglichkeit und trüge mein Geld an Land sofort zu den kleinen Mädchen in den engen Gassen.

Das tat er freilich auch als Millionär, und er traf sich in den kleinen irischen Hafenstädten mehr als einmal mit Leuten seiner Mannschaft in den Häusern mit den bunten Laternen.

Karl dagegen, auch als er sich endlich erholt hatte, war und blieb den Matrosen unheimlich und fremd. Er war der feine Herr, der »mitfährt«, – ein langweiliger Passagier, der in der schönen Kajüte über Büchern saß, seine Befehle viel zu höflich gab und sich nur mit dem Koch in Gespräche kulinarischer Natur einließ. Das Land betrat er überhaupt nicht, und auf Deck war er nur nachts zu sehen, wenn es warm und windstill und der Himmel voller Sterne war. Dann lag er in einem breiten Korbstuhle, rauchte Zigarette auf Zigarette, trank Madeira und brütete, wie die Matrosen sagten, Mondeier aus.
Aber es war Schlimmeres, was er hier mit sich abmachte. Er hielt Abrechnung mit sich und der Welt: Was er in sich als eine neue Wahrheit als erster erkannt zu haben geglaubt und in leuchtende Worte gefaßt hatte, war von einem Anderen, Reiferen, Umfassenderen vor ihm in viel hellerer Klarheit erkannt und nicht bloß juwelierhaft gefaßt, sondern zu einem Gebäude mächtigster Konstruktion und gewaltigsten Eindruckes gebildet worden. Er hätte nur noch ausschmücken, ja eigentlich bloß noch tapezieren können. – »Nietzschejünger« . . . Ah, erbärmlich . . . Lieber dieses Kastell unterminieren, einreißen . . . Aber nein; da waren ja andere am Werke: diese vernünftigen Dichter mit dem liebevollen Herzen fürs Ganze. Pfui Teufel! – Und das Kastell selbst, dieser ungeheure Palast des Nietzscheschen Geistes, dieser Tempel der strahlenden Macht, – was war er schließlich selbst als ein Schaustück für entsetzte oder ergriffene Gaffer. Nichts, gar nichts war er im eigentlichen Sinne dieses Willens zur Macht, denn die tatsächlich Mächtigen sahen ihn gar nicht oder übersahen ihn gleichmütig als die belanglose Ausgeburt einer zügellosen Phantasie. – Lassen Sie sich ans Kreuz schlagen, Herr Professor Nietzsche, oder zünden Sie wenigstens Berlin persönlich an allen vier Ecken an. Weisheit allein tuts nicht. Man muß seinen Leib hergeben, und zwar möglichst effektvoll. Zarathustra im Salon wird zur Nippesfigur, auch wenn ihn die schönsten und geistreichsten Jüdinnen in den Schoß nehmen. Etwas Schädelstätte s'il vous plaît, – und nicht bloß die literarische, die Ihnen nicht erspart bleiben wird, Übermenschlich-Allzumenschlicher; so wenig, wie die Jünger mit dem Federhalter. – Es verlohnt sich nicht, Geist

zu haben in dieser bis hoch hinauf pöbelhaften Zeit. Und wer welchen hat, soll ihn verstecken und heimlich pflegen. Und soll ihn mit ins Grab nehmen, ihn unangetastet dem Nichts zurückgeben. – Was geht uns die Zukunft an? Was hilft es dem mit Adler und Schlange verwesten Professor Zarathustra, daß die Professoren des sozialistischen Staates die Ruinen seines Machtkastells mit ihren Hämmerchen abklopfen und Vorlesungen darüber vor dem dann auch offiziell souveränen Pöbel halten werden? – Was Genuß der Schönheit, Schwelgen des Geistes ist, wußte ich lange. Jetzt weiß ich auch, was Wollust ist. Auf Ehrgeiz lasse ich mich nicht mehr ein. Diese Zeit hat keine Ehren für meinesgleichen zu verschenken. Aber ich will für meinen Genuß, für den Genuß meiner selbst, eine Lordschaft errichten, so mit den Mauern des Reichtums umgeben, daß keine Hyänen darüber hinwegspringen sollen, auch nicht die eurer niederträchtigen Moral. Nur Geld, Geld, Geld! – Dieser freche, tückische Hund glaubt jetzt, daß er sich mir entwunden hat. Ah, wie er sich wohl fühlt! Wie er sich dehnt, spannt, wölbt! Er spürt, und ich muß es zugeben: keine Ausschweifung der Sidne tut ihm etwas an. Sein Körper ist anscheinend noch unerschüttert, und selbst sein bißchen Gehirn noch nicht so in Verfall, wie ich gehofft habe. Es geht langsamer, als ich dachte ... Wie lange soll ich noch warten? Ich bin nicht vorwärts, ich bin zurück gekommen, und was mir jetzt bevorsteht, ist Tortur. – Vielleicht kann Berta ... Aber das ist zu widerlich und verwundet mich zu sehr ... Könnte ich ihn über Bord stoßen! ...! Aber was hülfe es? Das Geld fiele an Papa ... Er muß ein Testament machen für mich und für Berta ... Aber es scheint, er hat sie vergessen, und vor mir hat er keinen Respekt mehr. – Wie fange ichs an, daß ich ihn wieder an die Kette bekomme ... Wenn nur Berta da wäre ... Vielleicht Briefe von ihr an ihn? Briefe, die – ich aufsetze? ...

Es begann eine lebhafte Korrespondenz zwischen den Geschwistern, und als die Jacht nach einem halben Jahre ihre Fahrt in einem spanischen Küstenorte beendigt hatte, lag ein ganzer Berg von Briefen Bertas an Karl und auch an Henry in Madrid.

Die Bilder, die ihnen beilagen, zeigten Berta in einer frühreifen Schönheit, die Henry ebenso hinriß, wie die sehr klug von Karl angelegten und von Berta mit nicht geringerem Gefühl für Wirkung redigierten Andeutungen einer immer übermächtiger werdenden Sehnsucht der schönen Cousine nach dem Cousin.

Henry antwortete in einem großartigen Stile: selbstbewußt, wie ein Gereifter, und leidenschaftlich respektvoll, wie ein Mensch der höchsten Form, der sein Temperament zu zügeln weiß, es aber nicht ganz verbirgt. Auch geheimnisvolle Andeutungen fehlten nicht: wie er immer deutlicher die Hand eines seltsamen Schicksals über sich spüre, das ihn durch alle Höhen und Tiefen des Lebens leite zu einem Punkte hin, wo es ihm erlaubt sein werde, einer Person, einer einzigen, Aufschlüsse über sich zu geben, der Person, die seine erste Schwärmerei entfacht habe, und die der unverrückbar hohe Gegenstand seiner dauernden Verehrung immer sein und bleiben werde. Die Fürstenbilder des Velasquez enthüllten ihm mehr, als jedem anderen Menschen. Sie sagten ihm Dinge, die sein Innerstes berührten, und sie riefen ihn eigentlich in ein fernes Land, in das Land seiner Herkunft.

Karl, der die Briefe lesen durfte, freute sich der Empfindung, daß Henry nur auf See gesund im Gehirne sei, an Land aber sofort wieder Symptome einer höchst willkommenen Sinnesverwirrung zeige. Aber er tat, als sei ihm nichts aufgefallen – und er pries Henrys plötzliches Interesse für große Kunst.

– »Ich weiß nicht, was dir Velasquez sagt, aber daß er dir überhaupt etwas sagt, ehrt dich.«

Henry lächelte: »Dieser Maler bedeutet für mich mehr, als einen Künstler. Er hat für mich die Bedeutung eines Aufschlußgebers, eines Seelenrates. Seine Bilder sind Dokumente für mich, persönliche Dokumente.«

– Er ist wahrhaftig total übergeschnappt, sagte sich Karl, und er jubilierte inwendig, denn er sah, wie Henry die Porträts der alten Habsburger heimlich streichelte, Verbeugungen vor ihnen machte und ihnen Kußhände zuwarf.

Aber mit diesen Anzeichen eines sonderbaren Ergriffenheitszustandes hatte es noch nicht sein Bewenden.

Am Mittag des ersten Februar stürzte Henry in Karls Zimmer und schrie: »Rudolf ist tot! Rudolf ist tot! Wir

müssen sofort nach Wien. Ich muß in die Kapuzinergruft!«
Karl, der noch im Bette lag, sagte sich: Das ist der Ausbruch des Wahnsinns! Wie verhängnisvoll dumm, daß er noch kein Testament gemacht hat!
Dann fragte er behutsam: »Was für ein Rudolf?«
– »Rudolf von Habsburg!«
– »Aber Henry, der ist ja schon im Jahre 1291 gestorben.«
– »Unsinn! Der Kronprinz von Österreich! Da, hier stehts! Es ist furchtbar!«
Er wies ein Blatt mit Trauerrand vor und warf sich mit allen Anzeichen tiefster Ergriffenheit in einen Stuhl.
– »Wir müssen fort! Ich muß ihn sehen!«
– »Ja aber wieso denn? Was geht dich denn Seine k. und k. Hoheit der Kronprinz von Österreich an?!«
Henry warf ihm einen verächtlichen Blick zu und rannte hinaus.
Karl lächelte. – Entschieden: übergeschnappt. – Aber diese plötzliche Abreise war ihm sehr unbequem. Indessen: es half kein Zureden. Die Koffer wurden Hals über Kopf gepackt. Algier, Griechenland, die Türkei, Ungarn wurden aus dem Reiseplane gestrichen, und es hätte nicht viel gefehlt, daß Henry einen Extrazug von Madrid nach Wien bestellt hätte.
In Wien selbst benahm er sich ganz wie ein Verrückter. Er legte Trauerkleider an, blieb stundenlang, obwohl der Sarg längst verlötet war, in der Kapuzinergruft, starrte wie ein namenlos Leidender vor sich hin und murmelte: »Rudolf! Rudolf!« Er begann, alles zu sammeln, was über das Erzhaus der Habsburger an Literatur und Bildwerken erschienen war, und suchte alle Stätten auf, die irgendwelche Beziehungen zum kaiserlichen Hause hatten. Im Parke von Schönbrunn lustwandelte er, immer in tiefer Trauer, am liebsten. Als er dort einmal der verwitweten Kronprinzessin ansichtig wurde, verbeugte er sich so tief und lange, daß diese glaubte, einem Wahnsinnigen begegnet zu sein. Im kaiserlichen Marstall war er Stammgast, alle kaiserlichen Sammlungen frequentierte er mit einer Ausdauer, die schließlich den Galeriedienern auffiel.
Seine Wohnung nahm er in der Nähe der Hofburg. Wann nur immer zu vorher bestimmter Stunde der Kaiser ausfuhr:

Henry stand am Portale. Wo die jüngeren Erzherzöge verkehrten, war auch er zu finden. Auf die Kaiserin Elisabeth schrieb er lange, überschwängliche, mit dunklen Andeutungen verbrämte Gedichte, die er auf Atlas drucken und einrahmen ließ.
Sie hingen in einem Zimmer, das ganz mit gelbem Kirschbaumholz, Dielen, Wände, Plafond, bedeckt war, eingelegt mit Ebenholzdreiecken. Es sah sehr lächerlich, es sah himmelschreiend geschmacklos aus, und es war gut, daß er auch Karl den Eintritt in dieses schwarz-gelbe Zimmer verwehrte, wo im übrigen die ganze Familie der Habsburger in Stichen und Bildern beisammen war. Hier verlebte er, angetan mit seinem seidenen Schlafrock, Stunden versunkener Träumerei vor seinem Kosaken und schrieb mit chinesischer Tusche auf dunkelgelbes Papier närrische Gedichte unter dem Titel: Der Thronfolger.
Er war entschieden etwas verrückt geworden. Der Tod des Kronprinzen hatte ihn aus der Balance gebracht. Er wartete nur noch auf das Erscheinen der geheimnisvollen Frau, die nach seiner Überzeugung hier in Wien vor ihn hintreten würde, um ihn dem Kaiser vorstellen zu lassen. Zuerst gedachte er, sich der verwitweten Kronprinzessin zu nähern, in die er sich gewissermaßen absichtlich verliebt hatte. – Warum sollte er sie nach Beendigung des Trauerjahres nicht heiraten? Es erschien ihm wie etwas durchaus Mögliches, ja eigentlich Notwendiges. Beinahe wie eine Pflicht. – Nur seine Zugehörigkeit zum lutherischen Bekenntnisse war hinderlich. Er gedachte also, katholisch zu werden, und begrüßte es als einen der ihm häufiger beschiedenen Schicksalswinke, daß sich ein Jesuitenpater mit ihm bekannt machte, der auch als Beichtvater in den höchsten Kreisen eine Rolle spielte.
Diese Bekanntschaft gedieh bald zur Vertraulichkeit soweit, daß Henry den Pater sogar in sein Geheimnis einweihte. Der Jesuit merkte bald, daß es sich um Phantasien eines nicht sehr taktfesten Gehirnes handelte, aber er merkte auch, daß dieses Gehirn, wie für diese, so auch für andere Phantasien zugänglich war, und daß man den verworrenen Gedankengängen des jungen Mannes nur eine bestimmte suggestive Richtung zu geben brauchte, um ihn für die große Sache der Gesellschaft Jesu zu gewinnen, die, als die

größte einheitlich geleitete Kapitalmacht, die sie ist, wie nach einem Naturgesetz darauf aus sein muß, immer weiteres Kapital an sich zu ziehen. Henry, von dem er mehr zu wissen schien als er äußerte, erschien ihm als der geborene Jesuit, phantastisch lenksam, Geheimnissen zugetan, leicht und gerne einfügbar in ein mächtiges, abgesondertes Gemeinwesen mit streng bestimmten Staffeln und Formeln, untertänig bei heimlichem Ehrgeiz, sinnlich mit leichtem Übergang zum Mystischen. Ein Kapuziner war gewiß nicht aus ihm zu machen, wohl aber ein eleganter Weltmönch, ein Mensch, den es reizen mußte, einmal im vatikanischen Rom eine Rolle zu spielen, wofür er auch das Äußere hatte.

Pater Cassian, merkwürdig orientiert über Henrys Veranlagung, dachte dabei gar nicht bloß jesuitisch berechnend, sondern auch an das Interesse seines jungen Freundes, an dem er offenbar einen ungewöhnlich innigen Anteil nahm. Er sagte sich mit einem auch bei einem geistreichen Jesuiten erstaunlich sicheren psychologischen Verständnisse, daß dieser junge Mann, umhergetrieben von zügelloser Sinnlichkeit und ratloser Phantasie, unfähig zu einem festen Willen, ohne alles bestimmte Persönlichkeitsziel, in der Welt verloren gehen müßte trotz oder auch wegen seines Reichtums, aus einem Einfluß in den andern fallend und schließlich der Verzweiflung entgegentaumelnd nach Aufzehrung seiner körperlichen und seelischen Kräfte: im eigentlichsten Sinne eine Beute des Teufels. Nur die Einordnung in eine große sichere Gemeinschaft, nur die Einflößung eines großen seelischen Inhaltes, nur die Unterordnung unter einen unpersönlichen, aber doch stetig wirksamen Willen von oben her konnte ihm Stand und eine heilsame Richtung geben, ohne daß er dadurch an dem Maße von Freiheit Einbuße zu erleiden brauchte, das ihm gemäß war.

Ein Mann von diesen Anschauungen mußte um so mehr auf Henry wirken, als der Pater mit äußerster Behutsamkeit und mit wahrhaft seraphischer Ruhe vorging . . Er entriß den verwirrten, aus allem Gleichmaß gekommenen Henry seinen närrischen Einbildungen keineswegs brüsk und mit einem Male, ging vielmehr gelassen darauf ein und ließ zumal den Grundwahn der geheimnisvollen hohen Abkunft wie etwas Gewisses gelten, an das zu glauben er selbst bestimmten Anlaß habe. Er baute sogar direkt darauf, indem er seltsame Andeutungen machte, als sei ihm darüber nicht weniger bekannt, als Henry selbst, gleichzeitig aber hinzufügte, daß eine solche Abkunft von vornherein eine vornehme Resignation zur Pflicht mache. Der illegitime Abkömmling eines hohen fürstlichen Hauses stehe zwischen den Herrschenden und dem Volke, – genau wie die Kirche. Daher sei in der Kirche sein Platz, und nur die Kirche wisse solche Ausnahmemenschen an den rechten Platz zu stellen. Wer das Blut von Fürsten habe, deren Geschlecht seit Jahrhunderten die Geschicke großer Völker regierte, von Gottes Gnaden und unter dem Beistande seiner Kirche, der müsse wohl besonders geeignet sein, eine solche Macht der selbstsicheren Geduld zu repräsentieren, und zwar besonders auf höfischem Parkette, wo nicht jeder sicher zu gehen imstande sei.

Henry, der sich hier so wundersam verstanden sah, erblickte sich bereits im Purpur des Kardinals und verzichtete gerne und schnell auf die Aussicht, der verwitweten Kronprinzessin zur linken Hand angetraut zu werden. Sein Entschluß, Jesuit zu werden, stand fest, und es war ihm angenehm, zu hören, daß der Umstand seiner ersten katholischen Taufe die Entwicklung der Angelegenheit in den ersten Stadien beschleunigen werde. Das Studium der katholischen Theologie und das Noviziat sollte dann in Rom vor sich gehen, wohin ihn die wirksamsten Empfehlungen des Paters begleiten würden, so daß er von vorneherein die Überzeugung haben konnte, nicht als gewöhnlicher »Krebs«, wie die übrigen Zöglinge des germanischen Seminars, figurieren zu müssen. Er würde wie ein junger Fürst in der Soutane leben, den Sinn auf Gott und eine große Zukunft gerichtet, aber gleichwohl nicht als Asket. Und, wenn er sich schon einige Enthaltsamkeit auferlegen müßte, – der Reiz der »Sünde« würde doppelt süß sein. Süßer als seine wüsten Ausschweifungen, die ihm jetzt sehr ekelhaft vorkamen.

Ein paar schöne Verse Brentanos, die ihm der so seltsam mit seiner Art vertraute Pater mitgeteilt hatte, konnte er sich nicht enthalten, Karl zu zitieren:

Poesie, die Schminkerin,
Nahm mir Glauben, Hoffen, Lieben,
Daß ich wehrlos worden bin,
Nackt zur Hölle hingetrieben.
Nur ein Schild blieb unbewußt
Mir noch aus der Unschuld Tagen:
Heilge Kunst, auf Stirn und Brust
Ein katholisch Kreuz zu schlagen.

Das war das einzige, was er Karl von seinen Unterredungen mit dem Jesuiten verriet, aber es genügte, dem klugen Vetter zu zeigen, daß Gefahr im Verzuge war.

Dieser Pater mit dem liebreich glatten und verflucht gescheiten Gesichte, sagte sich Karl, ist die erste wirkliche Gefahr für meine Pläne. Er fängt mir den Neger just in dem Momente weg, wo die Gehirnerweichung im schönsten Anfangsstadium ist. Jetzt kann nur Berta helfen. Wenn ich meinem lutherischen Erzeuger die nahe Möglichkeit unter die Nase reibe, daß der schöne Henry katholisch, ja wohl gar Jesuit wird, hält ihn keine Wohlanständigkeitserwägung davon ab, Berta in die Höhle des Löwen zu schicken, und dem verlorenen Sohne wird ein feistes Kalb gebraten werden.

Er reiste nach Hamburg, und es ging, wie er vorausgesehen hatte.

Die allein seligmachende Berta

Als Karl mit Berta in Wien eintraf, teilte er Henry nicht sogleich mit, daß er die Schwester aus Hamburg geholt hatte. Er mußte sie erst, unter feinster Ausnutzung seiner Studien in Lianens Garderobe, so anziehen, daß ihre nun aufs köstlichste zur Blüte gelangte Schönheit den Rahmen erhielt, ohne den sich Karl eine volle Wirkung nicht versprechen konnte, da er Henry nach sich selbst beurteilte, den an einem weiblichen Wesen zuerst die Toilette faszinierte.

Aber die großen Wiener Mode- und Wäscheateliers, deren Leiter er durch seine Detailkenntnisse so verblüffte, daß sie glaubten, es mit einem Konkurrenten zu tun zu haben, waren kaum imstande, das Tempo einzuhalten, das er zur Bedingung machte. Denn seine erste Zusammenkunft mit Henry seit seiner Rückkehr hatte es ihm klargemacht, daß kein Tag mehr zu verlieren war. Der zukünftige Jesuit zeigte bereits im Schnitt seiner Kleider klerikalisierende Tendenzen und hatte auch schon sein Schnurrbärtchen dem künftigen Berufe geopfert. Es war kein Zweifel: er sehnte den Moment herbei, wo er sich eine Tonsur scheren lassen durfte. Seelisch tonsuriert war er bereits, und seine Ausdrucksweise verriet deutlich, daß Pater Cassian einen gelehrigen Schüler an ihm gefunden hatte. Auch konnte er gleich diesem schon recht merkwürdig lächeln, milde und überlegen zugleich. Karl hätte ihm ins Gesicht schlagen mögen, so zuwider war ihm das.

Die unglücklichen kleinen Wiener Schneidermamsells mußten Tag und Nacht arbeiten, mit Bertas Toiletten fertig zu werden, und Berta selbst hatte jede Stunde mit Anproben besetzt.

Aber dafür entsprach der Effekt auch den aufgewendeten Mühen vollkommen. Berta sah hinreißend aus in ihren neuen Toiletten, die aufs raffinierteste alles enthielten, was den Reiz höchsten demimondänen Geschmackes ausmacht, ohne doch kokottenhaft zu wirken.

Karl war direkt selig. Er berauschte sich an der Erscheinung seiner Schwester. – O, dieses weibliche Wesen einmal an seiner Seite, in solchen Kleidern, solcher Wäsche, irgendwo in einem alten Schlosse Italiens, zwischen Zypressen, Kamelien, Rosenterrassen, Meisterwerke der Kunst und das Höchste der Literatur um sich, in hohen Sälen, üppigen Salons, dazu Küche und Keller auserlesen bestellt, reichlich Dienerschaft zur Verfügung, Wagen, Pferde, alles im höchsten Train, – da sollte sich wohl die gewisse Lücke in seinem Wesen schließen und dieses immer doch als widrig empfundene Begehren verschwinden, das ihn nicht erhob und ansporte, sondern demütigte und drückte.

Wie glücklich war er, daß Berta keine Gêne vor ihm empfand und ihn bei der Toilette gegenwärtig sein ließ, als verstünde sich das zwischen ihnen von selbst. Er half ihr wie eine Kammerjungfer und fand in dieser Beschäftigung einen Genuß, der ihm mit nichts vergleichbar schien. Er nahm sich vor, frisieren zu lernen, um auch dieses Geschäft besorgen zu können, das ihm wahrhaftig nicht geringer erschien, als etwa die Abfassung eines Gedichtes, dafür aber um so wollustvoller. Er strömte über von Laune,

Witz, Phantasie, wenn er ihr so bis ins Kleinste beim Ankleiden behilflich war, und er dehnte diese Beschäftigung geflissentlich aus, als sei es das Auskosten eines unerhörten Genusses.
Schwelgerischer, das fühlte Berta, konnte auch der zärtlichste Geliebte die Reize ihrer Schönheit nicht genießen.
»Ich glaube, wir sind richtig verliebt ineinander, Karl!« sagte sie plötzlich einmal, als er ihr ein neues Korsett anprobierte.
»Wie Adam und Eva vor dem Sündenfalle,« antwortete der; »und es stimmt völlig, denn wo du bist, da ist das Paradies, und du bist ein Stück von mir: Meine Schwester, meine Tochter, meine Geliebte, mein Weib, mein Mehr-als-Ich, mein Mit-Ich. Es gibt kein Glück, das größer ist, als unsere Liebe, – auch für dich nicht.«
Es war sehr schmerzlich für Karl, daß er sich diesem Fühlen nicht ganz hingeben konnte, vielmehr genötigt war, immer wieder auf den Zweck von Bertas Wiener Aufenthalt zurückzukommen.
»Diesen greulichen Menschen soll ein anderer Irrglaube so selig machen, daß er den Verstand völlig verliert,« sagte Karl; »er soll an dich glauben und an ein Glück, zu dem er dennoch nie gelangen soll: das schwör ich dir. Aber wir werden auf diesem Wege zu unserem Glück gelangen, koste es – ihm, was es wolle.«

Als Henry Bertas ansichtig wurde, wie er, nichts ahnend, in Karls Zimmer trat, überkam ihn selbst äußerlich das Gefühl, als wanke er. Und das Dämmerlicht in seinem Innern wich mit einem Schlage einem blendenden Glanze, dessen Lichtkern Berta war.
– »Du . . ! . . ?«
Er stürzte auf sie zu, die in einem bauschigen seidenen Theatermantel vor ihm stand wie eine Königin, das goldrote Haar hochtoupiert und mit einer Perlenkette durchwunden.
Er blieb stehen und sah sie groß an.
– »Ja, ich mußte wohl kommen, da es schien, daß du mich vergessen wolltest.«

– »Ich? Dich?«
Henry erschrak bis ins Innerste bei dem Gefühle, daß er sie wirklich vergessen hatte. Er empfand mit einem Male, daß er in einem seltsamen Zustande des Allesvergessens gelebt hatte, und es kam ihm vor, als habe er bereits auf der Schwelle zu einem dunklen Raume gestanden, der sein Kerker werden sollte.
Blitzartig durchfuhr es ihn: Aber es war die Ruhe dort, die Ruhe . . . Dagegen hier . . .
Er sah vor sich nieder. Auf dunkelblauem Grunde war ein Durcheinandergeranke von grünen Stengeln, gelben Blättern, purpurroten Malvenblüten, – wirr, endlos, labyrinthisch. Ein Teppichmuster, aber in diesem Momente für ihn wie das aufgeschlagene Buch der tiefsten Geheimnisse seines Lebens. Es kam ihm ein Wort Pater Cassians in den Sinn: »Niemand kann im Buche seines Lebens lesen; keine Wissenschaft lehrt diese Hieroglyphen deuten; nur der Glaube ahnt den Sinn; wer aber das Kreuz ergriffen hat, wandelt mit Klarheit durch die dunklen Geheimnisse dieser Schattenwelt zum Lichte Gottes, in dem sich alles erhellt. Ex oriente lux.«
Henry blickte auf. Es war wieder dunkel in ihm geworden.
– Aber da waren zwei Leuchten vor ihm, ein blaues Licht voller Wärme und Liebe, die Augen des Lebens, das gekommen war, ihn wieder in die Arme zu nehmen.
– Das Leben war da: das Weib.
Er empfand in einem Überschwall seines ganzen, zugleich nach Lust und nach Ruhe, nach Herrschaft und Andacht, nach Genuß und Traum drängenden Wesens, daß für ihn nur ein Weib alles sei, und daß seine Anbetung Lebendigem gelten müsse, das unterworfen werden kann.
Wieder einmal richtete sich vor Berta auch das Edlere seiner Natur mit dem Sinnlichen auf, und es war ihm ein Moment großen Fühlens und Erkennens beschieden. Der ein Mönch hatte werden wollen und nichts als ein Lüstling gewesen war, wurde für diesen Moment Poet und Seher. Leben . . Weib . . Schönheit . . Kraft . . Kampf . . Höchstes Empor aus tiefstem Versinken . . .
Berta, die kühle, die nicht leicht innere Vorgänge dieser Art spürte und sie übrigens bei dem geringgeschätzten Vetter auch nicht voraussetzte, erschrak fast über den Ausdruck

seiner Züge, und sein langes, ergriffenes, ringendes Schweigen war ihr unheimlich. Sie warf einen Blick zu Karl hinüber, der totenbleich und mit ganz starrem Antlitz dastand, keinen Blick von Henry wegwendend.
Sie hielt Henry die Hand hin.
– »Komme ich dir ungelegen?«
Henry ergriff die Hand mit Heftigkeit, zog Berta plötzlich an sich und küßte sie wild und lange auf den Mund.
Sie erschauerte unter diesem Kusse in einem Gefühle von Schrecken und wollüstiger Benommenheit. Ihre Blicke richteten sich dabei starr zur Seite auf Karl hin.
Der ergriff ein Buch, das vor ihm auf dem Tische lag, riß es mit einem Ruck auseinander und ging zur Tür hinaus.
Henry merkte von alledem nichts. Sein Mund berührte noch immer den ihren. Er atmete tief, keuchte fast.
»Was tust du! Was tust du!« hauchte Berta, drängte ihn aber nicht von sich ab.
Sie fühlte sich willenlos an Henrys Brust und empfand ihn als etwas Starkes, Reiches, als eine Gewalt, der sie sich nicht entziehen konnte und wollte.
Plötzlich schlang sie beide Arme um ihn, daß der Mantel von den Schultern glitt und küßte ihn lange, fest, gierig.
Henry glitt vor ihr nieder und umfaßte ihre Knie, gegen die er seinen Kopf preßte. Sie kam ins Wanken und fiel in einen breiten Stuhl zurück.
Henry wühlte seinen Kopf in ihren Schoß. Sie beugte sich tief über ihn herab und flüsterte fast unhörbar: »Laß mich jetzt ... Ich liebe dich ... Ich ... liebe ... dich ... Aber laß mich ... Laß ... mich ... Karl ...«
Henry hob den Kopf und sah sich um.
– »Wo ist er? Warum ist er gegangen? Wir haben keine Geheimnisse vor ihm ... Oder will er sich zwischen uns stellen? Er soll es sich überlegen! ...«
– »Leise! Leise! Um Gottes willen leise! Er darf nicht hören. Er darf uns nicht so ...«
– »Er soll mich hören! Als Freund oder als Feind! Dieser Augenblick verbindet uns gegen jedermann.«
– »Ja doch, ja ... Aber ich bitte dich, sei klug! Wir müssen noch warten. Er darf ... nicht alles wissen. Noch nicht jetzt. Nicht gleich. Aber er ist auf unserer Seite.«
– »Wir brauchen niemand auf unserer Seite.«

Henry stand auf und ging zur Tür: »Bitte, Karl!«
Karl erschien mit dem Aussehen eines völlig niedergebrochenen Menschen.
– »Was ist!«
– »Wir haben uns verlobt.«
– »Sehr schön.«
– »Es sieht aus, als ob du etwas dagegen hättest.«
– »Ich? Was gehts mich an!?«
»Aber Karl!« bat Berta.
– »Er soll seinen Pater Cassian um Erlaubnis fragen.«
Karl war wirklich seiner nicht mehr Herr, wagte kein Nein und ermutigte sich zu keinem Ja, hatte nichts als fruchtlosen Spott und krümmte sich förmlich im Gefühle, von dem fest zugreifenden Vetter völlig aus dem Felde geschlagen zu sein. Berta sah es mit Schaudern, wie er hilflos in sich zusammensank, während Henry sich, wie vor ihr, so in ihr, in die Höhe reckte: nicht mehr bloß ein Wollender, sondern ein Gebietender.
Karl sah, an Henry vorüber, Berta mit einem Blicke an, der sie im Tiefsten traf. Es war die qualvollste Eifersucht, fürchterlichstes Mißtrauen, Haß und Verzweiflung darin.
»Karl! Ich bitte dich!« rief sie flehend und erwiderte seinen Blick ihrerseits mit einem, der zu viel auf einmal ausdrücken wollte, als daß er hätte verstanden werden können. Aber plötzlich, wie unter einer Eingebung, wechselte der Blick. Sie wandte ihn von Karl ab und sah auf Henry (der immer noch Karl anstarrte) mit dem Ausdrucke heftigen Ekels und haßvoller Verachtung hinüber. Dieser Blick war so unverstellt, daß Karl seine wahnsinnig schmerzlichen Befürchtungen sofort als Ausgeburten seiner erregten Phantasie erkannte und wie von einem Alpdruck befreit aufatmete.
Er ging auf Henry zu und gab ihm die Hand, indem er ganz ruhig, geschäftsmäßig sprach: »Es kam zu schnell .... Ich hatte immer geglaubt, Berta und ich würden beieinander bleiben. Ich habe die Sache nicht für ernstlich gehalten, obwohl Berta mich vorbereitet hatte. Aber, da ich nun sehe, daß Berta sowohl wie du ... Na, kurz: ihr habt meinen Segen.«
Er lächelte.
Dann fuhr er fort und lächelte dabei immer fröhlicher: »Aber was wird die Gesellschaft Jesu dazu sagen, die sich schon so auf deine Millionen gefreut hat?«

Henry erwiderte das fröhliche Lächeln nicht. Er steckte wieder einmal den allzu seriösen Kopf auf, der immer etwas ungewollt Komisches hatte. Und er sprach: »Ich brauche keine alleinseligmachende Kirche mehr, und das Wort Bertas steht für mich über dem Wort Gottes. – Das ist Sünde. Mein katholisches Herz weiß es. Und ich werde es vor meinem geistlichen Freunde nicht verantworten können. Aber ich verantworte es vor mir und fühle mich stark genug dazu, solange ich der Gnadengüter Bertas sicher sein kann. Ich opfere ihnen viel, denn es war auch Heimweh, das mich antrieb, in den Schoß der alleinigen Kirche zurückkehren zu wollen. Die Zeit wird kommen, da Berta dies versteht. Erst dann wird sie mich ganz verstehen.«

Karl und Berta wechselten Blicke.

»Oh, ich weiß,« sagte Karl, »du hast ein großes Geheimnis in dir. Deinem geistlichen Freunde hast du es sicherlich vertraut. Warum nicht auch deiner . . . warum nicht Berta?«

»Meinem Seelenrate brauchte ich es eigentlich nur zu bestätigen. Er, der um so viele hohe Geheimnisse weiß, schien auch das meine bereits zu kennen. Es war fast mehr, als bestätigte er es mir. Nun, ich begreife das, obwohl es fast unbegreiflich erscheinen konnte. Aber Berta darf es erst im Augenblicke unserer völligen Vereinigung erfahren«, antwortete Henry. »Ich bitte, das nicht als Mißtrauen aufzufassen. Ich halte mich mit Gewalt zurück, weil erst noch in mir selbst sich manches klären muß. Auch will ich, obwohl es gegen gewisse Gebote verstößt, die mit meinem Geheimnis zusammenhängen, einige Nachforschungen anstellen. Zu diesem Zwecke werde ich nach München reisen. Hoffentlich begleitest du mich auch weiterhin.«

– »Gewiß. Wenn dir daran liegt. Obwohl du ja jetzt keinen Mentor mehr brauchst.«

– »Du bist mir jetzt mehr als dies. – Die Gesellschaft Jesu sollte meine Familie sein. Ich habe sie aufgegeben zugunsten einer Familie, die ich mir selbst gründen will. Außer Berta gehörst nur du zu ihr, denn von euren Eltern trennt mich eine Welt.«

»Sie gehören auch in der Tat nicht zur Familie,« sagte Karl in einem Tone, bei dem nur ganz wenig Ironie mitklang. »Übrigens fragt es sich auch noch, ob sie einwilligen werden, da du offenbar innerlich schon ganz katholisch bist,

selbst den Fall angenommen, daß du nicht bereits heimlich in den Schoß der alleinseligmachenden Kirche zurückgekehrt bist.« Darin war schon deutlichere Ironie.
Aber Henry spürte sie nicht. Er sagte: »Ich bin noch nicht übergetreten, und ich werde es nun auch kaum mehr tun. Meine Madonna steht dort. Aber im Herzen werde ich immer Katholik sein – ob auch ein ausgestoßener. Die Einwilligung der Eltern brauchen wir nicht, sobald es so weit ist. Und ich denke, auch Berta wird nicht darunter leiden.«
»Gewiß nicht«, sagte Berta ruhig.
Aber Karl bemerkte: »Einige kleine Unannehmlichkeiten wird es doch zur Folge haben. Z. B. Enterbung.«
»So wirst du ihren Teil miterhalten,« entschied Henry gleichmütig, »und Berta wird ja nicht darauf angewiesen sein.«
Er machte eine nachdenkliche Pause. Dann fuhr er fort: »Das Schicksal, dessen Walten ich mehr und mehr als etwas Deutliches und durchaus nicht Zufälliges spüre und empfinde, hat auch diesmal nicht unterlassen, sich mir anzuzeigen. Für morgen hatte ich einen Notar bestellt, um ein Testament zugunsten der Societas Jesu aufzusetzen für den Fall, daß ich vor meiner Aufnahme in diesen mächtigsten Bund der Christenheit sterben sollte. Ich werde nun statt ihrer Berta zu meiner Universalerbin einsetzen.«
In diesem Momente empfanden und spürten auch Karl und Berta das Walten des Schicksals als etwas Deutliches und durchaus nicht Zufälliges.
– Jo triumphe! dachte sich Karl und war schon dabei, sich die Hände zu reiben, wie er es unter dem Einflusse besonders angenehmer Empfindungen zu tun pflegte, als es ihm noch rechtzeitig zum Bewußtsein kam, daß diese Zufriedenheitsäußerung sich in diesem Augenblicke nicht empfehle.
Berta lächelte bloß, und das nahm sich so anmutig aus, daß man den nicht ganz liebenswürdigen Triumph in diesem Lächeln wohl übersehen konnte.
Henry aber fühlte sich sehr erhaben als ein vom Schicksal in seinen Entschlüssen wieder einmal sichtbarlich Geleiteter.

Henry Felix Hauart war sehr glücklich.
Nur vor dem nächsten Tage fürchtete er sich etwas, denn

er mußte Pater Cassian davon Mitteilung machen, daß die wichtigste Stelle in seinem Testamente eine wesentlich andere Fassung zu erhalten bestimmt sei.
Aber auch bei dieser Unterredung verließ den Pater sein elegant mildes und weltmännisch erfahrenes Lächeln nicht. Es schien fast, als sei er vorbereitet auf diese Überraschung.
»Ich hätte vielleicht Ursache, Sie zu tadeln, mein Sohn,« sagte er, »oder Anlaß und, gewissermaßen, Pflicht, Sie abzumahnen von einem Schritte, der Sie aus den Gebreiten der Ruhe und des Friedens in ein Land des Trubels und der Gefahren führt. Indessen, ich tue es nicht. Wir Jesuiten kennen nicht bloß, wie andere Ordensgeistliche, die höchste Wahrheit und ihre Gesetze, sondern auch die Welt und das menschliche Herz, denen beiden nach unerforschlicher Fügung so leicht die Wahrheit und ihr Gesetz abhanden kommt. Wir heißen dies nicht gut, denn es ist böse, aber wir sperren uns nicht heftig dagegen, sondern wir lassen, Fälle ausgenommen, wo intensiver Widerstand innere Notwendigkeit ist, der Welt ihren Lauf. Denn wir wissen: Im allgemeinen und schließlich kehrt sie sich nicht gegen Gott. Sie ist nur zuweilen verwirrt und taumelt. Dem Bösen ist bis zu einem gewissen Grade Macht gegeben über sie. Von wem anders aber, als von Gott? Auch das Gift ist von ihm. Aber jedes Gift kann auch Heilmittel sein. – Sie, mein Sohn, sind von denen, die erst den Kelch leeren müssen, um an der hefigen Neige zu erkennen, daß Sie Gift getrunken haben. Ich hätte Sie gern davor bewahrt gesehen, denn ich kenne die ganze Tiefe der Gefahr, in die Sie sich begeben wollen, und weiß auch, was alles in den Augen glimmt, die Sie dorthinunter locken, und das tut mir weh, denn Sie haben ein katholisches Herz. Aber ich weiß auch, daß ein solches Herz nicht im Rausche verloren gehen kann. Sie kommen später, aber Sie kommen zu uns. Es kann nicht anders sein. Merken Sie sich das wohl! Vergessen Sie es nie! Lesen Sie täglich in den Büchern, die ich Ihnen gegeben habe. Nachts, ehe Sie sich zur Ruhe legen, unterlassen Sie das ja nicht, sollen Sie zu diesen Büchern greifen, wie zu etwas Geweihtem. Drücken Sie diese Bücher mit geschlossenen Augen an Ihre bloße Brust und sagen Sie laut zu sich selber: Mein Jesus, Barmherzigkeit! Diese Berührung wird es verhindern, daß der Böse auch in die letzte

Tiefe Ihres katholischen Herzens dringt, und diese abendlichen Worte werden sich gleich unsichtbaren Gliedern einer Kreuzeskette aneinanderfügen, die Sie eines Tages leise aber wunderbar mächtig doch dorthin führt, wo allein Reinheit und Ruhe, Klarheit und Frieden ist: Gottes Wollust. Und vergessen Sie auch unseren Brentano nicht! Sie, der Sie selbst ein Dichter sind und gerade darum ein Irrender, aber ein schließlich zu Gott Irrender, Sie werden in seinem Schicksale mehr und mehr das Ihre erkennen, wenn Sie nur im Gelärme des Tages immer wieder seine tiefen Glockentöne in sich nachhallen lassen, die vielleicht auch er nur finden konnte, weil er sich so tief verstricken ließ:

O Stern und Blume, Geist und Kleid,
Lieb, Leid und Zeit und Ewigkeit!«

Der so merkwürdig auch über Bertas Augen orientierte Pater Cassian verstand sich auf Amulettwirkungen.

Bestätigungen

Man blieb, solange es Berta gestattet war, von Hamburg wegzubleiben, noch in Wien, dessen Reiz Henry erst jetzt, an der Seite seiner schönen Braut, aufging.
Es waren ein paar sehr genußreiche Wochen für ihn, aber eine höchst qualvolle Zeit für Karl. – Dem war die Kaiserstadt an der Donau überhaupt zuwider. Er fand sie salopp, halb slawisch, halb orientalisch, und ärgerte sich fortwährend über die allgemein betonte Gemütlichkeit. Es war für ihn eine Stadt der Volkssänger, Zahlkellner und Fiakerkutscher, und er behauptete, auch die Wiener Aristokratie umfasse nur diese drei Typen in mehr oder weniger eleganter Aufmachung. Aber auch die wienerische Art von Eleganz war ihm widerlich. Er ließ überhaupt nur noch London gelten und meinte, außer England käme für einen Kulturmenschen jetzt wohl bloß noch Italien in Betracht. Dorthin ging jetzt seine ganze Sehnsucht, und er war glücklich, Henry überredet zu haben, daß sie von München aus nach diesem Lande reisen wollten.
Wenn die Geschwister allein waren, schäumte eine ungezügelte Wut aus ihm empor.

»Leugne es nicht,« rief er dann wohl aus, »du findest Gefallen an diesem Tier. Du, wie alle Weiber. Ich werde nicht eher Ruhe, Gleichgewicht und Geschmack am Leben finden, bis er ausgerottet ist. Steht er neben dir in seiner unverschämten Art, sich dir fast anzukleben, so ist mir, als wenn ich eine Rose sehe, an der eine Blattlaus sitzt. Es macht mich noch rasend, und ich sinne Tag und Nacht darüber nach, wie ich ihn beseitigen kann, wenn er sich nicht selbst beseitigt. – Aber ich bin feig. Ich fühle es. Und er hat eine Konstitution, die allen Ausschweifungen gewachsen ist. Hilf mir doch! Du bist mutiger! Tu nicht, als ob alles schon geschehen wäre. Wir haben nur den Grund gelegt. Jetzt gilt es, das Gebäude zu errichten für uns.«

»Was könnte ich jetzt tun?« meinte dann Berta. »Der Himmel weiß, daß ich ihm jedes Gift zu geben imstande wäre, daß ich ihn kaltblütig umbringen könnte, gleichviel, auf welche Manier. Aber das wäre doch jetzt Wahnsinn. Wir müssen warten, Karl – vielleicht bis zu unserer . . .«

– »Sprich das Wort nicht aus! Dieser Tag wird nie kommen, oder es ist mein letzter Tag. Es ist entsetzlich, daß du an diese Möglichkeit denken kannst. – Ah, wie ekelhaft!«

Es schüttelte ihn.

Berta litt unter seinen Qualen, und doch konnte sie es sich nicht verhehlen, daß das, was ihm als Scheußlichstes, Ekelhaftestes erschien, sie zuweilen wie etwas dunkel Wonnevolles bedrängte.

Sie war sehr froh, als der Tag gekommen war, da sie sich verabschieden mußte.

An demselben Tage reisten die beiden nach München.

Hier entwand sich Henry den Händen Karls ganz. Denn, wenn es auch zu seinen Einbildungen eigentlich nicht stimmte: hier fühlte er sich zu Hause.

So manches sich auch verändert hatte: ihm erschien alles vertraut, bekannt.

Freilich, die alte Hauartsche Villa stand nicht mehr. Der Garten war parzelliert, und neue Häuser waren bis zur Straßenfront vorgerückt. Nicht einmal das schöne schmiedeeiserne Gitter war mehr da, aber die Bäume da hinten, jetzt

leise herbstlich angegilbt, das waren seine Bäume, die Bäume, zwischen denen er die Pferde getummelt hatte.
Dort hinten hatte sein Haus gestanden, das Haus mit dem Säulenvorbau und der großen Glastüre. Wie oft war er sporenklirrend die drei Stufen hinaufgeschritten und in das Vestibül hinein mit dem großen Jupiterkopf. Dort die Bibliothek, da Mamas Klavierzimmer ... Nein! Genug der Erinnerungen! Es war doch noch nicht die rechte Heimat.
Er erkundigte sich nach der Adresse des Malers, der Papas bester Freund gewesen war, und an den er sich selbst noch recht wohl erinnern konnte.
Ah, der war so berühmt geworden, daß ihn jedes Kind kannte, – berühmt und reich. Er wohnte in einem kleinen Palaste und lebte wie ein Fürst. Man kam nicht ohne weiteres zu ihm, wenn man nicht selbst einen berühmten Namen oder sehr viel Geld hatte.
Aber Henry wurde auf seine Karte hin sofort vorgelassen, und der Meister kam ihm schon auf der Treppe entgegen, obwohl er gerade eine Prinzessin malte.
– »Ja, der Henfel! Grüß di Gott, Bursch! Du bist ja hier halbeter daheim! Da, die Truhe, dort der Schrank ist ja vom alten Herrn! Und noch allerhand, was du wieder erkennen wirst. Setz di hier nebenan nieder. Ich schick die Prinzeß heim. Is eh grausli gnua. Glei bin i wieder zruck! Dann hol i di in mei Atelier, und du mußt mir erzählen!«
Er war etwas glatzköpfig und im Bart grau geworden, sah aber sonst gar nicht nach dem aus, als was man ihn bezeichnete: »Der Führer der Alten.« Zumal Augen und Mund waren voll des jugendlichsten Lebens.
In dem prachtvollen Atelier hingen neben seinen eigenen Werken prachtvolle alte Meisterstücke.
– »Gelt, da schaugst! Ich hab das grad jetzt hier zsammghängt, daß i mal zeig, was für a Patzer ich bin. Aber ... wart mal ... Richtig! Das da hinten ghört ja dir! Der Adam und die Eva! Das hat noch dei alter Herr bstellt, und ich habs dir aufghobn. Schade, daß es der alte Herr nimmer hat zsehn kriegt. Und du bist am End einer von die jungen Spatzn, die bloß grünen Spinat mögen und alte Spitalleit? Na, sags nur grad her! Mir tuts nix.«
Aber Henry war noch ganz unberührt von dem Streite der Maler, der damals in München am heftigsten tobte, und

übrigens konnte gerade er von Natur keinen Sinn für Armeleutmalerei haben.
Trotzdem gefiel er dem Meister nicht sonderlich.
– Das also war aus dem Sohne der schönen Sara geworden? Das aus dem Felix Schirmer, der ihm in Waldhosen Modell gestanden hatte? So ein steifleinerner junger Manieren-Gentleman mit gesetzten leeren Worten voll nachhallender Selbstgefälligkeit? – Aber richtig, – ja: die verruckte Erziehung damals! »Ausnahmemensch«. »Herrennatur«. Da legst di nieder! – Und dann, freilich, die Nachstriegelung durch den Pfaffenkommerz aus Hamburg. Und schließlich: das viele Geld in so jungen Jahren ...
Der Meister sah den Ausnahmemenschen aufmerksam durch seine großen runden Brillengläser an.
Das war für Henry nicht ganz angenehm. Diese Blicke drangen unangenehm tief und waren auf einmal ganz hart und kalt geworden. Auch Ton und Inhalt der Worte des Meisters verloren jetzt merklich an Wärme und Gemütlichkeit. Er nannte ihn auf einmal Sie und fragte kurzweg, was ihn zu ihm geführt habe.
Henry, der wohl spürte, daß er nicht gut abgeschnitten hatte, antwortete, wie immer, wenn er ablehnende Überlegenheit gewahr wurde, hochnäsig formell, und zwar sagte er, er wolle sich von ihm malen lassen.
Er war nicht wenig verblüfft, wie kurzweg die Antwort erfolgte: »Da wird nix draus. Ich hab andre Gsichter zu maln. Und wenn ich schon manchmal junge Herren malen muß, die mich net grad interessiern, so müssens sie halt schon a Kron aufhabn oder zuwenigst an silbernen Helm.«
Henry wollte sich beleidigt erheben, aber es fiel ihm ein, daß er ja eigentlich wegen einer anderen Angelegenheit hergekommen war, und er antwortete in pikiertem Tone: »Aber Sie erlauben mir vielleicht, eine Frage an Sie zu richten, die meine Familie und Herkunft angeht. Mein Pflegevater hat mir in einem Nachlaßbriefe eröffnet, daß ich nicht sein rechter Sohn sei. Da Sie ein naher Freund meines Pflegevaters waren, können Sie mir vielleicht Aufschluß darüber geben, wer dann meine Eltern waren.«
Der Meister lauschte auf und sah Henry nochmals durchdringend an.
Dann sagte er: »Ich hab Ihnen nix zu sagn, was Ihnen

der alte Herr Hauart net selber zu sagn für gut befunden hat.«
– »Er hat mir hinterlassen, daß es ein Geheimnis sei.«
– »Wird schon so sein.«
– »Aber – Sie – kennen es?«
– »I glaub schon.«
– »Können Sie mir nicht wenigstens sagen, in welcher Richtung ich nachzuforschen hätte?«
Da blickte sich der Meister im Atelier um, und Henry folgte seinen Blicken.
Da . . .! Henry sprang auf und lief zu einem Bilde, das, halb mit einem orientalischen Stoffe verhangen, auf einer Staffelei stand, –: »Die Frau!«
– »Wer ist das!?«
– »Ihre Majestät die Königin von Saba!«
– »Ich meine: wer war, wo ist das Modell?«
– »Eine Dame auf Reisen.«
– »Ich kenne die Dame!«
– »Das glaub ich.«
– »Wieso?«
Der Meister nickte mit dem Kopfe. – Das sah Sara ähnlich. Sie hatte den Jungen also aufgesucht, aber ihm nichts verraten.
Henry drängte weiter: »Warum glauben Sie, daß ich die Dame kenne?«
– »Je! Weil sie Sie kennt.«
– »Wer ist sie!«
– »Wenn sies Ihnen net gsagt hat, brauch ichs Ihnen wohl auch net zsagn.«
– »Steht sie . . . in Verbindung mit mir?«
– »Das müssen doch Sie wissen.«
– »Ich meine, . . . in einer geheimnisvollen Verbindung.«
– »Ich finde nix Geheimnisvolles dabei.« Der Meister lächelte.
– »Aber warum interessiert sie sich dann für mich?«
– »Sie wird halt einen Grund dazu habn.«
– »Nennen Sie mir den Grund!«
– »Fallt mir net ein.«
Henry schwieg und biß sich auf die Lippen. Es war wieder einmal alles in ihm aufgewühlt. Dann sah er sich im Atelier um.

Da hingen neben den Bildnissen berühmter Dichter, Gelehrten, Künstler die Porträts von Prinzen, Königen, Kaisern.
»Sie malen häufig gekrönte Häupter?« fragte er.
»Wenns sein muß, ja,« antwortete der Meister.
– »Hängt die Dame mit solchen zusammen?«
– »Aber ich bitt Sie: wie wird die Königin von Saba net mit gekrönten Häuptern zusammenhängen.«
– »Ich meine natürlich: persönlich.«
– »Kann schon sein.«
Der Meister lächelte wieder.
Henry fand, daß dieses Lächeln geheimnisvoll und voller Andeutungen war.
Er wußte genug, wußte wenigstens alles, was er hier erfahren konnte. Im wesentlichen wurden seine Vermutungen ja bestätigt.
Aber richtig, noch eins: »Sind meine ersten Pflegeeltern noch am Leben?«
– »Der alte Schirmer lebt noch. Die Frau ist tot.«
– »Ich möchte ihn aufsuchen.«
– »Es wird ihm eine große Ehre sein.«
– »Wie heißt doch gleich der Ort?«
Der Meister nannte ihn.
Henry empfahl sich.

Er war noch nicht eine Stunde im Hotel, als das Bild Adam und Eva ankam, auf dem in noch frischer Farbe die Worte zu lesen waren: »Das ungekrönte Elternpaar.«
Henrys agile und jetzt wieder aufs wildeste aufgeregte Phantasie sah darin eine Andeutung, daß er außerdem noch ein gekröntes besaß.
– Oh, jetzt war ja alles so klar, wie es nur überhaupt sein konnte. Freilich auch das, daß das Geheimnis selbst von allen, die darum wußten, aus einem zwingenden Grunde bewahrt werden mußte. Auch dieser Hofmaler, wie Henry den berühmten Meister bei sich nannte, durfte natürlich nichts verraten .... Aber wie deutlich war im Grunde alles! Auch dies, daß er ihn anfänglich geduzt und kordial behandelt hatte, dann aber plötzlich formell geworden war und Sie gesagt hatte .... Auch das war, fand Henry, ein

Beweis für seine fürstliche Herkunft und nicht Ausfluß einer abgekühlten Stimmung. Der Meister hatte sich einfach besonnen, daß er ihn nicht duzen durfte. – Selbst, daß er ihn nicht hatte malen wollen, legte sich Henrys nun wieder im besten Schusse befindliche Phantasie als Beweis aus. Natürlich! Der Meister mußte es vermeiden, auf daß nicht etwa ein legitimer Habsburger in einer Skizze Familienähnlichkeit erkennen konnte ... Vielleicht bestand sogar ein direktes Verbot ...

Henrys Gedanken wurden ganz wirbelig. Er machte sogar Karl gegenüber dunkle Andeutungen, die diesen mit den schönsten Hoffnungen erfüllten.

– »Ich muß morgen eine notwendige kleine Reise machen.«

– »Allein?«

– »Ja. In Familienangelegenheiten.«

– »Ach? Ich dachte, es gibt hier gar keine Beziehungen zu Onkel Henry mehr.«

– »Zu ihm nicht.«

– »Ja, aber, zu wem denn dann?«

– »Zu mir.«

– »Dein Geheimnis also?«

Henry lächelte: »Das liegt etwas weiter ab.«

– »Ich will nicht in dich dringen.«

– »Es klärt sich immer mehr.«

– »Ich denke, es liegt in der Ferne?«

– »Gewiß. Aber ich habe hier Mitteilungen erhalten, die Wesentliches bestätigen.«

– »Bei deinem Atelierbesuch?«

– »Ja.«

– »Ich kann es mir denken.«

– »Wieso?«

– »Die gewisse Dame.«

Henry erschrak. Wie kam Karl darauf?

– »Was veranlaßt dich, daran zu denken?«

Karl bedauerte sehr, sich verschnappt zu haben: »Es war eine bloße Kombination.«

– »Seltsam.«

– »Inwiefern?«

– »Es beweist mir, daß mein Schicksal selbst Außenstehende wie mit Ahnungen berührt.«

– »Du scheinst sehr geheimnisvolle Dinge erfahren zu haben.«

– »Das ist auch der Fall. Die Kette des Beweises schließt sich. Morgen habe ich vielleicht das letzte Glied in Händen.«
– »Und was geschieht dann?«
– »Ich werde meinen Weg mit größerer Gewißheit weitergehen.«
– »Tu das, mein Sohn, dachte sich Karl, aber mach, daß du bald ans Ziel kommst. Ich möchte den Anblick völliger Übergeschnapptheit gern bald erleben.

Henry fuhr an den Starnberger See.
Die Fahrt auf dem Seedampfer rührte nicht viel in ihm an. Eine schöne Gegend, – nun ja. – Dort die Stelle, wo König Ludwig in den See gegangen war, nicht ohne seinen Arzt mitzunehmen ... Das rief schon Erinnerungen wach –: Der »Kini« . ... Drüben die Roseninsel ... Davon hatte er als Kind vernommen. Phantastisches und Unverstandenes: Nixen im Schilf: ein Pavillon mit einer geheimnisvollen Dame, vor der der »Kini« Reißaus genommen haben sollte ... Dann Possenhofen mit der jungen Herzogin Elisabeth, die nun Kaiserin von Österreich war ... Da war er schon wieder mitten in seinen Phantasien ... Ob das nicht auch eine gewisse Bedeutung hatte, daß er gerade hier in diese Gegend gebracht worden war? ... Aber nein. Das wohl nicht. Unsinn. Es bestand doch vielmehr offenbar die Absicht, jeden Konnex zu vermeiden. – Man hatte ihn unter Bauern getan, ins Tiefste des Volkes. Ihm aber doch den Rock und den Kosaken mitgegeben. Seltsam. Und dann plötzlich weggenommen und wie einen jungen Fürsten erzogen. – War inzwischen etwas geschehen? Ja: »die Frau« war erschienen. Es war nicht bloß ein Traum gewesen! Er wußte es plötzlich, als er, sich der südlichen Spitze des Sees nähernd, über das links gelegene Ufer hinblickte. – Mit einem Male gab es ihm einen Ruck: Da, – das war ja sein Kirchturm! So, von hier aus, hatte er ihn oft genug im flachen Fischerboote gesehen! – Und nun gar die Endstation, wo er ausstieg. Da stand sie ja noch, die alte »Post«, und dort, das Haus mit der angeputzten Madonna unter einem Drahtgeflecht, die einen Reifrock anhatte und apfelrote Backen und das Jesuskind vor sich hinhielt, wie eine

Puppe: das war sein Schulhaus. Auch die alte geschnitzte Türe war noch da und die hohe Buxeinfassung des Vorgärtchens. Wie oft war er da langsam hinein und schnell heraus gelaufen!
Er blieb davor stehen, wie ein Tourist vor einer Sehenswürdigkeit.
Der junge Lehrer guckte zum Fenster heraus und wunderte sich über das Interesse des eleganten jungen Herrn an dem unscheinbaren Gebäude.
»Kann ich wohl in der Post einen Wagen bekommen?« fragte der.
»Oh, gewiß,« antwortete der Lehrer.
Und Henry ging zur Post und nahm einen Wagen.
Diese alte Wirtsstube war ihm einmal wie ein Saal vorgekommen, und in das »Herrenzimmer« drüben hatte er stets scheue Blicke der Sehnsucht gesandt.
Wie wunderlich war das alles!
Eine bunte Lithographie: »König Otto von Griechenland, in Athen einreitend« erschien ihm plötzlich so wohlvertraut, daß er jedes einzelne Gesicht darauf wiedererkannte, zumal aber den unerhört schönen Schimmel, auf dem der bayrische Hellenenkönig saß. Aber direkt bis zu Tränen rührte ihn ein Jugendbildnis der Kaiserin von Österreich als Braut, wie sie abschiednehmend durch den Park von Possenhofen ritt, die reinste Märchenprinzessin, schön wie ein Engel, ganz Hoheit, Stolz, Trauer, Anmut.
Er bot sofort hundert Mark für den Stich, der für ihn viel mehr wert war, denn es war gewiß das erste Frauenbildnis, für das er geschwärmt hatte. Das große Gemälde »Adam und Eva«, das in München an der Wand seines Hotelzimmers lehnte, bedeutete für ihn nichts dagegen. Er war sehr glücklich, die alte kunstlose Lithographie für hundertundfünfzig Mark zu erhalten.
Die Fahrt dann, am Seeufer hin, durch den alten Mühlenhof, später immer rechts den Wald und im Hintergrunde die Berge, war für ihn von traumhafter Schönheit. Oh, er hätte nicht zu fahren brauchen! Er kannte jeden kleinen Feldweg noch. Dort, in dem Tümpel, hatte er Frösche gejagt, in dem kleinen Wässerchen da hatte er stundenlang das Spiel der jungen Forellen verfolgt, hier, wo der Weg durch den Wald ging, hatte er seine erste kleine Liebste

einmal gezwungen, vor ihm niederzuknien und eine feierliche untertänige Anrede an ihn zu halten.
Er sah jedem Mädel, das etwa in seinem Alter war, groß ins Gesicht, ob er nicht eine Ähnlichkeit, eine Erinnerung fände. Aber die Erwachsenen waren ihm alle fremd. Nur die Kinder kamen ihm samt und sonders bekannt vor.
Auf einem Holzhaufen saß ein kleines Mädel, das einen kleinen Buben vor sich hatte, dem es mit den Fingern in den Haaren herumfuhr, wie mit den auf- und zuklappenden Klingen einer Schere. Dazu sprach es taktmäßig:

Ziff, zaff, gor aa,
Schneid dem Seppl d Hoor a,
Laß an Schippl vorne stehn,
Is der Seppl noch so scheen.

Henry hätte weinen können vor Entzücken. Seine ganze Kindheit stand leibhaft vor ihm da. Er sah, hörte, fühlte, roch sie.
Er konnte auf einmal wieder oberbayrisch reden.
»Mogst an Zwoaring!« sagte er zu dem Mädel.
»I scho!« antwortete das.
Und er gab ihr ein Zwanzigmarkstück: »Verliers fei net!«
»Dös is ja gar koa Zwoaring net«, sagte das Mädel, »dös is a Goldstückl.«
»Na, schiebs halt eina! Kaaf dir a scheans Feiertagsgwandl dafür«, sagte Henry.
»Gelts Gott!« sagte die Kleine, ganz verschüchtert.
»I mecht aa so ans!« heulte der Bub.
»Also geh her, Seppl!« sagte Henry und gab auch ihm eine Doppelkrone. Und schließlich nahm er die beiden mit in den Wagen, als sie ihm gesagt hatten, daß sie aus dem Dorfe wären, zu dem er wollte.
»Wem gherrscht denn?« fragte er das Mädel, das aufgeweckter schien, als der Bub.
– »Mir san die zwoa von der Sterzegger Resei, und unser Vater is der Schirmer Tonl, und mir bleibn beim Großvater.«
Henry machte große Augen. Das Schicksal! Selbst in Kleinigkeiten führte es ihn. Da hatte es ihm die zwei Sprößlinge seines Ziehbruders in den Wagen gesetzt! Wie seltsam!
Und er erkundigte sich weiter, und die kleine Kathl erzählte ihm treuherzig die ganze Schirmersche Familien-

geschichte, wie sie sich bei ihr festgesetzt hatte: daß die Großeltern so reich gewesen wären, weil sie einen Prinzen aufgezogen hätten, und daß sie die Wirtschaft aufgegeben hätten, wie die Großmutter gestorben war, und sie hätten einen Hof gekauft, den der Tonl dann übernommen hätte, weils mit dem Großvater nimmer gegangen wäre, und dem Tonl seine Mutter wäre auch schon tot gewesen damals. Aber der Tonl hätte alles durchgesoffen bis auf »a kloa winzigs« Häuserl und strabanzte in der Welt umanand, und die Mutter heiraten tät er auch nicht, »der Hallodri«, und sie wäre halt jetzt beim Großvater, weil der sich alleine gar nicht helfen könnte, denn er wäre ein halbeter Narr.

»Einen Prinzen aufgezogen.« – Also auch hier die Bestätigung.

– »Was is denn das für a Prinz gwen?«

– »Na, der Prinz Kuckuck halt.«

Und die Kleine erzählte, was der alles gehabt hatte: lauter seidene Gewänder, wie ein geistlicher Herr im Amt, und eiserne Pferde, auf denen er wirklich hätte reiten können, und dann wäre eine wunderschöne Dame einmal gekommen, die hätte eine Krone aufgehabt wie die heilige Mutter Gottes, und dann war ein feiner Herr gekommen in einem Wagen mit zwei wunderschönen Rössern und vielen, vielen Dienern, und eine Schwarze war mit dabei, a ganz a Schwarze, und auf einmal war der Prinz Kuckuck weg. Und der Großvater sagte immer, er wäre gar nicht der, der er sein sollte, sondern was ganz Hohes, und alle Leute sagten: ja, das wäre ganz gewiß wahr, und der Großvater wäre deshalb ein Narr geworden, weil das Geheimnis ihm so zusetzte, das er es gerne verraten möchte, aber doch nicht durfte, weil ihn sonst die «Großen« fürchterlich bestrafen würden.

Das war alles reichlich verwirrt, für Henry aber sehr klar.

Er ließ sich direkt zu dem Häuschen fahren, in dem der alte Schirmer mit der Mutter seiner Enkelkinder wohnte.

Die bekam einen fürchterlichen Schreck, als sie den vornehmen jungen Herrn anfahren sah, denn sie glaubte nicht anders, als daß er einer von den »Großen« wäre, die den Großvater wer weiß für was zur Verantwortung ziehen wollten.

Es war kein vernünftiges Wort aus ihr herauszubringen, und der Alte selbst erwies sich als vollkommen verblödet.

Er wiederholte das, was die Kleine erzählt hatte, nur noch

viel verwirrter und unter direkt blödsinnig phantastischen Verbrämungen und Hineinmengungen von allen fürstlichen Persönlichkeiten, deren Namen jemals über die Schwelle seines Bewußtseins getreten waran.

Aber gerade das war es eigentlich, was Henry hören wollte. Er erkannte wohl, daß der Alte irrsinnig war, aber für ihn offenbarte sich als Untergrund dieses Irrsinns die Tatsächlichkeit dessen, was er seit dem Erscheinen der Frau in Hamburg und dann seit der Lektüre des nachgelassenen Briefes geahnt, ja was er, wie er sich jetzt oft sagte, auch früher schon dunkel empfunden hatte.

Er hinterließ ein paar Hundertmarkscheine und fuhr, in tiefstes Sinnen versunken, durch die Abenddämmerung nach der Dampfschiffstation zurück.

Welch ein Schicksal! dachte er sich. Diesen Alten hat es ganz verdunkelt, und auch das Leben seines Sohnes ist dadurch zerstört worden, denn offenbar hat ihn nur das Geld verdorben. Und auch Hermann mußte in die Niederungen gestoßen werden meinetwegen, weil Papa Hauart es als höhere Pflicht erkannte, mich, den zum Reichtum Geborenen, mit seinen Reichtümern auszustatten, während die Natur ihn doch eigentlich drängen mußte, sein eigenes Fleisch und Blut zu bedenken.

Schicksal!

Am herbstlich klaren Himmel begannen die Sterne heraufzuziehen. Hinter den kleinen Fensterscheiben der Bauernstuben wurden die Lampen angezündet. Die Litanei des Rosenkranzes, ihm von hierher so vertraut, klang aus jedem Haus.

Henry schlug andächtig das Kreuz und murmelte: Mein Jesus, Barmherzigkeit!

Der gespannte Bogen

Die italienische Reise, nach einem genauen Plane Karls langsam von Stadt zu Stadt gehend, überall haltmachend, wo es für Karls gebildete Augen etwas zu sehen gab, näherte die Vettern einander nicht, sondern entfernte sie mehr und mehr und vertiefte ihren gegenseitigen Widerwillen.

Henry hatte es ja schon längst aufgegeben, sich Karl gegenüber die geringste Gêne anzutun oder aus Rücksicht auf ihn sich auch nur so anzustellen, als respektiere er in ihm etwas Besonderes. Er begann jetzt, ihn ganz einfach als Reisemarschall zu gebrauchen und auch so zu behandeln.

In jeder Stadt wiederholte sich das Gleiche. Karl durchwanderte die Galerien und Kirchen, Henry bummelte eine Weile mit, dann mokierte er sich über Karls Bemerkungen oder widersprach ihnen hochnäsig, und schließlich ließ er ihn irgendwo stehen und ging in den Straßen auf Abenteuer aus.

Obwohl er, der Verabredung gemäß, in jeder größeren Stadt einen Brief Bertas vorfand, begann er jetzt, gelangweilt durch dieses für ihn wenig interessante Hinundherreisen, sein altes Wesen wieder. Es schien, als bereise er Italien ausschließlich zu dem Zwecke, alle »casini« der verschiedenen Städte zu studieren.

Zuweilen empfing er auch berufsmäßige Ruffiane im Hotel, von denen er sich dann begleiten ließ, und es kam auch vor, daß er sich gefällige Damen ins Hotel zitierte, wobei es ihm nicht darauf ankam, Karl zu zwingen, mit ihnen an demselben Tische zu speisen.

Dieser wurde mehr und mehr von einem so wütenden Hasse ergriffen, daß er manchmal alle Verstellung aufgab und ausrief: »Ich wollte, du verblödetest ganz und gar. Ich wünsche dir alle Krankheiten an den Leib, die sich bei einem so viehischen Dasein einstellen müssen. In einem Jahre schon wird man dich in einem Rollstuhle fahren. Angenehme Aussichten für Berta!«

Henry bog sich vor Lachen. »Hast du ne Ahnung! Ich und krank werden! Das gibt es nicht. Ich gehöre zu den Auserwählten der Venus. Ich werde nur stark durch die Übung. Sicher habe ich schon hundert Weiber gehabt, die krank waren. Wie sollte das anders sein? Ich übe auch nicht die mindeste Vorsicht und suche die Gefahr geradezu auf. Denn ich weiß: mir kann nichts geschehen. Soll ich dir eine Geschichte erzählen?«

– »Bitte, nein! Ja nicht! Schweig! Es ekelt mich!«

– »Capisco! Das ewig Weibliche zieht ja dich nicht hinan. Um so mehr mich. Und ich erzähle dir die Geschichte doch. Du hast mir ja auch einmal eine erzählt, die nicht sehr lieblich anzuhören war. – Also: Es war in Venedig. Eine alte, wundervoll scheußliche Kupplerin, eine von diesen kostbaren alten Hexen, denen man es auf hundert Meter ansieht, daß sie mit lebendigem Fleische handeln, zupfte mich am Mantel und flüsterte mir was von einer bella ragazza ins Ohr. Ich spie ihr alle venezianischen Flüche ins Gesicht, die ich mir eingeprägt hatte, denn ich weiß: das macht populär und wirkt vertrauenerweckend. Aber ich folgte ihr. John natürlich zwanzig Schritte hinter uns, denn in diesen alten Palazzi, wo jetzt hinten die Huren hausen, an kleinen, lautlosen Kanälen, verschwindet man unter Umständen mit so sicherer Heimlichkeit, daß nur die kleinen ekligen Krebse davon erfahren, die auf dem Grunde der Kanäle ihre Mahlzeiten halten. – Ah, du hast keine Ahnung, welch ein Reiz darin liegt, nachts in einer fremden Stadt hinter einer unheimlichen, mit zahnlosem Munde grinsenden Kupplerin herzuziehen, einem Wesen entgegen, das man nicht kennt, aber bald aufs genaueste kennen wird, um es dann nie wieder im Leben zu erblicken. Man weiß ja ziemlich genau, was kommt. Es ist im Grunde immer das gleiche, aber es hat immer aufs neue seinen unheimlich süßen Reiz. – Abgelegene Viertel. Einsame Gassen, vor denen Weiber und Zuhälter lauern. Vorsichtiger Eintritt in einen engen Hausflur, leises Hinauftappen über knarrende Stufen: dann plötzlich eine Türe auf, und, eccolo, ein kleines Zimmer mit einem großen Bett und einem geschminkten, mehr oder weniger hübschen Frauenzimmer, das meist blöde, aber immer sehr suggestiv lächelt. – Ah, dieses Lächeln der Huren! Es ist ganz einzigartig. Es ist ebenso kindlich, wie es lasterhaft ist. Das ganze Weib liegt darin. Die ganze Natur. Die ganze Weltgeschichte. Es ist das Lächeln der nackten Lüge, die ewig wahr bleibt. Geschäftsmäßig liebenswürdig, manchmal die deutliche Larve aus bemalter Pappe, aber manchmal wundervoll echt: das untertänige Lächeln der Sklavin. Wo fände man das sonst noch? Und wo sonst fände man noch diese selbstverständliche animalische Intimität zwischen den Geschlechtern? Diese jeden Augenblick unbedingt bereite Schamlosigkeit ist hinreißend. Es ist der letzte Rest echter Natur unter den Menschen. Und, je gemeiner die Umgebung, je primitiver das Lokal ist, je gewisser man weiß, daß hinter der nächsten Tür der Louis lauert, um so reizvoller ist es.«

»Du bist ein Tier!« schäumte Karl, »du bist ein Auswurf.«
»Ich bin bloß ein richtiger und ganzer Mann,« gab Henry betont zurück. »Es ist ein wundervoller Moment, wenn man, indem man den Rock auszieht, den geladenen Revolver auf den Nachttisch legt. Nichts läßt sich mit dieser Art Aufregung vergleichen. – Und dann das Weib selbst, das dich sofort duzt, das dir augenblicklich alles . . .«
– »Schweig! Ich will das nicht hören! Es macht mir Übelkeit!«
– »Ich verstehe. Du bist ja eine Art Dame, und Damen finden das natürlich degoutant. Begreiflich. Ich verstehe das Ekelgefühl der Dame gegen die Hure vollkommen. Die Dame ist ein Produkt der Abstraktion. Ihr ist das natürlich Weibliche abstrahiert worden. Sie hat dafür allerhand andere sehr schöne Sachen bekommen, und man kann, selbstverständlich, nur mit einer Dame leben. Wobei ich zu den Damen auch die großen Kokotten rechne. – Wovon ich spreche, das ist die richtige, ordinäre Puttana, für die nur der ganze Mann, der mehr ist, als Kavalier, Sinn hat.«
– »Dein Geschwätz wird albern. Hör auf. Du bist nicht der Erste, der sich auf seine Gemeinheiten etwas einbildet. Vermutlich hältst du dich für einen Übermenschen, weil du Geschmack an den Untermenschern hast.«
»Wofür ich mich halte und halten darf, ist ein Gebiet, zu dem du keinen Zutritt hast,« entgegnete von oben herab Henry. »Die Zeit, da du mir imponiertest, ist vorbei. Auch deine Grobheiten machen keinen Eindruck mehr auf mich. Du weißt wohl, seit wann.«
Immer wieder erinnerte er ihn daran. Seitdem er Bertas sicher zu sein glaubte, mißhandelte er Karl direkt. Er verachtete ihn, obwohl er noch immer seine geistige Überlegenheit empfand und darunter litt. Er rächte sich jetzt für alle Beleidigungen, die er je von Karl erfahren hatte, und es war ihm eine große Genugtuung, daß Karl offenbar innerlich gezwungen war, bei ihm auszuharren. Manchmal hatte er direkt Lust, ihn wegzuschicken wie einen Bedienten. Aber davor scheute er doch zurück, da er wußte, wie groß Bertas Zuneigung für Karl war. Deshalb pflegte er auch immer wieder einzulenken und zuweilen den Liebenswürdigen zu spielen.

So auch diesmal.
Er fuhr fort: »Aber wozu beleidigen wir einander? Es ist uns einmal bestimmt, daß wir uns dulden müssen. Ich laß dir dein Genie. Laß du mir meine – tiefer liegenden Vorzüge. – Und nun will ich dir endlich die Geschichte erzählen, die dir beweisen soll, daß ich gegen die weniger angenehmen Gaben der Venus gefeit bin. Ich will mich ganz kurz fassen. Wir kamen an, und das Mädchen oben war entzückend. Eine von den tizianisch Roten, wie sie immer seltener werden; etwas voll, aber doch gut gewachsen. Sie hatte ein schwarzes Hemd an und war sehr zärtlich. Ich weiß nicht, wie es kam, aber ich war besonders liebenswürdig. Karessierte sie, schmeichelte ihr, gab ihr sofort, was um das Vierfache zuviel war, zwanzig Lire, und schwur ihr, daß sie die schönste Puttana von Venedig sei und ganz gewiß noch keine zwanzig Jahre alt. Und nun geschah etwas Sonderbares. Sie ließ das Hemd herunter, umschlang und küßte mich und fing auf einmal an zu weinen. Sie sei verliebt in mich, schluchzte sie, und sie möchte mir so, so gerne alles zuliebe tun, was ein Mädchen nur vermöchte, aber sie bäte mich, das Geld wiederzunehmen und fortzugehen. – »Du bist verrückt, mein Engel,« sagte ich, »du bist viel zu schön, als daß ich von dir gehen könnte, ohne dich geliebt zu haben.« – »No, no, no, no!« rief sie aus und flüchtete sich in einen Winkel und heulte fürchterlich. – Ich wurde ärgerlich und wollte sie zwingen. Da stieß sie mich zurück und schrie mich an: »Aber ich bin krank! Ich habe eine schlechte Krankheit! Die ganz schlimme! Wer mich berührt, wird angesteckt! Und du sollst von mir nicht krank werden. Du nicht! Du nicht!« – Ich will es dir gestehen: im ersten Moment erschrak ich und gedachte, ihr zwar das Geld zu lassen, aber fortzugehen. Aber es war nur ein Moment. Dann nahm ich sie her, wie sie sich auch sträubte, und zwang sie. Sie war ganz entsetzt und verfluchte ihr Schicksal, und auch ein weiteres Zwanziglirestück beruhigte sie nicht. Sie wühlte ihren Kopf in die Kissen und heulte, daß ich es noch auf der Treppe hörte. – Nun: seitdem sind zwei Monate verstrichen, und ich bin noch genau so gesund, wie vor meinem Besuche bei der armen Fiammetta, die ganz gewiß wirklich krank war, denn sonst hätte sie mir das Geld nicht zurückgeben wollen.

– Du siehst also, mein Lieber, ich bin in Drachenblut getaucht, und die vergifteten Pfeile Amors können mir nichts anhaben. Deine Hoffnung auf den Rollstuhl wird sich nicht verwirklichen, und ich kann dir auch die bestimmte Versicherung geben, daß mein Gehirn unter den Strapazen der Liebe nicht leiden wird. Ich bin für diese Genüsse geboren, wie du für andere. Ja, ich habe die Bemerkung gemacht, daß ich immer nur Dummheiten mache, wenn ich enthaltsam bin. Der ›Morgenstern‹ z. B. war bloß eine Folge unangebrachter erotischer Abstinenz. Desgleichen mein Plan, Jesuit zu werden. Schon auf dem Gymnasium wurde ich erst dann ein leidlich guter Schüler, als ich mein Haupttalent entdeckt hatte.«

Die Tatsachen widersprachen dieser Meinung nicht. In demselben Maße, wie Karl körperlich verfiel, blässer und blässer wurde, nervös bis zum Unerträglichen, in demselben Maße schien Henry an körperlicher Gesundheit und Frische des Geistes zuzunehmen.

Er war jetzt ein stattlicher, kräftiger junger Mann von federnden Bewegungen, blitzenden Augen und mit einem Zuge von fröhlicher Entschlossenheit um die schwarz überbarteten Lippen.

Nur in der Kirche dämpfte er diesen Ausdruck zu einer Art ergebener Demut herab. Er besuchte sie nicht der Kunstwerke halber, sondern er ging zu den Hochämtern, wobei er sich ganz wie ein richtiger Katholik benahm, die Finger mit Weihwasser benetzte, das Kreuz schlug, das Knie bog und betete.

In Rom, wo sie sich über zwei Monate aufhielten, verfiel er einer großen Kurtisane, die sich für die Tochter eines Kardinals ausgab und unter dem Namen einer Marchesa ein großes Haus führte, das in der Tat nur von höheren Geistlichen und Angehörigen der päpstlichen Aristokratie besucht wurde. Es ging dort äußerlich sehr honett, ja fast feierlich zu, und alles hatte eine Art vatikanischen Stils. Die Dame, von Geburt eine deutsche Jüdin aus gutem Hause, natürlich getauft und streng klerikal gesinnt, war weit älter als Henry, aber von höchst stattlicher Erscheinung und einer imposanten Schönheit, die durchaus als römisch gelten konnte. Sie war in ihrer Jugend die Geliebte eines hohen päpstlichen Würdenträgers gewesen, von

dem sie eine, wie es hieß, wunderschöne Tochter besaß, die in einem streng katholischen Pensionat erzogen wurde und mit der Mutter in den Ferien nur auf einem Landsitze zusammentraf, wo die besondere Art der Stellung der Marchesa innerhalb der klerikalen Welt nicht bekannt war.
Zu dieser Dame hatte Henry sofort eine starke Neigung gefaßt. Sie erinnerte ihn an »Die Frau«. Und die Marchesa hatte seine Neigung fast auf der Stelle erwidert.
Es wurde ein merkwürdig inniges, dabei von beiden Seiten sehr hitziges Liebesverhältnis.
Die Marchesa fühlte, daß dies ihre letzte wirkliche Liebe sei, und Henry hatte ein himmlisches Gefühl von Geborgenheit und verliebter Bemutterung.
Seine katholischen Neigungen taten das übrige.
Das älteste Parfüm der Welt: Weihrauch, mischte sich mit den modernsten Erzeugnissen von Roger et Gallet.
Da Henry nicht im mindesten daran zweifelte, daß seine Marchesa wirklich das war, als was man sie in ihren Kreisen, gläubig oder nicht, wie nach einem allgemeinen Übereinkommen gelten ließ: die Tochter eines Kardinals aus hochberühmtem, altem Fürstenhause, so hielt er ihr gegenüber auch mit seinem Geheimnis nicht völlig zurück und deutete es wenigstens an, welcher Art das fürstliche Blut sei, das in seinen Adern flösse. Die Marchesa aber war darüber nicht im mindesten erstaunt und ging ohne weiteres darauf ein als auf etwas, das sie von Anfang an geahnt habe, und wovon sie fest überzeugt sei.
Dieser Umstand kettete ihn noch fester an sie, und er hätte seinen Aufenthalt in Rom bis ins Unendliche ausdehnen mögen.
Aber es trat etwas sehr Fatales ein, das ihn aus den Armen der Marchesa und aus Rom vertrieb.
Die Marchesa mußte, ihre Tochter zu sehen, auf ihr Landgut reisen. Aber sie war kaum zwei Tage fort, als ein Expreßbrief, voll der glühendsten Worte, eintraf, er möge sogleich nachkommen, sie könne ohne ihn nicht leben. Sie werde ihn als einen jungen Verwandten des fürtslichen Hauses, aus dem sie stammte, und das in Deutschland ansässig war, vorstellen.
Henry reiste sogleich ab. Auch ihm war die Trennung sehr schmerzlich, und er wußte ohne seine mütterliche Geliebte

in Rom durchaus nichts anzufangen, denn es war für ihn eine Stadt, wie jede andere, und sofort eine unangenehme Stadt, wenn er auf den Umgang mit Karl angewiesen war, der hier wie ein Wahnsinniger lateinische Elegien schrieb und den ganzen Tag laut und verzückt skandierte.
Die beiden Vettern waren sich bereits fürchterlich in die Haare geraten, da Henry sich über Karls lateinische Poesien lustig gemacht und der ihm entgegengerufen hatte, daß er mit von vatikanischen Würdenträgern abgelegten Kokotten verkehrte.
So war Henry also glücklich, reisen zu können, und er war ganz voll von Sehnsucht nach seiner Marchesa.
Als er aber Bianca, die sechzehnjährige Tochter, sah, war es, als hätte ihn der Blitz getroffen.
Er flammte in einer fast verrückten Leidenschaft für das wunderbar schöne Mädchen auf, neben dem ihm die Mutter plötzlich wie eine abgelebte Matrone erschien.
Sie war fast noch ein Kind, aber unter der halb nonnenhaften Tracht zeigten sich die knospend-schwellenden Formen der Jungfrau.
Ein Antlitz wie dieses hatte Henry noch nicht geträumt, geschweige denn gesehen. Es war von einer weichen, noch halb kindlichen Rundung, von der wunderbaren Blässe der Brünetten, die etwas vom Hauche der Teerose hat, und alles an ihr war untadeliges Ebenmaß, aber ohne jede Strenge: ganz Anmut und Lieblichkeit. Das Schönste aus der jüdischen und aus der romanischen Rasse hatte sich hier zu einer vollendeten Bildung vereinigt. Aber das Hinreißendste, das, was einen reinen Betrachter in die Knie zwang, einen Begehrlichen verrückt machen konnte, war ein unbeschreiblicher Ausdruck von Unschuld und Zutraulichkeit.
In Henry kämpfte beides: eine Art Andacht, wie er sie einmal vor Berta empfunden hatte, und Begierde. Aber er war schon zu tief und ganz Lüstling geworden, als daß die Begehrlichkeit nicht die Oberhand hätte gewinnen sollen.
Er konnte die Blicke nicht von ihren Lippen verwenden. Wie voll sie waren! Wie verlockend! Wie rot, üppig, schwellend! Das waren keine Nonnenlippen zum Beten, das waren Lippen eines jungen heißblütigen Mädchens, die geküßt sein wollten. Seine Phantasie raste in ihrem An-

blicke und schweifte von ihnen weg zu Vorstellungen, die ihn außer sich brachten.

Nie in seinem Leben hatte er diese Art Begierde in sich gespürt. Zum ersten Male galt es, nicht bloß zu verführen, sondern zu erobern, zu zwingen. Das fühlte er, trotz seiner Kalkulationen. Denn er wußte wohl, wie streng das Kind erzogen wurde, und wie schwer zugänglich überhaupt junge Italienerinnen von ehrbarer Art sind.

Aber dafür würde es auch ein unerhörter Genuß sein, der höchste, den er je empfunden hatte. Ein vandalischer Triumph. Schändung einer Vestalin. Selbst das nonnenhafte Kleid stachelte ihn auf. Und als er am Abend gar vernahm, daß sie zur Nonne bestimmt sei, und als er aus ihrem eigenen Munde hörte, daß sie keine andere Sehnsucht kenne, als die, eine Braut Jesu zu werden, entbrannte er so heftig, daß er es kaum vor der Marchesa verbergen konnte.

Die folgende Nacht verbrachte er in den Armen der Mutter, die mehr noch als sonst zwischen wollüstiger und mystischer Inbrunst taumelte. Sie sprach wie eine Verzückte von ihrer Tochter, die ein Engel und eine geborene Heilige sei. Weder sie, die Mutter, noch der päpstliche Staatssekretär, der Vater, hätten einen Zwang auf sie ausgeübt. Schon als Kind habe Bianca nur mit Puppen in Nonnentracht gespielt, und sie dränge leidenschaftlich zur Einkleidung. Jetzt schon heiße sie im Kloster la Santa, und sie sei von der allgemeinsten Verehrung umgeben. Man mußte sie mit Gewalt davon zurückhalten, zuviel zu tun in Werken der Frömmigkeit. Sie, die nichts zu beichten, nichts zu büßen habe, begehre nach den schwersten Übungen der Zerknirschung. Und sei dennoch immer sanft, still, ja heiter. Die Gebete der heiligen Katharina von Siena vernahm man selbst im Schlummer von ihren Lippen. Gewiß, sie habe bereits Visionen! Oh, sie würde eine wirkliche Heilige werden! Noch in diesem Jahre würde die Einkleidung vor sich gehen. Alles, was ein junges Mädchenherz sonst an unbewußter Liebessehnsucht empfinde (wie sie, die Mutter, es schon seit ihrem vierzehnten Jahre empfunden habe), richte sich bei ihr auf Jesus. »Du mein Geliebter!« rede sie ihn im Gebet an, »der du bald mein Bräutigam sein wirst; deine Blicke küssen mich bis ins Blut, und ich bin so glücklich, daß du auf meinem Busen ruhst, wenn ich schlafe.

Deine Arme sind hart, aber dein offenes Herz, von dem das Blut rinnt, ist weich und zärtlich. Du liebst mich mit deinen blassen Lippen, und auf deiner weißen Stirne steht geschrieben: Bianca!«

»So hörte ich sie kürzlich beten,« sprach die Marchesa, und: »als ich sie fragte: Aber Kind, wenn du nun einmal einen Mann kennen lernen solltest?! Da sprang sie auf und hauchte, daß es viel mehr war, als ein Schrei: ›Nie! Nie!‹ – Ich habe eine Heilige geboren, Henry; mir ist eine ungeheure Gnade widerfahren. Gott selbst hat mir bewiesen, daß alle meine Sünden vergeben sind, ja, daß ich sündigen darf mit diesem Blute, aus dem eine Heilige geboren ist. Komm! Komm! Küsse mich! Nimm mich fest! Mehr noch! Mehr! Oh! Oh! Gott ist mir gnädig! Gott ist mir gnädig!«

Aber Henrys Liebkosungen und Umarmungen galten jetzt nicht ihr. In seinen aufgewühlten Sinnen, in seiner Wollust war »die Nonne«. Er sah ihre nackten, jungen, kleinen Brüste, mit denen das silberne Kruzifix auf und nieder ging, er sah ihre braunen Augen, die in der Verzückung des Gebetes wie in Wollust verschwammen, er sah ihre kindlich runden Arme, die die Knie des Gekreuzigten umklammerten, und er wurde der Begierde nicht Herr, diese seelische Inbrunst in eine sinnliche zu verkehren, von diesen Lippen die Seufzer des Gebetes zu verjagen durch das Stöhnen der Lust.

Er fühlte, wie nur ein grundkatholisches Herz dies fühlen kann, wie ungeheuerlich sündhaft diese Begierde war, aber er empfand sie darum nur um so mächtiger. Er hatte das Gefühl, vom Teufel selbst besessen zu sein, und stöhnte ein Mal über das andere: Mein Jesus, Barmherzigkeit! Aber dieser dämonische Widerstreit verzückte ihn und vertiefte die Wut seiner Begierde.

Am Abend des nächsten Tages, als die Dämmerung schon zur Dunkelheit geworden war, schlich er sich hinter Bianca in die Kapelle. Die ewige Lampe warf einen schwachen rötlichen Schein über die zopfigen, vergoldeten Ornamente des kleinen, ganz in Gold und Weiß gehaltenen Raumes, in dem nur die Altarbilder dunkle, farbige Flächen bildeten.

Bianca kniete auf dem bloßen Boden vor der Stufe zum Hauptaltar nieder, bekreuzigte sich langsam, hob Arme und Haupt empor und legte dann die Stirn auf die Stufe, mit beiden Armen weit nach vorn langend, so daß ihre Fingerspitzen die Altardecke berührten.

Sie betete halblaut, flüsternd.

Noch nie hatte Henry die wunderbare, feierliche und anmutige Schönheit der italienischen Sprache so als etwas sinnlich Wohltuendes empfunden, wie jetzt. Jedes dieser Worte war ihm wie eine reife, volle Frucht, die er genoß. Und ihr Sinn umnebelte ihn wie Weihrauch.

Er kniete links hinten und wollte gleichfalls beten, aber immer wieder kamen ihm nur die Brentanoschen Feldkreuz-Worte in den Sinn:

O Stern und Blume, Geist und Kleid,
Lieb, Leid und Zeit und Ewigkeit....

Aber Bianca betete das Gebet der Sieneserin:

»O heiliger Geist! O ewige Gottheit! Liebe! Christus! Kehr ein in mein Herz! Kehr ein in mein Herz! Zieh es zu dir, o mein Gott, zu dir, o mein Gott, durch deine Macht zieh es zu dir und erfüll es mit Güte voller Bangen! Behüte mich, ewige Liebe, vor jedem bösen Gedanken! Laß mich warm werden und erglühen in deiner süßen Liebe, warm werden und erglühen, auf daß mir all das Schwere leicht werde. O mein heiliger Vater und süßer, süßer Herr! Hilf, hilf meinem Dienste! Hilf deiner Magd, o süßer, süßer Herr! Christus! Liebe! Christus! Liebe!«

– Amore!... Amore!

Henry konnte nicht mehr an sich halten.

»Mein Jesus, Barmherzigkeit,« stöhnte es in ihm, und er stürzte sich über Bianca hin, packte sie an den Schultern, wandte sie um, kniete sich über sie und riß ihren Mund an den seinen.

Einen Augenblick blieb sie starr, dann aber schlug sie ihm beide Hände ins Gesicht, daß sich die Nägel tief eingruben, und schrie gellend fürchterlich auf.

Er taumelte, am ganzen Gesicht blutend, zurück. Sie aber schrie weiter wie eine Wahnsinnige.

Die Marchesa erschien in der Tür.

»Der!... Der!...« keuchte Bianca und wies mit dem Ausdrucke furchtbarsten Abscheus und Entsetzens auf Henry. Dann sank sie wie ein Brett um.

Henry wollte an seiner Geliebten vorbei.
Die aber packte ihn an der Brust, spie ihm ins Gesicht und kreischte: »Schurke!«
Dann rief sie: »Giovanno! Tonino! Werft diesen Hund aus dem Hofe!«
Zwei Diener kamen, packten Henry und schleppten ihn vors Gartentor.
Er war wie betäubt und mußte sich an die Mauer lehnen.
Nach einer Weile kam er zu sich. Er rüttelte sinnlos vor Wut und immer noch blutend an den Gittern des Tores und schrie: »Puttana! Puttana!«
Ein Diener, der seinen Rock, Hut und Koffer brachte, versetzte ihm, gut zwischen zwei Gittern durchzielend, einen ausgiebigen Faustschlag ins Gesicht, der zum Blutstillen nicht das geeignetste Mittel war, warf die Gegenstände über das Tor und knurrte: »Maledetto tedesco! Va al diavolo!«
Henry konnte, zerkratzt wie er war, und jetzt auch aus der Nase blutend, es nicht riskieren, einen Wagen im Gasthof des Ortes zu nehmen. Er mußte froh sein, einen Jungen zu finden, der ihm seinen Koffer trug und ihn durch die Dunkelheit zum nächsten Orte brachte, wo er zum Glück einen römischen Vetturino antraf, der ihn in einem rasenden Tempo durch die nächtige Campagna nach Rom kutschierte.
»Du siehst ja niedlich aus,« meinte Karl.
»Halts Maul!« brüllte Henry.
– »Was unterstehst du dich!«
– »Mach dich weiter, wenn dirs nicht paßt. Ich habe keine Lust mehr, Rücksichten zu nehmen.«
– »Du bist ein Plebejer!«
Henry fuhr ihm an den Hals und kreischte mit wütendem Gelächter: »Soll ich dich vielleicht verprügeln, Sprößling des fürstlichen Hauses Kraker?« Er gab ihm einen Stoß, daß Karl an die Wand taumelte. »Ich bitte mir Respekt aus! Merk dir das! Oder ich setz dich in ein Coupé dritter Klasse und schicke dich nach Hamburg.«
Karl bebte am ganzen Leibe. Seine Augen, fast ganz zugekniffen, irrten herum. Plötzlich ergriff er ein Messer und stürzte sich auf Henry.
Der entwand es ihm mit Leichtigkeit, warf es in die Ecke und rief: »Für diese Leistung darfst du sogar zweiter Klasse fahren.«

Karl lief hinaus auf die Straße.

– Das war das Ende! Jetzt mußte etwas geschehen! Dieser Hund mußte auf die Seite gebracht werden. Womöglich heute noch. Sogleich. – Aber wie? Wie? – Er lief und lief und kam in Viertel, die er in einem anderen Seelenzustande nie betreten hätte. – Phantastische, verrückte Ideen tauchten in ihm auf angesichts der hier herumstrolchenden Kerle, die zu allem fähig schienen. – Wenn man so einen Kerl gut bezahlte? Drei Zoll Eisen zwischen die Rippen, oder ein Stoß in den Tiber . . .

Karl fing an, den Kerlen forschend ins Gesicht zu sehen. Da drängte sich einer an ihn heran: »Signore! Suchen Sie ein Mädchen?«

– »Nein! Weg! weg!«

– »Dann vielleicht einen hübschen Jungen?« Es durchlief Karl.

– »Vielleicht einen jungen Kavalleristen?« Karl schwieg.

– »Ich hab auch einen Leutnant.«

– »No! No!«

– »Ah, Signore sind vielleicht mehr für geistliche Freunde? Einen Priester? Einen geweihten Priester? Ich garantiere für Echtheit.«

– »Gehen Sie fort!«

– »Aber ich sehs ja doch: der Herr ist schon ganz Flamme. Kommen Sie mit! Ich habe einen wunderhübschen Jungen. Kraushaarig, schlank, stark. Ein Apollo! Ein wahrer Apollo! Und verliebt wie ein junger Bacchus! Ganz in der Nähe, Signore! Und es ist gar keine Gefahr dabei. Nicht der Schatten einer Gefahr! Alle Engländer besuchen ihn. Lords! Herzöge! Es ist der schönste Junge von Rom!«

Und der Kerl fing an, Peppinos körperliche Vorzüge bis ins einzelne auszumalen.

Karl hatte ein schnürendes Ekelgefühl und hörte doch gierig zu.

Auf alle Fälle war eins gewiß: Auf diese Weise konnte er vergessen, sich ablenken und wieder einmal sich fühlen, einen Menschen an sich drücken, besinnungslos sich hingeben . . .

Und dann, – es kam ihm plötzlich ein Gedanke: konnte so einer nicht auch zu etwas – anderem gebraucht werden?

– »Ist er stark? Mutig?«

– »Ein Hengst, Signore! Ein Stier! Ein Löwe!«
– »Wie alt?«
– »Neunzehn.«
– »Führen Sie mich hin!«

Am nächsten Morgen war Karl wie zerschlagen und doch beruhigt. Er fühlte sich wieder. Hatte wieder Zutrauen zu sich. Und er sagte sich: Warum lebe ich nicht auf meine Weise, wie Henry auf seine? Was anders hat ihm dieses Übergewicht gegeben, als daß er sich mit allen Sinnen auslebt, während ich ganz zu Gehirn und Ästhetik geworden bin? Und hier geht das ja so leicht und ohne Gefahr ... Auch ist es wirklich nicht ausgeschlossen, daß ich unter diesen Burschen einen finde, der mir so anhänglich wird, daß er mir die Hauptsache besorgt. Sie sind ja von Natur verschlagen, und es gibt gewiß auch kühne Kerle unter ihnen. – O, mein Junge, du irrst dich, wenn du glaubst, daß du mich auf so wohlfeile Manier los wirst. Jetzt gehts aufs Messer! Das bißchen Demütigung, das ich noch auf mich nehmen muß, sollst du schwer büßen!
Aber er brauchte sich gar nicht zu demütigen.
Henry hatte es in einer schlaflosen Nacht eingesehen, daß er gerade jetzt Karl nicht entbehren konnte, wo er von Rom wegmußte und weiterreisen. Er war ja gar nicht mehr imstande, allein zu reisen, sagte er sich, und am wenigsten jetzt, wo sein Gefühl so niedergetreten, alles in ihm wie verwüstet, ein Chaos und Getümmel war.
Er steckte also Karl gegenüber den Liebenswürdigen heraus, den Schuldbewußten, den Reuevollen. Streckte ihm die Hand entgegen und sagte: »Ich bitte dich um Verzeihung, Karl. Ich habe mich scheußlich, ja niederträchtig benommen. Wüßtest du, in welchem Zustande ich mich befand, so würdest du meine sinnlose Roheit weniger hart beurteilen. Ich habe etwas sehr Schweres erlebt, etwas, das mich zwingt, heute noch von Rom abzureisen. Ich bitte dich, alles zu vergessen und mitzukommen. Ich kann nicht allein sein. Ich habe furchtbar viel verloren. Es ist unmöglich, es dir zu sagen, denn es fehlt dir an der religiösen Stimmung dazu, es zu begreifen. Du hast kein katholisches Herz wie ich. Ich schwöre dir: ich würde jetzt Katholik,

wenn ich Rom nicht verlassen müßte. Ich brauche einen Beichtvater, ich brauche Buße. – Ach, ich hätte doch Jesuit werden sollen!«

– »Und Berta?«

Karl sah ihn, so froh er über diesen Gefühlserguß war, bedenklich an. – Die Sache lag doch unangenehm tief. Man mußte bald ein Ende machen.

– »Ja, Berta. Ich halte mich nur im Gedanken an sie aufrecht. Wir wollen noch nach Neapel, nach Sorrent und dann zurück. Ich muß mein Militärjahr endlich abdienen. Villeicht werd ich Offizier. Es kann so nicht fortgehen. Ich habe Abgründe in mir entdeckt, die fürchterlich sind. Mir fehlt ein Beruf.«

– »Ach was! Wer Geld hat, braucht keinen Beruf. Heirate, und alles ist in Ordnung. Das sind Stimmungen. Die Neapolitanerinnen werden sie dir vertreiben. Du hättest dich hier nicht an eine hängen sollen. Das bekommt dir nicht.«

Henry war sehr erstaunt, Karl so vernünftig reden zu hören, und es schien von jetzt ab, als könnten sie recht wohl zusammen harmonieren.

Aber Karl hatte nicht vergessen, was geschehen war, und es ging kein Tag vorüber, an dem er sich nicht wiederholte: Noch hier, in Italien, muß es geschehen. Und bald! Bald!

Der Schuß

Neapel wirkte auf Karl wie ein Stimulans von unerhörter, tiefer, brausender Kraft. Das Museo nazionale machte seine Einbildungskraft von gewaltigen Vorstellungen strotzen. Die antike Welt lebte in ihm auf, mehr, viel mehr noch, als in Rom. Dort war seine Stimmung die eines Archäologen gewesen, der mit Geschmack betrachtet hatte, aber das moderne Leben der Hauptstadt der Unita Italia hatte ihn immer wieder aus seinen Träumen gerissen, und alles Vatikanische hatte sein norddeutsches Empfinden geärgert. Der Protestant war in ihm wach geworden. In Neapel richtete sich der Heide auf.

Denn hier genoß er nicht bloß ästhetisch und mit dem Gehirn. Per bacco: hier schrieb er keine lateinischen Distichen und Oden mehr! Hier tastete er nicht mehr bloß antike Bronzen mit den Augen ab, hier ließ er seine Glieder lebendiges Fleisch fühlen. Er frequentierte die antik hergerichteten Bäder, wo junge Badediener nackt hantierten und zu Szenen à la Petronius gerne und mit angeborener Begabung bereit waren.

Er lebte auf und kam auch körperlich zu Kräften. Sein Kinn wurde wuchtiger, sein Auge blickte heller. Was er tags im Museum gesehen hatte, ließ er nachts lebendig werden.

Alles das war hier viel echter, als in dem Londoner Lordsklub mit den maskierten Zirkusjungen und Hotelpagen. Diese neapolitanischen Lustknaben bewegten sich nackt so natürlich, als hätten sie zeit ihres Lebens keine Hose auf dem Leibe gehabt, und auch die Signori, die hier das antike Vestibulo belebten, hatten einen ganz anderen, hatten echt antiken Stil am Leibe, obwohl sie keine griechischen Gewänder trugen, sondern ganz einfach Bademäntel. Jeder von ihnen hätte mit Recht sagen können: civis romanus sum. So albern und affektiert sie in ihren modischen hohen Stehkragen und ihren schlecht anglisierenden Anzügen aussahen, so prachtvoll nahmen sie sich nackt aus, obwohl es keinem einfiel, sich einen Kranz aufs Haupt zu setzen. Auch führten sie keineswegs ästhetische Gespräche und beriefen sich zur Nobilisierung ihrer erotischen Neigungen auf berühmte Männer der Geschichte, sondern sie übten sie ganz einfach wie etwas Natürliches, Selbstverständliches aus und gingen ohne Umschweife direkt auf die Sache.

Man duzte sich allgemein, klopfte sich auf die Schenkel, bewunderte einander und ließ alle Konvention draußen in der Garderobe. Da waren junge Nobili, ein Prinz darunter, Grafen, Herzöge, aber auch ganz simple Herren aus irgendeinem Kontor oder Atelier; – gleichviel: hier galt nur der nackte Mensch. Die Kräftigen rangen miteinander, wer Talent dazu hatte, sang ein Lied, auch gepfefferte Gedichte wurden vorgetragen, und unaufhörlich brauste der Lärm neapolitanischer Unterhaltung mit wilden, heftigen Gestikulationen. Die Jungen, lauter tadellos schöne Burschen des verschiedensten Alters, vom zwölften Jahre an bis zum zwanzigsten, gingen von Schoß zu Schoß und mußten wohl auch zuweilen laszive Gruppen bilden, tanzen, sich jagen; – aber alles das war nicht Nachbildung, Komödie,

Effekt eines Studiums, sondern ganz einfach zügellose Natur. Es kam auch zu aufgeregten Szenen der Eifersucht, ja zu Prügeleien; man schimpfte und verwünschte einander mit den ungeheuerlichsten Flüchen, und es sah manchmal aus, als könne jeden Augenblick ein Totschlag vor sich gehen. Aber gleich darauf brauste wieder unendliches Gelächter durch den Raum, Küsse schnalzten, und eben noch wütend entzweite Paare wälzten sich zärtlich auf dem dünnen Teppich.

Der dicke Wirt, ein wahrer Silen mit Doppelbauch und Glatze, schleppte unausgesetzt bauchige Fiaschi und Gläser herbei, stöhnte komisch unter der Last seines Leibes und mahnte fortwährend zur Ruhe. Es ging von ihm die Rede, daß er überhaupt niemals ein Kleidungsstück anlegte und unter keinen Umständen zu bewegen war, sein Haus zu verlassen. »Ich kann keine Weiber sehen!« behauptete er; »diese Mißgeburten machen mir Übelkeit. Die ganze Stadt riecht nach ihnen. Aber diese Schwelle, beim Jupiter, hat noch kein Weibsbild betreten. Es ist das reinste Haus von ganz Neapel. Nicht einmal meine Wäsche lasse ich von Weibern waschen!«

– »Du hast ja gar keine Wäsche, edler Silen.«

– »O doch: Schnupftücher!«

– »Wo steckst du sie denn hin? Du bist doch kein Känguruh mit Taschen im Leibe?«

– »Wozu habe ich denn zwei Bäuche?«

Und richtig, er produzierte ein Taschentuch, das er in dieser Leibesfalte bei sich führte.

Selbst an diesen grotesken Dingen fand Karl Gefallen.

Es war, als ob die vollkommene, selbstverständliche Schamlosigkeit ihn bis ins Tiefste aufmunterte.

Er entwickelte sogar Humor, machte verrückte italienische Verse und tanzte auf die wunderlichste Weise Solotänze nach antiken Vasenbildern, wozu er sich ein Bocksschwänzchen umgürtete.

Dazu sein immer im Grunde doch ernstes, käsiges Gesicht mit den kleinen wasserblauen Augen und den hellblonden Haaren, – es war wirklich komisch und kein Wunder, daß diese Produktionen stets da capo verlangt wurden.

Aber im Innersten blieb ihm ein Rest von düsterer Entschlossenheit, und er unterließ es nie, Nachforschungen nach Leuten zu halten, die zu Bravodiensten zu haben wären.

»Kann man bei euch noch morden lassen?« fragte er einmal geradezu.

»Hoho!« antwortete einer, ein sehr vornehmer Herr. »Es scheint, dich geniert ein Zeitgenosse?«

»O, mich genieren fast alle,« antwortete Karl, »die Anwesenden natürlich ausgenommen. Aber ich frage bloß aus uninteressiertem Interesse.«

»Das ist ein hübsches Wort«, meinte derselbe Herr, »aber man sollte nach so was eigentlich nur fragen, wenn man bestimmte Absichten hat. Ein Mord ist eine verflucht ernsthafte Sache. In meiner Familie ist keine Generation ohne Mord vorbeigegangen. Früher war bei uns sogar der Brudermord üblich. Aber das war damals, wo man derlei noch leicht nahm. Heutzutage bekommt man dadurch ein schlechtes Renommee.«

»Aber es geschieht nicht viel seltener, als früher,« warf ein anderer ein. »Ich weiß bestimmt, daß es hier eine Art von Genossenschaft gibt, lauter Kerle, die gegen bar morden, indem sie sich in die Hände arbeiten und das Honorar untereinander teilen.«

»Es wäre sonst ja auch nicht zu verstehen, daß bei uns so viele Morde unentdeckt bleiben,« sagte ein dritter. »Im letzten Jahre sind meines Wissens acht Menschen umgebracht worden, ohne daß unsre vortreffliche Polizei die Täter erwischt hätte.«

»A was!« sagte der Wirt, »jedes Weib ist eine Giftmischerin.«

»Das ist eine kleine Übertreibung,« meinte wieder einer, »aber so viel ist gewiß, daß es Giftmischerinnen in Neapel gibt. Erinnert ihr euch an den Fall der Familie Scaraffini, wo im Laufe zweier Jahre alle Geschwister auf unbegreifliche Weise langsam hinsiechten, bis auf den Jüngsten, der dann alles erbte und nach Amerika verschwand?«

– »Na, und der alte Marchese Calozzo, der eines Tages verschwunden und nie wieder aufgefunden worden ist, bis seine junge Witwe ihn als tot erklären lassen und ihren geliebten Fiakerkutscher heiraten konnte? Damals ist ja Himmel und Hölle in Bewegung gesetzt worden, und der Pöbel hat die Marchesa öffentlich angespuckt. Aber herausgekommen ist

nichts, nichts, nichts. Den alten Herrn haben die Fische gefressen. Wer will jemanden finden, den man mit einem Mühlstein am Hals ins Meer geschmissen hat?«
»Aber natürlich wird gemordet,« meinte phlegmatisch ein etwas beleibter Advokat. »Man braucht bloß gewisse Verlassenschaftsakten und in den Mienen mancher Erben zu lesen, um darauf zu schwören, wie auf was Heiliges. Ich meinerseits zweifle auch nicht im mindesten daran, daß es berufsmäßige Mörder in Neapel gibt, und es ist mir durchaus wahrscheinlich, daß sie fest organisiert und untereinander verbunden sind. Ich habe einmal einen Mörder, und natürlich mit Erfolg, verteidigt, der nur deshalb freigesprochen werden mußte, weil alle seine Entlastungszeugen so gut im Bilde waren, wie es nur Leute sein konnten, die sich an der Sache beteiligt hatten. Das griff alles so glatt und sicher ineinander, wie die Zähne eines Rades. Es war höchst interessant.«
Karl beschloß, sich mit diesem Advokaten, der gegen klingende Münze auch zu allerhand bereit schien, anzufreunden.

Mittlerweile hatte Henry auf seine Weise, nur unter geringerer Frequenz der Museen, ein ähnliches Leben geführt, wie Karl.
Seit er Bianca gesehen hatte, war seine Begierde auf ganz junge Mädchen gerichtet, und er war bald unter allen Ruffianen Neapels als ein guter Kunde für »grüne Ware«, wie sie es nannten, bekannt geworden.
Aber er wurde dieses Lebens nicht froh.
Es war doch nie Bianca. Immer wieder richtete sich deren Gestalt vor ihm auf, und auch an die Marchesa mußte er denken und an diese wundervolle Mischung von Wollust und Zerknirschung.
Was half es ihm, daß er hier, in diesem Neapel, wo jede Nuance des Lasters zur Geltung kam, als Zuschauer satanischen Messen beiwohnen konnte, an denen, wie der Ruffiano auf das Blut des heiligen Januarius zu schwören bereit war, wirkliche Nonnen und wirkliche Mönche teilnahmen? Eine abgeschmackte Komödie! Gut genug für ferienreisende deutsche Gymnasiallehrer, die einen »Blick in die Ab-

gründe romanischer Dekadenz werfen« wollten. Eine Heiligtumsschändung gegen ein Entree von fünfzig Lire, – wie albern.
Überhaupt: alles Käufliche, – wie fad.
Es kam ein Ekelgefühl über ihn, und er sehnte sich nach Ruhe, Beschaulichkeit.
Er hatte nun einmal die Flamme der Leidenschaft in sich gespürt, und sie war niedergeschlagen worden. So wurde sein ganzes Wesen niedergeschlagen und müde.
– Berta?
– Ach! – Er empfand keine Sehnsucht nach ihr. Ihre Briefe kamen ihm kalt vor, obwohl sie Liebe beteuerten.
– Ja doch, dachte er sich, sie liebt mich, und ich liebe sie. Aber das ist für später, wenn ich mich ganz zur Ruhe setze. Der häusliche Herd. Stille Gespräche, Hand in Hand durch den Garten. Sehr schön. Gewiß. Aber . . . temperiert.
– Dagegen Bianca! Ah! Wenn ich das noch einmal fühlen könnte, dieses Besinnungslose, teuflich Wütende, Gewaltige!
– Wie sie mir die Nägel ins Fleisch grub! Wie sie mich anstarrte, als wäre ich der Satan selber! – Welche Entzückung war das!
Selbst die furchtbare Demütigung danach empfand er jetzt wie etwas wollustvolles Beseligendes.
Aber seitdem war er kein Mensch mehr, war er ein Schatten. Luzifer, gestoßen in die Finsternis, ewig verdammt zu kahler, fruchtloser Selbstverzehrung in Begierden ohne Schwung und Leidenschaft.
– »Mein Jesus, Barmherzigkeit!«

Eines Tages erklärte er kurz, Neapel verlassen zu wollen. Er habe eine Pension bei Sorrent ausfindig gemacht, wo er ganz zurückgezogen leben wolle.
Karl war außer sich.
Gerade jetzt, wo er Anknüpfungen gemacht hatte, die nach seiner Meinung zu dem ersehnten Ziele führen konnten . . . ! . .
Er machte, sich zu liebenswürdiger Heiterkeit zwingend, Einwendungen.

Aber Henry erklärte schroff: »Morgen reisen wir! Ich bin des Lärms hier müde. Ich brauche Ruhe, Sammlung, ehe ich mich wieder nach Deutschland aufmache.«
– Und ich? dachte Karl. Wer kümmert sich um das, wessen ich bedarf? – Diese Rolle ist wahrhaftig unerträglich, ganz abgesehen davon, daß der Mensch mir in Deutschland aus den Fingern gleiten muß, wenn er zum Militär geht. – Hier, in Italien, muß es geschehen. – Vielleicht finde ich auf Capri jemand.
Empfehlungen hatte er ja die allerbesten dorthin. Vater Silen hatte eine Filiale dort und behauptete überdies, die ganze Insel sei »antik«.
»Nur hat die Liebe dort ihre Einfalt verloren,« sagte er. »Es sind zu viele Deutsche da, die unsre Jungen mit ihrem Geld verderben. Und dann gibt es dort greuliche alte Engländerinnen, die sich von stämmigen Fischern ins Meer hinaus und auf kleine Inseln rudern lassen, wo dann die unglücklichen Burschen entsetzliche Aufgaben zu erfüllen haben. Es bringt ihnen ja Geld, aber sie werden zeitlebens einen Schüttelfrost nicht los. Einer hat eine mal direkt tot gemacht, aber er wurde seitdem gemieden wie ein Aussätziger und mußte nach Amerika auswandern.«
– »Halten Sie sich an meine Filiale. Sie ist zwar nicht von deutschen Malern ausgemalt, und Sie finden dort keine Kinder, die noch an der Mutter saugen, aber für den antiken Geist meiner Kapreser Jungen garantiere ich. Es sind keine verzärtelten Milchkälber, die sich deutsche Volkslieder haben eindrillen lassen. Ein Bursch zumal ist empfehlenswert; sie nennen ihn den Tiberio, weil er wie ein junger Imperatore aussieht und kühn und verwegen ist. Er ist Fischer; kommt aber jeden Abend, wenn Kundschaft da ist. Das ist ein Kerl! Ich selber war in ihn auf der Stelle verliebt, wie er einmal hier war. Wie aus Bronze ist er. Ein bißchen bäurisch und derb; er erdrosselt einen fast, wenn er einen umarmt. Aber echt! Echt! Natur! Wenn der einen gern hat, kann man von ihm verlangen, was man will. Ein wahrer Halbgott und ein Teufel dazu. Ich hab ihm zwanzig Lire für den Tag geboten, außer dem, was er von den Signori kriegt, aber der Junge braucht das Meer und kann sich von seinem Boot nicht trennen.«
Auf diesen Tiberio setzte Karl seine Hoffnungen, und sie

waren kaum in der kleinen, abgelegenen Pension bei Sorrent angelangt, als er in Henry drang, mit ihm nach Capri hinüberzufahren.

Aber Henry hatte wenig Eile. Er hatte sich in Neapel einen der kleinen zweirädrigen Kutschierwagen mit einem starken Traber gekauft, den er selber lenkte, und es machte ihm ein, wie es schien, durch nichts zu überbietendes Vergnügen, mit diesem leichten Wagen täglich die Straße zwischen Sorrent und Amalfi zu befahren. Im übrigen lag er auf der Terrasse der Etage, die er gemietet hatte, und starrte über die Orangenbäume und eine etwas weiter vorn liegende Villa weg zum Meer und zum Vesuv, der ruhig in die klare Luft qualmte.

Es war in den ersten Tagen des März und im allgemeinen herrliches Wetter. Nur manchmal gab es Wind und Regen, aber nur wie zur Erhöhung des Genusses an der gleich darauf wieder eintretenden sonnigen Klarheit, in der das südliche Meer alle seine Reize imposant und friedlich entfalten konnte. – Glanz und Klarheit, ruhige Fülle und weiter Blick. Rebenterrassen, noch etwas nackt zwar, aber groß und edel in der Linie: Pinienwipfel, wie Sinnbilder beschirmender Macht; Dachgalerien alter Villen mit weißen Statuen; im dunklen Grün des Orangenlandes weiße Blüten und frische grüne Früchte; das Meer wie ein azurner Spiegel, beglitten von bräunlichgelben Segeln; darin, wie eine Bastei aus orangenem Gemäuer, zacken- und zinkentrotzig Capri; und rechts, wie der starre Busen einer Gigantin, der Vesuv.

– Wie angenehm weit weg war hier die Welt, dachte sich Henry. Wie erfreulich, daß man dieses gräßliche, schmutzige, laute, geile Neapel nicht sah, diese Stadt des kreischenden Lebens und der gefräßigen Begierde.

Es hätte ihm vielleicht unter anderen Umständen mehr gefallen, als irgendeine Stadt der Welt, denn keine Stadt ist so bunt, wild, wüst, herrlich, grausam, wollüstig, schamlos, majestätisch, gemein und erhaben. Ein wundervoller, antik schöner Frauenkopf mit wirren, wilden Locken, die von Öl triefen, und in denen es an Läusen nicht fehlt. Breite schwere Goldringe in den Ohren, Korallen um einen statuenhaft mächtigen Hals, aber dessen Bronzefarbe hat eine Patina von Schmutz. Augen von afrikanischer Dunkel-

heit, und Schatten darunter aus Nächten voller Lust und unersättlicher Begierde. Aber Sonne, Sonne, Sonne über allem, heiß und gleißend, ein rasendes Gewitter des Lichtes. Oh, nicht die Sonne des Nordens, kein liebenswürdiges, gutes, zuweilen phlegmatisches Weib, sondern Er, Er: Helios, der wild heraufdonnernde auf dem Wagen, dessen Speichen glühen und Blitze schleudern: Luzifer, der Lichtbringer, der alle Keime aufquillen läßt in geiler Wonne, auch die Keime des Gewürms und kriechenden Übels, das im Mittage goldene Flügel bekommt, schwirrt, tanzt und sticht.
Aber nein, dies war sein Fall jetzt nicht. Bianca, die weiße, kühle; Luna über Klostermauern, die keusche, mit Flören über dem Busen, auf dem der silberne Kruzifixus schwebt. Kühle, gerade Zypressengänge, weiße Nischen dazwischen mit dem Kreuztragenden, dem Sinkenden, Gegeißelten, um den die Magdalenerin geschlossenen Mundes klagt, indessen die Sonne sich verbirgt wie ein verweintes, von Tränen entzündetes Auge.
– »Mein Jesus, Barmherzigkeit!«

Mittlerweile war Karl nach Capri hinübergefahren und hatte Tiberios Bekanntschaft gemacht.
Eine rasende Leidenschaft ergriff ihn für den jungen Burschen.
Alles Vorhergegangene, fühlte er, war nur Spiel gewesen, Vorspiel. Jetzt hatte er den Menschen kennen gelernt, der sein ganzes Sein wonnevoll erfüllte. Nun, endlich, hatte das Leben lebendigen Sinn für ihn. Er hatte ein lebendiges Ideal, er wußte einen Menschen neben sich, der seine Ergänzung war, in dem alles das leibhaft lebte, wonach seine Sinne, seine Sehnsucht drängten. Das, o gnadenvoller, großer Zeus, war der Kräftige, Kühne, Schöne und doch auch der Ergebene, Hingebende, Liebreiche: ein Halbgott, der Sklave sein konnte.
Jede Bewegung Tiberios beglückte ihn, jede Berührung von ihm machte ihn selig bis zur Verzückung. Gerade seine Derbheiten, seine bäuerische Natur, sein brausendes Lachen, seine ungestüme Art von Zärtlichkeit tat ihm wohl. Das war nicht der dressierte Lustknabe, das war der natürliche,

in sich ganz und gar ungebrochene, selbstsichere, zur Männerliebe geborene Jüngling ohne Weichlichkeit, ohne alle Flauheit und Halbheit Fühlens und Denkens. Es fehlte ihm jede Empfindung dafür, daß es etwas Peinliches, Fatales um seine Veranlagung sei. Er machte gegen niemand ein Hehl daraus, auch nicht gegen die Weiber, die er übrigens keineswegs abstieß, oder von denen er abgestoßen wurde. Die hübschesten Mädchen im Hafen waren sogar verliebt in ihn, und er konnte sie ganz gemütlich bei den Schultern packen und mit ihnen scherzen. Wenn sie aber zärtlich werden wollten, lachte er und rief aus: »Laßt mich zufrieden! Das führt zu nichts. Ich habe kein Gusto für euch Weibsleute. Ihr seid ja ein ganz nettes Volk, und man braucht euch zum Kindermachen. Aber, per Bacco, ich hab kein Talent dazu. Ihr seid mir zu rundlich, zu zart, zu ... ich weiß nicht. Wirklich: Ich weiß nicht, was es ist. Mir wird nicht wohl bei euch. Alles das, was ihr so an euch habt und womit ihr euch spreizt und was ihr so gewissermaßen auslegt, wie wir Fischer den Köder – das ist mir furchtbar gleichgültig, ja manchmal direkt unangenehm. Ich bin ein verflucht lüsterner Gesell, das muß wahr sein, aber Gott weiß, daß Weiberfleisch für mich etwas Qualliges hat. Ich bitte um Bewahrung eures gütigen Wohlwollens – aber es geht beim besten Willen nicht.«
Dann nannten sie ihn wohl ein Schwein und ein Monstrum und eine Mißgeburt und hatten tausend Ausdrücke des Ekels für ihn. Aber er lachte bloß und meinte: »Wollt ihr wohl das Maul halten, ihr dicken, quabbeligen Tintenfische? Wollt ihr euch wohl nicht unterstehen, von Dingen zu reden, von denen ihr keine Ahnung habt? Legt euch ins Bett mit euren Kerls, die nichts weiter können, als Kinder machen, und laßt mich ungeschoren. Ich schimpfe euch ja auch nicht, außer wenn ihr mich schimpft, und spotte euch nicht aus, wenn ihr mit dicken Bäuchen herumlauft, daß man heulen könnte vor Grausen, und ich habe mich noch über keine lustig gemacht, wenn sie verliebt mit dem Hintern wackelt und die Brust vorstreckt, wie eine Kropftaube, obwohl mir eure Art Verliebttun verflucht unappetitlich vorkommt. Ihr seid sehr unchristlich, ihr glucksenden Hennen ihr, daß ihr jemand schimpft, den der liebe Gott nicht zu euerm Vergnügen erschaffen hat. Denn ich

habe mich wahrhaftig nicht so gemacht, wie ich bin, obwohl ich mich durchaus nicht darüber beklage, daß ich anders gebacken bin, als die Dutzendware.«

So sprach er zu den Mädchen. Die Burschen und Männer aber, die sich über ihn mokierten, prügelte er schweigend auf eine gewaltige Art durch.

Und so kam es denn, daß er keineswegs spöttisch oder abschätzig behandelt wurde, wie es den anderen seiner Art geschah, die aber freilich auch nicht gleich ihm gute Fischer und normal umgängliche Menschen waren, sondern meist etwas weibisch Affektiertes an sich hatten.

Er gab sich auch, obwohl er Vater Silens Filiale auf Bestellung besuchte, keineswegs mit jedem ab, obwohl er für ein gutes Stück Geld nicht unempfindlich war.

Auch Karl hatte kein leichtes Spiel mit ihm gehabt. Tiberio fand ihn weibisch und schleimig, – was für ihn ungefähr das gleiche bedeutete. Aber die Leidenschaftlichkeit des jungen Deutschen und Karls Geist, der sich ihm gegenüber frisch aufmunterte, hatten ihn am Ende überwunden, und er war ihm schließlich mit Leib und Seele zugetan.

So sehr, daß Karl eines Tages die Frage wagte, ob er wohl imstande wäre, für ihn etwas Großes, Starkes auszuführen, ihn von einem Menschen zu befreien, der seinem Glücke im Wege stände.

Tiberio sagte: »Warum tust dus denn nicht selber, Carlo? Es ist doch ein Genuß, einen Feind persönlich um die Ecke zu bringen. Natürlich mit Klugheit. Denn eingesperrt werden ist häßlich.«

»Ich kann nicht,« antwortete Karl. »Er ist stärker als ich.«

Tiberio pfiff durch die Zähne: »Ja, dann ... Das muß sehr unangenehm sein. Ich kann mir etwas Gräßlicheres kaum denken, außer mit einem Weibe im Bette zu liegen, natürlich. – Hm. – Er ist dir gefährlich?«

– »Er zerstört mich langsam Tag für Tag. Es ist unmöglich, daß wir beide zusammen am Leben bleiben können. Er oder ich – es ist keine Wahl.«

– »Schick ihn mir. Ich kenne eine Grotte, die außer mir niemand weiß. – Ist er sehr stark?«

– »Du bist stärker.«

– »Va bene. Schick ihn.«

*

Schon am nächsten Tage überredete Karl Henry, nach Capri hinüberzufahren und sich von Tiberio, der ihn am Hafen erwarten werde, in die blaue Grotte rudern zu lassen. Auch kenne dieser Tiberio eine noch unbekannte, viel schönere Grotte, deren Eingang zwar gefährlich sei, die aber die blaue an Schönheit noch übertreffen solle. Henry könne sich einen Namen machen, wenn er sie, wie Kopisch früher die blaue, gewissermaßen entdeckte.
»Ich werde sie nach Berta nennen,« erklärte Henry, dessen Eitelkeit schnell reagierte. »Hoffentlich ersäuft man nicht dabei.«
»Dafür wird schon Tiberio sorgen,« antwortete Karl und rieb sich im Geiste die Hände.

Henry fuhr ab und kam nicht, wie er versprochen hatte, am Abend zurück.
Karl strahlte. Er ließ sich ein auserlesenes Abendessen auf die Terasse bringen, labte sich an ein paar Flaschen Lacrimae Christi und verfolgte mit inniger Rührung die Farbenspiele am abendlichen Himmel.
– Purpur und Gold! Die Farben seines endlichen Triumphes.
Nie in seinem Leben hatte er sich so zufrieden ins Bett gelegt. Er schrieb noch ein Gedicht und schlummerte dann angenehm ermüdet ein.

Kein Gespenst hätte ihn so entsetzen können, wie am nächsten Mittag das Erscheinen Henrys vor seinem Bette.
»Du?!!?« schrie er auf und richtete sich totenbleich im Bette empor.
»Du scheinst nicht angenehm geträumt zu haben,« antwortete lächelnd Henry. »Wärest du ein Mädchen, so würde ich sagen, daß du wie eine Meduse aussiehst. Es fehlen bloß die Schlangen im Haar.«
– »Ja ... bist du denn nicht ...?«
– »Freilich bin ich. Und es war entzückend. Viel entzückender, als ich gedacht habe. Ich habe Dinge erlebt ... Aber das muß ich dir ausführlicher erzählen. Es wird dich

verblüffen ... Mach, daß du aus dem Bett kommst! Ich habe schon anspannen lassen. Iß schnell eine Kleinigkeit! Dann fahren wir die Straße nach Emmelfei hinauf, wie unsere britischen Vettern so schön sagen.«
Für eine Wasserleiche war Henry erstaunlich munter, ja er war überhaupt so munter, wie seit Wochen nicht. Er sang und pfiff funiculi – funicula, ritt auf der Terrassenmauer und rief ein Mal über das andere aus, es gebe nichts Komischeres und Amüsanteres, als neue Grotten auf der Insel Capri zu entdecken.
Karls Gemüt verdüsterte sich schwer. – Hatte der Elende statt Tiberios einen anderen Schiffer genommen? Hatte Tiberio die Courage verloren? Was war geschehen?
Aber Henry wich allen Fragen aus.
– »Auf der Landstraße, Karl! Das muß ich dir an einem Orte erzählen, wo nicht hinter jedem Apfelsinenbaume eine neugierige Miß steht. – Mach! Iß! Diese Geschichte wird dich interessieren!
– Funiculi, funicula, funiculi!«
Er war in strahlend guter Stimmung und lachte in einem fort vor sich hin.
Auch während des Kutschierens sagte er noch kein Wort über die Sache, sondern jubelte nur immerzu die Landschaft an, was doch sonst gar nicht seine Art war: »Ist das herrlich hier! Was für eine Straße! Sieh mal, die Felsen da links hinauf! Und diese Ortschaften in den Schluchten! Was für merkwürdige Häuser! Wie kleine Tempelchen, mit Kuppeln. Das muß doch schon griechische Architektur sein. Nicht? Und das Meer! Unglaublich, wie schön das ist! Ich habe das Blau auf den Bildern immer für Schwindel gehalten. Aber es ist wahrhaftig genau so in der Natur, nur noch lebhafter, noch leuchtender! – Sieh mal, da unten den alten Turm auf dem Felsvorsprung! Der muß aus einer kriegerischen Zeit stammen. Haben die Sarazenen nicht Beutezüge bis hierher gemacht? Sicher war es eine Art Wachtturm. Und dort der andere, der ganz zerborsten ist. Gottvoll! Da haben sie einen Friedhof drauf angelegt. Das sind doch Kreuze? Nicht? Komische Idee. – Aber es ist gut, daß die Brüstung nach dem Abhang zu so hoch und dick ist. Der Fels fällt beinahe senkrecht ab. Das müssen gut hundert Meter oder mehr sein. Man hört die Brandung der Wellen

kaum, und sie lecken doch recht wild an dem alten Felsgemäuer. – Eine heroische Landschaft! Entschieden das Schönste, was wir bisher gesehen haben. – Brr, Nero, sei vernünftig! Man rennt doch nicht den Berg hinauf. Diese italienischen Pferde haben den Satan im Leibe. Langsam traben können sie überhaupt nicht. Alles, was hier Leben hat, rast. Sogar die Pflanzen sind verrückt. Gibt es etwas Geileres, als den Schaft einer Aloe, den man beinahe wachsen sieht, bis er ein paar Meter hoch ist, Blüten herausstreckt, Phallus an Phallus, und patsch: aus ists; tot das Ganze. Aber er hat sein Vergnügen gehabt. – Ah, das ist ein herrliches Land! Heidnisch und katholisch. Aber eigentlich ist das ein und dasselbe. Wenigstens hier. Unsere deutschen Katholiken sind bloß Protestanten, die in die Messe gehen. – Gestern hab ichs erst richtig erfahren, was für ein wunderbares Heidentum dieser Katholizismus ist, und dabei was für ein süßes, entzückendes Christentum. Dieser prächtige Junge, der Tiberio, schwört bei Bacchus und bei Jupiter, schlägt aber auch das Kreuz, daß es nur so eine Art hat. Ein antiker Mensch und ein Christ. Köstlich!«

– »Du – bist also mit ihm zur Grotte gefahren?«

– »Natürlich bin ich. Tief, tief hinein. – Ah, Mensch! An diese Grottenpartie denke ich mein Leben lang! Aber wart, hier wollen wir halten. Hier will ich dirs erzählen. Dieser Ort ist wie dazu geschaffen. Es ist ein wahrer Beichtwinkel für wollüstige Dinge. – Keine Menschenseele sieht uns hier. Wir sind allen Menschen fern. Nur Fels und Meer. – Steh doch, Nero, du wahnsinniges Luder! Freu dich, daß du Ruhe hast! – Wart, ich binde ihn drüben an der Olive an, und wir setzen uns auf die Mauer. – Du bist doch nicht schwindlig? Es geht hier kerzengerade hinunter. Ich hab schon manchmal hier gesessen. Es ist der einzige Winkel der Straße, von wo aus man keine menschliche Behausung sieht. Die Leute heißen ihn den toten Winkel. Der Tunnel dort durch den Felsen ist hundert Meter lang, also noch länger, als der Tunnel, durch den wir eben gefahren sind. Man könnte hier bequem ein Weib auf die Mauer legen und sich am hellichten Tage en plein air alle ihre Geheimnisse offenbaren lassen. Und hinterher könnte man sie ins Meer schmeißen, ohne daß ein Mensch was merkte. Ein entzückender Ort. – Komm, setz dich! Du wirst gleich die Ohren spitzen!«

Karl, auf etwas Entsetzliches gefaßt, dessen Ahnung er sich nicht einmal eingestehen wollte, setzte sich auf die Mauer, die die Straße von dem Absturze zum Meere trennte.
Da er doch etwas schwindlig war, setzte er sich mit dem Rücken zum Abhang. Henry aber, der keinen Schwindel kannte, setzte sich rittlings auf die Mauer. Er sah den Vetter groß an und lachte plötzlich laut auf.
– »Dein Gesicht verrät die nötige Spannung. Aber so ernsthaft brauchst gerade du nicht auszusehen, denn für dich hat das, was ich dir erzählen will, eigentlich nicht den Reiz der Neuheit. Mir dagegen war es eine durchaus neue Sensation, und ich hätte nie geglaubt, daß ich Gefallen daran finden könnte. Aber ich sehe es nun ein: Der Mensch soll nichts verschwören, und man sollte nie in den Fehler des Bauern verfallen, der das nicht essen mag, was er nicht kennt.«
– »So rede doch endlich deutlich!« keuchte Karl, aufs schmerzhafteste gespannt und ahnend, daß er etwas Furchtbares erfahren würde.
»Oh, solche Dinge kostet man in der Erinnerung aus,« entgegnete Henry und lehnte sich zurück, indem er sich auf beide Hände stützte. – »Du kennst ja diesen süßen Jungen, den Tiberio. – Nun, anfangs spielte er den Langweiligen, Geschäftsmäßigen. Ja, er kam mir sogar etwas düster vor. Wie er mich am Strande hinruderte, sah er mich sogar bedrohlich an. Die Italiener habens manchmal so an sich, wenn sie nicht ganz sicher sind, ob die Manica reichlich genug ausfallen wird. Aber der Bengel gefiel mir. Ich schob ihm zehn Fünflirescheine in die Hemdöffnung und sagte ihm, daß er ein Apollo sei. Da blinzelte er mit den Augen und maß mich von oben bis unten. – ›Haben Sie denn Geschmack für Menschen ohne so was,‹ sagte er, und machte eine Bewegung vor der Brust, die sehr deutlich war. – ›Du bist der erste Junge, der mir gefällt,‹ sagte ich. ›Mit so einem Brustkasten, wie du ihn hast, braucht man kein Vorgebirge.‹ Er lachte vergnügt und geschmeichelt und riß das Hemd auseinander. Teufel nochmal, Karl, das gefiel mir, und ich fing schon an, zu begreifen, daß es Leute gibt, die ohne das Kap der guten Hoffnung auskommen. Aber, du kennst mich ja, einen tieferen Eindruck machte er nicht auf mich, doch auch keinen abstoßenden, wie z. B. dein Londoner Freund, der mich geradezu anwiderte.«

»Schweig!« stieß Karl hervor.
– »Pardon! Pardon! Ich wußte nicht, daß du so ungern an diesen ekligen Boy erinnert wirst. – Ich hatte Tiberio gegenüber überhaupt nicht die Empfindung, es mit einem derartigen Jüngling zu tun zu haben. Sonst wäre ich auf der Stelle umgekehrt. Er wurde zwar zutraulicher und ließ seine düsteren Blicke, aber ich führte das auf die fünfzig Lire und auf meine Schmeichelei zurück, denn für Schmeicheleien ist das Volk hier ja unglaublich empfänglich. Sie sind wie die Kinder. Es ist reizend. – Also gut. Mein Apollo fuhr mich in die blaue Grotte. Sehr blau, dachte ich mir, viel blauer, als ich angenommen hatte. Aber im Grunde war ich nicht weiter verblüfft. Wenn man seit zwanzig Jahren immerzu hört, wie blau sie ist, so kann man sich unmöglich besonders darüber wundern. – Tiberio legte an einer flachen Felsplatte an und sagte: ›Signore, wollen Sie einen Silberfisch sehen?‹ – ›Natürlich,‹ antwortete ich, ›wenn er nicht zu teuer ist.‹ – ›Oh, er ist gratis!‹ lachte Tiberio, und zog sich aus. – Alle Wetter! Was für ein Körper! Später mußte ich an den David im Schäferhute von Donatello denken: ganz so jungenhaft kräftig sah der Bursch aus. Sein Körper ist jünger, als er. Ein Wunder. Aber, wie ich ihn so vor mir sah, dachte ich an gar nichts, sondern war ganz einfach entzückt. Und, wie er nun ins Wasser sprang, und der ganze Körper wie eine lebendige, silberne Statue glänzte, da war es mir, wie ein Märchen. Nur war es schade, daß der Kopf im Gegensatz dazu schwarz aussah wie der eines Negers. Aber: diese Beine! Dieser Rücken! Diese beiden festen Rundungen! Dieser unbeschreiblich straffe Leib, und sogar das, was wir hier in Italien den Piloro nennen wollen, dieses sonst doch immer recht wenig ästhetische Stück am Manne – ich gestehe dir: ich hätte den Jungen küssen können!«
Karl runzelte die Stirne und stand auf: »Laß das! Ich kenne den Menschen. Es gibt hier mehr solche.«
»Nun ja,« fuhr Henry unbeirrt fort, der jetzt um so lieber erzählte, als er merkte, daß es Karl unangenehm war, »kein Zweifel, deine reichen Erfahrungen berechtigen dich, blasiert zu sein. Aber für mich war es eine Offenbarung. Und ich gestand es dem Jungen, daß ich mein Lebtag so was Schönes noch nicht gesehen hätte. – ›Oh,‹ sagte er,

›die Weiber gefallen Ihnen mehr.‹ – ›Nein,‹ antwortete ich ganz aufrichtig, ›sie regen mich nur mehr auf. Aber schöner bist du. Du bist vielleicht der schönste Mensch auf der Erde.‹ – Tiberio lächelte beglückt. Er nahm es wie eine Liebeserklärung auf, obwohl es bloß ästhetische Überzeugung war. – Er sagte: ›Ich glaube, Signore, Sie sind auch schön. Beim Bacchus! Ich gäbe Ihre fünfzig Lire sofort her, wenn ich Sie nackt sehen dürfte!‹ Er musterte mich sonderbar mit den Blicken.«

»Das Vieh!« schrie Karl auf, und setzte sich wieder auf die Mauer.

»Aber ich bitte um Entschuldigung,« lächelte Henry; »mein Akt ist wirklich nicht ohne, d. h. neben dem Tiberius bin ich ein Kloß. – Nun gut. Ich sagte: ›Behalte dein Geld, mein Junge; mir ist es hier zu kalt.‹«

Karl atmete auf.

Aber Henry fuhr fort: »›Oh!‹ sagte der entzückende Kerl, ›warten Sie nur, Signore, ich rudere Sie jetzt nach der Grotte, die außer mir niemand kennt. Diese Grotte muß eine warme Quelle haben. Es ist warm in ihr. Dort können Sie sich ruhig ausziehen und auch ins Wasser steigen.‹ Er trocknete sich hastig ab, kleidete sich an, und wir fuhren hinaus ins Licht, das auf das viele Blau hin seltsam blendete. Wir mußten ziemlich lange fahren, bis wir zu der neuen Grotte kamen, deren Eingang in der Tat kaum sichtbar ist. Man muß, nicht ohne Gefahr, zwischen Klippen hindurch, um die die Brandung wie wahnsinnig kocht, und dann muß man durch ein kaum halbmeterbreites Loch, aus dem das Wasser sich in einem Strudel dreht, so daß man das Boot mit den Händen hineinzwängen muß. Hierbei sah ich deutlich, was für kolossale Kräfte der doch eigentlich schmächtige Tiberio hat. Gott sei dem Menschen gnädig, dachte ich mir, gegen den der Junge was Ernsthaftes vorhat. Ich war recht froh, daß seine Augen gar nicht mehr düster sahen.«

Karl biß sich auf die Lippen und starrte nach Capri hinüber.

– »Nun, wir fuhren ein. Ich sage nur das eine: die blaue Grotte ist ein Kitsch dagegen. Hier ist alles Silber und Moosgrün. Das Wasser, von einer Quelle bewegt, scheint in diesen beiden Farben zu irisieren. Dazu hängen ungeheure Phallusse, leicht triefend und muschelig inkrustiert,

von oben herab; auch sie grünlich silbern. In der Mitte ist eine Art Wanne, ein in der Mitte ausgehöhlter, leicht mit Moos bewachsener Stein, dessen Ränder aber ringsum über das Wasser hervorstehen. Die Beleuchtung, dieses grünlich silberne Licht, scheint vom Wasser auszugehen, denn von außen her fällt kaum ein Streifchen Tageslicht. Dabei ist der grünliche Dämmerschein stark genug, wenn man sich einmal daran gewöhnt hat, alles erkennen zu lassen, selbst das langsame Herabrieseln des Wassers an den riesigen Phalluszapfen und an den ganz mit Muschelformen überdeckten Wänden. Ein seltsames, brodelndes Glucksen, kein Plätschern, nimmt das Ohr ein, wie ein unheimliches Raunen geheimnisvoller, ureinsamer Mächte. Dazu eine dunstige Wärme, daß einem bald der Schweiß aus den Poren bricht. Eine Wollustgrotte. Man muß die Kleider vom Leibe ziehen und sich in das feuchtwarme Moos dieser merkwürdigen Wanne legen, von der ich mir bestimmt einbilde, daß sie in der Zeit des Tiberius künstlich erzeugt worden ist. Sie hat gerade Raum für zwei eng aneinandergeschmiegte Menschen.«
Karl wurde es heiß. Er fühlte etwas Schreckliches in sich aufsteigen: Wollust und Wut. Er wollte schreien: »Hör auf!« Aber er brachte kein Wort hervor. Konnte sich auch nicht bewegen, nicht fliehen. Nur in seinen Händen schien noch Kraft zu sein. Er ballte sie zusammen und sah Henry mit weit aufgerissenen Augen an.
Der lehnte sich noch weiter zurück, ließ den Kopf nach hinten fallen und sah in den Himmel.
– »Ich weiß keine Einzelheiten mehr. Habe ich diese unerhörten, mir ganz fremden Dinge überhaupt erlebt? Habe ich das alles nicht bloß geträumt? Ist es nicht die wollüstige warme Dämmerung dieser Grotte des Taumels gewesen, die mich so unbeschreiblich wonnevoll umtastet hat? Ich weiß nur: Ich fiel zurück: So ...« Er warf sich auf den Rücken und umfing mit den Armen die leere Luft. »Und über mich her fiel eine brennende Hitze wahnsinniger Küsse und Umarmungen.«
In diesem Momente, seiner selbst völlig unbewußt, stürzte sich Karl über Henry her, packte und riß ihn an den Schultern und versuchte, ihn zur Mauer hinab dem Abgrund zuzuwälzen. Sein Gesicht war dem Henrys ganz nahe, der

seinen heißen, faulig riechenden Atem spürte, und er keuchte: »Alles du? du!? Nein! . . .«
Schon hing Henry mit halben Oberkörper über dem Abgrunde. Seine Hände hatten keinen Halt mehr, außer an Karls Schultern. Der aber stand mit einem Beine auf dem Boden und konnte daher mit größerer Körperwucht den Liegenden hinüberstemmen.
Aber Henrys Schenkeldruck hielt an der Mauer fest. Mit einer letzten gewaltigen Anstrengung konnte er seinen Oberkörper etwas zurück auf die Mauer bringen, und nun war Karl in seinen Händen. Er umdrosselte mit äußerster Kraft seine Gurgel, bog ihm Hals und Kopf zurück, richtete sich auf, krampfte beide Hände in die Kleider des Bewußtlosen, der wie ein Erwürgter, Verscheidender noch einmal die Augen verdrehte, hob ihn über sich und warf ihn in einem weiten Bogen den Abhang hinunter.
Mit stieren Augen sah er dem Falle des Körpers nach, der ein-, zwei-, drei-, viermal, und das letzte Mal mit dem Schädel auf einen Felsvorsprung, aufschlug und dann langgestreckt zwischen den Seedisteln des schmalen Strandes liegen blieb, ab und an wie im Spiele etwas umgewälzt von den an dieser Stelle nicht anspringenden, sondern anlaufenden Wellen.
– So! sagte sich Henry ganz kaltblütig: Du kriegst keinen Anfall mehr. – Pfui Teufel, wie der Kerl aus dem Munde roch! Wie ekelhaft seine Berührung war! – Gott Lob und Dank, daß ich ihn los bin! Frei! Frei! Endlich frei! Und durch eigene Kraft! Als Sieger im tödlichen Kampfe! Mit diesen meinen Händen! Ich! Der Stärkere!
Dann sprang er auf den Bock und ließ das Pferd die Straße auf und ab rasen, daß der Schaum flog.
Er fühlte nicht eine Spur des Bedauerns, nicht einen Hauch der Reue. Nur Triumph! Triumph!
Und, wie er es immer liebte, sich in Vergleich zu Höherem zu setzen, so erinnerte er sich jetzt daran, daß einige Tage vorher die Kunde von Bismarcks Entlassung durch die Blätter gelaufen war.
Der junge, selbstbewußte Herrscher, der das Genie von den Stufen des Thrones verjagt hatte, – was hatte der Pöbel nicht darüber gemurrt und kritisiert.
Er aber verstand es. Der zur Macht Geborene kann keiner-

lei Einengung dulden. Er muß frei sein. Ganz und von jedermann frei sein. Macht darf keinen Vormund haben.
Er kam wieder auf sich.
Dieser da unten zwischen den Seedisteln, – was hatte er immerzu eigentlich gewollt? Seine Rechte usurpieren. Statt Ratgeber: Herr sein wollen. – Gut, gut, oh, sehr gut, daß er sich einmal hatte hinreißen lassen und ihn gezwungen, sich seiner zu entledigen. Wer weiß, wie lange das sonst noch so fortgegangen wäre.
– Genie!? Hols der Teufel! Ein unliebsamer Aufpasser und Kritiker. – Er, der Mensch von fürstlichem Blute, der zum Herrschen Geborene, brauchte andere, fügsamere, von ihrer Bedeutung nicht gar so unbedingt überzeugte Trabanten. Wiederum hatte sein Schicksal ihn herrlich ins Klare geführt Ein Ruck – und los! – Es war eigentlich ein wundervoller Moment gewesen
Aber plötzlich ergriff ihn Schreck: Wie, wenn man ihn des Mordes anklagte? Konnten nicht Spuren der Drosselung am Halse sichtbar sein? – Und: wie sah er selbst aus! Die Kleider vom Liegen auf der Mauer beschmutzt! Und, gewiß: Er waren Spuren des Kampfes im Sande sichtbar.
Er raste zurück und trat die Spuren aus. Reinigte sich. Besah sich im Spiegel. Sah ringsum.
– Nein. Gesehen hatte es sicher niemand.
– Was tun?
– Die Wahrheit angeben war wohl das Sicherste. Notwehr. Man mußte ihn ja freisprechen. Aber: diese Untersuchungen ... Verhandlungen ... In einem fremden Lande. Und dann: die Familie! Berta!
– Schrecklich! Unmöglich!
– Besser: Selbstmord angeben.
– Aber: wie den plausibel machen?
Da erleuchtete ihn eine Erinnerung.
Karl hatte Verse zu sich gesteckt, die auf dem Nachttische gelegen waren. Er selbst hatte sie gelesen. Sie handelten vom Tode. Man mußte sie bei dem Nachbar der Seedisteln in der Tasche finden.
Auch war es gewiß jedem auffällig gewesen, mit welch düsterem Gesichte der weiland so witzige Abkanzler Karl ihn zur Wagenfahrt begleitet hatte ...
Und dann: Welcher vernünftige Grund konnte dafür spre-

chen, daß er, der Reiche, der Wohltäter dieses Cousins, der eigentlich nicht viel mehr als sein Reisemarschall gewesen war, den hatte umbringen wollen? – Etwa – Eifersucht? Du lieber Gott! – Indessen –: Tiberio? . . . Aber Unsinn! Wer konnte davon wissen? . . .

Er jagte nach Sorrent auf die Gendarmerie und gab an, daß sein Vetter in einem Zustande von Verdüsterung über die Mauer gesprungen sei. Er habe ihn daran hindern wollen, habe mit ihm gerungen, doch sei er nicht imstande gewesen, ihn zurückzuhalten.

Der Capo steckte eine ernste Miene auf.

– Hm. Fatale Sache. Man müsse gleich den Ortbefund aufnehmen. – Kein bestimmter Grund vorhanden?

– Vielleicht Schwermut. Der Selbstmörder habe Verse über den Tod geschrieben. Sei ganz verdüstert gewesen.

Man holte den Untersuchungsrichter und ging ins Hotel: Ja, der blonde Herr habe beim Ausfahren seltsam melancholisch ausgesehen. – Übrigens sei eben ein Brief für ihn angekommen.

Der wurde sofort beschlagnahmt.

Der Untersuchungsrichter las ihn, zog die Brauen hoch, legte den Kopf auf die Seite und murmelte: »Es hellt sich auf. Hier liegt etwas Böses vor. Sie müssen mir einige Auskünfte geben.«

Henry hatte gesehen, daß der Brief aus Capri war und sofort kombiniert, von wem er stammte. Ganz wohl war ihm dabei nicht zumute.

– »Aber gewiß. Ich bitte, nur zu fragen.«

Sie fuhren zum Tatorte.

Der Richter frug: »Hat Sie der Tote nach Ihren – Erlebnissen in Capri gefragt?«

– »Ja.«

– »Was haben Sie geantwortet?«

– »Die Wahrheit.«

– »Ich kenne sie.«

Henry lächelte wie geniert.

– »Oh, bitte, Ihre Abenteuer gehn mich hier nichts an. Auf alle Fälle hat Ihre Antwort Ihren Vetter überrascht?«

– »Es schien so.«

– »Das begreife ich nach diesem Briefe.«

Gendarmen bargen mit großer Mühe die Leiche, während

der Richter mit Henry weitersprach. Er drückte sich nicht deutlich aus, aber es war sogleich klar, daß er nicht am Selbstmord zweifelte.

– »Sie wußten natürlich, daß Ihr Vetter pervers veranlagt war?«

– »Ja.«

– »Wußten Sie, daß er mit dem Fischer Simeone Lossoni, genannt Tiberio, in ... geschlechtlichem Verkehr stand?«

– »Nein.«

– »Sie suchten diesen Simeone auf Veranlassung Ihres Vetters auf?«

– »Ja.«

– »Zu welchem Zwecke?«

– »Er wollte mir eine Grotte zeigen.«

– »War der Bursche nicht anfangs etwas ernst, verschlossen?«

– »Gewiß.«

– »Aber das änderte sich?«

– »Ja.«

– »Er wurde ... zutraulich?«

– »Mehr als das.«

– »Sie ... blieben dann die Nacht mit ihm zusammen.«

– »Ich leugne es nicht.«

– »Es gehört auch nicht hierher. Aber dies: Sie erzählten Ihrem Vetter, daß der Simeone eine ... eine Zuneigung für Sie faßte?«

– »Allerdings. Und daraufhin wurde er wie rasend und beging die entsetzliche Tat.«

– »Es ist ein Glück für Sie, daß wir diesen Brief haben, mein Herr. Ich darf Ihnen daraufhin die Unannehmlichkeit einer Untersuchungshaft ersparen. Es wird überhaupt zu keiner Verhandlung kommen. Die Sache ist klar. Ihr Vetter, der sich von dem p. p. Simeone etwas anderes versprochen hatte, hat die Tat aus Furcht vor Entdeckung einer anderen und wohl auch aus enttäuschter Liebe begangen. Gut für ihn und für Sie, daß er sich beseitigt hat. Ich brauche nur noch den Fischer zu vernehmen.«

Über seine Befürchtungen war Henry also hinaus. Aber angenehm waren die folgenden Tage nicht.
Am zweiten Tage nach dem Geschehenen erschienen Jeremias, Sanna und Berta.
Der Onkel und die Tante waren ihm bloß lästig, weil sie entsetzlich jammerten und scheußlich aussahen. Aber Berta erschreckte ihn. Sie sagte kein Wort, aber er sah es ihr an: Sie wußte, was geschehen war. Sie war leichenhaft bleich und drohend ernst. Nicht einmal gab sie ihm die Hand. Fragte auch nicht. Sah ihn nur immerzu seltsam durchdringend an.
Jeremias und Sanna hatten sich zur Polizei begeben und waren vom Untersuchungsrichter empfangen worden.
Sie kamen mit versteinerten Zügen zurück. – Was sie gehört hatten, war furchtbar gewesen. Der Fischer hatte ausgesagt, daß Karl ihn zum Morde Henrys hatte dingen wollen, nachdem er mit ihm ... oh! oh! ... man durfte nicht einmal daran denken.
– »Wir wollten die Leiche in Hamburg beisetzen lassen,« sagte Jeremias in Bertas und Henrys Gegenwart, »aber wir sehen davon ab. Mag sie hier beerdigt werden. Wir haben keinen Sohn gehabt. Gott verzeihe ihm seine Sünden und uns unsere Herzenshärtigkeit. Ich vermag keine Trauer mehr über sein Hinfahren zu empfinden, und ich reiße ihn aus meinem Gedächtnis!«
»Jeremias!« schluchzte Sanna.
»Auch dir ziemt nicht Jammer über seinen Tod,« fuhr Jeremias fort, »sondern ewiges Wehklagen über sein Leben. – Du aber, Henry,« wandte er sich zu diesem, »der du weißt, wie er gelebt hat, und in welch finsterer Verstrickung verbrecherischer Sündhaftigkeit er dahingefahren ist, hast alles Recht, jede Beziehung zu uns abzubrechen. Unser Haus muß dir ein Greuel sein!«
Berta sah Henry groß, kalt und wie wartend an.
Er antwortete, indem er den Blick fest erwiderte: »Ich habe kein Recht, ihn zu verurteilen. Er hat sich selbst gerichtet.«
Berta trat einen Schritt vor, er ihr einen Schritt entgegen und sagte, ohne mit der Wimper zu zucken: »Ja. So ist es!«
Sie konnte nicht reden, ja selbst ihr Blick verlor an Kraft.

Dieser Mensch, den sie jetzt mehr als je, den sie mit ungeheuerster Inbrunst haßte, den sie hätte zertreten mögen, stand in einer Ruhe und Festigkeit vor ihr, daß sie sich plötzlich schwach, ja, wie ihm untertan fühlte. Sie ließ es geschehen, daß er ihre Hand ergriff und sprach: »Berta ist seit einem halben Jahre meine Braut, und ich weiß, sie wird mich mit nicht weniger Liebe lieben, als er mich mit einem schrankenlosen Hasse gehaßt hat. Wir bleiben verbunden, und wir bleiben es auch in der Verehrung für die hohen Gaben des Toten, dem ich hier ein Monument errichten werde, gleich als ob er alles das erreicht hätte, was er bestimmt erreicht haben würde, wenn nicht ein furchtbares Geschick seine Sinne verblendet hätte.«
Berta litt unter diesen Worten und unter der Berührung seiner Hand bis ins Tiefste ihres Wesens, aber sie mußte die Augen senken vor diesem Blicke der unbedingten Entschlossenheit eines herrischen und dabei tückischen Willens. Aber sie sagte kein Wort. Wenn sie die gepreßten Lippen geöffnet hätte, es hätte nur ein Wort von ihnen kommen können: Rache!
Henry ließ ihre Hand los und wandte sich zu den beiden Alten: »Er soll auf dem alten Wachtturm begraben werden, den ich ihm kurz vor seinem unseligen Ende gezeigt habe. Ich habe dafür gesorgt, daß niemand von seinen Verirrungen und seinem Plane erfährt.«
»Katholisch soll er begraben werden?« jammerte Frau Sanna, die selbst jetzt an die gereinigte Lehre dachte.
»Sei unbesorgt,« antwortete Henry kühl, »das wird nicht geschehen.«
»Ich danke dir!« flüsterte Frau Sanna. »Wie edel du denkst! Ach, Berta!« schluchzte sie und warf sich der Tochter an die Brust, die dabei einen Ekel empfand, der ihr Haßgefühl gegen Henry fast noch vertiefte.
»Aber du wirst es ihr nie sagen, Henry,« wandte sich Sanna wieder zu ihm, »nie, nie! Es würde sie zerstören! Sie würde, wie ich, den Glauben an die Welt verlieren!«
Da konnte Berta nicht mehr an sich halten: »Was soll er mir nicht sagen?! Ich weiß mehr, als ihr! und es gibt nichts, nichts, nichts, das meine Liebe zu Karl verkleinern könnte. Nichts! Nie war ein Mensch größer, als er! Jeder ist neben ihm armselig, was er auch für große Worte machen mag!

Ich würde nie einwilligen, Henrys Braut zu heißen, wenn er nicht den Respekt vor dem Toten geäußert hätte, der ihm ziemt.«
Henry biß die Lippen aufeinander. Das war wahrhaftig keine Liebes-, – das war eine Kriegserklärung. Aber er fühlte sich jetzt so wundervoll stark, und der Gedanke, auch in ihr, der Hasserin, die sich aber doch, wie er wohl fühlte, fürchtete, Karl zu töten, ihn erst ganz zu beseitigen, indem er auch seinen Schatten noch aus ihr vertrieb, reizte ihn heftig. Und, wie immer, wenn er Berta leibhaft vor sich sah, war er in sie verliebt. Selbst der Gedanke an Bianca verblaßte. Das war schließlich Romantik, Poesie ohne alle Aussicht auf Verwirklichung. Aber diese da, die schon Küsse auf seinen Mund gedrückt hatte, die nachts zu ihm geschlichen war, die es zu ihm hindrängte mit der ganzen Urgewalt des Blutes, was auch alles sonst dagegen sein mochte: die wollte und mußte er haben, zwingen, beugen.
Er sah ihr gerade ins Gesicht: »Berta hat recht. Sie darf und soll alles wissen, und, wenn sie es schon weiß, um so besser. Ich schwöre ihr, daß kein Schatten zwischen uns stehen soll. Und, was den Respekt anbetrifft« (er lächelte kaum merklich), »werden wir uns, denk ich, gegenseitig nicht zu beklagen haben. Niemand weiß besser, wessen Karl fähig war, als ich, und sie kann gewiß sein, daß ich es nicht vergessen werde.«

Das Monument

Die Krakers waren fort. Karl war auf dem Friedhofe des alten Wachtturms begraben. Henry verhandelte tagelang mit einem Bildhauer aus Neapel über ein Monument, das er an der Stelle von Karls Absturz errichten wollte.
Da ließ sich eines Tages eine Dame bei ihm melden.
Die Türe tat sich auf: – »Die Frau« . . .!
Henry stürzte ihr entgegen und umarmte sie in selig hingenommener Entzückung.
– »Sie! Sie! Welches Glück!«
– »Mußte ich nicht kommen? Bin ich dir nicht nötig jetzt?«
– »Oh, es ist alles gut vorbeigegangen.«
– »Bis auf eins, Henry. Ich habe die Person mit den kalten Augen in Neapel gesehen. Sie weiß alles.«

– »Ja, sie weiß es. Sie hat es nicht gesagt, aber sie weiß es. Und auch Sie ... Woher wissen Sie es?«
– »Henry! Wie hätte es anders kommen sollen!? Ich wundere mich nur, daß es nicht früher geschehen ist. Du mußtest ihn beseitigen, oder er hätte dich beiseite gebracht. – Oh, geholfen hat es nicht viel, daß ich dich damals gewarnt habe.«
– »Doch! Doch! Ich bin ein andrer seitdem. Ich habe meinen Stern nie vergessen! Und Ihre schwarze Perle hat sich in seinen Hals eingedrückt wie ein letztes Andenken an Sie. Ich habe das Mal noch an der Leiche gesehen.«
– »Recht so. Es ist eine große Wollust, einen Feind zu töten. Ich bin stolz darauf, daß du es getan hast. Ich bin glücklich darüber. – Nur die andre ... Sie ist gefährlicher!«
– »Ich werde sie heiraten.«
Frau Sara sah ihren Sohn entsetzt an. – Aber nach einer Weile schweigenden Sinnens sprach sie: »Vielleicht hast du recht. Ja, gewiß, es ist gut so. Vielleicht zwingst du sie doch unter dich ... Im Kampfe zwischen Mann und Weib gibt es eigentlich nur diesen einen Sieg ... Doch nein. Sie ist eine von den Fredegunden, von diesen kalten Germaninnen, die zwar brünstig sein können, aber nicht wissen, was Weibeswollust ist. – Oh, wie ich diese norddeutschen Weiber hasse! Entweder es sind gelbe, sentimentale Kätzchen mit Vergißmeinnichtaugen und Zuckerlippen, schmachtend und lappig, brav und gewöhnlich, oder es sind heimtückische Bestien: stolz, grausam, kalt. Ihre Sinnlichkeit läuft, wenn ihre Stunde da ist, ab, wie der Wecker einer Uhr, schrill, keuchend, und dann tackt das ruhige, sichere Uhrwerk weiter, Schlag für Schlag. – Berechnung auf Berechnung. – Sie sehen gut aus. Es ist wahr. Obwohl sie meistens keinen Geschmack haben. Sie sitzen gut zu Pferd, aber schlecht im Wagen. Zu steif. Zu bewußt. Oh, sie wissen immer, was sie wollen. Schon als junge Mädchen. Sie schonen sich. Sie bereiten sich vor. Lernen gut. Reden langsam und sicher. Sie kokettieren nicht, aber sie lassen immerzu ahnen und verstehen sich auf schnelle Blicke. Aristokratische Allüre ohne Grazie. Keine Kapricen, aber sichere Haltung. Logische Schönheiten. Die geborenen Frauen für geschmeidige Offiziere mit kräftigen Ordonnanzen. Nicht eine Spur Humor, kein Hauch von

echter Zärtlichkeit. Solid bis zur Verruchtheit. Geht es ihnen schlecht, so werden sie tadellose Gouvernanten, die die kleinen Jungen schon im zehnten Jahre verführen, ihnen aber das korrekteste Deutsch beibringen. Überhaupt: korrekt, korrekt. Aber zu jeder Niederträchtigkeit fähig aus dem Antriebe einer impertinenten Herrschsucht. Als Fürstinnen von widerwärtiger Leutseligkeit bei grenzenlosem Stolze. Und doch immer von kleinlicher Gemütsart, weil ohne Temperament und Schwung. Kein Feuer, aber ein ewig fressendes Glimmen. Entweder verstandesmäßig fromm oder verstandesmäßig gottlos. In diesem Falle gebildet bis zur Gelehrsamkeit. Selber lieblos, aber scheußlich erpicht auf Liebe. Wollen erotisch bedient sein und Kinder haben, die sie erziehen lassen, um sich an ihrer Korrektheit zu erfreuen. Amphibien! Es schüttelt mich stets, wenn ich einer dieser blonden Schlangen begegne.«
Henry war verblüfft über diesen Ausbruch einer wilden Rassenantipathie, die er als solche erkannte.
»Sie sind eine südliche Natur,« meinte er, »und können das nordische Wesen nicht goutieren.«
»Oh nein«, entgegnete sie, »ich bin nur einfach eine Natur und perhorresziere diese schlechten Kulturprodukte. Die Süddeutsche, auch die Mitteldeutsche noch, ist mir ganz sympathisch, und die Dänin, Schwedin, zumal die Norwegerin, liebe ich geradezu. Selbst die Engländerin kann ich unter Umständen vertragen. Alles das sind Frauen. Aber die Norddeutsche, wenn sie nicht ein sentimentales Weibchen ist, ist eine Virago, ein Mannweib mit weiblichen Zügen oder vielmehr weiblicher Maske.«
– »Aber mit schöner Maske.«
– »Sie hält nicht lange vor. Schwindet gewöhnlich schon mit der Jungfräulichkeit. Dann werden sie eckig oder schwammig. – Aber lassen wir die Allgemeinheiten. – Deine Braut haßt dich. Das weißt du hoffentlich.«
– »Sie liebt mich auch.«
– »Sie verzehrt sich in gieriger Wut nach einem gewissen Moment. Wehe dir, wenn du sie enttäuschst! Und ihre Erwartungen sind in einem gefährlichen Maße gespannt.«
Henry lächelte unangenehm: »Sie soll genug haben; so viel, daß sie ihren geliebten Bruder auf ewig vergessen soll.«
»Das wird nie geschehen, Henry,« antwortete Frau Sara

sehr ernst. »Du gibst dich einer verhängnisvollen Täuschung hin. – Wollte Gott, dieses Amphibium läge auch schon unter der Erde! – Deine Braut wird nur den einen Gedanken haben: dich schwach machen, und dann den Bruder rächen. Du hast sehr unsinnig gehandelt, sie zur Erbin deines Vermögens einzusetzen.«

– »Sie wissen?«

Frau Sara lächelte: »Habe ich dir nicht schon in Hamburg gesagt, daß ich stets alles weiß, was dich angeht? Wie sollte ich, deine Schicksalsbegleiterin, das nicht wissen? – Glaubst du, du hättest unseren lieben Pater Cassian kennen gelernt ohne mich?«

Henrys Erstaunen war grenzenlos. Er wollte durchaus den Zusammenhang erfahren.

Den wollte und konnte ihm nun aber Frau Sara nicht gut mitteilen. Sie konnte ihm doch nicht sagen, daß sie die Geliebte des Jesuiten gewesen war, und daß dieser sogar wußte, in welchem Verhältnis sie zu Henry stand. – Das Geheimnis, in dieser Nacktheit enthüllt, hätte kaum den gewünschten Effekt gemacht.

Aber eins enthüllte sie ihm: daß Berta damals in Wien auf seine Kosten equipiert worden war, denn das hatte sie als Kundin der beteiligten Ateliers bald genug erfahren. Und ihre Klugheit hatte sofort richtig kombiniert, daß die schöne Hamburgerin mit Wissen der Eltern zu dem Zwecke von Hamburg gekommen war, ihn vorm Katholischwerden zu retten.

– »Also nicht aus Liebe?!« rief Henry aus.

– »Mein guter Henry! Wenn du mir doch das eine glauben wolltest, mir, die ich alles weiß, was dich angeht, daß dieses Wesen ebensowenig Liebe für dich empfindet, wie der gottlob erledigte Bruder.«

»So löse ich die Verlobung auf!« schrie Henry.

»Das wäre unklug,« antwortete Frau Sara. »Erstens weiß die Person genau, daß du es gewesen bist, der ihren Bruder beseitigt hat, und sie könnte dir immerhin Unannehmlichkeiten damit bereiten. Denn, und das möchte ich dir wohl zu bedenken geben, die Würgestellen an Karls Hals haben mehr Verdacht erregt, als man dir gesagt hat. Der Gerichtsarzt war sehr geneigt, zu glauben, daß Karl bereits erdrosselt war, als er – zur Mauer hinabsprang. Eine neuerliche

Untersuchung könnte also immerhin fatal für dich werden. Aber auch abgesehen davon: du bist sicherer, wenn sie deine Frau ist. Sie ist dann in deinen Händen, und du kannst sie überwachen. Nur mußt du zu diesem Zwecke meine Negerin ins Haus nehmen, die ein ausgezeichnetes Talent zur Aufpasserin hat und allem, was ich liebe, anhänglich ist, wie der treueste Hund. Sie ist es seit Kindheit gewöhnt, sich taub zu stellen, hört aber und verzeichnet in einer geheimen Schrift jedes Wort. Sie wird deine Sklavin sein, wie sie die meine ist. Ich entbehre sie sehr ungern, aber für dich muß ich sie entbehren. Denn sie wird dich von dieser greulichen Person befreien. Mit ihr wirst du ein Wesen im Hause haben, das dich bewacht wie ein Schutzengel, und das dir, wenn es nötig ist, die Dienste eines Leibteufels erweist. Ich informiere dich, wenn es so weit ist, genau. – Aber versuche nicht, von ihr etwas über dein Geheimnis zu erfahren. Sie würde in diesem Falle sofort dein Haus verlassen; denn sie bleibt meine Dienerin.«

– »Weiß sie es denn?«

– »Sie weiß alles.«

– »Und ich darf nichts wissen?«

– »Nein. Nichts. Es ist Bestimmung!«

– »Aber es peinigt mich, dieses Nichtswissen.«

Frau Sara sah ihn seltsam an: »Das Wissen würde dich noch mehr peinigen. Auch weißt du ja genug. Pater Cassian hat es mir verraten.«

– »So ist meine Ahnung richtig?!!«

Henry stand hochaufatmend vor Frau Sara.

Die lächelte und sprach: »Mein Mund ist versiegelt. Möge es auch der deine sein! – Du solltest deine Gedanken fester verschließen. Schon zur Marchesa hast du zu viel gesagt.«

Henry fühlte etwas wie einen Schwindel: »Die kennst du auch?«

»Gewiß antwortete Frau Sara, die in ganz ähnlichen Kreisen geabenteuert hatte, »ich kenne auch die kleine Bianca.«

»Oh!« rief Henry aus, »was ist mit ihr? Hat sie mir verziehen?!«

Frau Sara streichelte ihm die Wangen: »Diavolino mio! Hättest du doch immer so einen richtigen Geschmack! Aber verziehen, – nein, verziehen hat dir die kleine Heilige nicht. Doch hast du ihr einen großen Dienst erwiesen. Nun erst wird sie wirklich eine Heilige werden. Seit deinem Überfalle hat sie Visionen, und kein Mensch zweifelt daran, daß sie einmal die Wundmale haben wird. Sie liegt Tag und Nacht in verzücktem Gebete, und ihr Kloster, das vornehmste Frauenkloster übrigens in Rom, ist sehr stolz auf diese Novize, die noch einmal von sich reden machen wird. – Und das ist dein Verdienst. Das Leben hat wunderliche Manieren, Heilige hervorzubringen.«

– »Die Ärmste!«

– »Ärmste?! Sie ist so selig, als ein Mensch nur sein kann. Wer den Teufel gesehen und vertrieben hat, – muß der nicht glückselig sein? Und gar so einen schönen Teufel!«

Sie sah ihn verzehrend an, und auch Henry fand, daß sein Schicksal eigentlich eine recht begehrenswerte Frau war. Ein wenig üppig zwar und ans Überreife grenzend, aber hinreißend in ihrer Üppigkeit und stolzen Reife.

Er sank vor ihr nieder und umklammerte ihre Knie.

»Nicht! Nicht!« hauchte Frau Sara, »wir zwei dürfen das nicht. Nicht einmal träumen dürfen wir es, obgleich es ein schöner Traum wäre. – Deshalb reise ich auch heute noch fort, mein Liebling. Ich entreiße mich dir schweren Herzens. Aber täglich, täglich denke ich an dich voll einer Liebe, die du nie wirst ganz begreifen können. Nie!«

Ihre Augen schwammen. Sie umarmte ihn fest und küßte ihn heiß auf den Mund.

Dann ging sie.

In der Türe wandte sie sich noch einmal um und sah ihn umfassend zärtlich, mit unendlicher Liebe an: »Am Tage deiner Hochzeit erscheint Lala in deinem Hause mit einem Brief von mir.«

Die Türe schloß sich.

Henry sank in seinen Stuhl und küßte die schwarze Perle.

Schon nach ein paar Wochen erhob sich das Monument.

Es war in neapolitanischem Barockstile gehalten, ein Architrav auf üppig gewundenem Doppelsäulenpaar, hinter dem eine Ausbuchtung in der Mauer eine breite Bank umrahmte. Das rund geschwungene, mit reichen Früchtenornamenten geschmückte Epistylion, an beiden Seiten von

Putten flankiert, die brennende Fackeln senkten, aber gar nicht wie Engel des Todes aussahen, ließ, in der Mitte abbrechend, Raum für eine Büste Karls in der Gewandung eines spätrömischen Kaisers mit einem Lorbeerkranz auf dem Haupte. Ein breiter, grader Fries darunter zeigte die Worte:

Carolo Kraker Poetae
erexit
Henricus Felix Hauart Amicus

Und wieder darunter standen aus Karls letztem Gedichte, das man in seiner Brieftasche gefunden hatte, die Verse:

Und Tod? Was ist der Tod? Es fällt ein Haar
Vom Haupte Gottes, – weniger noch: ein Sämlein wirbelt
In Nichts. – Und geht verloren? Nein. Wie könnt es denn?
Wer weiß, wohin wir fallen! Sicherlich
Aufs neu in Gottes Schoß ...

Die jungen Mädchen und Burschen zwischen Sorrent und Amalfi kamen bald darin überein, in diesem Carlo einen neuen Schutzpatron der Liebe zu verehren, auf dessen Denkmalsbank man ungestört die süßesten Stelldicheins genießen konnte.

Die armen schwarzäugigen Mädchen aber, die unglücklich liebten, stellten, durch fromme Werke des Glaubens Aussicht auf Erhörung zu gewinnen, zwischen den Säulen kleine farbige Vasen und Gläser mit glutroten Blüten des Granatapfels oder weißen, fleischigen, üppig duftenden Orangenblumen auf.

[illegible]

[illegible]

[illegible] und [illegible]

[illegible]

Und Tod – [illegible] Tod? Es fällt ein Blatt.
[illegible]
[illegible]
[illegible]
[illegible]

[illegible]

[illegible]

ZU PFERDE UND ZU HAUSE

DER GEBORENE REITER

Felix

Henricus Felix Hauart amicus fühlte sich ausbündig wohl. So wohl, daß er beschloß, sich fürderhin Felix und nicht mehr Henry zu nennen.
Er schrieb in sein »Tagebuch«, einen gewaltig dicken Lederband mit silbernem Anhängeschloß aus seiner Leipziger Zeit, der als Wichtigstes zahlreiche Mädchenadressen nebst beigefügten kurzen Charakteristiken enthielt, mit sowohl lapidaren wie wilden Zügen die Worte: »Endlich frei! Endlich die Zügel allein in der Hand! Endlich Herr meiner selbst und also – glücklich! Das Schicksal hat mich gerächt und – belohnt. Ich habe es aus seinem (JHREM) eigenen Munde. Die schwarze Perle glüht auf in einem geheimnisvollen Lichte und strahlt mir entgegen: Felix! – Es gab eine Zeit, da ich ein Knabe war, der Henfel hieß und glücklich schien. Diesen Knaben hat der Vater Karls ermordet. Dann kam eine Zeit, da ich genannt wurde, wie es diesem Mörder gefiel, aber nicht er, sondern sein Sohn hat es gemacht, daß dieser Name mir jetzt wie ein Brandmal erscheint, auf eine Sklavenstirne geprägt. Ich werfe ihn mit Abscheu von mir und heiße mich von Schicksals Gnaden Felix. So heiß ich, was ich bin!!!«
Wie angenehm das war, so schreiben zu dürfen, ohne sich scheu umsehen zu müssen, ob nicht zwei wasserblaue Augen über die Schultern guckten und zwischen zwei rasiermesserscharfen blassen Lippen das Wort hervorkam: »Affe!«
Nur im Traume genierte ihn Carolus poeta noch ein paar Male. Nicht etwa in grauslicher Form, gespenstisch, als Toter, – nein; das wäre weniger fatal gewesen, als die durchaus realistische, widerwärtig lebendige Manier, in der sich der glücklich Abgetane in den Träumen seines Erledigers zum Worte meldete:
– »Wie siehst du wieder aus, Henry? Wirst du dich denn nie anziehen können, wie ein Europäer?«
– »Laß das! Schweig! Du kannst ja Gips nicht von Marmor unterscheiden und verwechselst einen Lichtdruck mit einer

Radierung. Rede von Weibern oder Beefsteaks, aber nicht von Kunst!«

Welch ein Wohlgefühl, nach solchen Worten zu erwachen und sich mit dem Bewußtsein auf die andere Seite wälzen zu dürfen: Gott sei Dank, er liegt unter einer dicken Marmorplatte, die bestimmt nicht gipsern ist, auf dem Sarazenenturm! Ich aber lebe und ziehe mich an und rede fortan, wie ich will.

Wer glücklich ist, der leicht vergißt. Und Felix war glücklich. Er dachte nicht einmal mehr an Berta.

Er dachte an Pferde und Uniformen, an Reiten und Kommandieren. Doch kam dies diesmal nicht von seinem reitenden Kosaken her, obwohl er diesen und den seidenen Schlafrock jetzt nicht weniger heilig und in Ehren hielt.

Onkel Jeremias war es gewesen, der diese Gedanken in ihm lebendig gemacht hatte, indem er darauf hinwies, daß der auf Reisen befindliche junge Grandseigneur eine Staatspflicht habe, die sich jetzt nicht mehr verschieben lasse. Kein halbes Jahr mehr, und der letzte Termin lief ab.

Anfangs hatte sich Felixens fürstlicher Sinn dagegen empört. Er und eine Dienstpflicht! Da er unbeirrt weiter in der Überzeugung lebte, ein Erzeugnis fürstlicher Lenden zu sein, fand er diesen Gedanken im Grunde abgeschmackt, aber die Vorstellung, welche Folgen es haben mußte, wenn er auf Prärogativen bestand, die nur von seiner persönlichen Überzeugung sanktioniert waren, erwies sich doch als mächtig genug, ihn zu einem Pakt mit der Realität zu bewegen. Und, wie immer, stellte sich hilfreich seine weitere Überzeugung ein, daß sein Stern doch schließlich alles zu seinem Besten lenke:

Nichts Besseres konnte ihm gerade jetzt beschieden sein, als Militärdienst. Das war der rechte Abschluß seiner Wanderjahre und vielleicht die Einleitung zu etwas Stabilerem. Seine rasche Phantasie sah bereits Perspektiven von kriegerischem Glanz, und es kam ihm mit Trällern eine Erinnerung an Frau Klara ins Ohr:

Dort vergiß leises Flehn, süßes Wimmern,
Da, wo Lanzen und Schwerter dir schimmern,
Sei dein Herz unter Leichen und Trümmern
Nur voll Wärme für Ehre und Mut!

Aber auch ohne Leichen und Trümmer erschien ihm seine nächste Zukunft sehr verheißungsvoll und heiter. Reiten, – ah! Und noch dazu in Uniform reiten! Den Säbel an der Seite, eine Lanze in der Faust, und alle Fenster der kleinen vornehmen Residenz mit Mädchenköpfen garniert, die ihm schwärmerisch entzückt nachschauten.
O ja: Felix war glücklich. Die angenehmsten Gefühle aus seiner Henfelzeit waren wieder munter in ihm geworden. Er war ganz kindisch vergnügt in seinen bunten Vorstellungen, die den lustig bemalten Vorhang zu einem neuen, entsprechend lustigen Akte seines Lebensspieles aufrollen ließen, nachdem ein grauer über einem grauen gefallen war. Denn es erschien ihm jetzt alles grau, was er sub auspiciis Caroli poetae erlebt hatte.
Was sich im einzelnen nun begeben, wie und wohin (zu welchen Höhen) ihn sein Stern führen mochte, das überließ er ruhig diesem hohen Regisseur. Wozu nachdenken? Weshalb planen? Im rechten Momente kam sicher wieder das Stichwort von der wunderbaren Frau.
Und der Akt setzte richtig mit dem Auftreten einer Person ein, die sich bald als bestimmend für den neuesten Schauplatz der Handlung erweisen sollte.
Im Vestibül des prachtvollen Hotels am Meere, das Felix diesmal zu seiner Wohnstätte in Neapel erkoren hatte, war ihm die elegante Erscheinung eines jungen Deutschen aufgefallen, der ihm dadurch noch besonders interessant wurde, daß sein Diener ihn mit Durchlaucht anredete. Er mochte mit Felix etwa gleichaltrig sein, sah aber älter aus infolge der etwas vornübergebeugten Haltung und seiner sonderbar welken Haut. Felix wurde an Fritz Böhle, den morphonistischen Zweibändermann, erinnert, doch schien ihm das Air des Fremden noch vornehm blasierter; wofür ihm freilich das Geistreiche deutlich abging, das »Schniller« zumal beim lebhaften Sprechen ausgezeichnet hatte. Die jugendliche Durchlaucht hatte sogar etwas Blödes, doch fand Felix, daß ihr dieser Zug gar nicht schlecht zu Gesichte stand, und er ahnte nicht mit Unrecht, daß er geflissentlich zur Schau getragen wurde, etwa mit der Bedeutung: Bitte, ich habe keinen Geist nötig. Ein ungewöhnlich großes Monokel im rechten Auge verhalf dem Anzlitz zu einer interesanten Verzerrung.

Alles in allem: Der Herr sah gut aus. Felix erkundigte sich bei dem schweizerischen Portier, was Nam und Art der erlauchte Fremdling sei. Der freie Schweizer zog die Augenbrauen hoch, wie einer, der ganz Außerordentliches zu künden hat, und erklärte im Respektstone, das Wort Durchlaucht mit reichlichen Rachenlauten schmückend, Durchlaucht sei ein Prinz aus ehemals regierendem Hause, sein Name aber sei so lang, daß es schier unmöglich sei, sich ihn zu merken. Er bitte den Herrn also, das Chärtli auf der Fremdentafel zu studieren, wo er unter Nummer zehn stecke.

Und Felix las: Franz von Assisi Ferdinand Maria Arbogast Prinz von Durenburg und Zörrigen zu Lohbuchheim.

– Eine feine Sache, so ein langer Name, dachte sich Felix. Und man begreift, daß solche Herrschaften einen kurzen, prägnanten Titel haben müssen. Man könnte sie sonst überhaupt nicht anreden. Prinz ... Durchlaucht ... Man kommt sich ganz nackt vor.

Es steckte doch ein bißchen Neid in diesen ironisch angehauchten Gedanken, aber Felix stieß ihn geschwind von sich, indem er die Lippen zu einem unausgesprochenen »Bah« schürzte.

– Durenburg ... Zörringen ... Lohbuchheim, wiederholte er geringschätzig in sich: was das für Dörfer sein mögen. Heute werden sie von Schultheißen regiert, und der ganze Rest der alten Herrlichkeit wird eine Ruine sein mit einem Kastellan, der der einzige Mensch auf Gottes Erdboden ist, der noch zu sagen weiß, was diese Dorfdynasten einmal bedeutet haben.

Und er dachte wieder einmal recht inbrünstig an Habsburg-Mexiko.

Als sich aber bei der Table d'hote die Gelegenheit zu einer Vorstellung ergab, fühlte er sich doch einigermaßen dadurch geschmeichelt, daß Seine Durchlaucht die Bemerkung machte: »Freue mich, einen Landsmann begrüßen zu können. Gedenken, länger hierzubleiben?«

Es entwickelte sich ein Tischgespräch, aus dem als Hauptsache hervorging, daß der Prinz sich in Neapel sträflich langweile.

– »Bin, weiß Gott, nicht zu meinem Vergnügen da. Höherer Befehl: Arzt. Nervenberuhigung durch Mopsen. Neuestes

System. Alles verboten: Alkohol, Nikotin, sogar die Mädchen. Na: durchhalten!«
Er sprach mit rheinischem Tonfalle und als ob er ein Gelübde zu seinem Namenspatron abgelegt hätte, die Regeln der deutschen Syntax auf ein Mindestmaß zu beschränken.
Im Grunde gefielen diese etwas hochmütigen Allüren, die aber hier wie etwas Angeborenes, Natürliches wirkten, dem zukünftigen Kavalleristen ganz gut, ja, er fand sie auf der Stelle nachahmenswert. Da er aber von Karl her gewöhnt war, im allgemeinen eher preziös wohlgesetzt zu reden, und seine ganze Natur auch im Gespräch mehr zum Dekorativen, als zur Knappheit neigte, so fiel es ihm nicht ganz leicht, dieses Muster zu kopieren.
Indessen machte auch er ersichtlich einen günstigen Eindruck auf den Prinzen, der sofort merkte, es nicht mit einem Grünling zu tun zu haben, sondern mit einem jungen Lebemann von vielen Graden. Nur in einem stellte sich Felix zu des Prinzen Erstaunen als unerfahren heraus: im Spiel.
– »Merkwürdig! Nie gejeut!? Sonderbare Tugend. Na, kommt schon noch. Mir natürlich allerstriktest verboten. Beinahe Ehrenwort abgenommen. Beinahe! Kann ja nicht verschworen werden. Alles andere, – ja. Jeu – nee. Angeboren. Erbe. Reflexbewegung vor grünem Tische. – Möchte wirklich wissen, ob es solche Möbel in dieser unangenehmen Stadt gar nicht gibt.«
– »Doch, Durchlaucht. Hier ist für alles gesorgt. Wenigstens für alle Leidenschaften.«
– »Äh ja. Weiß. Unglaubliche Sachen. Tolle Spezialitäten: Jungens, Kinder, Ziegen, Enten und überhaupt alles, was der Mensch vermeiden soll. Daher der Name Süden. Aber Jeu-Zirkel? Wo man anständigerweise hingehen kann? Glaubs nicht. Wahrscheinlich Gaunerklubs. Affröse Möglichkeiten. Lebhaft gewarnt worden.« –
Felix beschloß, Nachforschungen anstellen zu lassen, und es gelang ihm, durch John einen Klub ausfindig zu machen, der, ausschließlich aus Herren der Gesellschaft bestehend, im Rufe stand, dem Glücksspiele angelegentlichste Pflege angedeihen zu lassen, und in den Fremde von Distinktion durch Mitglieder eingeführt werden konnten. Ateneo nannte sich dieser Klub, – vermutlich, weil auch in der

berühmten Gelehrtenschule des Kaisers Hadrian das Spiel ludere par impar fleißig traktiert worden ist.
Franz von Assisi usw. war eine wilde Spielratte. Wenn seine langen, schmalen Hände mit ihren feingliedrigen, scheinbar aus altem, nachgegilbtem Elfenbein geschnitzten Fingern auf dem grünen Tuche lagen, so schien es, als ströme durch sie aus ihrer Unterlage her ein kräftigendes Fluidum in den sonst so gebrechlich wirkenden Körper. Der Prinz richtete sich dann straff auf und war ganz Muskel und Nerv. Selbst seine welke Haut schien sich zu spannen, und die sonst kleine bräunliche Pupille seiner grünlichen Augen erweiterte sich. Er konnte, mit äußerster Anspannung der Aufmerksamkeit, zehn Stunden bei der Roulette, Trente et quarante, Rouge et noir und beim Pharao sitzen, ohne daß er das geringste zu sich nahm. Sein Gesicht blieb unbeweglich, nur die Lippen verschwanden im Aufeinanderbeißen auf Momente, und es gab Augenblicke, wo seine feinen, dünnen Nasenflügel bebten. Immer gleich auch blieb sich seine Stimme beim Spiel. Sie hatte dann eine Art von Flüstern, das, kaum hörbar, Wort von Wort doch deutlich abhob.
Kein Zweifel: diesem nicht mehr ganz frischen Zweige an einem sehr alten Stammbaume war das intensivste Lebensgefühl beim Hasard beschieden. Er spielte nicht, um zu gewinnen, und es war nicht eigentlich Gewinn und Verlust selbst, was ihn erregte. Er genoß das Gefühl der Konzentration, das ihm sonst versagt war, das Gefühl einer ganzen Hingegebenheit an eine Macht, die Schlag auf Schlag sich äußerte wie Elektrizität aus Spannung. Diese Macht gewissermaßen auf eine Probe zu stellen, ja, sie zu reizen, obgleich er wohl wußte, daß das unsinnig war, aber es doch immer wieder zu versuchen, wieder zu glauben, sich immer wieder auf Momente als Herr des Glückes zu fühlen: das erfüllte ihn mit einer Art weißgluthafter Leidenschaft, unter deren Herrschaft er bei äußerer Kälte das heftigste seelische Feuer entwickelte, dessen er fähig war.
Felix benahm sich ganz anders als er, am Spieltische, und er war auch ein ganz anderer. Er gab sich lächelnd, ironisch, abschätzig, weil er glaubte, zeigen zu müssen, daß Gewinn und Verlust ihn nicht tangierte. Und dies war auch anfangs sein einziges Gefühl bei der Sache. Bis er zu gewinnen begann und, mit kurzen Unterbrechungen, immer wieder

gewann. Damit stellte sich sofort sein Wahngefühl ein, der unbedingte Günstling des Glückes zu sein, der Mann mit dem Stern über sich: Felix. Er konnte bloß ein Lächeln haben über die wilderregten neapolitanischen Signori, die sich bei Fehlschlägen in die schwarzen Haare fuhren und der Madonna greuliche Unehrennamen gaben, und er mußte auch über seines Prinzen andauernden statuenhaften Ernst lächeln, obgleich es seine ganze Anerkennung hatte, daß Seine Durchlaucht auch durch die heftigsten Verluste nicht aus der Ruhe gebracht wurde.

»Warum nehmen Durchlaucht das Spiel eigentlich so ernst?« fragte er einmal, als sie beim Morgengrauen nach Hause schritten.

»Wozu sollte ich sonst spielen?« antwortete der Prinz. »Man spielt doch nicht zu seinem Vergnügen. Liebe ist Pläsier. Jeu ist was anderes. Jeu ist ... na ... nee: Ernst auch nicht ... ist mehr ... ist ... äh ... Jeu ist Zwang ... äh ... Unterwerfung und ... wie heißt es doch in der Bibel ... ja: wider den Stachel löken. Unsinn. Ich weiß nicht, was es ist. Kein Mensch weiß es. Wenigstens kein anständiger Mensch. Die andern, na ja: Gewinnen. Lotto. Kümmerlich. Pöbelsentiments. Begreife das. Haste was, so kannste was. Höchst begreifliches Sprichwort. Aber paßt bloß auf Populace. Nicht zum Nachfühlen. – Übrigens habe ich Pech bei den Athenern. Noch einmal: dann Schluß. Capri. Mastkur. Muß Manöver in anständiger Form mitreiten. – Na: felicissima notte!«

»Notte?« meinte Felix und wies zum Himmel, den es blau purpurn überzog.

– »Schlafen ist immer Notte. Wenns keinen andern Grund zum Jeuen gäbe, schon genug das: bombensicherer Schlaf hinterher. Beweis: Jeu – geistige Beschäftigung. Versteht sich übrigens am Rande. – Was? Gehen nicht ins Bett?«

Der Prinz fragte so, weil Felix nicht mit ins Hotel trat, sondern nachdenklich auf die Uhr schaute.

– »Verlohnt sich nicht mehr. Muß um acht Gäule ansehn, die mir sonst weggekauft werden.«

– »Gäule?! In Neapel?! Gibts ja gar nicht. Offiziere reiten hier Böcke.«

– »Brauche Viererzug. Will nach Deutschland kutschieren. Muß mein Jahr abdienen.«

– »Was?! Sind noch nicht Offizier?!«
Seine Durchlaucht waren aufs höchste erstaunt. Hatten es für selbstverständlich gehalten, daß dieser, wenn auch bürgerliche, so doch offenbar bessere junge Herr längst Reserveoffizier sei.
Und er fuhr fort, als Henry den Sachverhalt erklärt hatte: »Aber das ist ja ... da kann ich vielleicht ... Na, später. Noch zwei Minuten, und ich falle um vor Schlaf. Würde sonst die Gäule gerne mit ansehn. Gäule und Frauen, angenehmes Beschauen, braucht aber Weisheit und Gottvertrauen. Fürn Wagen übrigens gut, die Italiener.«

In der darauffolgenden Spielnacht waren wieder weder Kugeln noch Karten dem Prinzen hold. Wie Felix fast unausgesetzt gewann, so verlor er fast ohne Unterbrechung, und es kam so heftig, daß er für einen Moment mit all seiner Contenance etwas ins Schwanken kam und fast zitternd nach der Brieftasche griff, ihr eine größere Summe zu entnehmen, die aus dem Häufchen Banknoten nicht zu decken war, das vor ihm lag. Aber die Brieftasche war leer, und der Prinz erkannte mit Schrecken, daß er seine ganze Reisekasse verspielt hatte. Er runzelte die Stirn und war nicht imstande, das Wort zurückzudrängen, das sich ihm auf die Lippen zwang: »Fatal!«
In diesem Moment beugte sich Henry, der hinter ihm stand, weil ihm das ewige Gewinnen langweilig geworden war, ein wenig vor und flüsterte: »Wollen Durchlaucht, bitte, über mich verfügen.«
Der Prinz blickte auf und erwiderte: »Sehr verbunden.« Schrieb einen Gutschein und spielte weiter. Setzte höher und höher und verlor immerzu, so daß die Ziffern auf den Gutscheinen immer länger wurden.
Seiner Durchlaucht wurde doch etwas unheimlich zumute, und er wollte mehr als einmal aufhören, aber erst der äußerste vom Klub angesetzte Termin zum Schluß machte dem Spiel ein Ende.
Der Prinz war in sehr gedrückter Stimmung, als er mit Felix nach Hause ging. Es war ihm höchst peinlich, dem Fürsten, seinem Vater, ein Telegramm um Geld schicken zu müssen, denn damit mußte es aufkommen, daß er, entgegen seinem bestimmten Versprechen, gespielt hatte. Auch

war die Summe so groß, daß er sich doch nicht ganz sicher darüber war, ob dieser bessere junge Herr sie sogleich werde vorstrecken können.
Darüber beruhigte ihn Felix nun freilich schnell, wie er zu ahnen begann, daß sein Begleiter von derartigen Zweifeln geplagt wurde.
»Scharmant,« entgegnete der Prinz, »wirklich sehr verbunden. Sonst in der Tat peinliche Situation gegenüber diesem Mann im schwarzen Barte. Mein Lebtag nicht so unglückliche Hand gehabt. Und gerade hier, von allen Quellen entfernt. Scheußlicher Leichtsinn. Papa diesmal alle Ursache zu höchst fatalen Reprimanden. Kennen das vermutlich auch? Alte Geschichte: Väter und Söhne. Überall gleich. Na, saurer Apfel gesund, wenn auch reinbeißen eklig.«
Felix durchschaute die Situation nicht ganz, denn, unerfahren, wie er war, glaubte er, daß ein Prinz mit so langem Namen überhaupt nicht in gewöhnliche Verlegenheiten kommen könne, aber er ahnte sie doch ungefähr. Er entgegnete fürs erste, daß er vollkommen selbständig in der Verfügung über sein Vermögen sei, und dies vom Tage seiner Mündigkeitserklärung an. Väterliche Gewalt habe er überhaupt nie gespürt.
»Müssen aber doch sozusagen Vater gehabt haben,« meinten erstaunt Seine Durchlaucht.
»Einen Pflegevater, ja,« entgegnete Felix, »aber selbst dieser hat mir nie verraten, wer mein eigentlicher Vater war. Ich weiß, durch einen Testamentsbrief meines Pflegevaters, nur, daß ein Geheimnis im Spiele ist, das zu lüften auch er nicht befugt war.«
»Haben aber doch noch nachgeforscht?!« fragte interessiert der Prinz.
»Ja,« antwortete Felix mit leise betonter Wichtigkeit, »soweit ich selber durfte. Ich habe gewisse – Rücksichten zu nehmen, deren Mißachtung gegen die besondere Art meiner Abstammung verstoßen würde.«
Seine Durchlaucht blickte ihn musternd an, hüstelte und sprach: »Verstehe. Kommt vor. Na ja. Im Grunde angenehme Position. Hat Vorteile, keine direkten Verpflichtungen zu haben. Und schließlich: Blut die Hauptsache.«
Es war ihm recht angenehm und eine Art Erleichterung,

daß er das Geld einem nicht schlechtweg und ganz gewöhnlich bürgerlichen Herrn verdankte, sondern einem bloß quasi Bürgerlichen, der unter Umständen von höher her sein konnte, als der ehrwürdigen Durenburg. Bei diesem Sachverhalte durfte er sich auch herbeilassen, anzudeuten, daß es ihm sehr angenehm wäre, wenn er das Telegramm an des Papas Durchlaucht jetzt nicht abzuschicken brauchte, sondern die Begleichung seiner Schuld bis zu seiner Rückkehr zu den Quellen verschieben dürfte. Er deutete nur an, aber Felix war feinhörig genug, die Melodie zu verstehen, die mit der Sordine gespielt wurde. Die gleichfalls feine und gedämpfte Art, mit der er darauf reagierte, erleichterte dem Prinzen die Annahme auch dieser weiteren Gefälligkeit, indem sie seine Überzeugung bestärkte, daß er es hier mit einem besonders edlen Halbblute zu tun habe.
Dieser junge Mann gefiel ihm jetzt von Grund aus, und er fühlte sich einem weiteren Verkehr mit ihm nicht abgeneigt.
»Schon Regiment gewählt?« fragte er am nächsten Tage.
»Nein,« antwortete Felix, »ich habe die ganze Angelegenheit auf unentschuldbare Weise vernachlässigt. Bin auch ganz unwissend in militärischen Verhältnissen.«
»Demnach böser Reinfall nicht ausgeschlossen,« sagte der Prinz, indem er sein Monokel umständlich putzte, was er nur in wichtigen Gesprächsmomenten zu tun pflegte. »Waffe natürlich klar: Kavallerie. Alles andere mehr oder weniger gemischt, obgleich, versteht sich, ehrenwert und notwendig. Na ja. Aber auch Kavallerie hat Nuancen. Kenne Regimenter, die nichts sind als Fußvolk zu Pferde. Besser zu vermeiden.« Er putzte nochmals seine Scherbe. Dann fuhr er fast schüchtern fort: »Möchte mich, äh, revanchieren. Rat erteilen. Kann von Nutzen sein. Wenn in mein Regiment treten, meine Empfehlung ohne weiteres sicher. Kommen dadurch über allerhand weg. Auch für später gut.«
Felix griff entzückt mit beiden Händen zu, und als er dann Näheres über das Regiment, seine Uniform, seine Garnison, eine kleine, schön gelegene Residenzstadt, hörte und über den Fürsten, den Hof, das Theater und die Damen des Theaters wie der Gesellschaft gleichfalls nur Verlockendes vernahm, konnte er seinen Gefühlsäußerungen nur mit

Mühe den Ton der Gleichmütigkeit verleihen, den im Verkehr mit dem Prinzen unbedingt beizubehalten er mit Recht für angebracht hielt.
»Also abgemacht!« beschloß der Prinz das Thema, indem er Felix die Hand reichte. »Freue mich, weiterhin das Vergnügen zu haben. Schade, daß jetzt nach Capri muß. Werde Ihre Gesellschaft sehr entbehren. Italiener nicht mein Fall. Zu laut.«
Er nahm daher mit unverstelltem Vergnügen Felixens Anerbieten, ihn nach Sorrent zu kutschieren, an, und Felix seinerseits empfand hohe Wonne, als der Prinz seinen vier neuen Gäulen sowohl, wie der »prachtvollen Donnerkutsche« (so nannte er den riesigen und bequemen englischen Reisewagen, den Felix gekauft hatte) uneingeschränkten Beifall zollte. Aber geradezu triumphatorische Hochschwellung des Gefühls durfte er genießen, als der Prinz angesichts seiner Kutschierkunst in die Worte ausbrach: »Fahren ja wie der liebe Gott! Gäule sind zu beneiden. Entschieden angeborenes Talent!«
Er war jetzt felsenfest überzeugt, daß Felix bestes Halbblut war.
Da das Schiff des Prinzen in Sorrent erst zwei Stunden nach ihrer Ankunft abging, beschloß man, die Straße nach Amalfi ein Stück zu befahren.
»Was ist denn das fürn Ding?« fragte Seine Durchlaucht, als Karls Monument auftauchte.
»Ein kleines Denkmal, das ich einem hier verunglückten Freunde habe setzen lassen,« antwortete Felix ruhig.
»Was Tausend!« sagte, von wirklichem Respekt ergriffen, der Prinz. »Setzen Denkmäler? Höchst anständige Passion. Muß ich natürlich genau betrachten!« Und er dachte, während er ausstieg, bei sich: »Allerbestes Halbblut. Direkt kaiserliche Anwandlungen. Merkwürdiger Mensch. Sieht auch wirklich tadellos aus. Wird sich in Uniform blendend machen. Regiment kann sich freuen. Müßte unbedingt dabei bleiben, wenn von Adel wäre.«
Er betrachtete das Denkmal mit befriedigtem Neigen des Kopfes, indem er sprach: »Brillante Sache. Sehr geschmackvoll. Lateinische Aufschrift guter Einfall. Dichter gewesen, der Bedauernswerte? Merkwürdig. Müssen mir nachher erzählen. Verse natürlich von ihm. Sehr pietätvoll. Kommen

mir etwas dunkel vor. Aber entschieden genial. Müssen mir wirklich ausführlich erzählen.«
Und Felix erzählte wirklich ausführlich eine gar ergreifende Geschichte von einem Poeten, der trotz seines bürgerlichen Namens bestimmt war, der Dichter der Aristokratie, des Glanzes, der Macht, des souveränen Herrenrechtes zu werden. »Aber diese hohen Gedanken«, schloß er mit bedeutsam sich senkender Stimme, »standen wohl in einem unüberbrückbaren Widerspruche mit den innersten Instinkten des Verewigten, mit seiner Herkunft, seinem Blute. Sein Gehirn führte gewissermaßen ein Dasein ohne nährendes Hinterland. Es mußte sich verzehren, und ein tragisches Ende war der von einem unerbittlich folgerichtigen Schicksal bestimmte Schluß.« »Ja,« meinte der Prinz, »es gibt so Sachen.«

Die erste Etappe

Felix war mit seinem Viererzug nach Deutschland mehr zurückgerast, als gefahren. Die Meinung des Prinzen, daß seine Gäule zu beneiden seien, bestätigte sich dabei nicht. Er fuhr ein gutes Dutzend zuschanden, und wenn es nicht italienische Pferde gewesen wären, die ans Ausgepumptwerden gewöhnt sind, so würden noch mehr halblahm zurückgeblieben sein.
Felix wußte wohl, daß das kein gutes Fahren, sondern ein scheußlicher Unfug war, und er hatte sich das Heimkutschieren anfangs auch anders gedacht. Aber seit ihm die Uniform des prinzlichen Regimentes winkte, war Italien für ihn nur eine Strecke Landes, die er so schnell als möglich hinter sich lassen mußte. Je heftiger, hastiger die fegenden sechzehn Hufe vor ihm spektakelten, je krachender das Eisen der Radreifen über Stock und Stein polterte, je dicker der Staub hinter ihm aufwirbelte, je höher er selbst auf seinem Bocke hin und her geschleudert wurde, um so wohler, frischer, belustigter fühlte er sich. Mochten die vierbeinigen Kreaturen, die ja doch seinem Gaulideale nicht entsprachen, die Kränke kriegen, mochten John und der Kutscher hinten zerscheuert und zerschunden werden, – was tats! Er schonte sich auch nicht. Seine Arme wurden wie aus Holz, alle Muskeln und Knochen schmerzten ihn,

abends sank er ins Bett wie ein Ding aus Blei. Nichts interessierte ihn. Fort, fort, fort! Weiter! Nach Deutschland! In die Uniform!

Nun hatte er sie an und befragte mehr als einmal täglich den Spiegel an der Wand, wer der Schönste sei im ganzen Land. Zwar der Stalldienst war nicht süß und auch nicht dekorativ, das frühe Aufstehen kam bitter an und sauer der Schweiß beim Gedrilltwerden. Auch war fürs erste schmählich wenig freie Zeit zum Glänzen auf der Straße übrig, und der Umstand, zwar Reiter, aber nicht Reiteroffizier zu sein, den er ursprünglich allzuwenig mit in Rechnung gezogen hatte, machte sich nun oft genug bemerklich. Seine Durchlaucht sah er kaum; die übrigen Offiziere behandelten ihn streng dienstlich, und kasinoreif war er noch nicht. Doch gefiel ihm im Grunde auch der jetzige Zustand schon. Die feste Leitung und bis ins einzelne genaue Regelung, unter der sein Leben stand, dieses ganze seelische und körperliche Training tat ihm wohl. Es war ihm angenehm, daß Regiment und Eskadron ihn der Notwendigkeit überhoben, darüber nachzudenken, womit er seine Zeit ausfüllen sollte. Er, der »geborene Herr«, fühlte sich wie geborgen im Zwange des Dienstreglements.
Manchmal, wenn er an dienstfreien Tagen sich die Wollust gönnen durfte, angetan mit seinem seidenen Schlafrocke auf dem Diwan zu liegen, fragte er sich selbst, wie das eigentlich kam, daß er die Freiheit gar nicht vermißte. Er fand nur die Antwort: Abwechselung. Den Umstand, daß die rein körperliche Tätigkeit, ob auch unter Kommando, ihm ersichtlich wohltat, übersah er aber doch nicht als einen weiteren Grund für sein Wohlgefallen an dieser Unfreiheit. Er tat sich sogar etwas zugute darauf, indem er sich sagte, daß es im Grunde eine sehr vornehme, ja die eigentlichst ritterliche Tätigkeit sei. Auch wußte er, obwohl es ihm noch nicht von den Vorgesetzten ausdrücklich zugestanden war, daß er gut ritt. Die Aussetzungen, die ab und zu beim Dienste gemacht wurden, waren offenbar nicht so sehr wirklicher Unzufriedenheit mit seinen Leistungen entsprungen, als dem Prinzip, einen Rekruten nicht übermütig zu machen. Wie wirklicher Tadel klang, das zu bemerken hatte er oft genug Gelegenheit, wenn er die Donner-

wetterworte auffing, mit denen der andere Einjährige in der Eskadron bedacht wurde, ein Herr von Herzfeld, der trotz Taufe und Adel nicht in der Lage war, es zu verbergen, daß seine Ahnenreihe in orientalischem Dunkel verschwand.

Kurt von Herzfeld war der Sohn eines sehr reichen Mannes, der am Hofe dieser kleinen Residenz in höchster Gnade stand und den erblichen Adel für unbestreitbare Verdienste um die Ordnung der fürstlichen Finanzen erhalten hatte.

Herr von Herzfeld senior (nach Luther Martin genannt) hatte geglaubt, daß sein Sohn in diesem Regiment unbedingt avancieren müsse, aber Herr von Herzfeld junior (Kurt genannt, weil dieser Name in alten Ritterromanen häufiger ist als jeder andere) hätte reiten können, wie der alte Zieten, und ein militärisches Genie sein können, wie Napoleon, er wäre doch nicht avanciert. Gerade nicht. Erst recht nicht. Denn es galt, zu zeigen, daß »diesen Leuten« wenigstens eins nicht offen stehe: ein altadeliges Offizierskorps.

Gleich von Anfang an ging es dem armen Kurt schlecht im verschnürten Rocke. Er wurde nicht nur körperlich, sondern auch seelisch kujoniert. Obwohl er keineswegs schlecht ritt und auch in allem übrigen des Dienstes durchaus seinen Mann stellte, bürgerte es sich doch als Regel ein, daß er, wie nach einem Naturgesetze, immer nachreiten, immer nachexerzieren mußte. Zumal im Stalldienst schien man von ihm Leistungen von einer Vollkommenheit zu erwarten, die man im allgemeinen Einjährig-Freiwilligen sonst nicht zuzumuten pflegt, und die Art, wie man bestrebt war, ihn zu einem konkurrenzlosen Meister in der Handhabung der Lanze auszubilden, ließ von vornherein den Schluß zu, daß man nicht vorhatte, ihn in Grade aufrücken zu lassen, die die Lanze nicht führen.

Dies ertrug Herr von Herzfeld mit Gelassenheit. Obwohl körperlich keiner von den kräftigsten, riß er sich bis zum Äußersten zusammen und gönnte seinen Peinigern nicht den Triumph, ihn schwach zu sehen.

Fast unerträglich aber waren die psychischen Demütigungen, die er auszustehen hatte: der feinere Hohn der Offiziere, der schon aus der Art zu fühlen war, wie sie ihn mit spöttischer Betonung »Einjähriger von Herzfeld« nannten, und die groben Direktheiten der Unteroffiziere.

Die Situation des jungen Mannes war um so qualvoller, als

er auch im Elternhause auf Tadel stieß, statt Trost zu empfangen. Der alte Herzfeld, dem es nicht beschieden gewesen war, die Uniform zu tragen, erklärte ihn mit Empörung für einen unmilitärischen Menschen, der nicht wisse, was er dem Rang seiner Familie schuldig sei.

Kurt hatte in der Tat keinen militärischen Ehrgeiz. Er wollte Literaturgeschichte studieren und interessierte sich für die Romantiker. Wozu mußte er Reserveleutnant in einem Kavallerieregimente werden, er, dessen ganzer Ehrgeiz nach einem Lehrstuhle der deutschen Literarhistorie stand? Wär ich doch lahm oder bucklig geboren, dachte er sich manchmal. Diese Leute, die so unedel sind, daß sie einen Wehrlosen zu beleidigen vermögen, was eine Art Feigheit ist, wenn man es näher betrachtet, diese Leute stammen von meinen herrlichen alten Rittern ab, diesen prachtvollen Menschen, die edel, tapfer, großmütig und in den schönsten Zeiten ihres Standes gar Dichter waren.

Der junge Sinnierer, der in seiner Familie nicht zu Hause war und in der Welt erst recht nicht, hätte sich gern an Felix angeschlossen. Er empfand durchaus keinen Neid und Ärger darüber, daß der der Bevorzugte, ihm oft als Muster Vorgehaltene war, denn er sah es ja selber, daß Felix besser ritt und soldatischer aussah, als er. Er sagte ihm das auch unumwunden und selbst mit einem Tone von Bewunderung. Denn er bewunderte gerne.

Felix seinerseits hatte zwar die deutliche Empfindung, daß sein Kamerad klaftertief unter ihm stehe und schon deshalb kein Umgang für ihn war, weil die Offiziere ihn nicht achteten, aber seiner Eitelkeit tat jede Bewunderung wohl, gleichviel aus welchen Tiefen sie kam. So ließ er es sich also halb gönnerhaft gefallen, daß Kurt von Herzfeld Verkehr mit ihm suchte.

Sie tranken zusammen Tee, Kurt klagte sein Leid, schwärmte von seinen Romantikern und wurde nicht müde, zu wiederholen, daß Felix sein einziger Trost in dieser schrecklichen Zeit sei, während dieser aufs großartigste Weltanschauung ertönen und an dem verblüfften jungen Mann seine Lebenserfahrungen vorbeipassieren ließ.

– Was für ein Mensch! dachte sich Kurt: Lebemann, Dichter, Ritter, Philosoph!

Und er fing an, ihn zu lieben, obwohl Felix kein Hehl da-

raus machte, daß er (»ich kann nun mal nicht anders; es steckt im Blute«) eigentlich Antisemit sei: »Aber, natürlich, das schließt nicht aus, anzuerkennen, daß es auch anständige und sympathische Juden gibt.«
»Ach,« meinte Kurt, »dann darf man aber auch nicht Antisemit schlechtweg sein und höchstens sagen: Ich bin nicht Philosemit. Und das ist ja eigentlich auch ein Unsinn, wie alles, was in Bausch und Bogen für oder wider ist.«
»Nein,« erklärte Felix, »Antisemitismus ist Instinktsache, Sprache des Blutes. Zwischen den Ariern und den Semiten ist Feindschaft gesetzt von Bluts wegen.«
»Wenn das richtig wäre,« entgegnete Kurt, »so müßte ja ich Anti-Arier sein, und ich bin es so wenig, daß ich mich durchaus als Deutscher fühle, obwohl ich mich meiner jüdischen Abkunft nicht etwa schäme.«
Felix lächelte und dachte sich: Zu dünnes Blut; geschwächte Instinkte; Gelehrtennatur. Und er sagte: »Vielleicht sind Sie nicht rein semitischer Abstammung. Ich habe mir sagen lassen, daß Halbjuden deutscher Nationalität zuweilen geradezu krampfhaft teutonisch empfinden. Was, nebenbei gesagt, meine Sache keineswegs ist. Ich fühle rein arisch, nicht germanisch. Bin arischer Kosmopolit. Übrigens auch von Bluts wegen.«
– »Sie sind nicht aus rein deutscher Familie?«
Felix lächelte wiederum. Am liebsten hätte er gesagt: Bitte im Brockhaus unter Habsburger nachzuschlagen. Aber er begnügte sich, seine Unterlippe vorzuschieben und leichthin zu erklären: »Die Familie, der ich entstamme, ist zwar ursprünglich deutscher Herkunft, hat aber keinen Wert darauf gelegt, sich nur mit deutschen Geschlechtern zu versippen. Sie ist durchaus international. Überdies war meine Mutter Spanierin. Ich möchte fast meinen, daß der erlauchte Grande Don Juan zu ihren Vorfahren gezählt hat.«
»Daher also Ihr südliches Aussehen!« rief Kurt aus. »Ich habe immer so etwas vermutet. – Was mich aber doch wundert, ist, daß Sie kein deutsches Nationalgefühl haben. Ich habe immer gemeint, Sie haben die Absicht, Offizier zu werden, und ohne Nationalgefühl geht das doch kaum.«
– Aufdringliche Judenlogik, dachte sich Felix und erwiderte aigriert: »Ich hoffe, es bleibt unter uns, was ich da gesagt habe. Wenn ich einmal deutscher Offizier sein werde, werde

ich es natürlich mit Leib und Seele sein, genau so wie die Herren mit hochadeligem Namen, die auch allesamt nicht rein deutschen Geblütes sind.«

»Wie es sich ja auch mit der Abstammung der deutschen Fürsten verhält, die aber trotzdem das Nationalgefühl geradezu repräsentieren,« pflichtete Kurt bei.

»In der Tat gerade so,« schloß Felix die Unterhaltung, deren Verlauf er bereits bedauerte.

Als er die Gefreitenknöpfe erhalten hatte (mit denen Kurt von Herzfelds Kragen sich nicht schmücken durfte), erschien, endlich, der Prinz bei ihm. Felix war eben vom Dienst zurückgekehrt, hatte das gewohnte Bad genommen und pflegte in seinem seidenen Schlafrock einer wohlverdienten Ruhe, indem er mit Wohlgefallen an die lobenden Worte dachte, mit denen der Rittmeister seine erste militärische Beförderung begleitet hatte. Der Prinz, der knapp nach eben erfolgter Anmeldung eintrat, mußte lachen, wie Felix in dieser äußerst unmilitärischen Bekleidung militärisch Stellung nahm. Er reichte ihm die Hand und sagte lächelnd: »Bitte rühren! Endlich mal wieder n bißchen plaudern. Mensch zu Mensch. Dienst Sache für sich. Komme zu gratulieren. Immerhin ersten Schritt gemacht. Alles der Reihe nach bei Militär. Hoffentlich gefällt Ihnen in Uniform?«

Felix beteuerte, daß er sich nie wohler gefühlt habe.

– »Nie daran gezweifelt. Geborener Reiter. Darf es Ihnen sagen, Mensch zu Mensch, außerdienstlich: alle Kameraden weg. Sitz, Schneid, Haltung, Gäule, alles tipp-topp. – Bloß eins unangenehm vermerkt: Umgang mit, äh, Dingsda von Herzfeld. Offen gestanden: selber perplex. Gutmütigkeit muß Grenzen haben bei Militär. Sonst ja schöner Zug. Geht aber nicht überall. Müssen Jüdchen unbedingt abwimmeln.«

Felix beteuerte, daß er diesen Entschluß bereits gefaßt habe, ihn aber nun mit besonderer Beschleunigung ausführen werde. Selbstverständlich sei nicht er es gewesen, der diesen Umgang gesucht habe.

– »Persönlich nie daran gezweifelt. Mehrzahl Kameraden auch nicht. Einige aber doch kopfscheu geworden. Beinah demonstrativ gefunden. Na, nichts verloren, wenn gleich Schluß machen. Dann Kasinoverkehr nichts im Wege.

Alles andere später gleichfalls arrangeabel. Können sich auf mich verlassen.«
Felix beteuerte, daß er immer danach streben werde, sich der Gönnerschaft Seiner Durchlaucht würdig zu erweisen, und daß er nie anders, als nach den Ratschlägen Seiner Durchlaucht, zu handeln gedenke, die für ihn Befehle seien.

Er brach den Umgang mit dem mißliebigen Kameraden so schroff ab, daß der arme Kurt ganz trübsinnig darüber wurde, und er ging, in der Beflissenheit, zu zeigen, daß er auch an antisemitischer Gesinnung nicht hinter dem Offizierkorps zurückstehe, so weit, daß er im Kasino zutrauliche Äußerungen des »Jüdchens« in offenbar sehr belustigend chargierter Form zum besten gab, denn man schüttelte sich vor Lachen darüber und wünschte immer aufs neue, Äußerungen des Herrn von Herzfeld über altdeutsche Ritterlichkeit zu vernehmen. Nur wenn der Oberstleutnant Graf Pfründten zugegen war, durfte man Felix nicht ermuntern, seine Spezialität zu produzieren. Dieser Offizier, der enragierteste Judenfresser von allen, hatte nämlich, als er einmal bei solchen Äußerungen Felixens zugegen war, gesagt: »Lassen Sie das, Einjähriger Hauart; Sie treffen den Tonfall zu gut.«
Felix hatte das wie einen Schlag ins Gesicht empfunden, ohne selbst zu begreifen, warum. Es war einer der Momente gewesen, in denen ein Mensch den andern als Feind erkennt, ein jäher Augenblick, der in wilder Hitze Haß gebiert.

Das Tee-Thema.

Seine Durchlaucht hatten alle Ursache, mit ihrem Günstling zufrieden zu sein. Alle Welt, mit einziger Ausnahme des Grafen Pfründten, war sich darüber einig, daß das Regiment niemals einen prächtigeren, schneidigeren Einjährigen gehabt habe. Er sah glänzend aus und entzückte durch ein Betragen von höchster Artigkeit bei stilvollster Innehaltung des speziell militärisch Standesgemäßen alle Kreise, mit denen er in Berührung kam. Und sein Verhältnis zum Prinzen brachte es mit sich, daß dazu auch die exklusivsten Kreise der Residenzstadt gehörten.

Die eigentlichen Hofkreise waren dies sonderbarerweise nicht. Die waren mit Elementen untersprenkelt, durch deren Hoffähigkeit innerhalb der Exklusiven das doppelsinnige Wort entstanden war, der Hof sei zuweilen eine allerhöchst gemischte Gesellschaft. Mochte der regierende Herr daran Gefallen finden, wie er auch sonst an mancherlei Gefallen fand, worüber man sich mit der altadligen Kunst mokierender Medisance untereinander recht herzhaft ausließ, – zur Gesellschaft gehörte beileibe nicht alles, was von Gnaden Serenissimi mit adligem Titel und Wappen prunkte. »Knoblauchadel« nannte Graf Pfründten diese neue Aristokratie, und als gar der Sohn eines Mannes gegraft worden war, der sein Vermögen der klugen Ausnutzung großstädtischer Fäkalien verdankt hatte, verstieg sich seine Empörung zu dem Worte »Klosett-Papier-Adel«, und er verbat es sich eine Weile demonstrativ, Graf genannt zu werden.
Der regierende Herr, ein Mann von alt-grandseigneuralem Geiste, der früher hochpolitisch ehrgeizigen Plänen nachgegangen war, ohne aber mit Bismarcks Kürassierstiefeln Schritt halten zu können, und der sich seitdem darauf resigniert hatte, souverän seinen Leidenschaften nachzuleben; dieser nicht bloß sehr vornehm, sondern auch entschieden geistreich aussehende regierende Herr kümmerte sich um diesen passiven Widerstand Derer von, auf und zu recht wenig. Er übersah es sogar mit hautainer Gleichgültigkeit, als die Offiziere seiner Residenz von Berlin aus bedeutet wurden, den Hofbällen ihrer Garnison bis auf weiteres fernzubleiben, – von wegen des Hofstaates, der ein etwas wunderliches Ansehen gewonnen hatte, seitdem der alte Oberhofmeister nicht mehr an seiner Spitze stand, dessen altadlige Würde es freilich nie geduldet hätte, daß ein ehemaliger Reisender in Seidenwaren den Stab des Zeremonienmeisters führte.
Serenissimus wußte es selbst recht gut, daß die Herrschaften, die seinem Souveränitätsrechte, Standeserhebungen vorzunehmen, sieben- und auch neunzinkige Kronen auf der Visitenkarte verdankten, nicht immer reine Adelsmenschen waren, aber er hatte in seinem langen Leben wohl auch innerhalb der Kreise des Geburtsadels ab und an Begegnungen mit Qualitäten von gleichermaßen fragwürdiger Höhe gemacht, und so fand er das prinzipielle Naserümpfen

derer vom echten Blaublute nicht ohne weiteres berechtigt. Er liebte es, derartige Spiele der Gesichtsmuskeln geradezu zu provozieren, und amüsierte sich weidlich darüber. Sein Epikuräismus hatte mit den Jahren einen zynischen Zug angenommen, ohne daß das fürstliche Air darunter gelitten hätte. Die Menschenverachtung, die um seine Mundwinkel spielte und in den Krähenfüßen eingegraben war, die seine kleinen, listigen Augen umgaben, stand ihm recht fürstlich zu Gesichte. Wäre nicht der Bart à la Napoleon III. gewesen, mit dem er manche Charaktereigenschaften, Triebe und Anschauungen gemeinsam hatte, so hätten seine Züge sicherlich an einen älteren Fürstentypus erinnert, an den der wollüstigen, launenhaften, verschwenderischen, aber auf der Höhe des Geistes ihrer Zeit stehenden Souveräne des achtzehnten Jahrhunderts. Die Dreieinigkeit seiner Leidenschaften für Jagd, Weib und Bühne war ganz im Stile des galanten Säkulums, und er gab sich ihr nicht anders hin, als wäre er vor dem kategorischen Imperativ Kants geboren worden. Daß er seine Favoritinnen, die er regelmäßig dem holden Kranze anmutiger Bühnenkünstlerinnen entnahm, als »Vorleserinnen« signierte, war kein schamhaftes Zugeständnis an seine Zeit, denn er hielt es nicht für fürstlich, sich zu genieren. Diese Damen lasen ihm wirklich auch manchmal etwas vor. Aber das sinnliche Vergnügen an der weiblichen Stimme löste bei ihm auch andere sinnliche Tendenzen aus, und je idealer der gesungene oder gesprochene Text war, um so sicherer erfolgte die angenehme Reaktion.
An den Hof dieses Fürsten hätte Felix vortrefflich gepaßt. Die vornehme Gleichgültigkeit gegenüber herrschenden Meinungen des höheren und niederen Volkes in Dingen der Moral; der wollüstige Grundton, getragen und überzogen vom großen Orchester der Liebe zu allem Künstlerischen; das auf alten Vorrechten mit absoluter Selbstherrlichkeit Fußende und doch von der zeitüblichen Art der Ausübung dieser Rechte durchaus Abweichende, gleichzeitig Würdevolle und Frivole dieses Hofes entsprach eigenen Neigungen in ihm und zog ihn an. Aber, einmal, der regierende Herr war alt, und man wußte, daß nach ihm nicht allein eine andere Linie, sondern auch sehr andere Anschauungen zur Herrschaft kommen würden, und dann, was das Ausschlaggebende war, Felix befand sich, ohne

eigentlich zu ihm zu gehören, doch im anderen Lager. Die habsburgischen Lippen schürzten sich mit nicht weniger geringschätzigem Spotte über den Knoblauchadel, als die Lippen der alten Landesaristokratie, und Felix hatte wahrhaftig keine Lust, zu der allerhöchst gemischten Gesellschaft zu gehören.

Indessen: eher wäre ein Kamel durch ein Nadelöhr gegangen, als daß ein simpler Herr Hauart hier Offizier geworden wäre. Und Felix wollte, mußte Offizier werden, aktiver Offizier in seinem Regimente. Er kaprizierte sich darauf, nicht allein, weil diese Uniform ihm gefiel, und weil hier schließlich eine Anzahl Voraussetzungen bereits erfüllt waren, die anderswo erst noch zu erfüllen gewesen wären, sondern auch, weil er wußte, daß Graf Pfründten sich die Gelbsucht an den Hals ärgern würde, wenn es ihm hier gelänge.

Mit dem bloßen Adel, das wußte er wohl, wäre es aber auch noch nicht getan gewesen. Einjähriger von Herzfeld war immer noch bloß gemeiner Reiter. Auch sein durchlauchtiger Gönner, Förderer und Freund gab sich darüber keinem Zweifel hin. Es galt, stärkere Trümpfe auszuspielen.

Der Prinz hatte von Anfang an, schon um sein auffälliges Interesse für diesen nichts als Herrn Hauart zu motivieren, Andeutungen fallen lassen, daß man es hier mit mehr als bloß einem besseren Millionär zu tun habe.

– »Geheimnisvolle Sache. Mysteriöse Herkunft. Nicht völlig eingeweiht, aber positiv überzeugt: Vater sehr hoher Herr. Mutter exotische Dame. Kennen das schöne Lied: ›In Mexiko, da lebt man froh, macht mit dem Fächer immer so‹. Daher von Pfründten beanstandete Nase, die persönlich sehr edel finde. Bitte, von Herzfeldsche Nase zu vergleichen. Übrigens Pfründten selber sehr krummen Zinken. Na ja. Gleichgültig. Im übrigen: Siehe Konversationslexikon, Mexiko. Habe sehr genau nachgeforscht. Stimmt mit Zeit auffallend. Auch sonst vollkommener Indizienbeweis. Lege Hand ins Feuer. Klipp und klar natürlich niemals nachzuweisen. Derlei Geheimnisse immer delikat. Überdies Mund versiegelt.«

Wirkte das schon im Offizierkorps sehr plausibel, so fand man es in den Salons nicht bloß plausibel, sondern direkt überzeugend.

Ein ganzer Legendenkranz wand sich um Felixens jetzt glatt gescheiteltes Haupt. Die ältesten wie die jüngsten Damen beteiligten sich daran, die geheimnisvollen Andeutungen des Prinzen mit wunderbaren Arabesken zu schmücken, und kein Thema beherrschte die Damentees so, wie das Thema Felix.

»Ich bin eine alte Frau,« rief einmal die verwitwete Baronin Mettwitz aus, »und so darf ich es sagen: ich bin eine Spur verliebt in unsern Mexikaner.«

»Bitte: Indianer!« warf die Gräfin Cham ein.

»Gleichviel,« fuhr die Baronin fort, »er ist entzückend, und ich hoffe sehr, daß er uns erhalten bleibt. Haben Sie bemerkt, wie belesen er ist, wie hübsch er zu plaudern versteht, wie wenig ihm die Unart vieler unsrer Herren anhaftet, immer wieder auf das alleinseligmachende Thema Pferd zurückzufallen.«

»Er ist ungemein gebildet,« sagte eine gleichfalls ältere Dame, »und zitiert reizend Gedichte.«

»Ja, wissen Sie denn nicht, daß er sogar einem Dichter ein Denkmal gesetzt hat?« rief die Baronin aus, froh des Umstandes, daß der Prinz ihr als der ersten diese Mitteilung gemacht hatte.

– »Ein Denkmal?«

– »Einem Dichter?«

– »Wo denn?«

– »Welchem Dichter?«

– »In Marmor?«

– »Es steht irgendwo am Mittelmeer, ganz aus Marmor und mit einer lateinischen Inschrift. Der Prinz sagt, es ist so schön, daß man davon träumen könnte. Nur schade, daß der Dichter, der als römischer Kaiser dargestellt ist ...«

– »Ah!«

– »Wie bezeichnend!«

– »... sich in einem Wahnsinnsanfall ins Mittelländische Meer gestürzt hat.«

– »Wie entsetzlich!«

– »Furchtbar!«

– »Aber warum denn?«

– »Ich sagte es ja: er wurde plötzlich wahnsinnig, und es hätte nicht viel gefehlt, daß er seinen Freund mit sich hinabgezogen hätte.«

– »Und trotzdem ein Denkmal!«

– »Wie edel!«
– »Das sieht ihm ähnlich.«
– »Was für Erlebnisse!«
– »Daher oft sein düstrer Zug.«
»Den hat er von der Mutter,« entschied die Baronin mit Bestimmtheit. »Übrigens erklärt der Prinz, noch viele andere edle Züge aus seinen Leben zu kennen. Ich hoffe, daß er mir keinen vorenthält.«
»Ich begreife nur eines nicht,« sagte die Gräfin Cham nach einer Pause, »das eine begreife ich nicht, daß er nicht wenigstens geadelt worden ist, wie es doch immer mit natürlichen Söhnen von Fürsten geschieht.«
»Es ist auffällig,« bemerkte die Baronin, »aber aus den Umständen zu erklären. Wir alle kennen ja doch den fürchterlichen Schluß des Trauerspieles von Mexiko. Wer weiß, wie es gekommen wäre, wenn diese infamen Rebellen nicht gesiegt hätten. Ich kann den jungen Mann nicht ohne tiefes Mitgefühl ansehen. Er kommt mir immer wie ein unschuldig Verbannter vor, wie ein Ausgestoßener, ohne Heim und Anschluß trotz seines Reichtums.«
– »Ach ja.«
– »Es ist wirklich wahr.«
– »Traurig.«
»Aber das läßt sich doch reparieren?« meinte eine von den jüngeren Damen. »Unser gnädigster Herr könnte ja auch einmal einen Würdigen adeln.«
»Das weiß der liebe Himmel,« seufzte die Baronin auf, »aber: ob ers tut? Es wäre eine zu merkwürdige Ausnahme, als daß man daran glauben könnte. Und schließlich dürfte unser Mexikaner zu stolz dazu sein.«
Da lachte die junge Gräfin Pfründten, die die Tochter ihres Gatten hätte sein können und den, wenn auch von ihren Standesgenossinnen angefochtenen, Ruf hatte, die schönste Frau des Regiments zu sein, ironisch auf.
Alles wandte sich empört ihr zu, und die Baronin warf ihr ein spitziges »Nun?« entgegen.
Aber die schöne junge Gräfin zuckte bloß die Achseln und meinte: »Wir werden ja sehen. Einstweilen möchte ich nur darauf aufmerksam machen, daß Herr Hauart nicht zu stolz dazu gewesen ist, die zuletzt von unserm gnädigsten Herrn abgelegte Vorleserin zu seiner Geliebten zu erküren.«

War schon der Inhalt dieser Worte geeignet, den Teekreis heftigst zu schockieren, so mußte der schlechthin gehässige Ton, mit dem sie vorgebracht wurden, die gesamte Damenschaft geradezu entsetzen.
Es hätte jede gerne Pfui gesagt, aber man sagte nur einmütig indigniert: »Oh!«
Doch es kam noch schlimmer. Die schönste Dame des Regiments lehnte sich ruhig zurück und sagte: »Wer weiß. Er wäre der erste nicht, der versucht hätte, sich auf diese Manier allerhöchsten Ortes beliebt zu machen. Vielleicht heiratet er sie gar. Dafür wird er mindestens Baron.«
Das war zuviel. Sowohl die indianische, wie die mexikanische Partei war im Tiefsten ihrer Gefühle verletzt. Eine kurze Pause eisigen Schweigens noch, dann erhob man sich und nahm mit vielsagenden Blicken von der Baronin Abschied, die der boshaften Gräfin kaum die Fingerspitzen reichte.

Selma mit dem Brustpanzer

Obwohl in seiner Gegenwart nie davon gesprochen wurde, fühlte es Felix doch sehr wohl, daß sein Geheimnis auf Frau Famas Flügeln die Residenz durchrauschte.
Die Offiziere, Graf Pfründten immer ausgenommen, wurden zusehentlich kordialer und beglückwünschten ihn, als er nach Ablauf seines Dienstjahres den Entschluß kundgab, als Fahnenjunker der Offizierslaufbahn zuzustreben, so herzlich dazu, daß er an ihrem guten Willen, ihn einmal als Regimentskameraden zu begrüßen, nicht zweifeln konnte.
Felix, hierin recht feinfühlig, hatte es mit guter Witterung bemerkt, wie etwas, das einer atmosphärischen Schicht verglichen werden mochte, die ursprünglich zwischen ihm und dem Offizierskorps lag, sich mehr und mehr verflüchtigt hatte. Frau Famas Flügelrauschen hatte das verweht; er wußte das wohl. Und er fand das ganz in der Ordnung, indem er für sich die Lage eines großen Herrn in Anspruch nahm, der unter einem bürgerlichen Inkognito aufgetreten war, es aber zuließ, daß dieses Inkognito von anderer Seite gelüftet wurde.
Es bereitete ihm natürlich innige Genugtuung, so ohne direktes eigenes Zutun – erkannt zu werden. Er hatte sich

längst in das Gefühl eingewöhnt, eben immer nur inkognito aufzutreten.
Aber hier, in diesem Kreise, dem er durchaus angehören wollte, wirkte ein Mensch ohne Wappen ungefähr so, wie ein Mann, der die Frechheit hätte, einen Ball in Badehosen mitzumachen. Und überhaupt: es ging zweifellos nicht an, ewig alle Menschen von Gesellschaft in peinliche Beklommenheit zu versetzen durch Nennung eines Pseudonyms, das sich nicht durch das geringste Ornament von der großen Müller-und Schulze-Herde abhob. Es war geschmacklos und also unmöglich.
Auf den Prinzen machten Äußerungen Felixens in diesem Sinne einen vortrefflichen Eindruck. Zumal die Nachlässigkeit, mit der Felix die Angelegenheit behandelte, gefiel ihm, denn sie war ihm ein neuer Beweis für angeborene Vornehmheit.
Aber er hatte doch darauf bestanden, daß auch Felix selber etwas dazu tue.
– »Müssen von zwei Seiten aus operieren. Höchster Herr zuweilen sonderbar. Echappiert gerne plötzlich. Für Militär jetzt gar kein Interesse mehr. Fahnenjunker gänzlich egal. Millionen schon weniger. Müssen aber, äh, vorsichtig nahegebracht werden. Kann ich nicht tun. Nee. Scheue Konkurrenz mit gewissen Managern. Kann bloß leise andeuten, was nicht, äh, direkt finanzieller Natur. Wird auch wirken. Höchsten Ortes viel Sinn für natürliche Söhne vorhanden. Überdies Romantiker. Aber nicht bloß. Na ja. – Sicherstes Mittel immer einschmeichelnde Stimme von Vorleserin. Wissen doch: Wappenspruch geadelter Singedame: vis in voce.«
Felix lächelte verständnisvoll, aber nicht ganz reinlich.
Der Prinz fuhr fort: »Scherz beiseite. Meine s ernst. Müssen sich an letzt gewesene ranmachen. Augenblicklich regierende natürlich streng zu meiden. Aber letztgewesene immer Stein im Brette. Finde rührender Zug. – Augenblicklich letztgewesene übrigens recht reizvoll!«
– »Selma mit dem Brustpanzer?«
Felix zeigte sich etwas erschrocken:
– »Die Dame ist mir zu dick, Prinz. Auch liebe ich diese idealistischen Kuhaugen nicht.«
– »Gibt sich mit der Zeit. Können ja wegsehen. Mensch

nicht bloß zum Vergnügen auf der Welt. Begreife Abneigung gegen Fülle übrigens nicht. Hemigloben unten und oben, der Mensch soll Gottes Gaben loben.«

– Gott behüte und Gott bewahre! dachte Felix bei sich, ich will keine Fettflecke kriegen.

Aber Prinz Assi (wie Seine Durchlaucht im Kasino nach seinem Namenspatron hieß) unterstützte seinen auf so massiger Basis errichteten Plan mit so vielen Argumenten, daß Felix sich schließlich sagen mußte, es sei ein soliderer kaum zu finden.

Erstens bewies Serenissimus dieser Gewesenen eine besonders deutliche Anhänglichkeit über das Grab seiner Liebe hinaus, und dann war es bekannt, daß die ehrgeizige Selma sich nicht auf die sonst übliche Art abfinden lassen wollte. Das obligate Chalet besaß sie bereits, an Geld fehlte es ihr auch nicht, aber sie hatte es sich in den Kopf gesetzt, Direktorin einer Pflanzschule für junge dramatische Talente zu werden, die natürlich vom Hofe zu gründen war. – Gute Seelen fanden das sehr ideal, böse Menschen erklärten es sich damit, daß Selma, nachdem sie die Liebe des Alters genossen, den begreiflichen Wunsch hegte, diesen Genuß nun auch in mehr jugendlicher Form kennen zu lernen. Doch dachte sie, meinten dieselben boshaften Leute, dabei nicht bloß an sich, sondern auch an den gnädigsten Herrn. Ihr die Eleven, ihm die Elevinnen.

Selma würde, das war dem Prinzen unbedingt klar, einer Annäherung Felixens gewiß keine Schwierigkeiten entgegensetzen, ihn vielmehr mit kräftigen Tragödinnenarmen so innig ans liebevolle Herz pressen, daß nur dessen üppige Polsterung ein Unglück verhüten konnte. Wenn dann Felix gleichfalls Kraft, Feuer und einige Ausdauer bewährte, gleichzeitig aber aus unwiderstehlicher Leidenschaft zur dramatischen Kunst eine recht ausgiebige Stiftung für die zu gründende Pflanzschule machte, dann war an hohem Lohn für hohe Leistung nicht zu zweifeln. Für einen glänzenden jungen Mann, der so in jeder Hinsicht ihren Wünschen genugtat, würde Selma zweifellos mit dem ganzen Feuer ihrer Künstlerseele und mit dem ganzen Timbre ihrer bestrickenden Stimme beim höchsten Herrn wirken, und dieser würde, gleichzeitig vom Prinzen auf das romantische Mexiko hingewiesen, ebenso zweifellos den vereinten Bemühungen einer großen Dame der Kunst und eines großen Herrn der Geburt ein geneigtes Ohr schenken. Dies um so mehr, als er dadurch auf die angenehmste Manier zur Gründung eines Kunstinstituts kam, das dem geliebten Theater zu dienen bestimmt war.

So war es geschehen, daß Felix in der Tat Selma mit dem Brustpanzer zu seiner »Geliebten« erkoren hatte.
Es wäre ihm aber recht unangenehm gewesen, hätte er erfahren, daß gerade Graf Pfründten davon Wind bekommen hatte. Es mußte das geradezu durch Spionage geschehen sein, denn Felix frequentierte die Dame seiner Interessen nur im Dunkel der Nacht und bemühte sich peinlich, keine Kunde dieser Liaison aufkommen zu lassen, die ihm weder sehr wohlgefällig war, noch besonders dekorativ erschien.
Trotzdem mußte er monatelang Nacht für Nacht in dieser ihm unausstehlichen Villa bei dieser ihm ganz und gar ungemäßen Dame zubringen.
Hier war es, wo er erst fühlte, was er einmal besessen hatte: Liane.
Sehnsucht kannte er nicht; weder vorwärts noch rückwärts gewandte; und auch die Gabe, in Erinnerungen zu schwelgen, war ihm nicht eigen. Aber hier drängten sich Vergleiche mit solcher Stärke auf, daß er mehr als einmal das kleine Pariser Haus und seine Herrin leibhaft vor sich zu sehen vermeinte, wenn er vor gegenwärtigen Reizen die Augen verschloß.
Selmas Boudoir war grauenhaft: eine Folterkammer des Geschmacks. Die hochgestimmte Seele der Künstlerin, im Grunde massiv wie ihre Körperlichkeit, hatte es verschmäht, diesen Raum mit imitiertem Rokoko auszustatten, wie es ihre Kolleginnen zu tun pflegten. Ihrem dramatischen Elan konnte nur das entsprechen, was sie im Sinne ihrer Zeit für Renaissance hielt. Hochrenaissance versteht sich. Balkiges Getäfel, nach den Ausmessungen eines Riesensaales, drückte eichenklotzig ein mittelgroßes Zimmer, das keine Türen, sondern Portale aus Nußbaumholz hatte, dem alle möglichen Schändlichkeiten angetan worden waren. Löwenköpfe sperrten daran die Rachen auf, so daß man sehen konnte, wie die großen Bronzeringe (aber es war eigentlich keine Bronze) an den Zähnen hingen. Unver-

schämt dicke Fruchtkränze bepflasterten das übrige, und in einigen schaukelten sich noch dazu gräßlich eingezwängte Putten mit Wasserköpfen. Rechts und links aber traten mühsam und daher mit ingrimmigen Blicken Landsknechte aus dem Holze hervor, die ungemein schön geringelte Bärte, aber an diesem Orte eigentlich keine Daseinsberechtigung hatten. Die großen, bogigen Fenster waren mit zahllosen flaschengrünen Butzenscheiben von deutlicher Fabriksherkunft bedeckt, mußten aber auch noch daran befestigte Glasmalereien ertragen, die rührende Szenen aus dem Trompeter von Säckingen in Farben wiedergaben, denen nur ein abgehärteter Magen widerstehen konnte. Die Papiertapete heuchelte braungenarbtes Leder mit Goldornamenten, die ein Stilleben von Helmen, Schilden, Spießen, Säbeln, Trompeten, Pauken und Kronen zu bedeuten hatten. Zum Glück war dieser papierlederne Kriegslärm zum großen Teile von Lorbeerkränzen mit gewaltigen goldbedruckten Bändern bedeckt, die meistens die Farbe des Herrscherhauses trugen, dem die begnadete Künstlerin ihre höchsten Triumphe verdankte. Möbel standen in diesem dräuenden Raume keine, sondern gewaltige Gebäude, die sich nur herabließen, als Schränke, Tische, Stühle, Sofas zu figurieren. Was Holz an ihnen war, war bis an die Grenze der Möglichkeit geschnitzt, und zwar dermaßen, daß man hätte glauben können, diese wild vorgereckten Kanten, Knäufe, Zacken, Zinken, Wülste seien nicht zum Schmucke, sondern zum Schutze dieser Holzbefestigungen bestimmt. Wo sich Stoff an dieses Holz ansetzte, ornamental ausgeschorener Plüsch von unappetitlich braungelblicher Farbe, war dieser Umstand unmäßig betont durch gewaltige Knöpfe aus bronziertem Metall. Auch gab es hier wiederum aufgesperrte Löwenrachen mit Ringen. Der persische Teppich aus Wurzen mußte höchst kostbar sein, denn er war von vielen Bärenfellen bewacht, deren aufgerissene innen rot bemalte und zähnefletschende Köpfe im Kampfe mit dem Schuhwerk der Besucher dieses Kabinetts der Schrekken ihre Nasen eingebüßt hatten. Inmitten eines Erkers, der von einer Palastterrassenbalustrade aus knolligen Säulen wie ein Altar abgeschlossen war, stand, zwischen blechernen, aber sehr sauber auf Natur lackierten Palmen, auf einem trotzig gekanteten Untersatze aus naturfarbenem

Eichenholze mit eingelassener Bronzeinschrift die Büste Selmas als Jungfrau von Orleans. Nach ihr, die so glatt und glänzend war, daß man auf die Vermutung kommen mußte, sie sei vom Seifensieder aus weißer Glyzerinseife gegossen worden, führte die gefeierte Tragödin den Namen Selma mit dem Brustpanzer. »Kein Busen wars, ein Bollwerk wars zu nennen.«

Hier, vor diesem Erkeraltar stehend, angetan mit einem Schlafrock aus himmelblauem Flanelle, der nach ihrer Meinung vom Schnitte eines griechischen Priesterinnengewandes, in Wahrheit aber doch eben nur ein ganz gewöhnlicher Schlafrock war, pflegte die üppige Heroine, à la Germania auf dem Niederwalde frisiert, mit glühenden Bäckchen und gewaltig einherwogendem Busen Verse der Klassiker zu deklamieren, indessen Felix auf einem schauderhaft unbequemen Stuhle sitzen mußte, dessen gebuckelte und gekerbte Knöpfe sich ebenso schmerzhaft in seinen Rücken eingruben, wie die hohl scheppernden Wortrouladen der begeistert Wimmernden in seine Ohren. Ursprünglich hatte ihm die skrupellose Selma zugemutet, auf diesem Stuhl der Qualen einen im Hause der Vorleserin allergnädigst zurückgelassenen Schlafrock des höchsten Herrn zu tragen, aber Felix, obwohl er sonst Order zu parieren hier nicht weniger als in der Kaserne sich zur Pflicht gemacht hatte, war in diesem Punkte denn doch nicht gefügig gewesen. Er hatte sich darauf hinausgeredet, daß der Schlafrock Serenissimi für ihn nie und nimmermehr ein Gebrauchsgegenstand, sondern immer nur ein Objekt der Verehrung sein dürfe. Dafür mußte er nun als Orestes hier sitzen, die bloßen Füße in Theatersandalen und auf dem nackten Leibe eine grüne Theatertunika mit rotem Mäander an der Saumlinie. Er kam sich wie ein Statist vor, der der Heroine ihre Rollen abhören darf.

O, diese Rollen, diese rollenden, hallenden Rollen! Felix bekam einen unauslöschlichen Haß gegen den fünffüßigen Jambus, und in der wabernden Umplätscherung dieser von heftigen Atemstößen gehobenen Rhythmenwogen fühlte er innerlich eine Wut aufsteigen, die er nur durch rastloses stummes Wiederholen eines gegensätzlichen, gewissermaßen als Gegengift wirkenden Rhythmus bemeistern konnte. Am besten bewährte sich das Anapästgehüpf: Wenn der Mops mit der Wurst übern Spucknapf springt.

Dabei aber doch ein entzücktes Mienenspiel zu unterhalten, war indessen schwer, und es war um so schwerer, weil er wohl wußte, daß Selmas idealistische Atemgymnastik nur das Vorspiel zu einer sich immer gleich bleibenden, reizlosen realistischen Liebesszene war, der jede Gliederung, jeder Geist, jedes Raffinement, jede Glut, jede Überraschung fehlte. Mäßiges Naturprodukt, durch keine Kunst geadelt und verfeinert.

O, lieber, viel lieber noch Friedrich Schiller in Selmaschen Rouladen!

Oft, wenn die vor Begeisterung Keuchende schon Anstalten machte, zu dem Tragödienschritte anzusetzen, der ihm die Zerreibungszone ihrer Umarmung näherte, sprang er hingerissen auf und zurück und rief:

»O, bitte, einmal noch von der herrlichen Stelle an:

In rauhes Erz sollst du die Glieder schnüren,
Mit Stahl bedecken deine zarte Brust,
Nicht Männerliebe darf dein Herz berühren
Mit sündgen Flammen eitler Erdenlust.«

Aber, wie bedeutsam er auch die zwei letzten Verse betonen mochte, es kam doch immer zu der unvermeidlichen Katastrophe, die mehr dem Wesen der Voltaireschen Pucelle, als der Schillerschen Jungfrau entsprach, und unter deren Entladungen sich Felix mehr als einmal fragte: Wann ist diese furchtbare Person eigentlich echt: wenn sie Schiller, oder wenn sie mich notzüchtigt?

Hätte er sich eingehender mit Selmas Charakter beschäftigt, so würde er darauf gekommen sein, daß sie es das eine wie andere Mal war, im tieferen Sinne aber nie.

Doch Felix dachte nicht daran, sich mit Selmas Charakter zu beschäftigen; er hatte gerade genug mit ihrer Leiblichkeit zu tun.

Wenn die Griechenpriesterin in ihrem himmelblauen Flanell ihren Orestes unter schallenden Küssen zwischen den grimmigen Landsknechten hindurchbugsiert und zu ihrem geräumigen Lager geschleppt hatte, das in einem himbeerlimonadefarbenen Lichte schwamm, weil eine von zwei an Drähten schwebenden Tauben gehaltene Rosaglasmuschel es so wollte, dann lernte Felix die große, aber bittere Wahrheit des prinzlichen Wortes kennen, daß der Mensch nicht bloß zum Vergnügen auf der Welt ist. Der Begriff der

Arbeit ging ihm auf, und, wenn es auch Arbeit auf einem Gebiete war, wofür er hinreichend Talent, und auf dem er reiche Erfahrung besaß, so gehörte doch viel Selbstüberwindung, gewaltige Energie und der beharrliche Gedanke an den Lohn der Mühe dazu, sie zu leisten.

Als ihn der Prinz eines Tages beinahe aufgeregt mit der Meldung beglückte: »Höchster Herr in Anerkennung besonderer Verdienste um dramatische Kunst Graf gemacht!« da atmete er tief auf und sagte: »Gott sei Lob und Dank! Das hab ich mir redlich und sauer verdient. Es war die höchste Zeit.«

IM SATTEL

Der Stern der rechten Bahn

Vom Nichts zum Grafen!

Sogar Selma war verblüfft. Soviel Einfluß hatte sie sich als Gewesene doch nicht zugetraut, und die Summe, die Felix gestiftet hatte, war zwar recht erklecklich, entsprach aber doch eigentlich nur sieben und nicht neun Zinken. Die ideale Künstlerin war einen Moment fast ärgerlich überrascht, denn sie hatte für ihren angebeteten Orestes eine Nachbildung ihrer berühmten Jungfraubüste in Perlenstickerei anfertigen lassen, und darin nahm keinen kleinen Platz eine siebenzackige Krone ein. Zwei rundliche Liebesgöttchen hielten diese Krone in der Schwebe, während ein himmelblaues S darunter ein scharlachrotes F innig umschlang, – was alles gewiß noch immer sehr »niedlich«, aber nun doch unverwendbar war.

Selma gab sofort eine Korrektur in Bestellung, sollte aber auch für diese keine Verwendung finden, denn Graf Orestes bekam mit einem Male kalte Füße in den Theatersandalen. Er verließ auch seine Villa und kaufte ein kleines Schloß in der Umgebung der Stadt einem geborenen Grafen ab, dessen altes Wappen nicht so gut vergoldet war, wie Felixens neues.

Man fand das allgemein sehr stilvoll und machte sich auf große Dinge gefaßt, als Felix die alten Stallungen abbrechen und fünfmal so große neue dafür errichten ließ.

In der Gesellschaft zweifelte, immer nur den obstinaten Grafen Pfründten ausgenommen, der übrigens um diese Zeit den Dienst quittierte, niemand daran, daß die sensationelle Grafung auf Beweise zurückzuführen sei, die der Prinz höchsten Ortes für Felixens hohe Herkunft erbracht habe. Ließen doch Seine Durchlaucht Andeutungen in diesem Sinne genug fallen.

Von der Gesellschaft sickerte diese Meinung, durch das Filter der Dienerschaft nicht etwa verdünnt, sondern verdichtet, in das Publikum, genannt Volk, und so wurde es bald zur allgemeinen Überzeugung, daß der neue Graf eigentlich viel mehr, als bloß ein Graf sei. Da aber das Volk aus angeborener Anhänglichkeit an das angestammte Herr-

scherhaus immer geneigt ist, romantische Geheimnisse mit diesem in Verbindung zu setzen, so belächelte man an den Stammtischen sowohl wie in den Kaffeekränzchen das Märchen von Mexiko als höfisch ersonnene Fabel, zwinkerte mit den Augen und flüsterte: Uns machen se nischt vor!
Gerade daß der neue Graf, im Gegensatze zu den vielen neuen Baronen usw., nicht offiziell bei Hof verkehrte, sondern nur zuweilen allein zu Serenissimus befohlen wurde, galt als Bestätigung dessen, was die Stimme des Volkes raunte.
Alles in allem: Felixens Standeserhöhung fand überall Verständnis und Beifall, nur nicht bei der neuen Aristokratie, die dafür jetzt ein so reges Interesse für die zu gründende dramatische Pflanzschule zu betätigen begann, daß das Entstehen dieses Kunstinstitutes bald gesichert erschien.
Die Portemonnaiebarone zweifelten nicht einen Augenblick daran, daß der Graf lediglich die Folge einer besonders ausgiebigen Stiftung für dieses dem höchsten Herrn offenbar höchst sympathische Institut war.
Indessen verhielt sich die Sache doch etwas anders.
Serenissimus hatte des Prinzen geheimnisvolle Andeutungen immer mit huldvollem Lächeln angehört, oftmals mit dem Kopfe nickend, zuweilen ein interessiertes »ah!« oder ein bedenkliches »hm« einfallen lassend, hatte ein paarmal mit seinem überlebensgroßen Bleistifte Notizen auf seinen entsprechend umfangreichen Papierblock gemacht, war auch einmal an seine Handbibliothek getreten, ein Buch herauszugreifen und in ihm nachzuschlagen, kurz, er hatte die Sache, mit legerem Wohlwollen, aber nicht mit besonderer Anteilnahme behandelt. Dann aber hatte er sich den geheimnisvollen Fahnenjunker einmal in seiner Theaterloge vorstellen lassen, ihn aufmerksam betrachtet und ein paar gnädige Worte des Lobes darüber an ihn gerichtet, daß er ein so erfreuliches Interesse für die dramatische Kunst betätige. »Sehr schön das,« hatte er gesagt; »nobile officium. Freut mich. Ich habe auch erfahren, daß Sie Umgang mit Dichtern gepflogen haben. Wünschte wohl, daß unsere jungen Herren überhaupt ähnliche Neigungen an den Tag legten und sich nicht bloß als Reiter und Pferdezuchtförderer fühlten. Aber die gegenwärtige Zeit ist materiell gesinnt. Sogar die Dichter. Hoffentlich hat Ihr Freund nicht zu den Realisten gehört.«

»Er war ein großer Idealist,« hatte Felix leise, aber doch emphatisch erwidert. »Ja, er ist gewissermaßen an seinem Idealismus zugrunde gegangen.« Darauf der höchste Herr: »Besitzen Sie ein Werk von ihm?« Und Felix: »Leider nur ein einziges im Druck. Ich gedenke, die übrigen später herauszugeben.« – In diesem Augenblicke hatte der Kammerherr vom Dienst gemeldet, daß auf der Bühne umgebaut sei. »Lassen Sie anfangen!« hatte Serenissimus befohlen und Felix mit den Worten verabschiedet: «Schicken Sie mir das Werk Ihres Freundes.«
Auf den höchsten Herrn hatte die prachtvolle Dichtung gewaltig gewirkt. Er war tief ergriffen davon gewesen und hatte den Prinzen beauftragt, am nächsten Tage Felix mit ins Schloß zu bringen.
»Ihr Freund war ein Genie,« hatte er gesagt. »Es ehrt Sie aufs höchste, daß er Sie seines Umganges gewürdigt hat, und Sie haben meinen ganzen Respekt, daß Sie in so jungen Jahren schon begriffen haben, daß einem solchen Dichter ein Denkmal gebührt. Die Nachwelt würde ihm viele Monumente gesetzt haben, wenn er länger am Leben geblieben wäre. Ich beneide Sie darum, daß Sie sich den Ruhm erworben haben, ihn als einziger zu erkennen und ihm so zu danken, wie es sonst nur das schöne Vorrecht der Fürsten oder der Ausdruck der Verehrung eines ganzen Volkes ist. Sie haben damit ganz im Sinne seiner herrlichen Dichtung gehandelt, im Sinne echten Adeltums. Es ist ein Unglück, daß das Gedicht damals nicht in meine Hände gelangt ist. Ich würde ihn auf der Stelle zu mir berufen haben, obwohl es sich an eine höhere Adresse wendet ... Nun, das war ein Irrtum. Berichten Sie mir, was darauf erfolgt ist.«
Felix hatte das in wohlgesetzten Worten getan und der Fürst darauf mit Lächeln erwidert: »Hm. Ich verstehe das. Hofmarschälle, auch wenn sie vom uraltesten Adel sein mögen, sind nicht immer die geeigneten Kapazitäten, Genie zu erkennen. Es kann vorkommen, daß ihnen derlei – fremd ist ...
Daher ich es von jeher vorgezogen habe, mich in Dingen der Kunst auf mich selbst zu verlassen. Wenn Karl August seinen Hofmarschall befragt hätte, wäre Goethe nie nach Weimar gekommen. – Aber an großen Höfen kann man wohl von diesen Zwischenstationen nicht Umstand neh-

men. Auch ist Konzentration auf Kunst in unsrer Zeit dort noch kaum möglich. Die Kunst ist nicht bloß lang, sondern auch tief, und um Tiefe zu erkennen, muß man für Tiefe Zeit haben. Kunst ist ein Kräutlein, nicht für alle Leutlein, heißt ein alter Spruch in meinem Lande. Und:

Die höchste Liebe, wie die höchste Kunst,
Ist Andacht. Dem zerstreueten Gemüt
Erscheint die Wahrheit und die Schönheit nie –

sagt Herder.«
Dann hatte er sich noch ausführlich von Karls Wesen berichten lassen, hatte der begeisterten Schilderung, die Felix davon gab, hohes Lob gezollt, den Wunsch geäußert, Einsicht in alles Ungedruckte des Gottbegnadeten zu nehmen, und den beglückten Freund des genialen Dichters aufs allerhuldvollste verabschiedet.
Und kurz darauf war die Grafung erfolgt.
Prinz Assi hatte ganz recht, wenn er einmal bemerkte: »Verdanken Grafen, glaube ich, allererster Linie poetischem Freund. Nichts so Eindruck gemacht, wie sonderbares Gedicht und Monument. Wollen aber lieber andern gegenüber beiseite lassen.«
Felix irritierte es gar nicht, daß er die Grafenkrone gewissermaßen aus den toten Händen dessen empfangen hatte, der von seinen Händen erwürgt worden war. Er fand vielmehr, daß sein Stern ihm überaus folgerichtige Bahnen vorwies. – Alles für mich! sagte er sich, selbst das Genie Karls. Ihn leuchtete es zum Hades hinab, mich auf die Höhen der Menschheit. O, mein fürstlichen Schicksal! O, du mein geheimnisvoller Stern, der alles fremde Licht sammelt, es auf mich fallen zu lassen. So gehen Fürsten ihren Weg. Ihr Blut ist ihre Auszeichnung; sie brauchen sich nicht zu mühen, brauchen nicht zu schaffen. Sie brauchen nur an sich zu glauben und an die Macht ihres Blutes, das den Glanz alles Schaffens auf sie lenkt, wie eine Leuchte, die von ihnen selbst ausgeht. Das ist das Geheimnis der zum Herrschen Geborenen.

Nach Hamburg, wohin er bisher nur recht selten geschrieben hatte, meldete Felix seine Standeserhöhung in einem Stile, der nach seiner Meinung dort nicht weniger gräflich wirken mußte, als die Grafung selbst.

Er schrieb: »Meine sehr geliebte Base!« (er fand Base jetzt vornehmer als Cousine und hätte am liebsten Muhme geschrieben) »Gestatte, daß ich dir heute nur ganz kurz eine Mitteilung mache, die dir bei der gütigen Anteilnahme, die du meinem Schicksal widmest, gewiß nicht gleichgültig sein wird, obwohl sie nur etwas Äußerliches betrifft, ein Ereignis, das zwar von erfreulicher, nicht aber von eigentlich wesentlicher Bedeutung für mich ist. Mein gnädigster Herr hat geruht, mich aus eigenem Rechte in den Grafenstand zu erheben. Ich gebrauche den üblichen Ausdruck, ohne mir seinen Sinn zu eigen zu machen. Ich stehe als Graf Hauart nicht höher, als ich bisher gestanden habe, und ich würde auch jeden noch höheren Titel nicht als eine tatsächliche Auszeichnung vor Menschen ansehen, die mein Blut (also mein angeborener Stand sozusagen) als ebenbürtig empfindet.«

Als er so weit gekommen war, legte er die Feder weg und fragte sich: Empfinde ich eigentlich Berta als ebenbürtig? ... Ist sie nicht schließlich doch bloß eine Hamburger Krämerstochter? ... Empfinde ich überhaupt etwas für sie? ... Was ist sie mir denn noch? ... Was kann sie mir denn jetzt noch sein? ... Ach was? Weg mit diesen Gedanken ... Sie hat mein Wort, und das Schicksal wird darüber befinden, ob ich es einlöse ... Überlas das Geschriebene noch einmal, fand den Ton gut und schrieb mit wahren Schwadronshieben der Feder weiter:

»Darüber kein Wort mehr. Ich könnte nur sagen, was du selber nicht weniger sicher fühlst, als ich. – Die ganze Affäre hat nur Bedeutung für meine militärische Laufbahn, und ich habe sie nur deswegen durch meinen Freund Prinz Durenburg usw. (sein ganzer Name ist zu lang, als daß ich dich damit behelligen möchte) bei der höchsten Stelle einleiten lassen. Daß ich Soldat mit Leib und Seele bin, weißt du. Es kann keinen mir gemäßeren Stand geben, als den eines Reiteroffiziers. Ich weiß wohl, daß in manchen Kreisen der Kavallerieoffizier als ein Mensch angesehen wird, dessen Horizont über Pferd und Kaserne, Kasino und äußerliche Amüsements nicht hinausgeht, aber ich denke, meine zuweilen zwar etwas boshafte, aber Allgemeinurteilen nicht leicht zugängliche teure Base wird nicht daran zweifeln, daß ich auch im Sattel jene geistigen Interessen nicht verleugnen werde, deren Pflege mir ein angeborenes Bedürfnis ist, und die ich im Umgange mit unserem unvergeßlichen Karl als einzig wesentlichen Lebensinhalt habe begreifen lernen dürfen. Als Beweis dafür diene dir meine Absicht, Karls hinterlassene Schriften demnächst herauszugeben. Da die Manuskripte in deinem Besitze sind, bitte ich dich untertänigst, sie mir recht bald zusenden zu wollen. Es versteht sich, daß ich sie in der denkbar vornehmsten Form an die Öffentlichkeit bringen werde.

Indem ich mich Onkel und Tante ehrerbietigst empfehle, lege ich mich dir zu Füßen als dein getreuer Diener und Vetter Felix.«

Als Berta den Brief gelesen hatte, lächelte sie bitter und geringschätzig. Dann runzelte sie die Stirne und biß die Lippen aufeinander. Sie legte den Brief auf den Tisch und sah ihn starr an. Mit einem bösen Ausdruck. Wie einen Feind. Plötzlich stand sie auf und wischte ihn mit einer zornigen Handbewegung vom Tische. Trat ans Fenster und sah in die ziehenden Wolken. Wandte sich um, hob den Brief auf und ging, erst schnell, aber bald den Schritt verlangsamend, die Treppe hinab zu den Eltern.

Die saßen einander steif gegenüber am Tische, als ob sie sich eben gezankt hätten. Aber so saßen sie seit Karls Tode immer in der Dämmerstunde. Sie sprachen nie von ihm, waren überhaupt noch einsilbiger geworden als früher, aber er stand unsichtbar zwischen ihnen. – Ein Schatten, den sie fühlten.

Äußerlich schienen sie nicht verändert. Was konnte sich an diesen harten Zügen viel verändern.

Aber beide fühlten, daß sie innerlich alt geworden waren, daß sie abstarben, einander abstarben.

Ihr Inneres war voll gegenseitiger Anklagen. Sanna wiederholte sich immer wieder: Er ist schuld daran; er hat ihn verdorren lassen, bis giftige Säfte in ihm schändlich lebendig wurden.

Jeremias aber verstockte in dem Zorne: Sie hat die Schuld. Sie hat mit mütterlicher Eitelkeit und sündhafter Verblendung Nachsicht geübt gegenüber der Geilheit seines Geistes, der sich früh schon von Gott ab- und dem Götzendienste der Selbstüberhebung und Weltsucht zuwandte. Durch das Weib ist die Sünde in die Welt gekommen.
Die Frömmigkeit der beiden nahm nicht ab, eher zu. Aber gegen diesen Schatten half sie nicht.
Nur eines verband sie noch: Berta. Und seltsam: sie spürten, daß auch dieses Kind ihnen verloren war, aber sie taten nichts, es zu retten. Darin waren sie sich einig: nur Gott selbst konnte diese Seele zu sich wenden. Sie war so starr und kalt. Ganz unnahbar so guten, wie bösen Worten. Nie gab Berta ein Ärgernis. Ging in die Kirche, wie sie. Betete zu Tische. Aber sie fühlten wohl: Tönendes Erz und klingende Schelle. – Sie verkehrte mit niemand und schreckte ihre Altersgenossen, die jungen Mädchen sowohl, wie die jungen Männer, durch eisige Kälte und stummen Hochmut ab. Theater, Bälle, Konzerte besuchte sie nie. Nur die Kunsthalle. Aber sie las, wie beide Eltern übereinstimmend meinten, sündhaft viel. Sie hatte nicht allein die Manuskripte, sondern auch die Bücher Karls an sich genommen und duldete es nicht, daß die Eltern Einsicht nahmen. Das hatte böse Kämpfe gegeben, aber Berta war Siegerin geblieben. Sie wußte wohl: Ein Blick in diese Bücher, und sie wären dem Feuer überantwortet worden.
Lektüre für ein junges Mädchen war es wohl auch eigentlich nicht, und gewiß nicht Lektüre für Jeremiassens und Sannas Tochter, wohl aber Lektüre für Karls Schwester. Es befand sich darunter der ganze bis dahin erschienene Nietzsche, alles von Taine und Stendhal, das meiste von Balzac, Beaudelaire und den Goncourts, die Fragments d'un journal intime von Henri Frédéric Amiel, Burckhardts Kultur der Renaissance, die Briefe des Abbé Galiani, der Principe Macchiavells, Heinses Petronübersetzung, Casanovas Memoiren, Rétif de la Bretonnes Monsieur Nicolas und eine Unmenge englischer und französischer Pornographien. Von älterer deutscher Literatur war vollständig nur Goethe vertreten, dann Brentano, Novalis, Friedrich von Gentz, Adam Müller. Die antike Literatur aber fand sich fast lückenlos in durchschossenen Exemplaren mit zahl-

reichen Übersetzungsversuchen vor. Selbst die Spätrömer und späteren Hellenen, wie Longus, fehlten nicht. – Was Berta von diesen Büchern nicht in der Ursprache lesen konnte, schaffte sie sich in Übersetzungen an, da ihr Wunsch, Lateinisch und Griechisch zu lernen, bei den Eltern auf heftigsten Widerspruch gestoßen war.
Die Wände ihres Zimmers waren wie tapeziert mit Kunstblättern und Photographien, die Karl auf seiner Reise gesammelt hatte, soweit sie nicht Nacktheiten wiedergaben, die Berta unter Verschluß halten mußte, weil Sanna sie kurzweg in Fetzen gerissen haben würde. Alle diese Bilder steckten in schmalkantigen schwarzen Rahmen, die ein Auswechseln der Blätter zuließen, denn es hatte sich in Karls Nachlaß eine solche Menge vorgefunden, daß Berta ihr Museum wöchentlich erneuern konnte.
Ihr Museum – Karls Museum. Denn das Ganze war im Grund nichts als ein fortwährender Kultus mit dem Geiste Karls, ein unablässiges Bemühen, diesen Geist zu durchdringen, ihn sich ganz zu eigen zu machen. Sie hätte seine Briefe und Tagebücher, sie hätte alles, was er hinterlassen hatte, aus dem Kopfe hersagen können, aber sie las es immer wieder in seinen Schriftzügen. Das Unleserlichste, sie vermochte es zu entziffern. Selbst Durchstrichenes wußte sie zu enthüllen. Sie konnte stundenlang über einem einzigen Worte sitzen und genoß ein wahres Glück, wenn es ihr gelungen war, seinen Sinn zu finden.
Kein Wunder, daß sie blaß und schmächtig wurde. Kein Wunder auch, daß sie um die Lippen einen verkniffenen Zug und tiefe Schatten unter die Augen bekam, etwas von einer Gelehrten oder von einer Nonne.
Denn sie war im Grunde wahrhaftig nicht darauf angelegt, ganz im Geistigen aufzugehen; auch ohne die üppigen Schilderungen in Karls erotischen Büchern hätte ihr Blut revoltiert. Es gab Augenblicke, wo sie sich die Kleider vom Leibe riß und sich in der Wut ihrer hungrigen Sinne auf dem Teppich wälzte, ekstatisch stöhnend. Nur Stolz und Berechnung hielten sie davon ab, sich nach den historischen und erdichteten Mustern auszulassen, von deren Praktiken sie aus ihrer Lektüre aufs genaueste Bescheid wußte. Sie wurde zu einer Messalina der Phantasie, so angefüllt mit wollüstigen Vorstellungen, daß sie manch-

mal die Empfindung hatte, selbst ihr Gehirn sei ein Organ der Wollust.

Und immer wieder tauchte in diesen üppigen und krassen Bildern die Gestalt des mit höchstem Ingrimm gehaßten, verabscheuten, verachteten und dennoch gierig ersehnten Vetters auf. Er sollte es mit seinem Leibe bezahlen, was der ihrige erduldete – und mit seinem Leben das Leben Karls. Dann erst würde ihr Leben beginnen, ein Leben im Sinne ihres Bruders, tief beeinträchtigt zwar durch sein Fehlen, aber gewürzt durch das hohe Gefühl, ihn gerächt zu haben.

Berta trat ruhig vor die Eltern und legte den Brief auf den Tisch: »Von Henry.«

»So nenne ihn doch Felix, wenn ers haben will!« verwies sie Sanna, die immer darauf drang, daß Berta den »Verlobten« gelinder behandelte, denn sie führte dessen Kälte auf die mangelnde Wärme der »Braut« zurück. Und, wie vieles auch in ihr ein anderes Aussehen gewonnen hatte seit dem Verluste Karls: der Wunsch, daß »das Geld« in die Familie käme, hatte nichts an Entschiedenheit verloren. Bei ihr nicht und bei Jeremias nicht.

»Wir werden ihn jetzt noch ganz anders nennen müssen,« sagte Berta. »Lest nur. Er ist Graf geworden.«

»Was!?« riefen Sanna und Jeremias wie aus einem Munde aus. Und sie griffen ebenso gleichzeitig zum Briefe.

»Du wirst mir vielleicht gestatten, daß ich ihn vorlese,« sagte der Herr des Hauses, indem er ihn ihr entzog.

Und er las das gräfliche Schreiben in seinem halb kaufmännischen, halb pastoralen Tone vor.

»O Gott,« sagte Sanna weinerlich und sah Berta erschrokken fragend an.

»Eine schlimme Nachricht,« sagte Jeremias und schlug einen nervösen Fingerwirbel auf der Tischplatte.

»Ich finde sie komisch und gleichgültig,« entschied Berta.

Jeremias sah ihr streng ins Gesicht: »Ich begreife dich nicht. Ich verstehe nicht, warum du dich stellst, als fühltest du nicht, was dieser Brief für dich bedeutet. Er enthält eine Absage an dich.«

»Ach ja,« seufzte Sanna tief auf.

Und Jeremias fuhr scheinbar ruhig fort: »Daß er es bisher

schon immer vermieden hat, auch nur anzudeuten, in welchem Verhältnis er zu dir stand ...«
»Steht,« warf Berta ein.
»Stand,« beharrte Jeremias ... »das ließ sich am Ende begreifen, wenn auch nicht entschuldigen, denn er schrieb ja überhaupt nur Briefe, die nichts enthielten. Daß er aber auch in diesem Briefe davon schweigt, der so Wichtiges enthält, eine Sache, die ja auch dich anginge, wenn du ihn noch etwas angingest, das beweist, daß er sein Wort vergessen hat.«
Sanna nickte mit dem Kopfe und sah Berta an, als ob Leben und Tod für sie auf deren Lippen schwebte.
Diese Lippen aber kräuselten sich nur, – stolz und geringschätzig, und erst nach einer Weile sprachen sie: »Es genügt, daß ich es nicht vergessen habe.«
»So?« meinte Jeremias. »Zum Heiraten gehören zwei.«
Diesen vermeintlichen Spott (denn Jeremias hatte diese Worte nicht eigentlich spöttisch gemeint) ertrug Berta nicht. Eine dunkle Röte überdeckte jäh ihr Gesicht, und sie sagte mit bebender Stimme: »Ich werde ihn heiraten, so wahr, wie ich hier stehe und weiß, daß keine andere Gräfin Hauart wird, als ich.«
Gräfin Hauart? ... Sie erschrak vor dem Worte. Wie war es auf ihre Lippen gekommen? Gefiel es ihr?
Plötzlich lachte sie kurz auf: »Aber so freut euch doch!! Gräfin Berta! Welch schöner Name! Ich habe mir vieles erträumt; – das nicht! Es ist nur gut, daß die Aussteuer noch nicht bestellt ist. Jetzt dürfen wir die Krone nicht vergessen.«
»»Bist du so sicher,« fragte, doch etwas erleichtert, Sanna, »oder stellst du dich nur so? Ich fürchte, ich fürchte ...«
»Was ist zu fürchten!« rief jetzt wieder Berta mit Stirnrunzeln aus.
»Nun, er wird jetzt jede Komtesse kriegen, die er mag,« meinte Sanna.
»Und hat es sicher schon auf eine bestimmte abgesehen,« fügte Jeremias hinzu. »Zwar wäre er zu der Torheit imstande, für einen leeren Titel das viele Geld auszugeben, das ihm zweifellos der Graf gekostet hat, aber der Grund zu dieser törichten Vergeudung liegt entschieden tiefer, liegt in der Absicht, von dir loszukommen, um eine andere, eine Hochgeborene heiraten zu können.«

Jetzt sah Berta ihrem Vater streng ins Gesicht.
Sie sagte: »Möglich, daß er mich so beleidigend gering einschätzt, wie ihr. Sicher, daß ich es verdiente, wenn ich dächte, gleich euch. Dann würde es sich empfehlen, eine Abstandssumme zu verlangen, damit wenigstens etwas gerettet wird. Nicht?«
»Was wagst du ... « wollte Jeremias losbrechen.
Aber Berta schnitt ihm kühl das Wort ab: »Ach, bitte, Papa, nur keine großen Worte. Wer, wie du, bereit wäre, sich damit abzufinden, daß dieser ... dieser ... Graf sich einfach auf dem Absatz herumdreht und sagt: Ich habe etwas Passenderes gefunden, – der hat nicht das Recht, beleidigt zu sein. Ich aber, hörst du, ich finde mich mit Unverschämtheiten nicht ab. So wenig ich ihm nachlaufe, so wenig laß ich ihn davonlaufen. Mir liegt an seiner Person nicht mehr, als an seinem neuen Titel. Eher weniger. Trotzdem werde ich, muß ich ihn heiraten. Mag er mich immerhin warten lassen. Um so besser für mich. Um so schlimmer für ihn. Aber der Tag kommt. Verlaßt euch darauf.«
Die beiden Alten waren sprachlos.
Endlich flüsterte Sanna: »Ja, aber, Berta, wenn du ihn nicht magst, weshalb willst du ihn dann ...«
– »Habt ihr ihn vielleicht gemocht, als ihr ihn ins Haus nahmt?«,
»Es war Christen- und Bürgerpflicht,« erklärte Jeremias.
»Und wir dachten auch an ...« Sanna schloß plötzlich die Lippen. Sie hatte sagen wollen: euch.
Und Berta rief: »So sprichs doch aus! So habe doch endlich einmal den Mut, dich zu bekennen, zu sagen, daß auch du an ihn denkst, jetzt noch öfter als früher, wo ihr seinet- und meinetwegen den Menschen zu euch genommen habt, der euch so verhaßt war, wie uns. Auch du, Papa!«
»Nein! Nein!« schrie Jeremias und ließ unentschieden, was er verneinen wollte.
Sanna ließ den Kopf sinken und bewegte die Lippen.
Es war das erstemal, daß von »ihm« die Rede war.
Berta fuhr nach einer Pause fort: »Ich weiß, daß ihr an ihn denkt. Jeder Mensch muß an ihn denken, der ihn gekannt hat. Immer. Und ich sage euch: Ich denke nur an ihn, und nur, indem ich an ihn denke, kann ich daran denken,

den Menschen zu heiraten, der ihn ... Gleichviel. Ihr habt diesen Menschen in unser Haus genommen um unsertwillen. Ich setze euer Werk fort, indem ich ihm in sein Haus folge um Karls willen. Es ist Pflicht, wenn auch nicht Christenpflicht. O nein! Christenpflicht wäre es ja, zu verzeihen. Warum aber soll ich diese Pflicht einem Fremden gegenüber üben, da ihr sie nicht einmal eurem Sohne gegenüber anerkennt?«

»Es ist ihm verziehen,« sagte Jeremias ernst und traurig, »doch die Sünde vergessen kann nur Gott.«

Es trat eine Pause ein, während der Jeremias den Brief nochmals überlas.

»Willst du antworten, Berta?« fragte er.

– »Ja.«

»Willst du nicht lieber mich antworten lassen?« fragte Sanna.

– »Nein. Deine Antwort würde keine Antwort sein, sondern ein Glückwunsch.«

– »Du willst ihm etwa doch nicht so antworten, wie du eben gesprochen hast?«

– »Bitte, Mama, überlaß das mir. Den Brief könnt ihr ja lesen.«

Und der Brief lautete so:

»Lieber Vetter!

Wir haben mit Vergnügen davon Kenntnis genommen, daß du Graf geworden bist und nächstens Offizier werden wirst. Weder die Eltern noch ich unterschätzen das Glück, das dir damit beschieden worden ist und das dir noch bevorsteht. Dieser Titel, dieser Stand passen zu dir. Insbesondere zweifle ich nicht daran, daß du in der Uniform glänzend aussiehst und durchaus so auftrittst, wie man es in den Kreisen, denen du nun angehörst, von einem gräflichen Reiteroffizier erwartet. Schade nur, daß du dich bei uns noch nicht hast sehen lassen. Du treibst die Zurückhaltung etwas weit, mein lieber Vetter, und ich würde Ursache haben, dein Ausbleiben übel anzusehen, wenn ich es mir nach deinem letzten Briefe nicht dahin ausdeuten könnte, daß du nur nicht als bürgerlicher Einjährig-Freiwilliger hast kommen wollen, da du vorhattest, später in höherem Glanze vor uns zu erscheinen.

Dieser Umstand beweist, daß du Sinn für mise en scène und die Gabe ruhigen Abwartens hast, – beides meiner Meinung nach aristokratische Eigenschaften.
Ist es unbescheiden von mir, einer Bürgerlichen, wenn ich sage, daß ich beide auch besitze? Zumal die Kunst, ruhig abzuwarten, ist mir zu eigen, – soweit und solange sie als vornehm gelten kann. Denn es gibt da einen Moment, von wo an es als niedrig gelten muß, sie auszuüben; einen Moment, wo Geduld zur Erbärmlichkeit, Langmut zur Schwachmütigkeit wird. Der edle Mohr darf sagen: Patience, thou young and roselipp'd cherubin, aber auch der tapfere Clifford hat recht: Patience is for poltroons.
Du wunderst dich vielleicht, daß ich Shakespeare zitiere, und fragst dich, woher ich diese Weisheit habe. Ich kann es dir sagen: Diese Zitate stehen hart hintereinander auf der letzten Seite von Karls Tagebuch. Karls Tagebuch ... Es ist auch deins, mein Vetter ... Da ich täglich in ihm lese, denke ich also täglich an dich ...
Patience, thou young rose-lipp'd cherubin ...
Aber Karls Manuskripte kann ich, darf ich dir nicht schikken. Zwar würde kein Wort aus ihnen verloren gehen, wenn sie verloren gingen, denn jedes Wort, das Karl hinterlassen hat, ist in mir aufbewahrt. Jedes Wort. Aber diese Abschriften dürfen an keinem anderen Orte sein, als wo ich atme, und ihre Herausgabe soll erst erfolgen, wenn du sie lesen – darfst.
Im übrigen freut es mich, daß du solche Absichten, solche Interessen hast. Ich habe nie daran gezweifelt, daß du ihnen auch im höchsten Glanze stets treu bleiben wirst. – Ein Vers von Karl:

Glas glänzt gemein,
Glänzt nur im Licht von draußen.
Hat keinen eignen Schein.
Es spiegelt nur, es äfft; es ist ein Grausen:
Schlecht und modern, gefällig und gemein.

Der echte Glanz entbricht aus innern Kräften,
Kristallgesetzlich, fest und festlich, rein, –
Geheimnisvoll durchglüht von eignen Lebens Säften:
Dem Blut der Gottheit, das, erstarrt im Stein,
Des Körpers Dunkelheit mit Licht durchbrach
Und dem Kristall sein Werde leuchtend! sprach.

Das Gedicht ist überschrieben: ›Pöbel und Adel‹. Es stammt noch aus der Schulzeit Karls und ist von ihm durchstrichen. Er hat es, wie aus einer Anmerkung hervorgeht, in einer Physikstunde geschrieben. Ich denke, es wird dich interessieren, und du wirst für seine Mitteilung dankbar sein

Deiner teilnehmenden Cousine Berta.«

Frau Sanna war tief gerührt von dem Gedichte Karls, das sie tief religiös fand, weil das Blut der Gottheit darin vorkam, und auch Jeremias zeigte sich ergriffen davon als einem Beweise dafür, daß der »Unglückliche« nicht immer auf den Pfaden der Gottlosigkeit gewandelt sei.

Über den Brief Bertas aber schüttelten beide den Kopf. Sie ahnten nicht, wie wohlberechnet jedes Wort darin war.

Der gräfliche Kommentar

»Diese Gouvernante!« rief Graf Felix aus, als er Bertas Brief gelesen hatte. Und er warf ihn zornig auf einen Haufen Sportzeitungen. »Glaubt sie, mir mit diesem Tone zu imponieren?« grollte er, indem er sporenklirrend durch das Zimmer schritt und jedem Stuhle einen Fußtritt gab, der im Wege stand.

– Denkt sie vielleicht, ich lasse mich durch Drohungen zwingen?

– Bildet sie sich vielleicht ein, ich sei noch immer der, der sich Trense und Kandare anlegen läßt?

– »Teilnehmend«. Als ob sie einen Beileidsbrief geschrieben hätte.

– Die richtige Bürgermamsell. Möchte mir zeigen, daß einer Hamburger Pfeffersacktochter kein Grafentitel imponiert.

– Und besteht doch darauf, Frau Gräfin zu werden. Läßt nicht locker.

– »Patience«. Jawoll! Bitte, sich nur zu bedienen. Geduld bringt Rosen. Aber geben Sie auf Ihre Fingerchen acht, wenn Sie danach langen!

– Und immerzu der göttergleiche Karlemann. Als ob ich mich vor Gespenstern fürchtete.

– Zu dumm nur, daß sie die unsterblichen Produkte des glücklich Abgehalfterten nicht herausrücken will. Ich

brauche sie ja ... gottverdammich .! .. Was soll ich denn dem Gnädigsten sagen?
Felix warf sich in seinen Armstuhl, daß das Leder krachte, rollte mit ihm an den Tisch heran und riß den Brief an sich. Diesmal las er ihn langsam. Wort für Wort überdenkend. Und, je weiter er las, desto nachdenklicher wurde er. Seine Wut dampfte ab, und ein sonderbares, recht unangenehmes Gefühl von Unsicherheit kam über ihn. Er ward sichs nicht bewußt, aber es war wieder der Geist Karls, der ihn lähmte und zugleich empörte. Ein würgendes Gefühl von Ohnmacht beherrschte ihn. Er hatte die bestimmte Empfindung, mit unendlich vielen dünnen Fäden festgebunden zu sein.
Sie macht sich lustig über mich, grübelte er, und gibt sich gar keine Mühe, das zu verbergen. – Sie ist ihrer Sache ganz sicher.
Er dachte zurück, und es wurde ihm klar, daß Berta das einzige menschliche Wesen war, an dem er hing, von dem er nicht loskommen konnte. –
Gegen sie hatte selbst die schwarze Perle nichts vermocht. – Hatte sein »Schicksal« nicht immer vor ihr gewarnt? Aber er? Hatte er auf die Warnungen gehört?
Er konstruierte sich einen begrifflichen Gegenstand zwischen Schicksal und Verhängnis, und er personifizierte beides in den zwei Frauengestalten, die den größten Einfluß auf ihn hatten.
Die hütende, warnende Frau, die ihn auf sein innerstes Wesen hingewiesen hatte, ihm geheimnisvoll seine Abstammung andeutend, war die Verkörperung seines Schicksals, und das war sein Blut. Folgte er ihr und somit ihm, so ging er den geraden Weg seiner Bestimmung. Aber das Verhängnis, verkörpert in Berta, lauerte am Wege und zog ihn abseits, – abwärts.
Konnte es fraglich sein, wem er folgen mußte?
Er stampfte mit dem Fuße auf, daß es an seinen Hacken klirrte, und drehte sich um. Das Zimmer erschien ihm jetzt ganz dunkel. Nur das Weiße des Briefes leuchtete von der schwarzsamtenen Tischdecke her. Er konnte seinen Blick nicht davon abwenden.
Wenn ich sie wenigstens liebte! dachte er sich.
Und plötzlich: Wahrscheinlich – liebe ich sie. Sie ist das einzige Weib, das ich begehrt und nicht besessen habe. Vermutlich ergibt das das, was man Liebe nennt.

Bis tief in die Nacht hinein warfen sich ihm Erwägungen, Befürchtungen, Drohungen entgegen. Je schwerer die Weine waren, die er gegen sie ins Feld führte, um so mehr gewannen sie selbst an Last und Wucht. Erst der Halbbetrunkene vermochte es, sich vor ihnen in die Wolken alkoholbeflügelten Selbstbewußtseins zu retten, wo er sich zwischen Wahrheit und Einbildung wieder wohl fühlte.
Ich liebe sie, sprach der Wein aus ihm, ich liebe sie mit meinem Hasse auf alles, was von Karls Art ist. Sie muß mein werden, ganz mein. Ich will mein Verhängnis besiegen, indem ich es meinem Schicksal untertan mache. – Was kann die Schönheit gegen meinen Stern? Ihr Blut ist Wasser gegen meins. – Sie haßt mich, weil sie den Toten liebt. Aber sie soll seinen Mörder lieben lernen und den Toten vergessen. Dann erst werde ich ganz frei sein von ihm, – und auch von ihr.
Kein Haß wird mehr sein und auch keine Liebe. – Weib, was habe ich mit dir zu schaffen? Liebe, was habe ich mit dir zu schaffen? – Mein Schicksal duldet keine Liebe. Wer zum Genuß bestimmt ist, muß auf Liebe verzichten. Die Liebe wird ihm zum Verhängnis, wenn er sie nicht tötet durch Genuß.
Sprach der Wein.

Die Farbe des Lebens

Als Graf Felix Hauart Offizier geworden war, gab er in seinem ländlichen Schlosse ein feierliches Mahl. Nicht allein die Damen und Herren des aktiven Offizierskorps waren geladen und erschienen auch, sondern überhaupt alles, was zur »wirklichen« gehörte, wie sich die alteingesessene Gesellschaft zum Unterschiede zur hergelaufenen, hergeadelten nannte. Selbst Graf Pfründten hatte nicht abgesagt.
Er war ein bärbeißiger alter Herr, der keinen Willen außer dem seinen und vor allem keinen Widerspruch duldete, aber seine junge Frau verstand es dennoch, immer ihren Willen durchzusetzen, indem sie durch verstellten Widerspruch den grimmigen Alten just dorthin leitete, wohin sie wollte.
Sie wußte, daß er die bestimmte Absicht hatte, abzusagen, und eben deshalb überraschte sie ihn, der Überraschungen

durchaus nicht liebte, mit der Mitteilung, sie habe bereits abgeschrieben.
Sofort runzelte er die Brauen und sagte pikiert: »Das hättest du doch wohl einer gemeinsamen Besprechung überlassen können, mein Kind. Ich liebe derartige Faits accomplis nicht.«
Worauf sie: »Aber es ist doch ganz unmöglich, daß wir hingehen können. Es ist doch völlig ausgeschlossen. Du darfst doch nicht der Gast eines Menschen sein, der . . .«
– »Was darf ich nicht? Ich darf, was mir beliebt.«
– »Bedenke doch, daß die Besitzung dieses exotischen Grafen einem nahen Verwandten unserer Familie gehört hat, ja früher einmal im eigentlichen Familienbesitz gewesen ist. Keinen Fuß in dieses Haus!«
– »Entschuldige, Erna, das müßtest du schon mir überlassen. Ich für meine Person finde, daß gerade dieser Umstand ein Grund ist, hinzugehen. Wir dürfen die Meinung nicht aufkommen lassen, als seien wir dadurch aigriert.«
– »Aber ich bitte dich, es wäre geradezu unpassend.«
– »Mach mich nicht böse, Erna. Was sind das für Worte, nachdem ich dir soeben gesagt habe, daß ich es für mehr als passend finde. – Ist der Brief schon besorgt?«
– »Nein, – aber . . .«
– »Bitte, kein Aber. Du wirst sehr bald selber einsehen, daß ich recht habe, und froh sein, daß ich noch im letzten Moment deine Übereilung redressiert habe.«
So, nach Durchsetzung seines Willens, ging er sogar mit Vergnügen in das Haus, in das er sich eigentlich fest vorgenommen hatte, nie einen Schritt zu tun.
Das gräfliche Paar gehörte zu den zuerst Erscheinenden, und Felix begrüßte es mit besonderer Liebenswürdigkeit, der er höchst geschickt ein Air von Befangenheit beizugeben wußte. Der alte Graf zeigte sich gleichfalls von seiner liebenswürdigsten Seite, um seiner Frau gegenüber weiter zu manifestieren, wie man sich in einem solchen Falle passend zu geben habe. Diese aber blieb steif und kalt.
Sie scheint mich, weiß Gott, zu hassen, dachte sich Felix. Wie schade. Sie ist in der Tat die Schönste im hiesigen Flore.
Das »Zauberfest«, wie es Prinz Assi nannte, verlief ebenso korrekt wie glänzend.
Der neue Graf war so klug gewesen, in allem seinem durch-

lauchtigen Freunde zu folgen, um mit Sicherheit alles zu vermeiden, was irgendwie als zuviel oder als zu persönlich empfunden werden konnte.

– »Gewisse Dosis althergebrachter Langeweile unumgänglich. Wird als Zeichen angeborener Vornehmheit estimiert. Nur populace amüsiert sich unter sich. Noblesse bloß mit anderen Schichten, dann aber kräftig. Etwa mit Künstlern oder -innen. – Zumal in Ihrem Falle Hauptsache Repräsentation. Weniger der werten Persönlichkeit, als des Standes. Originalität ausgeschlossen. Macht sich immer Spur parvenühaft. Noblesse nie originell, stets korrekt. – Rücksicht auf ältere Damen und Herren sozusagen Pietätspflicht. Daher: Spur altmodisch. Modernstes überdies immer problematisch. – Essen darf Spur besser sein als landesüblich. Darin tolerant. In Weinen und Schnäpsen erst recht Zwang unnötig. Übelnehmen ausgeschlossen. Dagegen Service heikler Punkt. Livreen ditto. Immer réservé. Können sich übrigens auf John verlassen. Entschieden Schweinehund, aber beste Nummer.«

Dank der prinzlichen Oberleitung blieb aller Anstoß vermieden, und es war eine Stimme darüber, daß der Graf das Ganze mit vollendetem Stile arrangiert und sich bei seinem ersten Debüt als Gastgeber höchst entsprechend benommen habe. Selbst Graf Pfründten fühlte sich geneigt, seine sehr bösen Zweifel an der Herkunft des neuen Grafen einer Revision zu unterziehen.

Als das Mahl zu Ende war und man sich in die Gesellschaftsräume begeben hatte, flammten im Parke plötzlich Hunderte und Hunderte von bunten Lichtern auf. Dies war die einzige moderne Überraschung, denn die Residenz hatte noch kein elektrisches Licht, und auch die Innenräume des gräflichen Schlosses waren an diesem Abend ausschließlich durch Kerzen erleuchtet, obwohl Felix eine eigene elektrische Lichtanlage für sein ganzes Besitztum besaß.

Man war entzückt, und alles drängte zu den hohen Fenstern, hinauszuschauen.

»Märchenhaft!« meinten die Damen, oder auch »wie poetisch!«

»Und zu denken, daß das alles mit einem Knips hervorgebracht wird!« sagte bewunderungsvoll und doch nachdenklich die Oberstin.

Da flammte der ganze Hintergrund in grünem Lichte auf.
– »Ah!«
– »Was ist denn das?«
»Jl palazzo degli cavalli,« erklärte der Prinz, der seit Neapel gerne italienisch kam. »Unmöglich, Pferdestall zu nennen. Einzig in seiner Art. Beinah Pferdetempel.«
»Sehen wir ihn uns doch an!« rief die Gräfin Pfründten.
Die Herren waren sämtlich damit einverstanden, aber die älteren Damen fürchteten, in der Vorfrühlingsnachtluft einen Schnupfen zu bekommen.
So kam es, daß Felix der schönen Gräfin den Arm geben durfte, als er die Gesellschaft durch den illuminierten Garten zu den Stallungen führte, die jetzt mit Scheinwerfern rot beleuchtet waren.
»Himmlisch, diese Glut!« sagte die schöne Gräfin; »als ob alles in Feuer stünde.«
Felix, der dabei einen Blick aus ihren dunkelblauen Augen bekommen hatte, der ihn fast um die Besinnung gebracht hätte, wollte schon, und der Wahrheit entsprechend, antworten: »Es steht auch alles in Flammen,« denn schon während des Essens hatte er ein paarmal Gelegenheit gehabt, zu fühlen, daß freundliche Blicke von ihr bei ihm zündeten. Aber er war seiner Sache gar nicht sicher. Seine schöne Feindin konnte mit ihren leuchtenden Blicken Böses im Schilde führen. Sie galt als kokett und verschlagen. So sagte er nur: »Gräfin lieben das Rot?«
»Über alles!« flüsterte sie. »Es ist die Farbe des Lebens.«
Und wieder streifte, nein: durchdrang ihn ein Blick, der ihn erhitzte.
Ich wags! dachte er sich, mag kommen, was will! und er sprach: »Die Dichter sagen: auch die Farbe der Liebe.«
»Aber natürlich!« sagte die Gräfin und legte ihren Arm eine Nuance fester auf den seinen; »das ist dasselbe.«
Felix preßte ihn um dieselbe Nuance fester an sich und sprach leise: »Von morgen an werde ich meinen Garten nur noch rot illuminieren.« Diesmal streifte ihn ein Blick nur.
Man war bei den Stallungen angekommen.
Felix schritt über die Schwelle und drehte das Licht an.
Alles drängte mit einem Ah unverstellter Bewunderung in den wie taghell erleuchteten Raum, der in der Tat kein Pferdestall, sondern ein Pferdepalais zu nennen war.

Mit Ausnahme des peinlich trocken gehaltenen Ziegelbodens war alles Steinerne in ihm aus glänzendem, grauem, bläulich-schwarz geädertem Tiroler Marmor. Die Schranken der Pferdestände liefen nach vorn in vierkantige Säulen aus, auf denen, den Pferden des heiligen Markus in Venedig nachgebildet, halbmeterhohe Pferdestatuetten aus schwarzem Marmor standen. Von Säule zu Säule hing eine schöngliedrige Kette aus Schmiedeeisen, die eine weiße Emailtafel mit dem Namen des Pferdes hielt, das so glücklich war, den dahinter liegenden Stand innezuhaben.

»Donnerwetter!« riefen die Herren, von denen außer dem Prinzen noch keiner dieses Wunder von einem Stalle gesehen hatte, aus, und der Prinz triumphierte: »Na? Zuviel gesagt?«

– »Pompös!«

– »Fabelhaft!«

– »Sehenswürdigkeit der Residenz. Muß in den Baedeker!«

– »Tausendundeine Nacht!«

Aber die Damen klatschten einfach in die Hände, ehe sie imstande waren, sich auf ihre Art über diesen Stall der Ställe entzückt zu äußern, den die etwas kindliche Gattin des ältesten Rittmeisters »eine Bonbonniere« nannte. Dann verteilte man sich in die einzelnen Stände, die Gäule zu bewundern.

Felix wußte es klüglich so einzurichten, daß er mit seiner schönen Gräfin möglichst abseits blieb, zumal so fern als irgend möglich von ihrem Gatten, der zum Glück die kindliche Rittmeisterin zu führen hatte, von deren zappelnder Lebendigkeit er ganz absorbiert wurde.

»Ihre Liebe zu den Pferden ist ja die reine Leidenschaft, Graf; beinahe sündhaft,« sagte Gräfin Erna.

»Gibt es denn eine andere Liebe?« meinte, scheinbar gleichgültig, Felix.

»O ja,« antwortete die Gräfin kurz wie mit einem Seufzer.

– »Dann ist es keine.«

– »Was Sie sagen!«

Das kam fast spöttisch heraus.

Dann aber ernster: »Leidenschaft, – ja. Obwohl das auch schon ein verpöntes Wort ist, außer auf dem Theater. Aber Sünde? – Sie gehen offenbar nur in die Kirche, Graf, wenn Sie Kirchkommando haben.«

– »Und dann nehme ich mir ein angenehmes Buch mit.«
Gräfin Erna lächelte: »Zum Beispiel?«
– »Eine Novelle von Maupassant.«
– »Wer ist das?«
– »Gnädigste Gräfin kennen Maupassant nicht? Ich bitte um Verzeihung, aber ich halte die Frage für einen Scherz oder – für eine spanische Wand.«
– »Demnach ist dieser Maupassant ein – unpassender Dichter?«
– »Für junge Mädchen, – ja.«
– »Und für junge Frauen?«
– »Nein. Das heißt ... es kommt auf die jungen Frauen an.«
Sie machte eine kurze Wendung und ging zum nächsten Stande.
Sollte ich mich zu weit vorgewagt haben? dachte er sich. Aber sie zwingt ja förmlich dazu. Unglaublich, wie sie es versteht, die Richtungspunkte des Gespräches zu fixieren.
»Was Sie Ihren Pferden für sonderbare Namen geben!« sagte die Gräfin. »Tiberio, Liane, Pirotschka, Ahala, Ahaliba, schwarze Perle, Kosak. Ich wette: hinter jedem Namen steckt eine Geschichte, – aber nicht von Maupassant, wenngleich sie von ihm sein könnte.«
– »Also kennen gnädigste Gräfin Maupassant doch?«
– »Wenn Sie es nicht weiter sagen – ja. Aber Sie dürfen es wirklich nicht weiter sagen. Man würde mich steinigen, – nicht, weil ich ihn lese, denn es lesen ihn alle, die den großen und kleinen Ploetz noch nicht vergessen haben, aber, weil ich es Ihnen gesagt habe.«
– »Ein Mann, der nicht zu schweigen weiß, ist ein Elender. Es gibt keine Tortur, die mir ein Geheimnis abringen könnte, das mich mit jemand verbindet. Ich wünschte nur ...«
Er sah sie groß an und schwieg.
– »Nun?«
– »Ich wünschte nur, recht viele Geheimnisse zu bewahren zu haben.«
– O! Gleich recht viele?«
– »Oder ein recht großes.«
Was war das? Umschloß sie nicht seinen Arm mit ihrer rechten Hand? Zog sie ihn nicht gleichzeitig an sich? Den Bruchteil einer Sekunde nur, – aber, war es nicht so?

Ein Moment nur. Aber Felix fühlte: es war der Moment. Er verwünschte ingrimmig das bewunderte elektrische Licht. In diesem niederträchtig hellen Raume durfte er ihr nicht einmal die Hand küssen.

Er bebte, und auch durch sie lief ein Zittern.

»Gehen wir!« flüsterte sie. »Mir wird so ... Die Luft hier ...«

– »Ja!«

Er hauchte es nur und führte sie schnell hinaus. Wie entzückte es ihn, zu bemerken, daß sie auf den Fußspitzen ging, heimlich davon zu kommen.

Kein feiges Bedenken jetzt mehr! Das war kein Spielen von ihr. Das war echt. So echt, wie sein strömendes, rasendes Glücksgefühl.

Er preßte sie draußen an sich, zog sie in einen dunklen Nebengang, umschlang sie mit beiden Armen und küßte sie auf den Mund, die die Arme wie willenlos hängen ließ und den Kuß so heiß und lange erwiderte, daß ihm schien, es sei kein Anfang und Ende in ihm.

Aber plötzlich riß sie sich von ihm los und flüsterte hastig: »Gehen Sie zurück! Sagen Sie, ich war unwohl und sei ins Haus! Heute kein Blick mehr! Ich schreibe.«

Sie lief wie ein junges Mädchen zwischen den Bäumen davon. Er mußte sich einen Augenblick an einen Stamm lehnen. Ihm war, er müsse umsinken vor Wonne. Oder springen, tanzen, dem erstbesten um den Hals fallen.

Doch er riß sich zusammen, gewann mit hastigen Schritten den Haupteingang, kehrte auf ihm um und schritt schnell zum Stall, wo er dem Grafen Pfründten meldete, daß er die Gräfin unwohlseinshalber ins Haus begleitet habe.

– »Unwohl?«

Der Graf sah ihn forschend an, daß Felix erschrak.

Doch beruhigte er sich schnell, als er die weiteren Worte vernahm: »Halten Sie mich nicht für einen Barbaren, Graf, aber ich nehme diese Anfälle meiner Frau nicht ernst. Sie bekommt sie regelmäßig, wenn sie einer Situation, die sie langweilt, ein Ende machen will. Und sie hat leider gar keinen Pferdeverstand. Ich hoffe, daß sie Sies nicht allzusehr hat merken lassen, wie gleichgültig ihr dieser Musterstall war.«

– »Aber ich bitte, Graf ...«

– »Na, vielleicht ist es eine kleine Entschädigung für Sie, wenn ich Ihnen sage, daß die Art, wie Sie Ihre Gäule halten, mich alten Kavalleristen sehr für Sie eingenommen hat, und daß ich mich recht von Herzen freue, Sie als Offizier in meinem Regiment zu wissen.«
Er drückte ihm kräftig die Hand, und nahm, ins Haus zurückgekehrt, seine Frau streng ins Gebet. »Nein, nein, Erna, wir haben uns in ihm geirrt. Der Mann ist kein von Knoblauch, trotz seiner Nase. Wer seine Gäule liebt, wie er, ist der geborene Edelmann.«
»Wohl dem, der seiner Antipathien so schnell Herr zu werden vermag,« erwiderte betont spitz die Gräfin; »ich bin nicht so beweglich.«
Der Graf ärgerte sich: »Das ist zwar ein sehr weiblicher, aber kein schöner Zug. Man muß gerecht sein.«
Und die Gräfin: »Ich leugne ja auch gar nicht, daß der Pferdestall sehr nett ist. Nur übertrag ich mein Wohlgefallen nicht gleich auf den Besitzer.«
– »Wohlgefallen! Wohlgefallen! Wer verlangt denn gleich Wohlgefallen? Ich wünsche lediglich, daß du ihn nicht weiterhin brüskierst.«
– »Wie du willst.«

Als das Rollen des letzten Wagens schon längst verklungen war, stand Felix noch immer am Fenster und sah in den Park hinaus. Die Lichter tanzten vor seinen Augen. Er war wie berauscht von seinem Erlebnis, und nie noch in seinem Leben, meinte er, ein so hohes Daseinsgefühl empfunden zu haben.
War es nicht wie ein Traum? War es nicht ganz so traumhaft, wie alles Eigentliche seines Lebens? War nicht so das erste Erscheinen »der Frau« gewesen? Und auch die »Abschüttelung« des Vetters erschien ihm wie eine Traumhandlung. – Alles andere aber, was mit dem Hause Kraker zusammenhing, stand jetzt als etwas scheußlich Grelles vor ihm, als feindliches Licht, bestimmt, ihn aus seiner geheimnisvollen Atmosphäre in das gemeine Leben zu reißen.
Mein ist das Halbdunkel, durchbrochen von den glühenden Augen der Leidenschaft, sagte sich sein überschwingendes Gefühl, sie aber wollen mich in das nüchterne Tageslicht

der Gewöhnlichkeit zerren. Seligen Dank den heißen Augen, die in dieser Nacht gekommen sind, mich an mich zu erinnern, Helferinnen der schwarzen Perle.
John trat ein und flüsterte: »Befehlen Herr Graf, daß das Licht im Garten abgedreht wird?«
– »Ja. Aber die roten Scheinwerfer sollen bleiben.«
Mit einem Schlage lag der Park in Finsternis, aber hinter dem Dunkel erhob sich wie eine Flammenwand glühend die Farbe des Lebens.

»Süße Rache, o süße Rache!«

Es war bereits voller Frühling geworden, als Gräfin Erna zum ersten Male es wagen durfte, heimlich zu Felix zu kommen.
Gesehen hatten sie sich oft, denn Graf Pfründten hatte es glücklich durchgesetzt, daß ein reger Verkehr zwischen dem gräflichen Paare und Felix zustande gekommen war. Mit großem Geschicke hatte sich die Gräfin dabei ihre Maske der Widerwilligen in behutsamer Abschattierung weggeschminkt und mit einer freundlichen, wenn auch noch immer recht zurückhaltenden Miene vertauscht.
Aber man hatte sich nicht bloß gesehen und immer mehr aneinander entflammt, sondern auch beinahe täglich heimliche Briefe gewechselt, die ebenso viele Brandscheite für die Glut ihrer Leidenschaft gewesen waren.
Als die Gräfin nun in der lauen Dämmerung eines in sanftem Regengeriesel vorübergegangenen Maitages zu Felix kam, waren irgendwelche retardierenden Momente vor der längst vorbereiteten Scène à faire nicht mehr vonnöten. Nur eine ganz kurze Weile herrschte eine Art Befangenheit auf beiden Seiten, bis sich Felix vor der Geliebten niederwarf und seinen Kopf zwischen ihre Knie preßte. Die Gräfin lehnte sich in dem Stuhl zurück und drückte mit beiden Händen seinen Kopf noch tiefer zwischen ihre Glieder. Sie fühlte seine heißen Hände an ihren Beinen hinauftasten und schloß die Augen. Küsse, wie sie sie nie genossen, nur geträumt hatte, lasteten auf ihren Lippen, brachen sie auseinander, senkten sich in den Mund, schienen sie ganz ausfüllen zu wollen. Dann fühlte sie sich fest um-

spannt und leise hoch gehoben. – O, ewig so, dachte sie, ewig so umfangen, getragen. – Bald dachte sie nichts mehr.
Als sie zum ersten Male die Augen öffnete, sah sie seine Augen dicht über den ihren. Sie umschlang ihn, preßte ihn an sich und hauchte: Noch! Noch!
Aus der Dämmerung wurde Abend, aus dem Abend Nacht. Da erst fanden sie die Sprache wieder.
»Kein Licht, ich bitte, kein Licht!« flüsterte sie, als er sich erhob. »Bleib! dich fühlen ist besser, als dich sehen.«
»Und doch sähe ich dich so gerne,« sagte er; »deine Augen möchte ich jetzt sehen. Nie sind die Augen einer Frau schöner, als wenn sie müde sind vom Glück.«
»Don Juan,« sagte sie, aber es war kein Vorwurf in ihrer Stimme.
Er fühlte sogar eine Art Bewunderung heraus und erwiderte leise, indem er ihre Wangen streichelte: »Wie deine Haut jetzt herrlich zu fühlen ist. Wollust für die Hände. Sie bestätigen mir, was ich nun weiß: Du warst zum ersten Male glücklich.«
– »Ja, und ich wußte es lange schon, daß ich es in deinen Armen sein würde.«
– »Und hast mich doch gehaßt?«
– »Ich habe dich geliebt vom ersten Augenblicke an.«
– »Wann war das?«
– »Du warst etwa zwei Monate hier. Ihr rittet auf Patrouilleübung mit dem kleinen Störkwitz. Mein Mann stand hinter mir. ›Wer war denn der stolze Einjährige,‹ fragte ich. ›Es sind zwei, wie du siehst,‹ antwortete er, der die gräßliche Unart hat, mich ewig zu korrigieren. – ›Aber nicht beide stolz,‹ antwortete ich geärgert, immer noch hinter dir dreinschauend, keinen Blick von dir lassend, bis ihr um die Ecke wart. Noch mit geschlossenen Augen sah ich dein Gesicht. Du hattest, wie immer beim Reiten, die Lippen fest aufeinandergepreßt, hieltest dich ein bißchen zu steif, sahst stolz geradeaus und schienst mit einer Kopfbewegung deinem Nebenmanne sagen zu wollen, er möge schweigen.«
– »Ich weiß! Wahrhaftig, ich weiß! Es war mir unangenehm, daß dieser Herr von Herzfeld gerade vor dem Hause des Oberstleutnants mich ansprach. Denn ich wußte, daß

der ihm noch weniger grün war, als die anderen. Ich verbat es mir kurz darauf ein für allemal. – Da also wars!«
– »Ja! Und ich war entschieden sofort in love, denn das ist mehr als verliebt. Ich war sogar unbesonnen, denn ich reizte meinen Mann, indem ich noch sagte: ›Der, den ich meinte, sieht gut aus.‹ Er wurde unangenehm aufgebracht.«
– Was sagte er denn?«
– »Ach, du weißt ja, daß er dich nicht leiden konnte.«
– »Aber es interessiert mich wirklich, zu erfahren, wie er sich damals ausgesprochen hat.«
– »Gott, laß das doch. – Es würde dich ärgern, und er hat sich ja bekehrt.«
– »Jetzt machst du mich erst recht neugierig. Also sags, ich bitte dich.
– »Es ist absurd. Er nannte dich einen aufgeblasenen Judenbengel.«
– »Mich?«
Felix richtete sich im Bett auf und bebte am ganzen Leibe vor Zorn.
– »Siehst du, daß es dich ärgert.«
Die Gräfin richtete sich gleichfalls auf, schlang die Arme um ihn und küßte ihn in überströmender Zärtlichkeit und drückte ihn aufs Bett nieder, immer noch den Mund auf seinem.
Aber er erwiderte den Kuß nicht.
Sie ließ von ihm ab und sagte: »Jetzt habe ich dir richtig die Laune verdorben. Komm! Vergiß die Albernheit. Er sieht in jedem Menschen einen Juden, dessen Stammbaum er nicht kennt. Es ist nicht seine einzige Narrheit.«
Felixi schwieg. Er erinnerte sich an die Szene, wie ihm der Graf verboten hatte, das »Jüdchen« nachzuahmen. Vergessen hatte er sie nie, und hinter der Leidenschaft für die Gräfin war immer der Haß gegen den Grafen gestanden. Aber die Leidenschaft hatte schließlich den Haß verschattet. Jetzt stand er wieder grell und heiß auf.
»Das soll er mir büßen,« knirschte er.
»Laß es mich büßen!« hauchte sie. »Räche dich an ihm – an mir!«
Felix lachte kurz und grimmig auf und vollzog die Rache mit einer Glut, daß die Gräfin glaubte, vergehen zu müssen.

»So sehr haßt du ihn?« sagte sie in wonniger Erschöpfung. »O, diese Rache ist süß.«
»Ich liebe dich,« antwortete er, heftig atmend, »ich liebe dich, wie ich nie eine Frau geliebt habe. Es ist eine Liebe, die sich nie erschöpfen kann, und sie kann auch mit niemand geteilt werden.«
Da lachte die Gräfin kurz auf: »Was für Ideen du hast. Denkst du, ich habe ihm jemals angehört? Denkst du, ich könnte ihm jetzt angehören? Ich habe die Ehe mit ihm schon in dem Augenblicke gebrochen, als ich dich damals vorüberreiten sah, und ich werde sie von jetzt ab nie so sündhaft brechen, als wenn er glaubt, mich zu besitzen. – Dessen sei gewiß. Für mich lebt nur ein Mann: Du. Außer dir nichts als Schatten. Ich war selbst bisher einer unter den andern. Du erst hast mich lebendig gemacht. Was gehen mich jetzt – Schatten an?«
Vom Kirchturm des benachbarten Dorfes schlug es zwölf Uhr.
»Gütiger Himmel!« rief sie aus, »ist das möglich? Zwölf?! Vergeht die Zeit so schnell, wenn man liebt? Mir ist, als ob ich eben erst hier eingetreten wäre.«
Sie sprang auf: »Jetzt, bitte, Licht. Nur einen Blick in den Spiegel, dann muß ich fort.«
Felix drehte das Licht auf, und der halbrunde Rokokopavillon, seinerzeit von einem italienischen Baukünstler aufgeführt und La Nicchietta genannt, weil seiner Gestalt die Form einer Muschel zugrunde lag und überall in ihm Muschelformen sich wiederholten, glühte rosig auf, wie das Innere der großen Meermuschel, die die Neapolitaner Venusohr nennen.
Gräfin Erna sah sich entzückt um. »Wie reizend!« sagte sie, »und das alles habe ich gar nicht gesehen. Nur dich. Nur dich.«
»Heute haben wirs gemacht wie die Räuber im Walde,« sagte sie dann, indem sie ihren Hut aufhob, der zerknüllt am Boden lag; »nicht einmal den Regenmantel hast du mich ausziehen lassen, du ungeduldiger, unpassender Mensch, du! Morgen wollen wir es uns bequem machen. Dann will ich auch deinen berühmten Schlafrock sehen, den Prinz Assi ›Harun al Raschid‹ getauft hat, und von dem mein Kammermädchen mir erzählt hat, er stamme vom Kaiser von China.«

Felix lächelte geheimnisvoll und sagte, nicht ohne einen Ton von Herablassung in der Stimme: »Du sollst ihn sehen.«
Die Gräfin band sich den Schleier vor, Felix öffnete ein Fenster und rief halblaut:
»Friedrich!«
Keine Antwort.
– »Ach so, er ist ja halbtaub. Außerdem wird er eingeschlafen sein, der alte Knabe. Übrigens unbezahlbar für uns jetzt. Hört kaum, sieht schlecht, redet keinen Ton. Und was hast du zu der alten Landlordkutsche gesagt? Bist du nicht erschrocken, wie du sie an den vier Pappeln hast halten sehen? Aber: Gummiräder. Für die Stadt! Ich hätte am liebsten auch den Gäulen Gummischuhe anziehen lassen. Man kann nie vorsichtig genug sein.«
– »Das weiß Gott. Aber solange mein Mann weg ist, hats keine Gefahr.«
– »Morgen!«
– »Morgen!«
Felix führte seine schöne Gräfin die kleine Treppe hinunter zum Mauerpförtchen und trug sie über den regenfeuchten Wiesengrund zu der ehrwürdigen, unendlich bieder aussehenden Kutsche, auf deren Bock ein altes, sonst nur zu Gartenarbeiten verwandtes Männchen schlief, dem es kein Mensch ansehen konnte, daß es gewürdigt wurde, gräflich Hauartsche Rosse zu zügeln.
Felix sah so lange in die Nacht hinaus, bis das Licht der Kutschlaterne verschwunden war. Da der Wagen durch die Wiese fuhr, hörte man nicht Räder, nicht Hufe. Nur das Rauschen des nahen Flusses und das Rieseln des Regens war vernehmbar.
Das war wundervoll, sagte sich Felix. Das war anders und mehr, als alles Frühere. Es besteht da ein deutlicher Unterschied. Erstens: eine wirkliche Dame. Die kluge Liane hatte doch nicht recht. Die große Kurtisane ist doch nur ein Surrogat für die geborene Dame. Möglich, daß sie für alte Fürsten höhere Reize hat. Aber, um das zu genießen, muß man alt sein und die Damen bereits hinter sich haben. Oder, worauf es wohl hinausgeht, Damen nicht mehr reizen können. Vielleicht, wenn ich einmal mit Prinzessinnen und Königinnen geschlafen habe, komme ich auch dazu, die

höhere Raffiniertheit mehr zu schätzen, als vornehmen Ehebruch. Einstweilen finde ich, daß er unendlich reizvoller ist. Denn, und das ist der zweite Punkt: Hierbei ist Liebe. Die Gräfin liebt mich. Was ist gegen diese Leidenschaft die Kunst einer Liane? Gute Komödie. Gewiß: Man kann dabei lernen. Sie hat mehr Nuancen, im gewissen Sinne auch mehr Schönheit. Aber sie gibt doch weniger Wesentliches her. Das vorhin war verschwenderisch wie die Natur selber, gewitterhaft. Und dann dazu: die Gefahr. Köstlich. Das Geheimnis. Herrlich. Und schließlich, das Beste von allem: Daß ich gleichzeitig an diesem impertinenten Pfründten Revanche nehme. O, ich wünschte, es käme einmal der Tag, da ihm die Augen aufgingen!
Er pfiff die Melodie Bartolos »Süße Rache, o süße Rache!«
Dann, schon halb im Einschlafen: Wenn ich sie ihm ganz wegnähme? Wäre es nicht ein Triumph für mich, wenn sie sich scheiden ließe? ... Aber der Skandal ... Meine Stellung hier ... Das Offizierkorps ... Ehrengericht ... Duell ... Der alte Schuft schießt wie ein Cowboy ...
Er schlief ein und träumte wieder einmal recht unangenehm von dem langen Friesen in Jena.

Am Abend darauf empfing Felix die Gräfin in türkischem Kostüm und lud sie ein, ein Paar türkische Damenpumphöschen nebst einer goldgestickten Jacke anzuziehen. Sie hatte es aber sehr eilig, dieses Gewand wieder abzulegen. Aber sie nannten sich von diesem Tage an Jussuff und Zelmi.

Der Große Vogel

Obwohl es sich Felix vom Prinzen her angewöhnt hatte, jetzt stark vornübergebeugt zu gehen, da er immer irgendeine Affektiertheit brauchte, sich äußerlich vom Gewöhnlichen zu unterscheiden, stand er nun in der Fülle seiner Kraft, im Hochtriebe seines Selbstgefühls. Die Anwandlungen eines krankhaft verstiegenen, grellen, aber zwischenhinein durch sonderbare Ängste verschatteten Höhenwahns wurden seltener, da der Dienst, die Liebe und die Morgenarbeit mit den Rennpferden ihn strapaziös hernahmen. Je mehr er sich körperlich ausgab, um so mehr schien er an Kraft und Frische zuzunehmen, und je weniger Zeit er fand, dem nachzuhängen, was er seine Gedanken nannte, um so weniger verfiel er den fixen Ideen, die der dunkle Untergrund aller seiner Gedanken waren. Sie waren ihm jetzt auch deshalb weniger gefährlich, weil er sie der Gräfin gegenüber immerhin manchmal aussprechen konnte. Und für Felix bedeutete das nichts anderes, als wahre Fugen der Selbstbespiegelung. Da die Gräfin immer leidenschaftlicher in ihrer Liebe zu ihm wurde, verfiel auch sie schließlich bis zu einem gewissen Grade der Macht dieser geheimnisvoll überschwenglichen Töne. Wenigstens gewöhnte sie es sich an, ihnen mit dem Ausdruck hingegebener Aufmerksamkeit zu folgen, indem sie voller Bewunderung zu Felix aufblickte.

Das genügte ihm, und er kam schließlich dahin, diese Genügsamkeit als das Resultat aristokratischer Selbstzucht anzusehen. Hatte er nicht das Dichten, hatte er nicht allen literarischen Ehrgeiz aufgegeben? Die Lehren Karls, dazu bestimmt gewesen, allen reellen Tätigkeitstrieb in ihm zu schwächen, ihn hohl zu machen und daher immer bereiter, alles Fremde und, wie Karl vorhatte, besonders alles ihm Schädliche aufzunehmen, saßen fest in ihm. Das Aufgehen im rein Äußerlichen seines Berufes, wie er ihn auffaßte, begünstigte den Aushöhlungsprozeß ebensosehr, wie die billigen Erfolge, die er überall hatte.

Er war Graf, war Offizier, die schönste Frau der Stadt war seine Geliebte, ihr Mann, einmal sein offenkundiger Feind, war ebenso offenkundig sein Freund geworden; alle übrigen Kameraden bewunderten seinen Stall, seine Reitkunst, erkannten sein ganzes Auftreten als über alles Lob erhaben an, prophezeiten ihm einen glänzenden Namen als Herrenreiter; der weibliche Teil der Gesellschaft umgab ihn mit deutlichen Zeichen dafür, daß sie in ihm den Inbegriff alles interessant Männlichen, Außerordentlichen verehrte. Nun kam noch eine große öffentliche Auszeichnung hinzu.

Der Grundstein zur Pflanzschule für dramatische Talente wurde durch den Landesfürsten persönlich im Rahmen eines feierlichen Aktes gelegt, dem der ganze Hof, die Spitzen aller Behörden, das Offizierskorps, die echte und die Talmi-Gesellschaft, die angesehensten Vertreter des Bürgertums, sowie die meisten ortsansässigen Koryphäen der Kunst, Literatur und

Wissenschaft beiwohnten. Es war einer der großen Tage der Residenz.

Alles war gespannt und die Bleistifte der Reporter wie mit Elektrizität geladen.

Von der eigentlichen Grundsteinlegung versprach man sich nichts Sensationelles. Das Programm, die Aufeinanderfolge der Hammerschläge, hatte schon im Amtsblatt gestanden: Zuerst natürlich der Fürst, dann der Ministerpräsident, dann der Hoftheaterintendant, dann der Bürgermeister. Aber gerade hierbei geschah Außerordentliches. Erstens: Serenissimus hielt, obwohl er müde und krank aussah, eine Rede. Nun, man verstand von ihr nichts, denn er sprach sehr leise. Aber: Zum Schlusse ließ er sich von einem Lakaien ein prachtvoll gebundenes Buch überreichen und legte es in die Höhlung des Steines.

– »Was war denn das für ein Buch? Haben Sie gehört? Eine Urkunde? Nein, ich glaube, er hat von einem Gedicht gesprochen? Was? Ein Gedicht? Von wem denn? Vom Wirklichen Geheimen? Natürlich. Aber nein, ich glaube ...«

Die tuschelnden Rätselrater wurden sogleich und auf höchst erstaunliche Art belehrt.

Der Fürst, statt den Hammer dem Minister zu überreichen, ließ den Grafen Hauart hinaufwinken, gab ihm die rechte Hand, legte die linke auf seine Schulter, sprach aufs freundlichste lächelnd zu ihm und überreichte ihm schließlich den Hammer.

Alle Welt stimmte darin überein: es war ein unvergeßliches Bild und ein Ereignis.

»Un – er – hört!« murmelte die Gattin des Ministers.

»Welche Improvisation!« meinte der Wirkliche Geheime.

»Das Programm durchbrochen!« notierte der Redakteur des Regierungsboten.

»Dieser junge Mann wird in einer Weise bevorzugt!« sagte Herr Martin von Herzfeld zu seiner Gattin, geborene Silberstein.

»Ein Offizier, wo doch der Fürst Offziere gar nicht mehr mag!« bemerkte die Bürgermeisterin.

»Na, bei der Ähnlichkeit ...!« erwiderte die Konsistorialpräsidentin.

»Das ist stark!« dachte bloß ihr Gatte.

»Wer jetzt noch zweifelt, ist blind und blöde,« entschied der Führer der Opposition im Landtage, Fleischermeister Knoll.
»Der Minister macht ein Gesicht wie ein Waisenknabe,« konstatierte der witzige Wochenplauderer der oppositionellen »Volksstimme«.
So lief, wie in flachen, lautlos hüpfenden Wellen, flüsterndes Getuschel durch alle vorderen und hinteren Reihen bis zur Masse des Volkes, das jetzt vor gespannter Neugierde auf den Fußzehen stand. Dann hörte man kurze Hammerschläge und glaubte etwas zu vernehmen wie: »Verewigter Freund ... Dein Geist ... adelige Kunst ... Zukunft ... Kultur ... hoher Fürstensinn.«
Und der Fürst richtete wiederum, aufs huldvollste lächelnd, leise Worte an den zum Mittelpunkte der ganzen Feierlichkeit Gewordenen, winkte den Kammerherrn vom Dienste heran, entnahm einem dargebotenen Etui etwas Glitzerndes, in alle Augen und Herzen Leuchtendes, das jeder und jede kannte: den Großen Vogel, und heftete die höchste Auszeichnung »Für besondere Verdienste um das fürstliche Haus und gemeine Wohl« zwischen die silbernen Schnüre der gräflichen Attila.
Ein »Ah!« der Ergriffenheit drängte in jeglicher Brust empor und war bereit, sich von tausend Lippen stürmisch aufzuschwingen, dem huldreichen Fürsten und dem prächtigen jungen Manne entgegen, der so hohe Gnade so ruhig, bescheiden und schön mit einer schlechthin großartigen Verbeugung hinnahm. Aber man war denn doch zu wohl erzogen, als daß man seine Ergriffenheit in Gegenwart des höchsten Herrn hätte laut werden lassen. Das Ah blieb stumm auf halbgeöffneten Lippen liegen, als schönes Zeichen residenzlicher Erziehung.
Das übrige der festlichen Handlung, die programmgemäßen Hammerschläge und selbst Selmas Jambengewoge fand nur geringes Interesse.
Das Wort des Tages war und blieb: »Der Graf«. Die Stadt war voll davon zum Überfließen, aber der Telegraph sorgte dafür, daß es auch über ganz Deutschland hinwegflog. Soweit die deutsche Zunge klingt und in Druckerschwärze festgehalten wird, erfuhr der Zeitungsleser das große Ereignis. Graf Felix Hauart war einen Augenblick lang berühmt. Ein Strahl aus der Höhe fiel von seinem Namen auf die Frühstücksbuttersemmel des Bürgers.

Felix war gewiß stolz auf den Großen Vogel und genoß das warme Bad des Ruhmes mit Entzücken, das ihn in der Residenz wohlig umgab. Aber der Gedanke, im Sattel zu siegen, nahm ihn doch noch mehr ein. Gerade, weil man ihn jetzt besonders seiner künstlerischen Interessen, seiner poetischen Qualitäten wegen hofierte, drängte es ihn mächtig, die »Welt« durch Siege auf einem Gebiete zu verblüffen, das fernab von diesen Interessen, diesen Gaben lag. Hatte er nicht schon als unbärtiger Jüngling den Namen Lord Byron geführt? Hatte das Schicksal damit nicht wie mit einem Scherze andeuten wollen, aus welchen Ingredienzien sich einmal sein Ruhm zusammensetzen sollte? Wohl! Der dichtende Herrenreiter, der Kunstförderer zu Pferde, das war die Note, die ihn auszeichnen sollte, – vor den Poeten sowohl wie vor den gewöhnlichen Turfgrößen, die er im Grunde auch schon rechtschaffen geringschätzte.

Er meldete sich und seine Pferde also fleißig überall an, wo sein Debüt in einem glänzenden Rahmen vor sich gehen konnte, und er verfolgte mit hoher Genugtuung die Kommentare, mit denen seine Nennungen in den Sportblättern begleitet wurden.

Indessen sollte seine Begeisterung eine fatale Dusche erfahren, unter der er schwer zu leiden hatte.

Er wurde von Serenissimus zu alleruntertänigster Dankabstattung in besonderer Audienz empfangen, die über eine Stunde lang währte. Aber gerade diese ungewöhnliche Auszeichnung war gar nicht dazu angetan, ihn zu beglücken. Der Fürst hatte trotz seines leidenden Zustandes, der ihm das Sprechen offenbar zu einer Anstrengung machte, fast ohne Unterbrechung und sehr eindringlich zu ihm gesprochen. Felix durfte sich ohne seine gewöhnliche Überschwenglichkeit sagen, daß der regierende Herr ein außerordentliches Interesse für ihn empfand und Absichten mit ihm hegte, die ihm im höchsten Grade schmeichelhaft und bedeutsam sein mußten. Aber, ach, dieses Interesse galt eigentlich einem anderen, einem früheren Felix, nicht dem gegenwärtigen, und diese Absichten zielten durchaus nicht auf das, worauf der gegenwärtige Felix sein Trachten gerichtet hatte.

Erst sprach der Fürst in allgemeinen Wendungen über die Notwendigkeit einer intensiveren Anteilnahme der Aristokratie an kulturästhetischen Bestrebungen. Er entwickelte den Begriff des Mäzenatentums als nobile officium und wies darauf hin, daß, wenn der Adel diese Pflicht vernachlässigte, die hohe Finanz sie übernehmen werde, womit nach seiner Meinung die Herrschaft des Judentums, ohnehin schon sehr fest begründet, geradezu stabiliert werden müßte. »Sie wissen,« sagte er, »daß ich nicht Antisemit bin, und daß ich deswegen mancherlei Widerspruch zu erfahren habe. Ich kann es nicht sein. Kann es nicht als Fürst und kann es nicht als Kunstfreund. Denn ich sehe jetzt schon, daß die jüdischen Kreise in Deutschland an Kunstförderung mehr leisten, als alle anderen zusammen. Aber, wenn ich das auch anerkenne, so bin ich doch nicht unbedingt erfreut darüber. Ja, ich erblicke eine gewisse Gefahr darin. Wenn der deutsche Geist ästhetisch im allgemeinen zu schwerfällig ist, so ist der jüdische, wie überhaupt, so besonders in Dingen des Geschmackes, der Kunst zu beweglich. Er faßt schneller auf, läßt aber auch schneller fallen. Die Juden drängen, mit wenigen Ausnahmen, immer nach links. Das schadet so lange nichts, als auf der andern Seite genug Gegengewichte vorhanden sind. Gegengewichte, nicht Hemmschuhe. Sie verstehen mich. So ein Gegengewicht ist unsere große Tradition. Der Name Goethe spricht sie am vollsten aus. – Sie haben«, sagte er, »meine ganze Zuneigung dadurch gewonnen und mich zu Dank verpflichtet, weil Sie eine Hoffnung in mir erregt haben: die Hoffnung, daß nun doch in der Generation der Erben junge Männer von entschiedenem Sinne für die höheren Aufgaben der Zeit erstehen, echte, ganze, geistig tatbereite Aristokraten im Sinne des herrlichen Gedichtes Ihres genialen Freundes. Ich hoffe, das Gefühl des Dankes dafür Ihnen gegenüber auch noch weiterhin zum Ausdrucke bringen zu können, wenn mir Gott noch eine Weile das Leben gönnt, und zwar durch mehr als nur Titel und Orden. Sie sind über Ihre Jahre reif, und so werde ich mich im gegebenen Augenblicke nicht für gebunden erachten, Ihnen gegenüber Ancienitätsrücksichten walten zu lassen. Wenn sich in Ihrer Generation künstlerische Kräfte regen, die einen neuen Idealismus erhoffen lassen, so ist es wohl an der Zeit, auch die öffentliche

Kunstpflege Angehörigen dieser Generation anzuvertrauen. An mir soll es nicht fehlen. – Aber etwas hat mich stutzig gemacht. Ich habe erfahren, daß Sie einen Rennstall halten, daß Sie beabsichtigen, sich als Herrenreiter zu betätigen. Ich hoffe sehr, daß ich falsch berichtet worden bin, oder daß es sich nur um eine Laune bei Ihnen handelt. Die Bemühungen um Hebung der Pferdezucht haben natürlich mein landesväterliches Interesse, und ich verdenke es auch Ihnen nicht, daß Sie sich als Kavallerist und Grundbesitzer daran beteiligen wollen. Aber ich setze voraus, daß dies mit weiser Zurückhaltung geschieht und Sie in der Pflege höherer Interessen nicht im mindesten stört. Überlassen Sie das Rennwesen denen, die nichts Besseres wissen und können, und vergessen Sie den alten guten Gemeinplatz nicht: ›Man kann nicht zween Herren dienen.‹ Sie gehören in die Palaestra musarum und nicht auf den Concours hippique.«
Damit war Felix gnädigst entlassen. Aber es war ihm höchst unwohl von dieser Gnade zumute. Er fühlte sich im eigentlichsten Sinne aus dem Sattel geworfen.
Daß er nun nicht mitreiten durfte, daß er alle seine Nennungen, bis auf ein paar wenige zu Flachrennen mit bezahlten Schenkeln, zurückziehen mußte, war ihm klar. Das Gegenteil wäre offene Auflehnung gewesen, Fronde gegen den Lehensherrn gewissermaßen, Beweis unaristokratischen Sentiments.
Noch vorgebeugter, als gewöhnlich, schritt er durch die Straßen der Stadt, und er produzierte so schmerzlich düstere Schrägfalten in der Lippenpartie des gräflichen, sonst so stolzgemuten Antlitzes, daß alle, die ihm begegneten, sich erstaunt und fast bekümmert fragten: Wie ist es nur möglich? Trotz des Großen Vogels betrübt? – Und mancher brave Bürgersmann dachte sich in der sanften Tonart des Landes: I nu ja, nee, nee; auch bei die Großen is nich alle Tage scheenes Wetter, und sei Päckchen hat e jeds zu tragen.

Jonathan

Am nächsten Morgen, es war ein Sonntag, und Felix hatte die Eskadron in die Kirche zu führen, statt daß er ausschlafen durfte, wurde ihm ein eingeschriebener Brief übergeben, dessen Adresse eine ihm unbekannte Handschrift zeigte. Er legte ihn in den letzten Roman Honraders, mit dessen Lektüre er während des Kommandos zum lieben Gotte zu beginnen dachte.

Nachdem er seine Schnürenjungen untergebracht hatte, nahm er den Brief vor und ersah aus der Unterschrift mit Erstaunen, daß er von Herrn Kurt von Herzfeld geschrieben war.

– Was fällt denn dem ein? dachte er sich und las:

»Hochverehrter Herr Graf!

Wollen Sie es gütigst verzeihen, wenn ich mir erlaube, Ihnen eine Angelegenheit vorzutragen, die einen gemeinschaftlichen Freund angeht.«

– Gemeinschaftlichen Freund? Ist das Jüdchen meschugge?

»Ich beeile mich, vorauszuschicken, daß ich ohne jeden Auftrag handle, ja nicht einmal weiß, ob der Schritt, den ich rein aus persönlicher Anteilnahme an den Verhältnissen eines der wertvollsten Menschen unsrer Zeit nehme, dessen Beifall finden würde. Es handelt sich um Hermann Honrader.«

– Merkwürdig. Also selbst das Jüdchen wird vom Schicksal mit Missionen betraut. Sonderbar.

»Ich brauche Ihnen über Wesen und Bedeutung dieses außerordentlichen Mannes nichts zu sagen, hochverehrter Herr Graf. Sie kennen ihn besser, genauer, länger als ich, da ich erst seit einem halben Jahre das Glück und die Ehre seines vertrauten Umgangs genieße. Er lebt ganz einsam in einem Bauernhäuschen bei Dachau; man möchte sagen: wie ein Verschollener. Selbst in den eigentlichen Literaturkreisen gilt er als abgetan, ›ausgeschrieben‹, wie das dumme Wort heißt. Nun, Sie wissen es so gut, wie ich, daß das Gegenteil wahr ist. Der Verfasser des ›Großen Helfers‹ ist ein Dichter, der von sich sagen kann, daß alles, was bisher von ihm erschienen ist, nur die Bedeutung einer kurzen Ouvertüre hat. Sein eigentliches Werk hebt erst an. Auch ›Der Helfer‹ ist gewissermaßen nur Exposition.«

– Wie ich gleich selber sehen werde, Kleiner. Aber so viel weiß ich nun schon: Hermann der Gewaltige, mein Herzog von ehedem, hat keine Heerscharen mehr hinter sich.

Felix konstatierte das nicht ohne Schadenfreude.

»Leider sind die äußeren Verhältnisse des Dichters nicht so, wie sie ihm gebühren und wie sie notwendigerweise hergestellt werden müssen, damit er in voller Freiheit, Stimmung, Anregung schaffen kann.«

– Aha.

»Verstehen Sie mich nicht falsch. Honrader lebt nicht in Not und Elend. Er gilt sogar, weil er ja eine Reihe sogenannter Erfolge gehabt hat und weil er seine Arbeiten gut honoriert bekommt, für wohlhabend. Und, da er zu geschmackvoll und stolz dazu ist, den armen Poeten zu mimen, vielmehr in Kleidung und Auftreten sich deutlich von den Schriftstellern unterscheidet, die es für angemessen halten, sich äußerlich gehen zu lassen, ist er sogar einem gewissen albernen und kleinlichen Neide seitens derer verfallen, die es ihm nicht verzeihen, daß er mehr genannt und besser bezahlt wird als sie.«

– Ich kenne die erhabenen Herrschaften.

»In Wahrheit kommt er eben durch; nicht dürftig, sondern anständig, aber doch eigentlich recht kümmerlich und im Engen. Er beklagt sich nie. Aber Frau Christine, die es sich sonst gleichfalls nie merken läßt, daß nicht alles so steht, wie es sollte, hat es mir doch mehr als einmal gestanden, daß er unter dieser Kleinlichkeit der Verhältnisse leidet. Er möchte einmal hinaus aus der Enge, möchte zumal Italien kennen lernen, – wenigstens Venedig, das so nahe und ihm dennoch unerreichbar ist.«

– Schiller hat Genua auch nicht gesehen und doch den Fiesco geschrieben. Das Genie muß nicht von allem haben.

»Niemand wird besser, als Sie, hochverehrter Herr Graf, zu ermessen vermögen, wie drückend eine derartige Beengung von einem gestaltenden Geiste, einem dichterischen Ingenium empfunden werden muß. Sie, der Sie selbst poetisch angelegt sind und bereits einmal einem bedeutenden Dichter die Möglichkeit gewährt haben, seine Phantasie zu befruchten und zu vertiefen durch eine freie Fahrt in die Welt, – Sie werden gewiß auch gerne bereit sein, in diesem Falle Hilfe zu verschaffen. – Sie stehen überdies dem Dichter nahe von Kindheit an . . .«

– Ich will nicht hoffen, daß Christine oder Hermann selber aus der Schule geplaudert hat. Das wäre peinlich. Wäre fatal.

»... Weder Herr noch Frau Honrader haben mir Näheres darüber mitgeteilt ...«

– Gott sei Dank!

»... aber ich durfte aus den wenigen Andeutungen entnehmen, daß Sie nicht bloß literarisches, sondern auch menschliches Interesse für unsern Freund seit lange her betätigt haben. So werden Sie es also, hoffe und glaube ich, begreiflich finden, wenn ich mich mit der Frage an Sie wende, ob Sie nicht Ihre bekannten engen Beziehungen zu unserm Fürsten, der Sie erst kürzlich in Anerkennung Ihrer kunstfördernden Bestrebungen in so ungewöhnlicher Weise ausgezeichnet hat, im Interesse Honraders dahin ausnutzen möchten, daß Sie eine möglichst große Unterstützung für ihn aus der fürstlichen Privatschatulle erwirkten.«

– Er schreibt schon wie ein Professor. – Aber wie merkwürdig: er muß das ungefähr zur selben Zeit geschrieben haben, als mir Serenissimus ungefähr dasselbe nahelegte, was ich nun ihm nahelegen soll. Wenn das ein Zufall ist, so ist die ganze Welt ein Zufall.

In diesem Augenblicke endete das Choralvorspiel auf der Orgel, und die Gemeinde hub zu singen an:

»Der heißt und ist auch recht beglückt,
Dem Gott solch einen Freund zuschickt,
Der Feind ist falschen Sinnen,
Und als ein treuer Jonathan
Sich seines Davids nimmet an,
Wenn Hilf und Rat zerrinnen.«

Schon die zweite Strophe hätte Felix belehren können, daß der alte brave Michael Hörnlein, der dieses Lied »von der wahren Freundschaft« der theologischen Muse abgenötigt hat, unter dem Freunde natürlich Christum meinte:

»Indem des Allerhöchsten Sohn,
Der besten Freunde Kern und Kron,
Mein Freund hat wollen werden.«

Aber die zweite Strophe hörte er schon gar nicht mehr, völlig eingenommen von der orakelhaften Bedeutung, die für ihn die erste hatte.

Jonathan und David. Ein neues Stück, eine neue Rolle.

Und genau die, in der er nun seit zwanzig Stunden etwa lebte.
Seine Eskadron hätte jetzt Skat spielen können, statt zu singen und dem Generalsuperintendenten zu lauschen, und der hätte ein Kapitel aus dem Dekameron vortragen dürfen, statt seine Predigt über die wahre Freundschaft des Christenmenschen, – Felix hätte von alledem nichts bemerkt, nichts vernommen. Er war ganz wo anders; hier saß bloß die Uniform, die er im Geiste längst ausgezogen hatte.
Felix der Mäzen, Felix der Intendant, Felix die Exzellenz. Eine neue Walze drehte sich in seinem schicksalergebenen Gehirne.
Zu Hause angekommen legte er die Uniform sofort ab. Denn sie erschien ihm nun weniger dekorativ als lächerlich. Zu dem, was er jetzt vorhatte, stimmte einzig der seidene, geblümte Schlafrock.
Er nahm eine seiner mächtigen Adlerfedern zur Hand, die zwar mehr klexten, als daß sie schrieben, der Schrift aber eine gewaltige Körperlichkeit verliehen, so daß eine Seite, von ihr bedeckt, aussah wie ein Wald vom Sturm gepeitschter Bambusschäfte.
Doch schon die Anrede machte Schwierigkeiten.
– »Lieber Hermann!«? Unmöglich. Zu kordial. Hätte Fortsetzung in Du-Form erfordert, und das ging denn doch nicht an. – Felix erinnerte sich des Umstandes zu deutlich, daß Hermann ihn einmal beinahe die Treppe hinuntergeworfen hatte. Und überhaupt: Schranken aufrichten! Gerade jetzt. – Wie sagte doch Papa Hauart? –: Die Hand, die schenkt, schwebt immer über der nehmenden.
Also: »Sehr geehrter Herr!« – N . . .nein! Zu demonstrativ kühl. Schon mehr unfreundlich. Beinahe verletzend. Und – gefährlich! Denn Hermann konnte sich beleidigt fühlen und die Spende ablehnen. Was unbedingt vermieden werden mußte, da es Felix sehr darauf ankam, daß Hermann seine Gabe nicht zurückwies. Denn er wollte seine mäzenatische Betätigung dem gnädigsten Herrn sogleich mitteilen als Beweis dafür, wie schnell und in welchem Grade er beflissen war, den leisesten Andeutungen der höchsten Stelle Folge zu leisten.
– »Hochgeehrter Herr!«?– Nicht viel besser. Auch »Sehr« oder »Hoch verehrter Herr« nicht angängig.

Warum nicht einfach »Lieber Freund!«? – Doch nicht! Zu intim, auch bei folgendem Sie.
Felix sann und sann. Da fuhr die Erleuchtung auf ihn nieder, wie ein Lichtstrahl aus Wolkenschlitz niederfährt auf ekstatisch vergrübelte Heilige.
Er stürzte zum Schreibtisch und schrieb:

Werter Meister!«

– Wie man doch bei der Kavallerie verblödet! dachte er sich. Früher hätte ich das instinktiv erraten.
Und nun gings schneller, wenn auch nicht wie gefegt:

»Ein erfreuliches und bedeutsames Zusammentreffen verschiedener Ereignisse, das ich Zufall weder nennen mag noch darf, legt mir den angenehmen Zwang auf, Ihnen diesen Brief zu schreiben. Möge ihm gute Statt bei Ihnen beschieden sein, dessen dichterischen Aufstieg ich, wie die gesamte kunstliebende Welt, mit höchster Anteilnahme immer verfolgt habe.

Sie wissen, wie lebhaft ich von jeher das Bedürfnis empfunden habe, am Literaturleben unsrer Zeit teilzunehmen, – nicht so sehr als Schaffender, wie als Empfangender und, wenn ich so sagen darf, als Fördernder. In den Jahren der Unerfahrenheit habe ich, wie manch anderer, geglaubt, zeitgenössische Begabungen durch Herausgabe einer Zeitschrift fördern zu sollen. Darüber bin ich hinaus. Es wird damit wenig und selten an rechter Stelle getan. Auch ist es eine Art Dilettantismus, wenn ein Nichtliterat sich in dieser Weise betätigt.

Ich aber bin dezidierter Nichtliterat, wenngleich ich nicht leugne, daß ich immer noch hier und da einen Vers kritzele.

Was mir jetzt als die Hauptsache erscheint, ist: Schöpferische Kräfte, die durch Ungunst der Verhältnisse eingeengt sind, freizumachen aus dieser Umengung. Mir scheint das geradezu eine Pflicht derer zu sein, die das Schicksal äußerlich bevorzugt hat.«

– Bloß äußerlich? Das ist Unsinn; stimmt ganz und gar nicht; ist eigentlich Blasphemie. Aber: egal. Weiter!

»Besitz verpflichtet. Nur der besitzt mit Recht, der seinen Besitz wirken läßt.«

– Nettes Zeug schreib ich da zusammen. Seit ich nicht mehr reiten will, reitet mich irgendein wahnwitziger Teufel.

Er merkte gar nicht, daß er nach Diktat schrieb, und daß wieder einmal Carolus Poeta lebendig über ihn war. Und er schrieb fast mit Karls Worten:

»Der Reiche ist nie reicher, als wenn er seinen Reichtum auf geistige Zinsen anlegt, indem er produktive Kräfte damit unterstützt. Indem er zu schaffen hilft, schafft er selbst. Sein Geld wird Geist.«

Felix mußte aufstehen. Es überwältigte ihn. Er kam sich wie inspiriert vor. – Aber Karl diktierte weiter:

»Wenn sich aber der Reichtum den besten Geistern seiner Zeit kongenial erweist, erhöht er den Genuß seiner selbst zu einer Intensität, die weit über alle materiellen Genüsse hinausgeht. In diesem Sinne kann man Reichtum als persönliche Begabung genießen.«

Die Adlerfeder fuhr dahin, als ob der heilige Geist sie selber führte. Daß diese Inspiration aus einem Grabe kam, – nicht direkt aus dem auf dem Sarazenenturm, sondern aus dem in seinem Gehirn, wo alle diese Meinungen begraben gewesen waren unter anderen ebenso wahren Wahrheiten –, spürte der glückliche Wiederkäuer nicht. – Aber er mußte nun wohl zur Sache kommen. Und so ließ er sich aus den Höhen scheinbarer Selbstergriffenheit herab und schrieb:

»Ich handle also nicht aus bloßer Pflicht, sondern aus dem, ich darf wohl sagen: höheren egoistischen Instinkte geistig interessierten Reichtums, wenn ich, eine mehr äußerlich glänzende Episode meines anscheinend planlosen Lebens beschließend, mir vorsetze, mich künftig wieder der Förderung künstlerischer Tendenzen zu widmen.

Daß ich dabei zuerst an Sie, wertester Meister und Freund ...«

Das Wort saß da wie ein Bolzen, unbewußt hingeschnellt von der vibrierenden Sehne eines von sich selbst entzückten Gemütes. Und so mochte es denn stehen bleiben.

»... denke, wird Sie nicht in Erstaunen versetzen. Wer könnte mir, seit Karl Kraker dahingegangen ist, näher stehen, als Sie? Wem gegenüber könnte mich so wie gegenüber Ihnen gleichzeitig ein Gefühl schuldigen Dankes erfüllen?

Freilich, ich weiß, Sie leben nicht in Not. Sie sind ein Anerkannter, der keine fremde Hilfe braucht, um sich durchzusetzen. Aber ich weiß auch, daß ein sensibler Geist, wie der Ihrige, mehr braucht als das gemeinhin Notwendige.

Ich würde es als eine hohe Auszeichnung des Schicksals betrachten, wenn es mir gestattete, der zu sein, von dem Sie das anzunehmen geneigt sein wollten, was ich nicht als eine Unterstützung, sondern als eine Art Beitrag zu Ihrem Freiheitskapitale angesehen wissen möchte.«

– Dieser Satz ist zwar nicht sehr schön, aber sehr gut, fand Felix. Nie hat sich ein freigebiger Spender mehr in Bescheidenheit gewunden, als ich es hier tue.

»Es steht bei Ihnen, ob Sie den beifolgenden Scheck bei der Münchner Reichsbankstelle präsentieren wollen oder nicht. Ich hoffe, daß Sie mir nicht den Schmerz einer Ablehnung antun, vielmehr auch künftighin bereit sein werden, mich auf diese Weise an Ihrem Schaffen Anteil nehmen zu lassen.

Daß mein fürstlicher Gönner und Landesherr eine Annahme Ihrerseits nicht weniger freudig begrüßen würde als ich selbst, möchte ich hinzuzufügen nicht unterlassen.

Und so habe ich Sie schließlich nur noch zu bitten, meine ergebensten Empfehlungen Ihrer sehr verehrten Frau Gemahlin zu Füßen zu legen und zu glauben, daß

ich bin und bleibe

Ihr

getreuer Verehrer und Freund

Felix Hauart.«

– Dieser David kann mit seinem Jonathan wahrhaftig zufrieden sein, sagte Felix zu seinem lieben Herzen, als er den Brief zum fünften Male durchgelesen hatte.

Er lehnte sich behaglich im Schreibstuhle zurück und führte seine Blicke auf den Bücherrücken seiner Bibliothek spazieren. Es war ihm, als ob er eine Revue über seine Truppen abhielte.

David

Als Felix dem Prinzen seinen Entschluß, nicht zu reiten und die Gründe dafür mitteilte, nahm Seine Durchlaucht das Monokel mit ungewohnter Schnelligkeit vom Auge und rief aus, indem er sich wie erschrocken niedersetzte: »Scheußlich! – Pardon, – aber wirklich scheußlich! Inevitabel, aber scheußlich. Machte am liebsten sofort Kniefall, Gnädigsten umzustimmen. Natürlich hoffnungslos. Nie Reiter gewesen. Außer Pegasus. Na ja. Gänzlich gefühllos in Pferdesachen. Roß Grane einzige Ausnahme. Für Sie direkt Schlag ins Kontor. Regiment um große Hoffnung ärmer. Zum Haarausraufen! Bewundere Ihre Ruhe.«

Graf Pfründten äußerte sich ähnlich. Das ganze Offizierskorps bedauerte und beschwor den anscheinend tief Bekümmerten, in der Verzweiflung nicht zu weit zu gehen und etwa gleich den Rennstall aufzugeben. Eine Reihe Kameraden erbot sich, Felixens Pferde zu reiten.

Dieser Ausweg schien ihm gangbar. Zwei Eisen im Feuer, dachte er sich, Serenissimus hat recht: mein eigentliches Feld ist die Palästra musarum. Gut: auf ihr lasse ich nun Hermann rennen. Warum soll ich aber nicht gleichzeitig auch den Terken rennen lassen. Lassen! Das ist es. – Mein Irrtum war, daß ich selber mittun wollte. Darin lag der prinzipielle Verstoß gegen das Wesen meiner Bestimmung. Eine unbegreifliche Verirrung. Ebensogut könnte ich einmal als Intendant auf die Idee kommen, selber mit zu mimen.

Mittlerweile langte Hermanns Antwort an. Sie war Wasser auf seine Mühle, obwohl ihm nicht alles an ihr behagte.

Hermann schrieb:

»Lieber Henfel!

Ich hoffe, Sie gestatten es mir, Sie mit dem Vornamen anzureden, unter dem ich Sie bisher gekannt habe. Es geschieht das deshalb, weil ich mir beim Briefschreiben den Adressaten immer wie einen persönlich Anwesenden vorstelle. Und einen Felix Hauart kenne ich nicht. Er ist mir so fremd wie der Graf Hauart.«

– Angenehmer Genosse. Der Sozialdemokrat steckt ihm doch im Blute.

»Das müssen Sie aber nun nicht falsch verstehen. Ich unterschätze den Wert auszeichnender Titel keineswegs und habe mich seinerzeit über Ihre Grafung aufrichtig gefreut. ›Graf‹ paßt zu Ihnen.«

– Wie huldvoll.

»Nur, nicht wahr, Bekanntes umzutiteln fällt schwer.

Derlei ist schließlich für das Publikum. Unsereins hält sich an den Menschen.
Nun verklausulieren Sie, lieber Henfel, in Ihrem freundlichen Briefe Ihre Menschlichkeit zwar ein wenig sonderbar, aber ich lasse mich dadurch nicht irre machen. Ich erkenne sie, begrüße sie mit Freude und nehme ohne alle Umschweife die Wohltat herzlich dankend an, die sie mir erweist.«

– Na also.

»Ich tue es ohne alle Beschämung. Solange reine Kunstausübung nur zufallsweise entsprechend bezahlt wird, nämlich nur dann, wenn sie, was immer ein Zufall bleibt, das Glück hat, der Menge zu gefallen; solange es der Staat nicht für angebracht hält, sie ausgiebig zu unterstützen, und solange es auch keine andere Organisation gibt, die diese kulturelle Notwendigkeit besorgt: so lange darf der materiell unbemittelte Künstler ohne alles Schamgefühl Geschenke der wenigen annehmen, die ihr Wohlgefallen an seiner Kunst auch durch Wohltaten beweisen wollen. Nicht ein Schatten von Schande haftet dem an. Nur das Betteln darum wäre schmählich, und wer dafür auch nur das geringste Opfer an seiner künstlerischen Art und Persönlichkeit brächte, wäre, ich will mich gelinde ausdrücken, als künstlerischer Charakter nicht sehr achtbar zu heißen und wohl auch überhaupt nicht eigentlich wertvoll.
Und so ruf ich dann mit Herrn Walther von der Vogelweide:

›Ich hab mein Lehen, alle Welt! ich hab mein Lehen!‹

und ich ruf es darum nicht weniger ungeniert als er, weil ich es nicht aus fürstlicher Hand habe gleich ihm, der sich schon für freies Quartier mit lobpreisenden Versen revanchierte:

›Die Hab des Herrn von Österreich
Erfreuet süßem Regen gleich
Sowohl die Leute, wie das Land.‹«

– Die Hab des Herrn von Österreich . . . Seltsam, seltsam.

»Ja, ich halte es für einen glücklichen Umstand, daß ich diese Aufhellung meines zwar nicht düsteren, aber doch von allzu vielen kleinen Sorgen bewölkten Alltages keinem gekrönten Haupte verdanke. Die heutigen Souveräne haben, auch wenn sie mit ihrer Persönlichkeit tagtäglich ins grelle Rampenlicht der Presse treten, immer etwas Unpersönliches. Was sie immer tun mögen, es wirkt als Repräsentation, wie persönlich auch die Gebärde sein mag. Ein heutiger Fürst ist immer offiziell, er kann sich nicht die Nase schneuzen, ohne daß es in alle Welt hinaustelegraphiert wird; – und wenn einer es darauf anlegt, nicht offiziell zu scheinen (denn es bleibt immer bloß Schein), so ärgert sich das Publikum und zischt (man sagt jetzt Publikum statt Volk, – alles Öffentliche hat etwas Theaterhaftes bekommen).

Aber wir, nicht wahr, lieber Henfel, wir spielen nicht miteinander Theater! Ihre Unterschrift auf dem Scheck ist mehr als Tinte auf Papier, – ist ein Händedruck.

Ich möchte ihn gerne persönlich erwidern, möchte Sie gerne von Angesicht zu Angesicht sehen, möchte ein lebendiges Bild vom gegenwärtigen Henfel mit nach Italien nehmen. Also ein Bild des Grafen Felix Hauart. Welche Linien hat das Leben ihm eingegraben? Welche Züge seines Wesens hat er herausgearbeitet? – Und ich hörte auch gerne aus dem Munde eines reichen Mannes von seinem ›Glück‹ und ›Unglück‹. Möchte gerne wissen: Fühlt er sich fest, sicher, ist er mit sich – und seinem Reichtum einig? War dieser für ihn ein Mittel, schneller zu sich zu kommen (was die Hauptsache im Leben ist) oder hat er ihn zuweilen abgelenkt, verführt, – von sich selbst weggeführt?«

Der Herr ist neugierig, wie alle Literaten, dachte sich Felix, und überschätzt als echter Plebejer die Bedeutung des Geldes. Ich bin für ihn ein – Kapitalist. Von meinem Wesen hat er keine Ahnung. Wie könnte er auch? Weil er Romane schreibt, glaubt er, ich müsse mich interessant »entwikkeln«, müsse »Züge meines Wesens herausarbeiten«. Die Macht edlen Blutes scheint ihm ein verschlossenes Gebiet zu sein. Ich bin ich, mein zudringlicher Herr. Ich bin, der ich war, und ich werde immer sein, der ich bin. Veränderungen im Menschen geschehen durch Anpassung. Ich aber habe es nicht nötig, mich anzupassen. Wer den Versuch macht, mich zu modeln, fliegt über eine Mauer ins

Meer – Auch das Geld modelt mich nicht. Der Reichtum ist mir nicht angeflogen als etwas Fremdes, dem ich mich anpassen müßte; er gehört zu mir als ein Teil meines Wesens, und so bin ich natürlich mit ihm einig, – viel einiger, als Sie es mit Ihrem Genie zu sein scheinen, da Sie sich offenbar unablässig »entwickeln«. Was schließlich ein Zeichen schwacher Grundanlage, mangelnder Wohlgeborenheit ist. Wüßten Sie wirklich, was die Hauptsache im Leben ist, so würden Sie mich fragen, ob ich mit meinem Schicksal einig bin.

Jonathan fühlte sich so erhaben über seinen David, daß er den Schluß von dessen Brief nur ganz schnell und gleichgültig überlas:

»Nun, ich hoffe, daß unsere Wege uns jetzt auch zuweilen persönlich zusammenführen werden. Fürs erste geh ich jetzt als Stipendiat Ihres freundschaftlichen Interesses nach Italien. Goethe soll mein Reisebegleiter sein, er, in dessen Auge und Geist sich dieses Land zu einem Bilde verspiegelt hat, das gewiß alles das enthält, was uns Deutschen von kosmopolitischer Bildung das Wertvollste an diesem Lande der großen klaren Natur, großen klaren Kunst, großen klaren Tatkraft ist. Das Deutsch-christlich-gemütliche möge zeigen, ob es sich gegenüber dem Romanisch-antik-sinnlichen behaupten kann. Goethe dem antiken Wesen kongenial, eine römische Patriziernatur, ins Deutschgründliche und Modern-poetische vertieft, aber auch verdifferenziert, kam in seinem Wesen viel weniger verwandelt zurück, als die erschrockenen Weimaraner glaubten; er hatte sein Eigentlichstes vielmehr bestätigt gefunden und hat es mit der nur ihm in diesem Maße eigen gewesenen ungeheuren Kunst der Selbstherausbildung in demselben antiken Stile und Geist, der seine Dichtung damals durchdrang, monumental vereinheitlicht, vereinfacht. Man fand ihn einesteils ›sinnlich‹, anderenteils ›steinern‹ geworden. Beides erschien als Fehler und war in seiner Vereinigung die gewaltigste Leistung des Goethischen Lebens. Daß nach ihr die Entwicklung nicht innehielt, daß der sinnliche Stein wuchs, der monumentale Mensch immer menschlicher wurde, ohne an Monumentalität einzubüßen, das grenzt ans Wunderbare und ist einzig. – An mir wird

sich Ähnliches so wenig vollziehen, wie an irgendeinem Menschen dieser unserer Zeit.
Alles Moderne ist einstweilen noch maßlos, ja maßfeindlich. – So kann ein Mensch wie ich nur das eine hoffen: daß wenigstens der Sinn für Maß und ruhige Haltung (wie im Leben so in der Kunst) gekräftigt werde auf den Schauplätzen antiken Geistes. Erfüllt sich die Hoffnung, so ist Ihr Geld nicht schlecht angelegt, denn es wird sich dann auch meine andere Zuversicht erfüllen, ohne die ich jetzt die Feder überhaupt aus der Hand legen würde: Dichtungen hervorzubringen, die innerlich und äußerlich Stil haben, indem sie gleichsam eine Lichtung in das Wirrsal des Lebens schlagen, klare Einblicke, weite Aussichten und vom Ganzen ein zugleich reiches und im Sinne der Freskomalerei simplifiziertes Bild gebend. Gelingt mir dies einmal, so haben Sie, lieber Henfel, in der Tat einen Anteil an dem Erfolge, denn Ihrem Geschenke verdanke ich die Gunst, endlich einmal so arbeiten zu dürfen, wie der Künstler arbeiten können muß, der große Pläne groß gestalten will: in voller äußerer Harmonie und Ruhe, frei von den bei aller Kleinlichkeit zu Boden drückenden Sorgen des Tages, nicht bloß mit dem Nötigsten kümmerlich versehen, das ›anständig‹ zu leben erlaubt, sondern auch mit den reicheren Mitteln ausgestattet, die ihm die Wahl einer anregenden Umgebung, freie Bewegung und ein wenig Schönheit gestatten, kurz: das Gefühl eines freien Herrn verleihen, das schließlich auch beim Dichter von gewissen äußeren Umständen abhängig ist.
Nochmals Dank für diese Gunst und die herzlichsten Grüße wie von meiner Frau, so von mir.

Ihr Hermann.«

Von alledem hafteten in Felix nur die Worte »sinnlich« und »steinern«. Seine bedenkliche Gabe, alles auf sich zu beziehen, was er leicht aufnehmen konnte (wenn es nicht anders ging, korrumpiert und verzerrt), machte ihn zu der törichten Einbildung fähig, sich nun auch als goethische Natur zu empfinden.
Von jetzt ab, sagte ihm sein Instinkt (denn er brauchte sich derlei nicht einmal zu überlegen), würde es entsprechend sein, etwas Steinernes zur Schau zu tragen. Das Altersbild

Goethes von Schwerdtgeburth und die Totenmaske Napoleons, beide bisher nur selten mit Aufmerksamkeit von ihm betrachtet, sah er sich nach der Lektüre des Hermannschen Briefes genau an. Nicht, um danach die Maske für seine neue Rolle festzustellen. Beileibe nicht. Auch sein Komödiantentum bedurfte keines Studiums, keiner Anstrengung. Er hatte es nicht nötig, gleich den Charaktermaskendarstellern auf der Varietébühne, seine Gesichtsmuskeln gewaltsan zu verzerren und, wenn auch nur zu sich selbst, zu rufen: Napoleon der Erste Kaiser der Franzosen! oder Wolfgang von Goethe Dichterfürst! Zwar war sein ganzes Leben nichts, als eine derartige Varietéproduktion vor sich selber und seinem jeweiligen Publikum, aber, vor wem er auch grimassieren mochte, vor Huren oder Gräfinnen, gemeinen Reitern oder Offizieren, seinen Dienern oder dem gnädigsten Herrn: er grimassierte unbewußt, seine Allüre war sein Ernst.

Das Schicksal dementiert sich

Die steinerne Maske machte allgemeinen Eindruck, wurde aber durchaus falsch aufgefaßt.
»Nicht so zu Herzen nehmen!« meinte Prinz Assi.
»Ich begreife Ihre Depression vollkommen,« sagte Graf Pfründten, »aber Sie müssen die Flinte nicht gleich ins Korn werfen.«
»Du Ärmster!« flüsterte die verliebte Gräfin, »laß dirs doch nicht so nahe gehen. Es ist ja ein Glück.«
– Kein Mensch versteht mich, dachte sich Felix und fühlte sich sehr geschmeichelt.
Aber es war ihm doch eine Genugtuung, daß der gnädigste Herr ihn verstand, als er die erbetene Audienz in Sachen Hermann Honrader gewährt erhalten hatte.
Felix erschien in Zivil, und das feierliche Schwarz hob die steinerne Maske entschieden.
Der Fürst sah aschfahl und abgemagert aus. Die Hand, die er Felix reichte, war kalt und ihr Druck kaum fühlbar. Er saß zurückgelehnt in einem breiten Armstuhl, die aufgeschlagene Bibel im Schoß, und ließ Felix sich ganz nahe zur Seite setzen.

»Bin sehr geplagt jetzt,« sagte er leise; »friere, friere, friere. Ein abscheuliches Gefühl. Und alles starrt mich an. Es ist ein Lauern ringsum. Sie warten und flüstern, Weiber, Propheten, Erben und Diener. Die schwarze Fahne liegt bereit. Aber noch ist die alte Dame nicht auf den Balkon getreten um die Mitternacht und hat das historische dreimalige Ach gestöhnt. Sie wissen doch, die Gräfin Warrenbach, die links angetraute, die von den Pfaffen vergiftet worden ist. Sie muß an meinem Schlafzimmer vorüber, wenn sie zum Balkon will. Ich werde sie hören, wenns so weit ist, denn ich weiß nicht mehr, wie schlafen tut. Eine Maus würd ich hören. Böse Nächte. Aber das geht vorüber. Ich weiß es. Ich will es. Die fatale Gräfin braucht sich meinetwegen noch nicht zu inkommodieren. – Aber das ist dummes Zeug. Gut, daß Sie da sind. Reden wir von bessern Dingen. Sie sehen ernst aus wie nach einem wichtigen Entschlusse. Das gefällt mir. Auch, daß Sie nicht in Uniform gekommen sind. Was bringen Sie Neues?«
Felix referierte, was er getan hatte.
– »Brav! Brav! Lesen Sie mir vor, was der Dichter geantwortet hat.«
– »Es sind einige Stellen in dem Briefe, die vielleicht . . .«
– »Nicht doch. Gerade darum. Ich höre gerne, was man sich einbildet, mir verschweigen zu müssen.«
Felix las den Brief vor. Der Fürst hörte mit aufgemunterten Blicken aufmerksam zu.
– »Hat mich sehr interessiert. Bringen Sie mir gleich morgen das letzte Buch des Dichters und schreiben Sie ihm, daß ich auf seinen Besuch rechne. Inoffiziell!«
Er lächelte und fuhr fort; es war ein hastiges Flüstern: »Schreiben Sie ihm, daß ich einer der alten Art Fürsten bin, die noch Zeit hatten, inoffiziell zu sein, wenigstens Künstlern gegenüber. Ach, ich habe die Kunst ja gerade deswegen geliebt, weil sie das Gebiet ist, wo ein Fürst wirken kann als Mensch zum Menschen, aus reiner Menschlichkeit für reine, höchste Menschlichkeit, wo es all dieses offizielle Drum und Dran nicht gibt, diese Einschachtelung, diese Gitter aus goldenem Stacheldraht, hinter denen wir eingesperrt sind. Langweilig. Langweilig. – Wenn ich mir nicht sagen dürfte, daß ich diese tödliche, alberne, stockige Langeweile zeit meines Lebens so oft durchbrochen habe,

als es nur irgend möglich war, so würde ich mein Leben bedauern, ja verwünschen.
Die Gefahren der Kronen liegen heute nicht mehr im Heroischen, sondern im Trivialen. Ihr Dichter hat recht: aus dem Volke ist Publikum geworden, und dieses Publikum wünscht bürgerliche Komödien, in denen der Fürst den Helden nur markiert. Da das Leben nicht mehr imstande ist, der Dichtung Stoff zu Heldentragödien zu liefern, so muß die Dichtung große, heroische Gefühle ins Leben tragen. Pathos, lieber Graf! Pathos!«
Der Fürst sank in sich zusammen, schmiegte den Kopf schräg gegen die Lehnenwange des Stuhls und ergriff Felixens Rechte mit seiner linken Hand, sie auf die Armlehne legend und streichelnd. Er schien völlig erschöpft und atmete in kurzen, flachen Zügen. Es trat eine Pause ein, während der Felix ihn aufmerksam betrachten konnte, denn der Fürst hatte mit einem Male die Augen geschlossen. Ein Schreck durchfuhr den Betrachter: Wenn er jetzt stürbe! Er hätte aufstehen und den Kammerdiener herbeirufen mögen. Aber seine Rechte war von der Hand des Kranken wie von einer kalten Handschelle umschlossen.
– Es geht zu Ende mit ihm, dachte er sich; – und was wird dann aus mir?
Da schlug der Fürst die Augen auf.
»Ich habe mir überlegt,« sagte er, ganz ruhig einsetzend, »was wir zusammen noch tun könnten, ehe die alte Dame kommt. Wenn Sie mir morgen das Buch Ihres Dichters bringen, wird Gelegenheit sein, darüber eingehend zu reden. Diese Nacht werde ich schlafen. Ich fühle es. Und morgen werde ich frisch und klar sein ...«
Er schloß wieder die Augen und sprach, ohne sie zu öffnen: »Sorgen Sie immer für schöne Stimmen. Schöne, volle, warme Stimmen. Und für Jugend. Denken Sie an König David und die junge Abisag von Sunem. Er war alt und fror wie ich. Da sprachen seine Knechte zu ihm: ›Laßt sie meinem Herrn Könige eine Dirne suchen, eine Jungfrau, die vor dem Könige steht und seiner pflege, und schlafe in seinen Armen und wärme meinen Herrn und König.‹ Ja, Jugend macht warm und jung. – Denken Sie: Er sitzt in seiner Loge und friert; nur Jugend kann ihn wärmen ... Die Luft des Theaters ... O ...« Das abgespannte Antlitz

lächelte. »Odeur de femme ... Warm erregtes Leben ... Glanz auf Augen und Mund ... Volle Stimmen und zärtliche Blicke ... Noch, wenn der Vorhang sich senkt, schlägt eine warme Welle hinauf ... Pathos und Liebe ... Wollust und Ideal ... Thalia mit den goldenen Lippen ...«
Seine rechte Hand hob sich müde zu einem weiten Bogen. Dann sank sie wie leblos aufs Knie. – Jetzt schlief er wohl? ... Plötzlich richtete er sich auf und sah irre um sich: »Wer war hier!?«
– »Es ist niemand ...«
– »Schon gut! Ich will nicht Bathseba und Nathan, Zadok und Benaja. Rufen Sie es aus und sagen Sie es jedermann: Ich bin gesund. – Morgen werde ich ausfahren. Mit Ihnen. Auf den Schloßberg und zum alten Intendanten. Sagen Sie es jedermann: Ich fühle mich völlig wohl.«
Er erhob sich, von Felix gestützt, mühsam. Die Bibel glitt auf den Boden. Felix hob sie auf.
»Sie hat auf mir gelegen wie eine Decke,« sagte der Fürst; »Luther hat recht, sie ist ein sehr großer weiter Wald mit allerhand Bäumen, und jeder findet Früchte auf ihnen. Aber man kann sich darin verlaufen. Nur alte Leute finden sich in diesem Walde zurecht. – Die Bibel ist das einzige von meinen Lieblingsbüchern, aus dem ich mir nie habe vorlesen lassen.«
Er lächelte sonderbar und geleitete Felix ein paar Schritte. Im nächsten Stuhle ließ er sich wieder müde nieder: »Ich will schlafen. Sagen Sie es draußen. Niemand soll mich stören. Und zu Friedrich: Morgen nachmittag um drei Uhr Ausfahrt mit Ihnen.«
Als Felix an der Tür seine letzte Verbeugung machte, sah er, daß der Kopf des Fürsten vornübergesunken war und hörte ihn leise röcheln.
Im Korridor schon empfingen ihn flüsternde Fragen. Er setzte ihnen sein steinernes Gesicht entgegen und antwortete, wie ihm befohlen worden war.
In ihm aber stießen sich Unsicherheit, Angst und Hoffnung.
Er hatte das Gefühl, einen Sterbenden verlassen zu haben, aber die Zuversicht zu seinem Sterne drängte es heftig zurück.
Unmöglich! sagte er sich, es kann nicht sein! Es wäre sinn-

los. Und wenn es ein Wunder wäre: es wird geschehen! Ich werde morgen mit ihm zum Intendanten fahren.
Als er in seinen Wagen steigen wollte, sah er den Prinzen über das Rondell kommen und ihm zuwinken.
– »Wie stets oben? Böse Gerüchte überall. Wollte eben ins Schloß. Nachfragen.«
– »Er schläft.«
– »Nun, – und?«
– »Ich bin beauftragt, zu erklären, daß er sich wohl fühle. Hat mich auf morgen zur Ausfahrt befohlen.«
– »Ausfahrt? Also bloß leeres Gerede gewesen. Gottlob. Russische und englische Verwandtschaft wieder mal falsch berichtet. Na ja. – Und sonst? Quant à vous? Richtig: Ausfahrt! Müssen mir erzählen.«
Er stieg zu Felix in den Wagen und überredete ihn, mit in die Weinstube zu kommen, wo sich die Offiziere zu treffen pflegten.
Auch dort war man überrascht, von Felix zu hören, daß der höchste Herr sich wohl befinde. Die ganze Stadt war voll von Berichten über Ohnmachtsanfälle, Fieberdelirien, Agonie des Fürsten. Sogar »die ächzende Gräfin« sollte tatsächlich bereits gesehen und gehört worden sein.
»Das ganze Schloß ist verrückt,« sagte der Oberst. »Jeder weiß was anderes. Von den obersten Hofschargen bis zum letzten Küchenjungen sind alle wie besessen. Frau von Senkenberg schwört, die Ächzende selber gesehen zu haben.«
»Das kommt davon, wenn man Eau de Cologne für ein Getränk hält,« meinte ein Major.
»Nee, es ist die Hoflust,« erklärte der Oberst. »Ich habe schon öfter die Beobachtung gemacht, und nicht bloß hier: wenn ein regierender Herr auch nur den Schnupfen hat, so kriegt alles, was um ihn herum ist, mindestens das Grippenfieber. Und nun gar, wenn, wie diesmal, der Regierende ein paar Tage niemand zu sich läßt außer dem Kammerdiener, und wenn dieser Würdenträger erklärt, der höchste Herr sehe schlecht aus, – dann braucht nur eine Kammerfrau in der Nacht mal wohin zu müssen, und am nächsten Tage hat der ganze Hof das Schloßgespenst gesehen. Danken wir unserm Schöpfer, daß wir Soldaten sind, meine Herren.«

»Ich an Ihrer Stelle, Graf,« wandte er sich zu Felix, »würde es mir noch sehr überlegen, die Reiteruniform auszuziehen und den gestickten blauen Frack anzutun. Den schwarzen haben Sie ja jetzt schon an ...«

Felix fühlte, daß das keine Huldigung für sein Zivil bedeutete, und er hielt es für angebracht, zu lügen: »Es war der Wunsch Seiner Hoheit, daß ich so erschiene, und ich würde mich auch nur auf seinen bestimmten Wunsch hin dazu bereitfinden, die Uniform an den Nagel zu hängen. Und, weiß Gott, nicht mit Begeisterung.«

Diese Antwort gefiel sehr, und der Oberst erwiderte: »Bravo, Graf. So spricht ein Offizier. Jammerschade, daß Sie schließlich doch wohl genötigt sein werden, die Reitstiefel auszuziehen. Diese Audienz hat am Ende schon die Entscheidung gebracht?«

– »Doch nicht, Herr Oberst. Ich habe um die Erlaubnis gebeten, Gegenbedenken zu äußern, mit der Bitte, mich wenigstens noch eine Reihe von Jahren im Sattel zu lassen. Morgen soll die Entscheidung fallen. Ob freilich nach dem Wunsche meines Herzens, wage ich nicht mit Bestimmtheit zu hoffen. Aber, wie sie auch fallen möge: ich werde bemüht sein, an jeder Stelle meine Pflicht zu tun. Ich meine, auch damit als Offizier zu handeln, der sich nie fragen darf, ob ihm ein Kommando gefällt oder nicht.«

Felix sagte dies mit so schönem soldatischem Ernste, daß jeder seiner Kameraden von dem Gefühle durchdrungen war, Töne einer schmerzlichen Resignation vernommen zu haben, männlich gefestet durch echt militärischen Geist. Man bedauerte und bewunderte ihn gleichzeitig. Er konnte sich keinen besseren Abgang wünschen und war auch selbst recht ergriffen von seinen Worten.

In diese schöne Szene brach der Herr Hoftraiteur Schulze, genannt das dicke Moselblümchen, mit den asthmatisch hervorgestoßenen Worten ein: »Am Schloß ist die schwarze Fahne aufgezogen!«

Alles sprang auf. Nur Felix blieb sitzen.

Er saß noch da, als sämtliche Offiziere das Zimmer verlassen hatten.

Er saß und starrte vor sich hin. Wie ein Niedergebrochener. Es war ihm, als wäre er genarrt, verhöhnt, entblößt, gedemütigt worden.

»Bin ich denn verrückt?!« sagte er plötzlich laut.
Er stand auf und lief auf die Straße. Lief zum Schlosse. Sah die Fahne.
Er mußte sich mit Aufgebot aller Kraft davon zurückhalten, den Wachtposten zu fragen: Ist das dort eine schwarze Fahne?
Eine Reihe fürstlicher Equipagen stand vor dem Schlosse. Er sah, wie der einen die lange schmale ihm wohlbekannte Gestalt des russischen Großfürsten entstieg, der seit einer Woche hier weilte. Ein junger Prinz von Großbritannien entstieg einer andern.
– Und ich?! hätte er schreien mögen. Ich? Wo bleibe ich?
– »Bin ich auf einmal ein Nichts? Ein Leutnant? Ich, der ich morgen . . .«
»Ja, morgen!« murmelte er höhnisch und stieg, endlich einmal angeekelt von sich selbst, in seinen Wagen, der hinter ihm hergefahren war.

Der Sieger

John hatte böse Tage, und von dem Porzellan und Glas auf Hainbuchen fand manches Stück ein unsanftes Ende. Die Bronzestatuette Goethes nach Rauch wurde zum Projektil des gräflichen Zornes und zerfetzte die steinernen Züge des alten Goethe von Schwerdtgeburth. Aus den heruntergerissenen gelbseidenen Vorhängen der Bibliothek konnte John seiner Geliebten Unterröcke machen lassen. Aus einer ganzen Anzahl der schwarzen Lederbände waren die Exlibris vandalisch gewaltsam entfernt worden. Selbst der seidene Schlafrock hatte zu leiden gehabt, und die Lanze des Kosaken war im Kampfe mit der Felixschen Wut zerbrochen.
– Wenn ich noch in keiner Lebensversicherung wäre, sagte sich John der Weise, jetzt würde ich mir eine Police nehmen. Die Leute, die diesen Menschen für einen Indianer halten, haben nur halb recht: er ist ein verrückter Indianer. Seine Tollwut ist die eines Wilden. Wenn je ein Mensch die Zwangsjacke verdient hat, so ist er es. Aber auch die Reitpeitsche wäre bei ihm angebracht. Ein größeres Vergnügen, als ihm fünfundzwanzig aufzuzählen, kann ich mir nicht

vorstellen. Es ist eigentlich würdelos, daß ich bei diesem rasenden Rowdy bleibe. Ebensogut könnte ich einen Posten als Menageriewärter annehmen. Ich glaube, daß jedes Nilpferd mehr Lebensart und Seelenadel besitzt, als er.

– Aber nicht soviel Geld! dachte er dann lächelnd weiter und führte sich zu Gemüte, was für ein hübsches Vermögen er sich in den Diensten dieses tollwütigen Indianers bereits angehäuft hatte, nicht immer auf rechtliche, aber, wie er fand, stets auf entschuldbare Weise, denn schließlich war man es doch seiner Würde schuldig, sich wenigstens materiell für die moralische Demütigung schadlos zu halten, die in einer Stellung bei einem Menschen ohne Erziehung lag. Auch vergaß John den Umstand nicht, daß bei Felix auf die Tollwutsperioden stets solche von ebenso exzessiver Liebenswürdigkeit und Generosität folgten.

– Jedes Schimpfwort, das er mir ins Gesicht wirft, sagte er sich, jedes Gebrüll, womit er mein Ohr beleidigt, wird eines Tages zu einem Goldstück oder, wenns besonders greulich war, auch zu einem blauen Lappen. Seine Flegeleien sind eigentlich Wechsel auf mich, und sie werden, das muß man sagen, stets pünktlich eingelöst, ohne daß ich sie zu präsentieren brauche. Er hat ein unsauberes Gewissen mir gegenüber. Ich bin Mitwisser seiner Gemeinheit. Diese Wissenschaft ist ein Kapital, das schöne Zinsen trägt.

Auch diesmal folgte auf die Periode der Wutentladung eine solche der Abspannung und erst weinerlichen, dann dumpfen und schließlich fast heiteren Gelassenheit.

Im Grunde fiel Felix mit einem Gefühle von Erleichterung auf seine alten, ihm wesentlich gemäßeren Absichten zurück, und was sich so wütend ausgetobt hatte, war nur das Gefühl fehlgeschlagener, gedemütigter Eitelkeit gewesen. Sofort war nun die andere mächtigere da, nun erst recht als Reiter zu glänzen. Sie war die mächtigere, weil sie auf dem Felde seiner eigentlichen Begabung lag, und sie schoß um so kräftiger empor, als sie nicht nur von einem Menschen genährt wurde, wie jene andere, die nur der Fürst gepflegt hatte, sondern von allen, die ihm nahestanden.

Nur von Gräfin Erna nicht. Die aber mußte sehr bald merken, daß ihr Einfluß auf Felix nicht über die Sphäre hinaus-

ging, deren Grenze innerhalb des Himmelbettes in der Muschel lag.
Jussuff war seiner Zelmi im Grunde schon überdrüssig. Dieser Ehebruch begann ihm zur Langeweile zu werden, erschien ihm nachgerade ehemäßig trivial. Sein Ideal der Geschlechtsbetätigung war eigentlich der Harem. So geschickt und beflissen er sonst dazu war, seine Eigenschaften immer in der bengalischen Beleuchtung seiner Einbildung als etwas Ungemeines zu betrachten, – in diesem Punkte konnte er zuweilen ehrlich vor sich selbst sein und sich sagen: Dauernden Reiz übt das Weib auf mich nur in seiner Erscheinung als Hure aus.
Da er nicht lieben konnte, auch nicht in dem besonderen Sinne des Don Juans, der jedes einzelne Abenteuer brünstig-leidenschaftlich wie eine erste und einzige Liebe durchkostet, – treu bis zum nächsten; da er nichts kannte, als sinnliche Wollust schlechthin, Geschlechtsausübung ohne jedes andere begleitende Gefühl außer der bei ihm überall mitdominierenden Eitelkeit; da er im Grunde eigentlich immer nur das animalische Männchen in Aktion war, nicht der ganze Mann, so mußte er, um in seiner Art ganz genießen zu können, immer auch brutal sein dürfen, brutal in der Zärtlichkeit und brutal im Wegstoßen des Weibchens nach Beendigung der Szene.
Gräfin Erna, die ihren Jussuff liebte, merkte es wohl, daß er nicht mehr der gleiche war wie in ihren Muschelflitterwochen, aber sie schob die Schuld daran auf den Fehlschlag seiner Hoffnungen, und sie verdoppelte ihre Zärtlichkeit, ihn zu trösten und aufzurichten. Sie paßte sich auch schließlich dem Umschwung seiner Stimmung an und ließ davon ab, ihm seinen Rennehrgeiz ausreden zu wollen. Alle ihre Mahnungen liefen nur noch darauf hinaus, daß er beim Reiten vorsichtig sein und die schlechten Gewohnheiten der Turfhelden nicht mitmachen möge.
Diese zärtliche Sorge tat Felix wohl. Er empfand es wie eine angenehme Wärme im Rücken, in der Liebe dieser Frau eine Art Zuhause zu haben, das ihn immer wohlig aufnehmen würde, wenn er von seinen Fahrten und Siegen zurückkehrte. Wunderschön: die Burgfrau, im Turmzimmer sitzend, ihre Blicke dorthin gewandt, wo der traute Buhle kämpft; und mit wehendem Schleier auf dem Altane

stehend, wenn er heimkommt. Zärtliche Bewunderung dem Sieger, zärtliche Pflege dem Verwundeten. Ein Herz im Rückhalt. Es gibt keinen Mann, der das zu seinem Glücke nicht brauchte. Aber, während der rechte Mann dieses Glück mit seinem ganzen Herzen bezahlt, war Felix auch hierin der kalte Nehmer und Betrüger.

Es folgten zwei Jahre des Sieges für ihn und seine Farben. Schwarz-gelb wurde zum Losungswort des Glückes aller Totalisatorsüchtigen, der gräflich Hauartsche Stall zu einem Faktor der Berechnung auf allen größeren Rennplätzen, der verwegene und, wie sich bald herausstellte, ebenso rücksichtslose wie verschlagene, jedoch immer besonnen korrekt bleibende Reiter zu einer Turfberühmtheit ersten Ranges. Sein Regiment hatte alle Ursache, mit diesem Offizier zufrieden zu sein, der seine Uniform in den Rennbahnen von Sieg zu Sieg führte und prachtvoll darin aussah: ein Bild kavalleristischer Eleganz und Entschlossenheit zugleich. Wie der in Erz gegossene Wille zum Siege selber sah er aus, wenn er, den Blick geradeaus gerichtet, die Lippen fest geschlossen, die seidene Uniformmütze straff über den kurz geschornen Kopf gespannt, vom Wageplatz langsam in die Bahn ritt, scheinbar gleichmütig, aber schon jetzt bis in die Fingerspitzen erfüllt von einer gespannten Energie, die, wenn das Zeichen fiel, Pferd und Reiter zusammenschweißte zu einem einheitlichen animalischen Organismus, der prachtvoll elementar funktionierte. Dieser in jedem andern Verhältnisse zum Leben grundwillenlose Mensch machte aus sich und seinem Pferde einen Willenskomplex, der in der Betätigung ein wundervolles Bild restloser Energieentfaltung bot. In diesem Zentauren war kein Blutstropfen, der nicht beseelt war von dem unbedingten, durch keinerlei Erwägung anderer Art beeinträchtigten Willen: zu siegen um jeden Preis. Hinter jedem Rennreiter sitzt der Trainer allen Lebens im Sattel: der Tod, bereit, jede Gelegenheit zu seinem unwiderruflichen Einspruch gegen das Leben zu erheben, wenn es sich um eine Haaresbreite vergaloppiert. Felix fühlte, aber er ignorierte ihn. Er ritt mit Todesverachtung, weil er die felsenfeste Überzeugung hatte, nicht bloß fest im Sattel seines Gaules, sondern auch des Lebens zu sitzen. Hier

hatte er wirklich das Gefühl einer sicher begnadeten Souveränität, das er sich sonst immer nur vortäuschte.
Das Böse war nur, daß, je mehr er sich an den Sieg gewöhnte, je mehr sein Ruhm als Reiter und Besitzer des erfolgreichsten Rennstalles wuchs, um so mehr auch sein übriges Selbstbewußtsein zunahm. Je mehr er als Reiter gepriesen, als vornehmer, reicher Kavalier umdienert wurde, um so verächtlicher ließ er die Unterlippe hängen und die Lider sinken.
Weit entfernt zu fühlen, daß er sein Wesentlichstes gab, indem er ritt, bildete er sich nur immer mehr ein, daß diese Betätigung, diese Siege nichts seien, als ein Vorspiel, ein Symbol seiner eigentlichen Wirksamkeit auf höheren Gebieten. Er nahm sich selbst ein gutes Teil der Freude an seinen Erfolgen, indem er sich diesen Einbildungen hingab, fühlte sich in ihnen aber in der Tat wohler, als er sich je im Genusse von etwas selbständig Erworbenem fühlen konnte.
Schon nach seiner ersten Rennsaison hatte er den Namen »Seine Impertinenz« zum dauernden Titel innerhalb der Herrenreiterkreise gewonnen, in denen, wie in allen Kreisen, die von Ringern nach öffentlichem Beifall gebildet werden, Konkurrenzneid, Medisance und tatentschlossene Intrige üppig gedeihen. Man konnte Worte hören, wie »der gegrafte ›Schwung‹«, und ein altreichsgräflicher Ulan, den Felix in der Siegerliste abwärts placiert hatte, behauptete, das Schwarz in seinen Wappenfarben deute auf den schwarzen Pfeffer und das Gelb auf den Tee, mit welchen Handelsartikeln die ehedem bürgerlichen Millionen des niegelnagelneuen Grafen erworben worden seien. Auch diese Nase Felixens mußte wieder herhalten, zum Haken zu dienen, an dem Despektierlichkeiten aus der Rüstkammer des Antisemitismus aufgehängt wurden.
Felix hörte von alledem nichts, aber er fühlte, daß er hier wieder die atmosphärische Schicht vor sich hatte, die in der Garnison so glücklich schnell zum Weichen gebracht worden war. Doch gab er sich keine Mühe, sie zu beseitigen. Er fühlte sich sicher und erhaben, obwohl es ihn innerlich heftig wurmte, auf passiven Widerstand zu stoßen. Er spürte, daß der Neid die Grundsuppe dieser ungemütlichen Empfindungen war und sagte sich ingrimmig resolut:

das beste ist, ich gebe ihm noch mehr Nahrung; wenn sich der Neid überfressen hat, platzt er, und was zurückbleibt ist die Beschämung, aus der sich dauerhaftester Respekt entwickelt.

Als das zweite Jahr seiner Tätigkeit als Herrenreiter zu Ende ging und es bereits feststand, daß die Summe seiner Siege und Preise die aller übrigen diesmal weit hinter sich zurücklassen würde, hatte er dies noch nicht völlig zwar, aber beinahe erreicht. Aber er war mittlerweile stark blasiert geworden, und er freute sich des Resultates nicht eben sehr.

Auch sonst befand er sich in schlechter Stimmung.

Er hatte sich ausgiebig »amüsiert« und war nun wieder zu der Überzeugung gelangt, daß »diese Weiber« seinen höheren Bedürfnissen nicht genügten. Zum Teil aus Eitelkeit, zum Teil in der Absicht, seine minderbemittelten Konkurrenten zu ärgern, hatte er sich eine berühmte professionelle Schönheit als Renommiergeliebte zugelegt, die unter allen ihren Nebenbuhlerinnen am höchsten im Kurse stand, weil sich erlauchte Alkovengeschichten an sie knüpften. Sie war viel älter als er, schien aber das Geheimnis ewiger Jugend zu besitzen, soweit sich Jugend körperlich äußert. Gescheit und bedeutend, wie Liane, war sie nicht, hatte auch nicht deren vornehmen Charakter. Sie war Amerikanerin und praktisch. Temperament zeigte sie nur in geschäftlichen Angelegenheiten. Aber sie war im höchsten Grade dekorativ. Wenn sie neben Felix im Dogcart saß, ein Bild moderner Eleganz, wurden die ältesten Berühmtheiten des Amüsements in den exklusivsten Rendezvous-Orten der internationalen »Welt« aufmerksam. Felix, im hellgrauen Gehrock und Zylinder, eine Orchidee im Knopfloch, die naturbraunen Zügel in der Hand, nahm sich neben ihr im Sinne der Eleganz tadellos aus und durfte sich mit gutem Fuge der angenehmen Überzeugung hingeben, daß ihn die Damenwelt der grande vie nicht weniger bewunderte, als seine Partnerin von der Herrenwelt bewundert wurde.

Dies und anderes, was mehr die Befriedigung von Trieben anging, die sich nicht so öffentlich produzieren ließen, und wobei ihn Miß Maud eigentlich im Stiche ließ, da dieser raffiniert gepflegte angelsächsische Körper in der Tat mehr ein schönes Objekt der Betrachtung, als des Genusses zu sein schien (»ach, laß das, my dearling!«), – alles dies war für den Moment sehr reizvoll, und Felix war nicht faul, sich möglichst viele reizvolle Momente zu verschaffen, in denen er seiner Eitelkeit oder seiner Wollust dienen konnte. Aber, je mehr von ihnen er hinter sich hatte, um so entschiedener gruben sich die Falten um die Lippen ein, die da kündeten: Langweilig! Ekelhaft!

Felix dachte in der Tat recht oft, wenn er ihr fern war, an seine Burgfrau. Sooft er aber heimkam und in ihren Armen lag, fand er regelmäßig, daß sie nicht auf der Höhe seiner Sehnsucht sei.

Ich möchte ein Haus, sagte er sich, ein stilles, vornehmes Heim, in dem eine Frau waltete, eine schöne Herrin, die mich nicht bloß liebte, sondern auch ganz begriffe. Ganz begriffe, weil ich sie zur Mitwisserin meines Eigentlichsten machen könnte, und weil sie fähig wäre, dieses Geheimnis durchzufühlen bis auf den Grund mit all seinem Glanze und all seiner Dunkelheit und Trauer.

Noch zu keinem Rennen war Felix in dieser Aufregung gereist, wie zu diesem letzten der Saison, das in der großen Bahn bei Hamburg stattfinden sollte.

Sein Sieg auf dem »Terken« war der allgemeine Tip, und auch er zweifelte so wenig daran, wie an der Exaktheit des pythagoreischen Lehrsatzes.

Trotzdem wagte er es nicht, das Krakersche Haus vor dem Rennen aufzusuchen. Der Anblick Bertas hätte ihn, sagte er sich, um alle Ruhe gebracht, und er wollte vor ihren Augen glänzender, als je, siegen.

Er sandte in einem ungeheuren Strauße dunkelroter Rosen Karten für eine Loge und einen Brief an Berta, worin er sie bat, das Rennen auf alle Fälle zu besuchen, da er nur für sie reite und sich nach dem Rennen mit ihr treffen wolle. Unterschrieben: »der deiner Schönheit, Huld und Herrlichkeit lebenslänglich untertänige Henry Felix.«

Berta verstand diese Unterschrift vollkommen. Der rosenlippige Cherub ihrer Geduld war in den letzten Jahren mehr als einmal nahe daran gewesen, sich in eines der vier Tiere aus der Apokalypse zu verwandeln, die da »waren inwendig voll Augen und hatten keine Ruhe Tag und

Nacht«. Aber immer wieder hatte sie ihn beschwichtigt und sich gesagt: Es kommt der Tag.

Jetzt war er da. Sie wußte es. Und die seit Karls Tode schwarze Stoffe getragen hatte, wählte heute zum ersten Male ein farbiges Kleid: türkisblaue, weiche, fließende Seide mit einem altgoldenen Gürtel. Es war betont einfach und kostbar zugleich und folgte nicht der Linie eines Modeblattes, sondern ihres Wesens, die nun bald achtundzwanzig Jahre alt geworden war und mehr die Schönheit einer ernsten wissenden jungen Frau, als eines jungen Mädchens mit obligater Unschuldsheiterkeit angenommen hatte. Was an dieser Schönheit als ebenso bezeichnend auffiel, wie der ruhige Ernst, war Stolz und Bestimmtheit. Sie hatte, ins Blonde, Norddeutsche übertragen, etwas von den Römerinnen Feuerbachs.

Als sie mit den Eltern, die neben ihr etwas rührend Komisches hatten (denn Jeremias sah aus wie ein bekümmerter Backpflaumenmann, und Sannas Äußere ließ die Wahl offen, sie für eine ältere Institutsvorsteherin oder eine bessere Hebamme zu halten), machte sie beim Logenpublikum, Damen wie Herren, unter denen niemand aus dem Krakerschen Kreise war, Sensation, und Prinz Assi, der zu Felixens Leidwesen Zeuge seines letzten Triumphes in diesem Jahre hatte sein wollen, bemerkte zu einem Standesherrn in Gardedukorps-Uniform: »Feodal! Friesisches Vollblut. Verstehe nur Begleiterscheinungen nicht. Unmöglich Produkt dieser Pastorenlenden. Königliche Person!«

Vor dem Hindernisrennen mit Felix auf dem Terken, das den Clou des Tages bildete, begab sich der Prinz zu seinem sieggewohnten Freunde. Es fiel ihm sogleich auf, daß Felix anders war als sonst: nervös, aufgeregt, ärgerlich.

»Na?!« fragte der Prinz, »unzufrieden? Paßt dem Terken was nicht auf der Bahn der Pfeffersäcke? Sieht doch aus wie immer. Aber Sie, Graf! Zappeln ja förmlich. Laus auf der Leber?«

Felix war ärgerlich, Rede und Antwort stehen zu müssen. Auch konnte er den Prinzen heute überhaupt nicht brauchen. Berta allein konnte er ja präsentieren. Aber das übrige Krakersche ... Unangenehm.

In die Schranken reitend vermied er es, nach den Logen zu

sehen. Zu seiner Aufregung Bertas wegen kam jetzt wieder die alte Wut auf die Krakerschen. – Wie fatal, daß der Prinz diese beiden bürgerlichen Karikaturen sehen mußte! Es war kompromittierend, – vor allem für später. Berta war für den Prinzen natürlich entwertet, wenn es herauskam, daß sie die Tochter dieser beiden unmöglichen Menschen war. Und es mußte ja herauskommen. Er konnte doch unmöglich behaupten, daß auch sie ein angenommenes Kind diskreter höchster Herkunft sei. – Scheußlich. Verhängnisvoll scheußlich.

– Er kam völlig aus der Kontenance. Der Gedanke an Berta, der ihn erhoben, mit mächtigen Hoffnungen, ja einer festigenden Zuversicht in seine Zukunft erfüllt hatte, erschien ihm nun mit schreckhafter Plötzlichkeit fragwürdig. Ein Abgrund ins Ungewisse tat sich vor ihm auf, wo er in dieser letzten, innerlich aufs angenehmste bewegten Zeit einen sanften Aufstieg in klare Ruhe und Sicherheit gesehen hatte. Es riß ihn zu Berta hin, es riß ihn von Berta weg. Statt eines Zieles sah er eine Frage.–Verfluchter Unsinn! brüllte der Reiter in ihm auf: das Band ist das Ziel; alles andere kommt jetzt nicht in Betracht, und er ließ den Terken einen Probegalopp machen.

»Wer auf einen anderen Gaul setzt als auf den Terken, wirft sein Geld weg,« bemerkte Onkel Tom, der kein Rennen versäumte, zu seiner in der Ehe mit einem anderen Gastwirt recht üppig gewordenen Tochter Franziska, die ihrerseits von seligen Erinnerungen aus der Jugendzeit durchwogt war, als sie den schönen Offizier galoppieren sah, dem ihre Jungfernschaft geopfert zu haben sie keineswegs bereute.

Onkel Tom aber winkte unausgesetzt mit seinem borstigen Zylinderhute, bis er es auf allgemeinen Einspruch unterlassen mußte. Er hatte fünfhundert Mark auf den Terken gesetzt, und er konnte sich das leisten.

– Solche Zeiten kommen nicht wieder! dachte sich Onkel Tom, der es dem Lyrischen Kükensalat zu verdanken hatte, daß er jetzt kein Budiker mehr war, sondern sich Hotelier nennen durfte.

»Donnerwetter, jeht det Aas ins Zeug!« rief er aus, als das Feld gestartet hatte und der Terke sich sofort in rasender Flucht an die Spitze setzte.

»Er hats schon! Er hats!« rief er nach der ersten Runde, als der Terke, alles übrige weit hinter sich lassend, vorüberbrauste.

»Haste jesehn, Fränze!« schrie er beinahe, »haste jesehn, wie er über den Wasserjraben weg is? Jeflogen is er! Jeflogen! Hätt ich doch bloß nen braunen jesetzt! Viel kommt ja nicht raus, aber n bisken is ooch wat.«

Da, als das Feld den Augen der Sattelplatzbesucher entschwunden war, erhob sich auf der Tribüne ein Gemurmel.

»Was is n los?« grunzte Onkel Tom und drehte sich um. Er sah, daß das Tribünenpublikum erregt nach einer bestimmten Richtung hin gestikulierte und die Logeninhaber sich sämtlich erhoben, und es fiel ihm auf, daß eine Dame in Blau eilig die Treppe hinablief. Und nun kam auch die Kunde schon beim Sattelplatz an: der Terke war hinter der Steinmauer zusammengebrochen, Pferd und Reiter lagen wie in einem Knäuel. Die Tausende, die auf den Favoriten gesetzt hatten, waren konsterniert, niedergeschlagen, wütend, empört, aber ihre Ausrufe, ihr Gemurmel ging in einem merkwürdigen halb verhaltenen Rauschen unter, das die nun verdoppelte Spannung der Menge zum Ausdrucke brauchte, die, zu neuen Hoffnungen erregt, mit neuen Chancenabwägungen beschäftigt, bereits kein Interesse mehr für den offenbar endgültig erledigten Favoriten hatte.

So die Menge, aber nicht Berta.

»Ist er tot?« war ihr einziger, starrer Gedanke. Er drückte – nicht ganz den Wunsch aus, daß er es wäre. Und mehr und mehr überraschte sie die Empfindung, daß sie seinen Tod nicht wünschte, daß sie ihn – lebend ihren Händen überantwortet sehen wollte. Nur das? Nur der Wunsch nach einer Möglichkeit der Rache? Nicht auch etwas wie ...?

Ihrer kalten, harten Natur war ein Stoß versetzt worden, der sie verwirrte. In ihrer Entsetztheit war Schreck, Freude, Bangen, Wollust, Grauen und ein böses Gefühl der Genugtuung. Ihre Ungewißheit drängte sie wie zu dem Lebenden, so zu dem Toten. Sie hätte quer über die Bahn rennen mögen, nur um zu wissen, woran sie war.

Aber schon, wie sie am Fuße der Treppe angelangt war, hatte sie sich wieder.

Der Prinz, der hinter ihr hereilte, stellte sich kurz vor und geleitete sie zum Zimmer der Rennleitung, ihr schnellste Nachricht versprechend.

Sie erwartete ihn mit aufeinandergebissenen Lippen.

Er verkündete: »Nichts von Bedeutung. Kleine Gehirnerschütterung. Wenigkeit gebrochen. Bewußtlos. Aber kaum gefährlich. Der Terke leider fertig. Schon Kugel. Schade um Gaul. Wahres Unglück. Unbegreiflich. Wie das ganze Rennen. Graf zum ersten Male nicht auf gewohnter Höhe. Trotzdem weitaus erster Sieger der Saison. Immerhin: sehr schade für Stall. Terke unersetzlich.«

Berta lächelte und bat den Prinzen, dem Grafen zu sagen, daß sie glücklich sein werde, als Erste etwas Gutes von seinem Zustande zu erfahren.

– Wenn die nicht Rasse hat, dachte sich der Prinz, hab ich auch keine. – Er hatte damit die höchste Anerkennung in sich produziert, der er fähig war.

Noch am selben Abend erschien John bei Krakers und gab einen Brief und ein Paket ab. Der Brief lautete so:

»Meine teuerste Berta!

Trotz fürchterlichen Schädelwehs und sonstiger Schmerzen meinen Gruß und das Versprechen, daß ich morgen früh komme. Als Vorboten schick ich dir das, was dein Eigentum ist seit einer Stunde, die ich als die schönste meines Lebens immer verehrt habe. Jeder dieser Opale ist ein Schwur unwandelbar treu ergebener Angehörigkeit Deines

Henry Felix.«

»Was war denn das für eine Stunde?« fragte Sanna. »Er hat dir diese wundervolle Kette geschenkt und doch nicht gegeben?«

»Weil ich sie nicht genommen habe,« antwortete Berta.

»Aber jetzt? . . .« fragte Sanna etwas ängstlich.

– »Jetzt gehört sie mir.«

Die glückliche Mutter schloß die Tochter in die Arme und weinte Tränen der Freude.

Bertas Augen aber leuchteten.

Als am nächsten Vormittage der unwandelbar treu Ergebene erschien, den linken Arm in der Binde und ein ganz klein bißchen hinkend (gerade so viel, daß es interessant, aber nicht unästhetisch wirkte), trug Berta die Opale zu dem türkisblauen Kleide.

Felix litt noch an einem dumpfen Kopfschmerz, der seine Stimmung stark herabdrückte; als er aber Berta vor sich sah, überwallte ihn ein großes Gefühl, und er legte seinen rechten Arm um sie und küßte sie auf den Mund.
Sanna schluchzte auf, und Jeremias konnte es nicht unterlassen, zu sagen: »Gott segne euch!«

AM HÄUSLICHEN HERDE

Beklemmender Auftakt

Ehe Henry Felix zur Hochzeit nach Hamburg reisen konnte, hatte er böse Prüfungen in der Muschel zu überstehen.

Da er die bestimmte Empfindung hatte, daß die Gräfin schwierig werden und ihm eine heftige Szene machen würde, wenn sie von seiner Absicht, zu heiraten, erfuhr, hatte er eine öffentliche Verlobungsanzeige vermieden, gleichzeitig aber einen sehr frühen Hochzeitstermin festgesetzt, um das Unvermeidliche so schnell als möglich hinter sich zu haben. Mittlerweile kam er seinen Pflichten als Jussuff mit der besonderen Beflissenheit des schlechten Gewissens nach und ließ sich nicht das mindeste anmerken.

Die ahnungslose Zelmi schwamm in tausend Wonnen, und, als Prinz Assi es sich nicht hatte verkneifen können, von der schönen Hamburgerin in Blau zu erzählen, die für den gestürzten Grafen ein so lebhaftes Interesse an den Tag gelegt hatte, gab sie die Legenden, die sich sofort daran geknüpft hatten, im Muschelbette lachend wieder und meinte: »Siehst du nun, daß ich nicht eifersüchtig bin? Ich habe dir deine schöne amerikanische Puppe gegönnt und gönne dir auch deine himmelblaue Hamburgerin, obwohl die vielleicht gefährlicher ist, weil sie offenbar etwas Gefühl für dich hat. Aber eine wirkliche Gefahr kann ich in all diesen Wesen nicht erblicken, die bloß für die liebe Eitelkeit oder das obligate Amüsement der Herren der Schöpfung da sind. Ihr habt nun mal eure nicht ganz stubenreinen Reservatrechte, ihr großen Sultane. Bloß Bürgerweibchen können sich darüber nicht hinwegsetzen. Mir bereitet es eine Art Genugtuung, zu wissen, daß du kein Duckmäuser bist und, vor allem, daß du mich in meinem Selbstgefühle nicht erniedrigst durch die Wahl von Gelegenheitsdamen aus dem Durchschnitt. Je mehr ich höre, wie über alle Maßen schön und elegant die Liebeskünstlerinnen deines Umganges sind, um so mehr erkenne ich die Höhe des Ranges, den ich einnehme. Du huldigst mir durch deinen Geschmack, und ich würde mich dieser Huldigung unwürdig erweisen, wenn ich so geschmacklos wäre, auf die là-bas eifersüchtig zu sein.«

Als aber, woran der glückliche Bräutigam gar nicht gedacht hatte, das gesetzlich vorgeschriebene Aufgebot im Regierungsboten erschienen war, änderte sich die Tonart der duldsamen Aristokratin mit einer Heftigkeit, die alle seine Befürchtungen weit hinter sich ließ.

Die Gräfin erschien in Hainbuchen, obwohl nicht Muscheltag war, wartete die Meldung durch John kaum ab und trat dem erschrockenen Henry Felix, der eben mit der Ordnung aller an ihn gerichteten Briefe Bertas beschäftigt war und das letzte Bild der zukünftigen Gräfin Hauart mitten zwischen diesen vor sich liegen hatte, dicht unter die Augen, zog den Regierungsboten aus ihrem Täschchen und sagte: »Ist das wahr?«

Henry Felix warf mechanisch einen Blick auf das Blatt, las seinen und Bertas Namen und – lächelte.

Es war aber ein verzerrtes Lächeln, ein Lächeln wider Willen, wie es manche Kinder angesichts der Rute zeigen; der letzte Versuch einer Bitte und schon der Übergang zu einem abwehrenden oder trotzigen Schrei.

In Ernas Augen war es eine höhnische Grimasse.

Sie ließ ihn nicht zu Worte kommen und sagte, scheinbar ruhig, aber mit einem Tone tiefster Empörung, Verachtung, Drohung: »Lügner!«

Der erste Schlag war gefallen; Henry Felix lächelte nicht mehr; er trotzte.

»Was fällt dir ein!« sagte er leise; »ich habe dir nie versprochen, nicht zu heiraten.«

Die Gräfin lachte kurz auf: »Willst du mich nicht vielleicht auch darauf aufmerksam machen, daß wir kein Ehepaar sind, daß nichts Schriftliches zwischen uns existiert, daß du keine ›Pflichten vor Gott und der Welt‹ gegen mich hast? Daß du im Rechte, daß du frei bist? Daß eine verheiratete Frau, die deinetwegen die Ehe gebrochen hat, keinen Anspruch auf Rücksicht hat? Daß sie froh sein muß, wenn du vielleicht künftig so liebenswürdig sein willst, Gleiches mit Gleichem zu vergelten und einmal deinerseits die Ehe mit ihr zu brechen?«

Henry Felix hatte in der Tat derartiges sagen wollen, und er

wußte nun, da er dies nicht sagen durfte, gar nichts zu sagen.
Er spielte nervös mit den Briefen Bertas und warf einige von ihnen auf das Bild, um es zu verdecken.
Aber der Gräfin entging dieser Versuch nicht. Sie ergriff das Bild, warf einen haßvollen Blick darauf und sagte bös und verächtlich: »Das ist also das himmelblaue Fräulein Kraker aus der Hamburger Verwandtschaft, das an der Grafung teilnehmen soll.«
Das war der zweite Schlag, und der traf anders als das Wort Lügner.
Henry Felix wurde blaß vor Wut; seine Zähne schlugen aufeinander; er machte einen Schritt auf die Gräfin zu, riß ihr das Bild aus den Händen und knirschte: »Du gehst zu weit. Ich rate dir, in diesem Tone nicht mit mir zu reden. Nicht in diesem Tone! Sonst, – was du willst.«
Die letzten Worte waren nicht verächtlich gemeint, aber sie klangen so, und Erna hörte aus ihnen überdies ein Wort heraus: Schluß!
Ein Zittern lief über ihren ganzen Körper. Sie mußte sich mit den geballten Händen auf den Tisch stützen, um nicht vornüber zu fallen. Es wurde ihr rot vor den geschlossenen Augen, dann schwarz. Als sie die Augen öffnete, starrte Haß und Verzweiflung den noch immer im Tiefsten Wütenden, zu jedem trotzigen Widerschlag eben noch Entschlossenen, nun aber vor der maskenhaften Starre dieses feindselig schmerzlichen Ausdrucks heftig Erschreckenden an.
Er flüsterte, fast bettelnd: »Beruhige dich doch. Nimm nicht so schwer, was Notwendigkeit mich zu tun zwingt und was durchaus kein Grund zur Feindschaft zwischen uns ist. Erhalte mir deine Freundschaft, ohne die ich nicht leben kann. Behalte mich in deinem Herzen, wie ich dich in meinem behalte.« Er reichte ihr die Hand hin. Sie starrte darauf, wie auf eine unbegreifliche fremde Erscheinung. Die steile Falte zwischen ihren Brauen wurde noch tiefer. Etwas Ratloses, Irres kam in ihren Blick. Dann schüttelte sie langsam den Kopf und sagte: »Ich kann nicht neben einer anderen in deinem Herzen sein. Du hast nur die Wahl zwischen ihr und mir. Überleg dirs.«
»Aber ich darf ja nicht mehr zurück!« rief Henry Felix ge-

quält und trotzig aus. »An dir ists, zu überlegen, ob es verständig und in unserm gemeinsamen Interesse ist, sich gegen etwas Unabwendbares feindselig aufzulehnen.«
– »Etwas Unabwendbares.«
Erna nickte langsam mit dem Kopfe und fuhr sich mit dem Rücken ihrer weißbehandschuhten Rechten über die Stirn.
»Es ist gut,« fuhr sie müde fort. »Ich gehe. Wenn die Gräfin Hauart hier eingezogen sein wird, hörst du wieder von mir.« – Sie vermied es, ihn anzusehen, blickte leer über den Tisch weg und flüsterte: »Es wird in der Tat verständig und jedenfalls in meinem Interesse sein, daß ich nicht unter denen fehle, die das junge Paar zur Hochzeit beschenken. Denn es würde auffallen, wenn ich allein es unterließe, mich mit einer Gabe einzustellen. Und wir haben ja bisher alles Auffallen so schön vermieden.«
Sie drehte sich um und ging langsam hinaus.
»Erna!« rief Henry Felix ihr schmerzlich nach.
»Ja, ja!« klangs unter der Tür zurück.
Henry Felix wußte nicht, als was er sich diese seltsame doppelte Affirmation auslegen sollte. Er fühlte nicht, welches Maß von Verneinung darin lag. Er spürte nur, daß etwas Endgültiges ausgesprochen war.
Und das war ihm im Grunde nicht unangenehm.
Zwei Ehefrauen, meinte er bei sich, wäre des Guten am Ende doch zu viel. – Sie tut mir ja leid, aber, wenn sie zur Ruhe gekommen sein wird, wird sie einsehen, daß ich mich durchaus rücksichtsvoll benommen habe.
Damit war die Sache für ihn erledigt, und er vergaß den letzten Besuch Zelmis bald über den vielen Besorgungen, die ihm jetzt oblagen.
An etwas anderes, das er längst vergessen hatte, erinnerte ihn ein Brief, der kurz nach der Veröffentlichung des Aufgebotes bei ihm eintraf und folgenden Wortlaut hatte:

»Mein lieber Henry!

Dein Leben und dein Glück hat mich überallhin begleitet, obgleich ich nur selten in deiner Nähe gewesen bin (doch habe ich dich zweimal siegen sehen, mein geliebter Kosak: einmal in Baden-Baden, einmal in Carlshorst), und so weiß ich denn auch, was am fünfzehnten Dezember in Hamburg geschehen wird. Ich wußte es schon, als ich deine Nennung für das letzte Rennen las. Einen Moment war ich unschlüssig, ob ich nicht hinreisen und dich abhalten sollte, das Haus aufzusuchen, in dem ich dich zum ersten Male aufgesucht habe. Ich habe es unterlassen, weil ich mir sagte: er will diese Gefahr bestehen, also soll er sie haben. Der Männer Spielzeug ist die Gefahr. Gut, daß er ein Mann ist. Und: mit dieser Gefahr muß er sich auseinandersetzen. Es ist besser, sie lauert ihm nicht von ferne auf. Er wird sie in der Nähe sicherer erkennen, und er wird sie dann eher beseitigen können. – Du siehst, ich denke über die Sache um keinen Schatten besser als früher. Der glückliche Bräutigam wird jetzt anders darüber denken. Das ist sein Bräutigamsrecht. Aber die Pflicht des Ehemanns wird sein, gut aufzupassen und nicht um die Gefahr herum, sondern ihr gerade ins Antlitz zu sehen, – wie immer es sich auch maskieren möge. – Da ein verliebter Mann aber Zustände von Blindheit zu haben pflegt, bestehe ich darauf, daß die zwei wachen und scharfen Augen bei ihm sind, die ich zu Wächtern über sein Glück bestellt habe. Meine schwarze Dienerin wird, so schwer es mir und ihr fällt, sich von mir trennen, um zu dir zu kommen. Hinterlasse Anweisungen, daß sie auch während deiner Abwesenheit in dein Haus aufgenommen wird. Ich brauche dir nicht zu sagen, daß deine Frau nie erfahren darf, von wem sie gekommen ist, und daß sie sich nur taub und blöde stellt. Lala wird sich nie verraten, und die künftige Gräfin Hauart wird bald darauf schwören, daß sie in ihr eine schwarze Perle besitzt. Es gibt nichts Verschlageneres, Heimtückischeres, Grausameres gegenüber jedermann, mich und nun dich ausgenommen als diese meine ›dunkle Schwester‹. Laß diesen Namen als eine Wahrheit und Sicherheit in dich dringen. Ich bin bei dir, wenn Lala bei dir ist. In Person aber werde ich an deiner Seite sein, sobald es not ist, sobald die Entscheidung fällt, durch die die Gefahr endgültig beseitigt werden wird. – Inzwischen, mein teurer, teuerster Henry, genieße, was an ihr zu genießen ist. Daß du nicht das finden wirst, was man Liebe nennt, wird dir bald aufgehen. Dieser Mangel wird dich nicht drücken. Du gehörst nicht zu denen, die dieses Gefühl, das eine, vielleicht, schöne Einbildung, aber nur für die Schwachen im Fleische, ist, brauchen, um glücklich zu sein. Laß diese Einbildung immerhin zuweilen in dir lebendig werden. Sie gibt den Dingen des Genusses goldige Farbenränder und einen schönen, satten, tiefen Hintergrund. Aber mehr als eine Fata Morgana des Gefühles ist sie nicht, – wenigstens nicht für deinesgleichen. Glaube mir, mein innig Geliebter, den ich mit einer Liebe umfasse, die mit jener Fata Morgana nichts zu tun hat, denn es ist jene einzige, aus den Sinnen kommende und doch unsinnliche Liebe, die lebendige Wirklichkeit ist, – glaube es mir: Du bist nur einer Liebe fähig, und das ist die Liebe zu dir, zu deinem Schicksal und damit, ich hoffe es, zu mir. Die goldfarbigen Ränder werden an den Dingen des Genusses, den du jetzt ersehnst und bald genießen wirst, nicht lange vorhalten. Laß dich das nicht kümmern und sei nicht enttäuscht. Es liegt so in deiner Natur, die dafür nur um so intensiver wirklich genießen darf. Und es liegt in diesem Falle auch daran, daß deine Partnerin darin genau wie du angelegt ist, wenn auch auf anderer Grundlage. Nun, der Tag kommt bald, wo du den Urtext ihrer Empfindungen aus ihren Augen und – Handlungen lesen wirst. Den Kommentar dazu wird dir meine dunkle Schwester liefern.

Ich schließe dich, mein einzig Geliebter, in die Arme und küsse dich auf Mund und Stirn.

Deine Freundin
von Grund aus und in alle Ewigkeit.«

Wenn auf dem Grunde seiner Seele noch ein Rest der Beklommenheit war von der Szene mit Erna her (denn Vergessen ist noch nicht Vertilgen), und wenn auch sonst noch mancherlei unsicher Aufdrängendes, Verdunkelndes, Bedrückendes seine Bräutigamsgefühle zuweilen wolkenschattenhaft verdüsterte, – dieser Brief erfüllte ihn mit einer warmen Zuversicht voller Gewißheit und Selbstgefühl.

Der beklemmende Auftakt zur Ouvertüre der großen Oper seiner Ehe (wie er sie sich vorstellte) war verklungen: von hundert Geigen säuselte die Melodie eines leisen heißen Südwindes über dem Ozeangemurmel des ganzen Orchesters drängender, treibender, schwellender, wogender, aus wimmelnden Tiefen aufwärtsrauschender leidenschaftlicher Begierde auf.

Sanna und Jeremias hatten sich unter der Hochzeit der »Kinder« ein inniges Familienfest unter Zuziehung einiger Pastoren vorgestellt, mit kleinen, weiß gekleideten Mädchen aus der Verwandtschaft, die Blumen streuten und sinnige Gedichte aufsagten, und schüchtern fröhlichen Brautjungfern, die ein passendes Lied einstudiert hätten, das unter Harmoniumbegleitung auf die höhere Bedeutung der Ehe hinwies. Dann ein gutes, festliches Mahl mit einer Ansprache des Brautvaters, einigen Reden der Pastoren und zum Schluß vielleicht einem mehr heitern Toast des Traktätchenverlegers aus Sannas Familie, der trotz seiner ernsthaften Verlagsrichtung nach dem einstimmigen Urteil der Verwandtschaft eine »humoristische Ader« besaß.
Nichts von alledem geschah. Nichts von alledem. Braut und Bräutigam waren unerbittlich. Sie lehnten durchaus jede Feierlichkeit ab und hielten nach der Trauung nur eine Art Cercle im Hause der Eltern inmitten der betreten herumstehenden elterlichen Sipp- und Magenschaft, zwischen deren schwarzen Röcken und Kleidern die prächtige Uniform des jungen Gatten und die blendend schöne Pariser Toilette der jungen Frau sich ausnahmen wie der Brustglanz und die Schweifpracht von Paradiesvögeln zwischen Krähen und Raben. Dann tauschten sie die obligaten Abschiedsküsse mit den Eltern, die für alles, was ihre herzensharte Frömmigkeit je an ihnen gesündigt haben mochte, durch die Unherzlichkeit dieses Abschieds, die zumal Berta nicht im mindesten auch nur zu bemänteln für nötig hielt, überstreng bestraft wurden. Die gräflich Hauartsche Equipage, mit zwei prachtvollen Isabellen bespannt, John in höchster Gala neben einem unendlich vornehmen Kutscher auf dem Bocke, führte sie in das exklusivste Hotel der Stadt.
Die beiden Alten blieben mit dem dumpfen Gefühl zurück, nun auch ihr zweites Kind ganz und für immer verloren zu haben. Kondolenzstimmung lastete auf der mehr noch bedrückten als beleidigten Hochzeitsgesellschaft, die sich bald still empfahl.
Sanna und Jeremias, zwei Gebrochene, sahen sich stumm an. Die alte harte Frau wurde weich und weinte, wie ein Kind aufschluchzend und in ratloser, rührender Verlassen-

heit um sich blickend. Jeremias nahm sie an der Hand und führte sie zum Sofa. Er setzte sich, ihre linke Hand immer in seiner rechten behaltend, neben sie und streichelte ihre nassen Backen mit seiner Linken. Er weinte nicht, aber in seiner Stimme waren Tränen, als er sprach: »Nun haben wir bloß noch unsern Gott, in dem wir sterben wollen, Sanna. So schlimm hat uns nicht einmal Karl verlassen.«
»Nein, nicht so schlimm,« schluchzte Sanna auf. »Womit haben wir das verdient, Jeremias? Womit!?«
»Das laß bei Gott«, sagte der alte Mann. »Er wirds wissen, warum er uns so hart bestraft. Wir dürfen nicht murren.«
»Aber ich ertrag es nicht, Jeremias. Nein, ich ertrag es nicht,« weinte Sanna. »Es hat mir das Herz zerrissen, wie ich in ihren Augen nichts sah, als die kalte Freude, fortzukommen; fort von uns, Jeremias, wie von zwei Feinden. Und ... ich ... hab ... sie doch ... so ... geliebt!«
Jeremias drückte ihre Hand.
»Man könnte wohl schwach werden, Sanna,« sagte er, »und irre. Ja, weine nur, weine! Weine über uns und über sie! Das kann nicht Sünde sein. Aber halte dich fest im getreuen Glauben. Wir haben sonst nichts, das uns noch stützen könnte auf dem letzten, und so Gott will, kurzen Wege.«
Da wandte sich Sanna voll zu ihm und legte ihre freie Hand auf seine Schulter. »Doch, Jeremias,« sagte sie innig, »nun haben wir uns. Erst jetzt haben wir uns. Ach Gott, erst jetzt. Wir waren keine rechten christlichen Eheleute, Jeremias; nein, wir warens nicht. Wir sind immer verschlossen nebeneinander hergegangen, jeder mit seinen eigenen Gedanken. Ach, Jeremias, wir sind zu hart gewesen, gegen uns selbst zu hart, und gegeneinander zu hart, und am schlimmsten hart gegen die Kinder. Ich kann nicht mehr, Jeremias, ich kann nicht mehr. Du mußt mich halten und gut zu mir sein!«
Da mußte Jeremias weinen, und sie sprachen nicht mehr.

Indessen kleidete Henry Felix seine Gattin aus und sank vor ihrer nackten Schönheit in die Knie, die herrlicher war, als alles, was er von ihr geträumt hatte, und viel herrlicher als alles, was seine Augen je gesehen, seine Hände je gefühlt hatten.
»Du bist ein Wunder!« rief er aus und küßte ihr Füße, Knie,

Scham und Brust. »Auf der ganzen Welt ist keine Schönheit wie deine. Du bist das Schönheit gewordene heilige Leben. Und wenn du eine Verbrecherin wärst und keinen Gedanken hättest, als meinen Mord, und ohne alles Gefühl für mich, außer Haß und Abscheu, – ich müßte dich lieben und anbeten und jede Schändlichkeit deiner Gedanken und Gefühle verehren, weil sie aus diesem vollkommenen Frauenleibe kommt. Wie deine Brüste sich absetzen von der vollen Brust, spannweit auseinander, jede ein Kleinod für sich, zugespitzt zu zwei rosahauchigen Teerosenknospen, in leisester Schwellung aber dennoch sich vereinigend, fest und gefügig wie zwei zellenreiche Früchte des Südens, prall voll Saft und eine Haut straffend, für die jeder Vergleich eine Beleidigung wäre; wie eine leise Falte, mehr Andeutung als Unterbrechung, zu den Achselhöhlen mit den kleinen goldseidenen Locken hinüber, hineinschwingt; wie edel und voll der Hals sich ansetzt; in welch holder, sanfter, süßer Schräge die Schultern abfallen bis zu der wollüstigen Rundung des Armansatzes; wie wonnevoll der Leib gegliedert ist, nichts Masse, nirgends Verschwommenheit; wie sanft geschlossen die schlanken, festen und doch nicht harten Schenkel sich berühren, als müßte dein Fleisch sich selbst liebkosen mit dieser Haut, die wie die Wollust selber duftet, und die nur anzurühren, schon volle Wollust ist; wie kindlich weich und weiblich rund deine Knie sind; deine Waden wie sanft und doch bestimmt geschwungen; deine Füße wie edel und fest in der Gliederung, jede Zehe ein Kunstwerk, jeder Nagel ein Juwel, ganz gleich an Schönheit deiner Göttinnenhand, von der ein Schlag selbst Glück, ein Streicheln sein muß, – ach, Berta, Einzige, Ewige, ich schwöre dir, daß ich dich immer geträumt habe wie den Inbegriff alles dessen, was zur Liebe reizt und den Mann zum besinnungslos selig unterwürfigen Sklaven macht, daß aber auch meine entzücktesten, bis zur Raserei brünstiger Sehnsucht überschwingenden Träume nichts waren als schwache, leere Vorspiegelungen deiner Wirklichkeit, die jeden Traum zur schwächlichen Albernheit stempelt.«

Er legte seine Hände in ihre Achselhöhlen, ließ sie hinabstreichen an den Seiten, umfaßte die schwellende Rundung hinterhalb der Schenkel, drängte leise die sich berührenden auseinander, schob seinen linken Arm dazwischen, legte seinen rechten Arm um Rücken und Brust und trug sie zum Bett.

Da wurde Berta ihrem Schwure untreu, nie Karls zu vergessen in Henrys Gegenwart. Sie vergaß sich selbst in einer so wollustvollen Hingabe, daß sie nichts fühlte, als diese Mannheit über, um, in sich, – daß es ihr schien, als sei sie selbst zu einem Teile dieses Mannes geworden, oder dieser Mann das wichtigste Organ ihres Körpers, sie umschließend mit einem Geäder frömender Kraft, oder er und sie ein neues Wesen, untrennbar ineinander übergegangen wie zwei Wellen, Tropfen für Tropfen vereinigt, heiß erfüllt, stromvoll durchbraust, wonnevoll bewegt von einem Triebe, einer Stärke, einer Lust.

Sie dachte nicht nach, wie das sein konnte, da dieser Mensch, der jetzt Gewalt über sie hatte bis zur Austilgung unabhängig eigenen Selbstgefühls, der sie mit sich erfüllte bis in die kleinste Ader, der es machte, daß sie Leben jetzt nur fühlte in seinem Leben und damit ein Leben, unendlich voller, mächtiger als jemals Leben ihr bewußt geworden war: jede Sekunde ein ganzer Lebensinbegriff, restloses Ausfühlen und Vergessen der Existenz zugleich, – sie dachte nicht nach, wie all dies sein konnte, da dieser Mensch ihr doch verhaßt und das Ziel ganz anderer Wünsche ihres Herzens war. Er, der Fremde, Feindliche, der Inbegriff alles Verächtlichen, Abscheulichen für sie, nahm sie so ganz ein, daß selbst ihr Haß gegen ihn jetzt in seinem Besitze war, aufgesaugt von seiner Leidenschaft, zu einem Teil seiner Kraft geworden, wie alles, was sie an Lebenskraft besaß und strömend hingab in einer uneindämmbaren Begierde, aufzugehen, hinzugehen, ganz zu vergehen in einem wollustvollen Verzehrtwerden.

Aber, wie sie keinen Haß fühlte inmitten der ersten Flammen ihrer solange gebändigten und nun schrankenlos frei gewordenen Sinnlichkeit, so fühlte sie auch keine Liebe. Sie küßte ihn nicht, sie saugte an ihm. Ihr Mund hatte keine zärtlichen Worte, nur Stöhnen. Wollte er sprechen, so preßte sie seinen Mund auf den ihren. Wenn er in den Pausen des nachströmenden Genusses von ihr lassen wollte, so umklammerte sie ihn nur noch fester, denn seine Last schon war ihr Entzückung. Die Augen hielt sie fest geschlossen,

daß sie beinahe schmerzten. Finsternis wollte sie um sich haben, samtene Schwärze, bläulich durchfunkt von tropfenden Sternen oder wie mit gelben Blitzen aus wirbelnden Lichträdern zerrissen. Und nichts hören, als das Keuchen seines heißen Atems über ihr und die eigenen stöhnenden Seufzer der Wollust.
Alles, was sie je gelesen, alles, was die eigene Phantasie ihr je zugetragen hatte aus dem ziellosen heißen Ungestüm ihres Blutes, alle Phantasmagorien aus dem leeren Gedränge ihrer Selbstumarmungen sollten jetzt Wahrheit werden. Sie wollte bis zu dem Punkte dringen, wo aus Wollust Schmerz wird, aus dem triumphierenden souveränen Genuß die Verzweiflung des Unvermögens und daraus wieder die Lust am Schmerzzufügen.
Sie wußte um alle Ekstasen, ihr Verstand wußte sie, und ihr Instinkt ahnte sie; in ihren Wünschen fehlte nichts, was Eros zu bieten, was das Tier mit dem doppelten Rücken zu leisten vermag. Was aber darüber hinausgeht: Psyches Mitgift an unanimalischen Werten, das Einswerden zweier Menschenherzen durch die Liebe, die den Genuß zur Innigkeit vertieft und aus dem Hirschpark das Paradies macht: das fehlte in ihrem erotischen Programm, wie die Melodie im Gewieher einer brünstigen Stute fehlt.
Ein Glück für Henry Felix, daß es fehlte. Solchen Wünschen hätte er nicht genügen können, denn auch er fühlte nur Brunst, nicht Liebe. Da aber bei ihm zur Begierde die Erfahrung kam, erwies er sich allen Anforderungen dieser gewitterisch stürmischen Brautnacht voller Spannungen und Entladungen völlig gewachsen, – von Gnaden seiner kräftigen Natur sowohl, wie mit Hilfe klug abwechselnder Kunst.
Wenn er trotzdem nicht imponiert, sondern nur nicht enttäuscht hatte, so lag das nicht an einer Insuffizienz seiner Fähigkeiten, sondern daran, daß Graf Henry Felix Hauart der Gräfin Berta auf diesem Felde der Tätigkeit zwar einstweilen Genüge zu tun vermochte, nicht aber imstande war, auf irgendeinem Gebiete zu imponieren.

Nun hätte nach der Meinung des jungen Gatten in der großen Oper seiner Ehe so etwas wie ein prachtvoll feierlicher Ein- und Aufzug folgen sollen.
Henry Felix wußte zwar, daß seine Heirat in der Gesellschaft sehr gemischte Gefühle erregt hatte, in erster Linie, weil mehr als eine Familie dadurch um die Hoffnung ärmer geworden war, den interessantesten und reichsten Kavalier der Stadt einmal durch Einheirat zu den Ihrigen zählen zu dürfen, und dann, weil die Wahl einer geborenen Kraker nicht gerade als sehr gräflich empfunden wurde, aber er war überzeugt, daß die glänzend elegante und unbestreitbar höchst distinguierte Erscheinung Bertas die Herren zweifellos sofort, schließlich aber auch die Damen entwaffnen werde. Indessen begegnete das junge Paar bei seinen Besuchen doch einer, wenn auch nicht eben deutlichen, so doch immerhin fühlbaren Kühle. Es war ein Entree, dem offenbar die große Stimmung fehlte, und von dem hingerissenen Beifall, ohne den irgendein Schritt vor der Öffentlichkeit für Henry Felix etwas Niederdrückendes hatte, konnte keine Rede sein.
Im Pfründtenschen Hause hatte man nur den Grafen zu Gesicht bekommen, und auch beim Gegenbesuche fehlte die Gräfin. Indessen durfte der Grund dafür, nicht unbedenkliche Erkrankung, für bare Münze genommen werden, denn von allen Seiten wurde bestätigt, daß Gräfin Erna sehr leidend sei. Sie lasse sich nirgends sehen, nehme keinerlei Besuche an, und der Graf habe bereits zwei auswärtige Nervenärzte zu Rate ziehen müssen. Es scheine sich um einen Zustand allgemeiner tiefer Depression zu handeln, für die eine Erklärung offenbar schwer zu finden, Heilung wahrscheinlich nur durch einen Aufenthalt im Süden zu erhoffen sei. Doch lehne es die Gräfin mit Bestimmtheit ab, die Stadt zu verlassen.
Der Gatte der Gräfin Berta vernahm die schlimme Kunde mit Bedauern, war im Grunde aber doch froh, um das Zusammentreffen mit Erna in Gegenwart Bertas herumgekommen zu sein, und er hoffte, daß diese auf alle Fälle peinliche Begegnung auch bei der großen Abendgesellschaft, die er darum recht bald zu geben sich entschloß, nicht stattfinden würde.

Indessen: Das gräflich Pfründtensche Paar nahm an.
Henry Felix erschrak, wie er seine ehemals so frische, blühende Zelmi sah. Sie schien um zehn Jahre gealtert und machte den Eindruck einer schwer Leidenden. Ihre fahl gewordene Haut hatte etwas Welkes bekommen, ihr Gang war müde, ihr Lächeln maskenhaft. Nur die Augen hatten einen sonderbaren Glanz. Aber es war etwas Starres darin, auch wenn sie niemand fixierte.
– Sie nimmt Arsenik, dachte sich der Graf, wie er ihren auf Berta gerichteten Blick beobachtete. Diese Augen sind wie vergiftet durch ein Stimulans.
Die beiden Gräfinnen wechselten nur wenige Worte, dann wandte sich Erna an Henry Felix und sagte laut: »Ich bereue es nicht, trotz meiner Krankheit gekommen zu sein. Es ist ein Genuß, so eine schöne junge Frau betrachten zu können, die so zuversichtlich und stolz ins Leben blickt, als gäbe es nichts Dunkles, Unabwendbares.«
Henry Felix wußte nur mit einer Phrase zu antworten, die schmeicheln sollte, aber wie eine Beleidigung wirkte.
Gräfin Erna trat nahe an ihn heran und flüsterte: »Auch ihre Stunde kommt. Diese Gewißheit ist meine letzte Freude. Oder glaubst du wirklich, ich bin hier, mich an deinem, ihrem Glücke zu weiden? Glaubst du, Gespenster kommen, um Lebenden Vergnügen zu machen? ... Schweig ...! Ich weiß, du wärest froh, wenn ich nicht gekommen wäre. Und gerade darum bin ich gekommen. Du sollst dich nicht bloß sonnen dürfen, mein Lieber. Ich kenne deine Einbildung, ein Sohn des Glücks zu sein, den nichts im Genusse stören kann, und ich will sie erschüttern. Du hast nicht umsonst einen Schatten aus mir gemacht. Er soll dich verfolgen.«
Nach diesen Worten wendete sie sich kurz von ihm ab.
Während der Tafel saß sie im Rauschen des Gespräches, das sich mit der zunehmenden festlichen Stimmung mehr und mehr belebte und schließlich zu dem an- und abschwellenden Gewirre von Flüstern, durchdringenden Worten, aufklingendem Gelächter und lautem Durcheinanderreden wurde, wie es das Warmwerden bei üppigen Speisen und Weinen mit sich bringt, – bei alledem saß sie schweigend, in sich versunken da, kaum etwas zu sich nehmend, selten nur den Blick zur Rechten oder Linken wendend, aber

manchmal starr zu Henry Felix hinübersehend, der unwillkürlich die Stirn runzeln mußte, wenn er sich von diesem unheimlich durchbohrenden und dennoch gleichgültig scheinenden Blick getroffen fühlte.
So heiter die Gesellschaft wurde, und so sehr er sich bemühte, mit heiter zu erscheinen, so unbehaglich war ihm zumute.
– Weiß Gott, dachte er sich, es sitzt ein Schatten am Tische. Und er rief sich sein erstes »Zauberfest« in die Erinnerung zurück, das durch die jetzt so Düstere in seinem Gedächtnis lebte als das Fest der Farbe des Lebens. Damals war Frühlings Anfang nahe gewesen, und bald war jener Mai gekommen, der ihn so glücklich gemacht hatte durch den Stolz, die schönste Frau der Stadt gewonnen zu haben. Nur ein paar Jahre waren vergangen seitdem, und diese Schönheit war verwelkt. – Weshalb? – Durch seine Schuld etwa? – Unsinn! Nur, weil diese da den Sinn des heiligen Lebens nicht verstehen wollte, wie er in ihm verkörpert war. Weil sie den aberwitzigen Begriff der Treue dem Leben aufzwingen wollte, das für solche Konstruktionen eines beschränkten Frauengehirnes keinen Raum hat.
Der Oberst schlug ans Glas und hielt eine soldatisch straffe Tischrede zur Begrüßung der jungen Gräfin. Die Gläser klangen aneinander, die Regimentsmusik, unter dem Säulengang des Schloßeingangs draußen aufgestellt, blies einen schmetternden Tusch, und wieder, wie damals, glühten die Lampen im Garten auf, erstrahlten die Stallgebäude im roten Lichte des Scheinwerfers. Aber der Garten war winterlich, ohne junges Grün, und das Ganze hatte etwas Kaltes, Strenges.
Henry Felix sah, fühlte das nicht. In ihm war nichts Winterliches, und selbst der Schatten am Tische trübte nur vorübergehend die Sonne seines stolzen Glückes, denn er sah, wie Berta mehr und mehr bewundert wurde, und wie die kühle Zurückhaltung der Gesellschaft ihr gegenüber einer deutlichen Anerkennung ihrer vornehmen, sicheren Art, sich als Dame des Hauses liebenswürdig und edel gemessen zu bewegen, wich. Und er bewunderte sie selbst und fand eine stolze Genugtuung in dieser Bewunderung. Wie ihre Augen leuchteten! Wie adelig jede ihrer Bewegungen war! Wie fein und klug sie zu reden, wie anmutig sie zu lächeln ver-

stand! Und: wie strahlte ihre sieghafte Schönheit, gehoben durch eine Gesellschaftstoilette, neben der alles übrige Kleiderwerk provinzial kümmerlich wirkte. Diese geborene Kraker erschien unter diesen geborenen Aristokratinnen als eine geborene Königin.
Ihr beglückter Gemahl warf einen vergleichenden Blick auf die Gräfin Erna, und dieser Blick sagte: Wegen dieser verwelkenden Butterblume hätte ich auf diese in höchster Frische und Pracht stehende Rose verzichten sollen? Mag sie verschrumpfen, wenn sie keine Kraft hat, weiter zu blühen. Ich bin der Mann nicht, mich an kraftlos Verkümmerndes zu ketten.
Und es war wahr. Gräfin Erna bot mehr und mehr das Bild müder, versiechender Kraft, je lauter und fröhlicher es an der Tafel wurde. Es war, als fiele sie in sich zusammen, obwohl sie sich äußerlich mit krampfhafter Anstrengung steif aufrecht erhielt, zuweilen nervös laut auflachend und sprunghaft gesprächig werdend. Sie begann hastig zu trinken, als wäre plötzlich ein wütender Durst über sie gekommen oder eine verzweifelte Begierde, sich zu berauschen.
Als die Tafel aufgehoben wurde, wankte sie, griff mit beiden Händen nach der Stuhllehne und sank wieder in den Stuhl zurück.
Ihr Mann und Henry Felix verließen ihre Damen und eilten zu ihr.
»Ich bringe dich nach Hause,« sagte Graf Pfründten; »du hast dir zuviel zugemutet.«
»O nein,« antwortete sie; »es sieht sich nur für den Augenblick so an. Ich brauche Luft und Ruhe. Luft und Ruhe. – Bitte, Graf, lassen Sie sich von Ihren Hausherrnpflichten nicht abhalten, und auch du, Adalbert, bitte, sorge dich nicht. Es geht alles vorüber. Alles. – Geben Sie mir jemand mit, der mich in den Garten begleitet, Graf. Bis zu Ihrem Pavillon. Sie . . . zeigten ihn mir einmal. Es steht ein Ruhebett darin.«
Henry Felix erschrak und murmelte: »Aber um Gottes willen, dort ist es kalt.«
– »Eben drum. Ich brauche Frische. Hier ersticke ich.«
– »So darf ich gnädigste Gräfin wenigstens selbst begleiten!«
– »Wo denken Sie hin! Ihr Platz ist jetzt nicht in der Nicchietta. Ihr Platz ist an der Seite Ihrer Frau.«

»Wollen wir nicht doch lieber . . .« begann ihr Mann.
»Bitte, quäle mich nicht,« entgegnete sie und drückte seine Hand fest, indem sie ihn sonderbar tief ansah: wie eine flehende, maßlos Leidende.
»Tun Sie ihr den Willen, Graf!« entschied der Oberst. »Sie ist krank und weiß wohl am besten, was ihr jetzt dienlich ist.«
»Ja, Adalbert,« sagte dankbar die Gräfin; »niemand weiß das; nur ich. – Und nun gehen Sie!« wandte sie sich fast herrisch an Henry Felix.
»Wie Gräfin befehlen!« erwiderte der, während Graf Pfründten wegschritt, und es klang etwas wie Trotz, aber auch etwas wie Angst durch. Dann: »Was hast du vor!? Ich lasse dich nicht allein!«
Gräfin Erna sah ihn starr an: »Was ich vorhabe? Nichts! Ruhe! Und ich will ja auch nicht allein bleiben. Schick mir die Schwarze! Den Schlüssel zur Muschel hab ich bei mir. Einmal darf ich sie doch wohl noch betreten.«
Sie schlug an ihr Täschchen, in dem es klirrte.
Henry Felix wurde es immer unbehaglicher zumute. Er sagte sich: ich darf sie nicht gehen lassen, und er ergriff ihre eiskalte Hand, murmelnd: »Ich bitte dich! Ich flehe dich an! Bleib! Geh jetzt nicht weg von mir!«
– »Von dir? Wie du schön lügen kannst, wenn du bettelst! Wie du mir zum Ekel bist!«
In diesem Augenblicke rief Bertas Stimme: »Henry!«
Ihm war, als hörte er die Stimme des Lebens, der Liebe selber neben, über dem Geröchel des Todes und der Verachtung.
– »Sofort, Liebe! Ich komme!«
Und er ging.
Erna sah ihm leer nach. Ihre Lippen verzogen sich zu einem Lächeln voll Haß, Schmerz, Ekel.
Nach einer Weile trat Lala lautlos durch eine Türe und kam ebenso lautlos auf die Gräfin zu, die sie erst wahrnahm, als sie vor ihr stand. Sie erschrak vor dem häßlichen, unterwürfig grinsenden Gesicht der unbewegt vor ihr Stehenden.
Aus einem der Nebenräume klang ein Walzergesäusel von Geigen auf. Erna kannte den Text, schmalzig, wie die Weise:

Laß mich nicht einsam sein,
Komm, mich zu führen
Tief in den Wald hinein,
Dort sollst du spüren,
Wie ich so lieb dich hab,
Du, du, du, du, du, du!
Liebe ist Seligkeit,
Stürmen und Ruh.

»Gehen Sie mir voran!« sagte die Gräfin barsch, gepeinigt von den unausstehlich zärtlichen, girrend verliebten Tönen, mit denen sich ihr der plattsüßliche Sinn des Textes widerlich aufdrängte.
Lala schüttelte blöd tuend den Kopf, wies auf ihre Ohren und sagte schwerfällig mit dem harschen Tone einer Tauben: »Lala nicht versteht Worte; nur Zeichen.«
Erna erhob sich müde, deutete ihr an, daß sie vorausgehen sollte und schritt hinter der lautlos zur Tür Gehenden drein in den Garten hinaus.

Die ganze Gesellschaft, auch die Herren (bei dieser Gelegenheit auf die Dinerzigarre Verzicht leistend), hatte sich indessen in dem neuen Salon der jungen Gräfin vereinigt, dessen Wandbekleidung, Fußbodenbelag, Vorhänge, Möbelstoffe gleichmäßig in einem sanften Altblau mit sparsamem Dekor in grau abgeschattetem Rosa gehalten waren, wovon sich das nachgedunkelte, von flachen, mattierten Bronzebeschlägen diskret unterbrochene schwärzlich rote Mahagoni der Möbel bestimmt und doch weich abhob. Das gelbe Licht der Wachskerzen erfüllte diesen Raum der lautlosen Farben wie mit einem warmen Lichtbade. Selbst die vom Reden, vom Wein und von der unsichtbar irgendwoher wollüstig leise hereinflutenden Walzermusik erregten Damen wagten hier anfangs nur zu flüstern. Wie aber der narkotische Geruch des Kaffees sich mit dem Dufte der vielen dunkelroten Rosen, die in breitbauchigen graublauen chinesischen Vasen und bronzenen japanischen Räuchergefäßen auf allen Tischen samtig tief leuchteten, zu einem stimmulierenden Parfüm von fast berauschender Fülle vereinigt hatte, und die unsichtbare Musik in die lebhafteren Weisen einer hüpfenden Gavotte überging, hoben sich die Stimmen und mit den schweren Likören stellte sich auch der Grundbaß männlichen Gelächters und der frische Diskant lustigen Frauenlachens ein. Das seidene Rauschen der Damenröcke, silbernes Klirren von männlichen Sporen, leises Aneinanderklingen von Porzellan und Glas machte die Symphonie angenehm belebter, behaglich heiterer Verdauungsstimmung vollständig. Über allem aber dominierte das volle Lachen des glücklichen Hausherrn, der, von Gruppe zu Gruppe schreitend, immer aufs neue und in immer lebhafteren Tönen es vernehmen durfte, wie entzückt, ja begeistert man von der jungen Herrin des Hauses war. –

Da stand plötzlich in der Türöffnung zwischen den mattblauen Portieren eine schlotternde Gestalt, und man hörte die hervorgekeuchten Worte: »Master! Master!« Alles wandte sich um und sah ein schwarzes, verzerrtes Gesicht, gefletschte Zähne zwischen bebenden blaßroten Lippen und zwei weiße Augenöffnungen, aus denen das Entsetzen selber starrte.

Totenstille brach alles Reden und Lachen mit einem Schlage ab.

Henry Felix stürzte zur Türe und schob die Negerin hinaus. Graf Pfründten war mit einem Sprunge bei ihnen. Die ganze Gesellschaft drängte nach, als man den alten Grafen draußen stöhnen hörte: »Tot! Tot! Wo?«

Alles schob sich in den breiten Korridor, wo man die beiden Grafen wie in einem Handgemenge sah.

»Bleiben Sie doch! Bleiben Sie um Gottes willen!« schrie Henry Felix.

»Sind Sie von Sinnen!« rief Graf Pfründten und bemühte sich, ihn beiseite zu schieben. »Wozu wollen Sie mich abhalten!«

»Sie ... dürfen nicht, Graf!« schrie Henry Felix, dessen kalkweiß gewordenes Gesicht zu einer Grimasse der Todesangst verzerrt war.

»Ich – darf nicht?!« keuchte der Graf und sah ihn mit einem Blicke an, vor dem der immer noch Abwehrende zurückwich. »Geben Sie die Bahn frei, oder ...« Er erhob den rechten Arm.

Der Oberst drängte sich vor und legte ihm die Hand auf die Schulter: »Bitte, Graf, Besinnung!« Und zu Henry Felix: »Was ist eigentlich geschehen!?«

»Es läßt sich in Gegenwart der Damen nicht sagen,« mur-

melte der, während ihm Lala einen Brief in die Hand schob. »Es ist zu entsetzlich.«
Seine zitternden Finger öffneten mechanisch den Brief.
Der Oberst wandte sich um: »Wollen sich die Damen nicht zurückziehen?«
»Nein!« schrie Graf Pfründten auf. Dann, ruhig, leise, betont: »Dieser Brief ist entweder an mich gerichtet, wie ich hoffe, und dann wird ihn mir der Herr Graf Hauart sofort überreichen, oder ... er ist ... nicht an ... mich gerichtet, und dann wird er ihn laut vorlesen, oder ich ... werde ihn ... vor allen Anwesenden ...«
Der Oberst hielt ihn fest.
Henry Felix warf einen Blick auf die Adresse und sagte tonlos:
»Er ist an meine Frau gerichtet.«
Graf Pfründten trat einen Schritt zurück, maß Henry Felix mit einem langen Blicke und sagte ruhig: »Dann hat niemand hier ein Anrecht, zu erfahren, was er enthält, und ich – brauche es nicht mehr zu wissen. Ich weiß genug. – Gehen Sie beiseite, Herr Graf, und wagen Sie es nicht, mir zu der Toten zu folgen. Ich möchte mich nicht gerne ... in Ihrem Hause an Ihnen vergreifen.«
Henry Felix biß die Lippen aufeinander und machte dem Grafen Platz.
In der beklommenen Stille, die jetzt eingetreten war, hörte man nur den stoßenden Atem des Hausherrn und die sporenklirrenden Schritte des sich Entfernenden.
Berta trat an Henry Felix heran und sagte leise, kurz: »Gib!«
Er reichte ihr wie bewußtlos den Brief.
Die Gesellschaft empfahl sich bis auf den Prinzen, der mit Henry Felix in das Studierzimmer ging, während die Gräfin das Schlafgemach aufsuchte.
»Gräßliche Sache!« murmelte der Prinz. – »Über alle Maßen scheußlich. – Wichtigste Regel verletzt: niemals irgendwie was mit Dame von Regiment. Nimmt immer böses Ende. Diesmal aber besonders greulich.«
Henry Felix starrte apathisch vor sich hin. Er dachte nicht an die Gräfin Erna, die mit aufgeschnittenem Halse im Bette der Nicchietta lag; er dachte auch nicht an die Gräfin Berta, die jetzt einen Brief las, der gewiß einen scheußlichen Inhalt hatte; er dachte nur an den Blick, an die Worte des

Grafen Pfründten und daran, daß dieser der beste Pistolenschütze des Regiments war.
Der Prinz ging auf und ab und entwickelte seine Meinung von der Sachlage: »Hätten Ihrerseits nach Auftritt vorhin alle Ursache, vorzugehen. Warten aber besser ab. Pfründten schließlich doch der schwerer Beleidigte. Wird nicht lange warten lassen.«
Unter dem Fenster knirschten Schritte.
Henry Felix sprang auf.
Der Prinz verstand die Bewegung, die wahrhaftig nicht aggresiven Gefühlen entsprang, falsch und sagte: »Bitte, Ruhe! Nur keine Auseinandersetzung! Ruhig reden lassen!«
Graf Pfründten erschien in der Türe. Er sah unheimlich greisenhaft aus, hielt sich aber straff aufrecht und sprach ganz ruhig: »Gut, daß Sie da sind, Prinz. Ich hätte ungern das Wort an diesen dort gerichtet. Man muß die Leiche fortschaffen lassen. Ich schicke Wagen und Träger. Sie veranlassen wohl, daß der Pavillon geöffnet bleibt, und nehmen es auf sich, daß kein Unberufener es sich untersteht, diesen Raum zu betreten. Alles übrige morgen. Diese Angelegenheit muß noch erledigt werden, ehe meine Frau unter der Erde ist. Gute Nacht, Prinz!« – Er ging, ohne Henry Felix auch nur mit einem Blick zu streifen. Der hatte sich wieder gesetzt und starrte auf den Boden.
»Gehen Sie zu Ihrer Frau, Graf!« sagte der Prinz. »Braucht auch Trost. Doppelten. Wird hoffentlich verständig sein. Habens ohnehin schwer.«
Aber Henry Felix rührte sich nicht. Er war völlig niedergebrochen.
Plötzlich schluchzte er auf und stützte weinend den Kopf in beide Hände.
Der Prinz trat zu ihm: »Na ja. So was wirft um. Aber trotzdem: Kopf hoch! Haltung Hauptsache.«
»Gibt es denn keinen Ausweg?« stöhnte Henry Felix. »Ich kann doch unmöglich gerade jetzt . . .«
Prinz Assi riß die Augen so weit auf, daß das Monokel zu Boden fiel.
Er hob es auf, klemmte es ein und sagte, die Brauen zusammenziehend: »Ausweg? Wie meinen?«
»Ich bin ja zu jeder gewünschten . . . zu allem bereit,«

flüsterte Henry Felix, der nicht mehr imstande war, zu verbergen, welches Grauen ihn jetzt schüttelte.
»Erlauben, Graf,« sagte der Prinz betont, indem er sich zum Gehen wandte, »solche Phantasien sind, äh, ... sind nicht mehr am Platze.«
Er ergriff die Hand des Zusammengesunkenen mit einem Ausdruck von Unbehagen und sagte: »Werde also nach Pfründtens Wunsch Anweisungen geben. Brauchen sich nicht zu kümmern. Setze voraus, daß gleichfalls nach seinem Wunsch verfahren werden wegen ... na ja ... nicht in den Pavillon. Verlasse mich drauf.«
»Ich werde diesen Raum nie wieder betreten,« murmelte Henry Felix; »ich lasse das Mauerhaus noch morgen abtragen. Ich gehe überhaupt fort von Hainbuchen.«
Prinz Assi war kein großer Psychologe. Trotzdem sagte er sich: du möchtest wohl am liebsten jetzt überhaupt fort von hier. – Und seine Kenntnis der Pfründtenschen Schützenkunst setzte hinzu: du wirst aber kaum mehr dazu die Beine haben.

Während ihr Mann, zerfressen von Angst und Argwohn, hin und her geworfen von Todesgrauen und dem wütenden Wunsche, zu leben um jeden Preis, in seinem Stuhle saß, bald laut emporheulend, bald tief aufstöhnend, lag Berta ruhig in dem großen üppigen Bette unter der blauseidnen Decke, übergossen von einem angenehm gedämpften Lichte, das aus dem Opalglase muschelig geschliffener Schalen milchig weißbläulich in den mit allem Raffinement auf Wollust abgestimmten Raum fiel. – Der tragische Abschluß ihrer ersten Gesellschaft hatte sie nicht eben tief berührt, nur gerade etwas aufgeregt, und der Brief der Toten war ihr im Grunde eine prickelnde Sensation gewesen.
Eine ihretwegen verschmähte Nebenbuhlerin, die sich überdies – zurückzieht, – sollte das etwas Schreckliches sein? – Ich werde mich wegen Henry gewiß nicht umbringen, dachte sie sich, auch wenn die arme Närrin mit ihren drohenden Prophezeiungen recht behalten sollte, daß er mich gleichfalls »betrügen« wird. Übrigens war es um ihre Logik schlecht bestellt, denn ihre Hauptdrohung ist ja die, daß er gar keine Zeit mehr dazu haben wird, da ihn die unfehlbare Pistole des beleidigten Witwers ihr innerhalb zweier Tage nachsenden solle.

Es schlug zwölf Uhr, als die Schritte der Träger über den Parksand knirschten.
Henry Felix schrak zusammen. Es trat vor seine Erinnerung, wie oft dieselben Schläge Erna an den Abschied erinnert hatten.
Der Gedanke, daß sie nun zu ihrem letzten Abschiede schlugen, machte ihn nicht weich. Er haßte diese tote Frau jetzt, die sich seinethalben immerhin hätte ermorden dürfen, wenn sie es nur nicht in der Absicht getan hätte, damit auch ihn ums Leben zu bringen. Diese Leiche war ihm kein Vorwurf, sondern ein Greuel. – Aber die Glockenschläge, so oft hineingeläutet in seine heißesten Lebensgefühle, brachten ihm keine Leiche vor das innere Auge, sondern üppiges, verliebtes Leben: die Erinnerung an die zärtliche, andrängende Nacktheit Ernas, an das Unersättliche in ihren Küssen und Umarmungen, an das wollüstig Bebende in ihrer Stimme und an den Duft ihres heißen Körpers.
– Und ich soll sterben?! tobte es in ihm auf, ich, den ein paar Glockenschläge wollüstig betäuben, über alles Grauen des Todes wegtragen zu neuen Begierden? Ich will nicht sterben! Ich darf nicht sterben! Ich kann meine Lebenskraft nicht diesem blödsinnigen Phantom der Ehre oder gar Vergeltung aufopfern. Mir gehört eine Frau, die noch zehnmal schöner und heißer ist als diese Tote, und ich will sie nicht bloß genießen, wie jene, sondern sie mir auch völlig untertan machen. – Ja, sie lauert auf mich. Ja, jene Geheimnisvolle, die alles weiß, was mich angeht, hat recht: sie will nicht Liebe, sondern Rache genießen. Ja, ja, ja: alles das ist so: dunkel, gefährlich, glühend, verhängnisvoll. Und eben darum brauche ich meinen Mut zu der höheren Aufgabe, diese Gefahr zu bestehen, dieses Verhängnis zu besiegen. Mein Schicksal ruft. Ihm muß ich folgen. Nicht in den Tod, sondern ins Leben. Ich bin nicht bestimmt, ein Opfer des Todes zu sein, sondern ein Sieger, dem das Leben immer neue Schönheit, immer neue Nahrung des Genusses opfert.
Die Bahre wurde unter seinen Fenstern vorübergetragen.
– Sie hat mich immer unterschätzt, die da unten, sagte er sich. Und jetzt am meisten. Ihr Anschlag hat mich nicht geschwächt, sondern gestärkt. Was auch in Berta alles gegen mich lebendig ist: jetzt wird es schweigen, wenn sie sieht, daß selbst dieser Schlag mein Lebensgefühl nicht gedämpft,

sondern erhöht und zu Entschlüssen emporgetrieben hat, die die ganze Anlage meiner Lebenspläne wie ein Kartenhaus umstoßen, um dafür einzig eine Existenz der Liebe zu ihr, mit ihr aufzurichten. Sie selber soll es sein, die mich anfleht, das Odium der Feigheit, den Verlust des Offizierstitels auf mich zu nehmen, – um ihretwillen. – –

Und so geschah es.

Die Seele Bertas schwieg auch jetzt, als ihre Sinne sprachen. Aber sie gab nichts auf, indem sie schwieg, und sie sah wohl, daß hinter den großen Worten und Gebärden dessen, der vom Mute zum Leben sprach und doch nicht den Mut zum Sterben hatte, ohne den dieser Mut ein Unding ist, nichts war, als eine trübe Leere.

Tenor-Soli

Mit dem frühesten Schnellzug des nächsten Tages fuhr das gräfliche Paar, Berta in einem knappen englischen Reisekostüm, ganz Lady, Henry Felix in einem ditto englischen Zivil, ganz Lord, nach Berlin.

John, der mit Lala und der Zofe am nächsten Tage nachkommen und die Bagage mitbringen sollte, leitete das Geschäft des Einpackens von mehr als zwei Dutzend gewaltigen, grafenkronengeschmückten und schwarz-gelb gestreiften Koffern mit ernster Umsicht, aber fröhlichen Gemütes, denn er dankte seinem Schöpfer, daß er Hainbuchen auf eine, wie es allen Anschein hatte, nicht kurzbemessene Dauer verlassen durfte.

Die mit feierlich gemessenen Mienen vormittags erscheinenden Herren erhielten den Bescheid, der Herr Graf habe den ihm gewährten Hochzeitsreiseurlaub auf Wunsch der Gräfin sogleich angetreten. Prinz Assi, der kurz darauf angeritten kam und an John die Frage richtete, ob es Tatsache sei, daß sein Herr Hainbuchen auf längere Zeit verlassen habe, knirschte, als er ein Ja zur Antwort erhielt, »Canaille!«, und es blieb John unbenommen, anzunehmen, daß dieser Ausruf dem Pferde des Prinzen galt, das eben bockte.

Ein Hieb mit der Reitgerte, und der Prinz galoppierte davon. Aber schon nach zwei Minuten war er wieder da und fragte John: »Nichts, äh, . . . hinterlassen?«

– »Nichts, Durchlaucht.«
– »Nicht mal Adresse?«
– »Nein, Durchlaucht.«
– »Und, äh, bestimmt längere Reise?«
– »Solange der Urlaub des Herrn Grafen dauert.«
– »So! ... Na ja ... Schön ... Sagen Sie Ihrem, äh, Herrn, daß sein Urlaub beträchtlich verlängert werden wird. Und er soll ja auch fernerhin gut auf seine Gesundheit achten. Haben verstanden?«
– »Zu Befehl, Durchlaucht.«
Der Prinz setzte sich wiederum in Galopp, nicht anders, als wenn ihm das Verweilen auf gräflich Hauartschem Grund und Boden höchst widerwärtig wäre.
Er ließ sich den ganzen Tag über nirgends sehen, so sehr schämte er sich seines ehemaligen Protégés. Am Abend aber ging er zum Grafen Pfründten, der ohne Licht in seinem Zimmer saß und ihn mit tonloser Stimme begrüßte.
»Gestatten, Graf,« sagte er, »daß um Verzeihung bitte.«
– »Wieso, Prinz?«
– »Wegen dieses, äh, dieses Elenden. Fühle mich schuldig. Wäre uns erspart geblieben ohne meine blöde Verblendung.«
– »Ach nein, Prinz. Auch ohne Ihr Zutun wäre ihm die ganze Stadt verfallen gewesen, vom Höchstseligen bis zur Populace. Die Millionen, Prinz, – das wars. Ich habe mich am längsten gewehrt. Aber ein prachtvoller Stall, brillante Gäule, – nun, kurz, Dinge, die man sich kaufen kann, wenn man viel Geld hat, haben auch mich überwunden. Ich sage Ihnen, Prinz, der größte Halunke, wenn er sehr viel Geld hat, ist eine Macht, der alles nachläuft. Ohne Geld vielleicht Jockei, mit ein paar Millionen Offizier, Graf. Wer weiß, was er noch wird. Tot in der wirklichen Gesellschaft ist er ja wohl. Was tuts ihm? Die Welt ist groß, und für Millionäre gibts viele glänzende Rollen darin. Seit er echappiert ist, habe ich über ihn nachgedacht, wie über einen Menschen, der mich nichts angeht. Ich hätte ihn gestern nacht, wie mich mein erstes Gefühl tun hieß, an dieses schmachvolle Bett schleppen und ihn, mit der Pistole in der Hand, zwingen sollen, sich mit demselben Messer den Hals aufzuschneiden. Ich sagte mir: dieser Mensch ist kein Mann, mit dem man sich schießt. Er ist das, wofür ich ihn im Anfang hielt: ein Eindringling, eine Schmarotzerpflanze; seine Millionen sind

die Saugzweige, mit denen er uns umschlungen hat. Aber, sehen Sie, selbst in diesen fürchterlichen Augenblicken kam diese Überzeugung nur als kurze, vorübergehende Erhellung über mich. Ich glaubte, mich beherrschen und den Offizier in ihm achten zu müssen. Den Offizier, – das heißt: die Uniform. So sind wir. – Erinnern Sie sich an den kleinen Herzfeld? Wie haben wir den malträtiert! Warum? Im Grunde deshalb, weil wir fühlten, daß er nicht zu uns gehören, daß er nicht unsern Rock tragen wollte. Hätte er wirklich nach dem Portepee gestrebt, hätte er sich uns akkommodiert, wie der andere, er hätte es auch erreicht. – Die heutige Gesellschaft hat sich aufgegeben. Sie ist keine Festung mehr, deren Wälle vor Eindringlingen schützen. Das Geld hat überall Breschen hineingelegt. Eine Weile noch, und die Hauarts sind die Kommandanten. – Aber was geht das mich an? Ich bin fertig. Auch ich habe das Prinzip verraten, obwohl mich mein Instinkt eindringlich genug gewarnt hatte. Es geht alles drunter und drüber. Wir haben nichts mehr, als alte Einbildungen, die früher einmal Wahrheit gewesen, jetzt aber höchstens noch die Schatten von Wahrheiten sind. Das Geld frißt uns auf. Ablösung vor! heißts auch in der Weltgeschichte. Jetzt kommen die Juden dran.«

»Bin jetzt auch überzeugt,« erklärte Seine Durchlaucht dumpf bekümmert: »alles Schwindel gewesen. Einfach Jude.«

Aber der alte Graf schüttelte den Kopf: »Ich bin nicht Antisemit mehr. Semit oder nicht, das ist einerlei. Das Kapital ist der Feind, der alles umstürzt. Die Juden sind nur die Avant-Garde. – Sie sagen: er ist ein Jude. Aber was sagen Sie damit? Daß ein Jude ein glänzender Offizier, ein brillanter Reiter, der Abgott unserer Damen, der Mittelpunkt unseres Interesses, kurz und gut äußerlich ein Kavalier sein kann, vor dem wir uns alle beugen. Und wenn er sich vor die Pistole gestellt hätte, was auch schon genug Juden getan haben, dann würden wir zugestehen, daß er auch innerlich Kavalier ist.«

– »Hat aber nicht.«

– »Lieber Prinz, die Sache ist komplizierter. Er ist nicht echappiert, weil er vielleicht Jude ist, sondern er ist echappiert, weil er ein Glied der neuen Macht ist, die noch keine Traditionen hat und nie christlich-ritterliche Traditionen haben wird, gleichviel ob der einzelne, der sie vertritt, Jude

oder Christ ist. Das Ehrgefühl der alten Aristokratie, das Gefühl einer besonderen Ehre, die kitzlicher ist, als jede andere, hat sich durch lange Ahnenreihen entwickelt. Es ist ein Züchtungsergebnis, das uns ausschließlich angehört und nicht etwa identisch mit Mut ist. Mut hat das Volk auch, und es gibt feige Herren von Adel. Aber es gibt keinen echten Adeligen ohne das spezifisch adelige Ehrgefühl, während der Mann ohne Geburt es sich nur anzwingt, wenn er zufällig ein Mann von Mut ist. Die Gefahr besteht gerade darin, daß die Usurpatoren unserer Rechte zu einem großen Teile klug genug sind, sich uns auch darin zu akkommodieren. Aber sie eignen sich unser Ehrgefühl nur an, um es bei Gelegenheit wegzuwerfen. Wenn wir als Aristokratie einmal ganz von der neueren Macht abgelöst sein werden, wird die Nötigung, uns gleichzuscheinen, nicht mehr bestehen, und es wird in unserem Sinne kein Ehrgefühl mehr geben.«
Der Prinz hatte darauf nichts zu erwidern, und der Graf fuhr nach einer Weile fort: »Resignation. Was bleibt mir sonst noch übrig? Ich begrabe meine Frau und alles übrige von schönen Einbildungen. Mir fällt von ihr ein Gut im Mecklenburgischen zu. Da oben ist noch ein Rest aus der alten Zeit. Den will ich verwalten. Ich habe als Junker gelebt und will als Junker sterben. Mag das Heranwimmeln der neuen Herren nicht mitansehen, da ich es am eigenen Leibe verspürt habe, daß ich Echt und Unecht nicht mehr unterscheiden kann.«

Um dieselbe Zeit saß Henry Felix im Vestibül eines großen Berliner Hotels und bewunderte mit seiner Frau die Juwelen einer über jeden Verdacht der Unterernährung erhabenen amerikanischen Multimillionärin, indem er gleichzeitig deren preziöses Gebaren abschätzig kritisierte, das auch wirklich allzubewußt »schön« war.
»Dieses Chicagoer Büchsenfleischresultat«, meinte Henry Felix, der sich bei bester Laune befand und von den leidenschaftlich lüsternen Rhythmen der ungarischen Zigeunerkapelle angenehm inspiriert wurde, »ist eigentlich ein recht übles Phänomen. Diese gespreizte, überästhetische Manier, aus der Zuführung eines jeden Gabelbissens zum Munde eine Schönheitsoffenbarung zu machen, diese fortwäh-

rende Aufforderung zum Bewundern von Dingen, die nur als Selbstverständlichkeiten Reiz haben, ist widerwärtig kulturlos, gerade weil sie unablässig darauf ausgeht, Kultur zu manifestieren. Sie ist die schlechte Allüre eines allzuschnell erworbenen Reichtums von Leuten, die keine Vornehmheit im Blute haben. Nur der ererbte Reichtum macht vornehm. Es gibt keine frechere Blasphemie als das Wort ›Arbeit adelt‹.«

Gräfin Berta lächelte und hörte nur halb hin. Ihr war der Zigeunerprimas mit dem, was er seine Geige von seinem unvornehmen Blute verraten ließ, viel interessanter, als alle die Anstrengungen zum Lobe der Vornehmheit, die ihr Mann seinem Geiste zumutete. Sie sagte sich: Wie schön, daß wir nun reisen werden. Was werde ich alles zu sehen bekommen. Es gibt doch recht viele prachtvolle Männer, – Herren und andre. – Ich hätte ja auch als Witwe reisen können; scheinbar sogar freier. Doch nur scheinbar. Es hätte sich zuviel an mich herangedrängt, und überdies liebe ich es nicht, aufzufallen, aus dem Üblichen herauszufallen. Karl hatte auch darin recht: der wirklich vornehme Mensch muß alle Gesetze der Konvention um so strenger befolgen, je mehr er die Absicht hat, die Sittengesetze zu ignorieren. – Als alleinreisende Dame hätte ich mich dem Typus der Abenteurerin genähert, und der ist nicht nach meinem Geschmack. Ich will Abenteuer erleben, aber keinen abenteuerlichen Lebenswandel führen. Der gute Henry soll mir gewissermaßen das Licht der Reputation halten, – bis seine Stunde kommt. Es wäre ein großer Fehler von mir gewesen, mich seiner durch die Pistole des Grafen Pfründten zu entledigen, da ich ihn doch noch so nötig brauche. Ich bin überzeugt, daß ich augenblicklich in der ganzen Welt keinen Mann finden könnte, der mir so zu Gefallen sein würde, wie er. Dadurch, daß er jetzt ein Ausgestoßener, daß er auf mich angewiesen ist, gehört er mir sklavisch an. Wen, was hat er jetzt außer mir und meiner Erscheinung, in der er sich so selig sonnt? Der schlichte Abschied ist ihm sicher und der Wiedereintritt in »seine« Gesellschaft für immer versagt. Er war immer déraciné; jetzt ist ers auch offiziell. Das kann meinen Plänen nur günstig sein, und ich habe persönlich gar nichts damit verloren.

So fuhr man gemeinsam erster Klasse durch die Welt, sah, was die Vergangenheit Schönes hinterlassen hat und die Natur an Schönem immer wieder hervorbringt, gewöhnte sich an die Gleichmäßigkeit der Gesellschaft in allen ersten Hotels und lebte, wie es in dieser Gesellschaft an der Ordnung ist. Ein bißchen Langeweile gehört auch dazu, und so begann man, sich da und dort etwas an andere anzuschließen, wie es auf Reisen unter Leuten von gleich guter Kleidung und gleich tadelloser Turnüre möglich ist. Aber schon in Konstantinopel mußte Henry Felix Graf Hauart die Erfahrung machen, daß ein Teil der Gesellschaft nicht mehr für ihn existierte. Der dortige deutsche Militär-Attaché, der in dem Hotel verkehrte, wo das gräfliche Paar abgestiegen war, schnitt ihn nach erfolgter Vorstellung ostentativ, und kurz darauf kam auch über einige deutsche Herren, mit denen man schon gemeinsame Wanderungen durch die Stadt unternommen hatte, jener Geist der Kühle, der zu weiteren Gemeinsamkeiten nicht ermutigt.
Henry Felix biß die Lippen aufeinander und sagte zu Berta: »Hast du bemerkt?«
»Natürlich,« antwortete sie; »aber daran müssen wir uns gewöhnen. Was mich betrifft, so wird es mir nicht schwer fallen, – weder im Auslande, noch später zu Hause. Wir brauchen weder hier noch dort diese Gesellschaft, die einmal die deine war, und die sich leicht durch eine bessere ersetzen läßt, in der wir den Ton angeben.«
Das war eine Herzstärkung für den mit schlichtem Abschied Entlassenen. Er drückte seiner Frau die Hand und sagte mit etwas mehr Emphase, als gut war: »Ich danke dir für deine schöne Entschlossenheit. Du sollst mich immer auf gleicher Höhe mit ihr finden.«
Das Leitseil schloß sich fest um seinen Hals, aber Berta war klüger als Karl. Sie zog es nicht so heftig an, daß es schmerzte. Er trollte hinter ihr drein mit der Folgsamkeit eines Lammes, dem eine kluge Hand ein Büschel würziger Kräuter vor die Nase hält.

So ging es eine Weile recht angenehm dahin. Auch der fatale Brief, der den dicken schwarzen Strich unter seine Offizierslaufbahn setzte, störte sein Wohlbehagen nicht. Dieser Abschnitt seines Lebens war für ihn nun auch schon, gleich allen anderen, ein Intermezzo, auf das er kaum mehr zurückblickte. Der Herr hats gegeben, der Herr hats genommen, der Name des Herrn sei gelobt! Henry Felix sagte Schicksal für Herr, aber im Grunde deckte sich seine Art des gläubigen Hinnehmens aller Lebenswendungen ganz mit der probaten Frömmigkeit, die er im Hause Kraker kennen gelernt hatte, und die sich wirklich nicht allzusehr von seinem Glauben an sein Schicksal unterschied. Der Faden war anders, der Einschlag derselbe. Ob Jeremias Kraker sagte: »Denen, die Gott lieben, müssen alle Dinge zum Besten dienen«, oder Henry Felix: »Was auch mein Schicksal über mich beschließen möge: ich liebe es, denn es kann mich nicht anders als recht führen«, – es lief auf eins hinauf: auf eine selbstgerechte Einbildung und auf eine Trägheit des Geistes.

Wenn in Berta nach und nach der Haß gegen ihren Vetter wieder hochkam, der jetzt ihr Mann war, so war nicht bloß die Erinnerung an Karl daran schuld, sondern etwas, das noch tiefer in ihr lebte als das Eigentliche ihres Wesens: ihr Selbstgefühl als geistige Potenz und tätiger Wille. Die Feindschaft, die zwischen die Geschwister Kraker und Henry Felix Hauart gesetzt war, war die Urfeindschaft, die immer und überall zwischen dem Geiste der Bewegung und dem Geiste der Schwere besteht, und diese Feindschaft wurde auf der Seite der Bewegung um so heftiger empfunden, als sich der Geist der Schwere in diesem Falle als Bewegung maskierte. Henry Felix hatte von allem Anfang an den Geschwistern nicht nur als Usurpator im Besitze des Vermögens gegolten, das nach ihrer Überzeugung ihnen gebührte, sondern auch als Usurpator von geistigen Rechten, die sie nur sich und ihresgleichen zugestehen wollten.

Je geistreicher sich Henry Felix gebärdete, um so fataler begann er nur, Berta auf die Nerven zu gehen.

Vor dem Denkmale Karls kam es zur ersten Szene zwischen ihnen.

Henry Felix hielt Ort und Gelegenheit für passend dazu, ein großes Brillantfeuerwerk aller der Ideen abzubrennen, die er sich im Laufe der Zeit angeeignet hatte, und er bemerkte, im Geströme seiner Phrasen wohlgefällig herumplätschernd, gar nicht, wie Bertas Züge sich mehr und mehr verdüsterten. Sie saß auf der Bank des Denkmals, ihre Ellenbogen auf die Mauer just dort gestützt, wo der letzte Kampf stattgefunden hatte.

Plötzlich richtete sie sich gerade auf, sah ihrem Manne bös ins Gesicht und sagte: »Alles das weiß ich besser, als du. Es sind Wahrheiten, die im Echo hohl und tot klingen. Du bist nichts, als eine Wand, von der sie widerhallen.«

Henry Felix sah sie entsetzt an und stammelte: »Wie ... wie kommst du dazu, mir auf diese Weise ...«

»Schweig!« rief sie aus und warf die Blumen, die er vorhin feierlich auf die Mauer gestellt hatte, zur Mauer hinab. »Habe wenigstens hier so viel Scham, zu schweigen. Es ist ekelhaft, dich an diesem Orte reden zu hören, wo du den ermordet hast, von dem alles das stammt, was du sprichst.« Sie sah ihn mit einem Blicke an, vor dem er die Augen schließen mußte.

Erst nach einer Weile raffte er sich auf und trotzte: »Du redest Unsinn. Ich halte ihn dem Schmerz zugute, der dich hier übermannt.«

»Schmerz?« sagte sie und kräuselte die Lippen. »Schmerzlich ist mir hier bloß deine Gegenwart.«

»Du brauchst nur zu befehlen,« höhnte Henry Felix, »und ich springe ins Meer.«

»Wenn dich das Gefühl deiner Leere und Erbärmlichkeit noch nicht bewogen hat, deinem überflüssigen Leben ein Ende zu machen, so wird es ein Wort von mir nicht vermögen,« klang es kalt entgegen.

Ihm war, als griffe wer mit eisigen Fingern nach seinem Hals. Diese Augen hatte er hier schon einmal gesehen. Es kam ihm blitzschnell der Gedanke, das beste sei, jetzt zu reagieren, wie damals. Er sprang auf und sah sich wild um.

Berta setzte sich ruhig wieder nieder und sagte schneidend: »Glaubst du, ich fürchte mich vor dir? Du wagst an diesem Orte nicht das gleiche zum zweiten Male.«

Er erschrak.

– Liest sie mir die Gedanken vom Gesichte, wie sie die Wahrheit dessen, was hier geschehen ist, mir damals vom Gesicht abgelesen hat? dachte er sich und begann einzulenken: »Du bist außer dir. Laß uns fortgehen. Wir dürfen so nicht weiter miteinander reden. Bedenke, daß wir zusammengehören. Denke nicht an den Toten.«
Sie biß die Lippen aufeinander und preßte zurück, was sie erwidern wollte.
Und sie sagte tonlos: »Du hast recht. Man muß die Toten vergessen, um leben zu können.«
Sie fuhren schweigend nach Sorrent zurück.
Die Nacht ging hin wie immer.
– Das Leben triumphiert, dachte sich Henry Felix der Starke.

Sie reisten weiter, Ort für Ort besuchend, wo damals Karl mit Henry Felix gewesen war. Berta wußte überall Bescheid, und es bereitete ihr ein grausames Vergnügen, Ort für Ort die Worte zu wiederholen, die ihr Mann hier schon einmal gehört hatte, und die sie aus Karls Tagebuch kannte.
Es war, als ob Karls Gespenst sie begleitete.
Äußerlich ertrug es Henry Felix ruhig, mit Stimmen aus dem Grabe gepeinigt zu werden, aber im Innern stieg Wut auf. Und, da er keine andere Möglichkeit hatte, sich zu rächen, als nachts, so begann er, den Kalten zu spielen. Der Effekt war nicht so, wie er erwartet hatte. Es schien durchaus nicht, als ob sie etwas entbehrte. Er blieb halbe Nächte weg. Sie schlief oder stellte sich schlafend, wenn er kam. Eine Weile noch, und er hatte den Eindruck, als sei es ihr eher angenehm, wenn er sie abends allein ließ.
Und er begann, sich auf seine Weise auswärts schadlos zu halten.
Er hoffte, daß sie es merken und eifersüchtig werden möchte.
Sie merkte es und wurde gar nicht eifersüchtig.
Diese Ehe begann, ihr wahres Gesicht anzunehmen.

Quartetto con finale furioso

In Florenz begegneten sie bei Gilli Hermann Honrader und Frau Christine.

Als Henry Felix die beiden im hinteren Zimmer erblickte, wo sie deutsche Zeitungen lasen, wollte er umkehren. Seine Frau bemerkte es und ging gerade deshalb in das gleiche Zimmer. Nun blieb ihrem Manne nichts anderes übrig, als die beiden anzureden und seiner Frau vorzustellen.

Hermann und Christine waren ersichtlich freudig überrascht, und Hermann insbesondere zeigte lebhafteste Herzlichkeit.

»Aber das ist ja herrlich!« rief er aus. »Nun bedauere ich wirklich nicht, meiner Frau nachgegeben zu haben, die mich zu den deutschen öffentlichen Papieren beinahe hat zwingen müssen, denn ich hatte mir eigentlich fest vorgenommen, hier keine deutsche Zeitung anzusehen.«

»Wie?« meinte Berta, »das ist aber sehr undankbar von Ihnen, denn gerade jetzt sind die deutschen Blätter voll von Ihnen. Tausend Zungen singen das Lob Ihres letzten Gedichtbandes.«

Hermann lächelte.

»Das freut mich natürlich,« sagte er, »denn man weiß sich gerne gelobt, zumal wenn man, wie ich, eine Zeitlang ein bißchen schlecht behandelt worden ist. Ich habe auch gerade so ein Lob genossen. – Doch, wir reden ja von Literatur! Ich wollte eigentlich nur sagen, daß ich die Zeitungen nicht aus Geringschätzung vermeide, sondern aus einer Art Kunstpolitik. Ich spinne mich ein, von der Gegenwart ab, ganz ins lebendige Vergangene. Lese die prachtvollen alten Italiener, die nicht lebten, um zu schreiben, sondern schrieben, um das Leben noch einmal erhöht zu leben. Sie lügen mit der wunderbarsten Naivität und gelangen dabei zu einem dichterischen Realismus, der die innersten Wahrheiten des Lebens aufdeckt. Sie dichten wie Kinder und sind dabei von der entzückendsten Verruchtheit.«

»Und Sie selber schreiben nichts?« fragte Berta, die mit dem größten Interesse zugehört und keinen Blick von Hermann verwandt hatte.

»O ja,« antwortete der, »ich schreibe sogar viel zu viel. Ich bin nun mal vom Laster der Arbeit besessen und müßte mich Sünden fürchten, hätte ich nicht eine so gute und gescheite Frau, die mir täglich Absolution erteilt. – Ach,« fuhr er nach einer Weile fort, und seine blauen Augen leuchteten, »welch ein Vergnügen, hier zu arbeiten, wo soviel Licht und Schönheit ist! Ich bin Ihrem Manne, Frau Gräfin, mehr Dank schuldig als ich je abtragen kann. Denn ohne ihn säße ich noch im Nebel.«
Er gab Henry Felix die Hand, dem aber bei alledem nicht wohl zumute war. Er spürte, daß Berta verglich.
»Sie sind auf der Hochzeitsreise?« mischte sich Frau Christine ins Gespräch. »Wir sind ganz erstaunt, unsern Freund als Ehemann zu sehen.«
– Unsern Freund? – Henry Felix runzelte die Brauen. Die gute Frau Christine schien ihm denn doch etwas sehr gemütlich zu sein. Auch fand er, daß sie wenig elegant angezogen war.
Aber Berta schien an alledem gar keinen Anstoß zu nehmen. Sie antwortete in einem herzlicheren Tone, als den er von ihr gewohnt war: »Ja. Hochzeitsreise. Und nun gehts wieder nach Hause. Wenn auch Sie zurückgekehrt sein werden und einmal nach Berlin kommen, hoffen wir, Sie bei uns zu sehen.«
»Nach Berlin? Sind Sie nach einem andren Regiment versetzt worden?« wandte sich Hermann an den unangenehm betroffenen Freund.
»Habe den Dienst quittiert,« antwortete er kurz.
»Ach?« meinte Frau Christine; »und wir dachten Sie so glücklich im militärischen Berufe.«
»Dann haben Sie geirrt,« erwiderte ärgerlich der ehemalige Reiteroffizier. »Ich bin vielmehr sehr glücklich, ihn hinter mir zu haben.«
Berta lächelte ein Lächeln, das ihrem Manne übel gefiel. Er fuhr fort: »Natürlich bin ich gerne Offizier gewesen, und wenn wir uns, wie die Italiener jetzt, mit den Abessiniern zu schlagen hätten, würde ich es auch heute noch gerne sein. Aber ein Beruf, der immer nur aus Vorbereitung zu Handlungen besteht, die alle Welt durchaus vermeiden möchte, ja dessen Sinn es eigentlich ist, das hintanzuhalten, wofür er sich unausgesetzt vorbereitet, ist im Grunde

etwas Absurdes und kann auf die Dauer nicht nach meinem Geschmacke sein, da ich etwas Positives wirken möchte.«

»Das ist zu begreifen,« sagte Hermann. »Die heutigen Offiziere sind Beamte des bewaffneten Friedens, und ein Beamtendasein paßt zu Ihnen kaum. Übrigens empfinden vermutlich alle Offiziere wie Sie, und je länger die Friedenszeit dauert, um so widerwilliger werden sie so empfinden. Es wird daher sicherlich ein Tag kommen, wo das Wetter loskracht. Gesammelte Elektrizität muß sich einmal entladen. Und die bei allen friedlichen Tendenzen doch auf den Krieg gerichteten Empfindungen und Gedanken Hunderttausender von Menschen der kräftigsten Art sind Elektrizität. Es ist gegen alle menschliche Natur, sich ewig fruchtlos abzustrapazieren, ohne daß gleichzeitig der Wunsch gesteigert würde, nun auch einmal zu beweisen, was man gelernt hat, wie stark und geschickt man geworden ist. Das Volk selbst, das zweifellos nirgends den Krieg will, hetzt die Offiziere unbewußt in eine Art kriegerischer Ungeduld, indem es sie mit kaum verhehltem Spott verfolgt. Der Offizier wird zur komischen Figur in den Witzblättern. Das ist ungerecht, aber psychologisch erklärlich, wie es auch psychologisch erklärlich ist, daß viele Offiziere zum Kultus wirklich komischer Äußerlichkeiten gelangen. Aber aus diesen scheinbaren Lustspielelementen ballt sich eine dramatische Handlung zusammen, obwohl die gegenwärtigen Fürsten samt und sonders unkriegerisch sind. Sie werden es in dem Momente nicht mehr sein, wo die ungeheure Waffe in ihrer Hand so mit Elektrizität geladen ist, daß die Hand von ihr bewegt wird.«

»Sie irren sich,« entgegnete Henry Felix mit dem Tone eines Sachverständigen; »unsere Offiziere sind nicht so vom Kriegsdurst geplagt, wie Sie meinen. Sie haben sich an die bevorzugte Stellung von prachtvoll uniformierten Friedensbeamten völlig gewöhnt. Der Dienst hat sie phlegmatisiert, und der zunehmende Luxus in den Kasinos wird von ihnen, die ja jetzt schon von Haus aus an mehr Komfort gewöhnt sind, als etwa die Generation von vor 1870, mit zuviel Talent für alles Angenehme genossen, als daß sie wünschen möchten, dafür die Unbequemlichkeiten eines Feldzugs einzutauschen, nach dem sich höchstens die jüngsten Leutnants noch momentweise sehnen, wenn die

Langeweile des ewigen Einerleis in Kaserne und Kasino ihnen mal auf die Nerven fällt. Vom Ruhm ist bei deutschen Offizieren nie die Rede. Immer nur von der Pflicht, der großen Beamtentugend. – Sie vergleichen die Armee mit einem Schwerte. Sie ist aber eine Maschine. Nun, sie funktioniert ja sehr sauber und wird gewaltig losstampfen, wenns einmal befohlen wird. Ich bin aber sehr fest davon überzeugt, daß wir das nicht mehr erleben werden. Eher die Abrüstung aus Langerweile.«
Das wurde sehr schön und in einem ein wenig dumpfen Tone resignierter Überzeugung vorgetragen, aber Hermann war nicht der Mann, sich gleich für überwunden zu erklären, wenn es galt, zu disputieren. Er war nicht umsonst als Student Mitglied verschiedener sozialdemokratischer Diskussionsklubs gewesen, und dann war er ja wirklich der Sohn des seligen Hauart, von dem er zwar nicht die Millionen, aber die Lust am Theoretisieren geerbt hatte. Und so antwortete er: »Alles was Sie sagen, mag auf Ihr Offizierkorps zustimmen, aber allgemeine Gültigkeit hat es kaum. Gewiß, wir Deutschen sind nicht ruhmsüchtig, aber, wie untermischt mit anderen Rassen wir auch sein mögen, der Grundstoff unseres Blutes ist germanisch, und die Germanen sind von Natur kriegslustig. »Wo kühne Kräfte sich regen, da rat ich offen zum Krieg« läßt Richard Wagner singen, und Nietzsche weiß es noch besser und deutscher: »Der gute Krieg ist es, der jede Sache heiligt.« Wenn wir heute eine verhältnismäßig lange Friedenszeit hinter uns und gewiß auch noch für eine ziemliche Weile Frieden vor uns haben, so liegt der Grund dafür gewiß zum Teile in dem Geiste des Behagens, der allen Erben eigentümlich ist. Aber der Hauptgrund dafür liegt in dem Gefühle der Unsicherheit unserer Herrschenden: Was wird aus uns, wenns schief geht? Die internationalisierende Tendenz der Sozialdemokratie ist ein mächtigeres Schwergewicht gegen den Krieg, als die großen Heere. Ich für mein Teil bin aber überzeugt, daß der Furor teutonicus auch die Sozialdemokraten ergreifen wird, wenns einmal zum großen Donnerwetter kommt. Auch ein unglücklicher Krieg würde bei uns keine Kommüne zur Folge haben, vielmehr würde gerade er dazu beitragen, bei unsern Leuten den sozialen Idealismus zurückzudrängen und den

kriegerischen zu steigern. Die deutschen Fürsten müßten sich persönlich schon sehr erbärmlich benehmen, wenn sie nicht selbst durch einen unglücklichen Krieg an Anhänglichkeit beim Volke gewännen. Es wäre nur dann für sie verspielt, wenn aus dem Volke ein Napoleon wider sie erstünde, – ein Held, ein Genie der Tat. Der würde im deutschen Heere, im deutschen Offizierkorps, trotz aller Pflicht, reichliches Material zu Marschällen finden. Darauf können Sie sich verlassen.«

Henry Felix lächelte geringschätzig: »In Deutschland ist nur ein Bismarck möglich, kein Napoleon. Oder ein – theoretischer Napoleon, wie Nietzsche, der im Grunde etwas unsäglich Kümmerliches hat.«

»Wie mein Bruder Karl in seinem Tagebuche fast wörtlich sagt,« warf Berta ein und sah ihn verächtlich an.

Ihr Gatte biß sich auf die Lippen und runzelte die Stirne. Hermann sowohl wie Christine bemerkten es wohl, daß er einen Schlag mitten ins Gesicht bekommen hatte, und zumal Christine fühlte mit voller Schärfe, wie problematisch es um diese Ehe stand.

Es trat eine Pause ein, bis Hermann das Wort fand: »Sie sind eine Schwester Karl Krakers, Frau Gräfin?«

»Ja,« antwortete sie kurz.

»Und Sie besitzen Tagebücher von ihm?« fuhr Hermann, aufs höchste interessiert, fort. »Die müssen Sie herausgeben, Henfel! Ich glaube, daß jede Zeile dieses genialen Menschen ein Wertstück für die Öffentlichkeit ist.«

Christine wollte ablenken, aber Berta ließ es nicht geschehen. Sie schien es darauf abgesehen zu haben, ihren Mann zu demütigen und sich vor Hermann als die legitime Erbin der Karlschen Gedankenwelt aufzurichten.

Sie sagte, ganz langsam, als empfände sie eine Wollust dabei, den Schmerz, den sie ihrem Manne zufügte, zu verlängern, wenn auch nur um Augenblicke: »Ich glaube nicht, daß mein Mann darüber völlig so denken wird, wie Sie, wenn er einmal die Tagebücher meines Bruders gelesen haben wird. Zwar decken sich seine Meinungen mit denen Karls an der Oberfläche vielfach, in der Tiefe gibt es aber wesentliche Unterschiede, wie es nicht anders sein kann bei zwei Menschen, die im Wesen weit auseinander gehen. Ich glaube, daß die Herausgabe Ihnen, Herr Honrader, mehr liegen würde, als ihm.«

Henry Felix stand mit einem Ruck auf und schob das kleine Marmortischchen so heftig von sich, daß es ins Schwanken kam und das Geschirr herabgeglitten wäre, wenn Christine es nicht verhindert hätte. Seine Augen traten hervor; seine Lippen bebten. Er hatte die größte Mühe, seiner wütenden Aufwallung wenigstens insoweit Herr zu werden, daß er keinen öffentlichen Skandal machte. Er keuchte, indem er sprach: »Ich muß bitten, mich zu entschuldigen. Ich ... wir reisen morgen. Ich habe bei Cookes zu tun.«

Er trat zum Handkuß an Christine heran, schlug die Hakken laut zusammen, gab Hermann die Hand und ging, ohne sich von seiner Frau zu verabschieden, schallenden Schrittes aus dem Teezimmer.

Draußen warf er sich in eine Droschke und schrie den Kutscher an: »Fahren Sie!«

– »Wohin?«

– »Wohin Sie wollen! Fahren Sie!«

– »Ma, Signore, no so ...«

– »Herrgott, so fahren Sie doch! Fahren Sie mich ...«

Plötzlich fiel ihm die Adresse eines »Casino« außerhalb der Stadt ein. Er nannte laut die Adresse und schlug die Wagentüre zu.

– Dio mio, dachte sich der Kutscher, warum diese Wut bei so liebevollen Absichten?

Die Polster der Droschke waren nicht sehr reinlich. Trotzdem biß Henry Felix hinein, daß der Sand zwischen seinen Zähnen knirschte. Dann riß er die Gardine in Fetzen und zerschlug eine Scheibe.

– Pazzo! dachte sich der Kutscher; hoffentlich demoliert er mir die ganze Karre. Er soll gut zahlen dürfen dafür. Gott aber gnade den schönen Damen draußen, die diesem wütenden Germanen in die Hände fallen. Hat man je so ein wildes Tier gesehen? Das kommt von den vielen Bistecche und dem dicken Bier. Diese reichen deutschen Hunde fressen und saufen zu viel. Totschlagen sollte man sie, diese geilen Nichtstuer, totschlagen!

Und er drosch seine soziale Empörung dem armen Gaul auf Rücken, Weichen und Hals, der wahrhaftig in seinem ganzen jammervollen Leben noch nicht geil und träge gewesen war. Das elende Tier, bestimmt, wenn nicht der Welt Sünde zu tragen, so doch die in Gier umgeschlagene

Wut eines Menschen hinter sich herzuschleppen, der in diesem Momente viehischer empfand, als irgendein Vierfüßler, raste, mit Striemen überdeckt, davon, – ein Symbol der Allgerechtigkeit, mit der die Welt regiert wird.
Indessen nahm Berta, ruhig, als ob nichts geschehen wäre, das Gespräch wieder auf und lud das Ehepaar aufs neue ein, sie in Berlin zu besuchen.
»Sie sollen der Erste sein, der nach mir Einblick in das Tagebuch meines Bruders nimmt, Herr Honrader,« sagte sie.
»Ich fürchte nur,« warf dieser ein, »daß mir Ihr Mann das verübeln wird, und ich möchte das nicht, da ich ihm Dank schulde, wie keinem Menschen sonst.«
»Sie schulden ihm keinen Dank,« rief Berta aus und fuhr mit jäher Heftigkeit fort: »oder ich müßte sagen, daß auch mein Bruder ihm Dank geschuldet habe. – Nein, lassen Sie mich reden! Mir sitzt das Herz sonst nicht auf der Zunge. Ich kann fast übermenschlich schweigen. Sie sind der erste Mensch seit dem Tode meines Bruders, zu dem ich etwas von mir sage. O, es ist ein Glück, einmal reden zu dürfen, wenn man, wie ich, verurteilt ist, ewig einen Schwätzer anhören zu müssen, der mit der Unverschämtheit des Dummkopfs als Eigenes von sich gibt, was nichts ist, als hohler Widerhall aufgeschnappter Wahrheiten. – Kennen Sie ihn denn nicht? Wissen Sie nicht längst, wie leer und null er ist? – Ich begreife es, daß Sie die Unterstützung von ihm angenommen haben. Es war mehr als Ihr Recht, dies zu tun. Aber es ist mir unbegreiflich, daß ein Mann wie Sie, ein Geist, eine Kraft, dem unwürdigen Gedanken verfallen kann, einem Nichts Dank zu schulden. Mein Bruder hat ihn immer nur mißhandelt für seine sogenannten Wohltaten, und selbst seine Mißhandlungen waren unverdiente Geschenke für diesen Schmarotzer, der immer nur nimmt, nimmt, nimmt, stiehlt, stiehlt, stiehlt von Geburt an. Ich bin sein letzter Raub. Aber an mir soll er ersticken!«
Nicht sie sprach. Es sprach aus ihr. Sie hatte alle Besinnung verloren. Ihr wütender Haß tobte wilder, als ihres Mannes Wut, der sich jetzt an käuflichen Weibern ausließ, die er peitschte und mit Füßen trat.
Hermann und Christine brachten die wie vom Fieber geschüttelte ins Hotel.

Als sie bei sich, in der kleinen Villa über dem Friedhofe bei Trespiano, angelangt waren, schlang Christine die Arme um den Hals ihres Mannes und weinte.
»Wie entsetzlich das Leben ist!« sagte sie; »welches fürchterliche, trostlose Elend zwischen diesen Menschen des Reichtums. Wie ist es nur möglich, daß sie sich zusammengetan haben, daß sie zusammenbleiben können!«
Hermann streichelte das Haar seiner Frau und sah in ihre guten, klugen Augen: »Der Haß schnürt zusammen, wie die Liebe zusammenbindet. Ich sehe so wenig klar wie du. Aber ich ahne eines: Nemesis. Das Leben der Menschen ist meist wirr und verzerrt. Aber der Sinn des Lebens, der über all diesen tausend kleinen und großen Tragödien waltet, ist Harmonie. Er will Ausgleich, Ordnung, Wahrheit. Die Frau hat recht; ich fühle es: Henry ist ein Frevler an der vernünftigen Ordnung der Dinge, ein Nichts, das Würden und Genüsse beansprucht, die ihm nicht zukommen, ein Dieb, wie sie sagt. Es gibt deren Hunderttausende, die alle ebenso unbewußt freveln. Ich glaube, daß sie alle in sich ihren Lohn dahin haben, auch wenn sie nicht, wie er, mit ihrem Widerpart tragisch verknüpft sind.«
Der alte Hauart spintisierte in seinem Sohne weiter.
Christines ruhige, weiblich realistische Art, zu denken, ging darauf nicht ein.
Sie sagte: »Ich sehe bloß, daß es sehr traurig ist, wenn zweie durch den Haß und nicht durch die Liebe zusammenkommen. Der Sinn des Lebens ist scheußlich, wenn er unselig macht. Man sollte die beiden trennen. Mag sie immerhin recht haben. Er hat auch recht. Du weißt, ich halte ihn nicht für gut und wertvoll. Sie mag mehr Wert haben, als er. Aber sie ist grundböse. Wir wollen sie trennen, Hermann. Das soll dein Dank sein.«
»Was das Schicksal bindet, kann nur das Schicksal trennen,« entgegnete er bestimmt. »Nemesis. Die hat weder mit Moral, noch mit Glück etwas zu tun. Diese zwei Bösen sollen sich aneinander messen. Ich kann mir nicht helfen: Ich wünsch ihr den Sieg, obwohl meine Sympathie so wenig auf ihrer, wie auf seiner Seite ist. Wir wollen uns nicht dareinmischen und ruhig in unseren Bahnen bleiben, die mit dieser bösen Sphäre nichts zu tun haben. Auch die Guten sollen hart sein.«

Duetto misterioso

In dieser Nacht kam Henry Felix nicht nach Hause. Als er am nächsten Vormittag in den Salon seiner Frau trat, fand er nur Lala vor, die bei seinem Anblick erschrak. Es war, als hätte sich die Wüstheit dieser Nacht als eine Maske über seine Züge gelegt. Seine Lider waren gerötet; selbst ins Weiße seiner Augen war Blut getreten; die große Unterlippe hing häßlich nieder; der Blick war scheu und wild zugleich.

– Nie sah die helle Schwester so aus, wenn sie früh heimkehrte, dachte sich Lala. Nie hat sie so gelitten, wie unser schönes Kind. Die Rote wird ihn mir töten.

Lala hing dem Sohne Saras mit fast noch größerer Schwärmerei und Unterwürfigkeit an, als der hellen Schwester. Sie liebte ihn auf ihre Art abgöttisch und haßte Berta mit einem tückischen Hasse, obwohl diese stets freundlich, der Master immer nur barsch zu ihr war.

»Wo ist die Gräfin!« schrie er sie an.

»Ausgefahren,« antwortete Lala. »Zu einem Herrn.«

»Was redest du da!«

– »Lala sagt, was Lala sieht.«

– »Was siehst du!«

– »Lala sieht, daß die rote Frau an einen anderen Mann denkt. Seit gestern.«

Henry Felix lachte hell auf und rief: »Prachtvoll! Der blonde Backenbart als Rivale! Hermann! Der erhabene Hermann! Unter einem Genie tut sies nicht.«

Er warf sich in einen Stuhl und grübelte vor sich hin. Seine Phantasie stellte ihm sogleich alle Einzelheiten des Ehebruchs plastisch vor, und – er fand Gefallen an dieser Vorstellung. Sie regte ein wütendes Begehren nach Berta in ihm auf. – Ein ekelhaft wollüstiges Lächeln spielte blöde um seine wulstigen Lippen. – Hatte er bis jetzt abstoßend ausgesehen, so sah er nun abscheulich aus.

Lala schlich zu ihm und kauerte sich vor den Stuhl, seine Hände ergreifend und küssend, indem sie ihn von unten mit einem sklavischen Grinsen ansah.

Henry Felix wollte ihr in einer Aufwallung von Ekel die Hände entziehen, – aber er ließ sie ihr. Die animalische Wärme dieser schwarzen Handflächen, die ihn jetzt streichelten, tat ihm wohl, und er sah, daß in diesen tierischen Augen eine Treue war, von der er alles verlangen durfte, ohne dafür das geringste zu geben.

Das tat dem Sultan noch mehr wohl, als ihr mütterliches und untertäniges Streicheln. Er sagte mit freundlichem Tone: »Na, und was weiter, mein Holdchen?«

Lala beugte sich und küßte ihm die Knie, dankbar für den freundlichen Ton und sagte: »Noch nichts. Es fängt nun an. Vorher war nichts. Nur einmal, in Neapel, war etwas in ihren Augen. Tonino.«

– »Tonino?«

– »Der Hausknecht im Hotel.«

– »Der Hausknecht?«

Henry Felix lachte brutal laut. »Du hast geträumt.«

– »Lala träumt nur nachts. Lala kennt die Augen der weißen Frauen. Sie hat Tonino mit den Augen geküßt.«

– »Und?«

– »Tonino hat es nicht gefühlt.«

– »Wie talentlos!«

– »Scherze nicht, Master!«

– »Was, du sagst du zu mir?«

– »Zu dir und der hellen Schwester. Weil ich euch gehöre.«

– »Das ist ein Grund. Und wenn dirs die helle Schwester erlaubt, mags sein. Ich bin ja wohl dein heller Bruder. Nicht?«

– »Nein.«

– »Was denn?«

Lala schwieg und sah ihn mit den zärtlichen Blicken einer alten Amme an.

– »Na?«

– »Lala darf das nicht sagen.«

– »Ein Geheimnis also?«

– »Ein tiefes Geheimnis, dunkler als der Grund eines Brunnens, der so tief ist, daß der Eimer der Frage hundert Jahre braucht, hinabzugleiten an den schwarzen Ketten der Sehnsucht.«

– »Du kannst ja dichten!«

– »Mein Herz spricht so.«

– »Und wenn ich jetzt meine Hände um deine Gurgel lege und dir sage: Ich erwürge dich, wenn du mir das Geheimnis nicht verrätst? Was dann?«

– »Erwürge mich, Master!«

Sie reckte ihm ihren Hals entgegen.
– »Nichts zu machen!« Er lächelte. Aber es war ihm angenehm ernst zumute. Er hatte seinen Halt wieder: sein Geheimnis.
»Es ist gut, daß du bei mir bist, du Dunkle du,« sagte er. »Du sollst mich immer an das erinnern, was ich fast vergessen habe. Es ist schön, daß du schwarz bist.«
»Es ist schlimm, daß du vergessen kannst,« sagte Lala ernst. »Es ist schlimm, daß du den Ring mit der schwarzen Perle nicht mehr trägst. Stecke ihn dir an den Finger, wo der böse Ring glänzt, der von der Roten ist. Wenn die schwarze Perle ihn berührt, wird sie keine Macht mehr über dich haben.«
– »Sie hat keine Macht mehr über mich.«
– »Doch.«
– »Warum glaubst du das?«
– »Ich weiß es. Denn ich weiß, daß du unglücklich bist. Aber es wird besser. Sie hat sich verraten.«
– »Das ist wahr.«
– »Nun verrate du dich nicht! Laß sie ihre Wege gehen zu fremden Männern. Du sollst sie alle von mir erfahren, aber nie zeigen, daß du sie kennst. So werden wir sie fangen, wenns Zeit ist. Sie ist noch klüger und böser, als du glaubst, aber nicht so klug, wie sie denkt. Sie ist zu böse, um ganz klug zu sein. Ihre Bosheit ist so dumm, dich zu verachten. Das laß wachsen!«
Der Sultan schenkte seiner Sklavin einen respektvollen Blick des Erstaunens und sagte: »Du aber bist höllisch klug, mein schwarzer Schatz. Ich habe dich unterschätzt.«
– »Ich bin nur der Docht, den die helle Schwester angezündet hat, und ich brenne und verbrenne für dich.«
Sie legte ihre Stirne auf seine Knie, indem sie seine Beine mit beiden Armen fest gegen ihre Brust preßte, erhob sich und ging lautlos hinaus.
Sie hatte immer nur geflüstert, und Henry Felix war nun auch davon, wie von dem seltsamen Inhalte ihrer Worte, benommen. Er lehnte sich im Stuhl zurück und schlief ein.
Es war schon hoch am Tage, als der Eintritt Bertas ihn weckte.
Sie sah verdrossen aus und sagte: »Ich denke, wir reisen? Warum hast du nicht packen lassen?«

»Ich nahm an, daß du jetzt lieber bliebst,« antwortete mit Betonung ihr Mann, besann sich aber sogleich, daß diese Betonung gegen den klugen Rat Lalas verstieß, und fuhr gleichgültig fort: »Übrigens können wir ja ruhig mit dem Expreß nach Berlin vorausfahren und die Leute mit dem Gepäck nachkommen lassen. Mich hält hier nichts.«
»Mich auch nicht,« erwiderte kurz Berta.
Henry Felix aber spürte wohl, daß in diesen drei Worten mehr lag, als bloßes Beistimmen.
Es ist ihr vorbeigelungen, sagte er höhnisch bei sich. Was ihm die Trümpfe für die weitere Entwicklung in die Hände gespielt hatte, war die Beobachtungskunst und Verschlagenheit der Schwarzen und die freilich hinter den Kulissen vorgegangene Szene in Hermanns Wohnung. Von dieser Szene machte sich Henry Felix eine falsche Vorstellung. Er dachte sie sich dramatisch bewegt und wortreich, während sie aus nicht viel mehr wie einem Frage- und Antwortspiel der Augen bestanden hatte. Dieser Fehlschlag mußte Berta weiter ins Leidenschaftliche treiben, und der junge Gatte war sich völlig klar darüber, daß er dieser Frau gegenüber nur siegen konnte, wenn die gerade Linie ihres Hasses gegen ihn durch Kurven ihrer Sinnlichkeit unterbrochen wurde. An eine Möglichkeit, sie zu gewinnen, das Gespenst Karls aus dieser Ehe zu vertreiben, glaubte er seit dem ihm bei Gilli angetanen Affront nicht mehr. Er sagte sich ganz kaltblütig: Ich habe dieses Weib besessen, wie andere Huren auch. Sie war nie meine Frau. Noch weniger war ich je ihr Mann. Diese Ehe ist ein Stück Papier, das zerrissen werden muß, wenn der Augenblick günstig für mich ist.«

Tremoloso

Der weiland Herr von Hainbuchen richtete sich eine prachtvolle Villa im Berliner Tiergartenviertel ein, wo bald alles aus und ein ging, was einer neuen deutschen Romantik (oder wie man es nennen mochte) das eine oder andere Fähnchen vorantrug.
Der neue Reichtum fing an, die Pflege der ästhetischen Kultur in seine Hände zu nehmen. Freilich fürs erste nicht so sehr durch Förderung fremder Talente, als durch Pflege der

eigenen, die von der Natur nur wenig, von erworbenem Geschmack aber ziemlich viel hatten. Da sich aber auch die wirklich schöpferischen Begabungen der Zeit vom Naturalistischen ab in freiere Imagination und der schönen Form zuwandten, so fehlte es dieser neuen Richtung, die im Grunde eine gesetzmäßige Folge des Naturalismus war, keineswegs an positiven und fruchtbaren Talenten. Doch überwogen einstweilen noch die Halbkünstler, die, indem sie die fehlende Naturkraft durch Geschmack ersetzen mußten, leicht in leere Künstelei und, eben aus Geschmackshypertrophie, ins Geschmacklose verfielen.
Gerade diese aber waren Felix sehr sympathisch. Was sie konnten, konnte er auch. Denn auch ihre Hauptkunst war die Allüre, auch sie stolzierten, mit mehr oder weniger Geschmack, im Schmucke fremder Steine, und auch ihnen war die Kunst nicht das ernste bedeutsame Spiel, in dem der wirkliche Künstler das Leben auf seine reizendste Urform zurückführt, Kind und Weiser in einem, sondern eine billige Spielerei mit bald so, bald so, je nach Geschmack und »Stil«, drapierten, verstellten, wohl auch verrenkten angenehmen Gegenständen einer eigentlich gestaltlosen Phantasie. Das Jonglieren mit bunten Glaskugeln oder kristallisch geschliffenen, in hundert Facetten blendenden Glasstücken, wozu man die Worte einer nicht immer völlig klar beherrschten deutschen Sprache hier zu verwenden pflegte, war ein Talent, das er schon immer besessen hatte. Er brauchte sich nur noch die neuesten Tricks anzueignen, die nicht wesentlich schwieriger zu erlernen waren, als die älteren Formen, die er sich früher aus Echtermeyers Sammlung deutscher Gedichte und später aus Karls Versweise entlehnt hatte. Diese Art zu dichten, fiel ihm sogar leichter, weil sie starkes Empfinden und klaren Ausdruck nicht nur nicht verlangte, sondern sogar als etwas Banales perhorreszierte und selbst im nur halb zu Ende Gedachten und daher in trüber Unverständlichkeit nebelhaft Angedeuteten keinen Mangel, sondern den Reiz der Tiefe erblickte. Seine Neigung zum Mystischen konnte sich nach den Gesetzen dieser für Talente seiner Art höchst probaten, weil höchst toleranten Poetik gar prachtvoll manifestieren, und so darf es nicht wundernehmen, daß sein erster Gedichtband, die poetische Frucht des ersten Jahres, den Namen Rosa mystica führte.

Es war wirklich ein Band, obwohl er nur zwölf Sonette enthielt. Und das war nicht etwa bloß damit erreicht, daß er auf dickstem Büttenkarton gedruckt und in schwerstes Eselsleder gebunden war, sondern es war auch die Folge einer höchst sinnreichen, ja, man konnte wohl sagen, genialen Anordnung. Wer das Buch aufschlug, erblickte zuerst ein über alle Begriffe herrliches Vorsatzpapier. Papier? Nicht doch! Es war ein eigens für diesen Zweck gefertigter Brokatstoff: schwarze Rosen auf goldenem Grunde. Dann kam ein bedeutsam leeres Blatt. Dann ein Blatt mit der Aufschrift: Rosa mystica. Dann ein Blatt mit der Verkündigung:

Dieses Buch wurde in
zwölf Exemplaren,
wovon dieses das
Erste
ist,
für zwölf seiner Freunde
im Auftrage von Henry
Felix Grafen Hauart,
der die darin
aufbewahrten Gedichte
im Jahre 1897
empfangen und nieder-
geschrieben hat, gedruckt
in der Offizin der
Purpurnen Wolke
im darauffolgenden
Jahre.

Den Nachgenuß dieser Offenbarung zu verlängern, hatte tiefer Bedacht das nächste Blatt wiederum freigelassen. Das nächste jedoch wies den Haupttitel auf:

Rosa Mystica
Zwölf Gedichte
in Sonettenform niedergelegt
vom
Grafen
H. F. H.

Folgte ein Blatt mit dem Exlibris des Dichters. (Ein Umstand, der von den allersublimsten Kennern des Kreises beanstandet wurde.) Dann ein Blatt mit der lapidaren Anzeige: Erstes Stück. Dann ein Blatt mit dem Kalendervermerk: Januar. Dann ein Blatt mit dem Namen dessen,

der durch Widmung des ersten Stückes ausgezeichnet worden war. Dann ein Blatt mit einem Zitate aus den Werken desselbigen. Dann (man sage nicht: endlich! denn Ungeduld ist keine vornehme Eigenschaft) gab sich das erste Gedicht in Sonettenform dem Auge dessen preis, dem zu lesen es vergönnt und nach so langer Vorbereitung auch wohl zu gönnen war. Daß die Rückseite eines Blattes, das vorn vierzehn Verszeilen des Grafen H. F. H. tragen durfte, nicht durch irgendwelche Worte profaniert war, versteht sich von selbst. Aber auch das nächste Blatt war gänzlich dem Genuß gewidmet, den jeder höhere Geschmacksmensch beim Anblick von echtem holländischen Büttenkarton mit dem gräflich Hauartschen Wappen als Wasserzeichen empfinden muß. Dafür schlug es dann auf dem übernächsten Blatte wieder gewaltig: Zwei! Und so fort bis zum Schlusse, wo aber statt eines, vier leere Blätter die Seele des Lesers beruhigten. Alles in allem also ein Werk von einhundertundneunzig Seiten.
Indessen betrieb er die Dichtkunst doch nur nebenher. Er hätte ebensogut sticken oder häkeln können; wenn das nicht schwieriger gewesen wäre. Es machte ihm nicht einmal viel Vergnügen.
Henry Felix glaubte auch an seine mit soviel falscher Inbrunst umsungene Rosa mystica nicht. Es hätte ihm besser angestanden, zu schreien als zu säuseln.
Aus der großen Oper seiner Ehe war eine endlose Reihe von Divertissements geworden. Eine Einlage folgte auf die andere. Das Stück, äußerlich um jede Entwicklung gekommen, ging in Stücken auf. Die Hoffnung Lalas, daß Berta ihr ins Netz gehen werde, schien sich nicht erfüllen zu wollen.
Die schöne Gräfin hatte einen ganzen Schwarm von Anbetern um sich und durfte sich mit Recht für die Muse von gut einem Dutzend höchst ungemeiner Originalgenies halten, aber sie ließ sich weder von dem poetischen Weihrauch benebeln, noch wurden ihr die feurigen Blicke und Händedrücke ihrer Adoranten gefährlich.
Trotzdem blieb Lala dabei: Sie sucht.
»Ich wünschte, sie fände endlich,« meinte Henry Felix einmal zu ihr, die das einzige menschliche Wesen war, in dessen Gegenwart er das Gefühl eines Heims, einer Sicherheit

hatte. »Ich halte es nicht mehr lange aus. Sie drückt mich nieder. Es ist, als ob sie mich langsam erwürgte.«
»O,« sagte Lala, »so ist es auch. Sie will dich langsam töten. Sie macht einen Schatten aus dir. Was bist du hier? Nichts. Alles ist sie. Diese Herren und Damen schmeicheln dir wohl, sie aber verehren sie. Lala sieht gut, und was sie nicht sieht, fühlt sie. Sie ist wie ein Hund, der es spürt, wer seinem Herrn gut und wer ihm feindlich ist. Alle diese Menschen tragen Gift in ihrer Seele für dich: die Verachtung. Du atmest es mit der Luft ein, die von ihren falschen Worten bewegt wird, und davon bist du krank. Es kommt dies Böse aber alles von der Roten, denn von ihr ist das Gift zuerst ausgegangen, und sie atmet es immer wieder von sich. Wenn du sprichst, lächelt sie Verachtung, und wenn sie zu dir redet, so ist es das gleiche. Sie weiß, daß Verachtung dich tötet. Seit du hier bist, stirbst du.«
Henry Felix runzelte die Stirne und sagte leise: »Ja. Sie saugt alles Leben an sich, von mir weg. Ich werde ganz leer. Nicht ein Tropfen Kraft und Lust ist mehr in mir. Ich habe an nichts Freude. Es ist wie eine Taubheit aller Sinne.«
Er griff sich hastig an den Hals und schrie auf: »Ich bin vergiftet! Ich bin wirklich vergiftet! Es schleicht etwas Tödliches in mir. Du hast nicht aufgepaßt!«
Lala streichelte seine Stirn, die naß war von kalt ausbrechendem Schweiße. »Nein, Master. Das kann dir nicht geschehen. Sei ruhig und hab keine Angst. Lala wacht. Lala sorgt. Es ist nur die kalte Verachtung, die dich schwächt.«
»Was soll ich tun!« rief Henry Felix aus.
– »Töte sie oder schicke sie weit weg von dir!«
Er schwieg und starrte ratlos an Lala vorbei.
Dann murmelte er: »Ich kann nicht.«
»Ich wußte es,« sagte die Schwarze: »Sie hat dich feig und faul gemacht.«
Er sah sie wütend an.
Sie kauerte sich vor ihm hin und legte ihre Stirn auf seine Füße: »Tritt mich! Lala hat Schläge verdient. – Aber dann sieh dich an! Geh zum Spiegel und sieh dich an! Du bist nicht mehr, der du warst. Du bist nicht mehr der schöne Liebling der hellen Schwester.«
Henry Felix murmelte, wie zu sich selbst: »Ich weiß es selbst. Wie ein fetter Knabe seh ich aus oder wie ein Eunuch.

Als ob ich ewig weinen müßte über meine Erbärmlichkeit, habe ich dicke, schwammige Tränensäcke unter den Augen. Feist werd ich, aufgeschwemmt überall. – Und immer bin ich müde. – Warum reit ich nicht?! – Aber ich gehe ja kaum mehr. Ich schleppe mich von Lager zu Lager. Selbst im Stuhl lieg ich.«
Er strich sich durch die Haare, die er sich jetzt jeden Morgen kräuseln ließ, weil er alles, was äußerlich an seine Leutnantszeit erinnern konnte, beseitigen wollte. Er trug auch keinen Schnurrbart mehr und sah in der Tat eher wie ein gemästeter Tenor aus, als wie ein Mann, der vor anderthalb Jahren noch ein Kavallerieoffizier und siegreicher Herrenreiter gewesen war.
»Vielleicht eß ich und trink ich nur zu viel,« murmelte er, »und mache mir zu wenig Bewegung. Kein Reitpferd mehr im Stall; nur fette Wagengäule. Wie man den Degen führt, hab ich auch verlernt. Verse drechseln. Kunstquatsch treiben. Verrückte Mappenblätter, alte Töpfe, bunte Papiere, Stoffe, Teppiche sammeln. Immer bloß sammeln und gaffen und reden. Es ist zum Umkommen!«
Lala lächelte: »Und die kleinen Mädchen, Master?«
Auch Henry Felix lächelte: »Ach ja, die. Das einzige. Mein Borkenhäuschen auf der Liebesinsel. Da ist es wohl schön.«
Über sein fettes Antlitz rann ein gemein behagliches Lächeln. Er kicherte leise, fast blöde vor sich hin: »Hehe! Du solltest sie sehen, Lala, wie süß sie sind, meine kleinen Schweinchen und Schäfchen. Ich werde dir meine Töchterchen mal photograpieren. Es ist die geilste Sumpfflora der Verdorbenheit. Kindliche Körper; Ärmchen, Händchen, Füßchen so weich und zart; – aber Augen wie die große Hure von Babylon, und Worte, Bewegungen, Seufzerchen ... dagegen ist alles Reife schal und gewöhnlich. – Wie sie mich lieben! Wie zärtlich sie zu ihrem Papa sind! – Ich muß dich einmal mitnehmen. Du sollst sehen, daß ich doch auch noch ein bißchen glücklich bin, daß mich nicht alle Menschen verachten.«
Es schien, als würden seine schwammigen Züge noch welker unter diesem säuischen Lächeln. Plötzlich erstarrte es, und er sprang auf: »Aber das ist zu früh! Ich fühls: das ist zu früh! Selbst mein bißchen Vergnügen beweist, daß ich krank, daß ich vor der Zeit alt geworden bin. Ich treib

es wie ein Greis, und es ist nicht wahr, wenn ich sage, daß diese Kinder mich nicht verachten. Auch sie spielen nur mit mir, weil ich ihnen Geld gebe. Auch sie wissen, daß ich schwach und verkommen bin. Ich habe Augenblicke, wo ich sie erwürgen und in Stücke schneiden möchte. – Ich will nicht mehr! Ich will nicht mehr! Das ist kein Leben! Das ist langsames Verfaulen! Sonst ließe sie es nicht zu!«

Er senkte den Kopf wie zum Stoße und machte einen hastigen Schritt vorwärts, als wollte er gegen die Wand rennen. Sein Blick war wild und dumm wie der eines wütenden Stieres. Er keuchte.

Lala hing sich an ihn und zog ihn zurück in den Stuhl.

Sie sprach: »Du hast recht, Master. Sie hofft, daß auch das dich verdirbt. Aber die Püppchen würden meinen Henry jung machen, wenn sie ihn nicht so ganz schwach gemacht hätte. Was du auch tun magst: alles ist Gift für dich, solange sie aufrecht neben dir hergeht. Sie muß unter deinen Fuß, und du sollst ihr den Kopf zertreten. – Gib sie mir in die Hand, Master, und ich töte sie. Ich weiß ein Gift der roten Menschen mit den Federkronen, das lähmt. Der Mensch, der es genossen hat, wird starr wie Holz und kann sich nicht wehren. Er ist wie tot und fühlt doch. Es ist das schönste Gift zur Rache.«

Henry Felix blickte auf und murmelte: »Hast du es?«

– »Ja.«

Er sann mit halb geschlossenen Augen nach.

»Sprich!« flüsterte die Schwarze, »und noch heute ist sie starr in deiner Hand.«

Er erhob sich, sah sie wild an und murmelte: »Nein! Geh! Ich will nicht.«

Lala wandte sich enttäuscht zum Gehen.

Er rief sie zurück.

– »Wirkt es ganz sicher?«

– »So sicher, wie ich jetzt weiß, daß du nicht den Mut dazu hast.«

Er sah sie verächtlich an: »Was weißt du von mir! Was weiß der Hammer von der Hand, die ihn führt! Sie läßt ihn niederfallen, wenn es an der Zeit ist. Nicht eher! Geh und sei bereit!«

Ballo in maschera

1. Der Priester des Schmerzes

»Bruder, hast du einen Schnaps?«
– »Aber natürlich. Dort, auf dem schwarzen Tischchen.«
– »Heilige Hadwiga! Das ist ja das fressende Höllenfeuer!«
– »Es ist reiner Alkohol, und außerdem hast du ihn aus einem Untersuchungsglase getrunken, das ich in der Praxis verwende.«
– »Du bist ein gottvoller Teufel, Bruder; ich glaube, du bist einer von den unsauberen Geistern, die damals in die Schweine gefahren sind. Es bereitet dir ein seliges Vergnügen, zu denken, daß ich mir Löcher in die Magenwände brenne und außerdem eine Kolonie niedlicher Kokken auf den Schleimhäuten ansiedle.«
– »Das Vergnügen könnte größer sein. Ich habe nicht den geringsten Schmerz an dir wahrgenommen. Ein anderer wäre mit diesem Trank im Leibe heulend unter den Tisch gesunken, und ich hätte ihm dann auch noch den Magen auspumpen dürfen. Allein das Heraustreten der Augen bei dieser Operation gestaltet sie zu einem reinen Genuß.«
– »Bruder, du kokkettierst. Dein Satanismus ist Pose. Ich habe dich im Verdacht, daß du im Grunde ein deutsches Lämmerschwänzchen bist trotz deiner malaiischen Urgroßmutter und der anderen Exoten in deiner Ahnenreihe.« – Herr Dr. Jan del Pas, in dessen ärztlichem Sprechzimmer diese Unterhaltung zwischen ihm und einem deutsch dichtenden Polen vor sich ging, dem man den Spitznamen Goethinsky gegeben hatte, weil der Name des großen Wolfgang sein sarmatisches Blut in Wallung zu bringen pflegte, lächelte. Dieses Lächeln nahm sich in dem blassen, harten, von einem dichten schwarzen Vollbart, wie mit einer Krause eingerahmten Antlitz etwas deplaciert aus. Diese schmalen Lippen, die wie ein langer wagerechter hochroter Strich in dem bleichen Gesicht saßen, das bis auf die Bartkrause glatt rasiert war, schien nicht zum Lächeln gemacht zu sein. Der Doktor pflegte sie, wenn er nicht sprach, fest aufeinander zu pressen, und, wenn er sprach, öffneten sie sich nur wenig und langsam. Denn er ließ sich Zeit beim Reden, wie

ein Prediger, brachte dafür aber jedes Wort mit schärfster Betonung tief sonor und vom vorhergegangenen wie nachfolgenden fast demonstrativ geschieden heraus, als wollte er jede Berührung dieser Individuen miteinander, jedes ein strenger Charakter für sich, peinlich vermeiden. Er hatte eine breite, eckige, kurze Nase und eine gleichfalls breite, eckige und durch den tiefen Ansatz der straff gekrausten, dicken, blauschwarzen Haare sehr niedrig wirkende Stirne, dichte, ebenso schwarze Augenbrauen, die gleich den Lippen nur unmerklich geschwungen waren, und auffällig lange, nach oben sehr spitz, nach unten sehr breit ausgehende Ohren. Ein seltsamer, nicht eben angenehmer, aber entschieden interessanter Kopf, der überdies durch sehr große, tiefblaue und bei einer gewissen Starrheit doch höchst ausdrucksvolle Augen verschönt war. Im Verhältnis zu dem mittelgroßen, übrigens wohlproportionierten Körper wirkte er zu wuchtig. Auch die sehr knochigen Hände waren zu groß, sowohl in der Breite, wie in der Länge. Ihre Haut war, wie die des Gesichtes, fahl blaß. Um so mehr fielen an ihnen die leicht bräunlichen, hochgerundeten, sehr dicken und über den Fingerkuppen nach unten gebogenen, aber spitz zugeschnittenen Nägel auf.

»Ich kann mit ihnen in lebendiges Fleisch hauen wie mit Messern,« sagte der Doktor gerne, der es bei jeder Gelegenheit liebte, schmerzliche Vorstellungen zu erwecken, wie auch seine dichterischen Arbeiten, die er aber nirgends drucken ließ, dies eine gemeinsam hatten, daß sie im Grausamen ausschweiften, ohne übrigens dabei geflissentlich an die Geschlechtssphäre zu rühren. Seine Phantasie schien sich am Gräßlichen zu weiden, wie die Phantasie eines Backfisches am Süßen, und die wenigen Menschen, die ihn näher kannten, meinten, daß er auch die ärztliche Paxis nur deshalb ausübte, weil sie ihm Gelegenheit gab, Scheußliches zu sehen und Schmerzen zuzufügen. Doch schien ihm das noch nicht zu genügen, denn er ließ keine Woche vorübergehen, ohne wenigstens einmal den Schlachtviehhof zu besuchen und dem Schlagen von Ochsen und Stechen von Kälbern beizuwohnen. Dabei galt er als ein Mensch, der freundschaftlicher Zuneigung fähig war, wenngleich er auch im freundschaftlichen Umgange zuweilen die Kralle des Grausamkeitslüsternen vorstreckte.

Goethinsky hatte ihn als Patient kennen gelernt und sich ihm angeschlossen, weil er in ihm, wie er sagte, eines der höchst seltenen Exemplare aus der fast ausgestorbenen Gattung transsubstanziierter Teufel entdeckt zu haben glaubte, eine lebendige Illustration zu den Satanslegenden und Teufelsgeschichten, die er mit vielem Fleiße und einer sonderbaren Mischung aus Glauben und Spott auf der Bibliothek studierte.
»Wenn der Erzteufel Satanas nicht dein direkter Uronkel ist, Bruder,« hatte er einmal zu ihm gesagt, »so will ich ein Preuße sein und kein Pole. Ich will dir ganz genau erklären, wie das kalte Teufelsblut in deine Familie gekommen ist. Dein großer Vorfahr Don Estobal, der nach Holland kam und aus verrückter Liebe zur blonden Beatrijs van Meteren, von der du diese unglaublichen blauen Augen hast, seinen heiligen katholischen Glauben aufgab, war zwar noch nicht vom Teufel besessen, aber doch schon von ihm angeblasen. Sonst wäre er nicht aus einem Spanier ein Holländer und aus einem Katholiken ein Protestant geworden. Nun also: Sein dunkles, heißes, adliges Blut vermischte sich mit dem helleren, kälteren, gemeineren jener Beatrijs, deren Großvater ein Astrologe, deren Vater ein ketzerischer Theologe war. Vermutlich hatte schon bei dieser Begattung der Teufel seine Wurzel im Spiel. Denn sowas liebt er, mußt du wissen. Obwohl er katholisch ist, protegiert er alle, die aus unsrer heiligen Kirche entlaufen. Das ist Teufelslogik, – eine prachtvolle Sache zum Verrücktwerden. Und er schickte die Mischlinge aus dem edlen Hause der del Pas und aus dem mehr gemeinen, aber sehr spirituellen der van Meteren über das tiefe und große Wasser in die holländischen Kolonien, wo des Teufels Pfeffer und auch sonst noch viel Hitziges wächst. Z. B. Weiber, die mehr können, als Strümpfe stricken, nämlich: zaubern, – und nicht bloß auf die gewöhnliche Manier unsrer Weibsen mit den armseligen Mitteln des Geschlechts, sondern vermittels uralter Geheimnisse, die von den indischen und malaiischen Teufeln stammen, vor denen ich, obwohl sie nicht katholisch sind, eine große Hochachtung habe. Denn es sind prachtvoll wilde, heimtückische und grausame Teufel. Neben ihrer Hölle nimmt sich die katholische wie ein Tanzvergnügen aus. Nun also: Diese Weiber haben es deinen spanisch-holländi-

schen Vorfahren gründlich besorgt, und nicht bloß von deiner Urgroßmama Malaiin, die als Giftmischerin enthauptet wurde, ist tropischer Teufelspfeffer in dein Blut gekommen. Aber die richtige Infiltration begann doch erst, als der Sohn der Malaiin, dein Großvater, die glänzende, von genial höllischem Instinkte eingegebene Idee hatte, aus seinen spanisch-holländisch-indisch-malaiischen Lenden katholisch-protestantischen Samens deinen Vater mit einer Polin zu zeugen, die, wie sichs von selbst versteht, niemals aufgehört hat, an den polnisch-katholischen Teufel zu glauben. Der ist dafür denn auch erkenntlich gewesen und hat deinen Vater angetrieben, das Teufelskraut fett zu machen und eine biedere Deutsche zu heiraten, die dann die unverdiente Ehre hatte, einen richtigen, rechtschaffenen Teufel zu gebären: dich.«
Zu solchen und ähnlichen Reden des phantasievollen Satanologen, Diabolikers, Nationalpolen und Alkoholisten lächelte der Doktor Jan del Pas bloß. Er war zu sehr überzeugter Anhänger der monistischen Weltanschauung auf streng naturwissenschaftlicher Grundlage, als daß er an den Teufel hätte glauben sollen. Das aber, was ihm, neben seinem Triebempfinden, die Vererbungslehre zur Beurteilung seines aus so verschiedenen Rassenbestandteilen zusammengesetzten Wesens beibrachte, führte ihn dazu, sich bewußt als einen Menschen zu fühlen, der mit dem Durchschnitt seiner deutschen Umgebung nur sehr wenig gemein hatte.
Seine Wohnung befand sich in einer der alten wenig schönen Straßen von Berlin NW. und ging nach dem Garten eines wissenschaftlichen Instituts hinaus. Dort standen die Möbel aus der Familie seiner Mutter, mehr solid und behaglich, als stilvoll und schön; aber aus dem Erbe des Vaters besaß er kostbare alte Teppiche indischer Herkunft, bunte Decken und Vorhänge aus den niederländischen Kolonien, sowie eine Menge von bronzenen, elfenbeinernen, holzgeschnittenen kleinen Skulpturen und eine große Sammlung von Waffen aus dem äußersten Orient. Gab dies Nebeneinander seinen Zimmern schon ein sonderbares Ansehen, so wurde der etwas wunderliche Eindruck noch dadurch erhöht, daß zwischen den seltsam geformten Waffen, bunten Wandteppichen, grellfarbenen Batiks und den elfenbeinweißen, goldbronzenen, holzbraunen Götzen, Leuchtern, Räuchergefäßen, die auf schwarzen Konsolen standen, große

farbige Blätter aus medizinischen Atlanten hingen, die anatomische und pathologische Querschnitte des menschlichen Körpers und allerhand scheußliche Hautkrankheiten, krankhaft deformierte Organe, Krebswucherungen, Geschwüre und andere lehrreiche, aber grauenhafte Abbildungen zeigten. Grauenhaft für jeden andern (selbst für seine alte Aufwärterin, die an Gräßliches doch nachgerade gewöhnt worden war), aber nicht für ihn. Er hatte nicht etwa nur ein stoffliches Vergnügen in der Betrachtung dieser Darstellungen, sondern auch ein ästhetisches.
»Bist du bloß wegen des Schnapses zu mir gekommen?« fragte er im Verlaufe des Gespräches seinen Besuch.
»Nein, Bruder,« antwortete der Pole; »du sollst mir deinen malaiischen Zauberermantel borgen. Weiß du: den prachtvollen bastseidenen Talar, der die Farben eines Feuersalamanders hat: schwarz und rotorangen, – sehr scheckig und scheußlich, mit Schlangen und Fratzen und Totenköpfen et cetera pp. Und dazu diesen hochherrlichen Schlangenbeschwörerhelm aus vergoldeter Schlangenhaut, die sich über einem Bambusgestell wie ein Kürbis bläht, aus dem ein Kinderschädelchen guckt wie ein großer Fruchtkern. In den Augenhöhlen sitzen ihm Opale; anstatt der Zähne hat er kleine Perlchen; die noch offenen Schädelnähte sind mit Goldblech ausgelegt. Ein prachtvolles Erzeugnis exotischen Kunstgewerbes, hehe, höchst geistreich erfunden und mit den primitivsten Mitteln gar geschmackvoll ausgeführt.«
Der Doktor erwiderte mit seinem gewöhnlichen Ernste: »Ich verleihe diese Sachen nicht gern, und du mußt mir erst sagen, wozu du sie brauchst.«
»Zu einem Maskenball, Bruder,« antwortete der Pole.
Jan del Pas riß die Augen weit auf und wiederholte: »Zu einem Maskenball?«
– So ist es. Zu einem Maskenball. Zu einem ungemein echten Maskenball, auf dem sogar die sogenannten Seelen maskiert erscheinen. Ich will Mazurka tanzen mit dem Schädelchen auf dem Kopfe, angetan mit einem malaiischen Zauberermantel und fest entschlossen, eine rothaarige Hexe zu berücken, die ich schon seit einem Vierteljahre vergeblich mit meinem eigenen Gehirnschmalz salbe, wie es bei uns zu Hause die Burschen mit ihren spröden Geliebten tun, nur daß sie dazu Igelfett brauchen.«

– »Hm.«
– »Heißt das ›nein‹, Bruder, oder willst du mit diesem deutschen Büffellaut ausdrücken, daß du noch überlegst?«
– »Ich stelle mir vor, wie die Opale des Köpfchens deine Tänzerin anstarren werden, wie sie sie hypnotisieren und müde und willig machen.«
– »Du leihst mir die Sachen also?«
– »Hm.«
– »Entschuldige, Bruder, aber ich muß dir sagen, daß du zu einem Ja sehr lange Zeit brauchst.«
– »Ich stelle mir vor, daß deine Tänzerin plötzlich in einem furchtbaren Schmerze die Augen schließt und tot in deine Arme sinkt. Man reißt ihr das Korsett auf, und dicht unter der linken Brust sitzt ein Opal. Man blickt genauer hin: es ist eine Zecke, die sich festgesaugt hat am Herzen der Toten. Nun fällt sie ab und patscht schwer auf das Parkett auf. Du zertrittst sie. Ein leiser Knall ertönt, und unter deinen Sohlen hervor schwappt schwarzes Blut und prachtvoll gelber Eiter.«
– »Das ist alles überaus lieblich, Bruder, und macht deiner Phantasie mächtig Ehre, aber es bestärkt mich in der Überzeugung, daß du ein ausgewachsener Teufel bist. Denn es ist die Art der Teufel, liebliche Geschichten zu erzählen, wenn sie nicht ja sagen wollen.«
– »Schwarz und gelb überschwemmt es das braune Parkett. Die Masken glitschen im Tanze aus und ertrinken in dem wachsenden Schlamme. Nur ich stehe und sehe zu, wie die Rothaarige emporgetragen wird, die toten Augen immer noch auf meine Opale gerichtet.«
– »Erlaube mal, Bruder: Das bin ich, der dort steht. Du verwechselst die Personen. Aber das ist ein alter Witz der Herren Teufel.«
Der Doktor lächelte und stand auf: »Komm! Ich will dir den Mantel und den Helm geben.«
Sie gingen in das Speisezimmer, wo sich die große alte Truhe aus Kampferholz mit den »östlichen Gewändern« aus der väterlichen Vorfahrenreihe des Doktors befand.
Der Raum war sehr dunkel gehalten: die Tapete einfarbig dunkelblau, darauf, in goldenen Rahmen zwischen schwarzen Passepartouts, die »Krebstafeln«: purpurn, karmin, violett leuchtende Darstellungen dieser »animalischen Ge-

müse«, wie der Doktor die geil-üppigen Wucherungen krebskranken Blutes mit Vorliebe nannte.
Er konnte es sich auch diesmal nicht versagen, sie wie etwas überaus Köstliches zu preisen.
»Da hast du, aus menschlichem Zellengewebe, Tomatenberge, Blumenkohlköpfe, Erdbeerenhaufen, Himbeerenkonglomerate und was noch sonst dein Herz begehren mag, – aber alles ins Ungeheure getrieben, ein wahrer Überschwang gestaltender Kraft, gewaltigste Offenbarungen der intensivsten Schönheit, deren das Leben fähig ist. Man nennt es scheußlich, wie der empfindsame Mensch des verzärtelten Westens ja auch die Gebilde der indischen Phantasie oder der Südseeinsulaner scheußlich nennt. Warum? Weil sie Tod und Verderben mit prachtvoller Ehrlichkeit verkünden, während wir, ich meine die Europäer, alles mit der lächelnden Maske des sogenannten Lebens, mit der glatten Epidermis der sogenannten Gesundheit ›heiter‹ überkleben. Dumme, alberne Kindereien das. Als ob nicht alles Leben Schmerz und bloß Futter für den Tod wäre. Man muß den Schmerz und den Tod lieben, oder man ist gezwungen, die Lüge zu lieben. Wir sind allesamt nicht bloß in Schmerzen geboren, sondern auch in Schmerzen erzeugt; denn der Orgasmus ist nichts anderes, als der Gleichwagepunkt von Schmerz und Wollust. Von beiden ist darin, wie die Begattung ja gleichfalls ebensowohl Haß wie Liebe ausdrückt. Doch darüber mögen Pastoren und Lyriker anders denken. Zweifellos aber und selbst von den Hohenpriestern der Lüge anerkannt ist es, daß auch der Zweck dieser Übung schließlich der Tod ist. Der ganze Sinn des Lebens ist der Tod. Und vor dieser Wahrheit soll man nicht fliehen, – auch nicht in die Kunst, und auch nicht als Künstler. Oder aber man bekenne ehrlich, daß man feige ist und die Lüge liebt. Der Ehrliche und Tapfere jedoch fürchtet die Wahrheit nicht, sondern er sucht sie und liebt sie. Er liebt den Schmerz und betet an den Tod.«
»Aber dann solltest du dich schnell vergiften, Bruder,« meinte der Pole, »oder es machen, wie diese prachtvollen Geißelbrüder im Mittelalter, die sich bis aufs Blut auspeitschten und dazu tanzten.«
»Das Peitschen ist auch gut,« entgegnete der Doktor ernsthaft; »aber es ist nicht das Eigentliche, Ganze; ist nur

Dilettantismus. Diesem Dilettantismus fehlt, wie jedem anderen, das Souveränitätsgefühl, das Drüberstehen. Man muß fremden Schmerz erzeugen und mitfühlend genießen als eine wundervolle Offenbarung des großen Lebensprinzips, das den Tod will auf dem Umwege von Schmerz und Wollust. Man wird gewißermaßen zum Vollstrecker des Gesetzes dadurch und hat das Gefühl der tiefsten Genugtuung, der intensivsten Erkenntnis. Rinnendes Blut hat für den Auserwählten ein phosphorisches Leuchten, das direkt ins Lendenmark dringt. Röntgenstrahlen der Wollust gewissermaßen. Ein schmerzenseliges Aufglühen jeder Zelle durchhellt, durchhitzt den opfernden Priester, der in dem verzerrten Gesicht des Leidenden das Antlitz ›Gottes‹ selber sieht und in seinen Zuckungen die bewegende Kraft des Weltwillens. – Wer dies nur einmal genoß, denkt nicht an Selbstmord, wenngleich er, kein Heuchler und Halbdenker, den Tod anbetet und heilig nennt.«

– »Ich sehe, Bruder, die Opferpriester des Schmerzes sind geradeso schlau, wie ihre Kollegen, die nicht dem Schmerze, sondern der Liebe opfern und nicht vom heiligen Tode, sondern vom ewigen Leben predigen. Vorm Tode schlägt sogar der Teufel das Kreuz.«

»Du irrst. Ich weiß, daß für unsereinen im Sterben der höchste Schmerz und darum die höchste Wollust ist. Aber ich fürchte: danach ist es mit allem Schmerze und aller Wollust aus. Doch gesetzt auch, daß dem nicht so wäre: nur ein Kind greift zuerst nach dem Besten. Ich liebe die Steigerung und möchte daher recht lange leben.«

– »Das ist das einzige, was ich dir nachfühlen kann, Bruder. Und daher bitte ich dich, versuche es nicht weiter, als Teufel den Priester zu spielen, sondern gib mir Mantel und Helm und einen Schnaps, denn ich muß nach all dem Gehörten eine innere Ausbrennung vornehmen.«

Der Doktor hob den Deckel der Truhe auf. Ein scharfer Geruch von Kampferholz und Pfeffer brachte den Polen zum Niesen, worüber Jan del Pas überraschenderweise in ein so heftiges Gelächter ausbrach, daß seine Aufwärterin mit komisch erstauntem Gesichte in der Türe erschien.

Der Doktor, im Lachen plötzlich abbrechend, sagte feierlich, indem er ihr den Mantel entgegenhielt: »Nehmen Sie das, Frau Bußke, und reinigen Sie es säuberlich von dem

daran haftenden Pfefferstaube, der sonst den ganzen Maskenball zum Niesen reizen würde.«
»Was, Herr Doktor, Se jehn zu Tanze?« fragte Frau Bußke und erhielt zur Antwort: »Jawohl, altes Reff, auf den Luderplatz bei Emberg.«
Frau Bußke lächelte geschmeichelt und verschwand.
»Das ist die Art, mit Hexen umzugehen, wie der dilettantische deutsche Teufel des Herrn von Joethe sagt,« meinte Goethinsky, als sie draußen war. »Übrigens solltest du wirklich mitkommen, Bruder. Es ist unglaublich, daß ich nicht längst daran gedacht habe, dich der Purpurnen Wolke zuzuführen. Unter so vielen Genies sollte der Teufel nicht fehlen.«
Jan del Pas lächelte: »Ich wüßte nicht, was mich weniger lockte, als diese falschen Lebenskünstler. Nur die Gräfin hat einen Zug um den Mund, der mich reizen könnte.«
– »Du hast sie gesehen?«
– »Ja, in der Wereschtschagin-Ausstellung. Sie lächelte sehr richtig über die Schädelpyramide dieses törichten Gruselnmachenwollers.«
– »Sie kann überhaupt über mancherlei sehr richtig lächeln. Unter uns gesagt: Sie ist ein Aas.«
»Darüber ist kaum ein Zweifel erlaubt,« meinte der Doktor, fügte aber ein Bedenken hinzu, ob es angängig sei, ohne Einladung im Chateau der Purpurnen Wolke zu erscheinen.
Doch der Pole entgegnete: »Glaubst du vielleicht, ich bin eingeladen gewesen, als ich das erstemal dort erschien? ›Die Bahn frei jeglichem Talent!‹ sagte Napoleon, und der nicht weniger große Graf Hauart sagt: ›Die Purpurne Wolke offen jeglichem Genie!‹ Dieser Sultan braucht Trabanten und seine Frau Verehrer. Die Purpurne Wolke ist eigentlich weiter nichts, als der große Geldsack des Grafen und das große Herz der Gräfin. Jener bedarf der Entleerung, dieses der Füllung. Wer weiß: vielleicht bist du berufen, es auszufüllen. Diese infame Hexe ist ebenso wählerisch, wie sie lüstern ist. Man kommt ihr immer nur bis zu einem gewissen Punkte nahe; da hört man ein Schnurren, und die Klappe schließt sich. Ein interessanter Mechanismus. Ähnlich wie bei den fleischfressenden Pflanzen. Nur, daß sie sich erst schließen, wenn das Insekt drin ist. Komm mit und laß dich fressen, Bruder!«

Der Doktor zeigte wiederum die Zähne, indem er lächelte.
»Und wenn dirs nicht gelingt, gefressen zu werden,« fuhr der Pole fort, »so wirst du wenigstens Gelegenheit finden, gut zu essen und eine niedliche Kollektion Mitesser zu beobachten. Reizt dich das nicht?«
– »Das Essen schon.«
Jan del Pas zog die Stirnhaut hoch und sagte mit beinah fürchterlichem Ernste: »Ich werde kommen.«
Der Pole lachte: »Willst du sie auf der Stelle töten oder ihr einige Steigerung gönnen?«
– »Ich werde versuchen, zu erfahren, ob diese Lippen auch nur Maske sind.«
– »Wirst du als leibhaftiger Satanas erscheinen oder deine teuflische Majestät hinter einem menschlichen Gewande verbergen?«
– »Wenn du mich, worum ich dich bitte, abholst, wirst du mich im Mantel Don Estobals sehen, der, bevor er abtrünnig wurde, Malteserritter war.«
– »Du treibst die Frechheit weit, Bruder. Das geschlitzte Kreuz wird dir Unglück bringen.«

2. *Der praktische Arzt*

Es war ein weichliches Spätwinterwetter, als der Pole mit dem Doktor in einer geschlossenen Droschke zur Villa des Grafen fuhr, und der malaiische Zauberer war übler Laune. Die zwei Schritte, die er in Berlin NW. von der Droschke zur Haustüre hatte machen müssen, hatten genügt, eine Volksversammlung auf dem Trottoir hervorzurufen, die das Einsteigen der beiden ulkend erwartete und mit lautem Johlen begleitete.
Der Zauberer musterte den Ritter im Halbdunkel der Droschke und kicherte: »Weißt du, wie du aussiehst, Bruder?«
– »Nun?«
– »Gewaltig. Höchst gewaltig. Und sehr gemischt. Du hast da einen protestantischen Wasserkopf mit holländischer Seemannskrause und malaiischem Ringelhaar auf zu einem katholisch-spanisch eleganten Ritterüberzieher, der dazu paßt, wie ein Frack zu einer Ballonmütze.«

– »Ich bin also grotesk.«
– »Aber nein, Bruder! Du bist gewaltig. Du bist der siegreiche Onkel Martin Luther. Du atmest Weltgeschichte: den Triumph der germanischen Dickschädel über das Génie latin. Oben Jan, unten del Pas. Sieht man länger hin, so wird einem unheimlich zumute. Es kommt einem vor, als wäre der Kopf Maske und der Mantel echt.«
– »Er ist es ja auch.«
– »Also dann so: als wäre der Kopf aus einem anderen Jahrhundert und der Mantel von heute. – Du wirst einen protuberanten Effekt machen, Bruder! Mein Schädelchen wird neben deinem Naturkopf unangenehm anmutig wirken. Obwohl ich im übrigen direkt prachtvoll aussehe. Oder findest du mich etwa nicht prachtvoll?«
Jan del Pas sah ihn mit Examinatorenmiene lange an und antwortete im Tone kritischer Überzeugung: »Du siehst sehr lächerlich aus.«
Der Pole grinste, doch etwas geärgert, und kicherte dazu: »Du bist grob, Bruder. Erkläre dich näher.«
Und der Doktor, immer gleich ernsthaft: »Man sieht dir an, daß dir der Ernst zu einem Maskenballe fehlt. Du hast keinen Sinn für tragische Sehnsucht. Du bist eine Figur aus dem Spielkasten der Kunst. Oder, um es anders zu wenden: Du bist ein moderner Künstler. Das Leben ist dir zu groß, zu tief, zu heilig. Du machst ein Spiel daraus. Treibst Allotria. Hast Trost nötig, – d. h. Lüge, – d. h. Kunst. Dieser Kinderschädel, echt und sehr ernst, dient dir dazu, dich aufzudonnern. Du fühlst ihn nicht. Er ist dir ein interessanter Schmuck. Und aller Schmuck ist lächerlich. Wirklich Lebendiges braucht keinen Schmuck. Schon die Haut ist eine Art Lüge, wenn auch leider notwendig als Fassung: – Verhüllung des eigentlich Schönen: des Blutes, der rinnenden Kraft.«
In diesem Augenblick bog der Wagen die Rampe zum Portikus der gräflichen Villa hinan. Die Wagentüre wurde von einem riesenhaften Portier in Schwarz und Gold geöffnet, zwei Lakaien schoben die Torflügel zurück, und die beiden Gäste standen im Glanze des Vestibüls, eines quadratischen, nicht sehr hohen Raumes von kahler Marmorpracht. Fußboden, Decke, Wände, Säulen, – alles teils schwarzer, teils gelber Marmor, geradlinig geschnitten,

durch keinerlei Schmuck unterbrochen, beleuchtet aus runden kristallenen Lichthauben, die im Mittelpunkte der Kassettengevierte der Decke saßen. Lautlos schlüpfende Diener führten den Ritter und den Zauberer zu einem Spiegelzimmer, das, wie alle übrigen Nebenräume, nicht durch Türen verschlossen, sondern durch schwere, schwarze goldbordierte Samtvorhänge vom Vestibül abgeschieden war.

Jan del Pas stellte sich steif zwischen ein Spiegeltourniquet und betrachtete sich, die Spiegelflächen drehend, aufmerksamst von allen Seiten, während der Pole die Schlangenschuppenkette seines Helmes fest unterm Kinne anzog und ein paar Mazurkaschritte sprang, um zu probieren, ob sein Kopfschmuck auch festsaß. Dann trat er zum Doktor heran, tippte ihm auf die Schulter und sagte: »Für einen Priester des Schmerzes gönnst du dir reichlich viel Vergnügen an deinem holdseligen Äußeren.«

»Ich gehe auf einen Maskenball,« antwortete der Malteser, »und habe die Pflicht, mich zu prüfen, ob ich eine Maske bin.«

– »Und du findest, Bruder?«

– »Ich finde, daß ich nach Hause gehen sollte, denn ich bin durchaus nicht maskiert.«

– »Indessen wirst du nicht nach Hause gehen, denn das wäre Flucht. Komm!«

Sie schritten durch das Vestibül zum Empfangsraum. Als die Portieren auseinandergeschlagen wurden, mußten sie einen Moment stillstehen, wie zurückgedrängt von einem Schwall bunten, strudelnden Lichtes ... Dieser Raum war ein Rendezvous aller Farben, auch wenn man von den Masken absah, die ihn jetzt erfüllten. Aber Gold hielt diese Farben im Zügel. Goldmosaik bedeckte die Rundung der Nischen, in denen farbige Skulpturen (Köpfe und Vasen) standen; Gold gliederte die lapislazuliblaue Decke auf Rosettenknäufen, Kassettenrahmen und diagonal sich kreuzenden Lorbeerblättergirlanden; Gold rahmte die auf blau, orange und grün gestimmten Mosaikbilder ein; eine üppige, dicke Goldstickerei auf dunkelrotem Grunde lief als Lambrequin um das ganze Zimmer herum, nur unterbrochen von dem mit schwerer Goldbronze eingerahmten Kamin aus violettem spanischem Marmor. Die Wände waren von oben bis unten mit chinesischen Kacheln bedeckt, deren Grundfarben ein helles Grün und ein sehr zartes Blau waren. Schmale geschnitzte Ebenholzrahmen, gegen die Kacheln mit Gold abgesetzt, trennten diese voneinander. Der Fußboden bestand aus einem unregelmäßigen Mosaik von seltenen Marmorstücken der verschiedensten Färbung. Grüne, gelbe, rote, braune Serpentinflecke, gestreift, geädert, gekörnt, wechselten mit schwarzen Lukullanbrocken und glimmerig glänzenden Cipollinen; spargelgrüne, lauchgrüne, apfelgrüne, rauchgraue, violettgraue, taubengraue Flocken von allerhand Halbedelsteinen waren untermischt, und, wie von ungefähr hineingetropft, leuchteten sanftgoldene Glasschmelzflächen dazwischen auf. Die Beleuchtungskörper aus goldgesprenkeltem Milchopalglas saßen in den Kehlen der Decken-Kassetten. Außer einem riesigen breiten Ruhebette (goldbronzenes Gestell, das Polster mit Goldbrokat überzogen) befand sich kein Möbel in diesem Raume.

Das Ruhebett umstanden etwa zwanzig Personen in den verschiedensten Zeit- und Phantasiekostümen. Ein römischer Imperator in purpurner, goldgesäumter Toga, einen breiten goldenen Lorbeerkranz auf dem fetten, schwammigen, gekräuselt schwarzhaarigen Kopfe, löste sich von der Gruppe und ging schwerfällig, vornübergebeugt, den Eintretenden entgegen: der gräfliche Hausherr. Er reichte dem Polen die fettpolstrige Hand und sah den Malteserritter scheu musternd an. Der Pole machte eine tiefe Verbeugung, wies, darin verharrend, von unten mit der Linken auf den steif aufgerichtet verbleibenden Doktor und murmelte: »Don Estobal del Pas, Grande von Spanien, Commodore der jungfräulichen Ritter von Malta, Doktor der Medizin und Satanologie, mein Freund und Euer gräflichen Gnaden untertäniger Verehrer und Bewunderer. Dichtet in Blut und schlägt die Darmsaiten der Harfe des Todes.«

Der Imperator reichte dem Ritter die Hand und sagte leise: »Willkommen, Don!«

Der Doktor sah den Grafen groß an, neigte den Kopf und sprach laut und langsam, während die übrige Gesellschaft nur flüsterte: »Ich danke Ihnen, Herr Graf, für die freundliche Begrüßung eines Ungeladenen, der noch nie in seinem Leben soviel Glanz und Pracht gesehen hat.« Alle Anwesenden wandten die Köpfe nach dem Sprecher um, der seine Blicke ruhig von Kopf zu Kopf schweifen ließ und nun mit dem Grafen zum Ruhebette schritt. Die davor Stehenden traten zur Seite und der Doktor erblickte nun die Herrin des Hauses, die, halb liegend, halb sitzend, gegen das Kopfende des Lagers gelehnt, ihn mit dem gnädig freundlichen Lächeln einer Souveränin empfing, indem sie ihm die schöne Hand zum Kusse reichte.

Aber der Doktor ergriff sie nur und küßte sie nicht. Er schien es nicht darauf abzusehen, Lebensart zu beweisen und auf den Stil dieser Veranstaltung einzugehen. Es klang fast demonstrativ ungezogen und betont pedantisch, als er, wiederum laut und langsam, verkündete: »Mein Name ist Jan del Pas, Doktor der Medizin und praktischer Arzt.«

»Ah!« sagte die Gräfin erstaunt, die ein Direktoirekostüm aus amarantfarbener fließender Seide mit eingestickten goldenen Rosen trug. »Ein Arzt? Ein Gelehrter? Oder verstellen Sie sich nur, Herr Ritter?«

– » Ich werde mir alle mögliche Mühe geben, mich zu verstellen, Frau Gräfin«, erwiderte der Doktor, als ob er eine Erklärung an Eidesstatt abgäbe.

»Was für einen Bauern haben Sie uns da mitgebracht!« flüsterte der imperatorische Graf den Zauberpolen böse an. »DieserMensch paßt nicht zu uns und mißfällt mir sehr.«

»Er wird Ihnen bald sehr gut gefallen,« entgegnete der Getadelte leise. »Er ist von spanischem Uradel und ein teufelsmäßiges Genie.«

»Er glotzt meine Frau an, als wollte er sie fressen«, sagte der Graf.

»Aber es scheint«, erwiderte der Pole, »als ob die Frau Gräfin nicht böse darüber wäre, von dieser spanischen Sonne beschienen zu werden. Sehen Sie nur, wie huldreich sie lächelt! Ah! Sie reicht ihm den Arm! Der schlitzkreuzige Satan darf sie zu Tische führen!«

Henry Felix kniff die Augen zusammen und sah scharf auf das sonderbare Paar hinüber, das jetzt um das Ruhebett herum und zur Türe des Speisezimmers schritt – der Doktor steif, wie ein welscher Hahn, die Gräfin mit wiegendem Gange und lebhaft auf ihn einsprechend.

»Sonderbare Kaprice«, murmelte der Graf. »Wirkt Ihr plumper Spanier auf alle Frauen so berückend?«

»Des Teufels Metier ist die Verführung«, flüsterte der Pole. »Graf! Geben Sie acht! Ehe der Hahn dreimal gekräht hat, tragen Sie Hörner vom Haupte des Höllenbocks!«
Der malaiische Zauberer, selber wirklich eifersüchtig geworden, meinte es ernst mit der Absicht, den Grafen eifersüchtig zu machen.
Der aber lächelte fast befriedigt und sagte: »Sie haben recht gehabt, Goethinsky! Der Spanier gefällt mir schon. Ich habe ihn unterschätzt.«
– »Sie tun es noch.«
– »O nein!«

Das Tafeln währte bis um Mitternacht. Es gab nicht nur unendlich vieles und Auserlesenes zu essen und zu trinken, sondern auch allerhand Außerordentliches zu sehen und zu hören. Zehn kleine Mädchen in durchsichtigen Gewändern, die sie schließlich auch noch fallen ließen, produzierten sich in Tänzen üppigster Art und umschritten zum Schlusse des Mahls mit goldenen Handwaschbecken den Tisch. – Ein riesiger Neger und ein knirpsiger Japaner, beide nackt, rangen miteinander und wurden so wütend, daß sie sich, zur lebhaftesten Freude des Doktors, beinahe erdrosselt hätten. Eine Gruppe mit Schaumgold überzogener junger Männer und Frauen stellte in lebenden Bildern antike Gruppen dar. Ein unsichtbares Streichorchester spielte alte italienische Festmusik, und ein Knabenchor sang im frischesten Diskant aus der Höhe einer lorbeerumstandenen Galerie Madrigale und Hirtenchöre des achtzehnten Jahrhunderts. Die Szene auf den Pharsalischen Feldern der klassischen Walpurgisnacht wurde melodramatisch von Künstlern und Künstlerinnen rezitiert, die hinter einem hereingeschobenen Halbrund von mannshohen bronzenen Flammenbeckensäulen standen, so daß das erhabene Pathos der Weisheit und Leidenschaft durch blaue züngelnde Flammen zu den schmausend Lauschenden drang:

... Schwebe noch einmal im Runde
Über Flamm- und Schaudergrauen ...

So gab es zu Tischgesprächen wenig Zeit, da das Ganze eigentlich eine Varieté-Vorstellung vor einem Parkett von Tafelnden war. Man saß, durch kein Gegenüber am freien

Überblick auf die Szene gehindert, an einer langen Tafel, die entlang der einen Seite des genau quadratischen Saales stand, in massigen halbrunden Gestühlen etwa etruskischen Stiles. Nur für den ungeladenen Doktor hatte man einen hochsitzigen, geradlehnigen, schmalen gotischen Stuhl einschieben müssen, so daß er als der einzige in der Gesellschaft steif aufrecht und erhöht saß. Da sein Stuhl überdies in die Mitte der Reihe placiert war, so ergab sich der Anschein, als sei er die ausgezeichnete Hauptperson des Ganzen.

Für seine Nachbarin schien er dies entschieden zu sein. Sie hatte für keine Produktion, hatte nur für ihn Auge und Ohr, während die übrige Gesellschaft sich mit einem ab und an vorüberglänzenden Lächeln begnügen mußte. Und auch dies nur dann, wenn die Gräfin ihrem Nachbarn die einzelnen Teilnehmer des Festes charakterisierend bekannt machte.

– »Der Perser dort mit dem blonden Spitzbart ist unser Kosmoerotiker. Der Stoff seiner Romane sind die Liebesabenteuer von Weltkörpern. Menschliches ist ihm nicht bloß fremd, sondern degoutant. Zumal das, was man Liebe nennt.«

»Dies ist auch meistens nicht der Rede wert«, entschied mit Überzeugung der Doktor. »Ich begreife es sehr wohl, daß ein genialer Dichter sich mit Ekel von der landläufigen menschlichen Erotik abwendet.«

– »Ich habe nicht gedacht, daß auch Sie boshaft sein können.«

– »Sie tun mir unrecht, wenn Sie glauben, ich könnte boshaft sein. Bosheit ist kleiner Haß, der von unten kommt. Ich aber hasse nur groß und von oben.«

Die Gräfin sah ihren Nachbarn lange und forschend an. – Macht der auch bloß große Worte? dachte sie sich. Aber sie fand, daß diese Stirn, dieses Auge, dieser Mund nicht nach einem aussahen, der Vergnügen am bloßen Worte haben konnte.

Sie fuhr fort: »Sie können also hassen?«

Er gab den fragenden Blick mit einem forschenden zurück und antwortete: »Wie Sie.«

– »Und was?«

– »Das Weiche, Halbe, Faule, – alles, was Behagen in der Lüge findet.«

– »Aber warum denn? Ist es nicht Christenpflicht, jedem Tierchen sein Pläsierchen zu lassen?«

– »Was gehen mich die Pläsierchen von – Tierchen an? – Doch fragen Sie mit Recht. In der Tat: Warum Haß? Ich hasse auch eigentlich gar nicht. Haß ist im Grunde eine Gefühlsbeschäftigung mit den anderen, und er will, wenn er zur Tat wird, meistens bessern, – seis auch mit dem schönen Mittel der Vernichtung. Mein Gefühl aber beschäftigt sich nur mit mir, und, wenn es sich um andere kümmert, so geschieht dies gewiß nicht in der Absicht, irgendwen oder irgendwas zu bessern. Ich finde die Welt nicht gut, aber richtig. Auch jene Wesen gehören dazu, von denen ich vorhin, etwas flach, gesagt habe, daß ich sie hasse. Nein, ich hasse sie nicht. Ich bin nur ihr geborener Feind, und es ist mir ein Vergnügen, sie zu vernichten, wenn sie mich stören.«

»Und sie stören uns immerzu«, sagte die Gräfin, »denn sie sind die Herrschenden. Wir leben unter ihren Gesetzen.«

– »Das Gesetz stört nur den, der ihm dient. Oder stört uns etwa jetzt das Geplärre dieser Knaben, deren süßlicher Gesang von oben nichts anderes verkündet als das Gesetz der faulen Lüge, das das hohe Wort Liebe mißbraucht? Wir wissen den wahren Sinn dieses Wortes und überhören einfach die alberne Kantilene des schwammigen Behagens.«

– »Ich verstehe Sie nicht ganz.«

– »Weil auch Sie dem Gesetz noch dienen, das die Schwachen gegeben haben. Aber Sie ahnen die Wahrheit, daß die Liebe der Starken nicht Friede ist, sondern Kampf, nicht Entsagung irgendwelcher Art, sondern grausam herrisches Begehren, Eroberung, Raub, Unterjochung – daß sie herrlich böse ist, wie das wahre Leben selbst.«

– »So können Frauen kaum fühlen.«

– » Es gibt auch starke. Der Kampf mit ihnen muß höchste Wollust sein, nicht ein einmaliger Gipfel bloß, sondern Schwingung von First zu First – bis in die kaum ahnbare Höhe gegenseitiger, gemeinsamer Vernichtung.«

Die Gräfin sah ihn starr an. Dann lächelte sie spöttisch: »Die Geschichte von den beiden Löwen, die sich gegenseitig auffraßen, bis von jedem nur der Schwanz übrigblieb.«

Jan del Pas lächelte nicht mit, sondern erklärte trocken: »Gnädige Frau, ich habe keinen Sinn für Humor.«

»Ich meinte immer, Humor sei das Zeichen eines starken Geistes«, entgegnete die Gräfin spitz.
Jetzt lächelte der Doktor, indem er sagte: »Das mag wohl sein, und es wäre ein weiterer Beweis dafür, daß ich kein starker Geist bin. Ich halte mich nur für einen geraden Geist, der kräftig genug ist, allen den Irrwegen auszuweichen, auf denen sich seit jeher die geistreichen Leute in allerlei Gehirndickichte verlaufen haben. Wahrscheinlich auch alle die genialen Herrschaften, die Sie hier um sich sehen.«
Er lachte plötzlich lautschallend auf, mitten in ein verwisperndes Pianissimo zärtlich girrender Geigen hinein.
– Was für ein unausstehlicher Bauer! dachte sich Henry Felix, dem vom allzu eifrigen Kauen und Schlingen der Schweiß auf der Imperatorenstirn stand; ich möchte wirklich wissen, wovon sich die beiden so lebhaft und, wie es scheint, lustig unterhalten. Sollte das Lachen mir gelten?
Eine jähe Röte stieg ihm bei diesem Verdacht ins Gesicht, und er schickte einen wütenden Blick zu dem gotischen Stuhle. Gleich darauf aber kräuselten sich seine Lippen zu einem Lächeln, das, bös und blöde, wie das Grinsen eines heimtückischen Idioten war.
»Je eher, je besser!« murmelte er.

3. Der Erwartete

Im großen Saale des ersten Stockes wurde getanzt. Der schwarzgelbe Parkettfußboden war glätter als eine frisch gefegte Eisbahn. Wer von einer der balkonartig vorgebauten Logen aus halber Höhe des Saales auf das Tanzen herabsah, hatte den Eindruck, daß die Paare sich auf einem Spiegel drehten.
Der Anblick von oben verlohnte sich überhaupt, und Paar nach Paar stieg die Kristallglastreppe hinan, die innerhalb des Saales zu einer Art Kanzel emporführte, hinter der sich der Eingang zu den Logenräumen befand. Zuerst, gleich nach der Polonäse, die Goethinsky aufs feierlichste angeführt hatte, die Gräfin und der Doktor.
»Wird man es nicht auffällig finden«, sagte Jan del Pas in seinem pedantischen Tonfalle, »daß sich die Herrin des

Hauses schon nach dem ersten Tanze mit einem Gaste zurückzieht?« Sah die Herrin des Hauses dabei aber mit Augen an, deren Ausdruck keinerlei Pedanterie verriet.

»Wenn Sie auf der Purpurnen Wolke bereits so heimisch wären, wie ich hoffe, daß Sie es bald sein werden«, entgegnete die Gräfin, »so würden Sie diese« (sie machte eine Pause und lächelte ihn an) » – Frage nicht stellen. Man findet bei uns nur das, wie soll ich doch gleich sagen...: das Regelrechte, Hausbackene, Gewöhnliche auffällig – oder, besser, alles, was sich nicht originell gebärdet. So haben, z. B., Sie anfangs entschieden Aufsehen erregt, bis man fand, daß Ihr nicht geniemäßiges Betragen ein besonders kühner Originalitätstrick sei.«

– »Dann habe ich hier also die besten Chancen, eine prominente Rolle zu spielen, ohne daß ich mich irgendwie anzustrengen hätte.«

»In der Tat«, bestätigte die Gräfin und lud ihn mit einer Handbewegung ein, sich auf einen kleinen gelbseidenen Lehnstuhl neben ihr niederzulassen.

Ein geschweiftes Gitter aus vergoldetem Schmiedeeisen, das den in sanfter Rundung nur wenig aus der Mauer vortretenden Balkon nach spanisch-südamerikanischer Art abschloß, zerlegte das Bild, das sich vor und unter ihnen bot, in einzelne Flächen.

»Wir sind wie in einem Käfig«, meinte der Doktor.

»Aber nicht gefangen«, fügte die Gräfin hinzu; »nur abgeschieden von dem Allgemeinen.«

»D. h. hier: dem Ungemeinen!« lächelte der Doktor.

– »Sie sind doch boshaft, mein Herr Ritter!«

– »Daß ich nicht wüßte! Oder ist das etwa kein ungemeiner Anblick? Lauter tanzende Genies! Sehen Sie nur! Der kosmoerotische Perser, getreu seinen Prinzipien, hat kein Weib, sondern eine Cloisonnévase ans Herz gedrückt und dreht sich feierlich wie ein Gestirn. Dagegen scheint Ihr Gatte nicht durchaus antierotisch gerichtet zu sein. Wer ist die Königin der Nacht mit der rostroten Perücke, die der gewaltige Cäsar so innig an sich preßt, während er sie majestätisch vor sich her schiebt?«

– »Eine Gans, die sich für eine Löwin hält. Dieses Paar, Herr Doktor, ist nicht genial.«

Jan del Pas sah die Gräfin groß an: »Cäsar ist nicht genial?«

Die Gräfin runzelte die Brauen, indem sie sprach: »Warum verstellen Sie sich mir gegenüber, Doktor? Wollen Sie mich reizen? Oder quälen?«
– »Warum sollte ich das nicht wollen?«
– »Aber diesen Hohn dulde ich nicht! – Nicht von Ihnen!«
Sie ergriff seine große Hand und preßte sie wütend, um sie sogleich von sich zu schleudern.
Jan del Pas lächelte.
»Eine Gans, die sich für eine Löwin hält«, sagte er dann; »aber sie hat einen bösen Zug um den Mund, der mir gefällt. Wer ist sie?«
Er ließ keinen Blick von der Königin der Nacht.
Die Gräfin preßte die Lippen aufeinander. Sie fühlte einen dumpfen, drängenden Schmerz in sich; – nie hatte sie das gefühlt. Sie wollte lächeln, wollte etwas Gleichgültiges sagen oder etwas Höhnisches. Sie konnte nicht. Dann wollte sie schweigen. Sie konnte nicht. Sie stand auf und flüsterte hastig: »Sie entehren sich, wenn Sie dieses Nichts anstarren. Diese Frau ist eine ganz gewöhnliche boshafte Intrigantin und Schwätzerin. Leer und gemein, ohne Natur, Temperament, Charakter, einfältig und eingebildet. Keine Schlange, wie Sie meinen, sondern eine erbärmliche Blindschleiche, die nur zischen, nicht beißen kann.«
»Hm!« machte der Doktor; »ein unsympathisches Gewerbe.« – Er bemerkte es mit Vergnügen, daß sie immer aufgeregter wurde.
»Aber, Frau Gräfin«, fuhr er nach einer Weile fort, »warum lassen Sie solches Ungeziefer in Ihr schönes Haus? Und, wenn es schon drin ist, warum rufen Sie keinen Kammerjäger?«
Er erhob sich, während er dies sagte, und wandte sich zum Hintergrund der Loge, wo Berta jetzt, an einen gelben Wandteppich gelehnt, im Halbdunkel stand.
Sie streckte ihm beide Hände entgegen und flüsterte: »Sie fragen immerzu, Doktor, und wissen die Antwort doch längst. Ich brauche Ihnen nichts zu sagen, als dies: Sie sind der, auf den ich gewartet habe.«
Jan del Pas trat, ihre Hände fest in die seinen gepreßt, so dicht an sie heran, daß sie seinen Atem spürte und es ihr war, als drückten seine Augen körperlich auf die ihren. Er ließ ihre Hände los und warf seine Arme um ihren Rücken, die Fäuste geballt. In ein ungeheures Wonnegefühl wie

hinabgeschlungen mußte sie ihren Mund auf seinen pressen. Es war kein Kuß – war wie ein Kontakt von innerlichsten Kräften.
Beide fühlten: Nichts reißt uns voneinander los, als eigener Wille.
Als sie die Türe öffneten, sahen sie jemand hinter der Portiere verschwinden, die den rückwärtigen Eingang zum Logenkorridor verdeckte.
»Man hat uns belauscht«, sagte der Doktor.
»Nein«, entgegnete die Gräfin. »Es war meine schwarze Dienerin. Sie ist taub und mir völlig ergeben.«
– »Sind Sie dessen sicher?«
– »Vollkommen.«
Sie traten auf die Kanzel. Die Musik brach eben ab. Der Pole ließ sich emphatisch auf die Knie nieder und erhob beide Arme wie ein betender Derwisch, indem er rief: »Ich bete an den Gott des Schmerzes!«
Aller Augen richteten sich nach oben, und Henry Felix, vom Tanze noch außer Atem, schrie: »Tusch, Musikanten! Tusch! Es lebe die erhabene Kaiserin der Purpurnen Wolke und ihr gelehrter Ritter!«
Die Masken wiederholten den Ruf, die Musik fiel ein. Bertas Augen strahlten, und der Doktor lächelte.

Allegro con attenzione

»Die Fledermaus ist fortgeflogen«, hatte nach dem ersten auf den Maskenball folgenden Besuch des Doktors Lala zu ihrem Master gesagt. »Nun wird es hell und frisch, und alles ist bald ganz klar. Die Rote fliegt ums brennende Licht. Bald wird sie hineinfliegen und zu Asche verkohlen. Du brauchst keinen Finger zu rühren, Master. Kannst ruhig zusehen. Es kommt, wies muß. Doch mußt du klug und stille sein. Denn dieser Mann mit der breiten Stirn und den ganz ruhigen Augen ist sehr bös und fest: ein Dolch mit vergifteter Spitze. Ich würde ihn lieben, Master, wenn er nicht ihr Freund wäre und also dein Feind.«
»Bist du ganz sicher?« hatte darauf der Graf entgegnet. »Mir scheint, er ist so kalt, daß er gar nichts fühlen kann, und ich möchte meinen, er liebt die Frauen nicht.«

»Er liebt nichts, Master«, war Lalas Antwort gewesen; »nur sich. Er ist der ganz Rechte. Er wird sie im Mörser zerstoßen. Das ist kein Mann, wie ihr Weißen seid. Nicht nur seine Fingernägel sind braun. Auch sein Herz ist ganz dunkel. Aber kalt ist es nicht. Es dampft in siedenden Wünschen. – Ich weiß die Wahrheit, Master. Ich habe in seinen Augen gelesen, als ich ihn durch die Zimmer führte zu der Roten. Sie schlangen alles in sich hinein, was dir gehört. Die Rote ist nur sein erster Fraß. Das Ziel bist du und was dein ist. Aber das Schicksal führt ihn und sie in unser Netz.«
Und Henry Felix, ihr die Wangen tätschelnd: »Gut, meine schwarze Spinne! Ich freue mich auf den Tag, wo wir sie beide in den Maschen zappeln sehen.«

Es war so. Der düstere Jan del Pas machte das Haus des Grafen hell. Seit er täglich in ihm erschien, immer der gleiche in seiner etwas pedantischen Steifheit, ernsthaften Würde, gelassenen Ruhe, kam Heiterkeit in den öden Reichtum.
Die stolze Schönheit der Gräfin munterte sich zu fast zärtlicher Liebenswürdigkeit (auch Henry gegenüber) auf, und dieser selbst, wie seine Haltung sich aufrichtete, sein Kopf sich hob, sein Blick sich klärte, so schien auch sein Gemüt befreit, erstarkt, vergnügt, resolut.
Es wurde wieder laut gesprochen, wurde gelacht, wo bisher die Purpurne Wolke feierliches Schweigen zur Pflicht gemacht hatte.
Die purpurwolkigen Genies aber schienen abgedankt, ja vergessen. Es gab keine Feste mehr, ja nicht einmal die regelmäßigen Genie-Reunions. Die heimliche Kaiserin hatte allen Geschmack an interpunktionslosem Symbolismus, Weltpflicht, Kosmoerotik, Satanismus, Semitohellenismus und was noch sonst sie bis vor kurzem »interessiert« haben mochte, verloren, und der gräfliche Mäzen begnügte sich damit, seinen Beutel aufzutun, wenn es galt, ästhetische Gründungen zu unterstützen, deren jede ausdrücklich dazu bestimmt war, eine neue Renaissance der Schönheit herbeizuführen.
Indessen sah er auch diese Beschäftigung nur als Intermezzo an, als eine Art spanischer Wand, hinter der er ein völlig anderes Ziel verbarg. Und dieses Ziel, viel mehr als seine Betätigung, war es, das ihn heiter anregte.

Ein entschiedener Woller, der Doktor, hatte ihn zu einem entschiedenen Wollen gezwungen. Das Licht, das von der breiten, bleichen Stirn des gefährlichen Eindringlings jetzt in das Leben des stets von fremden Einflüssen Abhängigen strahlte, war der Wille. Und zwar der Wille, zu vernichten.
Nicht der Friede machte das Haus des Grafen heiter, sondern der Krieg.
Verstellung gegen Verstellung, und auf beiden Seiten das gleiche Ziel: unbedingte Unterwerfung – womöglich Austilgung.
Für Jan del Pas war das ein schlechthin wollüstiger Zustand. Daß Berta ihn als Helfer zur Beseitigung ihres Mannes angenommen hatte, war es nicht; aber daß sie nun in der gemeinsamen Verfolgung dieses Zieles unter seiner Führung mehr sah als die Erledigung einer Notwendigkeit, mehr als Interessendienst: eine fast künstlerische Aufgabe, einen Genuß und die Vollstreckung eines hohen Wahrheitswillens – das erfüllte ihn mit einem stolzen und sicheren Hochgefühl. Der Halt seines Daseins war immer die bei aller Kälte überschwengliche Gewißheit gewesen, daß seine Wesensart nicht etwa eine monströse Verirrung der Lebenskraft darstellte, sondern den einzig wahren Sinn des Lebens selber, der beim jetzigen Normaltypus des Menschen krankhaft entartet sei.
Sein Wille stand nach einem Sohne von Berta, den sie im Geiste der Zerstörung auferziehen wollten als einen Rächer der beiseite geschobenen Wahren, Starken, an den im Mantel der Lüge herrschenden Schwachen.
Henry Felix war für ihn in einem noch tieferen Sinne als dem der Gräfin die Verkörperung dieser Schwäche. Mit wahrer Wonne betrieb er den Plan seiner Beseitigung. Im Gegensatze zu seiner Geliebten hatte er nicht den mindesten persönlichen Haß auf ihn. Dieser Mensch war ihm so gleichgültig, daß er sich gar nicht zu verstellen brauchte, wenn er im Verkehr mit ihm eine gleichmäßige Freundlichkeit, ja eine Neigung zu allerhand Scherzen zeigte. Es lag überdies in seiner Natur, mit seinem Opfer zu spielen.
Der Graf ging mit gut gemimter Ahnungslosigkeit darauf ein, und seine mehr passive Tücke fand gleichfalls ein Vergnügen darin, den tückisch aktiven Gegner, über dessen Pläne und Gesinnungen er durch Lala aufs genaueste unter-

richtet war, durch fast tölpelhafte Zutraulichkeit immer sicherer zu machen.
Er wußte, daß der Doktor in seiner pedantisch-systematischen Art, die keine Eile kannte, sondern vor allem immer aufs Sichere ging, noch nicht einig mit sich war, durch welche Mittel er ihn auf die Seite bringen sollte. Lala konnte ihn fast täglich durch Schilderung von Giftwirkungen erfreuen, die Jan del Pas vor Berta in ihrer Gegenwart entwickelt hatte, da er sich um so weniger genierte, als sie mit großem Geschick jede Prüfung auf ihre Taubheit bestanden und überdies den Eindruck bei ihm erweckt hatte, als sei sie ihrer Herrin animalisch anhänglich, Henry Felix gegenüber aber, der sie vor den andern geflissentlich schlecht behandelte, von einem boshaften Haß erfüllt. Zwar sah sie der Doktor manchmal plötzlich forschend an, wenn es ihm schien, als habe ihr idiotisch grinsender Gesichtsausdruck doch etwas aufmerksam Gespanntes, und es kam auch vor, daß er sich zu ihr wendete und drohende Worte sprach. Aber gerade bei solchen Gelegenheiten wußte sie ihn in der Überzeugung, daß sie völlig ungefährlich sei, zu bestärken, und Berta sowohl wie er kamen schließlich zu der Gewißheit, daß sie sich ihrer bei Ausführung ihres Planes geradezu als Helferin bedienen könnten, falls es nicht gelänge, die Dummheit des Grafen selber dazu zu benutzen.
Als Henry Felix dies erfuhr, war er sehr vergnügt.
»Scharmant!« rief er aus; »ich soll also doch auch ein bißchen mittun dürfen. Ich habe eine Rolle erhalten und brauche nicht mehr bloß als Zuschauer zu figurieren. Es ist sogar die Hauptrolle, die mir anvertraut ist. Welche Ehre! Von meinem Mienenspiele hängt es ab, ob die Sache tragisch oder komisch ausgeht. Da gilt es, die Gesichtsmuskeln zu beherrschen. Schwer! Schwer! Denn ich werde oft laut hinauslachen wollen, während ich doch tun muß, als hätte ich – Gift im Leibe. Aber ich kann warten. Das große Lachen am Schluß ist mir sicher. Und wer zuletzt lacht, lacht am besten.«
»Master«, sagte die Schwarze, »nimms nicht zu leicht! Denke: Wenn die beiden am Ende auch vor mir spielten! Wenn sie wüßten, daß ich auf deiner Seite bin und dir alles berichte! Ich habe Furcht bis zum Schlusse. Solange die Rote Atem hat und der mit der breiten Stirne im Hause ist,

droht Unheil. Warte nicht, sondern stoß zu! Wer weiß, ob sie nicht schon zum Sprunge ansetzen.«
Henry Felix lächelte überlegen: »Du bist ein kluges Aas, mein schwarzes Täubchen, aber du unterschätzest mich. Seitdem die Entscheidung naht, seit die Dumpfheit der Purpurnen Wolke vorüber und der Geist des Kampfes über mich gekommen ist, besteht keine Gefahr. Ich konnte, aber auch nur durch mich selbst, zugrunde gehen, solange ich trübe und träge war. Dieser Gegner, mit dem ich gerne die Klinge kreuze, weil er gut ficht, ist mir vom Schicksal gesandt worden, mich aufzuwecken. Jetzt bin ich wach und fühle den Schild meines Schicksals über mir. Ich kämpfe mit Vergnügen und wünsche nur das eine, daß dieser vergnügte Kampf recht lange währen möge. Diese Spannung, dieses gefährliche Spiel hat etwas Wollüstiges. Ich glaube, daß ich nie so glücklich war, wie jetzt.«
Er sagte nicht zuviel, denn er hatte in der Tat noch nie mit größerer Zuversicht und um einen höheren Preis Komödie gespielt.

Pantomime

Das Duell der Tücke zwischen Jan del Pas und Henry Felix, bei dem Berta und Lala sekundierten, währte fast ein halbes Jahr und hielt beide Parteien, so gleichgültig sie taten, scharf in Atem. Lala berichtete darüber der hellen Schwester, indem sie ihr die wichtigsten Notizen aus ihrem Tagebuche sandte. Und Sara, als sie fühlte, daß die Entscheidung nahe war, kam nach Berlin und nahm ganz in der Nähe der gräflichen Villa Wohnung.
Sie war nun aus einer schönen Frau eine stattliche Matrone geworden, und man konnte es ihr schwerlich ansehen, daß sie trotz ihrer fünfundfünfzig Jahre keineswegs ganz darauf verzichtet hatte, das Leben auf ihre Weise weiter zu genießen. Sie sah sehr würdevoll aus – fast streng, aber der üppige Mund hatte noch sein altes einladendes Lächeln, und die hurtigen Augen hatten nichts von ihrem Glanz verloren, wenn sie Wünsche ausschickten. Sie schminkte sich mit noch mehr Kunst, als früher, aber sie besaß den guten Geschmack, sich nicht allzu jung zu schminken. Nur die Falten um Augen und Mund deckte sie peinlich weg, aber

die Farbe des Gesichts war auf die Silberstreifen im Haar gestimmt. In der Kleidung bevorzugte sie jetzt ganz diskrete Pastellfarben mittlerer Helle mit viel Spitzenaufputz und trug nur wenigen und matten Schmuck. Sie hatte nie so distinguiert ausgesehen. Von der Liebesabenteurerin war gar nichts mehr zu bemerken. So deutlich sich auch die Rasse für den Kenner jetzt in ihrem etwas zu voll gewordenen Gesichte ausprägte, es war darum nichts vulgär Jüdisches, nichts orientalisch Lässiges, energielos Verschwommenes darin. Dazu hatte es zu viel Geist und Leben, und das Sinnliche in ihm besaß durchaus edle Züge. Sehr im Gegensatze zu ihrem Sohne hatte das Erotische bei ihr auch äußerlich kulturell gewirkt. Sie war eine Genießerin gewesen und war es noch – keine Wüsterin. Und so bereute sie weder, noch haderte sie mit dem Alter. Aber eine gewisse Bitterkeit begann dennoch in ihr aufzusteigen. Sie, die sich nie Illusionen gemacht und, nicht mit Unrecht, geglaubt hatte, daß das die Voraussetzung zu ihrer Art Glück war, fing an, es fatal zu verspüren, daß dieser Mangel an Glauben jetzt zu einer Leere wurde, aus der etwas Kaltes, Haßvolles kam wie ein Hauch, unter dem es sie zuweilen selber fröstelte. Darüber halfen auch die Spätlinge ihrer sinnlichen Liebeskraft nicht hinweg; ja selbst den Männern gegenüber, mit denen sie jetzt Beziehungen hatte, fühlte sie oft genug Verachtung, ja Haß. Die einzige Wärme, die sie jetzt noch wirklich empfand, verdankte sie den Gefühlsbeziehungen zu dem Sohne, der nicht wußte, daß sie seine Mutter war, und der es nach ihrem Willen auch nie erfahren sollte. Sie wußte sich über diese Gefühle selbst nicht ganz Rechenschaft zu geben und wiederholte sich oft, daß es, wenn es schon nichts anderes als Mutterliebe sein konnte, so doch sicherlich eine sehr wunderliche Art von Mutterliebe war. Es drängte sie keineswegs sonderlich zu Henry Felix hin. Sie liebte ihn – ja; aber sie liebte ihn aus der Ferne, als ob er doch, wenn auch ihr Fleisch und Blut, gleichzeitig etwas Fremdes wäre, etwas, das sie wohl anzog, aber nur bis zu einem gewissen Indifferenzpunkte. Sie hatte das Bedürfnis, über ihn zu wachen, aber nicht, bei ihm zu sein, ihm Wärme von ihrer Wärme zu geben. Das Geheimnis, das sich zwischen sie und ihn, damals mit ihrem Willen, gestellt hatte, war jetzt so mächtig geworden, daß sie das Gefühl hatte, es sei nun mächtiger als sie selbst. Sie hatte es erst bloß ihretwegen gutgeheißen, dann aber bewußt seinetwegen bewahrt und als heilsam für ihn befunden, da sie sich den Glauben beigebracht hatte, es werde ihm helfen, das Sonderbare seiner Natur um so freier und eigner zu entfalten. Da war Phantastisches von ihrem Vater her im Spiele, Freude am Abenteuerlichen, Ungemeinen, aber auch eine Art Herrschsucht. Sie ahnte, daß sie mächtiger über ihn wäre, wenn sie sich mit dem Zauber des Geheimnisvollen umkleidete, als wenn sie »bloß« als Mutter wirken wollte. Und noch etwas kam hinzu, worüber sie sich eigentlich klar freilich nie geworden war: eine gewisse Lust am Düpieren der Ordentlichen, Regelrechten – das Vergnügen der Kuckucksmutter am Belegen eines fremden Nestes und an der Kraft ihres Sprößlings, die aus legitimen Eiern Gekrochenen zum Neste hinauszuwerfen.

Sie hatte das Leben ihres Sohnes aufs genaueste und beifällig verfolgt. Daß er immer nur geschoben worden war, hatte sie aber nicht gemerkt, sondern gemeint, alles habe sich planmäßig bewußt aus ihm entwickelt. Gesehen hatte sie ihn seit seiner Herrenreiterzeit nicht, und so war von ihm das Bild eines kühnen, mit äußerster Energie sein Ziel verfolgenden jungen Mannes von zwar nicht schönem, aber ausdrucksvollem Äußeren in ihr. Auch jetzt, als sie in seiner Nähe wohnte, bekam sie ihn nicht zu Gesichte. Zu ihm gehen konnte sie Bertas wegen nicht, derentwegen sie sich auf der Straße nur tiefverschleiert sehen ließ, und er selbst kam nicht mehr aus dem Hause, da er den Kranken spielte.

Er war den lauernden Absichten des Doktors in scheinbar völliger Ahnungslosigkeit entgegengekommen, indem er, tiefste nervöse Depression zur Schau tragend, den Wunsch nach stimulierenden Mitteln geäußert hatte. Jan del Pas wußte sich vor Entzücken über diesen Glücksfall kaum zu fassen und entwarf nach genauestem Studium der Literatur über die »anregenden« Gifte einen mit pedantischer Genauigkeit festgelegten Plan, der, wie er vor Berta und in sich selber immer aufs neue fröhlicher Zuversicht voll wiederholte, sich »mit der Exaktheit eines Naturgesetzes abrollen« würde, »immer genau auf das vorgesteckte Ziel los, auch im scheinbaren Retardieren nicht eigentlich stockend, sondern nur das Tempo klüglich verlangsamend, um desto sicherer zu zerstören«.

»Wir lösen ihn bei lebendigem Leibe auf«, so ging seine Rede; »wir führen den lockernden Pflug des Giftes durch seinen Organismus und säen gleichzeitig Keime hinein, die die schon gewissermaßen zerfaserte Materie morastig machen. Doch ist es nicht nötig, in Bildern zu reden, da die Realität viel schöner als irgendein Bild ist. So ist der Gang im allgemeinen: Ein relativ harmloses Mittelchen in kleiner Dosis kitzelt ihn für ein paar angenehme Momente, die diesem wollüstigen Weichling um so köstlicher dünken, da er ohne Mühe zu ihnen gelangt ist, aus seiner Depression auf; aber die Momente sind bald vorüber, und es folgt die vorherige Unlust in potenzierter Stärke; demgemäß wird das Mittel potenziert; und so fort, bis ein stärkeres das Spiel der scheinbaren Befreiung und Erhebung fortsetzt, das in Wahrheit immer nur Betäubung ist – Betäubung und schließlich Lähmung. Die Unlustgefühle steigern sich dabei progressiv um so mehr, je unfähiger der Organismus wird, sich zu wehren, die Gifte auszustoßen. Es kann schließlich zu Krämpfen kommen, zu Aufregungszuständen bis zur Tobsucht, in denen er kniefällig, falls er noch in die Knie zu sinken vermag, um den Gnadenstoß fleht, um das Pülverchen der letzten Lust, die Abschiedsprise, die letzte Spritze. Doch gibt es auch Individuen, die anders, dumpfer, aber sicherlich subjektiv nicht schmerzloser reagieren. Nous verrons. Gewiß ist, daß uns ein interessantes Schauspiel bevorsteht, wie es vielleicht noch kein Arzt beobachtet hat, denn eine Gelegenheit wie diese ist natürlich ungemein selten. Ich werde die genauesten Aufzeichnungen machen, Phase für Phase, um zu prüfen, ob die Literatur in allen Punkten recht hat. Es könnte wohl sein, daß uns Überraschungen beschieden wären, die ich dann in Form von – Hypothesen der wissenschaftlichen Welt zum besten geben könnte. Ein paar Experimente mit annoch ungenügend ausprobierten Medikamenten werde ich mir kaum versagen können, und so bitte ich dich um Geduld. Was schließlich damit verlängert wird, ist ja auch der Genuß deiner Rache, da du nun einmal auf diese Nuance des Schauspiels Wert legst. Die Hauptsache bleibt, daß wir nicht bloß erreichen, was wir wollen, sondern auch noch das Extravergnügen haben, den Zersetzungsprozeß monatelang zu verfolgen. Ich denke, daß er sich ohne Beeinträchtigung der Spannung

auf etwa ein halbes Jahr ausdehnen lassen wird, wenn man gleichzeitig dem Organismus genug kräftigende Mittel zukommen läßt. Wir wollen es machen wie der Staat, der einen bei der Festnahme verwundeten Mörder erst gesund und stark macht, ehe er ihn tötet. Es ist ja auch Gerechtigkeit, die wir vollziehen, und zwar eine höhere, als die staatliche. Wir könnten sogar den Schmerz, den wir bereiten, auf diese Weise rechtfertigen – wenn wir heuchlerisch angelegt wären, wie der Staat der herrschenden Schwachen. O, wenn der uns packen könnte! Wie voll würden seine Wortführer das Maul nehmen, um zu beweisen, daß wir von Rechts wegen zu schlachten seien. Aber seine Finger sind zu plump, um uns zu greifen. Wir können ruhig hinter dem Sarge des Verblichenen herschreiten und werden wohl gar das Vergnügen haben, zu lesen, daß der hochsinnige Mäzen sein Krankenlager betreut sah durch eine liebende Gattin und die sorgende Kunst eines unermüdlichen Arztes und Freundes. Denn nach dem Tode eines Menschen entfaltet die Lüge ihr rauschendes Banner mit besonderer Beflissenheit.«
Berta stand jetzt so unter dem Banne des Doktors, daß sie nicht so sehr an sich und ihre Rache, wie an ihn und seine grausame Begierde dachte, und an ihn genau so voll Bewunderung und Hingegebenheit, wie früher an Karl. Jan del Pas erschien ihr im Grunde als der Vollstrecker von Karls Willen, ja als dessen legitimer Nachfolger von noch höherem Herrscherrechte. Ihr Bruder, sie spürte es, hatte sie mit größerer Innigkeit geliebt, als es jetzt ihr Geliebter tat, aber sie war sich auch dessen bewußt, daß ihrerseits sie ihn nicht so völlig geliebt hatte, wie sie jetzt diesen herrisch starken, bis ins Ungeheuerliche männlichen Mann liebte.
Wie er ihren Scheinmann vernichten wollte, so hätte er sie selbst vernichten dürfen, und es war davor eine Angst in ihr, die etwas verzehrend Wollüstiges hatte.
Sie liebte ihn mit einer solchen Sucht der Hingabe, des Wegwerfens ihrer selbst, fühlte sich so selig überschattet von ihm, daß die Aktion gegen Henry Felix für sie nicht viel mehr als ein Schattenspiel im Hintergrunde ihrer Liebe war.
Sie vernahm täglich Berichte über den Fortgang dieser für Jan del Pas durchaus im Vordergrunde des Interesses stehenden Handlung und suchte auch zuweilen das Zimmer

ihres Mannes auf, wo sich Henry Felix vom Bett zum Diwan, vom Diwan zum Lehnstuhl, vom Lehnstuhl zum Bett schleppte, aufs genaueste das ausführend, was ihm Lala nach den Darlegungen des Doktors als voraussichtliche Wirkung des jeweiligen »Mittels« berichtet hatte, deren jedes er sich säuberlich für später aufhob – aber alles dies war nur ein Nebenbei für sie. Zumal von dem Tage an, da sie wußte, daß sie ein Kind von Jan del Pas haben würde.

Einen Tag darauf wußte das aber auch schon Henry Felix, und an diesem Tage zeigte er, ganz programmwidrig, Symptome eines so deutlich erhöhten Lustgefühls, daß der Doktor zum ersten Male eine »überraschende Ausnahmswirkung« in seine Krankengeschichte eintrug. Im allgemeinen aber rollte des Doktors Plan scheinbar ganz so exakt in seinen Wirkungen ab, wie es sein ingeniöser Erfinder angenommen hatte.

Henry Felix, zu allen Künsten der Verstellung von Natur aus verschwenderisch begabt und mit wahrer Wollust seine Rolle spielend, sorgte sogar (durch massenhaften Genuß übermäßig starken Kaffees) für Unregelmäßigkeit des Pulses und mimte krampfhafte Anfälle der verschiedensten Art, bald höchst schauerlich nach Atem ringend, bald sich unter entsetzlichem Gestöhne übergebend, bald starr sich strekkend wie ein Stück Holz. Auch den wilden Mann spielte er mit großer Naturtreue. Jan del Pas, da er nicht wußte, daß das von Jugend an eine Spezialität von ihm war, wäre eher auf alles andere gekommen, als auf den Verdacht, daß dieses schauerliche Augenrollen bei fast blaurotem Gesicht, dieses tierische Gebrüll, dieses wahnsinnige Umsichherumschlagen Verstellung sein könnte. Er weidete sich an dem, was er als Symptome fortschreitenden Verfalles ansah, und war entzückt darüber, wie »prachtvoll exakt« dieses Krankheitsbild der Wirklichkeit mit dem Bilde der Krankheit übereinstimmte, das die Wissenschaft aufgestellt hatte. Wenn Henry Felix, scheinbar vor Schmerz, sich am Boden wand und mit den Zähnen knirschte, während die Finger sich in das Gewebe des Teppichs krallten, so stand er mit übereinandergeschlagenen Armen steif da und kostete diesen Anblick wie ein überschwänglich schönes Naturschauspiel aus, die Augen weit offen, die Lippen aufeinander gepreßt, selbst die Nüstern gespannt vor innerer Erregung. Denn, so kalt und ruhig er sich dabei äußerlich hielt, so gewaltig war er im Inneren bewegt, wenn sein Auge auf einer solchen Szene ruhte, die in ihm ein reißend wollüstiges Aufschwellen der innersten Kräfte hervorrief. Wenn Henry Felix, seinerseits hingerissen wie ein Schauspieler von einer des Erfolges sicheren Glanzrolle, dann gar noch irre Worte des Schmerzes zu stammeln, zu keuchen, zu kreischen, zu brüllen begann, von einer so blutig echten Qual im Tone, daß er selbst davon ergriffen wurde und wirklich beinahe selber Schmerz zu empfinden glaubte, so erlebte Jan del Pas Momente einer ungeheuren Verzückung und Ekstase. Der ohnehin Blasse wurde bleich wie Elfenbein, alles an ihm streckte sich, wie wenn der Körper den andrängenden Mächten des Gefühlssturmes mehr Raum zu gewähren trachtete, und die sonst stets fest geschlossenen Lippen öffneten sich wie lechzend. Nur noch eins fehlte ihm dann: Blut, und mehr als einmal war er nahe daran, sich mit dem Messer über den Grafen herzustürzen.

Wenn dann der Anfall zu verebben schien, ging er wie ein Mensch zum Zimmer hinaus, den ein Übermaß von Wollust erschöpft hat – unsicheren Blickes, gebückt, fast wankend. Erst vor Berta richtete er sich wieder auf, und nun kam es wie Hymnen von seinen Lippen. Die Person des Grafen spielte in diesen hohen Liedern der Qual keine Rolle; alles war ins Unpersönliche, Absolute eines offenbarunghaften Gesichtes gesteigert, dessen Maße alles Menschliche überschritten, wie die Greuelmasken an aztekischen Tempeln.

Henry Felix aber, wenn er, wohlig lächelnd und behaglich im Bett ausgestreckt, diese poetischen Steigerungen seiner mimischen Leistung durch Lala wiedergegeben erhielt, nahm das befriedigt und geschmeichelt hin, wie der Schauspieler seinen Applaus. Es tat ihm beinahe leid, daß schließlich einmal, und bald, die letzte Szene dieser Komödie kommen mußte, in der er seine Rolle mit so großem Erfolge spielte. Er schien es ganz vergessen zu haben, daß es kein Spiel, sondern ein Kampf um Tod und Leben war, – um seinen Tod, sein Leben.

Lala fühlte, daß ihr Master verloren war, wenn jetzt die helle Schwester nicht half.

Es war eine feucht laue, sehr finstre Nacht und zehn Uhr vorüber, als die Schwarze zu Frau Sara ins Zimmer gestürzt kam und hastig hervorkeuchte: »Schnell! Komm! Komm schnell! Es ist die Zeit da! Jetzt! Jetzt! Die Rote ist krank geworden, und der Doktor muß bei ihr sein. Er gab ihr zu schlafen. Sie stöhnt. Wenn sie aber schläft, wird er zum Master gehn, wie die Hyäne sich an die Hütte des Sterbenden schleicht. Denn er weiß und will, daß er heute sterben muß. Und er wird von seiner Hand sterben, wenn der Doktor sieht, daß er ihn betrogen hat. Denn der Doktor spielt nicht.«

Sara legte einen Theatermantel aus violettem Samt mit schwarzem Spitzencapuchon an und begab sich eilig in die gräfliche Villa, auf dem Wege dahin von Lala alles Nähere erfahrend. Sie sagte nichts dazu, aber wie sie die Villa betrat, war ihr Gesicht sehr ernst, und um den Mund lag ein strenger Zug, der ihren Ausdruck völlig veränderte. Alles, was sie in der letzten Zeit gehört hatte, ließ sie ahnen, daß sie einen anderen sehen würde, als den, dessen Bild sie in sich trug. Was sie jetzt von ihrer Getreuen erfuhr, erschreckte sie, als sei es bereits die Bestätigung ihrer Ahnung. Sie fürchtete nichts für ihn – sie fürchtete für sich. Zum ersten Male fürchtete sich diese Frau vor der Wahrheit.

Lala öffnete ihr die Tür zu Henry Felixens Zimmer und riegelte sie zu, als sie eingetreten waren. Ihrem Blicke entging es nicht, daß der Graf bei ihrem Eintritte für einen Moment die Augen ein klein wenig geöffnet hatte, und sie war sich ganz sicher, daß er nun wußte, wer in seinem Zimmer war. Indessen blieb er regungslos liegen wie ein Mensch in der Agonie. Sah auch ganz wie ein Sterbender aus, fast grünlich bleich, scharfe Schatten im Gesicht.

Aber das war ein ausgeklügelter Beleuchtungseffekt, arrangiert wie alles übrige. Er hatte sich, während der Doktor bei Berta beschäftigt war, ein Lager in seinem Bibliothekszimmer aufrichten lassen, dessen Wände auf seinen Befehl mit schwarzen Tüchern verhängt worden waren. Auch das Bett war ganz schwarz wie eine Bahre, und an seinem Kopfende standen auf schwarzen Säulen zwei Becken, in denen mit Salz vermischter Spiritus grünlich brannte, das

einzige Licht in dem dadurch doppelt düster, ja unheimlich wirkenden Raume.
Sara stand betroffen. Widerwillen ergriff sie.
Sie empfand es mit einem Schlage ganz klar, daß die Komödie dieses Menschen in einem Augenblicke verhängnisvollen Ernstes nicht einem souveränen Kraftgefühl, nicht dem grimmigen Humor eines starken Willens entsprang, der es sich erlauben durfte, die feindlichen Mächte burlesk zu verhöhnen, weil er auch im Gewande des Narren als Held handelte, sondern lediglich einer albernen Lust an selbstgefälliger Schauspielerei, die zum Hintergrunde nichts hatte, als kindisch leere Einbildung und die Unfähigkeit, den Ernst und die Überlegenheit eines fremden Willens zu erkennen.
Das war es wahrlich nicht gewesen, was sie hatte fördern wollen, indem sie ihrem Sohne den Glauben an eine geheimnisvolle Verknüpfung mit einer hohen Schicksalsmacht einflößte. Sie hatte an die Kraft der Phantasie geglaubt, den Willen zu befruchten, und sah nun, daß sie ihn verkümmert hatte. Ihr Ziel war schließlich sein Glück gewesen, aber nicht dieses billige gemeine Glück im Nebel eigener Dumpfheit. – Es graute ihr vor diesem Menschen, in dem sie die einzige Illusion ihres Lebens vernichtet vor sich liegen sah.
– Das beste wäre, ich überließe ihn seinem Schicksale, dachte sie. Er ist mir nicht bloß fremd, sondern feind.
Sie wandte sich um und drückte auf die Klinke. Wäre die Tür nicht verriegelt gewesen, sie wäre gegangen. – Eine vorgeschobene Stahlzunge kann über das Schicksal eines Menschen entscheiden.
Ihre Hand tastete nach dem Riegel.
Da flüsterte Lala: »Master! Die helle Schwester ist da. Nun geschieht alles recht.«
Er aber, selbst jetzt an nichts denkend, als an sein gutes Spiel, lallte: »Ich sterbe, ich ersticke. In meinen Eingeweiden wühlt eine eiskalte Hand.«
Die Schwarze warf einen Blick auf Sara, erschrak vor deren angeekeltem Ausdruck und sagte nun lauter: »Nicht doch, Master! Laß das! Es ist jetzt keine Zeit mehr, zu spielen.« Und, um vielleicht durch Schreck zu wirken: »Ich höre schon den Schritt des Doktors auf dem Korridor.«
Aber Henry mimte weiter: »Er soll kommen! Soll mich

retten! Soll mich töten! Ich ertrage es nicht länger. Er soll kommen, mein lieber Heiland! Mein Jesus, Barmherzigkeit!«
Da schritt Sara hastig zum Bette und rüttelte den Komödianten an der Schulter. Und sie sagte laut und herrisch: »Hör auf! Ich bin nicht gekommen, dich als Schauspieler zu bewundern. Werde ernst, oder ich gehe! Und wenn ich gehe, ist dein Ende da!«
In diesem Augenblicke richtete sich Henry Felix auf und sah sie wütend an: »So laß mich doch! Bring mich nicht aus der Rolle! Verdirb mir, bitte, meinen Schlußeffekt nicht! Bleib meinethalben da und versteck dich hinter den Büchergardinen, daß du meinen Triumph mitansehen kannst. Aber misch dich nicht ins Spiel! Ich hab es angelegt, ich allein, und ich führ es durch. Ich brauche auch keinen Souffleur. Niemand brauch ich, niemand! Ich habe mich schon zu viel gängeln lassen. Jetzt bin ich frei, will ich frei sein!«
– »Auch von mir? Hast du vergessen, wer ich bin?«
Er aber, grillig und höhnisch zugleich: »Nein doch, nein: du bist meine schöne Schicksalsdame, und ich verehre dich, aber ich habe keine Lust mehr, mich von irgendwem führen zu lassen, außer vom Schicksal selber. Frei will ich sein, ganz frei! Heut geb ich, auf meine Manier, meiner Frau und ihrem Liebhaber den Laufpaß. Nicht grob! O nein! Ich bin galant. Lachend mach ichs, mit einem Witz. Dann aber beginnt mein Leben. Mein Leben, ganz bloß mein Leben! Und das soll mir niemand mehr verpfuschen mit Dreinreden und Dreinfahren. Niemand! Ich bin es satt, immer die Figur zu sein, die andere schieben. Ein halbes Jahr lieg ich im Bett und spiele Theater, und dieses halbe Jahr hat mich gelehrt, was ich kann und was ich soll. Ja, starre mich nur an und hör es! Hör es! –: Ich kann die Komödie meines Lebens selber spielen, und ich soll der Freieste aller Freien sein. Ich habe nur einen Herrn über mir: das Schicksal. Ich brauche keine Vermittlung zwischen ihm und mir, und es kommt vielleicht der Tag, da es sich herausstellt, daß dieser Herr in mir selber sitzt. Und, wer ist er dann, wenn nicht ich selbst!? Aber nur die Freiheit bringt mir diesen Tag. Erst, wenn ich alles von mir weggestoßen habe, was nicht ich bin, bin ich stark genug, mein innerstes Ich in die Gewalt zu bekommen, Herr meines Schicksals zu sein.«

Er war in seine andere Rolle gefallen und gefiel sich in ihr womöglich noch besser, als in der vorherigen.
Aber Sara entgegnete geringschätzig: »Du phantasierst. Du bist krank. Nun, ich weiß das Mittel, dich von dieser Krankheit zu heilen. Vorher aber muß ich noch einmal dein Schicksal in die Hand nehmen. – Schweig! Jetzt rede und handle ich! Es ist keine Zeit mehr für Albernheiten. Der Moment ist ernst. Erbärmlich genug, daß du seinen Ernst nicht fühlst. Vielleicht verlohnt es sich nicht, dich zu retten. Aber es ist meine Pflicht. Erinnere dich an unsere früheren Unterredungen! Ich spreche jetzt anders zu dir, weil es sein muß. Aber ich spreche aus demselben Rechte, wie früher. Zum letzten Male vielleicht rede ich heute zu dir. Und gewiß ist, daß ich zum letzten Male für dich handle.«
Es war eine Macht im Tone und Sinne ihrer Worte, daß Henry Felix sich vor ihr duckte wie ein eben noch bissig belfernder Hund, der einen Faustschlag zwischen die Augen bekommen hat.
Sara wandte sich an die Schwarze: »Geh und hole den Doktor! Die Frau wird nun wohl schlafen. Nimm die Papiere, die du unter ihrem Kopfkissen weißt; wenn es sein muß, nimm sie mit Gewalt; und bringe sie mit den anderen, die du schon an dich genommen hast, schnell hierher.«
Lala wandte sich zum Gehen. Sara rief sie zurück: »Noch eins! Stell den Portier ans Haustor! Er soll niemand hinauslassen. Rufe die Diener, daß sie sich hier im Korridor aufstellen. Erst wenn dies geschehen ist, hole den Doktor!«
Und zu Henry Felix: »Hast du eine Waffe im Zimmer?«
Der Graf holte verdrossen, aber höhnisch lächelnd, unterm Kopfkissen einen Revolver hervor.
»Daran hast du also doch wenigstens gedacht«, sagte Sara. »Immerhin ein Zeichen dafür, daß du noch nicht ganz wahnsinnig bist. Vielleicht wirst du auch weiterhin der Vernunft zugänglich sein. Und nun: schreib, was ich dir diktiere!«
Henry Felix, gehorsam, halb wider Willen, doch halb auch schon in dem angenehmen Gefühle, daß eine starke Hand ihn sicher lenkte, griff wiederum unter das Pfühl, brachte sein Tagebuch hervor und riß, fetzend, wie es noch immer seine Art war, ein Blatt heraus.
– »Was soll ich schreiben?«

– »Schreib: ›Hiermit bekenne ich mich als den Verfasser der im Besitze des Grafen Hauart befindlichen Schriftstücke, aus denen hervorgeht, daß ich die Absicht gehabt habe, diesen langsam mit den Mitteln zu vergiften, auf die die, gleichfalls im Besitze des Grafen befindlichen, von mir ausgestellten Rezepte lauten. Ich erkläre, daß ich den Tod des Grafen im Einverständnis mit der Gräfin Hauart herbeiführen wollte, um in den Besitz des gräflich Hauartschen Vermögens zu gelangen, indem ich nach seinem Tode die Gräfin, meine Geliebte, die mit einem Kinde von mir schwanger geht, zu heiraten gedachte. Ich verpflichte mich, um die Scheidung zu beschleunigen, mit der Gräfin innerhalb 24 Stunden nach Unterzeichnung dieses Schriftstücks Berlin zu verlassen, und zwar unter Hinterlassung eines weiteren Schriftstückes, das als Bekenntnis des Ehebruches den Gerichten übergeben werden kann.‹ – Das dürfte zu deiner Sicherheit genügen. Sie werden sich nicht mehr an dich heranwagen, wenn wir ihnen kund tun, daß diese Erklärung nebst den anderen Papieren versiegelt bei einem Notar niedergelegt werden wird, der im Falle, daß du eines gewaltsamen Todes sterben solltest, beauftragt ist, die Siegel zu lösen und das Konvolut der Staatsanwaltschaft zu übergeben.«
Henry Felix sah Frau Sara groß an, überlas das Geschriebene nochmals und sagte: »Ausgezeichnet. Prachtvoll. Musterhaft. Aber ich fürchte, die beiden werden mir nicht den Gefallen tun, sich mir auf Gnade und Ungnade mit gebundenen Händen zu überliefern.«
– »Das laß meine Sorge sein.«
– »Gerne. Aber sie werden sich töten.«
– »Mögen sie! Um so sicherer wirst du vor ihnen sein.«
»Aber es wäre schade«, sagte der Graf mit einem unangenehmen Grinsen. »Ich hätte die Vögelchen gerne am Faden ... Hm ... Wie wärs, wenn man noch etwas hinzufügte? Etwas, das sie entweder bestimmt zwänge, sich umzubringen, oder, wenn sie die Courage dazu nicht haben, direkt zu meinen Gefangenen machte?«
– »Was denn?«
– »Etwa dies« (er rieb sich die Hände): »Der Doktor muß sich auch noch verpflichten, die Madame zu heiraten und mit ihr dauernden Aufenthalt an einem Orte zu nehmen,

den ich bestimme. Zum Beispiel in ... ah, das ist famos! ... z. B. in Sorrent ... Des süßen Karls wegen ... Wie?«
Er lachte laut auf. Häßlich. Heimtückisch.
Sara blickte vor sich hin. Dann sah sie ihn an, als suchte sie nach irgend etwas in seinen Zügen, und sagte: »Es ist nicht vornehm, einen besiegten Gegner zu quälen. Es ist Barbarenart.«
– »Aber praktisch und subjektiv angenehm.«
»Tu, was du willst«, sagte sie kurz, und er schrieb. Selbst das Kreischen der Feder klang in Saras Ohren gemein und tückisch.
Plötzlich lachte er neuerdings laut und sagte: »Ich hab noch was! Das schärfste Gift kommt zuletzt. Ich habe vom Doktor gelernt. Sie muß mir auch das Tagebuch Karls ausliefern.«
Er schrieb, ohne eine Antwort Saras abzuwarten, mit wütender Hast. Dann, dicke Striche darunter fegend, daß die Tinte spritzte: »So! Und wenn sie daran krepiert! Das erst ist der volle Triumph! O! Du hast recht gehabt! Ich war wahnsinnig, sie so leichten Kaufes fortlassen zu wollen. Unter die Erde soll sie getreten sein. Unter die Erde! In ein Verlies, zusammengekettet mit einem Scheusal. – Vielleicht besuch ich das junge Paar einmal in der Stadt des heiteren Golfes, wo das ganze Jahr Apfelsinenernte ist.«
Wieder ein abscheuliches Lachen.
Sara wandte sich weg, von fürchterlichstem Ekel erfüllt.
Da ging die Türe auf und Lala schlüpfte herein: »Er kommt. Die Rote ist eben erst eingeschlafen. Ich gehe nun zu ihr und hole.«
Kaum, daß sie weg war, trat Jan del Pas ins Zimmer, steif und ruhig, wie stets. Aber die Anwesenheit einer Fremden ließ ihn doch zusammenfahren. Auch mußte er sich an die Dunkelheit und Fremdartigkeit des Raumes erst gewöhnen.
Er streifte Sara mit einem Blick, dann sah er durchdringend zu Henry Felix hin und sagte: »Sie haben Besuch? Zu so später Stunde? Und in Ihrem Zustande?«
Er wollte zum Bett hin.
Sara vertrat ihm den Weg. Sie hielt den Revolver, unter ihrem Umhang verborgen, fest in der Rechten, nach dem Drücker tastend.
»Wer sind Sie?« sagte, langsamer noch als sonst, der Doktor und blieb stehen.

»Jemand, der mehr Recht hat, hier zu sein, als Sie«, antwortete Sara.
Jan del Pas wollte an ihr vorüber. Sara hob den Revolver. Er zuckte zusammen und fuhr mit der rechten Hand wie stoßend nach vorn, den Revolver zu greifen, zog sie aber sogleich wieder zurück, als sein Blick dem ihren begegnete. Ein sonderbarer Laut kam aus seinen kaum geöffneten Lippen, Knurren und Zischen zugleich. Wie von einem Tiere, das die Fallenzange an der Gurgel spürt. Er sah sich nach der Türe um.
»Sie bleiben!« sagte Sara leise. »Es ist keine Möglichkeit für Sie, das Haus frei zu verlassen. Auch sollen Sie ja keinen Versuch machen, das Gift zu sich zu nehmen, das für den Grafen bestimmt ist.«
Jan del Pas lächelte verzerrt und sagte, wenn auch bebend, so doch in seinem gewöhnlichen Tone, als ob er eine gleichgültige Tatsache konstatierte: »Es scheint, Sie sind gut unterrichtet. Aber Sie kommen zu spät, gnädige Frau. Dieser da ist nicht mehr zu retten.« Er sah erst sie, dann den Grafen musternd an und fügte hinzu: »Auch von seiner Mutter nicht.«
In diesem Augenblick lachte Henry gellend auf: »Kostbar! Kostbar! Er ist übergeschnappt! Der Schrecken läßt ihn phantasieren!«
Der Doktor erschrak vor dem kräftigen Tone, mit dem diese Worte gesprochen wurden, mehr als vorhin vor dem Revolver. Er wußte nun, daß er übertölpelt worden war. Mit einer steifen Verbeugung wandte er sich zu Frau Sara und sagte: »Sie sind nicht zu spät gekommen, gnädige Frau. Aber ich verstehe nun nicht mehr, was Sie von mir wollen. Ihrem Sohne ist ja nichts geschehen.«
»Ihrem Sohne!!« wieherte Henry Felix.
In diesem Augenblicke schlüpfte Lala am Doktor vorüber und legte eine Mappe in die Hände des Grafen, der diese sofort unter die Decke steckte.
Als Jan del Pas die Mappe erblickte, wurde er aschfahl und trat unsicher zurück. Seine Lippen zuckten, sein Blick wurde flackernd.
Sara ließ den Revolver sinken und sagte, zu Lala gewendet: »Geh hinaus, verschließe das Zimmer der Gräfin und bringe den Schlüssel hierher. Die Dienerschaft soll im Korridor bleiben.«

»Unnötige Vorsicht«, murmelte Jan del Pas, das Kinn fast auf der Brust. »Es liegt nicht in meiner Absicht, Torheiten zu begehen.« Er erhob den Kopf. »Ich bin in Ihrer Hand und erwarte ruhig, zu vernehmen, auf welche Weise Sie mich Ihre Macht fühlen lassen wollen.«

»Das ist vernünftig«, entgegnete Frau Sara. »Lesen Sie dies!« Sie überreichte ihm die von Henry Felix beschriebenen Blätter.

Der Doktor las mit gerunzelter Stirn. Man hörte nichts als das Knistern der Spiritusflammen und zuweilen ein verhaltenes Kichern des Grafen. Dann das Gehen der Tür und das Hereinhuschen Lalas, die den Schlüssel brachte. Dann ein nervöses Räuspern des Doktors, der zu Ende gelesen hatte.

Er legte die Blätter am Fußende des Bettes auf die Decke und sagte, ohne eine Spur von Ironie, in geschäftsmäßigem Tone: »Sie verlangen ziemlich viel.«

»Aber wir geben nicht weniger«, entgegnete Sara. »Sie erhalten, wenn Sie dies unterschreiben, die Möglichkeit, mit Ihrer Geliebten das Haus frei zu verlassen, aus dem Sie sonst nur unter polizeilicher Begleitung kommen dürften.«

Jan del Pas überlegte, indem er sich den Bart strich. Dann sagte er: »Sie haben recht. Und, ja – es ist mir auch nicht erlaubt, mich zu töten. Denn der Inhalt der Mappe belastet die Gräfin nicht weniger, als mich, und es besteht keine Wahrscheinlichkeit, daß Sie sie nach meinem Tode schonen würden.«

»Das würde ganz gewiß nicht geschehen«, erklärte Sara.

Jan del Pas blickte sie an, nickte mit dem Kopfe und wiederholte: »Ganz gewiß nicht.« Dann fuhr er fort: »Übrigens gibt es schließlich keinen vernünftigen Grund zum Selbstmorde für mich, da die Gegenleistung auf Ihrer Seite vermutlich darin bestehen wird, daß Sie keinen Gebrauch von den Schriftstücken machen werden, solange wir uns danach verhalten.«

»Ich verpflichte mich zu nichts!« warf Henry Felix schroff ein. »Der Spaß für mich besteht gerade darin, das werte Paar an der Longe zu haben.«

»Also unter Umständen nur eine Art Galgenfrist«, sagte der Doktor im Tone der Überlegung, wie für sich. Und,

den Blick auf den Grafen gerichtet: »Läßt sich derlei Ihnen gegenüber eingehen, solange man nicht die Meinung Ihrer Frau Mutter kennt, die offenbar auch Ihren Willen repräsentiert?«
Der Graf brauste auf und fuhr im Bette hoch: »Schweigen Sie endlich mit Ihren Beleidigungen, oder ich mache dieser Sache ein Ende, indem ich die Polizei rufe!«
Sara sah ihn von oben herab an und sagte kühl: »Du wirst mir gütigst erlauben, die Sache, die ich begonnen habe, auf meine Weise zu Ende zu führen.«
»Aber ich lasse mich nicht beleidigen!« schrie der Wütende. »Es gibt einen Punkt, an den mir niemand rühren darf. Niemand! Auch ... Sie nicht, gnädige Frau!«
Sara preßte die Hand gegen die Brust, als hätte sie einen Stich ins Herz bekommen.
Lala stürzte auf sie zu und sank vor ihr nieder. »Stille!« winselte sie. »Stille du und du! Beide stille!«
Der Doktor gewann seinen gewöhnlichen Blick kalt interessierten Forschens wieder, als er diese Szene sich in die Handlung einschieben sah, die jetzt anscheinend nur noch für ihn die Haupthandlung war, während die anderen ein anderes Stück begannen.
– Wie, wenn diese Frau sich jetzt gegen ihn erklärte? dachte er sich; auf unsere Seite träte? Oder wenn sich das, was zwischen, über diesen beiden wie ein verhängnisvolles Geheimnis schwebt, jetzt, in diesem Augenblicke entlüde! Es wäre die Rettung, denn es würde uns völlig ausschalten, würde vielleicht den da an unsere Stelle setzen ...
Aber, als ob sie seine Gedanken erriete – Sara warf einen Blick auf ihn und flüsterte vor sich hin: »Zuerst dies!« Und sie sagte, voll zu ihm gewendet: »Ich versichere Ihnen, daß von meiner Seite her nichts geschehen wird, den Grafen Hauart in dem von Ihnen befürchteten Sinne zu beeinflussen. Meine ... Rolle ist in dem Augenblick beendet, wo Sie unterschrieben haben. – Soweit ich urteilen kann, können Sie es ruhig tun.«
Jan del Pas sandte wiederum einen seiner musternden Blicke auf sie und von ihr zum Grafen.
– Wie sonderbar! dachte er; diese Frau ist ihm zu Hilfe gekommen, und nun steht sie eigentlich auf meiner Seite. Fast sieht es aus, als bedauerte sie es ebensosehr, wie ich,

daß mein Plan mißglückt ist. – Und er kam ins Grübeln –: Das Leben ist durchaus sinnlos, eine Folge alberner Zufälle. Wie hätte es sich sonst für diesen Nichtswürdigen entscheiden können. Oder – liebt das Leben vielleicht, sehr im Gegensatze zu den Meinungen unserer gelehrten Hypothesenmacher, die Affennaturen, die geschmeidigen und schlauen Scheinwesen, die – Masken, die sich amüsieren wollen? Liebt es – die Lüge? Ist Lüge, Schein, Spiel vielleicht sein – Sinn? Welch ein Unsinn wäre dann das Leben, würdig der Verklärung und Auslegung durch die bodenlos Heiteren und der Herrschaft der Heuchler und Schwächlinge, die dann allerdings von »Gottes« Gnaden regierten. Aber dieser Gott ist nicht die Liebe, sondern die Lüge, sofern beides nicht identisch ist, und das Ganze ist ein irrsinniger Schwindel des menschlichen Gehirns, eines krankhaft hypertrophierten Organs, das alle gesunden, echten Instinkte zur Verkümmerung gezwungen hat. Die Natur, die Wahrheit ist beim Teufel. D. h. es ist im Großen geschehen, was sich im Kleinen der Religionsgeschichte immer wiederholt: Gott ist verteufelt worden. Wer ihm trotzdem dient, gilt als Feind des Menschengeschlechts und wird unschädlich gemacht, falls der wahre Gott in ihm nicht so mächtig ist, daß er das erbärmliche Gesindel unter die Füße treten kann. Aber – Napoleon endete auf St. Helena, und Herr Talleyrand triumphierte. – Wie sollte dann ich, der so elend gestümpert hat, nicht nach Sorrent gehn?
Er hatte lange, in diese Gedanken versunken, schweigend dagestanden und in die eine im Verlöschen zuckende Spiritusflamme gestarrt. Als sie verloschen war, rief der Graf Lala herrisch an: »Licht! Viel Licht!« Und, zu Jan del Pas gewendet, während die Glühkerzen aufflammten und mit ihrer plötzlichen Helligkeit die Augen der Anwesenden blendeten: »Sie überlegen zu lange! Entscheiden Sie sich gefälligst!«
»Ich habe mich entschieden«, sagte der Doktor und griff nach dem Papier. »Geben Sie mir die Feder!«
Er unterschrieb und legte die Bogen in Saras Hände.
»Da die Gräfin krank ist«, sagte er zum Grafen, »so wird es ihr, meine ich, erlaubt sein, diese Nacht noch hier im Hause zuzubringen.«
»Nein!« erwiderte Henry Felix barsch und zornig. »Es soll

sogleich Schluß und alles fertig sein. Lassen Sie einen Krankenwagen kommen. Alles, was ihr gehört, schick ich morgen in Ihre Wohnung. Ausgenommen natürlich das Tagebuch Karl Krakers.«
»Gewiß!« entgegnete Jan del Pas ruhig. »Ich hoffe, daß seine Lektüre zu Ihrer Selbsterkenntnis beitragen wird.«
»Schweigen Sie und verlassen Sie uns«, schrie der Graf, in dem eine wilde Wut immer mehr hochstieg.
»Gerne«, sagte der Doktor und verbeugte sich vor Sara und der Schwarzen, indem er sich zum Gehen anschickte. Er schritt zur Tür, wandte sich dort aber nochmals um und sagte langsam und betont: »Auch in Ihren Händen ist das Tagebuch der Mitwelt nicht verloren, Herr Graf. Berta ist in der Lage, es wortgetreu aus dem Gedächtnis herzustellen. Ich bin überzeugt, dieser Umstand wird Sie, wenn Sie das Tagebuch gelesen haben werden, davon abhalten, Ihre Macht uns gegenüber zu mißbrauchen. Karl Kraker ist nicht tot, wie Sie glauben, Herr Graf, da Sie ihn getötet haben. Auch ... verjährt ein Mord nicht.«
»Hinaus!« brüllte Henry Felix und sprang aus dem Bette und auf Jan del Pas zu.
Der maß ihn ruhig mit den Augen und sagte, wie wenn er seinen Willen in den seinen bohrte: »Wir werden in Sorrent das Gedächtnis Karl Krakers pflegen und erwarten Sie dort.«
Er ging zur Türe hinaus.
Henry Felix stand einen Moment wie erstarrt und murmelte: »Was ... wollen sie von mir? Soll es noch nicht zu Ende sein? Immer wieder Karl?« Dann warf er sich mit beiden Fäusten wie ein Wahnsinniger auf die Tür und schlug darauf, besinnungslos brüllend: »Ich will nicht! Will nicht! Will frei sein! Ganz frei!« Dann, erschöpft, wandte er sich zu Sara um und keuchte: »Sie haben es falsch gemacht! Ganz falsch! Wer hat es Ihnen erlaubt, sich in meine Angelegenheiten zu mischen! Wie kommen Sie dazu, sich immerfort mir aufzudrängen! Was wollen Sie hier! Gehen Sie! Ich brauche Sie nicht! Will Sie nicht! Ihr Amt ist aus!«
Er stand dicht vor ihr. Sein Atem blies sie an. In seinen Augen war Wut, Haß, Tücke, Wahnsinn.
Sara hatte die Empfindung, als sähe sie das verfratzte Widerbild ihres eigenen Lebens. Sie sagte, ganz tonlos – es

war, als wären es nur die Gespenster von Worten –: »Ja, mein Amt ist aus. Ich bin fertig mit dir. Hier steht eine Mutter, die fertig mit ihrem Sohne ist.«
Henry Felix taumelte zurück. Sein Rücken krachte gegen die Tür. Er fuhr mit beiden Händen an den Kragen seines Nachthemdes, als würgte ihn der zum Ersticken. Er riß ihn auf, daß das in Fetzen gehende Hemd über die rechte Schulter hinabglitt. Das ganze Gesicht zuckte wie unter Peitschenhieben, und die Lippen öffneten und schlossen sich, ohne daß ein Laut von ihnen kam. Dann war es, als liefe die Welle dieses Krampfes den Hals hinab zur Brust, als schüttele ihn das Fieber des Wahnsinns. Er röchelte und schloß die Augen.
»Er stirbt«, winselte die Schwarze; »er stirbt.«
Da, in diese Stille, die wie eine sinkende, alles unter sich erstickende Last von etwas unsichtbar Körperlichem war, stach, stieß ein fürchterlicher kurzer Schrei – die Stimme der Gräfin.
Henry Felix riß die Augen auf und lauschte mit einem Ausdrucke des Entsetzens, vor dem nun auch Sara den Blick abwenden mußte.
Totenstille.
Er tastete, immer noch den Rücken an der Türe, nach der Klinke. Aber, wie sie nachgab, ließ er sie, zusammenfahrend, los und stürzte nach vorn, lang auf den Teppich niederschlagend. Hob den Oberkörper, den Kopf nach der Türe wendend, immer noch das tödliche Entsetzen im Auge, und lauschte.
Kein Laut. Die Arme ließen nach. Der Kopf sank auf den Teppich. Über den halbnackten Rücken lief ein Zucken. Er wimmerte, schluchzte, murmelte.
Lala kroch zu ihm hin und streichelte ihm Kopf und Schultern.
»Zu mir!« hauchte Sara.
Die Schwarze wandte das übertränte Gesicht zu ihr auf und sah sie mit einem Blicke hilfloser Verzweiflung an. Aber sie erhob sich und lehnte sich an sie, ihren Kopf mit einem Zipfel von Saras Umhang verdeckend.
»Wir wollen gehen«, sagte Sara und erschrak selbst vor ihrer heiseren Stimme.
Aber, wie sie einen Schritt vorwärts tat, sprang der Graf

auf und zur Tür, sich breit an sie lehnend. Er hielt den Kopf wie zum Stoße gesenkt und murmelte: »Sag erst, daß du gelogen hast!«

– »Genug! Gib die Türe frei! Ich habe dir nichts mehr zu sagen. Lüge dir eine andre Mutter vor, wenn du diese Lüge brauchst. Wollte Gott, daß ich mich auch so belügen könnte!«

Sie tat noch einen Schritt zu ihm hin.

Er sah sie verständnislos an und lächelte in blöder Verlegenheit, indem er stammelte, wie wenn die Worte Krusten wären, die von seinen Lippen brächen: »Es ... es ... ist also ... wahr?«

Er trat beiseite und rieb sich die Stirn, immer noch das blöde Lächeln um den Mund.

Dann sagte er, den Blick wie zögernd von unten zu ihr erhebend: »Aber du ... liebst mich ja nicht?«

Sara runzelte die Stirn: »Laß das! Ich will fort. Du willst ja frei sein. Was hat dir meine Liebe genützt?«

– »Hast du mich geliebt?«

Das fatale Lächeln war von seinem Gesicht verschwunden. Er sah die Mutter groß an.

Sie antwortete ganz leise: »Ich glaube, es war ein anderer.«

Er nickte mit dem Kopfe und starrte dann auf den Boden: »Ein anderer. Ja. Ich bin immer ein anderer.«

Frau Sara trat zu ihm und ergriff seine Hand, doch ohne Zärtlichkeit: »So werde nun endlich du selbst! – Auch ich habe dich aus deiner eigentlichen Bahn getrieben. Ich habe Einbildungen in dir verstärkt, weil ich dich für einen Starken, einen Reichen hielt, der aus Einbildungen eine große Wirklichkeit machen könnte hoch über dem Gewöhnlichen. Das war ein Irrtum. Du bist kein Starker, bist kein Reicher, bist schwach und leer. In deiner Leere fanden die Einbildungen nichts, das sie befruchten konnten; sie konnten dich nur aufblähen, noch leichter, noch widerstandsunfähiger machen. So treiben dich die Winde des Zufalls, und fremder Wille ist es, der dich bewegt. Keine Wirklichkeit hast du aus den Einbildungen gemacht; du bist zu ihrer Fratze geworden, weniger als die Gewöhnlichen. – Vielleicht hilft dir die Wahrheit, in die Niederungen zu gelangen, in die du gehörst. Darum habe ich sie dir gesagt. Möge sie dich heilsam ducken und bescheiden machen. So wirst

du endlich zu dir kommen und vielleicht glücklich werden.«
»Das – glaubst du?!« sagte Henry Felix mit einem bösen Blicke.
»Ich hoffe es«, antwortete Sara und ließ seine Hand los.
Ein Wagen fuhr vor. Türen gingen. Man hörte, wie das Haustor sich öffnete und mit einem leisen Dröhnen zuschlug. Der Wagen knirschte über den Kies und fuhr langsam fort.
»Sie ist weg«, sagte Henry Felix »und nun gehst also du auch und läßt mich allein mit dieser – Wahrheit. – Du weißt nicht, was du mir genommen hast. – Trotzdem, sage ich dir, sollst du sehen, daß ich nicht der bin, für den du mich jetzt hältst. – Gut, meine Einbildungen waren falsch. Ich will dir glauben. Aber sie waren stark genug, mich auf einen Weg zu weisen, der in die Höhe führt – wenn ich schon nicht aus der Höhe gekommen sein soll. Diesen Weg werde ich verfolgen trotz deiner abschätzigen Meinung von mir, die mich zur Bescheidenheit mahnt. Du wirst es nicht erleben, mich in den Niederungen der Gewöhnlichkeit zu sehen. Auf das Glück, das du mir erhoffst, verzichte ich gerne. Ich bin stärker als du glaubst. Wie hätte ich sonst den Absturz aus den Höhen meiner Einbildung ertragen können. Du sahst mich vorhin dort zu Boden liegen. Da glaubte ich selbst, zerschmettert zu sein. Aber jetzt stehe ich wieder aufrecht und fester, denn je. Die Berührung mit der Wahrheit hat mich nicht nur fester, sondern auch kräftiger gemacht. Ich liebe sie jetzt, wie ich früher meine Einbildungen geliebt habe.«
Frau Sara sah ihn erstaunt an.
– Ist das wieder nur schnell erfaßte Rolle? fragte sie sich. – Klingt das nicht echt? Wie, wenn die Wahrheit ihn wirklich zu sich gebracht hätte? Wenn ich ihn unterschätzte? Ihm unrecht getan hätte? Wenn er imstande wäre zu handeln, wie er jetzt spricht?
Ein warmes Gefühl wollte sie überwallen, eine neue frohe Zuversicht; die zurückgedrängte Liebe fühlte sich stark genug zu neuem Glauben, neuer Wärme, neuer Hoffnung. Sie wollte seine Hand nochmals ergreifen, aus einem zärtlichen, mütterlichen Impuls heraus zu einem innigen Drucke herzlichen Umfassens. Aber, wie sie die Hand schon aus-

streckte, mahnte etwas Kaltes ab, und ihr leuchtend gewordenes Auge verlor seinen Glanz wieder. Etwas Düsteres, Hartes, Prüfendes war in ihm, als sie sprach: »Du weißt noch nicht alles. Du begnügst dich damit, zu wissen, daß du nicht aus der geheimnisvollen Höhe her bist, die du dir eingebildet hast. Wie kommt es, daß es dich nicht drängt, mehr, Genaueres zu erfahren? Fürchtest du dich vor der ganzen Wahrheit?«

Henry Felix machte eine gleichgültig verneinende Handbewegung: »Wie konnte ich in diesem Zusammenbruche an Einzelheiten denken. Und, was kann es mich auch schließlich kümmern, zu wissen, wer mein Vater ist, da dieser sich nie um mich gekümmert hat? Willst du ihn mir nennen, es steht bei dir.«

Er sprach so geschäftsmäßig kühl, wie er dabei empfand. Doch Leben und Ausdruck kam in seine Stimme, als er, in einer plötzlichen Erinnerung, rief: »Aber ja: es interessiert mich! Der Mantel! Der Kosak! Gewiß ist er ein Reiter gewesen!«

Sara sah ihren Sohn prüfend an. Sie hatte für einen Moment ihr altes Lächeln, als sie sprach: »Gewiß! Und außerdem ein Edelmann, der seinem gräflichen Sohne im Range sogar noch um eine Stufe über war.«

Diese Eröffnung tat dem Grafen augenscheinlich sehr wohl.

– Also doch immerhin ein Fürst! dachte er sich, und er hätte nun sehr gerne mehr von dem fürstlichen Papa erfahren. Jetzt kam auch das Wort Mama über seine Lippen, als er munter angeregten Tones zu fragen begann.

Saras Lächeln verschwand. Sie hörte seine Fragen mit aufeinandergepreßten Lippen an und erwiderte schneidend: »All das ist Nebensache. Ich sehe wohl, du möchtest für das verlorene Spielzeug ein neues haben, auch wenn es nicht ganz so glänzend sein kann, wie das alte. Du hast es sehr schnell vergessen, daß die Zeit, zu spielen, jetzt für dich aus sein muß.«

Sie machte eine Pause und überlegte, während Henry Felix seine ungeduldige Neugier hinter nichtssagenden, halb und halb schon scherzhaft werdenden Bemerkungen zu verbergen suchte. Denn er war wirklich bereits auf dem Wege, alles Bittere der erfahrenen Enttäuschung zu vergessen und sich auf angenehmen Ersatz einzurichten. Als daher Sara, ohne jede Spur von Scherzhaftigkeit, sagte: »Vielleicht genügt es dir fürs erste, zu erfahren, daß dein Vater ein heftiger Antisemit war«, nahm er das durchaus spaßhaft, lachte belustigt laut auf und rief: »Dann hab ich also mehr als den Mantel und Kosaken von ihm geerbt, auch die anständige Gesinnung. Gott weiß, wie widerlich mir dieses Parasitenvolk ist.«

Sara neigte den Kopf und sagte leise für sich: »Ich wußte es.« Dann sah sie ihren Sohn mit einem Blick der tiefsten Verachtung, aber ohne Haß, eher mit einem Schatten von Mitleid, an, trat dicht vor ihn hin und sprach: »Du hast deine Mutter ins Gesicht geschlagen, und sie weiß nun, warum dein Leben elend war, und daß es elend bleiben wird bis zum Ende.

Du kannst nie ehrlich an dich glauben, kannst nie ganz du sein, nie frei, nie stolz, nie stark. Denn ein Verhängnis hat es gewollt, daß du zur Untreue an einem Teile deiner selbst geboren bist – nicht die harmonische, aus dem Edlen vereinigte Doppelbildung, sondern die Fratze zweier Rassen, die sich in dir abscheulich und fruchtlos mit dem bekämpfen, was im Satze ihres Blutes schlecht und gemein ist.«

Sie hatte beide Hände wie in pathetischer Abwehr erhoben, sprach aber ganz ruhig, Wort für Wort langsam wie aus der Tiefe des Unterbewußten emporholend, als hätten sie sich dort in all den Jahren zusammengedrängt und verdichtet, bereit, in einem Augenblicke der Entscheidung Kunde von einer tragischen Erkenntnis zu geben, die Mutter und Sohn für immer scheiden mußte.

Sie wandte ihren Blick von ihm, der wie ein Gefesselter stand, von einem Schlage betäubt, vom andern geweckt, zu Lala, die ihren Kopf in die schwarze Decke des Bettes vergraben hatte, um nichts zu hören und zu sehen, und ging langsam hinaus.

Die Tür blieb offen. Henry Felix wankte zur Schwelle. Er mußte sich, links und rechts die Hände gegen das Gebälk gestemmt, festhalten, um nicht umzusinken. Es war wie ein Dröhnen um ihn.

Gerade ihm gegenüber stand eine andre Tür offen, und er sah das zerwühlte Bett seiner Frau.

Die ganze Nacht bis zum Morgengrauen schritt er ruhelos,

hastig, den Kopf gesenkt, zwischen diesen beiden offenen Türen hin und her, immer dieses drückende Dröhnen um sich, das schließlich zu einem Rauschen und Gurgeln wurde, als wanderte er auf dem Grunde des Meeres. Und es war ihm, als drängen aus den Gobelins der Korridorwände dunkle Ungetüme mit dolchspitzen Schnauzen auf ihn ein, runde verglaste Augen auf ihn gerichtet, ein schwarzes, zuckendes, aber totenstilles Gewimmel. Er floh vor ihnen, schlug mit den Fäusten um sich, rieb sich Kopf, Leib, Glieder, sie von sich zu entfernen, da sie an ihm hingen wie Nadeln. Wälzte sich am Boden, sie zu erdrücken. Sprang auf und rannte weiter. Einen Augenblick waren sie weg. Er stand aufatmend still. Aber schon waren sie wieder da, und die gräßliche Flucht vor den stummen Scheusalen begann aufs neue. Durch Stunden und Stunden hin. Bis ihn die Verzweiflung packte und in die Helle des Zimmers der Gräfin stieß. Aber auch die Helle war voller Grauen. Die Opalampel über dem Bette wurde zu einer der milchigen Quallen, wie er sie im Neapler Aquarium gesehen hatte; Tausende von schleimigen, phosphoreszierenden Fangfäden gingen von ihr aus; hoben sich, senkten sich, drehten sich im Kreise; schwangen und wellten wie das Kleid einer Serpentintänzerin; fuhren in einem Strahle hoch zur Decke und breiteten sich dort kriechend aus, wie lebende Algen, überall an ihren Hauptsträngen bläuliche Knospen ansetzend und aus jeder Knospe wieder diese fürchterlichen, zuckenden, zielenden Fangfäden aussendend, die seine Blicke mit unwiderstehlicher Macht anzogen, so entsetzlich es ihm war, in dieses gierige Schleimleben zu starren – bis mit einem Schlage das ganze Geschlinge von der Decke herabstürzte, sich zu einem wirbelnden Bündel vereinigte und gerade auf ihn losschoß. Da drehte ihn das Grausen um und er rannte laut aufheulend durch den Korridor zu seinem Zimmer. Aber das lauschleimige Gestrudel dehnte sich aus und saß ihm nun mit tausend Sauglippen am Nacken – und tastete sich um den Hals – und kroch in die Ohren – verklebte die Augen – kroch ins Gehirn.

Er warf sich auf den Fußboden nieder und wälzte den Teppich über sich.

[illegible]

[illegible] Doch schritt er den [illegible] zu [illegible]

[illegible]

[illegible]

NACHBERICHT

DER BÜSSER

Der unheilige Sebastian

Hermann Honrader hatte den Grafen, von dem es in den Zeitungen hieß, daß er infolge der Entführung seiner Frau durch den Dr. Jan del Pas wahnsinnig geworden sei, nach Genf in eine Privatheilanstalt gebracht.
Nach ein paar Monaten berichtete der Arzt: »Ich bin mit unserm Patienten recht zufrieden. Die Apathie ist gewichen. Sein Zustand ist jetzt der eines Nervenerschöpften, der zwischen Depressions- und Aufregungszuständen schwankt. Die Alkoholabstinenz erweist sich auch bei ihm als eminentes Mittel, die Stimmungslabilität immerhin in gewissen Grenzen zu halten. Für geisteskrank halte ich ihn bestimmt nicht.«
Nach einem weiteren Monate:
»Der Graf ist so weit hergestellt, daß ich ihn ruhig ausgehen lassen kann; ja ich würde ihm nichts entgegenzusetzen haben, wenn er die Anstalt ganz verlassen wollte. Indessen scheint er sich hier wohl und geborgen zu fühlen und hat offenbar keinerlei Neigung, so bald in die Welt und sein altes Treiben zurückzukehren. Er ist sehr still und immer für sich. Fast zu viel. Einige Zerstreuung könnte nicht schaden.«
Wiederum nach derselben Frist: »Der Graf beharrt darauf, hier zu bleiben, obwohl ich, was die Krankheit betrifft, wegen der Sie ihn zu mir gebracht haben, als Arzt kaum mehr etwas an ihm zu tun habe. Nur muß ich ihn täglich ermahnen, er möge etwas weniger verschwenderisch mit seiner – besten Kraft umgehen. Er bleibt eine um die andere Nacht weg und verbringt diese Zeit in einem Bordell, das er, wie man mir berichtet hat, dann ganz für sich mit Beschlag belegt. Der darauffolgende Tag hingegen ist dem gewidmet, was die Katholiken ›Reue und Leid‹ nennen. Überhaupt gebärdet sich der Graf, obgleich er nicht katholisch ist, ganz so, als gehörte er dieser Kirche an. Er trägt ein Amulett. Hat sich ein riesiges, wagerecht schwebendes Kreuz mit einem fürchterlich realistischen Kruzifixus überm Bett anbringen lassen. An der Tür hängt ein Weih-

wassergefäß von gleichfalls ungewöhnlichen Dimensionen. Er liest ausschließlich katholische Literatur: Heiligenlegenden und die gewissen ›Betrachtungen‹. Ich frage mich ganz ernsthaft, ob ich darin nicht doch wieder ein Krankheitssymptom zu erblicken habe. Indessen: eigentlich exzessive Formen hat dieses neue Wesen noch nicht angenommen – bis auf gewisse Redewendungen von fanatischer Heftigkeit, die, in unserer Zeit der Toleranz ausgestoßen, schon etwas Verrücktes an sich haben. – Es besteht da natürlich ein Zusammenhang zwischen den übermäßigen Ausschweifungen des Geschlechtes und diesen mit Zerknirschung und mystischem Dahinschweben ausgefüllten Pausen, in denen das Gehirn ausschweift. Es ist an dieser Konkurrenz gegensätzlicher Erscheinungen, bei der Reaktion auf Reaktion folgt, wie der Rechtsschwung des Pendels auf den Linksschwung, nichts, was mich als Arzt in Erstaunen setzte.

– Irgendeine Therapie dagegen gibt es kaum. Man muß hoffen, daß das Leben in der Welt, das der Graf ja für später ins Auge gefaßt hat, ihn von diesen mystischen Überbleibseln einer heftigen Nervenerschütterung befreit und sein Gehirn gegen eine Wiederholung solcher Anfälle stärkt. – Ich vergaß übrigens, zu bemerken, daß er jetzt nur in der Anstalt, also bei ›Reue und Leid‹, abstinent ist; – vielleicht gehört das zur Buße. Mit seinen Freundinnen soll er wieder unmäßig bechern.« –

Kurze Zeit nach diesem Bericht erhielt Hermann folgenden Brief von Henry Felix in einem Paket, dem ein versiegeltes Kuvert und ein offener Brief beilag, beides an den Dr. Jan del Pas in Sorrent adressiert.

Der Brief an Hermann lautete:

»Lieber Bruder! Ich bitte dich, das Beifolgende dem Adressaten oder seiner Frau persönlich nach Sorrent zu überbringen und ihnen auszurichten, was ich dir nachher aufschreiben werde. Da du dieses furchtbare Land Italien (objektiv furchtbar, weil es von Teufeln beherrscht wird, jüdischen Freimaurern und ihren Helfershelfern, die mit vereinter Tücke und Gewalt den Statthalter Christi demütigen und gefangenhalten – subjektiv für mich aber gleichfalls höchst furchtbar, weil ich dort nahe daran gewesen bin, einer Verlobten des süßen Sohnes der Allerheiligsten Mutter Maria Gewalt anzutun) – da du es also noch liebst (mit der Liebe des Heiden, Bruder, die eine schlechte Liebe ist – verzeih, verzeih mir Unwürdigem, der ich freilich über niemand zu Gericht sitzen darf), so wirst du, denk ich, gerne hingehen, weil du das dort weißt, was ihr Schönheit nennt, und, ich hoffe es, gerne auch deshalb, weil du mir einen großen Dienst damit erweisest. Denn ich kann nicht (noch nicht) diesen beiden Menschen unter die Augen treten, an deren Unglück ich schuld bin. Sie gedachten es (in einem höheren Sinne freilich, als es ihnen bewußt war) gut mit mir zu machen, ich aber, ein Besessener damals noch mehr als heute, habe es böse gemacht. Nimm also das Geld, das ich dir schicke, mein Bruder (alles, was ich besitze, gehört auch dir, denn ein zweites Mal bist du als Engel bei mir erschienen, da mich der Herr zerbrochen hatte – Dank Ihm auch dafür, denn, was Er tut, ist wohlgetan), nimm das Geld und reise.«

– Sonderbar! mußte Hermann bei sich denken: das ist nun alles wohl sein Ernst jetzt – aber klingt es nicht, als schriebe er es schließlich doch nur aus Freude an dieser Art Worten? Und: von wem hat er diese Art, der neue Katholik? Von Martin Luther auf dem Umwege über Jeremias Kraker. – Und: »Bruder!« Ob das nicht – Bußübung ist?

»Das versiegelte Kuvert wirst du natürlich nicht öffnen, und ich bitte dich, dem Adressaten zu sagen, daß du von seinem Inhalte nichts erfahren hast. Den offenen Brief aber gib ihm offen, gleichsam zu deiner Beglaubigung als mein Vertrauter, Freund, Bruder. Und nun höre!

Gestern erschien bei mir das alte Ehepaar Kraker. Als sie zu mir ins Zimmer traten, mußte ich, zwischen die Augen getroffen von einem grellen Lichtbalken, in die Knie sinken und den Saum ihres Gewandes küssen. Denn, siehe, es hatten sich zweie an der Hand und sahen mich mit dem Blicke an, der da stöhnt: Mörder. – Ihre Worte sprachen anders, ihr Auge sprach so. Ich las es im Weiß ihrer Augen: Unsern Sohn getötet, du da! Unsere Tochter verwüstet und eingekerkert, du da! Uns selber gemacht zu Gespenstern unserer selbst – du, du, du! ›Ich – nein, nicht ich!‹ schrie ich auf: ›nur jener

Teil in mir, den ich nun aus mir auszutreiben hoffe mit der heiligen Hilfe der gebenedeiten Schulterwunde meines lieben Herrn Jesus.
O, mein Jesus, mein Jesus, Barmherzigkeit!‹
Vor diesen Worten entsetzten sie sich mehr als vor ihrem eigenen Elend. Sie, die ganz weiß, ganz still, ganz schwach Gewordenen, wollten mich – bekehren! – Wehe den Armen! Sie sind hart und verschlossen geblieben dem fließenden Lichte der Gottheit!
Laß mich schweigen von der Unfruchtbarkeit der Worte, die zwischen uns, an uns vorüberflogen wie blinde Vögel, keines zum Ziele, alle ins Leere.
Wir schieden, indem wir uns beklagten.
Höre nur dies: Was sie den Ehebruch ihrer Tochter nennen (ach, sie wollten es nicht annehmen, daß ich alle Schuld auf mich nahm), hat sie als lebendige Wesen ausgelöscht. Selbst von ihrer Heimat haben sie sich losgelöst. O, sie werden von den Winden genommen und hinweggetragen werden.
Doch dies ist es nicht, was du besonders wissen mußt wegen deiner Reise, damit du meinen Willen verstehst, sondern: Sie haben das Geld, das ich ihnen damals gestiftet habe, als das erkannt, was es auch wirklich war: als einen Teil des Giftes, das sie, ihr ganzes Haus, zerstört hat, und sie wollen, daß es nun nicht weiter Unheil anrichte, sondern Segen schaffe.
Ach, mein Bruder, sie haben eine Stiftung daraus errichtet zu Stipendien für arme Studenten der protestantischen Theologie.
Ich betrachte auch dies als einen Teil der Buße, die mir helfen soll, rein zu werden, und sage kein Wort mehr darüber. Aber ich will, daß nur ich zu büßen habe.«

Inwiefern eigentlich? dachte sich Hermann. Er nimmt es, wie immer, ein wenig leicht. Warum – stiftet er sein Geld nicht, zur Buße sowohl wie zur Balance, der katholischen Theologie? Ach, du – Bruder du! Noch im Tode wirst du dir Komödie vorspielen. Und wirst es nicht einmal merken.

»Und so bitt ich dich, dem Doktor Jan del Pas und seiner Gattin zu sagen, daß ihnen dieselbe Summe, die ihnen durch dieses Stipendium entzogen worden ist, nochmals zur Verfügung steht. Ich biete sie ihnen dar, nicht als ein Geschenk (denn ich bin nicht würdig, zu schenken), sondern kniefällig, im Staube, die Stirn auf ihren Schuhen, als schuldigen Zins meiner Knechtschaft. Ich flehe sie an, daß sie es nehmen um Gottes und Jesu Willen und zu meiner Reinigung. Indem ihre Hände es nehmen aus meiner noch unwürdigen Hand, werden sie mich ein wenig emporziehen aus meiner Verachtung. (Doch ganz aufrichten können mich nur die Hände mit den allerheiligsten Malen. M. J. B.! M. J. B.!)«

Hermann ließ den Brief sinken und sann vor sich hin: Ist das nicht vielleicht doch mehr als Komödie? Ist es nicht wirklicher Wahnsinn? – Aber dagegen spricht der Brief des Doktors, der diese fixe Idee von der christlichen Buße offenbar nicht sehr ernst ansieht. – Ausschweifung nennt ers, und so wird es wohl sein: eine andre Art Wollust, ein selbstgefälliges, wollüstiges Sichhinsinkenlassen in laue Demut – nachdem ihn irgend etwas aus der Höhe gestoßen hat, wie es immer in seinen Phantasien damals hieß: »Kopfüber hinab zu den Gewöhnlichen!«

Der Brief an Jan del Pas lautete:

»Sehr geehrter Herr Doktor! Sie empfangen aus den Händen meines brüderlichen Freundes Hermann Honrader alle die Papiere zurück, die Sie in meine Hände gegeben haben, und mit denen Sie in meine Hände gegeben werden sollten. Ich weiß heute, daß ich nicht würdig bin, einen Mann wie Sie in irgendeiner Art Gefangenschaft zu halten. Sie haben recht, tausendmal recht gehabt, ein Leben vernichten zu wollen, das, wie es war, ausgetilgt zu werden verdiente. Aber, daß es Ihnen nicht gelungen ist, obwohl die Hölle selbst dabei am Werke war, beweist, daß in ihm, wenn auch durch einen Bodensatz von Schmutz und Schändlichkeit fast erstickt, Kräfte sind, die über jede Hölle triumphieren werden, wenn sie es vermögen, jenen Bodensatz hinauszubaggern mit Hilfe einer Gnade, von der ich zu Ihnen nicht reden mag, da Sie unmöglich fähig sein können, sie zu begreifen. Sie würden nur Worte hören, wo göttliche Substanz selber sich in geheimnisvollen (Ihnen ewig geheimnisvollen) Silben selig äußert.

Wollen Sie mich noch töten: kommen Sie! Ich will mich

unter Ihren Fuß legen. Aber kommen Sie schnell! Noch bin ich zu töten! Bald, ich weiß es, nicht mehr!
Das Tagebuch des Bruders Ihrer Gattin werde ich an die Öffentlichkeit befördern – falls nicht Ihre Gattin selbst es unter Ihrer Redaktion besorgen will. – Dieses Buch stellt mich in all meiner Blöße an eine Schandsäule und einen Marterpfahl. Alle seine Pfeile treffen mich von oben aus der Wolke eines Geistes, der ein Recht hatte, mich zu verachten. (Aber aus Gründen, die er nicht kannte: aus ganz andern Gründen, als er meinte.) Ich genieße jetzt diese Verachtung wie eine Frucht, die mich stärkt. Auch sie dient meiner Reinigung. O, wie hilft mir ihre Bitterkeit. O, wie bitter wohl sie mir tut! O, wie gewiß ist es, daß auch sie mir bestimmt war vom Herrn der großen Güte, der auch die Verworfenen zu sich ruft aus den Ketten der Hölle – und zuweilen durch die Stimmen von Teufeln.
Gleich dem heiligen Sebastian steh ich im Pfeilregen, halte ich stand den Geschossen, die von der Sehne höllischen Hasses schwirren – ein sehr, ein mehr als Unheiliger jetzt noch, aber ein Glaubender nun und ein Wissender: daß das aus tausend Wunden abfließende Blut mit sich wegschwemmt den trüben Bodensatz meines Wesens.
O, daß es ganz von mir flösse und nur ein Tropfen in mir bliebe – aber ein reiner!
Ich sehe Ihr Lächeln, Herr Doktor, mit dem Sie diese Worte lesen: es ist kalt und hat dieselbe Verachtung in sich, wie das Lächeln jenes, von dem ich nun erst ganz frei bin, da ich seine Blätter des Hasses, der Verachtung und eines teuflischen Übermutes gelesen habe. Bald wird er, bald werden Sie – unter mir sein. Ich knie mich unter Ihr Lächeln und empfange seine Verachtung wie Geißelstreiche, die mich zerfleischen und entzücken.
So, in meinem Blute, meinem schlechten, verderbten, noch unreinen Blute kniend, reiche ich Ihnen entgegen, was mein Bruder und Freund Ihnen anbietet. Nehmen Sie es an, mit Verachtung an, wie man den Dank eines Bettlers entgegennimmt – –,

von Ihrem Knechte
H. F. H.«

*

Jan del Pas nahm es an, mit Verachtung an.
Er sagte zu Hermann Honrader: »Melden Sie dem Herrn Grafen, daß das Geld zur Erziehung unsres Sohnes Karl verwendet werden wird, der hier in Sorrent aufwachsen soll, immer nahe bei sich das Denkmal seines Namenspatrons und Mutterbruders. Florenz und Rom, der Geist der Renaissance und der Antike, sollen seine Erziehung vollenden. – Dem unheiligen Sebastian aber wünsche ich von Herzen, daß er sich bald – erheben möge – hoch über mich und meinesgleichen. Er wird es gewiß. Seine Leere trägt ihn –, zumal in der dicken Luft, nach der es ihn jetzt verlangt.«
Frau Berta del Pas sagte nichts dergleichen. Es war, als hätte sie alle Erinnerung an Henry Felix verloren.
»Und das Tagebuch?« fragte Hermann.
»Das Tagebuch Karl Krakers wird Karl del Pas herausgeben«, erwiderte der Doktor. »Wir befehlen dem Grafen, es an uns, seine legitimen Besitzer, auszuliefern. Es ist noch nicht die Zeit dafür. – Sagen Sie ihm, er möge es selbst bringen. Denn er wird ja doch eines Tages kommen müssen. Ich habe es ihm gesagt, als ich ihn in Berlin verließ. Es ist nicht vergessen.«

Regina spinosa

Henry Felix lag indessen weder bei einem Weibe noch im Gebet vor der allerheiligsten Schulterwunde, sondern er befand sich auf dem Wege von dem einen zum andern.
Da hatte er eine Begegnung, die ihn noch tiefer ins Gebet warf, als sonst.
Er hatte die Villa Madame Adeles kaum verlassen und bog eben in einen Zypressengang ein, der, rechts und links von rosenüberhangenen Mauern begleitet, einen sanften Hügel hinaufführte, als er, wie von einer unirdischen Erscheinung berührt, stehen bleiben mußte.
Er sah kaum zehn Schritte vor sich, eine schmächtige, hohe, edle Frauengestalt langsam, doch leicht den Weg zwischen den schwarzen Bäumen und hellen Rosen hinaufschreiten. Sie trug ein dunkles, etwas nachschleppendes Kleid. Ein schwarzer Spitzenschleier hing über die Schul-

tern. Der Kopf war unbedeckt, aber schwere, dunkle Flechten wuchteten wie eine Krone auf dem Scheitel, wanden sich um die Schläfen wie ein Kronband. Selbst aus der Ferne sah der Stehengebliebene wie ein düsteres Flammen und Blitzen das Leuchten von großen Edelsteinen, die in diesem wundervollen Haar an Spangen und verborgenen Perlenketten saßen.

– Welch ein Weib! sprach eine sonderbare Ergriffenheit in Henry Felix. Scheu, als traue er sich nicht in die Nähensphäre dieser Erscheinung von tragischer Schönheit und Würde, tat er zögernd einen Schritt nach vorn.

Da wandte sich die Frau um. Er sah eine hohe, weiße, leuchtende Stirn, zwei große, dunkle Augen unter strengen Brauenbogen, einen Mund, schmerzlicher, als er je einen auf Bildern der schmerzhaften Mutter Gottes gesehen hatte. Und er sah, daß sie das Haupt in leiser Senkung nach vorn geneigt hielt. Welch eine Blässe lag auf diesem Antlitz! Und welch ein Geist. Welche Verklärung durch Geist, Schmerz, Liebe!

– Blutleuchte! schrie es in ihm auf. Das ist sie! Ist sie! Mir ist die Gnade! Die Gnade ist mir nahe! Ich habe es gesehen, gefühlt, das Ungeheure, Selige! Nicht Steine leuchten aus diesem Haar! Das ist der blaue Schein unter der schattenden Hand Gottes!

Er wollte ihr nach, wollte die Schleppe ihres Kleides küssen, sich vor ihr niederwerfen, die Stirne in den Staub.

Da verschwand die Erscheinung zwischen dem Rosenschwall eines Mauertors.

Hinter ihm knirschten Schritte.

Er wandte sich um und sah kaum, daß es eine kleine, weißhaarige, vornehme Dame war, der er die Frage entgegenstammelte: »Wer ... wer ... ist ... das?«

Die alte Dame sah ihn erschrocken an und sagte, indem sie ihren Schritt beschleunigte: »Kaiserin Elisabeth.«

Er stand einen Augenblick starr. Dann streckte er, als wollte er etwas Entschwindendes ergreifen, beide Hände aus und war mit zwei Schritten neben der Dame, die nun fast vor ihm floh, als sie das erregte Gesicht des Fremden mit den fieberisch leuchtenden Augen neben sich sah.

»Ich bin ...« keuchte er, »ich will ... ich bitte um die Gnade ...«

»Nicht doch, mein Herr!« wehrte sie ab; »Sie dürfen nicht ... Es darf niemand ...«
Er blieb ächzend stehen, als habe er einen langen Weg hinter sich und sähe sich nun am falschen Orte.
Er mußte sich an die Mauer neben dem Tor lehnen, in dem jetzt auch die Dame verschwunden war.
»Träume ich?« murmelte er und griff in die dornigen Rosenranken, daß ihm das Blut zwischen die Finger rann.
»Dies ist wahr?« murmelte er, und sein Blick, als suchte die Unruhe seiner Seele mit ihm einen Ankerplatz, verlor sich im Dunkel des Zypressengrüns. »Aber dann ... dann ist es doch mehr, als gemeine Wahrheit? ... Wer darf die Blutleuchte sehen, wenn nicht einer, der erwählt ist? ... Aber ... es ist doch auch wie ein Gruß ... meines Schicksals ... Und ... mein Schicksal ... hat mich doch ... verlassen? ... Aber nein! ... Es ist da! ... Es ist verwandelt da! ... Es ist immer noch wahr ... nur ... anders ... tiefer ... Die Verbindung ist noch geheimnisvoller! Noch viel, viel geheimnisvoller! ... O, mein Jesus, Barmherzigkeit! Barmherzigkeit! ... O, Jesus! süßer Herr! Christus! Liebe! Christus Liebe! ... Es hat mir geleuchtet! Hat mir geleuchtet! Iddio! Iddio! Amore!«
Da vermischte sich vor seinem inneren Auge das Bild der Kaiserin mit dem Biancas, und ein fürchterliches Grauen vor sich selbst überkam ihn.
Er stürzte davon.
Und warf sich am Kreuz vor seinem Bette nieder und flüsterte, lallte, stammelte wild und wirr durcheinander, was nur irgend von katholischen Gebeten in ihm haften geblieben war.
Es war wie ein Krampf. Seine wie zu einer großen Faust gefalteten Hände fuhren taktmäßig auf und nieder, als klopften sie an ein unsichtbares Tor; seine Schultern zuckten; kalter Schweiß rann von seiner Stirn.
Schließlich fiel er vornüber. So lag er lange, den Kopf auf den gefalteten Händen.
Ein Diener richtete ihn auf, entkleidete den völlig apathisch Gewordenen und brachte ihn ins Bett.
Fast augenblicklich fiel er in einen dumpfen Schlaf, der über vierundzwanzig Stunden währte.
Als der Graf erwachte, war es hoch am Mittag. Das Zim-

mer lag in einem roten, durch seidene Gardinen gedämpften Lichte. In einem helleren Streifen tanzten goldene Sonnenstäubchen.
Henry Felix fühlte sich wunderbar gekräftigt, aufs frischeste erquickt.
Es klopfte. Der Arzt trat ein.
– »Nun, Graf, – so munter? Ich fürchtete schon, Sie heute in einem bösen Zustand zu sehen. Der gestrige Anfall war schlimm. – Jetzt lassen Sie aber gefälligst ab von Ihren nächtlichen Streichen! – Ernsthaft gesprochen, Graf: ich kann Sie nicht hier behalten, wenn Sie weiter so über die Schnur hauen.«
Der Graf runzelte die Brauen. Dann sagte er kurz: »Ich reise ohnehin heut nacht. Ich muß nach Wien.«
– »Nach Wien? Da werden Sie sich jetzt nicht amüsieren können. – Aber richtig, – Sie wissen ja gar nicht! –: Heut vormittag ist unten am See die Kaiserin Elisabeth von einem Anarchisten erdolcht worden.«
Henry Felix richtete sich im Bette auf, schlug das Kreuz, senkte den Kopf und murmelte: »Erloschen ... Nun schwebt die Leuchte und sucht neue Kraft, neues Blut, sich zu binden ... Wer sie zuletzt sah, sieht ihren Weg dreimal sieben Tage, und wenn er rein ist ...«
»Was haben Sie denn?« brummte der Doktor und sah ihn musternd an.
Der Graf sprang aus dem Bette und erklärte in herrischem Tone: »Man muß meine Koffer packen. Ich reise mit dem nächsten Zuge. Es ist keine Zeit zu verlieren.« Er schellte nach der Bedienung und nahm keine Notiz mehr von der Anwesenheit seines Arztes, der sich ärgerlich entfernte.
Bis zur Abfahrt seines Zuges nahm er gegenüber dem Hotel, wo die Leiche der Kaiserin aufgebahrt war, auf einer Bank Platz und starrte, über das Volksgewimmel weg, unverwandt zu den Fenstern, hinter denen er die Tote wußte.

GOTTES WOLLUST

Pater Cassians Sattelpferd

Pater Cassian hatte es nicht leicht mit seinem Zögling.
Das war ihm nach der ersten halben Stunde des Besuches, den ihm der Graf sogleich nach seiner Ankunft in Wien gemacht hatte, klar gewesen: Ein Jesuit ließ sich aus diesem Verworrenen nicht mehr machen. Es fragte sich nur: Wie konnte man ihn sonst im Interesse der Kirche verwerten? Mochte er als geistige Potenz auch mehr denn fragwürdig geworden sein, – seine Millionen hatten nicht an Gewicht eingebüßt, und so verdiente er immer noch, als Macht behandelt, d. h. mit besonders beflissener Klugheit behandelt zu werden: mit der feinsten Sonde aufs Schonungsvollste untersucht, mit leichtester Hand nachgiebigst am sanftesten Zügel gelenkt.
Übrigens brachte der Pater dem Grafen auch rein menschliche Anteilnahme entgegen.
Er war nun alt. Frau Sara war seine letzte Geliebte gewesen. Er dachte mit inniger Rührung an die schöne und mit kennerhafter Hochschätzung an die geistvolle Jüdin zurück. Daß er sie nicht zur Christin hatte machen können, daß sie seinen darauf zielenden Versuchen hochmütigen Spott und ein belustigtes Lächeln von oben herab entgegengesetzt hatte, wurmte ihn noch. Nun wenigstens ein Stück von ihr der Kirche zu gewinnen, tat ihm wohl, aber er dachte nicht bloß an das Seelenheil des Sarasohnes, sondern auch daran, ihn gleichzeitig im Leben zu fördern, – natürlich in einer Richtung, die zugleich der Kirche zugute käme.
Fürs erste galt es, den wild gewachsenen Katholizismus des Grafen von all dem Rankenwerk zu befreien, das ihm anhaftete und, dogmatisch angesehen, zum Teil höchst bedenklicher Herkunft war. Einiges erkannte der Pater als dämonisch, anderes als heidnisch, wieder anderes schien ihm aus beidem gemischt: Schwarmgeisterei aus allerhand modernen Geheimlehren, die der gelehrte Jesuit auf geheimnisvoll immer wiederkehrende indische Einflüsse deutlich dämonischen Charakters zurückführte.
Grob mit der Schere der Dogmatik da hineinzufahren, das

wäre Kapuzinerart gewesen. Reiner und verunsäuberter Glaube, urchristliche und modern theosophische Mystik, Tiefenklarheit der Offenbarung und Tiefentrübe nebelhaften Irrgeistes schienen hier so innig miteinander verschlungen, fast verwachsen, daß nur ein leises, zartes Voneinanderlösen am Platze sein konnte. Manches Irrtümliche, das sich mit allerfeinsten Greifzweigen allzu tief ins Wahre hineingerankt hatte, durfte überhaupt nicht gleich entfernt werden. Man mußte es der Zeit und der Kraft der Wahrheit überlassen, es zu ersticken. Nur keine plumpe Hand, keine Ungeduld, kein Ungestüm. Ruhe. Milde. Schonung. Vor allem: nicht an wunde Punkte rühren, halb Vernarbtes nicht aufreißen, innerlichst Gehegtes nicht roh stören. Waren es gefährliche Irrtümer, die so tief saßen, so zärtlich gepflegt wurden, so hielt es der Pater für gut, sie nicht eigentlich zu beseitigen, sondern zu Wahrheiten umzuinterpretieren. Also wurde aus der arisch mystischen Blutleuchte der gut katholische Heiligenschein, und der Blick, der sie durch dreimal sieben Tage verfolgen wollte, bis sie sich mit dem eigenen, gereinigten Blute bände, wurde leise ins Weitere gewendet, ins Weitere und Innere, ins Ewige rückwärts und vorwärts. Die Blutreinigung selbst aber durch die Buße, allzu materiell als eine Art Destillation gedacht, wurde spiritualisiert, wurde zur Seelenreinigung.
Ein weniger feiner Menschenkenner, als es Pater Cassian war, hätte wohl frohlockt über diesen eifrigen neuen Christen, der so viele alte beschämte. Aber der Jesuit wußte besser Bescheid in diesem katholischen Herzen. Er wußte, daß nicht wirkliche Demut es war, die darin dominierte, sondern nur eine augenblickliche Freude am Gefühl und an der Geste der Demut, als an etwas Auszeichnendem.
»Die Grundsuppe dieser Seele ist die Eitelkeit,« sagte er. »Indem wir die Eitelkeit lenken, lenken wir den Menschen. Sie ist das Sattelpferd erfahrener Seelenlenker. Wie der Teufel der Eitelkeit auch mit den Zähnen knirschen und sich winden mag unter dem Joche, das ich ihm überwerfe: er muß für die Wahrheit kämpfen, und schließlich wird mir, wird der Kirche auch noch der höchste Triumph werden: daß der Graf eines Tages wirklich von ihm frei sein wird. Kämpfend wird er erstarken auch über sich selbst. Er wird nicht nur helfen, den jüdischen Antichrist draußen zu be-

siegen, er wird auch in sich selber wirklich Sieger werden über das Jüdische in seinem Innern. Dann erst wird er ein katholisches Herz haben und reif sein zu dem katholischen Glück, das er jetzt nur im Munde führt, wenn er von Gottes Wollust redet.« –

Sein Sattelpferd nach diesem Ziele zu lenken, fiel dem klugen Pater nicht schwer. Die Eitelkeit des Grafen merkte es nicht einmal, daß sie wieder von einem fremden Geiste gelenkt wurde, als sie sich nun auf das politische Gebiet begab. Wie immer, so glaubte Henry Felix auch diesmal, eigenster Schicksalsbestimmung zu folgen, nur daß er jetzt als der gute Katholik, für den er sich hielt, sein Schicksal Gott nannte.

Und wiederum fand er, daß alles Vorhergegangene nur Vorbereitung, sicherste und bis ins einzelne höchst wohl angelegte Bestimmung gewesen sei, göttliche Lenkung auf nur scheinbaren Umwegen zur rechten Bahn, in der er sich nun befand: bei aller Demut stolzer und zuversichtlicher denn je überzeugt, daß er nun, geläutert und gereift, in Freiheit lediglich Gottes Diener, wirklich aufwärts schreite zu einem Ziele, das innerste Befriedigung in einer bedeutenden Tätigkeit und äußeren Glanz gleichermaßen umschloß. Denn nun erst würde sein Name aufleuchten in einem wirklichen Ruhme, gewonnen in einem Kampfe um wahrhafte Güter und ernsthaft ruhmwürdigen Einfluß auf seine Zeit.

Das geläuterte katholische Herz des Grafen erkannte jetzt dank göttlicher Erleuchtung in voller Schärfe den gleißenden Wurm, der in dieser üppigen Frucht saß und sich von ihr nährte. Es war, hier wie überall, das Judentum an der Arbeit: der Geist der Verführung und Zerstörung. Dieser Geist fraß das niedere Volk an in der Maske der sozialdemokratischen Volksbeglückung, indem er ihm die beseligenden Heilswahrheiten des Kreuzes nahm und dafür die Teufelslüge von einer allgemeinen Seligkeit hienieden in sein Herz säte, es damit um jede Möglichkeit zufriedenen, gläubigen Sichbescheidens bringend. Die oberen Schichten aber vergiftete dieser selbe Aftergeist, indem er ihnen gleichfalls Begehren über Begehren einflößte, den Reichtum übermütig und geil machte auf immer üppigere Genüsse, immer schrankenlosere Gewalt, und den Geist bis zum

Wahnsinn der Selbstanbetung trieb. Aber oben sowohl wie unten war das Judentum der Feind des persönlichen Glückes. Hatte es der nun in die Wahrheit Geflüchtete nicht selbst an sich erfahren, so lange er noch seinen Fluch im eigenen Blute gespürt und sich der Führung von Geistern überantwortet hatte, die, ob nun selber Juden oder nicht, von ihm besessen waren? Auch Karl, auch Hermann. Und eben diese Erfahrung war es, die ihn stark machte zur vollen Erkenntnis:

Nur in Jesus, nur in der katholischen Jesuskirche ist das Heil. Alle diese Übermütigen des Geistes, angefangen mit den Ketzern der frühesten Kirche, über Luther hinauf zu Goethe, Nietzsche und allen ihren Jüngern, waren Irrlichter auf einem Sumpfe, den sie nicht einmal erkannten: brennende Miasmen. Aber alle diese bösen Gase kamen schließlich »irgendwie« (zu Untersuchungen war Henry Felix auch als Katholik nicht geneigt) aus der Pestilenz jenes von Gott ehedem so hoch begnadeten, dann aber gleich Luzifer in die ewige Verdammnis gestürzten Volkes her. – Der Kreuzzug gegen das Judentum war der Kampf gegen den Antichrist. In ihm wollte Henry Felix sich eine Führerstelle erringen, – vielleicht die des Generalissimus im Heere der jetzt aus langer Lässigkeit und Erniedrigung aufwachenden echten Christen Österreichs, – seines neuen Vaterlandes.

So folgte der lenksame Graf durchaus dem sicheren Zügel seines geistlichen Freundes und Beichtvaters und brannte darauf, in die Reihen der Christuskämpfer Österreichs aufgenommen zu werden. – Es gab aber noch eine andere Empfindung in ihm, die ihn zur Partei des christlichen Antisemitismus in Österreich hinzog. Diese Partei betonte, wie ihren Haß auf die Juden, so ihre unwandelbare Treue zur herrschenden Dynastie, zum Erzhause Habsburg, und Henry Felix betrachtete dieses noch immer wie etwas, womit er aufs innigste verknüpft war. Wenn auch – vielleicht oder wahrscheinlich – nicht durch Blut, so doch sicherlich durch Bestimmung.

Seine mexikanischen Einbildungen mochten falsch gewesen sein, aber er wies es, wie aus katholischem Empfinden, so aus innerster Gewißheit, durchaus von sich, all das für Zufall zu nehmen, was ihn in seinem Leben, wie er meinte, immer und immer wieder seelisch oder durch direkten Hin-

weis und persönliche Begegnung in die erlauchte Perspektive dieses erhabenen Geschlechtes gerückt hatte. In Gottes Ratschlüssen, sagte er sich, ist alles sinnvoll, – selbst die Verblendung. Nicht umsonst hat er mich jenen Wahn solange hegen lassen, ihn so oft scheinbar bestätigend. Ich gehöre zu Habsburg, wenn auch in einem andern Sinne als dem, der mich bisher einnahm. Ich soll, wie für Gott und seine Wahrheit, so für Habsburg und seine Herrschaft eintreten. Alles fügt sich wunderbar zusammen. Alles reiht sich an dem schwarzgelben Faden auf, der sich geheimnisvoll durch sein Leben zieht. Alles beweist, daß ich, wie heftig mich das Schicksal auch im einzelnen hat straucheln lassen, in der Hauptsache doch stets von einem richtigen Gefühl erfüllt gewesen bin, von dem hohen Gefühl, das ich nun auch im Zustande christlicher Selbstdemütigung hegen darf als etwas Gottgewolltes: berufen zu sein zu außerordentlichen Dingen.
Pater Cassian gönnte seinem Sattelpferd auch diese Kapriolen, obgleich er sich nicht im Unklaren darüber war, von welchem Windhaber es dabei gestochen wurde.

Die Heimat mit der habsburgischen Enklave

Als Henry Felix die österreichische Staatsangehörigkeit erhielt (vorher schon längst mit seinem Gelde der Partei sehr wertvoll geworden und bestens willkommen geheißen als einstweilen stiller Teilnehmer und Förderer ihrer Interessen), bewohnte er bereits ein altes, aus neuadeligem Besitze erworbenes Schloß in Niederösterreich, zwei Bahnstunden von Wien entfernt, in einer Gegend, die als eine sichere Domäne der Partei betrachtet, aber gerade damals eifrig von gegnerischen Agitatoren heimgesucht wurde. Ein Parteiangehöriger von der lebhaften Beflissenheit und dem großen Reichtum des Grafen mußte hier, als Schloßherr und somit einflußreichster Mann des Wahlkreises, der Partei sehr wertvoll sein, und so war es denn auch die Partei gewesen, die, mit dem Pater Cassian als ihrem Mittelsmann, Henry Felix bewogen hatte, gerade dieses Schloßgut zu erwerben, mit dem auch das Kirchenpatronat verbunden war. Dafür war der Graf dann für die nächsten Reichsratswahlen, die drei Jahre nach seiner Naturalisierung bevorstanden, als Kandidat der Partei in Aussicht genommen. Es hatte sich also alles nach seinen und seines Beichtvaters Wünschen entwickelt, und Henry Felix durfte mit Sicherheit darauf rechnen, bald als christlich-sozialer Reichsratsabgeordneter in das Haus mit den als antike Rauchaltäre maskierten Kaminen einzuziehen. Er brannte auf den Wahlkampf, wie ein feuriges Roß auf die Schlacht, und übte sich jetzt schon vor dem Spiegel Reden ein, in denen die Parolen seiner Partei gewaltig klirrten und krachten oder lieblich säuselten und warben, – je nachdem es die Gelegenheit erheischen mochte. Er war auf jede Gelegenheit und gegen jeden Gegner gerüstet. Er hatte gemütliche, leutselige, biedere Reden voll sozialer Versprechungen und christkatholischen Väterhausrats für die Bauern, darin es auch kräftige Witzworte und breite Wendungen von knorrigem Kalenderholzschnittstil gab, – zumal gegen die Juden; er hatte aber auch hallende, schallende, zornmütige Reden voll Wucht und Empörung für die Gegner, in denen Hohn, Verachtung, Grobheit, Herausforderung miteinander wechselten und Schlagwort auf Schlagwort niederprasselte im Dreschflegeltakt, – wiederum am heftigsten auf die Juden. Alle seine Reden aber gipfelten, wenn sie die Hauptnotwendigkeit des rücksichtslos bis zur Vernichtung geführten Kampfes gegen das Judentum so oder so erledigt hatten, in einem inbrünstigen Werberufe für Rom und Habsburg. »Das Reich Gottes, aufgebaut auf dem Felsen Petri, und das Reich der Habsburger, aufgebaut auf göttlichem Rechte und der Liebe jedes wahrhaften Österreichers, – diese zwei Reiche, verehrte Anwesende, sind unsre Heimat, in der, für die wir leben und sterben wollen als gute Katholiken und treue Diener Seiner Majestät unseres erhabenen Kaisers.«

Seit seiner Gymnasiastenzeit, wenn er Aufsätze zusammengeschmiedet hatte aus Phrasen, die ihm selber über den Kopf wuchsen, aus dem sie nicht ursprünglich gekommen waren, war er nicht so glücklich gewesen wie jetzt, – da er ja auch im Grunde das gleiche tat und schließlich zu demselben Zwecke, obwohl er sich dessen nicht bewußt war –: eine gute Zensur zu erhalten. Damals vom Herrn Professor, jetzt vom Beichtvater und der Partei. Dieses Fahnenschwin-

gen fremder Meinungen (worin nicht wenige Zeitgenossen einen intensiven Genuß fanden, da sie es für eine Beschäftigung mit Idealen hielten und in dem Wind, den sie erzeugten, das Wehen eigener Kraft zu verspüren glaubten) tat ihm gewaltig wohl; – jetzt schon, da es noch innerhalb seines Spiegelzimmers geschah und er sein einziger Zuhörer war: optisch freilich zu einer Volksversammlung von Tausenden vervielfältigt, die jede seiner Bewegungen getreulich wiederholten, so daß um ihn herum ein Meer von stürmisch bewegten gelbseidenen Schlafröcken wogte.
Dieses Spiegelarrangement, obwohl es durchaus das Gepräge seines Geistes trug, stammte nicht von ihm her, sondern vom zweitletzten der Besitzer des Schlosses vor ihm, einem Armeelieferanten aus der ersten Hälfte des neunzehnten Jahrhunderts, gleich ihm von dunkler, vermutlich auch jüdischer Herkunft, gleich ihm geadelt für Verdienste seines Geldbeutels, gleich ihm schwarz-gelb bis zur Verzückung.
Henry Felix lächelte über diesen seinen Vorgänger in der Biedermeierzeit, von dessen Wunderlichkeit noch immer sonderbare Reden im Volke gingen, wie er sich selbst in Schloß und Park und Beweisen dieses wunderlichen Wesens noch umgeben sah. Der biedermeierische Armeelieferant hatte entweder einen heroischen Tick oder die Gabe der Selbstironie in hohem Grade besessen. Er, der sich am Kriegshandwerk nur durch Lieferung von Fourage und Kleidungsstücken beteiligt hatte, weit entfernt davon, Gut und Blut zu opfern, vielmehr klug und mit großem Erfolg darauf bedacht, den brüllenden Mars, der im Schlachtgewühl und am Biwakfeuer wenig Zeit und Lust zum Nachrechnen hatte, durch den stillen Merkur für sich schröpfen zu lassen; er, der namenlose, waffenlose Mann hinter der Front, der nur Wagenzüge dirigierte und Zahlenkolonnen kommandiert, kein Blut, aber viele Rollen Goldes gesehen hatte, die in seinen Händen zu Marschallstäben des Reichtums wurden: er – umgab sich, als er sein Schäfchen im Trocknen hatte, mit Erzbildern von Löwen und Kriegshelden und erblickte seinen Ehrgeiz darin, neben den Lenkern der Schlachten – begraben zu werden, an denen er sich von seinem Kontor aus profitabel beteiligt hatte. In seinem Grund und Boden, erworben mit dem Profite, den

ihm das Völkerringen abgeworfen hatte, ruhten zwei der siegberühmtesten Feldherren seines Landes und seiner Zeit von ihren Taten aus, – und er zwischen ihnen von seinen Geschäften. Sie in erzenen Särgen, ausgestreckt, wie es ruhmmüden Leichen geziemt, er aber in einer vergoldeten Ritterrüstung, sitzend: gewissermaßen noch immer zum Sprunge bereit, – ein prachtvolles Symbol der ewig wachen Macht des Geldes. Er hatte ihnen, die auch darin Helden waren, daß sie heldenmäßig viel Geld brauchten, zu ihren Lebzeiten ihre Leichen abgekauft: – sich, seinem Leichnam zur Folie. Und so saß nun das kleine Biedermeiergerippe, den molligen Schlafrock des guten Geschäfts um die Schultern, darüber und darum aber das vergoldete Eisen in seiner adeligsten Form: als Kriegsrüstung, zwischen den hingestreckten Skeletten in Feldmarschallsuniform: Mammon zwischen seinen Gehilfen.

Henry Felix lächelte über seinen Vorgänger in Schlafrock und Ritterrüstung, lächelte über die vielen metallgegossenen Löwen des Armeelieferanten, lächelte über die großen seidenen Sonnenschirme des Biedermeiers, die noch jetzt in den alten schönen Empireschränken des Schlosses lehnten, keiner ohne Silberplatte mit dem Wappen des frischbewappneten Ritters vom großen Portemonnaie, – lächelte und übersah, wie vieles von alledem recht gut zu ihm paßte, der solange eine Fürstenrüstung aus dem billigen Golde der Einbildung getragen, seine persönliche Kümmerlichkeit mit allerhand Attributen der Größe ausstaffiert und den gräflichen Namen für noch geringere Leistung erhalten hatte. Dafür wurde er um so ernster und nachdenklicher, wo es höchstihm gefiel, Beziehungen zu sich zu finden, – oder, da er ja nun etwas bescheidener geworden war, zu seiner Bestimmung.

Da war eine Art Siegestor en miniature (mit dem obligaten, etwas zu groß und zu schwer ausgefallenen Löwen darauf, denn die schmächtigen Pfeiler schienen nicht darauf berechnet, ein so grimmiges Ungetüm aus Blei zu tragen), an dem sich (wie auch über der Tür zum Weinkeller und anderswo) eine rätselhafte Inschrift befand: geheimnisvoll aneinander gefügte Buchstaben ohne ersichtlichen Sinn. Aber: die Bevölkerung hatte, wer weiß nach welchem phantastischen Dechiffrierungssystem, wohl einen Sinn

herausgelesen. Nämlich den, daß diese Aufschrift besagen sollte: der Errichter dieses Löwen-Siegestores, der aus dem Dunkeln aufgetauchte Armeelieferant, sei ein Sohn des Kaisers Josef II. gewesen.
Henry Felix besaß viele Fantasie, kam aber dennoch nicht dahinter, inwiefern die Buchstaben gerade dies bedeuten mußten. Indessen war seine Fantasie groß genug, schon in der Tatsache dieser Auslegung wiederum einen Beweis dafür zu erblicken, daß der schwarz-gelbe Faden in seinem Leben noch nicht abgerissen sei. Er sann oft genug darüber nach, ob es nicht doch am Ende wahr sein könnte, vielleicht sogar mußte, was das Volk aus dieser Inschrift herauslas. Die merkwürdige Freundschaft des Namenlosen mit Radetzky, dem berühmtesten Helden des damaligen Österreich...? Die Überlassung von dessen Leichnam an ihn...? Die Übernahme des Geländes mit dem Grabe in den Besitz der Krone...?
Denn dieses Gelände, ein kleiner Berg, auf dem sich nicht allein das Grabgewölbe mit der Viktoriasäule, sondern auch eine Art Ruhmestempel, sowie eine Unmasse von militärischen Denkmälern aus den Kriegen befand, an denen sich der unermüdliche Denkmalserrichter mit Lieferungen beteiligt hatte, war nach Radetzkys Tode von dem glühenden Patrioten dem erhabenen Erzhause unter der Bedingung dargeboten worden, daß auch sein Leichnam dereinst darin ruhen sollte, und die Allerhöchste Gnade hatte geruht, das patriotische Opfer anzunehmen und damit gleichzeitig zu gestatten, daß der dafür zum Ritter erhöhte Armeelieferant einmal in kaiserlichem Grund und Boden beerdigt werde.
Und nun bildete dieser kaiserliche Besitz eine mit schwarz-gelben Barrieren abgeschlossene Enklave seines Gutes.
War das nicht eine fortwährende Mahnung? War das nicht ein Symbol für die – habsburgische Enklave seines Herzens?
Und nun gar dies: Auf diesem Gelände erhoben sich Standbilder sämtlicher Fürsten aus dem Hause Habsburg, darunter das erste, das dem regierenden Kaiser in der Öffentlichkeit errichtet worden war, ihn als blutjungen Herrscher im ersten Jahre seiner Regierung darstellend.
Zufall? Zufall, daß er gerade dieses Schloßgut hatte erwerben müssen? Ein Gut mit einer schwarz-gelben Enklave, wo der Retter Österreichs aus dunkelster Gefahr ruhte...?

Alle Habsburger in Erz gegossen standen?... Dessen ehemaliger Besitzer für den Sohn eines österreichischen Kaisers galt? So befand sich sein Gemüt wieder einmal im Wirbel oberflächlicher, nicht zugrunde, nicht ausgefühlter und darum ewig schwankender, unklarer Gefühle – wohl in einem Nebel, der diesmal seinen goldenen Rand von einer Selbstgefälligkeit mit der Etikette göttliche Gnade erhielt.

Aber auch sein Leib befand sich wohl. Seine Art Wollust war hier in der Tat ebenso zu Hause, wie die selbstgefällige Nachgiebigkeit seines Geistes. In seinem Schlosse umgab ihn die weichliche Atmospäre der guten alten Zeit des guten alten Österreich, sybaritische Behaglichkeit, mollig geschmackvoller Luxus, üppiges Wohlleben aller Sinne: Wohlleben ohne den Geist der großen Lebenskünstler jener Epoche, die ihren Höhepunkt zur Zeit des Wiener Kongresses hatte, als man endlich wieder beginnen konnte, sich gemütlich zu strecken und zu dehnen, da die elektrische Spannung über Europa, die Napoleon hieß, auf eine Insel im Meere isoliert war.

Es war kein falscher Instinkt (obwohl er ihn fälschlich als christlich und habsburgisch empfand), der Henry Felix veranlaßte, als erstes eine Säuberung seines Schlosses von allen den Napoleonreminiszenzen vorzunehmen, deren es zahlreiche in ihm gab.

Alles übrige ließ er, wie es war, denn es war alles recht wie für ihn geschaffen und bereitet. Nur brachte er an jeder Türe Weihwasserbecken, in jedem Zimmer ein Kruzifix, eine Weihrauchpfanne und eine ewige Lampe an.

Diese Gegenstände des kirchlichen Kultus hielten ihn jedoch nicht davon ab, die einzelnen Zimmer nach seinen früheren Freundinnen zu benennen und zahlreiche neue in ihnen zu empfangen.

Er trieb sein altes Wesen wie früher (nur daß er es heimlich trieb), und gieriger noch, als je vordem. Aber er nannte es jetzt Sünde und beichtete nachher. Was seiner Wollust nicht Eintrag tat, sondern sie verdoppelte.

Nie hatte er den geblümten, seidenen Schlafrock so oft getragen, wie jetzt. Aber er war nun mit Flaumfedern gefüttert. Dazu schmückte ihn das Hauskäppchen Radetzkys, eine durchaus nicht heldenhaft stilisierte Kopfbedeckung, die der begeisterte Armeelieferant gleich einem Heiligtume in dem Zimmer aufbewahrt gehalten hatte, das seinem berühmten Freunde immer reserviert gewesen und oft von ihm bewohnt worden war. Es wurde zum eigentlichen Wohnzimmer des Grafen, da alles in ihm: Möbel, Tapeten, Vorhänge, Teppiche, die heiligen Farben schwarz-gelb zeigte. Hier empfing er nur die obersten Favoritinnen – ausschließlich Mädchen und Frauen aus den österreichischen Kronländern. Da es innerhalb dieses politischen Rahmens an Rassenabwechselung nicht fehlte, war diese patriotische Beschränkung der intimsten und intensivsten Tätigkeit des Grafen auf das schwarz-gelbe Revier nicht eigentlich ein Opfer zu nennen. Allein die Prüfung der verschiedenen slawischen Völkerschaften Österreichs auf ihre erotische Begabung: ein Studium, das den Grafen besonders anzog (jedoch nur in der Richtung auf die slawische Weiblichkeit, denn die liebevolle Beschäftigung mit Männern verwarf Henry Felix jetzt als heidnische Unfläterei aufs heftigste), nahm ein paar Jahre lebhaftester Aktivität in Anspruch. Der Graf schwankte lange, ob er der Polin oder der Tschechin die Palme reichen sollte. Jene lag ihm eigentlich mehr, denn er fand bei ihr häufig eine ihm sehr zusagende Mischung von plötzlich ausbrechendem Temperament und einer gewissen müden Lässigkeit im nachzitternden Aushalten, Ausdehnen der Wonne; aber diese besaß dafür eine Gabe, die ihm schließlich nicht minder schätzenswert erschien und für die er in einem inspirierten Momente das Wort Sumpfrausch gefunden hatte. In seinem Tagebuch, das jetzt ausschließlich mit derartigen Beobachtungen und darauf folgenden Bußlitaneien angefüllt wurde, fand sich darüber der Passus: »Mit der Tschechin ist es wie das Waten in einem warmen Sumpfe zwischen geilfetten Blüten von unerhört schamlosen Formen auf schenkelhaft üppigen Stielen. Ein Dunst, ein Brodem wie von animalischem Moder – schmutzig, schwül, aber narkotisch berauschend. So tierhaft, daß das Gemeine naiv wirkt. Ungeheuer profus. Libussa: die Strömende ...« – Indessen erhielt schließlich doch weder die Polin noch die Tschechin die Palme, sondern die Ruthenin. Daran war eine ruthenische Tänzerin schuld, die er als Mitglied einer Nationaltanzgesellschaft im Orpheum gesehen und am selben Abend in sein Schloß gefahren hatte, wo sie dann über ein Vierteljahr lang das Unterste zu oberst kehrte und den Grafen so sehr um die Besinnung brachte, daß er sich öffentlich vor seinen Bauern mit ihr zeigte und in dieser Frist sämtliche Parteikomiteesitzungen versäumte. Auch seine religiöse Inbrunst ließ während dieser Monate, die er später »die abgöttische Periode« nannte, entschieden nach. Dafür wurde er an diesem Mädchen wieder einmal zum Dichter.

Welch eine Wonne das war! Er, der dick und bis zur Unbeweglichkeit faul Gewordene, konnte wieder, wenn die Verse auf das Papier niedergeraschelt waren, vom Stuhle aufspringen und mit hingerissenen Schritten durch die ganze lange Zimmerflucht des ersten Stockwerkes eilen, daß der wattierte Schlafrock in weite Schwingungen kam und Radetzkys Hauskappe mit der schwarz-gelben Quaste verwegen auf die Seite rutschte. Das schwammige Gesicht, jetzt ins Österreichische stilisiert durch Bartkoteletten à la Franz Josef, rötete sich; die großen kugeligen Augen, sonst nur im Zorn so erschrecklich vortretend, purzelten fast heraus vor Entzücken; aus der fatal massig und niederhängig gewordenen Nase, die ihm im Profil etwas von einem ramsköpfigen Pferde gab, kam ein Schnaufen, das wie Asthma klang, aber Begeisterung war. Alle die vielen zuckerbutterigen Mehlspeisen, alle die schweren Weine (zum Teil noch aus des Armeelieferanten Keller), all das altösterreichische Wohlleben, all das versessene katholische Seelenwonnenweh, – alles, was ihn fett und bei allem Behagen doch stumpf und schwer gemacht hatte, schien, für diese köstlich leichten Momente wenigstens, in seinen Wirkungen aufgehoben durch den Anhauch der Muse.

– Welch ein Dichter hätte ich werden können! dachte er sich in diesen Tagen zuweilen. Und: das ist mein größtes Opfer; daß ich auf diese Wonnen verzichte um meiner höheren Bestimmung willen.

Aber er hätte noch lange nicht darauf verzichtet, wenn ihm Pater Cassian nicht bedeutet hätte, daß sein Lebenswandel ärgerlich zu werden begönne und es um so dringender nötig sei, die auffällige und anstößige Person aus dem Hause zu tun, als der Wahlkampf vor der Türe stehe.

Und Henry Felix wachte aus seinem Rausche auf: dem letzten, der ihn seine Art Glück noch einmal hatte genießen lassen.

ZUM ZIELE

Rutschbahn

Als wichtigstes Requisit für den Wahlkampf hatte sich der Graf ein gewaltiges Automobil angeschafft, ein sechzigpferdiges Ungeheuer mit vier Zylindern und ebensoviel Übersetzungen, das hundertundzwanzig Kilometer in der Stunde »machen« konnte. Es war schwarz lackiert, mit gelb abgesetzt, hatte drei Scheinwerfer vorn, einen hinten, zwei Hupen und eine Lärmsirene. Mit ihm gedachte er seinen Wahlkreis nach allen Richtungen hin zu durchqueren; seine Schnelligkeit sollte es ihm ermöglichen, an einem Tage sowohl im Süden, wie im Norden, im Osten, wie im Westen seines Kampfgebietes Volksversammlungen abzuhalten und überraschend plötzlich auch im Lager der Gegner zu erscheinen. Ein ebenso verwegener wie sicherer Chauffeur, der schon Kaiser und Könige gefahren hatte, war engagiert und in ein schwarzes Fell mit goldenen Verschnürungen gesteckt worden; der alte John sollte trotz seiner fast sechzig Jahre neben diesem Kilometerüberwinder in ähnlicher Gewandung Platz nehmen und die eine Hupe handhaben, während der Graf selber die Sirene heulen lassen wollte. --

Henry Felix war nun über vierzig Jahre alt, gut neunzig Kilo schwer und überdies beladen mit den Überzeugungen einer ganzen Partei, die er für seine eigenen hielt; er hatte innerhalb dieser Partei einen Posten angenommen, der ernst vertreten sein wollte, und war aufs festeste entschlossen, nicht nur ein Abgeordneter neben vielen, sondern ein tonangebender Führer im Parlamente zu werden. Trotzdem nahm ihn jetzt, im Augenblicke, da es ernst wurde, das Vergnügen an seinem neuen Spielzeug mehr ein, als der Ernst des Augenblickes. Wenn er von der Generalstabskarte seines Kreises die Kilometeranzahl der einzelnen Wege ablas und in Zeiten umrechnete, so fühlte er sich wohl als Generalstabsoffizier seiner Partei, der Wahlkampftaktiken erwog, aber im Grunde interessierte ihn doch vor allem das Automobilfahren; und wenn er dabei an den Wahlkampf dachte, so stand im Vordergrunde das Bild, das er sich von dem Er-

staunen bei Freund und Feind über seine Allgegenwart machte und die noch nie dagewesene überfallartige Plötzlichkeit seines Erscheinens bald da, bald dort. Er las im Geiste bereits die Berichte über seine fieberhafte Tätigkeit, die allein schon die allgemeine Aufmerksamkeit auf ihn lenken mußte, und fragte sich, ob er mit Hilfe seiner sechzig Pferdekräfte nicht auch den Parteigenossen der Nachbarbezirke, ja vielleicht ganz Niederösterreichs oder eines noch weiteren Umkreises, beispringen sollte. Seine wundervollen Reden würden gewissermaßen zum Sauerteige des ganzen Wahlkampfes überhaupt werden. Er konnte sie jetzt schon hersagen, wie ehedem auf der Schulbank mechanisch eingeprägte mathematische Formeln. So vollkommen hatte er sie Wort für Wort inne, daß er zuweilen mitten in der Nacht aus dem Bette sprang, seinen Schlafrock umwarf, ins Spiegelzimmer eilte und sie alle hintereinander ins Leere von sich gab. Selbst auf Zwischenrufe hatte er sich eingeübt. John, auf das Stichwort dressiert, mußte sie ausstoßen, und die Replik erfolgte mit derselben wundervollen Präzision, wie die Benzinexplosionen in seinem geliebten Daimlermotor. – Er war gewappnet.
Als er zur ersten Kampfesfahrt seinen schwarzen Wagen bestieg und das Gebläse der Sirene in die Hand nahm, kam er sich nicht anders vor, als ein Ritter auf dem gepanzerten Rosse, der, die Lanze in der Faust, in die Turnierschranken reitet.
Nur schade, daß das Lokal, in dem sein Debüt stattfinden sollte, seinem Schlosse so lächerlich nahe lag. Er hatte die Sirene kaum zehnmal heulen lassen können, als er auch schon da war. Und leider zu früh. Etwa zehn Bauern, die fluchend beiseite sprangen, als das grelle Licht seiner drei Scheinwerfer wie ein leuchtender Balken zwischen sie fuhr, bildeten einstweilen die ganze Versammlung, die vor dem Gasthause zum Adler um einen kleinen dürren Pfarrherrn herumstand. Dieser begrüßte seinen Patron mit geziemendem Respekte und führte ihn in den niedrigen, noch kaum erleuchteten Saal, ihm den Ehrensitz auf dem Podium anweisend. Doch mußte er sich bald von seiner Seite entfernen, um die nun allmählich ankommenden Schäflein seiner Herde in Empfang zu nehmen.
Henry Felix fühlte sich heftig ernüchtert auf seinem Ehren-

sitze an der Schmalseite dieses leeren und höchst stimmungslosen Raumes. Es war ihm, als sei irgend etwas von ihm abgefallen, etwas Warmes, das ihn bedeckt und geschützt hatte. Es fröstelte ihn fast.

Er hatte sich, ohne dessen gerade bewußt zu sein, eine Art Empfangszeremonie eingebildet, eine kleine Ovation, irgend etwas Feierliches. Und nun saß er da vor einem mit einer unsauberen Decke belegten Tische, eine Wasserkaraffe vor sich, an der der Rand gesprungen war, und kein Mensch kümmerte sich um ihn.

– Wie ungeschickt! dachte er sich. Ich mußte natürlich zuletzt kommen: auf mich warten lassen. – Unglaublich, daß ich diesen Fauxpas begehen konnte!

Er war unzufrieden mit sich, ein Gefühl, das er um so lästiger empfand, als es ihn nur sehr selten überkam.

– Wie unangenehm und unartig, daß mich dieser Pfarrer da allein sitzen läßt, als sei ich nicht die Hauptperson, sondern irgendein Figurant.

Sein politischer Verstand war so wenig ausgebildet, daß er in der Tat nicht fühlte, wie viel mehr jeder einzelne der Wähler jetzt Hauptperson war, als er.

Er wurde immer ärgerlicher. – Als sein Chauffeur eintrat und meldete, es sei kein Platz zum Einstellen des Automobils, und die Bauern machten sich am Motor zu schaffen; ein dicker Kerl, den sie Bürgermeister hießen, sei sogar eingestiegen, – wurde er heftig wütend und knurrte: Schmeißen Sie ihn hinaus!

Er war wirklich recht weit davon entfernt, seine Situation zu begreifen.

Endlich drängte die erste Gruppe in den Saal, der dicke Bürgermeister mit zornig rotem Gesicht voran. Der Graf richtete ein paar herablassend freundliche Worte an ihn, als er ihm vom Pfarrer vorgestellt wurde, aber der Dicke schien nicht schnell zu besänftigen zu sein und lehnte es ab, am Komiteetisch Platz zu nehmen.

»Ein unsicherer Kantonist und Krakeeler!« flüsterte der Pfarrer dem Grafen zu, »und dabei leider von Einfluß in der Gegend.«

– Recht angenehm! dachte sich der Graf; und das erfahre ich erst jetzt. Warum hat man mich nicht besser orientiert?

Er vergaß ganz, daß ihm unablässig geraten worden war,

»Fühlung zu nehmen«, daß aber die Beschäftigung mit seinem Idol ihm keine Zeit dazu gelassen hatte.

Der Saal füllte sich. Die Honoratioren wurden vorgestellt und nahmen auf dem Podium Platz. Es waren alte Parteihähne darunter, die verschnupft darüber schienen, daß ihr Kandidat jetzt zum ersten Male mit ihnen »Fühlung nahm«. Aber der Graf berückte sie durch Liebenswürdigkeit, indem er unablässig wiederholte, wie wichtig ihre Mitarbeit sei, und daß er ohne ihre Hilfe, ihre Erfahrung, ihren Einfluß es nicht wagen würde, das Banner der Partei zu entfalten.

Er sagte das mit Überzeugung, denn er fing an, ein fatales Gefühl von Unsicherheit zu empfinden, und es war ihm sehr tröstlich, nicht mehr allein da oben zu sitzen, sondern diese mit breitem Gesäß auf ihrer Überzeugung verharrenden Männer als eine Art Bollwerk um sich zu wissen.

Er fuhr fort, ihnen zu schmeicheln. Er begann fast um ihr Wohlwollen zu werben, zu betteln. Er ließ sie nicht mehr zu seinem Stuhle kommen, sondern stand auf und ging zu ihnen von Platz zu Platz. Er ergriff diese harten, nicht immer ganz sauberen Hände und drückte sie kräftig und lange. Es war, als wollte er sich an ihnen festhalten. Was sie sagten, hörte er kaum. Er hätte sie streicheln mögen.

Ihm war entsetzlich ungemütlich zumute.

Dabei rann es in ihm auf und ab, auf und ab wie ein glucksendes Gewässer – seine Rede, seine Rede, seine Rede. Immerzu der Anfang bis zu einer gewissen Stelle, dann zurück und wieder von vorn.

Zum Verrücktwerden.

– Heiliger Himmel! Ist es auch die richtige? Wenn ich mich vergriffe ...! In eine andre käme ...? Nein ... Gottlob ... nein.

– Aber dieses ewig Gleiche ... und immer bloß bis zum zweiten Absatz ... Hätte ich doch nur das Manuskript eingesteckt ... Aber Unsinn ...! Dummheit ...! Ich könnte sie im Traum hersagen ... Ich ... werde sie im Traum hersagen ... Langsam ... deutlich ... Das ist die Hauptsache ...

Ein dünnes Klingelzeichen.

– Der Herr Pfarrer spricht. O Gott, o Gott! Wenn er nur recht lange sprechen wollte! ... Aber ... Er ist schon zu Ende?

– »Bitte, Herr Graf!«
Henry Felix erhob sich – oder wurde er erhoben? Gleichviel: er stand da. Er kniff die Augen zusammen und fixierte hinten etwas Rotes, Rundes. Was war denn das? Eine Scheibe? Buchstaben? Ein Kranz? Eine schwarz-gelbe Schleife? Gott Lob und Dank: ja! Eine schwarz-gelbe Schleife.
Ein dicker Mann neben ihm, dessen Kahlkopf von Schweiß glänzte, klatschte in die Hände. Die übrigen Podiumleute taten es ihm nach. Aus dem Saale kam es wie ein Echo.
Das tat Henry Felix wohl. Die Ovation war klein, aber es war eine Ovation.
Er lächelte. Verbeugte sich nach rechts, nach links, nach vorn. Nun war es schauderhaft still.
Und in die Stille klang seine Stimme so hohl hinein, als ob er in einen Topf tutete.
»Lauter!« flüsterte der Pfarrer.
Und Henry Felix erhob seine Stimme, daß er selber vor ihrer Kraft erschrak. So rufen Alpenhörner ins Tal.
Aber das tat nichts. Die Hauptsache war erreicht – er war im Schusse; der Motor war angedreht. – Vor dem zweiten Absatz aber hielt er ratlos an. Stockte die Zündung? War ein Ventil verstopft? – O Gott! Eine entsetzliche Neigung, nochmals von vorn zu beginnen, überfiel ihn und hielt ihn fest. Aber es gelang ihm, sie mit einem gewaltigen Willensaufgebot zu überwinden und das nächste Wort, den nächsten Satz zu erschnappen. Eine Art innerliches Knarren, und die Rede lief. Lief, lief, lief – lief mit ihm fort. Er wußte selbst nicht, wo er war, als der schwitzende Glatzkopf, ein berühmter Bravorufer, aus vollem Halse »bravo!!« brüllte. Der Podiumchor fiel ein. Im Saale rollte es dumpf nach.
Und die Rede rann weiter. Rann und rann und kam ins Rennen, bis wieder der Schwitzkopf ein Bravo! einrammte gleich einem Pfahl.
Das war wohlgetan. Denn Henry Felix war außer Atem gekommen.
»Langsamer!« flüsterte der Pfarrer.
Und der Graf mäßigte das überstürzte Tempo seiner Worte und ließ sie aus dem Galopp in einen breiten Trab fallen.
»So is recht!« flüsterte der Pfarrer.
Henry Felix war glücklich über dieses Lob und ging in ein noch ruhigeres Tempo über. Fast wußte er schon, was er

sagte, – da, – entsetzlich, – was war das? Die Lärmsirene draußen heulte schauerlich auf, und beide Hupen hupten dumpf darein.
Alle wandten die Köpfe vom Redner ab, zur Türe zu.
»Automobüll! Automobüll!« brüllte der dicke Bürgermeister. »Wozu braucht unser Kandidat a Automobüll?«
Der Pfarrer stürzte hinaus und jagte die Burschen davon, die das Unfugkonzert verübt hatten.
Aber das Unheil war geschehen.
Das Wort »Automobüll« warf die ganze Rede des Grafen um. Er versuchte, ruhig fortzufahren, aber das Unglück wollte, daß er jetzt dort angekommen war, wo er von der Fürsorge für die Landwirtschaft und die kleinen Bauern handelte. »Dazu brauchts kaa Automobüll nett!« schrie der Dicke. Und so ging es weiter. Die sechzig Pferdekräfte zeugten wider den Volksbeglücker, und als er sich in aufsteigendem Zorne gar hinreißen ließ, heftig und hochfahrend zu werden, gewann die Partei des automobilfeindlichen Bürgermeisters die Oberhand, und die Rede des Kandidaten erhielt nicht einmal an ihren schönsten Stellen gegen die Juden Beifall.

Der Graf fuhr nach Hause, ohne die Sirene ein einziges Mal heulen zu lassen.

An anderen Orten erging es ihm wohl besser, aber keineswegs gut – auch wo er sein Automobil zu Hause ließ. Irgend etwas in seinem Wesen mißfiel den Leuten. Nirgendwo stellte sich eine Gefühlsverbindung zwischen ihm und seinen Zuhörern ein. Selbst dann nicht, als er seine Reden ziemlich sicher aufsagte und es auch nicht an rhetorischen Künsten fehlen ließ. Aber alles: das schönste Auf- und Abschwellen der Stimme, klug placierte Pausen, gut markierte Gefühlstöne – alles half nichts; im günstigsten Falle lief das Bauernvolk schweigend auseinander; meist aber erhob sich irgendeiner aus der Versammlung und erntete für ein paar ungefüge Worte oder einige Brocken aus dem Phrasenschatze der Partei den Beifall, der ihm versagt geblieben war. Fast immer aber gab es auch einen breitmäuligen Bauernlümmel oder spitzschnauzigen Kaplan, Pfarrer oder Kuraten, der sich grob oder fein am Grafen rieb und damit unglaublich schnell innige Heiterkeit erweckte. Und das in den sichersten Ortschaften des Wahlkreises, wo von einer organisierten Opposition nicht die Rede war und die gegnerischen Parteien es bisher als aussichtslos unterlassen hatten, das Agitationsnetz auszuwerfen.

Kein Wunder daher, daß man in Wien im Schlosse der Parteileitung mit dem Grafen sehr unzufrieden war. Ein besonders wilder Häuptling wünschte energisch, daß der »Hergelaufene« kurzerhand abgesägt würde. Aber das sehr kluge Oberhaupt der Partei, obgleich ihm der Graf gar nicht sympathisch war, meinte, es werde genügen, ihn etwas zurückzupfeifen. Gerade eine Mittelstandspartei könne aristokratische Namen gut gebrauchen, und das Geld des Grafen wiege seine geringen agitatorischen Fähigkeiten wohl auf. Vielleicht sei er auch fürs erste nur noch zu fremd, müsse sich erst einwachsen in Österreich.

Der wilde Häuptling schrie: »Der? Gar nie!« Und er fand keinen Widerspruch, als er erklärte, der Hauptzug im Wesen des Grafen sei eine gewisse Art von dünkelhaftem Hochmut, wofür das Volk eine sehr gute Witterung besitze. Es lasse sich zwar gerne imponieren, aber nur von Leuten, die wirklich was seien und nicht bloß was vorstellen wollten. Und vor allem, es glaube nur an solche Männer, aus deren Wesen es spüre, daß ihnen die Sache, für die sie redeten, wirklich ernst sei und nicht bloß eine Art Sport. Aber dieser Automobilgraf sei ein Sportsmann der Politik, und für die habe das christliche, werktätige Volk Österreichs durchaus keinen Sinn, und wenn sie gleich sogar ihre Automobile und Chauffeure schwarz-gelb anstrichen und anzögen.

Trotzdem ließ man es mit einer Botschaft an den Grafen (durch Pater Cassian) bewenden, er möge sich etwas zurückhalten und die Wahlarbeit mehr der Geistlichkeit seines Wahlkreises und anderen erprobten ansässigen Leuten überlassen.

Diese Pille schmeckte dem Grafen übel.

»Man will mich also zu einer Marionette degradieren«, sagte er in beleidigtem Tone zu seinem geistlichen Freunde; »die regierenden Drahtzieher in Wien wünschen nicht, daß ich sie verdunkle. Gott ja, ich wußte es längst, daß der schöne Gambrinus mir nicht wohl will.« (Mit diesem Na-

men bezeichnete er das blondbackenbärtige Parteihaupt, das ihm sehr mißfiel, weil es ihm gegenüber bei aller Höflichkeit immer einen gewissen Ton von oben herab hatte.)
– Die christliche Demut ist schon etwas fadenscheinig geworden, dachte sich der Jesuit, und redete ihm ernstlich ins Gewissen, nicht zu vergessen, daß eine Partei eine Armee sei, in der jedes Mitglied Order parieren müsse. – Wie er es aber verstand, jede Pille zu versüßen, fügte er, die Zügel bei seinem Sattelpferd leise lockernd, hinzu: »Übrigens ist es eine alte Parteierfahrung, daß die besten Parlamentskräfte oft in der Agitation versagen.«
Henry Felix gedachte also, dem Winke aus Wien Gehorsam zu leisten und seine Redeperlen, statt sie vor die Säue zu werfen, für das Parlament aufzusparen.
Aber da lief eines Tages durch die gegnerische Presse der radikal-national-antisemitischen Richtung eine Aufforderung »an den Automobilgrafen Henry Felix Hauart«, sich, »falls er den Mut dazu aufbringen sollte«, seinen Gegenkandidaten »zu einer kleinen Unterhaltung über Deutschtum, Antisemitismus, Ritterlichkeit, Österreich und noch einiges andere« zu stellen. Und es war hinzugefügt: »Falls der hochgeborene Herr Kandidat mit den schwarz-gelb-christlichen Überzeugungen es vorziehen sollte, nicht auf die Mensur zu treten, würde man darin den Beweis einer mehr klugen als tapferen Sinnesart erblicken müssen und ihn als politisch nicht satisfaktionsfähig erklären.«
Bei dieser Herausforderung war dem Grafen nicht ganz wohl zumute. Denn er wußte: einmal, daß sein Gegenkandidat ein rücksichtsloser Draufgänger von schärfster Dialektik war, und dann, daß der Schauplatz der »Unterhaltung« sich im Mittelpunkte des gegnerischen Lagers befand, wo die Radikaldeutschen über die Majorität verfügten.
Auch seiner Partei war die Sache fatal genug, aber man sah ein, daß der Graf sich in diesem Falle nicht vornehm zurückhalten durfte. Um das Schlimmste zu verhüten, wurde beschlossen, ihm einige der schärfsten Redekämpen aus Wien als Sekundanten beizugeben, und natürlich den ganzen Heerbann der Partei an Ort und Stelle aufzubieten – womit man die Absicht verfolgte, wenn es irgend möglich wäre, die Versammlung gleich am Anfang zu sprengen,

noch ehe der Graf sich genötigt gesehen hätte, den Mund aufzutun. Denn man nahm als sicher an, der hitzige Gegner werde, wie es seine Art war, mit einem wütenden Angriffe auf alles das beginnen, was der Partei hehr und heilig war, und so Gelegenheit zu einem Tumulte geben, der der Versammlung das erwünschte frühzeitige Ende bereiten würde.
Indessen vereitelte der Gegenkandidat diese kluge Absicht auf überraschende Weise, indem er die Versammlung mit den Worten eröffnete: »Zu unserm unaussprechlichen Vergnügen hat mein hochgeborener Herr Gegner sich mit sämtlichen ihm zur Verfügung stehenden Pferdekräften in unsere Mitte begeben. Wir haben es sowohl gehört, als gesehen und gerochen, wie dieser durch Abstammung und Portemonnaie gleichermaßen zur Vertretung christlicher und Mittelstandsinteressen berufene Urösterreicher herbeigebraust ist, offenbar von einem unwiderstehlichen Drange getrieben, mit seiner ganzen schwerwiegenden Persönlichkeit, der man die Gesinnung schon vom Gesichte ablesen kann, für Vaterland, Dynastie und Christentum einzutreten. Es ist unmöglich, die Ungeduld zu bezähmen, mit der wir dieser Offenbarung entgegenharren, und so bitte ich, obwohl dies eine Versammlung ist, die unsere Partei einberufen hat, zuerst ihn, das Wort zu ergreifen.«
Daraufhin war mit dem besten Willen kein Tumult zu entfesseln. Zwar meldete sich, um nichts unversucht zu lassen, vorher einer der Sekundanten des Grafen zum Wort, aber die größere Hälfte der Versammlung rief taktmäßig: »Der Graf! Der Graf! Der Graf!« und so konnte der Versammlungsleiter mit gutem Fuge erklären: »Die Majorität der Anwesenden bestätigt die Worte unseres Kandidaten, daß die Ungeduld, den Herrn Grafen Hauart zu hören, alles andere überwiegt. Ich bitte also ihn, sich heraufzubemühen und das Wort zu ergreifen.«
Es blieb Henry Felix nichts anderes übrig: er mußte den Gang antreten, obwohl er eine recht deutliche Empfindung hatte, daß dies kein Gang in lichte Höhen sei. Er war vielmehr von einem dumpfen Angstgefühle vor etwas Dunklem, Drohendem völlig eingenommen, und es schien ihm, als schleppte er eine unerträgliche Last auf dieses Podium voller Menschen hinauf, die seinem scheuen Blicke eine Schar grinsender Teufel waren. So kurze Zeit er brauchte,

um von seinem Platze zum Rednerpulte zu gelangen: sie genügte, seiner Phantasie Spielraum zu den qualvollsten Furchtempfindungen zu geben, die alle in das trübe, trostlose Gefühl mündeten: Man zerrt mich zum Pranger.
Als er aber oben stand, die Hände um das Pult gekrampft, den Kopf gesenkt, wie in einer undurchdringlichen Wolke von Dumpfheit und Hoffnungslosigkeit, umprasselte ihn gleich einem erfrischenden Gewitterregen das Händeklatschen seiner Parteigenossen, und er ermutigte sich. Selbst das ironische Bravo! der Gegner stärkte ihn. Denn auch in diesem Augenblicke noch war er fähig und bereit, alles zu seinen Gunsten auszulegen, in allem eine Stimme für sich zu vernehmen.
Trotzdem war das Lächeln, mit dem er begann, verzerrt, und die Ironie seiner Worte, die der Ironie seines Gegners mit der gleichen Waffe begegnen wollte, nicht so souverän, wie Ironie es sein muß, wenn sie wirken soll.
Indessen hatte sie wenigstens die Scheinwirkung eines Bravos seiner Parteigenossen, und Henry Felix, auch dadurch wieder gestärkt, konnte mit seiner eigentlichen Rede scheinbar ruhig und sicher einsetzen.
Es war die, die er gegen die Partei des antidynastischen Rassenantisemitismus entworfen hatte: glühend von österreichischem Patriotismus, in jeder Wendung durchleuchtet von Religiosität, heftig entschlossen zum Kampfe gegen die »internationale Pest des Judentums«, aber nicht minder heftig ausfallend gegen die »verirrten Söhne des ruhmreichen Landes, das von der Krone der Habsburger machtvoll zusammengehalten wird zum Heile aller seiner Völker, die Deutschen voran«, und gegen die »frevelhaften Abtrünnlinge christlichen Blutes, die den im Judentum verkörperten Antichrist niemals erfolgreich bekämpfen können, weil sie selber von ihm angesteckt sind.«
Der Heerbann seiner Partei funktionierte ausgezeichnet. Die Abgesandten aus Wien setzten an den richtigen Stellen mit dem Beifall ein und dosierten ihn von Fall zu Fall vorzüglich, und die Menge hinter ihnen folgte nicht bloß exakt, sondern auch mit überzeugter Wärme.
Unheimlich aber war das Schweigen der Gegner. Unheimlich den Wienern, die sich nicht, wie der Graf, einbildeten, daß seine Worte sie überwunden hätten, sondern deutlich

fühlten, daß das eine Taktik war, die irgendeine böse Überraschung vorbereitete.
Henry Felix jedoch fühlte sich wie von einem Alp befreit, und, wie sein Gemüt, so wurde von Satz zu Satz der Ton seiner Stimme freier, ausladender, sicherer. Er sprach wirklich gut, und man hätte meinen können, daß sein ganzes Fühlen und Denken bei und in diesen Worten war. Indessen lief sein Denken und Fühlen nebenher ganz anders. Seine Worte trugen ihn jetzt wie ein äußerer Mechanismus, mit dem er über dieser Menge schwebte. Während er die Hebel rückte, das Steuer drehte, war seine Aufmerksamkeit davon doch nur halb in Anspruch genommen. Hinter dieser mechanischen Tätigkeit arbeitete sein Gehirn selbständig weiter. Er sagte sich immer wieder: Wie prachtvoll das geht! Wie wundervoll alles wirkt! Welch eine Lust das ist, eine Menge hinzureißen und selbst die Widerwilligen zu zwingen! Welch ein Tor ich doch war, welch ein schwächlicher Tor, mich zu ängstigen! Warum nur? Wie kam es doch? Es war doch mehr als Redefieber. Es war wie ein panischer Schreck ... Ob es nicht eine Art Heimsuchung war? Eine Prüfung? Eine letzte Prüfung? ... Nun: wie herrlich habe ich sie bestanden! ... Jedes Wort sitzt. Die Gegner ducken sich förmlich, und die Freunde jauchzen. Was werden wohl die Herren Kontrolleure aus Wien sich denken? Das haben sie nicht erwartet. Und der ironische Herr Gegenkandidat? Wo bleiben seine gefürchteten Zwischenrufe? Er soll doch endlich damit beginnen! Es wird mir ein »unaussprechliches Vergnügen« sein, ihm heimzuleuchten.
So schwebte Hery Felix triumphatorisch über der Menge, und seine Worte wurden voller und voller, und seine Armbewegungen nahmen etwas Feierliches, fast Priesterliches an, als er zu dem letzten großen Bekenntnis zu Jesus und dem Vaterlande, zu Rom und Habsburg ansetzte. Er sprach es mit gewaltigem Tone und einer so hinreißenden Wärme, daß seine Parteigenossen wie elektrisiert aufsprangen und unter brausenden Beifallsrufen Hüte und Gläser schwenkten.
Der Graf stand hochatmend da und überblickte zum ersten Male (denn bisher hatte er nichts gesehen als den Kranz von Petroleumlampen, der als Kronleuchter von der Mitte der Saaldecke herabhing) die Versammlung – leuchtenden Auges.

Da sah er, wie sein Gegenkandidat in die Höhe schoß, mit beiden Händen seinen Anhängern, die keinen Blick von ihm verwandten, Zeichen gab, sich, da er hinkend war, mit Hilfe zweier Freunde auf den Tisch schwang und mit einer Stimme, die den Bravosturm schrill übertönte, rief: »Bravo, Jud! Gut gebrüllt, Sarasohn!«
Wie wenn diese Worte Beilschneiden wären, andere Worte damit abzuhacken, blitzten, krachten sie in das Bravo von Henry Felixens Parteigenossen hinein, und es klaffte für einen Moment eine scheußliche Stille.
Dem Grafen wurde es schwarz vor den Augen. Dieser Augenblick war ihm wie ein Abgrund, in den er versank mitsamt dem Boden, darauf er stand, und allem, was er über sich gewölbt hatte an Glauben, Hoffen, Wollen. Und wie ein Splitterregen von krachenden Balken, wie eine dunkle Staubwolke aus geborstenem Gemäuer schlug über ihm zusammen das aus Hunderten von Kehlen nachhallende Echo: »Bravo, Jud! Gut gebrüllt, Sarasohn!«
Ein scheu irrer Blick noch zu den Seinigen, und er senkte den Kopf.
Auch wenn er nicht gesehen hätte, daß diese völlig konsterniert und offenbar nicht imstande waren, der nun aus berechneter Zurückhaltung vorwärts schießenden Kraft der Gegner wirksam zu begegnen, fühlte er sich verloren.
Vor seinen geschlossenen Augen stand medusisch das Haupt seiner Mutter, und in ihren weit aufgerissenen Augen saß wie ein kaltes Glühen der Befehl: Tritt ab!
Er wandte sich um und schritt unsicher vom Podium hinunter in den Saal, wo die zur Rednertribüne vorgedrängten Christlichen ihm eine Gasse machten bis zu den beiden Abgesandten der Partei. Die redeten hastig, heftig auf ihn ein, während zwischen den beiden feindlichen Lagern ein dumpfes Gemurmel hin und her ging, bis sich aus der gegnerischen Menge wie der Aufwärtsstoß einer geballten Faust der Ruf »Ruhe!« und der Name ihres Kandidaten erhob.
Henry Felix hörte an seinem linken Ohre ein Zischen: »Scheußlich! Sie mußten auf der Stelle erwidern!« Und an seinem rechten keuchte es: »Keinen Schlag ohne Entgegnung lassen! Immer gleich dazwischenfahren! Sonst haut Sie der da in die Pfanne, daß Sie . . .«

Der Graf hörte nicht mehr hin. Er war ganz anderswo. Wieder einmal kam ihm blitzhaft die gräßliche Erinnerung an den Saal in Jena mit dem langen Friesen und der fürchterlichen, wehrlosen Verlassenheit inmitten des Geruches von Blut, Karbol und Jodoform. Und andere Erinnerungen leckten wie Stichflammen hinein, eine die andre jagend, die nächste immer tiefer brennend als die vorherige – alles im Grunde aber eine große, breite, faulige Dumpfheit, ein scheußliches, völliges Versagen: das Gefühl, hinabzugleiten ins Bodenlose.

Wer war es, der da oben sprach? Wem heulten die da unten Beifall? Unter wessen, gleich Peitschenhieben durch die Luft pfeifenden Worten voller Hohn, Verachtung, Haß duckten sich seine – Freunde?

Henry Felix, an einen Tisch gelehnt, die Hände hinter sich auf den bierfeuchten Tischrand gestemmt, starrte in dieses scharfe, blasse, zuckende Gesicht mit dem wippenden Haarschopf und den flammenden Augen – aber er sah nicht seinen triumphierenden Gegner, dessen Worte in seinem Leben, seinem Wesen wühlten wie mörderische Messer, sondern er sah, neben-, hinter-, ineinander: die Züge seiner Mutter, seiner Frau, seines Vetters und die breite bleiche Stirn des kaltblütig, pendantisch dozierenden Doktors Jan del Pas.

Und es geschah etwas, das seine Parteigenossen erstarren machte, daß sie nicht imstande waren, dieses Feuer der Vernichtung in Lärm und Widerwüten zu ersticken, sie vielmehr von ihm abdrängte, wegriß und schließlich mit den triumphierenden Feinden gegen ihn vereinigte zu einem tobenden Sturme maßlosen Abscheus –: Er wehrte sich nicht gegen die Worte des Redners, wie ein Feind sich gegen den anderen wehrt, sondern nahm sie hin wie ein Angeklagter, der unter der Wucht seines eigenen Schuldbewußtseins noch mehr zusammenbricht als unter der Kettenlast einer bis ins einzelne bündig geschlossenen Beweisführung.

Dieser ewige Lügner vor sich selbst, dem es noch immer gelungen war, sich aus allen Zusammenbrüchen seines schwindelhaft konstruierten Lebensgebäudes in Schlupfwinkel seiner Eigenliebe zu retten, von wo aus ihm dann alles gut und schön und als Beweis einer auserlesenen Bestimmung erschien; dieser Komödiant, der, sooft er auch gefallen war, doch immer nur aus einer Rolle in eine andere fiel und eine jede Rolle so sehr zu seiner eigenen Befriedigung spielte, daß auch dieses Rollenwechseln ihm als Beweis für seine ungewöhnliche Bedeutung galt; dieser unerschütterliche Bewunderer seiner selbst, der nie das Fratzenhafte seines Wesens empfunden, nie gespürt hatte, daß er immer nur die Karikatur von anderen gewesen war: erkannte in diesem vor der Öffentlichkeit aufgestellten Spiegel die traurige Wahrheit seines verfratzten, grundleeren, von frecher Verlogenheit aufgeblasenen Lebens und brach davor in einer qualvollen Aufwallung von ehrlichem Grauen zusammen.

Was ihn erschütterte, war, daß diese Entblößung in der Öffentlichkeit vor sich ging, war das Gefühl, daß er nun niemals mehr eine Rolle werde spielen können, da die Komödie seiner Eitelkeit jetzt dem öffentlichen Gelächter preisgegeben war.

Hier, jetzt zeigte es sich ihm überdies selbst, daß es ihm an eigentlicher, selbstresoluter Kraft gebrach, daß er allein nicht kämpfen konnte, machtlos war im entscheidenden Augenblicke, wo ihm ein kampfmutiger Wille gegenüberstand. Es war in der Tat nicht anders als damals in Jena. Aber hinter diesem Menschen da oben stand dazu sein ganzes Leben wider ihn auf, standen alle die gegen ihn, die er bereits überwunden zu haben glaubte und deren Überwindung er jetzt als jämmerlichen Selbstbetrug erkannte.

Die Schlußworte des Redners lauteten so: »Wir haben also in meinem erlauchten Gegenkandidaten, der für Rom, Habsburg und den ehrlich um sein Leben kämpfenden Mittelstand in die Schranken tritt: ganz Christ, österreichischer Patriot, sozialer Gewissensmensch, einen Mann halb jüdischen, halb tatarischen Blutes vor uns, der nie in seinem Leben einen Finger zu wirklicher Arbeit gerührt, wohl aber sich in allen Wollüsten gewälzt hat, die ihm der blinde Zufall durch ein Millionenvermögen ermöglichte. Seine eigene Mutter, der auch wir Antisemiten die Hochachtung nicht versagen können, daß sie edlen Rassestolz besitzt und es als unwürdig verschmäht, ihr Blut zu verleugnen, schämt sich dieses Menschen und überantwortet ihn der allgemeinen Verachtung. Das Tagebuch

seines Vetters zeigt ihn uns als einen geistigen Parasiten, der, wie er jetzt jesuitische Meinungen wiederkäut, früher den Übermenschen gemimt hat – freilich auf der Grundlage einer blödsinnigen Wahnidee, die uns sein schwarzgelbes Herz jetzt in einer recht grotesken Beleuchtung erscheinen läßt. Seine ehemalige Frau enthüllt uns die Herkunft seines Grafentitels und die Verdienste, denen er ihn verdankt, gleichzeitig aber, daß er mit dem gräflichen Wappen nicht auch ritterlichen Mut empfangen und für dieses Manko den Lohn in Gestalt der Verachtung seiner ehemaligen Kameraden erhalten hat. Er wußte zwar fremde Ehre geil anzutasten, nicht aber selber Ehre zu bewähren. Wie sollte er auch, da er nicht Ehre, sondern nur Eitelkeit und Wollust im Leibe hat? Er ist, mit einem Worte, der Typus des Parasiten. Er hat sich immer aus Fremdem vollgesogen, aber dennoch nie Kraft daraus gewonnen zu fruchtbarer Wirkung, sondern immer nur zu eigenem Genusse und neuer Genußgier. So umschlang er fremde Güter jeder Art, materielle und geistige, sog und log immerzu Fremdes in sich hinein – zuletzt die Überzeugungen unserer verehrten christlichen Gegner, denen wir diesen judäotatarischen Habsburg-, Rom- und Mittelstandverteidiger von Herzen gönnen.«
In dem tosenden Gebrause des Beifalls für den Redner und des Abscheus gegen den Grafen, der schon längst allein an seinem Tische stand wie in einem mit Grauen gemiedenen Hohlraume, waren am lautesten die Rufe der ehemaligen Parteigenossen des Verlassenen: »Wir schenken ihn euch! Abzug Schwindler! Abzug Jud! Da habts ihn!«
Es fehlte nicht viel, daß die Wütendsten sich tatsächlich an ihm vergriffen hätten, als die Menge bei ihm vorbei zur Türe drängte.

Er stand noch immer allein in dem leeren Saale, als bereits die Petroleumlampen ausgelöscht waren und nur noch die kleine Öllampe zeigte, wo der Ausgang war.
Wie er sich zwischen Tischen und Stühlen dorthingetastet hatte, ein Gefühl im Kopfe, als würde ein glühender Eisenring von dämonischer Faust schraubend um sein Gehirn gezogen, fand er am Türpfosten den alten John gelehnt, der ihm wortelos den Automobilpelz reichte.

Er starrte den Diener wie eine fremde Erscheinung an und ging barhäuptig in die Nacht hinaus.
Das Automobil fuhr mit gedrosseltem Motor qualvoll keuchend hinter ihm her wie ein gefesseltes Ungeheuer.
Am Fuße einer Anhöhe ließ er den Wagen halten und stieg den Hügel hinauf, auf dem er ein großes steinernes Kreuz wußte. Er ließ sich davor auf die Knie nieder und legte seine Stirne auf die Füße des Gekreuzigten. Seine Lippen bewegten sich wie im Gebete. Aber er betete nicht. Und fühlte nichts, als die Kühle des Steines, die ihm wohl tat.
Als er den Kopf erhob, trat der Mond aus einer dunklen Wolke hervor und ließ den grauen Christus silberig aufschimmern. Dem in die Höhe Starrenden schien es, als blitzte es von jeder Zacke der Dornenkrone.
Er sprang auf, stieß einen schmutzigen Fluch aus, wandte sich um und brüllte den Weg hinunter: »Herauf zu mir!«
Wie ein zyklopisches Ungetüm mit drei stieren Augen schnob der Wagen den Hügel hinauf und hielt mit einem Krachen vor Henry Felix an.
Der schob die Unterlippe zu einem breiigen Lächeln vor, legte die Hand auf den Bienenkorb der Kühlung und kicherte befriedigt vor sich hin.
Aber, wie er aufblickte, brach das Kichern kurz ab, und der Ausdruck seines Gesichtes wurde böse: Er sah in der Ferne unter sich die Lichter von Wien.
»Nach Hause!« schrie er und warf sich in den Wagen.
Als sie durch das Siegestor mit dem biedermeierischen Löwen fuhren, lachte er gellend auf und ließ halten.
»Wie heißt der Löwe?« brüllte er John an.
– »Gräfliche Gnaden? . . .?«
»Sehr richtig!« knurrte Henry Felix; »Gräfliche Gnaden heißt der Löwe. Wir werden das Aas morgen von seinem Throne schmeißen und im Misthaufen begraben, wo er am tiefsten und dreckigsten ist . . . Ich wünschte, daß ich all diesen Denkmalsplunder hierherum . . .« Er brach ab und rief: »Unsinn! Keinen Aufenthalt mehr! Mag all der Erzschwindel bleiben, wo er ist. Was geht mich fremder Schwindel an! – Vorwärts! Koffer packen! Benzin füllen! Wir fahren noch heute nacht! Noch heute nacht müssen wir die schwarz-gelben Barrieren hinter uns haben!«
Er sprang aus dem Wagen und lief ins Schloß.

Eine Stunde lang krachten die Türen hinter dem aus einem Zimmer ins andere Laufenden, der bald dort eine Gardine, da einen Vorhang herunterriß, Schranktüren eintrat, Spiegel zertrümmerte, Weihwassergefäße zu Boden warf und zu alledem lautschallend lachte und vor sich her redete.

– Jetzt ist der Moment! dachte sich John; jetzt drück ich mich. Das hat ihm den Rest gegeben. Darüber kommt er nicht weg.

Als sich der Graf alle Taschen mit Geld und Wertpapieren vollgestopft und den Schlüssel zum Kassenschrank eingesteckt hatte, trat der alte Kammerdiener vor ihn hin und sagte: »Gräfliche Gnaden, es ist gepackt. Aber ich bitte Gräfliche Gnaden um meine Entlassung. Ich bin zu alt, eine Reise im Automobil zu machen.«

Henry Felix sah ihn groß an. Dann lächelte er und klopfte ihm auf die Schultern: »Recht so, alte Ratte! Mach dich weg vom Schiff! Es hat mehr als ein Leck! Und du bist so schön fett geworden. Auch wäre es wirklich schade, wenn irgendwer bei mir aushielte. Es könnte mich verführen, zu glauben, daß noch nicht alles vorbei sei. Und mich darf nichts mehr zu irgendeinem Glauben verführen. Es hat sich ausgeglaubt, alter Freund.«

Er lachte wieder gell auf. Dann fuhr er in einem sonderbar weichen Tone fort, indem er John die Hand reichte: »Weißt du, was ich möchte? Ich möchte dich umarmen. – Das ist wirklich das Ende: Mir ist sentimental zumute. – Aber du denkst doch nicht etwa, daß ich traurig bin? Nein; traurig bin ich gar nicht. Warum sollt ich auch? Hab ich nicht vielmehr alle Ursache, lustig zu sein? Denn, alter Freund, die Sache liegt so – das mußt du doch einsehen: Ich bin jetzt frei! Zum ersten Male frei in meinem Leben! Vogelfrei, alter Gefängniswärter! – Und so hast du ganz recht: Ich brauche dich nicht mehr. Stopf dir noch einmal alle Taschen voll und gehe, wohin du magst. Oder, weißt du was? –: Bleib hier und bewache mein Eigentum. Es ist nicht viel: Der Schlafrock und der Kosak. Es könnte ja sein, daß ich wiederkäme . . .«

John war so gerührt, wie es nur ein alter Kammerdiener sein kann, der einen unbequemen Herrn auf gute Weise los wird – und er flüsterte untertänigen Dank und das Ver-

sprechen, alles aufs beste zu bewachen –, wobei ihn die Hoffnung beseligte, sich recht lange einer ungestörten Existenz als Schloßherr erfreuen zu können.
Als das Automobil davonbrauste, lag er bereits, mit dem seidenen Schlafrock angetan, Vater Radetzkys Hauskäppchen auf der Glatze, im behaglichsten aller Fauteuils, blies den Rauch einer keulengroßen Henry Clay von sich und dachte in seinem befriedigten Herzen: Endlich allein!

Rasebahn

Und Henry Felix raste durch alle die Länder und Städte, in denen sich Szenen seiner Lebenskomödie abgespielt hatten, nicht anders, als seien es Schauplätze von Verbrechen, zu denen ihn die Faust einer fürchterlichen, dumpfen, nicht läuternden, sondern trübenden Reue stieß.
Es war, als wollte er sich selbst von der Wahrheit der Schilderung überzeugen, die sein hinkfüßiger, aber an der Sprungstange des Wortes wie ein beflügelter Dämon über sein ganzes Leben wegsetzender Gegner von ihm entworfen hatte.
Doch dieses Bild, das ihn eine Weile heftig peinigte, wich bald aus ihm. Wie er keine Einzelheit von den Landschaftsbildern sah, durch die er raste, Augen und Gedanken immer vorwärts, nur auf die Fahrbahn gerichtet, die er gleichsam in sich schlang, so wußte er bald auch keine Einzelheit seines Lebens mehr: selber wie verschlungen von dem immer aufs neue sich öffnenden, weitenden Trichter der weißen Landstraße. Die wahnsinnige Wut, vorwärts zu rasen, auf alle Eindrücke der Umwelt, alles Bildwerden im Innern zu verzichten, einzig zugunsten des einen übermäßigen Gefühls einer ungeheuren Wollust im sturmhaften Bewältigen leerer Entfernungen: diese letzte ihm aufgesparte Wollust besaß, beseligte ihn ganz. Und es kam ihm nicht zum Bewußtsein, daß diese letzte Wollust auch ein großes letztes, zusammenfassendes Symbol seines ganzen Lebens war, dieser immer von fremder Kraft getragenen, um jede Sammlung, jeden fruchtbringenden Genuß, jede Selbstgestaltung, jedes Wertwirken betrogenen Existenz. Er dachte an nichts und fühlte nichts als diese ungeheure Lust,

auf Rädern – beinahe zu fliegen. Der wildeste Bewegungsrausch, dem westlichen Menschen vom jungen zwanzigsten Jahrhundert beschert als bedeutsame Morgengabe einer Zeit, die damit vielleicht auf noch höhere Räusche, höhere Überwindungen, höhere Freiheiten vorbereiten will, nahm ihn völlig ein. Ihm war, als säße seine Seele selber in diesem Motor, der in Explosionen lebte. Das Einknirschen der breiten, von Luft prallen Gummiräder im Erdreich, wenn sie wie zum Sprunge ansetzten, fühlte er selbst, als ob die eigenen Sohlen sich wegfederten. Er empfand im Viertakt der Maschine eignen Lebensrhythmus und lauschte ihm mit stolzer Ergriffenheit wie der Offenbarung sicherster Gesetzmäßigkeit.

Und dieser Takt hatte jetzt ein tröstliches Wort für ihn: Vorbei, vorbei, vorbei, vorbei.

Aber auch diese Lust nahm ab, und mit ihr verschwand der Trost. Je mehr er sich Italien näherte, um so mächtiger wurde wieder eine dumpfe Angst in ihm, und in seinen stieren Blick auf die Fahrbahn kam Entsetzen, Grauen, Verzweiflung. Der Motor wurde ihm zu einer fremden, herrischen, dämonisch fortreißenden Gewalt, über die er keine Macht hatte, und wenn er seinen ewig gleichen Stößen lauschte, glaubte er Karls Stimme zu vernehmen, Karls kurzes Lachen, Karls Hohn.

Da kam ein letzter Entschluß über ihn, ein letzter Wille.

In Mailand kaufte er sich einen Rennwagen: nichts als eine mächtige Maschine mit zwei Sitzen dahinter, das Ganze ein dahinschießender grauer Keil. Und er übte sich auf einer Rennbahn das Fahren ein und saß seitdem selber am Steuer, schräg darüber liegend, den Kopf wie zum Stoße nach vorn, während der Mechaniker neben ihm lediglich die Aufgabe hatte, unausgesetzt die Sirene wimmern und eine stiermäßig brüllende Hupe ertönen zu lassen.

Diese barbarischen Klänge, wie das Heulen der Windsbraut, untermischt mit dumpferen Stößen erwachenden Sturmes, wurden seinen Ohren nun eine ermutigende Musik: Musik der Kraft, Musik der Macht, Musik der Vernichtung.

– Weg da, Gesindel! Zur Seite, Gewürm! brüllte die Hupe, heulte das Lärmrohr: ein Herr kommt, dem die gefesselten Dämonen zerkrachender Kraft gehorchen müssen in Millionen Untergängen: jeder einzelne ein Sturmteilchen des

großen Prinzips der Bewegung, alle zusammen ein rhythmisches, gesetzmäßiges Sturmrasen: ihm zu Willen als ziehende, tragende Kraft, der sie einsperrt oder losläßt, drosselt oder dahinschießen heißt nach seinem Gutdünken, ihr Bändiger und Lenker, dem sie im Verächzen frohlocken: ave Caesar, morientes te salutant!
Ein letztes, lautes, freches, dummes, plumpes Hochgefühl beglückte den armen Narren, den auch jetzt sein Reichtum wieder äffte: zum Affen wirkender Macht machte, daß er sich wunder wie erhaben vorkam in dem Gefühle, daß vor seinem Dahinbrausen in den Straßengraben flüchten müßte, was nicht von ihm überrädert werden wollte.
Seine letzten Opfer waren Hühner, Hunde, Gänse, Enten, Schweine, und als Trophäen seiner sieghaften Sturmgewalt brachte er die kleinen Leichen von Schwalben heim, die am Gitter seines Kühlers klebten von des rasenden Ungeheuers Stemmwucht gegen die Luft dort festgehalten.
Aber bald genug mußte er fühlen, daß die Musik der Vernichtung, die ihn begleitete, einen ganz anderen Sinn hatte.
Was er von da an überrädern, überrasen, auslöschen, vertilgen, töten wollte, war die Fahrbahn seines Lebens selber mit allem, was darauf war, und alles Darandenken, Davonwissen in sich. Denn das erhob sich nun in ihm ununterdrückbar wie ein Wogen und Aufschwappen von Schlamm. Das niederzuwalzen war der Sinn des Zwanges, mit dem er sich zum Sklaven der Sekunde machte, von einer der anderen überliefert, immer nur den nächsten Augenblick abmessend, ein Knecht am Steuer, glücklich, sich dabei körperlich und geistig so abzumüden, daß er, nachts angelangt, gleichviel wo, kaum Zeit zum Essen fand, um dann sogleich in einen todähnlichen Schlaf zu versinken.
Und dennoch: je weiter er nach dem Süden Italiens kam, um so mächtiger hob sich das qualvolle Grauen in ihm. Zweimal kehrte er zwischen Neapel und Sorrent um und floh zurück zum Norden. Als er aber das drittemal durch Vico Ecquense und Meta gefahren war, schon das Tempo den Berg nach Sorrent hinauf nicht bloß der Steigung wegen verzögernd, da fielen seine Hände wie tot vom Rade, daß der Mechaniker die Steurung ergreifen mußte.
»Umkehren!« murmelte er. Mitten in der halben Drehung des Wagens aber: »Nein! Vorwärts!« – –

In der Pension, die ihn damals mit Karl beherbergt hatte, fand er, zermüdet an Leib und Seele, für eine Nacht und einen Tag Ruhe in einem dumpfen Schlafe. Als er, in gleicher Dumpfheit, erwachte, wußte er nicht, ob es Tag oder Nacht war, denn die dicht schließenden Persiennen ließen nicht ein Fünkchen Licht in das Zimmer. Die blendende Helle, die hereinbrach, als er die Läden zurückstieß, tat ihm körperlich weh und erschreckte ihn, ohne ihn zu ermuntern. Er schloß die Läden und legte sich wieder zu Bett.

– Schlafen! Immer nur schlafen und nie erwachen! dachte er sich –: Was soll ich im Lichte? Was soll ich draußen? Immerzu weiter rasen? Aber: wohin? Bin ich nicht am Ziele? Hier ist der einzige Ort, wo ich etwas . . . getan habe. Hier wäre wohl der Ort, wo ich . . . ein zweites Mal etwas tun könnte.

Er schloß die Augen. Aber der Schlaf mied ihn. Es kam immer wieder der Satz: Hier . . . wäre . . . der . . . Ort . . . Dazwischen dachte er an Berta und den Doktor –: Ob ich . . . vorher hingehe? – Nein! Dieses eine Mal will ich stark sein und nicht tun, was fremder Wille will . . . Sie ziehen mich – ich spürs. Die entsetzlich klaren, harten Augen der . . . Frau ziehen mich, und diese fürchterliche breite Stirne, die so weiß und gleißend ist, wie die Landstraße . . . Nein! Nein! Nein! Ich . . . will . . . nicht!

Er faltete die Hände zum Gebet, als suchte er einen Halt im Umkrampfen seiner Finger. Sie waren kalt und feucht, und seine Lippen fanden keine betenden Worte, denn es war etwas in ihm, das stöhnte: Nur keine Lüge mehr! Nur jetzt, dieses einzige Mal, keine Lüge, sondern Wille, Wille, Wille; Kraft! Wenigstens das . . . Ende soll ehrlich sein, von mir sein, Stärke sein . . . wie . . . damals . . . Damals! Das war mein schönster Moment – schöner noch als die, wenn ich als Erster durchs Ziel ging. Damals! Hier! Ja! Hier . . . ist . . . der . . . Ort!

Er erhob sich und kleidete sich an. Es hungerte ihn, und das Gehen fiel ihm schwer, da er in der letzten Zeit nur vom Wagen und zum Wagen gegangen war. Aber er bezwang sich und schritt, ohne etwas zu sich zu nehmen, zum Haus hinaus auf die Straße.

Es war ein warmer Septembertag, und der dicke, undurchlässige Automobildress aus schwarzem Leder drückte ihn

wie eine Rüstung. Die schweren Gamaschen waren wie Schienen um seine Unterschenkel, die dicksohligen Schuhe klopften beim Gehen wie Holzpantoffeln auf die steinige Straße. Er kam nur langsam vorwärts und geriet in Schweiß.
– Ich werde mindestens zwei Stunden bis zum toten Winkel brauchen, sagte er sich – wenn ich nicht vorher umsinke. Ob ich nicht lieber umkehre und hinauffahre?
Aber er schleppte sich weiter. Das Licht tat ihm weh. Er zog die schwarze Fahrbrille vom Mützenrande herunter über die Augen. Aber das verhalf nur zu einer Täuschung von Schatten. Mitten auf dem heißen, leeren Hauptplatze von Sorrent mußte er erschöpft stehen bleiben. Das Gefühl einer entsetzlichen Vereinsamung überkam ihn und mit ihm eine weichliche Schlaffheit, eine weinerliche Angst.
Ein Fremdenführer drängte sich an ihn heran, ihm seine Dienste anzubieten.
Er legte dem Manne seine rechte Hand auf die Schulter und sah ihn unsicher an. Etwas Heißes drängte in ihm auf. Tränen stürzten ihm aus den Augen. Er schluchzte heftig.
»Sie sind krank, Signore!« rief der Führer und legte den Arm um die Hüfte des Wankenden. »Soll ich Sie zu einem Arzte führen?«
Das Wort traf ihn wie eine Erleuchtung, ein Strahl der Rettung. Er vergaß alles, was er gewollt hatte, und sagte hastig: »Ja! Ja! Zum Doktor del Pas!«
Der Führer überstürzte sich in Worten: »O! Wohl! Ich kenne ihn gut! Er wohnt nicht weit! Gleich dort, die rote Villa mit den weißen Säulen ists! Ah, und sehen Sie! Er ist zu Hause! Er steht auf dem Balkon. Und, sehen Sie doch, er weist mit der Hand hierher. Die Signora neben ihm, die nun auch hersieht, ist seine Frau. Wir nennen sie die goldene Dame. Sie verstehen: wegen ihrer Haare. Und dann, weil sie so reich ist. O, so reich! Sie werden es selbst sehen: Ihre Villa ist innen herrlich wie ein Palast. Der Papst und der König wohnen nicht schöner. Ihr Kind, der kleine Carlo, hat ebenso goldene Haare, wie sie, und er ist so klug, daß es ein Wunder ist. Aber auch stark ist der kleine Bursche und gewandt! O! Kaum sechs Jahre und reitet schon! Sitzt auf seinem kleinen wilden schwarzen Pferdchen und reitet, daß die goldenen Haare im Winde fliegen. Reitet ganz allein, Signore – jeden Tag die Straße nach Amalfi hinauf zum

Denkmale des anderen Carlo, von dem die Signora die Schwester ist. Aber das ist eine böse Geschichte, Signore, eine sehr böse und geheimnisvolle Geschichte. O, es werden furchtbare Dinge davon erzählt. Warum ist kein Kreuz auf seinem Grabe, sondern, von der Signora und ihrem Manne gesetzt, eine schwarze Pyramide mit einem goldenen Adler und einer silbernen Schlange? O, es hat uns niemand gesagt, und doch wissen wir es alle: dieser Carlo ist ermordet worden! Ein Fischer in Capri, den sie Tiberio nennen, wüßte wohl mehr davon zu erzählen. Aber der ist stummer als seine Fische, wenn es zu schweigen gilt.«

Alles dies ergoß sich über Henry Felix, während ihn sein wortreicher Führer zur Villa des Doktors geleitete. Ihm war, als drängten diese Worte in ihn ein, wie stechende Tropfen aus einer dichten Wolke, in der er seinem Verhängnis entgegenschritt – willenloser denn je. –

Er wußte nicht, wie er in das dunkle Zimmer gekommen war, in dem er plötzlich der weißen Stirne des Doktors (er sah nur sie) und den kalten Augen Bertas gegenüberstand.

Er hielt ihren Blick nicht aus und ertrug nicht das Leuchten dieser Stirne. Indem er den Kopf senkte, war es, als erwartete er sein Urteil.

Die Stille, die ihn umgab, schien ihm von einem dumpfen Murmeln beratender Richter erfüllt zu sein, und, als er die Stimme des Doktors vernahm, hatte er das Gefühl, sie zu sehen: wie zwei Lichthörner, ausgehend von dieser entsetzlichen Willensstirne.

Aber der Doktor sprach ganz ruhig und langsam, wie immer: »Sie sind also gekommen, Graf, wie Ihnen aufgegeben war. Daran ist nichts Auffälliges. Aber ich sehe es Ihnen an und weiß, daß Sie wieder etwas wollen, das Sie nicht können: noch nicht können, und auch nicht sollen: nicht jetzt und hier sollen. Denn (er erhob seine Stimme) ich will es nicht.«

Henry Felix senkte den Kopf noch tiefer und machte eine Bewegung, als wollte er sich abwenden und gehen.

»Noch nicht!« sagte der Doktor barsch und fügte mit sonderbarer Betonung hinzu: »Sie sollen erst sehen, weswegen Sie kommen mußten.«

Trotz der völligen Dumpfheit, die ihn jetzt so erfüllte, daß er für diese tiefste Demütigung, dieses Zertreten- und Beiseitegeschobenwerden keine bewußte Empfindung hatte, spürte er bei diesen Worten etwas Gräßliches: es war wie seelische Erdrosselung durch eine wahnsinnige Angst.

Er erhob den Kopf mit dem Ausdrucke grauenvollster Furcht – und erblickte vor sich, zwischen Berta und dem Doktor stehend, den leise ins Zimmer gekommenen kleinen Karl.

»Karl!!!« schrie er auf und stierte das Kind an, wie ein Gespenst. Denn vor seinen flackernden Augen, den Augen eines Irrsinnigen, stand leibhaftig der Ermordete. Er sah nicht einen sechsjährigen Knaben, der dem Vetter ähnelte, sondern den Vetter selbst, – aber als Kind und damit etwas noch viel Schrecklicheres: etwas grausam Kräftiges, Gesundes, Wachsendes, – im Wachsen Drohendes. Es waren diese selben leer wasserblauen, aber durchdringenden Augen, diese selben messerscharfen höhnischen Lippen, – alles war das gleiche, fürchterliche, haßvolle Überlegensein, nur noch fürchterlicher, noch überlegener: grausamer noch und entschlossener.

Er starrte und starrte, keuchend.

Als er aber die Lippen des Kindes sich öffnen sah und nun auch die Stimme des für ihn wieder lebendig Gewordenen vernahm: »Ist ers?« – da drehte ihn wahnsinniges Entsetzen um, und er wollte hinaus.

Doch die Stimme des Doktors hielt ihn fest wie ein übergeworfenes Lasso. Er mußte den Kopf zurückwenden und ein letztes Mal in diese drei Gesichter sehen, die für ihn drei teuflische Larven waren: Verachtung, Drohung, Willenszwang.

Er vernahm die Worte: »Dies ist Ihr Erbe!« wie ein Todesurteil und rannte davon.

Und rasender noch, als er zum Süden gefahren war, fuhr er nun nordwärts. Aber er war nicht mehr imstande, selber zu lenken.

In dicke Pelze gewickelt, die Mütze bis über die Ohren gezogen, die schwarze Brille so fest geschnallt, daß die roten Striemen auch nachts nicht vergingen, saß er bucklig zusammengesunken neben dem Fahrer und starrte auf die Haube des Motors. Seine Lippen bewegten sich in lallenden Selbstgesprächen, aus denen der Chauffeur ab und an einzelne Worte vernahm wie: »Der Erbe ... Karl der Erbe ... Wieder und immer wieder und in alle Ewigkeit er ... Er, er, er ... Er da, er dort; er damals, er jetzt und immer in mir ... Geld ist Geist, hat er gesagt ... Aber es ist auch Gift ... Es will zum Geiste ... Hin damit! Nur hin damit! ... Ich gebe ihm das Gift ... Friß! Friß! Friß dich voll damit und laß mich endlich in Ruhe ... Nur was mein ist, kriegst du nicht! Nicht das! Nie! ... Das nehm ich mit, nehm ich mit und ruhe drauf aus ... Mein lieber Kosak, wo reiten wir hin? ... Mich friert. Ihre Blicke waren so kalt. Meinen Nachtmantel her!«

Dem Chauffeur wurde es an der Seite des Verwirrten, der zuweilen laut aufschrie und mit den Händen um sich herumfuhr, als wollte er sich aus einer Schlinge befreien, unheimlich zumute, und mehr als einmal dachte er daran, ihn zu verlassen. Aber es kamen auch ruhige Momente, während deren der Graf nicht ins Leere sprach, sondern das Wort an ihn richtete: »Sie halten mich für verrückt, Franz? Sagen Sie nur ruhig Ja! Es beleidigt mich nicht. Ich weiß es selbst, und ich bin froh darüber. Denn, sehen Sie: verrückt und verrückt ist zweierlei. Wird ein Klarsinniger verrückt, – nun, so ist das Wahnsinn. Wenn aber ein Wahnsinniger verrückt wird? He? Was heißt das? Das heißt, daß er zurechtgerückt, daß er klarsinnig wird! Ist das logisch oder nicht? – Und das ist mein Fall. Ich sehe auf einmal klar, – rückwärts und vorwärts. Voll ... komm ... men klar! Und damit ist etwas sehr Schönes über mich gekommen, das Schönste, was es überhaupt gibt: der Wille. Und so bin ich gar nicht verrückt –: ich bin verwillt! Ich bin ganz und gar Wille. Zum ersten Male in meinem Leben weiß ich, was ich will. Das ist eine Wollust, größer, als beim Weibe liegen.«

Aber dann schüttelte ihn wieder das Grauen, die Angst, und er kreischte: »Schneller! Schneller! Schneller! Wir kommen zu spät! Der Kleine sitzt nicht mehr vorn! Der Geist hat Flügel, und wir kleben mit vier Rädern am Boden. Er ist schon am Ziele. Er steht schon im Zimmer. Er raubt mir, was mein ist. Um seine Schultern liegt mein seidener Mantel: mein Königsmantel, mein Zaubermantel, der mich in die Heimat tragen soll. Er stößt den Kosaken vom Pferde. Er reitet davon. Seine goldenen Haare fliegen.

Adler und Schlange begleiten ihn. Er stellt sich auf vor dem dunklen Tore, in das ich muß, in das ich will. Auch dort weist er mich weg. Wo soll ich dann hin? Ich bin ja ganz nackt. Meine Mutter hat mir alle Kleider vom Leibe gerissen, und alle sehen, wie scheußlich ich bin!«

Dann kam eine Zeit, da er immerzu die Augen geschlossen hielt und lächelte. Als er sie wieder auftat, sagte er: »Ich habe gebeichtet, und es hat sich dabei herausgestellt, daß nicht ich mich geirrt habe, sondern Gott. Er hat sich vergriffen. Das ist alles. Wenn ich jetzt in ein Kloster ginge, könnte ich sogar ein Heiliger werden. – Ich fürchte nur: Der da läßt mich nicht.« (Er wies auf die Spitze der Maschine.) »Er ist ganz gottlos, und die Gottlosen sind stärker, als Gott. Denn Gott ist den Menschen ein Hindernis, stark zu sein. Mich hat nur Gott davon abgehalten, so stark zu sein, wie der Kleine da vorn.«

Je näher sie Wien kamen, um so mehr versank er in Schweigen. Als aber die Lichter der Donaustadt vor ihnen aus der Nacht aufglänzten wie ein Gepränge gelber Sterne zwischen schwarzen Wolken, richtete er sich auf und sagte: »Schwarz und gelb! Wir wollen langsam fahren.«

Er nahm zum ersten Male die schwarze Brille von den Augen und blickte verzückt um sich. Und murmelte: »Hier war ich fromm ... Ich hätte immer fromm sein sollen ... Alle Armen müssen fromm sein ... Und ich war sehr arm.«

Und er belog sich ein letztes Mal, indem er alle Schuld von sich selbst wegwälzte auf seinen Reichtum, und er machte sich aus dieser letzten Lüge eine letzte wollüstige Wut in dem Gedanken, daß er diese Last nun einem anderen aufbürden wollte, der gleich ihm daran zugrunde gehen werde.

»Papier her! Tinte her! Siegellack! Petschaft! Kerzen auf den Tisch!« herrschte er den schlaftrunkenen John an und setzte sich im Vorzimmer an einen Tisch, sein Testament zugunsten des jungen Karl del Pas niederzuschreiben.

– »Lies und setz deinen Namen darunter!«

John schrieb.

– »Ruf Franz!«

– »Er ist gleich ins Bett gegangen.«

– »Dann irgendeinen andern!«

Ein zweiter Diener gab die zweite Unterschrift.
– »Wo sind meine Sachen?«
– »Welche?«
– »Weißt du es nicht?!«
Henry Felix sah den Alten so drohend an, daß er erschrak und begriff.
– »Verzeihung! Oben in meinem Zimmer.«
– »Hol sie und bring sie her!«
Während John weg war, untersiegelte der Graf das Schriftstück, schlug es ein, versiegelte das Ganze, schrieb darauf »Mein letzter Wille« und verschloß es in einem Sekretär.
Er war jetzt ganz klar. Alles Dumpfe, Wirre in ihm war einer tückischen Wut gewichen, die ihn aber ganz wohl überlegen ließ. Nur lauerte eine flackernde Angst dahinter, die ihn fieberisch ungeduldig machte: die Angst vor der letzten Angst.
»So mach doch!« schrie er den eintretenden John an. »Hilf mir in den Mantel!«
John begriff nicht –: »Über das Lederzeug?«
»In drei Teufelsnamen, ja doch!«
Während John ihm mühsam in den seidenen Schlafrock half, der sich vorn kaum schließen ließ, keuchte der Graf vor Ungeduld und schrie nach dem zweiten Chauffeur.
– »Schraub das Auspuffrohr ab! Fülle Benzin nach! Reiß die Haube vom Motor! Alle Werkzeuge, alles raus aus dem Wagen, was schwer macht! Und dann: andrehen und umwenden!«
»Wollen Gräfliche Gnaden noch fort?« flüsterte John entsetzt.
– »Willst du vielleicht mit, Alter?«
– »O Gott!«
– »Du zitterst ja. Hast du Angst?«
– »Ja, Gräfliche Gnaden.«
– »Wovor denn?«
– »Vor Ihnen.«
– »Ach? Bin ich so fürchterlich?«
– »Nein, aber . . .«
– »Du hältst mich am Ende für verrückt? Wehe dir!«
Henry Felix sah ihn so wild an, daß John erschrocken zurücktrat.
»Es ist nur wegen des Testaments,« sagte der Graf ganz

ruhig. »Und dann: paß auf! Setz dich und schreib: ›Doktor Jan del Pas, Sorrent. Nicht Ihr Wille geschieht. Es ist der meine. Der Sieger heißt Hermann, nicht Karl. Von dem bin ich nun frei. Was von ihm lebt, soll meine Last tragen. Ich werfe sie ihm vor die Füße. Was mich getragen hat, nehm ich mit. Es wird mich auch jetzt tragen. Henfel.‹ – Hast du?«

– »Ja.«

– »Das gibst du morgen in aller Frühe als Telegramm auf. Und dann auch dies an den Pater Cassian. Schreib: Grüßen Sie meine Mutter...«

John legte die Feder aus der Hand und seufzte: »Ach...!«

– »So schreib doch!«

– »Gräfliche Gnaden...«

– »Was ist!«

– »Gräfliche Gnaden,... sie ist tot...«

– »Was!?!«

Henry Felix sank in einen Stuhl.

– »Ich konnte es Ihnen nicht schreiben, weil ich ja nicht wußte, wohin. Der Pater selbst war hier... Zwei Tage nach Ihrer Abreise. Sie hat sich und die Schwarze...«

– »Genug!«

Der Graf sprang auf und murmelte vor sich hin: »Warum? Warum?«

Er fiel wieder in den Stuhl.

John trat zu ihm, nicht wie ein Diener, sondern wie ein alter Mann zu einem jüngeren: »Sie hat es nicht ertragen, daß Sie ihretwegen das alles haben ausstehen müssen. Es hat ihr leid getan, daß sie Ihnen das angetan hat. Sie hat Sie doch...«

»Schweig!« schrie Henry Felix dazwischen. »Nicht das Wort! Nicht das! Es kommt zu spät, und ich bin zu schlecht dazu, es zu hören. Nein! Nein! Es... es ist zu schwer für mich jetzt... Ah, horch! Gottlob!«

Draußen rasselte der Motor. Dann kam ein scharfer Krach und eine Reihe von Schüssen.

– »Ah! Die Kraft! Die Kraft! Hörst du, wie die Gase sich frei machen! Wie sie vor Wollust brüllen, kurz verenden zu können, ohne sich qualvoll in den Windungen des Rohres abschwächen zu müssen?! So soll es sein!«

Er riß den Kosaken an sich und stürzte hinaus, sprang in

den rasselnden Wagen, klemmte die Statuette zwischen die Beine, trat den Hebel nieder und fuhr unter dem knallenden Gekrach der entweichenden Gase wie unter einem Schnellfeuer davon. Spitze blaue Flammen zuckten aus dem Motor in die Höhe.

John rannte zur Turmstube. Aber er hörte nur noch eine kurze Weile das Krachen, und das dahinschießende Licht entschwand bald in einem Hohlweg seinen Blicken.

Aber jetzt tauchte es wieder auf: einen Hügel hinan, hinab; verschwand in einem Dorfe, blitzte heraus, zog Kreise, näherte sich; und das Krachen, erst leise, dann lauter, wurde wieder hörbar.

»Er kommt zurück! Gottlob, er kommt zurück!« stammelte der Alte.

Ein jüngerer Diener, neben ihm, flüsterte: »Ja! Er biegt zur Reichsstraße ein. Die Flamme wird größer und größer. Ich sehe sein Gesicht. Nein, es ist der gelbe Mantel. Da . . . da . . . wie es kracht und flammt! Jetzt kommt er in schnurgerader Linie, direkt aufs Schloß zu. Er ist schon in der Allee . . .«

»Gott Lob und Dank!« stöhnte John auf.

Da krachte und flammte es dicht unter ihnen fürchterlich auf; eine Feuerlohe stieg steil hoch, verlosch aber plötzlich unter etwas Schwarzem, Prasselndem.

Sie stürzten hinunter.

Aber sie fanden weder ihren Herren noch seinen Wagen, sondern einen Haufen von Mauerwerk, das auf beiden lastete: den rechten Pfeiler des »Siegestors«. Darüber, schräg, den dicken Kopf nach unten, wie zum Stoß, wuchtete der Bleiguß-Löwe des Armeelieferanten. Es sah aus, als wollte seine rechte Pranke die von ihr umkrallte Kugel am Abwärtsrollen hindern.

[illegible]

[illegible] Wände des Kirchenschiffs [illegible]

[illegible]

Er kommt zurück! [illegible] er kommt zurück! [illegible]

[illegible] Kirchenschiffe an. Die Flamme wird größer und größer [illegible]

[illegible]

[illegible] und [illegible]

[illegible]

Da [illegible]

auf, eine [illegible]

unter [illegible]

Sie [illegible]

Aber als [illegible]

[illegible]

Jakob Wassermann

Etzel Andergast

Roman

Mit einem Nachwort von Henry Miller

672 Seiten · Leinen

Dieser berühmte, bei seinem ersten Erscheinen 1931 großes Aufsehen erregende und heftige Diskussionen auslösende Roman von Jakob Wassermann (1873–1934), einem der populärsten und meistgelesenen Autoren der Jahre vor 1933, knüpft lose an sein wohl bekanntestes Werk, den »Fall Maurizius«, an und bildet zusammen mit dem abschließenden Band »Joseph Kerkhovens dritte Existenz« eine Art Etzel-Andergast-Romantrilogie. Die Handlung jedes einzelnen Buches jedoch ist in sich abgeschlossen.

Ganz besonders in »Etzel Andergast« stellt Jakob Wassermann seine gestalterische Kraft unter Beweis, mit der sich ein hochkultivierter Erzählstil verbindet. Die psychologische Meisterschaft der Personenzeichnung und die kunstreiche Einbeziehung individueller Schicksale in das Leben einer Epoche machen den besonderen Reiz dieses glänzenden Gesellschaftsromans aus, der zu den Höhepunkten deutscher Epik des 20. Jahrhunderts gehört.

Franziska zu Reventlow

Tagebücher 1895-1910

496 Seiten · Leinen

Romane

Von Paul zu Pedro · Herrn Dames Aufzeichnungen · Der Geldkomplex · Der Selbstmordverein

528 Seiten · Leinen

Autobiographisches

Ellen Olestjerne

Novellen · Schriften · Selbstzeugnisse

528 Seiten · Leinen

Herausgegeben von Else Reventlow

»Ach, ich bin gelaufen, gelaufen und hingefallen, wieder aufgestanden, umgeworfen, wieder aufgesammelt, bis ich da angekommen bin, wo mein Ziel anfängt. Und dann die Angst und die Zweifel und das Kräfteversagen und die Müdigkeit. Aber immer dahinter das Gefühl, ich muß noch etwas Großes zusammenbringen. Das verläßt mich nie«, schreibt die fünfunddreißigjährige Franziska Reventlow. Geht man mit dieser Schwere in lächelnder Grazie von Paul zu Pedro? Ironisiert man nonchalant mit diesem Aufschrei Geld- und andere Komplexe der eigenen Person und anderer Leute? Formt man mit dieser Grundstimmung in heiterer Kunst Aufzeichnungen des Herrn Dame? Wie lösen sich die Widersprüche? Manche Seiten im Werk der Reventlow leuchten, andere enthalten nur flüchtige Skizzen, wieder andere zeigen tiefe Schatten und zarte Linien, immer aber wird man gepackt von dem Strom, der Bewegung und dem hinreißenden Lebensrhythmus.

LANGEN MÜLLER

WILHELM VON SCHRAMM

Die Bücherkiste

Das literarische München 1919–1924

mit 16 Fotos

240 Seiten · Leinen

Ein in vieler Beziehung überraschendes Buch! Denn es stammt ja von einem Autor, der seit den fünfziger Jahren als einer der führenden deutschen Militärschriftsteller und Wehrphilosophen gilt.

Verwandtschaftliche Bindungen machten den Autor 1919 zum Mitarbeiter in Verlag und Buchhandlung »Die Bücherkiste« in München-Schwabing, damals einer der Mittelpunkte der expressionistischen Literatur. Er befreundete sich mit Oskar Maria Graf und kam in nahe Verbindung u. a. zu Johannes R. Becher und Eugen Gürster, um nur ein paar Namen zu nennen.

Allmählich aber lockerte sich diese Bindung. Der Expressionismus hatte seinen Höhepunkt überschritten. Das Buchgeschäft ging zurück. Vater Schramm drängte seinen Sohn auf den Abschluß des 1919 in Erlangen begonnenen Studiums der Geschichte und neueren Literaturgeschichte. Dann war es die »Fackel« von Karl Kraus, die von Schramm den Weg zu Jean Paul wies.

1922 promovierte er bei Franz Muncker in München über die Träume und Traumdichtungen bei Jean Paul und gewann durch den Jour fixe der Geheimrätin Muncker persönlichen Kontakt mit den damals führenden Persönlichkeiten des akademischen und literarischen München.